國家出版基金資助項目
國家社科基金重大項目（16ZDA172）階段性研究成果

政治生態變革與詩禮文化演進
——兩周之際『二王並立』時期詩歌創作時世考論

邵炳軍 著

吳承學 題

上

上海大學出版社

圖書在版編目(CIP)數據

政治生態變革與詩禮文化演進：兩周之際"二王並立"時期詩歌創作時世考論/邵炳軍著.—上海：上海大學出版社,2021.12
ISBN 978-7-5671-4438-5

Ⅰ.①政… Ⅱ.①邵… Ⅲ.①古典詩歌－詩歌研究－中國－周代 Ⅳ.①I207.22

中國版本圖書館CIP數據核字(2022)第000424號

責任編輯　鄒西禮
封面設計　柯國富
技術編輯　金　鑫　錢宇坤

政治生態變革與詩禮文化演進
——兩周之際"二王並立"時期詩歌創作時世考論
（全二冊）

邵炳軍　著
上海大學出版社出版發行
（上海市上大路99號　郵政編碼200444）
(http://www.shupress.cn　發行熱綫021-66135112)
出版人　戴駿豪

＊

南京展望文化發展有限公司排版
江陰市機關印刷服務有限公司印刷　各地新華書店經銷
開本710mm×1000mm　1/16　印張36　字數665千字
2022年3月第1版　2022年3月第1次印刷
ISBN 978-7-5671-4438-5/I·646　定價　180.00圓

版權所有　侵權必究
如發現本書有印裝質量問題請與印刷廠質量科聯繫
聯繫電話：0510-86688678

目録

上　册

緒　論 ……………………………………………………………… 1

第一章　兩周之際"二王並立"政治格局的出現 ………………… 23

　第一節　兩周之際三次"二王並立"史實索隱 …………………… 24

　　一、幽王宫涅和豐王伯服並立爲王時期 ……………………… 24

　　二、幽王宫涅與天王宜臼並立爲王時期 ……………………… 31

　　三、天王宜臼與攜王余臣並立爲王時期 ……………………… 36

　第二節　平王所奔西申與諸申地望及其稱謂辨析 ……………… 44

　　一、成王大會四夷於成周時西申之地望 ……………………… 44

　　二、宣王陟封申伯於謝前西申之居住地 ……………………… 55

　　三、南申東遷信陽及西申與東申之稱謂 ……………………… 69

　　四、驪戎、申驪、申戎、晉申之稱謂及地望 ………………… 75

　第三節　太子宜臼奔西申與擁立天王之西申侯 ………………… 79

　　一、太子宜臼被廢後出奔之"申"爲"西申" ……………… 79

　　二、西戎的文化背景及其與申人和周人的關係 ……………… 85

　　三、嶧城之鄫、方城之繒、光山之曾、新蔡之鄫與伐周之繒 … 91

　　四、西申侯在"二王並立"形成過程中的主導作用 ………… 101

第二章　周大夫家父與他的《節南山》································· 105
第一節　周大夫家父所處的時代及其職掌發微······················· 105
　　一、家父是歷仕幽王、平王兩代之元老重臣························ 105
　　二、家父即《詩·小雅·十月之交》之"宰夫家伯"·················· 114
第二節　周大夫宰夫家伯父之族屬及其地望························· 118
　　一、姬姓賈國之族屬、世系及其地望······························ 118
　　二、犬戎狐氏別族賈氏陟封於賈之地望···························· 121
　　三、嘉、賈、狐與家氏之族系及家氏之地望························ 124
第三節　從詩文本看《節南山》的創作年代··························· 128
　　一、詩人所寫亡國喪亂之象與卿大夫之茫然心態···················· 129
　　二、《節南山》之"尹氏"即《十月之交》之"皇父"··················· 132
　　三、《節南山》刺幽王之主旨與家父戒平王之動機··················· 135

第三章　衛武公與他的《青蠅》《賓之初筵》《抑》···················· 147
第一節　衛武公生平事蹟考論······································ 147
　　一、《史記》"召公、周公二相行政"説之非························· 147
　　二、《竹書紀年》"共伯和干王位"即共伯和攝政稱王················· 152
　　三、"共伯和"或即器銘之"白龢父""師龢父""司馬共""武公"········ 157
　　四、"干王位"之"共伯和"即"衛武公"····························· 163
　　五、武公"入相于周""入爲三公"在平王初年······················· 171
第二節　結合生平事蹟與文本看《青蠅》之創作年代··················· 179
　　一、袁孝政《青蠅》爲"衛人刺衛武公信讒"説考辨·················· 180
　　二、《毛詩》《齊詩》《魯詩》之《青蠅》詩旨説考辨················· 183
　　三、《青蠅》所寫爲驪山之難後西周亡國之象······················ 187
　　四、詩人所刺爲幽王信讒奪嫡而使宗周覆亡之事···················· 189
第三節　結合生平事蹟與文本看《賓之初筵》之創作年代··············· 193
　　一、毛《詩》"刺幽王"與三家詩"武侯作悔"説考辨·················· 194
　　二、詩人所寫爲周王燕飲群臣時之射禮與祭禮······················ 198
　　三、詩人寫平王收復鎬京後燕飲群臣之盛典························ 204
　　四、詩之主旨爲頌平王由西申歸宗國的重大勝利···················· 206
第四節　結合生平事蹟與文本看《抑》之創作年代····················· 210

一、《抑》詩創作年代諸説之檢討 ………………………………… 210
　　二、《抑》爲平王未除喪時武公所獻之詩 ………………………… 216
　　三、詩歌反映了幽王使宗周覆亡之歷史悲劇 …………………… 222
　　四、《抑》爲武公獻給平王之誡勉詩 ……………………………… 227

第四章　周大夫凡伯與他的《板》《瞻卬》《召旻》 …………………… 239
第一節　《板》《瞻卬》《召旻》作者諸説辨證 ……………………… 239
　　一、毛《序》之"《板》《瞻卬》《召旻》三詩爲二凡伯所作"説辨 …… 241
　　二、魏源《詩古微》之"《板》之作者凡伯即共伯和"説辨 ………… 249
　　三、方玉潤《詩經原始》之"《民勞》與《板》同出一人"説辨 ……… 252
第二節　《板》《召旻》《瞻卬》作者凡伯之族屬、職掌發微 ………… 257
　　一、凡公室之族屬、爵稱暨世系發微 …………………………… 258
　　二、《板》《召旻》《瞻卬》作者凡伯之職掌發微 …………………… 263
第三節　從詩文本看《瞻卬》《召旻》之作時 ………………………… 265
　　一、從詩人所描寫的社會現實看《瞻卬》之作時 ………………… 265
　　二、從《召旻》與《瞻卬》內容之異看《瞻卬》之作時 …………… 277

下　　册

第五章　秦襄公立國與《秦風》五篇的創作 ……………………………… 283
第一節　平王封秦與襄公始國史實概述 …………………………… 283
　　一、傳世文獻所載平王封秦與襄公始國史實辨證 ……………… 283
　　二、從秦人聚集地變遷看襄公始國之前的周秦關係 …………… 286
　　三、"二王並立"期間襄公之政治策略與周秦關係 ……………… 290
　　四、襄公封爵之後治國的主要功績與歷史地位 ………………… 293
　　五、春秋時期秦公室之族屬暨世系 ……………………………… 295
第二節　秦人對襄公立國的禮贊之歌 ……………………………… 296
　　一、《終南》——秦大夫誡襄公之作 ……………………………… 296
　　二、《車鄰》——秦宮女美襄公命爲諸侯之作 …………………… 302
　　三、《駟驖》——秦大夫美襄公命爲諸侯之作 …………………… 307

第三節　秦人在襄公立國後的抒情之作 ·················· 314
　　　　一、《小戎》——秦女思念遠征西戎的丈夫之作 ·················· 314
　　　　二、《蒹葭》——秦人美襄公求賢尚德之作 ·················· 323

第六章　鄭武公滅檜與《檜風》四篇的創作 ·················· 333
　　第一節　鄭武公滅檜年代補證 ·················· 333
　　　　一、檜國滅亡年代諸說辨證 ·················· 334
　　　　二、檜國之族屬暨譜系 ·················· 337
　　　　三、檜國之疆域暨都邑之地望 ·················· 341
　　　　四、鄭武公滅檜之年代 ·················· 343
　　　　五、鄭武公滅檜之原因 ·················· 346
　　第二節　亡國之象的藝術寫照 ·················· 348
　　　　一、《羔裘》——檜大夫述檜仲失道亡國之作 ·················· 348
　　　　二、《隰有萇楚》——檜人嗟歎國破家亡而民逃之作 ·················· 355
　　第三節　亂世之人的情感抒懷 ·················· 363
　　　　一、《素冠》——檜女爲其夫舉行"大祥"喪禮之作 ·················· 363
　　　　二、《匪風》——助鄭滅檜成周八師軍人自傷之作 ·················· 373

第七章　平王東遷雒邑與其大夫詩作六篇 ·················· 383
　　第一節　平王東遷雒邑史實考述 ·················· 383
　　　　一、平王東遷雒邑之具體年代 ·················· 383
　　　　二、平王東遷雒邑之主要原因 ·················· 386
　　　　三、平王東遷雒邑之影響 ·················· 395
　　第二節　平王東遷雒邑歷程的藝術再現 ·················· 399
　　　　一、《綿蠻》——周大夫寫國人隨平王東遷情狀之作 ·················· 399
　　　　二、《漸漸之石》——周大夫寫武士送平王東遷情形之作 ·················· 406
　　第三節　東遷雒邑初期情態的藝術表現 ·················· 411
　　　　一、《彤弓》——周大夫美平王在雒邑賜有功諸侯之作 ·················· 411
　　　　二、《沔水》——周大夫憂平王遷雒後王室衰微之作 ·················· 416
　　　　三、《瞻彼洛矣》——周大夫祈平王遷雒後修禦備之作 ·················· 422
　　　　四、《葛藟》——周大夫刺平王遷雒時棄其九族之作 ·················· 428

第八章　晉文侯弑攜王及其詩作四篇 ························ 436
第一節　晉文侯本事暨滅攜王史實考述 ························ 436
一、穆侯費生伐條戎與文侯仇之生 ························ 436
二、曲沃縣羊舌村 M1 墓主爲晉文侯 ························ 438
三、對外兼併戰爭爲晉文侯强國之策 ························ 440
四、文侯股肱周室而夾輔平王之功 ························ 443
第二節　憂慮攜王朝前途命運之作 ························ 444
一、《雨無正》——攜王侍臣表達怨憂情緒之作 ························ 445
二、《小旻》——攜王大夫刺攜王斗筲用事之作 ························ 456
第三節　怨刺平王宜臼與攜王余臣之作 ························ 459
一、《角弓》——周大夫刺攜王與平王兄弟相殘之作 ························ 460
二、《菀柳》——攜王侍臣怨己有功却獲罪之作 ························ 465

第九章　"二王並立"時期其他詩作五篇 ························ 469
第一節　哀傷西周覆亡之怨刺詩 ························ 469
一、《正月》——周大夫刺幽王使宗周覆亡之作 ························ 469
二、《四月》——周大夫哀傷幽王驪山之難之作 ························ 482
第二節　冀望王室復興之讚美詩 ························ 489
一、《都人士》——周大夫美平王自西申歸鎬京之作 ························ 490
二、《魚藻》——周大夫美平王在鎬京宴享群臣之作 ························ 501
三、《裳裳者華》——周平王美同姓諸侯鄭武公之作 ························ 504

附錄　主要參考文獻 ························ 510
一、古籍(404 種,按朝代先後排列) ························ 510
二、現當代著作(196 種,按音序排列) ························ 533
三、外文論著與譯著(5 種,按音序排列) ························ 540
四、中文論文(465 種,按音序排列) ························ 540

後記 ························ 561

緒　論

　　所謂"詩禮文化",是通過"詩教""禮教""樂教"體系所建構的一種獨特的文化現象與文明形態,是華夏禮樂文明與中華優秀傳統文化的核心元素,是建設社會主義物質文明、政治文明和精神文明的文化基礎。①

　　春秋時期是生產工具由青銅器向鐵器過渡的時代,②是物質生產力高速發展的時代,是生產關係與上層建築發生大變革的時代,是由奴隸制走向封建制的時代,是以"華夷蠻戎狄五方融合格局"爲特徵的華夏民族共同體漸次形成的時代,是以"滿天星斗""多元一體"爲特徵的華夏文化共同體形成的時代,也是詩禮文化的轉型期,更是先秦文學承上啓下的輝煌時代。特別是政治生態環境的變革,促使詩歌與禮制以全新的方式共生互動,推動了詩禮文化的不斷演進。

　　春秋時期的詩歌主要保存在《詩經》之中,即所謂"變風""變雅""變頌"之作。據筆者初步考訂,大致有223篇,主要有今本《詩經》所載183篇,包括"國風"153篇、《小雅》24篇、《大雅》2篇、《魯頌》4篇;文獻所載貴族佚詩26篇,平民歌謠14篇。這一時期,以"國風"及《小雅》《魯頌》爲代表的詩歌,成爲中國古代詩歌創作的輝煌起點,也爲後世詩歌創作的發展奠定了堅實基礎。

一

　　就先秦文學的最初形態而言,應該說詩歌是其他文學形態的母體。在祭祀

---

　　① 說詳:邵炳軍《從〈詩經〉與禮制的共生互動關係看詩禮文化的生成》,《江海學刊》2018年第4期,第184-190頁。
　　② 筆者所説的"春秋時期",指周平王元年至貞定王十六年(前770—前453),凡318年,可細分爲前期(前770—前682)、中期(前681—前547)、後期(前546—前506)、晚期(前505—前453)四個階段。前期與中期以周僖王元年(前681)齊桓公北杏(齊邑,在今山東省聊城市東阿縣境)之會爲界,中期與後期以靈王二十六年(前546)蒙門(宋都邑商丘之西城門)弭兵之盟爲界,後期與晚期以敬王十五年(前505)魯季孫氏宰陽虎專國政爲界。說詳:邵炳軍《春秋文學繫年輯證·緒論》,高等教育出版社2013年版,第9-11頁。

活動中,將詩(歌辭)、樂(音樂)、舞(舞蹈)三因素合爲一體便產生了詩歌。如《周南·螽斯》《桃夭》《鄘風·相鼠》等詩篇所保留的大量禮辭,《召南·采蘋》《小雅·楚茨》《大雅·鳧鷖》《周頌·絲衣》所描述的以"尸"爲媒介的祭祀祖先神的活動場面,《大雅·綿》《生民》《公劉》等詩篇對半人半神部族遠祖的禮贊,皆可直接爲證。同時,後世《呂氏春秋·古樂》關於原始表演活動的記錄,《禮記·郊特牲》所保留的祭祀咒辭,亦可作爲佐證。其基本特徵主要有四:

1. 詩歌的社會功能由以祭祀爲主向注重政治的轉變

到了春秋時代,由於鐵器的普遍使用與牛耕的推廣,生産技術步入了有別於青銅時代的新時期。伴隨着社會生産力的高速發展,社會關係發生了巨大變化,主要表現在:爭奪土地的鬥爭日益尖鋭,土地所有、土地佔有和土地使用關係日趨多樣化;剥削方式由西周時期"籍田以力,而砥其遠邇"(《國語·魯語下》)[①]——"國"行徹法而"野"行助法,逐漸轉變爲"布縷之征,粟米之征,力役之征"(《孟子·盡心下》)[②]——"國""野"一律行徹法,即力役加稅租;家庭個體生産方式逐漸普遍化,奴隸制在逐漸減弱和縮小;工商業有了迅速的發展,逐步形成了與傳統官方工商業足以抗衡的力量——私人工商業。社會生産力的飛速發展和生産關係的巨大變化,政治格局與政治態勢必然要引起由量到質的劇烈變革。其主要表現在周天子地位漸次式微,諸侯、卿大夫勢力陸續崛起,家臣在政治生活中十分活躍,庶民的政治地位逐漸提高。周天子的統治地位削弱以後,形成了大小不同的若干政治中心;諸侯之間的兼併戰爭引發了社會各方面關係的巨變,而兼併戰爭的結果則又形成了幾大區域性統一的諸侯國。[③]

隨着西周禮樂制度的建立,政治權力和國家職能逐漸從祭祀活動和權力中分化出來,文學在祭祀活動中的應用進而延伸到政治領域内。與此同時,以政治身份出現的王室與公室外官系統"卿事寮"官署的公卿列士等貴族階級成員,逐漸繼承了內官系統"太史寮"官署的巫、史、卜、祝等神職人士壟斷文化和文字的權力,因而原來應用於祭祀活動的詩歌,也就可能與祭祀活動相分離,轉而應用於政治活動。到了春秋時期,基本上實現了詩歌由以祭祀功能爲主向注重政治功能的重大轉變。如襄十四年《左傳》《國語·周語上》《晉語六》《漢書·食貨志》、宣十五年《公羊傳》何《注》等先秦兩漢文獻對此皆有大量記載。

---

① [三國吳]韋昭注,上海師範大學古籍整理研究所據清嘉慶二十三年(1818)黄丕烈刻士禮居仿宋刻明道本校點:《國語》,上海古籍出版社1998年版,第218頁。
② [漢]趙岐注,[宋]孫奭疏:《孟子注疏》,清嘉慶二十至二十一年(1815—1816)江西南昌府學刊刻阮校十三經注疏本,中華書局2009年影印版,第6045頁。
③ 參見:劉澤華《中國政治思想史》(先秦卷),浙江人民出版社1996年版,第47-90頁。

2. 天道觀念由"敬天畏神"向"怨天尤王"的歷史性變遷

隨着社會生産力的飛速發展、生産關係的巨大變化和政治格局與政治形勢的劇烈變革,社會的政治思想觀念亦隨之發生了巨大變化。

人類自從進入文明時代,最高神——"天"或"天帝"觀念已逐漸確立,神意政治逐漸演進爲一種天意政治。①

至商周之際,人們對於天之寅畏虔恭,可謂至極,《書》之《高宗肜日》《西伯勘黎》《大誥》《康誥》《多士》《多方》諸篇,《詩》之《文王》《大明》《皇矣》諸篇,對於商周時期的天道觀均有直接記載和完整表述。

到了兩周之際,宗周將亡,人類理性日漸開拓,人們已經由對天之寅畏虔恭發展爲對天之懷疑。如《小雅·節南山》之"天方薦瘥,喪亂弘多""不弔昊天,不宜空我師""昊天不傭,降此鞠訩。昊天不惠,降此大戾""不弔昊天,亂靡有定""昊天不平,我王不寧";《十月之交》之"下民之孽,匪降自天""天命不徹,我不敢傚,我友自逸";《雨無正》之"浩浩昊天,不駿其德""昊天疾威,弗慮弗圖""如何昊天,辟言不信""胡不相畏,不畏于天";②《大雅·板》之"上帝板板,下民卒癉""天之方難,無然憲憲。天之方蹶,無然泄泄""天之方虐,無然謔謔""天之方懠,無爲夸毗";《蕩》之"蕩蕩上帝,下民之辟。疾威上帝,其命多辟。天生烝民,其命匪諶""天降慆德,女興是力";《抑》之"肆皇天弗尚,如彼泉流,無淪胥以亡""昊天孔昭,我生靡樂""天方艱難,曰喪厥國。取譬不遠,昊天不忒";《雲漢》之"天降喪亂,饑饉薦臻""昊天上帝,則不我遺""昊天上帝,寧俾我遯""昊天上帝,則不我虞""瞻卬昊天,云如何里""瞻卬昊天,有嘒其星""瞻卬昊天,曷惠其寧";③等等,皆爲詩人疑天瀆神之喟歎。④

而春秋時期的政治思想則出現了由重神向重人的巨變,其巨大動因就是西周的滅亡,正是這一殘酷的現實促使一些有識之士重新思考政治興衰的原因。他們認爲,"妖由人興也。人無釁焉,妖不自作。人棄常,則妖興,故有妖"(莊十四年《左傳》載魯大夫申繻言);"是陰陽之事,非吉凶所生也。吉凶由人"(僖十六年《左傳》載周叔興言);"天反時爲災,地反物爲妖,民反德爲亂"(宣十五年《左

---

① 參見:梁啓超《先秦政治思想史》,東方出版社1996年版,第21-35頁。
② [漢]毛亨傳,[漢]鄭玄箋,[唐]孔穎達等正義:《毛詩正義》,清嘉慶二十至二十一年(1815—1816)江西南昌府學刊刻阮校十三經注疏本,中華書局2009年影印版,第944-946、959、959-960頁。
③ [漢]毛亨傳,[漢]鄭玄箋,[唐]孔穎達等正義:《毛詩正義》,第1182-1184、1191、1195-1199、1209-1213頁。
④ 說詳:邵炳軍《〈詩·小雅·雨無正〉篇名、作者、作時探微》,《上海大學學報》2003年第2期,第9-13頁。

傳》載晉大夫伯宗言）；①"犯順不祥，以逆訓民亦不祥，易神之班亦不祥，不明而躋之亦不祥，犯鬼道二，犯人道二，能無殃乎"（《國語·魯語上》載魯大夫展禽言）。② 可見，春秋時期的文士已認識到"妖"並非決定人事（人道）之主宰，"隕石于宋""六鷁退飛""天火"只不過是一種自然現象（天道），循禮祭祖是以免"犯鬼道"。這些觀點都表現出無神論思想傾向，是一種進步的唯物主義天道觀。

3. 神權政治思想的衰落與世俗政治思想的興起

這種由神權政治向世俗政治變遷的主要標誌有二：

一是政治的興亡不取決於神而取決於人

春秋時期文士認爲："國將興，聽於民；將亡，聽於神"（莊三十二年《左傳》載周太史囂言）；"善人在上，則國無幸民"（宣十六年《左傳》載晉大夫羊舌職言）；"其德而度，德不失民，度不失事。民親而事有序，其天所啓也"（襄三十一年《左傳》載吳行人屈狐庸言）；③"政德既成，又聽於民""問謗譽於路"（《國語·晉語六》載晉卿士士燮言）；"夫雖無四方之憂，然謀臣與爪牙之士，不可不養而擇也"（《越語上》載越大夫文種言）。④ 這些所謂"得民者昌而失民者亡""任官尚賢""先人而後神"的觀念，就是春秋時期世俗政治思想的具體表現。由於受這些新產生的進步政治思想的影響，人們在日常社會生活中的思想觀念亦隨之出現轉變。

二是"天"被改造成爲一個泛觀念而賦予其更多自然屬性

春秋時期文士認爲："盈而蕩，天之道也"（莊四年《左傳》載楚文王夫人鄧曼言）；"君人執信，臣人執共，忠信篤敬，上下同之，天之道也"（襄二十二年《左傳》載齊大夫晏嬰言）；"天道遠，人道邇，非所及也"（昭十八年《左傳》載鄭卿士公孫僑言）；"盈必毀，天之道也"（哀十一年《左傳》載吳大夫伍員言）；⑤"天六地五，數之常也"（《國語·周語下》周卿士單超言）；"天道皇皇，日月以爲常"（《越語下》載越大夫范蠡言）；⑥"天地不仁，以萬物爲芻狗"（《老子·道經上》載周大夫老聃言）；⑦"先天而天弗違，後天而奉天時"（《易·乾卦·文言》載魯大夫孔丘言）。⑧

---

① ［晉］杜預注，［唐］孔穎達等正義：《春秋左傳正義》，清嘉慶二十至二十一年（1815—1816）江西南昌府學刊刻阮校十三經注疏本，中華書局 2009 年影印版，第 3844、3925、4097 頁。
② ［三國吳］韋昭注，上海師範大學古籍整理研究所校點：《國語》，第 175 頁。
③ ［晉］杜預注，［唐］孔穎達等正義：《春秋左傳正義》，第 3870、4099、4376 頁。
④ ［三國吳］韋昭注，上海師範大學古籍整理研究所校點：《國語》，第 410、631 頁。
⑤ ［晉］杜預注，［唐］孔穎達等正義：《春秋左傳正義》，第 3829、4287、4529、4706 頁。
⑥ ［三國吳］韋昭注，上海師範大學古籍整理研究所校點：《國語》，第 98、653 頁。
⑦ ［周］老聃撰，朱謙之校釋：《老子校釋》，新編諸子集成本，中華書局 1984 年版，第 22 頁。按："芻狗"，文淵閣四庫全書本作"芻狗"。
⑧ ［魏］王弼注，［唐］孔穎達等正義：《周易正義》，清嘉慶二十至二十一年（1815—1816）江西南昌府學刊刻阮校十三經注疏本，中華書局 2009 年影印版，第 30 頁。

這些上至天子卿士、國君夫人,下至諸侯卿士及大夫,他們的言論就是他們反思現實政治生活的答案,代表了春秋時期政治家、思想家的天道觀,皆與殷商西周時期天道觀念迥然相異,預示着神權政治已經走向了末路。

正因爲如此,在兩周之際的詩人眼裏,"天"既有人格神屬性,更是一種自然現象、具有自然屬性。《小雅·正月》之"謂天蓋高,不敢不局;謂地蓋厚,不敢不蹐",《小宛》之"宛彼鳴鳩,翰飛戾天",《大東》之"維天有漢,監亦有光",《小明》之"明明上天,照臨下土",①這些詩篇皆在不同程度上描寫了"天"的自然屬性,表明人們對"天"的認知朝着唯物主義方向邁進。②

4. 詩歌創作實踐與詩歌理論闡釋發生了深刻變化

詩歌社會功能的轉變、詩人天道觀念與政治思想的轉變,自然會促進詩歌創作實踐的深刻變化。其主要表現有三:

一是詩歌創作方式由以集體爲主向以個人爲主的轉變

西周時代的"獻詩""采詩"制度是以服務於禮樂制度爲目的的,而春秋時期這種制度則由服務於"辨妖祥"的宗教目的逐步轉變爲服務於"聽於民"的政治目的(《國語·晉語六》載晉卿士士燮言)。③ 與這一轉變伴隨而生的就是由詩(辭)、樂、舞三因素合一逐漸向詩(辭)與樂、舞二因素脫離的轉變,使詩歌完全通過自己的語言符號所代表的語義發揮其社會政治功能,詩歌創作方式隨之開始由集體創作逐漸轉化爲個人創作。《大雅》《小雅》乃至"國風"中一些貴族詩人創作的政治諷喻詩就是這樣產生的。詩歌創作方式的變革,促進了詩歌創作群體構成的多元化。那些以政治身份出現的"卿士寮"官署之公卿列士成爲詩歌創作的主體,逐漸取代了以神職身份出現的"太史寮"官署之巫、史、卜、祝等,且呈現出更加平民化的發展趨勢。

二是詩歌創作內容由以祭祀活動爲主向現實生活爲主的轉變

詩歌創作群體的多樣性,使詩歌創作的題材內容更加廣泛,而且更加接近現實生活;特別是周天子頭上神秘的光環逐漸黯然失色、而諸侯霸主逐漸左右政治舞臺以後,那些貴族乃至平民詩人更加關注動蕩不安的政治局面,其詩作自然會更爲強調其政治功能,像《小雅·節南山》《何人斯》《巷伯》《四月》《大雅·民勞》《板》等詩篇,作者在自述詩旨時乾脆明確宣揚自己的政治主張和創作詩歌的政治目的,其必然結果是導致詩歌創作的政治化傾向。這種政治化的詩歌,不僅是春秋禮樂制度的有機組成部分,而且代表了整個春秋時代詩歌創作的主旋律。

---

① [漢]毛亨傳,[漢]鄭玄箋,[唐]孔穎達等正義:《毛詩正義》,第 949、969、990、995 頁。
② 説詳:邵炳軍《春秋詩歌〈詩·小雅·正月〉〈雨無正〉〈都人士〉〈魚藻〉創作年代考論》,《廣東社會科學》2012 年第 1 期,第 187-194 頁。
③ [三國吳]韋昭注,上海師範大學古籍整理研究所校點:《國語》,第 410 頁。

因此，春秋時期政治化的詩歌成爲戰國以後儒家政治思想的重要內容，並直接導致了《樂記》《詩序》中系統的詩歌教化理論的提出，出現了美刺説、諷喻説和政治化、道德化詩歌闡釋思想的應用，引發了後代"補察時政""爲時""爲事"而作等文學觀念的出現，對後世的詩歌創作乃至整個文學創作産生了深遠影響。

三是政治興變促進了詩歌創作演化

從政治與詩歌創作關係角度看，這一時期詩歌創作與文學活動的主要特點是：天王宜臼（周平王）與攜王余臣"二王並立"政治格局的形成，①促使"變雅"作品創作出現繁榮；王權衰微、諸侯崛起政治格局的興變，促使"變風"作品創作出現繁榮；政治制度之變遷，造成"采詩""獻詩"制度之興亡；禮儀制度之變遷，造成引詩、賦詩活動的出現與消失；政治思想之變遷，促使諸子美學與詩學觀念之形成；婚姻觀念與婚姻制度之變遷，造就出一批貴族女性詩人群體，出現了一些優秀女性詩歌作品；春秋中晚期政治變革中文士的興起，促成"新聲"創作之繁榮。

二

自詩歌産生之日起，就有了對詩歌的研究——儘管一開始的詩歌研究，依然是不自覺的、朦朧的、粗率的。即使從"詩三百"的整理編輯算起，對春秋詩歌的研究也有2 700多年的歷史了。②

1. 春秋詩歌研究所取得的巨大成就

我國古代學者對於春秋詩歌的研究，取得了突出的成就。《詩大序》所謂《詩》有"正""變"之別，實際上與政治興變有着密切關係。所以，春秋時期吳公子札觀樂論《詩》之説，孔子"興、觀、群、怨"之論，都十分關注政治興變與詩歌創作之關係。戰國時期孟子所謂"王者之迹熄而《詩》亡，《詩》亡然後《春秋》作"（《孟子·離婁下》），③就是對春秋時期政治興變與詩歌創作關係最爲精闢的概括。自漢代以降，治《詩經》者大多注重從研究目的的政治指向性和政治功利性出發去闡釋儒家詩教學説。

五四運動以來，在中國傳統文化與外來西方文化的激烈碰撞與交融過程中，

---

① 説詳：邵炳軍《兩周之際三次"二王並立"史實索隱》，《社會科學戰綫》2001年第2期，第134-140頁。

② 我們認爲，傳世《詩經》的結集成書有個不斷累積而逐漸完備的過程，大致經歷過兩次編撰：首次成書主要收入的篇目包括《周南》《召南》《邶風》《鄘風》《衛風》《小雅》《大雅》《周頌》等，大致在春秋前期，很可能是平王（前770—前720在位）初年；其餘大多是在第二次編撰時增編的，大致在春秋中期（前681—前547）。像《鄭風·子衿》《丰》《曹風·下泉》等創作年代比較晚的個別作品，可能是在春秋晚期孔子整理《詩經》時補入的。參看：許廷桂《〈詩經〉結集平王初年考》，《西南師範學院學報》1979年第4期，第91-96頁；劉操南《詩三百篇的創作與累積考説》，《杭州大學學報》1988年第2期，第44-51、58頁；趙逵夫《論〈詩經〉的編集與〈雅〉詩的分爲"小""大"兩部分》，《河北師範學院學報》1996年第1期，第74-84、90頁。

③ ［漢］趙岐注，［宋］孫奭疏：《孟子注疏》，第5932頁。

研究者在繼承前人豐富遺產的基礎上,特別注重引進和吸收西方先進的學術思想、學術觀點和學術方法,從而開創了春秋詩歌研究的新局面。他們往往都有宏闊的氣度、敏鋭的眼光、大膽的魄力、淵博的學識和活潑的思維。特別是以"古史辨派"學者爲主體開展的"《詩經》大討論",初步實現了《詩經》研究由以經學爲主到以文學爲主的轉變,開闢了《詩經》研究的新局面。如謝無量的《詩經研究·〈詩經〉與當時社會之情勢》(1923)、張世禄的《〈詩經〉篇中所見之周代政治風俗》(1926)、郭沫若的《〈詩〉〈書〉時代的社會變革與其思想上之反映》(1929)、何隼的《〈詩經〉時代之社會與政治》(1947)、聞一多的《神話與〈詩〉》(1948)等。他們借鑒西方社會學、民俗學、神話學、比較文學等學科領域的研究理論與研究方法,開現代詩經學將作品創作置於特定政治環境之中進行考察研究的風氣之先。

1949年以後,關於《詩經》作品創作與政治關係的研究更加深入。如馮沅君的《前七世紀的愛國女詩人——許穆夫人》(1951)、張西堂的《詩經六論·詩經的思想內容》(1957)、孫作雲的《詩經與周代社會研究》(1966)等。特別是在十一屆三中全會召開以來的40餘年間,由於開展了真理標準問題的大討論,逐漸形成了寬鬆的學術研究環境與良好的學術研究氛圍,學者們思想空前活躍,學術研究方法與路徑趨於多元化,使春秋詩歌研究進入了一個成果卓著的新時期。如郁賢皓的《略論〈詩經〉中的奴隸文學》(1978)、盛廣智的《論西周春秋之際貴族的政治批判詩》(1984)、趙明的《論〈詩經〉政治抒情詩的文學傳統》(1993)、趙逵夫的《周宣王中興功臣詩考論》(1996)、孫適民的《從〈詩經〉英雄形象看中國政治文化傳統》(1999)、李學勤的《〈詩論〉説〈關雎〉等七篇釋義》(2002)、季旭昇的《〈雨無正〉題解》(2002)、李春青的《論先秦"賦詩""引詩"的文化意藴》(2003)等,將詩歌作品所反映的政治生活與詩歌創作相結合,或探求詩旨,或考定作時,或考訂作者,對《詩經》研究具有重要的推動作用。

此外,海外學者關於《詩經》作品創作與政治關係的研究亦頗有成就。如英國理雅各的《詩經全譯》(1871)、法國葛蘭言的《中國古代的節日與歌謠》(1919)、瑞典高本漢的《詩經注釋》(1950)、日本松本雅明的《關於〈詩經〉諸篇形成的研究》(1958)、越南陳黎創的《〈詩經〉在越南》(1995)、蒙古巴紮拉格查的《〈詩經〉的蒙古文翻譯與蒙古民歌》(1995)、美國夏含夷的《從西周禮制改革看〈詩經·周頌〉的演變》(1995)、新加坡周穎南的《簡論〈詩經〉風雅傳統》(1997)、韓國安秉鈞的《〈詩經〉的家庭倫理詩》(1999),等等。他們以跨文化視點、用異文化比較方法來探討《詩經》思想內容的深層底藴,對我們研究《詩經》創作與政治之關係具有方法論意義上的啓示。

2. 春秋詩歌研究中所存在的主要問題

毋庸置疑,關於春秋詩歌研究仍存在許多缺憾與不足,主要表現在以下四個方面：

一是疑古派對史料研究的影響

從西漢開始，我國古代學者在發掘、整理春秋詩歌史料方面做了大量的工作，現代學者在繼承前人研究成果的基礎上也有所突破，但春秋詩歌在史料方面缺漏仍然異常嚴重；特別是《詩經》中雅詩和風詩的材料，誤差最爲突出。自20世紀20年代一直到60年代中的40多年間，以顧頡剛爲首的"疑古學派"，對先秦史料鉤沉發覆、存真辨僞，其積極意義是不可低估的；但受"疑古"思潮的影響，有些學者對春秋詩歌中的一些作家、作品持否定態度。如認爲《詩經》"國風"的全部和《小雅》的部分作品是民歌，輕率否定《毛詩》及三家詩所認定的《詩經》部分作者的創作權；或者僅僅以少量出土文物資料爲據，輕率否定《詩序》《詩譜》及後世其他學者關於詩歌創作年代與詩旨的論說。至今仍有許多學者對這一問題在思想上重視不夠，認識不足；在具體研究中多理論闡述，少材料發掘。

二是片面強調現代西方文學研究新理論和新方法的局限

1976年以後，我國學者突破學術封閉的狀態，引進了西方文學研究的新理論和新方法，使春秋詩歌研究的理論和方法更爲豐富，促進了春秋詩歌研究的發展；但其局限性仍然很突出，所帶來的負面效應是顯而易見的。比如，有人輕率否定傳承久遠的研究方法——"知人論世"的史學研究方法和考據索隱的文獻學研究方法；有人誇大"索隱派"的不足，片面地稱之爲"畸型兒"，認爲其研究是誤入歧途；有人甚至把歷史當作麵團一樣隨意捏合，忽視文獻實證，喜歡架空立說。

三是考定作品年代的縱向綜合研究尚有不足

自從《春秋》開創編年體史書體制以後，編年體史書問世頗多。運用文學年代學的理論與方法進行春秋詩歌作品斷代研究，亦引起了一些學者的關注，如《詩序》《詩譜》及宋人范處義的《詩補傳》及嚴粲的《詩緝》、明人何楷的《詩經世本古義》、清人朱鶴齡的《詩經通義》等。特別是近30多年來，以編年體形式研究文學史的專著亦陸續問世，如陸侃如的《中古文學繫年》（1985）、吳文治的《中國文學大事年表》（1987）、陳文新的《中國文學編年史》（2006）、趙逵夫師的《先秦文學編年史》（2010）、邵炳軍的《春秋文學繫年輯證》（2013）等。但是，專門以兩周之際"二王並立"時期乃至春秋時期詩歌作家生平事蹟和作品創作年代爲研究對象的學術專著尚未見到。

四是忽視社會政治環境與文學發展的關係

20世紀50至70年代，由於過分強調文學與政治的關係，用政治標準作爲唯一標準去判定文學作品，限制了《詩經》學人的研究視野，故在80年代以後人們撥亂反正，更多的是把文學現象歸結爲人性化的純藝術，却忽視了社會政治環境與文學發展的關係；對於春秋詩歌的研究，自然也是毫不例外的。即便是那些關注政治與詩歌創作關係的論著，他們的研究大多也是零碎的、不系統、不全面的,自然難以真正從政治興變角度,全面、系統地去考析春秋詩歌創作實踐,去揭示春秋詩歌創作規律。

故在繼承前人學術研究成果的基礎上,儘量彌補前人的歷史缺憾,進而實現學術研究的創新與突破,是每一位當代學者的歷史責任,也是筆者從事本研究的初衷與動力。

三

兩周之際"二王並立"政治格局的出現,既是春秋歷史發展進程中的關鍵點,也是研究春秋詩歌乃至整個春秋文學的起始點。故筆者以兩周之際"二王並立"政治格局爲研究起點,以生活在這一特殊政治環境中的詩人及其詩歌創作爲主要研究對象,以詩人生平事蹟考證與詩歌作品斷代爲研究重點,力圖從一個歷史斷面去探討春秋政治興變與詩歌創作演化之關係,並以此爲起點來展示春秋時期詩歌發展歷程,進而揭示春秋詩歌創作之基本規律。本書研究的理論意義與現實意義主要表現在以下三個方面。

1. 春秋詩歌含蘊着並表徵了華夏民族的文化精神與藝術精神

我們可以從襄二十四年《左傳》所載魯叔孫豹爲晉士匄所釋"三不朽"之言中看到,春秋時代的文士把"立言"與"立德""立功"一並視爲使生命不朽的有效途徑。故在他們的詩歌創作中,不僅融入了自己的思想、情感和精神,而且囊括了一個時代的社會風貌、文化追求。同時,這一時期佔主導地位的文學觀念,實際上是一種囊括一切文獻的"大文學""泛文學"觀念。正是這種文學觀念,對春秋詩歌研究史產生了極爲深廣的影響,促成了其開放型、寬泛型結構特徵:它幾乎將我國春秋時代一切有文字記載的文獻資料作爲自己的研究對象,採取了對詩歌文本和作家、環境、社會、歷史、文化傳統等相聯繫作綜合性、整體性的開放式和外向式研究方法。

2. 春秋詩歌具有承擔協調某種社會政治關係的實際功能

我們贊同不是所有的文學作品均與政治具有密切關係的觀點,但毋庸置疑,《詩經》中確有大量作品帶着鮮明的政治傾向性,許多作品或直接以某一特定的政治事件爲創作題材,或間接以某一特定的政治現象爲創作背景;不能排除一些作品是爲了某種政治需要所進行的有意識創作,甚至直接是爲王權政治、諸侯政治及新興地主階級政治服務的輿論工具。

那麽,《詩經》中的這類作品自然不僅僅是具有審美觀念的藝術作品,而且具有協調某種社會政治關係的實際功能。從這個意義上講,《詩經》的確並非僅僅是一部一般的"詩歌選集",而是反映一個時代貴族統治者在社會、政治、經濟、倫理、道德各方面意識形態的"歷史文獻"。

因此,重提政治與文學的關係,糾正把文學現象僅僅歸結爲人性化的純藝術偏頗觀點,是對 20 世紀 80 年代以後關於政治與文學關係矯枉過正所進行的撥亂反正。從這個角度而言,本書的研究也是一項填補空白的課題。

3. 春秋詩歌研究應以經學、文學、史學、文獻學結合爲出發點

春秋詩歌研究不僅是在經學、史學、文獻學研究領域内逐漸發展、成熟起來的,而且始終是經學、史學、文獻學研究的一個重要組成部分。如《詩經》首先是經學研究對象,其次才是文學研究對象,這是我們進行春秋詩歌研究的出發點。

因此,本書在研究兩周之際"二王並立"時期詩人的生平事蹟、創作活動及其代表作的創作年代過程中,必須將作家生平、創作活動與歷史事件都儘可能放到一個統一的時間坐標上去,以便清楚地了解這一特定時段詩歌發展的整體狀況、了解詩人與史實之間的因果關係,從而探討詩歌發展的總體特徵與演變規律。可見,只有對已有研究史料進行歸納、梳理與總結性研究,纔能取得文學理論研究的突破,纔能真正擺脫春秋詩歌研究的經學性質。

比如,關於《詩·大雅·板》《召旻》《瞻卬》三詩的作者,先哲時賢的代表性觀點就有七説:一爲毛《序》之"《板》《瞻卬》《召旻》三詩爲二凡伯所作"説,二爲元馬端臨《文獻通考·封建考五》之"《板》《瞻卬》《召旻》三詩爲同一凡伯所作"説,三爲僞《申培詩説》之"《瞻卬》《召旻》爲尹伯奇所作"説,四爲清陸奎勳《陸堂詩學》卷十之"《板》《瞻卬》《召旻》之作者凡伯即周定公"説,五爲清魏源《詩古微·大雅答問下》之"《板》之作者凡伯即共伯和"説,六爲清方玉潤《詩經原始》卷十四之"《民勞》與《板》同出一人"説,七爲劉毓慶《雅頌新考》之"《板》之作者爲衛武公"説。① 而對此諸種異説,只有依據現有的文獻資料逐一進行考辨,纔能得出科學的結論。②

再如,《詩·小雅·節南山》之卒章曰:"家父作誦,以究王訩。"③據此可知其署名作者爲家父。那麽,家父爲誰? 他生活在哪個時代? 前人衆説不一;其職掌如何? 前人未曾涉及。周大夫凡伯和衛武公的生平事蹟,前人亦是歧説紛呈。而弄清這些問題,又是考定其作品創作年代之關鍵。故我們可以通過對他們的族屬、世系、地望、生活時代的分析,考證詩人事略;可以通過對詩歌所表現的主旨、所描寫的社會現實的文本分析,以及對詩人的創作心態與創作動機的文本分析,進行作品斷代。④ 這就爲解決學術界長期以來存在的疑難問題提供了一個

---

① 劉毓慶:《雅頌新考》,山西高校聯合出版社 1996 年版,第 209 頁。
② 説詳:邵炳軍《〈板〉〈召旻〉〈瞻卬〉三詩作者爲同一凡伯考論》,《文學遺産》2004 年第 5 期,第 115–118 頁。
③ [漢]毛亨傳,[漢]鄭玄箋,[唐]孔穎達等正義:《毛詩正義》,第 946 頁。
④ 説詳:邵炳軍《周大夫家父〈節南山〉創作時世考論》,《文獻》1999 年第 2 期,第 23–41、169 頁。

答案,至少可以提出一種解決問題的思路。而將此諸種問題的澄清並置於特定的時點或時段上,纔能準確地從理論上闡釋兩周之際政治、思想、文化的變遷及其特徵,纔能科學地把握春秋時期詩歌創作的特點,纔能以此爲起點去進一步探視整個中國詩歌發展的歷史規律。

所以,本書以兩周之際"二王並立"政治格局爲研究起點,通過詳細考證辨析春秋時期的政治事件、政治現象與詩歌創作實踐,全面、系統地去考析春秋政治興變與詩歌創作之關係,進而考察春秋時期社會環境與文學發展的關係,展示春秋時期詩歌發展的歷史進程,從一個歷史斷面去揭示春秋詩歌創作演化規律。

另外,我們在春秋詩歌史的教學過程中發現,不少同學對春秋詩歌史上的許多史實知識比較缺乏,甚至連一些重要作家、作品和史實的時代先後往往也分辨不清。對於一些大學教師和研究人員來說,亦有春秋詩歌史料匱乏之感;即使已有的少量史料,也是缺少梳理、異説紛雜、難以滿足教學和科研的需要。故本書的研究,可使人們在總體把握春秋詩歌發展史概貌的同時,獲得更爲具體的感性認識、激發更爲深切的理性思索,這些都是十分必要的。

四

1. 本書研究的基本思路

以兩周之際第三次"二王並立"政治格局爲研究背景,以這一時段詩歌創作活動爲主要研究內容,以重要歷史事件考訂、詩人事略考證、詩歌作品斷代爲研究重點,以經驗實證基礎上的理性思辨爲方法論原則,注重用事實來説明觀點,力爭取得更可靠、更接近於真理的結論,進而從一個歷史斷面去描述並分析政治興變與詩歌創作演化之關係,去探求春秋詩歌發展的歷史進程及其演化規律,以求有所創新、有所突破。

2. 本書研究的基本內容與研究框架

幽王驪山之難(前771)後,形成了兩周之際第三次"二王並立"的政治格局:幽王廢太子天王宜臼與幽王庶子攜王余臣各自爲王,兄弟爭國,歷時11年(前770—前760)之久。故本書以兩周之際三次"二王並立"政治格局的形成爲研究起點,將這一時期重要的歷史事件與詩歌創作活動皆列入研究範圍,涉及的詩歌作品有《王風・葛藟》《秦風・終南》《車鄰》《駟驖》《小戎》《蒹葭》《檜風・羔裘》《素冠》《隰有萇楚》《匪風》《小雅・節南山》《青蠅》《賓之初筵》《綿蠻》《漸漸之石》《彤弓》《沔水》《瞻彼洛矣》《雨無正》《小旻》《角弓》《菀柳》《正月》《都人士》《魚藻》《四月》《裳裳者華》《大雅・抑》《板》《瞻卬》《召旻》等,共31篇,佔今本《詩經》所收錄春秋時期詩歌總數183篇的1/6。

具體研究框架包括以下 9 部分：

第一章《兩周之際"二王並立"政治格局的出現》，主要是對這一時期大的政治背景的研究。

第二章《周大夫家父與他的〈節南山〉》，主要是對王室內朝太史寮大夫及其作品創作的個案研究。

第三章《衛武公與他的〈青蠅〉〈賓之初筵〉〈抑〉》，主要是對王室外朝三公及其作品創作的個案研究。

第四章《周大夫凡伯與他的〈板〉〈瞻卬〉〈召旻〉》，主要是對王室外朝卿士寮卿士及其作品創作的個案研究。

第五章《秦襄公立國與〈秦風〉五篇的創作》，主要是對新興諸侯國政治變遷及其作品創作的個案研究。

第六章《鄭武公滅檜與〈檜風〉四篇的創作》，主要是對衰亡諸侯國政治變遷及其作品創作的個案研究。

第七章《平王東遷雒邑與其大夫詩作六篇》，主要是對以平王時特定政治事變為題材所創作的組詩的個案研究。

第八章《晉文侯弒攜王及其詩作四篇》，主要是對以攜王特定政治事變為題材所創作的組詩的個案研究。

第九章《"二王並立"時期其他詩作五篇》，主要為對平王其他大夫詩篇的個案研究。

3. 本書的研究方法

本書的研究方法具體是：

首先，採用"知人論世"的史學研究方法。兩周之際"二王並立"時期詩歌創作具有鮮明的政治指向性和政治功利性特徵，具有濃厚的政教色彩，體現着一種政治道德教化的需要和功利要求。因此，我們在研究這一時期的詩歌時，就要採用"知人論世"的史學研究方法：既要了解作品和作家的身世、經歷、思想感情、人品德行等的關係，同時又要認識作品和作家所處的時代背景和社會環境。

其次，根據兩周之際"二王並立"時期詩歌史料缺漏嚴重的現狀，採用訓詁考據的文獻學研究方法：既要充分利用現有的文獻史料，廣泛搜集、排比前人和今人的重要研究成果，廓清事實；又要儘可能利用已發掘出土的文物和夏、商、周三代斷代工程的新材料，鉤沉索隱，得出新的認識和結論。

另外，在運用傳統研究方法的同時，採用文藝學、文化學、美學等現代學術研究方法去研究作品本身的內在特質，分析文學創作現象，以期達到研究的客觀性、真實性與理論性、科學性的完美統一。同時，在傳統研究方法與現代研究方法相結合的前提下，注意將作家作品置於政治興變的重大政治事件中，考證作家的生平事蹟、創作活動及其作品的創作背景、創作年代,從而對詩歌整體創作流變進行新的理論探索。

五

本書研究的前提與基礎是這一時期作品的具體創作年代,故在這方面用功頗多;其創新之處可歸納爲以下三個方面。

1. 對家父、衛武公、凡伯等王室貴族詩人群體詩歌作品創作年代的考證

我們以平王宜臼與攜王余臣"二王並立"的政治格局爲創作背景,以家父、衛武公、凡伯生平事蹟爲綫索,通過對詩歌文本的進一步分析,考證出《節南山》《青蠅》《賓之初筵》《抑》《板》《召旻》《瞻卬》等7篇作品的具體創作年代。

一是家父之《節南山》

《節南山》爲周大夫家父唯一的傳世詩作,也是兩周之際"二王並立"時期諸多作品中唯一自署其名的詩篇。通過對詩歌所表現的主旨、詩歌所描寫的亡國之象、詩人所表達的無所適從的茫然心態及詩人究幽王之失而諫平王以史爲鑒的文本考辨,認爲該詩創作的具體年代爲驪山之難西周覆滅後、平王東遷雒邑(即今河南省洛陽市)之前,即平王元年(前770)頃。

二是衛武公之《青蠅》《賓之初筵》《抑》

《青蠅》《賓之初筵》《抑》爲平王司寇衛武公的傳世詩作。其中,《青蠅》爲武公刺幽王聽信讒言而傷賢害忠之詩,描寫了驪山之難、宗周覆滅的亡國之象,表現了一位肱股老臣對周王朝的正統繼承人——天王宜臼的耿耿忠心,寄寓了一位王室執政卿士期望平王以史爲鑒、中興祖業的政治熱情,當作於其率兵救周之初,即平王元年(前770)頃;《賓之初筵》爲武公寫平王由西申歸宗周後燕群臣的盛典之樂,歌頌了平王從攜王及犬戎手中收復鎬京的重大勝利,作於平王由西申歸宗國、衛武公入相於周之後,創作時間比《青蠅》要晚,具體年代當在平王元年至三年(前770—前768)之間;《抑》爲武公對平王的誡勉詩,在詩中諄諄諫誡幼主,寄寓了武公對平王復興周室之厚望,屬於一位肱股老臣的政治囑託,當作於《青蠅》《賓之初筵》之後,大致在平王元年至五年(前771—前766)之間,當爲武公之絕筆。①

三是凡伯之《板》《召旻》《瞻卬》

《板》《召旻》《瞻卬》爲王室卿士凡伯的傳世詩作。《板》《召旻》皆爲幽王九年

---

① 説詳:邵炳軍、趙逵夫《衛武公〈抑〉創作時世考論》,《河北師範大學學報》2000年第1期,第64-67頁;邵炳軍《衛武公〈賓之初筵〉〈青蠅〉創作時世考論》,《詩經研究》[韓國] 2000年第2期,第136-142頁;邵炳軍《衛武公〈青蠅〉創作時世考論》,《西北師大學報》2000年第3期,第25-29頁;邵炳軍《衛武公〈賓之初筵〉創作年代考》,《甘肅高師學報》2001年第6期,第11-17頁;邵炳軍《〈詩·大雅·瞻卬〉〈抑〉繫年輯證》,《郁賢皓先生八十華誕紀念文集》,中華書局2011年版,第23-33頁。

至十一年（前773—前771）之間創作的作品；《瞻卬》中所謂"哲夫"爲指稱幽王，所謂"哲婦"爲指稱幽王寵妃褒姒，該詩主要描寫了西周亡國之象，表現了宗族土地所有制的異化現象，批評了幽王友戎狄、仇諸侯之錯誤行爲，與《板》《召旻》兩詩所反映的社會現實截然不同，其創作年代當爲幽王驪山之難後、平王東遷雒邑前，即平王元年（前770）頃。①

2. 對王室其他貴族詩人群體詩歌作品創作年代的考證

除了上述家父、衛武公、凡伯之外，王室尚有一些無名氏貴族詩人，其詩作主要有《王風·葛藟》《小雅·彤弓》《沔水》《正月》《雨無正》《小旻》《四月》《瞻彼洛矣》《裳裳者華》《魚藻》《角弓》《菀柳》《都人士》《綿蠻》《漸漸之石》等15篇。這些詩篇之創作，大多與平王東遷與攜王被弒相關。

一是平王東遷組詩

平王元年（前770），王室東遷雒邑，在晉、鄭、衛等東方諸侯的協助下，平王逐步鞏固了自己的王權地位，拉開了東周——春秋時期的歷史帷幕。以平王東遷這一特定政治事變爲題材所創作的組詩主要有《王風·葛藟》《小雅·綿蠻》《漸漸之石》《彤弓》《沔水》《瞻彼洛矣》6篇。② 這6篇組詩，可以分爲兩類：

一類是再現東遷雒邑歷程的。《綿蠻》爲平王大夫寫國人隨平王東遷情狀之作，詩人以賦比興手法結合方式，藝術再現了平王大夫隨平王東遷時路途勞頓辛苦之情狀；《漸漸之石》爲平王大夫寫武士送平王東遷之作，主要以賦體手法，藝術再現了遷徙隊伍分期分批而綿延不絕之情形。故結合平王東遷的史實考證，《綿蠻》《漸漸之石》皆當作於平王東遷之時，即平王元年（前770）。

一類是表現東遷雒邑初期情態的。《彤弓》爲平王東遷雒邑後賜有功諸侯彤弓之作，通過獎勵諸侯"敵王所愾"，表現出一種禮樂文化精神，宣揚並展示出一種強烈的建功立業意識；《沔水》爲周大夫憂平王東遷雒邑後王室衰微之作，詩人見微而知著，先事以獻規、思患以預防，表現出一位士大夫高尚的政治情懷與高度的社會責任感；《瞻彼洛矣》爲周大夫祈平王遷洛作六師修禦備之作，描寫了平王在東都成周以南洛水會諸侯檢閱六軍之盛典；《葛藟》爲周王族大夫刺平王東遷雒邑時棄其九族之作，以"終遠兄弟"貫穿全詩，從平王東遷時棄其九族之親這一側面，揭示出王室艱難而周道衰微之兆。故我們認爲《彤弓》《沔水》《瞻彼洛矣》屬"東都之雅"，《葛藟》屬"東都之風"，皆爲平王東遷雒邑之後不久而作，其具

---

① 説詳：邵炳軍《周大夫凡伯〈瞻卬〉創作時世考論》，《第四屆〈詩經〉國際學術研討會論文集》，學苑出版社2000年版，第753－765頁；邵炳軍《〈詩·大雅·瞻卬〉〈抑〉繫年輯證》，《郁賢皓先生八十華誕紀念文集》，中華書局2011年版，第23－33頁。

② 説詳：邵炳軍《〈詩·王風〉創作年代考論（上）》，《河北師範大學學報》2011年第6期，第65－71頁；邵炳軍《春秋文學繫年輯證》，第24－25、35－36、40頁。

體創作年代大致在平王元年至二年(前770—前769)之間。

二是與"攜王"相關組詩

幽王十一年(前771),幽王崩於驪戎戲水(在今陝西省臨潼市驪山)之後,幽王卿士虢公翰擁立王子余臣爲"攜王"。一直到平王十一年(前760)"攜王"爲晉文侯所弑之後,平王方成一統。期間,攜王大夫以詩歌形式直接或間接地再現了這一重要歷史事件,主要包括《小雅·雨無正》《小旻》《角弓》《菀柳》4篇,①可分爲兩類:

一類爲憂慮攜王朝前途命運。《雨無正》爲攜王侍臣表達怨憂情緒之作,詩人抒寫了自己對國破家亡的悲憤之情,表現出對民族命運與國家興亡的憂患意識;《小旻》爲攜王大夫刺攜王斗筲用事、治亂乏策之作,暗示攜王終將覆亡之結局;《角弓》爲周大夫刺平王宜臼與攜王余臣兄弟互相殘殺之作,詩人描寫了萬民所"胥效"的兄弟"相怨一方""如蠻如髦",擔憂兄弟相及而互相殘殺。

一類爲怨刺攜王余臣。《菀柳》爲攜王近侍之臣中有功者獲罪後所作怨刺詩,委婉含蓄地表達了自己對攜王的不滿情緒。

可見,《雨無正》《小旻》《角弓》《菀柳》四詩皆屬"西都之雅"。其中,《雨無正》當作於攜王初立不久、平王東遷雒邑之前,即平王元年(前770);《小旻》《角弓》《菀柳》三詩亦"西都之雅",當作於攜王初立之後至被弑之前,即平王元年至十一年(前770—前760)之間。

三是其他詩作

另外,本書的研究還涉及其他詩人的作品,主要包括《小雅·正月》《都人士》《魚藻》《四月》《裳裳者華》5篇,②也可分爲兩類:

一類爲怨刺詩。《正月》爲周大夫刺幽王致使宗周滅亡之作,詩人以"赫赫宗周"覆亡的荒亂景象爲歷史背景,緊緊圍繞"民之訛言"這一主綫來述説個人之憂傷,真實地再現了"二王並立"、諸侯相伐、犬戎侵凌、社會喪亂、民生凋敝之現實,抒寫了幽王因寵倖褒姒、荒淫無度、小人居位而致使國破家亡之悲憤;《四月》爲周大夫哀傷驪山之難之作,詩人自述行役,自夏歷秋至冬,由一年間途中見聞而觸景生情、感物傷時,抒發了自己憂亂、懼禍、盡瘁、思隱等一系列複雜情感。

一類爲讚美詩。《都人士》爲周大夫美平王自西申東歸鎬京之作,描寫了平王東歸時萬民麕集、觀者如堵的情狀,表現出周人對平王東歸的熱烈情緒;《魚藻》爲平王大夫美平王自西申歸鎬京後宴享群臣之作,描寫了王室群臣在飲酒作樂之時祝福平王能在鎬京長居久安;《裳裳者華》——周平王美同姓諸侯鄭武公

---

① 説詳:邵炳軍《春秋詩歌〈詩·小雅·正月〉〈雨無正〉〈都人士〉〈魚藻〉創作年代考論》,《廣東社會科學》2012年第1期,第187-194頁;邵炳軍《春秋文學繫年輯證》,第15、69-73頁。

② 説詳:邵炳軍《春秋詩歌〈詩·小雅·正月〉〈雨無正〉〈都人士〉〈魚藻〉創作年代考論》,《廣東社會科學》2012年第1期,第187-194頁;邵炳軍《春秋文學繫年輯證》,第13、18-22、37、61頁。

之作,詩人讚美了同姓諸侯鄭武公夾輔周室之功勳,情感誠摯,疊詞疊句,長聲曼詠,一唱三歎,是一篇藝術上十分成熟的詩作。

可見,《正月》《都人士》《魚藻》《四月》四詩皆作於"二王並立"初年,即平王元年(前770);《裳裳者華》當作於武公護送平王東遷至平王命武公爲公期間,即平王元年至三年(前770—前768)之間。

3. 對秦國、檜國貴族詩人群體及其國人詩歌作品創作年代的考證

一是秦國貴族與國人詩作

《秦風·終南》爲襄公帥師送平王東遷途中,經過終南山(即今陝西省西安市、咸陽市、寶雞市以南的秦嶺南麓山脈)時,其隨行大夫面對周人之望山,感慨周之東遷:望山依舊,時世變遷,蒼涼頓生,遂作詩以誡勉襄公,冀望襄公封爲諸侯後,不忘以修德稱高位、不忘以盛德配顯服,勵精圖治,治國安邦,振興秦族;《車鄰》爲秦宮女美襄公命爲諸侯之作,以賦體手法寫秦君車盛馬壯、侍御傳令,用比興筆法寫阪桑隰楊之好、鼓瑟鼓簧之樂,極力渲染狀寫秦軍戰車之奢華與裝備之精良,以此來誇飾秦人國力之強盛、將士之勇猛,通過場面描寫烘托出襄公封爲諸侯時秦國公室的喜慶氣氛與秦人的愉悅之情,別是一種歡娛氣氛;《駟驖》爲秦大夫美襄公命爲諸侯之作,寫在襄公命爲諸侯之後,在"北園"往狩之事、方狩之事與畢狩而遊觀之事,極力渲染秦國武備之強大、國力之強盛。可見,《終南》《車鄰》《駟驖》皆作於平王封秦爲諸侯初年,即襄公八年(前770)。

《秦風·小戎》爲秦女思念遠征西戎的丈夫之作,所描寫的婦人對戎車、戰馬的珍愛,對征夫的由衷讚美,突出地表現了她們對英雄的崇拜與敬慕,也表現了她們對戰爭的理解和支持,透露出秦人上下同仇敵愾、共赴國難之精神,表現出秦人誓以自己血肉之軀與西戎戰鬥到底之決心;《蒹葭》爲秦人美襄公求賢尚德之作,是一首典型的政治抒情詩。可見,《小戎》《蒹葭》當作於平王封秦之後、襄公卒前,即襄公八年至十二年(前770—前766)之間。①

二是檜國貴族與國人詩作

《檜風·羔裘》爲檜大夫刺檜君"逍遙遊燕"之作,描寫了檜君逍遙遊燕之生活狀態,反映了檜君失道的亡國之象,抒發了詩人對這種亡國之象的傷感情懷,表現出詩人強烈的憂患意識;《素冠》爲檜女爲其死於鄭滅檜戰爭之中的丈夫舉行"大祥"喪禮之作,描寫了妻子爲死於戰爭的丈夫舉行"大祥"喪禮時的悲慟情景,刻畫出一位形象鮮明、情感深厚、恪守禮儀的居喪貴族婦女形象;《隰有萇楚》

---

① 説詳:邵炳軍《〈詩·秦風·小戎〉之作者、詩旨、作時探微》,《中國古代文學與文獻學研究》第3輯,學苑出版社2004年版,第283-298頁;邵炳軍《〈詩·秦風〉五篇詩旨與作時補證》,《中古詩學暨曹道衡先生學術思想研討會專輯》,安徽人民出版社2007年版,第25-36頁;邵炳軍《〈詩·秦風〉創作年代考論(上)——春秋詩歌創作年代考論之十一》,《西北大學學報》2011年第6期,第50-56頁。

爲檜人嗟歎國破家亡之作,描寫了人民逃亡中顛沛流離、妻離子散的社會現實,抒發了詩人的亡國之痛,發出了"有知"不如"無知"之歎。

另外,《匪風》爲助鄭滅檜的成周八師軍人自傷之作,詩人由因征戰不休而飄搖不安聯想到王道衰微,由此生發遊子思鄉之歎而有王道衰微之嗟。周八師軍人雖非檜人,因其所寫內容涉及鄭滅檜之事,故入於《檜風》。

可見,傳世《檜風》4 篇全部當作於檜亡國之後,即平王二年(前 769)。①

六

我們的研究表明,兩周之際第三次"二王並立"時期的詩歌作品具有強烈的政治色彩,是對這一時期社會政治生活客觀的、能動的反映;這種政治化的詩歌,不僅是春秋時期禮樂制度的有機組成部分,而且代表了整個春秋時代詩歌創作的主旋律,具體包含以下三個創新性論點。

1. "二王並立"政治格局的出現是春秋時期政治興變與詩歌創作的歷史起點

在驪山之難、宗周覆亡(前 771)之際,先後出現了三次"二王並立"的政治格局。這是兩周之際歷史發展進程中的關鍵問題,自然會對詩歌創作產生深刻影響。然而遺憾的是,此一問題卻很少引起《詩經》研究者的注意。筆者所見最早關注攜王者,當爲宋李樗等的《毛詩集解》卷二十五,明朱朝瑛的《讀詩略記》卷三、何楷的《詩經世本古義》卷十九下,清陳啓源的《毛詩稽古編》卷十三、魏源的《詩古微·幽王答問》等。今人徐中舒的《西周史論述(下)》、晁福林的《論平王東遷》在討論兩周之際"二王並立"史實時,涉及《詩經》中的個別作品;②李山的《詩經的文化精神》認爲《詩經》中的一些篇目屬於這一時期的作品,但論之未詳。③

本書以"二王並立"時期的詩歌創作爲研究基點,以《左傳》《國語》《竹書紀年》《史記》及其他文獻資料、考古發現和先哲時賢的研究成果爲依據,考證並梳理出"二王並立"時期的史實綫索。幽王十一年(前 771)驪山之難、宗周覆亡前後,周王室先後出現三次"二王並立"的政治格局:第一次是幽王宮湦與豐王伯服,④歷時 8 年(前 778—前 771);第二次是幽王宮湦、豐王伯服與天王宜臼,歷時 4 年(前 774—前 771);第三次是天王宜臼與攜王余臣,歷時 12 年(前 771—前 760)。這一政治格局實自幽王八年(前 774)以前開始,直到平王十一年(前 760)

---

① 説詳:邵炳軍《鄭武公滅檜年代補證》,《上海大學學報》2005 年第 1 期,第 31-35 頁;邵炳軍、路艷艷《〈詩·檜風·隰有萇楚〉〈匪風〉作時補證》,《中國文化研究》2006 年第 3 期,第 38-44 頁;邵炳軍、張靜《〈詩·檜風·羔裘〉〈素冠〉作時補證》,《上海大學學報》2007 年第 3 期,第 29-33 頁。
② 徐中舒:《西周史論述(下)》,《四川大學學報》1979 年第 4 期,第 92-100 頁;晁福林:《論平王東遷》,《歷史研究》1991 年第 6 期,第 8-23 頁。
③ 李山:《詩經的文化精神》,東方出版社 1997 年版,第 225-226 頁。
④ 幽王宮湦,"湦"一作"涅"。

攜王被殺,歷時17年之久的三次"二王並立"的局面才告結束。這樣長時期的"二王並立"政治格局是西周歷史上前所未有的事情,它不僅説明兩周之際的王權觀念已經發生了重要變化,更重要的是它反映了統治階級的内部矛盾、階級矛盾和民族矛盾達到了白熱化程度;而"二王並立"的出現則是引發驪山之難、導致西周覆滅的導火綫。

而在這一政治格局形成過程中的關鍵人物是申侯,亦即"西申侯",故本書詳細考證了南土申伯之國和西土申侯之國,弄清了"申""西申""南申""東申""晉申""申戎"等名稱之别,在此基礎上進一步考證了幽王太子宜臼被廢之後所奔之處,即《國語·鄭語》《晉語一》之"申",亦即《竹書紀年》之"西申"。正是由於西申侯具有長期經營西陲的政治基礎、具有與周王室世爲婚姻的政治地位,同時具有強大的經濟與軍事實力,纔敢於爲維護自己的政治利益而僭立天王宜臼,纔敢於爲反抗幽王的軍事進攻而與繒國和西戎部落組成軍事聯盟,也纔能在這一軍事聯盟中起主導作用。①

當然,西周王朝由成康盛世到夷厲之衰,發展到幽王身首異處而宗周覆亡,這是歷史的必然。但是,這種歷史的必然性,往往又爲許許多多具有偶然性的歷史事件所加速。如果説《詩·小雅·正月》詩人所謂"赫赫宗周,襃姒威之",②以"女禍"爲西周覆亡導火綫的話,那麽,由此引發的幽王廢后黜嫡的王位繼承權之爭便成爲西周覆亡的催化劑,而以西申侯爲主導所組成的三國軍事聯盟則成了幽王的掘墓人。

兩周之際"二王並立"政治格局的形成,亦即兩周之際"二王並立"時期作者的生存環境及其創作背景。這種政治格局不僅使生活在特定政治環境之中的詩人們的詩歌創作有一個特殊的創作背景,也爲他們的詩歌創作提供了一個重要題材。

在考證"二王並立"大的政治格局的基礎上,本書還考證了平王東遷這一重大事件發生的原因以及東遷的具體時間;考證了晉文侯滅國奪邑、開疆拓土、奠定晉國霸業的史實,以及晉文侯弒攜王余臣而導致攜王朝覆滅的史實;考證了平王封秦襄公爲諸侯的相關史實,以及秦國乘兩周之際王室衰微的政治背景逐漸興盛的演變史實;考證了鄭國依靠幽、平二王的政治勢力,滅國奪邑、開疆拓土、東遷新鄭的史實。釐清這些重大歷史事件,爲進一步考訂相關詩篇的創作年代提供了重要的歷史坐標。

---

① 説詳:邵炳軍《周平王奔西申與擁立周平王之申侯》,《貴州文史叢刊》2001年第1期,第11-19頁;邵炳軍《周平王所奔西申地望考》,《南京師大學報》2001年第4期,第138-144頁;邵炳軍《兩周之際諸申地望及其稱謂辨析》,《社會科學戰綫》2002年第3期,第138-143頁。
② [漢]毛亨傳,[漢]鄭玄箋,[唐]孔穎達等正義:《毛詩正義》,第950頁。

2. 家父、凡伯、衛武公等貴族詩人群體是推動春秋時期詩歌創作變革之功臣

一是《節南山》作者家父所處的生活時代及其生平事蹟考證

關於家父所處的生活時代,先哲主要有六説:一是毛《序》之"幽王之世(前 781—前 771)"説,二是《節南山》孔《疏》引三國魏韋昭之"平王之世(前 770—前 720)"説,三是《節南山》孔《疏》之"平桓之世(前 770—前 697)"説,四是宋歐陽修《詩本義》卷七之"桓王之世(前 719—前 697)"説,五是戴溪《續吕氏家塾讀詩記》卷二之"共和元年(前 841)之後"説,六是清梁玉繩《人表考》卷四之"宣王之世(前 827—前 782)"説。

關於家父其人見於文獻記載者,除《節南山》之"家父"外,還有隱六年《左傳》之"嘉父",桓八年、桓十五年《春秋》之"家父",襄四年《左傳》之"嘉父",襄二十一年《左傳》之"嘉父",《漢書·古今人表》之"嘉父",《儀禮·士冠禮》鄭《注》之"嘉甫"。筆者對以上諸説,通過逐一分析與清理,認爲在上古漢語中,"家""嘉"同音假借,蓋"家父"亦曰"嘉父",但此六"家父"肯定不會爲同一人。

在此基礎上,通過對家父所處的時代與職掌考證,認爲家父是歷仕幽王、平王兩代之元老重臣,《節南山》之"家父",就是《詩·小雅·十月之交》之"宰夫家伯",故亦可稱之曰"宰夫家伯父";通過對宰夫家伯父之族屬考證,認爲家氏爲賈氏之別(支族),帝嚳高辛氏元妃姜嫄子后稷棄之裔,文王昌之孫、武王發庶子唐叔虞之後,出於家父(家伯父),屬晉公族;通過對家氏之地望考證,認爲家氏郡望在離賈國不遠的家谷之水女家河畔之家邑,當在今山西省運城市絳縣東北 40 里之大交鎮附近。故宰夫家伯父,姓姬,本氏賈,別氏家,字父,行次伯,晉室公族,爲家氏入仕西周王朝的大夫,其以家氏世族而爲宰夫世官,東遷後仍在東周王朝任宰夫這一世職。則家父爲仕於幽王、平王兩朝的"優老"之臣。

二是《板》《召旻》《瞻卬》作者凡伯所處的生活時代及其生平事蹟考證

前文已經提及,先哲時賢關於《板》《召旻》和《瞻卬》主要有七説。筆者通過對共、凡兩國所處地望的考證,認爲共、凡本爲二國,後又爲衛之二別邑,共伯與凡伯應爲二人,並由此進一步推論:在厲王流彘(即今山西省霍州市)之後,宣王即位之前 14 年間,攝政稱王之"共伯和",不是作《板》詩之周大夫凡伯;通過對《板》《召旻》《瞻卬》作者的逐一辨析,認爲《板》詩作者不是毛《序》所謂厲王時之"凡伯",而是幽王時之"凡伯",而《板》《召旻》《瞻卬》三詩作者當爲同一"凡伯";通過對凡伯的氏族、職掌方面的討論,認爲凡氏始封君爲周公旦之子第三子凡伯,姓姬,氏凡,以封國稱伯,其後世子孫相繼入爲周王室卿士。故《板》《召旻》《瞻卬》三詩的作者凡伯,姓姬,氏凡,爵伯,爲周公旦庶子凡伯之後,以東都畿内諸侯入仕王室,爲歷仕幽王、平王兩朝的王室卿士。

三是《青蠅》《賓之初筵》《抑》作者衛武公所處的生活時代及其生平事蹟的考證

關於《抑》《賓之初筵》的作者，《毛詩》《韓詩》《齊詩》《魯詩》諸家皆主張爲衛武公；關於《青蠅》之作者，《毛詩》泛言爲周大夫，《韓詩》《齊詩》《魯詩》三家皆主張爲衛武公。對於衛武公其人，《左傳》《國語》《竹書紀年》《呂氏春秋》《莊子》《魯連子》《毛詩序》《史記》等文獻多有記載，然歧説紛呈。

筆者在梳理前人關於衛武公生平事蹟諸説的基礎上，依據《左傳》《國語》《竹書紀年》《莊子》《魯連子》《呂氏春秋》《詩序》《史記》等先秦兩漢傳世文獻和金文資料，通過對《周本紀》"召公、周公二相行政"説的辯駁，認爲《竹書紀年》所謂"共伯和干王位"，即共伯和踐天子位稱王以攝行天子事；"干王位"之共伯和，即師毁簋、元年師兑簋、三年師兑簋、師鳌簋諸銘之"師穌父"，亦即師晨鼎銘之"司馬共"，亦即《國語·楚語上》《史記·周本紀》《衛康叔世家》之"衛武公"，亦即《太平御覽》卷八百七十九引《史記》之"伯和"，亦即《史記·衛康叔世家》之"共伯弟和"，亦可稱之爲"衛伯和"。則衛武公（前863—前766），姬姓，名和，諡武，侯爵，尊稱公；頃侯之孫，僖侯之子，共伯余之弟，莊公揚、公子惠孫、公子䵣之父；厲王十五年（前843）繼立爲君、十六年（前842）攝政稱王，共和十四年（前828）歸政宣王靜返國，平王元年（前770）襲祖職爲王室司寇、三年（前768）平王命之爲"公"、五年（前766）薨，在位凡77年（前843—前766）。由此進一步考訂，厲王三十七年（前841），國人暴動、流王於彘後，衛武公（共伯和）以賢名而爲諸侯推舉，踐位稱王行天子事14年，至厲王太子靜即位（前827）後，共伯和歸政；他在平王宜臼與攜王余臣"二王並立"時爲平王司寇，死後諡號爲"武"，故曰"衛武公"。

以上三人中，家父爲王室内朝太史寮官署大夫，衛武公爲王室外朝卿士寮三公，凡伯爲王室外朝卿士寮卿士，故可稱之爲王室貴族詩人群體。他們不僅是"二王並立"時期平王的肱股之臣，更是推動春秋時期詩歌創作變革之功臣。正是他們所創作的《節南山》《板》《召旻》《瞻卬》《青蠅》《賓之初筵》《抑》等作品，把所謂"變雅"作品的創作推向了極致。

3. 諸侯國家意識的強化使"國風"創作更注意彰顯作者的創作個性與地域特色

隨着王權的漸次衰微，自然是諸侯國家意識的強化，這正是春秋時期"國風"創作繁榮的政治思想基礎。保存在今本《詩經》中的《邶風》《鄘風》《衛風》《鄭風》《齊風》《魏風》《唐風》《秦風》《陳風》《檜風》《曹風》等，大多爲春秋時期作品。這些詩篇更注意彰顯作者的創作個性，顯示出強烈的地域文化特色，標誌着所謂"變風"創作的繁榮。

其中，"二王並立"時期是春秋時期"國風"創作的第一個高峰期。據筆者初步考證,計有《王風·葛藟》《秦風·終南》《車鄰》《駟驖》《小戎》《蒹葭》《檜風·羔裘》《素冠》《隰有萇楚》《匪風》等 10 篇,故我們主要選擇《秦風》與《檜風》作爲個案研究對象。因爲前者爲新興諸侯之作,即平王封秦、襄公立國之後的作品,故屬於"盛世之聲";後者爲古老方國之作,即檜國爲鄭武公所滅之後的作品,屬於"亡國之音"。它們都客觀地、真實地藝術再現了春秋時期諸侯興亡的歷史發展趨向。

平王元年(前 770),平王封襄公爲諸侯。這是王室分封的最後一個異姓諸侯國,也是兩周之際"二王並立"特殊政治格局使然。對於秦人而言,平王分封,襄公受爵,秦人始國,霸業之基始定,實乃秦國發展史上具有里程碑意義的大事。秦國的詩人們在他們創作的詩篇裏,對秦襄公或讚頌之,或誡勉之。反映這一時期現實生活的詩篇就有《終南》《車鄰》《駟驖》《小戎》《蒹葭》等 5 篇,佔傳世《秦風》篇數的一半。無論是秦大夫所作之《終南》《駟驖》,還是秦女所作之《車鄰》《小戎》,都彰顯出秦人率直張揚驕悍之地域特性與崇尚陽剛武德之文化品格,"尚武"特色十分濃烈。當然,《蒹葭》是一篇風格獨特之作,"崇文"特點非常明顯;尤其是在興象選取獨特、意象經營巧妙、意境清新雋永、表意委婉曲折方面,達到了很高的水準,是《詩經》中其他詩篇所不多見的。其詩歌創作的藝術基調爲"盛世之聲"。

作爲"祝融八姓"(陸終六子)後裔的檜國,與剛剛分封立國的秦國不同,它是一個夏代就已經存在的古老方國,具有悠久的歷史積澱與文化傳統。① 現存《詩經》中,保存有《檜風》4 篇,即《羔裘》《素冠》《隰有萇楚》《匪風》。這 4 篇詩歌的創作背景,皆與平王二年(前 769)鄭武公滅檜直接相關。其中,《羔裘》爲檜大夫述檜仲失道亡國之作,《素冠》係檜女爲其夫舉行"大祥"喪禮之作,《隰有萇楚》爲檜人嗟歎國破家亡而人民逃亡之作,《匪風》爲助鄭武公滅檜之成周八師軍人自傷之作。可見,無論是檜大夫刺國君之作、檜女悼亡夫之作、檜人哀亡國之作,還是周八師軍人自傷之作,其詩歌創作的藝術基調都爲"亡國之音",與《秦風》的"盛世之聲"形成鮮明對照。

總之,自兩周之際第三次"二王並立"政治格局終結之後,政治與詩歌創作的關係不是減弱了,而是進一步增強了。比如,由於王室漸次衰微,王權的神聖光環逐漸失去了往日的輝煌,"雅詩"幾成絕響;由於諸侯國家意識的進一步增強、國力逐漸強盛,《邶風》《鄘風》《衛風》《鄭風》《齊風》《魏風》《唐風》《陳風》《曹風》等"風詩"創作出現了進一步的繁榮局面;由於王室與諸侯之間、諸侯與諸侯之間的聘問活動日趨頻繁,在重大典禮與社交場合的賦詩言志,成爲詩禮文化的一種

---

① 説詳:邵炳軍、楊秀禮《祝融、蚩尤、三苗種族概念關係發微》,《西南民族大學學報》2008 年第 9 期,第 36 - 48 頁。

新型元素；由於政治觀念由神意政治向天意政治再向人意政治的轉變，爲詩人們的創作開闢了新視角，因而創作出了藝術風格亦風亦雅、創作目的以歌頌當世國君而非告神之祭歌的所謂"變頌"——《魯頌》，促進了"頌詩"創作的歷史性變革；由於政治哲學的變遷與詩歌創作的繁榮，孕育了以齊晏嬰所謂"濟五味、和五聲也，以平其心，成其政"（昭二十年《左傳》）、[①]宋老聃所謂"大音希聲，大象無形"（《老子·德經》四十一章）等爲代表的美學觀念，[②]也産生了以吳公子札對詩樂風格的全面概括（襄二十九年《左傳》）、魯孔丘所謂"《詩》，可以興，可以觀，可以群，可以怨"（《論語·陽貨》）詩論等爲代表的詩學觀念；[③]由於社會階層的分化、文士的興起，促進了民間歌謡與民間音樂高度發展，由此形成了以"怨以怒""哀以思"（《詩大序》）爲特徵的民間俗樂——"新聲"，[④]逐漸取代"樂而不淫，哀而不傷"（《論語·八佾》）的貴族雅樂。[⑤] 春秋時期詩歌的這些基本特徵，顯示出由政治環境變遷所引發的詩歌創作流變趨向，可以説是一種歷史發展的必然進程。

這些現象依然需要我們去關注、去研究，以便對春秋時期政治興變與詩歌創作演化有一個全面、系統、立體的了解，如此纔能準確地把握春秋時期詩歌創作的歷史規律。[⑥]

---

① ［晉］杜預注，［唐］孔穎達等正義：《春秋左傳正義》，第 4547 頁。
② ［周］老聃撰，朱謙之校釋：《老子校釋》，第 171 頁。
③ ［魏］何晏等注，［宋］邢昺疏：《論語注疏》，清嘉慶二十至二十一年（1815—1816）江西南昌府學刊刻阮校十三經注疏本，中華書局 2009 年影印版，第 5486 頁。
④ ［漢］毛亨傳，［漢］鄭玄箋，［唐］孔穎達等正義：《毛詩正義》，第 564 頁。
⑤ ［魏］何晏等注，［宋］邢昺疏：《論語注疏》，第 5360 頁。
⑥ 參見：邵炳軍《關於春秋文學編年史研究的思考》，《西北民族學院學報》1999 年第 4 期，第 59－63 頁。

第一章
兩周之際"二王並立"政治格局的出現

周幽王十一年（前771）驪山之難、宗周覆亡前後，周王室先後出現三次"二王並立"的政治格局：第一次是幽王宫涅與豐王伯服，歷時8年（前778—前771）；第二次是幽王宫涅、豐王伯服與天王宜臼，歷時4年（前774—前771）；第三次是天王宜臼與攜王余臣，歷時12年（前771—前760）。第一次屬同一政治營壘内部的"二王並立"；第二次雖有三王之名，實際上依然是"二王並立"，與第三次同屬不同政治營壘之間的"二王並立"，在政治利益方面是完全對立。

這是兩周之際歷史發展進程中的一個關鍵問題，自然會對詩歌創作產生深刻影響。然而遺憾的是，這一問題卻很少引起《詩經》研究者的注意。筆者所見最早關注攜王者，當爲宋李樗等的《毛詩集解》卷二十五，明朱朝瑛的《讀詩略記》卷三、何楷的《詩經世本古義》卷十九，清陳啓源的《毛詩稽古編》卷十三、魏源的《詩古微・幽王答問》等。今人徐中舒的《西周史論述（下）》、晁福林的《論平王東遷》在討論兩周之際"二王並立"史實時，涉及《詩經》中的個別作品；[1]李山的《詩經的文化精神》認爲《詩經》中的一些篇目屬於這一時期的作品，但論之未詳。[2]故根據傳世文獻資料與考古出土材料，梳理"二王並立"時期的史實綫索和文化背景，對於研究生活在這一歷史時期詩人的生平事蹟及其文學作品的創作年代，皆具有重要意義。

---

[1] 徐中舒：《西周史論述（下）》，《四川大學學報》1979年第4期，第92-100頁；晁福林：《論平王東遷》，《歷史研究》1991年第6期，第8-23頁。
[2] 李山：《詩經的文化精神》，東方出版社1997年版，第225-226頁。

第一節　兩周之際三次"二王並立"史實索隱

昭二十六年《左傳》孔《疏》引《竹書紀年》：

> 平王奔西申，而立伯盤以爲太子，與幽王俱死于戲。先是，申侯、魯侯及許文公立平王於申，以本大子，故稱"天王"。幽王既死，而虢公翰又立王子余臣於攜，周二王並立。二十一年，攜王爲晉文公所殺。以本非適，故稱"攜王"。①

宋劉恕《資治通鑑外紀》卷三《周紀一》引《竹書紀年》：

> 幽王死，申侯、魯侯、許文公立平王於申，虢公翰立王子余，二王並立。余爲晉文侯所殺，是爲攜王。②

《竹書紀年》所敘"二王並立"史實，《左傳》《國語》《史記》等亦透露出一些信息。

一、幽王宫涅和豐王伯服並立爲王時期

兩周之際的第一次"二王並立"是周幽王宫涅和豐王伯服並立爲王，這是同一政治營壘內部的一次"二王並立"。

1. 從幽王娶褒姒時間推測伯服稱王時之年齡

據《史記·周本紀》、今本《竹書紀年》，周幽王三年（前779），"王嬖褒姒"而"生子伯服"；那麽，十一年（前771）王師伐申時，伯服年僅7歲，正是被視爲

---

① ［晉］杜預注，［唐］孔穎達等正義：《春秋左傳正義》，第4591—4592頁。按：伯盤，《國語·晉語一》《鄭語》及昭二十六年《左傳》杜《注》皆作"伯服"。戲，即戲水，驪戎水名，在今陝西省臨潼市東之驪山，位於西周都邑豐鎬之東百餘里；魯侯，當爲"曾侯"之訛，此"曾"亦即《國語·鄭語》《史記·周本紀》之"繒"；二十一年，當爲晉文侯二十一年（前760）；晉文公，當爲"晉文侯"之訛；適，同"嫡"。說參：王國維《古本竹書紀年輯校》，見《王國維遺書》第7册，上海書店出版社1983年版，第592頁；蒙文通《古代民族移徙考》，《禹貢半月刊》1937年第6—7期合刊，第13—36頁。又，僖十四年、宣十八年、哀七年《左傳》之"鄫"，《國語·周語中》，僖十四年、宣十八年、哀七年《穀梁傳》皆作"繒"，《周語下》作"鄫"，西周春秋時期金文皆作"曾"，殷墟甲骨卜辭作"㑉""㑉""㑉"。蓋初文作"曾"，繁文作"繒""鄫"，足見"曾""鄫""繒"古通用。
② ［宋］劉恕：《資治通鑑外紀》，四部叢刊初編影印宋刻本，上海書店1985年版，卷3，第32頁。按：據昭二十六年《左傳》孔《疏》引文，此"王子余"當爲"王子余臣"之闕文。

掌上明珠的幼童,幽王何以讓其陪同自己與申、繒、西戎聯軍去做殊死拼搏呢?

《國語·鄭語》載史伯對桓公問曰:

> 及厲王之末,發而觀之,漦流于庭,不可除也。王使婦人不幃而譟之,化爲玄黿,以入于王府。府之童妾未既齓而遭之,既笄而孕,當宣王時而生。不夫而育,故懼而棄之。爲弧服者方戮在路,夫婦哀其夜號也,而取之以逸,逃于褒。褒人褒姁有獄,而以爲入於王,王遂置之,而嬖是女也,使至於爲后而生伯服。①

謹按:《史記·周本紀》《列女傳·孽嬖傳》全本《國語·鄭語》説。據此,則厲王末年王室中童妾"既笄而孕",褒姒當出生於宣王初年。宣王在位46年(前827—前782),假若依《史記·周本紀》、今本《竹書紀年》所記,幽王三年(前779)才娶褒姒,那麼是時褒姒已40多歲,很難設想褒姒在人老珠黃時却能使幽王傾心。

又,《詩·小雅·正月》之八章曰:"心之憂矣,如或結之。今兹之正,胡然厲矣。燎之方揚,寧或滅之。赫赫宗周,褒姒威之。"《大雅·瞻卬》之三章曰:"哲夫成城,哲婦傾城。懿厥哲婦,爲梟爲鴟。婦有長舌,維厲之階。亂匪降自天,生自婦人。匪教匪誨,時維婦寺。"②《國語·鄭語》載周史伯對鄭桓公問曰:"夫虢石父讒諂巧從之人也,而立以爲卿士,與剥同也;棄聘后而立內妾,好窮固也。"③《史記·周本紀》大同。可見,褒姒不僅僅有寵於幽王,並與幽王重臣——王室卿士虢石父(甫)結爲同黨,致使傾覆宗周,足見褒姒地位之牢固、影響之巨大。應當説,這是褒姒長期進行政治經營的必然結果,斷非一年輕寵妾於倉促間所能完成者。這又從一個側面説明,周幽王娶褒姒必定在幽王三年(前779)以前。

又,《國語·晉語一》載晉史蘇對大夫里克(里季)問曰:

> 周幽王伐有褒,褒人以褒姒女焉,褒姒有寵,生伯服,於是乎與虢石甫

---

① 韋《注》:"末,末年,流彘之歲。……女十五而笄。厲王流彘,共和十四年死。十五年,宣王立,立四十六年,幽王在位,十一年而滅。"[三國吳]韋昭注,上海師範大學古籍整理研究所校點:《國語》,第519-521頁。
② [漢]毛亨傳,[漢]鄭玄箋,[唐]孔穎達等正義:《毛詩正義》,第949-950、1244-1245頁。
③ 韋《注》:"石父,虢君之名。……聘后,申后。內妾,褒姒。"[三國吳]韋昭注,上海師範大學古籍整理研究所校點:《國語》,第518-520頁。

比,逐太子宜臼而立伯服。太子出奔申,申人、鄫人召西戎以伐周,周於是乎亡。①

謹按:《史記·周本紀》説大同。此所謂"周幽王"當指尚未繼位時的太子宫涅。當周幽王征伐褒國時,褒姒正值妙齡,故被有褒國君送去以平息王室之征討。前已論及,褒姒當生於周宣王初年。成二年《左傳》:"二君(蔡景公、許靈公)弱,皆強冠之。"襄九年《左傳》載晉侯(悼公)謂魯季武子(季孫宿)曰:"國君十五而生子,冠而生子,禮也。君(魯襄公)可以冠矣。"②《禮記·曲禮上》:"人生十年曰幼,學;二十曰弱,冠;三十曰壯,有室。"③《淮南子·氾論訓》:"禮,三十而娶。文王十五而生武王,非法也。"④《論衡·率性篇》:"'生子'謂十五(生)子。"⑤《禮記·昏義》孔《疏》:"故《春秋左氏》説:國君十五而生子,禮也;二十而嫁,三十而娶,庶人禮也。"⑥明歸有光《震川先生集》卷三《天子諸侯無冠禮論》:"天子爲元子之時,以士禮冠,所謂有父在,則禮然也。"⑦則"十二年而冠""十五而生子"乃天子、諸侯之禮;⑧"二十而冠""三十而有室"乃士之禮。足見宫涅爲周宣王元子(世子),其行冠禮當在周宣王二十年(前808)頃,娶申后當在周宣王三十年(前798)頃,娶褒姒當在娶申后之後。

關於申后之子宜臼生年,文獻雖無明載,然其在位長達51年之久,則《史記·周本紀》《十二諸侯年表》《衛康叔世家》有確證。而據衛武公《詩·大雅·抑》謂周平王初稱"天王"時,"借曰未知,亦既抱子",⑨則其元年(前770)即爲娶

---

① 韋《注》:"幽王,宣王之子幽王宫涅也。有褒,姒姓之國,幽王伐之,褒人以美女女,謂之褒姒,是爲幽后。……石甫,虢公之名。……宜曰,申后之子平王名也。……鄫及西戎素與申國婚姻同好。幽王欲殺宜臼以成伯服,求之於申,申人弗予,遂伐之。故申、鄫召西戎以伐周,殺幽王於戲。"[三國吳]韋昭注,上海師範大學古籍整理研究所校點:《國語》,第255—256頁。
② [晉]杜預注,[唐]孔穎達等正義:《春秋左傳正義》,第4118、4218頁。
③ [漢]鄭玄注,[唐]孔穎達等正義:《禮記正義》,清嘉慶二十至二十一年(1815—1816)江西南昌府學刊刻阮校十三經注疏本,中華書局2009年影印版,第2665頁。
④ 高《注》:"國君十二歲而冠,冠而娶,十五生子,重國嗣也。"[漢]劉安撰,劉文典集解,馮逸、喬華點校:《淮南鴻烈集解》,新編諸子集成本,中華書局1989年版,第424頁。按:《禮記·樂記》孔《疏》引《大戴禮記》《律曆志下》説皆同,不具引。
⑤ [漢]王充撰,黃暉校釋:《論衡校釋》,新編諸子集成本,中華書局1990年版,第68頁。按:《宋書·禮志一》引[漢]賈逵《左氏傳解詁》、服虔《春秋左氏傳解》(此據《後漢書·儒林傳》題,《隋書·經籍志一》《舊唐書·經籍志上》皆題作"春秋左氏傳解誼",《新唐書·藝文志一》題作"左氏解誼")説同,不具引。
⑥ [漢]鄭玄注,[唐]孔穎達等正義:《禮記正義》,第3647頁。
⑦ [明]歸有光撰,周本淳據四部叢刊初編影印清康熙間(1662—1722)常熟刊本點校:《震川先生集》,上海古籍出版社1981年版,第55頁。
⑧ 《荀子·大略篇》:"天子、諸侯子,十九而冠。"楊《注》:"先於臣下一年。"[周]荀況撰,[唐]楊倞注,[清]王先謙集解,沈嘯寰、王星賢據清光緒十七年(1891)刻本點校:《荀子集解》,新編諸子集成本,中華書局1988年版,第512頁。按:荀況説與諸家異,故録此備參。
⑨ [漢]毛亨傳,[漢]鄭玄箋,[唐]孔穎達等正義:《毛詩正義》,第1199頁。

妻生子之年。故宜臼稱王時的年齡必不會太大,若推測此時宜臼年齡不足20歲,應屬可信;那麼,申后生宜臼當在周宣王三十六年(前792)頃。

另外,《詩·周頌·載芟》:"侯主侯伯,侯亞侯旅,侯彊侯以。"毛《傳》:"主,家長也。伯,長子也。亞,仲叔也。旅,子弟也。"①蓋先秦時"伯""仲""叔""季"爲長幼行次之通例。"伯服"是字而非名,以"伯"相稱,應即長子,則伯服的年齡當大於宜臼。那麼,至周幽王繼位時(前881),伯服可能有10多歲;周幽王十一年(前771)伯服隨幽王伐申時,已是20多歲的成人了。可見,年齡問題不是伯服稱王的障礙。

2. 從豐京宗教地位與文獻和銘文記載推測伯服當稱"豐王"

《史記·秦本紀》:"襄公元年,以女弟繆嬴爲豐王妻。"②宋羅泌《路史·國名記己三》:"豐,秦襄公以弟穆嬴爲豐王妻。地蓋豐水之西,一作鄷。昔文王侵孟、克莒、舉鄷,三舉而紂惡之。預云:南鄉析縣南有鄷亭。"③許倬雲《西周史》:"後來秦襄公又以其女弟妻豐王——豐王據説是戎王薦居岐豐的名號。"④王鍾翰《中國民族史》:"前777年(周幽王五年),秦襄公繼位,一方面,以女弟繆嬴爲西戎豐王妻,以結好西戎,同時和西戎中與秦爲敵者鬥爭。"⑤此皆以"豐"爲"豐京",説是;而以"豐王"爲"戎王",則失考。秦與戎世代爲仇,嫁女弟給戎王,斷非秦襄公所能爲;且在《秦本紀》中,"戎王"與"豐王"並見,則可斷定"豐王"定非戎人之王。筆者以爲,"豐王"之"豐",當與伯服稱王時所居地名有關。

《詩·大雅·文王有聲》之次章曰:"既伐于崇,作邑于豐。"三章曰:"築城伊淢,作豐伊匹。"四章曰:"王公伊濯,維豐之垣。"五章曰:"豐水東注,維禹之績。"六章曰:"鎬京辟廱,自西自東,自南自北。"卒章曰:"豐水有芑,武王豈不仕。"⑥昭四年《左傳》載楚椒舉(伍舉)言於楚子(靈王)曰:"康有鄷宮之朝。"⑦《史記·周本紀》:"明年,伐崇侯虎,而作豐邑,自岐下而徙都豐。明年,西伯崩,太子發立,是爲武王。"⑧《漢書·五行志中》顏《注》引三國魏孟康《漢書音義》:"長安西

---

① [漢]毛亨傳,[漢]鄭玄箋,[唐]孔穎達等正義:《毛詩正義》,第1296頁。
② [漢]司馬遷撰,[南朝宋]裴駰集解,[唐]司馬貞索隱,[唐]張守節正義,郭逸、郭曼據宋慶元二年(1196)建陽黃善夫刊刻三家注本標點:《史記》,上海古籍出版社1997年版,第121頁。
③ [宋]羅泌撰,[宋]羅苹注:《路史》,四部備要本,中華書局1920—1936年版,第388頁。
④ 許倬雲:《西周史》(增訂本),生活·讀書·新知三聯書店1995年版,第293頁。
⑤ 王鍾翰主編:《中國民族史》(增訂本),中國社會科學出版社1994年版,第67頁。
⑥ 毛《傳》:"武王作邑於鎬京。"鄭《箋》:"作邑者,(文王)徙都于豐,以應天命。……豐邑在豐水之西,鎬京在豐水之東。"[漢]毛亨傳,[漢]鄭玄箋,[唐]孔穎達等正義:《毛詩正義》,第1133-1134頁。
⑦ 杜《注》:"鄷,在始平鄠縣東,有靈臺,康王於是朝諸侯。"[晉]杜預注,[唐]孔穎達等正義:《春秋左傳正義》,第4418頁。
⑧ 裴駰《集解》引[晉]徐廣《史記音義》:"豐在京兆鄠縣東,有靈臺。鎬在上林昆明北,有鎬池,去豐二十五里。皆在長安南數十里。"張守節《正義》引李泰《括地志》:"周豐宮,周文王宮也,在雍州鄠縣東三十五里。鎬在雍州西南三十二里。"[漢]司馬遷撰,[南朝宋]裴駰集解,[唐]司馬貞索隱,[唐]張守節正義,郭逸、郭曼標點:《史記》,第80頁。

南有鎬池。"①《後漢書·郡國志一》劉《注》引三國蜀譙周《古史考》:"武王遷鎬,長安豐亭鎬池也。"②宋宋敏求《長安志》卷三《宫室一》引晉皇甫謐《帝王世紀》:"武王自酆居鎬,諸侯宗之,是爲宗周。今灃水之東、長安之南三十里,去酆二十五里鎬池,即其故都也。"③元駱天驤《類編長安志》卷二《周宫》:"酆宫,文王宫也。文王伐崇,乃遷都于酆。……其宫在鄠縣酆亭,今俗呼豐城堡,三里之城也。"④

可見,在周文王崩(約前1070)一年之前,文王將都邑由周原岐邑(在今陝西省寶雞市扶風縣、岐山縣北京當鎮鳳雛村箭括嶺南麓)遷於豐京(在今西安市長安區灃水西岸)。⑤周武王元年(前1069),武王即位後修建了鎬京(在距豐京20餘里的灃河東岸)。⑥灃水(一作"豐水",又作"酆水")源出終南山的豐谷,在西安之西與滈水(一作"鎬水")匯合,北流入渭。灃水流經地區正是關中平原最開闊的地帶,⑦這裏地勢低平、一望無垠,自然條件遠比地勢高阜的周原優越,又便於姬周族群勢力向東方發展,因而被擇爲建都之地。足見周文王所建豐京,位於灃水之西,因水爲名;周武王所建鎬京,位於灃水之東,因瀕臨鎬池而得名。豐京與鎬京兩城隔灃水東西相望,相去25里,一衣帶水。⑧

從1957年起,中國科學院考古研究所在對灃河兩岸新石器時代仰韶文化遺址進行多次調查與發掘過程中,發現了面積廣闊、内涵豐富的西周文化遺址。在灃河西岸張家坡附近發現了大批車馬坑與中小型墓葬,與史書記載的豐邑在漢長安西南、鄠縣城東的方位相符;在灃河東岸斗門鎮一帶也發現了西周遺址與遺物,這也與鎬京位於昆明池北、且部分淪於昆明池内的文獻記載相符。豐、鎬遺

---

① [漢]班固撰,[唐]顏師古注,傅東華等據清光緒二十六年(1900)王先謙補注本點校:《漢書》,中華書局1962年版,第1400頁。

② [南朝宋]范曄撰,[唐]李賢等注,宋雲彬等據宋紹興間(1131—1162)刻本點校:《後漢書》,中華書局1965年版,第3403頁。

③ [宋]宋敏求撰,辛德勇、郎潔據明成化間(1465—1487)陝西頴陽書堂刻本點校:《長安志》,三秦出版社2013年版,第160頁。按:今本《帝王世紀》佚此文。

④ [元]駱天驤纂編,[元]薛延年校正,黄永年據明鈔本點校:《類編長安志》,中國古代都城資料選刊本,中華書局1990年版,第45頁。

⑤ 參見:龐懷靖《岐邑(周城)之發現》,《寶雞師院學報》1990年第1期,第36-38頁。

⑥ 參見:胡謙盈《豐鎬地區諸水道的踏察——兼論周都豐鎬位置》,《考古》1963年第4期,第188-198頁。

⑦ 《史記·項羽本紀》:"關中阻山河四塞。"裴駰《集解》引[晉]徐廣《史記音義》:"東函谷,南武關,西散關,北蕭關。"《高祖本紀》司馬貞《索隱》引[晉]佚名《三輔故事》:"西以散關爲限,東以函谷爲界,二關之中謂之關中。"[漢]司馬遷撰,[南朝宋]裴駰集解,[唐]司馬貞索隱,[唐]張守節正義,郭逸、郭曼標點:《史記》,第217、246頁。按:函谷關,遺址有三:秦關(春秋戰國時期所建古關)位於河南省靈寶市北30里之王垛村,漢關位於洛陽市新安縣(西距秦關300里),魏關位於靈寶市東北40里(距秦關約10里);武關,春秋時名曰"少習關",戰國時改稱"武關",位於今陝西省商洛市丹鳳縣東南70里東武關河北岸;散關,亦稱"大散關",位於寶雞市南郊秦嶺北麓;蕭關,位於今寧夏回族自治區固原市原州區東南。此四關謂之"關中四塞"。

⑧ 參見:武伯綸、武復興《從周原到豐鎬》,《陝西日報》1979年6月24日、7月9日。

址中,發掘到製造骨器的工廠,鑄造銅器的外範、內模,紡織生産的紡輪和大量做工精緻的青銅器皿,反映了當時手工業生産已達到了相當高的水準。①

豐、鎬兩城僅一水之隔,既近在咫尺,武王爲什麼要另建鎬京?可能因爲豐京西有靈沼河阻隔,地勢狹長而低平,既易受澇,又少發展餘地,"武王都鎬京,爲四方來朝者,豐不以容之"(宋王應麟《詩地理考》卷四《鎬京》引戴氏語),②不得不向地勢開闊、平疇沃野的灃水東岸發展。但武王都鎬京後,豐宮並未廢棄。《史記·周本紀》:"成王在豐,使召公復營雒邑,如武王之意。"《魯周公世家》:"周公在豐,病,將没……"③今本《竹書紀年》:"(周成王二十一年)周文公薨於豐。"④從銅器銘文稱王在豐京爲"出館"、爲"客"來看,説明國都以鎬京爲主;武王在鎬京而"諸侯宗之",故又把"鎬京"叫做"宗周",可知在西周時全國政治軍事中心爲鎬京。⑤"國之大事,在祀與戎"(成十三年《左傳》載周卿士劉康公語);⑥而一旦王室有祀、戎大事,周王都要步行到豐京去祭告祖先。這説明豐京是周王室祖廟所在地,爲思想文化中心。

可以説,豐、鎬兩地是一個城市的兩個分區,它們互相配合,發揮着國家都城的作用。周人建都豐、鎬以後,以此爲中心積聚力量,終於完成了滅商的事業。豐、鎬作爲西周王室的首都,成爲全國政治、經濟、文化的中心,前後達300多年之久。所以,在西周後期,雖然鎬京政治地位日隆,但豐京仍爲周都的一部分,其地位自然非尋常城邑可比。直至周平王元年(前770)平王東遷雒邑(在今河南省洛陽市附近)止,豐、鎬纔失去了它在歷史上的首都地位而逐漸衰敗。

因此,儘管周幽王昏庸,但不至於將跟鎬京一望之遥的豐京拱手送給戎人;況且豐京有周王祖廟在焉,自當不會有戎族之王。若果有"豐王",則必定是姬姓之王。羅振玉《三代吉金文存》卷二十著錄有傳世西周時期器"豐王"斧,⑦可證周代的確有"豐王"存在,而此"豐王"當與《史記·秦本紀》之"豐王"有關。

關於"豐王"何以前冠一"豐"的問題,顧頡剛《史林雜識初編》認爲:"號曰豐者,當以居豐京之故。"⑧可見,"豐王"之"豐",以伯服稱王時所居之地豐京名之。

---

① 詳見:徐錫台《陝西長安鄠縣調查與試掘簡報》,《考古》1962年第6期,第305-311頁。
② [宋]王應麟:《詩地理考》,叢書集成初編排印明崇禎間(1628—1644)毛晉編輯津逮秘書本,中華書局1985年版,第3046冊,第192頁。
③ [漢]司馬遷撰,[南朝宋]裴駰集解,[唐]司馬貞索隱,[唐]張守節正義,郭逸、郭曼標點:《史記》,第90、1227頁。
④ 王國維:《今本竹書紀年疏證》,見《王國維遺書》第8冊,上海書店出版社1983年版,第68頁。
⑤ 參見:黄盛璋《周都豐鎬與金文中的莕京》,《歷史研究》1956年第10期,第63-81頁;盧連成《西周豐鎬兩京考》,《中國歷史地理論叢》1988年第3期,第115-152頁;邵英《宗周、鎬京與莕京》,《考古與文物》2006年第3期,第41-45頁。
⑥ [晉]杜預注,[唐]孔穎達等正義:《春秋左傳正義》,第4149頁。
⑦ 羅振玉:《三代吉金文存》,羅氏原印本,中華書局1983年影印版,第2029頁。
⑧ 顧頡剛:《史林雜識初編》,中華書局1963年版,第57頁。

昭四年《左傳》《史記·楚世家》載楚大夫伍舉謂周成王之廟爲"鄘宫",①那麽,伯服所稱"豐王",亦當以"鄘宫"例之。

3. 周幽王讓伯服在豐稱王的原因與伯服稱"豐王"時間

由當時形勢看,周幽王讓伯服在豐稱王,與鎬京爲掎角之勢,以壯宗周的聲威,並爲廢黜宜臼作準備,應當是順理成章的事。

昭二十六年《左傳》載周王子朝所作《告諸侯書》:

> 至于幽王,天不弔周,王昏不若,用愆厥位。攜王奸命,諸侯替之,而建王嗣,用遷郟鄏。②

謹按:《國語·晉語一》韋《注》:"伯服,攜王也。"③昭二十六年《左傳》杜《注》:"幽王,宣王子。……攜王,幽王少子伯服也。王嗣,宜臼也。幽王后申姜生大子宜臼,王幸褒姒,生伯服,欲立之而殺大子。大子奔申,申伯與鄘及西戎伐周,戰于戲,幽王死。諸侯廢伯服,而立宜臼,是爲平王,東遷郟鄏。"④《春秋釋例》卷八《世族譜上》:"攜王,伯服,幽王子。"⑤則杜氏《春秋左氏經傳集解》《春秋釋例》釋"攜王"爲"伯服"當本漢魏舊説。對"攜王"爲"伯服"舊説之訛,晉束晳在整理校正《竹書紀年》時指出:"'伯服',古文作'伯盤',非攜王。伯服立爲王積年,諸侯始廢之,而立平王。其事或當然。"(昭二十六年《左傳》孔《疏》引)⑥可見,束晳以《紀年》否定"伯服爲攜王"之説,却肯定伯服的確稱過"王"。"積年"之説表明,伯服稱王不止一年,但時間較短。這是關於伯服稱"豐王"的一條重要史料。故清朱鶴齡《愚庵小集》卷十三《雜著一·讀〈周本紀〉》指出:"'攜王'不言何人,曰'奸命',必不當立而立者。……幽王在位十一年,三年嬖褒姒,伯服之生,不過數齡,且幽王以褒姒亡國,褒姒既爲犬戎虜去,必無復立其子之理。……當是幽王既隕,攜王僭位,諸侯乃共舉兵黜之,而迎立太子宜臼。其遷洛未定何時,

---

① "鄘宫",《史記·楚世家》及今本《竹書紀年》皆作"豐宫"。
② [晉]杜預注,[唐]孔穎達等正義:《春秋左傳正義》,第4591頁。按:"郟鄏",一名"郟",又名"河南城",即周成王時周公旦在東都雒邑所建的上都"王城",古城在今河南省洛陽市西北,位於瀍水之西;下都"成周",古城在今洛陽市東約40里,位於瀍水之東。上都与下都,隔瀍水而建,東西相距40里。説詳:[宋]呂祖謙《大事記題解》卷一。
③ [三國吳]韋昭注,上海師範大學古籍整理研究所校點:《國語》,第256頁。
④ [晉]杜預注,[唐]孔穎達等正義:《春秋左傳正義》,第4591頁。
⑤ [晉]杜預:《春秋釋例》,叢書集成初編排印清嘉慶十二年(1807)孫星衍刊刻岱南閣叢書校本,中華書局1985年版,第3628-3633册,第364頁。
⑥ [晉]杜預注,[唐]孔穎達等正義:《春秋左傳正義》,第4592頁。

大抵自犬戎發難,至平王東遷,必非止一二年事。"①當然舊釋"攜王"爲"伯服",説明伯服當時的確稱過"王",故才有可能把"攜王"之名張冠李戴,弄到伯服頭上。

《國語·鄭語》載周王室司徒鄭桓公問於史伯(周太史伯陽父)曰:

> 王室多故,余懼及焉,其何所可以逃死?②

謹按:《太平御覽》卷八五引《竹書紀年》:"幽王立褒姒之子伯盤,以爲太子。"③《太平御覽》卷一四七引《竹書紀年》:"幽王八年,立褒姒之子曰伯服,爲太子。"④可見,周幽王八年(前774)這一年,幽王廢太子宜臼而立伯服爲太子,廢宜臼之母申后而立伯服之母褒姒爲后。則所謂王室之"故",當指周幽王不顧王室繼統成規而擅立伯服爲王之變故。鄭桓公預料此舉必將引起王室大亂,所以纔急忙尋找可以"逃死"之所,冀求免於災難。立伯服爲太子,當在幽王八年(前774)頃。據《史記·秦本紀》載秦襄公元年(前778)將其妹嫁於"豐王",則稱"豐王"當在幽王四年。⑤則幽王宮涅與豐王伯服"二王並立",屬同一政治營壘内部的一次"二王並立";其以欲廢黜太子宜臼起,以幽王宮涅、豐王伯服死於戲訖,歷時8年(前778—前771)。

二、幽王宫涅與天王宜臼並立爲王時期

如果説兩周之際幽王宫涅與豐王伯服是同一政治營壘内部"二王並立"的話,那麽,幽王宫涅與天王宜臼並立爲王纔是真正意義上一種敵對勢力之間的"二王並立"。⑥

1. 太子宜臼被廢之因——王位繼承人之爭

我們首先引用4則史料來説明幽王太子宜臼被廢逐的原因。

《國語·晉語一》載晉史蘇謂里克曰:

---

① [清]朱鶴齡:《愚庵小集》,清人別集叢刊影印清康熙間(1662—1722)刻本,上海古籍出版社1979年版,第600-601頁。
② 韋《注》:"幽王八年爲司徒。……故,猶難也。"[三國吳]韋昭注,上海師範大學古籍整理研究所校點:《國語》,第507-508頁。
③ [宋]李昉等:《太平御覽》,宋刻本,中華書局1960年影印版,第403頁。按:"伯盤",文淵閣四庫全書本作"伯服"。
④ [宋]李昉等:《太平御覽》,第718頁。按:文淵閣四庫全書本無"曰"字,故"曰"當爲衍文。
⑤ 晁福林《論平王東遷》(《歷史研究》1991年第6期,第8-23頁)一文認爲,伯服在"周幽王五年開始"稱"豐王",似無確證,故筆者此不取。
⑥ 雖有幽王宫涅、豐王伯服與天王宜臼三王並立之勢,但仍可視爲天王與幽王兩派之間的政治對立。

褒姒有寵,生伯服,於是乎與虢石甫比,逐太子宜臼而立伯服。①

謹按:據莊二十八年《左傳》《國語·晉語一》《史記·晉世家》,晉獻公五年(前672),晉伐驪戎,驪戎男女以驪姬歸,以寵立爲夫人。故晉史蘇以幽王獲褒姒以亡國的歷史爲鑒,給晉大夫里克發此議論,以預言獻公寵倖驪姬將亂晉。

《國語·鄭語》載周太史伯(伯陽父)爲鄭桓公謀安之辭曰:

夫虢石甫讒諂巧從之人也,而立以爲卿士,與剸同也;棄聘后而立内妾,好窮固也;侏儒戚施,實御在側,近頑童也;周法不昭,而婦人是行,用讒慝也;不建立卿士,而妖試幸措,行暗昧也。是物也,不可以久。②

《史記·周本紀》:

幽王以虢石父爲卿,用事,國人皆怨。石父爲人佞巧,善諛好利,王用之。又廢申后,去太子也。申侯怒,與繒、西夷犬戎攻周幽王。③

《漢書·五行志下》:

王廢申后及太子宜咎,而立褒姒、伯服代之。廢后之父申侯與繒、西畎戎共攻殺幽王。④

謹按:太史伯對周王室的内幕作了深刻的剖析:周幽王立讒人而廢卿士、棄聘后而立内妾、御侏儒而法不昭、幸嬖女而以爲后、立伯服而黜太子,故周王室將亂而西周必亡。《史記》《漢書》所載宜臼、申后、申侯事,當本於《國語》,故其所言太子宜臼被廢逐而奔申事,是爲信史。

綜上所論,在周幽王末年嫡庶廢立的尖鋭鬥爭中,太子宜臼及其母申后成爲失敗者和犧牲品。周幽王寵褒姒而廢申后、立伯服而廢宜臼,這就使宜臼不僅失太子之位,而且有性命之憂。正如明何楷《詩經世本古義》卷十八所説:"宜臼心

---

① [三國吴] 韋昭注,上海師範大學古籍整理研究所校點:《國語》,第255頁。
② [三國吴] 韋昭注,上海師範大學古籍整理研究所校點:《國語》,第518-519頁。
③ [漢] 司馬遷撰,[南朝宋] 裴駰集解,[唐] 司馬貞索隱,[唐] 張守節正義,郭逸、郭曼標點:《史記》,第100頁。
④ 顔《注》:"畎戎,即犬戎,亦曰昆夷。"[漢] 班固撰,[唐] 顔師古注,傅東華等點校:《漢書》,第1465頁。

懷疑懼,始出奔申。"①

2. 周幽王時嫡庶廢立之爭以及太子宜臼被黜奔申的時間
《國語·鄭語》載周太史伯預言周王室將要弊敗曰:

> 申、繒、西戎方彊,王室方騷,將以縱欲,不亦難乎?王欲殺太子以成伯服,必求之申,申人弗畀,必伐之。若伐申,而繒與西戎會以伐周,周不守矣!繒與西戎方將德申,申、呂方彊,其隩愛太子亦必可知也,王師若在,其救之亦必然矣。王心怒矣,虢公從矣,凡周存亡,不三稔矣!②

謹按:太史伯"王欲殺太子以成伯服,必求之申"一語,表明此時周幽王太子宜臼必然已經逃奔到申國;"凡周存亡,不三稔矣"一語,此預言"三稔"之後,即幽王十一年西周將亡。故太史伯此論已透露出宜臼於幽王八年(前 774)、或此前已逃到西申的信息。《太平御覽》卷八十五、卷一百四十七並引《竹書紀年》謂幽王八年立伯服爲太子,③正與《國語·鄭語》之説相合。我們再結合此後申侯助平王的史實推測,幽王四年(前 778)伯服稱"豐王"、八年(前 774)廢太子宜臼而立伯服,則至遲於幽王八年宜臼已逃離宗周,以投靠勢力正強的舅氏申侯。

3. 宜臼僭立"天王"之時間及其稱"天王"之含義
《史記·周本紀》:

> 諸侯乃即申侯而共立故幽王太子宜臼,是爲平王,以奉周祀。④

謹按:《説文·皀部》:"皀,穀之馨香也。……即,即食也。"⑤《詩·鄭風·東

---

① [明]何楷撰,李士彪、張丹丹據北京大學圖書館藏明崇禎十四年(1641)刻本校點:《詩經世本古義》,儒藏精華編第 27—28 冊,北京大學出版社 2019 年版,第 902 頁。按:《詩經世本古義》將全部詩篇分別繫於二十八王,以二十八星宿配之,即將詩經重新冠以時世編排卷次而排列。
② 韋《注》:"申,姜姓,幽王前后太子宜臼之舅也。……西戎亦黨於申。周衰,故戎、狄彊。……太子將奔申……呂,申同姓。"[三國吳]韋昭注,上海師範大學古籍整理研究所校點:《國語》,第 519—522 頁。
③ 參見:王國維《古本竹書紀年輯校》,第 592 頁。又,今本《竹書紀年》:"(周幽王)三年,王嬖褒姒……五年,王世子宜臼出奔申……八年,王錫(賜)司徒鄭伯多父命,王立褒姒之子曰伯服,以爲太子。"見王國維《今本竹書紀年疏證》,第 88 頁。按:此即本《古本竹書紀年》與《國語·鄭語》之説。
④ [漢]司馬遷撰,[南朝宋]裴駰集解,[唐]司馬貞索隱,[唐]張守節正義,郭逸、郭曼標點:《史記》,第 100 頁。
⑤ 段《注》:"即,當作'節',《周易》所謂'節飲食'也。節食者,檢制之,使不過。故凡止於是之詞,謂之即。凡見於經史言'即',皆是也。"[漢]許慎撰,[清]段玉裁注:《説文解字注》,上海古籍出版社 1981 年影印段氏經韻樓叢書自刻本,第 216 頁。

門之墠》"豈不我思,子不我即"毛《傳》:"即,就也。"①皀,甲骨文一期作"[字]",四期作"[字]",象祭器"豆"中盛供祭祀所用黍稷之形,故"皀"指祭祀所用精潔之米;即,甲骨文一期作"[字]",二期作"[字]",西周早期金文作"[字]",中期作"[字]",故"即"指人正在吃飯,其本義與"就"同,意謂"就食""正在"。② 又,《逸周書·諡法解》:"治而清省曰平,執事有制曰平,布綱治紀曰平。"③則"平"乃宜臼崩後之諡號。④ 故《史記·周本紀》所謂"平王",生前惟稱"王"。據此,《周本紀》"諸侯乃即申侯而共立故幽王太子宜臼,是爲平王",可解作"於是,諸侯便順從申侯已擁立天王的事實而一致擁立宜臼爲王"。⑤

昭二十六年《左傳》孔《疏》引《竹書紀年》:"先是,申侯、魯侯及許文公立平王於申,以本大子,故稱'天王'。"⑥則在周幽王生前,宜臼已被申侯、曾侯、許文公(男)等擁立爲"天王",崩後始稱"平王"。

唐陸淳《春秋集傳纂例》卷一《春秋宗指議》引啖助《春秋集傳》:"夫子傷主威不行,下同列國,首王正以大一統,先王人以黜諸侯。……稱天王以表無二尊,唯王爲大,邈矣崇高。"⑦清顧炎武《日知錄》卷四《天王》:"《尚書》之文但稱'王',《春秋》則曰'天王'。以當時楚、吳、徐、越皆僭稱'王',故加'天'以別之也。"⑧據筆者統計,在《春秋》經文中對周王稱"天王"者十二,稱"王"者二,稱"天子"者一。其中周平王凡兩見,均稱"天王";宜臼稱"平王"是死後的諡號。《春秋》是紀寫東周歷史的史籍,時王多稱"天王",當與平王首稱"天王"有關。

事實上,在西周青銅銘文中"帝""上帝""皇上帝""皇天上帝""皇天王""昊天王""天"等名稱開始是混用的。如清吳式芬《攈古錄金文》卷三著錄傳世周昭王時器宗周鐘(一稱周寶鐘,又稱周王𫲣鐘),其銘文中"王""昭王"與"皇上帝""皇

---

① [漢]毛亨傳,[漢]鄭玄箋,[唐]孔穎達等正義:《毛詩正義》,第728頁。
② 説參:鄒曉麗《基礎漢字形義釋源》,北京出版社1990年版,第130－131頁。
③ [晉]孔晁注,黃懷信、張懋鎔、田旭東集注,黃懷信修訂:《逸周書彙校集注》(修訂本),上海古籍出版社2007年版,第659－660頁。
④ "諡號"本爲上層貴族所加之"美名",生褒之,死亦稱之。大致在周穆王以後,纔出現了有死後加"美號"者,有死後加"惡號"者。故至西周中葉,周天子崩後與列國君臣薨後加"諡號",纔作爲一種禮儀形式被制度化了,亦即所謂"諡法"。
⑤ 立太子宜臼爲天王於申者,《竹書紀年》謂爲申侯、魯侯(曾侯)及許文公;又據《史記·周本紀》《晉世家》《鄭世家》載,晉文侯和鄭武公支持周平王當在周幽王既死之後。然鄭玄《詩譜·鄭譜》謂"晉文侯、鄭武公迎宜臼于申立之",不知何所本,此存疑待考。
⑥ [晉]杜預注,[唐]孔穎達等正義:《春秋左傳正義》,第4591－4592頁。按:此"魯侯",當爲"曾侯"之訛。
⑦ [唐]陸淳:《春秋啖趙集傳纂例》,叢書集成初編排印清光緒十五年(1888)鍾謙鈞輯古經解匯函重刻錢儀吉刊經苑本,中華書局1985年版,第3636冊,第2頁。
⑧ [清]顧炎武撰,[清]黃汝成集釋,秦克誠據道光十四年(1834)嘉定黃氏西溪草廬重刊本點校:《日知錄集釋》,嶽麓書社1994年版,第121頁。

天王"並出,"人""神"稱謂分明。① 以後"天"的稱謂越來越多,周人把蒼天視爲至上神、上帝。在稱謂變化的同時,周人也逐漸改變着至上神的神性,反映了殷周兩代人對宗教性質理解上的差異;從"上帝"到"天"的轉變,反映了人對宇宙統一性認識的提高;至上神身份從"上帝"變成了"天",人格性特質減少了,抽象性與自然性特質增强了。降及兩周之際,"天王"稱謂所指纔逐漸由神而人。當然,由於"天""大""太"詞源相同而常混用無別,"天王"亦即大王,義謂太子爲王。宜臼稱"天王"的本意是表示其爲太子的特殊地位,是要説明他是周天子的當然繼承人;宜臼稱"天王",似乎透露出了伯服已經稱豐王的信息;而"天王"的稱號,則表明了宜臼對伯服稱王所採取的針鋒相對的行爲與强硬的態度。

昭四年《左傳》載楚椒舉(伍舉)曰:"周幽爲大室之盟,戎狄叛之。"②《國語·鄭語》:"王欲殺太子以成伯服,必求之申,申人弗畀,必伐之。"③唐虞世南《北堂書鈔》卷二十一引《竹書紀年》:"盟於太室。"④今本《竹書紀年》:"(幽王)十年春,王及諸侯盟于太室;秋九月,桃杏實,王師伐申。"⑤則周幽王十年(前772)春,幽王盟諸侯於太室(即中嶽嵩山,地處今河南省登封市西北部,屬伏牛山系);九月,親率大軍討伐申侯。周幽王如此必欲殺死宜臼而後快,當與宜臼在申國稱王有直接關係。假定宜臼於周幽王八年(前774)已投奔到西申國且被擁立爲"天王",當近於史實;退一步講,至遲在周幽王盟諸侯於太室之前,即周幽王九年(前773),宜臼已被擁立爲"天王"。

故這次"二王並立"從宜臼逃奔申國算起至周幽王被殺爲止,首尾共4年(前774—前771)。

4. 宜臼僭稱"天王"而博得貴族階層的廣泛同情與支持的原因

周代王位繼承恪守"父死子繼"之制。但宜臼稱"天王"之後,與其父唱了4年之久的對臺戲,並先後有申侯、許文公、曾侯、晉文侯、衛武公、鄭武公、秦襄公等衆多諸侯的參與和支持。清崔述《豐鎬考信録》卷七《幽王·辨申侯召戎滅周之説》對此提出疑問:

---

① [清]吴式芬:《攈古録金文》,續修四庫全書影印清光緒二十一年(1895)吴重憙刻本,上海古籍出版社2002年版,史部第902册,第713頁。按:此器年代有二説:一爲昭王説,作器者"猷"即昭王瑕,見:郭沫若《兩周金文辭大系圖録考釋》,科學出版社2002年版,第119頁;方繼成《關於宗周鐘》,《人文雜誌》1957年第2期,第46-48頁;楊紹萱《宗周鐘、散氏盤與毛公鼎所記載的西周歷史》,《北京師範大學學報》1961年第4期,第25-36頁。一爲厲王説,作器者"猷"即厲王胡,見:唐蘭《周王猷鐘考》,故宫博物院編《唐蘭先生金文論集》,紫禁城出版社1995年版,第34-42頁。
② 杜《注》:"大室,中嶽。"[晉]杜預注,[唐]孔穎達等正義:《春秋左傳正義》,第4419頁。
③ [三國吴]韋昭注,上海師範大學古籍整理研究所校點:《國語》,第519頁。
④ [唐]虞世南:《北堂書鈔》,唐代四大類書影印清光緒十四年(1888)南海孔廣陶三十有三萬卷堂校注重刻陶宗義鈔宋本,清華大學出版社2003年版,第82頁。
⑤ 王國維:《今本竹書紀年疏證》,第88頁。

況晉文侯、衛武公,當日之賢侯也,而鄭武公、秦襄公亦皆卓卓者,宜臼以子仇父,申侯以臣伐君,卒獄王滅周,其罪通於天矣,此數賢侯者當聲大義以討之;即不然,亦當更立幽王他子或宣王他子,何故必就無君之申而共立無父之宜臼哉?①

謹按:從崔氏所疑之事及所論之理中,我們必然得出這樣的結論:宜臼稱王之事在當時肯定博得了社會各階層的廣泛同情與支持。幽王重用善諛好利之徒的虢石父,嬖愛褒姒而廢申后,立伯服而廢太子,以致亂政誤國,正是宜臼稱"天王"的直接誘因;但更爲重要而直接的原因,是周幽王做了越乎常規的事情而授人以柄。以情勢度之,宜臼稱"天王"的最大口實當是周幽王爲博得褒姒歡心而允許伯服稱王。所以,宜臼於父王在世時就逆父命而僭立爲"天王",就成爲其敢於冒天下之大不韙的一大壯舉。

三、天王宜臼與攜王余臣並立爲王時期

1. 天王宜臼與攜王余臣"二王並立"政治格局的起訖時間

關於幽王崩於戲之後的政治局面,昭二十六年《左傳》載周王子朝曰:

至于幽王,天不弔周,王昏不若,用愆厥位。攜王奸命,諸侯替之,而建王嗣,用遷郟鄏。②

昭二十六年《左傳》孔《疏》引《竹書紀年》:

幽王既死,而虢公翰又立王子余臣於攜,周二王並立。(晉文侯)二十一年,攜王爲晉文公(侯)所殺。以本非適(嫡),故稱"攜王"。③

宋劉恕《資治通鑑外紀》卷三《周紀一》引《竹書紀年》:

幽王死,申侯、魯侯(曾侯)、許文公立平王於申,虢公翰立王子余,二王並立。余爲晉文侯所殺,是爲攜王。④

---

① 〔清〕崔述撰,顧頡剛據清道光四年(1824)陳履和刻崔東壁遺書本編訂:《豐鎬考信錄》,上海古籍出版社1983年版,第247頁。
② 〔晉〕杜預注,〔唐〕孔穎達等正義:《春秋左傳正義》,第4591頁。
③ 〔晉〕杜預注,〔唐〕孔穎達等正義:《春秋左傳正義》,第4592頁。
④ 〔宋〕劉恕:《資治通鑑外紀》,卷3,第32頁。

謹按：據上引文獻可知，在幽王崩於驪戎戲水之後，幽王卿士虢公翰擁立王子余臣爲"攜王"，實爲西都豐鎬舊臣對早已僭立於西申的"天王"——平王宜臼的一種抵制行爲。① 一直到平王十一年（前760），"攜王"爲晉文侯所弒之後，平王方成一統。故《國語·鄭語》謂"晉文侯於是乎定天子"。② 正由於晉文侯弒攜王余臣，對王室有如此大功，平王乃賜其秬鬯、圭瓚，並作《文侯之命》，策命爲方伯，令其不僅作爲國君要"歸視爾師，寧爾邦"，而且作爲方伯更要"柔遠能邇，惠康小民"（《尚書·周書·文侯之命》）。③ 足見平王作《文侯之命》，其真實動機實爲"報其立己之功，而望之以殺攜王之效也"（清顧炎武《日知録》卷二）。④

　　當然，"攜王"的失敗乃歷史的必然。西都豐鎬爲犬戎攻佔，王畿大片土地又爲戎人侵佔，城池殘破，經濟凋敝；其雖有西都王畿少數舊貴族的支持，但力量不大："我周之東遷，晉、鄭焉依"（隱六年《左傳》載周卿士周公黑肩諫桓王林言），⑤"襄公以兵送周平王，平王封襄公爲諸侯，賜之岐以西之地"（《史記·秦本紀》），"武公將兵往佐周平戎，甚有功，周平王命武公爲公"（《衛康叔世家》）。⑥ 可見，諸侯國中除西申、曾、許等直接擁立平王者之外，秦、晉、鄭、衛等大國亦支持平王；甚至西都王室的一些貴族亦支持平王："昔平王東遷，吾七姓從王，牲用備具，王賴之，而賜之騂旄之盟"（襄十年《左傳》載周大夫伯輿之屬大夫瑕禽言）。⑦

　　關於"攜王"所指爲何人，亦多有異説。《國語·晉語》韋《注》、昭二十六年《左傳》杜《注》、《春秋釋例·世族譜上》及《史記·周本紀》司馬貞《索隱》皆以伯服爲攜王。昭二十六年《左傳》孔《疏》、宋劉恕《資治通鑒外紀》卷三《周紀一》並引《竹書紀年》則皆以王子余臣爲攜王。昭二十六年《左傳》孔《疏》引晉束晳曰："伯服，古文作'伯盤'，非攜王。"⑧ 可見，《國語·鄭語》《史記·周本紀》《列女傳·孽嬖傳》之"伯服"，昭二十六年《左傳》孔《疏》引《竹書紀年》作"伯盤"。故宋劉恕《資治通鑒外紀》卷三《周紀一》曰："《左傳》'攜王奸命。'杜預曰：'攜王謂伯服

---

① 參見：徐中舒《先秦史論稿》，巴蜀書社1992年版，第14頁。
② 韋《注》："文侯，仇也。定，謂迎平王，定之於雒邑。"［三國吳］韋昭注，上海師範大學古籍整理研究所校點：《國語》，第524頁。
③ ［漢］孔安國傳，［唐］孔穎達等正義：《尚書正義》，清嘉慶二十至二十一年（1815—1816）江西南昌府學刊影阮校十三經注疏本，中華書局2009年影印版，第540頁。按：關於《尚書·周書·文侯之命》所命者何？先哲時賢有"晉文侯"與"晉文公"二説。筆者此從晉文侯説。詳見：邵炳軍《春秋文學繋年輯證》，第68頁。
④ ［清］顧炎武撰，［清］黃汝成集釋，秦克誠點校：《日知録集釋》，第66頁。
⑤ ［晉］杜預注，［唐］孔穎達等正義：《春秋左傳正義》，第3760頁。
⑥ ［漢］司馬遷撰，［南朝宋］裴駰集解，［唐］司馬貞索隱，［唐］張守節正義，郭逸、郭曼標點：《史記》，第121、1275頁。
⑦ 杜《注》："平王徙時，大臣從者有七姓，伯輿之祖皆在其中，主爲王備犧牲，共祭祀，王恃其用。故與之盟，使世守其職。"［晉］杜預注，［唐］孔穎達等正義：《春秋左傳正義》，第4230頁。
⑧ ［晉］杜預注，［唐］孔穎達等正義：《春秋左傳正義》，第4592頁。

也。'古文作'伯盤',皆與舊史不同。"①清朱鶴齡《讀左日鈔》卷十曰:"《傳》于'攜王',不言何人;曰'奸命',必不當立而立者。杜氏以爲'伯服',則非也。"②雷學淇《竹書紀年義證》卷二七曰:"《尚書》'甘盤',《史記·燕召公世家》作'甘般';《商書》'盤庚',《國語》作'般庚'。"③

今考:甲骨文"盤庚",亦作"般庚"。則"般""服"形近,《國語》《史記》《列女傳》諸書因誤"般"爲"服"。故《竹書紀年》原文應作"般","般"即古文"盤"字。蓋束晳校正《竹書紀年》時所見資料已有確證,故而有此論斷。④ 平王非先王所立,乃僭立於申;而王子余臣則爲父死子繼,必有幽王遺命,故清梁玉繩《人表考》卷九曰:"其(攜王)立較宜臼爲正。"⑤

可見,在幽王死後王子余臣被虢公翰立於攜,與早已在申國稱"天王"的宜臼成爲兩個針鋒相對的政治利益集團,形成了兩周之際第三次"二王並立"的政治格局。在這次"二王並立"的初期,兩個王權對立的政治集團涇渭分明:站在平王一方的最早仍爲申、呂、許等姜姓國及依附申國的繒國和西夷犬戎,僅僅佔有從鄢至宗周的渭河以北狹小地帶;⑥而站在攜王一方的有以虢、芮、虞、晉、魯、衛爲首的姬姓諸侯和嬴姓秦國,⑦他們佔據着華山以北河南、河東及河西部分土地,完全控制了宗周、驪戎通往東都雒邑的交通要道。後來,由於周平王改變了對敵對勢力的態度,封秦襄公爲諸侯並賜以岐、豐之地,又與東方的姬姓諸侯實現和解,從而導致晉文侯、衛武公、秦襄公和鄭武公轉而支持周平王,使得雙方的力量對比發生了根本變化——周平王一方的實力增強,而攜王一方的力量減弱。⑧ 一直到周平王十一年(前760),攜王被晉文侯仇所殺,這長達12年之久的"二王並立"政治局面終告結束,周平王方成一統。

2. 擁立王子余臣爲王的周幽王卿士虢公翰爲西虢之君

昭二十六年《左傳》孔《疏》引《竹書紀年》之"虢公翰"爲何虢之人?我們得從

---

① [宋]劉恕:《資治通鑒外紀》,卷3,第32頁。
② [清]朱鶴齡:《讀左日鈔》,上海圖書館藏清康熙二十年(1681)刻本。
③ [清]雷學淇:《竹書紀年義證》,清濠上阜堂刻本,臺北藝文書館1977年影印版,第208頁。
④ 説參:王國維《古本竹書紀年輯校》,第592頁。
⑤ [清]梁玉繩撰,吳樹平等據清白士集本點校:《人表考》,見《史記漢書諸表訂補十種》,中華書局1982年版,第925頁。
⑥ 呂,在今陝西省渭南市大荔縣羌白鎮、呂曲一帶,東及蒲阪,而非位於今河南省南陽市西30里呂城之姜姓呂國。許,在大荔縣東北許原一帶,而非位於今許昌市東30里許國之姜姓許國。鄢,即今陝西省寶雞市眉縣東北鄢縣故城,爲周宣王遷申伯餞行處,事見《詩·大雅·崧高》。
⑦ 芮,周畿內姬姓國,在今渭南市大荔治東南50里朝邑鎮南之芮城,而非今山西省運城市芮城縣西20里殷商時期之故芮城。虞國,即今運城市平陸縣東北60里之故虞城。説參:[宋]王應麟《詩地理考》卷4。
⑧ 參見:王雷生《論驪山之役與西周的滅亡》,《人文雜誌》1995年第4期,第92-97頁。

考察"故虢""北虢""東虢""西虢""南虢""小虢"等六"虢"之地望、族屬、世系諸方面去探究。

就筆者所見文獻而言,《尚書》《春秋》《左傳》《國語》《竹書紀年》等先秦文獻稱人雖有"虢仲""虢叔""虢公"之別,而稱國則皆僅稱"虢";①在"虢"前冠以"故""北""東""西""南""小"等別而稱之,當始於西漢初年:《史記·秦本紀》有"小虢"之謂,而《漢書·地理志上》則有"故虢國""北虢""東虢"和"西虢"之名,《水經·河水注四》《渭水注二》又有"南虢"之稱。

所謂"雍州"之"西虢"與"虢州"之"西虢",雖爲兩地,東遷前後實爲一國;"南虢"與"北虢",雖爲兩地,東遷後亦實爲一國。則"西虢""南虢""北虢"即爲一虢,故酈氏以"南虢"爲"三虢"之一;②"小虢",乃"西虢"之君(大宗)東遷之後所遺留支族(小宗)之國,故太史公於"虢"字前附一"小"字以別之。

《漢書·地理志上》所謂"故虢",亦即"西虢",都於雍(在今陝西省寶雞市東);"西虢"之大宗後東遷,立都下陽(在今山西省運城市平陸縣東北35里),史書仍稱其爲"西虢";《史記·秦本紀》所謂"小虢",爲西虢東遷後留守於雍的支庶,周莊王十年(前687)爲秦所滅。可見,所謂"故虢""西虢""小虢",皆周文王母弟虢仲之國;而隱元年《左傳》《國語·鄭語》所謂"虢叔"之"虢",史籍稱之爲"東虢",爲周文王母弟虢叔之國(僖五年《左傳》),都邑在今河南省滎陽市東北廣武鎮南城村附近,周平王四年(前767)爲鄭所滅。下陽之"虢"與上陽之"虢",皆爲"西虢"。但由於下陽之"虢"位於河北,史書亦稱"北虢";上陽之"虢"位於河南,史書亦稱"南虢"。可見,此六"虢"族屬相同。③

1957年,河南省三門峽市上村嶺發掘的西周晚期至春秋早期虢國墓葬,M1631出土有虢文公鬲(虢季氏子段鬲)、虢文公鼎(虢季公子段鼎)。④ 此"虢季氏子段",即《國語·周語上》《史記·周本紀》之宣王卿士"虢文公"。⑤ 又,1990年,上村嶺發掘出周宣王晚期虢國墓葬,M2001所出帶有銘文的35件青銅禮器多鑄有虢季銘;1991年,在上村嶺發掘出周宣王初期虢國墓葬,M2009所出帶有銘文的44件青銅禮器多鑄有"虢仲"之銘文。⑥ 其中,"虢季"即《國語·周語上》

---

① 昭七年《左傳》:"(正月)癸巳,齊侯次於虢。"杜《注》:"虢,燕竟。"[晉]杜預注,[唐]孔穎達等正義:《春秋左傳正義》,第4446頁。則此"虢"爲燕地名,而非國名。
② 參見:[北魏]酈道元撰,楊守敬、熊會貞注釋,段熙仲據北京科技出版社1957年影印鈔本點校,陳橋驛復校:《水經注疏》,江蘇古籍出版社1989年版,第344-345頁。
③ 説詳:邵炳軍《晉獻公滅虢奪邑繫年輯證》,《甘肅高師學報》2006年第4期,第26-33頁。
④ 中國科學院考古研究所編:《上村嶺虢國墓地》,科學出版社1959年版,第28-30頁。
⑤ 郭沫若:《三門峽出土銅器二三事》,《文物》1959年第11期,第13-15頁。
⑥ 馬承源:《虢國大墓參觀記》,《中國文物報》1991年3月3日第3版;河南省文物研究所、三門峽市文物工作隊:《三門峽上村嶺虢國墓地M2001發掘簡報》,《華夏考古》1992年第3期,第104-113頁;蔡運章:《論虢仲其人》,《中原文物》1994年第2期,第86—89、100頁。

《史記·周本紀》之"虢文公",乃"虢仲"之子;①"虢仲"即《墨子·所染》篇之"厲公長父",亦即《呂氏春秋·當染》篇之"虢公長父",乃"虢季"之父。1989年,三門峽公安部門在追繳的文物中發現了一尊虢碩父簋,上古"碩""石"通用,②則"虢碩父",即《史記·周本紀》之"虢石父",乃"虢仲"之孫、"虢季"之子。③

又,清高士奇《春秋地名考略》卷十二:"《史記》幽王時有虢石父,《竹書紀年》又有虢公翰,不知其出於東(虢)、西(虢)。"④王雷生《平王東遷年代新探——周平王東遷前747年說》:"幽王朝與褒姒朋黨的周卿士虢石父及繼石父而立余臣的虢公翰均應爲北虢之君。"⑤既然考古材料證明周宣王卿士"虢文公"爲西虢(北虢)之君,説明西虢至遲於周宣王之世(前827—前782)已自雍東遷於陝;且東虢於平王四年(前697)爲鄭所滅,足見其在兩周之際國力衰微而不可能入仕王室。那麼,幽王晚年之"虢石父"、平王初年之"虢公翰",自然爲西虢(北虢)之君入仕王室者。故清徐文靖《竹書紀年統箋》卷九認爲:"(幽王)七年虢人滅焦,即虢石父之國也。"⑥

又,徐文靖《竹書紀年統箋》卷十:"攜王,虢公翰所立。翰蓋虢石父子也。"⑦此説不足據。今考:《國語·晉語一》載晉史蘇對里克問謂"(褒姒)與虢石甫比,逐太子宜臼而立伯服",《鄭語》載周史伯對鄭桓公問謂"虢石父讒諂巧從之人也,而立以爲卿士,與剗同也",⑧昭二十六年《左傳》孔《疏》引《竹書紀年》謂"虢公翰又立王子余臣於攜",⑨《呂氏春秋·當染》篇謂"幽王染於虢公鼓、祭公敦",⑩足見《國語·晉語一》之"虢石甫"、《鄭語》之"虢石父"、《竹書紀年》之"虢公翰"、《呂氏春秋·當染》篇之"虢公鼓",皆幽王奸嬖之臣。故宋王應麟《困學紀聞》卷十

---

① 張彥修《河南三門峽市虢國墓地M2001墓主考》(《考古》2004年2期,第76-78頁)認爲,M2001出土的銅器銘文中的"虢季"、1955年在M1631出土的虢季氏子段簋銘文中的"虢季氏子段"、郭沫若《兩周金文辭大系圖録考釋》著録的虢文公鼎銘文中的"虢文公子段",與《國語上》《周本紀》等文獻中的"虢文公"爲同一人。筆者存疑,故此不取。
② 參見:蔡運章《虢文公墓考》,《中原文物》1994年第3期,第42-45、94頁。
③ 參見:蔡運章《虢碩父其人考辨》,《中國文物報》,2007年3月23日第7版。
④ [清]高士奇:《春秋地名考略》,上海圖書館藏清康熙二十六年(1687)刻本。
⑤ 王雷生:《平王東遷年代新探——周平王東遷前747年説》,《人文雜誌》1997年第3期,第62-66頁。
⑥ [南朝梁]沈約注,[清]徐文靖統箋,[清]馬陽、崔萬烜校訂:《竹書紀年統箋》,上海集成圖書公司影印清宣統三年(1911)浙江書局刻本,第15頁。
⑦ [南朝梁]沈約注,[清]徐文靖統箋,[清]馬陽、崔萬烜校訂:《竹書紀年統箋》,第4頁。
⑧ [三國吳]韋昭注,上海師範大學古籍整理研究所校點:《國語》,第255、518頁。
⑨ [晉]杜預注,[唐]孔穎達等正義:《春秋左傳正義》,第4592頁。
⑩ 高《注》:"虢公、祭公,二卿士也。《傳》曰:'虢石父,讒諂巧佞之人也,以此教王,其能久乎!'"許維遹撰,梁運華整理:《呂氏春秋集釋》,新編諸子集成本,中華書局2009年版,第49頁。按:《墨子·所染》篇作:"幽王染於傅公夷、蔡公穀。"[清]孫詒讓撰,孫以楷據清宣統二年(1910)重定本點校:《墨子閒詁》,新編諸子集成本,中華書局2001年版,第13頁。

曰:"虢公鼓,即虢石父。"①明何楷《詩經世本古義》卷十八:"鼓,即石父名。"②清徐文靖《竹書紀年統箋》卷九説同。

筆者認爲,《竹書紀年》之"虢公翰",當爲《國語·鄭語》《晉語一》之"虢石父(甫)",亦即《吕氏春秋·當染》篇之"虢公鼓"。其名曰翰,一名曰鼓,字曰石父,是封於西虢的文王母弟虢仲之後。西虢在西京畿内,世爲王室卿士。周幽王死後,虢公翰憑藉自己的政治影響,依託西虢之地,擁立王子余臣爲"攜王"以奉周祀。衛武公、鄭武公以送周平王東遷有功,故於周平王三年被命爲王室卿士;但自周平王元年至桓王四年(前770—前716)的55年中,史籍未載虢氏爲王卿士事,一直到周桓王五年(前715)才有虢公忌父任卿士(隱八年《左傳》)。世爲卿士的西虢氏遭平王如此冷遇,似與虢公翰擁立攜王有關。③

3. 王子余臣以在攜地爲王而稱"攜王"

關於"攜王"之"攜"的含義,先哲時賢主要有二説:一爲地名説,清顧炎武《左傳杜解補正》卷下:"此則'攜王'之'攜'乃是地名,猶厲王流彘,詩人謂之'汾王。'"④朱鶴齡《尚書埤傳》卷十五:"攜,地,未詳所在。"⑤雷學淇《竹書紀年義證》卷二十七:"攜,地名,未詳所在。"⑥二爲謚法説,清顧炎武《左傳杜解補正》卷下:"或以《謚法》'怠政交外曰攜',非也。"⑦童書業《春秋左傳研究》認爲:"(攜)非地名,而爲謚法。"⑧筆者以爲,昭二十六年《左傳》引《竹書紀年》"以本大子,故稱天王"與"以本非適(嫡),故稱攜王"對舉而言,均當爲後人注釋之語;且昭二十六年《左傳》孔《疏》引《竹書紀年》謂"虢公翰又立王子余臣於攜"之"於攜",乃處所結構短語,故釋"攜"爲地名較妥。

關於"攜"之地望,雷學淇《竹書紀年義證》卷二十七:"《新唐書》曰:'《大衍曆議》謂豐、岐、驪、攜皆鶉首之分,雍州之地,是攜即西京地名矣。'"⑨其中,"豐"指豐、鎬,在今陝西省咸陽市灃水兩岸,爲西周都邑;"岐"指岐周,在今寶雞市岐山縣周原地區,爲周人之發祥地;"驪"在今臨潼市東,爲驪戎國之地。可見,唐僧一行《大衍曆議》敘述"豐""岐""驪""攜"四地,是按從西向東的方位順序排列的;則"攜王"所居之"攜",應在豐鎬以東的王畿之地,故徐中舒《西周史論述(下)》認爲

---

① [宋]王應麟撰,孫通海據四部叢刊三編影印元刊本校點:《困學紀聞》,遼寧教育出版社1998年版,第225頁。
② [明]何楷撰,李士彪、張丹丹校點:《詩經世本古義》,第935頁。
③ 參見:邵炳軍《晉獻公滅國奪邑繫年輯證》,《甘肅高師學報》2006年第4期,第26-33頁。
④ [清]顧炎武:《左傳杜解補正》,鳳凰出版社2005年影印阮元刻清經解本,第1册,第15頁。
⑤ [清]朱鶴齡:《尚書埤傳》,國家圖書館藏清康熙間(1662—1722)鈔本。
⑥⑨ [清]雷學淇:《竹書紀年義證》,第210頁。
⑦ [清]顧炎武:《左傳杜解補正》,第15頁。按:"怠政交外曰攜",據《逸周書·謚法解》,當爲"怠政外交曰攜"。則顧氏所引"交外"乃"外交"之訛。
⑧ 童書業:《春秋左傳研究》,上海人民出版社1980年版,第40頁。

"攜當在關中"。①

筆者以爲,此周邑"攜",當與春秋時期秦邑"王城"有關。僖十五年《左傳》:"十月,晉陰飴甥會秦伯,盟于王城。"僖二十四年《左傳》:"三月,晉侯潛會秦伯于王城。"成十一年《左傳》:"(冬)秦晉爲成,將會于令狐,晉侯先至焉。秦伯不肯涉河,次于王城,使史顆盟晉侯于河東,晉郤犫盟秦伯于河西。"②《國語·晉語三》:"穆公歸,至于王城。"《晉語四》:"(文)公懼,乘馹自下,脫會秦伯于王城,告之亂故。……元年春,公及夫人嬴氏至自王城。"③《史記·秦本紀》:"(厲共公)十六年,塹河旁。以兵二萬伐大荔,取其王城。"《晉世家》:"(晉惠公六年,秦繆公)乃與晉侯盟王城,而許之歸。……(文公元年)文公欲召呂、郤,呂、郤等黨多,文公恐初入國,國人賣己,乃爲微行,會秦繆公于王城,國人莫知。"④唐李吉甫《元和郡縣圖志·關內道二》:"朝邑縣,本漢臨晉縣之地,大荔國在今縣東三十步,故王城是也。"⑤宋樂史《太平寰宇記·關西道四》、清顧祖禹《讀史方輿紀要·陝西三》説大同。是以"王城",本西周王畿之邑,春秋初期屬秦,春秋後期屬大荔戎,地在今陝西省渭南市大荔縣朝邑鎮。此"王城"位於渭水入河處,故閔二年《左傳》謂之"渭汭"。

僖十五年《左傳》謂秦穆公將被俘的晉惠公"舍諸靈臺",⑥而《國語·晉語三》則謂"穆公歸,至于王城";⑦又,宋董逌《廣川書跋》卷四引《竹書紀年》:"穆公十一年,取靈丘。"⑧可見,僖十五年《左傳》之"靈臺",即《竹書紀年》之"靈丘",位於"王城"之郊。漢班固《白虎通義》卷六《辟雍》:"天子所以有靈臺者何?所以考天人之心,察陰陽之會,揆星辰之證驗,爲萬物獲福無方之元。"⑨夏桀之"靈臺"(《吳越春秋·勾踐陰謀外傳》)、殷紂之"靈臺"(《晏子春秋·內篇諫下二》)、周文之"靈臺"(《詩·大雅·靈臺》),皆位於王都之郊。則此"王城"之郊曰"靈臺""靈

---

① 徐中舒:《西周史論述(下)》,《四川大學學報》1979年第4期,第92-100頁。
② 僖十五年《左傳》杜《注》:"王城,秦地,馮翊臨晉縣東有三(王)城,今名武鄉。"成十一年《左傳》杜《注》:"就盟王城。"[晉] 杜預注,[唐] 孔穎達等正義:《春秋左傳正義》,第3923、3943、4146頁。
③ 《晉語三》韋《注》:"王城,秦地。"《晉語四》韋《注》:"王城,秦河上邑。"[三國吳] 韋昭注,上海師範大學古籍整理研究所校點:《國語》,第328-329、370-371頁。按:足見《晉語三》《晉語四》之"王城"爲同名同地。
④ 《秦本紀》裴駰《集解》引[晉] 徐廣《史記音義》:"(王城)今之臨晉也。臨晉有王城。"張守節《正義》引李泰《括地志》:"同州東三十里朝邑縣東三十步故王城。大荔近王城邑。"[漢] 司馬遷撰,[南朝宋] 裴駰集解,[唐] 司馬貞索隱,[唐] 張守節正義,郭逸、郭曼點點:《史記》,第135-136、1316-1322頁。
⑤ [唐] 李吉甫撰,賀次君據清光緒六年(1880)金陵書局初刊本點校:《元和郡縣圖志》,中國古代地理總志叢刊本,中華書局1983年版,第37頁。
⑥ [晉] 杜預注,[唐] 孔穎達等正義:《春秋左傳正義》,第3921頁。
⑦ [三國吳] 韋昭注,上海師範大學古籍整理研究所校點:《國語》,第328頁。
⑧ [宋] 董逌:《廣川書跋》,叢書集成初編排印明崇禎間(1628—1644)毛晉刻津逮秘書本,中華書局1985年版,第1511冊,第43頁。
⑨ [漢] 班固撰,[清] 陳立疏證,吳則虞據清光緒元年(1875)淮南書局刊本點校:《白虎通疏證》,新編諸子集成本,中華書局1994年版,第263頁。

丘"者,蓋與天子所居"王城"相關而言之。

考稽傳世文獻和兩周金文,西周及春秋時期天下以"王"名城者,除位於秦晉之境的大荔"王城"外,就是周成王時周公旦在東都雒邑所建的上都"王城",一名"郟",亦名"郟鄏",又名"河南城",位於瀍水之西,與位於瀍水之東的下都"成周(古城在今河南省洛陽市東約 40 里)"相距 40 里。昭二十二年《春秋》與僖十一年、二十五年,昭二十二年、二十三年、二十六年,定七年《左傳》之"王城",皆此東都"王城"。後來,下都"成周"以周平王所居,才又名之曰"王城"。則"攜邑"亦因"攜王"所居,亦名之曰"王城"。據此,我們可以斷定今陝西省渭南市大荔縣朝邑鎮之"王城",當爲"虢公翰又立王子余臣于攜"之"攜邑",即攜王余臣所居之城,亦即後來爲晉文侯所奪之"攜邑"。故大荔朝邑之"王城",即"攜王城"。①

此說有銅器銘文可爲佐證:羅振玉《貞松堂集古遺文》卷四著錄 1929 年河南省洛陽市馬坡出土的周成王時器令方彝(又稱矢方彝、矢令彝、作冊令彝),②另容庚《商周彝器通考》下編圖 267 著錄傳世周康王前後器御正衛簋,③此二器銘文中"自王"之"王",皆指周王所居之地。則在第三次"二王並立"之時,周人稱王子余臣所居"攜邑"爲"王城"者,意味着當時一些諸侯是以虢公翰所立王子余臣爲正統王嗣的。

文三年、成十三年《左傳》之"王官"爲一地,乃晉邑之名,在今山西省運城市聞喜縣西。④ 所謂"王官",即周王室之卿大夫,如成十一年《左傳》之"王官之邑"、成十三年《左傳》之"俘我王官"、昭十一年《左傳》之"單子爲王官伯"等,⑤皆以"王官"總稱周王室之官。故城以"王官"名之,當爲周王室卿大夫所居之邑。如文二年《左傳》之"王官無地",⑥即以"王官"之邑爲氏者。這座"王官城"在河東,距離河東"攜王城"不遠,又是春秋初期出現的地名,自當爲攜王卿大夫所居之邑。在兩周之際,"王城"與"王官"皆爲周、晉相鄰之邑,故晉文侯方可就近弑攜王。

---

① [清]劉於義、沈青崖等編修:《陝西通志》卷三《建置二》:"王城,秦屬公伐大荔,取其王城。平王末,洛川有大荔戎。王城在朝邑縣東一里,蓋大荔戎王之城。"陝西省檔案館藏初刻本,三秦出版社 2014 年影印版。按:此謂"王城"以"大荔戎王"所居而得名,筆者不取。
② 羅振玉《貞松堂集古遺文》,見《羅雪堂先生全集初編》,民國二十年(1931)上虞羅氏石印本,臺北大通書局 1973 年影印版,第 49 頁。
③ 容庚:《商周彝器通考》,上海人民出版社 2008 年版,第 267 頁。
④ 《史記·秦本紀》張守節《正義》引李泰《括地志》:"王官故城在同州澄城縣西北九十里。又云南郊故城在縣北十七里。又有北郊故城,又有西郊古城。《左傳》云文公三年,秦伯伐晉,濟河焚舟,取王官及郊也。"《晉世家》張守節《正義》引《括地志》:"王官故城在同州澄城縣西北六十里。"[漢]司馬遷撰,[南朝宋]裴駰集解,[唐]司馬貞索隱,[唐]張守節正義,郭逸、郭曼標點:《史記》,第 132、1328 頁。按:[清]高士奇《春秋地名考略》卷四詳辨李氏《括地志》之失,可參。
⑤ [晉]杜預注,[唐]孔穎達等正義:《春秋左傳正義》,第 4146、4151、4474-4475 頁。
⑥ [晉]杜預注,[唐]孔穎達等正義:《春秋左傳正義》,第 3990 頁。

綜上所述，兩周之際"二王並立"的局面實自周幽王八年（前774）以前開始，直到周平王十一年（前760）攜王被殺，歷時17年之久的三次"二王並立"的局面纔告結束。這樣長時期的"二王並立"的政治格局是西周歷史上前所未有的事情，它不僅說明兩周之際的王權觀念已經發生了重大變化，更重要的是它反映了統治階級的內部矛盾、階級矛盾和民族矛盾達到了白熱化程度；而"二王並立"的出現則是引發驪山之難、導致西周覆滅的導火綫。

第二節　平王所奔西申與諸申地望及其稱謂辨析

關於太子宜臼被廢後出奔之地，《國語·晉語一》《鄭語》、宋劉恕《資治通鑒外紀》卷三《周紀一》引《竹書紀年》皆泛言"申"，而昭二十六年《左傳》孔《疏》引《竹書紀年》則謂"西申"。關於此"申"或"西申"之地望，歷來多以爲在今河南省南陽市。如王玉哲《周平王東遷乃避秦非避犬戎說》指出："幽王乃出兵討申，行經驪山，與正來攻周的申、繒及犬戎聯軍遭遇，幽王於是被殺於驪山。"[①]何浩《西申、東申與南申》甚至以爲"此'西'字疑爲衍字，或者'西'爲'南'之訛"。[②]

由於"申侯"爲擁立天王宜臼的諸侯之首，故據傳世文獻與考古材料，弄清楚"申伯"與"申侯"之別、弄清楚"申""西申""南申""東申"諸申名稱之別及其地望，對於說明兩周之際"二王並立"政治格局的形成、梳理"二王並立"時期的史實綫索和文化背景、研究生活在這一歷史時期詩人的生平事蹟及其文學作品的創作年代，均具有重要意義。

一、成王大會四夷於成周時西申之地望

《逸周書·王會解》："成周之會，墠上張赤帟陰羽。天子南面立，絻無繁露，朝服八十物，搢珽。……西申以鳳鳥。"[③]唐林寶《元和姓纂·上平聲·十二齊》、宋鄭樵《通志·氏族略二》並引陳顧野王《瑞應圖》："周成王時西申國獻鳳，留中國，因氏焉。"[④]此或據《王會解》立說。下面我們主要以《王會解》爲據，着重討論西申國在成周之會時的地望。

---

① 王玉哲：《周平王東遷乃避秦非避犬戎說》，《天津社會科學》1986年第3期，第49頁。
② 何浩：《西申、東申與南申》，《史學月刊》1988年第5期，第5—8頁。
③ ［晉］孔晁注，黃懷信、張懋鎔、田旭東集注，黃懷信修訂：《逸周書彙校集注》（修訂本），第796—799、858頁。
④ ［唐］林寶撰，［清］孫星衍校輯，郁賢皓等據江寧局本整理點校：《元和姓纂》，中華書局1994年版，第328頁。

1.《王會解》所紀"王會"爲周成王"成周之會"

《周書序》：

> 周室既寧，八方會同，各以其職來獻，欲垂法厥後，作《王會》。①

《逸周書·王會解》孔《注》：

> 王城既成，大會諸侯及四夷也。②

《晉書·輿服志》：

> 成王之會，壇垂陰羽，五方之盛，有八十物者焉。③

《新唐書·南蠻傳下》：

> 中書侍郎顏師古因是上言："昔周武王時，遠國入朝，太史次爲《王會篇》，今蠻夷入朝，如元深冠服不同，可寫爲《王會圖》。"詔可。④

宋王應麟《周書王會補注》：

> 愚謂成周之會在成王時，《詩序》"周公既成洛邑，朝諸侯"是也。八方，四方四維之國……成周者，洛邑之總目。成王命周公營成周，卜澗水東、瀍水西爲朝會之地，謂之王城，是爲東都。《作雒篇》曰："乃作大邑于土中，城方千七百二十丈，郛十七里，南繫于洛水，北因于郟山，以爲天下湊。"⑤

清陳啓源《毛詩稽古編》卷二十：

---

① ［晉］孔晁注，黃懷信、張懋鎔、田旭東集注，黃懷信修訂：《逸周書彙校集注》（修訂本），第1134頁。按：王伯厚本"後"作"世"。
② ［晉］孔晁注，黃懷信、張懋鎔、田旭東集注，黃懷信修訂：《逸周書彙校集注》（修訂本），第796頁。
③ ［唐］房玄齡撰修，吳則虞等據清金陵書局本點校：《晉書》，中華書局1974年版，第752頁。
④ ［宋］歐陽修、［宋］宋祁撰修，石淑儀等據宋嘉祐間（1056—1063）十四行本點校：《新唐書》，中華書局1975年版，第6320頁。
⑤ ［宋］王應麟：《周書王會補注》，中華再造善本影印中國國家圖書館藏元至元六年（1340）慶元路儒學刻明初修本，北京圖書館出版社2005年版，第1頁。

《周書·王會解》云:"西申以鳳鳥""方揚以皇鳥"。《解》所言正指成王時,王城既成,大會諸侯及四夷之事。①

清潘振《周書解義》卷七:

王會,王合諸侯于明堂也。《竹書》:"七年,周公復政于王。三月,召康公如洛度邑。甲子,周文公誥多士于成周,遂城東都。王如東都,諸侯來朝。"事在《官人》之後,故次之以《王會》。②

清何秋濤《王會篇箋釋》卷上:

周之王業雖成於文、武,然興禮樂、致太平,實在周公輔成王時。《詩·蓼蕭序》"澤及四海",鄭《箋》以爲國在九州之外,而引《爾雅》所言四海及《虞書》"外薄四海"之文釋之。孔《疏》引"越裳來朝"事,以爲此詩之作當在周公攝政之六年,其事蓋約略可考。《戴記·明堂位》篇亦有公、侯、伯、子、男及九夷、八蠻、六戎、五狄之朝位,與此篇合觀,足見會同之盛矣。……此篇所言成周之會,則在西京盛時,甫營洛邑之後,故孔氏以爲王城、浚儀以爲成周者,洛邑之總名,説本不誤,但未及春秋時王城、成周之別。③

劉師培《周書補正》卷五:

劉賡《稽瑞》"黑狐尾蓬"注引《周書·王會》云:"成王時,黑狐見。"又,"邮邮封域"注引《周書·王會》云:"成王時,封人獻邮邮,若龜而喙長。""成王梧桐"注引《周書·王會》云:"成王時,梧桐生於朝陽。"注曰:"生山東曰陽也。"均今本所無。蓋《稽瑞》所引與孔本異;所據注文亦非孔注,或唐以前別有注本也。④

謹按:昭四年《左傳》載楚椒舉(伍舉)言於楚子(靈王)曰:"夏啓有鈞臺之

---

① [清]陳啓源:《毛詩稽古編》,阮元編刻清經解本,鳳凰出版社 2005 年影印版,第 1 册,第 751 頁。
② [清]潘振:《周書解義》,上海圖書館藏清嘉慶十年(1805)月林堂刻本。
③ [清]何秋濤:《王會篇箋釋》,續修四庫全書影印清光緒十七年(1891)江蘇書局刻本,上海古籍出版社 2002 年版,史部第 301 册,第 228-229 頁。
④ 劉師培撰,萬仕國據民國二十六年(1937)甯武南桂馨校印本點校:《周書補正》,見《儀徵劉申叔遺書》第 6 册,廣陵書社 2014 年版,第 2274 頁。

享,商湯有景亳之命,周武有孟津之誓,成有岐陽之蒐,康有酆宫之朝,穆有塗山之會。"①《國語·晉語八》載晉叔向(羊舌肸)謂趙文子(趙武)曰:"昔成王盟諸侯于岐陽,楚爲荆蠻,置茅蕝,設望表,與鮮卑守燎,故不與盟。"②可見,《左傳》《國語》皆有周成王"岐陽之蒐",而皆無"成周之會",與《逸周書·王會解》異。故《周書序》未明言"成周之會"在何王之世,《逸周書·王會解》孔《注》《晉書·輿服志》、宋王應麟《周書王會補注》、清陳啓源《毛詩稽古編》卷二十、潘振《周書解義》卷七、何秋濤《王會篇箋釋》卷上及劉師培《逸周書補釋》卷二皆主在周成王之世(約前1063—前1027),而《新唐書·南蠻傳下》載顔師古說謂在周武王之世(約前1069—前1064);而有些學者甚至懷疑其史料的真實性。

　　筆者以爲,整部《逸周書》在不斷編撰整理的過程中摻雜異文,確爲不争的事實。至於《王會解》所摻雜之異文,《逸周書·王會解》孔《注》、宋王應麟《周書王會補注》以及清潘振《周書解義》卷七、陳逢衡《逸周書補注》卷十四、丁宗洛《逸周書管箋》卷七、唐大沛《逸周書分編句釋》卷七、孫詒讓《周書斠補》卷四多詳辨之。

　　但值得注意的是成王誦年少即位這一史實。《史記·周本紀》:"成王少,周初定天下,周公恐諸侯畔周,公乃攝行政當國。"《魯周公世家》:"其後,武王既崩,成王少,在强葆之中。"③可見,周武王四年(約前1066),牧野(即朝歌之南郊野,在今河南省衛輝市北)之戰,克殷滅商;④此後二年(約前1064),武王病故,其太子誦即位。當時,立國之初,新王年幼,周王室面臨"天下聞武王崩而畔"(《史記·魯周公世家》)的危急局面。⑤ 於是,周公旦履天子位攝政稱王凡7年(約前1063—前1057),對穩定周王室的統治起了重要作用。⑥ 成王七年(約前1057),

---

　　① 杜《注》:"周成王歸自奄,大蒐於岐山之陽。岐山在扶風美陽縣西北。"[晉]杜預注,[唐]孔穎達等正義:《春秋左傳正義》,第4418頁。按:"岐山之陽",地在今陝西省寶雞市岐山縣箭括山南麓。
　　② 韋《注》:"(岐陽)岐山之陽。"[三國吳]韋昭注,上海師範大學古籍整理研究所校點:《國語》,第466-467頁。
　　③ [漢]司馬遷撰,[南朝宋]裴駰集解,[唐]司馬貞索隱,[唐]張守節正義,郭逸、郭曼標點:《史記》,第90、1224頁。
　　④ 關於武王伐商克殷之年代,自古及今多有歧說。筆者此所謂武王四年(約前1066),乃依范文瀾《中國通史·西周紀年表》說。范氏說源自日本天文學家新城新藏《東洋天文學史研究·周代的年代》(沈璿譯,中華學藝社1933年版,第144頁)。此說主要據漢世所傳四分曆(春秋後期所產生的一種取回歸年長度爲三百六十五又四分之一日,採用十九年七閏爲閏周的曆法,包括《藝文志》所載黃帝曆、顓頊曆、夏曆、殷曆、周曆、魯曆等所謂"古六曆")《殷曆》中關於周代紀年的記載以及梁陶弘景《古今刀劍録》(江蘇廣陵古籍刻印社1992年影印道藏本)中的有關材料。
　　⑤ [漢]司馬遷撰,[南朝宋]裴駰集解,[唐]司馬貞索隱,[唐]張守節正義,郭逸、郭曼標點:《史記》,第1224頁。
　　⑥ 《尚書·周書·洛誥》《禮記·明堂位》《史記·周本紀》《魯周公世家》及《尚書大傳》《今本竹書紀年》皆謂周公旦攝政稱王凡7年;1963年,陝西省寶雞市陳倉區賈村鎮出土周成王時期銅器何尊,楊寬《釋何尊銘文兼論周開國年代》(《文物》1983年第6期,第53-57頁)以"惟王初鄷,宅于成周"與"惟王五祀"銘文爲據,考訂周公旦攝政稱王只有5年,兹列備參。

在政治局勢趨於穩定之後,周公旦還政於成王,並輔佐其親政。① 周公旦、成王誦繼文、武之餘烈,使西周國力強盛,形成了周代歷史上著名的成、康盛世,故纔有周公旦、周成王會盟諸侯而"四夷來賓"之盛典。周公還政、成王親政、經營成周,皆爲周王室之大事,故召公作《召誥》、周公作《洛誥》;那麽,《王會解》載"成周之會"而"四夷來賓"事不誤。

故我們認爲《逸周書·王會解》所記成王"成周之會",與昭四年《左傳》《國語·晉語八》所言成王"岐陽之蒐"一樣,是在不同的時間與地點所舉行的周王會盟諸侯之大典。我們知道,夏商周三代的王權還表現在能夠會合諸侯按王指定的地點集會,運用王的權威來申明自己的意圖,迫令和誘使諸侯按王的意志辦事,正所謂"夫六王二公之事,皆所以示諸侯禮也,諸侯所由用命也"(昭四年《左傳》載楚大夫椒舉語)。②

昭三十二年《左傳》載周敬王曰:"昔成王合諸侯,城成周,以爲東都,崇文德焉。"③今本《竹書紀年》:"(周成王)六年,大蒐于岐陽。七年,周公復政于王。……二十五年,王大會諸侯于東都,四夷來賓。"④可見,"岐陽之蒐"在周成王六年(約前1058),而"成周之會"則有周成王七年(約前1057)與二十五年(約前1039)兩次。王國維《今本竹書紀年疏證》以爲:《逸周書·王會解》所載"成周之會"事,即《今本竹書紀年》所紀周成王"二十五年,王大會諸侯于東都,四夷來賓"事。⑤ 筆者以爲王氏説不確。"岐陽之蒐"時,周成王尚未親政,那麽,主持會盟的自然是攝政稱王的周公旦。"岐陽之蒐",即是周公旦主盟諸侯於周之發祥地——岐山之陽,舉行大蒐禮;而《王會解》所載"成周之會"時"四夷來賓"之事,當在雒邑建成之後周公旦還政而周成王親政初期,即周成王七年(約前1057)頃。周公旦還政而周成王親政之後,正好以天子名義召集諸侯進行大會盟,以此申明天子對諸侯的君臣名分之禮,明確必須恪守的宗主關係和朝貢義務;這對進一步鞏固周成王親政後的地位自然有極其重要的意義,故筆者此不取王氏《今本竹書紀年疏證》"周成王二十五年(約前1039)"説。

2. 從《王會解》作時看其史料的可靠性

明鄭瑗《井觀瑣言》卷一認爲:"《汲冢周書》甚駁雜,恐非先秦書。意東漢魏

---

① 參見:邵炳軍《〈青蠅〉〈賓之初筵〉〈抑〉作者衛武公生平事蹟考論》,《文史》總第51輯、2000年第2輯,第155-164頁。
② 杜《注》:"六王,啓、湯、武、成、康、穆也;二公,齊桓、晉文。"[晉] 杜預注,[唐] 孔穎達等正義:《春秋左傳正義》,第4419頁。
③ 杜《注》:"作成周,遷殷民,以爲京師之東都,所以崇文王之德。"[晉] 杜預注,[唐] 孔穎達等正義:《春秋左傳正義》,第4620頁。
④ 王國維:《今本竹書紀年疏證》,第65頁。
⑤ 王國維:《今本竹書紀年疏證》,第68頁。

晉間詭士所作。"①清姚際恒《古今僞書考》甚至把《呂氏春秋》《史記》《禮記》《周禮》等書引用《汲冢周書》，說成是《汲冢周書》抄纂諸書。② 此實爲疑古過頭之論。因此，我們有必要先探討《王會解》的作時，以考定我們所用史料的可靠性。

前人大多認爲《逸周書》爲周代遺文，並對《逸周書》編纂成書的年代多有探究，目前主要有七說：一爲成於春秋後期說，見《漢書·藝文志》顏《注》引西漢劉向《七略別錄》；③二爲泛言成於周代說，見《漢書·藝文志》；④三爲成於戰國之後說，見宋陳振孫《直齋書錄解題》卷二；⑤四爲成於戰國時期說，見元馬端臨《文獻通考·經籍考二十二》引宋巽巖李氏說；⑥五爲西周至春秋前期說，見清朱右曾《周書集訓校釋·目錄》；⑦六爲春秋後期至戰國以後說，見清紀昀等《欽定四庫全書總目》卷五十；⑧七爲成於春秋早期至戰國早期說，見羅家湘《〈逸周書〉研究》。⑨ 筆者此從羅氏"成於春秋早期至戰國早期"說。

一般而言，先秦時期的文獻傳播大致經歷前文字時期與文字時期兩個階段，具體包括四個歷史時期：一是傳說時期或口傳歷史時期；二是口傳與記事符號相結合時期；三是文字記載與隨時訓說時期；四是保持文獻內容、基本規模、大體結構、文體特徵與保存文獻敘述語言原貌時期。⑩ 就文字階段的每一部古籍的編定而言，大致要經歷單篇寫定、編撰成書及流傳附益等三個階段。⑪ 因此，辨別古籍之真僞，應將這三個不同階段加以區別對待。《逸周書》從單篇寫定到編撰成書、再到後世流傳的過程中，其文字有所刪改附益是正常現象。所以，我們不能因其有一些刪改附益文字而否定其史料價值，甚至斥之爲僞書，這不是實事求是的態度。正如李學勤在《逸周書彙校集注序》中所說的那樣："《逸周書》是一部非常重要的典籍"，它"對研究先秦歷史文化很有價值"。⑫

---

① ［明］鄭瑗：《井觀瑣言》，叢書集成初編排印明萬曆間(1573—1620)陳繼儒編刻寶顏堂秘笈本，中華書局 1985 年版，第 329 冊，第 8 頁。
② ［清］姚際恒：《古今僞書考》，叢書集成初編排印清乾嘉間(1736—1820)鮑廷博父子刊刻知不足齋叢書本，中華書局 1985 年版，第 114 冊，第 9 頁。
③ ［漢］班固撰，［唐］顏師古注，傅東華等點校：《漢書》，第 1706 頁。
④ ［漢］班固撰，［唐］顏師古注，傅東華等點校：《漢書》，第 1705 頁。
⑤ ［宋］陳振孫撰，徐小蠻等據清乾隆三十八年(1773)武英殿聚珍版叢書本點校：《直齋書錄解題》，上海古籍出版社 1987 年版，第 28 頁。
⑥ ［元］馬端臨：《文獻通考》，商務印書館萬有文庫十通本，中華書局 1986 年影印版，第 1648 頁。
⑦ ［清］朱右曾：《周書集訓校釋》，續修四庫全書影印清光緒三年(1877)湖北崇文書局刻本，上海古籍出版社 2002 年版，史部第 301 冊，第 117 頁。
⑧ ［清］紀昀、陸錫熊、孫士毅等撰，盧光明等整理：《欽定四庫全書總目》，中華書局 1997 年版，第 687 頁。
⑨ 羅家湘：《〈逸周書〉研究》，上海古籍出版社 2006 年版，第 85－86 頁。
⑩ 參見：趙逵夫《〈逸周書〉研究序》，見羅家湘《〈逸周書〉研究》，第 5－10 頁。
⑪ 參見：趙逵夫《論〈詩經〉的編集與〈雅〉詩的分爲"小""大"兩部分》，《第二屆國際詩經研討會論文集》，語文出版社 1995 年版，第 305－322 頁。
⑫ ［晉］孔晁注，黃懷信、張懋鎔、田旭東集注，黃懷信修訂：《逸周書彙校集注》(修訂本)，第 1 頁。

既然《逸周書》諸篇非一時一世之作,故有必要討論《王會解》的作時。先哲時賢主要有八説:一爲泛言西周初年説,見上引《周書序》;二爲泛言周成王之世(約前1063—前1027)説,見上引《逸周書·王會解》晉孔晁《注》;三爲泛言周武王之世(約前1069—前1064)説,見《新唐書·南蠻傳下》載顔師古語;①四爲闕疑説,見清唐大沛《逸周書分編句釋》卷七;②五爲周成王七年(約前1057)説,見上引清潘振《周書解義》卷七;六爲泛言春秋戰國時期説,見胡念貽《〈逸周書〉中的三篇小説》;③七爲泛言戰國時期説,見楊寬《論〈逸周書〉——讀唐大沛〈逸周書分編句釋〉手稿本》;④八爲泛言戰國早期説,見羅家湘《〈逸周書〉研究》。⑤

筆者以爲,《王會解》爲描寫周成王成周之會盛大典禮之作,全篇把先秦四夷的分佈狀況及其特産作了極其詳盡的叙述。篇中所記會場之佈置、天子與諸侯之所着服飾與所處位置、四夷方國之奇珍異貢,是任何一位想象力出奇豐富之人所難以憑空杜撰的,也是任何一位想象力出奇豐富之人所難以依據描寫這次盛會的圖畫記録的;篇中所寫内容顯得"荒誕離奇"而具有"小説性質",正説明它與《左傳》和《國語》一樣創作時代較早。⑥其中所記之國名及個别詞語確係晚見,此當爲後世校書者所附益,非原作之舊。故此篇當爲周成王時所作之實録,今本雖經後世輾轉流傳、漸次增益,但仍不失原作之大體。故《王會解》所叙述的先秦少數民族的情況,還是很值得我們珍視的可靠史料。

3. 西申是一個以"鳳鳥"爲圖騰的古老部落方國

隱元年《左傳》孔《疏》曰:"申之始封,亦在周興之初,其後中絶。至宣王之時,申伯以王舅改封於謝。《詩·大雅·崧高》之篇,美宣王褒賞申伯云'王命召伯,定申伯之宅',是其事也。《地理志》:'南陽郡宛縣,故申伯國。'宛縣者,謂宣王改封之後也,以前則不知其地。"⑦筆者以爲此説不確。事實上,據《逸周書·王會解》《國語·周語中》《周語下》《史記·秦本紀》等傳世文獻可知,申人的祖先爲姜姓四嶽之後,⑧是一個以"鳳鳥"爲圖騰的歷史非常悠久的古老民族,在夏代

---

① [宋]歐陽修、[宋]宋祁撰修,石淑儀等點校:《新唐書》,第6320頁。
② [清]唐大沛:《逸周書分編句釋》,清道光十六年(1836)著者手定底稿本,見宋志英、晁岳佩選編《〈逸周書〉研究文獻輯刊》第7册、國家圖書館出版社2015年影印版,第229-230頁。
③ 胡念貽:《〈逸周書〉中的三篇小説》,《文學遺産》1981年第2期,第19-29頁。
④ 楊寬:《論〈逸周書〉——讀唐大沛〈逸周書分編句釋〉手稿本》,《中華文史論叢》1989年第1期,第1-15頁。
⑤ 羅家湘:《〈逸周書〉研究》,第35頁。
⑥ 參見:譚家健《先秦史傳散文中的小説成分》,《衡陽師專學報》1993年第3期,第24-28頁。
⑦ [晉]杜預注,[唐]孔穎達等正義:《春秋左傳正義》,第3724頁。
⑧ 傅斯年在《姜原》一文中,歷考姜姓諸國遷徙路綫,斷定姜姓與四嶽的關係:四嶽實是四座大山,而四嶽諸國即山中部落。姜姓大國甫與申侯由嶽神降生。至於姜姓之本原,傅氏考定在豫西渭南許謝迤西的山區中,也就是《鄭語》所謂"謝西之九州"。説見:傅斯年《傅孟真先生集》第4册,臺灣大學出版社1952年版,第13-22頁。

已形成了氏族部落或部落聯盟,在商代已與姬周之族聯姻爲"甥舅之國",至遲在周成王初年,"西申"由氏族部落或部落聯盟成爲姬周所封之諸侯方國。

《逸周書·王會解》:"西申以鳳鳥。鳳鳥者,戴仁、抱義、掖信,歸有德。"①此"西申"所獻之"鳳鳥"爲何鳥?《爾雅·釋鳥》:"鶠,鳳,其雌皇。"②《禮記·禮運》:"何謂四靈?麟、鳳、龜、龍,謂之四靈。故龍以爲畜,故魚鮪不淰;鳳以爲畜,故鳥不獝;麟以爲畜,故獸不狘;龜以爲畜,故人情不失。"③《説文·鳥部》:"鳳,神鳥也。……出於東方君子之國,翱翔四海之外,過昆侖,飲砥柱,濯羽弱水,莫宿風穴,見則天下大安寧。"④《論衡·講瑞篇》:"夫鳳皇,鳥之聖者也;騏驎,獸之聖者也;五帝、三王、皋陶、孔子,人之聖也。"《指瑞篇》:"且鳳皇、騏驎何以爲太平之象?鳳皇、騏驎,仁聖之禽也,仁聖之物至,天下將爲仁聖之行矣。"⑤

謹按:《逸周書·王會解》孔《注》"其形似雞",蓋本《山海經·南次三經》"其狀如雞"。然唐徐堅《初學記》卷三十五、《詩·大雅·卷阿》孔《疏》、莊二十二年《左傳》孔《疏》、《史記·司馬相如列傳》張守節《正義》《爾雅·釋鳥》邢《疏》以及《文選》卷三張衡《東京賦》李《注》、卷二十六顏延年《贈王太常》李《注》、卷三十五張景陽《七命》李《注》並引《山海經》作"其狀如鶴",《文選》卷三張衡《東京賦》薛《注》引《山海經》作"其狀如鵠"。此所謂"鶴"者,俗稱"仙鶴""白鶴""丹頂鶴";而所謂"鵠"者,俗稱"天鵝"。綜觀諸説,當以"鶴"爲是。可見,這種"鳳鳥"爲雄性,其形體特徵爲:鶴頭、蛇頸、燕頷、龜背、魚尾,五彩色,高六尺許;其文化特質爲:戴仁、抱義、掖信,歸有德,雌雄俱飛,相和而鳴,爲《禮記·禮運》所謂"四靈(麟、鳳、龜、龍)"之一。正由於"鳳鳥"爲"鳥之聖者""仁聖之禽",故又稱之爲"靈鳥""神鳥""瑞應鳥"。

實際上,此"西申"所獻之"鳳鳥"原本爲黃帝軒轅氏、少暤(少昊)金天氏、帝舜有虞氏、伯禹夏后氏諸氏族部落的鳥類動物名號,即鳥圖騰。《詩·大雅·卷阿》《山海經·南次三經》《山海經·海內經》、僞《古文尚書·益稷》以及莊二十二年、昭十七年《左傳》《論語·子罕》《微子》《韓詩外傳》卷八等都有"鳳鳥""鳳象"的記載。

黃帝軒轅氏部落發源於渭水流域,後逐漸進入黃河中下游地區,屬於華夏集團,伯禹夏后氏即其後裔;⑥少暤(少昊)金天氏部落居住於以今山東省曲阜市爲

---

① [晉]孔晁注,黃懷信、張懋鎔、田旭東集注,黃懷信修訂:《逸周書彙校集注》(修訂本),第858頁。
② 郭《注》:"瑞應鳥,雞頭、蛇頸、燕頷、龜背、魚尾,五彩色,高六尺許。"[晉]郭璞注,[宋]邢昺疏:《爾雅注疏》,清嘉慶二十至二十一年(1815—1816)江西南昌府學刊刻阮校十三經注疏本,中華書局2009年影印版,第5761頁。
③ [漢]鄭玄注,[唐]孔穎達等正義:《禮記正義》,第3085頁。
④ [漢]許慎撰,[清]段玉裁注:《説文解字注》,第148頁。
⑤ [漢]王充撰,黃暉校釋:《論衡校釋》,第722、747頁。
⑥ 參見:徐亦亭《漢族族源淺析》,《雲南社會科學》1987年第6期,第46-50頁。

中心的泰山以南廣大區域,屬地處黃河下游流域的東夷集團,春秋時期郯子之國即其後裔;帝舜有虞氏部落,初居於蒲坂(同"阪",即今山西省永濟市西蒲州鎮),後東遷於黃河下游,爲商人之始祖神,亦以"鳳鳥"爲其鳥圖騰之一。① 可見,上古黄帝軒轅氏、少皞(少昊)金天氏、帝舜有虞氏、伯禹夏后氏諸氏族部落皆以"鳳鳥"爲圖騰。此後,除了黃河流域之外,"南土"丹水流域、"東土"君子之國、"西土"豐鎬之地,均有"鳳鳥"出焉,皆爲上述氏族部落"鳳鳥"圖騰崇拜影響所形成的文化遺存。這是因爲,隨着夏民族的漸次強大,建立了中國歷史上第一代王朝,其政治與文化的影響力與滲透力自然會不斷強化,其"鳳鳥"圖騰文化亦得以廣泛傳播,自然會影響中土、波及四夷,並與土著文化相融合,"鳳鳥"便由夏民族圖騰逐漸轉變爲整個中土與四夷所崇拜的神鳥了。這些文獻所記載的"鳳鳥"圖騰文化,已爲比較豐富的地下考古材料所證實。

如1958年在陝西省寶雞市金臺區金陵河西岸北首嶺新石器時代仰韶文化早期遺址(約前5150—前3790)發掘出土的Ⅲ式M52細頸陶壺,壺身腹肩處用黑彩繪畫了一幅水鳥銜魚圖案;②1959年在渭南市華州區柳子鎮南臺地仰韶文化早期(約前5000—前4000)遺址發掘出土的鷹隼類頭面形手製陶塑器蓋;③1956年在河南省三門峽市廟底溝仰韶文化中期(約前4000—前3600)遺址出土的鳥頭形陶器耳。④ 特別值得注意的是,1973年、1978年在浙江省餘姚市河姆渡文化(約前5000—前3300)遺址發現的一件雙鳥朝陽紋蝶形器,⑤正是古史傳説中神農氏時代"鳥"圖騰崇拜的實物。與此前後的大汶口文化(約前6500—前4400)和山東龍山文化(約前4400—前3800),正與古史傳説中的少昊氏有關,屬少昊或兩昊族系的文化,是夷人的史前文化。可見,原始時代的鳥形圖像的出現比較普遍,不僅存在於黃河流域的史前人類中,而且在長江流域的原始遺存中也有普遍發現。這説明鳥圖騰崇拜在原始人的圖騰崇拜中是一種常見的現象。這些共同的圖騰崇拜,使得同一氏族的人們由單綫的血緣聯繫發展成爲一種新的

---

① 《孟子·離婁下》:"孟子曰:'舜生於諸馮,遷於負夏,卒於鳴條,東夷之人也。'"[漢]趙岐注,[宋]孫奭疏《孟子注疏》,清嘉慶二十至二十一年(1815—1816)江西南昌府學刊刻阮校十三經注疏本,中華書局2009年影印版,第5927頁。按:諸馮,即今山東省諸城市;負夏,即今河南省濮陽市;鳴條,在今開封市境内。此皆不出黃河下游流域。

② 參見:考古所寶雞發掘隊《陝西寶雞新石器時代遺址發掘記要》,《考古》1959年第5期,第229-230、241頁;趙學謙、關申堡、白萍、張長原《寶雞新石器時代遺址第二、三次發掘的主要收穫》,《考古》1960年第2期,第4-7頁;中國社會科學院考古研究所:《寶雞北首嶺》,文物出版社1984年版,第102、105頁,圖版50-1;劉隨盛、楊國忠、梁星彭《一九七七年寶雞北首嶺遺址發掘簡報》,《考古》1979年2期,第97-106、118-123頁。

③ 參見:黃河水庫考古隊華縣隊《陝西華縣柳子鎮第二次發掘的主要收穫》,《考古》1959年第11期,第585-587、591-592頁。

④ 參見:中國科學院考古研究所《廟底溝與三里橋——黃河水庫考古報告之二》,科學出版社1959年版,第26頁,圖版玖,4-6。

⑤ 參見:浙江省博物館《河姆渡遺址第一期發掘報告》,《考古學報》1978年第1期,第39-94頁。

而且是共同的精神上的聯繫。通過圖騰崇拜,原始的人類最初確認了自己和自己氏族在天地之間的歸屬。儘管他們從中得不到科學的或正確的解答和真正的保護,却還是真誠地信仰、真誠地崇拜,認爲這是爲自己找到了一種心靈的寄託;由此足見"鳳鳥"傳説文化淵源之古。

夏商周三代繼承並發展了"鳳鳥"圖騰崇拜文化,如 1975 年在陝西省寶雞市茹家莊西周中期昭、穆之際 1 號墓發掘出土的飾鳳鳥紋象尊;1976 年在寶雞市扶風縣法門鎮莊白村西周中期墓發掘出土的痰簋蓋及腹身飾長尾大鳳鳥紋,雙耳也鑄成鳳鳥形;1976 年在河南省安陽市商代殷墟婦好墓發掘出土的"鳳鳥"骨雕刀柄,①等等。可見,西周青銅器的發展主要表現在青銅禮器本身形式和裝飾的變化上,特別是鳳鳥紋更爲流行,數量增多、體積變大,風格更顯華麗。故《詩·大雅·卷阿》七章曰:"鳳皇于飛,翽翽其羽,亦集爰止。"八章曰:"鳳皇于飛。翽翽其羽,亦傅于天。"九章曰:"鳳皇鳴矣,于彼高岡;梧桐生矣,于彼朝陽。菶菶萋萋,雝雝喈喈。"②此乃中國傳世詩歌文本中,最早的有關"鳳皇"的比喻與象徵:以衆多的鳳凰鳴於高岡,喻衆多的吉士集於王室。

降及春秋戰國時期,"龍""鳳"等圖騰已從西周的祭壇和莊嚴的禮器上逐漸退減,開始"飛入尋常百姓家"了。除了"龍"仍代表"天"以外,"鳳"則同"龜""蛇""鹿"之類一樣成爲百姓喜愛的動物了。

所以,我們可以推斷:申人是自夏代時即已存在的一個古老氏族部落,深受"鳳鳥"圖騰文化的影響;姜姓申國於西周初年爲姬周復立爲國之後,仍然以"鳳鳥"爲民族圖騰,保留着神鳥文化的傳統,他們自然會在周成王時以"鳳鳥"獻周以修前世之好而續姬姜之誼。故明楊慎《太史升庵文集》卷一《鳳賦》贊之曰:"西申之國,丹穴之山,爰有神鳥,名爲鳳焉。"③

4. 西申在周成王時居住於小隴山南麓地區

清江永《春秋地理考實》卷一:"汝寧府信陽州,漢之平氏縣,後周及唐皆以爲申州。豈申之始封在此歟?"④江氏敏鋭地意識到今河南省信陽市有一故申國,然此乃南申東遷之後所居地,非西申初封之地。《逸周書·王會解》記周成王時

---

① 參見:盧連成、胡智生《寶雞彊伯墓地》(上册),文物出版社 1988 年版,第 71-73 頁;陝西周原考古隊《陝西扶風莊白一號西周青銅器窖藏發掘簡報》,《文物》1978 年第 3 期,第 1-18 頁;陳志達《殷代王室玉器與玉石人物雕像》,《文物》1982 年 12 月,第 84-86 頁。
② 毛《序》:"《卷阿》,召康公戒成王也,言求賢用吉士也。"毛《傳》:"鳳皇,靈鳥仁瑞也。雄曰鳳,雌曰皇。翽翽,衆多也。……梧桐,柔木也。出東曰朝陽。梧桐不生山岡,太平而後生朝陽。"[漢] 毛亨傳,[漢] 鄭玄箋,[唐] 孔穎達等正義:《毛詩正義》,第 1176-1179 頁。
③ [明] 楊慎:《太史升庵文集》,國家圖書館藏明萬曆十年(1582)蔡汝賢刻本,國家圖書館出版社 2012 年影印版。
④ [清] 江永:《春秋地理考實》,阮元刻清經解本,鳳凰出版社 2005 年影印版,第 2 册,第 1943 頁。

成周之會,對四夷來貢之29國是按成周之東、南、北、西的方位依次進行敘述的。成周之西諸國除西申外,尚有史林、北唐戎、渠叟、樓煩、卜盧、區陽、規矩、丘羌等8國。據漢班固《漢書·地理志上》、晉孔晁《逸周書注》卷七、北魏酈道元《水經·漯水注》、清何秋濤《王會解箋釋》卷中及劉師培《周書補正》卷五等考證,此8國之地大致在今陝西省北部、山西省西部至甘肅省東部一帶,均位於宗周西北與西南。而《王會解》謂西申大致方位在成周以西,其又與上述8國相鄰,則其居住地不出陝、晉、甘之地。故劉德岑《申氏族之遷徙》認爲:"然姜姓民族起自西土,與周民族世爲婚姻,故申之最初地望,亦當於西土求之。"①童書業《春秋史》進一步指出:"西申之國似近驪山,《史記·秦本紀》云'申侯乃言孝王曰:"惜我先驪山之女,爲戎胥軒妻"',可證。"②下面我們以此爲基點來討論西申的居住地。

清江永《群經補義》卷四:

> 《左傳》楚、鄭大夫名申者,多字子西。申位在西方故也。③

何秋濤《王會篇箋釋》卷中:

> 《西山經》云:申山,區水出焉。……榆林在北,米脂在東,安塞在西,相距皆在數百里之內,其山皆以申名,惟安塞之申山最在于西,殆即西申也。此山以南既爲古區陽國地,則西申國當在山北,爲今鄂爾多斯右翼前旗境,即古夏州也。地與岐山相近。……考其地域,亦屬西戎,上文規規,下文氐羌,皆西戎國,比類觀之,可見矣。④

謹按:何氏《王會篇箋釋》認爲"申山"在今陝西省北部之安塞縣北蘆關嶺,西申國當在此處;清吳承志《山海經地理今釋》卷二則把"申首之山"定在今寧夏回族自治區中衛市以東地區,⑤均未免差之過遠。《山海經·西山經·西次四經》明載"申首之山"往西55里叫"涇谷之山",有"涇水出焉",已指出"申首之山"就在涇水源頭附近。⑥ 如果把"申首之山"搬到中衛,則相隔達500餘里,故以今甘肅省平涼市華亭縣之北六盤山支脈爲"申首之山"較爲恰當。因爲《西山經》所載之"申山""上申之山"與"申首之山",曰山下有"申水",其當在涇水發源地——

---

① 劉德岑《申氏族之遷徙》,《禹貢半月刊》,1936年第6卷第1期,第31頁。
② 童書業著,童教英校訂:《春秋史》(校訂本),中華書局2006年版,第66頁。
③ [清]江永:《群經補義》,阮元刻清經解本,鳳凰出版社2005年影印版,第2冊,第2000頁。
④ [清]何秋濤:《王會篇箋釋》,第262—264頁。
⑤ [清]吳承志:《山海經地理今釋》,民國四年(1915)吳興劉承幹刻求恕齋叢書本,文物出版社1984年版,第63頁。
⑥ [晉]郭璞注,袁珂校注:《山海經校注》(增訂本),巴蜀書社1993年版,第70—72頁。

今寧夏回族自治區固原市南部之涇源縣附近。涇源縣正在今華亭縣西北,南面即爲涇水以南、渭水上游以北的今陝西省寶雞市隴縣的嶽山,亦稱吳山,正爲姜姓四嶽集團發源地。① "申山"從六盤山發脈,向東南綿延爲嶽山,稱爲"申首之山"是恰當的。因申首之山"無草木,冬夏有雪",正與六盤山高處的環境相同。據此看來,"申山""上申之山",當爲申氏由"申首之山"向東南遊牧遷徙而留下的地名,亦即西申遷居郿縣附近之前的文化遺存。

總之,由於材料不足,西周初期"西申"的具體地望今難以確考。據《王會解》將"西申"與西北諸國並列,知其封地在西北。故筆者認爲西周初期"西申"的活動區域,當在今甘肅省東部之華亭縣與陝西省西北部之隴縣相鄰一帶的小隴山南麓地區,② 亦即關中平原之西端地區。此雖不敢稱之爲定論,但謂之在宗周以西庶無大謬。

二、宣王陟封申伯於謝前西申之居住地

1. 西周康王至厲王期間西申之地望

劉德岑《申氏族之遷徙》指出:"自申伯東遷,申析爲二,申伯以前,申人皆居西土。豈非西申爲本支,而東遷之申爲其別支乎?"③ 的確,自成王時西申赴成周之會到宣王時陟封申伯於謝之間,西申國並未絕,只是傳世文獻失載而已。然我們仍可從金文中找到西申的綫索。

目前,我們尚未發現西周康、昭、穆三王時期關於西申的相關材料。但據1975年在陝西省寶雞市岐山縣董家村出土的五祀衛鼎銘文載,共王五年(約前917)時有一位王畿内某國君"邦君厲"的有司"䜌(申)季",曾參加過邦君厲爲裘衛所舉行的付田儀式。④ 這是金文中關於西申氏在西周王畿内任諸侯官吏的最早記載。共王時此申季當爲周成王時獻"鳳鳥"之西申國的後代,亦當爲平王所奔之西申的祖先。

我們雖未見周懿王時西申的有關材料,但《史記·秦本紀》載有周孝王時西

---

① 顧頡剛早在民國二十二年至二十三年間(1933—1934)出版的《古史辨》第7冊下編發表的《九州之戎與戎禹》中提出:四嶽應在今陝甘交界之隴山地區,位於秦嶺北麓;1949年後又在自己所著《史林雜識初編·四嶽與五嶽》中論證,最初的"四嶽",即今陝西省寶雞市隴縣吳嶽附近的四山,亦即"姜姓四嶽"發源地。見呂思勉、童書業編著:《古史辨》第7冊下編,上海古籍出版社1982年重印本,第117-138頁;顧頡剛:《史林雜識初編》,中華書局1963年版,第43-45頁。
② 小隴山,又稱隴坻、隴阪、隴首,又名分水嶺,今稱關山,平均海拔1600米,最高海拔2686米,位於陝西省寶雞市與甘肅省平涼、天水市張家川縣與隴南市徽縣、兩當縣交界處,是亞熱帶濕潤氣候區和暖溫帶的過渡帶,爲南北氣候的分水嶺。參見:《水經·渭水注》《元和郡縣志·隴右道》《陝西通志·山川三》《甘肅通志·山川》。
③ 劉德岑:《申氏族之遷徙》,《禹貢半月刊》1936年第6卷第1期,第32頁。
④ 參見:岐山縣文化館、陝西省文管會龐懷清等《陝西省岐山縣董家村西周銅器窖穴發掘簡報》,《文物》1976年第5期,第26-44頁;唐蘭《陝西省岐山縣董家村新出西周重要銅器銘辭的譯文和注釋》,《文物》1976年第5期,第55-59、63頁。

申的史實:

> 非子居犬丘,好馬及畜,善養息之。犬丘人言之周孝王,孝王召使主馬於汧、渭之間,馬大蕃息。孝王欲以爲大駱嫡嗣。申侯之女爲大駱妻,生子成爲嫡。申侯乃言孝王曰:"昔我先酈山之女,爲戎胥軒妻,生中潏,以親故歸周,保西垂(陲),西垂(陲)以其故和睦。今我復與大駱妻,生嫡子成。申、駱重婚,西戎皆服,所以爲王。王其圖之。"於是孝王曰:"昔伯翳爲舜主畜,畜多息,故有土,賜姓嬴。今其後世亦爲朕息馬,朕其分土爲附庸。"邑之秦,使復續嬴氏祀,號曰秦嬴,亦不廢申侯之女子爲駱嫡者,以和西戎。①

謹按:據《漢書·地理志上》《史記·秦本紀》之裴駰《集解》、張守節《正義》以及《明一統志·陝西布政司》《讀史方輿紀要·陝西二》等考證,大駱庶子非子(秦嬴)所居之"犬丘",即"西犬丘",亦即"西垂",在今甘肅省隴南市西和縣、禮縣一帶;其所受封之秦邑,一名秦亭,又名秦谷亭,即今天水市清水縣西數里處之清水故城;驪山爲故驪戎國,在今陝西省臨潼市東南之驪山。② 此三地距申侯之國皆當不會太遠。非子封秦,在孝王十三年(約前872)。據清齊召南《歷代帝王年表·周世表》推算,非子封秦時之申侯上距赴成周之會時之西申,歷成、康、昭、穆、共、懿、孝凡7王約184年。③ 據此我們可進一步推斷:此申侯之國就是"西申國"後裔,他們一直居住在西犬丘與秦邑東北地區的小隴山南麓地區,位於驪山西北;其與嬴秦、驪戎、西戎等部族累世婚姻。"西申"自西周初期開始"保西陲",其女之子成爲嫡嗣,"以和西戎"。孝王能採納申侯分封之諫,足見"西申侯"在周王室具有舉足輕重的作用。

郭沫若《兩周金文辭大系圖録考釋》著録傳清季在陝西省寶雞市扶風縣法門寺任村出土的西周中晚期克氏諸器中有周夷王、厲王之際器大克鼎,④中國社會科學院考古研究所編《殷周金文集成》(4.4287)著録日本小川氏收藏厲王前

---

① 張守節《正義》:"申侯之先,娶於酈山。胥軒,仲衍曾孫也。"[漢]司馬遷撰,[南朝宋]裴駰集解,[唐]司馬貞索隱,[唐]張守節正義,郭逸、郭曼標點:《史記》,第120頁。
② 蒙文通認爲,"驪戎"即《國語·晉語四》之"麗土之狄",在晉之東北,中山之南;王獻唐認爲,驪戎在今陝西省臨潼市驪山地區;董立章認爲,"驪"通"歷",今晉南歷山。對蒙氏《古代民族遷徙考》、董氏《國語譯注辨析》之説,筆者存疑,故此不取。詳見:蒙文通《古代民族遷徙考》,《禹貢半月刊》1937年第7卷第6-7期合刊,第34頁;王獻唐《炎黃氏族文化考》,《王獻唐遺書》本,齊魯書社1985年版,第14頁;董立章《國語譯注辨析》,暨南大學出版社1993年版,第317頁。又,蒙文通認爲,驪戎的一支曾在周秦之間東遷,居於朝鮮而有之,稱"句麗",又稱"高驪"。詳見:蒙文通《周秦少數民族研究》,龍門聯合書局1958年版,第96頁。
③ [清]齊召南撰,[清]阮福續:《歷代帝王年表》,叢書集成初編排印清嘉慶至道光間(1796—1850)阮亨編刻文選樓叢書本,中華書局1985年版,第3498冊,第22-23頁。
④ 郭沫若:《兩周金文辭大系圖録考釋》,科學出版社2002年版,圖編16,釋文第259-262頁。

後器伊簋。① 此二器銘文中皆有"申季",曾參與周王冊命善夫克的儀式,並擔任儐右(佑)。依當時之通例,冊命儀式的儐佑一般爲被冊命者的上司,級別較高,並與王室關係密切。大克鼎、伊簋銘文中之"善夫",即《詩·小雅·十月之交》之"膳夫"。據《周禮·天官冢宰》,膳夫爲太宰屬官,爵級爲上士。② 則"申季"至少應爲大夫。故申季在夷、厲時期爲周王室重臣,其很可能就是向周孝王進言的申侯或其後嗣,亦當爲周平王所奔之西申的祖先。

可見,西申在康、昭、穆、共、懿、孝、夷、厲凡 8 王時代,爲周人鎮守西部邊陲之方伯。蓋其國位於周都邑豐京與鎬京以西,並與秦國相鄰,活動區域一直在今甘肅省東部平涼市華亭縣與陝西省西北部寶雞市隴縣相鄰一帶的小隴山南麓地區。

2. 從《黍苗》《崧高》敘周宣王將申伯自郿遷謝看西申之地望

《詩·小雅·黍苗》毛《序》:"《黍苗》,刺幽王也。不能膏潤天下,卿士不能行召伯之職焉。"鄭《箋》:"陳宣王之德、召伯之功,以刺幽王及其羣臣廢此恩澤事業也。"《大雅·崧高》毛《序》:"《崧高》,尹吉甫美宣王也。天下復平,能建國親諸侯,褒賞申伯焉。"鄭《箋》:"尹吉甫、申伯,皆周之卿士也。尹,官氏;申,國名。"③宋朱熹《詩集傳》卷十五:"此(《黍苗》)宣王時詩,與《大雅·崧高》相表裏。"④元劉玉汝《詩纘緒》卷十二:"《黍苗》爲營謝方畢而歸之詩,《崧高》爲營謝既成、申伯出封之詩。此二詩之表裏先後也。"⑤明何楷《詩經世本古義》卷十七:"《崧高》意重申伯,此(《黍苗》)意重召公,命旨各別。"⑥清傅恒等《御纂詩義折中》卷十五:"《黍苗》,營謝也。此詩與《崧高》本爲一事,彼作於王朝之卿士,而意在申伯;此作於行役之軍人,而專美召伯也。"⑦可見,召穆公從行者所作《黍苗》及尹吉甫所作《崧高》,爲我們保存了周宣王時有關申伯的極爲重要的史料,從中可窺知以下

---

① 中國社會科學院考古研究所編:《殷周金文集成》,修訂增補本第 4 冊,中華書局 2007 年版,第 2628 頁。
② 《孟子·萬章下》將"周室班爵祿"之制分爲兩級:天子所班爲"公""侯""伯""子""男";諸侯所班爲"卿""大夫""上士""中士""下士"。可見,孟子把等級制分成兩系:一是諸侯等級分爲"公""侯""伯""子""男"五等,通於天下;一是貴族等級分爲"君""卿""大夫""上士""中士""下士"六等,施於國中。後世有人對此說提出質疑。但事實上,孟子所謂"王""公""侯""伯""子""男"六種名稱,在殷商卜辭中都已全部出現了。詳參:楊升南《卜辭中所見諸侯對商王室的臣屬關係》,見胡厚宣主編《甲骨文與殷商史》,上海古籍出版社 1983 年版,第 128-171 頁。
③ [漢]毛亨傳,[漢]鄭玄箋,[唐]孔穎達等正義:《毛詩正義》,第 1063、1219 頁。
④ [宋]朱熹撰,夏祖堯據四部叢刊三編影印日本東京岩崎氏靜嘉文庫藏宋本點校:《詩集傳》,嶽麓書社 1989 年版,第 196 頁。
⑤ [元]劉玉汝:《詩纘緒》,文淵閣四庫全書本,上海古籍出版社 1987 年影印版,經部第 77 冊,第 711 頁。
⑥ [明]何楷撰,李士彪、張丹丹校點:《詩經世本古義》,第 817 頁。
⑦ [清]傅恒等:《御纂詩義折中》,摛藻堂四庫全書薈要本,臺北世界書局 1985 年影印版,第 29 冊,第 278 頁。

三條極有價值的信息。

（1）周宣王使召穆公營謝邑以定申伯

《黍苗》之首章曰："悠悠南行,召伯勞之。"四章曰："肅肅謝功,召伯營之。烈烈征師,召伯成之。"卒章曰："召伯有成,王心則寧。"①宋朱熹《詩序辨說》卷下："此宣王時美召穆公之詩,非刺幽王也。"②輔廣《詩童子問》卷十五："此章乃從召伯南行者所作。"③宋嚴粲《詩緝》卷二十四："首章總言營謝、平淮二役,蓋營謝、平淮二役,皆南行之事也。……宣王之時,召穆公既營謝邑,又平淮夷,頻有事于南,成役勞矣。"④元劉玉汝《詩纘緒》卷十二："此行者歸而作此詩。其曰'我',故知爲行者所作;曰'歸哉''歸處',曰'成之''有成',故知其歸而作。"⑤

謹按：《國語·晉語四》載晉子餘（趙衰）使公子重耳（晉文公）賦《黍苗》、⑥襄十九年《左傳》載晉范宣子（士匄）爲魯季武子（季孫宿）賦《黍苗》,⑦皆以《黍苗》爲美詩而非刺詩,故筆者此不取毛《序》、鄭《箋》、孔《疏》之"刺幽王"說。又,《詩·王風·揚之水》毛《傳》："申,姜姓之國,平王之舅。"《小雅·黍苗》毛《傳》："謝,邑也。"⑧足見毛氏以"申"爲申伯之國名,以"謝"爲申國初封之都邑名,與《詩·大雅·崧高》所敘相合。

關於申國之地望,先哲主要有二說：

一爲"南陽"說,即今河南省南陽市宛城區北30里白河西岸獨山之下故申城。《漢書·地理志上》："（南陽郡宛縣）故申伯國,有屈申城,縣南有北筮山。"⑨《後漢書·郡國志四》："（南陽郡）宛本申伯國,有南就聚,有瓜里津,有夕陽聚,有

---

① 鄭《箋》："宣王之時,使召伯營謝邑,以定申伯之國。"［漢］毛亨傳,［漢］鄭玄箋,［唐］孔穎達等正義：《毛詩正義》,第1064頁。
② ［宋］朱熹撰,朱傑人等據四部叢刊三編影印日本東京岩崎氏靜嘉文庫藏宋本點校：《詩序辨說》,見《朱子全書》第1冊,上海古籍出版社、安徽教育出版社2002年版,第389頁。
③ ［宋］輔廣：《詩童子問》,中華再造善本影印上海圖書館藏元至正三年建安余志安勤有堂刻本,北京圖書館出版社2005年版,第5冊,卷15,第3頁。
④ ［宋］嚴粲：《詩緝》,元余志安勤有堂刻本,綫裝書局2003年影印版,第446-447頁。按：《今本竹書紀年》："（宣王）六年,召穆公帥師伐淮夷。……七年,王錫申伯命。"王國維：《今本竹書紀年疏證》,第83頁。又,《詩·大雅·江漢》毛《序》："《江漢》,尹吉甫美宣王也,能興衰撥亂,命召公平淮夷。"鄭《箋》："召公,召穆公也,名虎。"［漢］毛亨傳,［漢］鄭玄箋,［唐］孔穎達等正義：《毛詩正義》,第1234-1235頁。按：據《江漢》《崧高》及毛《序》,營謝邑在平淮夷之後,故嚴氏《詩緝》說不確。說參：［明］何楷《詩經世本古義》卷17。
⑤ ［元］劉玉汝：《詩纘緒》,第710頁。
⑥ 韋《注》："《黍苗》,亦《小雅》,道邵伯述職勞來諸侯也。"［三國吳］韋昭注,上海師範大學古籍整理研究所校點：《國語》,第360-361頁。按：據《史記·晉世家》,此乃晉惠公十四年（前637）事;次年,公子重耳返晉爲君,是爲文公。
⑦ 杜《注》："《黍苗》,《詩·小雅》,美召伯勞來諸侯,如陰雨之長黍苗也。喻晉君憂勞魯國,如召伯。"［晉］杜預注,［唐］孔穎達等正義：《春秋左傳正義》,第4273頁。
⑧ ［漢］毛亨傳,［漢］鄭玄箋,［唐］孔穎達等正義：《毛詩正義》,第700、1064頁。
⑨ ［漢］班固撰,［唐］顏師古注：《漢書》,第1563頁。

東武亭。"①《史記·鄭世家》張守節《正義》引李泰《括地志》:"故申城在鄧州南陽縣北三十里。《左傳》云'鄭武公取於申'也。"②李吉甫《元和郡縣圖志·山南道二》:"南陽縣,本周之申國也,平王母申后之家。"③宋蘇轍《詩集傳》卷十八:"南陽有申城,申伯國也。"④清穆彰阿等纂修《嘉慶重修一統志·南陽府二》:"申城,在南陽縣北二十里,周宣王時,封申伯於此。"⑤

二爲"信陽"説,即今河南省信陽市浉河區,宋朱熹《詩集傳》卷四:"申,姜姓之國、平王之母家也,在今鄧州信陽軍之境。"⑥

謹按:"南陽"乃"南申"之地,"信陽"乃"東申"之地,⑦故二説皆不誤。

關於謝邑之地望,先哲時賢主要有四説:

一爲"南國"説,即泛指東都雒邑之南。《詩·大雅·崧高》毛《傳》:"謝,周之南國也。"《王風·揚之水》鄭《箋》:"平王母家申國,在陳、鄭之南,迫近彊楚,王室微弱而數見侵伐,王是以戍之。"⑧

二爲"南陽"説,即今河南省南陽市宛城區東南60里金華鄉東、西謝營村之古謝城。《國語·鄭語》韋《注》:"謝,宣王之舅申伯之國,今在南陽。"⑨《後漢書·郡國志四》引南朝宋盛弘之《荆州記》:"(棘陽縣)東北百里有謝城。"⑩宋王質《詩總聞》卷十八:"謝,在汝南謝城,後以封爲氏。"⑪朱熹《詩集傳》卷十八:"謝,在今鄧州南陽縣,周之南土也。"⑫

三爲"信陽"説,即今信陽市浉河區。宋朱熹《詩集傳》卷十五:"宣王封申伯於謝,命召穆公往營城邑,故將徒役南行,而行者作此。……謝,邑名,申伯所封

---

① [南朝宋]范曄撰,[唐]李賢等注,宋雲彬等點校:《後漢書》,第3476頁。
② [漢]司馬遷撰,[南朝宋]裴駰集解,[唐]司馬貞索隱,[唐]張守節正義,郭逸、郭曼標點:《史記》,第1391頁。
③ [唐]李吉甫撰,賀次君點校:《元和郡縣圖志》,第533頁。
④ [宋]蘇轍:《詩集傳》,續修四庫全書影印宋淳熙七年(1180)蘇詡筠州公使庫刻本,上海古籍出版社2002年版,經部第56冊,第166頁。
⑤ [清]穆彰阿等纂修:《嘉慶重修一統志》,四部叢刊續編影印清史館藏進呈寫本,商務印書館1934年版,卷211,第10頁。
⑥ [宋]朱熹撰,夏祖堯點校:《詩集傳》,第51頁。
⑦ 參見:顧鐵符《信陽一號楚墓的地望與人物》,《故宮博物院院刊》1979年第2期,第76-80頁;何浩《春秋時楚滅申國新探》,《江漢論壇》1982年第4期,第55-63頁;袁純富《春秋時楚滅南陽申國年代考》,《中州今古》1985年第1期,第13頁。按:稱信陽之"申"爲"東申",是顧鐵符在考證1957年河南省信陽市平橋區長臺關鎮發掘出土的一號楚墓地望與人物時,爲了區別南陽之"申"、即"南申"而創立的名詞,並非當時已有"東申"之名。顧氏認爲:"申"分爲"東申、西申",是在宣王封王舅於申之後,南陽之"申"即《逸周書·王會解》與昭二十六年《左傳》孔《疏》引《世本》之"西申",信陽之"申"即《詩·王風·揚之水》及文十六年、哀十七年《左傳》之"申"。何浩、袁純富皆從其説,筆者此不取。
⑧ [漢]毛亨傳,[漢]鄭玄箋,[唐]孔穎達等正義:《毛詩正義》,第1221、700頁。
⑨ [三國吳]韋昭注,上海師範大學古籍整理研究所校點:《國語》,第515頁。
⑩ [南朝宋]范曄撰,[唐]李賢等注,宋雲彬等點校:《後漢書》,第3478頁。
⑪ [宋]王質:《詩總聞》,叢書集成初編排印清咸豐元年(1851)錢儀吉刻經苑本,中華書局1985年版,第1715冊,第303頁。
⑫ [宋]朱熹撰,夏祖堯點校:《詩集傳》,第245頁。

國也,今在鄧州信陽軍。"①

四爲"唐河"說,即今南陽市唐河縣南之故謝城。明李賢等《大明一統志》卷三十《南陽府》:"謝城,在湖陽城北,周申伯之都,自申遷于此。《詩》'申伯番番,既入于謝'是也。"②清穆彰阿等纂修《嘉慶重修一統志·南陽府二》:"謝城,在唐縣南,周申伯自申遷於此。《詩》'肅肅謝功,召伯營之',又'申伯番番,既入於謝'。……按:朱子《詩集傳·揚之水》《黍苗》以謝爲信陽,《崧高》以謝爲南陽。故今羅山縣亦有謝城,蓋因《詩集傳》而傅會。當以此地謝城爲正。"③

謹按:毛《傳》、鄭《箋》乃泛言之,朱《傳》持兩可之說,惟《國語·鄭語》韋《注》、林氏《元和姓纂·去聲·四十禡》、王氏《詩總聞》之"南陽"說是,兹補證如下。

《國語·鄭語》:"史伯對(鄭桓公)曰:'……當成周者,南有荆蠻、申、呂、應、鄧、陳、蔡、隨、唐……'公曰:'謝西之九州,何如?'對曰:'其民沓貪而忍,不可因也。唯謝、郟之間,其冢君侈驕,其民怠沓其君,而未及周德;若更君而周訓之,是易取也,且可長用也。'"④隱十一年《左傳》孔《疏》引《世本·姓氏·姓篇》:"任姓,謝、章、薛、舒、呂、祝、終、泉、畢、過。"⑤北魏酈道元《水經·比水注》:"比水又西南流,謝水注之,水出謝城北,其源微小,至城漸大,城周回側水,申伯之都邑,《詩》所謂'申伯番番,既入于謝'者也。……其城之西,舊棘陽縣治,故亦謂之棘陽城也。"⑥宋歐陽修《歐陽文忠公文集》卷二十六《尚書兵部員外郎知制誥謝公墓誌銘》:"其先出於黃帝之後,任姓之别爲十族,謝其一也。其國在南陽宛。三代之際,以微不見。至《詩·嵩高》始言周宣王使召公營謝邑以賜申伯,蓋謝先以失國,其子孫散亡,以國爲姓。"⑦清陳喬樅《魯詩遺說考》卷十七:"申伯番番,既入于徐。王逸《楚辭·七諫注》:'徐,周宣之舅,申伯所封也。《詩》曰:申伯番番,既入于徐。'喬樅謹案:此引《詩》'既入于謝','謝'作'徐'。《潛夫論》引《詩》'于邑于謝','謝'作'序'。'序''謝'古音通轉,《孟子》書'序者,射也'可證。《禮記·射義》'序點'《注》云:'序點,或爲徐點。'是'徐'與'序'古通。叔師亦用《魯

---

① [宋]朱熹撰,夏祖堯點校:《詩集傳》,第 195-196 頁。
② [明]李賢等編修:《大明一統志》,明天順五年(1461年)司禮監原刻本,三秦出版社 1990 年影印版,第 525 頁。
③ [清]穆彰阿等纂修:《嘉慶重修一统志》,卷 211,第 10-11 頁。
④ 韋《注》:"申、呂,姜姓也。……謝,宣王之舅申伯之國,今在南陽。謝西有九州,二千五百家曰州。……閒,謂郟南謝北,虢、鄶在焉。鄶,後屬鄭,鄭衰,楚取之。"[三國吳]韋昭注,上海師範大學古籍整理研究所校點:《國語》,第 507-515 頁。
⑤ [晉]杜預注,[唐]孔穎達等正義:《春秋左傳正義》,第 3768 頁。
⑥ [北魏]酈道元撰,楊守敬、熊會貞注疏,段熙仲點校,陳橋驛復校:《水經注疏》,第 4828 頁。
⑦ [宋]歐陽修《歐陽文忠公文集》,四部叢刊初編影印元刻本,上海書店 1985 年版,卷 26,第 2 頁。

詩》者,本或不同,各據所見也。"①《詩經四家異文考》卷四:"既入于徐,《楚辭注》十三:'徐,申伯所封也。《詩》曰:申伯番番,既入于徐。'案:'徐',《毛詩》作'謝'。"②

據上引文獻可知,所謂"謝水",即"序水",又名"界河",訛稱"潤河",發源於謝山,南北流向,位於今南陽市宛城區與唐河縣交界;所謂"謝山",又稱"孤山""序山""豫山",位於今南陽市宛城區北郊,盛產美玉;謝城位於謝水中上游。③所謂"淯水",即今白河,源出洛陽白雲山玉皇頂東麓,流至襄陽注入漢水,是南陽的母親河;所謂"棘水",即今溧河,在今南陽市新野縣東20里溧河鋪鎮之溧河村。考諸歷代輿地誌,漢之棘陽縣,在今南陽市卧龍區與新野縣之間,即新野縣東南45里之張樓村一帶;④明之湖陽縣,即今南陽市唐河縣南之湖陽鎮;清之唐縣,即今南陽市唐河縣。則周宣王所陟封其舅申伯之謝邑,位於今南陽市卧龍區、新野縣、唐河縣三角地帶,即今南陽市唐河縣湖陽鎮北之故謝城。此後,楚國漸次強盛、經營北方,申伯乃北遷於宛,即今南陽市卧龍區南30里之故申城。謝城與申城南北相望,相距百餘里。故宋戴溪《續呂氏家塾讀詩記》卷三曰:"觀《崧高》之詩,知申伯先邑于謝,入仕于周,宣王因城謝而封之,加地進爵焉。"⑤

(2)周宣王將申伯自郿遷封於謝

《詩·大雅·崧高》孔《疏》:"往作邑於謝者,蓋申伯本國近謝;今命爲州牧,故改邑於謝,取其便宜。"⑥宋范處義《詩補傳·篇目》:"《崧高》以下四詩(指《崧高》《烝民》《韓奕》《江漢》),乃尹吉甫一時之作。其詩自言'吉甫作誦',謂作此詩使工歌誦之。"⑦朱熹《詩集傳》卷十八:"宣王之舅申伯出封于謝,而尹吉甫作詩以送之。"⑧考之於文本,諸説不誤。

《崧高》首章曰:"崧高維嶽,駿極于天。維嶽降神,生甫及申。"毛《傳》:"嶽,四嶽也。東嶽岱,南嶽衡,西嶽華,北嶽恒。堯之時,姜氏爲四伯,掌四嶽之祀,述

---

① [清]陳壽祺撰,[清]陳喬樅敘録:《三家詩遺説考》,王先謙編刻清經解續編本,鳳凰出版社2005年影印版,第12冊,第5593頁。
② [清]陳喬樅:《詩經四家異文考》,王先謙編刻清經解續編本,鳳凰出版社2005年影印版,第13冊,第5849頁。
③ 參見:謝增寅《古謝邑今址考》,《南都學壇》1989年第1期,第85-88頁;陳迪《關於"南申"立國時的幾個問題》,《中州學刊》2004年第5期,第70-71頁。
④ 河南省文化廳文物志編輯室:《河南文物志選稿》第4輯,河南省文化廳文物志編輯室1984年版,第30頁。
⑤ [宋]戴溪:《續呂氏家塾讀詩記》,叢書集成初編排印清乾隆三十八年(1773)武英殿聚珍版叢書本,中華書局1985年版,第1724冊,第87頁。
⑥ [漢]毛亨傳,[漢]鄭玄箋,[唐]孔穎達等正義:《毛詩正義》,第1221頁。
⑦ [宋]范處義:《詩補傳》,清康熙十九年(1680)納蘭性德刻通志堂經解本,江蘇廣陵古籍刻印社1996年影印版,第8冊,第6頁。
⑧ [宋]朱熹撰,夏祖堯點校:《詩集傳》,第245頁。

諸侯之職。於周,則有甫、有申、有齊、有許也。"鄭《箋》:"四嶽,卿士之官掌四時者也,因主方嶽巡守之事。在堯時,姜姓爲之德,當嶽神之意而福興。其子孫歷虞、夏、商,世有國土。周之甫也、申也、齊也、許也,皆其苗胄。"①唐林寶《元和姓纂·上平聲·十七真》:"申,姜姓,炎帝四嶽之後,封于申,號申伯,周宣王元舅也。"②宋蘇轍《詩集傳》卷十八:"在穆王之世,其賢者曰甫侯;宣王之世,曰申伯。"③呂祖謙《呂氏家塾讀詩記》卷二十七:"'甫''申',意者皆宣王時賢諸侯,同有功於王室者。'甫'雖不見於經,以文意考之,蓋當如此。"④明季本《詩說解頤·正釋》卷二十五:"甫、申,皆姜姓國。此詩本詠申伯,而併及甫侯者,以其皆賢而爲四岳之後。四岳總領方嶽,奉嶽神之祀,故推本申伯之生,由嶽降神而併及於甫也。甫、申,非名字也,以其爲宣王時賢諸侯,而皆以賢入爲卿士,故特舉二國之名而稱之耳。其地詳見《王風·揚之水》。"⑤陳槃《春秋大事表列國爵姓及存滅表撰異·二十三申》説大同。⑥ 自毛《傳》以下諸家之説,皆有傳世先秦文獻所本。

莊二十二年《左傳》載周史謂陳侯(陳厲公)曰:"姜,大嶽之後也。"⑦《國語·周語中》載周富辰諫襄王曰:"齊、許、申、呂,由大姜。"《周語下》載周太子晉諫靈王曰:"其後伯禹念前之非度,釐改制量,象物天地,比類百則,儀之於民,而度之於群生,共之從孫四嶽佐之……祚四嶽國,命以侯伯,賜姓曰'姜'、氏曰'有呂',謂其能爲禹股肱心膂,以養物豐民人也。……此一王四伯,豈繄多寵?皆亡王之後也。……申、呂雖衰,齊、許猶在。"⑧《禮記·孔子閒居》:"其在《詩》曰:'嵩高惟嶽,峻極于天。惟嶽降神,生甫及申。惟申及甫,惟周之翰。四國于蕃,四方于宣。'此文武之德也。"⑨《韓詩外傳》卷五大同。可見,春秋時期人言天之高大唯

---

① [漢]毛亨傳,[漢]鄭玄箋,[唐]孔穎達等正義:《毛詩正義》,第1219頁。按:[宋]王質:《詩總聞》卷十八(第302頁):"申,申伯也;甫,仲山甫也。"此説不確,故筆者此不取。
② [唐]林寶撰,[清]孫星衍校輯,郁賢皓等整理點校:《元和姓纂》,第367頁。
③ [宋]蘇轍:《詩集傳》,第166頁。
④ [宋]呂祖謙:《呂氏家塾讀詩記》,四部叢刊續編影印宋刊本,上海書店1985年版,卷27,第32頁。
⑤ [明]季本:《詩說解頤》,中華再造善本影印明嘉靖四十一年(1562)胡宗憲刻本,國家圖書館出版社2012年版,《正釋》卷25,第22頁。
⑥ 陳槃:《春秋大事表列國爵姓及存滅表撰異》,上海古籍出版社2009年版,第265-273頁。
⑦ 杜《注》:"姜姓之先,爲堯四嶽。"[晉]杜預注,[唐]孔穎達等正義:《春秋左傳正義》,第3854頁。
⑧ 《周語中》韋《注》:"(齊、許、申、呂)四國皆姜姓也,四岳之後、大姜之家也。大姜,太王之妃、王季之母也。"《周語下》韋《注》:"共,共工也。從孫,昆季之孫也。四嶽,官名,主四嶽之祭,爲諸侯伯。佐,助也。言共工從孫爲四嶽之官,掌帥諸侯,助禹治水也。……一王,謂禹。四伯,謂四嶽也,爲四嶽伯,故稱四伯。豈,辭也。繄,是也。言禹與四嶽豈是多寵之人?乃亡王之後。禹,鯀之子,禹郊鯀而追王之也。四嶽,共工從孫,共工侵陵諸侯以自王。言皆無道而亡,非伯王所起,明禹、嶽之興非因之也。……申、呂,四嶽之後,商、周之世或封於申,齊、許亦其族也。"[三國吳]韋昭注,上海師範大學古籍整理研究所校點:《國語》,第48-49、103-108頁。
⑨ 鄭《注》:"周道將興,五嶽爲之生賢輔佐。仲山甫與申伯爲周之幹臣。"[漢]鄭玄注,[唐]孔穎達等正義:《禮記正義》,第3510頁。

山嶽足以配之，呂與申爲"嶽"降神靈而生之，正與申姜出於四嶽之説相合。故元朱倬《詩經疑問》卷四《大雅》指出："稱人之善而及其同列，忠厚之至也；祫祭宗廟而及其輔臣，崇報之深也。"①

三章曰："王命申伯，式是南邦。"五章曰："我圖爾居，莫如南土。"六章曰："申伯信邁，王餞于郿。毛《傳》："郿，地名。"鄭《箋》："時，王蓋省岐周，故'于郿'云。"孔《疏》："(郿)於漢屬右扶風，在鎬京之西也。……申在鎬京之東南。自鎬適申，塗不經郿。……時，宣王蓋省視岐周，申伯從王至岐，自岐遣之。故餞之於郿也。"②唐陸德明《經典釋文·毛詩音義下》："郿，……地名，屬扶風，今爲縣。"③宋王應麟《詩地理考》卷四引林氏曰："宣王之世，申伯以王舅大臣爲南國屏翰。蓋前此申在王畿之内，而宣王始分封之，以捍城王室。"④嚴粲《詩緝》卷三十："時，王至豐，冊命申伯於文王之廟，故行餞送之禮於郿。申伯北就王命於岐周，乃旋反而南行。其於謝邑，誠然歸之矣。"⑤則周宣王爲申伯餞行之地"郿"，即今陝西省寶雞市眉縣東北。可見，申伯所受封之謝，其地在今河南省南陽市唐河縣以南。"謝"在"郿"之南，其由"郿"遷"謝"，是爲南遷；"謝"在宗周之南，故《崧高》中言其爲"南國""南邦""南土"。據此可知，周宣王之時或之前，申人已從隴山南麓地區東遷到郿縣附近；在今寶雞市隴縣東面的麟遊縣仍有"申家原"及"申家河"等地名，亦當爲申人分佈於此之文化遺存。故明季本《詩説解頤·正釋》卷二十五曰："申伯自申遷謝，宣王之所改封也。"⑥

劉德岑《申氏族之遷徙》認爲："與繒人犬戎共殺幽王者，西申也；平王所奔者，西申也；幽王申后之母家，西申也。再推之，宣王所伐之申戎與宣王元舅之申侯，皆西申也。"⑦童書業《春秋史》提出與西戎、繒人共滅西周之"申"，乃今陝西省關中驪山地區之"西申"。⑧ 宋公文《春秋前期楚北上中原滅國考》進一步指出："宣王以前，申概在今陝西、山西間。宣王之季，申民一分爲二：一部分留居原地，稱西申，也叫申戎或姜氏之戎；另一部分由新封的申伯率領，遷於東南方的舊謝國之地，此即所謂'邑謝'之申。"⑨

---

① [元]朱倬:《詩經疑問》，中華再造善本影印元至正七年(1347)建安書林劉錦文刻本，北京圖書館出版社 2004 年版，卷 4，第 5 頁。
② [漢]毛亨傳，[漢]鄭玄箋，[唐]孔穎達等正義:《毛詩正義》，第 1221－1223 頁。
③ [唐]陸德明:《經典釋文》，宋刻本，上海古籍出版社 1985 年影印版，第 383 頁。
④ [宋]王應麟:《詩地理考》，第 202 頁。
⑤ [宋]嚴粲:《詩緝》，第 529 頁。
⑥ [明]季本:《詩説解頤》，《正釋》卷 25，第 21 頁。
⑦ 劉德岑:《申氏族之遷徙》，《禹貢半月刊》，1936 年第 6 卷第 1 期，第 31－32 頁。按：此將"西申""申戎"混而爲一，或本清王梓材《世本集覽》册八《雜録三》，筆者此不取。關於"西申"與"申戎"之別，詳見下文。
⑧ 童書業著，童教英校訂:《春秋史》(校訂本)，第 66 頁。
⑨ 宋公文:《春秋前期楚北上中原滅國考》，《江漢論壇》1982 年第 1 期，第 77 頁。按：宋氏認爲"申概在今陝西、山西間"，且將"西申""申戎""姜氏之戎"混而爲一，説不確，詳見下文。

(3) 申伯封土授民表明其爲別封之申國

武王克商後,開始"邦諸侯,班宗彝,作分器"(《尚書·周書·洪範》),①實行"封土建國"制度。其根本目的是周富辰所謂"昔周公弔二叔之不咸,故封建親戚,以蕃屏周"(僖二十四年《左傳》),亦即詹桓伯所謂"文、武、成、康之建母弟,以蕃屏周"(昭九年《左傳》);或衛祝佗(子魚)所謂"昔武王克商,成王定之,選建明德,以藩屏周,故周公相王室以尹天下,於周爲睦"(定四年《左傳》)。② 也就是説,恪守"尊親"與"敬賢"兩大基本原則,通過"封建親戚"與"選建明德"兩種基本方式,實行"分封制"這一政治制度,以便加強臣屬小國聚落聯繫與管理、強化王室集權,全面建立新的封建秩序。封土就是劃分土地疆界,建國就是作邑建城。天子封給諸侯土地與臣民,要舉行授土授民的儀式。授土是天子建立一個大社(即"太社",尊於"王社",皆屬"公社"),③封諸侯時鑿取一塊社土,放在白茅上,賜給受封諸侯,稱爲受土於周室;授民是將原來居住在封地上的民交給受封者,有些受封者還能得到附加的民,交給時指明民的身份和數目。周初的分封制度,基本上是"封人"的授民制度,疆土倒不是原始分封制度下的要件。西周末葉的封建,授民的封建已漸漸轉變爲授土地的封建。由《詩經》與金文史料觀之,授土地的觀念已比授民觀念強烈。如《詩·大雅·崧高》《韓奕》兩篇,可以視作韻文錫命策。《韓奕》載韓侯再受錫命,未見授民,倒是強調了對田畝與賦役的權利。《崧高》中"因是謝人""遷其私人"代表授民的意義,也強調了"徹土田""徹土疆"的意義。

《黍苗》之次章曰:"我任我輦,我車我牛。"三章曰:"我徒我御,我師我旅。"四章曰:"烈烈征師,召伯成之。"《崧高》之次章曰:"王命召伯,定申伯之宅。登是南邦,世執其功。"三章曰:"王命召伯,徹申伯土田。王命傅御,遷其私人。"四章曰:"有俶其城,寢廟既成。既成藐藐,王錫申伯。四牡蹻蹻,鉤膺濯濯。"五章曰:"錫爾介圭,以作爾寶。"六章曰:"王命召伯,徹申伯土疆。以峙其粻,式遄其行。"④《崧高》中提到王室頒賜的車馬、介圭等禮物,王室分撥的"私人"以及"于邑于謝"之"謝人""以作爾庸"。屬民中有王室的人同去,借召伯的力量立國,而以當地的原居民作爲僕傭。可見,周宣王封申伯之前,命卿士召穆公親率師旅徒役,裝載

---

① 孔《傳》:"賦宗廟彝器、酒罇,賜諸侯。言諸侯尊卑各有分也。"[漢]孔安國傳,[唐]孔穎達等正義:《尚書正義》,第409頁。
② 僖二十四年《左傳》杜《注》:"弔,傷也;咸,同也。周公傷夏、殷之叔世,疏其親戚,以致滅亡。故廣封其兄弟。"[晉]杜預注,[唐]孔穎達等正義:《春秋左傳正義》,第3944、4466、4635頁。
③ 説詳:《禮記·郊特牲》《祭法》及《白虎通義》卷2《社稷》。
④ 《黍苗》毛《傳》:"任者,輦者,車者,牛者。……徒行者,御車者,師者,旅者。"鄭《箋》:"營謝轉餫之役,有負任者,有輓輦者,有將車者,有牽傍牛者。……有步行者,有御兵車者,五百人爲旅,五旅爲師。"《崧高》毛《傳》:"召伯,召公也。……徹,治也。御,治事之官也。私人,家臣也。……俶,作也。……寶,瑞也。"鄭《箋》:"治者,正其井牧,定其賦税。……傅御者,二王治事,謂冢宰也。"[漢]毛亨傳,[漢]鄭玄箋,[唐]孔穎達等正義:《毛詩正義》,第1064、1221-1222頁。

貨物,經營申地;建築謝城,相其原隰之宜,通其水泉之利,以爲申都;所言周宣王給申伯封土受民:令其定宅第、占謝人、徹土地、遷私人、修城池、建宗廟,顯然是一個新封的申國。因此,在周宣王封其舅父申伯來謝前,唐河與南陽一帶是不存在一個申國的。①

那麼,周宣王何以陟封申伯於謝呢?周室對於南方的外族,採取積極的態度,開拓經營,不遺餘力。周代南國範圍,主要是召伯虎經營的地區。南國當是在厲、宣二代逐步開拓的新疆土,地望在河以南、江以北,即今河南省中部到湖北省中部一帶。② 其中分封的諸侯,主要是晉卿士欒貞子(欒枝)所謂"漢陽諸姬,楚實盡之"(僖二十八年《左傳》)之諸姬姓國。③ 姜姓申國建立於謝地,正處於王畿與南國之間。《黍苗》之卒章曰:"原隰既平,泉流既清。召伯有成,王心則寧。"《崧高》之首章曰:"維申及甫,維周之翰。四國于蕃,四方于宣。"次章曰:"亹亹申伯,王纘之事。"四章曰:"申伯之功,召伯是營。"五章曰:"往近王舅,南土是保。"七章曰:"戎有良翰,不顯申伯。王之元舅,文武是憲。"卒章曰:"申伯之德,柔惠且直。揉此萬邦,聞于四國。"④可見,周宣王將申伯之國遷封於謝,乃一箭雙雕之舉:一方面免除西申在宗周以西的威脅,另一方面又加強了周王室對南方的經營。故趙逵夫《周宣王中興功臣詩考論》認爲:"申伯爲宣王母舅,爲國家的棟梁,被封于謝,同甫侯封于呂一樣意在統帥漢陽諸姬,鎮撫楚濮百蠻。申伯以天子之親及輔國大臣的身份而坐鎮南藩,意義更大。"⑤

當然,申人自郿東遷於謝,除了上述政治、軍事原因之外,自然還有社會經濟因素。劉德岑《申氏族之遷徙》指出:"蓋宣王時,承厲王殘破之餘,雖號稱中興,然外有獫狁之禍,觀《詩·小雅·六月》《出車》等篇可知也;內則饑饉薦至,民卒流亡,而旱災之酷尤爲西土民族所難堪。……此種農業民族處於天災之飢餓綫下,只有遷移求生之途,而西土民族之東遷以避災,從此開幕矣。"⑥故《詩·小雅·采芑》寫宣王令卿士方叔自帥兵車三千南征荆蠻,《黍苗》寫宣王令卿士召伯虎(召穆公)自帥師旅經營治理謝邑,西土民族遷移之情狀歷歷如繪;《大雅·崧高》寫宣王令元舅申伯率其族人南遷謝邑,至爲詳備。

---

① 參見:孫重恩《申國辨》,《鄭州大學學報》1988年第4期,第81-86頁。
② 參見:傅斯年《傅孟真先生集》第4册,第34-38頁。
③ 杜《注》:"水北曰陽。"[晉]杜預注,[唐]孔穎達等正義:《春秋左傳正義》,第3961頁。
④ 《黍苗》毛《傳》:"土治曰平,水治曰清。"鄭《箋》:"此功既成,宣王之心則安也。"《崧高》毛《傳》:"翰,榦也。……近,已也。申伯,宣王之舅也。……不顯申伯,顯矣申伯也。文武是憲,言有文有武也。"[漢]毛亨傳,[漢]鄭玄箋,[唐]孔穎達等正義:《毛詩正義》,第1064、1219-1223頁。按:[唐]陸德明《經典釋文·毛詩音義下》:"《(崧高》)王纘,……《韓詩》作'踐'。踐,任也。"[唐]陸德明:《經典釋文》,第382頁。
⑤ 趙逵夫:《周宣王中興功臣詩考論》,《中華文史論叢》第55輯,上海古籍出版社1996年版,第144頁。
⑥ 劉德岑:《申氏族之遷徙》,《禹貢半月刊》1936年第6卷第1期,第32頁。

正是由於上述政治、經濟、軍事諸種綜合因素,促使宣王令申人南遷。以自然地理情狀猜度,當時申伯率其族人由今陝西省寶雞市眉縣沿渭水東下,至西安市附近而轉東南,逾秦嶺北麓藍關古道(位於今藍田縣南 50 里藍橋鄉窄峪口),循丹江,經荊紫關(即今河南省南陽市淅川縣荊紫關鎮)進入南陽之謝邑。

3. "西申"與"南申"稱謂之別始於周宣王遷申於謝之後

陳漢章《周書後案》:"大駱爲秦非子父,其先世保西垂,在申國之西,故曰西申。"①童書業《春秋史》:"申有西東之別,《左傳正義》引《竹書紀年》云'平王奔西申',蓋申國本支之在西者。《後漢書·西羌傳》云'王征西戎',當即此西申。其邑謝之申,則申人之東遷者,固無與于亡周之事也。"②其説雖不確,但已注意到當時有二申國的存在,可與考古材料相互印證。

1974 年,河南省南陽市宛城區古宛城西關煤場春秋墓葬出土了一批春秋早期青銅器,其中有申公彭宇簠 2 件。茲録銘文如下:

　　唯正(王)十又一月辛子,鼄(申)公彭宇自乍(作)淄簠,宇其眉壽,萬年無疆,子子孫孫,永寶用之。③

1981 年,古宛城東北角磚瓦廠申國貴族墓出土一批西周晚期到春秋早期的申國青銅器。其中,有仲爯父鼎 1 件,仲爯父簠 2 件。甲簠器蓋同銘;乙簠器銘與甲簠器蓋同,蓋銘則小有出入。茲録三銘如下:

　　中(仲)爯父乍(作)寶□(鼎?),其萬年,子子孫孫,永用享孝。
　　中(仲)爯父宰南鼄(申)厥嗣(兹),乍(作)其皇祖考𤞷(夷)王、監白(伯)𦱩(尊)殷(簠)。用享用孝,用昜(錫)眉壽,屯(純)右(佑)康和,萬年無疆,子子孫孫,永寶用享。
　　南鼄(申)白(伯)大宰中(仲)爯父厥嗣(兹),乍(作)其皇祖考𤞷(夷)王、監白(伯)𦱩(尊)殷(簠)。用享用孝,用昜(錫)眉壽,屯(純)右(佑)康和,萬年無疆,子子孫孫,永保用享。④

---

① 陳漢章:《周書後案》,民國二十五年(1936)鉛印本,見宋志英、晁岳佩選編《〈逸周書〉研究文獻輯刊》第 9 册,國家圖書館出版社 2015 年影印版,第 287 頁。
② 童書業著,童教英校訂:《春秋史》(校訂本),第 66 頁。
③ 參見:王儒林、崔慶明《南陽市西關出土一批春秋青銅器》,《中原文物》1982 年第 1 期,第 39 - 41 頁;尹俊敏《南陽市西關出土一批春秋青銅器》補記》,《華夏考古》1999 年第 3 期,第 43 - 45、58 頁。按:"鼄",王儒林、崔慶明《南陽市西關出土一批春秋青銅器》原釋讀爲"鍾",崔慶明《南陽市北郊出土一批申國青銅器》改定爲"申"。
④ 崔慶明:《南陽市北郊出土一批申國青銅器》,《中原文物》1984 年第 4 期,第 13 - 16 頁。

謹按：申伯遷封於謝的時間同簋銘中"仲爯父"的年世正好相當，故此"南申伯"無疑即《詩·大雅·崧高》之"申伯"。"南申"在彝銘中的出現，説明今南陽市一帶正是《崧高》所述的周宣王南遷申伯之國所在地；同時説明在兩周之際除南申伯之國外，還應有另一申國，即"西申侯"之國的存在。故李學勤《論仲爯父簋與申國》認爲："銘文之所以在'申伯'前冠以'南'字，可能是爲了與'西申'相區别。"① 艾延丁《申國之謎之我見》則進一步提出："在我國歷史上的西周和春秋時期有'三申'，即信陽之'東申'，南陽之'南申'和陝西、山西間之'西申'。"② 陳迪《關於"南申"立國時的幾個問題》、趙燕姣等《仲爯父簋銘與申國遷徙》皆持此論。③

1990年，在湖北省十堰市鄖縣肖家河村漢水南岸發掘的春秋晚期（約前500）楚國王族叔姜墓葬出土12件青銅器，與1977年在河南省南陽市淅川縣丹江口水庫西岸倉房鎮下寺東溝村春秋楚墓葬丙組M10出土的鼎（M10∶50）、簠（M10∶44）、缶（M10∶47）極爲相似，文化性質與時代大致相同。其中，叔姜簠銘曰："申王之孫叔姜，自作食簠，其眉壽無期，永保用之。"④ 這表明：叔姜自稱"申王之孫"，則申國似曾有稱"王"之舉，和與其同宗鄰近的呂國銅器銘文自稱"呂王""呂王之孫"情形相似；⑤ 此"申王"當爲"南申"之王，此"申王之孫"與楚國王族聯姻，説明"南申"當時依然存在；叔姜器物皆具有典型的楚文化特徵，説明"南申"文化受到楚文化的强烈影響。⑥

關於二申國之别，我們可從與"西虢""東虢""北虢""南虢"之别的類比中得到啓示。周武王將文王母弟虢仲封於雍（今陝西省寶雞市陳倉區東），此虢國即《漢書·地理志·弘農郡》所謂"故虢國"，亦稱爲"西虢"，以别於虢叔之"東虢"；周武王將文王母弟虢叔封於滎陽（今河南省滎陽市東北），《漢書·地理志》稱其爲"東虢"，以别於虢仲之"西虢"。故此二虢均爲周文王子之封國，時當均以虢名之，後人以其分别位於宗周東、西而以其方位别稱爲"東虢"與"西虢"。虢仲之"西虢"後東遷，立都下陽（今山西省運城市平陸縣東北），與虢叔之"東虢"相對，史仍稱其爲"西虢"；其留守於雍的支庶，《秦本紀》稱之爲"小虢"，《漢書·地理志》稱之爲"故虢國"。虢仲之"西虢"亡下陽後，將其都邑遷於上陽即大陽（今河

---

① 李學勤：《論仲爯父簋與申國》，《中原文物》1984年第4期，第32頁。
② 艾延丁：《申國之謎之我見》，《中原文物》1987年第3期，第108頁。
③ 陳迪：《關於"南申"立國時的幾個問題》，《中州學刊》2004年第5期；趙燕姣、謝偉峰：《仲爯父簋銘與申國遷徙》，《中國歷史地理論叢》2012年第3期。
④ 鄖陽地區博物館：《湖北鄖縣肖家河春秋楚墓》，《考古》1998年第4期，第44頁。
⑤ 羅振玉《三代吉金文存》（5.31.1.）著録有傳世呂王鬲，《三代吉金文存》（12.12.2.）著録有傳世呂王壺；河南省南陽市淅川縣下寺春秋晚期楚墓M10出土的編鎛銘文有"呂王之孫，楚成王之盟"。參見：河南省文物研究所等：《淅川下寺春秋楚墓》，文物出版社1991年版，第279—282頁。
⑥ 徐少華：《從叔姜簠析古申國歷史與文化的有關問題》，《文物》2005年第3期。

南省三門峽市陝縣南),故《地理志》又稱下陽之虢爲"北虢",與上陽之"南虢"相對;《水經注》稱上陽之虢爲"南虢",與下陽之"北虢"相對,此一虢因都邑遷徙而別稱爲二虢,實爲一虢也。所謂"故虢國""西虢""北虢""南虢"與"小虢",因東遷而有"故虢國(西虢)"與"小虢"之別,因南遷而有"北虢"與"南虢"之別,但均爲虢仲之後,其宗族系統爲一。①

從尹吉甫在《崧高》一詩中只泛言"申"而不言"西申"或"南申"觀之,申伯由郿遷謝時,仍然以其原封地在申而以"申伯"稱之。也就是説,在周宣王遷封申伯於謝邑之前,其原封地僅謂申國而無西申國之名。申伯遷封於謝,但其支庶之族必留於原封地,其君仍然以申侯稱之。《今本竹書紀年》:"(周宣王)七年王錫申伯命。"②則周宣王封申伯於謝邑當在七年(前821);清陳奐《毛詩傳疏》卷二十五亦謂《崧高》一詩"當作於《采芑》南征之後,在宣王中興初年"。③ 故"西申"與"南申"之别、"西申侯"與"南申伯"之異、"申侯"與"申伯"之稱,當始於周宣王封申伯於謝邑而别立申國時。對於"申伯之國"與"申侯之國"這兩個申國,統言之以"申"名之;析言之則留居於郿之申人之國稱爲"西申",此"申侯"仍然爲替周戍守西部邊陲、鎮撫西戎之國的戎族首領,其後以國爲氏,曰姜姓西申氏;而遷居於謝之申人則稱爲"南申",此"申伯"則爲統帥漢陽諸姬、鎮撫楚濮百蠻的輔國大臣,其後以國爲氏,曰姜姓申氏。故明朱善《詩解頤》卷二曰:"宣王在位四十六年,《大雅》所美諸臣,皆初年輔佐中興者,幽王時未必存。蓋皆其子孫也。"④他們皆與商末周文王稱西伯的情況相類,是以異族首領而爲周王室所賜封者。這裏需要特别强調的是,"申"之别稱説明,兩周之際王綱逐漸解紐,諸侯國獨立傾向加强,國號名稱的意義增加了。

總之,在周"二王並立"這一政治格局形成之際,確有兩個申國存在:一爲西申,即申侯之國,地在今陝西省寶雞市眉縣東北,因位於宗周以西,故别稱爲"西申";一是南申,即申伯之國,地在今河南省南陽市唐河縣以南,因位於宗周以南,故别稱爲"南申"。《國語·鄭語》《晉語一》所謂周幽王太子宜臼被廢之後所奔之"申",即昭二十六年《左傳》孔《疏》引《竹書紀年》所謂之"西申"。西申侯具有長期經營宗周西陲的政治基礎、具有與周王室世爲婚姻的政治地位、具有强大的經濟與軍事實力,故宜臼被廢後奔西申以求助於西申侯,使西申侯在周"二王並立"這一政治格局形成過程中成爲關鍵人物:爲了維護西申在周王室的政治利益而

---

① 説詳:邵炳軍《晉獻公滅國奪邑繫年輯證》,《甘肅高師學報》2006年第4期,第26-33頁。
② 王國維:《今本竹書紀年疏證》,第92頁。
③ [清]陳奐:《毛詩傳疏》,王先謙刻清經解續編本,鳳凰出版社2005年影印版,第11册,第4115頁。
④ [明]朱善:《詩解頤》,清康熙十九年(1680)納蘭性德刻通志堂經解本,江蘇廣陵古籍刻印社1996年影印版,第8册,第263頁。

僭立天王宜臼,並與繒國和西戎部落組成軍事聯盟,終致西周覆亡。①

三、南申東遷信陽及西申與東申之稱謂

1. 兩周之際南申的興盛及疆域

《潛夫論·志氏姓》:"申城在南陽宛北序山之下,故《詩》云:'亹亹申伯,王薦之事,于邑于序,南國爲式。'"②《水經·淯水注》:"淯水又西南逕晉蜀郡太守鄧義山墓南,又南逕宛城東,其地故申伯之國,楚文王滅申以爲縣也。……(黃淳水)又南逕棘陽縣故城西。應劭曰:縣在棘水之陽,是知斯水爲棘水也。……棘水自新野縣東,而南流入于淯水,謂之爲力口也。棘、力聲相近,當爲棘口也。又是方俗之音,故字從讀變,若世以棘子木爲力子木是也。"③《史記·楚世家》張守節《正義》引李泰《括地志》:"故申城在鄧州南陽縣北三十里。《晉太康地志》云周宣王舅所封。故鄧城在襄州安養縣北二十里。春秋之鄧國,莊十六年楚文王滅之。"④上引漢儒以降所謂"申伯"之國,皆即"南申",在今河南省南陽市宛城區北20里。

《黍苗》之四章曰:"肅肅謝功,召伯營之。"《崧高》之次章曰:"于邑于謝,南國是式。"三章曰:"因是謝人,以作爾庸。"六章曰:"申伯還南,謝于誠歸。"七章曰:"申伯番番,既入于謝。"⑤《元和姓纂·去聲·四十禡》:"謝,姜姓,炎帝之允。申伯以周宣王舅受封於謝,今汝南謝城是也。後失爵,以國爲氏焉。魯有謝息。"⑥可見,周宣王爲申伯所封之土爲"謝邑",爲申伯所授之民爲"謝人",則申伯自西申陟封於南國時,最初是在謝邑封土建國的;況且,至幽王八年(前773)時謝邑尚存,其後以邑爲謝氏。那麼,既然申伯封於謝,而何以國於申呢? 清江永《春秋地理考實》卷一曰:"謝在南陽府鄧州境。申伯雖封于謝,而其後仍國于申。"⑦江氏已注意到了南申疆域不斷擴大的史實:其都邑初陟封時在今河南省唐河縣之謝城,後又遷至今河南省南陽市之申城。

對於兩周之際南申之疆域,我們可從以下兩方面去索證:

一是南申都邑"謝"之遺址有四:唐河之"謝",在今河南省唐河縣以南,見前

---

① 説詳:邵炳軍《論周平王所奔西申之地望》,《南京師大學報》2001年第4期,第138－144頁。
② [漢]王符撰,[清]汪繼培箋,彭鐸校正:《潛夫論箋校正》,新編諸子集成本,中華書局1985年版,第405頁。
③ [北魏]酈道元撰,楊守敬、熊會貞注疏,段熙仲點校,陳橋驛復校:《水經注疏》,第2603、2618－2619頁。
④ [漢]司馬遷撰,[南朝宋]裴駰集解,[唐]司馬貞索隱,[唐]張守節正義,郭逸、郭曼標點:《史記》,第1346頁。
⑤ 《黍苗》毛《傳》:"謝,邑也。"《崧高》毛《傳》:"謝,周之南國也。……庸,城也。"[漢]毛亨傳,[漢]鄭玄箋,[唐]孔穎達等正義:《毛詩正義》,第1064、1221－1223頁。
⑥ [唐]林寶撰,[清]孫星衍輯,郁賢皓等整理點校:《元和姓纂》,第1324頁。
⑦ [清]江永:《春秋地理考實》,第1943頁。

引《後漢書・郡國志四》引南朝宋盛弘之《荊州記》；南陽之"謝"，在今河南省南陽市宛城區北，見前引《國語・鄭語》韋《注》；羅山之"謝"，在今信陽市羅山縣西北30里，見前引唐林寶《元和姓纂・去聲・四十禡》；信陽之"謝"，在今信陽市溮河區平昌關北古城，見前引宋朱熹《詩集傳》卷十五。從這四處遺址分佈的區域看，正在今河南省南陽市宛城區、唐河縣、桐柏縣與信陽市溮河區直至羅山縣西境這一狹長地帶，大體上曾經是兩周之際南申最強盛時疆域的中心區域。

二是與南申接壤的有江、息、弦、黃、呂、鄧、麇、繒、道、蔡、鄅、隨、唐等13國，綜合《左傳》《國語》《竹書紀年》《史記》等文獻記載考證，與南申相鄰的此13國都邑遺址按東南西北方位所排列的地理位置順序爲：河南省駐馬店市正陽縣、確山縣、汝南縣，信陽市息縣、潢川縣，南陽市宛城區、唐河縣、鄧州市、方城縣及湖北省安陸市、隨州市。這些都邑遺址所環繞之區域，正好是南申可能所佔有的疆域空間。我們將南申的都邑遺址分佈區域和南申的疆域空間結合來看，正好與文獻所描述的申伯國疆域相合。

可見，自周宣王遷封申伯於謝至兩周之際的50多年中，南申逐漸變得強盛，其疆域位於冥阨（在今河南省信陽市東南70里，與今湖北省廣水市交界處）之北、淮水之南，即分佈在以今河南省南陽市宛城區、唐河縣、桐柏縣與信陽市溮河區直至羅山縣西境這一狹長地帶爲中心的廣闊區域內。

2. 春秋初期楚國之崛起與南申之衰亡

《國語・鄭語》曾這樣勾勒春秋初期王室漸趨衰微、諸侯相互侵伐的政治格局："及平王之末，而秦、晉、齊、楚代興，秦景、襄於是乎取周土，晉文侯於是乎定天子，齊莊、僖於是乎小伯，楚蚡冒於是乎始啓濮。"①這一歷史性巨變必然導致依附於周王室的西申與南申的衰微。西申何時爲秦所滅，史書失載；而南申爲楚所滅，則有文獻可考。

春秋初期，崛起於江漢之間的楚國逐漸變得強大起來，並開始向北擴張以問鼎中原；而南申位於周、楚南北要衝之地，便成爲楚國問鼎中原的勁敵與障礙，故其數爲楚國侵伐。據《今本竹書紀年》載，楚武王三年（前738），楚人已舉師北伐侵南申；六年（前735），王師戍南申。②故詩人作《揚之水》以刺周平王，數發"不與我戍申""不與我戍甫""不與我戍許"之喟歎，③說明當時戰事之激烈、戰區之寬廣、征人之艱辛。又，莊六年《左傳》："（冬）楚文王伐申，過鄧。"莊十八年《左傳》："及（楚）文王即位，與巴人伐申，而驚其師。"哀十七年《左傳》："彭仲爽，申俘

---

① ［三國吳］韋昭注，上海師範大學古籍整理研究所校點：《國語》，第524頁。
② 王國維：《今本竹書紀年疏證》，第92頁。
③ 毛《傳》："申，姜姓之國，平王之舅。……甫，諸姜也。……許，諸姜也。"［漢］毛亨傳，［漢］鄭玄箋，［唐］孔穎達等正義：《毛詩正義》，第700頁。

也,文王以爲令尹,實縣申、息,朝陳、蔡,封畛於汝。"①《水經·淯水注》:"楚文王滅申以爲縣也。"②可見,魯莊公六年(前688),即楚文王二年,楚、巴聯軍攻滅南申。③從平王三十三年(前738)楚國北侵南申,至莊王九年(前688)南申淪爲楚縣,在此50年期間,南申經歷了由強盛到衰敗再到滅亡這一歷史巨變。

南申淪爲楚縣後,先後由申公鬭班、申公子儀、申公叔侯、申公巫臣、申公子牟(王子牟)、申公壽餘爲縣公,成了楚國納賦禦邊之門戶。如楚成王三十七年(前635),楚鬭克、屈禦寇以申、息之師戍商密(僖二十五年《左傳》),④共王六年(前585),楚公子申、公子成以申、息之師救蔡(成六年《左傳》);亦爲大夫養老退歸之本邑,如共王十五年(前576),申叔時老於申(成十五年《左傳》);更成爲會盟諸侯之重鎮,如靈王三年(前538),楚子、蔡侯、陳侯、鄭伯、許男、徐子、滕子、頓子、胡子、沈子、小邾子、宋世子佐、淮夷會於申(昭四年《春秋》)。

3. 春秋中期南申東遷信陽及東申之衰亡

上文我們提到南申都邑遺址四"謝"中,有信陽之"謝"與羅山之"謝"。對此二"謝",唐宋學者已有所注意。《元和郡縣圖志·河南道五》:"申州,中。義陽。本屬淮南道,貞元已後隸蔡州節度使。……《禹貢》荆州之域。又古申國也,鄭武公娶于申曰武姜。在周爲侯伯,後爲楚所滅。秦并天下,屬南陽郡。魏文帝分置義陽縣,自後省置不常。宋元嘉末,于此立司州,自後入後魏爲郢州,入梁爲司州。周武帝平齊,改爲申州,隋大業二年改爲義州。武德四年復置申州。"⑤《通志·氏族略第二》:"申氏,伯爵,姜姓。炎帝四嶽之後,封於申,號申伯,周宣王元舅也。今信陽軍乃唐申州,即其國也。子孫以國爲氏。後爲楚之邑,申公居之,又爲申氏,是以邑爲氏也。"⑥故朱熹《詩集傳》卷十五曰:"謝,邑名,申伯所封國也,今在鄧州信陽軍。"⑦

謹按:《晉書·地理志下·荆州》:"及武帝平吴……分南陽立義陽郡。"⑧《隋

---

① 杜《注》:"楚文王滅申、息以爲縣。"[晉]杜預注,[唐]孔穎達等正義:《春秋左傳正義》,第3830、3848、4733頁。
② [北魏]酈道元撰,楊守敬、熊會貞注疏,段熙仲點校,陳橋驛復校:《水經注疏》,第2603頁。
③ 參見:宋公文《春秋前期楚北上中原滅國考》,《江漢論壇》1982年第1期,第76-81、30頁;袁純富《春秋時楚滅南陽申國年代考》,《中州今古》1985年第1期,第13頁;艾延丁《申國之謎之我見》,《中原文物》1987年第3期,第107-111頁。按:關於楚滅"南申"(南陽之申)之年代,宋公文認爲在楚文王三年至八年(前687—前682)之間,袁純富認爲在楚靈王十年(前531)前後,艾延丁認爲在楚文王二年(前688)。録此備參。
④ 據杜《注》,商密,鄀別邑,在今河南省南陽市淅川縣寺灣一帶,位於丹水與淇河匯流處。
⑤ [唐]李吉甫撰,賀次君點校:《元和郡縣圖志》,第243頁。
⑥ [宋]鄭樵撰,王樹民據清乾隆間(1711—1799)汪啓淑重刻正德陳宗夔刻本點校:《通志二十略》,中華書局1995年版,第63頁。
⑦ [宋]朱熹撰,夏祖堯點校:《詩集傳》,第196頁。
⑧ [唐]房玄齡等撰,吳則虞等點校:《晉書》,第454頁。

書·地理志下》:"義陽郡,齊置司州。……後周改曰申州,大業二年爲義州。"①《舊唐書·地理志三·淮南道》:"申州,中,隋義陽郡。武德四年,置申州,領義陽、鍾山二縣。八年,省南羅州,又以羅山來屬。天寶元年,改爲義陽郡。乾元元年,復爲申州。……義陽,漢平氏縣之義陽鄉,屬南陽郡。魏分南陽立義陽郡。"②則後周之申州,州治爲晉之義陽郡,亦即秦之南陽郡義陽鄉,亦即春秋戰國時楚之申邑。北宋初年因避宋太宗趙光義諱,更"義陽"爲"信陽"。可見,李吉甫、鄭樵、朱熹諸家雖誤以今河南省信陽市之謝城爲申伯由郿陝封於謝之謝邑,但却注意到了信陽市之謝曾爲申國之地這一史實。

又,清江永《春秋地理考實》卷一:"申:……宣王時申伯以王舅改封于謝,《地理志》南陽郡宛縣故申伯國,謂宣王改封之後也。……又汝寧府信陽州,漢之平氏縣,後周及唐皆以爲申州,豈申之始封在此歟?"③顧祖禹《讀史方輿紀要·河南五》:"信陽州,《禹貢》荆州境,春秋時申國地,後屬楚。"《河南六》:"南陽府,《禹貢》豫州之域,春秋爲申伯及鄧侯地。……(唐縣)湖陽城,縣南九十里,故蓼國地。後屬楚,謂之湖陽。……謝城,在故湖陽城北,相傳周申伯徙封于此。《詩》所謂'肅肅謝功,召伯營之',又曰'申伯番番,既入于謝'者也。"④張鉞修、萬侯等纂《信陽州志》卷一:"信陽、羅山皆申伯國也。"⑤方廷漢等修、陳善同等纂《重修信陽縣志》卷四:"謝城在縣西北六十里淮河北、溮河西北。《方輿勝覽》云申伯所封之地,即今平昌關北之古城。"⑥可見,江氏《春秋地理考實》、顧氏《讀史方輿紀要》雖贊同《漢書·地理志上》申伯之國在"南陽郡宛縣"說,但又疑信陽爲南申之始封地;顯然,他們皆以南陽爲申伯之國都邑,而以信陽爲其東土,故張氏《信陽州志》、方氏《重修信陽縣志》皆因其説。

又,今人武斯《中原城市史略》謂今河南省信陽市、南陽市,皆爲西周時期古申國地域;⑦李富成《楚國破滅申國的時間路綫初探》則謂其地北鄰繒(在今河南省南陽市方城縣)、道(在今駐馬店市確山縣北)、蔡(在今上蔡縣、汝南縣一帶),南近隕(在今湖北省安陸市)、隨(即今隨州市)、唐(在今隨州市西北),西連呂(在

---

① [唐]魏徵等撰,汪紹楹等據宋小字本及中字本、元大德十行本(百衲本)及至順九行本、明南京國子監本及汲古閣本、清武英殿本及淮南書局本互校點校:《隋書》,中華書局1973年版,第894頁。
② [後晉]劉昫等撰,朱東潤等據清道光間(1821—1850)揚州岑氏懼盈齋刻本點校:《舊唐書》,中華書局1975年版,第1579頁。
③ [清]江永:《春秋地理考實》,第1943頁。
④ [清]顧祖禹:《讀史方輿紀要》,清江甯何瑞瀅校刊本,上海書店出版社1998年影印版,第351、354-355頁。按:清之湖陽城,即今河南省南陽市唐河縣西南之湖陽鎮。
⑤ [清]張鉞纂修、萬侯等編輯:《信陽州志》,中國方志叢書影印民國十四年(1925)漢口大新印刷公司排印清乾隆十四年(1749)刻本,臺北成文出版社1968年版,第40頁。
⑥ 方廷漢等修、陳善同等纂:《重修信陽縣志》,中國方志叢書影印民國二十五年(1936)漢口洪興印書館排印本,臺北成文出版社1968年版,第128頁。
⑦ 武斯:《中原城市史略》,湖北人民出版社1980年版,第149-155、162頁。

今南陽市西)、酈(即今南陽市唐河縣湖陽鎮)、鄧(今湖北省襄陽市至河南省鄧州市一帶),東接息(即今信陽市息縣)、弦(在今信陽市光山縣西北)、黃(在今信陽市潢川縣西)。① 那麼,今信陽市有可能是後來所增封申伯後代的淮河上游之地。

定四年《左傳》楚左司馬戌(沈尹戌)謂子常(囊瓦)曰:"子沿漢而與之上下,我悉方城外以毀其舟,還塞大隧、直轅、冥阨。"②《史記·魏世家》載信陵君曰:"伐楚,道涉谷,行三千里而攻冥阨之塞,所行甚遠,所攻甚難,秦又不爲也。"③可見《左傳》《史記》所謂"大隧""直轅""冥阨",爲位於今河南省信陽市南部之豫、鄂交界之"三關",亦稱"義陽三關"。其中,"直轅"居中,爲大別山與桐柏山銜接處之隘口,即今之武勝關,又名禮山關、武陽關,位於大別山餘脈雞公山南麓;"大隧"居東,爲大別山之隘口,亦曰黃峴關,即今之九里關,在今信陽市南;"冥阨"居西,爲桐柏山之隘口,亦曰黽塞,或變稱冥山,又稱冥阸,即今之平靖關,位於石城山麓,在今信陽市東南70里。④ 此所謂"義陽三關",互爲羽翼,西擁桐柏山,東抱大別山,北有淮河天險,扼豫鄂之間南北交通要道,控淮河流域咽喉,南襟全楚,北屏中原,屬"山有九塞"——"大汾、冥阨、荊阮、方城、殽、井陘、令疵、句注、居庸"(《呂氏春秋·有始覽》),⑤是春秋時期的戰略要地之一。足見信陽之申所處地理位置之險要。

1974年,河南省信陽市平橋區長臺關鎮甘岸村淮河北岸春秋早期墓葬中發現的3件呂(甫)國銅器,其中有甫白(伯)言(享)匜2件;1979年,信陽市溮河區吳家店鎮楊河村一座春秋早期墓葬中發現的7件呂國銅器,其中有甫哀白(伯)者君鼎2件、甫哀白(伯)者君盤1件、甫哀白(伯)者君匜1件、俁仲嬭子削1件。甘岸村器主自銘"甫伯享",楊河村器主自銘"甫哀伯者君""俁仲嬭子"。甘岸村與楊河村相距約50里,故此"甫伯享",即"甫哀伯者君",也叫"俁仲嬭子",爲同一器主。⑥ 據《史記·齊太公世家》司馬貞《索隱》引《漢書·地理志》、裴駰《集

---

① 李富成:《楚國破滅申國的時間路綫初探》,《信陽師範學院學報》1998年第1期,第50-54頁。
② 杜《注》:"沿,緣也。……(大隧、直轅、冥阨)三者,漢東之隘道。"[晉]杜預注,[唐]孔穎達等正義:《春秋左傳正義》,第4638頁。按:"沿",岳本作"沿";"冥",《釋文》及石經、宋本皆作"冥"。
③ 裴駰《集解》引孫檢《注》曰:"楚之險塞也。"又引[晉]徐廣《史記音義》曰:"或以爲今江夏鄳縣。"張守節《正義》引李泰《括地志》:"石城山在申州鍾山縣東南二十一里。魏攻冥阨即此,山上有故石城。"[漢]司馬遷撰,[南朝宋]裴駰集解,[唐]司馬貞索隱,[唐]張守節正義,郭逸、郭曼標點:《史記》,第1459頁。又,據[清]顧祖禹《讀史方輿紀要·河南五》,石城山,當在今河南省信陽市東南70里。
④ 說參:楊伯峻《春秋左傳注》(修訂本),中華書局1990年版,第1543頁。
⑤ 高《注》:"大汾,處未聞。冥阨、荊阮、方城,皆在楚。……殽,在弘農澠池縣西。井陘,在常山井陘縣,通太原關。令疵,處則未聞。句注,在雁門。居庸,在上谷沮陽之東,通軍都關也。"許維遹撰,梁運華整理:《呂氏春秋集釋》,第278-279頁。
⑥ 詳見:信陽地區文管會等《信陽發現兩批春秋早期呂國銅器》,《河南文博通訊》1979年第4期,第10-11、6-7頁;歐潭生、邵金寶、劉開國《河南信陽發現兩批春秋銅器》,《文物》1980年第1期,第42-45頁。

解》引徐廣《史記音義》、張守節《正義》引李泰《括地志》,夏商之際呂國,封於今河南省南陽市西30里之呂城,與周宣王時期所封"南申"相鄰,且皆爲姜姓之國。上述10件呂國器在今信陽市出土,從一個側面可證"南申"在其原都邑南陽之"謝"被楚攻破後,將其都邑東遷至信陽之"謝"。① 其遷徙的時間大致爲楚破滅南申之時,即楚文王二年(前688)頃。②

4. 信陽申國被滅與楚遷信陽申國於荊山之年代

成六年《左傳》:"(冬)晉欒書救鄭,與楚師遇於繞角,楚師還,晉師遂侵蔡。楚公子申、公子成以申、息之師救蔡,禦諸桑隧。"③

謹按:《史記·管蔡世家》裴駰《集解》引《世本》漢宋忠《注》:"平侯徙下蔡。"④據昭十三年《春秋》《左傳》《史記·管蔡世家》,楚復蔡立平侯,在靈王十二年(前529);共王六年(前585)時,蔡國仍以位於今信陽市東北約百里的新蔡縣爲都邑;桑隧,在今駐馬店市確山縣東,位於信陽市北約百里、新蔡縣西約百里。則信陽之"申"、確山之"桑隧"、新蔡之"蔡",正好形成一個方圓百里的三角形地帶。故疑《左傳》所云"救蔡"之"申師",當爲信陽之"申師"。那麽,昭十一年《春秋》所云"夏四月丁巳,楚子虔(楚靈王)誘蔡侯般(蔡靈公),殺之于申"之"申",⑤亦當爲信陽之"申"。既然在共王六年(前585)時楚已以信陽之申師救蔡,則楚滅信陽之申國當在此年之前。⑥

又,昭十三年《左傳》:"楚之滅蔡也,靈王遷許、胡、沈、道、房、申於荊焉。"⑦可見,靈王十二年(前529),楚滅信陽之申而遷其民,佔據了三關要塞,打通了北進的道路。這是楚國問鼎中原的重要舉措,由此漸次形成了南北分治格局,也是

---

① 參見:袁純富《春秋時楚滅南陽申國年代考》,《中州今古》1985年第1期,第13頁。
② 陳槃《春秋大事表列國爵姓及存滅表撰異·二十三申》將莊六年《左傳》"楚文王伐申,過鄧"之"南申"誤作"東申",筆者此不取。詳見:陳槃《春秋大事表列國爵姓及存滅表撰異》,上海古籍出版社2009年版,第265—273頁。
③ 杜《注》:"申、息,楚二縣。……桑隧,汝南朗陵縣東有桑里,在上蔡西南。"[晉]杜預注,[唐]孔穎達等正義:《春秋左傳正義》,第4131頁。
④ [漢]司馬遷撰,[南朝宋]裴駰集解,[唐]司馬貞索隱,[唐]張守節正義,郭逸、郭曼標點:《史記》,第1258頁。
⑤ [晉]杜預注,[唐]孔穎達等正義:《春秋左傳正義》,第4472頁。
⑥ 參見:何浩《春秋時楚滅國新探》,《江漢論壇》1982年第4期,第55—63頁;李富成《楚國破滅申國的時間路綫初探》,《信陽師範學院學報》1998年第1期,第50—54頁;艾延丁《申國之謎之我見》,《中原文物》1987年第3期,第107—111頁。按:關於楚滅"東申"、即信陽之申的具體年代,何浩認爲在楚文王三年至六年(前687—前684)之間,李富成從其説;艾延丁認爲在楚文王三年至七年(前687—前683)之間。此説誤以莊六年《左傳》"楚文王伐申,過鄧"與莊十八年《左傳》"及文王即位,與巴人伐申,而驚其師"爲二事,且據此認爲,楚滅東申在楚文王十四年(前676)。事實上,莊六年、十八年《左傳》所謂"伐申"二事,楚文王二年(前688)楚師與巴人"過鄧"以"伐申",此所伐之"申"必爲"南申"。故筆者此不取。
⑦ 杜《注》:"滅蔡在十一年。許、胡、沈,小國也;道、房、申,皆故諸侯;楚滅以爲邑。荊,荊山。"[晉]杜預注,[唐]孔穎達等正義:《春秋左傳正義》,第4502頁。

力圖實現其統一戰略的重要一步。

四、驪戎、申驪、申戎、晉申之稱謂及地望

1. 驪山之戎即驪戎,非申驪與晉申

顧頡剛《史林雜識初編·驪戎不在驪山》曰:

> 予意,驪戎之國當在今山西南部。……此(指《國語·晉語四》所云)草中之戎與麗土之狄所在之地雖不可詳,而云"以啓東道",則在晉都之東析城、王屋一帶可知也。……陽樊在今河南修武縣。由絳至陽樊當東出析城,至今清化鎮而又東。"麗土之狄",蓋即驪戎。古者字體或繁或簡,本無定式。……驪戎居於析城、王屋之間,離晉不遠,故晉獻得而伐之,晉文得而賂之。①

謹按:顧氏《史林雜識初編》認爲,《國語·晉語四》之"麗土之狄",即《國語·晉語一》、莊二十八年《左傳》之"驪戎";則《史記·秦本紀》所謂申之先祖"酈山之女",亦即成八年《左傳》之"申驪",或曰"驪戎",或曰"晉申"。顧氏此說可商之處有三:

(1) 顧説之四條論據皆不可靠

一是顧氏以《史記·秦本紀》之"酈山"、《漢書·地理志上》作"驪山"爲據,認爲"驪山之女"即"歷山之女"。但《史記》和《漢書》中"酈山"凡 25 見,"驪山"凡 3 見,皆指稱秦之"驪山"(位於今陝西省臨潼市以南),而非晉之"歷山"(位於山西省運城市絳縣以東、垣曲縣以北,即今中條山東段)。

二是顧氏以《漢書·律曆志上》"驪山女亦爲天子,在殷、周間"爲據,②認爲申在商代居於山西南部一帶;但《律曆志上》所言爲曆法,故其所引之文中"舜、禹"與"殷、周"均爲時間概念而非空間概念。

三是顧氏以成八年《左傳》之"申驪"與襄二十六年《左傳》之"申麗"爲據,認爲"申驪"爲"驪山之女"後裔之别稱。但成八年《左傳》之"申驪"爲楚大夫名,襄二十六年《左傳》之"申驪"爲楚"申、息之師"大夫名,均非申氏部族或方國之名。

四是顧説以《國語·晉語四》"(晉文公)乃行賂於草中之戎與麗土之狄,以啓東道"一語,③推斷"驪戎之國"在今山西省南部之"晉都之東析城、王屋一帶"。但《國語·晉語一》"驪戎"凡 4 見,莊二十八年《左傳》"驪戎"凡 2 見,《史記·周

---

① 顧頡剛:《史林雜識初編》,第 54-55 頁,附圖。
② [漢]班固撰,[唐]顔師古注,傅東華等點校:《漢書》,第 978 頁。
③ [三國吳]韋昭注,上海師範大學古籍整理研究所校點:《國語》,第 373 頁。

本紀》《晉世家》"驪戎"凡4見,所指皆同,却皆難以得出其地望在今山西省南部地區的結論。

(2) "驪戎"非"晉申"

《逸周書·史記解》:"昔有林氏召離戎之君而朝之,至而不禮,留而弗親,離戎逃而去之,林氏誅之,天下叛林氏。"①《今本竹書紀年》卷下:"(周成王)三十年,離戎來賓。"②《漢書·地理志上》:"新豐,驪山在南,故驪戎國。秦曰驪邑。高祖七年置。"③《國語·晉語一》韋《注》:"驪戎,西戎之別在驪山者也。其君男爵,姬姓。秦曰驪邑,漢高帝徙豐民於驪邑,更曰新豐,在京兆也。"④《水經·渭水注下》:"渭水又東,戲水注之,水出麗山馮公谷,東北流,又北逕麗戎城東,《春秋》:晉獻公五年伐之,獲麗姬於是邑。麗戎,男國也,姬姓,秦之麗邑矣。"⑤《史記·高祖本紀》司馬貞《索隱》引劉宋郭緣生《述征記》:"戲水自驪山馮公谷北流,歷戲亭,東入渭。"《周本紀》張守節《正義》引李泰《括地志》:"驪戎故城在雍州新豐縣東南十六里,殷、周時驪戎國城也。……驪山在雍州新豐縣南十六里。《土地記》云驪山即藍田山。"《秦始皇本紀》張守節《正義》引《括地志》:"雍州新豐縣,本周時驪戎邑。《左傳》云'晉獻公伐驪戎',杜《注》云'在京兆新豐縣'。其後秦滅之以爲邑。"《周本紀》司馬貞《索隱》:"(驪山)在新豐縣南,故驪戎國也。"張守節《正義》:"驪山之陽,即藍田山。"⑥清顧祖禹《讀史方輿紀要·陝西二》、顧棟高《春秋大事表·春秋列國疆域表》《春秋列國地形犬牙相錯表中》説大同。

可見,驪戎國爲殷、周時已有之古國,故城在今陝西省臨潼市南。則驪戎故城在陝而非晉,其顯然不可謂之曰"晉申"。

(3) 驪戎爲姬姓,與姜姓申國不同姓

《元和姓纂·上平聲·五支》《通志·氏族略二》均謂驪氏以驪戎國名爲氏,即驪氏爲驪戎國後代的姓氏,而非其本姓。

莊二十八年《左傳》:"晉獻公娶于賈,無子。烝於齊姜,生秦穆夫人及太子申生;又娶二女於戎,大戎狐姬生重耳,小戎子生夷吾;晉伐驪戎,驪戎男女以驪姬,

---

① [晉]孔晁注,黄懷信、張懋鎔、田旭東集注,黄懷信修訂:《逸周書彙校集注》(修訂本),第954頁。按:[清]何秋濤《王會篇箋釋》卷中:"'央林'(林氏)當即春秋時之'棫林'。……《左傳·襄十四年》諸侯之大夫伐秦濟涇。……然則棫林亦當在今涇陽縣西境,揆之當日行軍道里,正爲密合。《王會》央林與義渠相次,涇陽地北距甯州亦不甚遠。《周書》所稱林氏、離戎,蓋亦壤接之國,'離戎'即春秋之'驪戎',在今臨潼縣東二十四里,與涇陽相距尤近,皆可互證。"[清]何秋濤:《王會篇箋釋》,第255—256頁。
② 沈《注》:"離戎,驪山之戎也,爲林氏所伐,告於成王。"王國維:《今本竹書紀年疏證》,第68頁。
③ [漢]班固撰,[唐]顏師古注,傅東華等點校:《漢書》,第1543頁。按:《史記·秦始皇本紀》:"(十六年)秦置麗邑。……(三十五年)因徙三萬家麗邑。"[漢]司馬遷撰,[南朝宋]裴駰集解,[唐]司馬貞索隱,[唐]張守節正義,郭逸、郭曼標點:《史記》,第158、174頁。
④ [三國吳]韋昭注,上海師範大學古籍整理研究所校點:《國語》,第253頁。
⑤ [北魏]酈道元撰,楊守敬、熊會貞注疏,段熙仲點校,陳橋驛復校:《水經注疏》,第1638頁。
⑥ [漢]司馬遷撰,[南朝宋]裴駰集解,[唐]司馬貞索隱,[唐]張守節正義,郭逸、郭曼標點:《史記》,第243、79、101、158、101頁。

歸,生奚齊,其娣生卓子。"①此"大戎狐姬",昭十三年《左傳》稱之爲"狐季姬"。按照周人男子别氏、女子辨姓之制,則所謂"齊姜"者,"齊"其母國,"姜"其姓;所謂"狐季姬"者,"狐"其父氏,"季"其行次,"姬"其姓。仿此,則所謂"驪姬"者,"驪"其母國,"姬"其姓。既然姜姓申國娶驪山之女,驪戎國又爲姬姓而非姜姓,那麽"驪戎"自然就不能稱之爲"晉申"了。

2. 周宣王所伐之"申戎"爲姜戎之别種而非西申

明陳逢衡《逸周書補注》及劉德岑《申氏族之遷徙》、蒙文通《古代民族移徙考》皆認爲:周宣王所伐之"申戎",即與繒人、犬戎共殺幽王之"西申"。②然此説可商之處亦有三:

(1) "申戎"即"姜姓之戎"居於申地之别種

目前研究成果表明,"姜"與"羌"爲一字之二形,故"羌"即"姜"。③晚商時羌族分佈於隴右到豫西晉南的河谷山嶽之間,其在商境西陲者號爲"羌方",更往西去的諸羌統稱爲"羌人"。④比如在殷商卜辭中,"羌方"(《甲》507、《屯南》2907)爲"天邑商"(《英》2529)、"大邑商"(《甲》2416、何尊、利簋)、"大國殷"(《尚書·周書·召誥》)之敵國。至於西周時期的姜姓之戎,也一直爲姬周之敵國。如《國語·周語上》:"(周宣王)三十九年,戰于千畝,王師敗績于姜氏之戎。"⑤《史記·周本紀》同。⑥《後漢書·西羌傳》引《竹書紀年》:"(周宣王三十九)王征申戎,破之。"⑦可見,《國語·周語上》《史記·周本紀》之"姜姓之戎",即《竹書紀年》之"申戎"。就族種而言,"姜姓之戎"與"犬戎"之族屬相近。⑧

那麽,"姜戎"又何以稱爲"申戎"呢?我們可從《竹書紀年》對於周宣王時所

---

① 杜《注》:"驪戎,在京兆新豐縣。其君姬姓,其爵男也。納女於人曰女。"[晉]杜預注,[唐]孔穎達等正義:《春秋左傳正義》,第3866頁。
② 劉德岑:《申氏族之遷徙》,《禹貢半月刊》1936年第6卷第1期,第31-33頁;蒙文通:《古代民族移徙考》,《禹貢半月刊》1937年第7卷第6—7期合刊,第13-36頁。
③ 參見:傅斯年《傅孟真先生集》第4册,第13-22頁。
④ 參見:陝西周原考古隊《扶風劉家姜戎墓葬發掘簡報》,《文物》1984年第7期,第16-29頁;許倬雲《西周史》(增訂本),第50-53頁。按:羌人中居於渭水流域的一支與周人融合,居於豫西晉南的若干支則成爲後世姜姓諸國;偏居隴右的一支上承寺窪文化,下接漢代的羌族,爲羌人土著支族。
⑤ 韋《注》:"姜氏之戎,西戎之别種,四岳之後也。《傳》曰:'我諸戎,四岳之裔胄。'言宣王不納諫務農,無以事神使民,以致弱敗之咎也。"[三國吳]韋昭注,上海師範大學古籍整理研究所校點:《國語》,第22頁。
⑥ 司馬貞《索隱》:"(千畝)地名也,在西河介休縣。"[漢]司馬遷撰,[南朝宋]裴駰集解,[唐]司馬貞索隱,[唐]張守節正義,郭逸、郭曼標點:《史記》,第98頁。
⑦ 李《注》:"並見《竹書紀年》。"[南朝宋]范曄撰,[唐]李賢等注,宋雲彬等點校:《後漢書》,第2872頁。按:《今本竹書紀年》將"王師伐姜戎,戰于千畝,王師敗通"繫於周宣王三十九年(前789);將"王師敗于申"繫於四十一年(前787)。此將一事誤爲二事,故筆者不取。參見:王國維《今本竹書紀年疏證》第85頁。
⑧ 參見:蒙文通《古代民族移徙考》,《禹貢半月刊》1937年第7卷第6—7期合刊,第13-36頁。

伐之戎的稱謂方式中找到答案。《後漢書·西羌傳》引《竹書紀年》：四年"使秦仲伐(西)戎",三十一年"王遣兵伐太原戎",三十六年"王伐條戎、奔戎",三十八年"晉人敗北戎于汾、隰"。① 此皆在"戎"之總稱前,冠以處所名詞(含方位名詞)以别之。那麽,"申戎"之"申",亦即"戎"之居所之地名或方位;而"姜戎"之"姜",乃"申"之族姓。漢王符《潛夫論·志氏姓》謂姜姓有申氏,則周宣王所伐之"申戎",亦即"姜姓之戎"居於申地之别種,其當以姜爲姓而以申爲氏者。

(2)周宣王所伐之"申戎"非"西申"

宣王七年(前821)封申伯於謝時,《詩·大雅·崧高》稱申伯爲周宣王母舅,《國語·鄭語》言申人必"陳愛太子",《史記·周本紀》謂周幽王"太子"之母爲"申侯女",此三"申"字均當申伯遷封於南申之後仍留居於西申之支庶之族,故周宣王與西申侯爲甥舅之親,兩國當有着友好和睦的關係。由此可證,周宣王所伐之"申戎"確非"西申"。

那麽,宣王所伐之"申戎"當爲另一申國。因爲,申氏部族隨着人口的繁衍增多,完全可能將其支系分封或派遣於其發祥地以外地區,而申戎之國的遷徙必然在周宣王遷申伯於謝之前。這一遷居於邊遠地區的申人之國或氏族部落,自然條件惡劣,生産力水準較低,依然保留着申人遊牧部落時期的生産方式和生活習慣,過着半定居、半遊牧的生活,其社會形態與社會結構自然與西申相異。正因如此,其他方國或部族將其稱爲申戎,以與西申、南申區別。

(3)周宣王所伐之"申戎"當在今陝、甘、寧、晉交界之地

《山海經·西山經·西次四經》：

(陰山)北五十里,曰勞山,多茈草。弱水出焉,而西流注于洛。……(罷父之山)北百七十里,曰申山,其上多榖、柞,其下多杻、橿,其陽多金、玉。區水出焉,而東流注于河。……(鳥山)又北百二十里,曰上申之山,上無草木,而多硌石,下多榛、楛,獸多白鹿。其鳥多當扈,其狀如雉,以其髯飛,食之不眴目。湯水出焉,東流注于河。②

此所謂"勞山",即今陝西省延安市甘泉縣北20里之大勞山,申山則應在大勞山之北;申山之下"區水出焉",此"區水"當指大勞山下之曰岩河,其東流入黄河,正與"區水""東流注于河"之記載相符;"上申之山"下"湯水出焉,東流注于河",此"湯水"即指今延水。據此可知,"申山""上申之山"在今延安市甘泉縣以北、寶塔

---

① 李《注》："並見《竹書紀年》。……(汾、隰)二水名。"[南朝宋]范曄撰,[唐]李賢等注,宋雲彬等點校：《後漢書》,第2871-2872頁。按："使秦仲伐戎"之"戎",即"西戎"。[清]朱右曾輯《汲冢紀年存真》及王國維《古本竹書紀年輯校》皆引作"使秦仲伐西戎"。

② 説參：[晉]郭璞注,袁珂校注：《山海經校注》(增訂本),第69-70頁。

區以南地區,此當爲"申戎"之國的文化遺存。

這種解説似乎與上文關於西申之國的"申山""上申之山"及"申首之山"在涇水發源地附近的結論相悖;但從周人遷封於新國邑後仍以舊名稱之的大量事實看,這兩種不同的解説却又是相關聯、相一致的。涇水發源地附近之"申山""上申之山"與"申首之山"爲申之發祥地之名,而甘泉縣以北、寶塔區以南地區之"申山""上申之山"與"申首之山"當爲"申戎"之國遷居於此的文化遺存。①

第三節 太子宜臼奔西申與擁立天王之西申侯

《竹書紀年》謂太子宜臼被廢後奔於申,被申侯、許文公和曾侯等擁立爲"天王"。此"申"當即"西申",則"申侯"當即"西申侯"。宜臼以 20 來歲的青年人,如無他人之助,其縱然有原太子之名,亦不會有特大作爲。事實上,他投奔母家以避殺身之禍,其最大的政治目的,便是依靠"西申"的保護與扶持,以奪回失去的太子之位。正是由於西申侯擁立宜臼爲"天王",形成了兩周之際第三次"二王並立"的政治格局,最終導致幽王死於戲而宗周覆亡。在這一過程中,西申侯主要依靠的政治盟友爲曾侯及許文公,軍事盟友爲繒國和西戎。正由於有這些政治與軍事盟友的全力支持與直接參與,西申侯纔敢於首先發難;至於始帥師勤王而後易幟的晉文侯、鄭武公、秦穆公和衛武公,則是這種政治和軍事聯盟在周平王旗幟下的進一步擴大。因此,考證平王所奔之"申"爲"西申",分析西申侯與繒、西戎的關係,對於進一步證實《古本竹書紀年》"平王奔西申"之説、對於更加深入地説明兩周之際的第三次"二王並立"政治格局的形成,皆是十分必要的。

一、太子宜臼被廢後出奔之"申"爲"西申"

《國語·晉語一》載晉史蘇謂"逐太子宜臼而立伯服,太子出奔申",《鄭語》載周史伯謂"王欲殺太子以成伯服,必求之申",②《史記·周本紀》謂"後幽王得襃姒,愛之,欲廢申后,並去太子宜臼,以襃姒爲后,以伯服爲太子",③《詩譜·王城譜》謂"幽王嬖襃姒,生伯服,廢申后,太子宜咎奔申",④此均概言太子宜臼出奔

---

① 詳見:邵炳軍《兩周之際諸申地望及其稱謂辨析》,《社會科學戰綫》2002 年第 3 期,第 138—143 頁。
② [三國吴] 韋昭注,上海師範大學古籍整理研究所校點:《國語》,第 255、519 頁。
③ [漢] 司馬遷撰,[南朝宋] 裴駰集解,[唐] 司馬貞索隱,[唐] 張守節正義,郭逸、郭曼標點:《史記》,第 99 頁。
④ [漢] 毛亨傳,[漢] 鄭玄箋,[唐] 孔穎達等正義:《毛詩正義》,第 696 頁。

之國爲"申";唯昭二十六年《左傳》孔《疏》引《竹書紀年》謂周平王出奔之國爲"西申"。下面我們通過對上述史料的綜合分析,從四個方面來討論周幽王太子宜臼所奔申國的地望問題。

1.《國語·晉語一》《鄭語》所言之"申",即《竹書紀年》之"西申"

《國語·晉語一》載晉史蘇所謂"申人、鄫人召西戎以伐周,周於是乎亡",此以"申""鄫""西戎"地域相鄰而並列;《鄭語》載周太史伯所謂"申、繒、西戎方彊,王室方騷",此亦以"申""鄫""西戎"地域相鄰而並提;《鄭語》載太史伯所謂"繒與西戎方將德申,申、呂方強",①此"申""呂"則以同爲姜姓之國而並稱。可見,周、晉兩史官雖未明言此"申"爲何一申,但從地域相鄰來看,此"申"必爲"西土"之申國。

特別值得注意的是,《鄭語》中"申"前未以"西"字限制,是因說話人——太史伯所處的地理位置"鎬京"本來就在"西土";至於《晉語一》中"申"前未以"西"字限制,大概是因爲在晉獻公伐滅驪戎時(前672),"南申"早已爲楚所滅(前688—前680之間),故統言之以"申"。而《竹書紀年》則是晉史官在事件發生時所作的共時記錄,那麼,從說話人——史官所處的獨立位置角度,自然要在"申"前冠一方位詞。要之,統言之則曰"申",析言之則曰"西申""南申",故其語義指向要在具體的語言環境中去探尋。

如果說《晉語一》《鄭語》《周本紀》《詩譜》所言周平王所奔之"申"尚可作兩解的話,那麼,昭二十六年《左傳》孔《疏》引《竹書紀年》所謂"平王奔西申"之"申"前冠以"西"字,則言之鑿鑿;同時,前言"平王奔西申"而後言"立平王于申",蓋此"西申"與"申"雖爲異辭,乃異名同實而已。

2. 周幽王太子宜臼所奔之申爲其母家之國

《國語·晉語一》韋《注》:"申,姜姓之國,平王母家也。"②其說是。

《晉語四》載晉司空季子(胥臣、臼季)謂公子重耳(晉文公)曰:"昔少典娶于有蟜氏,生黃帝、炎帝。黃帝以姬水成,炎帝以姜水成。成而異德,故黃帝爲姬,炎帝爲姜。"③據今人研究成果,姜水爲渭河支流,在今陝西省寶雞市岐山縣東;姬水位於渭水與湟水之間,屬今陝甘青境的古齊家文化區域。④可見,姬姓黃帝

---

① 韋《注》:"申修德於二國,二國亦欲助正,徹其後福。"[三國吳]韋昭注,上海師範大學古籍整理研究所校點:《國語》,第255、519頁。
② [三國吳]韋昭注,上海師範大學古籍整理研究所校點:《國語》,第256頁。
③ 韋《注》:"賈侍中云:'少典,黃帝、炎帝之先。有蟜,諸侯也。'……姬、姜,水名。"[三國吳]韋昭注,上海師範大學古籍整理研究所校點:《國語》,第356頁。
④ 參見:徐旭生《中國古史的傳說時代》(增訂本),文物出版社1985年版,第42頁;端居《齊家文化是馬家窰文化的繼續和發展》,《考古》1976年第6期,第352-355頁。

氏族部落集團與姜姓炎帝氏族部落集團,皆出於少典,聚集地相近,故姬、姜二姓諸國世爲婚姻之國。《大雅·緜》之首章曰:"古公亶父,陶復陶穴。未有家室。"次章曰:"古公亶父,來朝走馬,率西水滸,至于岐下,爰及姜女,聿來胥宇。"①《古列女傳》卷一《母儀傳·周室三母》曰:"太姜者,王季之母,有吕氏之女。大王娶以爲妃,生太伯、仲雍、王季。"②此載姬周先祖古公亶父(太王)娶了姜姓吕氏之女太姜爲妻,生太伯、仲雍、王季三子,故《國語·周語中》載周襄王十三年(前640)時周大夫富辰有"齊、許、申、吕由大姜"之説。③

姜申與姬周聯姻,見於記載者有:《大雅·崧高》之五章曰:"王遣申伯,路車乘馬。……往近王舅,南土是保。"七章曰:"王之元舅,文武是憲。"④此周宣王封於謝邑之"申伯",即"王舅",亦即"王之元舅";蓋申伯爲周宣王之大舅父,則周厲王胡娶申國之女爲王后。周幽王宫涅亦以申氏之女爲后而周平王又奔於申,蓋申侯爲周幽王之岳父、周平王之外公。

幽王之世,有"西申侯"之國、"南申伯"之國,還有位於陝、甘、寧、晉交界的"申戎"之國。顯然,宜臼所投奔之母家,決不會是北投"申戎";那麽,其所投奔究爲"西申"還是"南申",説多歧異。舊説多以中原諸侯"立平王于申"爲由,認爲宜臼所奔之"申"爲"南申"。對於此説,清崔述《豐鎬考信録》卷七《幽王·辨申侯召戎滅周之説》已提出異議,劉德岑《申氏族之遷徙》進一步指出:"與繒人犬戎共殺幽王者,乃居於陝境之申而非謝邑之申。"⑤劉曉明《古申彙考》認爲周平王母家乃西申侯之國。⑥ 筆者亦持此説。⑦

3. 從平王宜臼娶密須尹吉之女推求平王所奔爲"西申"

《小雅·都人士》爲寫周平王由西申歸宗周時盛況之作,⑧從中可以看出周平王娶於尹吉,並由此找到其所奔爲西申侯之國的旁證。

首章曰:"彼都人士,狐裘黄黄。"次章曰:"彼都人士,臺笠緇撮。彼君子女,綢直如髮。"三章曰:"彼都人士,充耳琇實。"四章曰:"彼都人士,垂帶而厲。彼君

---

① 毛《傳》:"古公,豳公也。古,言久也。亶父,字;或殷以名,言質也。""姜女,大姜也。"[漢]毛亨傳,[漢]鄭玄箋,[唐]孔穎達等正義:《毛詩正義》,第1095、1097頁。
② [漢]劉向:《古列女傳》,四部叢刊初編影印明萬曆間(1573—1620)黄嘉育刊本,上海書店1985年版,卷1,第8頁。
③ [三國吴]韋昭注,上海師範大學古籍整理研究所校點:《國語》,第48頁。
④ 毛《傳》:"乘馬,四馬也。……申伯,宣王之舅也。"[漢]毛亨傳,[漢]鄭玄箋,[唐]孔穎達等正義:《毛詩正義》,第1222頁。
⑤ 劉德岑《申氏族之遷徙》,《禹貢半月刊》,1936年第6卷第1期,第31頁。
⑥ 劉曉明《古申彙考》,《江西師範大學學報》1991年第3期,第116-126頁。
⑦ 説詳:邵炳軍《周大夫家父〈節南山〉創作時世考論》,《文獻》1999年第2期,第23-41、169頁。
⑧ 參見:邵炳軍《春秋詩歌〈詩·小雅·正月〉〈雨無正〉〈都人士〉〈魚藻〉創作年代考論》,《廣東社會科學》2012年第1期,第187-194頁。説詳:本書第六章第二節。

子女,卷髮如蠆。"毛《傳》:"臺所以禦暑,笠所以禦雨也。緇撮,緇布冠也。……琇,美石也。……厲,帶之垂者。"①

謹按:僖五年《左傳》載晉士蒍賦曰:"狐裘尨茸,一國三公,吾誰適從?"②《論語·鄉黨》:"緇衣,羔裘;素衣,麑裘;黃衣,狐裘。"③《禮記·玉藻》:"狐裘,黃衣以裼之。錦衣狐裘,諸侯之服也。"④《白虎通義·衣裳》:"故天子狐白,諸侯狐黃,大夫狐蒼,士羔裘,亦因別尊卑也。"⑤可見,詩所美"彼都人士",其服飾為"狐裘黃黃""臺笠緇撮""充耳琇實""垂帶而厲",此為周代天子與諸侯之類上層貴族男子的服飾打扮,且具有"西土"特色;詩所美"彼君子女",其服飾為"綢直如髮""卷髮如蠆",此為周代貴族女子服飾打扮,不僅具有"西土"特色,而且更具有異族風情。

又,三章曰:"彼君子女,謂之尹吉。"毛《傳》:"尹,正也。"鄭《箋》:"'吉',讀為'姞'。尹氏、姞氏,周室婚姻之舊姓也。"⑥

謹按:據《國語·晉語四》、漢王符《潛夫論·志氏姓》,"尹氏"與"周氏""邵氏""畢氏""榮氏""鎦氏""富氏""鞏氏""莨氏"一樣,同為周王室公卿之族;"姞",一作"吉",又作"佶",與"姬""酉""祁""己""滕""箴""任""荀""僖""儇""依",皆為黃帝後裔十二姓之族(《國語·晋语四》載晉胥臣語)。⑦那麼,"尹吉"自然為貴族婦女之姓。如,《詩經·大雅·韓奕》之"韓姞",為汾王(周厲王)之甥、周宣王重臣蹶父之女、韓侯之妻;文六年《左傳》有"偪姞",乃姞姓偪國之女、晉文公重耳夫人、晉襄公讙之母;宣四年《左傳》有"燕姞",乃姞姓燕國(南燕)之女、鄭文公捷之妾、鄭穆公蘭之母;哀十一年《左傳》有"孔姞",乃衛執政卿孔圉(文子)之女、世叔疾(大叔疾)之妻。此皆為諸侯娶於姞氏之證。

又,陳夢家《美國所藏中國銅器集錄》(A127)著錄傳世西周中期器尹姞鬲,羅振玉《三代吉金文存》著錄傳世西周中期器蔡姞簋、未姞簋,中國青銅器全集編輯委員會編《中國青銅器全集》(5.43)著錄傳世西周中期器公姞鬲、《中國青銅器全集》(6.51)著錄1993年山西省曲沃縣晉侯墓地M63出土西周晚

---

① 〔漢〕毛亨傳,〔漢〕鄭玄箋,〔唐〕孔穎達等正義:《毛詩正義》,第1060-1062頁。
② 杜《注》:"公與二公子為三。"〔晉〕杜預注,〔唐〕孔穎達等正義:《春秋左傳正義》,第3895頁。按:"三公",杜氏以為指晉獻公與公子重耳(晉文公)、公子夷吾(晉惠公),或以為指太子申生與公子重耳、公子夷吾,實不必的指。說參:楊伯峻《春秋左傳注》(修訂本),第304頁。
③ 〔魏〕何晏等注,〔宋〕邢昺疏:《論語注疏》,清嘉慶二十至二十一年(1815—1816)江西南昌府學刊刻阮校十三經注疏本,中華書局2009年影印版,第5418頁。
④ 〔漢〕鄭玄注,〔唐〕孔穎達等正義:《禮記正義》,第3206頁。
⑤ 〔漢〕班固撰,〔清〕陳立疏證,吳則虞點校:《白虎通疏證》,第434頁。
⑥ 〔漢〕毛亨傳,〔漢〕鄭玄箋,〔唐〕孔穎達等正義:《毛詩正義》,第1061頁。
⑦ 先周時期的陸國諸君中,有一件出土於今陝西省寶雞市岐山縣。陸與姞為婚姻關係,而姞為后稷元妃之姓,則姬周與姞之關係很早。參見:許倬雲《西周史》(增訂本),第40頁。

期器楊姞壺，①其銘文皆足以爲佐證。

又，周代貴族婦女之姓"尹""姞"可單稱，亦可連稱，《陝西扶風縣北橋出土一批西周青銅器》著録 1972 年陝西省扶風縣出土的西周器尹姞鼎、公姞鼎、伯吉父鼎、伯吉父簋，其銘文可證。② 又，西周宣王時有尹吉甫，作《崧高》《烝民》《韓奕》《江漢》諸詩（俱見《詩·大雅》）；成十六年《春秋》有周卿士"尹子"，即《左傳》之"尹武公"；襄三十年《左傳》有周卿士"尹言多"、③昭二十三年《左傳》有周卿士"尹文公"與尹氏之族"尹辛"，均爲周王室及列國公卿大夫世族之證。

《國語·周語上》載周文王所滅商時密須國之後——姞姓密人，仍當在密須故國故地之中別封有食邑以存祀。由"有三女奔之""王御不參一族""康公不獻"諸語觀之，④此"三女"之"族"，必是姞姓密人。姞姓密須國爲周文王滅後，其雖改封爲姬姓之國，但姞姓密人仍然生活在密須故國故地，此"三女"或爲姞姓密人食邑之女。此密須國故城在今甘肅省平涼市靈臺縣西 50 里，而西申侯之國在今陝西省寶雞市眉縣附近，位於密須故國東南部，兩地相距僅百餘里。故我們據此可以判定，周幽王太子宜臼居於西申而娶密須故國姞氏之女爲后。

4. 從宗周與西申、南申的地理位置看太子宜臼所奔爲"西申"

如果認爲周幽王太子宜臼所奔之"申"爲"南申"，則難以解釋這樣一個問題："南申"地處今河南省南陽市，而繒與西戎皆在今陝甘一帶，一東一西，相距遥遠，申侯何緣越周而召西戎？針對這一矛盾，崔述《豐鎬考信録》卷七《幽王·辨申侯召戎滅周之説》提出了"申與楚鄰"而"何不近附于荆而抗周，而乃遠附于戎"的問題，但爲了維持"南申"説，乾脆説《國語·晉語一》《鄭語》"荒謬亦多矣"。⑤ 崔氏疑之有理，但結論却誤。晁福林《論平王東遷》認爲周平王所奔之申乃"西申"，⑥筆者亦持此説。我們可以從以下兩個方面進行推論：

其一，從宗周（鎬京）與西申、南申兩國所處的地理位置看，西申位於宗周以西，相距不足 200 里；而南申位於宗周東南，相距千里之遥。宜臼擔心周幽王加害於他，倉皇出逃，絶不會捨近求遠，選擇位於千里之遥的南申。因爲從宗周到

---

① 陳夢家：《美國所藏中國銅器集録》，中華書局 2019 年版，第 175－176 頁；羅振玉：《三代吉金文存》，第 998 頁；中國青銅器全集編輯委員會編：《中國青銅器全集：第 5 卷》，文物出版社 1996 年版，第 40 頁；中國青銅器全集編輯委員會編：《中國青銅器全集：第 6 卷》，文物出版社 1997 年版，第 50 頁。
② 扶風縣文化館：《陝西扶風縣北橋出土一批西周青銅器》，《文物》1974 年第 11 期，第 85－89 頁。
③ ［清］梁履繩《左通補釋》卷 20："尹言多，尹武公之後。……案：《傳》尹言多與劉、單同列，其爲尹氏世卿無疑。"［清］梁履繩：《左通補釋》，王先謙刻清經解續編本，鳳凰出版社 2005 年影印版，第 10 册，第 1505 頁。
④ 韋《注》："奔，不由媒氏也。三女同姓也。……御，婦官也。參，三也。一族，父子也。故取異姓以備三，不參一族也。"［三國吴］韋昭注，上海師範大學古籍整理研究所校點：《國語》，第 8－9 頁。
⑤ ［清］崔述撰，顧頡剛訂：《豐鎬考信録》，第 246－247 頁。
⑥ 晁福林：《論平王東遷》，《歷史研究》1991 年第 6 期，第 8－23 頁。

南申,只有東南二道:或是經陝南過武關、荊紫關,取南道徑直到南陽;或是經關中平原過函谷關,取東道於成周再到南陽。① 不論是東道還是南道,均是周人控制極爲嚴密之地,且路途遙遠,宜臼難以順利抵達;相反,宜臼居鎬京,西申在宗周以西的郿縣一帶,兩地相距甚近,更便於其出奔。

其二,從周幽王伐申到申、繒與西戎聯軍進軍宗周行動之速,可以看出此申距宗周不遠。《太平御覽》卷八十五、一百四十七並引《竹書紀年》曰:"幽王立褒姒之子伯盤以爲太子。"② 昭二十六年《左傳》孔《疏》引《竹書紀年》曰:"平王奔西申,而立伯盤以爲太子,與幽王俱死于戲。"③《今本竹書紀年》曰:"(周幽王)十年春,王及諸侯盟于太室;秋九月,桃杏實,王師伐申。"④ 事件進展如此之速,況且,戰事結束於驪山戲水之岸,若不是地域相連,是無法理解的。

由此可見,宜臼所奔之"申"爲"南申"的可能性較小,而爲"西申"的可能性最大。

5.《國語·鄭語》"申、繒、西戎"之"申"爲"西申"

《國語·鄭語》中,周太史伯對周幽王八年時成周四周諸侯方國的疆域方位有如下描述:

> 當成周者,南有荊蠻、申、呂、應、鄧、陳、蔡、隨、唐,北有衛、燕、狄、鮮虞、潞、洛、泉、徐、蒲,西有虞、虢、晉、隗、霍、楊、魏、芮,東有齊、魯、曹、宋、滕、薛、鄒、莒,是非王之支子母弟甥舅也,則皆蠻、荊(夷)、戎、狄之人也。……其濟、洛、河、潁之間乎?是其子男之國,虢、鄶爲大,虢叔恃勢,鄶仲恃險……申、繒、西戎方彊,王室方騷,將以縱欲,不亦難乎?⑤

---

① 武關,春秋時名曰"少習關",戰國時改稱"武關",位於今陝西省商洛市丹鳳縣東南70里東武關河北岸。荊紫關,在今河南省南陽市淅川縣荊紫關鎮,地處豫、陝、鄂三省交界處,西接秦川,南通鄂渚。函谷關西據高原,東臨絶澗,南接秦嶺,北塞黃河,地處豫、陝、晉三省交界處,爲西都豐鎬至東都雒邑之關口。函谷關遺址有二:秦關位於今河南省靈寶市北30里之王垛村,漢關位於今洛陽市新安縣。參見:《史記·項羽本紀》《漢書·地理志上》《春秋釋例·土地名二》《春秋大事表·列國地形犬牙相錯表》《列國地險隘要表》《河南通志·兵制》。

② [宋]李昉等:《太平御覽》,第403、718頁。按:此據《太平御覽》卷85引文,《太平御覽》卷147引文"幽王"下有"八年"二字。

③ [晉]杜預注,[唐]孔穎達等正義:《春秋左傳正義》,第4591頁。按:今本《竹書紀年》載:"(周幽王十一年)申人、鄶人及犬戎入宗周,弒王及鄭桓公;犬戎殺王子伯服,執褒姒以歸。"王國維《今本竹書紀年疏證》,第88-89頁。足見古本與今本文異。

④ 王國維:《今本竹書紀年疏證》,第88頁。

⑤ 韋《注》:"荊蠻,芈姓之蠻,鬻熊之後。……應、蔡、隨、唐,皆姬姓也。應,武王子所封。鄧,曼姓也。陳,媯姓也。"[三國吳]韋昭注,上海師範大學古籍整理研究所校點:《國語》,第507、519頁。按:[清]汪遠孫《國語明道本考異》卷四:"《太平御覽·州郡部五》引《國語》,'蠻、荊'作'蠻、夷',是也。蠻、夷、戎、狄皆統舉之詞,不應獨稱荊國,下注云'頑,謂蠻、夷、戎、狄',即其證。"[清]汪遠孫:《國語明道本考異》,崇文書局2016年影印宋仁宗明道二年(1033)重刊本。

謹按：太史伯首先將成周之南的"申""呂"並提，與僖二十五年、成六年《左傳》以楚"申、息之師"連稱相類，均當指"南申"無疑。① 但"申""呂"之國並提，以同姓且相鄰之故；"申""息"之師連稱，則非同姓唯相鄰之故。那麼，其在下文中將"申、繒、西戎"並提，以其非同姓唯地域相鄰之故，所指必非"南申"，而是與"繒"和"西戎"相鄰的"西申"。正如在同文中，太史伯前言之"虢"爲"西虢"，而後言之"虢"指"東虢"，然均只言"虢"。可見，在兩周之際乃至春秋時期，一國數名、數國同名是比較普遍的現象。而數國同名者，有同姓同時分封而並存之國，如"西虢"之於"東虢"；有同姓前後相承之國，如"西虢"之於"小虢"。可見，統言之則以總名稱之，然其所指却顯然不同；析言之則以異名稱之，用以區別。故統言之曰"申"，而析言之則曰"西申""南申"。

總之，兩周之際有二申：一爲昭二十六年《左傳》孔《疏》引《竹書紀年》之"西申"，乃姜姓國，本爲申伯初封之國，位於宗周以西，後爲宣王陟封申伯於南申後留守故地的申侯後裔支庶之國。二爲《詩·王風·揚之水》《大雅·崧高》所述之"申"，即 1981 年在河南省南陽市北郊古宛城附近出土的西周晚期到東周早期申國青銅器仲爯父簋銘文所記之"南申"，爲周宣王自西申徙封申伯之國，即今南陽市北 20 里之故申城，莊王九年（前 688）東遷於今信陽市西北 60 里之楚王城，簡王元年（前 585）之前滅於楚。則幽王太子宜臼所奔之"申"必爲"西申"。幽王王室被傾覆後，岐、豐爲戎所居，而鎬京又焚於戎火，那麼，平王政權在"西申侯"之卵翼下，當仍然居於"西申"。

二、西戎的文化背景及其與申人和周人的關係

1. 西戎方國部落居住地及其與申人之關係

《史記·匈奴列傳》《漢書·匈奴傳》皆以"犬戎"爲漢代北方草原遊牧部族所建立的强大帝國"匈奴"的近親，將"匈奴"與"犬戎"作爲同隸屬於羌戎集團的部族。蓋匈奴之先祖夏后氏，直接源於唐虞以後的"葷粥""鬼方""獫狁""西戎""北狄""胡人"等原先活動於大漠南北的各族，② 則戎族的歷史可以追溯到夏代以前。

《史記·秦本紀》載申侯在追溯申氏歷史時提到殷周之際有"西戎"，因"申、駱重婚，西戎皆服，所以爲王"；故孝王"不廢申侯之女子爲駱適者，以和西戎"。③ 此"西戎"之族與"西申"之族聯姻，"西申"又爲"西戎"之方伯；那麼，"西戎"與"西

---

① 據[唐]林寶《元和姓纂·上平聲·十七真》《八語》《二十四職》、[宋]鄭樵《通志·氏族略二》、[清]顧祖禹《春秋大事表·列國疆域表》，息，媯姓國，在今河南省信陽市息縣西南 7 里。
② 參見：林幹《匈奴通史》，上海人民出版社 1986 年版，第 2-3 頁。
③ [漢]司馬遷撰，[南朝宋]裴駰集解，[唐]司馬貞索隱，[唐]張守節正義，郭逸、郭曼標點：《史記》，第 120 頁。

"申"之居住地相距不會太遠,至遲在孝王時就居住在宗周以西的秦嶺西麓地區。故清顧祖禹《讀史方輿紀要·陝西·秦州》曰:"秦州,古西戎地,秦始封於此。……上邽城,在州西六十里,古邽戎邑。"①可見,"西戎"的發祥地在今甘肅省天水市清水縣一帶。

　　其實,"戎"是由許多互不統轄的方國或氏族部落組成的。這些不同的方國或氏族部落,亦即"西戎"之別種。故《國語·周語上》韋《注》曰:"犬戎,西戎之別名也,在荒服之中。"②蒙文通《古代民族移徙考》指出:"犬戎自夏至周,皆處於邠郊之近地。周之中葉而獫允西來,商之中葉而鬼方西來。……則鬼方亦來自犬戎之外族也。……則天山以東皆鬼方之國。鬼方自殷之高宗時始爲邊患。"③類似於"犬戎"的"西戎"別種,見於史籍可考者大致有:《尚書·夏書·禹貢》謂雍州渭河流域有"崑崙""析支""渠""搜"等"西戎"四國,皆衣"織皮"之服;④《逸周書·王會解》敘成周之西的"義渠""史林""北唐戎""渠叟""樓煩""卜盧""區陽""規矩""丘羌"九國,其與"西申"地相鄰。⑤ 可見,西周時期西戎氏族部落集團方國或部落,大都居住在宗周以西的黃河流域;降及春秋時期,亦大致如此。

　　比如,莊二十八年《左傳》:"晉獻公娶于賈,無子。烝於齊姜,生秦穆夫人及太子申生。又娶二女於戎,大戎狐姬生重耳,小戎子生夷吾。晉伐驪戎,驪戎男女以驪姬。"杜《注》:"大戎,唐叔子孫別在戎狄者。小戎,允姓之戎。驪戎,在京兆新豐縣,其君姬姓,其爵男也。"⑥此"大戎",居於今陝西省延安市;"小戎",居於今甘肅省敦煌市;"驪戎",居於今陝西省臨潼市。

　　再如,閔二年《左傳》:"虢公敗犬戎于渭汭。"杜《注》:"犬戎,西戎別在中國者。渭水出隴西,東入河。水之隈曲曰汭。"⑦此"犬戎",本部居於今青海省西寧市,一部遷居於今陝西省寶雞市鳳翔縣境。

　　可見,析言之,則以方國部落名之,如"大戎""小戎""驪戎""犬戎";統言之,則以"西戎"名之。其曰"西戎"者,蓋其地在西土之故。

---

①　[清] 顧祖禹:《讀史方輿紀要》,第 415 頁。
②　[三國吳] 韋昭注,上海師範大學古籍整理研究所校點:《國語》,第 1 頁。
③　蒙文通:《古代民族移徙考》,《禹貢半月刊》1937 年第 7 卷第 6—7 期合刊,第 22 頁。
④　孔《傳》:"織皮,毛布。有此四國,在荒服之外,流沙之內,羌髳之屬,皆就次敘。美禹之功及戎狄也。"《釋文》引[漢] 馬融《尚书注》曰:"崑崙,在臨羌西。……析支,在河關西。"又引《漢書·地理志下》曰:"朔方郡有渠搜縣。"又引《武帝紀》曰:"'北發渠搜'是也。"[漢] 孔安國傳,[唐] 孔穎達等正義:《尚書正義》,第 317 頁。
⑤　孔《注》:"義渠,西戎國。……史林,戎之在西南者。……北唐戎,在西北者也。……渠叟,西戎之別名也。……樓煩,北狄。……卜盧,盧人,西北戎也,今盧水是。……區陽,亦戎之名也。……規矩,亦戎也。……丘羌,丘地之羌不同,故謂之丘羌,今謂之丘氐。"[晉] 孔晁注,黃懷信、張懋鎔、田旭東集注,黃懷信修訂:《逸周書彙校集注》(修訂本),第 846-859 頁。
⑥　[晉] 杜預注,[唐] 孔穎達等正義:《春秋左傳正義》,第 3866 頁。
⑦　[晉] 杜預注,[唐] 孔穎達等正義:《春秋左傳正義》,第 3878 頁。

"西申"與"西戎"長期聯姻,關係密切,有着傳統友誼;這正是他們能夠在兩周之際組成軍事聯盟的基礎。當然,西戎是由許多戎族方國部落聯盟組成的,而這種聯盟是非常鬆散的、約束力極弱的;因此,申侯所聯合的戎只是許多戎族方國部落中的一個或幾個,而不可能是其全部。這些依附於西申的西夷犬戎,當時盤據在涇渭流域的岐邑(即今陝西省寶雞市岐山縣)、豐京(在今西安市長安區西北灃河西岸之馬王鎮)至焦穫(在今咸陽市涇陽縣西北)一帶。①

2. 西戎與周人之間的文化碰撞及族群融合

(1) 西戎是一個具有狗圖騰崇拜宗教信仰形式的氏族部落

我們知道,圖騰(totem)在原始氏族或部落群體中,具有標記和象徵的含義。中國的圖騰文化豐富多彩、源遠流長,無論是考古資料還是民族志的資料,都發現或保存有大量圖騰文化的遺蹟,比如鳥圖騰、魚圖騰、蛙圖騰、狼圖騰、槃瓠(犬)圖騰、熊圖騰、鹿圖騰、貓圖騰、蛇圖騰、植物圖騰,等等。而所謂"獸種""蟲種""物種",就是説某族系"魚""蛙""鹿""鳥""龍""狼""熊""貓""蛇""犬"等圖騰祖先的血胤。這些圖騰崇拜,起到了加強和維繫氏族成員團結的重要作用。

屬於戎族的遠古之獯鬻(葷粥)、夏商之畎夷、西周之玁狁(獵狁)、春秋之犬戎等部落,均以犬字名族,表明其祖先崇拜狗圖騰。這是因爲,北方民族所處的地區野獸較多,故以獸種名族。如"獯鬻""玁狁""赤狄""白狄"等均加上"犬"旁,以犬類族。故《山海經・海內北經》稱"犬戎國"爲"犬封國",《説文・犬部》"狄"字解謂"赤狄本犬種"。而南方民族所處的地區蟲蛇較多,故以蟲種名族。如南方種族總名曰"蠻"。② 從西戎的動物圖騰崇拜來看,其族源的歷史文化也是十分悠久的。

據《山海經・海內北經》《大荒北經》《逸周書・王會解》《後漢書・南蠻傳》《太平御覽》卷二引三國吳徐整《三五曆紀》《雲笈七籤》卷五十六引徐整《三五曆記》《廣博物志》卷九引徐整《五運歷年紀》、梁任昉《述異記》卷上,所謂"盤古",乃"盤瓠"之音轉。五采畜狗"盤瓠",初爲某一民族之始祖神"盤瓠",後來竟逐漸演變爲開天闢地及種種文物創造發明者之人類共同始祖"盤古",至今依然爲苗、瑶、侗、畬諸族所崇拜之始祖神"盤王"。此"人面獸身"之神人"犬戎",與"龍首蛇身"之神人"盤瓠",皆同以"犬"爲其圖騰,只不過是古史傳説時代的英雄人物"盤古"與氏族祖先和保護神"龍"聯繫在一起而存在,可見對"龍"加以神化的程度。這足以説明"狗國"傳説實起源於西北,而後始漸於東南。

---

① 《史記・匈奴列傳》張守節《正義》引李泰《括地志》:"焦穫,亦名瓠口,亦曰瓠中,在雍州涇陽縣城北十數里。周有焦穫也。"[漢] 司馬遷撰,[南朝宋] 裴駰集解,[唐] 司馬貞索隱,[唐] 張守節正義,郭逸、郭曼標點:《史記》,第 2185 頁。

② 參見:顧頡剛《顧頡剛古史論文集:第 1 冊》,中華書局 1996 年版,第 146 頁。

(2) 姬周本戎族支族，其與戎族居住地犬牙交錯

《詩·大雅·緜》之次章曰："古公亶父，來朝走馬。率西水滸，至于岐下。爰及姜女，聿來胥宇。"《皇矣》之六章曰："依其在京，侵自阮疆。……居岐之陽，在渭之將。萬邦之方，下民之王。"《公劉》之首章曰："篤公劉，匪居匪康。"五章曰："篤公劉，既溥既長。……度其夕陽，豳居允荒。"《魯頌·閟宮》之次章曰："后稷之孫，實維大王。居岐之陽，實始翦商。"①《國語·周語上》："昔我先王世后稷，以服事虞、夏。及夏之衰也，棄稷不務，我先王不窋用失其官，而自竄于戎、狄之間，不敢怠業，時序其德，纂修其緒，修其訓典，朝夕恪勤，守以敦篤，奉以忠信，奕世載德，不忝前人。"②《孟子·離婁下》："文王生於岐周，卒於畢郢，西夷之人也。"③《後漢書·西羌傳》："后桀之亂，畎夷入居豳、岐之間。"《史記·周本紀》："不窋末年，夏后氏政衰，去稷不務，不窋以失其官，而奔戎狄之間。……公劉雖在戎狄之間，復修后稷之業，務耕種，行地宜，自漆、沮度渭，取材用，行者有資，居者有畜積，民賴其慶。百姓懷之，多徙而保歸焉。周道之興自此始，故詩人歌樂思其德。公劉卒，子慶節立，國於豳。……（古公亶父）乃與私屬遂去豳，度漆、沮，逾梁山，止於岐下。"《匈奴列傳》："夏道衰，而公劉失其稷官，變於西戎，邑於豳。"④《漢書·匈奴傳上》說大同。

可見，原居於渭水北岸邰地（在今陝西省咸陽市武功縣西）之周族，至夏太康之世，后稷之子不窋北遷於涇河上游之邠地（即"北豳"，也稱"北荒"，在今甘肅省慶陽市慶城縣），此地西接戎、北近狄；在夏桀之亂時，后稷四世孫公劉率族衆南遷於涇河北岸之豳原（在今陝西省咸陽市旬邑縣、長武縣、彬州市一帶），畎夷亦入居豳地，故周人行化於西戎之俗；至公劉九世孫古公亶父（大王），爲避戎狄侵擾，又率領族人西遷至渭河北岸之岐山下的周原（在今陝西寶雞市岐山縣與扶風縣之間），此地在夏桀之亂時早已由"畎夷"入居。1976年於寶雞市岐山縣京當

---

① 《緜·毛序》："《緜》，文王之興，本由大王也。"《皇矣·毛序》："《皇矣》，美周也。天監代殷，莫若周；周世世脩德，莫若文王。"毛《傳》："京，大阜也。……將，側也。方，則也。"《公劉·毛序》："《公劉》，召康公戒成王也。成王將涖政，戒以民事，美公劉之厚於民，而獻是詩也。"毛《傳》："公劉居於邰，而遭夏人亂，迫逐公劉，公劉乃辟中國之難，遂平西戎，而遷其民邑於豳焉。""山西曰夕陽。荒，大也。"鄭《箋》："公劉者，后稷之曾孫也。夏之始衰，見迫逐，遷於豳，而有居民之道。"［漢］毛亨傳，［漢］鄭玄箋，［唐］孔穎達等正義：《毛詩正義》，第1094－1097、1117－1122、1166－1170、1327頁。

② 韋《注》："后，君也。稷，官也。父子相繼曰世，謂棄與不窋也。""謂棄爲舜后稷，不窋繼之於夏啟也。""衰，謂啟子太康廢稷之官，不復務農也。""堯封棄於邰，至不窋失官，去夏而遷於邠，邠西接戎、北近狄也。"［三國吴］韋昭注，上海師範大學古籍整理研究所校點：《國語》，第2－3頁。

③ 趙《注》："岐周、畢郢，地名也。岐山下周之舊邑，近畎夷。畎夷在西，故曰西夷之人也。"［漢］趙岐注，［宋］孫奭疏：《孟子注疏》，第5927頁。

④ 《周本紀》裴駰《集解》引［晉］徐廣《史記音義》："新平漆縣之東北有豳亭。""（漆、沮）水在杜陽岐山。杜陽縣在扶風。"張守節《正義》引李泰《括地志》："不窋故城在慶州弘化縣南三里，即不窋在戎狄所居之城也。""豳州新平縣即漢漆縣也。漆水出岐州普潤縣東南岐山漆溪，東入渭。""豳州新平縣，即漢漆縣，《詩》豳國，公劉所邑之地也。""梁山在雍州好畤縣西北十八里。"［漢］司馬遷撰，［南朝宋］裴駰集解，［唐］司馬貞索隱，［唐］張守節正義，郭逸、郭曼標點：《史記》，第76－77、2184頁。

公社鳳雛村及扶風縣法門公社召陳村,分別有周原遺址的大型建築出土。岐山鳳雛村建築遺址的時代當在武王克商以前至西周晚期之間,遺留木柱的碳十四測定年代是前 1095±90 年,正爲商代末季。①

"犬戎",亦稱"西夷犬戎""畎夷""畎戎""昆夷"。② 此"西夷"同"西羌",而"羌"即"姜",皆指先周時期居於中國西陲的炎帝氏族部落集團之羌戎。於此已透露出姬周與西戎兩族具有某種宗親關係的信息——姬周本戎族支族,姬周祖先與西戎的族際交往及文化交流歷史自然是源遠流長的。③

又《史記·六國年表》:"夫作事者必於東南,收功實者常於西北。故禹興於西羌,湯起於亳,周之王也以豐鎬伐殷,秦之帝用雍州興,漢之興自蜀漢。"④可見,不僅姬周之族興起於"西羌",夏禹、商湯亦皆興起於"西羌"。當然,至西周末期時,同居於"西羌"之地的姬周支族與犬戎的文明程度已有很大不同:周人已浸被文明,犬戎尚蠻僿落後;犬戎文明亦比西申落後得多,當時可能還滯留於原始部落階段。故在驪山戲水之岸殺死周幽王後,西戎即進入宗周,堂而皇之地"虜褒姒,盡取周賂而去"(《史記·周本紀》)。⑤

(3) 先周時期姬周與西戎兩大部落時有衝突發生

《詩·商頌·殷武》之次章曰:"昔有成湯,自彼氐羌,莫敢不來享,莫敢不來王,曰商是常。"⑥可見,在帝武丁(高宗)之世(約前 1271—前 1213),西戎鬼方(氐羌、犬戎)爲商之敵國,故征而克之,讒臣服於商。此後鬼方與周人因居住地相鄰而又有族際文化背景差異,時而和平相處,時而兵戎相見。⑦ 傳世文獻記載,可在殷墟卜辭中找到佐證。如羅振玉《殷墟書契續編》(5.2.3)載:"令多子族從犬

---

① 詳見:陝西周原考古隊《陝西岐山鳳雛村西周建築基址發掘簡報》,《文物》1979 年第 10 期,第 27 - 34 頁;王恩田《岐山鳳雛村西周建築群基址的有關問題》,《文物》1981 年第 1 期,第 75 - 79 頁;傅熹年《陝西岐山鳳雛西周建築遺址初探》,《文物》1981 年第 1 期,第 65 - 74 頁;陝西周原考古隊《扶風召陳西周建築群基址發掘簡報》,《文物》1981 年第 3 期,第 10 - 22 頁;傅熹年《陝西扶風召陳西周建築遺址初探》,《文物》1981 年第 3 期,第 34 - 45 頁;陳全方《周原與周文化》,上海人民出版社 1988 年版,第 88 頁。
② 《漢書·匈奴傳上》顏《注》:"畎,音工犬反。畎夷即畎戎也,又曰昆夷。'昆'字或作'混',又作'緄',二字並音工本反。昆、緄、畎,聲相近耳。亦曰犬戎也。"[漢] 班固撰,[唐] 顏師古注,傅東華等點校:《漢書》,第 3745 頁。
③ 參見:龔維英《周族先民圖騰崇拜考辨——兼說黃帝族、夏族的圖騰信仰》,《人文雜誌》1983 年第 1 期,第 79 - 84 頁。
④ 裴駰《集解》引[晉] 徐廣《史記音義》:"京兆杜縣有亳亭。"《正義》:"禹生於茂州汶川縣,本冉䮾國,皆西羌。"[漢] 司馬遷撰,[南朝宋] 裴駰集解,[唐] 司馬貞索隱,[唐] 張守節正義,郭逸、郭曼標點:《史記》,第 527 頁。
⑤ [漢] 司馬遷撰,[南朝宋] 裴駰集解,[唐] 司馬貞索隱,[唐] 張守節正義,郭逸、郭曼標點:《史記》,第 100 頁。
⑥ 毛《序》:"《殷武》,祀高宗也。"鄭《箋》:"氐羌,夷狄國,在西方者也。"[漢] 毛亨傳,[漢] 鄭玄箋,[唐] 孔穎達等正義:《毛詩正義》,第 1354 頁。
⑦ 詳見:《易·未濟·九四》《既濟·九三》《太平御覽》卷 83 引《竹書紀年》《後漢書·西羌傳》李《注》引《竹書紀年》《史記·匈奴列傳》《漢書·匈奴傳上》《後漢書·西羌傳》等。

侯撲周,俶王事。"①此所謂"子族",即殷商王族;所謂"犬侯",即商王所封犬戎酋長。則此條甲骨文資料意謂犬戎在殷商王朝的控制與監視下向周族大舉進犯。

周大王幼子季歷(公季、王季)向玩"射天"遊戲的昏庸殷王武乙納貢稱臣,其政治目的是受到賞賜,自然以"大邑商"所冊封方國之君名義去討伐戎族部落,竟然被命爲牧師(西土方伯)。這樣,周人在鞏固了其渭河流域的舊有地盤之後,遂揮師東進到山西、河北一帶,逐漸坐大,形成尾大難掉之勢,直接威脅着"大邑商"西南邊陲的安全;殷人遂聯合犬戎討伐周人,終於導致"文丁殺季歷"(《晉書·束晳傳》《史通·外篇·疑古》《雜説上》並引《竹書紀年》)之嚴重後果。②

(4) 西周時期西戎一直是周人強勁的敵手

據《尚書·周書·牧誓》《國語·周語上》《詩·小雅·六月》《水經·清水注》引《竹書紀年》《穆天子傳》卷一郭《注》引《竹書紀年》《山海經·西山經》郭《注》引《竹書紀年》《後漢書·西羌傳》引《竹書紀年》《穆天子傳》卷一、《穆天子傳》卷四、《史記·周本紀》《秦本紀》《匈奴列傳》《漢書·匈奴傳》《後漢書·西羌傳》《今本竹書紀年》等文獻可知,在周武王伐紂克殷進行牧野之戰時,其所組建的諸侯伐紂聯軍中,居住於隴右岷州(治所在今甘肅省定西市臨洮縣)、洮州(治所在今甘南藏族自治州臨潭縣)、叢州(在今内蒙古自治區巴彦淖爾市臨河區一帶)以西的羌戎氏族部落集團是一支重要力量;自武王立國至成、康、昭諸王之世(約前1066—前977),戎夷徙居於涇河、洛河(漆沮水)之北,以"戎狄荒服"身份稱臣納貢,與周和睦相處;到了周穆王之世(約前976—前922),儘管存在"荒服者不至"現象,依然有伐犬戎"得四白狼、四白鹿以歸"(《國語·周語上》)和"取其五王以東"(《穆天子傳》卷一郭《注》引《竹書紀年》)之壯舉,③亦有"犬戎氏以其職來王"(《國語·周語上》)之朝覲。④ 但自周昭王(約前995—前977在位)南征而殂於漢水之後,王室漸次衰弱,周人一直處於犬戎及其他戎羌部落的侵擾之中;甚至在周夷王之世(約前888—前858),終於形成"荒服不朝"的窘境,以至於不得不"命虢公率六師伐太原之戎"(《後漢書·西羌傳》引《竹書紀年》)。⑤ 在周厲王之世(約前857—前844),甚至國都宗周都受到了戎族的威脅。可見,周人和西戎兩族雖然具有某種宗親關係,但更多的是矛盾衝突。當然,這種矛盾衝突是異文化碰撞與融和過程之中的歷史必然,也是華夏民族與四夷民族融合過程之中的

---

① 羅振玉:《殷墟書契續編》,見《羅雪堂先生全集七編》,民國二十二年(1933)上虞羅氏石印本,臺北大通書局1973年影印版,第2535頁。
② [唐] 房玄齡撰修、吳則虞等點校:《晉書》,第1432頁。按:《史通》引文同。
③ 韋《注》:"白狼、白鹿,犬戎所貢。"[三國吳] 韋昭注,上海師範大學古籍整理研究所點校:《國語》,第8頁;王貽樑、陳建敏:《穆天子傳匯校集釋》,華東師範大學出版社1994年版,第13頁。
④ 韋《注》:"以其職,謂其嗣子以其貴寶來見王。"[三國吳] 韋昭注,上海師範大學古籍整理研究所校點:《國語》,第7頁。
⑤ [南朝宋] 范曄撰,[唐] 李賢等注,宋雲彬等點校:《後漢書》,第2871頁。

歷史陣痛。

宣王之世(前827—前782),有召伯虎、尹吉甫、樊仲、韓侯、申伯等賢臣輔佐,在與戎族的戰爭中取得了一些勝利,號稱"宣王中興",由此而產生了尹吉甫的《崧高》與《烝民》、召伯虎的《江漢》與《常武》、南仲的《出車》、張仲的《六月》等一批以歌頌中興氣象及讚美周宣王爲題材的詩歌。① 但此期所取得的勝利,畢竟是有限的;這種回蕩在人們美好遐想裹的歌唱,終究也是短暫的。降及幽王之世(前781—前771),伴隨著戎族的軍事掠奪,西周王室像一顆熟爛的桃子,從枝頭墜落了!

這裏需要説明的是,就整體而言,西戎一直是周人的勁敵,但有些戎族方國部落與周人關係還是友好的。申侯和宜臼可以聯合戎族,周幽王和伯服也不會將支持自己的戎族拒之門外。後來,周平王對秦襄公的命辭中有"戎無道,侵奪我岐、豐之地"(《史記·秦本紀》)的話,②侵奪岐、豐之地的戎,當即幽王和伯服的支持者。繼幽王之後的攜王余臣,雖然爲虢公翰所立,但"其立亦託庇於戎人"。③ 攜王在位長達12年之久,與西戎的一些部落的支持當有直接關係。這些情況表明,西戎的一些部落同樣亦爲幽王、伯服及攜王的同盟者。

三、嶧城之鄫、方城之繒、光山之曾、新蔡之鄫與伐周之繒

下面,我們通過對兩周之際"嶧城之鄫""方城之繒""光山之曾""新蔡之鄫"族屬與地望的分析,來討論"伐周之繒"爲何一曾國。

1. 兩周之際諸鄫族屬暨地望考述

據傳世文獻與出土資料所載,兩周之際有四曾國,即嶧城姒姓之鄫、方城姜姓之繒、光山姬姓之曾與新蔡之鄫,現分別考述於下。

(1) 嶧城姒姓之鄫國

周襄王七年(前646),有鄫子夫人季姬(鄫季姬),爲魯僖公之女,蓋鄫與魯通婚(僖十四年《春秋》《左傳》);靈王四年(前568),魯以鄫爲附庸,以鄫太子巫(世子巫)比之於魯大夫(襄五年《春秋》《左傳》);靈王五年(前567),莒人滅鄫以爲邑(襄六年《春秋》《左傳》);景王七年(前538),魯取莒之鄫邑(昭四年《春秋》《左傳》)。《左傳》紀鄫國事,起於魯僖公十四年(前646),訖魯昭公四年(前538),凡108年。

---

① 説詳:趙逵夫《周宣王中興功臣詩考論》,《中華文史論叢》第55輯,上海古籍出版社1996年版,第127-155頁。
② [漢]司馬遷撰,[南朝宋]裴駰集解,[唐]司馬貞索隱,[唐]張守節正義,郭逸、郭曼標點:《史記》,第121頁。
③ 童書業:《春秋左傳研究》,第80頁。

關於此鄫國之族屬，據僖三十一年、襄四年、哀元年《左傳》《國語·周語中》《周語下》《魯語上》《元和姓纂·下平聲·十七登》《通志·氏族略二》並引《世本》《說文·邑部》"鄫"字解、《史記·孝文本紀》司馬貞《索隱》引魏孟康《漢書音義》《史記·周本紀》司馬貞《索隱》《古今姓氏書辯證·下平聲·十六烝》《古今姓氏書辯證·下平聲·十七登》等文獻可知，《春秋》《左傳》之"鄫"，亦作"曾""繒"，爲帝顓頊高陽氏部落支族夏禹後裔之國，出於后相之孫、少康庶子烈曲（曲烈），①姒姓，子爵，乃周文王之妃、武王之母大姒之母家。

關於此姒姓子爵鄫國之地望，據僖十四年《春秋》杜《注》、襄四年《左傳》杜《注》《水經·淮水注》《泗水注》《澮水注》《史記·周本紀》張守節《正義》引李泰《括地志》《後漢書·唐檀傳》李《注》《龐萌傳》李《注》《通志·氏族略二》《路史·國名記丁》等文獻記載可知，其故城遺址在今山東省棗莊市嶧城區東 80 里，位於今臨沂市蒼山縣卞莊鎮西北 32 里處。②

另外，《戰國策·魏策四》載魏安釐王八年（前 269）《或謂安釐王策》："繒恃齊以悍越，齊和子亂而越人亡繒。"③所謂"越人亡繒"，亦當爲春秋戰國之際事。從繒因"恃齊以悍越"而爲越人所亡觀之，其當爲戰國初期之諸侯國。魯襄公六年（前 567）莒滅鄫後，鄫太子巫徙居魯南武城（即今臨沂市費城縣），鄫邑自然非鄫公族所居，改封他人而"立異姓"，亦在情理之中。則此越人所亡之"繒"，雖居於姒姓之"鄫"故地，其公族已非姒姓之"鄫"後裔。據《史記·吳太伯世家》《魯周公世家》《孔子世家》，魯昭公四年（前 538），魯從莒國奪回鄫邑；哀公六年（前 489），繒邑又屬於齊國。故《史記·貨殖列傳》曰："朐、繒以北，俗則齊。"④則繒或爲齊之所封附庸國，族屬未詳。

(2) 方城姜姓之繒國

哀四年《左傳》："夏，楚人既克夷虎，乃謀北方。左司馬眅、申公壽餘、葉公諸梁致蔡於負函，致方城之外於繒關。"⑤此"繒關"之"繒"，金文亦作"曾"。此"繒關"，哀四年《左傳》杜注今地闕；然據《左傳》文，則"繒關"在"方城之外"，即"方城"之北。據僖四年《左傳》杜《注》《明一統志·南陽府》《春秋地理考實》卷一《方

---

① 馬承源據 1957 年上海博物館收集的湖北出土春秋早期器曾子斿鼎銘文稱"惠于烈曲"，認爲此"烈曲"即《世本》所謂"夏少康封其少子曲烈"之"曲烈"，則"曲烈"當爲"烈曲"之訛。詳見：馬承源《記上海博物館新收集的青銅器》，《文物》1964 第 7 期，第 10 頁。

② 陳槃認爲：此姒姓鄫國，周幽王十一年（前 770）時居於溍水流域，即河南省新密市、滎陽市附近。筆者此不取。詳見：陳槃《春秋大事表列國爵姓及存滅表撰異》，臺北"中央研究院"1969 年版，第 299-303 頁。

③ ［漢］劉向集錄，范祥雍箋證，范邦瑾協校：《戰國策箋證》，上海古籍出版社 2006 年版，第 1416 頁。

④ 張守節《正義》："言二縣之北，風俗同於齊。"［漢］司馬遷撰，［南朝宋］裴駰集解，［唐］司馬貞索隱，［唐］張守節正義，郭逸、郭曼標點：《史記》，第 2465 頁。

⑤ 杜《注》："負函、繒關，皆楚也。"［晉］杜預注，［唐］孔穎達等正義：《春秋左傳正義》，第 4687 頁。

城》、卷三《繒關》《嘉慶重修一統志·南陽府》,方城山,又名"北武當山",俗稱"小頂山",位於今河南省南陽市方城縣獨樹鎮北 18 里;繒關,又名"大關口""仙翁關",在獨樹鎮大關口村,位於由中原地區進入南陽盆地東北部入口處。①

宋歐陽修《集古錄跋尾》卷一著錄有宋仁宗嘉祐四年(1059)陝西省韓城市傳世器韓城鼎(晉姜鼎),②郭沫若《兩周金文辭大系圖錄考釋》、唐蘭《西周銅器斷代中的康宮問題》認爲,此"曾"爲姜姓國,因南方多錫金,故與晉國同伐淮夷。③ 又,清鄒安《周金文存》卷三著錄傳世西周晚期器曾伯𩫏簠,④劉節《壽縣所出楚器考釋》認爲:"此在河南者,附庸於鄭之曾也。……曾之在鄭,以溠水得名。溠水出鄭縣西北平地,亦稱溱水,即《詩》所謂'溱'與'洧'者也。"⑤ 可見,金文曾伯𩫏簠等器所載,皆爲鄭地之曾,監臨位於淮水北岸的繁陽、淮夷之地。⑥ 直到兩周之際,此繒國尚存。當然,此"曾"肯定非東遷於河南新鄭之鄭的附庸國。

又,1981 年在山東省濰坊市臨朐縣嵩山鄉泉頭村古墓出土的兩周之際器上曾大子般殷鼎,⑦此器銘文在"曾"前冠以"上"字,自然是爲了將姒姓曾國與同時存在的其他曾國相區分。也就是説,在兩周之際同時有兩個以上的曾國並存,姜姓繒國即是其中之一。

可見,《左傳》之"繒",金文作"曾",其都邑故城位於今河南省南陽市方城縣獨樹鎮,與南申密邇並存,亦當與南申同時被楚所滅,時間大致爲楚文王二年至十年(前 688—前 680)之間。

(3) 光山姬姓之曾國

宋薛尚功《歷代鐘鼎彝器款識法帖》卷六著錄方城范氏藏北宋時今湖北省安陸市出土楚惠王(前 488—前 432)時器曾侯鐘(亦稱"楚王酓章鐘")兩件;1978

---

① 1981 年,河南省南陽地區文物隊與方城縣文化館聯合考察發現,在方城縣獨樹鎮中信莊村黃家門自然村東西兩側山坡上有楚國長城遺址,因明代在此置大關口,故名爲楚長城大關口遺址。説詳:賀金峰《"方城"是中國歷史上最早修築的長城》,《開封大學學報》2002 年第 3 期,第 1-7 頁。
② [宋] 歐陽修:《集古錄跋尾》,歷代碑誌叢書影印清槐廬叢書本,江蘇古籍出版社 1998 年版,第 1 冊,第 13 頁。
③ 郭沫若:《兩周金文辭大系圖錄考釋》(增訂本),科學出版社 2002 年版,第 397 頁;唐蘭:《西周銅器斷代中的康宮問題》,《考古學報》1962 年第 1 期,第 15-48 頁。
④ [清] 鄒安:《周金文存》,上海倉聖明智大學廣倉學宭藝術叢編,民國五年(1916)玻璃版影印本,第 120 頁。按:鄫湯,即南繁陽,亦即襄四年、定六年《左傳》之"繁陽",春秋時期楚地,在今河南省新蔡縣北,位於淮河中下游;北繁陽,即《史記·趙世家》之"繁陽",戰國時期魏地,在今安陽市內黃縣西北楚旺鎮,位於衛河北岸。又,吳其昌《金文疑年表下》考定此爲周宣王九年(前 819)器。詳見:吳其昌《金文曆朔疏證》,民國二十三年(1934)刻本,北京圖書館出版社 2004 影印版,第 653 頁。
⑤ 劉節:《古史考存》,人民出版社 1958 年版,第 122-124 頁。
⑥ 淮夷,即商周時期生活在黃淮、江淮一帶東夷部族之統稱。
⑦ 臨朐縣文化館等:《山東臨朐發現齊、鄣、曾諸國銅器》,《文物》1983 年第 12 期,第 1-6 頁。

年,隨州市隨縣擂鼓墩戰國初期曾國君主曾侯乙大墓出土楚王熊章鎛。① 據此三器銘文所記可知,楚惠王五十六年(前433),惠王熊章製作曾侯乙宗廟所用禮器,送往其都邑西陽(在今河南省信陽市光山縣西南)祭奠。②

郭沫若《兩周金文辭大系圖錄考釋》(132)著錄西周晚期傳世曾國銅器曾伯藜簠;1982—1983年,湖北省棗陽市吳店鎮趙湖村曹門灣出土有西周晚期器曾侯戈;1966年,湖北省荆門市京山縣坪壩鎮羅興村蘇家壟墓群發掘的兩周之際曾侯——曾仲斿父墓出土有曾侯壺、曾侯中子斿父鼎、曾中斿父豆、曾中斿父壺等;2008年,蘇家壟墓群M2又發掘出土兩周之際的曾國青銅簠、戈、轄、馬鑣與陶鬲等9件;1972年,湖北省棗陽市熊集區茶庵鄉段營村墓葬出土有西周晚期至春秋前期器曾子仲諆鼎。③ 此西周春秋之際的"曾伯""曾侯"之國,正是春秋戰國之際"曾侯乙"之國。

此曾國之春秋時期器物在湖北省、河南省多有出土。屬於春秋前期的有:1965年,武漢市橋口廢品倉庫中清理出的曾伯從寵鼎、曾伯父罍;1971年,南陽市新野縣城關鎮小西關村發掘曾國墓葬出土的曾子仲諆甗;1975年,隨州市隨縣環潭鎮涢陽鄉涢水西岸鱺魚嘴出土的曾子原簠、曾奉祖(彭祖)戈;1976年,隨縣萬店鎮塔兒灣周家崗出土的曾大保簠,④等等。屬於春秋中期的有:1979年,在湖北省隨州市隨縣城郊季氏梁春秋中期曾國墓葬出土的季怠戈(季怡戈)兩件,⑤等等;屬於春秋晚期的有:劉體智《小校經閣金石文字》卷四著錄1932年安徽省六安市壽縣朱家集李三堌堆楚幽王墓出土有兩件一對楚惠王二十六年(前463)器曾姬無卹壺(無匹壺);1937年前,襄陽市樊城區太平店鎮(原屬穀城縣)

---

① [宋]薛尚功:《歷代鐘鼎彝器款識法帖》,宋人著錄金文叢刊初編影印明崇禎六年(1633)朱謀垔刻本,中華書局1986年版,第27頁;譚維四、舒之梅:《隨縣擂鼓墩一號墓發掘的重要收穫》,《湖北日報》1978年10月3日第3版;隨縣擂鼓墩一號墓考古發掘隊:《湖北隨縣曾侯乙墓發掘簡報》,《文物》1979年7期,第1-24頁;裘錫圭:《談談隨縣曾侯乙墓的文字資料》,《文物》1979年第7期,第25-32頁。

② 參見:楊寬、錢林書《曾國之謎試探》,《復旦學報》1980年第3期,第84-88頁。又,杜棣生、杜漢華認爲,銘文之"曾侯乙",即《論語·泰伯》篇、《微子》篇及《史記·十二諸侯年表》之"師摯"、《樂記》之"師乙",夏商時期中原曾國後裔,初爲魯樂官,後奔楚。筆者此不取。詳見:杜棣生、杜漢華《曾侯乙身世考略(上)》,《襄樊職業技術學院學報》2002年第1期,第47-51頁;《曾侯乙身世考略(下)》,《襄樊職業技術學院學報》2002年第3期,第46-51頁。

③ 郭沫若:《兩周金文辭大系圖錄考釋》(增訂本),科學出版社2002年版,圖錄207,釋文第397頁;田海峰:《湖北棗陽縣又發現曾國銅器》,《江漢考古》1983年第3期,第101-105頁;湖北省博物館:《湖北京山發現曾國銅器》,《文物》1972年第2期,第47-53頁;田桂萍、段煉、熊學斌:《湖北省蘇家壟墓地M2發掘簡報》,《江漢考古》2011年第2期,第34-38頁;楊權喜:《湖北棗陽縣發現曾國墓葬》,《考古》1975年第4期,第222-225頁。按:此蘇家壟墓地,就在分佈於江漢平原中心的京山屈家嶺文化(約前3000—前2600)遺址附近。

④ 李學勤:《曾國之謎》,《光明日報》1978年10月4日;鄭傑祥:《河南新野發現的曾國銅器》,《文物》1973年第5期,第14-18頁;程欣人:《隨縣涢陽出土楚、曾、息青銅》,《江漢考古》1980年第1期,第97頁;王世振:《湖北隨縣發現商周青銅器》,《考古》1984年第6期,第510-514頁。

⑤ 隨縣博物館:《湖北隨縣城郊發現春秋墓葬和銅器》,《文物》1980年第1期,第34-38頁。

宋家閘出土的曾孟嬭諫盆,①等等。另外,具體年代未詳者有清鄒安《周金文存》卷三著録傳世器曾侯簠(叔姬簠、叔姬霝簠);1970—1972年,隨州市隨縣均川鎮熊家老灣出土有曾伯文簋、曾中大文螽(蝕)簠、曾伯大父簠、曾伯文罍,②等等。

可見,當時此"曾子""曾伯""曾侯"之國皆爲同一國家,其都邑建於黃河流域的河南省信陽市光山縣西南之西陽故城,並佔有溳水流域今湖北省隨州市、安陸市一帶。特別是據曾子原簋、季怠戈、叔姬簠、曾姬無卹壺等器銘文可證,此春秋戰國時期"曾侯""曾伯""曾子"之曾國,乃姬姓之國。

2011年,隨州市經濟開發區淅河鎮蔣家村葉家山周成王至穆王時期(約前1063—前922)曾侯家族墓地發掘出土青銅器達325件(套),74件有銘文。在M2、M27、M65出土的方鼎、元鼎、分檔鼎上皆鑄有"曾侯諫"或"曾侯"銘文。其中,年代在康昭之際(約前1026—前977)的M65曾侯諫墓,墓主使用七鼎四簋(少2簋),稱"太牢",③這說明"曾侯諫"爲周王所策命"用戒戎作,用遏蠻方"(《詩·大雅·抑》)之諸侯。④葉家山曾侯諫墓葬比蘇家壟曾侯墓葬要早200年左右,比擂鼓墩曾侯乙墓要早500餘年,則西周早期的"曾侯諫"當爲春秋戰國時期"曾侯""曾伯""曾子"之祖先。

(4) 新蔡之鄑國

襄元年《春秋》:"夏,晉韓厥帥師伐鄭,仲孫蔑會齊崔杼、曹人、邾人、杞人次于鄑。"《左傳》:"夏五月,晉韓厥、荀偃帥諸侯之師伐鄭,入其郛,敗其徒兵於洧上。於是東諸侯之師次于鄑,以待晉師。晉師自鄭以鄑之師侵楚焦、夷,及陳。"襄二年《左傳》載晉知武子(荀罃)曰:"鄑之會,吾子聞崔子(崔杼)之言,今不來矣。滕、薛、小邾之不至,皆齊故也。"⑤

謹按:據襄元年《春秋》杜《注》《春秋釋例·土地名三》《通典·州郡七》《春秋地名考略》卷六,此"鄑"乃鄭之鄑邑,在今河南省商丘市睢縣東南40里,位於柘城縣北。《史記·鄭世家》"鄭司城繒賀",當爲鄭之繒邑人氏。徐揚傑《關於曾國問題的一點看法》認爲:"這個鄑國不是曾國,而是鄑國。"⑥然筆者以爲,襄元

---

① 劉體智:《小校經閣金石文字》,民國二十四年(1935)廬江劉氏石印本,臺北大通書局1979年影印版,第796頁;杜乃松、單國強:《記各省市自治區徵集文物匯報展覽》,《文物》1978年第6期,第31頁。按:曾孟嬭諫盆,一說清末出土,1971年,襄陽劉叔遠捐贈,現藏湖北省襄樊市文物管理處。

② [清] 鄒安:《周金文存》,上海倉聖明智大學廣倉學宭藝術叢編,民國五年(1916)玻璃版影印本,第126頁;鄂兵:《湖北隨縣發現曾國銅器》,《文物》1973年第5期,第21—25頁。

③ 湖北省文物考古研究所、隨州市博物館:《湖北隨州葉家山M65發掘簡報》,《江漢考古》2011年第3期,第3—40頁;湖北省文物考古研究所、隨州市博物館:《湖北隨州葉家山西周墓地發掘簡報》,《文物》2011年第11期,第4—60頁;湖北省文物考古研究所、隨州市博物館:《湖北隨州市葉家山西周墓地》,《考古》2012年第7期,第31—52頁。

④ [漢] 毛亨傳,[漢] 鄭玄箋,[唐] 孔穎達等正義:《毛詩正義》,第1196頁。

⑤ 襄元年《春秋》杜《注》:"鄑,鄭地,在陳留襄邑縣東南。"[晉] 杜預注,[唐] 孔穎達等正義:《春秋左傳正義》,第4185—4186,4188頁。

⑥ 徐揚傑:《關於曾國問題的一點看法》,《江漢論壇》1979年第3期,第77頁。

年《左傳》謂"晉師自鄭以鄫之師侵楚焦、夷,及陳",①則"鄫"有其師,蓋必鄭之大邑;況且鄶(檜)國早在周平王二年(前769)時爲鄭武公滅之而遷鄭,②在197年之後,即周簡王十四年(前572)何以又有一個鄶(檜)國存在呢?顯然徐氏說不足取。

又,據傳世文獻與兩周之際金文資料綜合考知,此春秋中期鄭國之鄶邑,當與西周春秋時期新蔡之故繒國有關。羅振玉《三代吉金文存》卷十著錄春秋早中期曾伯䕏簠,③其銘之"繁湯",即襄四年《左傳》"春,楚師爲陳叛故,猶在繁陽"之"繁陽",④本爲曾國古都之名,故址在今河南省駐馬店市新蔡縣北70里,地處淮河流域洪汝河下游,位於淮水北岸,正爲居於汝、潁之間睢縣、臨潁之鄶南遷之地。此"曾伯䕏"之國族屬未詳,大致在春秋中期爲楚國滅之以爲邑。

綜上考述可知,兩周之際繒(鄶、曾)國有四:一爲嶧城姒姓之鄶,金文稱"上曾",帝顓頊高陽氏部落支族夏禹後裔之國,出於后相之孫、少康庶子烈曲(曲烈),子爵,周文王之妃、武王之母大姒之母家,故城遺址在今山東省棗莊市嶧城區東80里,位於今臨沂市蒼山縣下莊鎮西北32里處,春秋戰國之際爲齊之附庸;二爲方城姜姓之繒,金文作"曾",故城位於今河南省南陽市方城縣獨樹鎮;三爲光山姬姓之曾,金文亦作"曾",其都邑建於黄河流域的河南省信陽市光山縣西南之西陽故城,並佔有涢水流域今湖北省隨州市、安陸市一帶;四是新蔡之鄶,亦即汝潁之曾,或姒姓,都邑大致在今河南省駐馬店市新蔡縣北,地處淮河流域洪汝河下游,位於淮水北岸,居於汝、潁之間。⑤

2. 參加申、繒、西戎軍事聯盟伐周之"繒"

既然兩周之際有"嶧城姒姓之鄶""方城姜姓之繒""光山姬姓之曾"與"新蔡之鄶"四曾國,那麼,參加申、繒、西戎軍事聯盟伐周之"繒",何以爲曾國呢?先哲時賢主要有三說:

一爲"嶧城之繒"說。《國語·晉語一》韋《注》:"鄶,姒姓,禹後也。"《鄭語》韋《注》:"繒,姒姓,申之與國也。"⑥《史記·周本紀》張守節《正義》引李泰《括地

---

① [晉]杜預注,[唐]孔穎達等正義:《春秋左傳正義》,第4186頁。按:焦,即周初所封神農氏後裔之故焦國都邑,也即今安徽省亳州市譙城區;夷,一名"城父",即今譙城區城父鎮城父村。此二地春秋時期本皆爲陳邑,時屬楚。

② 說詳:邵炳軍《鄭武公滅檜年代補證》,《上海大學學報》2005年第1期,第31-35頁。

③ 羅振玉:《三代吉金文存》,第998頁。按:羅氏著錄曾伯䕏簠二器,行款各異,此據第一銘引。

④ 杜《注》:"繁陽,楚地,在汝南鮦陽縣南。"[晉]杜預注,[唐]孔穎達等正義:《春秋左傳正義》,第4192頁。

⑤ 參見:曾昭岷、李瑾《曾國和曾國銅器綜考》,《江漢考古》1980年第1期,第69-84頁。

⑥ [三國吳]韋昭注,上海師範大學古籍整理研究所校點:《國語》,第256、522頁。

志》:"繒縣在沂州承縣,古侯國,禹後。"司馬貞《索隱》:"繒,國名,夏同姓。"①

二爲"方城之繒"説。清高士奇《春秋地名考略》卷十四:"當是時,申伯初受改封之命,國于謝,在楚方城之内,度繒國必與之相近,故得偕舉兵。哀四年楚'致方城之外于繒關',豈其故墟乎?"②雷學淇《竹書紀年義證》卷二十七:"此繒關當是繒之故國,乃國于方城之内、與申接壤者,故《國語》以'申繒'連文,其遷嶧東,當在春秋之初。迨魯莊公時,楚滅申而守方城,此時繒已不在南土矣。"③蒙文通《古代民族移徙考》認爲:"繒關在裕州,今爲方城縣,地近蠻氏與申,此爲伐周之繒無疑。……(曾侯鐘)此臣屬於楚之曾侯,當即居於方城之繒。"④徐揚傑《關於曾國問題的一點看法》認爲:"'繒關'之'繒'即金文之'曾',並指出:"鄫與申、戎一起殺幽王、滅西周、立平王,是一個强國,有功於東周,其活動範圍及盟戰、姻親關係遍蹟於南陽盆地及隨棗平原,是很自然的。"⑤楊寬、錢林書《曾國之謎試探》認爲:"既然西周時代姬姓曾國的國都在後來楚國方城附近的繒關、繒丘一帶,那麽,在今河南新野發現西周、春秋之際的曾國銅器和文物,就可以理解了。這個曾國,毫無疑問,就是跟從申國一起招來西戎、把西周滅亡的國繒(繒國)或鄫國。"⑥于逢春《周平王東遷非避戎乃投戎辯》認爲:"依據《左傳》昭公四年:'周幽王爲太室之盟,戎狄叛之',此'戎狄叛'當指驪山之役,繒既然爲參加者,其亦當屬戎類,與《周本紀》所載周平王所辟之戎包括繒在内正合。其地望,據《左傳》哀公四年:'楚謀北方,致方城之外于繒關','繒關'在今河南方城縣,地近南陽,當爲跟隨申侯滅周之故繒國無疑。"⑦

三爲"光山之曾"説。湖北省博物館《湖北京山發現曾國銅器》:"申國,姓姜,都於謝,在今河南南陽。曾國必在其附近。如果這裏(指《國語·晉語一》)所講的曾不在申的附近,而在山東嶧縣或河南柘城縣北,勢難以與申、西戎會同伐周。"⑧鄭傑祥《河南新野發現的曾國銅器》:"文獻(指《國語·鄭語》)記載說明古申國地在今南陽、唐河地區。繒即曾國,爲'申之與國',是知南陽附近必然有個曾國。"⑨楊權喜《湖北棗陽縣發現曾國墓葬》:"根據《國語·晉語》……《國語·鄭語》……的記載,第一,說明西周時期申、西戎與繒應爲近鄰。而申一般認爲在

---

① [漢]司馬遷撰,[南朝宋]裴駰集解,[唐]司馬貞索隱,[唐]張守節正義,郭逸、郭曼標點:《史記》,第101頁。
② [清]高士奇:《春秋地名考略》,上海圖書館藏清康熙二十六年(1687)刻本。
③ [清]雷學淇:《竹書紀年義證》,第209頁。
④ 蒙文通:《古代民族移徙考》,《禹貢半月刊》1937年第6-7期合刊,第17頁。
⑤ 徐揚傑:《關於曾國問題的一點看法》,《江漢論壇》1979年第3期,第78頁。
⑥ 楊寬、錢林書:《曾國之謎試探》,《復旦學報》1980年第3期,第87頁。
⑦ 于逢春:《周平王東遷非避戎乃投戎辯》,《西北史地》1983年第4期,第54-60頁。
⑧ 湖北省博物館:《湖北京山發現曾國銅器》,《文物》1972年第2期,第50頁。
⑨ 鄭傑祥:《河南新野發現的曾國銅器》,《文物》1973年第5期,第18頁。

今河南南陽盆地……近年來四批曾器的出土,證明在申之南確實有個曾國的存在。"①徐中舒《西周史論述(下)》認爲:"申侯大怒,聯合繒與犬戎攻周,犬戎殺幽王於驪山下,於是西周就滅亡了(繒在銅器銘文裏稱曾侯,即春秋時的隨)。"②

謹按:"嶧城姒姓之繒"說,疑點主要有二:一是此"繒"見於《春秋》《左傳》爲魯僖公十四年(前646)以後,此前是否被分封爲諸侯,於史無徵;二是此"繒"遠在齊、魯交界,距宗周有數千里之遙,就當時交通條件與地域政治兩方面而言,位於宗周以西的"西申""西戎"與其結成軍事聯盟的可能性不大。

"方城姜姓之繒"說與"方城姬姓之繒"說,問題主要有五:一是其立論的前提是此"繒"與南陽之"申"相鄰,具備一起舉兵伐周之地緣條件,然南陽之"申"爲"南申",與《竹書紀年》所謂"西申"不合,則此地近南陽之"繒"即爲伐周之"繒"的論點就難以成立;二是據昭四年《左傳》載椒舉所言"戎狄叛"一語,就判定此"繒"當"屬戎類"未免突兀,況且椒舉之言將與"夏桀""商紂"和"周幽"異姓之方國通稱爲"夷戎",而"申姜"與"繒姜"皆非"姬周"之族類,且叛周者又有"西戎",故以"戎狄"泛言之,非謂繒爲"戎狄"之族;三是哀四年《左傳》的確有"致方城之外于繒關"之載,但畢竟爲春秋晚期事,且後世的確有"其故墟",銅器銘文亦記其事,至今有文化遺蹟留存,然此皆非此"繒"即伐周之"繒"之確證;四是《國語·晉語一》《鄭語》的確以"申、繒"連文,然此只可說明"申""繒"地域相鄰,未必證明與"申"相鄰之"繒"必定爲方城之"繒";五是認爲方城之"繒"春秋時期"遷嶧東",即嶧城之"繒"爲方城之"繒"北遷之國,亦爲猜度之詞。

至於"光山姬姓之曾"說,其立論前提亦與"方城姜姓之繒"或"姬姓之繒"說一樣,餘不詳論。

由此足見以上三說皆不確。筆者以爲,討論伐周之"繒"爲何"繒",值得注意的關鍵問題有四:

一是伐周之"繒"聚集地必須位於周之"西土",且與同居於"西土"之"申""西戎"地域相鄰或相近。昭二十六年《左傳》孔《疏》引《竹書紀年》謂"(伯盤)與幽王俱死于戲",③《史記·周本紀》謂"申侯怒,與繒、西夷犬戎攻幽王,……遂殺幽王驪山下",《秦本紀》謂"西戎犬戎與申侯伐周,殺幽王酈山下",④足見幽王從鎬京潰敗之後,一路向東逃竄了百餘里,至驪山戲水之畔被殺。這正說明"攻伐"幽王的勢力在鎬京以西,"攻伐"之師進軍鎬京的方向亦是自西向東。故此伐周之"繒"不可能是位於王畿"東土"的"嶧城之繒",也不可能是位於王畿"南土"的"方

---

① 楊權喜:《湖北棗陽縣發現曾國墓葬》,《考古》1975年第4期,第225頁。
② 徐中舒:《西周史論述(下)》,《四川大學學報》1979年第4期,第99頁。
③ [晉]杜預注,[唐]孔穎達等正義:《春秋左傳正義》,第4591頁。
④ [漢]司馬遷撰,[南朝宋]裴駰集解,[唐]司馬貞索隱,[唐]張守節正義,郭逸、郭曼標點:《史記》,第100、121頁。

城之繒"。

　　二是伐周之"繒"的經濟、政治、軍事實力比較強大。《國語·晉語一》載晉史蘇之言謂"申人、鄫人召西戎以伐周,周於是乎亡",《鄭語》載周太史伯之言謂"申、繒、西戎方強",①足見此"繒"勢力與"西申""西戎"一樣強大,故其纔有實力與"西申"一起"召西戎以伐周"。可見,"西申侯"之所以成爲伐周之師之盟主,因其爲廢太子宜臼之舅氏、具有比"繒"更大的政治利益使然,而非其比"繒"實力更爲強大。故蒙文通《古代民族移徙考》認爲:"於時申繒實強,主其事,而犬戎附之,滅周非獨犬戎之力也。"②

　　三是伐周之"繒"必定與"西申""西戎"有共同利益。《國語·鄭語》載周太史伯之言謂"若伐申,而繒與西戎會以伐周,周不守矣!繒與西戎方將德申",③此所謂"會以伐周"者,說明他們在伐周之前已然形成了一個利益共同體;此所謂"德申"者,說明"繒"與"西戎"將通過"伐周"以便將來從"西申侯"身上謀取更大利益。而這個利益鏈條的連接點則是廢太子宜臼。因爲"西申侯"雖貴爲太子舅氏,但作爲一個位於"西土"邊鄙之地的異姓諸侯,充其量可以施"賂"——致六畜五穀邑田而已,此乃小惠;而宜臼若繼立爲王,則可以分"封"——封土授民賜爵,此乃最大利益!

　　四是春秋以降伐周之"繒"之地望,當與平王東遷成周期間許多諸侯及其族群隨王東遷因素有關。平王將岐、豐王畿之地賜封於秦,似未作長治西土打算;儘管詩人對平王東遷時"棄其九族"(《詩·王風·葛藟》毛《序》)有所譏刺,④然其畢竟會將親信公卿與擁立自己爲"天王"時的諸侯方國一併東遷。如周邑,即今陝西省寶雞市岐山縣西北15里之故周城,本西周初期周公旦之采邑;召邑,即今岐山縣西南8里之故召亭,今名劉家原,本西周初期召公奭之采邑。平王東遷時"周公、召公別於東都受采,存本周、召之名"(《詩譜·周南召南譜》孔《疏》)。⑤以此類推,此伐周之"繒"在平王東遷以後會陟封大宗於"東土",或分封其小宗於"東土"爲諸侯,遷封後仍以"繒"名之。

　　據此可知,此伐周之"繒",肯定非成王時期已分封的"光山姬姓之曾",亦非西周晚期已分封的"方城姜姓之繒",祇能是與春秋時期方見於傳世文獻的"嶧城姒姓之繒"相關。那麼,伐周之"繒",當爲夏代延續下來的姒姓曾國後裔,很可能爲"嶧城之繒"的祖先,其地望必與"西申""西戎"相鄰,位於王畿以西地區。且

---

①　[三國吳] 韋昭注,上海師範大學古籍整理研究所校點:《國語》,第 255—256,519—522 頁。
②　蒙文通:《古代民族移徙考》,《禹貢半月刊》1937年第 6—7 期合刊,第 16 頁。
③　韋《注》:"言幽王無道,無與共守者。申德於二國,二國亦欲助正,徼其後福。"[三國吳] 韋昭注,上海師範大學古籍整理研究所校點:《國語》,第 519、522 頁。
④　鄭《箋》:"九族者,據己上至高祖、下及玄孫之親。"[漢] 毛亨傳,[漢] 鄭玄箋,[唐] 孔穎達等正義:《毛詩正義》,第 702 頁。
⑤　[漢] 毛亨傳,[漢] 鄭玄箋,[唐] 孔穎達等正義:《毛詩正義》,第 560 頁。

"嶧城之繒",或爲平王東遷以後陟封其大宗於"東土"者,或分封其小宗於"東土"者。湖北省文物考古研究所、隨州市博物館《湖北隨州葉家山 M65 發掘簡報》亦有類似推斷:姒姓曾國之地大致在西周中期穆王時期爲姬姓貴族所佔據,而姒姓曾國被迫遷出。姒姓曾國大致被分成兩支外遷:一支向東,進入今山東省境内,即春秋時期的嶧城之"鄫";一支西遷,即與西申、西戎等聯合伐周之"繒"。①

事實上,民族遷徙除了受氣候變化等自然環境因素影響之外,更多的是人爲因素,有經濟、政治、軍事等多種原因,或因部族戰爭情勢所致,或因方伯政治需要所致。如《國語·鄭語》載周史伯謂"祝融八姓"——己、董、彭、禿、妘、曹、斟、芈之後裔,至西周晚期時,"或在王室,或在夷、狄,莫之數也"。② 此"祝融八姓"氏族集團,原本聚集地在今河南省濮陽市一帶;後來,己姓蘇子(即溫子)在王室爲卿士,己姓莒国封於介根(在今山東省膠州市西南,後南遷於今日照市莒縣)爲諸侯,妘姓封於鄶(即今河南省新密市、新鄭市一帶)爲諸侯,妘姓偪陽(在今山東省棗莊市嶧城區南 50 里)在东夷爲諸侯,曹姓封於鄒(又稱邾,初都於今山東省曲阜市東南,後都於今鄒城市東南)爲諸侯,芈姓楚國南遷江漢流域爲諸侯。③ 當然,也有四夷之族内遷華夏之地,如僖二十二年《左傳》載允姓之戎居秦晉西北,秦晉遷之於伊川(即今河南省洛陽市陸渾縣);襄十四年《左傳》載允姓姜戎本居瓜州(即今甘肅省敦煌市),秦人迫其内遷於秦晉之間。可見,這些四夷之族,有的西周初期自王室之地遠徙於"西土"之裔爲"采、衛",有的西周晚期以降則又自"西土"之裔内遷於"中土"爲"夷、狄"。這説明伐周之"繒"東遷是一種極其正常的民族遷徙方式而已。故曾昭岷、李瑾《曾國和曾國銅器綜考》指出:"夏后之世,'曾'國在今内黄、陽穀之間曾經居住過……夏亡,曾人南遷,於是形成春秋早期還同時存在的三個曾國。(一)一路沿濟水而南,止於沂、泗之間(引者按:此指'嶧城之繒')。……(二) 其一,渡河,載徙於汝、潁之間(引者按:此指'新蔡之繒')。……其繼續南遷之地……在今河南新蔡北七十里。……(三) 南陽盆地附近的'曾'國。"④

民族遷徙自然會引起民族矛盾與異文化衝突甚至戰爭,但其必然結果是通過民族遷徙加速了民族融合的過程。如《詩·小雅·采薇》寫宣王時期姬周與獫狁(即殷商之"鬼方"、春秋之"北狄"、漢之"匈奴",屬於羌戎族系)之間不斷發生

---

① 湖北省文物考古研究所、隨州市博物館:《湖北隨州葉家山 M65 發掘簡報》,《江漢考古》2011 年第 3 期,第 3 - 40 頁。
② 韋《注》:"或,六姓之後。在王室,蘇子、溫子也。在夷狄,莒、偪陽也。"[三國吳] 韋昭注,上海師範大學古籍整理研究所校點:《國語》,第 511,514 頁。
③ 説詳:邵炳軍、楊秀禮《祝融、蚩尤、三苗種族概念關係發微》,《西南民族大學學報》2008 年第 9 期,第 36 - 48 頁。
④ 參見:曾昭岷、李瑾《曾國和曾國銅器綜考》,《江漢考古》1980 年第 1 期,第 71 - 75 頁。按:此論曾人屢次遷徙甚是,然謂南陽之"曾"亦爲姒姓之曾南遷於此者,筆者不取。

征戰;《出車》寫宣王命南仲往城朔方(北方,此指近玁狁之軍事要塞)以征伐"西戎""玁狁";《六月》寫玁狁自周地焦穫(一作"焦護",在今陝西省咸陽市涇陽縣西北,接於玁狁)侵鎬(近玁狁之邑,今地闕)及方(亦近玁狁之邑,今地闕)而至於涇陽(涇水北岸),又至於大原(在今甘肅省平涼市與寧夏回族自治區固原市交界處,今地闕),足見戰事慘烈。位於"西土"的姒姓繒國,陞封或分封到"東土",建立新的領地,自然免不了一場腥風血雨,祇不過傳世文獻没有記載而已。

又,宣十八年《左傳》:"春,晉侯、衛大子臧伐齊,至于陽穀。齊侯會晉侯盟于繒,以公子彊爲質于晉。"①此"陽穀"古城在今山東省聊城市陽穀縣北30里,位於"繒"以北約200里,正合《左傳》所記晉侯先東"至于陽穀"而後南"盟于繒"之叙。而此"繒"正爲西周中期自王畿之地遷於"東土"之姒姓曾國支族。那麽,與"西申""西戎"聯合伐周之"繒",當爲自王畿之地遷於"西土"之姒姓曾國之族。正是因爲"繒"與"西申""西戎"皆居於"西土"之地,他們具有組成軍事聯盟之地緣政治優勢,使其聯合伐周成爲一種現實可能;也正是因爲其伐幽王之功,纔得以在"東土"受封爲諸侯。

四、西申侯在"二王並立"形成過程中的主導作用

劉光華《秦襄公述論》認爲:"申后的父親申侯勾結犬戎,進攻幽王,其目的是企圖用武力教訓幽王,以恢復申后和太子的地位,但他萬萬没有料到引來的犬戎,却把幽王給殺了;而犬戎被引誘進攻西周,也不是要取而代之,而是爲了掠奪。"②董惠民《略談平王東遷的主要原因——兼與于逢春同志商榷》力主此説。③劉氏之説僅憑《史記·秦本紀》所紀立論,而忽略了《竹書紀年》所載史實,故不免失之偏頗;董氏雖亦引述《竹書紀年》所載史實,依然因循劉氏之説。

筆者以爲,擁立廢太子宜臼爲"天王"者,是以"西申侯"爲首,有許文公、繒侯、西戎等參加的政治聯盟;使幽王身首異處而覆滅西周者,是以"西申侯"爲首,有繒侯、西戎諸王參加的軍事聯盟。可見,在兩周之際的這場政治博弈遊戲中,"西申侯"爲主角,許文公、曾侯、西戎諸王爲配角,而廢太子宜臼祇不過是該政治聯盟手裏的一件道具而已。

1. 組成軍事聯盟的政治文化背景

《國語·鄭語》載周太史伯謂鄭桓公曰:"申、鄫、西戎方彊,王室方騷,將以縱

---

① [晉]杜預注,[唐]孔穎達等正義:《春秋左傳正義》,第4102頁。
② 劉光華:《秦襄公述論》,《蘭州大學學報》1982年第1期,第3頁。
③ 董惠民:《略談平王東遷的主要原因——兼與于逢春同志商榷》,《湖州師專學報》1987年第2期,第114頁。

欲,不亦難乎?"①《詩·秦風·小戎》毛《序》:"《小戎》,美襄公也,備其兵甲以討西戎;西戎方彊,而征伐不休。"②《史記·秦本紀》:"西戎犬戎與申侯伐周,殺幽王酈山下。而秦襄公將兵救周,戰甚力,有功。周避犬戎難,東徙雒邑,襄公以兵送周平王。平王封襄公爲諸侯,賜之岐以西之地。曰:'戎無道,侵奪我岐、豐之地,秦能攻逐戎,即有其地。'與誓,封爵之。"③可見,秦襄公助王室東遷有功,平王封其爲諸侯,並讓他"索疆於戎",故襄公"備其兵甲以討西戎";而"西戎方彊",使得襄公"征伐不休"。這一切都説明,兩周之際"西戎"的軍事實力是相當强大的,故"西申侯"聯合的一支重要力量自然就是"西戎王"。

當然,"西申"與"西戎"的聯合,不僅是由於同處於"西土"之地,亦即不僅僅是一種地緣政治的組合體,而是具有更深層次的原因。《國語·周語上》:"(周宣王)三十九年,戰于千畝,王師敗績于姜氏之戎。"④《後漢書·西羌傳》引《竹書紀年》:"明年(周宣王三十九年),王征申戎,破之。"⑤《鄭語》載周太史伯謂鄭桓公曰:"若伐申,而繒與西戎會以伐周,周不守矣!繒與西戎方將德申,申、呂方彊,其隩愛太子亦必可知也,王師若在,其救之亦必然矣。"⑥那麽,"繒與西戎"何以"方將德申"而"黨於申"呢?我們可從今本《竹書紀年》所載史實中去求解:周幽王九年(前773),"申侯聘西戎及鄫"。"西申侯"以宣王元舅、平王母家之尊,去向西戎王及鄫侯行聘問之禮,足見其對西戎及鄫國的重視,亦見其關係之密切。

蒙文通《古代民族移徙考》指出:"允姓之戎爲獫允。允姓之戎西遷爲塞王,則周之獫允爲塞種之禍也。……斯則獫狁可考見者有三國。塞種之來蓋並鬼方犬戎而屬之,故隗姓之赤狄亦號獫狁;亦並姜氏之戎而屬之。於後陸渾允姓之戎既至伊雒,亦並先至之揚、拒、泉、皋之犬戎而屬之。陸渾之戎亦有姜氏,而晉滅之陸渾子則爲允氏,亦以塞種之最強,能並犬戎姜戎而屬之,先後一也。"⑦可見,"申侯聘西戎"的這種密切關係的形成,其中固然有許多因素,但在依然注重族源與血緣關係的兩周之際,同屬羌戎集團支族的西申與西戎,其相同的族屬,使得他們有着更爲相似的文化傳統。這種同一族群的"文化認同(cultrual identity)"——即用祖先、宗教、語言、歷史、價值、習俗、體制來界定自己的文化

---

① [三國吴] 韋昭注,上海師範大學古籍整理研究所校點:《國語》,第519頁。
② [漢] 毛亨傳,[漢] 鄭玄箋,[唐] 孔穎達等正義:《毛詩正義》,第786頁。
③ [漢] 司馬遷撰,[南朝宋] 裴駰集解,[唐] 司馬貞索隱,[唐] 張守節正義,郭逸、郭曼標點:《史記》,第121頁。
④ [三國吴] 韋昭注,上海師範大學古籍整理研究所校點:《國語》,第22頁。
⑤ [南朝宋] 范曄撰,[唐] 李賢等注,宋雲彬等點校:《後漢書》,第2872頁。按:《竹書紀年》之"申戎",即《國語·周語上》之"姜氏之戎",亦即《史記·秦本紀》之"申侯"先祖。説參:蒙文通《古代民族移徙考》,《禹貢半月刊》1937年第7卷第6—7期合刊,第13—36頁。
⑥ 韋《注》:"隩,隱也。""(王師若在)在於申。"[三國吴] 韋昭注,上海師範大學古籍整理研究所校點:《國語》,第519、522—523頁。
⑦ 蒙文通:《古代民族移徙考》,《禹貢半月刊》1937年第7卷第6—7期合刊,第20頁。

認同,使得這一族群具有一種肯定的文化價值判斷,並以某種象徵物作爲標誌來表示。這種對文化價值的認同,足以增強一個民族國家的凝聚力,足以瓦解另一個民族國家的政治制度。正是由於具有同質文化淵源,"西申侯"纔具有"修德"於"西戎王"及鄫侯的思想前提,"西戎王"及鄫侯纔能"德申"而"黨于申",他們自然是很樂意幫助"西申國"的。

正是由於西申、鄫國、西戎具有相似的文化傳統和友好交往這一前提與基礎,使他們在政治上具有共同的利益,從而很容易地結合起來——揭竿而起、共同反對幽王。西申侯雖然與幽王亦"沾親帶故",但幽王因"廢申后"而"黜太子",自然嚴重損害到"西申侯"的政治利益,這種"和睦"局面終於被以"西申"爲主的三國聯軍徹底打破了。

2."西申侯"在軍事聯盟中起主導作用

姜申與姬周兩族世爲婚姻,因這種親緣關係而歸於周。所以,在孝王以前既與周爲盟而"保西陲",與西陲諸戎和睦相處;在孝王時期(約前 884—前 870),"申、駱重婚,西戎皆服,所以爲王"(《史記·秦本紀》)。① 降及幽王時期(約前 781—前 771),"西申"的勢力有增無減:一方面,"西申侯"之女爲周幽王后,加強了"西申"對周王室的政治影響力;另一方面,"西申侯"與鄫人、戎族的關係更加密切。幽王和伯服被殺,雖有鄫人與戎人參與其間,但始作俑者與主謀則是"西申侯"。

正因爲如此,"西申侯"纔成爲太子宜臼在政治上的堅強後盾;也正因爲如此,太子宜臼在被廢後出奔於"西申";也正因爲如此,建立軍事聯盟纔成爲可能、纔成爲現實、纔成爲順理成章之事。《國語·鄭語》載周太史伯謂鄭桓公曰:"王欲殺太子以成伯服,必求之申,申人弗畀,必伐之。"② 當時"申人"之所以敢於"弗畀"廢太子宜臼,正是"西申侯"具有與幽王相抗衡的實力表現;否則,宜臼被廢後自然不敢奔"西申",而"西申侯"自然不敢"弗畀"宜臼了。

總之,正是由於"西申侯"具有長期經營西陲的政治基礎、具有與周王室世爲婚姻的政治地位、具有強大的軍事實力,纔敢於爲維護自己的政治利益而僭立天王宜臼,纔敢於爲反抗王師的討伐而與鄫國和西戎部落組成軍事聯盟,纔能在這一軍事聯盟中起主導作用。當然,姬周王室由成康盛世到夷厲之衰,至幽王時

---

① 張守節《正義》:"言申、駱重婚,西戎皆從,所以得爲王。王即孝王。"[漢]司馬遷撰,[南朝宋]裴駰集解,[唐]司馬貞索隱,[唐]張守節正義,郭逸、郭曼標點:《史記》,第 120 頁。按:通觀全文,此實指"西申"爲西陲諸戎之王,亦即"方伯",與周文王爲商之"西伯"相類。

② 韋《注》:"太子將奔申。""畀,予也。"[三國吳]韋昭注,上海師範大學古籍整理研究所校點:《國語》,第 519、522 頁。

期,"社會的階級矛盾和民族矛盾都空前激化,王室已經完全喪失了統治能力",①幽王身首異處而宗周覆亡是一種歷史的必然。但是,這種歷史的必然性,往往又由許許多多具有偶然性的歷史事件所加速。如果説"赫赫宗周,褒姒威之"(《詩・小雅・正月》)②——"女禍"爲西周覆亡的導火綫的話;那麽,由此引發的幽王廢后黜嫡的王位繼承權之爭,便成爲西周覆亡的催化劑,而以"西申侯"爲主導所組成的軍事聯盟則成了幽王的真正掘墓人。③

---

① 金景芳:《中國奴隸社會史》,上海人民出版社1983年版,第169頁。
② 毛《傳》:"宗周,鎬京也。褒,國也;姒,姓也。威,滅也。有褒國之女,幽王惑焉,而以爲后。詩人知其必滅周也。"[漢]毛亨傳,[漢]鄭玄箋,[唐]孔穎達等正義:《毛詩正義》,第950頁。
③ 詳見:邵炳軍《周平王奔西申與擁立周平王之申侯》,《貴州文史叢刊》2001年第1期,第11-19頁。

第二章
周大夫家父與他的《節南山》

驪山戲水之難,幽王身首異處,標誌着西周王室的歷史終結,開啓了天王宜臼與攜王余臣"二王並立"的特殊政治格局,拉開了我國春秋史悲壯的帷幕。史官用記史方式"實録"了這一歷史性劇變,啓迪後人知古而鑒今;詩人則以藝術筆觸"再現"了這一歷史性劇變,反思歷史以警策後人。周大夫家父的《節南山》就是其中的代表作之一。

第一節 周大夫家父所處的時代及其職掌發微

《詩·小雅·節南山》之卒章曰:"家父作誦,以究王訩。"①據此可知此詩署名作者爲家父。那麽,家父爲誰?他生活在哪個時代?前人衆説紛紜;其職掌如何?前人皆未涉及。而弄清這些問題,是考定《節南山》具體創作年代的關鍵。

一、家父是歷仕幽王、平王兩代之元老重臣

1. 家父所處年代諸説辨析

關於家父所處年代,先哲時賢主要有以下七説:

一爲"闕疑"説。《孔叢子·記義》篇引孔子曰:"於《節》,見忠臣之憂世也。"②上博簡《詩論》第八簡:"《雨亡(無)政(正)》《即(節)南山》,皆言上之衰也,

---

① [漢]毛亨傳,[漢]鄭玄箋,[唐]孔穎達等正義:《毛詩正義》,第946頁。
② 舊題[周]孔鮒撰:《孔叢子》,續修四庫全書影印宋刻本,子部第932冊,上海古籍出版社2002年版,第710頁。按:《朱子全書》卷58以爲"《孔叢子》乃其所注之人僞作",故疑其爲東漢人作品。筆者以爲,今本《孔叢子》必有孔鮒後人續作或後世注家摻雜文字,其基本文獻依然爲孔鮒之舊。説參:[元]馬端臨《文獻通考·經籍考三十六》。

王公恥之。"①宋朱熹《詩集傳》卷十一:"《序》以此爲幽王之詩。而《春秋·桓十五年》,有家父來聘,於周爲桓王之世,上距幽王之終已七十五年,不知其人之同異。大抵《序》之時世皆不足信,今姑闕焉可也。"②

二爲"幽王之世(前781—前771)"説。毛《序》:"《節南山》,家父刺幽王也。"③元許謙《詩集傳名物鈔》卷五説大同。

三爲"平王之世(前770—前720)"説。《節南山》孔《疏》:"韋昭以爲平王時作。"④元劉瑾《詩集傳通釋》卷十一、明梁寅《詩演義》卷十一、清傅恒等《御纂詩義折中》卷十二、李光地《詩所》卷四説大同。

四爲"平桓之世(前770—前697)"説。《節南山》孔《疏》:"作在平、桓之世,而上刺幽王。"⑤

五爲"桓王之世(前719—前697)"説。宋歐陽修《詩本義》卷七:"作《詩序》者見其卒章有'家父作誦'之言,遂以爲此詩家父所作,此其失也。……按:《春秋·桓十五年》'天王使家父來求車',距幽王卒之年至桓王卒之年七十五歲矣。然則幽王之時所謂'家父'者,不知爲何人也。説者遂謂幽王之時有兩家父,又曰父子皆字家父,此尤爲曲説也。或云乃'求車'之家父爾,至平王時始作詩也,此亦不通。要在失於以家父作此詩,遂至衆説之乖繆也。且追思前王之美以刺今,《詩》多矣;若追刺前王之惡則未之有也。"⑥明何楷《詩經世本古義》卷二十:"又據《春秋》書桓八年,'天王使家父來聘。'魯桓公八年,乃桓王之十六年。則此詩所云'尹氏''家父',其皆爲桓王時人明矣。""若'家父'之見于《詩》《春秋》,不止一人,則以《左傳》載尹氏之伐翼、家父之聘魯,同在桓王之世,此其最足徵者也。"⑦季本《詩説解頤·正釋》卷十八説大同,僞《子貢詩傳》、僞《申培詩説》亦同。⑧ 陸侃如、馮沅君《中國詩史》申之曰:"所以詩中家父當假定爲桓王時人,作

---

① 馬承源主編:《上海博物館藏戰國楚竹書》,上海古籍出版社2001年版,第1册,第136頁。按:《節南山》,昭二年《左傳》《孔叢子·記義》皆作《節》,三家詩皆以《節》標目,《詩論》作《即南山》。從字形、字義、語法和《韓詩》旁證等方面加以考證,該詩爲"即南山"較妥,"即"爲臨近之意。説參:王志軒《上博楚竹書〈詩論〉第八簡"即"字考辨》,《古籍整理研究學刊》2006年第5期,第85-87頁。
② [宋]朱熹撰,夏祖堯點校:《詩集傳》,第147頁。
③ [漢]毛亨傳,[漢]鄭玄箋,[唐]孔穎達等正義:《毛詩正義》,第943頁。按:[宋]朱熹《詩序辨説》無説。
④⑤ [漢]毛亨傳,[漢]鄭玄箋,[唐]孔穎達等正義:《毛詩正義》,第943頁。
⑥ [宋]歐陽修:《詩本義》,四部叢刊三編影印宋刻本,上海書店1985年版,卷7,第5-6頁。
⑦ [明]何楷撰,李士彪、張丹丹校點:《詩經世本古義》,第1166、1174頁。
⑧ 關於傳世《子貢詩傳》《申培詩説》之僞,[清]毛奇齡《詩傳詩説駁義》詳辨之。紀昀等認爲:"《詩傳》一卷,舊本題曰子貢撰,實明豐坊所作。……《詩説》一卷,舊本題曰申培撰,亦明豐坊僞作也。"余嘉錫認爲:"《詩説》別出一人之手,其人蓋即文禄也。"[清]紀昀、陸錫熊、孫士毅等撰,盧光明等整理:《欽定四庫全書總目》,中華書局1997年整理本,第218頁;余嘉錫《四庫提要辨證》,中華書局1980年重排本,第46-47頁。按:筆者以爲,儘管傳世《子貢詩傳》爲豐坊僞作,《申培詩説》爲王文禄僞作,然此二書畢竟爲明代作僞者的學術觀點,且明清二代學者多稱引之,足見當時具有一定影響。故此仍輯其説列入諸家之言。

詩當在前 700 年左右。"①

六爲"共和元年(前 841)之後"說。宋戴溪《續呂氏家塾讀詩記》卷二："昔厲王監謗,以至大亂,國命幾絕。上亦何用於此,今不監矣。"②

七爲"宣王之世(前 827—前 782)"說。清梁玉繩《人表考》卷四"嘉父"條："家父始見《詩·節南山篇》。家氏,父字。周大夫。案:'嘉''家'古通,《儀禮·士冠禮》注作'嘉甫'。"③

謹按:歐陽氏《詩本義》認爲《節南山》非家父所作,但爲桓王時作品;而何氏《詩經世本古義》、季氏《詩說解頤》則斷定家父爲桓王時人。筆者以爲,家父爲桓王時人之說的主要根據是桓八年、桓十五年《春秋》所載"家父"之事;然《節南山》孔《疏》早已注意到,此兩"家父"雖與《節南山》之"家父"同名而非同一人,並列舉大量例證說明:"古人以父爲字,或累世同之。"④如文十一年《左傳》有"富父終甥",哀三年《左傳》有"富父槐";襄十四年、二十五年《左傳》有"吳子諸樊",其從子亦名"諸樊"。又如鄭有二"子孔"(穆公之子公子志、公子嘉皆字子孔),晉有兩"士匄"(宣子、文伯),衛、宋俱有"公孫朝",鄭、衛俱有"公孫揮",等等。事實上,除《春秋》之"家父"外,《左傳》中亦有三"家父":一爲桓王三年(前 717)"翼九宗五正頃父之子嘉父逆晉侯于隨,納諸鄂,晉人謂之鄂侯"(隱六年《左傳》)之"嘉父",爲晉大夫;⑤二爲靈王三年(前 569)"無終子嘉父使孟樂如晉,因魏莊子納虎豹之皮,以請和諸戎"(襄四年《左傳》)之"嘉父",爲山戎國君;三爲靈王二十年(前 552)"秋,欒盈出奔楚,宣子殺箕遺、黃淵、嘉父、司空靖、邴豫、董叔、邴師、申書、羊舌虎、叔羆,囚伯華、叔向、籍偃"(襄二十一年《左傳》)之"嘉父",爲晉欒盈之黨。⑥ 在上古漢語中,"家""嘉"同音假借,蓋"家父"亦曰"嘉父",但肯定不會是一人。可見,歐陽修等人以《節南山》一詩作者家父爲周桓王時人的說法是難以成立的。

又,桓八年《春秋》:"(春)天王使家父來聘。"桓十五年《春秋》:"春二月,天王

---

① 陸侃如、馮沅君:《中國詩史》,山東大學出版社 1996 年版,第 35 頁。
② [宋]戴溪:《續呂氏家塾讀詩記》,第 52 頁。按:周厲王十四年(前 842),國人暴動,流王於彘(本武王母弟霍叔處所封霍國之都名,晉獻公十六年滅之以爲邑,地即今山西省霍州市南之故彘城);次年(前 841),共伯和(衛武公)攝政稱王,史稱"共和行政"。事見:《國語·周語上》、昭二十六年《左傳》《經典釋文·莊子音義下》引《竹書紀年》《五帝本紀》、司馬貞《索隱》引《竹書紀年》《史記·十二諸侯年表》《周本紀》《衛康叔世家》。
③ [清]梁玉繩撰,吳樹平等點校:《人表考》,見《史記漢書諸表訂補十種》,第 630 頁。
④ [漢]毛亨傳,[漢]鄭玄箋,[唐]孔穎達等正義:《毛詩正義》,第 943 頁。
⑤ 春秋時期晉之別邑鄂,在今山西省臨汾市鄉寧縣南 1 里。晉鄂侯郤六年(前 718),嘉父將出奔於隋邑的鄂侯郤迎立於鄂,故稱"晉鄂侯",鄂遂爲晉之臨時都邑。2000 年,在位於鄂河北岸的鄉寧縣昌寧鎮大石頭村嘉父山,發掘出春秋中期(前 650 以後)嘉父後裔墓葬;2009 年,在縣城附件的南閣村、溫泉村一帶的黃土臺地之上,發現了鄂侯壘。參見:張新智、閻金鑄《嘉父山墓地發掘收穫》,《文物世界》2009 年第 6 期,第 3-9 頁。
⑥ [晉]杜預注,[唐]孔穎達等正義:《春秋左傳正義》,第 3759、4195、4279 頁。

使家父來求車。"《左傳》:"春,天王使家父來求車,非禮也。諸侯不貢車服,天子不私求財。"①可見,朱《傳》所據乃桓八年《春秋》文,而非桓十五年《春秋》文,此朱氏失考者。又,清翟云升《校正古今人表》卷四:"嘉父,頃父子,見《左傳》隱六年,當在春秋時,或曰即《詩》作誦之家父。家作嘉,同音藉用也。"②《漢書·古今人表》有"嘉父",將其次於周宣王時。③翟氏據隱六年《左傳》"翼九宗五正頃父之子嘉父"一語而疑三家詩之説。

足見以上諸説皆不確。筆者以爲將"幽王"説與"平王"説合而觀之,則可。

2. 從家父有"優老之稱"證其爲歷仕幽、平二王之元老重臣

漢蔡邕《蔡中郎集·朱公叔諡議》:

> 周有仲山甫、伯陽、嘉父,優老之稱也。④

謹按:《詩·小雅·采芑》之卒章曰:"方叔元老,克壯其猶。"⑤隱四年《左傳》載衛石碏使告於陳曰:"衛國褊小,老夫耄矣,無能爲也……"僖二十七年《左傳》:"國老皆賀子文。"襄二十九年《左傳》載晉女叔侯(女齊)曰:"……且先君而有知也,毋寧夫人,而焉用老臣?"昭十三年《左傳》載周劉獻公(劉摯)曰:"……天子之老請帥王賦,'元戎十乘,以先啓行。'遲速唯君。"哀十一年《左傳》載魯哀公使冉有謂仲尼曰:"子爲國老,待子而行,若之何子之不言也?"⑥《禮記·曲禮上》:"七十曰老,而傳。……大夫七十而致事。……自稱曰老夫,於其國則稱名。"《曲禮下》:"五官之長曰伯,是職方。……自稱於諸侯,曰'天子之老',於外曰'公',於其國曰'君'。"《王制》:"凡養老……七十養於學,達於諸侯。……七十貳膳……七十時制……七十非帛不暖……七十杖於國……七十不俟朝……七十不與賓客之事……七十致政唯衰麻爲喪。"⑦《內則》《祭義》説大同。《論語·爲政》:"子

---

① 〔晉〕杜預注,〔唐〕孔穎達等正義:《春秋左傳正義》,第 3807、3815 頁。
② 〔清〕翟云升撰,吳樹平等據五經歲徧齋本點校:《校正古今人表》,見《史記漢書諸表訂補十種》,第 993 頁。
③ 〔漢〕班固撰,〔唐〕顏師古注,傅東華等點校:《漢書》,第 921 頁。
④ 〔漢〕蔡邕:《蔡中郎集》,四部備要排印清光緒十六年(1890)聊城楊以增海源閣刊復宋本,中華書局 1989 年版,第 22—23 頁。
⑤ 毛《傳》:"元,大也。五官之長出於諸侯,曰'天子之老'。"〔漢〕毛亨傳,〔漢〕鄭玄箋,〔唐〕孔穎達等正義:《毛詩正義》,第 912 頁。
⑥ 隱四年《左傳》杜《注》:"八十曰耄。"僖二十七年《左傳》孔《疏》:"國老者,國之卿、大夫、士之致仕者也。"昭十三年《左傳》杜《注》:"天子大夫稱老。"〔晉〕杜預注,〔唐〕孔穎達等正義:《春秋左傳正義》,第 3746、3955、4355、4498、4707 頁。按:據僖二十七年《左傳》孔《疏》,孔子時年 68 歲,且原仕於公室爲大夫,故魯哀公尊稱之爲"國老"。
⑦ 〔漢〕鄭玄注,〔唐〕孔穎達等正義:《禮記正義》,第 2665—2666、2738、2912—2913 頁。

曰:'……七十而從心所欲,不踰矩。'"①《爾雅·釋詁上》:"黄髪、齯齒、鮐背、耇、老,壽也。"《釋言》:"耋,老也。"②《説文·老部》:"老,考也。七十曰老。從人毛匕。言鬚髪變白也。"③可見,他稱"老""天子之老""元老""國老"者,自稱"老夫""老臣"者,年壽皆須在 70 歲以上,故周之嘉禮就形成了"養老之禮"與"優老之禮"。則蔡氏《朱公叔謚議》稱仲山甫、伯陽、嘉父三人爲"優老"者,其皆當爲德高望重、歷仕數朝之元老重臣。下面,我們通過具體分析蔡氏《朱公叔謚議》稱仲山甫伯陽爲"優老"之因,來推斷嘉父所處之年代。

首先看看稱仲山甫爲"優老"之因。仲山甫對外乃鎮撫東方之伯,對內乃補天子過失之臣,除具有剛柔相兼的性格外,當於其資望有關。《國語·周語上》:

> 魯武公以括與戲見王,王立戲。樊仲山父諫曰:"不可立也!不順必犯,犯王命必誅,故出令不可不順也。令之不行,政之不立;行而不順,民將棄上。夫下事上,少事長,所以爲順也。今天子立諸侯而建其少,是教逆也。若魯從之而諸侯效之,王命將有所壅,若不從而誅之,是自誅王命也。是事也,誅亦失,不誅亦失,天子其圖之!"王卒立之。魯侯歸而卒,及魯人殺懿公而立伯御。……三十二年春,宣王伐魯,立孝公,諸侯從是而不睦。宣王欲得國子之能導訓諸侯者,樊穆仲曰:"魯侯孝。"王曰:"何以知之?"對曰:"肅恭明神而敬事耇老;賦事行刑,必問於遺訓而諮於故實;不干所問,不犯所諮。"王曰:"然則能訓治其民矣。"乃命魯孝公於夷宮。宣王既喪南國之師,乃料民於太原。仲山父諫曰:"民不可料也!……無故而料民,天之所惡也,害於政而妨於後嗣。"④

《國語·晉語四》載倉葛曰:

> 陽人有夏、商之嗣典,有周室之師旅,樊仲之官守焉,其非官守,則皆王之父兄甥舅也。君定王室而殘其姻族,民將焉放?⑤

---

① [魏] 何晏等注,[宋] 邢昺疏:《論語注疏》,第 5346 頁。
② 郭《注》:"黄髪,髪落更生黄者;齯齒,齒墜更生細者;鮐背,背皮如鮐魚;耇,猶耆也。皆壽考之通稱。……八十爲耋。"[晉] 郭璞注,[宋] 邢昺疏:《爾雅注疏》,第 5586、5619 頁。
③ [漢] 許慎撰,[清] 段玉裁注:《説文解字注》,第 398 頁。
④ 韋《注》:"仲山父,王卿士,食采於樊。""武公,伯禽之玄孫,獻公之子武公敖也。括,武公長子伯御也。戲,括弟懿公也。""孝公,懿公之弟稱也。""穆仲,仲山父之謚,猶魯叔孫穆子謂之穆叔。"[三國吳] 韋昭注,上海師範大學古籍整理研究所校點:《國語》,第 22—25 頁。按:《史記·魯周公世家》並載此事而較略。
⑤ 韋《注》:"倉葛,陽樊人。""樊仲,宣王臣仲山甫,食采於樊。"[三國吳] 韋昭注,上海師範大學古籍整理研究所校點:《國語》,第 375 頁。

謹按:《國語》之"樊仲山父""樊穆仲""仲山父""樊仲",即《詩·大雅·烝民》之"仲山甫"。其首章曰:"天監有周,昭假于下。保茲天子,生仲山甫。"次章曰:"仲山甫之德,柔嘉維則。"三章曰:"王命仲山甫,式是百辟。"四章曰:"肅肅王命,仲山甫將之。邦國若否,仲山甫明之。"五章曰:"維仲山甫,柔亦不茹,剛亦不吐。"六章曰:"我儀圖之,維仲山甫舉之。愛莫助之。袞職有闕,維仲山甫補之。"七章曰:"仲山甫出祖,四牡業業。……王命仲山甫,城彼東方。"卒章曰:"仲山甫徂齊,式遄其歸。……仲山甫永懷,以慰其心。"①今本《竹書紀年》:"(周宣王七年)王命樊侯仲山甫城齊。"②則此人氏樊,謚穆仲,名山,字父(同"甫"),爵侯,以諸侯入爲王室卿士,乃宣王中興之臣。

又,樊氏族屬有四:一爲子姓樊氏,屬周成王封衛康叔"殷民六族"舊姓之一,見定四年《左傳》及《潛夫論·志氏姓》《元和姓纂·上平聲·二十二元》;二爲姬姓樊氏,出於周太王虞仲支孫,見《國語·周語上》《晉語四》及《隸釋》卷一載漢永康元年(167)濟陰太守孟郁修《堯廟碑》《急就篇》卷一顏《注》《元和姓纂·上平聲·二十二元》《路史·後紀九》;三爲巴人樊氏,出於武落鍾離山(又名"佷山",在今湖北省宜昌市長陽土家族自治縣縣城龍舟坪西南60里處,位於清江流域),見《太平御覽》卷三十七、六百七十九並引《世本》《後漢書·南蠻西南夷傳》;四爲慶姓樊氏,爲太古之姓,見《潛夫論·志氏姓》。今考《漢書·杜周傳》載杜欽《說王鳳就位》,謂"仲山父異姓之臣,無親於宣,就封於齊",③則以仲山父非周太王虞仲支孫姬姓樊氏,《漢書·杜周傳》顏《注》引漢鄧展《漢書注》、晉晉灼《漢書集注》皆駁其謬,故筆者此不取杜氏《說王鳳就位》說。則仲山父爲周太王虞仲支孫姬姓樊氏。

又,關於仲山甫所封樊之地望,先哲時賢主要有四說:一爲"河內之樊"說,即隱十一年、莊二十九年及三十年《左傳》之"樊",亦即僖二十五年、成十一年《左傳》《國語·周語中》《晉語四》之"陽樊",亦即《晉語四》之"陽",地即今河南省濟源市東南38里之古陽城,一名"皮子城",又名"曲陽城",屬周之南陽地。此"樊"本周武王司寇蘇忿生封地,周宣王時陟封於仲山甫;大致西周時期本名"樊",春秋時期以其在太行之南、黄河之北,故又稱"陽樊",簡稱"陽",然"樊"之名未廢。④ 二爲"漢水之樊"說,即《水經·沔水注》《太平寰宇記·山南東道四》之"樊",地即今湖北省襄樊市故樊城。三爲"汶水之樊"說,即《史記·周本紀》唐張守節《正義》與《孝文本紀》唐張守節《正義》並引李泰《括地志》及《太平寰宇記·

---

① 毛《傳》:"仲山甫,樊侯也。"孔《疏》:"言仲山甫是樊國之君,爵爲侯,而字仲山甫也。"[漢]毛亨傳,[漢]鄭玄箋,[唐]孔穎達等正義:《毛詩正義》,第1224-1227頁。
② 王國維《今本竹書紀年疏證》,第83頁。
③ [漢]班固撰,[唐]顏師古注,傅東華等點校:《漢書》,第2677頁。
④ 參見:隱十一年《左傳》及杜《注》《國語·周語中》《晉語四》及韋《注》《潛夫論·志氏姓》、裴駰《史記集解》引服虔《春秋左氏傳解誼》《水經·濟水注》《後漢書·郡國志一》劉《注》。

河南道二十一》之"樊",地即今山東省兖州市西南黄屯鎮(今爲濟寧市高新技術産業開發區黄屯街道辦事處)之漢樊縣故城。四爲"杜陵之樊"説,即《路史·國名記丙》之"樊",地即今陝西省西安市南郊杜陵原上之樊川。①筆者此從"河内之樊"説,餘皆不取。

又,據現存文獻可知,仲山甫於共和元年(前841)時,已爲王室大臣;周宣王即位(前827)初年,又入仕爲宣王卿士;七年(前821),王命其城齊,臨行時尹吉甫爲之作了贈別詩——《烝民》,述其輔佐周宣王中興之盛況,以贊其美德;②三十二年(前796),舉薦魯武公庶子、懿公戲之弟公子稱繼立爲魯孝公。至此,其已仕厲、宣二王凡45年(前841—前796)。則仲山甫,即《國語·周語上》《史記·魯周公世家》之"樊仲山父",亦即《國語·周語上》《史記·魯周公世家》《漢書·刑法志》《杜周傳》之"仲山父",亦即《國語·周語上》《史記·魯周公世家》之"樊穆仲",亦即《國語·晉語四》之"樊仲",亦即《詩·大雅·烝民》毛《傳》之"樊侯",亦即《後漢紀·孝順帝紀》之"樊仲父",亦即今本《竹書紀年》之"樊侯仲山甫";姓姬,其後以邑爲樊氏,名山,字甫(一説"仲山甫""甫""父"同),爵侯,謚穆(一説"穆仲"),行次仲,封於樊,周太王子虞仲支孫後裔,春秋時期周大夫樊皮(樊仲皮)、樊齊(樊頃子)之先,③厲、宣之際入爲王室卿士,成爲宣王中興大臣之一;生卒年未詳(前841—前796在世)。

宋黄伯思《東觀餘論》卷上《周史伯碩父鼎説》:"考之經傳,周有史佚,衛有史鰌,晉有史趙,率以官爲氏,故碩父之名與字皆冠以史;曰伯者,蓋五十所加,猶伯陽父、仲山父之類是也。"④據"人生十年曰幼,學;二十曰弱,冠;三十曰壯,有室;四十曰強,而仕;五十曰艾,服官政"(《禮記·曲禮上》)及"幼名,冠字,五十以伯仲"(《檀弓上》)之制,⑤黄氏《東觀餘論》説是。那麽,據此推測,則仲山甫此時當爲80餘歲之老臣,自然屬"耄期之年"了。故蔡氏《朱公叔諡議》稱之爲"優老",班氏《漢書·古今人表》亦列之爲"智人"。

其次再看看稱伯陽爲"優老"之因。《國語·周語上》:

---

① [清]高士奇《春秋地名考略》卷一認爲,本封於"杜陵之樊",東遷後其子孫再封於"河内之樊",其後遷無終(在今天津市薊縣一帶)爲陽氏;顧祖禹《讀史方輿紀要·河南四》從"河内之樊"説,《湖廣五》則從"漢水之樊"説。

② [宋]朱熹《詩集傳》卷十八:"宣王命樊侯仲山甫築城于齊,而尹吉甫作詩以送之。"[宋]朱熹撰,夏祖堯點校:《詩集傳》,第246頁。

③ 莊二十九年、三十年《左傳》之"樊皮",即莊三十年《左傳》之"樊仲皮";昭二十二年《左傳》之"樊頃子",即昭二十三年《左傳》之"樊齊"。

④ [宋]黄伯思:《宋本東觀餘論》,古逸叢書三編本,中華書局1988年影印版,第164頁。按:史伯碩父鼎,宋至和元年(1054)虢州得之。據銘文"唯六年八月,初吉已巳"推算,其作器年代有二説:一爲周宣王六年(前822)時器,一爲周孝王六年(約前877)時器。詳見:[宋]董逌《廣川書跋》卷二《史伯碩父鼎銘》。

⑤ [漢]鄭玄注,[唐]孔穎達等正義:《禮記正義》,第2665、2785頁。

幽王二年,西周三川皆震。伯陽父曰:"周將亡矣!夫天地之氣,不失其序;若過其序,民亂之也。陽伏而不能出,陰迫而不能烝,於是有地震。今三川實震,是陽失其所而鎮陰也。陽失而在陰,川源必塞;源塞,國必亡。夫水土演而民用也。水土無所演,民乏財用,不亡何待?昔伊、洛竭而夏亡,河竭而商亡。今周德若二代之季矣,其川源又塞,塞必竭。夫國必依山川,山崩川竭,亡之徵也。川竭,山必崩。若國亡不過十年,數之紀也。夫天之所棄,不過其紀。"是歲也,三川竭,岐山崩。十一年,幽王乃滅,周乃東遷。①

《國語·鄭語》:

桓公爲司徒,甚得周衆與東土之人,問於史伯曰:"王室多故,余懼及焉,其何所可以逃死?"史伯對曰:"王室將卑,戎、狄必昌,不可偪也。當成周者,南有荊、蠻、申、呂、應、鄧、陳、蔡、隨、唐;北有衛、燕、狄、鮮虞、潞、洛、泉、徐、蒲;西有虞、虢、晉、隗、霍、楊、魏、芮;東有齊、魯、曹、宋、滕、薛、鄒、莒;是非王之支子母弟甥舅也,則皆蠻、荊、戎、狄之人也。非親則頑,不可入也。其濟、洛、河、潁之間乎!是其子男之國,虢、鄶爲大,虢叔恃勢,鄶仲恃險,是皆有驕侈怠慢之心,而加之以貪冒。君若以周難之故,寄孥與賄焉,不敢不許。周亂而弊,是驕而貪,必將背君,君若以成周之衆,奉辭伐罪,無不克矣。若克二邑,鄔、弊、補、舟、依、𪳣、歷、華,君之土也。若前華後河,右洛左濟,主芣、騩而食溱、洧,修典刑以守之,是可以少固。"

幽王八年而桓公爲司徒,九年而王室始騷,十一年而斃。及平王之末,而秦、晉、齊、楚代興,秦景、襄於是乎取周土,晉文侯於是乎定天子,齊莊、僖於是乎小伯,楚蚡冒於是乎始啓濮。②

謹按:《史記·周本紀》裴駰《集解》引三國吳唐固《春秋外傳國語》:"伯陽父,周柱下史老子也。"③唐氏《春秋外傳國語》以"伯陽父"與"老子"、即周柱下史

---

① 韋《注》:"伯陽父,周大夫也。"[三國吳] 韋昭注,上海師範大學古籍整理研究所校點:《國語》,第26-27頁。按:《史記·周本紀》《說苑·辨物》《漢書·五行志上》全本此文。《漢書》顏《注》引[漢] 服虔《春秋左氏傳解誼》:"(伯陽甫)周太史。"[漢] 班固撰,[唐] 顏師古注,傅東華等點校:《漢書》,第1451頁。
② 韋《注》:"桓公,鄭始封之君、周厲王之少子、宣王之弟桓公友也。宣王封之於鄭。幽王八年爲司徒。""史伯,周太史。"[三國吳] 韋昭注,上海師範大學古籍整理研究所校點:《國語》,第507、524頁。按:《史記·鄭世家》全本此文,裴駰《集解》引三國吳虞翻《春秋外傳國語注》:"周太史。"[漢] 司馬遷撰,[南朝宋] 裴駰集解,[唐] 司馬貞索隱,[唐] 張守節正義,郭逸、郭曼標點:《史記》,第1390頁。
③ [漢] 司馬遷撰,[南朝宋] 裴駰集解,[唐] 司馬貞索隱,[唐] 張守節正義,郭逸、郭曼標點:《史記》,第99頁。

"老聃"爲同一人,《史記·周本紀》張守節《正義》、宋王應麟《玉海》卷一百二十五、清翟云升《校正古今人表》卷四皆非之。據筆者考證,老聃(約前571—前?),即《史記·老子列傳》之"李耳",亦即《戰國策·齊策四》《韓詩外傳》卷三、卷七、卷九、《史記·老子列傳》《漢書·古今人表》之"老子",姓子,氏老,學名聃,乳名李耳(狸兒),帝乙元子微子啓弟微仲衍後裔,出於公孫督(華父督、華父、宋督)之孫、華家季子華季老男,老佐之孫(或起碼爲老佐之族),宋相邑人;仕周爲柱下史,宋平公四十一年(前535)頃被流放於魯,旋即復職;宋景公元年(前516)頃被免職,去周居沛,二十六年(前491)頃去沛適秦;晚年隱居不仕,卒於秦。① 可見,老聃生年上距伯陽父生活的兩周之際大約200年,顯然不可能爲同一人,故筆者此從張氏《史記正義》、王氏《玉海》、翟氏《校正古今人表》説。然則伯陽父,即《國語·鄭語》《漢書·地理志下》之"史伯",亦即《史記·周本紀》之"伯陽甫""太史伯陽",亦即《史記·鄭世家》之"太史伯",②名陽,字父(一作"甫"),行次伯;幽王時爲王室太史,封於伯陽(即今河南省安陽市西北之伯陽故城),③族屬與生卒年皆未詳(前780—前774在世)。

伯陽父從天地陰陽二氣"不失其序"的角度,分析"三川皆震"的自然現象,預測川竭山崩之災,故"川源必塞"而"國必亡";從"和實生物,同則不繼"角度,分析西周末期"王室多故"的社會原因,預測西周將會出現"王室將卑,戎、狄必昌"的政治格局。④ 可見,伯陽父主張天道與人道並重,是一位精通天文星象之學、知識淵博、思想敏鋭的王室史官之長。他通過自然災異預言周之將亡,雖不免有《國語》編撰者的附會成分,但從其對當時政治態勢發表的真知灼見之中,透露出了一位成熟的史學家對現實生活的洞察力和對未來社會的預見性,亦透露出一位正直的政治家對幽王昏庸無道統治的不滿。⑤ 據此我們可以推測,伯陽父極可能是历仕宣王、幽王二世的元老重臣。宣王之世雖千瘡百孔,畢竟是西周末期的中興之世;而幽王初期即已是日薄西山、氣息奄奄了。只有歷仕宣、幽二王並熟悉其重大政治、經濟、軍事諸方面情況的人,才會對未來社會有如此清醒的認識。故蔡氏《朱公叔諡議》稱之爲"優老",班氏《古今人表》亦列之爲"中上"。

我們可以由蔡氏《朱公叔諡議》稱仲山甫、伯陽父爲"優老"之因推斷,《節南

---

① 詳見:邵炳軍《老子先祖宋戴公暨老子宋相人説發微》,《諸子學刊》第1輯,上海古籍出版社2007年版,第37—47頁。
② 參見:左益寰《陰陽五行家的先驅者伯陽父——伯陽父、史伯是一人而不是兩人》,《復旦學報》1980年第1期,第97—100頁。
③ 《史記·趙世家》張守節《正義》引李泰《括地志》:"伯陽故城一名邯會城,在相州鄴縣西五十五里,七國時魏邑,漢邯會縣。"[漢]司馬遷撰,[南朝宋]裴駰集解,[唐]司馬貞索隱,[唐]張守節正義,郭逸、郭曼標點:《史記》,第1433頁。按:戰國時魏之伯陽邑,或伯陽父之封邑。
④ 參見:李加浩《伯陽父哲學思想試評》,《天津師院學報》1980年第4期,第16—19頁。
⑤ 參見:余世存《伯陽父的和同論》,《新世紀周刊》2007年第22期,第159頁。

山》作者"家父"亦應具有與仲山甫、伯陽父相似的生活閱歷和政治才幹,故蔡氏《朱公叔諡議》才能稱之爲"優老"。

蔡氏先舉由"共伯和干王位"(《史記·周本紀》司馬貞《索隱》引《竹書紀年》)時期(前841—前828)入仕宣王之仲山甫,①次舉由宣王入仕幽王之伯陽父,那麽,後舉由幽王入仕平王之家父,是合乎情理的。《節南山》毛《序》:"《節南山》,家父刺幽王也。"孔《疏》:"韋昭以爲平王時作。"②此二説似互相抵牾,卻説明毛《序》作者所看到的史料,家父爲幽王時人;韋昭所看到的史料,家父爲平王時人。這正好可證家父仕於幽、平二王。況且,從幽王在位僅十一年時間(前781—前771)推算,幽王大夫出仕於平王時期是很有可能的。

二、家父即《詩·小雅·十月之交》之"宰夫家伯"

1. 周大夫家父食采於家邑,其以邑爲氏而以父爲字

《節南山》鄭《箋》:"家父,字,周大夫也。"③朱《傳》:"家,氏;父,字;周大夫也。"④桓八年《左傳》杜《注》:"家父,天子大夫。家,氏;父,字。"⑤桓八年《公羊傳》何《注》:"家,采地;父,字也;天子中大夫氏采,故稱字不稱伯仲也。"⑥桓八年《穀梁傳》范《注》説大同。何《注》謂家父食采於家邑,以邑爲氏,此説得之。朱《傳》説亦當本於此。

我們知道,"賜姓""胙土""命氏"爲西周封建三要素,其實質是"基層地方社群政治權力的延續",其"在族群衍裂以組成新族群的意義,大於裂土分茅別分疆土的意義。"⑦分封制度是人口的再編組,同姓自然要有異氏來別之。據我們對宋鄭樵《通志·氏族略》的初步統計,以國爲氏者凡233,其中姬姓氏國49,姜姓氏國8,其餘大都爲周初所封古帝王及夏、商之裔以國爲氏者;以邑爲氏者凡161,姬姓卿大夫食邑爲氏者71,且大都爲西周前期所封之采邑。⑧姬、姜兩姓氏族,大都是在武、成、康三王時期封國爲氏者。據此,則家氏采邑之封,當不會遲於康王之世(約前1020—前996)。

---

① [漢]司馬遷撰,[南朝宋]裴駰集解,[唐]司馬貞索隱,[唐]張守節正義,郭逸、郭曼標點:《史記》,第97頁。按:陸德明《經典釋文》於《莊子·讓王》篇引《竹書紀年》曰:"共伯和即于王位。"[唐]陸德明:《經典釋文》,第1564頁。又,今本《竹書紀年》:"十三年王在彘,共伯和攝行天子事。"王國維:《今本竹書紀年疏證》,第79頁。
②③ [漢]毛亨傳,[漢]鄭玄箋,[唐]孔穎達等正義:《毛詩正義》,第943頁。
④ [宋]朱熹撰,夏祖堯點校:《詩集傳》,第147頁。
⑤ [晉]杜預注,[唐]孔穎達等正義:《春秋左傳正義》,第3807頁。
⑥ [漢]何休注,[唐]徐彥疏:《春秋公羊傳注疏》,清嘉慶二十至二十一年(1815—1816)江西南昌府學刊刻阮校十三經注疏本,中華書局2009年影印版,第4817頁。
⑦ 許倬雲:《西周史》,第145、150頁。
⑧ [宋]鄭樵撰,王樹民點校:《通志二十略》,第37-74、79-95頁。

2.《十月之交》中宰夫家伯當以家邑爲氏而以官爵稱伯

《詩·小雅·十月之交》四章曰:"皇父卿士,番維司徒,家伯維宰,仲允膳夫,棸子内史,蹶維趣馬,楀維師氏,豔妻煽方處。"①鄭《箋》以"家伯"爲字,清梁玉繩《人表考》卷四則認爲以"字家"而爲"家氏"。事實上,稱"家伯"者,例同"毛伯""原伯"。比如,文王庶子毛叔鄭封於毛(初封於今陝西省寶雞市扶風縣,東遷後徙封於今河南省洛陽市附近),其後以邑爲毛氏,其族世爲周卿士,世稱"毛伯""毛公"。②宋歐陽修《集古録跋尾》卷一著録有西周初期器毛伯簋,清吴大澂《愙齋集古録》卷四著録傳道光末年陝西省寶雞市岐山縣出土的周宣王時期器毛公鼎,③皆可爲證。春秋時期毛氏之族仕於王室爲卿士者,有毛伯衛(毛伯)、毛伯過、毛伯得(毛得)等。④ 再如文王庶子原伯封於原(初封於今山西省晉城市沁水縣西北1里許,後遷封於河南省濟源市西北4里之原鄉,即今原村),其後以邑爲氏,世爲周卿士,世稱"原公""原伯"。春秋時期原氏之族仕於王室爲大夫者,有原莊公(原伯)、原襄公、原伯貫、原伯絞(原公)、原伯魯、原壽過等。⑤ 據毛氏、原氏二族之例推知,家伯當以采邑爲"家"氏,而"家"非其字甚明。

周人氏後稱伯者凡三:或以官爵稱伯,或以國爵稱伯,或以行次稱伯。家伯之伯當以官爵稱伯。我們可以《十月之交》"家伯維宰"之"宰"來分析。此"宰"究竟爲何職掌?《十月之交》鄭《箋》釋之爲"冢宰":"冢宰掌建邦之六典,(司徒、冢宰)皆卿也。"⑥清陳奂《毛詩傳疏》卷十九釋之爲"宰夫":"冢宰是執政之官,皇父爲卿士,不當復有家伯爲大宰。"⑦據《周禮·天官冢宰·敘官》,宰夫由下大夫四人任之,官位僅次於大宰(卿一人)與小宰(中大夫二人)。其職掌爲"掌治朝之灋,以正王及三公、六卿、大夫、群吏之位,掌其禁令。敘群吏之治,以待賓客之令,諸臣之復,萬民之逆。掌百官府之徵令,辨其八職:一曰正,掌官灋以治要;二曰師,掌官成以治凡;三曰司,掌官灋以治目;四曰旅,掌官常以治數;五曰府,掌官契以治藏;六曰史,掌官書以贊治;七曰胥,掌官敘以治敘;八曰徒,掌官令以徵令"(《周禮·天官冢宰·宰夫》)。⑧

---

① ⑥ [漢]毛亨傳,[漢]鄭玄箋,[唐]孔穎達等正義:《毛詩正義》,第957頁。
② 毛叔鄭,姓姬,氏毛,名鄭(定四年《左傳》杜《注》訛作"聃"),行次叔,爵伯,尊稱公;周文王庶子,武王同母弟,康王顧命大臣,仕於成、康二世爲司空。詳見:《史記·管蔡世家》。
③ [宋]歐陽修:《集古録跋尾》,第12頁;[清]吴大澂:《愙齋集古録》,續修四庫全書影印民國六年(1917)上海涵芬樓影原拓本,上海古籍出版社2002年版,史部第903册,第92頁。按:毛公鼎爲宣王時器,傳清道光末年陝西省寶雞市岐山縣出土,今藏臺北故宫博物院。
④ 事見:文元年、昭十八年、二十六年《左傳》。
⑤ 事見:莊十八年、二十一年,僖二十四年、二十五年,宣十六年,昭十二年、十八年,定元年《左傳》。
⑦ [清]陳奂:《毛詩傳疏》,第4069頁。
⑧ [漢]鄭玄注,[唐]賈公彦疏:《周禮注疏》,清嘉慶二十至二十一年(1815—1816)江西南昌府學刊刻阮校十三經注疏本,中華書局2009年影印版,第1410頁。

上述周王室"宰夫"之職掌，至少在春秋前期依然在諸侯國之中有效行使。如隱元年《春秋》："秋七月，天王使宰咺來歸惠公、仲子之賵。"《左傳》："秋七月，天王使宰咺來歸惠公、仲子之賵。緩，且子氏未薨，故名。"①此宰咺代表周平王來爲魯惠公饋贈助喪之物——賵（車馬束帛），正合宰夫行"吊事"之職掌。又，桓四年《春秋》："夏，天王使宰渠伯糾來聘。"《左傳》："夏，周宰渠伯糾來聘。父在，故名。"②此渠伯糾代表周桓王出聘魯國，正合宰夫行"充使"之職掌。據此兩例可證，家伯爲周幽王時宰夫，官爵爲下大夫，故其當以宰夫之官爵而稱"伯"者。③

又，僖五年《左傳》："秋，諸侯盟，王使周公召鄭伯。"僖九年《春秋》："夏，公會宰周公、齊侯、宋子、衛侯、鄭伯、許男、曹伯于葵丘。"《左傳》："夏，會于葵丘，尋盟，且修好，禮也。王使宰孔賜齊侯胙。"僖三十年《春秋》："冬，天王使宰周公來聘。"《左傳》："冬，王使周公閱來聘，饗有昌歜、白、黑、形鹽。"④此僖九年《春秋》之"宰周公"，僖五年《左傳》稱"周公"，僖九年《左傳》稱"宰孔"；僖三十年《春秋》之"宰周公"，《左傳》稱"周公閱"。此二公，皆周惠王、襄王冢宰。惠王使周公孔"召鄭伯"，襄王使周公孔"賜齊侯胙"，正合冢宰"佐王治邦國"之職掌；襄王使周公閱聘魯時，予國君之饗禮——"昌歜、白黑、形鹽"，足見冢宰地位之尊貴。可見，《十月之交》"家伯維宰"之"宰"，正合"宰夫"身份，而絕非周公孔、周公閱"冢宰"之屬。故筆者此從陳氏《毛詩傳疏》説。

3.《節南山》之宰夫"家父"與《十月之交》之宰夫"家伯"當爲同一人

《節南山》之"家父"，桓八年、十五年《春秋》之"家父"，皆氏家、字父，必爲同族。那麼，桓八年、十五年《春秋》所載周桓王時"家父"，當爲《節南山》所記周幽王時"家父"之後。周桓王十六年（前704），家父代表桓王去魯國行聘禮，其職掌同宰夫渠伯糾；周桓王二十三年（前697），家父代表桓王去魯國求車，合宰夫掌"財用"之職。可見，周桓王時之"家父"，與《十月之交》所記周幽王時之"家伯"一樣，均任"宰夫"之職。《節南山》之家父賦詩"以究王訩"，希望幽王後繼者能"式訛爾心，以畜萬邦"，⑤正與宰夫"正王及三公、六卿、大夫、群吏之

---

① 杜《注》："宰，官；咺，名也。"孔《疏》："既掌弔事，或即充使，此蓋宰夫也。"［晉］杜預注，［唐］孔穎達等正義：《春秋左傳正義》，第3721－3727頁。
② 杜《注》："宰，官；渠，氏；伯糾，名也。王官之宰當以才授位，而伯糾攝父之職，出聘列國，故書名以譏之。"［晉］杜預注，［唐］孔穎達等正義：《春秋左傳正義》，第3793－3794頁。按：渠，即周之"陽渠"，亦即今河南省洛陽市西之陽渠。則渠伯糾蓋以邑爲氏者。
③ 桓八年《公羊傳》何《注》以家父爲中大夫，爵同小宰，恐非。
④ 僖五年《左傳》杜《注》："周公，宰孔也。"僖九年《春秋》杜《注》："宰，官；周，采地。天子三公，不字。"僖三十年《春秋》杜《注》："周公，天子三公兼冢宰也。"［晉］杜預注，［唐］孔穎達等正義：《春秋左傳正義》，第3896、3906－3907、3973－3974頁。
⑤ ［漢］毛亨傳，［漢］鄭玄箋，［唐］孔穎達等正義：《毛詩正義》，第947頁。

位,掌其禁令"之職掌相合。據此可證,《節南山》之"家父",亦應任"宰夫"之職。

西周時代建立在宗法制基礎上的貴族宗君制(貴族與君主共政)這一政體,是以世族世卿世官制作爲組織保證來實現的。其特徵是:先有世族,後有世官,具體的官職可以因人而異,不一定父死子繼,但某一官職一般則固定地由某一世族或地位相當的某幾個世族世襲;而執政卿士,即所謂三公六卿,則往往是由周王室的幾個強宗大族來世襲。① 由此可進一步推論:《十月之交》之宰夫"家伯",與作《節南山》之宰夫"家父"爲同一人,則"家伯"亦可稱之爲"宰夫家伯父",其歷仕幽王、平王兩朝;《節南山》之"家父",即《十月之交》周幽王之"宰夫家伯",則"家父"亦可稱之爲"宰夫家伯",其以家氏世族而爲宰夫世官。然則家父,即《十月之交》之"家伯",姓姬,本氏賈,別氏家,字父,行次伯,周王室宰夫,歷仕周幽王、平王兩朝,其名、生卒年皆未詳(前 770 在世)。

4.《十月之交》之家伯既非"七子妻黨",亦非周幽王親信

《十月之交》之四章有"卿士皇父""司徒番""宰夫家伯""膳夫仲允""內史聚子""趣馬蹶""師氏楀"等,鄭《箋》稱此"七子"爲"妻黨"。② 明何楷《詩經世本古義》卷二十據鄭《箋》認爲:"幽王時有家伯維宰,爲褒姒之黨,彼決不敢刺王。"③ 何氏由此推斷,《節南山》作者家父就是桓八年、十五年《春秋》之"家父",亦即《節南山》爲周桓王時家父所作。何氏認爲《節南山》乃周桓王時家父所作,不足爲憑;認爲"七子妻黨"決不敢誦詩以"究王訩",其說可從。

《十月之交》重在刺幽王寵褒姒,以至"豔妻煽方處",終於因天災人禍而導致西周覆滅。④ 七子之中,僅刺"皇父"而未及其餘。"皇父"作爲六卿之長,預感到西周即將覆滅,故"作都于向",與鄭桓公寄孥虢鄶作東遷打算之事相類。不過"皇父孔聖"之處,在於他不像鄭桓公一樣,做了幽王驪山之難的殉葬品,而是提前"以居徂向",委政隱退了。故詩人曰:"我不敢傚我友自逸。"⑤ 足見在王室方騷、人心危懼之時,"皇父"委政他人,隱退自逸,不顧君臣之義,違民所望,正是詩人所刺之處。

試想,在外有犬戎之逼、內有"豔妻煽方處"而王室大廈將傾的嚴峻情勢下,

---

① 參見:田昌五、臧知非《周秦社會結構研究》,西北大學出版社 1996 年版,第 85-95 頁。
② [漢] 毛亨傳,[漢] 鄭玄箋,[唐] 孔穎達等正義:《毛詩正義》,第 957 頁。
③ [明] 何楷撰,李士彪、張丹丹校點:《詩經世本古義》,第 1174 頁。
④ 徐中舒認爲:"在王位繼承問題上,幽王寵愛褒姒,廢掉申后和太子宜臼,改立褒姒子伯服代太子。此外,幽王還有'豔妻',也是勢焰很盛的人物。《詩·小雅·十月之交》談到'豔妻煽方處'。豔或作閻,也就是金文裏函皇父的函。"徐中舒:《西周史論述(下)》,《四川大學學報》1979 年第 4 期,第 98-99 頁。按:此以"豔妻"爲"函妻",與"褒姒"爲二人。筆者存疑待考。
⑤ [漢] 毛亨傳,[漢] 鄭玄箋,[唐] 孔穎達等正義:《毛詩正義》,第 957-959 頁。

六卿之長"皇父"尚且難以駕馭複雜的政治局面,只得離居隱退;而"司徒""宰夫""膳夫""内吏""趣馬""師氏"之類屬官,豈能有用武之地？因此將"宰夫家伯父"列入"七子妻黨"是不合乎詩意所指的。可見,"七子妻黨"之説,實爲鄭《箋》的附會之詞。故筆者以爲,"家伯"既非"七子妻黨",又非幽王親信,賦詩"以究王訩"是有其政治思想基礎的。

第二節　周大夫宰夫家伯父之族屬及其地望

"宰夫家父",當以"家邑"爲氏。那麼,家邑的地望在何處呢？家氏的族屬與世系又如何呢？下面我們從對賈氏和嘉氏族屬、地望及其與家氏的族屬關係入手來展開討論。

一、姬姓賈國之族屬、世系及其地望

1. 姬姓賈國之族屬、地望暨被并國之年代

《國語·晉語四》載宋司馬公孫固言於襄公曰:"賈佗公族也,而多識以恭敬。"①桓九年《左傳》孔《疏》引《世本》:"荀、賈皆姬姓。"②漢王符《潛夫論·志氏姓》:"凡郤氏之班,有冀氏、呂氏、苦成氏、溫氏、伯氏;靖侯之孫欒賓,及富氏、游氏、賈氏、狐氏、羊舌氏、季夙氏、籍氏,及襄公之孫孫鷹,皆晉姬姓也。"③《急就篇》卷一顏《注》:"賈,本姬姓國也。晉吞滅之,後稱賈氏。晉有賈華、賈佗、賈伯、賈辛,皆其裔也。"④林寶《元和姓纂·上聲·三十五馬》:"賈,唐叔虞少子公明,康王封於賈,後爲晉所滅,以國爲氏。又云,本自周賈伯之後。"⑤宋歐陽修等撰《新唐書·宰相世系表五下》:"賈氏出自姬姓。唐叔虞少子公明,康王封之於賈,爲賈伯,河東臨汾有賈鄉,即其地也,爲晉所滅,以國爲氏。晉公族狐偃之子射姑爲晉太師,食邑於賈,字季他,亦號賈季。"⑥鄧名世《古今姓氏書辯證·上聲·三十五馬》:"賈,出自姬姓,晉唐叔虞少子公明,周康王封之於賈,爲附庸,謂之賈伯,河東臨汾縣賈鄉即其地也。曲沃武公取晉,併賈國,以其子孫爲大夫。其族

---

① 韋《注》:"賈佗,狐偃之子射姑、太師賈季也。公族,姬姓也。食邑於賈,字季佗。"[三國吳] 韋昭注,上海師範大學古籍整理研究所校點:《國語》,第 348 頁。
② [晉] 杜預注,[唐] 孔穎達等正義:《春秋左傳正義》,第 3809 頁。
③ [漢] 王符撰,[清] 汪繼培箋,彭鐸校正:《潛夫論箋校正》,第 443—445 頁。
④ [漢] 史游撰,[唐] 顏師古注:《急就篇》,叢書集成初編排印清光緒間(1871—1908)福山王懿榮刻天壤閣叢書本,中華書局 1985 年版,第 1052 册,第 64-65 頁。
⑤ [唐] 林寶撰,[清] 孫星衍校輯,郁賢皓等整理點校:《元和姓纂》,第 1044 頁。
⑥ [宋] 歐陽修、[宋] 宋祁撰修,石淑儀等點校:《新唐書》,第 3387 頁。

仕諸侯者,陳有賈獲,齊有賈寅。"①鄭樵《通志·氏族略二》:"賈氏,伯爵,康王封唐叔虞少子公明於此。同州有賈城,即其地,或言河東臨汾有賈鄉是也。爲晉所滅,子孫以國爲氏。"②

謹按:據上引文獻可知,春秋時期賈氏所出有二:一爲以國爲氏者,即武王發庶子唐叔虞(子於)少子公明後裔,周康王封公明於賈,爲晉之附庸國,姬姓,伯爵;曲沃武公取晉併賈之後,其子孫以國爲賈氏。二爲以邑爲氏者,即狐突(伯氏、伯行)之孫、狐偃(子犯、舅氏、舅犯、咎犯、咎季子犯)之子狐射姑(賈季)後裔,出於大狐伯;姬姓,本氏狐,以狐射姑食邑於賈而別氏賈。③ 此二賈氏雖皆爲文王昌之孫、武王發庶子唐叔虞後裔,然其所出則異。公明後裔賈國之君,春秋時期依然稱之曰"賈伯"(桓九年《左傳》),蓋皆世稱之,故林氏《元和姓纂》引"本自周賈伯之後"説不確。

關於姬姓賈國之地望,前人主要有兩説:一爲"河東臨汾縣賈鄉"説,即今山西省臨汾市堯都區城東南 10 餘里之賈鄉,④《後漢書·郡國志一》劉《注》引漢唐蒙《博物記》:"(臨汾)有賈鄉,賈伯邑。"⑤宋歐陽修等撰《新唐書·宰相世系表五下》、鄧名世《古今姓氏書辯證·上聲·三十五馬》、清顧棟高《春秋大事表·春秋列國疆域表》皆從之。二爲"同州賈城"説,即今陝西省渭南市蒲城縣西南 18 里之賈城,一名"賈曲鄉",見上引鄭樵《通志·氏族略二》,樂史《太平寰宇記·關西道四》、王存等《元豐九域志·陝西路》、宋敏求《長安志·縣八》説皆同,清顧棟高《春秋大事表·春秋列國爵姓及存亡表》、穆彰阿等纂修《嘉慶重修一統志·同州府》、劉於義等撰《陝西通志·建置二》皆從之。

謹按:今人楊伯峻《春秋左傳注》疑"同州賈城"説,但又謂賈國之地當在今山西省臨汾市襄汾縣東,⑥其説不確。據劉緯毅《山西歷史地名錄》考證,漢宋之"河東郡臨汾縣賈鄉",即後周至清之"絳州賈鄉",即今山西省臨汾市堯都區城東南 10 餘里之賈鄉。⑦ 筆者此從之。

關於姬姓賈國何時爲晉所滅,史無明載。桓九年《左傳》:"秋,虢仲、芮伯、梁伯、荀侯、賈伯伐曲沃。"⑧則桓王十七年(前 703)時賈伯之國尚存。又,《史記·晉世家》:"(晉侯緡二十八年)曲沃武公伐晉侯緡,滅之,盡以其寶器賂獻于周釐

---

① [宋] 鄧名世撰,王力平據四庫全書本點校:《古今姓氏書辯證》,江西人民出版社 2006 年版,第 399 頁。
② [宋] 鄭樵撰,王樹民點校:《通志二十略》,第 51 頁。
③ 説詳:邵炳軍《欒氏、狐氏、慶氏族屬、世系暨作家群體事略考》,《中山大學學報》2012 年第 2 期,第 27—32 頁。
④ 今之賈鄉,爲賈得、賈汪、賈升、賈材、賈牆等諸多賈姓村落之總稱。參見:《山西通志·古蹟一》。
⑤ [南朝宋] 范曄撰,[唐] 李賢等注,宋雲彬等點校:《後漢書》,第 3398 頁。
⑥ 楊伯峻:《春秋左傳注》(修訂本),第 126 頁。
⑦ 劉緯毅:《山西歷史地名錄》,山西省圖書館 1977 年版,第 189 頁。
⑧ [晉] 杜預注,[唐] 孔穎達等正義:《春秋左傳正義》,第 3809 頁。

王。釐王命曲沃武公爲晉君,列爲諸侯,於是盡併晉地而有之。"①則僖王五年(前679)曲沃武公盡有晉地。桓王十七年(前703)時賈伯隨周卿士虢仲伐曲沃,與曲沃武公爲宿敵,自然成爲武公兼併諸侯之障礙。故曲沃武公當在此年取晉併賈,賈於是亡,其後仍氏賈。

2. 姬姓賈國爲晉武公所併後賈氏之族世系

曲沃武公併賈之前,賈國之君世稱"賈伯",名未詳,世系亦未詳。武公併賈國以爲賈邑之後,賈國之裔以國爲賈氏。故宋鄭樵《通志·氏族略二》曰:"賈氏……晉既併賈,遂以爲邑。"②此後世子孫情況,可從《左傳》《國語》《史記》記載中鉤稽出賈妃、賈君、賈華、賈佗、賈辛等5人。

賈妃,姓姬,賈公室之女,晉獻公正妃,秦穆夫人、太子申生、公子重耳、公子夷吾、公子奚齊及卓子嫡母,名字及生卒年皆未詳(前676—前666在世)。③

賈華(前?—前650),姓姬,氏賈,名華,賈公室之族,獻公二十二年(前655)時爲大夫,帥師伐屈而不下;次年(前654)又帥師伐屈,刺公子夷吾,迫公子夷吾奔梁(嬴姓國,屬商時東夷部落,後西遷今陝西省韓城市南22里之故少梁城);④惠公元年(前650)時爲統步兵右行之帥,以其屬里克、丕鄭之黨而爲夷吾所殺。⑤

賈君,姓姬,氏賈,名君,賈公室之女,賈妃晚輩,太子申生之妃,年歲與賈華相當,生卒年未詳(前655—前649在世)。⑥

賈佗,姓姬,氏賈,名佗,賈公室之族,年歲當比賈華少,文公舊臣,襄公太師,位居孤卿,歷仕文、襄二君凡35年(前656—前621),生卒年未詳(前656—前621在世)。⑦

賈辛,姓姬,本氏賈,別氏右行,名辛,賈公室之族,右行賈華之後,悼公元年(前573)爲司空(元司空),頃公六年(前520)帥師平王子朝之亂以納敬王,十二年(前514)爲祁大夫,歷仕悼、平、昭、頃四君凡60年(前573—前514),生卒年未詳(前573—前514在世)。⑧

---

① 〔漢〕司馬遷撰,〔南朝宋〕裴駰集解,〔唐〕司馬貞索隱,〔唐〕張守節正義,郭逸、郭曼標點:《史記》,第1306頁。按:時晉都翼城,即今山西省臨汾市翼城縣西20里之唐城村。參見:《山西通志·古蹟一》。
② 〔宋〕鄭樵撰,王樹民點校:《通志二十略》,第51頁。
③ 事見:莊二十八年《左傳》。參見:楊伯峻《春秋左傳注》(修訂本),第351頁。
④ 依太史公言,此爲第二次伐屈。說見:〔清〕劉文淇撰,中國科學院歷史研究所第一、二所資料室整理:《春秋左氏傳舊注疏證》,科學出版社1959年版,第279頁。
⑤ 事見:僖六年、十年《左傳》《國語·晉語二》《晉語三》《史記·晉世家》。
⑥ 事見:僖十年、十五年《左傳》。
⑦ 事見:《國語·晉語四》,僖二十三年、文六年、昭十三年《左傳》《史記·晉世家》。
⑧ 事見:《國語·晉語七》,成十八年、昭二十二年、昭二十八年《左傳》。

二、大戎狐氏別族賈氏陝封於賈之地望

要討論大戎狐氏別族賈氏陝封於賈之地望,必先明大戎狐氏南遷於晉之地望;討論大戎狐氏南遷於晉之地望,必先明唐叔虞支族大戎狐氏別祖陝居於戎之地望。

1. 唐叔虞支族大戎狐氏別祖陝居於戎之地望

大戎狐氏別祖爲何人,今雖已難確考,但我們可從《左傳》《國語》《世本》《史記》所載"大戎狐姬"事略窺痕蹟。莊二十八年《左傳》:"(晉獻公)又娶二女於戎:大戎狐姬生重耳,小戎子生夷吾。"昭十三年《左傳》載晉叔向(羊舌肸)對韓宣子(韓起)曰:"我先君文公,狐季姬之子也。"①《國語·晉語四》載鄭叔詹(公子詹)諫文公曰:"同姓不婚,惡不殖也。狐氏出自唐叔。狐姬,伯行之子也,實生重耳。"②《路史·後紀九下》羅苹《注》引《世本》:"大狐容,即大戎氏。"③鄧名世《古今姓氏書辯證·去聲·十四泰》引《世本》:"(大狐氏)晉大夫大狐容。"④《史記·晉世家》:"重耳母,翟之狐氏女也。夷吾母,重耳母女弟也。"⑤

謹按:唐林寶《元和姓纂·上平聲·十一模》:"狐,周同姓,居於戎。太(大狐)伯生突,突生毛及偃;毛生溓,偃生射姑,世爲晉卿。"⑥宋羅泌《路史·國名記戊》:"戎氏,唐叔後在狄者,有大戎氏、小戎氏。"⑦清陳厚耀《春秋世族譜》卷上:"晉之公族,皆出自獻公以上。公族狐氏,唐叔之子孫別在戎狄者也。"⑧此皆以《左傳》《國語》《世本》爲説。然宋鄭樵《通志·氏族略四》則曰:"狐氏,姬姓,周平王之子王子狐之後,以名爲氏。……臣謹按:《左傳》:大戎狐姬生公子重耳,小戎子生夷吾。姬,姓也;狐,氏也;戎,國也。言戎國姬姓狐氏之女。凡姓別婚姻,氏別貴賤,此言狐姬者,明此姬出於王子狐之後,貴族之女,故兼氏言之。蓋戎國

---

① [晉] 杜預注,[唐] 孔穎達等正義:《春秋左傳正義》,第3866、4497頁。
② 韋《注》:"狐氏,重耳外家,與晉俱唐叔之後,別在犬戎者。伯行,狐氏字。"[三國吳] 韋昭注,上海師範大學古籍整理研究所校點:《國語》,第349—350頁。
③ [宋] 羅泌撰,[宋] 羅苹注:《路史》,第112頁。
④ [宋] 鄧名世撰,王力平點校:《古今姓氏書辯證》,第473頁。
⑤ [漢] 司馬遷撰,[南朝宋] 裴駰集解,[唐] 司馬貞索隱,[唐] 張守節正義,郭逸、郭曼標點:《史記》,第1307頁。按:此以大戎狐姬與小戎子爲姊妹,小戎子蓋以娣爲媵者。考諸《國語》《左傳》,太史公之説不足信。
⑥ [唐] 林寶撰,[清] 孫星衍校輯,郁賢皓等整理點校:《元和姓纂》,第299頁。按:"太伯",[宋] 章定《名賢氏族言行類稿》卷六引作"大狐伯",《通志·氏族略四》引《世本》正作"大狐伯"。則此當脱"狐"字。
⑦ [宋] 羅泌撰,[宋] 羅苹注:《路史》,第367頁。
⑧ [清] 陳厚耀:《春秋世族譜》,叢書集成續編影印清邵武徐氏叢書本,上海書店1994年版,第13册,第368頁。

不足貴矣,所貴者狐氏,則知王子狐之後,有居於戎者也。"①《資治通鑒·魏紀四》胡三省《音注》引《姓譜》亦曰:"狐,周王子狐之後。……"②清張澍《姓氏辯誤》卷六亦曰:"言狐姬者,明此姬出於王子狐之後,貴族之女必王子狐之後,有居於戎者。"③今考:

《姓譜》有姬姓狐氏出於幽王宮涅之孫、平王宜臼次子王子狐之説,隱三年《左傳》確有"周、鄭交質。王子狐爲質於鄭,鄭公子忽爲質於周"之載,④然《國語·晉語四》明言"狐氏出自唐叔",則狐姬"出於王子狐"説難以成立。據清閻若璩《四書釋地續·舅犯》,大戎狐姬地在今山西省晉中市交城縣,蓋狐氏别祖陟居於此。⑤ 莊二十八年《左傳》之"大戎狐姬",即昭十三年《左傳》之"狐季姬",亦即《國語·晉語四》之"狐姬",亦即《史記·晉世家》之"翟之狐氏女",姓姬,氏狐,大狐伯之孫,狐突之女,狐毛、狐偃姊妹,晉獻公第三妃,公子重耳(晉文公)生母,生卒年未詳(前596在世)。又,"狐姬"與"小戎子"爲兩國之女,以虢射爲夷吾之舅,狐偃爲重耳之舅。蓋狐氏爲唐叔虞支族後裔遷居於戎地者,故氏名前冠以"大戎",以與妘姓之"小戎"别之。

2. 大戎狐氏南遷於晉之地望

大戎狐氏南遷於晉,當在其族仕晉爲大夫之大狐伯之世。然"大狐伯"之名及其子孫世系,惟見於宋鄭樵《通志·氏族略四》引《世本》,其事略及遷居之地皆未詳;但我們可從《左傳》《國語》《史記》所載其子"狐突"事略一窺痕蹟。《國語·晉語一》:"猛足乃言於太子曰:'伯氏不出,奚齊在廟,子盍圖乎!'"《晉語二》:"(太子申生)將死,乃使猛足言於狐突曰:'申生有罪,不聽伯氏,以至于死。申生不敢愛其死,雖然,吾君老矣,國家多難,伯氏不出,奈吾君何? 伯氏苟出而圖吾君,申生受賜以至于死,雖死何悔!'"《晉語四》:"狐姬,伯行之子也,實生重耳。"⑥閔二年《左傳》:"(冬)晉侯使大子申生伐東山皋落氏。……狐突御戎,先友爲右。"僖十年《左傳》:"秋,狐突適下國,遇大子。"僖二十三年《左傳》:"冬,懷公執狐突……乃殺之。"昭十三年《左傳》載晉叔向(羊舌肸)對齊晏嬰曰:"(晉文

---

① [宋]鄭樵撰,王樹民點校:《通志二十略》,第128頁。
② [宋]司馬光撰,[宋]胡三省音注,標點《資治通鑒》小組據清胡克家翻刻元刊胡注本校點:《資治通鑒》,中華書局1956年版,第2273頁。
③ [清]張澍撰,趙振興校點:《姓氏辯誤》,見翟奎鳳編《張澍文獻輯刊》第5册,北京燕山出版社2019年版,第6頁。
④ 杜《注》:"王子狐,平王子。"[晉]杜預注,[唐]孔穎達等正義:《春秋左傳正義》,第3740頁。
⑤ [清]閻若璩:《四書釋地續》,阮元刻清經解本,鳳凰出版社2005年影印版,第1册,第189頁。
⑥ 《晉語一》韋《注》:"賈、唐皆云:'伯氏,申生也。'一云'伯氏,狐突也。'"《晉語二》韋《注》:"伯氏,狐突字也。"《晉語四》韋《注》:"伯行,狐氏字。"[三國吳]韋昭注,上海師範大學古籍整理研究所校點:《國語》,第265、292、350頁。

公)有欒、郤、狐、先,以爲內主。"①

謹按:董立章《國語譯注辨析》認爲:"伯氏,狐突,字伯行。周平王庶子王子狐之後,太子申生的外祖父。"②此乃從《國語·晉語一》韋《注》引舊說,故誤將《國語·晉語一》《晉語二》之二"伯氏"混而爲一。今考:

《國語·晉語一》之"伯氏",與"奚齊"相對,以別長幼、嫡庶,則此"伯氏"指太子申生。而《晉語二》之"伯氏",即狐突,字伯行,故亦稱之爲"伯氏";狐姬爲重耳生母,齊姜爲太子申生生母,則狐突爲重耳外祖父而非申生外祖父。又,前已提及,狐氏爲唐虞之後,與晉同宗共祖,非周平王之子王子狐之後。故漢賈逵《國語解詁》、三國吳唐固《春秋外傳國語》之說是。則狐突(前? —前637)姓姬,氏狐,其後別爲大狐氏、小狐氏,名突,字伯氏,一字伯行,大狐伯之子,狐毛、狐偃(子犯)、大戎狐姬之父,公子重耳外祖父;本出居於戎,後歸仕於晉,爲太子申生戎御,惠公十三年(前637)爲懷公所殺。③

又,僖十六年《左傳》晉有"狐""廚"二邑名,④即北魏酈道元《水經·汾水注》所謂"汾水南與平河水合,水出平陽縣西壺口山,《尚書》所謂壺口治梁及岐也。其水東逕狐谷亭北,春秋時,狄侵晉,取狐、廚者也"。⑤清洪亮吉《春秋左傳詁》卷七:"狐即狐突食邑,廚即廚武子食邑。"⑥據此,狐突食邑,當在今山西省臨汾市襄汾縣襄陵城東南35里古城莊西。據宋鄭樵《通志·氏族略四》引《世本》,狐突之父大狐伯已仕爲晉大夫,則至大狐伯時,已從戎之狐邑(在今晉中市交城縣境)南遷於晉之狐邑。

3. 大戎狐氏別族賈氏陟封於賈之地望

《通志·氏族略四》引《世本》:"晉大夫大狐伯生突,(突)生饒(毛),爲大狐氏。"⑦《路史·後紀九下》羅苹《注》引《世本》:"(狐氏)有大狐氏、小狐氏,溱爲大狐氏,射姑爲小狐氏,大狐容即大戎氏。"⑧宋陳彭年等《廣韻·去聲·十四泰》"大"字注:"又《漢書》複姓五氏,晉獻公娶大狐氏。"⑨鄧名世《古今姓氏書辯證·

---

① 閔二年《左傳》杜《注》:"狐突,伯行,重耳外祖父也。爲申生御,申生以大子將上軍。"昭十三《左傳》杜《注》:"謂欒枝、郤縠、狐突、先軫也。"[晉]杜預注,[唐]孔穎達等正義:《春秋左傳正義》,第3881、3910、3939、4497頁。
② 董立章:《國語譯注辨析》,第326頁。
③ 說詳:邵炳軍《欒氏、狐氏、慶氏族屬、世系暨作家群體事略考》,《中山大學學報》第2012年第2期,第27-32頁。
④ "狐""廚",僖十六年《左傳》杜《注》以爲一邑。筆者此不取。
⑤ [北魏]酈道元撰,楊守敬、熊會貞注疏,段熙仲點校,陳橋驛復校:《水經注疏》,第552-553頁。
⑥ [清]洪亮吉撰,李解民點校:《春秋左傳詁》,十三經清人注疏本,中華書局1987年版,第300頁。
⑦ [宋]鄭樵撰,王樹民點校:《通志二十略》,第130頁。
⑧ [宋]羅泌撰,[宋]羅苹注:《路史》,第112頁。
⑨ [宋]陳彭年等重修:《鉅宋廣韻》,宋乾道五年(1169)閩中建寧府黃三八郎書鋪刊本,上海古籍出版社1983年影印版,第280頁。

去聲·十四泰》:"大狐,出自姬姓。晉大夫狐突字伯行,文公重耳外祖父也,生毛及偃,毛生溱,皆爲晉卿,別爲大狐氏。"①《姓譜》所謂"狐溱",姓姬,本氏狐,別爲大狐氏,名溱,狐突(伯氏、伯行)之孫,狐毛之子,晉文公二年(前635)爲溫大夫,生卒年未詳(前635在世);所謂"狐射姑",姓姬,本狐氏,別爲小狐氏,後又別爲賈氏,名射姑,字季,狐突(伯氏、伯行)之孫,狐偃(子犯、咎犯、舅犯)之子,晉襄公七年(前621)春爲中軍佐,十一月出奔狄,生卒年未詳(前621—前614在世)。②則大狐氏出於狐溱,小狐氏出於狐射姑。可見,大狐氏、小狐氏乃狐氏之別,皆出於狐突。

又,文六年《春秋》杜《注》:"(狐)射姑,狐偃子賈季也。"③那麽,小狐氏狐射姑何以稱"賈季"呢?宋歐陽修等撰《新唐書·宰相世系表五下》:"賈氏……晉公族狐偃之子射姑爲晉太師,食邑於賈,字季他,亦號賈季。"④宋鄭樵《通志·氏族略二》:"賈氏……晉之公族狐偃之子射姑,食邑於賈,謂之賈季,其後則以邑爲氏。"⑤則狐射姑字季,食邑於賈,因以邑別氏賈,故稱之曰"賈季"。狐射姑食采於賈,當在晉襄公七年(前621)之前,其具體時間未詳。當然,賈國後裔賈氏食采於賈邑,狐氏別族賈氏亦食采於賈邑,則其采邑皆當爲原賈國故地之一,而非以賈國故地盡爲其采邑。

三、嘉、賈、狐與家氏之族系及家氏之地望

1. 姬姓嘉氏之地望及其與賈伯之族屬關係

隱六年《左傳》:"(春)翼九宗五正頃父之子嘉父逆晉侯于隨,納諸鄂,晉人謂之鄂侯。"桓九年《左傳》:"秋,虢仲、芮伯、梁伯、荀侯、賈伯伐曲沃。"襄二十一年《左傳》:"秋,欒盈出奔楚。宣子殺箕遺、黃淵、嘉父、司空靖、邴豫、董叔、邴師、申書、羊舌虎、叔羆,囚伯華、叔向、籍偃。"⑥《國語·晉語八》:"平公六年,箕遺及黃淵、嘉父作亂,不克而死。"⑦宋鄭樵《通志·氏族略三》:"嘉氏,晉大夫嘉父之後,

---

① [宋]鄧名世撰,王力平點校:《古今姓氏書辯證》,第473頁。
② 狐氏爲晉公室同姓諸卿中較強盛之族;至賈季因怨太傅陽處父易其中軍帥爲中軍佐,指使族人狐鞫居(續鞫居)殺之,事發而出奔狄,狐氏之族不再見於《春秋》及三《傳》。則周襄王三十二年(晉襄公七年,前621)後,晉狐氏似被滅族。
③ [晉]杜預注,[唐]孔穎達等正義:《春秋左傳正義》,第4001頁。
④ [宋]歐陽修、[宋]宋祁撰修,石淑儀等點校:《新唐書》,第3387頁。
⑤ [宋]鄭樵撰,王樹民點校:《通志二十略》,第51頁。
⑥ 隱六年《左傳》杜《注》:"唐叔始封,受懷姓九宗,職官五正,遂世爲晉強家。五正,五官之長;九宗,一姓爲九族也。頃父之子嘉父,晉大夫。"襄二十一年《左傳》杜《注》:"十子皆晉大夫,欒盈之黨也。"[晉]杜預注,[唐]孔穎達等正義:《春秋左傳正義》,第3759、3809、4279頁。按:《史記·十二諸侯年表》《晉世家》並載"嘉父逆晉侯"事而略異。據隱五年《左傳》及今本《竹書紀年》,哀侯已立於翼,故鄂侯不得復入翼;隱五年、六年《左傳》謂哀侯之立,鄂侯未卒;《晉世家》則言鄂侯已卒,或太史公另有所據。
⑦ 韋《注》:"箕遺、黃淵、嘉父,皆晉大夫,欒盈之黨。"[三國吳]韋昭注,上海師範大學古籍整理研究所校點:《國語》,第447頁。

欒氏黨也。"①

　　謹按：考諸《左傳》《國語》《史記》，春秋時期"嘉父"有二：一爲頃父之子，一爲欒氏之黨。欒氏之黨嘉父，於晉平公六年（前 552）被殺；頃父之子嘉父，於晉哀侯元年（前 717）逆晉侯於隨（晉邑，即今山西省介休市東南 25 里之古隨城）。此兩"嘉父"，前後相距凡 165 年。特別是頃父之子嘉父，居晉都翼城，其父仕晉"九宗五正"之要職。②隱六年《左傳》敘其子，詳其地、詳其族、詳其官，足見嘉父之父頃父其人必爲當時極著聲望之人，其族必爲晉公族中之強宗大族。則嘉氏別祖乃嘉父之父頃父，而非 165 年之後的欒氏之黨嘉父，足見《通志·氏族略三》説失考。那麽，九宗五正頃父之子嘉父，仕晉爲大夫，其後以字爲氏稱嘉氏；則欒氏之黨嘉父，當爲頃父之子嘉父後裔，二人乃同國、同族、同宗、同氏、同名者。③

　　又，此姬姓嘉氏采邑之地望於史無徵，但從隱六年《左傳》所提供的信息中，我們可以推測之。"翼九宗五正頃父之子嘉父"之"翼"，亦曰"絳"，又曰"故絳"，穆侯（前 811—前 785）至景公十五年（前 585）之間爲晉都邑，故隱五年《左傳》杜《注》謂"晉舊都，在平陽絳邑縣東"，其地在今山西省臨汾市翼城縣東南；"逆晉侯於隨"之"隨"，即隱五年《左傳》"翼侯奔隨"之"隨"，杜《注》謂"晉地"，去年春"翼侯奔"於此，其地即今介休市東稍南約 20 里之古隨城；"納諸鄂，晉人謂之鄂侯"之"鄂"，本唐叔虞所居之邑，故隱六年《左傳》杜《注》謂"晉別邑"，④其地在今臨汾市鄉寧縣南 1 里，有鄂侯古壘。⑤

　　又，宋羅泌《路史·國名記戊》："鄂，翼九宗嘉父逆晉侯于隨，納之鄂，曰鄂侯，晉地。"⑥此晉侯郤在鄂謂之"鄂侯"，在翼謂之"翼侯"，皆晉人因地名而稱其君之故。而"鄂侯"所居晉之別邑鄂，與"翼侯"所居晉之都邑翼，東西相距 80 餘里。可見，嘉父納翼侯於鄂邑，其必在鄂邑有相當的政治勢力，其采邑當在鄂邑或鄂邑附近地區。

　　此嘉父納因曲沃莊伯伐翼而奔隨之晉侯郤於鄂邑，復"翼侯"爲"鄂侯"，足見

---

①　[宋]鄭樵撰，王樹民點校：《通志二十略》，第 110 頁。
②　定四年《左傳》："分唐叔以大路，密須之鼓，闕鞏，沽洗，懷姓九宗，職官五正。"杜《注》："懷姓，唐之餘民；九宗，一姓爲九族；職官五正，五官之長。"[晉]杜預注，[唐]孔穎達等正義：《春秋左傳正義》，第 4637 頁。按：據隱六年《左傳》"翼九宗五正頃父之子嘉父"文論之，則"五正"非"五官"，而指一官。説參：楊伯峻《春秋左傳注》（修訂本），第 1539 頁。
③　參：[清]王梓材撰本《世本集覽通論》，見[漢]宋衷注，[清]秦嘉謨等輯：《世本八種》，上海商務印書館 1957 年排印本，第 65 頁。
④　[晉]杜預注，[唐]孔穎達等正義：《春秋左傳正義》，第 3749、3750、3759 頁。按：裴駰《史記集解》引《世本》曰："'（唐叔虞）居鄂。'宋衷注曰：'鄂地今在大夏。'"[漢]司馬遷撰，[南朝宋]裴駰集解，[唐]司馬貞索隱，[唐]張守節正義，郭逸、郭曼標點：《史記》，第 1304 頁。
⑤　參：[清]穆彰阿等纂修《嘉慶重修一統志·平陽府·鄂城》卷 138，第 25－26 頁。
⑥　[宋]羅泌撰，[宋]羅苹注：《路史》，第 366 頁。

嘉父一族對晉公室忠心不二。而 14 年後，即晉侯緡二年（前 703），賈伯奉桓王之命會虢仲、芮伯、梁伯、荀侯伐曲沃武公。① 嘉父納翼侯，賈伯伐曲沃，皆爲維護公室大宗（公家）、打擊家室小宗（私家）之舉，足見其在政治立場方面具有高度一致性。從地理位置上看，鄂邑在賈國西約 120 里，而賈國在翼城和曲沃西北約 60 里，嘉父納翼侯於鄂邑，自然有以賈國爲屏障的因素。在官族即爲世族，對把政治利益與宗族利益連爲一體的周人來說，除了維護公室這一共同政治利益之外，兩者必然有其宗親血緣關係。故我們可以推測，頃父爲賈伯之別族，在晉都翼城爲九宗五正之官，其子嘉父亦爲晉大夫，其後以字爲嘉氏；襄二十一年《左傳》之"欒氏之黨嘉父"即其後。

2. 家氏之地望、族屬及其與賈氏、嘉氏之族源關係

在討論了賈氏、嘉父的地望和族屬關係之後，我們回過頭來再看看家氏地望、族屬及其與賈氏、嘉氏之族屬關係。

《原本廣韻·下平聲·九麻》"家"字注："又姓。"② 宋鄧名世《古今姓氏書辯證·下平聲·九麻》："家，周大夫家伯爲周幽王太宰。又，家父爲大夫。"③ 鄭樵《通志·氏族略三》："家氏，姬姓，周大夫家父之後，以字爲氏。"④ 王應麟《姓氏急就篇》卷上："家氏，出於《周詩》。《春秋》有家父，晉有家僕徒。"⑤ 上引姓譜唯謂家氏爲姬姓，出於家父，餘皆未詳。今考：《水經·澮水注》《太平御覽》卷八百七十六並引《竹書紀年》："莊伯以曲沃叛，伐翼。公子萬救翼，荀叔軫追之，至于家谷。"⑥ 北魏酈道元《水經·澮水注》："澮水又西南，與諸水合，謂之澮交。……又有女家水，出于家谷。……有范壁水出于壁下，並西北流至翼廣城。……二水合而西北流，至澮交，入澮。"⑦

筆者以爲，此《水經·澮水注》所謂"澮交"，即《金史·地理志》之"澮交鎮"，亦即今山西省運城市絳縣東北 40 里之大交鎮大交村，與臨汾市翼城縣接壤，澮

---

① 事詳：桓九年《左傳》。
② ［唐］佚名：《原本廣韻》，清光緒七年（1881）黎庶昌編刻古逸叢書本，揚州廣陵書社 2013 年影印版，第 6 册，第 204 頁。按：《重修廣韻》説同。
③ ［宋］鄧名世撰，王力平點校：《古今姓氏書辯證》，第 176 頁。
④ ［宋］鄭樵撰，王樹民點校：《通志二十略》，第 107 頁。
⑤ ［宋］王應麟：《姓氏急就篇》，見《玉海》，清光緒九年（1883）浙江書局刊本，江蘇古籍出版社 1987 年影印版，第 6 册，第 2 頁。按：《急就篇》《潛夫論·志氏姓》《元和姓纂》等早期姓譜無"家氏"。
⑥ ［北魏］酈道元撰，楊守敬、熊會貞注疏，段熙仲點校，陳橋驛復校：《水經注疏》，第 567 頁。按：此據《水經·澮水注》引文，《太平御覽》卷八百七十六僅引"晉莊伯八年，無雲而雷；十年，莊伯以曲沃叛"諸句。［宋］李昉等：《太平御覽》，第 3891 頁。又，此爲晉鄂侯六年，即曲沃莊伯八年（前 718）之事；與晉侯緡二年，即曲沃武公十三年（前 703）賈伯奉周桓王之命伐曲沃武公之事，相距 15 年。
⑦ ［北魏］酈道元撰，楊守敬、熊會貞注疏，段熙仲點校，陳橋驛復校：《水經注疏》，第 566-568 頁。

河發源於此；①所謂"女家水"，在大交鎮東，亦即翼城縣西南；②所謂"家谷"，即女家水發源處之地名；所謂"范壁水"，今曰"故郡水"，在大交鎮范必（范壁）村。古人往往依山傍水作邑而居，故"女家水"之源曰"家谷"，女家水傍水之邑亦可曰"家邑"。女家水與范壁水下游之邑名曰"澮交"者，當爲二水合而西入澮水處，取交匯意名之。古音"家"爲平聲麻韻，"交"爲平聲宵韻，均爲見紐。此即清王念孫《廣雅疏證》所謂"一聲之轉"語言現象，亦即清錢大昕《十駕齋養新錄》卷一《毛傳多轉音》所謂"音隨義轉"訓詁原理。③ 據此，"澮交"本當爲"澮家"，後取二水交匯意而易名曰"澮交"。"澮交"亦曰"澮家"，當爲家氏始祖就封之采邑，亦即"家邑"。當然，宰夫家伯父爲西周王室大夫，必然會在豐鎬王畿之地另有封邑，故宋鄭樵《通志·氏族略三》謂宋代家氏有以京兆爲其郡望者。平王東遷雒邑，家氏之後世襲其宰夫之職，如桓八年、十五年《春秋》所載周桓王時聘魯與赴魯求車之"家父"即是。

又，古音"賈""嘉"爲麻韻，"家"爲模韻，皆爲見紐平聲，亦屬"音隨義轉"語言現象。故錢氏《毛傳多轉音》據此認爲《漢書·古今人表》之"嘉父"，即《詩·小雅·節南山》之"家父"。上面從我們對其氏族來源的討論中可以看出，三氏必同出一源。由此我們可以進一步推論，賈氏爲家氏與嘉氏之祖，嘉氏爲賈氏或家氏之別族；而狐氏與賈氏同出唐叔虞，則狐氏與家氏自然屬同一族源，乃同宗共祖之族。④ 則家氏爲賈氏之別（支族）、帝嚳高辛氏元妃姜嫄子后稷棄之裔、文王昌之孫、武王發庶子唐叔虞之後，出於家父（家伯父），屬晉國公族。其郡望在離賈國不遠的家谷之水女家河畔之家邑，當在今山西省運城市絳縣東北 40 里之大交鎮附近。宰夫家伯父是家氏入仕西周王室的大夫，東遷後仍在東周王室任宰夫這一世職；其支族有留在豐鎬故都者，其後即以京兆爲郡望。桓八年、十五年《春秋》《左傳》之"家父"乃其後世子孫，春秋時期具體世系未詳。

綜上所論可知，家伯父，即《節南山》之"家父"，亦即《十月之交》之"宰夫家伯"，故亦可稱之曰"宰夫家伯父"；姓姬，本氏賈，別氏家，字父，行次伯，周王室宰夫，歷仕周幽王、平王二王（前 781—前 720 在位）爲元老重臣，名、生卒年皆未詳（前 770 在世）。其憤世嫉俗、怨天尤王、直言敢諫，爲春秋前期周王室著名政治家與貴族詩人，屬周王室同姓世族作家，傳世有《節南山》（見《詩·小雅》）一詩。

---

① 參見：［清］穆彰阿等纂修《嘉慶重修一統志·絳州》，覺羅石麟等《山西通志·疆域二》。
② 參見：［清］穆彰阿等纂修《嘉慶重修一統志·平陽府》《絳州》。按：［清］覺羅石麟等《山西通志·山川二》、顧祖禹《讀史方輿紀要·山西四》皆以爲女家水在山西省臨汾市翼城縣東南，説不確，故筆者此不取。
③ ［清］錢大昕：《十駕齋養新錄》，阮元刻清經解本，鳳凰出版社 2005 年影印版，第 3 冊，第 3643 頁。
④ 關於晉公室之族屬與春秋時期之世系，説詳：邵炳軍《晉公室族屬、世系暨作家群體事略考》，《晉陽學刊》2012 年第 6 期，第 10－16 頁。

第三節　從詩文本看《節南山》的創作年代

關於《節南山》之創作時代，先哲時賢主要有七說。

一爲"闕疑"說，見前引《孔叢子·記義》篇載孔子語，上博簡《詩論》第八簡及宋朱熹《詩集傳》卷十一同。

二爲"幽王之世（前 781—前 771）"說，見前引《節南山》毛《序》，元許謙《詩集傳名物鈔》卷六說大同。清馬瑞辰《毛詩傳箋通釋》卷二十以爲："是有執政之名，無爲政之實，故責之耳。……作誦蓋即作詩以爲諷諫也。"①魏源《詩古微·通論二雅》以爲：此詩乃"刺幽王任用師尹聽政不平"之作，屬"西都之雅"而非"東都之雅"。②《詩序集義》說同。姚際恒《詩經通論》卷十認爲："東遷以後，曷爲詠南山哉？"③皆力主此說。

三爲"平王之世（前 770—前 720）"說，見前引三國吳韋昭說，元劉瑾《詩集傳通釋》卷十一、明梁寅《詩演義》卷十一、清傅恒等《御纂詩義折中》卷十二、李光地《詩所》卷四、陸奎勳《陸堂詩學》卷七說大同。

四爲"平桓之世（前 770—前 697）"說，見前引《節南山》孔《疏》。

五爲"桓王之世（前 719—前 697）"說，見前引宋歐陽修《詩本義》卷七，明季本《詩說解頤·正釋》卷十八、何楷《詩經世本古義》卷二十說大同，僞《子貢詩傳》、僞《申培詩說》亦同。

六爲"共和元年（前 841）之後"說，見前引宋戴溪《續呂氏家塾讀詩記》卷二。

七爲"宣王之世（前 827—前 782）"說，見前引清梁玉繩《人表考》卷四。

謹按：《孔叢子·記義》篇引孔子之"見忠臣之憂世"說、《詩論》之"上之衰也，王公恥之"說、④朱《傳》之"刺王用尹氏以致亂"說、⑤詩旨解說雖異，然皆未著作世。

又，《詩集傳名物鈔》之"家父刺王用尹氏致亂"說、⑥詩旨解說雖與毛《序》異，然其作世則從毛《序》說。

---

① ［清］馬瑞辰撰，陳金生點校：《毛詩傳箋通釋》，十三經清人注疏本，中華書局 1989 年版，第 598－599 頁。
② ［清］魏源撰，何慎怡等據修吉堂刻本點校：《詩古微》，嶽麓書社 1989 年版，第 339－340 頁。
③ ［清］姚際恒撰，顧頡剛據清道光十七年（1837）韓城王篤鐵琴山館刊本點校：《詩經通論》，中華書局 1958 年版，第 204 頁。
④ 馬承源主編：《上海博物館藏戰國楚竹書》，第 1 冊，第 136 頁。
⑤ ［宋］朱熹撰，夏祖堯點校：《詩集傳》，第 147 頁。
⑥ ［元］許謙：《詩集傳名物鈔》，叢書集成初編排印清同治光緒間（1862—1908）胡鳳丹編刻金華叢書本，中華書局 1985 年版，第 1730 冊，第 182 頁。

又,《詩集傳通釋》之"刺尹氏爲政不平"說、①《詩演義》之"刺尹氏而兼刺平王"說、②《御纂詩義折中》之"諫平王"說、③《詩所》之"兼刺幽王、平王"說、④《陸堂詩學》之"誡平王"說,⑤詩旨解説雖異,然其作世皆同。

又,《詩説解頤》之"家父刺尹氏專權致亂"說、⑥《詩經世本古義》之"家父刺桓王從尹氏助曲沃"說、⑦僞《詩傳》、僞《詩説》之"家父諫桓王伐鄭"說、⑧詩旨解説雖異,然其作世皆同。

筆者以爲韋昭"周平王之世"説近是。我們從家父的生平事蹟結合對文本的分析可以認定,《節南山》爲驪山之難、"二王並立"初期,亦即西周覆滅而周平王未東遷時期的作品,當作於周平王元年(前770)頃。

一、詩人所寫亡國喪亂之象與卿大夫之茫然心態

1. 詩人描寫了周幽王驪山之難而宗周覆滅後的亡國之象

首章曰:"國既卒斬,何用不監。"毛《傳》:"卒,盡;斬,斷;監,視也。"鄭《箋》:"天下之諸侯日相侵伐,其國已盡絕滅,女何用爲職不監察之?"⑨清姚際恒《詩經通論》卷十:"詩人愁苦,必用危言聳聽,如曰'國既卒斬'及下篇'褒姒滅之'是也,其實未斬、未滅也。"⑩陳奐《毛詩傳疏》卷十九:"言國祚已盡滅斷絕。"⑪

謹按:以上諸説之訛誤在於對"國""既"二字的訓解。"國",鄭《箋》訓爲"天下諸侯"之"國",《毛詩傳疏》訓爲"國祚",皆失之。實際上,"國"在《詩經》中有可訓爲"諸侯方國之國都"者,如《邶風·擊鼓》首章之"土國城漕,我獨南行";有可訓爲"諸侯方國"者,如《陳風·墓門》首章之"夫也不良,國人知之";有可訓爲"周王室之國運"者,如《大雅·桑柔》次章之"於乎有哀,國步斯頻";⑫有可訓爲"周

---

① [元]劉瑾:《詩集傳通釋》,中華再造善本影印元至正十二年(1352)建安劉氏日新書堂刻本,北京圖書館出版社2006年版,卷11,第17頁。
② [明]梁寅:《詩演義》,文淵閣四庫全書本,上海古籍出版社1987年影印版,經部第78册,第135—136頁。
③ [清]傅恒等:《御纂詩義折中》,第12頁。
④ [清]李光地:《詩所》,清道光九年(1821)李維迪刻榕村全書本,福建人民出版社2013年影印版,第5册,第1頁。
⑤ [清]陸奎勳:《陸堂詩學》,四庫全書存目叢書影印清康熙五十三年(1714)陸氏小瀛山閣刻本,齊魯書社1997年版,經部第77册,第330頁。
⑥ [明]季本:《詩説解頤》,《正釋》卷18,第12頁。
⑦ [明]何楷撰,李士彪、張丹丹校點:《詩經世本古義》,第1166頁。
⑧ [明]豐坊:《子貢詩傳》,見[明]鍾惺《古名儒毛詩解》,四庫全書存目叢書影印明擁萬堂刻本,齊魯書社1997年版,經部第65册,第34頁;[明]豐坊:《申培詩説》,見[明]鍾惺《古名儒毛詩解》,四庫全書存目叢書影印明擁萬堂刻本,齊魯書社1997年版,經部第65册,第45頁。
⑨ [漢]毛亨傳,[漢]鄭玄箋,[唐]孔穎達等正義:《毛詩正義》,第943頁。
⑩ [清]姚際恒撰,顧頡剛點校:《詩經通論》,第204頁。
⑪ [清]陳奐:《毛詩傳疏》,第4044頁。
⑫ 《擊鼓》鄭《箋》:"或役土功於國,或脩理漕城。"《桑柔》鄭《箋》:"哀哉國家之政!行此禍害比比然。"[漢]毛亨傳,[漢]鄭玄箋,[唐]孔穎達等正義:《毛詩正義》,第630、804、1203頁。

王室之國家"者,本詩"國"凡三見,皆是。如三章曰:"秉國之均,四方是維;天子是毗,俾民不迷。"此"國"與"方"、"天子"與"民"對舉而出,詞義互見,"國"即爲周天子之國,"方"即爲諸侯之方國。首章之"國既卒斬,何用不監",六章之"憂心如酲,誰秉國成",①此二"國"字意當同。

"既"是一個表已然態的時間副詞,姚氏謂此已然之詞乃詩人爲表達情感或藝術構思的需要所採用的誇飾、虛筆之法。統觀全詩,均寫亡國之象,何以誇飾、何爲虛筆呢?故詩人言"國既卒斬"意爲"國家已經完全破滅了"。縱觀西周王室,可謂"國既卒斬"者有二:一是周厲王時國人暴動,流王於彘(霍之都邑名,地即今山西省霍州市南之故彘城),"共伯和干王位"(《史記·周本紀》司馬貞《索隱》引《竹書紀年》);②二是周幽王驪山之難,宗周破滅。據上所論,本詩所指顯然是後者。

次章曰:"天方薦瘥,喪亂弘多。"毛《傳》:"薦,重;瘥,病;弘,大也。"鄭《箋》:"天氣方今又重以疫病,長幼相亂,而死喪甚大多也。"③清王先謙《詩三家義集疏》卷十七:"言天降凶荒,人民流散,田蕪不治,故云'天方薦疄',與董説'爭田'事無涉,義較毛作'瘥'爲長。"④

謹按:"瘥",毛《傳》訓爲"病",鄭《箋》訓爲"疫病",意未盡。《説文·田部》引《三家詩》"瘥"作"疄":"疄,殘田也。"《疒部》:"瘥,瘉也。……瘉,病瘳也。"⑤詩中引申爲免除了天災人禍,而非指自然疾病痊癒。

"方",鄭《箋》訓爲"方今",失之。實際上,"方"當爲表已然態的時間副詞,與《小雅·正月》四章"民今方殆,視天夢夢"之"方"字義同。⑥

據此,上句"天方薦瘥"可釋爲:上天懲罰我們的一個又一個的天災人禍剛剛過去;下句"喪亂弘多"是遙應上文"國既卒斬"而來,可釋爲:卻戰亂再起,百姓死傷狼藉、流離失所,不勝計數。此釋上下文義貫通,亦與驪山之難前後的史實相合。"國既卒斬"寫國破山河碎,"喪亂弘多"寫家亡無所歸。詩人此言"家亡無所歸"之因乃"國破山河碎",足見詩人所寫爲周幽王驪山之難後的亡國之象。正如清方玉潤《詩經原始》卷十所評:詩人"再唱一筆,乃其爲政之失"⑦。

五章曰:"昊天不傭,降此鞠訩。昊天不惠,降此大戾。"⑧其中兩"此"字,均

---

① 鄭《箋》:"持國政之平,維制四方。""其國已儘絕滅……""觀此君臣,誰能持國之平乎?"[漢] 毛亨傳,[漢] 鄭玄箋,[唐] 孔穎達等正義:《毛詩正義》,第 943-946 頁。
② [漢] 司馬遷撰,[南朝宋] 裴駰集解,[唐] 司馬貞索隱,[唐] 張守節正義,郭逸、郭曼標點:《史記》,第 97 頁。
③ [漢] 毛亨傳,[漢] 鄭玄箋,[唐] 孔穎達等正義:《毛詩正義》,第 944 頁。
④ [清] 王先謙撰,吳格點校:《詩三家義集疏》,十三經清人注疏本,中華書局 1987 年版,第 659 頁。
⑤ [漢] 許慎撰,[清] 段玉裁注:《説文解字注》,第 695、352 頁。
⑥ 鄭箋:"方,且也。"[漢] 毛亨傳,[漢] 鄭玄箋,[唐] 孔穎達等正義:《毛詩正義》,第 948 頁。
⑦ [清] 方玉潤撰,李先耕據鴻蒙室叢書本點校:《詩經原始》,中華書局 1986 年版,第 387 頁。
⑧ [漢] 毛亨傳,[漢] 鄭玄箋,[唐] 孔穎達等正義:《毛詩正義》,第 945 頁。

指代國破家亡的悲慘現實。

2. 詩人描寫了"二王並立"之亂時卿大夫的流離之苦和茫然心態

七章曰："駕彼四牡，四牡項領。我瞻四方，蹙蹙靡所騁。"毛《傳》："項，大也。騁，極也。"鄭《箋》："四牡者，人君所乘駕。今但養大，其領不肯爲用。喻大臣自恣，王不能使也。蹙蹙，縮小之貌。我視四方，土地日見侵削於夷狄，蹙蹙然；雖欲馳騁，無所之也。"①

謹按：先哲釋此四句詩意主要有三説。

一爲"刺賢者不遇"説。漢劉向《新序·雜事五》："夫處勢不便，豈可以量功挍能哉。《詩》不云乎：'駕彼四牡，四牡項領。'夫久駕而長不得行，項領不亦宜乎。"②三國魏徐幹《中論·爵禄》："君子不患道德之不建，而患時世之不遇。《詩》曰：'駕彼四牡，四牡項領。我瞻四方，蹙蹙靡所騁。'傷道之不遇也。"③《潛夫論·三式》清汪繼培《注》："此引《詩》以明大臣怨乎不以，則以四牡項領而靡所騁，喻賢者有才而不得試。"④

二爲"大臣自恣失職"説，見前引《節南山》鄭《箋》。

三爲"刺喪亂無居"説。宋朱熹《詩集傳》卷十一："言駕四牡而四牡項領，可以騁矣；而視四方則皆昏亂，蹙蹙然無可往之所，亦將何所騁哉？"⑤

筆者以爲，在此三説之中，朱《傳》説可謂大旨得之，但仍説得比較朦朧。本章是上承"國既卒斬""喪亂弘多""亂靡有定""俾民不寧"而來，詩人既不是刺尹氏自恣失職，亦不是抒懷才不遇之情，而是以自身經歷抒寫戰亂流離之苦。

驪山之難後，國破家亡，戰亂不息，國人不寧，最讓詩人"憂心如酲"者爲"誰秉國成"。顯然，這裏的"秉國成"已不是指太師尹氏皇父"秉國鈞"了，也不是幽王或平王承繼一統之"秉國成"，而是指二王並立，兄弟爭國；天王宜臼父在而僭立於西申，攜王余臣父死而繼立於攜地。一天不能有二日，一國不能有二主，這乃詩人"憂心如酲"之處。因此，詩人仰天長呼"誰秉國成"，蓋"誰主沉浮""誰執牛耳"之意，亦爲詩人"瞻四方"而"靡所騁"之茫然心態產生的直接根源。詩人所寫兄弟爭國的情形，與《小雅·雨無正》的描寫是極爲相似的。《雨無正》中的蟄御之臣"僭僭日瘁"是因爲：面對二王並立、兄弟爭國的政治格局，"正大夫離居，

---

① ［漢］毛亨傳，［漢］鄭玄箋，［唐］孔穎達等正義：《毛詩正義》，第 946 頁。
② ［漢］劉向撰，石光瑛校釋：《新序校釋》，中華書局 2001 年版，第 756－757 頁。
③ ［三國魏］徐幹撰，龔祖培據清咸豐間(1851—1861)錢培名精校本點校：《中論》，遼寧教育出版社 2001 年版，第 25 頁。按："而患時世之不遇"，［唐］馬總《意林》卷五作："而患其時之不至。"［唐］馬總《意林》，續修四庫全書影印清鈔本，上海古籍出版社 2002 年版，子部第 1188 冊，第 76 頁。
④ ［漢］王符撰，［清］汪繼培箋，彭鐸校正：《潛夫論箋校正》，第 202 頁。
⑤ ［宋］朱熹撰，夏祖堯點校：《詩集傳》，第 146 頁。

莫知我勩。三事大夫,莫肯夙夜。邦君諸侯,莫肯朝夕";①《節南山》中的宰夫家伯父"瞻四方"而"靡所騁"亦是因爲:面對二王並立、兄弟爭國的政治格局,西周王室的公卿大夫諸侯方伯,皆不知所從,或觀龍虎鬥,或倉促逃難。

從傳世文獻和考古材料看,幽王時期的上層社會成員,在晚期已頗有逃難的想法。如周幽王五年(前777),太師尹氏皇父"作都于向"(《詩·小雅·十月之交》),②預先安排避難之所。又如幽王九年(前773),司徒鄭桓公寄孥虢鄶之間,早作東遷之計。③但大部分貴族未作充分準備,當大難來臨時,唯有倉促逃難,而祇得將重器寶物窖藏於地下。比如,1975年在陝西省寶雞市岐山縣董家村出土窖藏銅器37件;④又如,1976年在扶鳳縣法門公社莊白大隊白家生產隊出土窖藏銅器103件。⑤以上諸器時代不一,有早至成王時代的,最晚爲西周末期的。⑥如此完整保存的窖藏銅器,若是厲王奔彘時所藏,當宣王親政、一切恢復正常,原藏主人定會啓封;唯有驪山之難,原藏主人倉促逃難,或死於戰亂,或東遷成周,或另去他邑,窖藏纔永未再啓。可見驪山之難這一突變不僅使下層人民流離失所,即使絕大多數貴族階層也難以倖免。故宰夫家伯父"憂心如酲",茫然慨歎是很正常的心態。

二、《節南山》之"尹氏"即《十月之交》之"皇父"

清陸奎勳《陸堂詩學》卷七:"尹氏,即隱三年夏四月辛卯卒之尹氏也。"⑦此所謂"尹氏",據隱三年《公羊傳》《穀梁傳》之文,且謂其爲天子之大夫;隱三年《左傳》作"君氏"。"尹",蓋"君"之殘誤字,《公羊傳》《穀梁傳》蓋因字殘而誤。⑧足見其說失考。筆者以爲,《節南山》之首章、次章二言"師尹",三章言"尹氏大師",皆即"太師尹氏";亦即《十月之交》四章之"皇父卿士",五章、六章之"皇父",亦即"卿士皇父"。此可爲詩人刺太師尹氏亂政之外證。兹考證如下。

1.《十月之交》之"皇父"與《國語·鄭語》之"虢石父"非同一人

《潛夫論·志氏姓》:"周氏、邵氏、畢氏、榮氏、單氏、尹氏、鐂(劉)氏、富氏、鞏氏、蓑氏,此皆周室之世公卿家也。……尹者,本官名也,若宋有太師,楚有令尹、

---

① 毛《傳》:"勩,勞也。"[漢]毛亨傳,[漢]鄭玄箋,[唐]孔穎達等正義:《毛詩正義》,第960頁。
② [漢]毛亨傳,[漢]鄭玄箋,[唐]孔穎達等正義:《毛詩正義》,第958頁。
③ 事見:《國語·鄭語》《史記·鄭世家》。
④ 參見:岐山縣文化館龐懷清、陝西省文管會鎮烽等《陝西省岐山縣董家村西周銅器窖穴發掘簡報》,《文物》1976年第5期,第26-44頁。
⑤ 參見:陝西周原考古隊《陝西扶風莊白一號西周青銅器窖藏發掘簡報》,《文物》1978年第3期,第1-18頁。
⑥ 參見:許倬雲《西周史》,第314頁。
⑦ [清]陸奎勳:《陸堂詩學》,第330頁。
⑧ 説參:楊伯峻《春秋左傳注》(修訂本),第24頁。

左尹矣。尹吉甫相宣王者(著)大功績,《詩》云:'尹氏太師,維周之底'也。"①《揅經室集》卷三《節南山》:"師尹,太師尹氏也,吉甫之族。幽王時不用皇父,任尹氏爲大師。"《〈詩·十月之交〉四篇屬幽王説》:"皇父卿士,乃南仲之裔孫。周宣王時卿士,命征淮徐者。"②《毛詩傳疏》卷十九:"史伯説幽王時事與此詩(指《十月之交》)正同,疑皇父即虢石父,或皇父徂向更以虢石父代之。世遠年湮,迄無考證。"③

謹按:王氏《潛夫論》以"尹吉甫"與《節南山》之"尹氏太師"爲一人,阮氏《揅經室集》以"皇父"與"太師尹氏"爲二人,陳氏《毛詩傳疏》疑"皇父"與"虢石父"爲同一人,説皆非。今考《漢書·古今人表》"下下愚人"類有"虢石父""皇父卿士",並次於幽王時,④顯然班氏以爲二人;況且西周官制有"三公六卿"之説,卿士未必一人。筆者以爲,《國語·晉語一》《鄭語》《史記·周本紀》之"虢石父(甫)",即昭二十六年《左傳》孔《疏》引《竹書紀年》之"虢公翰",亦即《呂氏春秋·當染》篇之"虢石鼓",姓姬,爵公,名翰,一名鼓,字石父;爲封於西虢的文王母弟虢仲之後,幽王時以諸侯入仕王室爲卿士。而據《元和姓纂·上聲·十七凖》《古今姓氏書辯證·上聲·十七凖》《通志·氏族略三》,尹氏爲少昊(少皞摰)金天氏之子封於尹城以邑爲氏者,宣王時有天子三公"尹吉甫",《十月之交》之"皇父"乃其後。尹氏後裔東遷後世掌其職,爲周王室卿大夫。比如,成十六年《春秋》"(秋)公會尹子、晉侯、齊國佐、邾人伐鄭"之"尹子",即《左傳》"七月,公會尹武公及諸侯伐鄭"之"尹武公",仕爲周簡王卿士;再如,襄三十年《左傳》"五月癸巳,尹言多、劉毅、單蔑、甘過、鞏成殺佞夫"之"尹言多",仕爲周景王大夫;又如,昭二十三年《左傳》"六月壬午,王子朝入于尹。癸未,尹圉誘劉佗殺之"之"尹圉",亦即昭二十五年《左傳》"壬申,尹文公涉于鞏"之"尹文公"、"西王"王子朝之黨;又如,昭二十三年《左傳》"(秋七月戊申)尹辛敗劉師于唐"之"尹辛",爲尹氏之族。⑤ 可見,《十月之交》之"皇父",與《國語》《史記》之"虢石父"非同一人。

2.《十月之交》之"皇父"與今本《竹書紀年》之"尹氏皇父"爲同一人

《十月之交》中的"皇父卿士",始"作都于向",後"以居徂向";⑥這與今本《竹

---

① 彭鐸曰:"此蓋《魯詩》。氏、底古通,《毛詩》用借字。"[漢] 王符撰,[清] 汪繼培箋,彭鐸校正:《潛夫論箋校正》,第461頁。
② [清] 阮元:《揅經室集》,阮元刻清經解本,鳳凰出版社2005年影印版,第6冊,第8162、8164頁。
③ [清] 陳奐:《毛詩傳疏》,第4069頁。
④ [漢] 班固撰,[唐] 顏師古注,傅東華等點校:《漢書》,第901頁。
⑤ 成十六年《春秋》杜《注》:"尹子,王卿士,子爵。"襄三十年《左傳》杜《注》:"五子,周大夫。"昭二十三年《左傳》杜《注》:"尹圉,尹文公也。""尹辛,尹氏族。"昭二十五年《左傳》杜《注》:"文公,子朝黨。"[晉] 杜預注,[唐] 孔穎達等正義:《春秋左傳正義》,第4161-4168、4369、4565-4583、4565頁。
⑥ 毛《傳》:"向,邑也。"鄭《箋》:"以往居于向也。"[漢] 毛亨傳,[漢] 鄭玄箋,[唐] 孔穎達等正義:《毛詩正義》,第958頁。

書紀年》所載幽王元年(前781)"王錫(賜)大師尹氏皇父命"、五年(前777)"皇父作都于向"史實相符。① 可見,《十月之交》中的"皇父卿士",與今本《竹書紀年》中的"尹氏皇父""皇父"爲同一人。按照周制,太師均爲兼官,故清陳奂《毛詩傳疏》卷十九曰:"周公以冢宰兼大師,大公以司馬兼大師,皇父以司徒兼大師。"② 當然,《十月之交》"皇父卿士"與"番維司徒"並提,顯爲二人,陳氏謂其"以司徒兼太師",説不確。《十月之交》之"卿士皇父"位列"司徒番"之前,其職掌當爲冢宰兼太師。由此可知,太師尹氏皇父任冢宰當爲周幽王元年至五年(前781—前778),其"以居徂向"當在六年(前776)。

3.《節南山》之"尹氏"與《十月之交》之"皇父"爲同一人

《十月之交》的太師尹氏皇父臨危隱退,委政他人,營邑於向,以三有事(司)之多藏者和庶民三有車馬者均隨之居向。其所作所爲,與《節南山》太師尹氏"何用不監""弗躬弗親""弗問弗仕""瑣瑣姻亞,則無膴仕"不親理國政之事是完全相符的。③ 所不同的是,《節南山》重在刺其在位而不監國政,《十月之交》重在刺其離居而隱退自逸。

《漢書·藝文志》有"尹佚"而無"史逸",而《古今人表》反之。《漢書》之"尹佚""史逸"者,即僖十五年《左傳》之"史佚",亦即《書·周書·洛誥》之"史逸",亦即《國語·晉語四》《淮南子·道應訓》之"尹佚",歷仕周文王、武王、成王三代爲太史;《漢書·藝文志》著録《尹佚》二篇,《尹佚》乃《史逸之志》之别稱。又,《古今人表》有"尹吉甫"而無"皇父卿士"。《漢書》之"尹吉甫""皇父卿士"者,即《詩·小雅·六月》《大雅·崧高》《烝民》之"吉甫",亦即《大雅·常武》之"大師皇父"。據清吳大澂《愙齋集古録》卷十六著録傳世周宣王五年(前823)器兮伯盤銘文考知,④《小雅·六月》之"尹吉甫",即兮甲盤之"兮甲""甲""兮白(伯)吉甫",氏尹,爵伯,名兮甲,字吉甫。⑤ 又,《古今人表》無"太師尹氏"而有"皇父卿士",蓋班氏皆以其爲同一人。

又,隱二年《春秋》孔《疏》引《世本》:"莒,己姓;向,姜姓。"⑥清梁玉繩《人表考》據此謂《節南山》之"皇父卿士"爲姜姓。然據筆者初步統計,"向"地見於《春秋》經傳者凡八,實則爲三:

一爲姜姓向國之名,魯隱公二年(前721)莒人取之以爲邑,後魯、莒相爭,至

---

① 王國維:《今本竹書紀年疏證》,第86—87頁。
② [清]陳奂:《毛詩傳疏》,第4066頁。
③ 毛《傳》:"兩壻相謂曰亞。"[漢]毛亨傳,[漢]鄭玄箋,[唐]孔穎達等正義:《毛詩正義》,第943—945頁。
④ [清]吳大澂:《愙齋集古録》,第236—237頁。按:兮伯盤,一題"兮伯吉父盤",又題"兮甲盤"。
⑤ 參見:郭沫若《兩周金文辭大系圖録考釋》(增訂本),科學出版社2002年版,第305頁。
⑥ [晉]杜預注,[唐]孔穎達等正義:《春秋左傳正義》,第3730頁。

襄公二十年(前553)時仍屬於莒,地即今山東省日照市莒縣東南70里之故向城。比如,隱二年《春秋》:"夏五月,莒人入向。"桓十六年《春秋》:"冬,城向。"僖二十六年《春秋》:"春王正月己未,公會莒子、衛甯速盟于向。"宣四年《春秋》:"春王正月,公及齊侯平莒及郯,莒人不肯,公伐莒,取向。"襄二十年《春秋》:"春王正月辛亥,仲孫速會莒人盟于向。"①

二爲己姓蘇國之邑名,後屬鄭,地在今河南省濟源市軹城鎮西。比如,隱十一年《左傳》:"王取鄔、劉、蔿、邘之田于鄭,而與鄭人蘇忿生之田——溫、原、絺、樊、隰郕、欑茅、向、盟、州、陘、隤、懷。"桓七年《左傳》:"夏,盟、向求成于鄭,既而背之。秋,鄭人、齊人、衛人伐盟、向。王遷盟、向之民于郟。"襄十四年《春秋》:"春王正月,季孫宿、叔老會晉士匄、齊人、宋人、衛人、鄭公孫蠆、曹人、莒人、邾人、滕人、薛人、杞人、小邾人會吳于向。"②

三爲周王室之邑名,地在今開封市尉氏縣西南40里。襄十一年《左傳》:"六月,諸侯會于北林,師于向。"③

由此可見,隱二年《春秋》"莒人入向"之"向",爲姜姓向國之國名;《十月之交》"作都于向"之"向",爲周王室之邑名。④ 足見梁氏以"皇父卿士"爲姜姓説之失。

由此看來,《節南山》之"太師尹氏",即《十月之交》所刺之"皇父卿士",亦即《竹書紀年》所説"太師尹氏皇父",氏尹,字皇父,名未詳,職太師,爵卿士,仕於周幽王之世(前781—前771)。⑤

三、《節南山》刺幽王之主旨與家父戒平王之動機

關於《節南山》之詩旨,先哲主要有以下十五説:

一爲"見忠臣之憂世"説,見前引《孔叢子·記義》篇引孔子語。

二爲"上之衰也,王公恥之"説,見前引上博簡《詩論》第八簡。

---

① 隱二年《春秋》杜《注》:"向,小國也。譙國龍亢縣東南有向城。"僖二十六年《春秋》杜《注》:"向,莒地。"宣四年《春秋》杜《注》:"向,莒邑,東海承縣東南有向城。"襄二十年《春秋》杜《注》:"向,莒邑。"[晉]杜預注,[唐]孔穎達等正義:《春秋左傳正義》,第3730、3817、3953、4057、4275頁。按:隱二年《左傳》有"向姜不安莒而歸",此女名曰"向姜",當爲姜姓向國之女嫁於莒國者。與桓三年《左傳》之"芮姜"、莊二十八年《左傳》之"齊姜"同例,"芮"其大國,"齊"其母國,"姜"皆其姓。

② 隱十一年《左傳》杜《注》:"軹縣西有地名向上。"桓七年《左傳》杜《注》:"盟、向,二邑名。隱十一年,王以與鄭,故求與鄭成。"襄十四年《春秋》杜《注》:"向,鄭地。"[晉]杜預注,[唐]孔穎達等正義:《春秋左傳正義》,第3770—3771、3807、4245頁。

③ 杜《注》:"向,地在潁川長社縣東北。"[晉]杜預注,[唐]孔穎達等正義:《春秋左傳正義》,第4233頁。

④ 説參:[清]顧炎武《日知録》卷三十一《向》。

⑤ 據《元和姓纂·上聲·八語》《上聲·十七準》《古今姓氏書辯證·上聲·八語》《通志·氏族略二》等姓譜記載,尹氏乃以官爲氏者,爲少昊金天氏後裔;而少昊金天氏後裔有己姓莒氏、曹姓莒氏、嬴姓莒氏、祁姓郯氏(一説嬴姓郯氏)、滕姓尹氏、姞姓尹氏。未詳此尹氏何姓,存疑待考。

三爲"刺幽王"説,見前引《節南山》毛《序》。

四爲"刺爭田之訟"説。《漢書·董仲舒傳》載董仲舒《對賢良策三》:"及至周室之衰,其卿大夫緩於誼而急於利,亡推讓之風而有爭田之訟。故詩人疾而刺之,曰:'節彼南山,惟石巖巖。赫赫師尹,民具爾瞻。'"①

五爲"刺王用尹氏以致亂"説。宋朱熹《詩集傳》卷十一:"此詩家父所作,刺王用尹氏以致亂。""家父自言作爲此誦,以窮究王政昏亂之所由,冀其改心易慮,以畜養萬邦也。"②

六爲"責難於其君"説。宋戴溪《續吕氏家塾讀詩記》卷二:"《節南山》,家父責難于其君也。"③

七爲"刺尹氏爲政不平"説。宋王應麟《困學紀聞》卷三:"尹氏不平,此幽王所以亡。《春秋》於平王之末,書'尹氏卒',見權臣之繼世也;於景王之後,書'尹氏立王子朝',見權臣之危國也。《詩》之所刺,《春秋》之所譏,以此坊民,猶有五侯擅漢、三馬食曹之禍。"④元劉瑾《詩集傳通釋》卷十一:"此詩刺尹氏爲政不平。而曰'國既卒斬,何用不監',曰'喪亂弘多''憯莫懲嗟',曰'降此鞫訩''降此大戾'等語,語皆似亂亡以後之詞。疑此或東遷後詩也。"⑤

八爲"刺尹氏而兼刺平王"説。明梁寅《詩演義》卷十一:"是家父仕於平王,與尹氏同朝。其刺尹氏而兼刺平王明甚。"⑥

九爲"刺尹氏專權致亂"説。明季本《詩説解頤·正釋》卷十八:"此詩家父以尹氏專權致亂而作。雖爲尹氏作,而亦以告於王也。"⑦

十爲"諫桓王伐鄭"説。僞《子貢詩傳》:"桓公(王)伐鄭,家父諫之,賦《節》。"⑧僞《申培詩説》説同。

十一爲"刺桓王從尹氏助曲沃"説。明何楷《詩經世本古義》卷二十:"《節南山》,刺桓王從尹氏助曲沃也。"⑨

十二爲"諫平王"説。清傅恒等《御纂詩義折中》卷十二:"《節南山》,諫平王也。'國既卒斬,何用不監',則是西周已滅,而欲東周監之也。"⑩

十三爲"兼刺幽王、平王"説。清李光地《詩所》卷四:"蓋作於平王之初世,而追斥幽王也。""平王承幽之亂,不能自強於政;而所任用世臣,又皆親近邪慝

---

① [漢]班固撰,[唐]顔師古注,傅東華等點校:《漢書》,第2521頁。
② [宋]朱熹撰,夏祖堯點校:《詩集傳》,第145、147頁。
③ [宋]戴溪:《續吕氏家塾讀詩記》,第52頁。
④ [宋]王應麟撰,孫通海校點:《困學紀聞》,第66頁。
⑤ [元]劉瑾:《詩集傳通釋》,卷11,第17頁。
⑥ [明]梁寅:《詩演義》,第138-139頁。
⑦ [明]季本:《詩説解頤》,《正釋》卷18,第12頁。
⑧ [明]豐坊:《子貢詩傳》,第34頁。
⑨ [明]何楷撰,李士彪、張丹丹校點:《詩經世本古義》,第1166頁。
⑩ [清]傅恒等:《御纂詩義折中》,第12頁。

怙勢作威之人。災變屢生，民心離叛。此王業所以遂衰，而周之不能復西也。"①

十四爲"刺師尹"説。清方玉潤《詩經原始》卷十："詩以直刺尹氏爲主，言王因之不寧，乃是臣子愛君之心。"②

十五爲"誠平王"説。清陸奎勳《陸堂詩學》卷七："平王即位既久，不知自強，委政尹氏，有辜人望。故家父勤懇言之。"③

謹按：朱《傳》詳辨《毛詩》"刺幽王"說之失，明何楷《詩經世本古義》卷二十、清馬瑞辰《毛詩傳箋通釋》卷二十皆詳辨《齊詩》"刺爭田之訟"說之誤，清毛奇齡《詩傳詩說駁義》卷四深駁僞《子貢詩傳》、僞《申培詩說》"諫桓王伐鄭"說之謬，皆可參。何氏《詩經世本古義》"刺桓王"說，雖有隱五年《左傳》"曲沃莊伯以鄭人、邢人伐翼，王使尹氏、武氏助之"，桓八年《春秋》"天王使家父來聘"、桓十五年《春秋》"天王使家父來求車"三條史實爲據，④然作《節南山》之"家父"與"聘魯""求車"之"家父"非一人，故其說難以成立。方氏《詩經原始》"刺師尹"說，僅以詩文本主要篇幅刺師尹爲據，失之於淺。

故筆者以爲毛《序》之"刺幽王"說近是。以下我們從4個方面，來討論《節南山》之主旨與創作動機。

1.《節南山》的主旨是刺周幽王重用太師尹氏亂政誤國

我們通觀10章主要內容來歸納《節南山》全篇詩旨之所在。

首章曰："節彼南山，維石巖巖。赫赫師尹，民具爾瞻。憂心如惔，不敢戲談。國既卒斬，何用不監？"毛《傳》："興也。節，高峻貌。巖巖，積石貌。赫赫，顯盛貌。師，大師，周之三公也。尹，尹氏，爲大師。具，俱。瞻，視。惔，燔也。"鄭《箋》："興者，喻三公之位，人所尊嚴。此言尹氏女居三公之位，天下之民俱視女之所爲，皆憂心如火灼爛之矣；又畏女之威，不敢相戲而言語，疾其貪暴脅下以刑辟也。"⑤

謹按：此言尹氏不仁，國秉在握卻不親視國政，終致民望盡失而"國既卒斬"。《漢書·成帝紀》載成帝《申敕禮制詔》曰："吏民慕效，浸以成俗，而欲望百姓儉節，家給人足，豈不難哉！《詩》不云乎？'赫赫師尹，民具爾瞻。'其申敕有司，以漸禁之。"《董仲舒傳》載董仲舒《對賢良策三》曰："及至周室之衰，其卿大夫

---

① [清] 李光地：《詩所》，第1、3頁。
② [清] 方玉潤撰，李先耕點校：《詩經原始》，第388頁。
③ [清] 陸奎勳：《陸堂詩學》，第276頁。
④ 杜《注》："尹氏、武氏，皆周世族大夫也。"[晉] 杜預注，[唐] 孔穎達等正義：《春秋左傳正義》，第3750、3807、3815頁。
⑤ [漢] 毛亨傳，[漢] 鄭玄箋，[唐] 孔穎達等正義：《毛詩正義》，第943頁。

緩於誼而急於利,亡推讓之風而有爭田之訟。故詩人疾而刺之,曰:'節彼南山,惟石巖巖。赫赫師尹,民具爾瞻。'"《敘傳下》:"樂安褒褒,古之文學,'民具爾瞻',困于二司。"①《後漢紀·和帝紀下》載和帝《免張酺策》曰:"《詩》云:'節彼南山,惟石巖巖,赫赫師尹,民具爾瞻。'今君在位八年于兹。《康哉之歌》既無聞焉,而於兩觀之下有醜慢之音,傷《南山》之體,虧穆穆之風,將何以宣示四方儀刑百寮?"②王符《潛夫論·賢難》:"三代之以覆,列國之以滅,後人猶不能革,此萬官所以屢失守,而天命數靡常者也。《詩》云:'國既卒斬,何用不監!'"《愛日》:"上明聖主爲民愛日如此,而有司輕奪民時如彼,蓋所謂有君無臣,有主無佐,元首聰明,股肱怠惰者也。《詩》曰:'國既卒斬,何用不監!'"③此六引《詩》,正取"刺不親視國政"之意。故清姚際恒《詩經通論》卷十:"'憂心如惔,不敢戲談',正應上'赫赫'意。"④

次章曰:"節彼南山,有實其猗。赫赫師尹,不平謂何?天方薦瘥,喪亂弘多。民言無嘉,憯莫懲嗟。"毛《傳》:"實,滿;猗,長也。""憯,曾也。"鄭《箋》:"猗,倚也。言南山既能高峻,又以草木平滿,其旁倚之畎谷,使之齊均也。""責三公之不均平,不如山之爲也。謂何,猶云何也。""懲,止也。天下之民皆以災害相弔唁,無一嘉慶之言,曾無一恩德止之者。嗟乎!奈何?"⑤

謹按:此言尹氏爲政不平,終致"天方薦瘥,喪亂弘多",天人交怨。《漢書·劉向傳》載劉向《條災異封事》曰:"是後尹氏世卿而專恣,諸侯背畔而不朝,周室卑微。"⑥此化用《詩》,正取"爲政專恣不平"之意。故清姚際恒《詩經通論》卷十曰:"以'不平謂何',起下'秉國之均'諸語。"⑦

三章曰:"尹氏大師,維周之氐。秉國之均,四方是維。天子是毗,俾民不迷。不弔昊天,不宜空我師。"毛《傳》:"氐,本;均,平;毗,厚也。弔,至;空,窮也。"鄭《箋》:"氐,當作'桎鎋'之'桎'。毗,輔也。言尹氏作太師之官,爲周之桎鎋,持國政之平,維制四方,上輔天子,下教化天下,使民無迷惑之憂;言任至

---

① 《成帝紀》顔《注》:"《小雅·節南山》之詩也。……師尹,尹氏爲太師之官也。言居位甚高,備爲衆庶所瞻仰。"《董仲舒傳》顔《注》:"《小雅·節南山》之詩也。……師尹,周太師尹氏也。言三公之位,人所瞻仰,若山之高也。"《敘傳下》顔《注》:"《詩·小雅·節南山》之篇曰'赫赫師尹,民具爾瞻',言師尹之任,位尊職重,下所瞻望,而乃爲不善乎,深責之也。此敘言匡衡失德,不終相位,故引以爲辭耳。"[漢]班固撰,[唐]顔師古注,傅東華等點校:《漢書》,第325、2521、4263頁。
② [晉]袁宏撰,張烈據上海涵芬樓影印明嘉靖間(1521—1566)蘇州黄姬水刊本點校:《兩漢紀·後漢紀》,中華書局2002年版,第279-280頁。
③ 彭鐸曰:"其用'項領'之義本《魯詩》,則此亦《魯詩》說也。"[漢]王符撰,[清]汪繼培箋,彭鐸校正:《潛夫論箋校正》,第52、221頁。
④⑦ [清]姚際恒撰,顧頡剛點校:《詩經通論》,第204頁。
⑤ [漢]毛亨傳,[漢]鄭玄箋,[唐]孔穎達等正義:《毛詩正義》,第944頁。
⑥ 顔《注》:"又,《詩·小雅·節南山》云:'尹氏太師,赫赫師尹,不平謂何!'刺之也。"[漢]班固撰,[唐]顔師古注,傅東華等點校:《漢書》,第1936頁。

重。至,猶善也。不善乎昊天,愬之也。不宜使此人居尊官,困窮我之衆民也。"①

　　謹按:此言尹氏身居高官顯位,責任重大,卻使衆民困窮;詩人以反比之法,在頌美聲中對比出太師尹氏徒有其名,揭其罪責。②《漢書·律曆志上》:"準繩連體,衡權合德,百工繇焉,以定法式,輔弼執玉,以翼天子。《詩》云:'尹氏大師,秉國之鈞,四方是維,天子是毗,俾民不迷。'咸有五象,其義一也。"《敘傳下》:"高平師師,'惟辟作威';圖黜凶害,'天子是毗'。"③此兩引《詩》,正取"輔翼天子"之意。故明孫鑛《批評詩經》卷二評之曰:"刺其人却頌其職,蓋反意責之,用以起下章意。"④清姚際恒《詩經通論》卷十亦曰:"'不吊昊天',應上'天方薦瘥'而尹氏不恤也。"⑤

　　四章曰:"弗躬弗親,庶民弗信。弗問弗仕,勿罔君子。式夷式已,無小人殆。瑣瑣姻亞,則無膴仕。"毛《傳》:"庶民之言不可信,勿罔上而行也。式,用;夷,平也。平則已無以小人之言,至於危殆也。瑣瑣,小貌。兩壻相謂曰亞。膴,厚也。"鄭《箋》:"仕,察也。勿,當作'末'。此言王之政不躬而親之,則恩澤不信於衆民矣;不問而察之,則下民末罔其上矣。殆,近也。爲政當用平正之人,用能紀理其事也,無小人近。壻之父曰姻。瑣瑣昏姻妻當之小人,無厚任用之,置之大位,重其祿也。"⑥

　　謹按:此言尹氏不親身理政,而委政姻亞。襄七年《左傳》載晉公族穆子(韓無忌)曰:"(《詩》)又曰:'弗躬弗親,庶民弗信。'無忌不才,讓,其可乎?請立起也。"⑦《國語·楚語上》載楚白公子張曰:"《周詩》有之曰:'弗躬弗親,庶民弗信。'臣懼民之不信君也,故不敢不言。不然,何急其以言取罪也?"⑧此兩引《詩》,正取"爲政不躬親政事"之意。故明孫鑛《批評詩經》卷二評之曰:"實指尹氏過失正在此,只是不親事,寄柄瑣小輩。此乃世臣常態。"⑨清姚際恒《詩經通

---

① [漢]毛亨傳,[漢]鄭玄箋,[唐]孔穎達等正義:《毛詩正義》,第944頁。
② 參見:周東暉《二雅刺詩再探》,《新疆師範大學學報》1994年第1期,第10—16頁。
③ 《律曆志上》顏《注》:"《小雅·節南山》之詩也。言尹氏居太師之官,執持國之權量,維制四方,輔翼天子,使下無迷惑也。"《敘傳下》顏《注》:"《詩·小雅·節南山》之篇曰:'尹氏大師,惟周之氐,秉國之鈞,四方是維,天子是毗。'言大臣之職,輔佐天子者也。此敘言魏相欲崇君道而黜私權,故引《書》《詩》以爲言也。"[漢]班固撰,[唐]顏師古注,傅東華等點校:《漢書》,第970—971、4261頁。
④ [明]孫鑛:《批評詩經》,四庫全書存目叢書影印明末天益山刻本,齊魯書社1997年版,經部第150冊,第92頁。
⑤ [清]姚際恒撰,顧頡剛點校:《詩經通論》,第204頁。
⑥ [漢]毛亨傳,[漢]鄭玄箋,[唐]孔穎達等正義:《毛詩正義》,第945頁。按:"巳",當爲"已",止也。
⑦ 杜《注》:"《詩·小雅》。言譏在位者不躬親政事,則庶民不奉信其命;言己有疾,不能躬親政事。"[晉]杜預注,[唐]孔穎達等正義:《春秋左傳正義》,第4207頁。
⑧ 韋《注》:"言爲政不躬親之,則衆民不信。"[三國吳]韋昭注,上海師範大學古籍整理研究所點校:《國語》,第556頁。
⑨ [明]孫鑛:《批評詩經》,第92頁。

論》卷十亦曰："'瑣瑣姻亞',指其事而言之;蓋此輩不唯仕,而且臚仕矣,故亦戒其'無',應上君子弗仕意。"①

五章曰:"昊天不傭,降此鞠訩。昊天不惠,降此大戾。君子如屆,俾民心闋。君子如夷,惡怒是違。"毛《傳》:"傭,均;鞠,盈;訩,訟也。屆,極;闋,息;夷,易;違,去也。"鄭《箋》:"盈,猶多也。戾,乖也。昊天乎!師氏爲政不均,乃下此多訟之俗;又爲不和順之行,乃下此乖爭之化。病時民傚爲之,愬之於天。屆,至也。君子斥在位者,如行至誠之道,則民鞠訩之心息;如行平易之政,則民乖爭之情去。言民之失,由於上可反復也。"②

謹按:此言天降窮極之亂、乖戾之變,正是尹師不臨國事、爲政不平、委政姻亞的必然結果。故清姚際恒《詩經通論》卷十曰:"二'君子'即上'君子'。言用君子可以回天意及順民情也。'如夷',應上'式夷'。"③

六章曰:"不弔昊天,亂靡有定。式月斯生,俾民不寧。憂心如酲,誰秉國成。不自爲政,卒勞百姓。"毛《傳》:"病酒曰酲。成,平也。"鄭《箋》:"弔,至也;至,猶善也。定,止;式,用也。不善乎昊天!天下之亂無肯止之者,用月此生。言月月益甚也,使民不得安。我今憂之,如病酒之酲矣。觀此君臣,誰能持國之平乎?言無有也。卒,終也。昊天不自出政教,則終窮苦百姓。欲使昊天出圖書,有所授命,民乃得安。"④

謹按:此言至今仍"亂靡有定""俾民不寧",使詩人"憂心如酲"。襄十三年《左傳》:"君子以吳爲不弔。《詩》曰:'不弔昊天,亂靡有定。'"⑤《風俗通義·序》:"今王室大壞,九州幅裂,亂靡有定,生民無幾。"⑥《潛夫論·敘錄》:"公卿師尹,卒勞百姓,輕奪民時,誠可憤靜!"⑦此三徵引《詩》,或化用《詩》,正取"昊天不恤以致亂"之意。故明孫鑛《批評詩經》卷二評之曰:"語意多新陗,章法頓挫,絕有致。"⑧清姚際恒《詩經通論》卷十亦曰:"'誰秉國成',應三章'尹氏大師'以下六句。誰乎?尹氏大師也。"⑨

七章曰:"駕彼四牡,四牡項領。我瞻四方,蹙蹙靡所騁。"毛《傳》:"項,大也。騁,極也。"鄭《箋》:"四牡者,人君所乘駕。今但養大,其領不肯爲用,喻大臣自恣,王不能使也。蹙蹙,縮小之貌。我視四方土地,日見侵削於夷狄蹙蹙然,雖欲

---

① ③ ⑨ [清]姚際恒撰,顧頡剛點校:《詩經通論》,第204頁。
② [漢]毛亨傳,[漢]鄭玄箋,[唐]孔穎達等正義:《毛詩正義》,第945頁。
④ [漢]毛亨傳,[漢]鄭玄箋,[唐]孔穎達等正義:《毛詩正義》,第946頁。
⑤ 杜《注》:"(不弔)不用天道相弔恤。《詩》言不爲昊天所恤,則致罪也。"[晉]杜預注,[唐]孔穎達等正義:《春秋左傳正義》,第4244頁。
⑥ [漢]應劭撰,王利器校注:《風俗通義校注》,中華書局1981年版,第4頁。
⑦ 汪《箋》:"《詩·節南山》。"[漢]王符撰,[清]汪繼培箋,彭鐸校正:《潛夫論箋校正》,第474頁。
⑧ [明]孫鑛:《批評詩經》,第92頁。

馳騁，無所之也。"①朱《傳》："賦也。……言駕四牡而四牡項領，可以騁矣。而視四方則皆昏亂，蹙蹙然無可往之所，亦將何所騁哉？"②

謹按：此言詩人身歷喪亂之禍，駕車避難在外，然四方昏亂，賢者不遇，無處遠循，前途渺茫。詩人別出心裁，妙用誇張之法，說"項領"之"四牡"，竟是"蹙蹙靡所騁"，以揭示出土地日削、四方昏亂之政治局面。《潛夫論·三式》："且人情莫不以己爲賢而效其能者，周公之戒，不使大臣怨乎不以。《詩》云：'駕彼四牡，四牡項領。'"③此引《詩》，正取"賢者不遇"之意。

八章曰："方茂爾惡，相爾矛矣。既夷既懌，如相酬矣。"毛《傳》："茂，勉也。懌，服也。"鄭《箋》："相，視也。方爭訟自勉於惡之時，則視女矛矣。言欲戰鬥，相殺傷矣。夷，說也。言大臣之乖爭，本無大讎，其已相和順而說懌，則如賓主飲酒相醻酢也。"④

謹按：此言詩人在顛沛流離之中，將西周之亡、離亂之苦，歸咎於統治者內部矛盾所致；鋪陳其事，以事實説話，不着一字評語，已勾畫出喜怒無常的千古小人本相。故清姚際恒《詩經通論》卷十曰："上言其惡，下言其夷懌，正是一反一正。'夷'字亦應上二'夷'字。"⑤

九章曰："昊天不平，我王不寧。不懲其心，覆怨其正。"毛《傳》："正，長也。"鄭《箋》："昊天乎！師尹爲政不平，使我王不得安寧，女不懲止女之邪心，而反怨憎其正也。"⑥

謹按：此言上天降此災禍使"我王不寧"，是因爲幽王不但不懲改邪心，反而拒諫，遠賢臣而近小人。⑦ 三章已及"天子"，此章又言"我王"，道出"我王不寧"的原委在於委政尹氏，窮其亂本，歸之於王。故明孫鑛《批評詩經》卷二評之曰："至此乃透出'我王'字，用以爲下章'王訩'地。"⑧清姚際恒《詩經通論》卷十亦曰："此處方出'我王'字，則以前皆指尹氏甚明。……'懲其心'，應前'懲嗟'懲字。"⑨

卒章曰："家父作誦，以究王訩。式訛爾心，以畜萬邦。"鄭《箋》："究，窮也。大夫家父作此詩，而爲王誦也，以窮極王之政，所以致多訟之本意。"⑩朱《傳》：

---

① ［漢］毛亨傳，［漢］鄭玄箋，［唐］孔穎達等正義：《毛詩正義》，第946頁。
② ［宋］朱熹撰，夏祖堯點校：《詩集傳》，第146頁。
③ 汪《箋》："此引詩以明大臣怨乎不以，則以四牡項領而靡所騁，喻賢者有才而不得試，與鄭氏異誼。蓋本三家《詩》説。"［漢］王符撰，［清］汪繼培箋，彭鐸校正：《潛夫論箋校正》，第202頁。
④⑥ ［漢］毛亨傳，［漢］鄭玄箋，［唐］孔穎達等正義：《毛詩正義》，第946頁。
⑤ ［清］姚際恒撰，顧頡剛點校：《詩經通論》，第204-205頁。
⑦ 參見：蔣立甫《〈詩經〉中"天""帝"名義述考》，《安徽師大學報》1995年第4期，第434-440、474頁。
⑧ ［明］孫鑛：《批評詩經》，第92頁。按："地"，當爲"也"之訛。
⑨ ［清］姚際恒撰，顧頡剛點校：《詩經通論》，第205頁。
⑩ ［漢］毛亨傳，［漢］鄭玄箋，［唐］孔穎達等正義：《毛詩正義》，第946-947頁。

"賦也。……家父自言作爲此誦,以窮究王政昏亂之所由,冀其改心易慮,以畜養萬邦也。"①

謹按:此"以究王訩"爲點睛之筆,斥幽王之"訩"在於任用尹氏,亡國禍民。至此,詩人國破家亡之孤獨、無處遠循之憂慮、匡時補天之清醒,三位一體;"閔時病俗之所爲""忠厚惻怛之心""陳善閉邪之意"(宋朱熹《詩集傳·序》),②集於一身。故清姚際恒《詩經通論》卷十曰:"'以究王訩',承上'我王不寧'來;'訩',應上'鞫訩'訩字;謂窮究王之所以致此鞫訩也。……通篇唯末二章及王,餘俱指尹氏。觀此,則家父之愛王切矣,其責恨尹氏深矣。"③

可見,《節南山》前三章直陳時弊,揭露尹氏的黑暗政治;中三章說明事理,指出其緣由;末四章以感歎抒憤懣之情。全詩以主要篇幅寫太師尹氏爲政之失,似專咎尹氏;但詩人在結尾用"以究王訩"這一點睛之筆,把太師尹氏之亂政與幽王之昏憒巧妙地聯繫在一起,使批判鋒芒直指周王室的最高統治者,思想內涵更爲豐富,主題更爲深刻。詩人這種以鋪陳手法張本而示末的謀篇佈局之章法,正是其極富藝術修養的外在表現。故宋呂祖謙《呂氏家塾讀詩記》卷二十評之曰:"此章篇終矣,故窮其亂本而歸之王心焉。致亂者雖尹氏,而用尹氏者則王心之蔽也!"④的確,作品在陳弊、說理、感歎之中,既有生動的社會生活畫面,又貫注了詩人強烈的思想感情,"一詠三歎,感寤俱存",達到了"以意勝"(明陸時雍《古詩鏡·總論》)的藝術境界,⑤對後世政治抒情詩產生了巨大影響。⑥

2.《節南山》反映出兩周之際天道觀之巨變

華夏民族自有史以來至西周,神意政治逐漸演進爲天意政治。在周人眼裏,天是一種有意識的人格神。降及厲幽之際、宗周滅亡前後,人們對於天,不再像西周鼎盛時期那麼寅畏虔恭,而是持懷疑態度,開始"怨天尤人"了。比如,宣王大夫仍叔所作《雲漢》之首章曰:"王曰於乎,何辜今之人? 天降喪亂,饑饉薦臻";三章曰:"昊天上帝,則不我遺";五章曰:"昊天上帝,寧俾我遯";六章曰:"昊天上帝,則不我虞";七章曰:"瞻卬昊天,云如何里";卒章曰:"瞻卬昊天,有嘒其星。……瞻卬昊天,曷惠其寧"。再如,周幽王大夫凡伯所作《召旻》之首章曰:"旻天疾威,天篤降喪";次章曰:"天降罪罟,蟊賊內訌"。⑦

---

① [宋]朱熹撰,夏祖堯點校:《詩集傳》,第147頁。
② [宋]朱熹撰,夏祖堯點校:《詩集傳》,第2頁。
③ [清]姚際恒撰,顧頡剛點校:《詩經通論》,第205頁。
④ [宋]呂祖謙:《呂氏家塾讀詩記》,卷20,第28-29頁。
⑤ [明]陸時雍:《古詩鏡》,上海圖書館藏明刻本。
⑥ 參見:袁賽正《論〈詩經〉"以意勝"傾向》,《西北大學學報》1984年第3期,第57-64頁。
⑦ 《雲漢》毛《傳》:"薦,重;臻,至也。……嘒,衆星貌。"《召旻》毛《傳》:"訌,潰也。"[漢]毛亨傳,[漢]鄭玄箋,[唐]孔穎達等正義:《毛詩正義》,第1209-1213、1247-1248頁。

至春秋時期,天意之尊嚴已所剩無幾了。如秦人刺穆公以三良從死之作《黄鳥》,其三章末尾皆曰:"彼蒼者天,殲我良人。"①以上詩句不僅表現出詩人對"天"的懷疑與怨恨,而且表現出詩人對"天"的蔑視與譴責。在詩人的心目中,"天"已成爲不仁不義、不惠不德、昏庸殘虐的暴君,作爲至上神——"天"的權威開始衰微了。可見在兩周之際,天國大廈的思想根基已逐步爲新思想因素所撼動了。②

在《節南山》之中,詩人以呼告手法五言昊天:"不弔昊天,不宜空我師""昊天不傭,降此鞠訩。昊天不惠,降此大戾""不弔昊天,亂靡有定""昊天不平,我王不寧"。③我們從詩人"老天爺啊老天爺"的大聲疾呼中,強烈地感受到詩人走投無路而憤怒到爆發的激情,這正是《節南山》最突出的藝術特點。同時,詩人仰首向天,怨歎天道無情、降下災難,這是西周末期周人天道觀開始轉變的一種表現。因此,詩人呼天不應,不免怨恨人事,詛咒人謀的不臧及執政的非人。寫現實生活中的天怒人怨,抒詩人之怨天尤人,甚至把矛頭直指周王,這正是"二王並立"時期詩歌創作時代風格的重要特徵。正所謂"亂世之音怨以怒,其政乖;亡國之音哀以思,其民困"(《詩大序》)。④西周覆滅,詩人的哀挽之情溢於字裏行間。

成七年《左傳》載魯季文子(季孫行父)曰:"中國不振旅,蠻夷入伐而莫之或恤,無弔者也夫!《詩》曰:'不弔昊天,亂靡有定。'其此之謂乎!有上不弔,其誰不受亂?吾亡無日矣!"哀十六年《左傳》載魯哀公曰:"旻天不弔,不慭遺一老。俾屏余一人以在位,煢煢余在疚。嗚呼哀哉!尼父!無自律。"⑤此兩引《節南山》,正取"號天告亂"之意。

3. 家父誦《節南山》的創作動機是"以究王訩"

從詩人的創作動機來看,詩人在卒章點明作詩是爲了"以究王訩"。

《節南山》鄭《箋》:"究,窮也。大夫家父作此詩而爲王誦也,以窮極王之政所以致多訟之本意。"⑥鄭《箋》訓"究"爲"窮",訓"訩"爲"訟",失之。《説文·言

---

① 毛《傳》:"殲,盡;良,善也。"[漢]毛亨傳,[漢]鄭玄箋,[唐]孔穎達等正義:《毛詩正義》,第793—794頁。
② 參見:陳志信、靳無爲《〈詩經〉中天(帝)的探討》,《台州師專學報》1990年第2期,第43—47頁。
③ 毛《傳》:"弔,至;空,窮也。""傭,均;鞠,盈;訩,訟也。"[漢]毛亨傳,[漢]鄭玄箋,[唐]孔穎達等正義:《毛詩正義》,第944、946頁。
④ [漢]毛亨傳,[漢]鄭玄箋,[唐]孔穎達等正義:《毛詩正義》,第564頁。
⑤ 成七年《左傳》杜《注》:"《詩·小雅》。刺在上者不能弔愍下民,故號天告亂。"哀十六年《左傳》杜《注》:"仁覆閔下,故稱旻天弔至也。"[晉]杜預注,[唐]孔穎達等正義:《春秋左傳正義》,第4132、4729頁。
⑥ [漢]毛亨傳,[漢]鄭玄箋,[唐]孔穎達等正義:《毛詩正義》,第947頁。

部》:"訽,訟也。從言匈聲。詾,或省。"《凶部》:"凶,惡也。象地穿交陷其中也。"①清馬瑞辰《毛詩傳箋通釋》卷二十:"'訩'亦'凶'之假借。《説文》:'凶,惡也。'以究王之兇惡,猶云以究王慝也。"②則"訩"爲"訽"之省形字,"訩"亦爲"凶"之假借字。

宋歐陽修《詩本義》卷七:"考詩之言,極陳幽王任大師,致王政敗亂,號天仰訴,斥責其君臣無所隱避;卒乃自言作此詩以窮極王之致亂之本,欲使王心化其言以遷善。"③這是對詩人"以究王訩"創作動機的很好揭示。"國既卒斬""喪亂弘多""亂靡有定"的社會現實生活是詩人"以究王訩"創作動機的直接來源,國破家亡的哀情和遁無所往的愁苦却又是詩人"以究王訩"創作動機的直接動因。

清王夫之《薑齋詩話》卷上《夕堂永日緒論》:"若他詩有所指斥,則皇父、尹氏、暴公,不憚直斥其名,歷數其惡,而且自顯其爲家父,爲寺人孟子,無所規避。《詩》教雖云温厚,然光昭之志,無畏於天,無恤於人,揭日月而行,豈女子小人半含不吐之態乎?"④的確,《節南山》不僅僅指名道姓地公開譴責王室重臣太師尹氏,更要徹底追究幽王使西周覆亡的罪責,表現出詩人具有直面現實生活的强烈政治責任感;同時,不逃避責任、隱姓埋名,而是大膽地説出作者自己的名字是家父,更表現出作者所具有的巨大勇氣與人格魅力。⑤

4. 家父誦《節南山》"以究王訩"是希望平王知古以鑒今

家父於何時誦《節南山》"以究王訩"呢?顯然不是在幽王之世。試想,幽王雖昏亂無道而致使周道衰落、天命不佑,但在以王權爲中心的政治格局中,在以王命爲核心的周文化背景下,宰夫家伯父作爲周之世臣,豈敢在幽王尚未死於戲時,以詩歌形式"究王訩"呢?豈敢自署其名傳之於世呢?這也是爲幽王及其統治勢力所不能允許的。儘管在夷王時,王室趨於衰微,天子要"下堂而見諸侯"(《禮記·郊特牲》),⑥甚至"諸侯或不朝,相伐"(《史記·楚世家》),⑦王權已不再像西周盛世那樣顯赫輝煌了。儘管西周貴族宗君制的政治體制賦予了貴族對王權制約的權力,天子有過而不知悔改時,貴族甚至有放逐、誅殺之權;但幽王不像

---

① [漢] 許慎撰,[清] 段玉裁注:《説文解字注》,第100、334頁。
② [清] 馬瑞辰撰,陳金生點校:《毛詩傳箋通釋》,第599頁。
③ [宋] 歐陽修:《詩本義》,卷7,第5頁。
④ [清] 王夫之:《薑齋詩話》,船山遺書本,見《船山全書》第15册,嶽麓書社1988年點校版,第836頁。
⑤ 參見:傅義《説〈詩經〉的賦(中)》,《宜春師專學報》1982年第1期,第11-18頁。
⑥ [漢] 鄭玄注,[唐] 孔穎達等正義:《禮記正義》,第3135頁。
⑦ [漢] 司馬遷撰,[南朝宋] 裴駰集解,[唐] 司馬貞索隱,[唐] 張守節正義,郭逸、郭曼標點:《史記》,第1343頁。

厲王奔彘而後亡,他是由於不能容忍宣臼自立於西申,而征伐戰敗被西申侯聯軍所弒的。因此,幽王若尚在位,雖説王綱廢弛但王權亦然在握,詩人不能也不敢賦詩"以究王訩"。

這一點,宋歐陽修已注意到了。其《詩本義》卷七指出:"至於君臣之際,無所忌憚,直指其惡而自尊其言,雖施於賢王,猶恐不可,況於幽王昏亂之主,使家父有知,其言不如是也。詩言'民畏其上,不敢戲談',豈有作詩之人,極斥其君臣過惡、極陳其亂亡之狀,而自道其名字,又顯言我究窮王之致亂之由?與'不敢戲談'之義頓乖。"①清方玉潤《詩經原始》卷十亦指出:"若以爲刺幽王,非惟失臣子事君之道,且使小人得以藉口,則必不敢直題姓氏矣。"②此皆可謂破的之語。那麽祇有一種可能,就是《節南山》爲家父於周幽王初滅之時所作。

詩末"式訛爾心,以畜萬邦"兩句,前人皆解"爾"爲"幽王"。據此,則其意爲詩人希望幽王能改邪歸正,重新治理國家。但此解與上述詩旨、詩歌所寫的内容均不相合。我們認爲,幽王初滅後,作爲幽王暴政的目擊者,宰夫家伯父總結驪山之難、西周覆滅的歷史經驗,希望奉周祀的天王宜臼能以史爲鑒,任用賢臣,畜養萬邦,中興周室。這也是詩人刺古鑒今創作動機的直接表白。

《墨子·公孟》:"今子曰:'國治則爲禮樂,亂則治之',是譬猶噎而穿井也,死而求醫也。古者三代暴王桀紂幽厲,蒻爲聲樂,不顧其民,是以身爲刑僇,國爲戾虚者,皆從此道也。"③此所載墨子誡公孟子之言,謂三代暴王桀紂幽厲之所以"身爲刑僇,國爲戾虚"者,是因爲他們都不能以史爲鑒,而是"噎而穿井也,死而求醫也"。這從一個側面印證了家父作《節南山》"刺古鑒今"之動機,而並非像《詩本義》卷七所説:"其卒章則曰有家父者,常有誦言以究王之失,庶幾王心化善而能畜萬邦也。"④

綜上所述,《節南山》是以驪山之難、西周初滅、二王並立、兄弟争國這一重大的歷史劇變爲其時代背景而創作的。《節南山》的主旨並非刺"争田之訟",亦非僅刺太師尹氏皇父,而是刺周幽王重用太師尹氏皇父而亂政亡國;詩人所寫的"國既卒斬""喪亂弘多"是一種亡國之象,它是驪山之難、西周覆滅的真實寫照;詩人所寫的"瞻四方"而"無所騁"的茫然心態,是在二王並立、兄弟争國的政治格局中,貴族士大夫們無所適從、彷徨觀望政治態度的内心獨白;詩人表白自己賦詩"以究王訩"的真正創作動機是刺古而鑒今,希望周平王能從前輩的歷史悲劇

---

① [宋]歐陽修:《詩本義》,卷7,第5頁。
② [清]方玉潤撰,李先耕點校:《詩經原始》,第388頁。
③ [清]孫詒讓撰,孫以楷點校:《墨子閒詁》,第455-456頁。
④ [宋]歐陽修:《詩本義》,卷7,第7頁。

中吸取教訓,安邦定國,永奉周祀。因此,我們可以進一步推論,《節南山》一詩創作時間當爲驪山之難、西周覆滅而周平王尚未東遷之時,即周平王元年(前770)頃。①

---

① 説詳:邵炳軍《周大夫家父〈節南山〉創作時世考》,《文獻》1999年第2期,第23-41、169頁。

第三章
衛武公與他的《青蠅》《賓之初筵》《抑》

在"二王並立"之際,衛武公是一位關鍵人物:幽王驪山之難時,率師勤王;驪山之難後,轉而支持平王,入爲三公。他不僅是一位成熟的政治家,又是一位著名的詩人。他以自己的藝術筆觸形象地再現了這一歷史時期的社會現實,表達了自己對幽王黑暗統治的怨怒之憤,抒發了對西周王室覆滅的哀挽之情,寄予了他對平王中興的殷切期望。《詩·小雅·青蠅》《賓之初筵》和《大雅·抑》三詩,即是其代表作。

第一節 衛武公生平事蹟考論

關於《抑》《賓之初筵》之作者,《毛詩》《韓詩》《齊詩》《魯詩》諸家皆主爲衛武公;關於《青蠅》之作者,《毛詩》泛言爲周大夫,《韓詩》《齊詩》《魯詩》三家皆主爲衛武公,筆者此從衛武公説。對於衛武公,《左傳》《國語》《竹書紀年》《吕氏春秋》《莊子》《魯連子》《毛詩序》《史記》等文獻多有記載,然歧説紛紜。筆者依據現有的傳世文獻及金文資料,試從以下五個方面展開討論。

一、《史記》"召公、周公二相行政"説之非

厲王三十七年(前841),國人暴動,流王於彘。此後,至厲王太子静(宣王)即位的14年之中,是"召公、周公二相行政"——召公、周公聯合執政,還是"共伯和干王位"——共伯和攝政稱王,史説多異。

"召公、周公二相行政"説始於西漢司馬遷。《史記·周本紀》:"召公、周公二

相行政,號曰'共和'。"①《齊太公世家》《晉世家》《十二諸侯年表》説大同。由於《史記》在中國史學史上所具有的重要地位和深遠影響,此説多爲後人所從。如唐劉知幾《史通·外篇·雜説上》及今人范文瀾《中國通史簡編》、呂思勉《先秦史》、周谷城《中國通史》、斯維至《陝西通史·西周卷》皆從此説。②唯《晉書·束晳傳》《水經·清水注》《濁漳水注》《漢書·古今人表》顔《注》、宋蘇轍《古史·周本紀》、羅泌《路史·後紀二》《發揮二》、清顧炎武《日知録》卷二十五《共和》、朱右曾《詩地理徵》卷七《共和》及今人楊樹達《積微居金文説》卷五《師毀簋跋》、郭沫若《中國史稿》、呂振羽《簡明中國通史》、翦伯贊《先秦史》、顧頡剛《史林雜識初編·共和》等皆非《史記·周本紀》之説。③的確,考《史記》之説,至少有四個疑點。

1.《史記》載"周、召二相行政"事多歧異

《史記·周本紀》《齊太公世家》《晉世家》《十二諸侯年表》皆以周公、召公二伯(相)行政,以"共和"爲其年號。但《魯周公世家》《衛康叔世家》只言"共和行政",此"共和"又爲"行政"之主體(主詞),而"行政"爲"共和"之述語(謂詞)。由此可見,司馬遷撰寫《史記》時所見資料已多歧異,故只能用此互見法存異而作模棱兩可之説。

《史記·周本紀》張守節《正義》似已看出其矛盾之處,故引《國語·周語上》韋《注》申之曰:"厲之亂,公卿相與和而修政事,號曰共和也。……共伯不得立,而和立爲武公。武公之立在共伯卒後,年歲又不相當,《年表》亦同,明《紀年》及《魯連子》非也。"④然韋《注》前釋"共和"爲"相與和",此所謂"和"即和衷共濟之意;後又釋"共和"爲"號",即年號。可見韋《注》申《史記》之説,亦前後矛盾,難以信從。

2."二相行政"之周公在先秦史籍及金文資料中少有記載

《史記·周本紀》所謂"召公",即召伯虎(穆公),確爲厲、宣之際王室重臣,其

---

① [漢]司馬遷撰,[南朝宋]裴駰集解,[唐]司馬貞索隱,[唐]張守節正義,郭逸、郭曼標點:《史記》,第97頁。
② 范文瀾:《中國通史簡編》(第1編),河北教育出版社2000年版,第41頁;呂思勉:《先秦史》,上海古籍出版社2005年版,第139頁;周谷城:《中國通史》(上册),上海人民出版社1957年版,第111頁;斯維至:《陝西通史·西周卷》,陝西師範大學出版社1997年版,第182-183頁。
③ 楊樹達:《積微居金文説》(增訂本),科學出版社1959年版,第138-139頁;郭沫若:《中國史稿》(第1册),人民出版社1976年版,第287頁;呂振羽:《簡明中國通史》(第2版),人民出版社1959年版,第134頁;翦伯贊:《先秦史》,北京大學出版社1990年版,第283頁;顧頡剛:《史林雜識初編》,第203-208頁。當然,也有依違於二者之間者,如,朱紹侯、張海鵬、齊濤《中國古代史》(上册),福建人民出版社1981年版,第124頁;童教英《"共和行政"考索》,《浙江大學學報》1991年第2期,第113-118頁。
④ [漢]司馬遷撰,[南朝宋]裴駰集解,[唐]司馬貞索隱,[唐]張守節正義,郭逸、郭曼標點:《史記》,第97-98頁。

事蹟在先秦文獻與金文資料中多有記載。然《史記·周本紀》所謂"周公",其事蹟唯今本《竹書紀年》有"(共和十四年)周定公、召穆公立太子靜爲王""(宣王元年)周定公、召穆公輔政"兩條,①其他先秦傳世文獻及金文資料皆未見記載。然今本《竹書紀年》的材料不太可靠,且係孤證,難以爲據。故清崔述《豐鎬考信錄》卷七《宣王·二相輔政但稱召公》亦疑之曰:時"周公無聞"而"不賢"。②

西周時期實行以宗法制爲基礎的世族世官世卿制,周王室的執政卿士,往往是由與王室同姓的幾個強宗大族所世襲的。比如,周氏別祖周公旦(文公),武王同母弟,爲姬周王族長老,原以太傅攝冢宰,武王崩後攝政稱王,歸政成王後主持東都雒邑政務,以太師攝冢宰(太宰),掌管卿士寮,位居三公之首,歷仕武、成二王。成王十一年(約前1053)周公旦卒於豐之後,其後人多承襲太宰一職,像春秋時期的周公黑肩(桓公)、周公孔(宰周公、宰孔、周公忌父)、周公閱(宰周公)、周公楚(周公)等。③

又如,召氏別祖召公奭(康公、召伯、君奭、公太保、皇天尹太保),爲姬周王族長老,以太保攝太史,掌管太史寮,與以太傅攝冢宰之周公旦、以太師(父師)攝司馬之太公望(呂尚、姜太公、太公、師尚父)並爲三公,歷仕武、成、康三王。康王二十六年(約前1001)召公奭卒後,其後人多承襲太保一職,像春秋時期的召伯廖、召昭公(召伯)、召武公、召桓公(召伯)、召戴公(召伯)、召襄公(召襄、召伯)、召伯奐(莊公)、召伯盈(簡公)等。④

當然,周公旦與召公奭之後,未必每代皆父死子繼。周公與召公之後有賢與不肖之別,是常理;周王重用周公之後,還是重用召公之後,甚至重用其他氏族之宗主,亦是常理。

比如,在周公旦自成周老於豐後,其次子君陳(明公、明保)繼父職主掌成周卿士寮,然未聞其子孫爲成王三公者。⑤

再如,周成王三十七年(約前1027),成王臨終時召見輔佐太子康王釗之顧

---

① 王國維:《今本竹書紀年疏證》,第80-81頁。按:今本《竹書紀年》繫於"二十六年",然據《太平御覽》卷897引《史記》(《竹書紀年》)、《周本紀》當爲"十四年"。據此,則《周本紀》所謂"周公",當即今本《竹書紀年》之"周定公"。

② [清]崔述撰,顧頡剛整理:《豐鎬考信錄》,第238頁。

③ 關於周公旦之執掌,參見:楊寬《西周史》,上海人民出版社1999年版,第315-335頁;關於周公旦卒年,今本《竹書紀年》繫於成王二十一年(約前1043),[清]齊召南撰、[清]阮福續《歷代帝王年表》繫於成王十一年(約前1053),筆者此從《歷代帝王年表》之説;關於春秋時期周氏(周公氏)之世系,參見:[宋]程公説《春秋分記·世譜一》;説詳:邵炳軍《春秋文學繫年輯證》,第204-205頁。

④ 關於西周初期王室之傅保制度及召公奭爲太保、周公旦爲太傅、太公望爲太師,參見:《大戴禮記·保傅》;關於召公奭卒年,今本《竹書紀年》繫於康王二十四年(約前1003),張習孔、田珏主編《中國歷史大事編年》(第1卷)繫於康王二十六年(約前1001),筆者此從《中國歷史大事編年》之説;關於春秋時期召氏之世系,參見:[宋]程公説《春秋分記·世譜一》。

⑤ 參見:羅振玉《貞松堂集古遺文》卷四著録1929年河南省洛陽市馬坡出土的周成王時器令方彝(又稱矢方彝、矢令彝、作册令彝)銘。

命大臣中,王室六卿依次爲太保召公奭、芮伯、宗正彤伯、太師(父師)畢公高、衛侯、太傅毛公鄭。① 其中,太保召公奭、太師畢公高與太傅毛公鄭,又皆以三公攝卿士。②

又如,周平王時,晉文侯、衛武公、鄭武公入爲三公,③而周公、召公《左傳》皆不名。

3. "流王於彘"後無獨書周公、召公任執政卿之必要

西周時期建立在宗法制基礎上的貴族宗君制(貴族與君主共政)這一政體,使國家權力被分爲兩個不等的權力單元:君主權力和貴族權力。君權雖然高於貴族權力,但必須接受貴族權力的制約。如貴族有參預決策權,有放逐、誅殺、廢除昏君和另立明君之權。爲了強化君權,周公旦以一個政治家的戰略眼光,總結殷商時期"兄終弟及"王位傳承制之弊,制定了"父死子繼"的王位世襲制度;而且以一個政治家的高尚品格,在成王誦成年後,又歸政於成王。④ 此後,"父死子繼"的王位世襲制,一直在周王室推行,並逐漸成爲兩千多年來封建社會皇位世襲制度之基本通則。

同時,爲了使君權接受貴族權力的制約,在宗法制的基礎之上,以"內姓選於親,外姓選於舊,舉不失德,賞不失勞"(宣十二年《左傳》載晉執政卿士會語)的方式,⑤逐步建立起了世族世襲制度;又以世族制度爲根基,逐步在王室建立起了由同姓世族大臣與異姓世族大臣共同執政的世卿世官制度。⑥

比如,西周初年,周公旦之周氏與召公奭之召氏二族,其嫡長子(宗子)就分別封於魯、燕,成爲宗族大宗;其庶子中仍有留居畿內以輔弼王室者,成爲宗族小宗,三代而後別爲支族,嫡長子自然成爲支族之大宗。直到春秋時期,周氏之族,桓王之世(前 719—前 697)有周公黑肩(桓公),僖王、惠王、襄王之世(前 681—前 619)有周公孔(宰周公、宰孔、周公忌父),襄王、頃王之世(前 652—前 613)有周公閱(宰周公),定王、簡王之世(前 606—前 572)有周公楚(周公),依然多爲天子三公攝冢宰;召氏之族,惠王之世(前 676—前 653)有召伯廖,襄王之世(前 652—前 619)有召昭公(召伯)、召武公,定王、簡王之世(前 606—前 572)有召桓公(召伯),定王之世(前 606—前 586)有召戴公(召伯)、召襄公(召襄、召伯),景王之世(前 544—前 520)有召伯奐(莊公),敬王之世(前 519—前 476)有召伯盈

---

① 事見:《尚書·周書·顧命》。
② 説參:[元] 陳師凱《書蔡氏傳旁通》卷六上。
③ 事見:《尚書·周書·文侯之命序》《詩·鄭風·緇衣序》《史記·衛康叔世家》。
④ 事見:《禮記·明堂位》《史記·周本紀》《魯周公世家》。
⑤ 杜《注》:"言親疏並用。"[晉] 杜預注,[唐] 孔穎達等正義:《春秋左傳正義》,第 4079 頁。
⑥ 參見:田昌五、臧知非《周秦社會結構研究》,第 85-95 頁。

（簡公），依然多爲天子三公攝太保。

故周公、召公以姬姓貴族長老身份而與周王共政，就是貴族宗君制政體的一個有機組成部分，亦是貴族宗君制政體的題中應有之義。因此，自武、成二王之後，諸位周王在位時皆如此，何以獨書厲王流彘後"召公、周公二相行政"呢？或曰：王不在位，故特意書之，亦非。如前所說，周氏、召氏執政卿職位並非一定爲"父死子繼"，然大多數周王時期其後代皆世襲爲執政卿。故"流王於彘"後，周、召二公任執政卿實無獨書之必要。若以此解釋"流王於彘"期間 14 年中王室形成的王位真空現象，自然難以立說。

4. 漢武帝建元元年之前帝王紀年均無年號

《史記·孝武本紀》：

> 其後三年，有司言元宜以天瑞命，不宜以一二數。一元曰建元，二元以長星曰元光，三元以郊得一角獸曰元狩云。

《史記·曆書》：

> 太初元年，年名"焉逢攝提格"，月名"畢聚"，日得甲子，夜半朔旦冬至。①

謹按：《史記·漢興以來將相名臣年表》"孝武建元元年"司馬貞《索隱》："年之有號，始自武帝，自建元至後元凡十一號。"②《漢書·武帝紀》"建元元年"顏《注》："自古帝王未有年號，始起於此。"③清顧炎武《日知錄》卷二十《古人不以甲子名歲》："（漢武帝之前）歲則自有閼逢至昭陽十名爲歲陽，攝提格至赤奮若十二名爲歲名。"④魏源《詩古微·大雅答問下》："漢武建元以前本無年號，惟《史記·年表》起自共和以來；若周秦古籍，則《呂覽》《莊子》《汲冢紀年》《魯連子》皆無改元共和之説，足徵周、召行政，號曰'共和'之誣矣。本非年號，何斥名之有？"⑤諸

---

① 《孝武本紀》張守節《正義》："孝景以前即位，以一二數年至其終。武帝即位，初有年號，改元以建元爲始。"［漢］司馬遷撰，［南朝宋］裴駰集解，［唐］司馬貞索隱，［唐］張守節正義，郭逸、郭曼標點：《史記》，第 319、1048 頁。按：太歲在甲爲"閼逢"，在寅爲"攝提格"。則"焉逢攝提格"，即夏曆甲寅年，亦武帝元朔二年（前 127）；然按實際年名，應爲丁丑年，亦即武帝太初元年（前 104）。參見：張習孔、田珏主編《中國歷史大事編年》，北京出版社 1986 年版，第 1 卷，第 491、506 頁。
② ［漢］司馬遷撰，［南朝宋］裴駰集解，［唐］司馬貞索隱，［唐］張守節正義，郭逸、郭曼標點：《史記》，第 956 頁。
③ ［漢］班固撰，［唐］顏師古注，傅東華等點校：《漢書》，第 156 頁。
④ ［清］顧炎武撰，［清］黃汝成集釋，秦克誠點校：《日知錄集釋》，第 703 頁。
⑤ ［清］魏源撰，何慎怡等點校：《詩古微》，第 675 頁。

説甚是。

　　據傳世文獻與出土資料記載,殷商西周春秋時期,記年、月以數字爲序,記日則用干支;①到戰國時代,産生了"星歲紀年法""太歲記年法";至西漢初期,又把十歲陽名與十干相配形成 60 組合以紀年。② 至漢武帝劉徹,他接受了董仲舒提出的"天道不變"學説,認爲國都的搬遷及稱號、正朔、服色、年號的更改,皆爲新帝王即位後重新受命於"天"的表示,故將建立年號與行封禪之禮、太初改制一起,作爲其所實行的一系列神化皇權措施的主要内容。可見,中國古代以帝王年號紀年,始於漢武帝建元元年(前 140)。③ 自漢武帝建元元年至太初元年(前 140—前 104)36 年間,依然是"焉逢攝提格"等名歲與帝王年號並用。那麽,《史記·周本紀》《齊太公世家》《晉世家》以"共和"爲年號、《十二諸侯年表》以"共和"紀年,與《曆書》的記載相悖。

　　以上四條,可證司馬遷《史記》之"召公、周公二相行政,號曰共和"之説不可信。故《漢書·古今人表》"共伯和"顏《注》曰:"共,國名也;伯,爵也;和,共伯之名也。共,音恭。而《遷史》以爲周召二公行政,號曰共和,無所據也。"④方詩銘、王修齡《古本竹書紀年輯證·周紀》亦曰:"共伯和干王位爲西周末年大事,而《史記·周本紀》綜述儒家傳統之説,以爲'召公、周公二相行政,號曰共和'。則顯與史實不合。"⑤

二、《竹書紀年》"共伯和干王位"即共伯和攝政稱王

　　《史記·周本紀》司馬貞《索隱》《經典釋文·莊子音義下》《困學紀聞》卷十一並引《汲冢紀年》:"共伯和干王位。"⑥《晉書·束皙傳》引《竹書紀年》:"幽(厲)王既亡,有共伯和者攝行天子事。"⑦《史通·雜説上》《國語補音》卷一並引《竹書紀年》:"共伯名和。"⑧《太平御覽》卷八百七十九引《史記》:"共和十四年,大旱,火

---

① 同時,亦有用干支記年、用數字記日者。參見:[清] 顧炎武撰,[清] 黄汝成集釋,秦克誠點校:《日知録集釋》,第 216－217 頁。
② 説見:《爾雅·釋天》《史記·曆書》。
③ [清] 趙翼《廿二史劄記》卷 2《史記漢書》認爲:"武帝年號系元狩以後追建。"亦可備一説。[清] 趙翼撰,曹光甫據清嘉慶十七年(1812)湛貽堂刊甌北全集本校點:《廿二史劄記》,鳳凰出版社 2008 年版,第 25 頁。
④ [漢] 班固撰,[唐] 顏師古注,傅東華等點校:《漢書》,第 898－899 頁。
⑤ 方詩銘、王修齡:《古本竹書紀年輯證》,上海古籍出版社 1981 年版,第 56 頁。
⑥ 司馬貞《索隱》:"共,國;伯,爵;和,其名。"[漢] 司馬遷撰,[南朝宋] 裴駰集解,[唐] 司馬貞索隱,[唐] 張守節正義,郭逸、郭曼標點:《史記》,第 97 頁。按:此據司馬貞《索隱》引文,《困學紀聞》卷 11 引同,《三代世表》司馬貞《索隱》引《帝王世紀》説亦同;然《經典釋文·莊子音義下》則引作:"共伯和即于王位。"[唐] 陸德明:《經典釋文》,第 1564 頁。
⑦ [唐] 房玄齡編修,吳則虞等點校:《晉書》,第 1432、1438 頁。按:據點校者引李校,"幽王"當爲"厲王"之訛,説是。
⑧ [清] 浦起龍撰,王煦華據清乾隆十七年(1752)求放心齋初刊本校點:《史通通釋》,上海古籍出版社 1978 年版,第 455 頁。

焚其屋,伯和篡位立,故有火旱。其年,周厲王奔彘而死,立宣王。"①可見,共伯和在厲王流彘期間踐王位以攝行天子事,其證有三:

1."共伯和干王位"與《左傳》"諸侯釋位,以間王政"説相合

昭二十六年《左傳》載周王子朝《告諸侯書》:"諸侯釋位,以間王政。"杜《注》:"間,猶'與'也。去其位,與治王之政事。"孔《疏》:"《周本紀》云:彘之亂,宣王在召公之宫,國人圍之。召公以其子代大子,大子竟得脱。周、召二公,二相行政,號曰'共和元年'。是其'釋位'與治王政之事也。"②筆者以爲杜氏、孔氏之説不確,兹具體分析如下:

間,金文作閒(西周晚期)、閒(春秋)。其字形爲以月光從門縫之中漏進而表"間隙"義,又因無論月光或日光從門縫中透入義均同,故"間"與"閒"古通用。③ 可見,就字形而言,"間隙"爲"間"之本義;其引申義爲:《爾雅·釋詁下》:"鴻、昏、於、顯、間,代也。"《釋言》:"間,俔也。"④《説文·門部》:"閒,隙也,從門月。"段《注》:"隙者,壁際也。引申之,凡有兩邊有中者皆謂之隙。隙謂之閒;閒者,門開則中爲際,凡罅縫皆曰閒。"⑤

干,甲文作丫(四期),金文作丫(西周晚期)、丫(春秋)。其字象竹竿之形,爲古人田獵時的一種工具,後發展成爲一種防衛武器。⑥ 足見"干"之本義爲器物之名,其引申義爲:《説文·干部》:"干,犯也。從一、從反入。"段《注》:"犯,侵也。……反入者,上犯之意。"⑦又,《史記·周本紀》司馬貞《索隱》:"干,篡也。言共伯攝王政,故云'干王位'也。"⑧

謹按:"間""干"皆爲見紐平聲無韻,聲同義近。則"間王政"即"干王位",亦即"篡王位"。可見,《竹書紀年》"共伯和干王位",與昭二十六年《左傳》載王子朝給諸侯命辭"諸侯釋位,以間王政"説相合。故清顧炎武《日知録》卷二十五謂《竹書紀年》"共伯和干王位"事,"即左氏王子朝所謂'諸侯釋位,以間王政'者也。……共伯至周,而攝行天子事也。"⑨魏源《詩古微·大雅答問下》亦曰:"《古

---

① [宋]李昉等:《太平御覽》,第3905頁。按:司馬遷《史記》無此文,當出自《竹書紀年》。又,王國維《古本竹書紀年輯校》作:"伯和篡位立;秋,又大旱。其年,……"王國維《古本竹書紀年輯校》,見《王國維遺書》第7册,上海書店出版社1983年版,第591頁。
② [晉]杜預注,[唐]孔穎達等正義:《春秋左傳正義》,第4591頁。
③ 參見:鄒曉麗《基礎漢字形義釋源》,第146頁。
④ [晉]郭璞注,[宋]邢昺疏:《爾雅注疏》,第5603、5622頁。
⑤ [漢]許慎撰,[清]段玉裁注:《説文解字注》,第589頁。
⑥ 參見:鄒曉麗《基礎漢字形義釋源》,第109頁。
⑦ [漢]許慎撰,[清]段玉裁注:《説文解字注》,第87頁。
⑧ [漢]司馬遷撰,[南朝宋]裴駰集解,[唐]司馬貞索隱,[唐]張守節正義,郭逸、郭曼標點:《史記》,第97頁。
⑨ [清]顧炎武撰,[清]黃汝成集釋:《日知録集釋》,第879頁。

今人表》共伯和在厲王世,居中品之上。孟康謂入爲三公,正符《左傳》'諸侯釋位,以間王政'之説,則其年仍皆屬王之年。"①朱右曾《詩地理徵》卷七《共和》亦曰:"案:此馬遷之謬説也。《傳》曰'諸侯釋位,以間王政。'周、召王朝卿士,不得爲諸侯;卿士攝政,不可謂'釋位'。子朝冀諸侯助己,故歷舉諸侯之勤王者以爲准的,非有望於劉、單二子也。……共伯以諸侯入爲三公,欲擁立太子,則厲王猶在,且懼民之或甘心焉。共伯於是不得已而攝王政,則必盟誓以要之,祝詛以壹之。"②今人徐中舒《西周史論述(下)》指出:"(諸侯釋位,以間王政)分明是諸侯離開本國的位置,處理王室政事,哪裏是什麼周召共和呢?"③諸説甚是。

3. "共伯和干王位"説另有其他先秦文獻爲佐證

《竹書紀年》"共伯和干王位"説,還有其他先秦文獻可爲佐證。

《莊子·雜篇·讓王》:

> 子貢曰:吾不知天之高也,地之下也。古之得道者,窮亦樂,通亦樂,所樂非窮通也。道德於此,則窮通爲寒暑風雨之序矣。故許由娛於潁陽而共伯得乎共首。④

《莊子·雜篇·讓王》郭《注》《經典釋文·莊子音義下》並引《魯連子》:

> 共伯後歸於國,得意共山之首。⑤

《史記·周本紀》張守節《正義》引《魯連子》:

> 共伯名和,好行仁義,諸侯賢之。周厲王無道,國人作難,王奔于彘,諸侯奉和以行天子事,號曰'共和'元年。十四年,厲王死於彘,共伯使諸侯奉王子靖爲宣王,而共伯復歸國于衛也。⑥

《呂氏春秋·開春論》:

---

① [清]魏源撰,何慎怡等點校:《詩古微》,第675頁。
② [清]朱右曾:《詩地理徵》,王先謙刻清經解本,鳳凰出版社2005年影印版,第12册,第5070頁。
③ 徐中舒:《西周史論述(下)》,《四川大學學報》1979年第4期,第97頁。
④ [周]莊周撰,[清]郭慶藩集釋,王孝魚據長沙思賢講舍刊本點校:《莊子集釋》,新編諸子集成本,中華書局2004年第2版,第983-984頁。
⑤ [周]莊周撰,[清]郭慶藩集釋,王孝魚點校:《莊子集釋》,第984頁。
⑥ [漢]司馬遷撰,[南朝宋]裴駰集解,[唐]司馬貞索隱,[唐]張守節正義,郭逸、郭曼標點:《史記》,第97頁。

共伯和修其行,好賢仁,而海內皆以來爲稽矣。周厲之難,天子曠絕,而天下皆來謂矣。①

謹按:《莊子·讓王》持"窮通"之説,以爲共伯和並非隱士之輩;《魯連子》"諸侯奉和以行天子事"説,與《竹書紀年》"共伯和干王位"説相合,唯"共和"爲年號説不可取;《吕氏春秋》"天下皆來謂"説,與《竹書紀年》"共伯和干王位"説小異而大旨相合。可見,上引《莊子》《魯連子》《吕氏春秋》等先秦文獻皆認爲共伯和曾攝政稱王,與《竹書紀年》"共伯和干王位"説相合。

又,《漢書·古今人表》將"共伯和"次於厲宣之世,與芮良夫同時。宋羅泌《路史·發揮二·共和辯》曰:"夫厲王之時,周公、召公非昔日之周、召也。予聞厲王之後,有共伯和者修行而好賢,以德和民,諸侯賢之,入爲王官。十有四年,天旱廬火,歸還于宗,逍遙共山之首,宣王乃立。……所謂共和者,吾以爲政自共伯爾。……和之賢也,蓋干王政而非其得己者也。"②清顧炎武《日知録》卷二十五《共和》曰:"按:此則天下朝乎共伯,非。共伯至周,而攝行天子事也。共伯不以有天下爲心,而周公、召公亦未嘗奉周之社稷而屬之他人,故周人無易姓之嫌,共伯無僭王之議。"③可見,上引先秦以後諸家論説雖略異,但皆申《竹書紀年》"共伯和干王位"之説。

4. "共伯和干王位"與周公旦"攝行政當國"相類

據《尚書·周書·康誥》《漢書·王莽傳·群臣居攝奏》引《書》逸《嘉禾篇》《逸周書·明堂解》《度邑解》《禮記·明堂位》《文王世子》《荀子·儒效篇》《詩·大雅·靈臺》孔《疏》引《尸子》《韓非子·難二》《隋書·李德林傳》引伏生《尚書大傳》《韓詩外傳》卷三、卷七、卷八、《淮南子·氾論訓》《齊俗訓》等文獻記載,武王發崩後,其子成王誦並未馬上履天子位,期間有 7 年是由其叔父周公旦攝政稱王的。④ 特別值得注意的是,楊樹達《積微居金文餘説》卷一著録的傳 1931 年於河南省鶴壁市浚縣辛村衛侯墓出土的周成王時器沬司土逡簋(一稱康侯簋)銘曰:

---

① 高《注》:"共,國;伯,爵,夏時諸侯也。(共伯和)以好賢仁而人歸之,皆以來附爲稽遲也。難,厲王流於彘也,周無天子十一年,故曰曠絕也。謂,天子也。"許維遹撰,梁運華整理:《吕氏春秋集釋》,第 581－582 頁。按:據《史記·周本紀》張守節《正義》引《魯連子》及《十二諸侯年表》當爲"十四年",與高《注》"十一年"説異。又,《汲冢書》於西晉咸寧五年至太康元年(279—280)在汲縣(今河南省衛輝市西南)魏安釐王墓出土,而高誘大致生活在東漢桓帝至三國魏文帝之世(147—226),則其注《吕氏春秋》時《竹書紀年》尚未出土,故高氏必另有所據。

② [宋] 羅泌撰,[宋] 羅苹注:《路史》,第 243 頁。

③ [清] 顧炎武撰,[清] 黄汝成集釋,秦克誠點校:《日知録集釋》,第 879－880 頁。

④ 當然,在先秦文獻中,也有祇言武王崩後周公旦以冢宰之職輔佐成王,而不言其曾攝政稱王一事的。比如,《逸周書·作洛解》,襄二十一年、定四年《左傳》《墨子·貴義》《尚書·周書·大誥序》等。

"王來伐商邑,延(誕)令康侯啚于衛……"①《殷周金文集成》(5.5974)著録清曹載奎(秋舫)舊藏西周早中期蔡尊(王在魯尊)銘曰:"王在魯,蔡錫貝十朋,對揚王休,用乍(作)宗彝。"②此二器銘文,是出土彝器銘辭中有關周公稱"王"的直接證據。③綜合上述文獻資料記載,武王崩後周公旦"攝政稱王"之事梗概如下:

武王四年(約前1066),武王克殷;2年之後,即六年(約前1064),武王病重,遺命周公旦繼承王位,辭而不受;武王崩後,周公擁立武王幼子誦爲王;在"天下聞武王崩而叛"的危急關頭,周公旦履天子位以攝政稱王,對於穩定周王室的統治起了重要作用。

我們在肯定周公旦曾攝政稱王史實的前提下,回過頭來再以《史記》所載的周公旦曾攝政稱王史實,去考察《史記》所否定的共伯和曾攝政稱王的史實:周公旦"攝行政當國",就是周公旦"行政";那麽,"周公、召公二相行政"和"共和行政"之"行政",不就是"周公、召公二相"或"共(伯)和""攝行政當國"嗎?亦即"周公、召公二相"或"共(伯)和"攝政稱王了嗎?顯然,司馬遷在這裏爲我們提供了一個默證:厲王流彘後,曾有人攝政稱王了。故顧頡剛《史林雜識初編·共和》指出:"史遷雖未見《紀年》,而遍讀西漢所存戰國時書,《史記》文字録自《吕氏春秋》者尤多,必無不知有共伯和之理。所以滅没其人而别創一新説者,度其以攝行王政爲一大事,而不見於孔子之書,故儕之於許由、務光之列,謂是百家雜説耳。共伯和事既被刪,而'共和'紀元不可廢,因循周初故事臆爲之説。"④筆者以爲,司馬遷祇言"號曰共和"而故意不言"共伯和攝天子事"者,蓋受宗法禮制思想阻礙所致,以此爲僭越之事而已。

由此我們可以進一步推論:如果説周公旦以首輔之臣攝政稱王爲内大臣稱王之始的話,那麽,共伯和以諸侯方伯稱王主政當爲外諸侯稱王之始。當然,周公旦稱王,並不意味着他必須排除成王的王位;祇是在成王年幼還不能勝任王位時,他纔出來踐履天子之位以攝政稱王;同樣,國人暴動,流王於彘,但王位不廢。況且,厲王太子靜年幼,且有被國人誅殺的危險,其繼王位實無可能。故共伯和攝行天子事,亦在情理之中。這裏需要強調指出的是,共伯和稱王主政,並不意味着改朝换代,而是王位承襲方式由"一繼一及"制向"父死子繼"制轉變過程中所形成的一種特殊政治格局。⑤

可見,《汲冢紀年》"共伯和干王位"事,正好與《史記》"共和行政"——周公旦

---

① 楊樹達:《積微居金文説》(增訂本),第244頁。
② 中國社會科學院考古研究所編:《殷周金文集成》,修訂增補本第5冊,第3672、4421頁。
③ 參見:顧頡剛《周公執政稱王——周公東征史事考證之二》,《文史》總第23輯,中華書局1984年版,第1—30頁。
④ 顧頡剛:《史林雜識初編》,第205頁。
⑤ "一繼一及"制,即"兄終弟及"與"父死子繼"並行。説見:《史記·魯周公世家》載魯公子牙(叔牙)語及昭二十二年《公羊傳》。

"攝行政當國"事相類。

我們知道,西周的貴族權力和君權是矛盾的統一體,而君權對族權的制約和族權對君權的反制約的矛盾,從西周建立初期就開始了,並一直繼續着;國人暴動、厲王流彘、共伯和干王位三部曲的發生,可視爲這種矛盾合乎傳統的大暴發;如果說周公旦踐王位帶有更多的王室公卿"攝政"性質的話,那麽共伯和踐王位則具有外諸侯"干政"的特徵。因此,周厲王時的國人暴動,揭開了西周社會由奴隸制向封建制轉變的序幕;厲王流彘,實爲王政倒塌、王室衰微之先兆;共伯和干王位,開外諸侯攝行王政之始,是西周貴族宗君制二元政治權力結構發生變化之濫觴,拉開了春秋時代政治變革之序幕。

以上三條可證,"共伯和"在周厲王流彘期間,曾踐位稱王以行天子事。

三、"共伯和"或即器銘之"白龢父""師龢父""司馬共""武公"

共伯和其人除《汲冢紀年》所載之外,還有金文爲證。

1. 師毀簋之"白龢父",即《竹書紀年》之"共伯和"

宋王俅輯《嘯堂集古錄》著錄共和元年(前841)器師毀簋(周毀敦)銘:①

> 隹(惟)王元年正月初吉丁亥,白(伯)龢父若曰:"師毀,乃且(祖)考又(有)勞(勳)于我家,女(汝)又(有)隹(惟)小子,余令(命)女(汝)死我家,糑(籍)嗣(司)我西隔東隔僕馭、百工、牧、臣妾、東(董)裁(栽)內外,毋敢否善。易(錫)女(汝)戈矛、戟綸、必彤、侯矢十五錞、鐘一、磬五、金。敬乃夙夜用事。"毀拜頴(稽)首,敢對揚皇君休,用乍(作)朕文考乙仲䵼敦,毀其萬年,子子孫孫,永寶用享。②

郭沫若《兩周金文辭大系圖錄考釋》、楊樹達《積微居金文説》卷五《師毀簋跋》、屈萬里《西周史事概述》、許倬雲《西周史》、晁福林《夏商西周的社會變遷》皆認爲,此"白龢父",即爲代厲王執政稱王之"共伯和"。③ 楊說論之最詳,此引述之:

---

① 參見:周流溪《西周年代考辨》,《史學史研究》1997 年第 2 期,第 51 - 65 頁;周流溪《〈西周年代考辨〉訂補》,《史學史研究》2003 年第 2 期,第 71 - 73 頁。按:周氏《西周年代考辨》初斷於懿王元年(約前 899),《〈西周年代考辨〉訂補》又斷於共和元年(前 841),爲其訂正之説,故筆者此從之。
② [宋]王俅輯:《嘯堂集古錄》,宋淳熙三年(1176)以前刻本,中華書局 1985 年影印版,第 111 頁。
③ 郭沫若:《兩周金文辭大系圖錄考釋》(增訂本),科學出版社 2002 年版,第 245 - 247 頁;屈萬里:《西周史事概述》,見《屈萬里先生文存》第 2 册,臺北聯經出版事業公司 1985 版,第 581 - 620 頁;許倬雲:《西周史》,第 203 - 231 頁;晁福林:《夏商西周的社會變遷》,北京師範大學出版社 1996 年版,第 150 - 152 頁。按:晁氏認爲此器做於共和元年(前 841)正月初六日。

余謂伯龢父即共伯和,求之本器,即可瞭然。知者,彝銘屢見"王若曰"之文,非王而稱若曰者,僅此器之白龢父,若非白龢父有與王相等之身份,安能有此。且銘文首記命辭,次記錫物,末記揚休制器,與其他王命臣工之器無一不同,證一也。《尚書》屢見"王若曰"之文,非王而稱若曰者只微子與周公,除微子稱若曰義不可知,當別論外,"周公若曰"只見於《君奭》《立政》二篇,二篇皆周公攝政時書也,證二也。以彝銘證彝銘,又以《尚書》證彝銘,則伯龢父非共伯和莫屬也。《禮記·曲禮篇》曰:"天子未除喪曰予小子。"知古天子有自稱小子之事。《君奭篇》曰:"在今予小子旦非克有正。"又曰:"今在予小子旦若游大川。"說者以周公攝政,故自稱予小子,今此銘記伯龢父自稱小子,與《君奭篇》周公自稱相類,則伯龢父又非以共伯和釋之不可,此又一證也。①

謹按:楊氏在《積微居金文餘說》卷二《師毀簋再跋》中又引廖海廷以古六曆推算,銘文"正月初吉丁亥"爲共和元年(前841)正月八日或七日。② 楊氏上述四證,"彝銘屢見'王若曰'之文,非王而稱若曰者,僅此器之白龢父,若非白龢父有與王相等之身份,安能有此"一段待商。因爲,銅器銘文中有"若曰"者,除"周王""周公""微子""白龢父"之外,尚有"叔氏",見1975年在陝西省咸陽市永壽縣店頭鎮好時河村出土的共和元年(前841)器逆鐘四件。③ 其銘文如下:

唯王元年,三月既生霸庚申,叔氏在大廟,叔氏令(命)史歈召逆,叔氏若曰:"逆,乃祖考許政于公室,今余賜女(汝)冊(甲)五,錫戈彤𢎗(緌),用糒(攝)于公室,僕庸(傭)、臣妾、小子室家,毋又(有)不聞智(知),敬乃夙夜,用屛(屏)朕身,勿瀘(廢)朕命,毋冭(墜)乃政。"逆敢拜手稽(頓)。④

從"乃祖考許政于公室"和"小子室家"看,"叔氏"似爲諸侯。此銘文所記爲"逆"未除父喪而繼父職時,叔氏賜封逆的命辭。然此叔氏不詳爲何人,其命辭何以亦有"若曰",當非共伯和可知;然與"白龢父"同有"若曰"之語,則"若曰"是否定爲

---

① 楊樹達:《積微居金文說》(增訂本),第138-139頁。
② 楊樹達:《積微居金文說》(增訂本),第255-256頁。
③ 參見:周流溪《西周年代考辨》,《史學史研究》1997年第2期,第51-65頁;周流溪《〈西周年代考辨〉訂補》,《史學史研究》2003年第2期,第71-73頁。按:曹發展、陳國英認爲,逆鐘爲西周晚期器,且"吊氏"釋作"弟(叔)氏","𡨥"釋作"佐","糒"釋作"佑","冭"釋作"佔","捼"釋作"何","堕"釋作"仫";張長壽、陳公柔、王世民認爲,逆鐘爲西周中期後段孝、夷之世器。皆供此備參。詳見:曹發展、陳國英《咸陽地區出土西周青銅器》,《考古與文物》1981年第1期,第8頁;張長壽、陳公柔、王世民《西周青銅器分期斷代研究》,文物出版社1999年版,第173-174頁。
④ 中國社會科學院考古研究所編:《殷周金文集成》,修訂增補本第1冊,第49-52頁。按:"叔氏",或釋作"吊氏"。

周王或曾攝政稱王者方可使用,尚待商榷。除此段外,楊樹達先生的論述是很精闢的,可謂確證。筆者兹補充以下四證:

衛盂有"白邑父",五祀衛鼎有"白俗父",伯公父勺、伯公父盨蓋、伯公父壺蓋、伯公父簠有"白公父",伯多父盨有"白多父",伯先父鬲有"伯先父",伯誇父盨有"白誇父",伯吉父簠、伯吉父鼎有"白吉父",伯考父盤有"白考父",伯梁父簠有"白梁父",伯喜父簠有"白喜父",伯百父鎣、伯百父盤有"白百父",伯庸父盂、伯庸父鬲有"白庸父",伯蔡父簠有"白蔡父",伯駉父簠有"白駉父",魯伯大父簠有"白大父",①此21銘文中皆"伯"作"白",則"白"爲"伯"之本字,"伯"爲"白"之假借字,當爲爵稱;"父",即"甫",男子之稱,用爲表字;"穌"與此21銘文中"邑""俗""公""多""先""誇""吉""考""梁""喜""百""庸""蔡""駉""大"一樣,當同爲人名,"穌"爲古"和"字,如《國語·周語下》"其終也,廣厚其心,以固龢之"之"龢",②即"和"之古體。那麽,"白穌父"即"伯和甫"。此一證也。

《史記·衛康叔世家》稱釐侯太子餘爲"共伯餘",③其弟和亦可曰"共伯和",蓋因"共伯"並非"世子餘"專有之謚號。"共"本國名,衛并共之後,乃衛別邑之名,即今河南省衛輝市,與衛都邑朝歌比鄰;"伯"既非行次之稱,又非方伯之謂,乃尊稱之謂。故稱"共伯"者,猶如晉侯郤在翼謂之"翼侯",在鄂謂之"鄂侯",皆因地名而稱之。那麽,"伯和甫"即"共伯和",亦即"衛武公和"。此二證也。

從銘文内容看,"伯和甫"擁有廣大的土地及衆多的僕馭、百工、奴隸,並有專人管理;有如此規模籍田者,非天子、諸侯及執政卿莫屬。清吳大澂《窻齋集古錄》著錄的令鼎、揚簋,朱善旂《敬吾心室彝器款識》著錄的免簠,郭沫若《殷周青銅器銘文研究》著錄的庚午父乙鼎,陝西省博物館、陝西省文物管理委員會編《青銅器圖釋》著錄的南宫柳鼎,陳夢家《西周銅器斷代》著錄的柞仲,④等等,諸銘所載周王籍田與此相類,亦與《詩·大雅·韓奕》《崧高》所記諸侯籍田事相類。此三證也。

伯和父稱"師毀"爲"隹小子",同西周金文中"小子某""某小子某"稱謂相類,

---

① 上引此21器,皆見:徐中舒《殷周金文集錄》,四川辭書出版社1986年版,第102-104、160-162、189、227-228、236、287-288、290-291、401、425、444、558頁。

② 韋《注》:"其終,篇之終句也。廣厚其心,美其教化,而固和之也。"[三國吳]韋昭注,上海師範大學古籍整理研究所校點:《國語》,第116頁。

③ [漢]司馬遷撰,[南朝宋]裴駰集解,[唐]司馬貞索隱,[唐]張守節正義,郭逸、郭曼標點:《史記》,第1274頁。按:《衛康叔世家》之衛釐(僖)侯世子"共伯餘",毛《序》作"共伯",《索隱》作"恭伯",蓋"共""恭"古通。

④ [清]吳大澂:《窻齋集古錄》,第5册第12頁,第11册第16頁;[清]朱善旂:《敬吾心室彝器款識》(下册),清光緒三十四年(1908)石印本,第83頁;郭沫若:《殷周青銅器銘文研究》,科學出版社1961年版,第21頁;陝西省博物館、陝西省文物管理委員會:《青銅器圖釋》,文物出版社1960年,第79頁;陳夢家《西周銅器斷代》(上册),中華書局2004年版,第303頁。參見:田昌五、臧知非《周秦社會結構研究》,第77頁。

皆爲王室小宗或王臣家小宗對"宗小子"(大宗)之自稱。比如,中國社會科學院考古研究所編《殷周金文集成》(5.6001)著録的周昭王時器小子生尊銘中的"小子生";1975年,在陝西省寶雞市岐山縣董家村出土的窖藏周共王五年(約前917)器五年衛鼎銘中"衛小子"、九年(約前913)器九年衛鼎銘中"顏小子具""衛小子家"。① 此四證也。

由上述此七證可以推斷,"伯和甫"即"干王位"之"共伯和"。

2. "共和"前後諸器之"師龢父""司馬共""武公"或即"共伯和"

中國社會科學院考古研究所編《殷周金文集成》(4.4275)著録周厲王前後器元年師兌簋銘:

> 唯元年五月,初吉甲寅,王在周,各(格)康廟,即立(位),同仲右(佑)師兌,入門,立中廷,王乎(呼)内史尹冊令(命)師兌:"疋(胥)師龢父,嗣左右走(趣)馬、五邑走(趣)馬,錫女(汝)乃祖巾、五黄(衡)、赤舄。"兌拜頴(稽)首,敢對揚天子不(丕)顯魯休,用乍(作)皇祖城公䵼殷(簋)。師兌其萬年,子子孫孫,永寶用。②

中國社會科學院考古研究所編《殷周金文集成》(4.4319)著録周厲王前後器三年師兌簋銘:

> 唯三年二月,初吉丁亥,王在周,各(格)大(太)廟,即立(位)。琞(陽)白(伯)右(佑)師兌,入門,立中廷,王乎(呼)内史尹冊令(命)師兌:"余既令(命)女(汝)疋(胥)師龢父,嗣(司)左右走(趣)馬,今余唯䰍申臱(就)乃令(命),令(命)女(汝)䩦(繼)嗣(司)走(趣)馬。賜女(汝)秬鬯一卣、金車、桒(賁)較(較)、朱虢(鞹)䩙靳、虎冟(幎)熏(纁)裏、右厄(軛)、畫䡍、畫轓、金甬(筩)、馬四匹、攸(鋚)勒。"師兌拜頴(稽)首,敢對揚天子不(丕)顯魯休,用乍(作)朕皇考釐公䵼殷(簋),師兌其萬年,子子孫孫,永寶用。③

---

① 中國社會科學院考古研究所編:《殷周金文集成》,修訂增補本第11冊,第182頁;岐山縣文化館龐懷清、陝西省文管會鎮烽等:《陝西省岐山縣董家村西周銅器窖穴發掘簡報》,《文物》1976年第5期,第26-44頁。

② 中國社會科學院考古研究所編:《殷周金文集成》,修訂增補本第4冊,第2607頁。按:李學勤《西周中期青銅器的重要標尺——周原莊白、強家兩處青銅器窖藏的綜合研究》(《中國國家博物館館刊》1979年第1期,第29-36頁)認爲:元年師兌簋爲周夷王元年(約前869)器,三年師兌簋爲周夷王三年(約前867)器。筆者此不取。

③ 中國社會科學院考古研究所編:《殷周金文集成》,修訂增補本第4冊,第2694頁。

中國社會科學院考古研究所編《殷周金文集成》(2.2817)著録西周中期晚段師晨鼎銘：

> 隹(唯)三年三月,初吉甲戌,王在周師彔宫,旦,王各(格)大(太)室,即立(位),嗣(司)馬共右(佑)師晨,入門,立中廷,王乎(呼)乍(作)冊尹冊命師晨："疋(胥)師俗嗣(司)邑人,隹(唯)小臣、善(膳)夫、守、友(友)、官、犬、眔奠(甸)人、善(膳)夫、官、守、友,易(錫)赤舄。"晨拜頴(稽)首,(敢)對揚天子不(丕)顯休令(命),用乍(作)朕文祖辛公尊鼎,晨其(百)世,子子孫孫,其永寶用。①

中國社會科學院考古研究所編《殷周金文集成》(2.2833)著録1942年陝西省寶雞市岐山縣任家村出土共和元年(前841)禹鼎銘：

> 禹曰：不(丕)顯走(趯趯)皇祖穆公,克夾召(紹)先王奠(奠)左(四)方,穆(繆)武公亦(弗)歷(叚)望(忘)[朕聖]自(祖)考幽大叔、懿[叔],命禹允(仳)[朕]祖考,政于井(邢)邦,弘(韔)[禹]夫(亦)[弗敢惷],賜(惕)[共]朕般(辟)乍之命,臣(鳥)工(虔)哀哉,用天降亦(大)喪于下或(國),亦唯噩(鄂)侯馭方率南[淮]尸(夷)、東(尸)廣[伐]南或(國)、東或(國),至于歷寒(內),王[廼]命廼(西)六師、殷八師曰：劗(撲)伐噩(鄂)侯馭方,[勿]眉遺(幼)壽子(幼),右(韔)師[彌]客(客)欲(匃)匡,每(弗)克我(伐)噩,聞(韔)武公廼(遣)我(禹)率公朱(戎)車百乘,斯(厮)馭二百,徒[千],乍(曰)王(于)[匡]朕[肅慕],叀(惟)揚(西)六師、殷八師[伐噩]侯馭方,勿[遺]壽幼。雩(禹)以[武公徒馭]至于噩(鄂),葦(敦)伐[噩],[休獲厥君馭]方,韔(肆)禹[有成],[敢對揚武公丕顯耿]光,用乍(作)大寶(鼎),[禹]其萬[年],子子孫孫寶用。②

中國社會科學院考古研究所編《殷周金文集成》(2.2835)著録1980年陝西省西安市長安區斗門鎮上泉北村故鎬京附近出土共和元年(前841)器多友鼎銘：

> 唯十月,用嚴(玁)允(狁)放興,廣伐京師,告追于王,命武公遣乃元士,羞追于京師,武公命多友率公車,羞追于京師,癸未,戎伐筍(郇),衣俘,多友

---

① 中國社會科學院考古研究所編：《殷周金文集成》,修訂增補本第2冊,第1487頁。
② 中國社會科學院考古研究所編：《殷周金文集成》,修訂增補本第2冊,第1510－1511頁。

西追,甲申之脣(辰),搏于郀,多友右(有)折首執訊,凡以公車折首二百又□又五人,執訊廿又三人,俘戎車百乘一十又七乘。衣(卒)復笱(郇)人俘,或(又)搏于龏(共),折首卅又六人,執訊二人,俘車十乘,從至,追搏于世,多友或(又)右(有)折首執訊,越(越)追至于楊冢(塚),公車折首百又十又五人,執訊三人,唯俘車不克以,衣(卒)焚,唯馬馭(毆)盡,復奪京師之俘,多友廼獻俘聝訊于公,武公廼獻于王,廼曰武公曰:女(汝)既靜(靖)京師,賚(賚)女(汝),賜女(汝)土田。丁酉,武公在獻宮。廼命向父(禹)侶多友,廼迺(延)于獻宮,公窺(親)曰多友曰:余肇事(使)女(汝),休不逆,又(有)成事,多禽(擒),女(汝)靜(靖)京師。賜女(汝)圭瓚一,湯(錫)鐘一肆(肆)、鐈鋚百匀(鈞)。多友敢對揚公休,用乍(作)尊鼎,用倗(朋)用各(友),其子子孫孫永寶用。①

謹按:郭沫若《兩周金文辭大系圖錄考釋》認爲:師毁簋銘之"白龢父",即元年師兌簋銘、三年師兌簋銘、師釐簋銘之"師龢父",亦即師晨鼎銘之"司馬共",亦即《竹書紀年》之"共伯和"。② 張平轍《西周共和行政真相揭秘——以共和行政時期的兩具標準青銅器爲中心》認爲:禹鼎銘、多友鼎銘之"武公",《國語·楚語上》之"衛武公",亦即《竹書紀年》之"共伯和"。③ 當然,禹鼎、多友鼎稱"共伯和"爲"武公",應爲共和元年(前841)時"生稱謚";若非"生稱謚",則二器乃非共和元年(前841)時器;或許此"武公"非衛武公,而爲另一"武公",如《史記·齊太公世家》之"齊武公壽"之類。④ 這依然是我們需要進一步探究的問題。

由上述諸器銘文所記可知,"白龢父"擁有廣大的土地,衆多的僕馭、百工、奴隸,且命師毁專人管理;"師龢父"由周王命師兌,協助其管理司左右走馬、五邑走馬(掌馬政之武職官員);"司馬共"佑師晨入門立於中廷擔任儐右,其地位必然很高;"武公"命禹、多友率部逐獫狁,足見其在厲王流彘前已任掌管王畿軍事力量之最高統帥——大司馬之職。在"國人暴動"之前,其已成爲位高權重之顯赫人物了;在"流王於彘"之後,其攝政稱王自然是衆望所歸、自然爲不二人選。由此足見《竹書紀年》"共伯和干王位"之説可信。

---

① 中國社會科學院考古研究所編:《殷周金文集成》,修訂增補本第 2 册,第 1512-1513 頁。
② 郭沫若:《兩周金文辭大系圖錄考釋》(增訂本),科學出版社 2002 年版,第 245-247 頁。按:王雷生將師釐簋斷爲厲王十一年(約前 847)器,筆者此不取。詳見:王雷生《關於"共和行政"若干歷史問題的再考察》《人文雜志》1999 年第 6 期,第 132-139 頁。
③ 張平轍:《西周共和行政真相揭秘——以共和行政時期的兩具標準青銅器爲中心》,《西北師大學報》1992 年第 4 期,第 51-54 頁。
④ 據《齊太公世家》,武公壽九年(前 842)厲王"居彘",十年(前 841)"王室亂"。此所謂"亂"者,即《竹書紀年》所謂"共伯和干王位"。又,齊武公在位凡 26 年,正屬厲王九年至宣王三年(約前 849—前 825)期間。

四、"干王位"之"共伯和"即"衛武公"

關於"共伯和"其人之身份,先哲時賢主要有三説。

一爲"共伯和即凡伯"説,見清魏源《詩古微·大雅答問下》:"古者多以所都名國,故殷與商並稱,康與晉並稱,以及梁、魏、韓、鄭皆然。凡之即共,亦猶是已。凡、蔣、邢、茅、胙、祭,皆周公之胤。"①《詩序集義》説同,朱右曾《詩地理徵》卷五《凡》、卷七《共和》説亦大同。

二爲"共伯和即衛武公"説。顧頡剛《史林雜識初編·共和》:"惟衛宏《毛詩序》則曰:'《抑》,衛武公刺厲王,亦以自警也。'獨指武公當厲王之世。世既相及,詎不可釋位以間王政。衛宏之言固多謬妄,惟彼所以敢作是言者,蓋亦心識共伯和之即爲衛武公矣:共伯與武公同名曰'和',一也;武公之兄已曰'共伯',奪其位自可襲其稱號,二也。"②

三爲"共伯和即師和父"説。王雷生《關於"共和行政"若干歷史問題的再考察》:"那麽共伯和究竟是誰呢?我認爲就是金文所見的師和父,亦即《六月》詩中討伐獫狁的主將尹吉甫的前任——共武公。……師和父乃爲夷、厲、宣世人,他不僅與共伯和同名同代,且其在厲王朝晉官'大師',並在前宣王時期以上公身份輔政……因此,郭沫若斷定他就是《紀年》'干王位'的共伯和是極有可能的。"③

關於魏氏"共伯和即凡伯"説之訛,詳見本書第四章;王氏"共伯和即師和父"説,以《詩·小雅·六月》三章之"共武之服"當共國之君"共武公",以師和父(共伯)"爲夷、厲、宣世人",似可商,餘皆可從。筆者以爲,"共伯和即衛武公"與"共伯和即師和父"二説,可合而觀之。故《竹書紀年》之"共伯和",即襄二十九年《左傳》之"武公",亦即《國語·楚語上》之"衛武公",亦即《淮南子·繆稱訓》之"衛武侯",其證有六:

1. 共人是中國北方一個具有悠久歷史的古老氏族部落

我們不僅可以從《山海經》所記的神話傳説中看到共人先祖共工的影子,更可以從《尚書》《國語》《左傳》《禮記》《莊子》《列子》《荀子》《呂氏春秋》《韓非子》《楚辭》《大戴禮記》《淮南子》《史記》等文獻所載的古史傳説中尋到"共人""共工""共國"的歷史痕蹟。

神話傳説中的水神"共工",乃古史傳説中炎帝氏族部落集團支裔姜姓共工氏(共人)部落首領共工,亦稱"共工氏",又稱"窮奇""康回",姓姜,名康回,炎帝

---

① [清]魏源撰,何慎怡等點校:《詩古微》,第 676 頁。
② 顧頡剛:《史林雜識初編》,第 206-207 頁。
③ 王雷生:《關於"共和行政"若干歷史問題的再考察》,《人文雜志》1999 年第 6 期,第 135-136 頁。

神農氏後裔,少皞金天氏之子,①術器、句龍(后土、脩)之父,相柳氏(相繇)之君,堯主治水之官,後爲堯流放於幽州(亦稱"幽都""幽陵",本爲地域名,指北方邊鄙之地,此特指北京市密雲區東北塞外之地),②終因與黃帝裔孫帝顓頊高陽氏爭爲帝被誅,③其方國部落亦被攻滅。

共人族長因世襲水官"共工"之職,其氏族部落乃稱之曰"共工氏",其方國因以"共"爲名。共工氏部落與顓頊之爭,實爲炎黃兩大氏族部落集團鬥爭之餘緒。共工觸不周山而"折天柱,絕地維",打破爲顓頊所統治之舊世界,使世界局面爲之改觀,雖曰"不勝",然顯其"形夭無干戚,猛志固常在"(陶潛《讀山海經》之十)之鬥爭精神。④ 足見共人爲中國北方一個具有悠久歷史的古老氏族部落。⑤

《山海經》所記名"共水"者有三:一在今山西省忻州市五台縣境內,見《北次三經》;二在今運城市芮城縣境內,見《中山經》;三在今河南省洛陽市新安縣境內,見《中次六經》。依古人"擇水而居"之生活習性,這分處兩省的三個水域,均有共工氏部落舊居之可能性。

共工氏部落首領既爲主治水之官,自然同水有密切關係;特別值得注意的是,其與顓頊高陽氏部落"爭爲帝,怒而觸不周之山"(《列子·湯問》)。⑥ 而"顓頊之虛也,故爲帝丘"(昭十七年《左傳》),⑦其地即今河南省濮陽市濮陽縣。若共工氏部落遠在太行山以西地區,就不大會同顓頊高陽氏部落發生關係。既與顓頊高陽氏"爭爲帝",那麼其聚集地自然不會離"顓頊之虛"太遠,這樣顓頊氏與共工氏之戰,纔有地緣之可能。⑧ 共工氏所觸之"不周山",即漳水發源地發鳩山,位於今山西省長治市長子縣城西約50里;⑨共工氏部落"振滔洪水,以薄空桑"(《淮南子·本經訓》)之"空桑山",⑩即今豫東魯西地區。此"不周山"與"空桑山",均與"顓頊之虛"相去不很遠;獨今河南省輝縣市爲古共國都邑,其又與濮

---

① 《山海經·海內經》謂共工爲祝融之子,亦可備一説。
② 參見:僞《古文尚書·舜典》及[清]蔣廷錫《尚書地理今釋》。
③ 共工與誰"爭爲帝"而被誅殺,諸書所記不一:或曰帝顓頊高陽氏,見:《列子·湯問》《淮南子·天文訓》《兵略訓》;或曰帝嚳高辛氏,見:《淮南子·原道訓》;或曰炎帝神農氏,見:《雕玉集·壯力》篇引《淮南子》;或爲帝嚳高辛火正重黎(祝融),見:《史記·楚世家》;或曰女媧女皇氏,見:《路史·後紀二》。筆者以爲"帝顓頊高陽氏"之説近古,故此從之。
④ 逯欽立:《先秦漢魏晉南北朝詩》(中冊),中華書局1983年版,第1011頁。按:"形夭無",焦本作"刑天舞",《詩紀》同。"干戚",曾本、蘇寫本、和陶本皆作"千歲",蓋"干戚"與"千歲"形近而訛。
⑤ 説參:[晉]郭璞注,袁珂校注:《山海經校注》(增訂本),第280-281頁。
⑥ 舊題[周]列禦寇撰,[晉]張湛注,楊伯峻集釋:《列子集釋》,新編諸子集成本,中華書局1990年版,第151頁。按:《淮南子·原道訓》《天文訓》《論衡·談天》説大同,不具引。
⑦ 杜《注》:"衛,今濮陽縣。昔帝顓頊居之,其城內有顓頊冢。"[晉]杜預注,[唐]孔穎達等正義:《春秋左傳正義》,第4527頁。按:昭十年《左傳》《爾雅·釋天》説大同,不具引。
⑧ 參見:徐旭生《中國古史的傳説時代》(增訂本),第47-48頁。
⑨ 參見:《山海經·北山經·北次三經》。
⑩ [漢]劉安撰,劉文典集解,馮逸、喬華點校:《淮南鴻烈集解》,第255頁。按:《路史·前紀三》説同。

陽市鄰近，則共工氏部落居住地在今輝縣市境內，大致可無疑義。

2."共"由方國名向別邑名演變之綫索

商周時期名"共"之國有二：

一是涇州之"共"，爲周文王時古國，故城在今甘肅省平涼市涇川縣北，即《詩·大雅·皇矣》第五章"密人不恭，敢距大邦，侵阮徂共"之"共"。①

二是汲郡之"共"，本殷周之際古國，後爲衛之別邑，故城即今河南省衛輝市。此"共"即隱元年《左傳》"大叔出奔共"之"共"，亦即閔二年《左傳》"益之以共、滕之民"之"共"，②亦即《莊子·雜篇·讓王》"共伯得乎共首"之"共首"，③亦即《讓王》郭《注》《經典釋文·莊子音義下》並引《魯連子》"(共伯)得意共山之首"之"共山之首"，④亦即《史記·周本紀》張守節《正義》引《魯連子》"衛州共城縣，本周共伯之國也"之"共"，⑤亦即《荀子·儒效篇》"(武王誅紂)至共頭而山隧"之"共頭"，⑥亦即《漢書·地理志上》"河內郡共縣"之"共"。⑦

那麼，隱元年、閔二年《左傳》"衛別邑"之"共"，何以《史記·鄭世家》裴駰《集解》引漢賈逵《左氏傳解詁》謂"共，國名也"呢？⑧ 筆者以爲，此當與衛國之"共邑"與共人之"共國"源流有關。我們從引述並分析以下文獻入手來展開討論。

《詩·鄘風·柏舟》毛《序》：

> 《柏舟》，共姜自誓也。衛世子共伯蚤死，其妻守義，父母欲奪而嫁之，誓而弗許，故作是詩以絕之。⑨

《史記·衛康叔世家》：

---

① 毛《傳》："國有密須氏，侵阮，遂往侵共。"《釋文》："共，國名。"[漢] 毛亨傳，[漢] 鄭玄箋，[唐] 孔穎達等正義：《毛詩正義》，第 1121 頁。
② 杜《注》："共，國，今汲郡共縣。……共及滕，衛別邑。"[晉] 杜預注，[唐] 孔穎達等正義：《春秋左傳正義》，第 3725、3880 頁。
③ [周] 莊周撰，[清] 郭慶藩集釋，王孝魚點校：《莊子集釋》，第 983－984 頁。按："共首"，一作"丘首"。
④ [周] 莊周撰，[清] 郭慶藩集釋，王孝魚點校：《莊子集釋》，第 984 頁。按：《經典釋文·莊子音義下》引同。
⑤ [漢] 司馬遷撰，[南朝宋] 裴駰集解，[唐] 司馬貞索隱，[唐] 張守節正義，郭逸、郭曼標點：《史記》，第 97 頁。
⑥ [周] 荀況撰，[唐] 楊倞注，[清] 王先謙集解，沈嘯寰、王星賢點校：《荀子集解》，第 135 頁。
⑦ [漢] 班固撰，[唐] 顏師古注，傅東華等點校：《漢書》，第 1554 頁。
⑧ [漢] 司馬遷撰，[南朝宋] 裴駰集解，[唐] 司馬貞索隱，[唐] 張守節正義，郭逸、郭曼標點：《史記》，第 1391 頁。
⑨ 鄭《箋》："共伯，僖侯之世子。"《釋文》："共姜，共伯之妻也。婦人從夫諡。姜，姓也。"[漢] 毛亨傳，[漢] 鄭玄箋，[唐] 孔穎達等正義：《毛詩正義》，第 659 頁。按：《柏舟》爲鄘人借衛宣姜口吻刺宣公奪媳之作。說詳：邵炳軍《〈詩·鄘風〉創作年代考論》，《中州學刊》2011 年第 2 期，第 197－202 頁。

四十二年,釐侯卒,太子共伯餘立爲君。共伯弟和有寵於釐侯,多予之賂;和以其賂賂士,以襲攻共伯於墓上,共伯入釐侯羡自殺。衛人因葬之釐侯旁,諡曰共伯,而立和爲衛侯,是爲武公。①

謹按:《漢書·古今人表》將"共伯和"次於厲宣之世,與芮良夫同時,則《柏舟》毛《序》、鄭《箋》之"共伯",即《史記·衛康叔世家》之釐侯太子"共伯餘",與《史記·衛康叔世家》《漢書·古今人表》之"共伯和"爲二人。衛僖侯世子曰"共伯",其妻曰"共姜",足見其食采於"共邑",以采邑名而稱"共伯"。

《漢書·地理志上》《水經·清水注》《元和姓纂·上平聲·三鍾》等方輿類與姓譜類文獻,可爲我們提供有關"共"由"邦國"向"都邑"流變之綫索:"共"本爲國名,是由共工氏族部落逐漸發展形成的一個方(邦)國,在夏、商、西周三代時皆爲諸侯國,其地即今河南省輝縣市。此地距殷都朝歌(即今鶴壁市淇縣朝歌鎮)不足百里,當屬殷畿内之國,屬殷商文化圈範圍。其至遲在西周初期還是一個獨立的諸侯方國。

那麽共國何時成爲衛之別邑的呢?據《史記·十二諸侯年表》,厲王卒於歲爲魯真公二十七年(前829),衛僖侯卒於魯懿公三年(前813)。那麽,依《柏舟》毛《序》《史記·衛康叔世家》《漢書·古今人表》説,共國至遲在魯懿公三年(前813)前已成爲衛國之別邑了。當然,這只是一個下限而已;其真正由"邦國"而爲"別邑",恐怕與周公旦封康叔封於"邶""庸""衛"有關。

據《逸周書·作雒解》《漢書·地理志下》,"邶""庸""衛"本武王殷畿内相鄰的三個諸侯方國,王子禄父居邶(在今漳河以北之河北省境内)以守商祀,管叔鮮居庸(在今之豫北東部至於魯境)、蔡叔度居衛(在今以淇縣爲中心的豫北地區)以監殷民。② 至武王崩,三監叛,周公東征三年而誅之,封其弟康叔封於衛,封康叔世子仲旄父(中旄父)於庸。此後,周公旦舉衛康叔入王室爲司寇,仲旄父遂將衛、庸合併,仍稱"衛"。共國或當在此時爲衛兼併,成爲其別邑了。

3. "共伯和"之"共"是衛僖侯世子之采邑

衛僖侯世子餘曰"共伯",其妻曰"共姜",足見其以采邑"共邑"之名而稱"共伯";此正與衛康叔世子仲旄父封於庸而稱"庸伯"同例。但衛武公何以以世子身份而稱"共伯和"呢?這恐怕亦與"共伯餘"早死而不得立爲衛君有關。

---

① 司馬貞《索隱》:"恭伯名餘也。"[漢]司馬遷撰,[南朝宋]裴駰集解,[唐]司馬貞索隱,[唐]張守節正義,郭逸、郭曼標點:《史記》,第 1274-1275 頁。
② 《漢書·地理志下》之"庸(墉)",即《詩·鄘風》之"鄘",亦即《逸周書·作雒解》之"東";"衛",即《作雒解》之"殷";"北(鄁)",即《詩·邶風》之"邶",《作雒解》闕。參見:劉起釪《古史續辨》,中國社會科學出版社 1991 年版,第 527 頁。

《史記·衛康叔世家》言共伯餘立爲衛君，而《十二諸侯年表》記僖侯在位凡42年，僖侯薨後由武公和繼立爲衛君，無立共伯餘爲君之載。或許可解之曰：衛僖侯薨後，共伯餘之弟和"襲攻恭（共）伯（餘）於墓上，共伯（餘）入釐侯羨自殺"（《史記·衛康叔世家》）。① 則共伯餘立而不期年，故《十二諸侯年表》不載其繼衛君之位。

然《史記·衛康叔世家》所謂武公殺兄奪國之說，與其他文獻美武公之言迥異：襄二十九年《左傳》載吳公子札（季札）觀樂時贊之曰："吾聞衛康叔、武公之德如是，是其《衛風》乎！"②《國語·楚語上》載楚左史倚相贊之曰："昔衛武公年數九十有五矣，猶箴儆於國。"③《詩·衛風·淇奧》毛《序》贊之曰："（武公）有文章，又能聽其規諫，以禮自防，故能入相于周。"④《淮南子·繆稱訓》贊之曰："是武侯如弗贏之必得贏，故老而弗舍，通乎存亡之論者也。"⑤

筆者以爲，吳公子季所謂"憂而不困者"，共伯和（衛武公）時國人暴動而流王於彘、驪山之難而王死於戲，皆可謂之"憂"；共伯和（衛武公）踐王位而攝行天子、周宣王立而還政歸國、衛武公將兵助周平戎而入爲三公，皆可謂之"不困"。可見，兩周之際諸侯莫賢如衛武公，何以有殺兄奪國之事？果有殺兄奪國之事，厲王流彘後諸侯何以擁立其踐王位而攝行天子事呢？且《衛康叔世家》亦謂"武公即位，修康叔之政，百姓和集"。⑥ 故宋呂祖謙《呂氏家塾讀詩記》卷五辨之曰："共伯未嘗有見弒之事，武公未嘗有篡弒之惡也。"⑦清姜炳璋《詩序廣義》卷四申之曰："不知此正宣王之世，王能討魯伯御，豈容武公之弒君篡國？"⑧足見《史記》武公殺兄奪國之說與史實、與情理皆不合。

那麼，《柏舟》毛《序》"共伯餘早死"之說可以爲訓。據此，則世子共伯餘死後，其弟公子和繼兄爲世子，仍以共爲采邑，故亦可稱"共伯"，自然同"共伯餘"一樣有"共伯和"之稱了。

---

① ［漢］司馬遷撰，［南朝宋］裴駰集解，［唐］司馬貞索隱，［唐］張守節正義，郭逸、郭曼標點：《史記》，第1274頁。
② 杜《注》："康叔，周公弟；武公，康叔九世孫；皆衛之令德君也。"［晉］杜預注，［唐］孔穎達等正義：《春秋左傳正義》，第4365頁。
③ 韋《注》："武公，衛僖公之子，共伯之弟武公和也。箴，刺也。儆，戒也。"［三國吳］韋昭注，上海師範大學古籍整理研究所校點：《國語》，第551頁。
④ ［漢］毛亨傳，［漢］鄭玄箋，［唐］孔穎達等正義：《毛詩正義》，第676頁。
⑤ 高《注》："武侯蓋年九十五矣。"［漢］劉安撰，［漢］高誘注，劉文典集解，馮逸等點校：《淮南鴻烈集解》，第333頁。
⑥ ［漢］司馬遷撰，［南朝宋］裴駰集解，［唐］司馬貞索隱，［唐］張守節正義，郭逸、郭曼標點：《史記》，第1275頁。
⑦ ［宋］呂祖謙：《呂氏家塾讀詩記》，第2-3頁。
⑧ ［清］姜炳璋：《詩序廣義》，田國福主編歷代詩經版本叢刊影印清嘉慶二十年（1816）四明姜氏尊行堂刻本，齊魯書社2008年版，第35冊，第460頁。

4. "共伯和"之"伯"是衛國君與世子之通稱

爲了便於説明問題，這裏先梳理一下衛始封君康叔封之諸稱謂。《周易·晉》及楊樹達《積微居金文餘説》著録傳 1931 年於河南省鶴壁市浚縣辛村衛侯墓出土的周成王時器渃司土逘簋（即康侯簋）及成組銅器刀、斤、矛、觶、罍銘皆稱"康侯"，①《書·周書·康誥》稱"孟侯"，《書·周書·康誥》《酒誥》皆稱"封"，《逸周書·作雒解》稱"康叔"，中國社會科學院考古研究所編《殷周金文集成》（2.2153）著録周成王時器康侯丰鼎銘稱"康侯丰（封）"，②則衛康叔封有"康侯""孟侯""封""康叔"諸稱謂。"康"其封地，"孟"謂其爲五侯之長，"侯"其爵稱，"封"（金文作"丰"）其名，"叔"其行次。如《康誥》敘述周公旦謂康叔在衛之使命——以方伯身份懷柔殷民以建立穩固政權，故稱之曰"孟侯"；康侯簋記康侯封由康陟封於妹土衛之史實，故依然稱之曰"康侯"。③

康叔初封於康（即今河南省禹州市西北 30 里之故康城，位於汝州市之東），④自然以其封地之名稱"康叔""康侯"；仲旄父初封於庸，自然以其封地之名稱"庸伯"。那麽，康叔封陟封於衛（都於朝歌）之後，何以依然稱"康叔""康侯"呢？庸與衛合併，且仲旄父繼位爲衛君之後何以依舊稱"庸伯"呢？

周人陟國陟邑而陟國邑之名，即遷地遷名之制，爲分封制度中"封土建國作邑"之通則。諸侯之國與大夫之邑陟封，皆沿襲舊名不廢，故國君與大夫常沿用初封地之稱謂不變。如申伯自郿（即今陝西省寶雞市眉縣東北郿縣故城）遷謝（即今河南省南陽市唐河縣湖陽鎮北之故謝城）而存"申"之本名，唯有"西申"與"南申"之别；召公奭初封於召邑（即今寶雞市岐山縣西南 8 里之故召亭，今名劉家原），平王東遷雒邑後，將召公奭後裔别封東都王畿受采邑（即今山西省運城市垣曲縣東 60 里之故召原）而存"召"之本名。

康叔爵稱"侯"，自二世康伯（庸伯）以下考伯、嗣伯、㜪伯、靖伯、貞伯六世皆爵稱"伯"。⑤康叔封以東征夾輔周室之功封侯，正爲"封藩守疆之殊爵"；仲旄父

---

① 楊樹達：《積微居金文説》（增訂本），第 244－245 頁。
② 中國社會科學院考古研究所編：《殷周金文集成》，修訂增補本第 2 册，第 1127 頁。按：[清] 劉心源《奇觚室吉金文述》卷一謂康侯方鼎銘之"康侯丰"，即"康侯封"。又，此器亦爲早年出土，地點未明，然與 1931 年於河南省鶴壁市浚縣辛村衛侯墓出土的成王時諸器爲同組器。
③ 參見：周法高《康侯簋考釋》，《金文零釋》，"國立中央研究院"歷史語言研究所專刊之三十四，"中央研究院"歷史語言研究所 1951 年版，第 1－37 頁；陳夢家《西周銅器斷代（一）》，《考古學報》1955 年第 9 期，第 161－164 頁。
④ 參見：《尚書·周書·康誥》僞孔《傳》；《康誥》孔《疏》引 [漢] 馬融《尚書注》；司馬貞《索隱》引 [漢] 宋忠《世本注》；《太平寰宇記·河南道七》引 [晉] 陸機《洛陽記》；[北魏] 酈道元《水經·潁水注》；[宋] 王應麟《詩地理考》卷一引 [唐] 李泰《括地志》。
⑤ 司馬貞《索隱》引《世本》"康伯"作"康伯髡"，"㜪伯"作"摯伯"，"貞伯"作"箕伯"。[漢] 司馬遷撰，[南朝宋] 裴駰集解，[唐] 司馬貞索隱，[唐] 張守節正義，郭逸、郭曼標點：《史記》，第 1274 頁。按："庸""康"字形相似，故"庸伯"舊史誤作"康伯"。説參：[清] 孫詒讓《周書斠補》，第 198 頁。

合併庸、衛以控制商王畿內之地稱伯,正爲"建宗有國之通稱"。①

既然康叔稱"侯",其後六世衛君均稱"伯",那麽,衛世子何以稱"伯"呢?中國社會科學院考古研究所編《殷周金文集成》著録(3.4238)成王時器伯懋父簋銘:"叔東尸(夷)大反(叛),伯懋父以殷八師征東尸(夷)。"②此銘所記之"伯懋父",即《逸周書·作雒解》之"中旄父",亦即昭十二年《左傳》之"王孫牟",亦即《史記·衛康叔世家》司馬貞《索隱》引《世本》之"康伯髦",文王昌之孫,康叔封世子,懋(一作"旄",又作"牟""髦""毛")其名,父其字,中(仲)其行次,以世子初封於庸稱"庸伯"。可見,衛世子即位之前有受封稱"伯"之慣例。既然康叔封世子仲旄父雖爲次子,然受封於庸之後可稱"伯";那麽,僖侯次子武公和,繼其兄共伯餘而受封爲世子,亦應稱之曰"共伯"。故范文瀾《中國通史》指出:"衛康叔世子中旄父爲庸伯,康叔死後,庸伯繼位。自後衛國世子有受封稱伯的慣例。衛僖侯封世子餘爲共伯。"③

康叔次子仲旄父以世子封於庸而稱"庸伯",庸、衛合併,即位爲衛國之君後仍用"庸伯"之稱。同樣,武公和以世子采邑之名稱"共伯",即位爲衛國之君後依然沿用"共伯"之稱,是合於分封制通則與祖制之事。那麽,武公之兄餘曰"共伯餘",而武公名和,正合"共伯和"之稱。④

5. 衛武公之"武"是其卒後的諡號

那麽,武公之"武"爲生時之美稱,還是死後之諡號呢?《國語·楚語上》:"及其没也,謂之睿聖武公。"⑤武公卒後稱"睿聖武公",此"睿聖"顯然爲其卒後之"美稱"——"思曰睿。……睿作聖"(《尚書·周書·洪範》),⑥"唯天下至聖,爲能聰明睿知,足以有臨也"(《禮記·中庸》)。⑦此美其睿明通微,事無不通,而以德君天下;"武"顯然爲其卒後之"美諡"——"威強睿德曰武"(《逸周書·諡法解》)。⑧

爲了説明這個問題,下面我們可以依次分析自共伯和攝政稱王至周平王崩

---

① 傅斯年:《傅孟真先生集》,第97-129頁。
② 中國社會科學院考古研究所編:《殷周金文集成》,修訂增補本第3册,第2452頁。
③ 范文瀾:《中國通史》,人民出版社1979年版,第1册,第95頁。
④ 陶興華《"共伯和"與"共和行政"考》(《西北師大學報》2007年第3期,第115-120頁)一文,儘管研究路徑與筆者有所不同,其所得出的結論卻與筆者相同:"共伯和"即"衛武公和"。
⑤ 韋《注》:"睿,明也。"[三國吴]韋昭注,上海師範大學古籍整理研究所校點:《國語》,第551頁。
⑥ 孔《傳》:"(睿)必通於微。……於事無不通,謂之聖。"[漢]孔安國傳,[唐]孔穎達等正義:《尚書正義》,第400頁。
⑦ 鄭《注》:"言德不如此,不可君天下也。"[漢]鄭玄注,[唐]孔穎達等正義:《禮記正義》,第3548頁。
⑧ [晉]孔晁注,黄懷信、張懋鎔、田旭東集注,黄懷信修訂:《逸周書彙校集注》(修訂本),第637-639頁。

(前 841—前 720)期間凡 121 年中,7 位諡號爲"武"的諸侯:

蔡武侯,薨於共伯和稱王四年(前 838);齊武公壽,薨於宣王三年(前 825);魯武公敖,薨於宣王十二年(前 816);陳武公靈,薨於幽王元年(前 781);衛武公和,薨於平王初年(約前 770—前 765 左右);宋武公司空,薨於平王二十三年(前 748);鄭武公掘突,薨於平王二十七年(前 744)。① 此 7 君中,蔡武侯、齊武公、魯武公、陳武公、宋武公生前事蹟不可詳考;然衛武公和佐周平戎有功,命爲三公;鄭武公掘突滅東虢,繼父職爲周司徒,皆可謂"威強睿德"之君,故諡之爲"武"。

可見武公之"武"爲薨後之諡號,即所謂"善諡"。在其"武"之"善諡"前,又加上"睿聖"之"美稱","謂之睿聖武公"。足見"美"之又"美",褒揚至極! 此與《國語·楚語上》載楚左史倚相之言正合。

6.《史記·十二諸侯年表》之衛武公紀年不足信

關於武公享年之數,《國語·楚語上》:"昔衛武公年數九十有五矣,猶箴儆於國。……史不失書,矇不失誦,以訓御之,於是乎作《懿》戒以自儆也。"②《詩·大雅·抑》孔《疏》引漢侯包《韓詩翼要》:"衛武公刺王室,亦以自戒;行年九十有五,猶使臣日誦是詩,而不離於其側。"③《淮南子·繆稱訓》高《注》:"武侯蓋年九十五矣。"④三國魏徐幹《中論·虛道》:"昔衛武公年過九十……又作《抑》詩以自儆也。"⑤可見,先秦漢魏文獻皆以爲其享年 95 歲,似無疑義。

那麼,依《史記·十二諸侯年表》,武公卒於平王十三年(前 758),上距共和元年(前 841)84 年,武公時年才 11 歲;共和元年,即釐侯十四年;釐侯於四十二年(前 813)薨,則共和元年時,武公肯定不會繼君位,安有"干王位"之事? 又,依《十二諸侯年表》,武公於宣王十六年(前 812)立爲衛君,那麼,共和元年屬王流彘之後,武公作爲侯國世子,一躍而登周天子大位,可斷言必無其事。由此兩疑可知,《十二諸侯年表》所紀釐侯卒年、武公卒年、武公繼立爲衛君之年,世次必有訛誤。

故《史記·衛康叔世家》司馬貞《索隱》辨之曰:"和殺恭伯代立,此説蓋非也。按:季札美康叔、武公之德。又《國語》稱武公年九十五矣,猶箴誡於國,恭恪於朝,倚几有誦,至於没身,謂之睿聖。又《詩》著衛世子恭伯早卒,不云被殺。若武

---

① 此 7 君薨年,據《史記·十二諸侯年表》《齊太公世家》《魯周公世家》《管蔡世家》《陳杞世家》《衛康叔世家》《宋微子世家》《鄭世家》。
② 韋《注》:"御,進也。三君云:'《懿》,戒書也。'昭謂:《懿》,《詩·大雅·抑》之篇也。'懿',讀之曰'抑'。"[三國吳] 韋昭注,上海師範大學古籍整理研究所校點:《國語》,第 551 頁。
③ [漢] 毛亨傳,[漢] 鄭玄箋,[唐] 孔穎達等正義:《毛詩正義》,第 1194 頁。
④ [漢] 劉安撰,[漢] 高誘注,劉文典集解,馮逸等點校:《淮南鴻烈集解》,第 333 頁。
⑤ [三國魏] 徐幹撰,龔祖培點校:《中論》,第 14 頁。

公殺兄而立,豈可以爲訓而形之於國史乎? 蓋太史公採雜說而爲此記耳。"①范家相《詩瀋》卷六申之曰:"竊意共伯立爲世子,早已身死,武公是以嗣立。"②胡承珙《毛詩後箋》卷四亦申之曰:"惟據《序》'世子蚤死'一語爲斷,則《史記》之説自不可信耳。"③崔述《豐鎬考信錄》卷八《衛武公·〈史記〉載襲殺共伯事之非》亦持此論。

筆者認爲,上引《國語·楚語上》《韓詩翼要》《淮南子·繆稱訓》高《注》《中論·虛道》篇諸家皆以《抑》詩爲武公絕筆;而據筆者考證,《抑》詩作於西周初滅之時,其卒年當在平王五年左右。由此推知,武公以世子而繼君位時已20多歲。或曰:共伯和時年 20 多歲,何以能爲天下諸侯及王室公卿擁立爲周王呢? 據《衛康叔世家》載,康叔初由康徙封於衛時"齒少",但他用周公(王)之命而"能和集其民"。那麼,共伯和 20 多歲時,以衛君身份踐天子位,亦在情理之中。④ 故童教英《"共和行政"考索》指出:"'共和行政'爲以共伯和爲首,共伯和與周、召三公共同行政,而共伯和即衛武公。"⑤

五、武公"入相于周""入爲三公"在平王初年

《詩·衛風·淇奧》毛《序》所謂"入相于周"之"入相",乃天子"六命"使掌"職事";⑥《史記·衛康叔世家》所謂"命武公爲公"之"命爲公",乃天子"八命"使有德者居"職位"而無"職事"。⑦ 足見這是兩個不同層面的問題。

關於武公"入相于周"之年代,先哲主要有二説:

一爲"幽王之世(前 781—前 771)"說。《詩·小雅·賓之初筵》毛《序》:"《賓之初筵》,衛武公刺時也。幽王荒廢,媟近小人,飲酒無度,天下化之,君臣上下,

---

① [漢] 司馬遷撰,[南朝宋] 裴駰集解,[唐] 司馬貞索隱,[唐] 張守節正義,郭逸、郭曼標點:《史記》,第 1275 頁。
② [清] 范家相:《詩瀋》,國家圖書館藏清乾隆三十九年(1774)古趣亭刻本。
③ [清] 胡承珙撰,[清] 陳奐補,[清] 王先謙輯,郭全芝據求是堂本點校:《毛詩後箋》,黃山書社 1999 年版,第 232 頁。
④ 參見:邵炳軍《〈板〉〈召旻〉〈瞻卬〉三詩作者爲同一凡伯考論》,《中正大學學報》1999 年第 10 卷第 1 期,第 207-228 頁。
⑤ 童教英:《"共和行政"考索》,《浙江大學學報》1991 年第 2 期,第 113 頁。
⑥ 此"相",即《小雅·賓之初筵》毛《序》之"既入",亦即鄭《箋》之"入爲王卿士",意即在王室外朝"卿士寮"任冢宰、司徒、宗伯、司馬、司冠、司空等"六卿"職事"以佐三公"。隱五年《公羊傳》以"天子三公"爲"天子之相"。筆者此不取。
⑦ 此"公",亦即《漢書音義》"入爲三公"之"公",意即在王室居太傅、太師、太保"三公"職位"以佐天子"。此"三公",亦稱"三事"。又,《周禮·地官司徒·敘官》孔《疏》引《尚書大傳》曰:"天子三公,一曰司徒,二曰司馬,三曰司空。"[漢] 鄭玄注,[清] 陳壽祺輯校:《尚書大傳輯校》,王先謙編刻清經解續編本,鳳凰出版社 2005 年影印版,第 10 冊,第 213 頁。按:《北堂書鈔》卷五十引《今文尚書》夏侯歐陽説同,《韓詩外傳》卷八説亦同,此皆與僞《古文尚書·周官》《周禮》說異。錄此備參。

沉湎淫液，武公既入而作是詩也。"①三家詩無異説。

二爲"平王之世（前770—前720）"説。明何楷《詩經世本古義》卷十九："《史記》載武公四十二年，犬戎殺周幽王，武公佐周平戎，甚有功，平王命武公爲公。則武公爲周卿士，實在平王之世。"②清陳奐《毛詩傳疏》卷二十五申之曰："據《史記》，平王始命武公爲公。武公於厲王時，未爲諸侯；幽王時雖諸侯，不聞爲周卿士。則入相於周，斷在平王之世。"③

關於武公"入爲三公"之年代，先哲主要有二説：

一爲"平王之世（前770—前720）"説。《史記·衛康叔世家》："四十二年，犬戎殺周幽王，武公將兵往佐周平戎，甚有功，周平王命武公爲公。"④清魏源《詩古微·大雅答問下》亦申之曰："其時勤王之兵，至者四國，晉文侯、秦襄公各迫戎狄，勢不能留相王朝；其相王朝者，非衛即鄭，衛武公不世出之聖相也。……乃平王舍衛而任鄭，鄭任而武公疏矣。"⑤

二爲"厲王之世（約前857—前842）"説。《漢書·地理志上》"（河内郡）共（縣），故國。北山，淇水所出，東至黎陽入河。"顔《注》引三國魏孟康《漢書音義》申之曰："共伯入爲三公者也。"⑥

筆者以爲，武公以衛國之君爲幽王卿士未聞；平王元年（前770），武公以兵送平王東遷雒邑後，當留任王室爲卿士以"佐三公"。故何氏《詩經世本古義》謂"入相于周"在"平王之世"説近是。至於武公"入爲三公"之年代，《漢書音義》所謂"共伯入爲三公者"，實指厲王流彘後，"共伯和"——武公和以"三公"之尊位攝政稱王；《衛康叔世家》所謂"周平王命武公爲公"，乃驪山之難後平王因"武公將兵往佐周平戎，甚有功"而命爲"三公"。足見二説所指乃異時異事，故兩説可合而觀之。兹就《衛康叔世家》"平王之世"命武公爲"三公"之説，補證有四：

1. 衛武公求諫於王官表明其晚年曾仕於周平王

《國語·楚語上》載楚左史倚相儆申公子亹曰：

昔衛武公年數九十有五矣，猶箴儆於國，曰：'自卿以下至於師長、士，苟在朝者，無謂我老耄而舍我，必恭恪於朝，朝夕以交戒我；聞一二之言，必誦

---

① ［漢］毛亨傳，［漢］鄭玄箋，［唐］孔穎達等正義：《毛詩正義》，第1039頁。按：毛《序》所謂"入"而"刺時"者，當爲入相於周幽王之時，所刺爲周幽王之事。
② ［明］何楷撰，李士彪、張丹丹校點：《詩經世本古義》，第1075頁。
③ ［清］陳奐：《毛詩傳疏》，第4110頁。
④ ［漢］司馬遷撰，［南朝宋］裴駰集解，［唐］司馬貞索隱，［唐］張守節正義，郭逸、郭曼標點：《史記》，第1275頁。
⑤ ［清］魏源撰，何慎怡等點校：《詩古微》，第696頁。
⑥ ［漢］班固撰，［唐］顔師古注，傅東華等點校：《漢書》，第1554頁。

志而納之,以訓導我。'在輿有旅賁之規,位宁有官師之典,倚几有誦訓之諫,居寢有褻御之箴,臨事有瞽史之導,宴居有師工之誦。史不失書,矇不失誦,以訓御之,於是乎作《懿》戒以自儆也。及其沒也,謂之睿聖武公。①

從這段史料中我們可考知以下三點:
(1) 其所記爲武公耄年之言行

據上文推考,武公卒年當在平王五年(前766)頃,而不會早於幽王之世(前781—前771)。

(2) 武公求諫處所在天子之"國"、王室之"朝"

"箴儆於國"之"國",與《國語·周語上》周大夫伯陽父所言"周將亡矣"之"周"同,即與伯陽父所言"國必亡"之"國"同,②皆指天子之國而非指諸侯之國,即衛國。

爲了更好地説明"箴儆於國"之"國"指天子之國,我們以《詩經》爲例考證之。"國"以單音節形式出現者凡16見:

指稱諸侯之國者凡三:如《邶風·擊鼓》首章"土國城漕,我獨南行"之"國",指衛國;《魏風·園有桃》卒章"心之憂矣,聊以行國"之"國",指魏國;《商頌·殷武》"維女荆楚,居國南鄉"之"國",③指荆楚。

其餘13個"國"字,皆與"王國""中國""京師"及"朝廷"語義相同,而與"四方""四國""方國""邦國""萬邦""下土""天下""土濱""蠻方"及"山林"等語義相對:

《小雅·節南山》首章之"國既卒斬,何用不監",三章之"秉國之均,四方是維",六章之"憂心如酲,誰秉國成",七章之"我瞻四方,蹙蹙靡所騁",此"國"與"四方"對舉;《正月》十一章之"憂心慘慘,念國之爲虐",此"國"與"山林"對言;《小旻》首章之"旻天疾威,敷于下土"、五章之"國雖靡止,或聖或否",此"國"與"下土"並出;《北山》次章之"溥天之下,莫非王土;率土之濱,莫非王臣"、三章之"旅力方剛,經營四方"、四章之"或燕燕居息,或盡瘁事國",此"國"與"天下""土濱""四方"並出;《大雅·民勞》首章之"惠此中國,以綏四方"、三章之"惠此京師,

---

① 韋《注》:"師長,大夫。士,衆士。舍,謂不諫誡。言,謗譽之言也。志,記也。規,規諫也。旅賁,勇力之士,掌執戈盾,夾車而趨,車止則持輪。中庭之左右謂之位,門屏之間謂之宁。師,長也。典,常也。誦訓,工師所誦之諫,書之於几也。褻,近也。事,戎祀也。瞽,樂太師,掌詔吉凶。史,太史也,掌詔禮事。師,樂師也。工,瞽矇也。誦,謂箴諫時世也。"[三國吳] 韋昭注,上海師範大學古籍整理研究所校點:《國語》,第551-552頁。

② [三國吳] 韋昭注,上海師範大學古籍整理研究所校點:《國語》,第26-27頁。

③ 《擊鼓》毛《傳》:"漕,衛邑也。"《園有桃》鄭《箋》:"聊出行於國中,觀民事以寫憂。"《殷武》毛《傳》:"鄉,所也。"鄭《箋》:"楚國近在荆州之地,居中國之南方。"[漢] 毛亨傳,[漢] 鄭玄箋,[唐] 孔穎達等正義:《毛詩正義》,第630、759、1354頁。

以綏四國"、卒章之"惠此中國,國無有殘",此"中國""京師"與"四方""四國""國"並舉;《抑》次章之"無競維人,四方其訓之。有覺德行,四國順之"、四章之"脩爾車馬,弓矢戎兵,用戒戎作,用遏蠻方"、卒章之"天方艱難,曰喪厥國",此"四方""四國""蠻方"與"國"並言;《桑柔》次章之"亂生不夷,靡國不泯。……於乎有哀,國步斯頻"、三章之"國步蔑資,天不我將",此"國"隔章連文;《召旻》卒章之"昔先王受命,有如召公,日辟國百里;今也日蹙國百里",①此"辟國"與"蹙國"對舉。

尤其是《節南山》三章之"秉國之均,四方是維","國"與"四方"直接連文對舉;《民勞》首章之"惠此中國,以綏四方","中國"與"四方"直接連文對舉;三章之"惠此京師,以綏四國","京師"與"四國"直接連文對舉;卒章之"惠此中國,國無有殘","中國"與"國"直接連文並提,語義指向更爲明顯。

又,"苟在朝者""必恭恪於朝"之"朝",亦指王室之"朝"。《禮記·王制》:"爵人於朝,與士共之;刑人於市,與衆棄之。""五十杖於家,六十杖於鄉,七十杖於國,八十杖於朝。"《内則》説大同。《月令》:"(孟春之月)立春之日,天子親帥三公、九卿、諸侯、大夫,以迎春於東郊。還反,賞公、卿、諸侯、大夫於朝。"《禮運》:"故宗祝在廟,三公在朝,三老在學。"《明堂位》:"振木鐸於朝,天子之政也。"《祭義》:"是故朝廷同爵,則尚齒。七十杖於朝,君問則席;八十不俟朝,君問則就之。而弟達乎朝廷矣。"②

特別是《禮記·王制》將"朝"與"家""鄉""國"對舉,此所謂"朝"指王室之"朝",所謂"家"指卿大夫之"家",所謂"鄉"指鄉大夫之"鄉",所謂"國"指諸侯之"國"。則"朝"與"國"之別,西周時期禮制規定得非常明確。降及春秋,諸侯方國始僭稱"朝"。可見"苟在朝者""必恭恪於朝"之兩"朝"字,皆指周王室。

既然武公求諫處所在天子之"國"、王室之"朝",則其仕於王室爲王官無疑。

其三,武公求諫對象爲王室卿士寮執政尊官。

《國語·周語上》載周卿士邵公(召穆公、召伯虎)諫厲王曰:"故天子聽政,使公卿至於列士獻詩,瞽獻曲,史獻書,師箴,瞍賦,矇誦,百工諫,庶人傳語,近臣盡

---

① 《正月》孔《疏》:"以興賢者在於朝廷之上,爲時所陷害……退而隱居,雖遁於山林之中……言王政暴虐,賢人困厄,已(己)所以憂也。"《小旻》毛《傳》:"敷,布也。"鄭《箋》:"旻天之德疾,王者以刑罰威恐萬民,其政教乃布於下土。言天下徧知。"《北山》毛《傳》:"溥,大;率,循;濱,涯也。旅,衆也。……盡力勞病,以從國事。"《民勞》毛《傳》:"中國,京師也。四方,諸夏也。"《抑》鄭《箋》:"蠻方,蠻畿之外也。"《召旻》毛《傳》:"辟,開;蹙,促也。"〔漢〕毛亨傳,〔漢〕鄭玄箋,〔唐〕孔穎達等正義:《毛詩正義》,第943—946、950、962—963、994、1180—1182、1195—1199、1203—1204、1249頁。

② 《月令》鄭《注》:"朝,大寢門外。"孔《疏》:"天子有三朝:一是燕朝,在路寢内;二是治朝,則此路寢門外、應門之內,以其賞賜公卿、大夫,宜在治事之朝,故云大寢門外;三是外朝,在庫門之外、皋門之內,大詢衆庶、聽斷罪人之處也。"〔漢〕鄭玄注,〔唐〕孔穎達等正義:《禮記正義》,第2873、2913、2935、3087、3228、3471頁。

規,親戚補察,瞽、史教誨,耆、艾修之,而後王斟酌焉,是以事行而不悖。"①此即西周時期所謂"天子聽政"之制,其對象包括自"公卿"至於"庶人"。

同樣,《楚語上》提到的武公求諫對象自"卿"至於"士",範圍十分廣泛。除"卿"之外,還包括自"師長"(大夫)至"士"(眾士)不同階級之官,依次有"旅賁""官師""誦訓""褻御""瞽""史""師""工"。這些人員分別屬於外朝卿士寮與內朝太史寮兩大官署系統。

屬於外朝卿士寮官署系統者,即所謂"卿",亦即"卿士",王室之冢宰、司徒、宗伯、司馬、司寇、司空爲"六卿",亦稱"六官""六正""六事"。② 王室另有"三孤",亦稱"三少",即所謂"孤卿",包括少傅、少師、少保。"三孤"爲"三公"之貳,其地位卑於公、尊於卿。"六卿""三孤"合之,即爲"九卿",此即《禮記·王制》所謂"天子九卿"之制,亦即《大戴禮記·虞戴德》所謂"九卿佐三公,三公佐天子"者。③ 諸侯公室亦有"卿士",即《禮記·王制》所謂"大國三卿,皆命於天子""次國三卿,二卿命於天子,一卿命於其君""小國二卿,皆命於其君"之制。④ 傳世文獻所載,大多有出土資料可爲佐證。⑤

其餘皆爲屬於內朝太史寮官署系統者。"官師",即襄十四年《左傳》引《夏書》"官師相規"之"官師",⑥爲同一系統眾官之長,階級爲大夫;"史",即《周禮·春官宗伯》之"大史""外史"之屬,"大史"階級爲下大夫,其"掌建邦之六典,以逆邦國之治,掌灋以逆官府之治,掌則以逆都鄙之治"(《大史》);"外史"階級爲上士,其"掌書外令,掌四方之志,掌三皇五帝之書,掌達書名于四方"(《外史》);"師",即《春官宗伯》之"樂師",階級爲下大夫,其"掌國學之政,以教國子小舞"(《樂師》);"旅賁",即《夏官司馬》之"旅賁氏",階級爲中士,其"掌執戈盾,夾王車而趨"(《旅賁氏》);"誦訓",即《地官司徒》之"誦訓",階級爲中士,掌"王巡守,則

---

① 韋《注》:"獻詩以風也。列士,上士也。無目曰瞽。瞽,樂師。曲,樂曲也。史,外史也。《周禮》,外史掌三皇、五帝之書。師,少師也。箴,箴刺王闕,以正得失也。無眸子曰瞍。賦,公卿列士所獻詩也。有眸子而無見曰矇。《周禮》,矇主弦歌、諷誦。誦,謂誦諫之語也。百工,執技以事上者也。諫者執藝事以諫,謂若匠慶諫魯莊公丹楹刻桷也。庶人卑賤,見時得失不得達,傳以語王也。近臣,謂驂僕之屬也。盡規,盡其規計以告王也。補,補過。察,察政也。……瞽,樂太師;史,太史也。掌陰陽、天時、禮法之書,以相教誨者。……耆,艾,師、傅也。師、傅修理瞽、史之教,以聞於王也。斟,取也。酌,行也。悖,逆也。"[三國吳]韋昭注,上海師範大學古籍整理研究所校點:《國語》,第 9—12 頁。
② 據襄二十五年《左傳》,晉蒍立"六卿"爲"六正",則"天子六卿"本名"六正"可知。又,從《尚書·夏書·甘誓》、僞古文《夏書·胤征》,襄四年、定元年、哀元年《左傳》及[漢]鄭玄注《尚書大傳》等古文獻中的零星記載看,夏代有諸如六卿、車正、牧正、庖正、獸臣、嗇夫等官名,但尚不能了解它們之間的統屬關係和分工,有些官名可能爲後人所附會。
③ [漢]戴德撰,[清]王聘珍解詁,王文錦點校:《大戴禮記解詁》,十三經清人注疏本,中華書局 1983 年版,第 176 頁。
④ [漢]鄭玄注,[唐]孔穎達等正義:《禮記正義》,第 2869 頁。
⑤ 參見:張亞初、劉雨《西周金文官制研究》,中華書局 1986 年版,第 101 頁。
⑥ 杜《注》:"逸《書》。……官師,大夫。"[晉]杜預注,[唐]孔穎達等正義:《春秋左傳正義》,第 4251 頁。按:僞《古文尚書》以此爲《夏書·胤征》文。

夾王車"(《誦訓》);"瞽",即《春官宗伯》之"大師",亦即主樂太師,階級爲中士,掌"六律六同,以合陰陽之聲"(《大師》);①"褻御",即《詩·小雅·雨無正》"曾我褻御"之"褻御",爲内朝王近侍之臣,如漢侍中之官;②"工",即襄十四年《左傳》引《夏書》"工執藝事以諫"之"工",③亦即《周禮·春官宗伯》之"瞽矇",爲樂太師所主管胥吏之屬,無階級,屬平民,其"掌播鼗、柷、敔、塤、簫、管、弦、歌"(《瞽矇》)。④

可見,武公求諫對象除了外朝卿士寮官署系統的"卿士"之外,更多的則是内朝太史寮官署系統的"旅賁""官師""誦訓""褻御""瞽""史"等。武公能夠向王室外朝與内朝兩大官署之官求諫,其必仕於王室方能爲之。則武公乃仕於王室而非就於國。值得注意的是,《周語上》所謂"天子聽政"對象包括"公卿",而《楚語上》所謂武公"箴儆於國"的對象爲"自卿以下",則武公求諫時,其位必尊於諸卿,當已爲"三公"。故其對象中只言"卿"而不及"公"。

2. 武公以功德被平王命爲公

《白虎通義》卷六《巡守》:"《傳》曰:'周公入爲三公,出作二伯,中分天下,出黜陟。'"⑤武公和作爲康叔封之八世孫,其在東周初期之社會地位,與西周初期的周公旦相類似:"出爲方伯"——王室之封疆大吏,"入爲公卿"——平王之肱股之臣。

驪山之難時,武公以老耄之年親率衛師助周,顯其具有不貳王室之拳拳忠心;驪山之難後,面對攜王余臣與平王宜臼"二王並立"之政治格局,他毅然選擇支持王室正統代表——天王宜臼,顯其具有順應歷史潮流之政治遠見;平王東徙雒邑時,他與晉文公、鄭武公、秦穆公帥師護送,夾輔王室,顯其具有輔佐平王開啓東周歷史之卓越才幹。他身居高位,不僅擁戴平王,而且賦詩刺幽王以誡平王,顯其富有超常之文學才華。總之,他"立德""立功""立言"得兼,乃一代英才。

故他以雄才大略與卓絕功勳被平王委以公卿之職,是情理中事,況且其時勤王之四國,晉文侯、秦襄公各迫戎狄,勢不能留"入相王室";那麼,能夠"入相王室"、且能夠"入爲三公"者,則非衛武公、鄭武公莫屬。

---

① [漢]鄭玄注,[唐]賈公彥疏:《周禮注疏》,第1764、1771、1713、1837、1610、1717頁。
② 毛《傳》:"褻御,侍御也。"鄭《箋》:"侍御,左右小臣。"[漢]毛亨傳,[漢]鄭玄箋,[唐]孔穎達等正義:《毛詩正義》,第960頁。詳見:邵炳軍《春秋詩歌〈詩·小雅·正月〉〈雨無正〉〈都人士〉〈魚藻〉創作年代考論》,《廣東社會科學》2012年第1期,第187-194頁。
③ [晉]杜預注,[唐]孔穎達等正義:《春秋左傳正義》,第4251頁。
④ [漢]鄭玄注,[唐]賈公彥疏:《周禮注疏》,第1721頁。按:"塤",文淵閣四庫全書本作"壎"。
⑤ [漢]班固撰,[清]陳立疏證,吳則虞點校:《白虎通疏證》,第291頁。

3. 武公"入爲三公"在平王三年頃

《史記·衞康叔世家》謂"周平王命武公爲公",但未明何時所命。我們可據平王"錫文侯命"與"錫司徒鄭伯命"之年代進行以下推斷:

《尚書·周書·文侯之命序》:"平王錫晉文侯秬鬯、圭瓚,作《文侯之命》。"①今本《竹書紀年》:"(平王)元年辛未,王東徙洛邑。錫文侯命。晉侯會衞侯、鄭伯、秦伯,以師從王入于成周。"②

謹按:《史記·周本紀》:"平王立,東遷於雒邑,辟戎寇。"《秦本紀》:"七年春……襄公以兵送周平王。"《衞康叔世家》:"四十二年,犬戎殺周幽王,武公將兵往佐周平戎,甚有功。"③據此三證可知,《文侯之命序》與今本《竹書紀年》之說可從。則平王元年(前770),文侯仇被命爲侯伯;而此時"晉侯會衞侯、鄭伯、秦伯"者,蓋其位必尊於衞侯、鄭伯、秦伯。故周平王元年時,武公雖入爲王卿士,然當尚未被命爲王室之"公"。

又,今本《竹書紀年》:"(平王三年)王錫司徒鄭伯命。"④

謹按:《詩·鄭風·緇衣》毛《序》:"美武公也,父子並爲周司徒。"⑤《史記·鄭世家》:"(鄭桓公友)封三十三歲,百姓皆便愛之。幽王以(鄭桓公)爲司徒,和集周民,周民皆說。"⑥《國語·鄭語》韋《注》:"(鄭桓公)幽王八年爲司徒。"⑦則今本《竹書紀年》與《緇衣》毛《序》《史記·鄭世家》《國語·鄭語》韋《注》之說相合。可見,平王三年(前768),平王命鄭武公掘突繼父職入仕爲王室司徒,位居三公。

平王"錫文侯命"與"錫司徒鄭伯命"之年,武公已90多歲,屬"鮐背"之壽(《爾雅·釋詁》),⑧爲眉壽之長老了。如果說平王是在命鄭武公爲公之後纔命衞武公爲王室公卿的話,恐與事理與史實皆不大相合。那麼,衞武公當與鄭武公同時被命爲王室公卿,或在命晉文侯之後至命鄭武公之前被命爲王室公卿,即平王三年(前768)頃。

---

① 孔《傳》:"所以名篇,幽王爲犬戎所殺,平王立而東遷洛邑。晉文侯迎送安定之,故錫命焉。"[漢]孔安國傳,[唐]孔穎達等正義:《尚書正義》,第539頁。
② 王國維《今本竹書紀年疏證》,第89頁。
③ [漢]司馬遷撰,[南朝宋]裴駰集解,[唐]司馬貞索隱,[唐]張守節正義,郭逸、郭曼標點:《史記》,第101、121、1275頁。
④ 王國維:《今本竹書紀年疏證》,第90頁。
⑤ 鄭《箋》:"父謂武公父桓公也。司徒之職,掌十二教。"[漢]毛亨傳,[漢]鄭玄箋,[唐]孔穎達等正義:《毛詩正義》,第710頁。
⑥ [漢]司馬遷撰,[南朝宋]裴駰集解,[唐]司馬貞索隱,[唐]張守節正義,郭逸、郭曼標點:《史記》,第1389頁。
⑦ [三國吳]韋昭注,上海師範大學古籍整理研究所校點:《國語》,第508頁。
⑧ 郭《注》:"鮐背,背皮如鮐魚。"[晉]郭璞注,[宋]邢昺疏:《爾雅注疏》,第5586頁。按:據《釋名》卷2《釋長幼》,九十曰"鮐背"。

4. 武公襲祖職任平王司寇

前面已提到，天子"三公"爲職位而非職務，皆屬兼攝之官位。如西周初期之"三公"，周公旦以太師攝冢宰，召公奭以太保攝太史，太公望以太師攝司馬。那麼，武公被平王命爲"三公"前後，其在卿士寮所任具體職務爲何呢？

首先，我們可從衛之始封君康叔封在王室所任職務中找到綫索。定四年《左傳》載衛子魚（祝佗）謂周萇弘曰："武王之母弟八人，周公爲太宰，康叔爲司寇，聃季爲司空。五叔無官，豈尚年哉？"①《史記·衛康叔世家》："成王長，用事，舉康叔爲周司寇。"②此皆以康叔封爲成王司寇。故武公當襲祖職爲平王司寇，與鄭武公襲父職爲平王司徒同例。

其次，我們可從西周卿士寮官員之執掌及武公詩作之内容中找到綫索。《書·周書·吕刑》："惟吕命。王享國百年，耄。荒度作刑，以詰四方。"③《周禮·秋官司寇·大司寇》："大司寇之職，掌建邦之三典，以佐王刑邦國，詰四方。"④《青蠅》斥責周幽王聽信讒言，傷賢害忠，亡身喪國；《抑》誡勉周平王潛心修德，謹慎箴信，治國安邦，中興周室；兩詩所刺所諫，正合武公爲王室卿士寮司寇之職掌。

另外，爲了便於了解武公作品之創作年代及其以後《詩·邶風》《鄘風》《衛風》等作品創作年代，我們在這裏簡要交代一下春秋時期衛公室之族屬與世系。據隱三年、閔二年、僖二十八年、成十年、定四年《春秋》《左傳》《禮記·檀弓上》孔《疏》《檀弓下》孔《疏》《論語·憲問》篇邢《疏》並引《世本》《史記·衛康叔世家》《管蔡世家》《潛夫論·志氏姓》《國語·晉語九》韋《注》《春秋釋例·世族譜下》、襄十四年《左傳》杜《注》襄三十一年《左傳》杜《注》《元和姓纂·去聲·十三祭》《古今姓氏書辯證·去聲·十三祭》《通志·氏族略二》《春秋分記·世譜七》，衛公室爲帝嚳高辛氏元妃姜嫄子后稷棄之裔，季歷（公季）之孫、文王昌（西伯）庶子康叔封之後，春秋時期世系爲：

武公和→莊公揚、公子惠孫（別爲孫氏）、公子疐（別爲甯氏）→孝伯（無後）、桓公完（無後）、公子州吁（無後）、宣公晉、公子洩（無後）、公子職（無後）→公子急

---

① 杜《注》："五叔：管叔鮮、蔡叔度、成叔武、霍叔處、毛叔聃也。"［晉］杜預注，［唐］孔穎達等正義：《春秋左傳正義》，第 4637 頁。按：據《史記·管蔡世家》，"毛叔聃"當爲"毛叔鄭"之訛。

② ［漢］司馬遷撰，［南朝宋］裴駰集解，［唐］司馬貞索隱，［唐］張守節正義，郭逸、郭曼標點：《史記》，第 1247 頁。

③ 《吕刑序》："吕命穆王，訓夏贖刑，作《吕刑》。"孔《傳》："吕侯見命爲天子司寇。吕侯以穆王命作書，訓暢夏禹贖刑之法，更從輕以佈告天下。後爲甫侯，故或稱《甫刑》。"［漢］孔安國傳，［唐］孔穎達等正義：《尚書正義》，第 525—526 頁。

④ 鄭《注》："典，法也；詰，謹也。"［漢］鄭玄注，［唐］賈公彥疏：《周禮注疏》，第 1879 頁。

（無後）、公子壽（無後）、公子黔牟（無後）、公子頑，惠公朔，公子頑→齊子（別爲齊氏）、戴公申（無後）、文公燬，惠公朔→懿公赤（無後），文公燬→成公鄭、叔武（無後）→穆公速、公子瑕（無後）、公子儀（無後）→定公臧、殤公剽（無後）、公子黑背（別爲子叔氏）→獻公衎、公子鱄（無後）、公子展（無後）→襄公惡、公子荆（別爲公南氏、公荆氏）、公子蟲喬（無後）、公子伯（無後）、公子皮（無後）、公子行（無後）、公子當，襄公惡→孟縶（別爲孟氏）、靈西元→莊公蒯聵、悼公黚、公子郢（別爲南氏）、公子起……公孫般師，莊公蒯聵→出公輒（子名佚）、太子疾（無後）、公子青（無後），悼公黚→敬公弗→昭公糾。

綜上所述，衛武公和（前863—前766），即《史記·周本紀》司馬貞《索隱》、陸德明《經典釋文·莊子音義下》並引《竹書紀年》《呂氏春秋·開春論》《史記·三代世表》司馬貞《索隱》引《帝王世紀》之"共伯和"，亦即《太平御覽》卷八百七十九引《史記》之"伯和"，亦即《史記·衛康叔世家》之"共伯弟和"，亦可稱之爲"衛伯和"，姬姓，名和，諡武，侯爵，尊稱公，頃侯之孫，僖侯之子，共伯餘之弟，莊公揚、公子惠孫、公子甕之父；厲王十五年（前843）繼立爲君，厲王十六年（前842）攝政稱王，共和十四年（前828）歸政宣王靜，平王元年（前770）襲祖職爲王室司寇，三年（前768）平王命之爲"公"，五年（前766）薨，在位凡77年（前843—前766）。其忠於王事、勤於治國、誡王儆身，素有令名，爲兩周之際衛國著名政治家與貴族文士，傳世有《青蠅》《賓之初筵》（俱見《詩·小雅》）、《抑》（見《詩·大雅》）、《求諫之箴》（見《國語·楚語上》）諸詩文。①

第二節　結合生平事蹟與文本看《青蠅》之創作年代

關於《青蠅》之作者，《青蠅》毛《序》泛言爲"大夫"，而三家詩皆主爲"衛武公"，②今人王康《試談古羌作者駒支及其詩作〈青蠅〉》則持"戎子駒支"說。③ 筆者以爲，王氏《試談古羌作者駒支及其詩作〈青蠅〉》"戎子駒支"說，乃誤讀襄十四年《左傳》之文所致；祝注先《關於詩〈青蠅〉的作者》已有詳論，④此不贅述。筆者從"衛武公"說。

此詩之創作年代，先哲主要有三說：

---

① 詳見：邵炳軍《〈青蠅〉〈賓之初筵〉〈抑〉作者衛武公生平事蹟考論》，《文史》總第51輯，2000年第2輯，第155-164頁。
② 參見：[清] 王先謙《詩三家義集釋》，中華書局1987年版，第781頁。
③ 王康：《試談古羌作者駒支及其詩作〈青蠅〉》，《民族文學研究》1988年第1期，第78-81頁。
④ 祝注先：《關於詩〈青蠅〉的作者》，《民族文學研究》1988年第6期，第92頁。

一爲"幽王之世(前781—前771)"説。毛《序》:"《青蠅》,大夫刺幽王也。"①

二爲"闕疑"説。宋范處義《詩補傳·篇目》、王應麟《詩考》《困學紀聞》卷三並引《劉子·傷讒章》唐袁孝政《注》:"魏(衛)武公信讒,詩(人)刺之曰:'營營青蠅,止於藩。豈弟君子,無信讒言。'"②

三爲周厲王之世(約前857年—前842)説。元劉玉汝《詩纘緒》卷十二:"此數篇(指《青蠅》《賓之初筵》《抑》《角弓》《菀柳》)固當爲變雅始,而皆厲王時詩矣。""今《大雅》之《抑》既在厲王詩列,而《小雅·賓筵》以下歷《角弓》《菀柳》《都人士》《采綠》四篇而後至《黍苗》,爲宣王時美召公之詩,則自《青蠅》《賓筵》至《采綠》皆當爲宣王以前詩矣。"③僞《子貢詩傳》、僞《申培詩説》皆同。

筆者以爲《青蠅》作於衛武公率兵救周、二王並立之初,即平王元年(前770)頃。茲考辨如下。

一、袁孝政《青蠅》爲"衛人刺衛武公信讒"説考辨

《劉子·傷讒章》唐袁孝政《注》謂"魏武公信讒,《詩》刺之",此言"青蠅"乃點白成黑者。然袁説不足信者有二:

1."魏武公"當爲"衛武公"轉寫之訛

對於《劉子·傷讒章》袁《注》"魏"當爲"衛"之誤,宋王應麟《困學紀聞》卷三始疑之:"此《小雅》也,謂之魏詩可乎?"④明何楷《詩經世本古義》卷十八申之曰:"竊意毛《傳》篇次,此詩與《賓之初筵》相屬,彼爲衛武公所作,遂以此並繫之武公,而訛'衛'音爲'魏'耳。"⑤清魏源《詩古微·小雅答問下》亦申之曰:"竊意《劉子》原注當云'衛武公傷幽王聽讒,《詩》刺之'云云,而轉寫訛奪耳。"⑥《詩古微·詩序集義》説大同。傅亞庶《劉子校釋》亦以爲"'魏'當是'衛'之訛"。⑦ 筆者以爲王、何、魏、傅諸説爲是。然"衛"何以訛寫爲"魏"?今從以下三個方面加以論證:

---

① [漢]毛亨傳,[漢]鄭玄箋,[唐]孔穎達等正義:《毛詩正義》,第1039頁。
② [宋]王應麟撰,孫通海校點:《困學紀聞》,第64頁。按:此據《困學紀聞》卷三引文。《詩考·補遺》引作:"魏武公信讒,詩刺之曰:'營營青蠅,止於藩。'"[宋]王應麟:《詩考》,中華再造善本影印元至元六年(1340)慶元路儒學刻本,北京圖書館出版社2006年版,第55頁。又,"魏",當爲"衛"之訛;"詩",後闕"人"字。
③ [元]劉玉汝:《詩纘緒》,第704-706頁。
④ [宋]王應麟撰,孫通海校點:《困學紀聞》,第64頁。
⑤ [明]何楷撰,李士彪、張丹丹校點:《詩經世本古義》,第963頁。
⑥ [清]魏源撰,何慎怡等點校:《詩古微》,第632頁。
⑦ [南朝梁]劉晝撰,[唐]袁孝政注,傅亞庶校釋:《劉子校釋》,新編諸子集成本,中華書局1998年版,第331頁。

(1) 商之都邑由"商"改稱"殷"再改稱"衛"在西周初年

從卜辭看,"商"爲商族之族名,甲骨文作"🔲""🔲"。其上"🔲",象鳥冠之形;其下"🔲",象穴居之形。"殷"本作"月",西周中期銅器銘文加"殳"(即"攴"),字形作"🔲""🔲""🔲"。《説文·月部》:"月,歸也。從反身。凡月之屬皆從月。殷,作樂之盛稱殷。從月殳。《易》曰:殷薦之上帝。"①則"月"爲"殷"之本字,"殷"爲"月"之後起字。故商族始終自稱曰"商",而不稱"殷";商之都邑亦稱"商",而不稱"殷"。西周初年起先稱"衣"(卜辭中商王狩獵之地名),後來才稱"殷"。②

關於"殷"改稱爲"衛"之具體年代,據《漢書·地理志下》,當在武王四年(約前1066)克殷滅紂王後;③據《地理志上》顔《注》,當在成王三年(約前1061)周公旦平"三監"之亂後。兩説雖相差5年,但皆以爲"殷"改稱"衛"在西周初年。

(2) "衛"作"魏"乃上古音近而訛

《説文·行部》:"衛,宿衛也。從韋帀行。行,列也。"④《廣韻·去聲·十三祭》:"衛……亦州名,殷所都也。本衛國,爲翟所滅。……于歲切。"⑤《類篇》卷二:"衛,于歲切,宿衛也。又國名,亦姓。"⑥

閔元年《左傳》載晉卜偃曰:"魏,大名也。"⑦《説文·鬼部》:"巍,高也。從嵬委聲。"⑧《玉篇·鬼部》:"魏,魚貴切,象魏闕也,大名也,高也。"⑨《廣韻·去聲·八未》:"魏,魏闕。又州名,夏觀扈之國,春秋時晉地。……亦姓,本自周武王母弟受封於畢,至畢萬仕晉,封魏城,後因氏焉。……魚貴切。"⑩

謹按:"魏"之本字爲"巍",上古音爲疑母微部,中古音爲疑紐未韻;"衛"之上古音爲匣母微部,中古音爲云紐祭韻。⑪ 據清錢大昕《十駕齋養新録》卷一《毛傳多轉音》所謂"音隨義轉"訓詁原理,⑫"匣"爲牙音,"疑"爲喉音,皆爲收聲,僅有外、内之别,故可變轉;且"月""微"可陰入對轉,韻亦相近。足見"衛"訛作"魏",

---

① [漢] 許慎撰,[清] 段玉裁注:《説文解字注》,第388頁。
② 參見:徐中舒《殷商史中的幾個問題》,《四川大學學報》1979年第2期,第108-112頁;鄒曉麗《基礎漢字形義釋源》,第13-14頁。
③ 關於武王克殷之年代,説見:郭沫若《中國史稿》,人民出版社1976年版,第1册,第220頁。
④ 段《注》:"韋亦聲,于歲切。"[漢] 許慎撰,[清] 段玉裁注:《説文解字注》,上第78頁。
⑤ [宋] 陳彭年等重修:《鉅宋廣韻》,第247頁。
⑥ [宋] 司馬光:《類篇》,汲古閣影宋鈔本,上海古籍出版社1988年影印版,第65頁。
⑦ 杜《注》:"《論語》云'巍巍乎!其有成功!'是'巍'爲高大之名。"[晉] 杜預注,[唐] 孔穎達等正義:《春秋左傳正義》,第3877頁。
⑧ 段《注》:"本無二字,後人省山作魏……牛威切,古音當在十六部。"[漢] 許慎撰,[清] 段玉裁注:《説文解字注》,第437頁。
⑨ [南朝梁] 顧野王撰,[唐] 孫強增字,[宋] 陳彭年等重修:《玉篇》,清康熙間(1654—1722)張士俊澤存堂本,中華書局1987年影印版,第94頁。
⑩ [宋] 陳彭年等重修:《鉅宋廣韻》,第254頁。
⑪ 對上古音的分析,主要依據郭晉稀《聲類疏證》(整理重印本),上海古籍出版社2019年版。
⑫ [清] 錢大昕:《十駕齋養新録》,第3643頁。

乃上古音近所致。

（3）《青蠅》肯定非姬姓魏國之《魏風》

明何楷《詩經世本古義》卷十八：" '國風' 有《魏》，而世系無考。今于此詩得一武公遺事，奇矣！然此故魏詩也，何得入雅？愚終不敢信以爲然。"①

謹按：魏，本古虞舜夏禹之王都，其地即今山西省運城市芮城縣東北 7 里之河北城，一名魏城。周初封其同姓爲諸侯國，即桓三年《左傳》"芮伯萬之母芮姜，惡芮伯之多寵人也，故逐之，出居于魏" 之 "魏"，亦即桓四年《左傳》"冬，王師、秦師圍魏，執芮伯以歸" 之 "魏"，亦即閔元年《左傳》"晉侯作二軍……以滅耿、滅霍、滅魏……賜畢萬魏" 之 "魏"，亦即襄二十九年《左傳》晉女叔侯（女齊）所謂 "虞、虢、焦、滑、霍、揚、韓、魏，皆姬姓也" 之 "魏"，亦即昭九年《左傳》載周詹桓伯所謂 "我自夏以后稷，魏、駘、芮、岐、畢，吾西土也" 之 "魏"，②始封君未詳何人。此姬姓魏國，晉獻公十六年（前 661）晉滅之，以文王昌庶子、武王發母弟畢公高後裔畢萬爲縣大夫。③可見，畢萬爲 "三家分晉" 之 "魏" 始祖，此乃戰國姬姓魏國之源。據筆者考證，今本《詩經·魏風》7 篇，皆此姬姓魏國之詩，而非畢氏魏邑之詩。④

又據《史記·六國年表》《魏世家》，周安王六年（前 396），魏文侯子擊立爲武侯，在位凡 26 年（前 395—前 370）；則《青蠅》更非魏武侯所作。故宋范處義《詩補傳·篇目》指出："今據魏自有 '國風'，若果爲魏詩，聖人刪《詩》，《雅》《頌》各得其所，豈容以《風》爲《雅》？袁氏亦豈惑於《韓》《齊》《魯》三家之説乎？"⑤

通過以上分析可知，"魏" 與 "衛" 異形而音近，致使出現轉寫訛奪。故《劉子·傷讒章》袁孝政《注》當作 "衛武公信讒" 云云。

2.《青蠅》非 "衛人刺武公信讒" 之詩

《劉子·傷讒章》袁《注》謂 "武公信讒，《詩》刺之曰"，則以《青蠅》爲 "衛人刺武公信讒" 之詩；然筆者以爲其説非。

首先，《青蠅》爲《小雅》詩而非《衛風》詩。《史記·司馬相如列傳》司馬貞《索隱》《漢書·司馬相如傳》顏《注》《文選》卷八《上林賦》李《注》《北堂書鈔》卷一百

---

① ［明］何楷撰，李士彪、張丹丹校點：《詩經世本古義》，第 963 頁。
② 桓三年《左傳》杜《注》："魏國，河東河北縣。" 閔元年《左傳》杜《注》："三國，皆姬姓。" 襄二十九年《左傳》杜《注》："八國，皆晉所滅。" 昭九年《左傳》杜《注》："此五國，爲西土之長。"［晉］杜預注，［唐］孔穎達等正義：《春秋左傳正義》，第 3793、3794、3877、4355、4466 頁。按：阮氏《校勘記》："'霍、揚、韓、魏'，諸本作 '揚'；石經初刻 '楊'，後改從 '扌'。" 段玉裁云：初刻作 '揚' 是也。"［晉］杜預注，［唐］孔穎達等正義：《春秋左傳正義》，第 4364 頁。
③ 説詳：邵炳軍《晉獻公滅國奪邑繫年輯證》，《甘肅高師學報》2006 年第 4 期，第 26－33 頁。
④ 説詳：邵炳軍《〈詩·魏風〉創作年代考論》，《山西大學學報》2011 年第 3 期，第 32－43 頁。
⑤ ［宋］范處義：《詩補傳》，第 5 頁。

三十並引三國魏張揖述《齊詩》曰:"《詩·小雅》之材七十四人,《大雅》之材三十一人,故曰群雅也。"①張説正與今本《雅》詩之數相合,無容缺其一篇。可見,《青蠅》當爲《小雅》之詩,而非《衛風》之詩。

其次,"衛人刺衛公信讒"説與吴公子札美武公"憂而不困"説不合。襄二十九年《左傳》載吴公子札(季札)聘魯觀樂時曰:"美哉淵乎!憂而不困者也。吾聞衛康叔、武公之德如是,是其《衛風》乎!"②康叔封時有"三監之亂",武公和時有"驪山之難",皆可謂之"憂";流王於彘之後,武公(共伯和)攝政稱王以秉國鈞,宗周覆亡之際武公將兵往佐周以平犬戎,東遷雒邑之時武公以兵送王以避戎寇,皆可謂之"不困"。如此"憂而不困"之君,衛人何以刺之?

再次,"衛人刺衛武公信讒"説與倚相美武公"箴儆於國"説不合。《國語·楚語上》載楚左史(内史)倚相儆楚大夫申公子亹曰:"昔衛武公年數九十有五矣,猶箴儆於國。"③衛武公身爲周平王司寇仍向周王室之官求諫,衛人何以刺之?

可見,《青蠅》不僅非《衛風》之篇,更何況《青蠅》所刺爲信讒之事,而衛武公以功德名世且常求諫於王室卿士,既非"讒人",亦無"讒言",更無"信讒"之事,故其人其事與《青蠅》所刺皆不合。

二、《毛詩》《齊詩》《魯詩》之《青蠅》詩旨説考辨

關於《青蠅》之詩旨,先哲時賢主要有八説:

一爲"大夫刺幽王"説,見前引《青蠅》毛《序》。

二爲"衛人刺衛武公信讒"説,見前引《劉子·傷讒章》唐袁孝政《注》。

三爲"戒王勿聽讒言"説。宋朱熹《詩集傳》卷十四:"詩人以王好聽讒言,故以青蠅飛聲比之,而戒王以勿聽也。"④

四爲"刺聽讒"説。明梁寅《詩演義》卷十四:"《青蠅》,刺聽讒也。"⑤

五爲"刺小人"説。李先芳《讀詩私記》卷四:"'青蠅止于樊',言有所倚仗;'止于棘''榛','棘''榛'多刺之物,言藏身之密。皆小人之情狀也。"⑥

六爲"諷王勿近小人"説。朱謀㙔《詩故》卷八:"《青蠅》,大夫刺幽王也。非刺幽也,諷王勿近小人也。"⑦

---

① 〔漢〕司馬遷撰,〔南朝宋〕裴駰集解,〔唐〕司馬貞索隱,〔唐〕張守節正義,郭逸、郭曼標點:《史記》,第 2297 頁。按:此據《史記索隱》引文,其他諸家所引大同。
② 〔晉〕杜預注,〔唐〕孔穎達等正義:《春秋左傳正義》,第 4356 頁。
③ 〔三國吴〕韋昭注,上海師範大學古籍整理研究所校點:《國語》,第 551 頁。
④ 〔宋〕朱熹撰,夏祖堯點校:《詩集傳》,第 187 頁。
⑤ 〔明〕梁寅:《詩演義》,第 177 頁。
⑥ 〔明〕李先芳:《讀詩私記》,叢書集成續編影印民國十二年(1923)湖北先正遺書本,上海書店 1994 年版,第 5 册,第 877 頁。
⑦ 〔明〕朱謀㙔:《詩故》,叢書集成續編影印民國四年(1915)南昌退廬豫章叢書本,上海書店 1994 年版,第 5 册,第 931 頁。

七爲"大夫傷厲王從讒"説。僞《子貢詩傳》:"厲王信讒,大夫憂之,賦《青蠅》。"①僞《申培詩説》説大同。

八爲"衛武公刺太子宜臼遭讒"説。何楷《詩經世本古義》卷十八:"《青蠅》,大夫刺幽王也。愚意爲太子宜臼遭讒而作。"②

筆者以爲,毛《序》之"大夫刺幽王"説、何氏《詩經世本古義》之"衛武公刺太子宜臼遭讒"説,可謂得其大旨。今從討論二説得失入手,通過比較《毛詩》《齊詩》《魯詩》詩旨諸説來分析《青蠅》詩旨。

1. 毛《序》"大夫刺幽王"説失之於寬泛

毛《序》謂"刺幽王"者可從,然其説失之於寬泛。歷代從《詩序》者,皆力圖從不同角度作出闡釋,以補其過於寬泛之缺,却仍有以下二弊:

一是釋《詩序》之語義指向失於曖昧。

《青蠅》毛《傳》:"興也。"鄭《箋》:"興者,蠅之爲蟲,汙白使黑、汙黑使白,喻佞人變亂善惡也;言止于藩,欲外之令遠物也。"孔《疏》:"詩人喻善使惡、喻惡使善,以變亂善惡,不可親之,當棄于荒野之外,無令在朝廷之上也。讒人爲害如此,故樂易之君子謂當今之王者,無得信受此讒人之言也。"③

謹按:毛《傳》以爲詩人以青蠅爲興,而未明所詠之事爲何;鄭《箋》謂以青蠅"喻佞人變亂善惡",其説可謂精當,然且一字未及刺幽王;孔《疏》謂詩人以青蠅喻佞人"無令在朝廷之上",較鄭《箋》爲優,然其釋《詩序》"大夫"爲"樂易之君子",釋"幽王"爲"當今之王",其義仍嫌曖昧。

二是釋《詩序》之語義內涵失於偏狹。

清陳奐《毛詩傳疏》卷二十一:"襄十四年《左傳》云:賦《青蠅》而退。詩爲刺讒明矣。"④馬瑞辰《毛詩傳箋通釋》卷二十二:"詩首章以蠅聲之止喻讒言之宜屏,後二章又以蠅聲之有時而息喻讒言之爲害無已也。"⑤

謹按:朱氏《詩集傳》以"王好聽讒言"釋"青蠅飛聲"之比興義,彌補了鄭《箋》、孔《疏》釋義曖昧的不足,但僅歸之於"讒言",反不如鄭《箋》之"佞人"、孔《疏》之"讒佞之人"義廣;陳氏《毛詩傳疏》引襄十四年《左傳》賦《青蠅》事而釋詩爲"刺讒",然未明詩旨具體所指;馬氏《毛詩傳箋通釋》僅從對詩人以青蠅爲興之所詠之事的訓釋入手,"以蠅聲之止喻讒言之宜屏""以蠅聲之有時而息喻讒言之爲害無已",可謂釋義確切,然對詩旨未作明確闡釋。

---

① [明] 豐坊:《子貢詩傳》,第 34 頁。
② [明] 何楷撰,李士彪、張丹丹點校:《詩經世本古義》,第 960 頁。
③ [漢] 毛亨傳,[漢] 鄭玄箋,[唐] 孔穎達等正義:《毛詩正義》,第 1039 頁。
④ [清] 陳奐:《毛詩傳疏》,第 4085 頁。
⑤ [清] 馬瑞辰撰,陳金生點校:《毛詩傳箋通釋》,第 744 頁。

2. 何氏《詩經世本古義》"衛武公刺太子宜臼遭讒"説失之於偏狹

我們通過對齊《詩》和魯《詩》之《青蠅》詩旨的考察,與何氏説進行比較。

一是《齊詩》"衛武公刺幽王寵信褒姒之讒言而害賢傷忠"説。

漢焦贛《焦氏易林·豫之困》:"青蠅集蕃,君子信讒。害賢傷忠,患生婦人。"《觀之隨》:"馬躓破車,惡婦破家。青蠅汙白,共子離居。"①《漢書·戾太子據傳》載壺關三老令狐茂《救太子據書》:"《詩》云:'營營青蠅,止于藩;愷悌君子,無信讒言;讒言罔極,交亂四國。'"《昌邑王賀傳》載龔遂爲劉賀釋夢曰:"陛下之《詩》不云乎?'營營青蠅,至于藩;愷悌君子,毋信讒言。'陛下左側讒人衆多,如是青蠅惡(屎)矣。"②

謹按:諸家所引,皆言青蠅來往、止于藩籬、變白作黑,讒人構毀、間親令疏,讒言無極、交亂四國,蓋皆取退讒言、遠小人、近賢臣之意。尤其是令狐茂引《青蠅》之一、二章,諫武帝因重用讒佞之人江充,間親令疏,使衛皇后失寵而太子據遭陷逋逃,正與幽王寵信褒姒讒言而廢申后、黜太子之事相合。

二是《魯詩》之"衛武公刺幽王寵信褒姒之讒言而害賢傷忠"説。

《史記·滑稽列傳》載東方朔諫武帝曰:"《詩》云:'營營青蠅,止于蕃。愷悌君子,無信讒言。讒言罔極,交亂四國。'願陛下遠巧佞,退讒言。"③《論衡·累害》:"清受塵,白取垢,青蠅所汙,常在練素。"《商蟲》:"《詩》云:'營營青蠅,止于藩。愷悌君子,無信讒言。'讒言傷善,青蠅汙白,同一禍敗,《詩》以爲興。"④

謹按:東方朔臨死前引《青蠅》之一、二章諫漢武帝之言,與令狐茂《救太子據書》引《青蠅》之一、二章諫漢武帝之語,取意皆在"遠巧佞,退讒言";王充化用此《詩》取意亦然。則《魯詩》説與《齊詩》説同。

三是清儒將《毛詩》《齊詩》《魯詩》諸説結合對《青蠅》詩旨所作之闡釋。

自康乾盛世至道咸末世,清儒多將《毛詩》《齊詩》《魯詩》諸説結合,對《青蠅》詩旨進行闡釋。其中,蒲松齡之文賦、崔述之史論、魏源與王先謙之詩論,最富於代表性。

蒲松齡《聊齋遺集·討青蠅文》:"我試問爾青蠅兮,胡離樊而來喧?將以售

---

① [漢]焦贛:《焦氏易林》,四部叢刊初編影印元刻殘本、烏程蔣氏密韻樓藏元寫本,上海書店 1985 年版,卷 4 第 68 頁、卷 5 第 59 頁。按:焦延壽、班固習《齊詩》,則其釋《詩》乃爲《齊詩》説。
② [漢]班固撰,[唐]顏師古注,傅東華等點校:《漢書》,第 2745、2766 頁。按:《漢紀·孝武六》大同。
③ [漢]司馬遷撰,[南朝宋]裴駰集解,[唐]司馬貞索隱,[唐]張守節正義,郭逸、郭曼標點:《史記》,第 2418 頁。按:《滑稽列傳》爲褚少孫所補,少孫用《魯詩》,王充亦習《魯詩》。
④ [漢]王充撰,黃暉校釋:《論衡校釋》,第 12、720 頁。

爾鼓簧兮,予無取乎讒言。"①崔述《豐鎬考信別録》卷一《周政盛衰續考·〈青蠅篇〉之"讒言"》:"此所謂'譸張爲幻'也。聞訓告而厭之,則聞怨詈而必怒之,故小人有以投其隙而讒言日盛也。'四國交亂',周室之所以不振也。"②魏源《詩古微·小雅答問下》:"夫幽王聽讒,莫大于廢后放子,而此曰'患生婦人',則明指褒姒矣;'恭子離居',同于共伯恭世子之諡,明指宜曰矣。"③王先謙《詩三家義集疏》卷十九:"衛武公王朝卿士,詩又爲幽王信讒而刺之,所以列於《小雅》。若武公信讒而他人刺之,其詩當入《衛風》矣,即此可證明其誤。"④

謹按:蒲氏《討青蠅文》對青蠅"鼓簧"與"讒言"特徵的描寫,巧妙地融合了《毛詩》《齊詩》《魯詩》諸家之説。⑤ 崔氏《豐鎬考信別録》、魏氏《詩古微》、王氏《詩三家義集疏》,皆以《焦氏易林·豫之困》與《觀之隨》對《青蠅》的闡釋爲據,又結合周幽王寵褒姒、廢申后、黜太子而終致諸侯叛周之史實來解説詩旨,正與詩義相合。

可見,何氏《詩經世本古義》結合周幽王寵褒姒、廢申后、黜太子之史實來解説詩旨,其説較毛《詩》説更爲明瞭,但失之於偏狹,義不如《齊詩》《魯詩》周全。

3. 詩中"青蠅"的比興義及其語義指向

要弄清《青蠅》之詩旨,我們還得分析一下詩中"青蠅"的比興義及其語義指向。前人主要有以下二説:

一是以"青蠅比興變亂善惡之讒人"説,見上引《青蠅》鄭《箋》。二是以"青蠅比興變亂善惡之讒言"説,見上引《史記·滑稽列傳》,《焦氏易林·豫之困》《觀之隨》《漢書·戾太子據傳》《昌邑王賀傳》《論衡·商蟲》《言毒》説同。筆者此從"青蠅比興變亂善惡之讒言"説。以下再舉《左傳》賦詩一例,作具體分析。

襄十四年《左傳》:"(戎子駒支)賦《青蠅》而退。宣子辭焉,使即事於會,成愷悌也。"⑥此爲現存文獻中所見賦引《青蠅》最原始的歷史資料。晉悼公十五年(前559)春,晉將執姜戎子駒支,范宣子(士匄)親數諸朝;姜戎子駒支歷數姜戎與晉人友誼之源遠流長,再叙姜戎在確立晉人稱霸諸侯局面過程中之功勳卓著,然後委婉地責問宣子後賦《青蠅》而退,宣子辭謝。此正取"愷悌君子,無信讒言"

---

① 楊海儒:《聊齋遺文〈教書詞〉〈詞館歌〉〈先生論〉〈討青蠅文〉》,《文獻》1987年第1期,第81-87頁。
② [清]崔述撰,顧頡剛編訂:《豐鎬考信別録》,第337-338頁。
③ [清]魏源撰,何慎怡等點校:《詩古微》,第632頁。
④ [清]王先謙撰,吳格點校:《詩三家義集疏》,第781頁。
⑤ 參見:王茂福《蒲松齡的〈討青蠅文〉與賦史上的詠蠅賦》,《蒲松齡研究》2005年第4期,第144-154頁。
⑥ 杜《注》:"《青蠅》,《詩·小雅》。取其'愷悌君子,無信讒言'。"[晉]杜預注,[唐]孔穎達等正義:《春秋左傳正義》,第4246頁。

之意。

可見，"青蠅"之比興義爲"讒言"還是"讒人"，兩說雖相類，唯以"讒言"說爲確，故今本二、三章之"讒人"均當爲"讒言"。這樣，三"青蠅"均比興三"讒言"，由"讒言"到"讒人"，具有由淺入深之妙；進而揭示"信讒"之惡果，由"交亂四國"到"構我二人"，舉數"先多而後少"，實爲畫龍點睛之筆。

三、《青蠅》所寫爲驪山之難後西周亡國之象

1. 詩人寫周幽王遠賢臣、近小人、聽讒言而邦危民亡

次章曰："讒言罔極，交亂四國。"鄭《箋》："極，猶已也。"①

謹按：《漢書·東方朔傳》載東方朔《非有先生論》："遂往不戒，身沒被戮，宗廟崩阤，國家爲虛，放戮聖賢，親近讒夫。《詩》不云乎？'讒人罔極，交亂四國'，此之謂也。"《孔光傳》載哀帝《免傅嘉詔》："前爲侍中，毀譖仁賢，誣愬大臣，令俊艾者久失其位，嘉傾覆巧僞，挾奸以罔上，崇黨以蔽朝，傷善以肆意。《詩》不云乎？'讒人罔極，交亂四國。'"②《新語·輔政》："夫據千乘之國，而信讒佞之計，未有不亡者也。故《詩》云：'讒人罔極，交亂四國。'"③《論衡·言毒》："口舌之毒，中人病也；人中諸毒，一身死之；中於口舌，一國潰亂。《詩》曰：'讒言罔極，交亂四國。'四國猶亂，況一人乎！"④《舊唐書·顏真卿傳》載顏真卿《奏百官論事疏》："《詩》云：'營營青蠅，止于棘。讒言罔極，交亂四國。'以其能變白爲黑，變黑爲白也，詩人深惡之。"⑤

筆者以爲，以上無論引述或化用此《詩》，皆言青蠅變白使黑、變黑成白，讒人若青蠅變轉其語、以善爲惡，取退讒言、遠小人、近賢臣之意。據此可知，三家詩釋"讒言罔級，交亂四國"兩句，意謂寫幽王聽信讒言而害賢傷忠的必然惡果——周室一蹶不振而四國潰亂而亡。故姚際恒《詩經通論》卷十二論之曰："厲、幽二王雖皆無道，而幽之信讒爲尤著也。"⑥魏源《詩古微·小雅答問下》亦論之曰："'讒人罔極，交亂四國'，謂戎、繒、申、呂也。"⑦

2. 詩人言"讒人無極"以"交亂二人"而使宗周覆滅

卒章曰："讒人無極，構我二人。"鄭《箋》："構，合也；合，猶交亂也。"⑧

---

①⑧ ［漢］毛亨傳，［漢］鄭玄箋，［唐］孔穎達等正義：《毛詩正義》，第1039頁。
② ［漢］班固撰，［唐］顏師古注，傅東華等點校：《漢書》，第2870、3362頁。
③ ［漢］陸賈撰，王利器校注：《新語校注》，新編諸子集成本，中華書局1986年版，第55頁。
④ ［漢］王充撰，黃暉校釋：《論衡校釋》，第959-960頁。
⑤ ［後晉］劉昫編修，朱東潤等點校：《舊唐書》，第3593頁。按：《新唐書·顏真卿傳》大同。又，"讒言"，今本《詩經》作"讒人"。
⑥ ［清］姚際恒撰，顧頡剛點校：《詩經通論》，第242頁。
⑦ ［清］魏源撰，何慎怡等點校：《詩古微》，第632頁。

謹按："構我",《經典釋文·毛詩音義中》引《韓詩》："構亂也。"①《説文·木部》："構,蓋也。從木冓聲。杜林以爲椽桷字。"②此所謂"我",明何楷《詩經世本古義》卷十八："我者,親之之辭。"③所謂"二人",前人釋之有四:一曰指"幽王與被讒之人",見《青蠅》孔《疏》;二曰指"幽王與宜臼",見《詩經世本古義》卷十八;三曰指"幽王與申后",清魏源《詩古微·小雅答問下》:"故曰:'讒人罔極,構我二人',謂王與母后也。"④四曰指"申后與宜臼",清陸奎勳《陸堂詩學》卷八:"'構我二人',隱指申后、宜臼。"⑤

筆者以爲,所謂"構"者,即今之挑撥離間;挑撥離間則生亂,故"構"本義"蓋",引申義訓作"亂"。則"構我二人",即"亂我二人"。所謂"我"者,實爲人稱代詞複數形式,即"我們",與"二人"爲同位語成分,故詞義色彩無褒貶之別。所謂"二人"者,謂指宜臼或宜臼之母申后,釋義太狹,且出自衛武公之口,與詩人外諸侯身份不符;謂指被讒之人,釋義雖泛而大旨得之。故此"二人",在内則當指申后、宜臼及被讒之公卿,在外則指四方諸侯。

又,《潛夫論·論榮》:"張儀,中國之人也;衛鞅,康叔之孫也,而皆讒佞反覆,交亂四海。"⑥《漢書·息夫躬傳》:"嘉固言董賢泰盛,寵、躬皆傾覆有佞邪材,恐必撓亂國家,不可任用。"⑦《後漢書·寇榮傳》載寇榮《上桓帝自訟書》:"而臣兄弟獨以無辜,爲專權之臣所見批抵,青蠅之人所共構會。"《楊震傳》載安帝《追祠太尉楊震詔策》:"故太尉震,正直是與,俾匡時政,而青蠅點素,同兹在藩。"《袁譚傳》載王粲《爲劉表與袁譚書》:"何悟青蠅飛於竿旌,無忌游於二壘,使股肱分成二體,匈膂絶爲異身。"⑧

謹按:《潛夫論》《漢書》《後漢書》此五化用《詩》釋義,皆言青蠅能汙白使黑、汙黑使白,喻佞人變亂善惡,與《青蠅》鄭《箋》説相合。

又,《青蠅》孔《疏》:"上言'四國'、此云'二人'者,'二人'謂人君與見讒之人也。讒者,每人讒之,常構'二人'。構之不已,至'交亂四國'。先多而後少,故先'四國'也。"⑨宋范處義《詩補傳》卷二十:"二章言王終信之,所以'讒人'爲禍無

---

① [唐] 陸德明:《經典釋文》,第334頁。
② [漢] 許慎撰,[清] 段玉裁注:《説文解字注》,第253頁。
③ [明] 何楷撰,李士彪、張丹丹點校:《詩經世本古義》,第962頁。
④ [清] 魏源撰,何慎怡等點校:《詩古微》,第632頁。
⑤ [清] 陸奎勳:《陸堂詩學》,第341頁。
⑥ 汪《箋》:"《詩·青蠅》云:'讒人罔極,交亂四國。'"[漢] 王符撰,[清] 汪繼培箋,彭鐸校正:《潛夫論箋校正》,第36-37頁。
⑦ [漢] 班固撰,[唐] 顏師古注,傅東華等點校:《漢書》,第2180頁。按:《潛夫論·論榮》彭鐸《校正》:"(《漢書·息夫躬傳》)亦用《青蠅》詩義。"[漢] 王符撰,[清] 汪繼培箋,彭鐸校正:《潛夫論箋校正》,第37頁。
⑧ [南朝宋] 范曄撰,[唐] 李賢等注,宋雲彬等點校:《後漢書》,第628、1767、2411頁。
⑨ [漢] 毛亨傳,[漢] 鄭玄箋,[唐] 孔穎達等正義:《毛詩正義》,第1039頁。

有窮已!'交亂四國',謂傳播四方。更是迭非,亂之道也。三章言構合我'二人'以見禍。'二人',謂己被讒,王聽讒也。"①楊簡《慈湖詩傳》卷十五:"先言'四國',明其罪之大也。'二人',或謂皆見讒者。"②戴溪《續呂氏家塾讀詩記》卷二:"夫讒言之志,無極不極,其毒不已。其始也,害極天下;其終也,禍及國家,若江充之類是也。故此詩始曰'交亂四國',終曰'構我二人'。"③嚴粲《詩緝》卷二十三:"'讒人罔極',將'交亂四國',自構合'我二人'始耳。"④羅願《爾雅翼》卷二十七:"青蠅,古以喻讒人。……此《詩》亦然。故首章但云'毋信讒言',至其二章則已交亂在外之四國,至其三章,則雖同心如我二人者,亦不能以相有。其始輕之而不忌,皆如此蠅矣。"⑤元劉瑾《詩集傳通釋》卷十四引陳壽翁曰:"'讒人罔極'之禍,其末至於亂'四國',其始先於構'二人'。聽者察於其始,而早絕之,庶乎不至於'罔極'也!"⑥明姚舜牧《重訂詩經疑問》卷七:"首章戒王之無信讒,是大概說。次章著讒之'交亂四國',謂其禍之必至此也。三章著讒之'構我二人',謂其情之必至此也。此所謂'讒人罔極'也。"⑦朱朝瑛《讀詩略記》卷四:"'構二人'而先以'亂四國'者,當時呂、繒、西戎與申方睦,必以申之交結繒、戎,謀抗王朝,為廢后之名也。"⑧清方玉潤《詩經原始》卷十二:"此人與王始必相得,至是亦為所譖,故曰'構我二人'。"⑨

謹按:從"構我二人"與"交亂四國"之句法與語義關係來看,"構我二人"即"交亂二人",與"交亂四國"句法相同、語意相因。"交亂四國""交亂二人",皆為幽王聽信讒言之惡果;然正是"交亂二人"方使"四國交亂",致使宗周覆滅。則"交亂二人"為因,"交亂四國"為果。故通觀全篇,詩人以青蠅起興,"四國"與"二人"相對,先果後因,反向遞進,揭示信讒之惡果,痛其危害之無已,具有由淺及深之妙。

四、詩人所刺為幽王信讒奪嫡而使宗周覆亡之事

觀周王信讒誤國之事由來已久,先秦史籍多有記載。《青蠅》所刺究為哪位周王?《魯詩》謂厲王,《毛詩》《齊詩》皆謂幽王。今用排除法來進行討論。

---

① [宋] 范處義:《詩補傳》,第91頁。
② [宋] 楊簡著,董平校點:《慈湖詩傳》,見《楊簡全集》,民國二十年至三十四年(1931—1945)鄞縣張壽鏞編纂四明叢書本,浙江大學出版社2016年影印版,第806頁。
③ [宋] 戴溪:《續呂氏家塾讀詩記》,第67頁。
④ [宋] 嚴粲:《詩緝》,第428頁。
⑤ [宋] 羅願撰,石雲孫據叢書集成本校點:《爾雅翼》,黃山書社2013年版,第324-325頁。
⑥ [元] 劉瑾:《詩集傳通釋》,卷14,第6-7頁。
⑦ [明] 姚舜牧:《重訂詩經疑問》,南京圖書館藏明萬曆三十八年(1610)六經堂刻五經疑問本。
⑧ [明] 朱朝瑛:《讀詩略記》,故宮博物院藏四庫全書珍本初集本,上海商務印書館民國間(1912—1948)影印版,第254冊,第47頁。
⑨ [清] 方玉潤撰,李先耕點校:《詩經原始》,第449-450頁。

1.《青蠅》非刺周厲王使衛巫監謗事

《國語·周語上》：

> 厲王虐，國人謗王。邵公告曰："民不堪命矣！"王怒，得衛巫，使監謗者，以告，則殺之。國人莫敢言，道路以目。①

《逸周書·芮良夫解》：

> 賢智箝口，小人鼓舌，逃害要利，並得厥求，唯曰哀哉！②

《詩·大雅·蕩》：

> 流言以對，寇攘式內。……曾是莫聽，大命以傾。③

謹按：《蕩》《芮良夫解》皆爲召伯虎（穆公）、芮良夫（芮伯）刺厲王信讒而終至身流於彘之詩文。我們知道，西周後期，社會經濟發展較快，山林川澤有所開發。厲王面對當時的社會變革態勢，不聽國人呼聲，不能調和各階級、階層的相互關係與物質利益衝突，而是用衛國之巫使監謗者，試圖以國家宗教作爲統治工具，來鎮壓民衆反抗，導致社會矛盾激化。其中，《蕩》爲召穆公在彘之亂前"傷周室大壞"之作。④ 然厲王時雖國運不濟，却未"四國交亂"，蓋《青蠅》所刺與"厲王使衛巫監謗"時世不合。

2.《青蠅》非刺國人暴動而流王於彘事

《國語·周語上》：

---

① 韋《注》："厲王，恭王之曾孫，夷王之子厲王胡也。謗，誹也。邵公，邵康公之孫穆公虎也，爲王卿士。言民不堪暴虐之政令。衛巫，衛國之巫也。監，察也。巫人有神靈，有謗必知之。巫言謗王，王則殺之。不敢發言，以目相眄而已。"[三國吳] 韋昭注，上海師範大學古籍整理研究所校點：《國語》，第 9 頁。按："巫人"，公序本作"以巫"。

② [晉] 孔晁注，黃懷信、張懋鎔、田旭東集注，黃懷信修訂：《逸周書彙校集注》（修訂本），第 1008 頁。

③ 毛《傳》："對，遂也。"鄭《箋》："皆流言謗毀賢者；王若問之，則又以對寇盜攘竊爲奸宄者，而王信之，使用事於內。""莫，無也。朝廷君臣皆任喜怒，曾無用典刑治事者，以至誅滅。"[漢] 毛亨傳，[漢] 鄭玄箋，[唐] 孔穎達等正義：《毛詩正義》，第 1192－1193 頁。

④ 參見：趙逵夫《周宣王中興功臣詩考論》，《中華文史論叢》第 55 輯，上海古籍出版社 1996 年版，第 127－155 頁。

（邵公諫）王不聽,於是國（人）莫敢出言。三年,乃流王於彘。……既,榮公爲卿士,諸侯不享,王流于彘。①

昭二十六年《左傳》載周王子朝曰:

至于厲王,王心戾虐;萬民弗忍,居王于彘。②

《詩·大雅·桑柔》:

憂心慇慇,念我土宇。我生不辰,逢天僤怒。自西徂東,靡所定處。多我覯痻,孔棘我圉。……天降喪亂,滅我立王。③

《史記·周本紀》:

王不聽,於是國莫敢出言。三年,乃相與畔,襲厲王。厲王出奔於彘。④

謹按:共和元年（前841）,爆發了所謂"國人暴動",即中下層貴族（"正人""師氏人"等）與國人（邦人）聯合發動政變,致使厲王自鎬京出奔於彘邑（即今山西省霍州市）。這是中國古代史上第一次大規模羣衆性武裝暴動,其直接結果是動搖了周王室的統治根基,加快了西周王室滅亡的進程。其中,《桑柔》爲芮良夫於傷彘之亂後"刺厲王"之作,正與彘之亂後厲王出逃於彘史實相合。⑤ 然彘之亂只是"流王於彘",而非國家覆亡。故祇可言"滅我立王",不當言"交亂四國"。

3.《青蠅》與幽王信讒黜后奪嫡事相合

《國語·鄭語》載周史伯（伯陽父）對鄭桓公問曰:

夫虢石父讒諂巧從之人也,而立以爲卿士,與剗同也;棄聘后而立內妾,

---

① 韋《注》:"流,放也。……既,已也。卿士,卿之有事者。享,獻也。"[三國吳] 韋昭注,上海師範大學古籍整理研究所校點:《國語》,第10—13頁。按:"國"下,公序本有"人"字。
② 杜《注》:"不忍害王也。厲王之末,周人流王于彘。"[晉] 杜預注,[唐] 孔穎達等正義:《春秋左傳正義》,第4591頁。
③ 毛《傳》:"宇,居;僤,厚也。圉,垂也。"鄭《箋》:"滅,盡也。"[漢] 毛亨傳,[漢] 鄭玄箋,[唐] 孔穎達等正義:《毛詩正義》,第1204—1205頁。
④ [漢] 司馬遷撰,[南朝宋] 裴駰集解,[唐] 司馬貞索隱,[唐] 張守節正義,郭逸、郭曼標點:《史記》,第96頁。
⑤ 參見:趙逵夫《西周詩人芮良夫與他的〈桑柔〉》,《第三屆國際詩經研討會論文集》,香港天馬圖書有限公司1998年版,第692—702頁。

好窮固也;侏儒戚施,實御在側,近頑童也;周法不昭,而婦言是行,用讒慝也;不建立卿士,而妖試幸措,行暗昧也。是物也,不可以久。①

《國語·晉語一》載晉史蘇對里克問曰:

> 周幽王伐有褒,褒人以褒姒女焉,褒姒有寵,生伯服,於是乎與虢石甫比,逐太子宜臼而立伯服。②

謹按:《史記·周本紀》《鄭世家》《晉世家》全本《國語》而文略異。因幽王嬖褒姒以亡國與晉獻公嬖驪姬以亂國二事相類,故漢劉向《九歎·怨思》以"青蠅之偽質"與"驪姬之反情"相對。③ 此以"青蠅"暗喻褒姒,實爲"褒姒之偽質"與"驪姬之反情"相對。可見,幽王寵褒姒、黜申后、廢太子,致使朝政荒廢、諸侯離心、國滅身亡。顯然,《青蠅》所寫內容,正與幽王信讒奪嫡之事相合。

4.《青蠅》與幽王驪山之難、宗周覆亡之事相合

《國語·鄭語》載周史伯對鄭桓公問曰:

> 申、繒、西戎方強,王室方騷,將以縱欲,不亦難乎?王欲殺太子以成伯服,必求之申;申人弗畀,必伐之。若伐申,而繒與西戎會以伐周,周不守矣!繒與西戎方將德申,申、呂方強,其隩愛太子亦必可知也,王師若在,其救之亦必然矣。王心怒矣,虢公從矣,凡周存亡,不三稔矣!④

《國語·晉語一》載晉史蘇對里克問曰:

> 太子出奔申,申人、鄫人召西戎以伐周,周於是乎亡。⑤

昭二十六年《左傳》載周王子朝曰:

---

① 韋《注》:"石父,虢君之名。巧從,巧於媚從。聘后,申后。內妾,褒姒。侏儒、戚施,皆優笑之人。御,侍也。試,用也。措,置也。不建立有德以爲卿士,而妖嬖之臣用之於位,徼倖之人置之於側。"[三國吳]韋昭注,上海師範大學古籍整理研究所校點:《國語》,第518-520頁。按:"徼倖之人",公序本作"佞幸之人"。
② 韋《注》:"有褒,姒姓之國,幽王伐之,褒人以美女入,謂之褒姒,是爲幽后。……石甫,虢公之名。"[三國吳]韋昭注,上海師範大學古籍整理研究所校點:《國語》,第255-256頁。
③ [漢]王逸撰,夏祖堯據四部叢刊初編明覆宋刻本點校:《楚辭章句》,嶽麓書社1989年版,第284頁。
④ [三國吳]韋昭注,上海師範大學古籍整理研究所校點:《國語》,第519頁。
⑤ [三國吳]韋昭注,上海師範大學古籍整理研究所校點:《國語》,第255頁。

至於幽王,天不弔周;王昏不若,用愆厥位。①

謹按:《史記·周本紀》《晉世家》《鄭世家》全本《國語》而文略異。幽王時期,乾旱和地震災害,使農業歉收而經濟衰落;重用"善諛好利"之虢石父爲卿士,使"國人皆怨"而階級矛盾日益尖銳;寵褒姒、黜申后、廢太子,引發了統治集團中不同利益派系的矛盾;犬戎諸部入居王畿西部,形成了對周王室的軍事威脅;晉、鄭乘機爭得與畿外諸侯等同的地位,使王畿東部失去了聊支危局的力量。幽王時期的這種經濟、政治、軍事諸方面的社會環境,正與《青蠅》所寫的因"構我二人"而致使"交亂四國"的情況相合。

綜上考論,《青蠅》描寫了驪山之難、宗周覆滅的亡國之象,表現了一位肱股老臣對王室正統繼承人——天王宜臼之耿耿忠心,寄寓了一位王室司寇期望平王以史爲鑒、中興祖業之政治熱情。故《青蠅》當作於驪山之難後衛武公率兵救周、宗周覆滅而二王並立之初,即平王元年(前771)頃。②

第三節　結合生平事蹟與文本看
《賓之初筵》之創作年代

關於《賓之初筵》之作者,毛《序》《後漢書·孔融傳》李《注》引《韓詩》《焦氏易林·大壯之家人》之《齊詩》皆以爲衛武公。其創作年代,先哲主要有四説:

一爲"幽王之世(前781—前771)"説。毛《序》:"《賓之初筵》,衛武公刺時也。幽王荒廢,媟近小人,飲酒無度,天下化之,君臣上下,沈湎淫液,武公既入而作是詩也。"鄭《箋》:"淫液者,飲酒時情態也。武公入者,入爲王卿士。"孔《疏》:"《賓之初筵》詩者,衛武公所作以刺時也。……衛武公既入爲王之卿士,見其如此,而作是詩以刺之也。"③

二爲"闕疑"説。《後漢書·孔融傳》李《注》引《韓詩》:"《賓之初筵》,衛武公飲酒悔過也。言賓客初就筵之時,賓主秩秩然,俱謹敬也。賓既醉止,載號載呶,不知其爲惡也。"④《焦氏易林·大壯之家人》:"舉觴飲酒,未得至口,側棄醉酗,拔劍相怒,武侯作悔。"⑤宋戴溪《續呂氏家塾讀詩記》卷二同。⑥

---

① 〔晉〕杜預注,〔唐〕孔穎達等正義:《春秋左傳正義》,第4591頁。
② 詳見:邵炳軍《衛武公〈青蠅〉創作時世考論》,《西北師大學報》2000年第3期,第25-29頁;邵炳軍《衛武公〈賓之初筵〉〈青蠅〉創作時世考論》,《詩經研究》(韓國)2000年第2期,第136-142頁。
③ 〔漢〕毛亨傳,〔漢〕鄭玄箋,〔唐〕孔穎達等正義:《毛詩正義》,第1039頁。
④ 〔南朝宋〕范曄撰,〔唐〕李賢等注,宋雲彬等點校:《後漢書》,第2269頁。
⑤ 〔漢〕焦贛:《焦氏易林》,第160頁。按:此當爲《齊詩》説。
⑥ 〔宋〕戴溪:《續呂氏家塾讀詩記》,第67-69頁。

三爲"厲王之世(約前857—前842)"説,見前引元劉玉汝《詩纘緒》卷十二。清李光地《詩所》卷五申之曰:"以二《雅》之《序》考之,兩詩(指《小雅·賓之初筵》《大雅·抑》)皆當爲厲王之世。則言武公作卿士在此時者,近是。其又言仕於幽王者,非也。古史年代多不可信矣。"

四爲"平王之世(前770—前720)"説。明何楷《詩經世本古義》卷十九:"《賓之初筵》,衛武公飲酒悔過也。……《序》言'武公既入而作是詩',鄭《箋》謂'入者,入爲王卿士'。然則以其爲王朝卿士所作,故列入《雅》耳。曰:果爾,何以辨其非刺幽王?曰:《史記》載'武公四十二年,犬戎殺周幽王,武公佐周平戎有功,平王命武公爲公。'其後平王十有三年,武公始卒。武公爲周卿士,實在平王之世。當幽王時,武公受封于衛,未嘗入周也。"①王先謙《詩三家義集疏》卷十九:"武公入相在平王世,幽王已往,《抑》詩已云'追刺',不應又作此篇(指《賓之初筵》)。"②

謹按:《韓詩》之"衛武公飲酒悔過"説,《齊詩》之"武侯作悔"説,《續呂氏家塾讀詩記》之"衛武公致勸誡之意"説,詩旨解説雖異,然皆不著具體作世。筆者以爲,《賓之初筵》是衛武公任周平王司寇時,爲歌頌周平王由西申歸宗周、收復鎬京重大勝利所作的讚美詩;故在其他三説中,何氏《詩經世本古義》"周平王之世"説是。

一、毛《詩》"刺幽王"與三家詩"武侯作悔"説考辨

1. 毛《序》以《賓之初筵》爲"刺幽王"説辨

毛《序》謂幽王"飲酒無度,天下化之,君臣上下,沈湎淫液",故武公作《賓之初筵》以刺之。那麼,我們可以通過考察《小雅·常棣》《伐木》《湛露》等皆有醉酒描寫的詩作,來討論毛《序》説之非。

《常棣》之六章有"儐爾籩豆,飲酒之飫;兄弟既具,和樂且孺"諸句,毛《序》謂此爲"燕兄弟"之作;《伐木》之卒章有"有酒湑我,無酒酤我,坎坎鼓我,蹲蹲舞我"諸句,毛《序》謂此爲"燕朋友故舊"之作;《湛露》之首章有"湛湛露斯,匪陽不晞。厭厭夜飲,不醉無歸"諸句,毛《序》謂此爲"天子燕諸侯"之作。③ 此三詩皆有醉酒描寫,毛《序》以其爲美詩;而《賓之初筵》同樣寫賓客酒醉屢舞,毛《序》却以其爲刺詩。四詩所寫內容相同,而毛《序》美刺各異。

---

① [明] 何楷撰,李士彪、張丹丹校點:《詩經世本古義》,第1061-1075頁。
② [清] 王先謙撰,吳格點校:《詩三家義集疏》,第782頁。
③ 《常棣》鄭《箋》:"周公弔二叔之不咸,而使兄弟之恩疏,召公爲作此詩而歌之以親之。"《伐木》孔《疏》:"朋是同門之稱,友爲同志之名;古舊,即昔之朋友也。"《湛露》鄭《箋》:"燕謂與之燕飲酒也。諸侯朝覲會同,天子與之燕,所以示慈惠。"[漢] 毛亨傳,[漢] 鄭玄箋,[唐] 孔穎達等正義:《毛詩正義》,第870-872、877-879、900頁。

可見，毛《序》以《賓之初筵》寫賓客酒醉屢舞爲據，認爲《賓之初筵》乃衛武公刺周幽王之説不可信。故宋朱熹《詩序辨説》卷下指出："《韓詩》説見本篇，此《序》誤矣。"①

2. 毛《序》言《楚茨》以下七篇皆爲"刺幽王"説辨

毛《序》認爲《詩·小雅·楚茨》以下七篇皆爲"刺幽王"之作。何以刺之？《楚茨序》："《楚茨》，刺幽王也。政煩賦重，田萊多荒，饑饉降喪，民卒流亡，祭祀不饗，故君子思古焉。"《信南山序》："《信南山》，刺幽王也。不能脩成王之業，疆理天下，以奉禹功，故君子思古焉。"《甫田序》："《甫田》，刺幽王也。君子傷今而思古焉。"《大田序》："《大田》，刺幽王也。言矜寡不能自存焉。"《瞻彼洛矣序》："《瞻彼洛矣》，刺幽王也。思古明王能爵命諸侯、賞善懲惡焉。"《裳裳者華序》："《裳裳者華》，刺幽王也。古之仕者，世禄小人在位，則讒諂並進，棄賢者之類，絶功臣之世焉。"《桑扈序》："《桑扈》，刺幽王也。君臣上下，動無禮文焉。"《鴛鴦序》："《鴛鴦》，刺幽王也。思古明王，交於萬物有道，自奉養有節焉。"②

謹按：毛《序》關於以上八詩皆爲"刺幽王"之作説之非，南宋時學者已注意到了。朱熹《詩序辨説》曰：

> 自此篇（指《楚茨》）至《車舝》，凡十篇，似出一手，詞氣和平，稱述詳雅，無風刺之意。《序》以其在變雅中，故皆以爲傷今思古之作。詩固有如此者，然不應十篇相屬，而絶無一言以見其爲衰世之意也。竊恐《正雅》之篇有錯脱在此者耳。《序》皆失之。（《信南山》）'曾孫'，古者事神之稱。《序》專以爲成王，則陋矣！（《甫田》）此《序》專以'自古有年'一句生説，而不察其下文'今適南畝'以下，亦未嘗不'有年'也。（《大田》）此《序》專以'寡婦之利'一句生説。（《瞻彼洛矣》）此《序》以'命服'爲賞善，'六師'爲罰惡，然非詩之本義也。（《裳裳者華》）此《序》只用'似之'二字生説。（《桑扈》）此《序》只用'彼交匪敖'一句生説。（《鴛鴦》）此《序》穿鑿，尤爲無理。③

---

① ［宋］朱熹撰，朱傑人等點校：《詩序辨説》，第389頁。
② 《楚茨》鄭《箋》："田萊多荒，茨棘不除也；饑饉，倉庾不盈也；降喪，神不與福助也。"《甫田》鄭《箋》："刺者，刺其倉廩空虛，政煩賦重，農人失職。"《大田》鄭《箋》："幽王之時，政煩賦重，而不務農事，蟲災害穀，風雨不時，萬民飢饉，矜寡無所取活，故時臣思故以刺之。"《裳裳者華》鄭《箋》："古者，古昔明王時也；小人，斥今幽王也。"《桑扈》鄭《箋》："動無禮文，舉事而不用先王禮法威儀也。"《鴛鴦》鄭《箋》："交於萬物有道，謂順其性，取之以時，不暴夭也。"［漢］毛亨傳，［漢］鄭玄箋，［唐］孔穎達等正義：《毛詩正義》，第1003、1009、1016、1022、1028、1029、1030、1031頁。
③ ［宋］朱熹：《詩序辨説》，第387－388頁。按：此所謂"十篇"，即《楚茨》《信南山》《甫田》《大田》《瞻彼洛矣》《裳裳者華》《桑扈》《鴛鴦》《頍弁》《車舝》。

王質《詩總聞》卷十三曰：

> 此詩（指《楚茨》）本末甚詳。禮，祭稱'孝孫''孝子'，以其義稱'曾孫某'，謂國家也。①

呂祖謙《呂氏家塾讀詩記》卷二十二曰：

> 《楚茨》極言祭祀，所以事神受福之節，致詳致備，所以推明先王致力於民者盡，則致力於神者詳。觀其威儀之盛、物品之豐，所以交神明、逮群下至於受福無疆者，非德盛政修，何以致之！②

自南宋以降，治《詩經》者多從朱氏《詩集傳》、王氏《詩總聞》、呂氏《家塾讀詩記》之說。比如，清范家相《詩瀋》卷十三曰："《楚茨》十篇，《序》皆傷今思古以刺幽。朱子以辭氣不類，改爲周初盛時之樂章，是也。"③姚際恒《詩經通論》卷十一曰："《集傳》不用《序》說，是已；然以爲公卿之詩，又非也。……此農事既成，王者嘗、烝以祭宗廟之詩。"④

當然亦有非朱氏《詩集傳》、王氏《詩總聞》、呂氏《家塾讀詩記》之說者。比如，宋嚴粲《詩緝》卷二十二曰："《楚茨》《信南山》《甫田》《大田》四篇……蓋詩人遐想太平之盛、田家之樂，惆悵羨慕，恨不生乎其時，所以傷今而思古也。"⑤明郝敬《毛詩原解》卷二十二曰："《楚茨》諸詩，歷序古曾孫稼穡、祭祀禮樂，壽考福祿，以諷幽王。"⑥清胡承珙《毛詩後箋》卷二十曰："（《集傳》）又引'或說'以《楚茨》以下四篇爲豳雅。……至於既曰思古，則但爲想慕盛世之詞，而傷今之意自在言外，正詩人善於立言，猶班固所云'抒懷舊之蓄念，發思古之幽情，博我以皇道，宏我以漢京'也。"⑦

由此可見，無論從朱氏《詩集傳》、王氏《詩總聞》、呂氏《家塾讀詩記》之說者，或非之者，皆以爲毛《序》將上述八詩作爲"變小雅"，爲幽王時"傷今思古"之作，却與詩歌所寫内容不合。

---

① ［宋］王質：《詩總聞》，第 225 頁。
② ［宋］呂祖謙：《呂氏家塾讀詩記》，第 11 頁。
③ ［清］范家相：《詩瀋》，國家圖書館藏清乾隆三十九年（1774）古趣亭刻本。
④ ［清］姚際恒撰，顧頡剛點校：《詩經通論》，第 230 頁。
⑤ ［宋］嚴粲：《詩緝》，第 399 頁。
⑥ ［明］郝敬：《毛詩原解》，四庫全書存目叢書影印明萬曆四十三年至四十七年（1615—1619）郝千秋郝千石刻郝氏九經解本，齊魯書社 1997 年版，經部第 62 冊，第 320 頁。
⑦ ［清］胡承珙撰，［清］陳奂補，［清］王先謙輯，郭全芝點校：《毛詩後箋》，第 1080-1081 頁。

3. 毛《序》以《楚茨》以下七篇燕飲詩皆爲"刺詩"說辨

《頍弁序》:"《頍弁》,諸公刺幽王也。暴戾無親,不能宴樂同姓、親睦九族,孤危將亡,故作是詩也。"《魚藻序》:"《魚藻》,刺幽王也。言萬物失其性,王居鎬京,將不能以自樂,故君子思古之武王焉。"《瓠葉序》:"《瓠葉》,大夫刺幽王也。上棄禮而不能行,雖有牲牢饗(饗)餼,不肯用也。故思古之人,不以微薄廢禮焉。"①

謹按:宋朱熹《詩序辨說》:"(《頍弁》)《序》見詩言'死喪無日',便謂'孤危將亡',不知古人勸人燕樂多爲此言,如'逝者其耋''它人是保'之類。且漢魏以來樂府尤多如此,如'少壯幾時''人生幾何'之類是也。……(《魚藻》)此詩《序》與《楚茨》等篇相類。……(《瓠葉》)《序》說非是。"②王質《詩總聞》卷十五:"(《瓠葉》)當在野君子相見爲禮者。食瓠,當是夏時。"③的確《詩·小雅》中之燕飲詩,有《鹿鳴》《常棣》《伐木》《魚麗》《南有嘉魚》《蓼蕭》《湛露》《彤弓》《吉日》《楚茨》《信南山》《桑扈》《頍弁》《賓之初筵》《魚藻》《瓠葉》等共16篇,占《小雅》總篇目近四分之一,足見燕飲詩爲《小雅》主要題材之一。然毛《序》不顧題材内容,强以《鹿鳴》以下9篇皆爲"美"詩而《楚茨》以下7篇皆爲"刺"詩,乃囿於"正變"舊說而已。

4.《韓詩》《齊詩》以《賓之初筵》爲"武公作悔"說辨

前引《焦氏易林·大壯之家人》之《齊詩》"武侯作悔"說,與《後漢書·孔融傳》李《注》引《韓詩》"衛武公飲酒悔過"說同。④清王先謙《詩三家義集疏》卷十九申之曰:"武公入相在平王世,幽王已往,《抑》詩已云'追刺',不應又作此篇。齊、韓以爲'悔過',當從之。"⑤然《齊詩》《韓詩》之說,自南宋以降治《詩經》者多疑之。

比如,宋范處義《詩補傳·篇目》:"《韓詩》以是詩爲武公飲酒悔過。今據詩……所陳皆君臣上下之禮文。武公雖入爲卿士,然人臣耳,豈得用此禮文耶?則非武公自悔過之詩明矣。況武公在幽王時春秋已高,不應尚有酒過也。"《詩補傳》卷二十:"《韓詩》以爲武公飲酒悔過,乃傳授之妄,安有能爲此言而有酒過?

---

① 《頍弁》鄭《箋》:"戾,虐也。暴虐,謂其政教如雨雪也。"《魚藻》鄭《箋》:"萬物失其性者,王政教衰,陰陽不和,群生不得其所也;將不能以自樂,言必自是有危亡之禍。"《瓠葉》鄭《箋》:"牛、羊、豕爲牲,繫養者曰牢,熟曰饗,腥曰餼,生曰牽。不肯用者,自養厚而薄於賓客。"[漢]毛亨傳,[漢]鄭玄箋,[唐]孔穎達等正義:《毛詩正義》,第1032、1049、1072頁。
② [宋]朱熹撰,朱傑人等點校:《詩序辨說》,第388-390頁。
③ [宋]王質:《詩總聞》,第251頁。
④ 惜《魯詩》說未聞。
⑤ [清]王先謙撰,吳格點校:《詩三家義集疏》,第782頁。

況所陳皆君臣上下燕飲之事，豈爲己設哉？"①清范家相《三家詩拾遺》卷八："朱子以是詩與《抑》戒相似，必武公自悔之作。當從韓義。然詩曰'大侯既抗'，曰'烝衎烈祖'，明是天子燕射擇賓祭祀之禮；詩所謂'賓'，乃武公之自謂。蓋入爲卿士，爲王之賓也。韓亦未嘗指爲武公之賓。"②《詩瀋》卷十四："韓《序》但以爲武公飲酒悔過，與詩又不類。大射禮：公以大夫爲賓，大夫以士爲賓。與祭之立賓也，同王射以卿爲賓。武公入爲王卿，故詩首賓筵也。後三章極言賓醉之失，而不及主祭、主射者，不敢斥言王之湛樂，微言諷諫，非悔過也。"③

筆者以爲《詩補傳》《三家詩拾遺》《詩瀋》駁《韓詩》說甚是，故我們認爲《賓之初筵》爲讚美詩而非自誡詩。

二、詩人所寫爲周王燕飲群臣時之射禮與祭禮

《賓之初筵》一詩所寫爲何禮？毛《傳》謂寫"燕射之禮"，鄭《箋》謂寫"大射之禮"。其實，詩之首章言燕射之正禮，重在燕而不重射；次章雖言祭祀大射之正禮，但亦重燕而不重祭與射。要之，詩人所寫的是燕飲過程中之射與祭，以突出周王燕飲群臣之盛典。其證有四：

1. 射禮與祭禮皆燕禮的重要組成部分

首章曰："賓之初筵，左右秩秩。籩豆有楚，殽核維旅。酒既和旨，飲酒孔偕。鍾鼓既設，舉醻逸逸。大侯既抗，弓矢斯張。射夫既同，獻爾發功。發彼有的，以祈爾爵。"鄭《箋》："先王將祭，必射以擇士。大射之禮，賓初入門、登堂、即席，其趨翔，威儀甚審，知言不失禮也。射禮有三：有大射，有賓射，有燕射。"孔《疏》："首章上八句言射初飲燕之事，下六句言大射之事。"④

謹按：僖二十二年《左傳》："丁丑，楚子入饗于鄭，九獻，庭實旅百，加籩豆六品。"昭元年《左傳》："夏四月，趙孟、叔孫豹、曹大夫入于鄭，鄭伯兼享之。……及享，具五獻之籩豆於幕下。"⑤《儀禮·大射》："大射之儀，君有命戒射，宰戒百官有事於射者，射人戒諸公卿大夫射，司士戒士射與贊者。""司射西面誓之曰：'公射大侯，大夫射參，士射干。射者非其侯中之，不獲。卑者與尊者爲耦，不異

---

① [宋] 范處義：《詩補傳》，第 5、91 頁。
② [清] 范家相撰，[清] 錢熙祚校：《三家詩拾遺》，叢書集成初編排印清道光十一年(1831)南海伍崇曜粤雅堂文字歡娛室刻嶺南遺書本，中華書局 1985 年版，第 1745 冊，第 109 頁。
③ [清] 范家相：《詩瀋》，國家圖書館藏清乾隆三十九年(1774)古趣亭刻本。
④ [漢] 毛亨傳，[漢] 鄭玄箋，[唐] 孔穎達等正義：《毛詩正義》，第 1040 頁。
⑤ 僖二十二年《左傳》杜《注》："爲鄭所饗。用上公之禮，九獻酒而禮畢。食物六品，加於籩豆。籩豆，禮食器。"昭元年《左傳》杜《注》："朝聘之制，大國之卿，五獻。"[晉] 杜預注，[唐] 孔穎達等正義：《春秋左傳正義》，第 3938、4389 頁。

侯。'"①宋王質《詩總聞》卷十四:"既延賓,具籩豆、殽核,又具鍾鼓,又具弓矢,奏其發矢之功,中的之數,勝者飲不勝也。"②清胡承珙《毛詩後箋》卷二十一:"毛云有'燕射之禮',並非專指燕禮之射也。考射禮,見於《周官》者有大射、賓射、燕射。若對文,固自有別,然三射皆有飲酒之禮。"③姚際恒《詩經通論》卷十二:"此章言唯射乃飲酒也。前八句言射初燕飲,下六句言大射之事。……按君唯大射,射必以燕,即燕射也;燕必以賓,即賓射也。前人分別諸名,皆非。'以祈爾爵',罰不勝者爵也,亦是爲射飲酒也。"④可見,首章前 8 句中極力狀寫豐盛和樂、典雅莊重之燕飲場面;以下 6 句寫燕飲中以射手是否中的來決定是否飲酒之酒令法則。故後 6 句寫燕射儀式,實爲前 8 句燕飲場面之補筆。

次章曰:"籥舞笙鼓,樂既和奏。烝衎烈祖,以洽百禮。百禮既至,有壬有林。錫爾純嘏,子孫其湛。其湛曰樂,各奏爾能。賓載手仇,室人入又。酌彼康爵,以奏爾時。"毛《傳》:"秉籥而舞,與笙鼓相應。壬,大;林,君也。嘏,大也。手,取也。室人,主人也。主人請射於賓,賓許諾,自取其匹而射;主人亦入於次,又射以耦賓也。酒所以安體也。時,中者也。"孔《疏》:"二章言作樂以祭。"⑤

謹按:《禮記·射義》:"古者諸侯之射也,必先行燕禮;卿、大夫、士之射也,必先行鄉飲酒之禮。故燕禮者,所以明君臣之義也;鄉飲酒之禮者,所以明長幼之序也。"⑥宋呂祖謙《呂氏家塾讀詩記》卷二十三引南朝梁崔靈恩《毛詩集注》:"一章爲大射,二章爲燕射。"⑦蘇轍《詩集傳》卷十四:"此章言既射而祭,既祭而燕。"⑧嚴粲《詩緝》卷二十三:"上章言未祭之燕,故擇士而射爲大射;此章言既祭之燕,故因燕而射爲燕射也。"⑨清姚際恒《詩經通論》卷十二:"此章言惟祭乃飲酒也。前八句言祭,後六句言飲福之事。'其湛曰樂'二句,子孫獻尸也。……'賓載手仇'二句,賓客獻尸也。'酌彼康爵'二句,尸酢主人及酢賓也。又祭畢而燕亦在其內,以其飲酒,故曰'康爵'。"⑩則天子之射次序,當與諸侯之射同。故次章前 8 句寫樂舞聲中祭祖福尸的盛大隆重之祭祀場面,後 6 句寫大射之禮後又歸於燕飲:"酌彼康爵,以奏爾時"。

---

① 鄭《注》:"侯,謂所射布也。"[漢]鄭玄注,[唐]賈公彥疏:《儀禮注疏》,清嘉慶二十至二十一年(1815—1816)江西南昌府學刊刻阮校十三經注疏本,中華書局 2009 年影印版,第 2222、2237 頁。
② [宋]王質:《詩總聞》,第 239 頁。
③ [清]胡承珙撰,[清]陳奐補,[清]王先謙輯,郭全芝點校:《毛詩後箋》,第 1151 頁。
④ [清]姚際恒撰,顧頡剛點校:《詩經通論》,第 243 頁。
⑤ [漢]毛亨傳,[漢]鄭玄箋,[唐]孔穎達等正義:《毛詩正義》,第 1040-1043 頁。
⑥ [漢]鄭玄注,[唐]孔穎達等正義:《禮記正義》,第 3662 頁。
⑦ [宋]呂祖謙:《呂氏家塾讀詩記》,第 16 頁。按:崔靈恩《毛詩集注》,《梁書》本傳謂二十二卷,《隋書·經籍志一》《舊唐書·經籍志上》《新唐書·藝文志一》並著録二十四卷;元修《宋史·藝文志》未見著録,但宋人著作常徵引之,則其亡佚於宋元之際。
⑧ [宋]蘇轍:《詩集傳》,第 128 頁。
⑨ [宋]嚴粲:《詩緝》,第 430 頁。
⑩ [清]姚際恒撰,顧頡剛點校:《詩經通論》,第 243 頁。

要之,詩之首章先寫燕飲之禮,後寫燕射之禮;次章先寫祭祀之禮,再寫大射之禮,最後歸之於燕飲之禮。可見,詩人寫燕射之禮與大射之禮是燕飲之禮的題中應有之義,寫燕射、大射的場面是整個燕飲場面的兩個重要組成部分。

2. 燕射主人爲周王

首章曰:"酒既和旨,飲酒孔偕。"鄭《箋》:"和,旨酒調美也。孔,甚也。王之酒已調美,衆賓之飲酒又威儀齊一。言主人敬其事,而衆賓肅慎。"①

謹按:《禮記・燕義》:"席,小卿次上卿,大夫次小卿,士、庶子以次就位於下。獻君,君舉旅行酬而后獻卿,卿舉旅行酬而后獻大夫,大夫舉旅行酬而后獻士,士舉旅行酬而后獻庶子。俎、豆、牲體、薦、羞皆有等差,所以明貴賤也。"②此"君"爲"賓"舉旅行酬之燕禮,則"主人"即爲王,而"賓"即爲卿。

首章又曰:"鍾鼓既設,舉酬逸逸。"鄭《箋》:"鍾鼓於是言既設者,將射故縣(懸)也。"

謹按:成十二年《左傳》:"(秋)晉郤至如楚聘,且涖盟。楚子(共王熊審)享之,子反(公子側)相,爲地室而縣(懸)焉。郤至將登,金奏作於下,驚而走出。"襄四年《左傳》:"(三月)穆叔(叔孫豹)如晉,報知武子(荀罃)之聘也。晉侯(悼公周)享之,金奏《肆夏》之三,不拜。……(穆叔)對曰:'《三夏》,天子所以享元侯也,使臣弗敢與聞。……'"③《周禮・春官宗伯・大司樂》:"大司樂掌成均之灋,以治建國之學政,而合國之子弟焉。""王大食,三宥,皆令奏鍾鼓。"《樂師》:"樂師掌國學之政,以教國子小舞。""饗食諸侯,序其樂事,令奏鍾鼓,令相,如祭之儀。燕射,帥射夫以弓矢舞。樂出入,令奏鍾鼓。"《眡瞭》:"賓射,皆奏其鍾鼓。"④明梁寅《詩演義》卷十四:"言設鍾鼓者,大射。樂人宿縣(懸),厥明將射,乃遷於下以避射位也。舉者,主人舉酒獻賓;酬者,賓既酢主人,主人又酌以酬賓也。"⑤則燕享奏鍾鼓之樂者,則"主人"即爲天子,而"賓"即爲元侯。

首章又曰:"大侯既抗,弓矢斯張。射夫既同,獻爾發功。"毛《傳》:"大侯,君侯也。抗,舉也。有燕射之禮。"鄭《箋》:"天子諸侯之射,皆張三侯,故君侯謂之

---

① 〔漢〕毛亨傳,〔漢〕鄭玄箋,〔唐〕孔穎達等正義:《毛詩正義》,第1040頁。
② 〔漢〕鄭玄注,〔唐〕孔穎達等正義:《禮記正義》,第3670頁。
③ 成十二年《左傳》杜《注》:"縣,鍾鼓也。擊鍾而奏樂。"襄四年《左傳》杜《注》:"《肆夏》,樂曲名。周禮以鍾鼓奏《九夏》,其二曰《肆夏》,一名《樊》;三曰《韶夏》,一名《遏》;四曰《納夏》,一名《渠》。蓋擊鍾而奏此'三夏'曲。……元侯,伯牧。"《釋文》:"《九夏》:一曰《王夏》,二曰《肆夏》,三曰《韶夏》,四曰《納夏》,五曰《章夏》,六曰《齊夏》,七曰《族夏》,八曰《陔夏》,九曰《驁夏》。"〔晉〕杜預注,〔唐〕孔穎達等正義:《春秋左傳正義》,第4147、4192-4193頁。
④ 〔漢〕鄭玄注,〔唐〕賈公彥疏:《周禮注疏》,第1699、1707、1713、1715、1722頁。
⑤ 〔明〕梁寅:《詩演義》,第178頁。

大侯,大侯張而弓矢亦張節也。"孔《疏》:"下章言'烝衎烈祖',其非祭乎?既'烝衎烈祖',是爲祭事,則此時祭爲大射明矣。"①

謹按:襄二十九年《左傳》:"(夏六月)范獻子(士鞅)來聘,拜城杞也。公享之,展莊叔執幣。射者三耦。"②《周禮·夏官司馬·射人》:"王以六耦射三侯,三獲三容,樂以《騶虞》,九節五正;諸侯以四耦射二侯,二獲二容,樂以《狸首》,七節三正;孤卿大夫以三耦射一侯,一獲一容,樂以《采蘋》,五節二正;士以三耦射豻侯,一獲一容,樂以《采蘩》,五節二正。若王大射,則以貍步張三侯。"③《禮記·射義》:"故天子之大射,謂之射侯。射侯者,射爲諸侯也。"④《儀禮·燕禮》:"若射,則大射正爲司射,如鄉射之禮。"⑤《漢書·吾丘壽王傳》載吾丘壽王《議禁民攜弓弩對》:"大射之禮,自天子降及庶人,三代之道也。《詩》云'大侯既抗,弓矢斯張。射夫既同,獻爾發功。'言貴中也。"⑥清秦蕙田《五禮通考》卷一百六十三《嘉禮三十六·射禮》:"此詩毛《傳》以爲燕禮,鄭以爲大射禮。鄭所據者,以第三章有祭祀之事,與《射義》所謂'將祭擇士'合耳。'將祭擇士',先儒多疑之。毛所據者,以有燕之事耳,然大射及賓射、燕射皆有之。則毛、鄭之説,兩通可也。"⑦可見,鄭《箋》謂"大侯"即"大射之侯",乃從《禮記·射義》爲訓,當爲《齊詩》説,其與《毛詩》"大侯"即"燕射之侯"相異;但鄭《箋》以爲是寫天子、諸侯及卿大夫之射禮,則與《毛詩》説相同。

又,《周禮·天官冢宰·司裘》:"王大射,則共虎侯、熊侯、豹侯,設其鵠。諸侯則共熊侯、豹侯,卿大夫則共麋侯,皆設其鵠。"《冬官考工記·梓人》:"梓人爲侯……張獸侯則王以息燕。"⑧《儀禮·鄉射禮》:"凡侯,天子熊侯白質,諸侯麋侯赤質,大夫布侯畫以虎豹,士布侯畫以鹿豕。"⑨則燕射之禮於獻庶子後行射,大射之禮則於卿舉旅後行射;天子、諸侯之大射與鄉射供侯有異,但皆爲皮質獸侯,而燕射亦然。故毛《傳》釋"大侯"爲"君侯",亦即天子之"白質熊侯"。可見,毛《詩》之"燕射之禮"説更妥。

又,中國社會科學院考古研究所《殷周金文集成》(6.9455)著録1954年陝西省西安市長安區普渡村墓葬出土周穆王時器"長甶"盉銘文曰:"唯三月初吉丁

---

① [漢]毛亨傳,[漢]鄭玄箋,[唐]孔穎達等正義:《毛詩正義》,第1040頁。
② 杜《注》:"二人爲耦。"[晉]杜預注,[唐]孔穎達等正義:《春秋左傳正義》,第4355頁。
③ [漢]鄭玄注,[唐]賈公彥疏:《周禮注疏》,第1825-1826頁。
④ 鄭《注》:"大射,將祭擇士之射也。"[漢]鄭玄注,[唐]孔穎達等正義:《禮記正義》,第3664頁。
⑤ [漢]鄭玄注,[唐]賈公彥疏:《儀禮注疏》,第2210頁。
⑥ [漢]班固撰,[唐]顏師古注,傅東華等點校:《漢書》,第2796-2797頁。
⑦ [清]秦蕙田撰,方向東、王鍔據文淵閣四庫全書本點校整理:《五禮通考》中華書局2020年版,第12冊,第7708頁。
⑧ 賈《疏》:"(獸侯)此燕射之侯也。"[漢]鄭玄注,[唐]賈公彥疏:《周禮注疏》,第1471、2002-2003頁。
⑨ [漢]鄭玄注,[唐]賈公彥疏:《儀禮注疏》,第2182頁。

亥,穆王在下減応(位),穆王鄉(饗)豊(醴),即井(邢)伯、大(太)祝射。穆王蔑長甶以逨(徠)即井(邢)伯,井(邢)伯氏(是)彊(黉)不……"①此銘謂穆王享邢伯之後,即與邢伯舉行射禮,足證"享禮"必有"射禮",即所謂"燕射之禮"。②

3. 詩人所寫爲周王之祭禮

次章曰:"籥舞笙鼓,樂既和奏。烝衎烈祖,以洽百禮。"毛《傳》:"秉籥而舞,與笙鼓相應。"鄭《箋》:"烝,進。衎,樂。烈,美。洽,合也。奏樂和,必進樂其先祖,於是又合見天下諸侯所獻之禮。"③

謹按:莊二十二年《左傳》載周史謂陳侯(宣公)曰:"庭實旅百,奉之以玉帛,天地之美具焉,故曰'利用賓于王'。"僖二十二年《左傳》:"(冬十一月)丁丑(九日),楚子(成王熊頵)入饗于鄭,九獻,庭實旅百,加籩豆六品。"④《周禮·春官宗伯·大司樂》:"大射,王出入,令奏《王夏》。及射,令奏《騶虞》。……王大食,三宥,皆令奏鍾鼓;王師大獻,則令奏愷樂。"《籥師》:"籥師掌教國子舞羽龡籥,祭祀則鼓羽籥之舞,賓客饗食亦如之。"⑤宋蘇轍《詩集傳》卷十三:"百禮,九州諸侯所獻以助祭者,所謂'庭實旅百'也。"⑥呂祖謙《呂氏家塾讀詩記》卷二十三引王氏曰:"'籥舞笙鼓,樂既和奏',則所謂有備樂也;'烝衎烈祖,以洽百禮',則所謂有備禮以成之也。"⑦范處義《詩補傳·篇目》:"今據詩始言'大侯既抗',則將祭而射也;次言'烝衎列祖',則既射而祭也;次言'酌彼康爵',則既祭而燕也。"⑧陳暘《樂書》卷四十四:"此燕射之禮也。"⑨清秦蕙田《五禮通考》卷七十一《吉禮七十一·宗廟制度》:"《賓筵》'籥舞笙鼓'章,毛《傳》主射言,鄭《箋》主祭言;朱子從鄭《箋》,何玄子從毛《傳》。案:如從《傳》,則祖妣子孫之語,皆無著落。合依朱子從《箋》説爲是。《大射義》'笙鐘笙磬',皆應笙之鐘磬,何解最的。"⑩則詩人所寫爲周王之燕射祭祀之禮。

又,《易·漸卦》:"六二,鴻漸於磐,飲食衎衎,吉。象曰:飲食衎衎,不素飽

---

① 中國社會科學院考古研究所編:《殷周金文集成》,修訂增補本第 6 冊,第 4972 頁。
② 説參:楊伯峻《春秋左傳注》(修訂本),第 1159 頁。
③ [漢]毛亨傳,[漢]鄭玄箋,[唐]孔穎達等正義:《毛詩正義》,第 1042 頁。
④ 莊二十二年《左傳》杜《注》:"艮爲門庭,乾爲金玉,坤爲布帛,諸侯朝覲王陳贄幣之象。旅,陳也;百,言物備。"僖二十二年《左傳》杜《注》:"用上公之禮,九獻酒而禮畢。……食物六品,加於籩豆。籩豆,禮食器。"[晉]杜預注,[唐]孔穎達等正義:《春秋左傳正義》,第 3853、3938 頁。
⑤ [漢]鄭玄注,[唐]賈公彥疏:《周禮注疏》,第 1707-1708、1730 頁。
⑥ [宋]蘇轍:《詩集傳》,第 128 頁。
⑦ [宋]呂祖謙:《呂氏家塾讀詩記》,第 16-17 頁。
⑧ [宋]范處義:《詩補傳》,第 5 頁。
⑨ [宋]陳暘《樂書》,中華再造善本影印元至正七年(1347)福州路儒學趙宗吉刻明修本,國家圖書館出版社 2006 年版,第 20 頁。
⑩ [清]秦蕙田撰,方向東、王鍔點校整理:《五禮通考》,第 6 冊,第 3256-3257 頁。

也。"①《小雅·南有嘉魚》之次章曰:"南有嘉魚,烝然汕汕。君子有酒,嘉賓式燕以衎。"毛《傳》:"汕汕,樔也。衎,樂也。"②故于省吾《澤螺居詩經新證》認爲:"金文衎叚侃爲之。《叔奼簋》:'用侃喜百生、倗友衆子婦。'《井仁安鐘》:'侃前文人'。《兮仲鐘》:'用侃喜前文人'。"③則"烝衎烈祖"即"進樂烈祖",詩人所言爲周王之祭禮而非諸侯之祭禮。

4. 祭祀的對象是周王之始祖

僞《古文尚書·伊訓》:"伊尹乃明言烈祖之成德,以訓于王,曰:……"《説命下》:"佑我烈祖,格于皇天。爾尚明保予,罔俾阿衡專美有商。"《微子之命》:"弘乃烈祖,律乃有民,永綏厥位,毗予一人,世世享德,萬邦作式,俾我有周無斁。"④《周頌·雝》:"既右烈考,亦右文母。"《魯頌·泮水》之四章曰:"穆穆魯侯,敬明其德。敬慎威儀,維民之則。允文允武,昭假烈祖。靡有不孝,自求伊祜。"《商頌·那》:"猗與那與,置我鞉鼓。奏鼓簡簡,衎我烈祖。湯孫奏假,綏我思成。"《烈祖》:"嗟嗟烈祖,有秩斯祜。申錫無疆,及爾斯所。既載清酤,賚我思成。"⑤哀二年《左傳》載衛世子蒯聵(莊公)自禱曰:"曾孫蒯聵敢昭告皇祖文王、烈祖康叔、文祖襄公:……"⑥

謹按:僞《古文尚書·伊訓》《説命下》《微子之命》《詩·商頌·那》之"烈祖",皆指商開國之君成湯(甲骨文稱"大乙");《烈祖》之"烈祖",指成湯之玄孫中宗帝太戊(甲骨文稱"大戊""天戊");《周頌·雝》之"烈祖",指周開國之君文王昌與王后太姒;《魯頌·泮水》之"烈祖",指魯之始封君伯禽;哀二年《左傳》之"烈祖",指衛之始封君康叔封。可見,儘管"烈祖"在春秋中後期亦可稱諸侯國始封君,但在殷商西周時期則皆指帝與王,當包括"烈考"與"文母"。《逸周書·謚法解》:"有功安民曰烈。"⑦則"烈祖"指功業卓著之祖先。據此可知,《賓之初筵》中周王所祭祀之"烈祖",自然爲指周人創業之先祖——開國之君文王昌與王后太姒。

---

① 孔《疏》:"衎衎,樂也。"[魏]王弼注,[唐]孔穎達等正義:《周易正義》,第130頁。
② [漢]毛亨傳,[漢]鄭玄箋,[唐]孔穎達等正義:《毛詩正義》,第896頁。
③ 于省吾:《澤螺居詩經新證》,中華書局1982年版,第26頁。
④ 僞孔《傳》:"(烈祖)湯有功烈之祖,故稱焉。"孔《疏》:"烈訓業也。湯有定天下之功業,爲商家一代之大祖,故以'烈祖'稱焉。"[漢]孔安國傳,[唐]孔穎達等正義:《尚書正義》,第344、372、425-426頁。
⑤ 《雝》毛《傳》:"烈考,武王也。文母,大姒也。"《泮水》毛《傳》:"假,至也。"鄭《箋》:"祜,福也。"《那》毛《傳》:"猗,歎辭;那,多也。鞉鼓,樂之所成也。夏后氏足鼓,殷人置鼓,周人縣鼓。衎,樂也。烈祖,湯,有功烈之祖也。假,大也。"《烈祖》毛《傳》:"秩,常;申,重;酤,酒;賚,賜也。"[漢]毛亨傳,[漢]鄭玄箋,[唐]孔穎達等正義:《毛詩正義》,第1285、1318、1339、1341頁。
⑥ 杜《注》:"皇,大也。烈,顯也。繼業守文,故曰'文祖'。蒯聵,襄公之孫。"[晉]杜預注,[唐]孔穎達等正義:《春秋左傳正義》,第4684頁。
⑦ [晉]孔晁注,黃懷信、張懋鎔、田旭東集注,黃懷信修訂:《逸周書彙校集注》(修訂本),第673頁。

三、詩人寫平王收復鎬京後燕飲群臣之盛典

既然詩人所寫爲燕飲過程中之射與祭,以突出周王燕飲群臣之盛典;那麼,參加燕飲之禮的賓客爲何人呢?燕飲群臣之主人又爲何王呢?周王何以要舉行如此盛典呢?筆者認爲,詩歌所寫爲周平王由西申歸宗周、收復鎬京後燕飲群臣之盛典。其證有三:

1. 參加燕飲盛典之賓客爲周王同姓諸侯與卿大夫

二章曰:"錫爾純嘏,子孫其湛。其湛曰樂,各奏爾能。"毛《傳》:"嘏,大也。"鄭《箋》:"純,大也。嘏,謂尸與主人以福也。湛,樂也。王受神之福於尸,則王之子孫皆喜樂也。"①清姚際恒《詩經通論》卷十二:"'子孫',即主人。"②

謹按:"爾",從下文"各奏爾能"看,此"各"與《鄘風·載馳》三章"女子善懷,亦各有行"之"各"相同,③爲具有全稱指代意義的複數代詞,與"爾"同指代"子孫"。故此"子孫",與《小雅·楚茨》卒章"子子孫孫,勿替引之"之重疊詞"子子孫孫"同義,④亦與《周南·螽斯》首章"宜爾子孫,振振兮"、次章"宜爾子孫,繩繩兮"、卒章"宜爾子孫,蟄蟄兮",《大雅·假樂》次章"干禄百福,子孫千億"、《抑》六章"子孫繩繩,萬民靡不承",《周頌·烈文》"惠我無疆,子孫保之",《天作》"岐有夷之行,子孫保之"之諸"子孫"同義,⑤皆當爲周王始祖之"子孫",而非專指大射主人之"子孫"。以此可證,參加燕飲盛典之賓客,皆當爲姬姓諸侯與卿大夫。

2. 舉辦燕飲盛典之主人爲周王

次章曰:"賓載手仇,室人入又。酌彼康爵,以奏爾時。"毛《傳》:"手,取也。室人,主人也。主人請射于賓,賓許諾,自取其匹而射,主人亦入于次,又射以耦賓也。酒所以安體也;時,中者也。"鄭《箋》:"室人有室中之事者,謂佐食也。……加爵之間,賓與兄弟交錯相酬。卒爵者,酌之以其所尊,亦交錯而已,又無次也。"⑥

謹按:毛《傳》以"室人"爲"主人",而鄭《箋》以"室人"爲"佐食",即以"獻主"

---

① [漢]毛亨傳,[漢]鄭玄箋,[唐]孔穎達等正義:《毛詩正義》,第1042-1043頁。
② [清]姚際恒撰,顧頡剛點校:《詩經通論》,第243頁。
③ [漢]毛亨傳,[漢]鄭玄箋,[唐]孔穎達等正義:《毛詩正義》,第675頁。
④ 毛《傳》:"替,廢;引,長也。"鄭《箋》:"願子孫勿廢而長行之。"[漢]毛亨傳,[漢]鄭玄箋,[唐]孔穎達等正義:《毛詩正義》,第1009頁。
⑤ 《螽斯》鄭《箋》:"則宜女之子孫,使其無不仁厚。"《假樂》鄭《箋》:"其子孫亦勤行而求之,得禄千億。故或爲諸侯,或爲天子,言皆相昜以道。"《抑》鄭《箋》:"王之子孫,敬戒行王之教令,天下之民不承順之乎?言承順也。"《烈文》鄭《箋》:"子孫得傳世,安而居之。謂文王、武王以純德受命定天位。"[漢]毛亨傳,[漢]鄭玄箋,[唐]孔穎達等正義:《毛詩正義》,第585、1165、1197、1261、1263頁。
⑥ [漢]毛亨傳,[漢]鄭玄箋,[唐]孔穎達等正義:《毛詩正義》,第1043頁。

身份替周王行燕飲酒禮之宰夫、膳夫。此"賓"與"室人"對稱,顯然非《禮記·昏義》鄭《箋》所謂"女妐(姑,壻之姊)、女叔(壻之妹)、諸婦(娣姒之屬)"之"室人",①而爲主燕飲酒禮之"主人"。

那麽,此"主人"爲誰?《周禮·天官冢宰·宰夫》:"宰夫之職,掌治朝之灋,以正王及三公、六卿、大夫、群吏之位,掌其禁令。"《膳夫》:"膳夫掌王之食飲膳羞,以養王及后、世子。……王燕飲酒,則爲獻主。"②《禮記·燕義》:"設賓主,飲酒之禮也。使宰夫爲獻主,臣莫敢與君亢禮也。"③明何楷《詩經世本古義》卷十九:"主人,即宰夫也。"④清秦蕙田《五禮通考》卷八十九《吉禮八十九·宗廟時享》引明黄一正《詩經埤傳》:"'賓載手仇',賓長加爵以獻尸也;'室人入又',亦加爵以獻尸也。'仇',挹于罍也;'酌',注于爵也。"⑤胡承珙《毛詩後箋》卷二十一:"天子諸侯燕禮、射禮,以膳夫、宰夫爲主人。"⑥陳奐《毛詩傳疏》卷二十:"《傳》以室人爲主人,主人爲君之黨,則君亦主人也。"⑦上引鄭、何、胡三人之説,合於宰夫、膳夫之職掌。可見,宰夫、膳夫以"獻主"身份替周王主行燕飲酒之禮,在賓則曰"主人",在主人則曰"賓"。故舉辦此次燕飲盛典之主人(室人)爲周王。故《賓之初筵》毛《傳》、鄭《箋》之説,雖角度相異,所指皆同。

3. 詩人寫周王燕飲群臣之盛典

三章曰:"賓之初筵,溫溫其恭。其未醉止,威儀反反;曰既醉止,威儀幡幡。舍其坐遷,屢舞僊僊。其未醉止,威儀抑抑;曰既醉止,威儀怭怭。是曰既醉,不知其秩。"鄭《箋》:"此言賓初即筵之時,能自勑戒以禮;至於旅酬,而小人之態出。言王既不得君子以爲賓,又不得有恒之人,所以敗亂天下,率如此也。"

四章曰:"賓既醉止,載號載呶。亂我籩豆,屢舞傲傲。是曰既醉,不知其郵。側弁之俄,屢舞傞傞。既醉而出,並受其福;醉而不出,是謂伐德。飲酒孔嘉,維其令儀。"鄭《箋》:"此更言賓既醉而異章者,著爲無算爵以後也。"

卒章曰:"凡此飲酒,或醉或否。既立之監,或佐之史。彼醉不臧,不醉反恥。式勿從謂,無俾大怠。匪言勿言,匪由勿語。由醉之言,俾出童羖。三爵不識,矧敢多又?"鄭《箋》:"凡此者,凡此時天下之人也。飲酒於有醉者、有不醉者,則立

---

① [漢]鄭玄注,[唐]孔穎達等正義:《禮記正義》,第3649頁。
② 《膳夫》鄭《注》引鄭衆《周禮解詁》:"主人當獻賓,則膳夫代王爲主,君不敵臣也。"[漢]鄭玄注,[唐]賈公彦疏:《周禮注疏》,第1410、1420-1422頁。
③ 鄭《注》:"設賓主者,飲酒致歡也。宰夫,主膳食之官也。天子使膳宰爲主人,公孤也。"[漢]鄭玄注,[唐]孔穎達等正義:《禮記正義》,第3670頁。
④ [明]何楷撰,李士彪、張丹丹校點:《詩經世本古義》,第1070頁。
⑤ [清]秦蕙田撰,方向東、王鍔點校整理:《五禮通考》,第7册,第4154頁。
⑥ [清]胡承珙撰,[清]陳奐補,[清]王先謙輯,郭全芝點校:《毛詩後箋》,第1151頁。
⑦ [清]陳奐:《毛詩傳疏》,第4085頁。

監使視之,又助以史,使督酒,欲令皆醉也。"①

謹按:明孫鑛《批評詩經》卷二:"長篇大章,鋪敘詳備。首兩章述禮處甚濃古,三、四寫醉態淋漓,末章申戒,收歸正。構法勻整。後三章稍露跌蕩。"②清姚際恒《詩經通論》卷十二:"古人飲酒,酒酣必起舞以屬一人,所以極歡心、致誠意也;漢人謂之'屬某起舞'是也。……(三章、四章)由淺入深,備極形容醉態之妙。"③的確,此三章爲自毛《序》以後持"刺詩"説者的主要證據;然"刺詩"説不僅與詩歌内容不盡相符,亦與詩證、史證及佐證皆不盡相合:

其一,天子燕飲諸侯群臣之詩證。《詩·小雅》共有15首燕飲詩,其中,《鹿鳴》寫周王燕群臣嘉賓,《魚麗》寫周王燕賓客,《蓼蕭》寫諸侯在燕飲時祝頌周王,《湛露》寫周王燕飲諸侯,《彤弓》寫周王燕飲有功諸侯,《吉日》寫周宣王田獵後燕飲諸侯。④

其二,周天子燕飲樂舞之史證。莊二十年《左傳》:"冬,王子頽享五大夫,樂及遍舞。"⑤《國語·周語上》:"王子頽飲三大夫酒,子國爲客,樂及遍儛。"⑥此所載爲惠王二年(前675),王子頽逐惠王而僭立爲王之後,即遍舞周王室所存六代之樂——黄帝之《雲門》《大卷》、堯帝之《大咸》、舜帝之《大磬》、夏禹之《大夏》、夏啓之《大濩》、周武王之《大武》,在王宫中燕飲有功之臣。

其三,天子燕飲射禮之旁證。屈原《大招》:"雄雄赫赫,天德明只。三公穆穆,登降堂只。諸侯畢極,立九卿只。昭質既設,大侯張只。執弓挾矢,揖辭讓只。"⑦此與《賓之初筵》首章詩意相同,唯《大招》是屈原寫祭祀楚威王而爲其招魂之詩,所寫爲大射之禮;⑧《賓之初筵》爲武公寫周王燕飲群臣,所寫爲燕射之禮。

據上所考,詩人所寫爲某一重大事件後周王飲燕群臣的盛典場面。結合上文對兩周之際"二王並立"史實與武公生平事蹟的考索,筆者認爲,《賓之初筵》當寫平王宜臼由西申歸宗周之後,爲歡慶擊敗攜王餘臣而光復王都所舉行的燕飲群臣之盛典場面。

四、詩之主旨爲頌平王由西申歸宗國的重大勝利

關於《賓之初筵》之主旨,上文已談到先哲主要有四説:一爲"武公刺幽王"

---

① [漢]毛亨傳,[漢]鄭玄箋,[唐]孔穎達等正義:《毛詩正義》,第1045-1046頁。
② [明]孫鑛:《批評詩經》,第104頁。
③ [清]姚際恒撰,顧頡剛點校:《詩經通論》,第243頁。
④ 六詩爲天子燕飲諸侯、群臣之詩,皆從毛《序》説。
⑤ 杜《注》:"皆舞六代之樂。"[晉]杜預注,[唐]孔穎達等正義:《春秋左傳正義》,第3850頁。
⑥ [三國吳]韋昭注,上海師範大學古籍整理研究所校點:《國語》,第28頁。
⑦ [漢]王逸撰,夏祖堯點校:《楚辭章句》,第221頁。
⑧ 詳見:趙逵夫《屈原與他的時代》,人民文學出版社1996年版,第112-116頁。

說,見毛《序》;二爲"武公飲酒悔過"說,見韓《詩》;三爲"武侯作悔"說,見齊《詩》;四爲"武公致勸誠之意"說,見宋戴溪《續呂氏家塾讀詩記》卷二。筆者以爲諸說皆非。我們認爲,《賓之初筵》主旨爲武公頌揚平王由西申歸宗周之重大勝利,理由有四:

1. "三爵之禮"爲小燕禮而非正燕禮

卒章曰:"三爵不識,矧敢多又。"鄭《箋》:"矧,況;又,復也。當言我於此醉者,飲三爵之不知,況能知其多復飲乎?三爵者,獻也,酢也,酬也。"孔《疏》:"禮有獻酢與旅酬及無算爵,旅與無算不止三爵而已。故知三爵是獻也、酬也、酢也。若然,禮,主人獻賓,賓飲而又酢主人,主人飲而又酌以酬賓,賓則奠之而不舉,同賓主皆不飲三爵矣。而指獻、酢、酬爲三爵者,言於飲三爵禮之時,非謂人飲三爵也。"①宋歐陽修《詩本義》卷九:"'三爵不識,矧敢多又'云者,又教飲者以醉辭也。言我三爵已昏然無所識知矣,其又敢多飲乎?"②

謹按:無論孔《疏》釋之爲"飲三爵禮之時",或《詩本義》釋之爲"人飲三爵之數",主"刺詩"說者,多舉此文爲證。考先秦時期燕禮有二:

一爲小燕禮,即小飲酒禮,爲臣侍君宴之禮,以三爵爲度。《儀禮·少牢饋食禮》:"贊者洗三爵,酌,主人受于戶内,以授尸羞,若是以辯。皆不拜,受爵。主人西面三拜羞者,羞者奠爵,皆答拜,皆祭酒,卒爵,奠爵,皆拜。主人答壹拜。"③《禮記·玉藻》:"君若賜之爵,則越席再拜稽首,受,登席,祭之,飲卒爵而俟。君卒爵,然後授虛爵。君子之飲酒也,受一爵而色洒如也,二爵而言言斯,禮已三爵而油油,以退。"④此即爲小燕禮之具體儀節。故《尚書·周書·酒誥》載周公旦以文王昌古訓告誡康叔封曰:"有正、有事,無彝酒;越庶國,飲惟祀,德將無醉。"⑤

一爲正燕禮,爲君宴臣之禮,行無算爵。《儀禮·燕禮》有詳細記敘:脱屢升堂,行無算爵,非止三爵,奏舞燕樂(亦稱"宴樂""嬿樂""房中之樂")。故清馬瑞辰《毛詩傳箋通釋》卷二十二認爲:"禮,飲獻、酢、酬之外,又有旅酬,不止三爵。惟臣侍君小燕,則以三爵爲度。"⑥

可見,"三爵之禮"爲小燕禮而非正燕禮。故宋朱熹《詩集傳》卷九引曾鞏語

---

① [漢] 毛亨傳,[漢] 鄭玄箋,[唐] 孔穎達等正義:《毛詩正義》,第1046頁。
② [宋] 歐陽修:《詩本義》,卷9,第2-3頁。
③ [漢] 鄭玄注,[唐] 賈公彥疏:《儀禮注疏》,第2610頁。
④ 鄭《注》:"禮,飲過三爵,則敬殺,可以去矣。"[漢] 鄭玄注,[唐] 孔穎達等正義:《禮記正義》,第3198頁。
⑤ 孔《傳》:"正官治事,謂下群吏教之,皆無常飲酒;於所治衆國飲酒,惟當因祭祀,以德自將,無令至醉。"[漢] 孔安國傳,[唐] 孔穎達等正義:《尚書正義》,第437頁。
⑥ [清] 馬瑞辰撰,陳金生點校:《毛詩傳箋通釋》,第756-757頁。

曰:"《湛露》前兩章言'厭厭夜飲',後兩章言'令德''令儀',雖過三爵,亦可謂不繼以淫矣。"①既然"天子燕諸侯"之《湛露》,"雖過三爵,亦可謂不繼以淫矣";那麽,與《湛露》所寫題材相同之《賓之初筵》,衛武公何以"三爵不識,矧敢多又"來刺幽王"飲酒無度,天下化之,君臣上下,沉湎淫液"呢?故筆者以爲,詩人在《賓之初筵》卒章末二句中,以"三爵不識,矧敢多又"言賓客中酒量小者,並非責賓客飲酒淫佚無禮。正如清姚際恒《詩經通論》卷十二所言:"大抵釋詩必須近人情,不可泥於字句之間。苟泥於字句以致不近人情,何貴釋詩哉!古人字句多折拗,不似後人馴順也。"②

2. 宣二年《左傳》所載爲臣侍君宴之小燕禮

宣二年《左傳》:"秋九月,晉侯(靈公夷皋)飲趙盾酒,伏甲,將攻之。其右提彌明知之,趨登,曰:'臣侍君宴,過三爵非禮也。'遂扶以下。"③

謹按:主"刺詩"説者,多舉此文爲佐證。事實上,類似記載《左傳》還有。如哀十六年《左傳》:"六月,衛侯(莊公蒯聵)飲孔悝酒於平陽,重酬之,大夫皆有納焉。醉而送之,夜半而遣之。"④可見,春秋時期諸侯違小飲酒禮之事,比較普遍。

又,《焦氏易林·屯之鼎》:"區脱康居,慕義入朝。湛露之歡,三爵畢恩。後歸野廬,與母相扶。"《訟之恒》:"區脱康居,慕仁入朝。湛露之歡,三爵畢恩。復歸舊廬。"《同人之離》:"區脱康居,慕仁入朝。湛露之歡,三爵畢恩。復歸窮(穹)廬,以安其居。"⑤莊元年《公羊傳》何《注》:"禮,飲酒不過三爵。"⑥此即指臣侍君宴之小燕禮而言。故宋戴溪《續吕氏家塾讀詩記》卷二指出:"大抵臣侍君,宴過三爵,非禮也。"⑦據《左傳》文意可知,晉侯所宴者唯趙盾一人,此正合於小飲酒禮。趙盾車右提彌明得知晉侯伏甲士欲攻殺趙盾時,故意以小飲酒禮爲口實,促趙盾速退以避殺身之禍。提彌明之言,何以成爲"刺詩"説之佐證呢?而《賓之初筵》所寫爲周天子燕諸侯群臣之盛典,正合於正燕禮。故以宣二年《左傳》所載提彌明之言,作爲《賓之初筵》爲"刺詩"佐證,顯然不妥。

3.《晏子春秋》所刺皆爲臣侍君之小燕禮

《晏子春秋·内篇·雜上》:"晏子飲景公酒,日暮,公呼具火,晏子辭曰:

---

① [宋]朱熹撰,夏祖堯點校:《詩集傳》,第128頁。按:朱氏引此文曰"曾氏",吕祖謙《吕氏家塾讀詩記·記姓氏》以"曾氏"爲"南豐曾氏",然未詳引自何書。
② [清]姚際恒撰,顧頡剛點校:《詩經通論》,第244頁。
③ 孔《疏》:"此言從趙盾酒,是小飲酒耳,非正燕禮。……假此辭以悟趙盾耳。"[晉]杜預注,[唐]孔穎達等正義:《春秋左傳正義》,第4053頁。
④ [晉]杜預注,[唐]孔穎達等正義:《春秋左傳正義》,第4729頁。
⑤ [漢]焦贛:《焦氏易林》,第14、26、59頁。
⑥ [漢]何休注,[唐]徐彦疏:《春秋公羊傳注疏》,第4829頁。
⑦ [宋]戴溪:《續吕氏家塾讀詩記》,第68-69頁。

'《詩》云:"側弁之俄",言失德也。"屢舞傞傞",言失容也。"既醉以酒,既飽以德""既醉而出,並受其福",賓主之禮也。"醉而不出,是謂伐德",賓之罪也。'①

謹按:主"刺詩"説者,多舉此文爲佐證。莊二十二年《左傳》載魯君子曰:"酒以成禮,不繼以淫,義也;以君成禮,弗納於淫,仁也。"②晏嬰在家中具酒飲齊景公,明爲臣侍君宴之小燕禮;"日暮,公呼具火",則爲"繼以淫"而"納於淫",自然爲不"義"、不"仁"之非禮行爲。故晏嬰所刺者,當爲景公違小燕之禮而非正燕之禮。我們如果聯係《晏子春秋·內篇·諫上》記載看,景公因嗜酒而誤國事,故晏嬰"斷章取義"而"稱詩辭之"。《賓之初筵》所寫爲周天子燕諸侯群臣之盛典,適用正燕禮。故以晏嬰引詩釋義作《賓之初筵》爲"刺詩"之佐證,亦不足爲憑。

4.《賓之初筵》寫盛典飲酒合於正燕禮

三章曰:"曰既醉止,威儀幡幡。舍其坐遷,屢舞僊僊。……曰既醉止,威儀怭怭。是曰既醉,不知其秩。"四章曰:"賓既醉止,載號載呶。亂我籩豆,屢舞僛僛。是曰既醉,不知其郵。側弁之俄,屢舞傞傞。既醉而出,並受其福;醉而不出,是謂伐德。"卒章曰:"彼醉不臧,不醉反恥。……由醉之言,俾出童羖。"③

謹按:主"刺詩"説者,多舉此醉酒歌舞爲證。然《詩經》中寫醉酒歌舞場面而爲"美詩"者很多。比如,《小雅·湛露》爲周天子燕諸侯之作,其首章曰:"厭厭夜飲,不醉無歸。"《楚茨》爲周天子率王室子孫祭祖之作,其五章曰:"神具醉止,皇尸載起。"卒章曰:"既醉既飽,小大稽首。"《大雅·既醉》爲祭祀完畢之後周天子燕諸侯之作,其首章曰:"既醉以酒,既飽以德。"次章曰:"既醉以酒,爾殽既將。"《周頌·執競》爲周天子祀武王之作,其曰:"既醉既飽,福禄來反。"④此皆合乎正燕禮。

正燕禮何以要"行無算爵"以致醉酒呢?此乃周人禮制規定使然。《儀禮·

---

① 舊題[周]晏嬰撰,吳則虞集釋:《晏子春秋集釋》,中華書局1962年版,第324頁。按:[清]王念孫《讀書雜志·晏子春秋》卷二《既醉以酒既飽以德》:"案:此二句,後人所加。晏子引《賓之初筵》以戒景公,前後所引,皆不出本詩之外,忽闌入《既醉》之詩,則大爲不倫,其謬一也;《既醉》之詩,是説祭宗廟旅酬,無算爵之事,非賓主之禮,今加此二句,則與下文'賓主之禮也'五字不合,其謬二也。《説苑·反質篇》有此二句,亦後人依俗本《晏子》加之,斷不可信。"[清]王念孫撰,虞萬里主編,徐煒君等據王氏家刻本校點:《讀書雜志》,上海古籍出版社2017年版,第1392-1393頁。筆者以爲王氏説是,故指海本、諸子集成本已刪。
② 杜《注》:"夜飲爲淫樂。"[晉]杜預注,[唐]孔穎達等正義:《春秋左傳正義》,第3852頁。
③ [漢]毛亨傳,[漢]鄭玄箋,[唐]孔穎達等正義:《毛詩正義》,第1045-1046頁。
④ 《湛露》毛《傳》:"厭厭,安也。夜飲,私燕也。宗子將有事,則族人皆侍。不醉而出,是不親也;醉而不出,是渫宗也。"《楚茨》毛《傳》:"皇,大也。"鄭《箋》:"尸,節神者也。……小大,猶長幼也。同姓之臣,燕已醉飽,皆再拜稽首也:神乃歆嗜君之飲食,使君壽且考。此其慶辭。"《既醉》毛《傳》:"既者,盡其禮,終其事。……將,行也。"鄭《箋》:"禮謂旅醻之屬,事謂惠施先後及歸俎之類。……殽謂牲體也。成王之爲群臣俎,實以尊卑差次行之。"《執競》毛《傳》:"反,復也。"鄭《箋》:"君臣醉飽,禮無違者,以重得福禄也。"[漢]毛亨傳,[漢]鄭玄箋,[唐]孔穎達等正義:《毛詩正義》,第900、1008-1009、1154、1270頁。

燕禮》:"司正升受命,皆命。君曰:'無不醉。'賓及卿大夫皆興。對曰:'敢不醉。'皆反坐。……賓醉,北面坐,取其薦脯以降;奏陔,賓所執脯以賜鍾人於門內霤,遂出。"①《大射》大同。則在行重大慶典之燕禮與祭祀祖先之射禮時,皆以開懷暢飲、一醉方休爲榮,而不以酒醉爲非禮。足見《賓之初筵》所寫爲周平王燕飲群臣之盛典,其飲酒正合於《禮儀·燕禮》所謂"脱屨升堂,行無算爵,非止三爵,奏舞燕樂"之正燕禮。故三國蜀諸葛亮《又誡子書》曰:"夫酒之設,合禮致情,適體歸性,禮終而退,此和之至也。主意未殫,賓有餘倦,可以至醉,無致迷亂。"②

另外,明黄榆《雙槐歲鈔》卷一《講經興感》録汪廣洋(汪朝宗)《奉旨講〈賓之初筵〉詩》謂明太祖朱元璋讓群臣以《賓之初筵》詩爲誡,後來又以縱酒敗德之名大戮功臣。③ 此當爲朱元璋大戮功臣時玩弄政治手腕的一種口實而已,並不能以此證明《賓之初筵》爲刺詩。

通過以上考論可知,詩人所寫爲平王由西申歸宗周後燕群臣之盛典,歌頌了平王從攜王及犬戎手中收復鎬京的重大勝利。武公於幽王十一年(前771)率兵助幽王,幽王死後又轉而支持平王,平王元年(前770)後率兵護送平王東遷雒邑。④ 平王由西申歸宗國、武公"入相于周",兩事皆在此間發生。故《賓之初筵》必作於《青蠅》之後,具體年代當在平王元年(前770)。⑤

第四節　結合生平事蹟與文本看《抑》之創作年代

關於《抑》之作者,毛《詩》及三家詩皆以爲是衛武公,惟清錢澄之《田間詩學》卷十謂"通篇皆武公使人勑己而儆之之辭,武公未嘗自作一語"。⑥ 然其作時,却多歧說。我們從考辨諸說入手,從以下四個方面討論其具體創作年代。

一、《抑》詩創作年代諸説之檢討

關於《抑》之創作年代,先哲時賢主要有六説:

---

① [漢]鄭玄注,[唐]賈公彥疏:《儀禮注疏》,第2254-2256頁。
② [三國蜀]諸葛亮撰,張連科、管淑珍校注:《諸葛亮集校注》,天津古籍出版社2008年版,第111頁。
③ [明]黄榆撰,魏連科據清道光間(1821—1850)伍崇曜編嶺南遺書本點校:《雙槐歲鈔》,歷代史料筆記叢書本,中華書局1999年版,第2頁。
④ 關於平王東遷之具體年代,《史記·周本紀》爲平王元年(前770),而晁福林《論平王東遷》(《歷史研究》,1990年第2期,第8-23頁)認爲在平王十一年(前760)。筆者考證當爲平王元年至五年(前770—前766)之間。
⑤ 説詳:邵炳軍《衛武公〈賓之初筵〉〈青蠅〉創作時世考論》,《詩經研究》(韓國),2000年第2期,第136-142頁;邵炳軍《衛武公〈賓之初筵〉創作年代考》,《甘肅高師學報》2001年第6期,第11-17頁。
⑥ [清]錢澄之撰,朱一清據孫鳳城批點清光緒十六年(1890)紅蝠山房本校點:《田間詩學》,安徽古籍叢書《錢澄之全集》本,黄山書社2005年版,第784頁。

一爲"平王之世(前770—前720)"説。《國語·楚語上》:"昔衛武公年數九十有五矣,猶箴儆於國……於是乎作《懿》戒以自儆也。"①

二是"厲王之世(約前857—前842)"説。《抑》毛《序》:"《抑》,衛武公刺厲王,亦以自警也。"②

三爲"宣王之世(前827—前782)"説。《抑》孔《疏》:"《史記·衛世家》:武公者,僖侯之子,共伯之弟,以宣王三十六年即位。則厲王之世,武公時爲諸侯之庶子耳,未爲國君,未有職事,善惡無豫於物,不應作詩刺王。必是後世乃作追刺之耳。"③

四爲"幽王之世(前781—前771)"説。宋李樗、黄櫄《毛詩集解》卷三十四:"李曰:……則知此詩只是刺幽王。然詩無明文,未敢以爲必然也。"④

五爲"闕疑"説。宋朱熹《詩集傳》卷十八:"衛武公作此詩,使人日誦於其側以自警。……耄,老也,八十、九十曰耄。《左》《史》所謂年九十有五時也。"⑤

六爲"共和之世(前841—前828)"説。清陳啓源《毛詩稽古編》卷二十一:"《抑》之篇,其出於共和之世乎?自共和元年迄平王十四年,爲歲八十有五,而衛武公薨。《楚語》言武公九十五猶箴儆於國,計其歲,當百歲左右也。厲王未流彘時,武公尚在童年。共和時方少壯,《抑》詩應作於此際矣。"⑥

兹對諸説之得失,逐一辨證如下。

1. 毛《序》之"厲王之世"説

自毛《序》以降,從之者甚衆。如宋歐陽修《詩本義》卷十一申之曰:"考詩之意,武公爲厲王卿士,見王爲無道,乃作詩刺王不自修飾,而陷於過惡。……武公刺王不修慎其容德,而陷於不善。"⑦范處義《詩補傳·篇目》亦申之曰:"武公厲王時猶未即位,若年九十五,乃幽王之時矣。況其詩皆告戒人主之語,非專爲己作。《序》謂'亦以自警'則可矣;然命名以首句'抑抑威儀'爲義,不得爲'懿'也。"《詩補傳》卷二十四亦申之曰:"然則厲王之世,武公特衛之公子耳。學者求其説而不得,遂疑是詩爲刺幽王。舍經而信傳,理所不可。究而言之,武公爲公子則

---

① 韋《注》:"《懿》,《詩·大雅·抑》之篇也。"[三國吳]韋昭注,上海師範大學古籍整理研究所校點:《國語》,第551頁。按:《國語》以爲《抑》作於平王之世。韋昭習《齊詩》,此當爲《齊詩》説所本。
② [漢]毛亨傳,[漢]鄭玄箋,[唐]孔穎達等正義:《毛詩正義》,第1194頁。
③ [漢]毛亨傳,[漢]鄭玄箋,[唐]孔穎達等正義:《毛詩正義》,第1194頁。按:據《史記·十二諸侯年表》《衛康叔世家》,衛僖侯薨於宣王十五年(前822),武公即位在宣王十六年(前821),則孔《疏》作"以宣王三十六年即位"者,或孔氏失考,或"三"爲衍文。
④ [宋]李樗、黄櫄:《毛詩集解》,清康熙十九年(1680)納蘭性德刻通志堂經解本,江蘇廣陵書社1996年影印版,第7册,第476頁。
⑤ [宋]朱熹撰,夏祖堯點校:《詩集傳》,第236-238頁。
⑥ [清]陳啓源:《毛詩稽古編》,第755頁。
⑦ [宋]歐陽修:《詩本義》,卷11,第4-5頁。

作是詩以刺厲王,至老猶誦之以自警,何爲不可哉? 故去其襲攻之説,則經《淇奥》美武公之德爲可信;去其作《懿》之説,則經《抑》亦以自警爲可信。《經》聖人所删,《史記》《國語》其事雜出諸家,學者可不知所去取哉! 况《抑》之名篇,以'抑抑威儀'爲主,不當爲《懿》也。"①嚴粲《詩緝》卷二十九亦申之曰:"厲王之世,武公爲諸侯庶子。作此詩刺厲王,因以自警,至老常誦之也。"②明朱謀㙔《詩故》卷九亦申之曰:"其辭自警也,其志則刺厲王也。"③

當然,自宋以降,亦多有非之者。如宋李樗《毛詩集解》卷三十四:"按:《史記·衛世家》,武公乃僖侯之子、恭伯之弟,以宣王二十六年即位;則厲王之時武公未爲諸侯,安得作詩刺厲王且以自警?"④朱熹《詩集傳》卷十八引董氏曰:"侯包言武公行年九十有五,猶使人日誦是詩而不離於其側,然則《序》説爲刺厲王者,誤矣。"⑤《詩序辨説》卷下:"此詩之《序》有得有失。蓋其本例以爲非美非刺,則詩無所爲而作。又見此詩之次,適出於宣王之前,故直以爲刺厲王之詩。又以《國語》有左史之言,故又以爲亦以自警。以詩考之,則其曰刺厲王者失之,而曰自警者得之也。夫曰刺厲王之所以爲失者,《史記》衛武公即位於宣王之三十六年,不與厲王同時,一也。詩以'小子'目其君,而'爾''汝'之,無人臣之禮,與其所謂'敬威儀''慎出話'者自相背戾,二也。厲王無道,貪虐爲甚,詩不以此箴其膏肓,而徒以威儀詞令爲諄切之戒,緩急失宜,三也。詩詞倨慢,雖仁厚之君有所不能容者,厲王之暴,何以堪之? 四也。或以《史記》之年不合而以爲追刺者,則詩所謂'聽用我謀,庶無大悔',非所以望於既往之人,五也。"⑥戴埴《鼠璞》卷下:"武公之自警在於耄年,去厲王之世幾九十載,謂此詩爲刺厲王,深所未曉。"⑦

筆者以爲,李氏、董氏、朱氏、戴氏駁毛《序》"刺厲王"之説,皆可謂得之。兹補證如下:

《蕩》之六章曰:"小大近喪,人尚乎由行。"毛《傳》:"言居人上欲用行是道也。"鄭《箋》:"殷紂之時,君臣失道如此,且喪亡矣。時人化之甚尚,欲從而行之,不知其非。"⑧則"小大"即"王道",當指君臣上下尊卑之禮將要喪亡,並非指國家

---

① [宋]范處義:《詩補傳》,第 6、116 頁。
② [宋]嚴粲:《詩緝》,第 504 頁。
③ [明]朱謀㙔:《詩故》,第 939 頁。
④ [宋]李樗、黃櫄:《毛詩集解》,第 476 頁。按:據《史記·十二諸侯年表》《衛康叔世家》,武公和繼立在僖侯四十二年,即宣王十五年(前 813);則武公元年,即宣王十六年(前 812)。可見,《集解》作"二十六年"者,失考。
⑤ [宋]朱熹撰,夏祖堯點校:《詩集傳》,第 239 頁。
⑥ [宋]朱熹:《詩序辨説》,第 393 頁。
⑦ [宋]戴埴:《鼠璞》,叢書集成初編排印宋咸淳九年(1273)左圭輯刊百川學海本,中華書局 1985 年版,第 319 册,第 28 頁。
⑧ [漢]毛亨傳,[漢]鄭玄箋,[唐]孔穎達等正義:《毛詩正義》,第 1193 頁。

將要滅亡。又,《桑柔》之七章曰:"天降喪亂,滅我立王。"①此指國人暴動、流王於彘,並非指國家將要或已經滅亡了。② 蓋此二"喪"字,皆非指喪國。故明張次仲《待軒詩記》卷七指出:"《序》以《抑》在《蕩》之後,遂謂'刺厲王',誤也。"③

另外,僖公世子共伯餘死後,武公和繼兄爲世子仍封於共,自然同共伯餘一樣以世子采邑稱"共伯和";繼父爲衛君後仍沿用"共伯和"之稱。共伯和(衛武公)在厲王流彘期間,曾踐位稱王以行天子事。雖可言"取譬不遠",但其即位時20多歲,不宜以"亦聿既耄"爲言。故清閻若璩《尚書古文疏證》卷五下認爲:"衛武公以宣王十六年己丑即位,上距厲王流彘之年已三十載,安有刺厲王之詩?或曰追刺,尤非。虐君見在,始得出辭;其人已逝,即當杜口是也。只緣序《詩》者見前有《蕩》《板》《民勞》三篇咸刺厲王,後有《桑柔》爲芮良夫刺厲王,尤明徵,故亦以爲刺厲王。而無奈《國語》有'作懿戒以自儆'一言,只得續之曰'亦以自警也'。其支綴附會,情見勢詘,不大可笑乎!"④錢澄之《田間詩學》卷十亦認爲:"《蕩》詩戒厲王,取鑒于殷;此詩蓋戒幽王,取鑒于厲,前車之覆轍,一也。以厲王爲之祖,再世而子孫不能諱其惡,以爲鑒焉,故編詩者列之于厲王之世。""考武公年九十五,卒于平王十三年,則此詩適作于臨没之年。"⑤陸奎勳《陸堂詩學》卷十亦認爲:"《史記》:犬戎殺幽王,武公將兵往,佐周平戎,甚有功,平王命武公爲公。蓋其所戒,乃平王也。……然篇中有云'亦聿既耄',八十、九十曰耄,當作于平王即位之後。"⑥

2. 孔《疏》之"宣王之世"說

自孔《疏》新說一出,宋以降多有非之者。如宋李樗《毛詩集解》卷三十四:"然某於此詩不能無疑。說者以爲'追刺',然詩中所言指其君爲'小子',豈有後代諸侯乃指前王以爲'小子'哉?武公必不然。且仕於亂君之朝,自警可也;今先朝之事已往矣,自警何爲哉?"⑦《詩傳遺說》卷二載朱熹曰:"以史考之,武公即位在厲王既没之後,是宣王之時。注家以爲'追刺',不知'追刺'他何益?"⑧呂祖謙

---

① [漢]毛亨傳,[漢]鄭玄箋,[唐]孔穎達等正義:《毛詩正義》,第1205頁。
② 參見:趙逵夫《西周詩人芮良夫與他的〈桑柔〉》,《第三屆國際詩經研討會論文集》,香港天馬圖書有限公司1998年版,第692-702頁。
③ [明]張次仲:《待軒詩記》,文淵閣四庫全書本,上海古籍出版社1987年影印版,經部第82冊,第274頁。
④ [清]閻若璩撰,黃懷信、呂翊欣據清乾隆十年(1745)閻學林眷西堂刻本校點:《古文尚書疏證》,上海古籍出版社2013年版,第297頁。
⑤ [清]錢澄之撰,朱一清校點:《田間詩學》,第782、792頁。
⑥ [清]陸奎勳:《陸堂詩學》,第363頁。
⑦ [宋]李樗、黃櫄:《毛詩集解》,第467頁。
⑧ [宋]朱鑒:《詩傳遺說》,清康熙十九年(1680)納蘭性德刻通志堂經解本,廣陵書社1996年影印版,第570頁。

《呂氏家塾讀詩記》卷二十七:"説者遂以爲此詩乃'追刺'厲王。今考其文,如曰'在于今,興迷亂于政',曰'匪手攜之,言示之事。匪面命之,言提其耳',曰'聽用我謀,庶無大悔',夫其追刺之語乎?《史記》《國語》殆未可據,一以詩爲正可也。"①

當然,亦有申之者。如清許伯政《詩深》卷二十三申之曰:"衛武公入爲宣王卿士,傷先王之明刑大壞於厲,故刺其失以自警。言'抑抑威儀',維心德之廉隅外見也,故'人亦有言',靡有哲而不可愚者。蓋庶人之愚,亦職維稟賦之疾;若哲人之愚,亦維斯威儀之乖戾,則哲無異於愚矣。"②

筆者以爲,李氏、朱氏、呂氏諸家之説,辨之有理。孔《疏》知毛《序》"厲王之世"説與時世不合,故以《史記·衛康叔世家》爲據,以衛武公於後世"追刺"厲王而變通《序》説,却未明言在何王時"追刺";而許氏《詩深》則謂武公於宣王時"追刺"。然《史記·衛康叔世家》明謂平王命武公爲公,而許氏謂武公在宣王時入爲王室卿士時作此詩,實爲臆測之辭。且宣王時中興功臣之詩,如尹吉甫之《崧高》《烝民》,召伯虎之《假樂》《民勞》《蕩》《江漢》《常武》《常棣》《伐木》《天保》,南仲之《出車》,張仲之《六月》,以及無名氏之《采芑》《車攻》《吉日》《庭燎》《鶴鳴》《白駒》《斯干》《采菽》等詩,其共同風格是"壯麗豪邁,雄峻奇偉,在莊嚴穩重之中,表現出自信與樂觀。其情調總的來説是高亢的"。③然《抑》詩通篇諫周王毋昏庸驕滿,戒其勿沉溺酒色,冀其修德慎行,與宣王中興功臣之詩之共同風格迥異。

3. 李樗《毛詩集解》之"幽王之世"説

宋人亦有與李氏《毛詩集解》説同者。如段昌武《毛詩集解》卷二十五:"然以年考之,武公即位于宣王之三十六年,不逮事厲王明甚。此云'刺厲王'者,蓋傷厲王之事,因自警醒而作此詩,使人誦之以自戒。"④

自宋以降,亦多有從之者。元劉瑾《詩集傳通釋》卷十八申之曰:"周之諸侯,唯衛武公於國風、二《雅》皆有詩。《淇奧》則見公之可美,《賓筵》及此(《抑》)則見公之所修,固可以爲聖賢之徒矣。《風》有《淇奧》,無可疑也;《賓筵》《抑》詩所以得入二《雅》者,豈公作此二詩在於爲王朝卿士之日?"⑤明郝敬《毛詩原解》卷二十九亦申之曰:"武公爲幽王卿士,追惟往事以明鑒戒,故曰'告爾舊止',曰'言示

---

① 〔宋〕呂祖謙:《呂氏家塾讀詩記》,第 19 頁。
② 〔清〕許伯政:《詩深》,四庫全書存目叢書影印清乾隆間(1711—1799)刻本,齊魯書社 1997 年版,經部第 79 册,第 750 頁。
③ 參見:趙逵夫《周宣王中興功臣詩考論》,《中華文史論叢》第 55 輯,上海古籍出版社 1996 年版,第 127-155 頁。
④ 〔宋〕段昌武:《毛詩集解》,國家圖書館藏清鈔本。
⑤ 〔元〕劉瑾:《詩集傳通釋》,卷 18,第 11 頁。

之事',曰'取譬不遠',蓋指流彘之事也。"①清朱鶴齡《詩經通義》卷十亦申之曰:"考武公嘗爲幽王卿士,《賓筵》之詩既爲刺幽作,則此詩亦可例推矣。"②

當然,亦有非之者。如清顧鎮《虞東學詩》卷十:"其謂刺幽王者(李解),幽王之篇不得竄入厲世、列于宣王諸詩之前。"③胡承珙《毛詩後箋》卷二十五曰:"若詩本刺幽王而取鑒於厲,則《蕩》詩借文王歎紂之詞,亦可編之《采薇》《出車》之次乎?"④顧氏、胡氏之説,皆不可謂持之有據而言之有理,然謂非幽王之世作品則得之。

4.《國語·楚語上》之"平王之世"説

前引《抑》孔《疏》引漢侯包《韓詩翼要》之《韓詩》説、《淮南子·繆稱訓》高《注》與魏徐幹《中論·虛道》之《魯詩》説、《國語·楚語上》韋《注》之《齊詩》説同,則《韓詩》《魯詩》與《齊詩》説合,蓋皆本《國語·楚語上》立説。宋蘇轍《詩集傳》卷十八申之曰:"宣王十六年衛武公即位,年九十有五而作此詩,蓋追刺厲王以自警也。"⑤明鄒忠胤《詩傳闡》卷十八申之曰:"(詩)明指驪山之覆轍矣。驪山之難,武公將兵救周有功,平王命爲公,是詩作於王朝。故不復還繫其本國。"⑥明何楷《詩經世本古義》卷十九申之曰:"《抑》,衛武公刺王室,亦以自戒。行年九十有五,猶使臣日誦是詩,而不離于其側。"⑦張次仲《待軒詩記》卷七申之曰:"武公四十二年,犬戎弑幽王。武公佐周平戎有功,平王命爲卿士。武公爲公,五十五年卒。于平王之十三年,入爲卿士,在東遷後。幽王時,尚居本國,厲王,則中間隔宣王四十六年,相去遠矣。此詩蓋作于平王之時。"⑧清王先謙《詩三家義集疏》卷二十三申之曰:"《楚語》'衛武公作《懿》以自儆',韋昭云:'昭謂:《懿》,《詩·大雅·抑》之篇也。抑讀曰懿。''抑'與'懿'不相通借,蓋取聲近字爲訓。"⑨

當然,亦有疑之者。如清黃中松《詩疑辨證》卷五:"今細玩經文,雖多自警之詞,非無刺時之意,當以侯苞之言爲正。侯苞但言刺,而未鑿指其爲厲爲幽。又,

---

① [明]郝敬:《毛詩原解》,第 374 頁。
② [清]朱鶴齡:《詩經通義》,叢書集成續編影印清方功惠編刻碧琳琅館叢書本,臺北新文豐出版公司 1989 年版,第 94 頁。
③ [清]顧鎮:《虞東學詩》,國家圖書館藏清光緒十八年(1892)誦芬堂刻本,卷 10,第 12 頁。
④ [清]胡承珙撰,[清]陳奐補,[清]王先謙輯,郭全芝點校:《毛詩後箋》,第 1398 頁。
⑤ [宋]蘇轍:《詩集傳》,第 160 頁。
⑥ [明]鄒忠胤:《詩傳闡》,四庫全書存目叢書影印明崇禎間(1628—1644)刻本,齊魯書社 1997 年版,經部第 65 册,第 722 頁。
⑦ [明]何楷撰,李士彪、張丹丹校點:《詩經世本古義》,第 1075 頁。
⑧ [明]張次仲:《待軒詩記》,第 274 頁。
⑨ [清]王先謙撰,吳格點校:《詩三家義集疏》,第 929 頁。

九十五而猶使人誦之,非九十五時始作此詩也。"①顧鎮《虞東學詩》卷十:"其謂平王時作者(何《義》、張《記》、陸《學》),無論東遷以後無《雅》,即詩中所指'迷亂''荒湛',亦未便懸坐平王。"②

宋朱熹《詩集傳》多處提及《國語·楚語上》《史記·衛康叔世家》之文,然具體創作年代未明;至於清陳啓源《毛詩稽古編》"共和之世"説亦猜度之言,此不贅述。故筆者以爲《國語·楚語上》之"平王之世"説是。

二、《抑》爲平王未除喪時武公所獻之詩

詩中"爾"凡11見,"小子"凡4見,"女"凡1見。諸詞語義所指,諸家解説頗歧異。

所謂"女"之語義所指,諸家主要有四説:一爲"武公指稱厲王"説。鄭《箋》:"於今,謂今厲王也。"③二爲泛言"哲人指稱君"説。宋王質《詩總聞》卷十八:"此哲人所以戒君者也。"④三爲"他人指稱武公"説。宋朱熹《詩集傳》卷十八:"女,武公使人誦詩而命己之辭也。後凡言'女'、言'爾'、言'小子'者,放此。"⑤四爲"武公指稱平王"説。清陸奎勳《陸堂詩學》卷十:"詳味篇中所云'於乎小子,未知臧否''借曰未知,亦既抱子''聽用我謀,庶無大悔''天方艱難,曰喪厥國'者,必爲平王而發。"⑥

所謂"爾"之語義所指,諸家主要有五説:一爲"武公指稱大夫與國君"説。鄭《箋》:"戒鄉邑之大夫及邦國之君。"⑦二爲"武公指稱厲王"説。宋歐陽修《詩本義》卷十一:"教王此所以防禍亂也。"⑧三爲泛言"哲人指稱君"説。宋王質《詩總聞》卷十八:"此又哲人所欲戒君者也。"⑨四爲"他人指稱武公"説,見上引宋朱熹《詩集傳》卷十八。五爲"武公指稱平王"説,見上引清陸奎勳《陸堂詩學》卷十。

所謂"小子"之語義所指,諸家主要有五説:一爲"武公自稱"説。宋歐陽修《詩本義》卷十一:"小子者,武公自謂也。"⑩清馬瑞辰《毛詩傳箋通釋》卷二十六申之曰:"蓋武公作詩自戒,託爲臣下諷誦之詞,故詩中兩言'小子'也。"⑪二爲

---

① [清]黃中松撰,陳丕武、劉海珊據四庫全書本點校:《詩疑辨證》,廣西師範大學出版社2018年版,第327頁。
② [清]顧鎮:《虞東學詩》,卷10,第13頁。
③ [漢]毛亨傳,[漢]鄭玄箋,[唐]孔穎達等正義:《毛詩正義》,第1195頁。
④ [宋]王質:《詩總聞》,第293頁。
⑤ [宋]朱熹撰,夏祖堯點校:《詩集傳》,第236頁。
⑥ [清]陸奎勳:《陸堂詩學》,第363頁。
⑦ [漢]毛亨傳,[漢]鄭玄箋,[唐]孔穎達等正義:《毛詩正義》,第1196頁。
⑧ [宋]歐陽修:《詩本義》,卷11,第8頁。
⑨ [宋]王質:《詩總聞》,第294頁。
⑩ [宋]歐陽修:《詩本義》,卷11,第9頁。
⑪ [清]馬瑞辰撰,陳金生點校:《毛詩傳箋通釋》,第946頁。

"武公指稱臣子"説。宋李樗《毛詩集解》卷三十四:"或者以'小子'爲君命其臣之言,不可以臣斥君也。如《書》曰'小子封''小子胡'之類,是君稱臣之辭也。然周公稱成王爲'孺子',召公亦曰'沖子',管蔡稱成王亦曰'孺子'。稱君爲'小子',蓋自古老成人之常也。但武公不得指厲王爲'小子',此不能無疑也。"①清陳啓源《毛詩稽古編》卷二十一申之曰:"詩人稱目其君,尊之則曰'天'、曰'上帝',親之則曰'爾女'、曰'小子',難以常禮拘也。……或指臣言,亦可。"②三爲"武公指稱厲王"説。宋王質《詩總聞》卷十八:"厲王在位四十七年,在彘十五年,計六十二年。方嗣位,必年少。此稱'小子',殆是。"③四爲"他人指稱武公"説,見前引宋朱熹《詩集傳》卷十八。五爲"武公指稱平王"説,見前引清陸奎勳《陸堂詩學》卷十。

筆者以爲,上引諸家之説,以陸氏《陸堂詩學》近是。今考詩文本可知,詩中"爾""女""予"及"小子"皆爲武公指稱平王。

1. 詩中"女""爾""予"均指代周王

三章曰:"女雖湛樂從,弗念厥紹。罔敷求先王,克共明刑。"毛《傳》:"紹,繼。"鄭《箋》:"女君臣雖好樂嗜酒而相從,不當念繼女之後人將傚女所爲,無廣索先王之道與能執法度之人乎?"足見此"女",必爲"紹"之主、"先王"之後,即姬姓後世子孫之宗主——周王。則此"女"爲第二人稱代詞,指稱周王。

四章曰:"修爾車馬,弓矢戎兵,用戒戎作,用遏蠻方。"毛《傳》:"遏,遠也。"鄭《箋》:"女當用此備兵事之起,用此治九州之外不服者。"十一章曰:"視爾夢夢,我心慘慘。誨爾諄諄,聽我藐藐。"毛《傳》:"夢夢,亂也。慘慘,憂不樂也。藐藐然不入也。"鄭《箋》:"視王之意夢夢然,我心之憂悶慘慘然。愬其自恣,不用忠臣。……我教告王口語諄諄然,王聽聆之藐藐然。"此釋"爾"爲"王",則四章之"爾"亦爲"王"。從文句用詞分析,十一章"爾"與"我"兩兩並舉對稱,決非指稱同一人。故"我"爲第一人稱代詞的單數形式,指稱發話者,皆武公自稱;"爾"則爲第二人稱代詞的單數形式,指稱聽話者,皆指代周王。據筆者結合上下文意逐一考察,其餘9個"爾"字,亦同爲指代周王的第二人稱代詞。故明孫鑛《批評詩經》卷三評之曰:"下章'遏蠻方',亦似指王室。"④

七章曰:"相在爾室,尚不愧于屋漏,無曰不顯,莫予云覯。"毛《傳》:"西北隅謂之屋漏。覯,見也。"鄭《箋》:"諸侯卿大夫助祭在女宗廟之室……女無謂是幽

---

① [宋]李樗、黃櫄:《毛詩集解》,第471頁。
② [清]陳啓源:《毛詩稽古編》,第756頁。
③ [宋]王質:《詩總聞》,第296頁。
④ [明]孫鑛:《批評詩經》,第120頁。

昧不明無見我者,神見女矣。"①則此"予",與上文之"爾"語義相承。武公前對稱周王爲"爾",此又用假設口氣以周王自稱爲"予"。故此"予"與"爾"語義指向相同,皆指代周王。

2. 詩中三"小子"爲對未除喪周王之稱謂

六章曰:"惠于朋友,庶民小子。"鄭《箋》:"當施順道於諸侯,下及庶民之子弟。"蓋此"小子"與"朋友""庶民"連稱相及,指"庶民"之子弟,非指稱周王。但其餘三"小子",必另有所指。

八章曰:"投我以桃,報之以李。彼童而角,實虹小子。"毛《傳》:"童,羊之無角者也。角,自用也。虹,潰也。"鄭《箋》:"禮,天子未除喪稱'小子'。"十章曰:"於乎小子,未知臧否。匪手攜之,言示之事。"卒章曰:"於乎小子,告爾舊止。聽用我謀,庶無大悔。"②

謹按:僞《古文尚書·説命上》:"王宅憂,亮陰三祀。既免喪,其惟弗言。"③《禮記·喪服小記》:"再期之喪,三年也;期之喪,二年也。……故期而祭,禮也;期而除喪,道也。"④則天子居喪三年之後,方能"免喪",或曰"除喪"。

又,《禮記·曲禮下》:"君、大夫之子,不敢自稱曰'余小子';大夫、士之子,不敢自稱曰'嗣子某',不敢與世子同名。""天子未除喪,曰'予小子'。生名之,死亦名之。"⑤莊三十二年《公羊傳》:"君存稱'世子',君薨稱'子某';既葬稱'子',踰年稱'年'。"⑥班固《白虎通義》卷一《爵》:"父在稱'世子'何?繫于君也。父殁稱'子某'者何?屈于尸柩也;既葬稱'小子'者,即尊之漸也。"⑦清顧炎武《日知録》卷四《諸侯在喪稱子》:"凡繼立之君,踰年正月乃書即位,然後成之爲君;未踰年則稱子,未踰年又未葬則稱名。"⑧胡承珙《毛詩後箋》卷二十五:"或又謂篇中'爾女''小子'非斥王之詞,則《天保》《卷阿》皆稱'爾女',至春秋魯人之歌尚曰'我君小子'。古人稱謂質直,本無不宜,况刺王亦以自警。"⑨則周人不僅稱未除喪之周王爲"小子",亦稱未除喪之諸侯爲"小子"。

又,周人稱未除喪之王爲"小子",在《詩·大雅》其他詩篇中亦有所見。如,

---

① [漢]毛亨傳,[漢]鄭玄箋,[唐]孔穎達等正義:《毛詩正義》,第1195-1197頁。
② [漢]毛亨傳,[漢]鄭玄箋,[唐]孔穎達等正義:《毛詩正義》,第1197-1199頁。
③ 僞孔《傳》:"陰,默也。居憂信默,三年不言。除喪,猶不言政。"[漢]孔安國傳,[唐]孔穎達等正義:《尚書正義》,第369頁。
④ [漢]鄭玄注,[唐]孔穎達等正義:《禮記正義》,第3243頁。
⑤ [漢]鄭玄注,[唐]孔穎達等正義:《禮記正義》,第2721、2729頁。
⑥ [漢]何休注,[唐]徐彥疏:《春秋公羊傳注疏》,第4869頁。按:"年",文淵閣四庫全書本作"公"。
⑦ [漢]班固撰,[清]陳立疏證,吳則虞點校:《白虎通疏證》,第25-26頁。
⑧ [清]顧炎武撰,[清]黃汝成集釋,秦克誠點校:《日知録集釋》,第138頁。
⑨ [清]胡承珙撰,[清]陳奂補,[清]王先謙輯,郭全芝點校:《毛詩後箋》,第1398頁。

《民勞》之四章曰："式遏寇虐，無俾正敗。戎雖小子，而式弘大。"毛《傳》："戎，大也。"鄭《箋》："戎，猶女也。……今王女雖小子自遇，而女用事於天下甚廣大也。《易》曰：君子出其言善，則千里之外應之，況其邇者乎？出其言不善，則千里之外違之，況其邇者乎？是以此戒之。"①則此"小子"，爲上文"戎"（即"汝"）之複稱，當爲厲王崩於彘後而宣王即王位前，召伯虎（穆公）作此詩以誡勉將即位的宣王靜時指稱宣王。又如，《板》之四章曰："天之方虐，無然謔謔。老夫灌灌，小子蹻蹻。"毛《傳》："謔謔然喜樂；灌灌，猶欵欵也；蹻蹻，驕貌。"鄭《箋》："今王方爲酷虐之政，女無謔謔然以讒慝助之。老夫諫女欵欵然，自謂也；女反蹻蹻然如小子，不聽我言。"②則此"小子"，即"女""王"，當爲凡伯指稱將即位之平王宜臼。

周人稱未除喪之王爲"小子"的用法，還有先秦其他文獻爲證。如僞《古文尚書·周書·泰誓上》《泰誓下》《武成》《周官》《畢命》《君牙》及《尚書·周書·大誥》《君奭》《金縢》《洛誥》《多士》《顧命》《逸周書·商誓解》《度邑解》《成開解》《嘗麥解》等。

考之於先秦文獻，西周春秋時期不僅未除喪之王稱"小子"，而且未除喪之諸侯亦可稱"小子"。如僞《古文尚書·周書·蔡仲之命》、襄四年《左傳》載魯國人《朱儒誦》諸"小子"。

特別需要說明的是，周人未除喪稱"小子"，還有金文爲證。清吳榮光《筠清館金石文字》卷四著錄的周小子射鼎銘（小子䚄鼎）曰："乙亥，子錫（賜）小子射，王賞貝十朋，師射用㠯（乍）父己寶尊鼎，子孫。"③則公卿大夫未除喪亦可稱曰"小子"。又，宋王俅輯《嘯堂集古錄》著錄共和元年（前841）器師毀簋（周簋敦）銘記白龢父若："師毀，乃且（祖）考又（有）勳（勳）于我家，女（汝）又（有）隹（惟）小子，余令（命）女（汝）死我家……"④則白龢父（共伯和、衛武公）攝政稱王時，亦自稱曰"小子"；⑤此與周公攝政稱王時，自稱"予小子"相類。⑥

3. 詩人所諫必是一位年輕的未除喪之周王

七章曰："相在爾室，尚不愧于屋漏。……神之格思，不可度思，矧可射思。"

---

① ［漢］毛亨傳，［漢］鄭玄箋，［唐］孔穎達等正義：《毛詩正義》，第1182頁。
② ［漢］毛亨傳，［漢］鄭玄箋，［唐］孔穎達等正義：《毛詩正義》，第1184頁。
③ 吳氏跋曰："凡公卿大夫惟喪禮受貝，餘無錫貝賞貝者，受貝蓋微者也。"［清］吳榮光：《筠清館金石文字》，續修四庫全書影印清道光二十二年（1842）吳氏自刻本，上海古籍出版社2002年版，第902冊，第83頁。按：楊樹達《積微居金文說·小子䚄鼎跋》，"射"釋爲"䚄"，"尊"釋爲"䠱"。楊樹達《積微居金文說》（增訂本），第119頁。
④ ［宋］王俅輯：《嘯堂集古錄》，第53頁。
⑤ 參見：楊樹達《積微居金文說》（增訂本），第138-139頁。
⑥ 事實上，周王未除喪稱"小子"，乃因襲商制，如僞《古文尚書·商書·太甲中》《說命下》諸"小子"。當然，亦有商王不在喪稱"小子"者，如《尚書·商書·湯誓》《湯誥》《論語·堯曰》諸"台小子""予小子"；亦有周王、王世子、執政卿、大夫士弟子及諸侯不在喪稱"小子"者，如《詩·大雅·思齊》《江漢》《周頌·閔予小子》《訪落》《敬之》《尚書·周書·康誥》《酒誥》《逸周書·程寤解》《武儆解》《芮良夫解》諸"小子"。

毛《傳》："西北隅謂之屋漏。"鄭《箋》："相,助……諸侯卿大夫助祭,在女宗廟之室,尚無肅敬之心,不慚媿於屋漏有神見人之爲也。……屋,小帳也;漏,隱也。禮:祭於奧既畢,改設饌於西北隅而扉隱之處。此祭之末也。"①

謹按:《禮記·喪大記》:"始死,遷尸于牀……甸人取所徹廟之西北扉薪,用爨之。"②《淮南子·泰族訓》:"夫鬼神視之無形,聽之無聲,然而郊天、望山川,禱祠而求福,雩兑而請雨,卜筮而決事。《詩》云:'神之格思,不可度思,矧可射思!'此之謂也。"③《劉子·慎獨章》:"謂天蓋高而聽甚卑,謂日蓋遠而照甚近,謂神蓋幽而察甚明。《詩》云:'相在爾室,尚不愧於屋漏。無曰不顯,莫予云覯。'"④清胡承珙《毛詩後箋》卷二十五:"此《箋》以'屋'爲小帳,'屋'即古之'幄'字,則指室中西北隅可以施帳之處。然則屋漏本有二義,一以當室之白,日光所入;一以施幄之處,隱蔽不明,其實一也。鄭以詩言'不愧',故從'隱'義耳。"⑤胡氏蓋本《禮記·喪大記》立説。則詩中之"爾",指代一位正在居喪之周王。

十章曰:"借曰未知,亦既抱子。"毛《傳》:"借,假也。"鄭《箋》:"假令人云王尚幼少,未有所知,亦以(已)抱子長大矣,不幼小也。"⑥

謹按:《焦氏易林·損之大畜》:"嬰兒孩笑,未有所識;狡童而爭,亂我政事。"⑦《巽之節》:"嬰兒孩子,未有所識;狡童而角,亂我正(政)事。"⑧《漢書·霍光傳》載霍光《廢昌邑王奏》:"高皇帝建功業爲漢太祖,孝文皇帝慈仁節儉爲太宗,今陛下嗣孝昭皇帝後,行淫辟不軌。《詩》云:'籍曰未知,亦既抱子。'"⑨此引詩指即位僅 27 天的西漢王位繼承人——武帝孫昌邑哀王子劉賀,言王雖尚幼、未有所知,然亦抱子,實非孩童了。故清馬瑞辰《毛詩傳箋通釋》卷二十六曰:"(抱子)當即'孚子'之假借,'孚子'猶言'生子'也。"⑩王先謙《詩三家義集疏》卷二十三亦曰:"'嬰兒孩子',蓋謂少年新進之徒。"⑪馬氏、王氏之説,與"彼童而角"之比喻義相合。

由此可見,詩人所言爲新喪之王未踰年、而將即位之王未除喪時的祭祖事。故詩人所諫當爲一位未除喪之年輕周王。

---

① [漢]毛亨傳,[漢]鄭玄箋,[唐]孔穎達等正義:《毛詩正義》,第 1197 頁。
② [漢]鄭玄注,[唐]孔穎達等正義:《禮記正義》,第 3417－3418 頁。
③ [漢]劉安撰,[漢]高誘注,劉文典集解,馮逸等點校:《淮南鴻烈集解》,第 665 頁。
④ [北齊]劉晝撰,[唐]袁孝政注,傅亞庶校釋:《劉子校釋》,第 106 頁。
⑤ [清]胡承珙撰,[清]陳奂補,[清]王先謙輯,郭全芝點校:《毛詩後箋》,第 1504 頁。
⑥ [漢]毛亨傳,[漢]鄭玄箋,[唐]孔穎達等正義:《毛詩正義》,第 1199 頁。
⑦ [漢]焦贛:《焦氏易林》,第 192 頁。
⑧ [漢]焦贛:《焦氏易林》,第 269 頁。
⑨ [漢]班固撰,[唐]顏師古注,傅東華等點校:《漢書》,第 2945 頁。
⑩ [清]馬瑞辰撰,陳金生點校:《毛詩傳箋通釋》,第 958 頁。
⑪ [清]王先謙撰,吳格點校:《詩三家義集疏》,第 938 頁。

4. 詩人所諫這位年輕的王位繼承者當爲平王宜臼

明朱朝瑛《讀詩略記》卷五:"武公以五十餘即位于宣王十六年,當厲王出奔之日,年已二十,此正初'抱子'之時。詩中凡稱'小子'者,皆自呼以儆也。其未爲諸侯而得與國政者……是時,衛釐侯必入王朝,世子共伯又蚤死,武公爲世子而監國事,故述父訓而作此詩。"①則朱氏以爲詩人所諫之未除喪年輕周王乃厲王,説失考;筆者以爲此乃平王而非厲王。

(1) 詩人所諫的這位"亦既抱子"的王位繼承者與平王即位時的時世相合

西周末期四王中,厲王胡流彘在十七年(前841),其時已非青年,不合"亦既抱子"之説;宣王静在位46年(前827—前782),繼位時當爲青年,但武公時已還王政歸國,在王室賦詩諫王的可能性較小;幽王宫涅爲宣王元子,而宣王在位凡46年,其繼位時已經不再是成婚生子的青年人了,亦與"亦既抱子"之説不合;平王繼位時正是成婚生子的青年人,此亦與《詩·小雅·都人士》所載平王由西申歸宗周時已有王后之説相合。②故魏源《詩古微·詩序集義·大雅》指出:"《抑》,衛武公刺王室以自戒也……蓋作于爲平王卿士之時,距幽没三十餘載,距厲没八十餘載。"《變大雅三家詩發微》亦曰:"則知《抑》作于平王爲卿士之時,八十既耄之後,當東遷之始,《變雅》之終,不但非刺厲,並非刺幽。"③筆者以爲,《抑》當爲武公諫平王之作。

(2) 本詩作於幽王驪山之難後平王將即位之時

太子宜臼被廢黜後,於幽王八年(前774)左右出奔於西申。西申侯爲了保住自己在周王室的政治地位,聯絡魯侯、許男、鄭子等諸侯擁立宜臼爲"天王",實際上是僭立爲王。在恪守"父死子及"王位承襲制度的周人面前,這畢竟是不太體面的事情,故在平王從攜王餘臣和犬戎手中奪回周都豐、鎬之地後,必然要舉行正式的即位大典。武公作爲肱股老臣,在平王即位之前,賦詩諫王,誠勉其以史爲鑒、修德養性、整武備邊、收復失地、中興周室,自然是情理中事。故劉毓慶《雅頌新考》認爲:"武公爲公入相在平王朝。《抑》爲其九十五歲之作,必在平王之世無疑。《賓之初筵》亦當是其入相之後的作品。"④筆者以爲,《抑》當作於幽王死於戲後而平王尚未除喪之時,亦即平王將要舉行正式即位大典時,武公獻給平王之詩。

---

① [明] 朱朝瑛:《讀詩略記》,第255册,第57頁。
② 參見:邵炳軍《春秋詩歌〈詩·小雅·正月〉〈雨無正〉〈都人士〉〈魚藻〉創作年代考論》,《廣東社會科學》2012年第1期,第187-194頁。
③ [清] 魏源撰,何慎怡等點校:《詩古微》,第696頁。
④ 劉毓慶:《雅頌新考》,山西高校聯合出版社1996年版,第209頁。

三、詩歌反映了幽王使宗周覆亡之歷史悲劇

詩中反映了新近發生的歷史悲劇,即幽王驪山之難、宗周覆亡這一重大事變。

1. 詩人描寫了周王荒湛敗德以致亂政誤國的史實

三章曰:"其在于今,興迷亂于政。顛覆厥德,荒湛于酒。"鄭《箋》:"興,猶尊尚也。王尊尚小人迷亂於政事者,以傾敗其功德,荒廢其政事,又湛樂於酒。言愛小人之甚。"孔《疏》:"上言用賢可使四方順從,此言今之不能也。"①

謹按:"迷亂於政",即"政迷亂"之倒文。

又,"荒湛於酒"之"荒",《説文·艸部》:"荒,蕪也。從艸巟聲。一曰草掩地也。"②襄二十七年《左傳》載晉趙文子(趙武)曰:"印氏其次也,樂而不荒。樂以安民,不淫以使之,後亡不亦可乎!"③此"不荒",與下文之"不淫"同義。則此"荒""淫"皆有"過"義,乃"荒"之引申義。故清馬瑞辰《毛詩傳箋通釋》卷二十六曰:"《管子》:'從樂而不反者謂之荒。'荒亦樂酒無厭之意,不必如《箋》云'荒廢其政事'也。"④

又,"荒湛於酒"之"湛",《説文·水部》:"湛,没也。從水甚聲。"《酉部》:"酖,樂酒也。"⑤可見,"酖"(同"耽")爲"湛"之本字,"湛"爲"酖"之假字,"湛"與"沈"爲古今字,"沉"爲"沈"之俗字,"樂酒"乃其本義。

通觀全詩,詩人言周王"荒湛於酒"爲因,而"迷亂於政"爲果。故詩人在此以酒借代荒淫縱樂之生活,非專指樂酒無厭。

2. 詩人描寫了周王無道亂政而亡國喪命的史實

四章曰:"肆皇天弗尚,如彼泉流,無淪胥以亡。"毛《傳》:"淪,率也。"鄭《箋》:"肆,故,今也。胥,皆也。王爲政如是,故今皇天不高尚之,所謂仍下災異也。王自絕於天,如泉水之流,稍就虛竭,無見率引爲惡,皆與之以亡。戒群臣不中行者,將並誅之。"孔《疏》:"毛以爲上言王之耽亂,此又乘而責之。言由王耽亂如

---

① [漢]毛亨傳,[漢]鄭玄箋,[唐]孔穎達等正義:《毛詩正義》,第1195頁。
② 段《注》:"《周南》《魯頌》毛、鄭皆曰:荒,奄也。此艸掩地之義引申之也。"[漢]許慎撰,[清]段玉裁注:《説文解字注》,第40頁。
③ 杜《注》:"謂賦《蟋蟀》,曰'好樂無荒'。"[晉]杜預注,[唐]孔穎達等正義:《春秋左傳正義》,第4336頁。
④ [清]馬瑞辰撰,陳金生點校:《毛詩傳箋通釋》,第949頁。
⑤ 《水部》"湛"字段《注》:"古書浮沈字多作湛。'湛''沈',古今字。'沉',又'沈'之俗也。"《酉部》"酖"字段《注》:"毛《詩》假'耽'及'湛'以爲'酖'。"[漢]許慎撰,[清]段玉裁注:《説文解字注》,第556、749頁。

此,故今皇天不高尚王之所爲,而下此災異。王將自絶於天,如彼泉水之流,稍稍以就虛竭。言今王漸漸將致滅亡也。"①

謹按:鄭《箋》釋"肆"爲"故,今",與《大雅·緜》毛《傳》、《思齊》毛《傳》、《大明》鄭《箋》釋義同。《綿》朱《傳》:"肆,故,今也。猶言遂也,承上啓下之辭。"②《爾雅·釋詁》:"肆、故,今也。"郭《注》:"肆既爲故,又爲今。今亦爲故,故亦爲今。此義相反而兼通者,事例在下而皆見《詩》。"③則毛《傳》、鄭《箋》、朱《傳》説本《爾雅》,皆以"肆"爲表因果關係之連詞。又,《爾雅·釋詁下》:"亮、介、尚,右也。"④清陳奂《毛詩傳疏》卷二十五:"此言厲王無道,以致亡國。"⑤馬瑞辰《毛詩傳箋通釋》卷二十六:"'右'通作'祐'。祐者,助也。'弗尚',即'弗右'耳。"⑥則鄭《箋》釋"尚"爲"高尚"説失之。又,毛《傳》釋"淪"爲"率",此與《小雅·雨無正》毛《傳》、《小旻》毛《傳》釋義同。《爾雅·釋言》:"淪,率也。"⑦則毛《傳》説本《爾雅》。又,亡,《説文·亾部》:"亡,逃也。"段《注》:"逃者,亡也。二篆爲轉注。亡之本義爲逃,今人但謂亡爲死,非也。引申之則謂失爲亡,亦謂死爲亡。孝子不忍死其親,但疑親之出亡耳。故喪篆從哭亡。亦假爲有無之無,雙聲相借也。"⑧此指身死國亡。可見,上文言周王"迷亂於政"爲因,此言周王"皇天弗尚"終致"淪胥以亡"爲果。

四章又曰:"修爾車馬,弓矢戎兵,用戒戎作,用遏蠻方。"毛《傳》:"遏,遠也。"鄭《箋》:"遏,當作剔。剔,治也。蠻方,蠻畿之外也。此時中國微弱,故復戒將率之臣以治軍實。女當用此備兵事之起,用此治九州之外不服者。"孔《疏》:"又戒將帥之臣,當修治汝征伐之車馬及弓矢與戎兵之器,用以此戒備戎兵動作之處,當征伐之。又用此以驅遠蠻方之來内侵者,當逐令遠去,使不得來侵;鄭唯用此以治蠻方之外不服者爲異,餘同。"⑨

謹按:《爾雅·釋詁》:"永、悠、迥、違、遐、遏、闊,遠也。"⑩則毛《傳》説本《爾雅》。《説文·辵部》:"遠,遼也。……逖,遠也。……遏,古文逖。"⑪則"逖""遏"爲古今字。又,蠻方,鄭《箋》:"蠻畿之外也。"孔《疏》:"驅遠蠻方之來内侵者。"《後漢書·南蠻傳》:"其在唐虞,與之要質,故曰要服。夏商之時,漸爲邊

---

① [漢]毛亨傳,[漢]鄭玄箋,[唐]孔穎達等正義:《毛詩正義》,第1195頁。
② [宋]朱熹撰,夏祖堯點校:《詩集傳》,第207頁。
③ [晉]郭璞注,[宋]邢昺疏:《爾雅注疏》,第5600頁。
④ 郭《注》:"紹、介、勸、尚,皆相佑助。"[晉]郭璞注,[宋]邢昺疏:《爾雅注疏》,第5597頁。
⑤ [清]陳奂:《毛詩傳疏》,第4111頁。
⑥ [清]馬瑞辰撰,陳金生點校:《毛詩傳箋通釋》,第949頁。
⑦ 郭《注》:"相率使。"[晉]郭璞注,[宋]邢昺疏:《爾雅注疏》,第5620頁。
⑧ [漢]許慎撰,[清]段玉裁注:《説文解字注》,第634頁。
⑨ [漢]毛亨傳,[漢]鄭玄箋,[唐]孔穎達等正義:《毛詩正義》,第1196頁。
⑩ [晉]郭璞注,[宋]邢昺疏:《爾雅注疏》,第5587頁。
⑪ [漢]許慎撰,[清]段玉裁注:《説文解字注》,第75頁。

患。逮于周世,黨衆彌盛。宣王中興,乃命方叔南伐蠻方,詩人所謂'蠻荊來威'者也。又曰:'蠢爾蠻荊,大邦爲讎。'明其黨衆繁多,是以抗敵諸夏也。"①清李黼平《毛詩紬義》卷二十:"《箋》以蠻方爲九州之外,《傳》意當爲荆蠻、淮夷之等。"②

今考:《爾雅·釋地》:"九夷、八狄、七戎、六蠻,謂之四海。"③《周禮·夏官司馬·大司馬》:"乃以九畿之籍,施邦國之政職:方千里,曰國畿;其外方五百里,曰侯畿;又其外方五百里,曰甸畿;又其外方五百里,曰男畿;又其外方五百里,曰采畿;又其外方五百里,曰衛畿;又其外方五百里,曰蠻畿;又其外方五百里,曰夷畿;又其外方五百里,曰鎮畿;又其外方五百里,曰蕃畿。"④清高士奇《春秋地名考略》卷十四:"群蠻……今辰、沅諸境所隸之蠻峒長官,即群蠻也。"⑤則此所謂"蠻方",即偽《古文尚書·旅獒》"惟克商,遂通道於九夷、八蠻"之"八蠻",⑥亦即《詩·大雅·韓奕》"以先祖受命,因時百蠻"之"百蠻",⑦亦即成二年《左傳》"蠻夷戎狄,不式王命"之"蠻",亦即文十六年《左傳》"庸人帥群蠻以叛楚"、哀十七年《左傳》"是以克州、蓼,服隨、唐,大啓群蠻"之"群蠻"。⑧《周禮·夏官司馬·大司馬》所謂"蠻畿",屬"國畿"外的"九畿"(九州)之一,距離"國畿"較"侯畿""甸畿""男畿""采畿""衛畿"遠,較"夷畿""鎮畿""蕃畿"近。故此所謂"蠻方"者,乃泛言居於成周以南之非華夏族諸部落方國。足見《後漢書·南蠻傳》《毛詩紬義》釋毛《傳》説失之於狹,仍以鄭《箋》、孔《疏》申毛《傳》義爲長。

蓋詩人從"治軍實"以"備兵事"而"以驅遠蠻方之來內侵者"角度誡平王,揭示了幽王亡國喪身的直接原因——內憂外患。

3. 詩人所寫周王喪身亡國爲新近發生之事

三章曰:"其在于今,興迷亂于政。"鄭《箋》:"云'于今',謂今厲王也。"⑨清姜炳璋《詩序廣義》卷二十二申之曰:"幽厲皆亡國之君,而病症各有不同:幽則小人、婦、寺交亂,其時亦多傾險陰柔之人;厲則燕喪威儀、飾非弭謗,任用皆強禦掊

---

① [南朝宋]范曄撰,[唐]李賢等注,宋雲彬等點校:《後漢書》,第2830-2831頁。
② [清]李黼平:《毛詩紬義》,阮元刻清經解本,鳳凰出版社2005年影印版,第8冊,第10481頁。
③ 郭《注》:"九夷在東,八狄在北,七戎在西,六蠻在南,次四荒者。"[晉]郭璞注,[宋]邢昺疏:《爾雅注疏》,第5690頁。
④ 鄭《注》:"畿,猶限也。自王城以外五千里爲界,有分限者九籍,其禮差之書也。"[漢]鄭玄注,[唐]賈公彥疏:《周禮注疏》,第1804頁。
⑤ [清]高士奇:《春秋地名考略》,上海圖書館藏清康熙二十六年(1687)刻本。
⑥ 偽孔《傳》:"四夷慕化,貢其方賄。九、八,言非一,皆通道路,無遠不服。"[漢]孔安國傳,[唐]孔穎達等正義:《尚書正義》,第413頁。
⑦ [漢]毛亨傳,[漢]鄭玄箋,[唐]孔穎達等正義:《毛詩正義》,第1233頁。
⑧ [晉]杜預注,[唐]孔穎達等正義:《春秋左傳正義》,第4119、4036、4733頁。
⑨ [漢]毛亨傳,[漢]鄭玄箋,[唐]孔穎達等正義:《毛詩正義》,第1195頁。

克。故刺幽多沈痛刻酷之音；而刺厲者，但規其威儀言語、任賢納諫，義各有當也。此詩與《民勞》《板》《蕩》無一不合。……以詩證詩，孰謂此詩之非刺厲王哉？"①

謹按："于今"，《豳風·東山》之三章曰："我徂東山，慆慆不歸。我來自東，零雨其濛。……自我不見，于今三年。"毛《序》："《東山》，周公東征也。周公東征，三年而歸，勞歸士大夫美之，故作是詩也。……三章言其室家之望女也。"②此詩中之"往昔"，指"我徂東山"，即從周公前往東征之初；"于今"，指"我來自東"，即從周公東征歸來之時。又，《大雅·生民》之卒章曰："后稷肇祀，庶無罪悔，以迄于今。"毛《序》："《生民》，尊祖也。后稷生於姜嫄，文武之功起於后稷，故推以配天焉。"③此"肇""迄"對舉，"往昔"指"后稷"之時，"于今"指"文武"之時。可見，"于今"與"往昔"相對，與"當下"同義。根據文獻記載，周厲王暴虐而周幽王荒淫，詩之所指正與周幽王縱樂亂政以亡國喪身事相合，故"于今"當謂周幽王之時。則鄭《箋》、姜氏《詩序補義》説失之。

卒章曰："天方艱難，曰喪厥國。"鄭《箋》："天以王爲惡如是，故出艱難之事。謂下災異，生兵寇，將以滅亡。"④胡承珙《毛詩後箋》卷二十五申之曰："末章'曰喪厥國'，天子諸侯皆可稱'國'。《蕩》曰'小大近喪'、《桑柔》曰'天降喪亂，滅我立王'皆是，不得以屬王未滅爲疑。"⑤

謹按："方"，《小雅·正月》之八章曰："燎之方揚，寧或滅之。赫赫宗周，褒姒滅之。"毛《序》："《正月》，大夫刺幽王也。"毛《傳》："滅之以水也。"鄭《箋》："火田爲燎。燎之方盛之時。"⑥則此"燎之方揚"之"方"，與"天方艱難"之"方"同義，即"剛剛""正當"的意思，皆表進行態的時間副詞，而非將然之詞。

卒章又曰："取譬不遠，昊天不忒。"鄭《箋》："今我爲王取譬，喻不及遠也，維近耳。"⑦清胡承珙《毛詩後箋》卷二十五申之曰："'取譬不遠'承'告爾舊止'而言，亦非以幽鑒厲之謂。"⑧

謹按："不遠"，《邶風·谷風》之次章曰："不遠伊邇，薄送我畿。"《小雅·杕杜》之三章曰："檀車幝幝，四牡痯痯，征夫不遠。"卒章曰："卜筮偕止，會言近止，征夫邇止。"⑨此二詩皆"遠""邇"對舉，形容時間之遠近長短。又，《大雅·板》之

---

① [清] 姜炳璋：《詩序廣義》，第694頁。按："婦、寺"，文淵閣四庫全書本作"豔妻、宦竪"。
② [漢] 毛亨傳，[漢] 鄭玄箋，[唐] 孔穎達等正義：《毛詩正義》，第844-846頁。
③ 毛《傳》："迄，至也。"[漢] 毛亨傳，[漢] 鄭玄箋，[唐] 孔穎達等正義：《毛詩正義》，第1137、1146頁。
④⑦ [漢] 毛亨傳，[漢] 鄭玄箋，[唐] 孔穎達等正義：《毛詩正義》，第1199頁。
⑤⑧ [清] 胡承珙撰，[清] 陳奐補，[清] 王先謙輯，郭全芝點校：《毛詩後箋》，第1398頁。
⑥ [漢] 毛亨傳，[漢] 鄭玄箋，[唐] 孔穎達等正義：《毛詩正義》，第950頁。
⑨ 《谷風》毛《傳》："畿，門內也。"鄭《箋》："邇，近也。"《杕杜》毛《傳》："邇，近也。"鄭《箋》："不遠者，言其來，喻路近。……言於孫爲近，征夫如今近耳。"[漢] 毛亨傳，[漢] 鄭玄箋，[唐] 孔穎達等正義：《毛詩正義》，第640、891頁。

首章曰:"出話不然,爲猶不遠。……猶之未遠,是用大諫。"①此"不遠""未遠"並用,皆有"邇"義。故"不遠""未遠",皆即"邇"之變文,與"近"同義。則"取譬不遠",言周王亡身喪國之事就發生在最近,與上文"天方艱難"之"方",所言時間正好相應。《續列女傳·周郊婦人》:"至昭公二十九年,京師果殺尹固。君子謂周郊婦人惡尹氏之助亂,知天道之不祐,示以大期,終如其言。《詩》云:'取辟不遠,昊天不忒。'此之謂也。"②此引《詩》正取致亂身亡之意。足見鄭《箋》"將以滅亡"之説,實爲附會之辭。蓋詩人所"取譬"者,當爲"新近"所發生的幽王縱樂喪國以亡身之事,而非"往昔"厲王暴虐亂國以流彘之事。

4. 詩人誡勉平王以宗周覆亡的歷史悲劇爲鑒

卒章曰:"於乎小子,告爾舊止。聽用我謀,庶無大悔。"鄭《箋》:"舊,久也。止,辭也。庶,幸;悔,恨也。"③宋歐陽修《詩本義》卷十一:"不忍棄王而不告也。言我小子所告爾者,非我妄言,皆據舊事之已然者。庶幾聽我,猶可不至於大悔也。"④范處義《詩補傳》卷二十三:"此章言尤悲切,冀王之終悟也。"⑤嚴粲《詩緝》卷二十九:"武公時爲諸侯之庶子,故自稱'小子'也。"⑥明張次仲《待軒詩記》卷七:"此指時事以戒,故不覺慨然而歎。舊,謂舊日幽王時。"⑦清胡承珙《毛詩後箋》卷二十五:"此詩武公所作,殆如座右箴銘之類,託爲人言戒己之辭,故呼以'爾女''小子',而用以自警,即以風王。"⑧陳奐《毛詩傳疏》卷二十五:"篇中四言'小子',皆指厲王。"⑨魏源《詩古微·詩序集義·大雅》:"'爾''汝''小子',皆武公自儆之詞,而刺王室在其中矣。"⑩

謹按:漢劉向《列女傳·仁智傳·齊靈仲子》:"及公薨,崔杼立光而殺高厚。以不用仲子之言,禍至於此。君子謂仲子明於事理。《詩》云:'聽用我謀,庶無大悔。'仲子之謂也。"⑪此引《詩》正取拒諫致亂而亡身之意。

又,《潛夫論·德化》:"治天下,身處汙而放情,怠民事而急酒樂,近頑童而遠

---

① 毛《傳》:"猶,道也。……猶,圖也。"鄭《箋》:"此爲謀不能遠圖,不知禍之將至。……王之謀不能遠圖用是,故我大諫王也。"[漢]毛亨傳,[漢]鄭玄箋,[唐]孔穎達等正義:《毛詩正義》,第1182頁。
② [漢]劉向:《古列女傳》,四部叢刊初編影印明萬曆間(1573—1620)黃嘉育刊本,上海書店1985年版,卷8,第1—2頁。
③ [漢]毛亨傳,[漢]鄭玄箋,[唐]孔穎達等正義:《毛詩正義》,第1199頁。
④ [宋]歐陽修:《詩本義》,卷11,第10頁。
⑤ [宋]范處義:《詩補傳》,第117頁。
⑥ [宋]嚴粲:《詩緝》,第509頁。
⑦ [明]張次仲:《待軒詩記》,第277頁。
⑧ [清]胡承珙撰,[清]陳奐補,[清]王先謙輯,郭全芝點校:《毛詩後箋》,第1407頁。
⑨ [清]陳奐:《毛詩傳疏》,第4111頁。
⑩ [清]魏源撰,何慎怡等點校:《詩古微》,第680頁。
⑪ [漢]劉向:《古列女傳》,四部叢刊初編影印明萬曆間(1573—1620)黃嘉育刊本,上海書店1985年版,卷3,第12頁。

賢才,親諂諛而疏正直,重賦稅以賞無功,妄加喜怒以傷無辜,故能亂其政以敗其民,弊其身以喪其國者,幽、厲是也。"①那麽,詩人所謂"告爾舊止"之"舊",究竟指厲王抑或指幽王?筆者以爲,《詩》所謂"無淪胥以亡"之"亡",即喪命。此以周王之喪命,來指代周王之亡國。厲王時,國人暴動,流王於彘,武公(共伯和)踐天子位,祗可言國運不昌而不能言喪國;幽王時,廢后黜嫡,諸侯叛周,犬戎内侵,内憂外患並起,終致驪山之難、周幽王身首異處而喪國,正與詩意合。況且,衛武公戒王以史爲鑒、整頓軍備、戍内防邊,以免喪亂再起,其必以外侵史實爲據。考厲王流彘而亡,起於内亂而非外敵;唯幽王時,内憂外患並起,其人其事正與詩意相合。則詩中"小子",嚴氏《詩緝》、魏氏《詩古微》所謂"武公自稱"説,張氏《待軒詩記》"他稱幽王"説,胡氏《毛詩後箋》所謂"他稱武公"説,陳氏《詩毛氏傳疏》所謂"他稱厲王"説,皆不確,乃武公指稱平王宜臼之辭。故詩中所寫周王喪命而亡國事,正與幽王身死於戲、宗周覆亡之史實相合。

又,《尚書·周書·無逸》:"自時厥後立王,生則逸。生則逸,不知稼穡之艱難,不聞小人之勞,惟耽樂之從。自時厥後,亦罔或克壽,或十年、或七八年、或五六年、或四三年。"②成王誦即位時年幼,周公旦攝政稱王凡7年。③成王年長以後即位親政,周公恐其逸豫,作《無逸》以誡勉之。周公與武公的身份地位和所處的政治環境基本相似,他們作文賦詩誡勉幼主的創作動機完全一致,其所寫的内容和主旨亦基本相類。

四、《抑》爲武公獻給平王之誡勉詩

關於《抑》之詩旨,先哲時賢主要有七説:

一爲"武公刺厲王自警"説,見前引《抑》毛《序》。

二爲"武公刺平王亦以自儆"説,見前引《抑》孔《疏》引漢侯包《韓詩翼要》。

三爲"武公自儆"説,見前引《國語·楚語上》韋《注》。

四爲"武公刺厲王"説,見前引宋歐陽修《詩本義》卷十一。

五爲"武公刺幽王"説,見前引宋李樗、黄櫄《毛詩集解》卷三十四。

六爲"武公自警亦以諷厲王"説。明姚舜牧《重訂詩經疑問》卷十:"愚謂衛武公自警,亦以諷王也。"④

---

① 汪《箋》:"《詩·抑》云:'天方艱難,曰喪厥國。'《毛詩序》云:'衛武公刺厲王。'"[漢]王符撰,[清]汪繼培箋,彭鐸校正:《潛夫論箋校正》,第380-381頁。
② 孔《傳》:"從是三王各承其後而立者,生則逸,豫無度。言與小人之子,同其敵。過樂謂之耽,惟樂之從,言荒淫。以耽樂之故,從是其後,亦無有能壽考。高者十年,下者三年,言逸樂之損壽。"[漢]孔安國傳,[唐]孔穎達等正義:《尚書正義》,第471頁。
③ 參見:劉起釪《古史續辨》,第342-357頁。
④ [明]姚舜牧:《重訂詩經疑問》,南京圖書館藏明萬曆三十八年(1610)六經堂刻五經疑問本。

七爲"武公自警兼訓國人"説。僞《申培詩説》:"《懿戒》,衛武公自警兼訓國人。"①

筆者以爲,上引諸説與衛武公創作時世、創作動機及詩歌内容皆不相符。全詩主要是爲王者言,個别文句中或有自儆之意,實以自儆而儆王;或有刺幽王之意,實以史爲鑒以誡周平王;或寓刺平王之意,實以逆耳忠言來諫平王。要之,《抑》爲武公獻給平王之誡勉詩,兹考述如下。

1. 衛武公告誡周平王潛心修德以治國

次章曰:"無競維人,四方其訓之;有覺德行,四國順之。"毛《傳》:"訓,教;覺,直也。"鄭《箋》:"競,彊(強)也。人君爲政,無彊於得賢人,得賢人則天下教化於其俗;有大德行,則天下順從其政。言在上所以倡道。"②宋朱熹《詩集傳》卷十八:"言天地之性人爲貴,故能盡人道,則四方皆以爲訓;有覺德行,則四國皆順從之。"③

謹按:襄二十一年《左傳》載晉羊舌肸(叔向)曰:"樂王鮒(桓子),從君者也,何能行? 祁大夫(祁奚)外舉不棄讎,内舉不失親,其獨遺我乎?《詩》曰:'有覺德行,四國順之。'夫子覺者也。"昭五年《左傳》載魯仲尼(孔丘)曰:"叔孫昭子(叔孫婼)之不勞,不可能也。……《詩》云:'有覺德行,四國順之。'"④《孝經·孝治章》:"是以天下和平,災害不生,禍亂不作。故明王之以孝治天下也如此。《詩》云:'有覺德行,四國順之。'"⑤《郭店楚簡·緇衣》:"子曰:上好仁,則下之爲仁也爭先。故長民者,章志以昭百姓,則民致行己以悦上。《詩》云:'有覺德行,四方順之。'"⑥《韓詩外傳》卷五:"能以禮扶身,則貴名自揚,天下順焉,令行禁止,而王者之事畢矣。《詩》曰:'有覺德行,四國順之。'夫此之謂矣。"《韓詩外傳》卷六:"天下諸侯聞之,謂桓公猶下布衣之士,而況國君乎! 於是相率而朝,靡有不至。桓公之所以九合諸侯、一匡天下者,此也。《詩》曰:'有覺德行,四國順之。'"⑦《春秋繁露·郊語》:"《詩》曰:'有覺德行,四國順之。'覺者,著也;王者有明著之

---

① [明]豐坊:《申培詩説》,第45頁。按:僞《子貢詩傳》"武公"下闕五字,後有"賦《懿戒》"三字。
② [漢]毛亨傳,[漢]鄭玄箋,[唐]孔穎達等正義:《毛詩正義》,第1195頁。
③ [宋]朱熹撰,夏祖堯點校:《詩集傳》,第236頁。
④ 杜《注》:"德行直,則天下順之。覺,較然正直。……不以(豎牛)立己爲功勞,據其所言善之。時魯人不以餓死(其父叔孫豹)語昭子。"[晉]杜預注,[唐]孔穎達等正義:《春秋左傳正義》,第4280、4431頁。按:《孔子家語·正論解》亦記此事,唯變易《左傳》之文而已。
⑤ [唐]李隆基御注,[宋]邢昺疏:《孝經注疏》,清嘉慶二十至二十一年(1815—1816)江西南昌府學刊刻阮校十三經注疏本,中華書局2009年影印版,第5549頁。
⑥ 荆門市博物館編著:《郭店楚墓竹簡》,文物出版社1998年版,第129頁。
⑦ [漢]韓嬰撰,屈守元箋疏:《韓詩外傳箋疏》,巴蜀書社1996年版,第486、518頁。按:《新序·雜事》大同,不具引。

德行於世,則四方莫不響應,風化善於彼矣。"①此五引《詩》,皆取若得賢遇士、修道善政、天下風行,則國家強盛之意。又,昭元年《左傳》載魯君子曰:"莒展之不立,棄人也夫! 人可棄乎?《詩》曰:'無競維人。'善矣。"哀二十六年《左傳》載子贛(端木賜)曰:"《詩》曰:'無競維人,四方其順之。'若得其人,四方以爲主,而國於何有?"②此兩引《周頌·烈文》,與《抑》詩相參,兩詩之意相合;蓋此四句詩從正面闡述平王潛心修德以治國之利。

三章曰:"其在于今,興迷亂于政。顛覆厥德,荒湛于酒。"③宋歐陽修《詩本義》卷十一:"指時事以刺王也。"④范處義《詩補傳》卷二十三:"此章刺'荒湛于酒',亂政喪德,不能用先王之典刑也。"⑤王質《詩總聞》卷十八:"此哲人所欲戒君者也。"⑥清黃中松《詩疑辨證》卷五:"'其在于今'是現在之詞,非追述之詞也。"⑦

謹按:僞《古文尚書·胤征》:"惟時羲和顛覆厥德,沉亂于酒,畔官離次,俶擾天紀,遐棄厥司。"⑧《大戴禮記·少閒》載孔子對魯哀公問曰:"桀不率先王之明德,乃荒耽于酒,淫泆于樂,德昏政亂,作宫室高臺,汙池土察,以民爲虐,粒食之民,惛焉幾亡。"⑨胤侯以"羲和湎淫"而"廢時亂日"征討之,孔子以夏桀"荒耽于酒"身死國亡典故誡哀公,皆與《抑》之三章此四句詩意相同。又,《韓詩外傳》卷十:"管仲曰:'臣聞之:酒入口者舌出,舌出者棄身。與其棄身,不寧棄酒乎?'桓公曰:'善。'《詩》曰:'荒湛于酒。'"⑩《漢書·五行志下》載谷永《星隕對》曰:"臣聞三代所以喪亡者,皆繇婦人群小,湛湎於酒。……《詩》曰:……'顛覆厥德,荒沈于酒。'"⑪此兩引《詩》皆言周王傾敗其德、荒廢政事而誤國亡身之論可從,唯樂酒無厭之説失之偏狹。則詩人從反面申述幽王荒淫敗德而亂國之歷

---

① [漢] 董仲舒撰,[清] 蘇輿義證,鍾哲點校:《春秋繁露義證》,新編諸子集成本,中華書局1992年版,第401頁。按:《孔子家語·正論解》《列女傳·節義》引"有覺德行,四國順之"兩句,皆取此義,不具引。
② 杜《注》:"奪群公子秩,是'棄人'。……(《詩》)言惟得人,則國家彊。"(《詩》)言無強,惟得人也。競,彊也。無彊乎? 惟得賢人也。若得賢人,四方諸國皆順從之矣。主,爲主四方。"[晉] 杜預注,[唐] 孔穎達等正義:《春秋左傳正義》,第4393、4741頁。
③ [漢] 毛亨傳,[漢] 鄭玄箋,[唐] 孔穎達等正義:《毛詩正義》,第1195頁。
④ [宋] 歐陽修:《詩本義》,卷11,第7頁。
⑤ [宋] 范處義:《詩補傳》,第116頁。
⑥ [宋] 王質:《詩總聞》,第293頁。
⑦ [清] 黃中松撰,陳丕武、劉海珊點校:《詩疑辨證》,第326頁。
⑧ 僞《胤征序》:"羲和湎淫,廢時亂日,胤往征之,作《胤征》。"[漢] 孔安國傳,[唐] 孔穎達等正義:《尚書正義》,第331-332頁。
⑨ [漢] 戴德撰,[清] 王聘珍解詁,王文錦點校:《大戴禮記解詁》,第218頁。
⑩ [漢] 韓嬰撰,屈守元箋疏:《韓詩外傳箋疏》,第859頁。按:《説苑·敬慎》篇與《韓詩外傳》卷10文意大同,《太平御覽》卷844《飲食部·酒中》、宋吳淑《事類賦》卷17《飲食部·酒注》皆以此爲《管子》文,且皆不載引此詩事。
⑪ [漢] 班固撰,[唐] 顏師古注,傅東華等點校:《漢書》,第1511頁。

史教訓,以毋"荒湛于酒"而"迷亂于政"誡平王。故明孫鑛《批評詩經》卷三評之曰:"大凡詩,刺者亦不是句句著所刺身上。此章'興迷亂于政',斷非武公自謂。"①

四章曰:"肆皇天弗尚,如彼泉流,無淪胥以亡。"毛《傳》:"淪,率也。"鄭《箋》:"肆,故,今也。胥,皆也。"②宋歐陽修《詩本義》卷十一:"言王荒于湛樂,不思繼紹文武之業,又不求先王所作之典刑,不知爲惡者有戮,乃躬自蹈於罪咎,而皇天不祐。則大戮當至,如泉水之流,汛濫無不被,而君臣皆將滅亡也。"③范處義《詩補傳》卷二十三:"此章言刺王既不知念爾祖,遂不知敬天也。"④王質《詩總聞》卷十八:"此哲人所欲勸君者也。"⑤朱熹《詩集傳》卷十八:"言天所不尚,則無乃淪陷相與而亡,如泉流之易乎!"⑥

謹按:《國語·周語下》載周太子晉《諫王壅穀水書》:"昔共工棄此道也,虞于湛樂,淫失其身,欲壅防百川,墮高堙庳,以害天下。皇天弗福,庶民弗助,禍亂並興,共工用滅。"⑦太子晉謂共工氏以"皇天弗福"而滅,説與此詩意相同。又,《列女傳·仁智傳·晉羊叔姬》:"及(楊食我)長,與祁勝爲亂,晉人殺食我,羊舌氏由是遂滅。君子謂叔姬爲能推類。《詩》云:'如彼泉流,無淪胥以敗。'此之謂也。"⑧此引《詩·小雅·小旻》五章,正取身死族亡之意,與《抑》之四章詩文意同。蓋此三句詩言周王敗德,則有悖於天人相合之道,所以上天不會祐助周王,終會"淪胥以亡"。詩人從天道觀視角來闡釋荒淫敗德的壞處。

五章曰:"質爾人民,謹爾侯度,用戒不虞。"毛《傳》:"質,成也。不虞,非度也。"鄭《箋》:"侯,君也。"⑨宋歐陽修《詩本義》卷十一:"教王此所以防禍亂也。"⑩蘇轍《詩集傳》卷十八:"侯度,天子所以御諸侯之度也。"⑪

謹按:襄二十二年《左傳》載魯君子曰:"善戒。《詩》曰:'慎爾侯度,用戒不虞。'鄭子張(公孫黑肱)其有焉。"⑫《韓詩外傳》卷六:"故皆興仁義而賤財利,賤財利則不爭,不爭則強不陵弱、衆不暴寡,是君之所以象典刑而民莫犯法;民莫犯

---

① 〔明〕孫鑛:《批評詩經》,第120頁。
② 〔漢〕毛亨傳,〔漢〕鄭玄箋,〔唐〕孔穎達等正義:《毛詩正義》,第1195頁。
③ 〔宋〕歐陽修:《詩本義》,卷11,第7頁。
④ 〔宋〕范處義:《詩補傳》,第116頁。
⑤ 〔宋〕王質:《詩總聞》,第294頁。
⑥ 〔宋〕朱熹撰,夏祖堯點校:《詩集傳》,第237頁。
⑦ 〔三國吳〕韋昭注,上海師範大學古籍整理研究所校點:《國語》,第103頁。
⑧ 〔漢〕劉向:《古列女傳》,四部叢刊初編影印明萬曆間(1573—1620)黃嘉育刊本,上海書店1985年版,卷3,第16頁。
⑨ 〔漢〕毛亨傳,〔漢〕鄭玄箋,〔唐〕孔穎達等正義:《毛詩正義》,第1196頁。
⑩ 〔宋〕歐陽修:《詩本義》,卷11,第8頁。
⑪ 〔宋〕蘇轍:《詩集傳》,第161頁。
⑫ 杜《注》:"義取慎法度,戒未然。"〔晉〕杜預注,〔唐〕孔穎達等正義:《春秋左傳正義》,第4287頁。

法,而亂斯止矣。《詩》曰:'告爾民人,謹爾侯度,用戒不虞。'"①《説苑·修文》:"是唐虞所以興象刑而民莫敢犯法,而亂斯止矣。《詩》云:'告爾人民,謹爾侯度,用戒不虞。'此之謂也。"②《鹽鐵論·世務》篇:"事不豫辨,不可以應卒。內無備,不可以禦敵。《詩》云:'誥爾民人,謹爾侯度,用戒不虞。'故有文事,必有武備。"③此四引《詩》,皆取敬民而善戒之意,與毛《傳》、鄭《箋》說大同。故明孫鑛《批評詩經》卷三評之曰:"後章'謹侯度'……又或借自警以規王。蓋時事難直指斥,詩道亦忌抝皮帶骨。其用意委婉,多如此。"④

七章曰:"相在爾室,尚不愧于屋漏,無曰不顯,莫予云覯。神之格思,不可度思,矧可射思!"⑤宋范處義《詩補傳》卷二十三:"此章誨王之謹獨也。"⑥王質《詩總聞》卷十八:"此又哲人所欲戒君者也。"⑦宋朱熹《詩集傳》卷十八:"此正心誠意之極功,而武公及之,則亦聖賢之徒也。"⑧

謹按:成十三年《左傳》載周卿士劉子(康公)曰:"敬在養神,篤在守業。國之大事,在祀與戎。祀有執膰,戎有受脤,神之大節也。"⑨劉康公(王季子)之説,與此詩義相合。又,《禮記·中庸》:"《詩》曰:'神之格思,不可度思,矧可射思。'夫微之顯,誠之不可揜,如此夫!……《詩》云:'相在爾室,尚不愧于屋漏。'故君子不動而敬,不言而信。"⑩《淮南子·泰族訓》:"夫鬼神視之無形,聽之無聲;然而郊天望山川,禱祠而求福,雩兑而請雨,卜筮而決事。《詩》云:'神之格思,不可度思,矧可射思!'此之謂也。"⑪此兩引《詩》,皆取祭神不敬非禮之意。蓋詩人從"禮"為"仁德"之標準的高度,誡周平王敬神修德,勿瀆神敗德。

2. 武公告誡平王敬慎威儀以顯德

首章曰:"抑抑威儀,維德之隅。"毛《傳》:"抑抑,密也。隅,廉也。"鄭《箋》:"人密審於威儀抑抑然,是其德必嚴正也。古之賢者道行必平,可外古而知內。

---

① [漢]韓嬰撰,屈守元箋疏:《韓詩外傳箋疏》,第524頁。按:《説苑·敬慎》篇與《韓詩外傳》卷10文意大同,《太平御覽》卷844《飲食部·酒中》、宋吳淑《事類賦》卷17《飲食部·酒注》皆以此為《管子》文,且皆不載引此詩事。
② [漢]劉向撰,向宗魯校證:《説苑校證》,中華書局1987年版,第487—488頁。
③ [漢]桓寬撰,王利器校注:《鹽鐵論校注》,新編諸子集成本,中華書局1992年版,第507—508頁。按:《鹽鐵論·世務》篇引此詩釋義重在內備,即"謹度";《説苑·修文》篇引此詩釋義重在命民,即"命誥"。兩説各有側重,皆不可廢。
④ [明]孫鑛:《批評詩經》,第120頁。
⑤ [漢]毛亨傳,[漢]鄭玄箋,[唐]孔穎達等正義:《毛詩正義》,第1197頁。
⑥ [宋]范處義:《詩補傳》,第117頁。
⑦ [宋]王質:《詩總聞》,第294頁。
⑧ [宋]朱熹撰,夏祖堯點校:《詩集傳》,第238頁。
⑨ 杜《注》:"膰,祭肉。"[晉]杜預注,[唐]孔穎達等正義:《春秋左傳正義》,第4149頁。
⑩ [漢]鄭玄注,[唐]孔穎達等正義:《禮記正義》,第3532、3548頁。
⑪ [漢]劉安撰,[漢]高誘注,劉文典集解,馮逸等點校:《淮南鴻烈集解》,第665頁。

如宫室之制，內有繩直，則外有廉隅。"①宋歐陽修《詩本義》卷十一："汎言人當外謹其容止，則舉動不陷於過惡。是其威儀爲德之廉隅也。"②王質《詩總聞》卷十八："以其威儀見其德。"③宋朱熹《詩集傳》卷十八："言'抑抑威儀，維德之隅'，則有哲人之德者，固必有哲人之威儀也。"④

　　謹按：《說文·人部》："偶，桐人也。從人禺聲。"《阜部》："隅，陬也。從阜禺聲。"⑤清馬瑞辰《毛詩傳箋通釋》卷二十六："漢《劉熊碑》：'惟德之偶。''偶'即'隅'之假借，蓋本三家詩。"⑥則"隅"爲"偶"之假借字。又，襄三十一年《左傳》載衛北宮文子（北宮佗）曰："有威而可畏，謂之威；有儀而可象，謂之儀。君有君之威儀，其臣畏而愛之，則而象之，故能有其國家，令聞長世。臣有臣之威儀，其下畏而愛之，故能守其官職，保族宜家。順是以下，皆如是，是以上下能相固也。……故君子在位可畏，施舍可愛，進退可度，周旋可則，容止可觀，作事可法，德行可象，聲氣可樂；動作有文，言語有章，以臨其下，謂之有威儀也。"⑦北宮文子釋"威儀之則"此言，正可爲"抑抑威儀"作解。又，《漢書·馮參傳》："贊曰：《詩》稱'抑抑威儀，惟德之隅'。宜鄉侯參鞠躬履方，擇地而行，可謂淑人君子，然卒死於非罪，不能自免，哀哉！"⑧《後漢書·東平憲王蒼傳》載蒼曰："至秋冬，乃振威靈，整法駕，備周衛，設羽旄。《詩》云：'抑抑威儀，惟德之隅。'"⑨此二引《詩》，言人審密於威儀則其德必正，如制宮室，內繩直則外有廉隅，皆取密靜之德、審於威儀、持心有廉隅之意。可見，此兩句詩言威儀寓於美德，而美德又外現於威儀。詩人從敬慎威儀是潛心修德的具體表現角度，強調敬慎威儀的重要性。

　　次章曰："敬慎威儀，維民之則。"鄭《箋》："則，法也。"⑩宋歐陽修《詩本義》卷十一："'敬慎威儀'，以爲民法爾。謂修身而天下服也。"⑪范處義《詩補傳》卷二十三："此章言君之所爲，必有其效。"⑫王質《詩總聞》卷十八："此哲人所欲告君者也。所告者，人也，德行也。大要以敬威儀爲本。"⑬

---

① ［漢］毛亨傳，［漢］鄭玄箋，［唐］孔穎達等正義：《毛詩正義》，第1194頁。
② ［宋］歐陽修：《詩本義》，卷11，第6頁。
③ ［宋］王質：《詩總聞》，第293頁。
④ ［宋］朱熹撰，夏祖堯點校：《詩集傳》，第238頁。
⑤ 《人部》"偶"字段《注》："偶者，寓也，寓於木之人也。字亦作'寓'，亦作'禺'，同音假借耳。"《阜部》"隅"字段《注》："今人謂邊爲廉，角爲隅。古不別此字。亦作'嵎'、作'湡'。"［漢］許慎撰，［清］段玉裁注：《說文解字注》，第383、731-732頁。
⑥ ［清］馬瑞辰撰，陳金生點校：《毛詩傳箋通釋》，第946頁。
⑦ ［晉］杜預注，［唐］孔穎達等正義：《春秋左傳正義》，第4378頁。
⑧ ［漢］班固撰，［唐］顏師古注，傅東華等點校：《漢書》，第3308頁。
⑨ ［南朝宋］范曄撰，［唐］李賢等注，宋雲彬等點校：《後漢書》，第1434頁。
⑩ ［漢］毛亨傳，［漢］鄭玄箋，［唐］孔穎達等正義：《毛詩正義》，第1195頁。
⑪ ［宋］歐陽修：《詩本義》，卷11，第7頁。
⑫ ［宋］范處義：《詩補傳》，第116頁。
⑬ ［宋］王質：《詩總聞》，第293頁。

謹按：襄三十一年《左傳》載衛北宮文子（北宮佗）曰："《詩》云：'敬慎威儀，惟民之則。'令尹無威儀，民無則焉。民所不則，以在民上，不可以終。"①《韓詩外傳》卷六："故曰：職分而民不慢，次定而序不亂，兼聽齊明而百事不留。……《詩》曰：'訏謨定命，遠猶辰告。敬慎威儀，惟民之則。'"②《中論·法象》："夫法象立，所以爲君子。法象者，莫先乎正容貌，慎威儀。……《詩》云：'敬爾威儀，惟民之則。'"③此三引《詩》，皆取敬慎威儀以修德而爲民人法則之意。又，《邶風·柏舟》之三章曰："威儀棣棣，不可選也。"《大雅·既醉》之四章曰："朋友攸攝，攝以威儀。"《民勞》之三章曰："敬慎威儀，以近有德。"《魯頌·泮水》之四章曰："敬慎威儀，維民之則。"④或與此詩意同，或與此詩文、意皆同。四詩相參可知，詩人從萬民之法則的高度強調敬慎威儀的重要性以誡平王。

五章曰："慎爾出話，敬爾威儀，無不柔嘉。白圭之玷，尚可磨也。斯言之玷，不可爲也。"毛《傳》："話，善言也。玷，缺也。"鄭《箋》："言，謂教令也。柔，安；嘉，善也。斯，此也。玉之缺，尚可磨鑢而平；人君政教一失，誰能反覆之？"⑤宋歐陽修《詩本義》卷十一："亦教王自修也。"⑥王質《詩總聞》卷十八："此又哲人所欲勸君者也。……大要以謹言語、敬威儀爲本。"⑦朱熹《詩集傳》卷十八："言既治民守法，防意外之患矣，又當謹其言語。"⑧

謹按：僖九年《左傳》載魯君子曰："《詩》所謂'白圭之玷，尚可磨也；斯言之玷，不可爲也。'荀息有焉。"⑨《禮記·緇衣》載孔丘曰："君子道人以言，而禁人以行。故言必慮其所終，而行必稽其所敝，則民謹於言而慎於行。《詩》云：'慎爾出話，敬爾威儀。'……言從而行之，則言不可飾也；行從而言之，則行不可飾也。故君子寡言而行以成其信，則民不得大其美而小其惡。《詩》云：'白圭之玷，尚可磨也；斯言之玷，不可爲也。'"⑩《説苑·君道》篇載陳泄冶《慎行敬言論》："言出於身，加於民；行發乎邇，見乎遠。言行，君子之樞機。樞機之發，榮辱之主，君子之

---

① ［晉］杜預注，［唐］孔穎達等正義：《春秋左傳正義》，第4378頁。按："惟"，今本毛《詩》作"維"。又，《古列女傳·賢明傳》《五行志中》皆引此章詩，其釋義全本《左傳》，不具引。
② ［漢］韓嬰撰，屈守元箋疏：《韓詩外傳箋疏》，第520頁。
③ ［三國魏］徐幹撰，龔祖培點校：《中論》，第8頁。
④ 《柏舟》毛《傳》："君子望之儼然可畏，禮容俯仰各有威儀耳，棣棣富而閑習也。物各有容，不可數也。"《既醉》毛《傳》："言相攝佐者以威儀也。"《民勞》毛《傳》："求近德也。"《泮水》鄭《箋》："則，法也。"［漢］毛亨傳，［漢］鄭玄箋，［唐］孔穎達等正義：《毛詩正義》，第624、1155、1182、1318頁。
⑤ ［漢］毛亨傳，［漢］鄭玄箋，［唐］孔穎達等正義：《毛詩正義》，第1196頁。
⑥ ［宋］歐陽修：《詩本義》，卷11，第8頁。
⑦ ［宋］王質：《詩總聞》，第294頁。
⑧ ［宋］朱熹撰，夏祖堯點校：《詩集傳》，第237頁。
⑨ 杜《注》："(《詩》)言此言之缺難治甚於白圭。"［晉］杜預注，［唐］孔穎達等正義：《春秋左傳正義》，第3908頁。按：《國語·晉語二》作"君子曰：'不食其言矣。'"《史記·晉世家》全本《左傳》。
⑩ ［漢］鄭玄注，［唐］孔穎達等正義：《禮記正義》，第3577、3583頁。按：《郭店楚簡·緇衣》與此大同。

所以動天地，可不慎乎？'天地動而萬物變化。《詩》曰：'慎爾出話，敬爾威儀，無不柔嘉。'此之謂也。今君不是之慎，而縱恣焉，不亡必弑。"①《漢書·匡衡傳》載匡衡《戒妃匹勸經學疏》："舉錯動作，物遵其儀，故形爲仁義，動爲法則。……《大雅》云：'敬慎威儀，惟民之則。'"②此四引《詩》，皆取謹言慎行而敬慎威儀之意。③蓋此六句詩謂"威儀"應達到"柔嘉"之標準。

八章曰："辟爾爲德，俾臧俾嘉。淑慎爾止，不愆于儀。不僭不賊，鮮不爲則。"毛《傳》："女爲善，則民爲善矣。止，至也，爲人君止於仁，爲人臣止於敬，爲人子止於孝，爲人父止於慈，與國人交止於信。"④宋歐陽修《詩本義》卷十一："謂臣民法王以爲德，當使稱善而美之。"⑤朱熹《詩集傳》卷十八："既戒以修德之事，而又言爲德而人法之，猶投桃報李之必然也。"⑥

謹按：僖九年《左傳》載秦大夫公孫枝曰："（《詩》）又曰：'不僭不賊，鮮不爲則。'無好無惡，不忌不克之謂也。"昭元年《左傳》載晉卿士趙文子（趙武）曰："《詩》曰：'不僭不賊，鮮不爲則。'信也。能爲人則者，不爲人下矣。"⑦《禮記·緇衣》載魯大夫孔丘曰："王言如絲，其出如綸；王言如綸，其出如綍。故大人不倡游言。可言也不可行，君子弗言也；可行也不可言，君子弗行也。則民言不危行，而行不危言矣。《詩》云：'淑慎爾止，不愆于儀。'"⑧《荀子·臣道篇》："忠信以爲質，端慤以爲統，禮義以爲文，倫類以爲理，喘而言，臑而動，而一可以爲法則。《詩》曰：'不僭不賊，鮮不爲則。'此之謂也。"⑨此四引《詩》，皆取王爲民則之意。可見，《魯詩》《韓詩》與《毛詩》文義相同，蓋此六句詩回答了"威儀"何以達到"柔嘉"之標準問題。

九章曰："溫溫恭人，維德之基。"毛《傳》："溫溫，寬柔也。"鄭《箋》："寬柔之人溫溫然，則能爲德之基止。言内有其性，乃可以有爲德也。"⑩宋歐陽修《詩本義》卷十一："汎言人必先觀其質性之如何也。謂木必柔忍，然後可以緇絲；人必溫恭，然後可以修德。"⑪

謹按：《禮記·表記》載魯大夫孔丘曰："恭近禮，儉近仁，信近情，敬讓以行，

---

① ［漢］劉向撰，向宗魯校證：《説苑校證》，第 3-4 頁。
② 顔《注》："《抑》之詩。"［漢］班固撰，［唐］顔師古注，傅東華等點校：《漢書》，第 3343 頁。
③ 《列女傳·賢明傳》《説苑·談叢》篇亦引本章詩句，不具引。
④⑩ ［漢］毛亨傳，［漢］鄭玄箋，［唐］孔穎達等正義：《毛詩正義》，第 1198 頁。
⑤ ［宋］歐陽修：《詩本義》，卷 11，第 9 頁。
⑥ ［宋］朱熹撰，夏祖堯點校：《詩集傳》，第 238 頁。
⑦ 僖九年《左傳》杜《注》："僭，過差也；賊，傷害也；皆忌、克也。能不然，則可爲人法則。"昭元年《左傳》杜《注》："僭，不信；賊，害人也。"［晉］杜預注，［唐］孔穎達等正義：《春秋左傳正義》，第 3909、4386 頁。
⑧ ［漢］鄭玄注，［唐］孔穎達等正義：《禮記正義》，第 3576-3577 頁。按：《郭店楚簡·緇衣》大同。
⑨ ［周］荀況撰，［唐］楊倞注，［清］王先謙集解，沈嘯寰、王星賢點校：《荀子集解》，第 256 頁。按：《韓詩外傳》卷 6、《列女傳·貞順傳》亦引本章詩句，不具引。
⑪ ［宋］歐陽修：《詩本義》，卷 11，第 9 頁。

此雖有過,其不甚矣。夫恭寡過,情可信,儉易容也。以此失之者,不亦鮮乎? 《詩》曰:'溫溫恭人,惟德之基。'"①《荀子·不苟篇》:"君子寬而不僈,廉而不劌,辯而不爭,察而不激,寡立而不勝,堅強而不暴,柔從而不流,恭敬謹慎而容,夫是之謂至文。《詩》曰:'溫溫恭人,惟德之基。'此之謂矣。"《非十二子篇》:"是以不誘於譽,不恐於誹,率道而行,端然正己,不爲物傾側,夫是之謂誠君子。《詩》云:'溫溫恭人,維德之基。'此之謂也。"《君道篇》:"故天子不視而見,不聽而聰,不慮而知,不動而功,塊然獨坐而天下從之如一體,如四肢之從心,夫是之謂大形。《詩》曰:'溫溫恭人,維德之基。'此之謂也。"②《列女傳·賢明傳·晉趙衰妻》:"君子謂趙姬恭而有讓。《詩》曰:'溫溫恭人,維德之基。'趙姬之謂也。"③此五引《詩》,皆取溫恭以修德之意。蓋詩人言祗有敬修威儀,纔能使自己成爲一個寬柔恭謹的人,這纔是潛心修德的根本之所在。

3. 武公告誡平王聽受善言是敬慎威儀的直接體現

次章曰:"訏謨定命,遠猶辰告。"毛《傳》:"訏,大,謨,謀,猶,道,辰,時也。"鄭《箋》:"猶,圖也。大謀定命,謂正月始和,布政于邦國都鄙也。爲天下遠圖庶事,而以歲時告施之。"④宋朱熹《詩集傳》卷十八:"故必大其謀,定其命,遠圖時告,敬其威儀,然後可以爲天下法也。"⑤呂祖謙《呂氏家塾讀詩記》卷二十七:"用人也,修德也,出命也。治道之大端既備,又終之以威儀者,蓋本其切近者言之,以承前章之意也。"⑥

謹按:《韓詩外傳》卷六:"賞勉罰偷,即民不怠;兼聽齊明,則天下歸之。然後明其分職,考其事業,較其官能,莫不理法。即公道達而私門塞,公義立而私事息。……《詩》曰:'訏謨定命,遠猶辰告。敬慎威儀,惟民之則。'"⑦此引《詩》取定命圖告以爲天下法之意。蓋詩人言偉大的計劃,務必要定爲命令;遠大的政策,一定要及時宣告。

九章曰:"其維哲人,告之話言,順德之行。"毛《傳》:"話言,古之善言也。"鄭《箋》:"語賢智之人以善言,則順行之。"⑧宋王質《詩總聞》卷十八:"哲人之話言

---

① [漢]鄭玄注,[唐]孔穎達等正義:《禮記正義》,第3559－3560頁。
② [周]荀況撰,[唐]楊倞注,[清]王先謙集解,沈嘯寰、王星賢點校:《荀子集解》,第40－41、102、239頁。
③ [漢]劉向:《古列女傳》,四部叢刊初編影印明萬曆間(1573—1620)黃嘉育刊本,上海書店1985年版,卷2,第13頁。按:《說苑·修文》篇亦引本章詩句,不具引。
④ [漢]毛亨傳,[漢]鄭玄箋,[唐]孔穎達等正義:《毛詩正義》,第1195頁。
⑤ [宋]朱熹撰,夏祖堯點校:《詩集傳》,第237頁。
⑥ [宋]呂祖謙:《呂氏家塾讀詩記》,第8頁。
⑦ [漢]韓嬰撰,屈守元箋疏:《韓詩外傳箋疏》,第519－520頁。
⑧ [漢]毛亨傳,[漢]鄭玄箋,[唐]孔穎達等正義:《毛詩正義》,第1198頁。

皆如此,當順而行之;感(愚)人反謂此言爲僭。哲、愚各有心,在所以察之也。"①明姚舜牧《重訂詩經疑問》卷十:"前云'無哲不愚'矣,此云'其維哲人',是哲之哲者也;'其維愚人',是哲者無不愚者也。"②

謹按:文六年《左傳》"著之話言"杜《注》:"話,善也,爲作善言遺戒。"孔《疏》:"'著之話言',爲作善言遺戒,著於竹帛,故言'著之'也。"③此説與毛《傳》、鄭《箋》同。又,襄二年《左傳》載魯君子曰:"禮無所逆。……《詩》曰:'其惟哲人,告之話言,順德之行。'季孫(季孫行父)於是爲不哲矣。"④《新序·雜事》:"(樂王鮒對葉公沈諸梁問)曰:'好學,智也;受規諫,仁也。江出汶山,其源若甕口,至楚國,其廣十里,無他故,其下流多也。人而好學受規諫,宜哉其立。'《詩》曰:'其惟哲人,告之話言,順德之行。'此之謂也。"⑤此兩引《詩》,"逆禮"與"順德"相對,"好學受規諫"與"仁知"相對,足見"禮儀"即"仁德"。蓋詩人從正面誡平王:只要聽受善言,威儀、仁德自然畢現。

十章曰:"於乎小子,未知臧否。……民之靡盈,誰夙知而莫成?"毛《傳》:"莫,晚也。"鄭《箋》:"臧,善也。……此言以教道之,孰不可啓覺。……言王之無成,本無知故也。"⑥宋歐陽修《詩本義》卷十一:"'未知臧否'者,不度可否也。"⑦范處義《詩補傳》卷二十三:"此章言我告王既切,王宜悔悟也。……冀王之蚤(早)悟也。"⑧

謹按:《抱朴子外篇·勖學》:"才性有優劣,思理有修短,或有夙知而早成,或有提耳而後喻。"⑨僖二年《穀梁傳》范《注》:"明達之人,言則舉綱領要,不言提其耳,則愚者不悟。"⑩明何楷《詩經世本古義》卷十九引陸燧《陸先生詩筌》曰:"知則必成,夙知則必夙成;聽言始能夙知,不聽言必滿之爲害耳。"⑪則晉葛洪、范甯及明陸燧之言,正與鄭《箋》相合。蓋詩人從正面誡平王:王勿以年少無知而不度可否,當溫恭虛己而夙知夙成。

十一章曰:"視爾夢夢,我心慘慘。誨爾諄諄,聽我藐藐,匪用爲教,覆用爲

---

① [宋]王質:《詩總聞》,第294頁。
② [明]姚舜牧:《重訂詩經疑問》,南京圖書館藏明萬曆三十八年(1610)六經堂刻五經疑問本。
③ [晉]杜預注,[唐]孔穎達等正義:《春秋左傳正義》,第4003頁。
④ 杜《注》:"哲,知也;話,善也。言知者行事,無不順。言(季孫行父)逆德。"[晉]杜預注,[唐]孔穎達等正義:《春秋左傳正義》,第4187頁。
⑤ [漢]劉向撰,石光瑛校釋:《新序校釋》,第608—611頁。
⑥ [漢]毛亨傳,[漢]鄭玄箋,[唐]孔穎達等正義:《毛詩正義》,第1199頁。
⑦ [宋]歐陽修:《詩本義》,卷11,第9頁。
⑧ [宋]范處義:《詩補傳》,第117頁。
⑨ [晉]葛洪撰,楊明照校箋:《抱朴子外篇校箋》,新編諸子集成本,中華書局1991年版,第132頁。
⑩ [晉]范甯注,[唐]楊士勛疏:《春秋穀梁傳注疏》,清嘉慶二十至二十一年(1815—1816)江西南昌府學刊刻阮校十三經注疏本,中華書局2009年影印版,第5191頁。按:"悞",文淵閣四庫全書本作"悟"。
⑪ [明]何楷撰,李士彪、張丹丹校點:《詩經世本古義》,第1089頁。

虐。"鄭《箋》:"視王之意夢夢然,我心之憂悶慘慘然。恕其自恣,不用忠臣。……我教告王口語諄諄然,王聽聆之藐藐然。忽略不用我所言爲政令,反謂之有妨害於事,不受忠言。"①宋王質《詩總聞》卷十八:"見其君無所知,則我心有所憂。愬之於天,不以有生爲樂。甚憂之辭也。"②

謹按:《潛夫論·班禄》:"是故先王將發號施令,諄諄如也,惟恐不中而道於邪,故作典以爲民極,上下共之,無有私曲,三府制法,未聞赦彼有罪,獄貨惟寶者也。"③《中論·虛道》:"是己之非,遂初之繆,至於身危國亡,可痛矣夫。《詩》曰:'誨爾諄諄,聽之藐藐,匪用爲教,覆用爲虐。'"④此化用或引述《詩》,皆取殷勤教告之意,與鄭《箋》説大同。蓋十、十一兩章以年少而不接受教誨從反面誡平王。

4. 武公告誡平王要使王令中理以顯德

四章曰:"修爾車馬,弓矢戎兵,用戒戎作,用逷蠻方。"⑤宋歐陽修《詩本義》卷十一:"刺王知修戎備以防兵亂、禦戎狄,而不知修身以遠禍敗。"⑥范處義《詩補傳》卷二十三:"次則修車馬、備器械,常若兵戎之將起。思患豫防,則雖蠻夷,亦將遠去而不爲患。"⑦朱熹《詩集傳》卷十八:"是以内自庭除之近,外及蠻方之遠,細而寢興灑掃之常,大而車馬戎兵之變,慮無不周、備無不飭也。"⑧清陳奐《毛詩傳疏》卷二十五:"凡長民者,急宜修理内政,扞禦外難,共相警戒。"⑨

謹按:《潛夫論·勸將》:"德(後)稍弊薄,邪心孳生,次聖繼之,觀民設教,作爲誅賞,以威勸之,既作五兵,又爲之憲,以正厲之。《詩》云:'修爾興馬,弓矢戈兵,用戒作則,用逖蠻方。'"⑩此引《詩》正取德昌兵強以備戎事之意。蓋詩言備軍治兵,修理内政,捍禦外難,共相警戒。

六章曰:"無易由言,無曰苟矣。莫捫朕舌,言不可逝矣!無言不讎,無德不報。惠于朋友,庶民小子,子孫繩繩,萬民靡不承。"鄭《箋》:"女無輕易於教令,無曰苟且如是。今人無持我舌者而自輕恣也。教令一往行於下,其過誤可得而已之乎?……王之子孫敬戒行王之教令,天下之民不承順之乎?言承順也。"⑪宋朱熹《詩集傳》卷十八:"言不可輕易其言,蓋無人爲我執持。其舌者,故言語由己,

---

① [漢]毛亨傳,[漢]鄭玄箋,[唐]孔穎達等正義:《毛詩正義》,第1199頁。
② [宋]王質:《詩總聞》,第295頁。
③ [漢]王符撰,[清]汪繼培箋,彭鐸校正:《潛夫論箋校正》,第171頁。
④ [三國魏]徐幹撰,龔祖培點校:《中論》,第14頁。
⑤ [漢]毛亨傳,[漢]鄭玄箋,[唐]孔穎達等正義:《毛詩正義》,第1196頁。
⑥ [宋]歐陽修:《詩本義》,卷11,第7頁。
⑦ [宋]范處義:《詩補傳》,第117頁。
⑧ [宋]朱熹撰,夏祖堯點校:《詩集傳》,第237頁。
⑨ [清]陳奐:《毛詩傳疏》,第4111頁。
⑩ [漢]王符撰,[清]汪繼培箋,彭鐸校正:《潛夫論箋校正》,第244頁。
⑪ [漢]毛亨傳,[漢]鄭玄箋,[唐]孔穎達等正義:《毛詩正義》,第1197頁。

易致差失,常當執守,不可放去也。且天下之理,無有言而不讎,無有德而不報者。若爾能惠于朋友,庶民小子,則子孫繩繩,而萬民靡不承矣。皆謹言之效也。"①

謹按:《禮記·表記》載魯大夫孔丘曰:"以德報德,則民有所勸;以怨報怨,則民有所懲。《詩》曰:'無言不讎,無德不報。'"②《荀子·富國篇》:"百姓曉然皆知其污漫暴亂而將大危亡也。是以臣或弒其君,下或殺其上。粥其城,倍其節,而不死其事者,無它故焉,人主自取之。詩曰:'無言不讎,無德不報。'此之謂也。"③《韓詩外傳》卷五:"若夫無類之說,不形之行,不贊之辭,君子慎之。《詩》曰:'無易由言,無曰苟矣。'""孔子曰正假馬之言,而君臣之義定矣。……《詩》曰:'君子無易由言。'"《韓詩外傳》卷六:"夫隱諱移苟,爭言競爲而後息,不能無害其爲君子也,故君子不爲也。……《詩》曰:'無易由言,無曰苟矣。'……故無不愛也,無不敬也,無與人爭也,曠然而天地苞萬物也。……《詩》曰:'惠于朋友,庶民小子,子孫承承,萬民靡不承。'"④《春秋繁露·郊事對》:"武王崩,成王立而在襁褓之中,周公繼文武之業,成二聖之功,德漸天地,澤被四海,故成王賢而貴之。《詩》云:'無德不報。'故成王使祭周公以白牡,上不得與天子同色,下有異於諸侯。"⑤此七引《詩》,皆取謹慎言語、以德報德以勸民之意,與毛《傳》、鄭《箋》説合。蓋詩之六章承五章"慎爾出話"意,從正反兩個方面申慎言語謹王令乃安邦治國、中興周室之根本的高度誡平王。

可見,全詩從潛心修德、敬慎威儀、樂聞善言、政令中理四個方面反復誡平王。當然,詩人所誡勉的對象畢竟是將要正式繼承王位的天王宜臼,用語自然較爲婉轉。正如明孫鑛《批評詩經》卷三所說:"典則溫厚,談理最密,是箴言之調。"⑥故使人誤以爲是武公自儆之作,或武公自儆而刺王之作。

綜上所論,《大雅·抑》當作於幽王十一年至三年(前771—前768)之間,與《小雅·青蠅》《賓之初筵》皆爲同一時期的作品,具體作時當在此兩篇之後。⑦

---

① [宋]朱熹撰,夏祖堯點校:《詩集傳》,第238頁。
② [漢]鄭玄注,[唐]孔穎達等正義:《禮記正義》,第3557頁。
③ [周]荀況撰,[唐]楊倞注,[清]王先謙集解,沈嘯寰、王星賢點校:《荀子集解》,第183頁。
④ [漢]韓嬰撰,屈守元箋疏:《韓詩外傳箋疏》,第488、514、528-530頁。按:《説苑·善説》篇大同。
⑤ [漢]董仲舒撰,[清]蘇輿義證,鍾哲點校:《春秋繁露義證》,第415-416頁。按:《荀子·致士篇》《韓詩外傳》卷10、《鹽鐵論·散不足》《列女傳·節義傳》《新序·雜事》《漢書·宣帝紀》《張安世傳》《傅喜傳》《後漢書·明帝紀》《陳球傳》《陳蕃傳》《孫程傳》皆引此章詩句,不具引。
⑥ [明]孫鑛:《批評詩經》,第120頁。
⑦ 參見:邵炳軍《衛武公〈抑〉創作時世考論》,《中國古典研究》(日本),1999年12月第46號,第1-16頁。

第四章
周大夫凡伯與他的《板》《瞻卬》《召旻》

凡伯是兩周之際"二王並立"時期的重要詩人之一。關於《詩·大雅·板》《瞻卬》《召旻》三詩的作者是否爲同一凡伯的辨析,以及對凡伯的族屬、地望、職掌與生活時代的考證,是判定《板》《召旻》《瞻卬》三詩的創作年代的重要依據。筆者擬從作者考辨入手,重點考訂《瞻卬》之創作年代。

第一節 《板》《瞻卬》《召旻》作者諸説辨證

關於《板》《瞻卬》《召旻》三詩之作者,先哲時賢主要有八説:
一爲"《板》《瞻卬》《召旻》三詩爲二凡伯所作"説。毛《序》:"《板》,凡伯刺厲王也。""《瞻卬》,凡伯刺幽王大壞也。""《召旻》,凡伯刺幽王大壞也。旻,閔也。閔天下無如召公之臣也。"①《節南山》孔《疏》:"《〈瞻卬〉箋》亦引隱七年'天王使凡伯來聘',自隱七年上距幽王之卒五十六歲……然亦不知其人之同異也。但知《板》與瞻卬俱是凡伯所作,二者必是別人。何則?《板》已言'老夫灌灌''匪我言耄',則不得下及幽王時矣。《瞻卬》之《箋》引《春秋》,亦證凡伯爲天子大夫耳。……其意不以爲一人矣。"《瞻卬》孔《疏》:"《〈板〉箋》以凡伯爲卿士,此言大夫者,大夫卿之總稱也。……不謂與此必爲一人矣。"②宋范處義《詩補傳·篇目》:"則凡伯在厲王之世,已非少壯矣。其後《瞻卬》《召旻》之刺幽王,蓋《板》之子若孫也。"③《册府元龜》卷九百三十八《總録部·怨刺注》:"前凡伯爲卿士,此

---

① [漢]毛亨傳,[漢]鄭玄箋,[唐]孔穎達等正義:《毛詩正義》,第1182、1244、1247頁。
② [漢]毛亨傳,[漢]鄭玄箋,[唐]孔穎達等正義:《毛詩正義》,第943、1244頁。
③ [宋]范處義:《詩補傳》,第6頁。

爲大夫,蓋二人也。皆失其名。"①清嚴虞惇《讀詩質疑》卷二十六下:"厲王之後,共和攝政凡十四年,又宣王在位十六年,至幽王三年嬖褒姒、八年立伯服、九年王室始騷,中間相距六七十年。《板》之詩曰'老夫灌灌',是凡伯作詩時年已老矣,豈能至幽王時尚存耶?"②

二爲闕疑説。《後漢書·李固傳》載李固《災異對策》:"先聖法度,所宜堅守,政教一跌,百年不復。《詩》云:'上帝板板,下民卒癉。'刺周王變祖法度,故使下民將盡病也。"③宋王質《詩總聞》卷十七:"此(《板》)老而練、少而儇者之辭也。終始曲折勸之,無怒心,無峻語。至王則仍有美辭,以聖言,以明言,以旦言。斯人其愛君憂國者也。"④清姚際恒《詩經通論》卷十五:"此刺幽王寵褒姒致亂之詩。小序謂凡伯作,未見其然。"⑤

三爲"《板》《瞻卬》《召旻》爲同一凡伯作"説。元馬端臨《文獻通考·封建考五》:"凡,姬姓,伯爵,周公之後,國於畿内,在汲郡共縣,今衛州共城縣,世爲王卿士。厲王、幽王之時,凡伯作《板》《瞻卬》《召旻》諸詩以刺王。"⑥

四爲"《瞻卬》《召旻》爲尹伯奇所作"説。僞《申培詩説》:"《瞻卬》,幽王嬖褒姒、任閹人,尹伯奇憂亂而作此詩。……《召旻》,幽王邇刑人、近頑童諂巧、用讒慝,諸侯攜貳,戎狄内侵,饑饉因之,國人流散,尹伯奇諫王而作是詩。"⑦

五爲"《板》《瞻卬》《召旻》之作者凡伯即周定公"説。清陸奎勳《陸堂詩學》卷十:"或云徧考史籍,厲王時未見有凡伯事,余謂即共和之周定公也。定公齒長于召穆,故宣王初年致政而去。詩中亦明云'老夫灌灌''匪我言耄'也。""因悟周定公歸老于凡,而《莊子》及《魯連子》所云:共伯復歸於宗,逍遥得意共山之首者,即共和之周定公也。《小序》故以《板》詩爲凡伯作,而作此二詩(指《瞻卬》《召旻》)者,又爲凡伯之繼世與?"⑧

六爲"《板》之作者凡伯即共伯和"説,見清魏源《詩古微·大雅答問下》(引文詳下),《詩序集義》同,朱右曾《詩地理徵》卷五《凡》、卷七《共和》説大同。

七爲"《民勞》與《板》同出一人"説,見清方玉潤《詩經原始》卷十四(引文

---

① [宋]王欽若等撰,周勛初等據明刻本校訂:《册府元龜》,鳳凰出版社2006年版,第10864頁。
② [清]嚴虞惇:《讀詩質疑》,國家圖書館藏清乾隆間(1736—1795)嚴有禧刻本。按:據《史記·十二諸侯年表》,宣王在位凡46年(前827—前782),則嚴氏"十六年"乃"四十六年"之訛奪。那麽,自共和元年(前841)至幽王九年(前773),中間相距68年。
③ 李《注》:"《詩·大雅》,凡伯刺周厲王反先王之道,下人盡病也。"[南朝宋]范曄撰,[唐]李賢等注,宋雲彬等點校:《後漢書》,第2076頁。按:此泛指"刺周王",與毛《詩》"凡伯刺厲王"説異,足見其不以《板》詩爲厲王時凡伯所作。據晉常璩《華陽國志》卷10《先賢士女總讚論》謂李固師事魯恭,習《魯詩》,則《災異對策》文當引自《魯詩序》)。
④ [宋]王質:《詩總聞》,第290頁。
⑤ [清]姚際恒撰,顧頡剛點校:《詩經通論》,第319頁。
⑥ [元]馬端臨:《文獻通考》,第2089頁。
⑦ [明]豐坊:《申培詩説》,第46頁。按:僞《子貢詩傳》闕文。
⑧ [清]陸奎勳:《陸堂詩學》,第306-307、315頁。

詳下）。

八爲"《板》之作者爲衛武公"説。劉毓慶《雅頌新考》："竊疑此詩亦當爲衛武公所作。衛武公入相于周，正是西周亡國之後。"①

關於僞《申培詩説》之誤，明何楷《詩經世本古義》卷十八、清毛奇齡《詩傳詩説駁義》卷五已詳辯之；至於陸氏《陸堂詩學》"《板》《瞻卬》《召旻》之作者凡伯即周定公"説，清魏源《詩古微·大雅答問下》亦詳辯之，此皆不贅述。闕疑説則存而不論。筆者以爲馬氏《文獻通考》之"《板》《瞻卬》《召旻》爲同一凡伯作"之説是，唯其以凡伯爲厲、幽之世人，此説不可從。本節擬依據現有文獻資料，鈎沉糾誤，對其餘諸説逐一考辨於後。

一、毛《序》之"《板》《瞻卬》《召旻》三詩爲二凡伯所作"説辨

關於毛《序》認爲作《板》詩之"凡伯"，與作《瞻卬》《召旻》之"凡伯"爲二人之説，《節南山》孔《疏》、《瞻卬》孔《疏》提出的主要理據是凡伯在《板》詩中已言"老夫灌灌""匪我言耄"，則作《板》詩之凡伯自然就"不得下及幽王時"，故不爲同一人；而自共和元年（前841）至幽王九年（前773）中間相距68年（清嚴虞惇《讀詩質疑》卷二十六下），則作《瞻卬》《召旻》之"凡伯"自然爲作《板》之"凡伯"的後世"子孫"（宋范處義《詩補傳·篇目》）。

這裏需要説明的是，就筆者目前所見研究資料表明，最早對作《板》詩之"凡伯"與作《瞻卬》《召旻》之"凡伯"爲二人之説提出質疑者，當爲元馬端臨，論之最詳者當屬明何楷。何氏《詩經世本古義》卷十六曰："《板》，凡伯刺厲王也。切責僚友用事之人，而義歸于刺王。"卷十八曰："《瞻卬》，凡伯刺幽王大壞也。其原在嬖褒姒以致亂。凡伯作《板》詩在厲王末，歷共和攝政十二年、宣王在位四十六年，至幽王三年嬖褒姒、八年立伯服、九年王室始騷，中間相距六十餘年。此詩之作在幽王時，計凡伯當爲八九十歲間人矣。老臣見國事之非，日甚一日，不避禍怨，憤激而言。故《序》于此詩及《召旻》，皆以爲刺大壞也。合《正月》《小旻》四詩，疑皆爲凡伯所作。""《召旻》，凡伯刺幽王大壞也。任用小人，以致饑饉侵削焉。"②

筆者以爲，何氏《板》《召旻》《瞻卬》三詩作者爲同一凡伯説可謂破的之論，以爲《瞻卬》和《召旻》兩詩皆爲"刺大壞"之作説亦可從；然其認爲凡伯於厲王末期作《板》詩時，當爲20歲左右，可詩中明言"老夫灌灌""匪我言耄"，詩人正值青春年少之時而在詩中自稱"老夫"，顯係詭論；然《召旻》寫即將亡國之象，《瞻卬》寫既已亡國之象，明爲異時之作，説不足信；其以爲《板》詩作於厲王時，《召旻》《瞻

---

① 劉毓慶：《雅頌新考》，第209頁。
② ［明］何楷撰，李士彪、張丹丹校點：《詩經世本古義》，第715、942、950頁。

卬》皆作於幽王時,笔者此存疑不取。

下文我們擬從考辨《板》詩作時入手,以證毛《序》、鄭《箋》、孔《疏》"《板》《瞻卬》《召旻》三詩作者爲二凡伯"説之失。

1. 從詩歌所表現的時代風格特徵看《板》詩之作者與作時

我們從《板》詩文本所反映的時代風格特徵去分析,會得出《板》詩爲周幽王末期凡伯所作這一合乎事理邏輯的結論。

首章曰:"上帝板板,下民卒癉。"毛《傳》:"板板,反也。上帝,以稱王者也。癉,病也。"鄭《箋》:"王爲政反先王與天之道,天下之民盡病。"孔《疏》:"上帝以稱王者,謂假上帝之尊稱之以比王者,若實指上天,則天無所反。故知以斥王也。"①

謹按:《爾雅·釋詁下》:"倫、勩、邛、敕、勤、愉、庸、癉,勞也。"②則"癉"即"病",亦即"勞"。又,《郭店楚簡·緇衣》:"臣事君,言其所不能,不詞(辭)其所能,則君不勞。《大雅》云:'上帝板板,下民卒疸。'"③《韓詩外傳》卷五:"窮君之反於是道,而愁百姓。《詩》曰:'上帝板板,下民卒癉。'"④《後漢書·楊賜傳》載楊賜《論虹霓降嘉德殿疏》:"從小人之邪意,順無知之私欲,不念《板》《蕩》之作,虺蜴之誡。殆哉之危,莫過於今。"⑤此三引《詩》,取意皆在反天道勞民之危。

次章曰:"天之方難,無然憲憲。天之方蹶,無然泄泄。"毛《傳》:"憲憲,猶欣欣也。蹶,動也。泄泄,猶沓沓也。"鄭《箋》:"天,斥王也。王方欲艱難天下之民,又方變更先王之道臣乎?女無憲憲然,無沓沓然,爲之制法度,達其意以成其惡。"孔《疏》:"王之尊比於上天,故謂王爲天。"⑥

謹按:《爾雅·釋詁下》:"娠、蠢、震、戁、妯、騷、感、訛、蹶,動也。""阻、艱,難也。"⑦《孟子·離婁上》:"《詩》曰:'天之方蹶,無然泄泄。'泄泄,猶沓沓也。事君無義,進退無禮,言則非先王之道者,猶沓沓也。"⑧可見,《爾雅·釋詁》《孟子·離婁上》之説,乃毛《傳》、鄭《箋》釋義所本。

四章曰:"天之方虐,無然謔謔。"毛《傳》:"謔謔然喜樂。"鄭《箋》:"今王方爲

---

① [漢]毛亨傳,[漢]鄭玄箋,[唐]孔穎達等正義:《毛詩正義》,第1182頁。
② [晉]郭璞注,[宋]邢昺疏:《爾雅注疏》,第5599頁。
③ 荆門市博物館編著:《郭店楚墓竹簡》,第129頁。按:今本《緇衣》作:"臣儀行,不重辭,不援其所不及,不煩其所不知,則君不勞矣。《詩》云:'上帝板板。下民卒癉。'"[漢]鄭玄注,[唐]孔穎達等正義:《禮記正義》,第3578頁。
④ [漢]韓嬰撰,屈守元箋疏:《韓詩外傳箋疏》,第470頁。
⑤ [南朝宋]范曄撰,[唐]李賢等注,宋雲彬等點校:《後漢書》,第1780頁。
⑥ [漢]毛亨傳,[漢]鄭玄箋,[唐]孔穎達等正義:《毛詩正義》,第1183頁。
⑦ 郭《注》:"皆搖動貌。""皆險難。"[晉]郭璞注,[宋]邢昺疏:《爾雅注疏》,第5603、5605頁。
⑧ [漢]趙岐注,[宋]孫奭疏:《孟子注疏》,第5910頁。

酷虐之政,女無謔謔然以讒慝助之。"①

謹按:《說文·虍部》:"虐,殘也。從虍爪人。虎足反抓人也。"段《注》:"覆手曰爪。虎反爪向外攫人,是曰虐。"②又,《釋名·釋疾病》:"瘧,酷虐也。凡疾或寒或熱耳,而此疾先寒後熱兩疾,似酷虐者也。"③則"虐"之本義為虎以反爪攫人而致殘,引申為酷虐之疾。故宋李樗、黄櫄《毛詩集解》卷三十三曰:"'天之方虐',言天之將虐以喪國家,王何為謔謔然戲侮之也?"④清錢澄之《田間詩學》卷九亦曰:"天方降虐,將有覆亡之禍,不止于'方艱(難)''方蹶'而已。"⑤

五章曰:"天之方懠,無為夸毗。"毛《傳》:"懠,怒也。夸毗,體柔人也。"鄭《箋》:"王方行酷虐之威,怒女無夸毗以形體順從之。"⑥

謹按:《板》孔《疏》引漢犍為舍人《爾雅注》:"懠,怒聲也。"⑦宋王質《詩總聞》卷十七:"天乎!王方任汝而反怒,善言汝不可更以柔相順也。"⑧則此由呼天而及人,由怨天而尤王。

六章曰:"天之牖民,如壎如篪,如璋如圭,如取如攜。"毛《傳》:"牖,道也。如壎如篪,言相和也;如璋如圭,言相合也;如取如攜,言必從也。"鄭《箋》:"王之道民以禮儀,則民和合而從之如此。"孔《疏》:"'牖'與'誘',古字通用,故以為'導'也。"⑨

謹按:《說文·片部》:"牖,穿壁以木為交窗也。"段《注》:"'牖'所以通明,故假為'誘'。《召南》'吉士誘之',《大雅》'天之牖民',《傳》皆訓曰:'道也。''道',即'導'。"⑩則"天之牖民"者,即"天之導民"。壎篪異器而同樂,璋圭異體而同質,取攜異行而同旨,詩人取以比況"天之導民"之法則。故宋朱熹《詩集傳》卷十七曰:"言天之開民,其易如此,以明上之化下,其易亦然。"⑪

卒章曰:"敬天之怒,無敢戲豫。敬天之渝,無敢馳驅。昊天曰明,及爾出王。昊天曰旦,及爾游衍。"毛《傳》:"戲豫,逸豫也。馳驅,自恣也。王往旦明游行。衍,溢也。"鄭《箋》:"渝,變也。及,與也。昊天在上,人仰之,皆謂之明常。與女出入往來,游溢相從,視女所行善惡,可不慎乎?"⑫

---

① ⑥ ⑦ 〔漢〕毛亨傳,〔漢〕鄭玄箋,〔唐〕孔穎達等正義:《毛詩正義》,第1184頁。
② 〔漢〕許慎撰,〔清〕段玉裁注:《說文解字注》,第209頁。
③ 〔漢〕劉熙撰,〔清〕畢沅疏證:《釋名疏證》,續修四庫全書影印清乾隆五十四年(1789)畢氏靈巖山館刻經訓堂叢書本,上海古籍出版社2002年版,經部第189冊,第646頁。
④ 〔宋〕李樗、黄櫄:《毛詩集解》,第465頁。
⑤ 〔清〕錢澄之撰,朱一清校點:《田間詩學》,第770頁。
⑧ 〔宋〕王質:《詩總聞》,第288頁。
⑨ 〔漢〕毛亨傳,〔漢〕鄭玄箋,〔唐〕孔穎達等正義:《毛詩正義》,第1185頁。
⑩ 〔漢〕許慎撰,〔清〕段玉裁注:《說文解字注》,第318頁。
⑪ 〔宋〕朱熹撰,夏祖堯點校:《詩集傳》,第233頁。
⑫ 〔漢〕毛亨傳,〔漢〕鄭玄箋,〔唐〕孔穎達等正義:《毛詩正義》,第1186頁。

謹按：宋王質《詩總聞》卷十七："天乎！王怒可畏，汝勿玩而勿恤；王變可警，汝勿恣而不顧。……天乎！王但未明，苟明則與汝所出所往者，盡知之；王但未旦，苟旦則與爾所游所肆者，亦盡知之也。"①朱熹《詩集傳》卷十七："言天之聰明無所不及，不可以不敬也。"②清李光地《詩所》卷七："上言天之'難'也、'蹶'也、'虐'也、'憯'也，皆其怒而變焉者也。"③則詩人不僅呼天而及王，且誡王當敬畏天之譴怒，不可游戲逸豫，馳驅自恣。昭三十二年《左傳》載衛彪傒引此章所作《干位以令大事必咎論》，《後漢書·郎顗傳》載郎顗引次章所作《對尚書七事》、《丁鴻傳》載丁鴻引次章所作《日食上和帝封事》、《楊秉傳》載楊秉引次章所作《諫桓帝微行疏》，皆取此意。

又，宋歐陽修《詩本義》卷十三："'天之方難'又以爲'斥王'者，亦非也。'天之方蹶''方虐''方憯'及'天之牖民'，皆呼天而訴之辭也。其謂'天之方虐'者，天不宜酷虐，蓋民怨尤之辭，猶言天未悔禍也。……故凡言'天'者，皆爲'上天'也。"④林岊《毛詩講義》卷八："（《板》）諫君而呼上帝，疾痛之辭也。"⑤元劉瑾《詩集傳通釋》卷十一："此詩（指《節南山》）後章言'不吊''不平'，《正月》言'天之扤我''天夭是椓'，《十月之交》言'天命不徹'，《雨無正》言'降喪疾威'，《小旻》言'旻天疾威'，《小弁》言'天之生我，我辰安在'，《巧言》言'昊天已威''昊天泰憮'，以及'變大雅'《板》言'上帝板板''天之方艱''方蹶''方虐''方憯'，《蕩》言'疾威上帝''天降滔德'，《瞻卬》言不惠而降厲，《召旻》言疾威而降喪，皆與此章言'天'之意同一致者，其詩人之性情有同然者歟？"⑥歐陽氏、林氏、劉氏可謂獨具慧眼，所説甚是。

的確，詩歌創作中運用呼告修辭手法，在"二王並立"時期創作的其他詩歌作品中是很常見的。如家父《節南山》之二章"天方薦瘥，喪亂弘多"，三章"不吊昊天，不宜空我師"，五章"昊天不傭，降此鞠訩。昊天不惠，降此大戾"，六章"不吊昊天，亂靡有定"，九章"昊天不平，我王不寧"。⑦可見，《板》作者的天道觀念，是把"上帝""天""昊天"看作一個有意志、有知識，能喜能怒、能作威作福的主宰。⑧這與家父所作《節南山》之"昊天不傭，降此鞠訩；昊天不惠，降此大戾"，與周大夫

---

① [宋] 王質：《詩總聞》，第289頁。
② [宋] 朱熹撰，夏祖堯點校：《詩集傳》，第233頁。
③ [清] 李光地：《詩所》，第6頁。
④ [宋] 歐陽修：《詩本義》，卷13，第7頁。
⑤ [宋] 林岊：《毛詩講義》，中國國家圖書館藏清長洲顧氏藝海樓鈔本。
⑥ [元] 劉瑾：《詩集傳通釋》，卷11，第15頁。按：《雨無正》首章謂"降喪饑饉""旻天疾威"。則劉氏引述失檢。
⑦ [漢] 毛亨傳，[漢] 鄭玄箋，[唐] 孔穎達等正義：《毛詩正義》，第944-946頁。
⑧ 參見：胡適《中國古代哲學史》，安徽教育出版社2006年版，第49頁。

所作《正月》之"有皇上帝,伊誰云憎",①所表現出來的怨天尤王天道觀念是相一致的。② 特別是敢於埋怨"天"之喜怒無常、"天"之作威作福,是西周早中期的作品中所没有的。這與《尚書·周書·洛誥》所謂"公不敢不敬天之休""公其以予萬億年,敬天之休"所表現出的對"天"之敬畏讚美之情迥然有別。③

詩人何以"怨天"呢?漢王充《論衡·雷虛篇》謂"懼天怒,畏罰及己也";④清李光庭《鄉言解頤》卷一亦謂"謂陰霾曰好惱天道、好利害天道,敬天之怒,無敢戲渝之意也。尋常呼之曰老天爺"。⑤ 可見,埋怨老天爺,首先是因爲懼怕老天爺;因懼怕老天爺而開始埋怨老天爺,這正是西周末期周人天道觀由敬天畏神向怨天尤人轉變的重要標誌。

呼告修辭手法在詩歌創作中的運用,是兩周之際詩歌創作風格的重要時代特徵。本詩中所出現的9個"天"與"昊天",皆非指"王"而指"上天",其藝術手法亦皆非比喻而爲"呼告"。詩人運用呼告修辭手法,以怨天起筆——怨上天降下災難、動蕩不安、施行暴虐;以尤人收筆——諫周幽王敬畏上天、勿嬉戲享樂而觸怒上天。詩人怨上天正在降下災難和動亂,尤上天正在施行暴虐、對人發怒,都是爲實寫亡國之象張本。

2. 從詩人所憂慮的宗族形態變化看《板》詩作者與作時

若從《板》詩文本所反映的宗族形態的變化去分析,也會得出《板》詩爲周幽王末期凡伯所作這一合乎事理邏輯的結論。

七章曰:"价人維藩,大師維垣。大邦維屏,大宗維翰。懷德維寧,宗子維城。無俾城壞,無獨斯畏。"毛《傳》:"价,善也。藩,屏也。垣,牆也。王者天下之大宗。翰,幹也。懷,和也。"鄭《箋》:"价,甲也。被甲之人,謂卿士掌軍事者。大師,三公也。大邦,成國諸侯也。大宗,王之同姓之適(嫡)子也。王當用公卿諸侯及宗室之貴者,爲藩、屏、垣、幹,爲輔弼,無疏遠之。斯,離也。和女德,無行酷虐之政,以安女國,以是爲宗子之城,使免於難。遂行酷虐則禍及宗子,是謂城壞;城壞則乖離,而女獨居而畏矣。宗子,謂王之適(嫡)子也。"孔《疏》:"《周語》曰:'彘之亂,宣王在召公之宮,國人圍之',召公以其子代宣王,是禍及宗子也;《雨無正》曰:'正大夫離居,莫知我勩',是君臣乖離也;昭二十六年《左傳》曰:'至於厲

---

① [漢]毛亨傳,[漢]鄭玄箋,[唐]孔穎達等正義:《毛詩正義》,第945、948頁。
② 說詳:邵炳軍《周大夫家父〈節南山〉創作時世考論》,《文獻》1999年第2期,第23-41、169頁。
③ 《洛誥序》:"召公既相宅,周公往營成周,使來告卜,作《洛誥》。"[漢]孔安國傳,[唐]孔穎達等正義:《尚書正義》,第454-455頁。
④ [漢]王充撰,黃暉校釋:《論衡校釋》,第310頁。
⑤ [清]李光庭:《鄉言解頤》,續修四庫全書影印清道光間(1821—1850)刻本,上海古籍出版社2002年版,子部第1272册,第142頁。

王，王心戾虐，萬民弗忍，居王於彘'，是獨居而畏也。"①

謹按：孔氏以《雨無正》爲例，謂《板》亦指"君臣乖離"之事，説甚是；然以《國語·周語上》、昭二十六年《左傳》所載王子朝之言爲例，謂《板》指厲王時國人暴動、流王於彘之事，説則失之。宋蘇轍《詩集傳》卷十七："……此五者皆王之屏蔽。以德懷之則合，否則離散，無以自安矣。"②范處義《詩補傳》卷二十四："此章誨王用人以固其國，當以德爲本，以冢子爲助也。"③清姚際恒《詩經通論》卷十四："'大宗'，君之宗族也。'宗子'，適（嫡）子也。'价人''大師''大邦''大宗''宗子'，此五者也；'懷德維寧'空説一句，借以聯絡上下，足成六句耳。"④蘇氏《詩集傳》、范氏《詩補傳》、姚氏《詩經通論》之説甚是。

的確，詩人將价人（士大夫）比作籬笆，大師（執政卿）比作圍牆，大邦（諸侯方國）比作屏風，大宗（王室宗族）比作棟樑，宗子（周王嫡子）比作城池，此五者共同構成了周王室統治之大廈，周王所恃以安。可見，這是對西周宗族政治格局中大宗統小宗、小宗服大宗這種上下相從的宗族統治網絡關係的形象比喻，也是從正面對幽王的誘導勸諫。故《荀子·君道篇》曰："故君人者愛民而安，好士而榮，兩者無一焉而亡。《詩》曰：'介人維藩，大師維垣。'此之謂也。"⑤《太平御覽》卷二百九十八引《穀梁傳》亦曰："諸侯所以一軍者何？諸侯，藩屏之臣也。任兵革之重，距一方之難，故得有一軍也。"⑥《顏氏家訓·涉務》亦曰："國之用材，大較不過六事：……四則藩屏之臣，取其明練風俗，清白愛民。"⑦此引述或化用《板》詩，皆取君恃臣民以安之意。

我們還可以從先秦兩漢的文獻典籍中找到佐證：《詩·小雅·十月之交》謂周王室之"皇父卿士"不"俾守我王"，而"擇有車馬"者"以居徂向"，《雨無正》之次章謂幽王"三事大夫，莫肯夙夜"，《小旻》之卒章謂幽王大夫感到"戰戰兢兢，如臨深淵，如履薄冰"，⑧王室大夫皆怨刺幽王，這自然使王室大廈失去了籬笆；《國語·鄭語》載周司徒鄭桓公"東寄帑與賄，虢、鄶受之，十邑皆有寄地"，⑨連王室執政卿士都開始作東遷的打算，這自然使王室大廈失去了圍牆；《詩·小雅·雨

---

① ［漢］毛亨傳，［漢］鄭玄箋，［唐］孔穎達等正義：《毛詩正義》，第1185頁。
② ［宋］蘇轍：《詩集傳》，第158頁。
③ ［宋］范處義：《詩補傳》，第115頁。
④ ［清］姚際恒撰，顧頡剛點校：《詩經通論》，第296頁。
⑤ ［周］荀況撰，［唐］楊倞注，［清］王先謙集解，沈嘯寰、王星賢點校：《荀子集解》，第236頁。按："介人"，《詩考》與元刻本同，宋本作"价"，與今本《詩經》同。
⑥ ［宋］李昉等：《太平御覽》，第1373頁。按：今本《穀梁傳》無此文。
⑦ 王利器《集解》："《詩·大雅·板》：'价人維藩，大師維垣，大邦維屏，大宗維翰。'"［北齊］顏之推撰，王利器集解：《顏氏家訓集解》（增補本），新編諸子集成本，中華書局1993年版，第315-316頁。
⑧ 《十月之交》鄭《箋》："言盡將舊在位之人，與之皆去，無留與王。"《雨無正》鄭《箋》："三公及諸侯隨王而行者，皆無君臣之禮，不肯晨夜朝暮省王也。"《小旻》毛傳："戰戰，恐也；兢兢，戒也。恐隊也，恐陷也。"［漢］毛亨傳，［漢］鄭玄箋，［唐］孔穎達等正義：《毛詩正義》，第958、960、964頁。
⑨ ［三國吳］韋昭注，上海師範大學古籍整理研究所校點：《國語》，第523頁。

《無正》之次章謂幽王"邦君諸侯,莫肯朝夕",①昭四年《左傳》載"周幽爲大室之盟,戎狄叛之",昭二十六年《左傳》孔《疏》引《竹書紀年》謂"申侯、魯侯及許文公立平王于申",②《史記·魯周公世家》載幽王末期"諸侯畔周",這自然使王室大廈失去了屏風,必然會導致"犬戎殺幽王"之惡果。③

詩之後四句是對"宗子"在西周宗族政治中主導地位的形象比喻,也是從反面對幽王的誘導勸諫。"宗子",亦即"宗主",他是宗族的統治者,也是宗邑(城)之象徵。晉驪姬諫獻公所謂"宗邑無主,則民不威;疆場無主,則啓戎心"(莊二十八年《左傳》),齊崔氏之相棠無咎與東郭偃諫崔杼所謂"崔,宗邑也,必在宗主"(襄二十七年《左傳》),鄭少正子產(公孫僑)對晉使問所謂"懼隊(墜)宗主,私族於謀,而立長親"(昭十九年《左傳》),④即皆是此意。故晉士蔿引此章諫獻公謂"君其脩德而固宗子,何城如之"(僖五年《左傳》),宋向戌引此章誡華亥謂"女喪而宗室,於人何有?人亦於女何有"(昭六年《左傳》),⑤皆強調"固宗子"之重要性與廢嫡立庶之危害性。詩人所謂"懷德維寧",言周王以德行威服天下之安寧;所謂"宗子維城",言王位繼承人就是王室的象徵。這與春秋時期士大夫"固宗子"觀念是一脈相承的。

當然,宗主的傳繼是按照嫡長子繼承制進行的,這是西周宗法制的核心所在。⑥然《國語·晉語一》載幽王"逐太子宜臼而立伯服,太子出奔申",《鄭語》載幽王"欲殺太子以成伯服"。⑦足見幽王廢嫡立庶,自然會致使西周王室"俾城壞",終究會使幽王"獨斯畏"。正是由於幽王廢申后而立褎姒、黜太子宜臼而立伯服,故太子宜臼之傅作《小弁》(亦作《小卞》)之詩(《小弁》毛《序》),以"哀太子之放逐,憫周室之大壞"(《漢書·杜周傳》顏《注》引晉傅瓚《漢書集注》語)。⑧而

---

① [漢] 毛亨傳,[漢] 鄭玄箋,[唐] 孔穎達等正義:《毛詩正義》,第960頁。
② 昭四年《左傳》杜《注》:"大室,中嶽。"[晉] 杜預注,[唐] 孔穎達等正義:《春秋左傳正義》,第4419、4591－4592頁。按:《今本竹書紀年》:"申侯、魯侯、許男、鄭子立宜臼于申。"則與《古本竹書紀年》文異。王國維:《今本竹書紀年疏證》,第89頁。
③ [漢] 司馬遷撰,[南朝宋] 裴駰集解,[唐] 司馬貞索隱,[唐] 張守節正義,郭逸、郭曼標點:《史記》,第1231頁。
④ 襄二十七年《左傳》杜《注》:"宗邑,宗廟所在。宗主,謂崔明。"昭十九年《左傳》杜《注》:"於私族之謀,宜立親之長者。"孔《疏》:"大夫繼世,爲一宗之主,恐隊失之也。"[晉] 杜預注,[唐] 孔穎達等正義:《春秋左傳正義》,第3866、4337、4533頁。
⑤ 僖五年《左傳》杜《注》:"言城,不如固宗子。"昭六年《左傳》杜《注》:"言人亦不能愛女。"[晉] 杜預注,[唐] 孔穎達等正義:《春秋左傳正義》,第3895、4440頁。
⑥ 參見:田昌五、臧知非《周秦社會結構研究》,第23－28頁。
⑦ [三國吳] 韋昭注,上海師範大學古籍整理研究所校點:《國語》,第255、519頁。
⑧ [漢] 班固撰,[唐] 顏師古注,傅東華等點校:《漢書》,第2669頁。按:《水經注》稱薛瓚《漢書集注》,裴駰《史記集解序》、顏師古《漢書敘例》皆作"臣瓚",以爲"莫知姓氏",裴氏又稱其書名《漢書音義》,皆與酈氏異。《穆天子傳》敘錄有校書郎傅瓚者曾參與校理之役,《史記索隱》以爲即《臣瓚》,又引劉孝標說以爲"于瓚"。《漢書敘例》謂臣瓚"舉駁前說,喜引《竹書》"。《史記索隱》以爲"傅瓚",疑是。臣瓚所引《竹書紀年》,稱《汲郡古文》,或《汲家古文》。說參:方詩銘、王修齡《古本竹書紀年輯證·夏紀》,上海古籍出版社1981年版,第1頁。

在國人暴動時,厲王太子靜躲藏於召穆公之宮,國人圍之,召公以其子代之,此假太子爲國人所誅殺。① 此雖可稱之爲"禍及宗子",然乃國人暴動時所爲,並非周厲王所親爲,《板》之詩人何以要諫厲王"無俾城壞,無獨斯畏"呢?

3. 從詩人所描寫的國之將亡趨勢看《板》詩作者與作時

若從《板》詩文本所反映的國之將亡趨勢去分析,我們更會得出《板》詩爲周幽王末期凡伯所作這一合乎事理邏輯的結論。

四章曰:"多將熇熇,不可救藥。"毛《傳》:"熇熇然,熾盛也。"鄭《箋》:"(女)多行熇熇慘毒之惡,誰能止其禍。"② 宋蘇轍《詩集傳》卷十七:"苟俟其益多,則如火之盛,不可復救矣。"③明季本《詩説解頤·正釋》卷二十四:"此章戒以不聽善言之禍。"④

謹按:《孟子·滕文公上》引逸《書》曰:"若藥不瞑眩,厥疾不瘳。"⑤襄三十一年《左傳》載鄭子產(公孫僑)對然明(鬷蔑)問曰:"大決所犯,傷人必多,吾不克救也。不如小決使道,不如吾聞而藥之也。"⑥《莊子·天地》篇載赤張滿稽曰:"有虞氏之藥瘍也,禿而施髢,病而求醫。"《列禦寇》篇載列子曰:"先生既來,曾不發藥乎?"⑦此皆從正面言藥石攻人疾,先使瞑眩瞶亂、誠心欽渴,乃得瘳愈;喻天下患創,世逢紛擾,聖人行仁,精熟德惠,乃天下清平和樂。詩人謂慘毒之惡,不可救藥,則從反面言之,取意皆同。

又,《韓詩外傳》卷三:"人皆有此十二疾,而不用賢醫,則國非其國也。《詩》曰:'多將熇熇,不可救藥。'終亦必亡而已矣。故賢醫用則衆庶無疾,況人主乎?"《韓詩外傳》卷十:"死者猶可藥,而況生者乎?悲夫!罷君之治,無可藥而息也。《詩》曰:'不可救藥。'言必亡而已矣。"⑧《説苑·辨物》篇載扁鵲曰:"予非能生死人也,特使夫當生者活耳。夫死者猶不可藥而生也,悲夫!亂君之治,不可藥而息也。《詩》曰:'多將熇熇,不可救藥!'甚之之辭也。"⑨此化用或賦引《板》詩諸例,皆謂病人有病宜請賢醫及早救治;若不用賢醫,積惡愈多而誤病,終致病入膏肓,不可救藥。足見《板》詩作者以此作喻,其用意在於説明周王不用賢臣而誤

---

① 事詳:《國語·周語上》《史記·周本紀》。
② [漢]毛亨傳,[漢]鄭玄箋,[唐]孔穎達等正義:《毛詩正義》,第1184頁。
③ [宋]蘇轍:《詩集傳》,第157頁。
④ [明]季本:《詩説解頤》,《正釋》卷24,第29頁。
⑤ [漢]趙岐注,[宋]孫奭疏:《孟子注疏》,第5874頁。
⑥ 杜《注》:"以爲己藥石。"[晉]杜預注,[唐]孔穎達等正義:《春秋左傳正義》,第4376-4377頁。
⑦ [周]莊周撰,[清]郭慶藩集釋,王孝魚點校:《莊子集釋》(第2版),第444、1039頁。
⑧ [漢]韓嬰撰,屈守元箋疏:《韓詩外傳箋疏》,第253、839頁。按:《韓詩外傳》卷三所謂"十二疾",亦曰"十二發",即痿、蹶、逆、脹、滿、支、鬲、盲、煩、喘、痹、風等。
⑨ [漢]劉向撰,向宗魯校證:《説苑校證》,第473頁。按:《列女傳·仁智傳》亦引本章詩句,不具引。

國,終致國將不國,必然會使宗周覆滅。

此周王是指厲王抑或幽王呢?我們可從《詩·大雅·桑柔》與《板》兩詩比較中去探求。比如,芮良夫所作《桑柔》之五章有"誰能執熱,逝不以濯"兩句,①言厲王時"執政者當此禍亂,如同手中執着正燃燒的東西,馬上就要燒到手上、有執不住的危險"。②再如,凡伯所作《板》有"多將熇熇,不可救藥"兩句,③言幽王時殘害忠良而火勢熾盛、王政腐敗而不可救藥。④

可見,兩詩雖皆以火("熱"與"熇熇"皆指火勢熾盛)作喻體,但其本體迥異:《桑柔》喻"國步斯頻",⑤即國運不濟,與國人暴動、厲王流彘、共伯和(衛武公)干王位史實相合;而《板》喻國之將亡,與幽王驪山之禍、宗周覆滅史實正合。

我們通過對《板》文本所表現的時代風格、詩人所憂慮的宗族形態變化和所描寫的國之將亡趨勢的分析,透視出詩歌所反映的現實生活和時代風貌,得出《板》詩爲幽王末期凡伯所作的結論,基本上是合乎事理邏輯的。則作《板》詩之"凡伯",與作《瞻卬》《召旻》之"凡伯"爲同一人,而非二人。當然,《板》孔《疏》申毛《序》之説,得出作《板》詩之凡伯自然就"不得下及幽王時"這一推論,是以《板》詩作者確係厲王時之凡伯爲前提的。然毛《序》、毛《傳》、鄭《箋》、孔《疏》、《詩補傳》《讀詩質疑》,皆未提出《板》詩作者確係周厲王時凡伯之確證,足見諸家之説失考。

二、魏源《詩古微》之"《板》之作者凡伯即共伯和"説辨

清魏源《詩古微·大雅答問下》:

> 《魯連子》謂共伯使諸侯復奉王子靖而自歸于衛,則即《地理志》:州共屬河内郡,故共國,北山淇水所出,所謂共山之首也。共地後入于衛,故《魯連》以歸衛爲言。而杜預謂共縣東南有凡城,《郡國志》:共有汎亭,即《雅》詩凡伯之國,則共地即凡國。……而凡伯《板》詩作于厲王時,已稱"老夫灌灌",則其年必長于周、召二公,故二公從民望而推之,以親賢鎮撫海内。其後歸老于凡,並釋侯位不居,而老于共山之首,故天下皆以共伯稱焉。猶厲王終于汾上,謂之汾王,以見其失王位。此稱共伯,則表其並辭侯位也。《易林》云:"下泉苞粮,十年無王。郇伯遇時,憂念周京。"即《桑柔》篇"天降喪

---

① 毛《傳》:"濯所以救熱也,禮亦所以救亂也。"[漢]毛亨傳,[漢]鄭玄箋,[唐]孔穎達等正義:《毛詩正義》,第1204頁。
② 詳見:趙逵夫《西周詩人芮良夫與他的〈桑柔〉》,《第三屆國際詩經研討會論文集》,香港天馬圖書有限公司1998年版,第692-702頁。
③ [漢]毛亨傳,[漢]鄭玄箋,[唐]孔穎達等正義:《毛詩正義》,第1184頁。
④ 説參:程俊英、蔣見元《詩經注析》,中華書局1991年版,第844-845頁。
⑤ [漢]毛亨傳,[漢]鄭玄箋,[唐]孔穎達等正義:《毛詩正義》,第1203頁。

亂,滅我立王"之事,亦即《吕覽》厲王時"天子曠紀(絶)"之事,亦即《左傳》"諸侯釋位,以間王政"之事。是豈子虚烏有之人,而可曲傳爲周、召之共和乎? 至《大雅》末《瞻卬》《召旻》幽王之凡伯,則距厲王時六十餘年,必其繼世之子孫。猶《春秋》"戎伐凡伯于楚丘",又非《召旻》之凡伯也。《召旻》卒章曰:"昔先王受命,有如召公,日辟國百里。"正謂召穆公與其先人佐宣中興,疆理至于南海,幽王所及見也。苟謂追述召康公分陝之盛,則何以不及周公乎?①

謹按:魏氏之説,給我們透露了四條很重要的信息:一是自厲王流彘至宣王即位的14年間(前841—前828),共伯和曾攝政稱王;二是隱七年《春秋》《左傳》所載桓王卿士凡伯,與作《瞻卬》《召旻》之凡伯,不是同一凡伯;三是作《板》之厲王時凡伯,與作《瞻卬》《召旻》之幽王時凡伯,不是同一凡伯;四是凡伯,即共伯和。前兩説可從,筆者已在本書第三章有專論;但後兩説筆者不敢苟同。魏氏由共地即凡國,推出凡伯即共伯和之論斷,其重要證據是《漢書·地理志上》《後漢書·郡國志一》、隱七年《春秋》杜《注》所記"共""凡"之地位。現從對魏氏論據的可靠性入手,討論於後。

《漢書·地理志上·河内郡》:

> 共(縣),故國。北山,淇水所出,東至黎陽入河。②

《後漢書·郡國志一·河内郡》:

> 共,本國,淇水出,有汎亭。③

隱七年《春秋》杜《注》:

> 汲郡共縣東南有凡城。④

---

① 原注:"陸奎勳謂共伯即周定公,欲通《史》《漢》爲一説,則《紀年》明以共伯與周、召爲三人。且《詩譜》言周公、召公次子世守采地,在王官。而春秋時有周公、召公,則斷非外諸侯矣。"[清]魏源撰,何慎怡等點校:《詩古微》,第675–677頁。按:陸氏説見上引《陸堂詩學》卷10。
② 顔《注》引[魏]孟康《漢書音義》:"共伯入爲三公者也。"[漢]班固撰,[唐]顔師古注,傅東華等點校:《漢書》,第1554頁。
③ 劉《注》注:"《前志》注曰(淇)水出北山。《博物記》曰:'有奧水,流入淇水,有緑竹草。'(汎亭)凡伯邑。"[南朝宋]范曄撰,[唐]李賢等注,宋雲彬等點校:《後漢書》,第3395–3397頁。
④ [晉]杜預注,[唐]孔穎達等正義:《春秋左傳正義》,第3760頁。按:杜氏《春秋釋例·土地名三》説大同,不具引。

筆者以爲,《漢書·地理志上》謂共縣本爲"故國",《漢書音義》釋此爲"共伯"之國,然《地理志上》未提及"凡";《後漢書·郡國志一》謂共縣境内"有汎亭",然未説"共"即"凡";隱元年《左傳》杜《注》謂"大叔出奔共"之"共",爲"共國,今汲郡共縣";①隱七年《春秋》杜《注》則謂"天王使凡伯來聘"之"凡",即"共縣東南有凡城"。② 可見,漢班固、晉杜預、梁劉昭皆未言"共"與"凡"爲同一地,且杜氏謂"凡"在"共"之"東南",劉氏謂"凡"在"共"之境内,足見魏氏《詩古微》失考。

爲了進一步説明"共伯和"與"凡伯"爲二人,這裏我們有必要適當引述一些記載地理變遷的方輿類文獻,來考察一下"共"與"凡"之具體地理位置。《水經·清水注》:"(重門)城在共縣故城西北二十里……漢高帝八年,封盧罷師爲共嚴侯國,即共和之故國也。共伯既歸帝政,逍遥于共山之山。山在國北,所謂共北山也……又南逕凡城東。司馬彪、袁山松《郡國志》曰:共縣有凡亭,周凡伯國。"③《舊唐書·地理志二》:"(河北道)共城,漢共縣,隋因之。武德元年置共州,領共城、凡城二縣。四年,廢共州,省凡城入共城縣。"④《元和郡縣圖志·河北道一》:"共城縣,本周共伯國。屬王無道,流崩於彘。共伯奉王子靖立爲宣王,共伯復歸於國。漢以爲縣,屬河内郡。晉屬汲郡。高齊省。隋開皇四年加'城'字,於此置共城縣,屬衛州。皇朝因之。……故凡城,在(共城)縣西二十里。古凡伯國也。"⑤《太平寰宇記》卷五十六《河北道五·衛州》:"故凡城,古周公子凡伯國也。……在今(共城)縣西南二十二里。"⑥《大明一統志》卷二十八《衛輝府》:"凡城,在輝縣西南二十里,周公子凡伯國。"⑦《嘉慶重修一統志》卷二百《衛輝府二》:"共縣故城,今輝縣治,周共伯國。《汲冢紀年》:厲王出奔,共伯干王位,後復歸於國。……凡城故城,在輝縣西南,周凡伯國。"⑧《讀史方輿紀要·河南四》:"共城,今(輝)縣治。春秋時衛邑。……凡城,在(輝)縣西南二十里,周公子凡伯國。……唐初因析共城置凡城縣,屬共州,尋省。王莽城,在縣西北八十五里,三城如鼎足。"⑨

綜合上引文獻可知,凡,本西周古國,始封君爲周公旦庶子凡伯,其都邑在今

---

① [晉]杜預注,[唐]孔穎達等正義:《春秋左傳正義》,第3725頁。按:杜氏《春秋釋例·土地名三》説大同,不具引。
② [晉]杜預注,[唐]孔穎達等正義:《春秋左傳正義》,第3760頁。
③ [北魏]酈道元撰,楊守敬、熊會貞疏,段熙仲點校,陳橋驛復校:《水經注疏》,第808-810頁。按:此所引《後漢書·郡國志》文,與《通志·氏族略二》略異。
④ [後晉]劉昫編修,朱東潤等點校:《舊唐書》,第1491頁。按:《新唐書·地理志三》説大同,不具引。
⑤ [唐]李吉甫撰,賀次君點校:《元和郡縣圖志》,第461-462頁。
⑥ [宋]樂史撰,王文楚等據清光緒八年(1882)金陵書局本點校:《太平寰宇記》,中國古代地理總志叢刊本,中華書局2007年版,第1159頁。
⑦ [明]李賢等:《大明一統志》,第482頁。
⑧ [清]穆彰阿等纂修:《嘉慶重修一統志》,卷200,第2頁。
⑨ [清]顧祖禹:《讀史方輿紀要》,第343頁。

河南省衛輝市西南20里之故凡城。大致在桓王四年(前716)頃,凡伯之國爲戎狄所滅,後爲衛國之凡邑,乃春秋時己氏邑。① 而"共",亦本古國名,是由共工氏族部落逐漸發展形成的一個方(邦)國,在夏、商、西周三代時皆爲諸侯國,大致在成王之世(約前1063—前1027),共國爲衛國吞併,成爲其別邑了。其地即今河南省輝縣市,位於"凡"之東北20里。則"凡""共"二國相鄰,其兩都邑相距僅僅20里。故《後漢書·郡國志一·河內郡》謂共縣域內"有汎亭",劉《注》則謂此"汎亭"爲"凡伯邑"。共國比凡國滅亡至少要早300年,其後皆爲衛之別邑。故在"凡""共"二國被滅之前,共國之君"共伯",與凡國之君"凡伯"應爲二人。由此我們進一步推論,厲王流彘後、宣王即位前14年中,攝政稱王之"共伯和"——"衛武公",自然就不可能是作《板》詩之"凡伯"了,② 足見魏氏《詩古微》之說不足信。劉氏《雅頌新考》疑《板》爲衛武公所作說之失,亦當與此相關。

三、方玉潤《詩經原始》之"《民勞》與《板》同出一人"說辨

清方玉潤《詩經原始》卷十四認爲,《民勞》是召穆公所作,《板》是凡伯所作。可見,方氏關於《民勞》和《板》的作者與毛《序》是相同的,但他又指出:

> 此(《板》)與前篇(《民勞》)不但相類,且出一手。③

筆者以爲,方氏《詩經原始》之說,主要是受到了宋王質《詩總聞》、朱熹《詩集傳》的啓發。《詩總聞》卷十七:"大率相同甚多,恐是其作同出一人,所指亦爲一人。但此詩(指《民勞》)辭簡而肅,《板》辭周而和也。"④《詩集傳》卷十七:"以今考之,(《民勞》)乃同列相戒之辭耳,未必專爲刺王而發。然其憂時感事之意,亦可見矣。……今考其意,(《板》)亦與前篇(指《民勞》)相類,但責之益深切耳。"⑤ 朱氏没有否定毛《序》關於《民勞》爲召穆公所作說與《板》爲凡伯所作說,但提出兩詩主旨"相類"之說。而方氏則進一步從分析《板》與《民勞》兩詩主旨相近與創作動機相似入手,提出此兩詩當爲與召穆公或凡伯地位、才情相似者一人所作,不能說是毫無道理的;然方氏對《民勞》《板》之作者,一方面贊同毛《序》召穆公與凡伯之說,一方面又提出二詩乃"一人所作",且並未拿出足以否定毛《序》說之確證,討論問題的方法顯然是不足取的。故筆者對方氏輕易懷疑甚至否定召穆公、

---

① 事見:隱七年《春秋》《左傳》。
② 說詳:邵炳軍《〈青蠅〉〈賓之初筵〉和〈抑〉作者衛武公生平事蹟考論》,《文史》總第51輯,2000年第2輯,第155-164頁。
③ [清]方玉潤撰,李先耕點校:《詩經原始》,第528-529頁。
④ [宋]王質:《詩總聞》,第287頁。
⑤ [宋]朱熹撰,夏祖堯點校:《詩集傳》,第230-231頁。

凡伯著作權之説,不敢苟同。其理由有三:

1. 詩旨相類非判定作者相同之必要條件

方氏《詩經原始》卷十四認爲,《民勞》爲"召穆公警同列以戒王"之作,《板》爲"凡伯規同僚以警王"之作。方氏之説較毛《序》泛言"刺厲王"爲優。然方氏不僅提出二詩主旨"不但相類,且出一手"之説,且申之曰:

> 前警同列以戒王,此亦規同僚以警王也。前"用大諫"在篇末,此亦"用大諫"在章首也。大旨不殊,而章法略異耳。且前著意詭隨、寇虐,故多從人心上説;此著意違聖、慢天,故多從天命言。立義雖各不同,而實可參觀。然則何以分屬之凡伯、召公耶?蓋厲王時,唯此二公爲國勳舊,故借重二公名耳。然非二公儔,亦不能爲此詩,即以之分屬二公,奚不可者?……較之上篇,意尤深切,而詞愈警策,足以動人,奈王不悟,何歟?①

儘管《民勞》與《板》之詩旨相類,然詩旨相類之作品並非即一人所作。如同爲刺厲王主旨,《大雅·桑柔》爲芮良夫(芮伯)刺厲王好專利之作,②《民勞》爲召伯虎(召穆公)刺厲王之作(毛《序》)。又如,同爲刺幽王主旨,《小雅·節南山》爲周大夫家父刺幽王用尹氏以致亂之作,《正月》爲周大夫刺幽王致使宗周滅亡之作,《十月之交》爲周大夫刺幽王寵信褒姒以致滅國之作,《四月》爲周大夫哀傷驪山之難之作。上述六詩詩旨相近而作者迥異。

同樣,出自同一作者之作品,詩旨亦有相異者。比如,《小雅·常棣》《伐木》《天保》《大雅·假樂》《民勞》《蕩》《江漢》《常武》八詩同爲召伯虎(召穆公)所作,《常棣》爲團結宗族兄弟共輔宣王之作,《伐木》爲燕朋友故舊之作,《天保》爲賀宣王親政之作,《假樂》爲宣王行冠禮之冠詞,《民勞》爲諫厲王安民防奸之作,《蕩》爲傷周室大壞之作,《江漢》爲討伐平定淮夷之亂後的家廟紀勳之作,《常武》爲美宣王有常德以立武事之作。③ 再如,《小雅·青蠅》《賓之初筵》《大雅·抑》三詩同爲衛武公所作,《青蠅》爲刺周幽王聽信讒言而傷賢害忠之作,《賓之初筵》爲歌頌平王由西申歸宗周、收復鎬京的重大勝利之作,《抑》爲誡勉平王之作。又如,《大雅·板》《瞻卬》《召旻》三詩同爲凡伯所作,《板》爲刺幽王殘害忠良而王政腐

---

① [清]方玉潤撰,李先耕點校:《詩經原始》,第 528-529 頁。
② 詳見:趙逵夫《西周詩人芮良夫與他的〈桑柔〉》,《第三届詩經國際學術研討會文集》,香港天馬圖書有限公司 1998 年版,第 692-702 頁。
③ 詳見:趙逵夫《周宣王中興功臣詩考論》,《中華文史論叢》第 55 輯,上海古籍出版社 1996 年版,第 127-155 頁。

敗之作,《瞻卬》爲刺幽王聽信讒言以滅國之作,《召旻》爲刺幽王大壞之作(毛《序》)。① 上述十四詩作者相同而詩旨大多相異。

2.《民勞》與《板》之創作動機不同

《民勞》之卒章曰:"王欲玉女,是用大諫。"鄭《箋》:"玉者,君子比德焉。王乎!我欲令女如玉然,故作是詩,用大諫正女。此穆公至忠之言。"②

謹按:鄭氏説不確,故明季本《詩説解頤·正釋》卷二十四辨之曰:"故末章曰:'王欲玉女',戒同列,即所以戒王也。"③錢天錫《詩牖》卷十二亦辨之曰:"厲王之世,衛巫監謗,道路以目。穆公故亂其詞,言在同列,寔刺王也。"④凌濛初《孔門兩弟子言詩翼》卷五亦辨之曰:"文似相戒,而忽指'王欲玉女'一句,便是刺王本旨。"⑤清阮元《揅經室集》卷三《毛詩王欲玉女解》亦辨之曰:"惟《民勞》篇'王欲玉女','玉'字專是加點之玉,後人隸字混淆,始無別矣。詩言'玉女'者,畜女也。畜女者,好女也。好女者,臣説君也。召穆公言:王乎,我正惟欲好女畜女,不得不用大諫也。"⑥季氏、錢氏、凌氏、阮氏之説正是。可見,《民勞》之"是用大諫"是刺厲王。故毛《序》曰:"《民勞》,召穆公刺厲王也。"鄭《箋》申之曰:"時賦斂重數,徭役煩多,人民勞苦,輕爲奸宄。強陵弱,衆暴寡,作寇害。故穆公以刺之。"⑦清姚際恒《詩經通論》卷十四亦申之曰:"今合(毛《序》、朱《傳》)兩家之説,當云'召穆公刺厲王用事小人以戒王也'。……末二句言王雖愛女而我用大諫之,述作此詩之旨也。"⑧則《民勞》之"是用大諫",所諫對象爲厲王,即詩人創作動機主要爲刺厲王。

《板》之首章曰:"猶之未遠,是用大諫。"毛《傳》:"猶,圖也。"鄭《箋》:"王之謀不能圖遠用是,故我大諫王也。"⑨

謹按:《論語·衛靈公》:"子曰:'人無遠慮,必有近憂。'"⑩《列女傳·辯通·

---

① 上引諸詩之作者與詩旨,除特別標注者之外,皆詳見本書有關章節。
② [漢]毛亨傳,[漢]鄭玄箋,[唐]孔穎達等正義:《毛詩正義》,第1182頁。
③ [明]季本:《詩説解頤》,《正釋》卷24,第26頁。
④ [明]錢天錫:《詩牖》,四庫全書存目叢書影印明天啓五年(1625)刻本,齊魯書社1997年版,經部第67冊,第694頁。
⑤ [明]凌濛初:《孔門兩弟子言詩翼》,四庫全書存目叢書影印明崇禎間(1628—1644)刻本,齊魯書社1997年版,經部第66冊,第672頁。
⑥ [清]阮元:《揅經室集》,第8159頁。
⑦ [漢]毛亨傳,[漢]鄭玄箋,[唐]孔穎達等正義:《毛詩正義》,第1182頁。
⑧ [清]姚際恒撰,顧頡剛點校:《詩經通論》,第294-295頁。
⑨ [漢]毛亨傳,[漢]鄭玄箋,[唐]孔穎達等正義:《毛詩正義》,第1182頁。按:"諫",成八年《左傳》引作"簡"。
⑩ [魏]何晏等注,[宋]邢昺疏:《論語注疏》,第5469頁。

楚江乙母》:"君子謂乙母善以微喻。《詩》云:'猷之未遠,是用大諫。'此之謂也。"①此化用或引述《詩》,言君子當思患而防患於未然,正取知微圖遠之意。又,成八年《左傳》載魯執政卿季文子(季孫行父)曰:"《詩》曰:'猶之未遠,是用大簡。'行父懼晉之不遠猶而失諸侯也。"襄三十一年《左傳》載晉大夫叔向(羊舌肸)曰:"子產(公孫僑)有辭,諸侯賴之,若之何其釋辭乎?《詩》曰:'辭之輯矣,民之協矣;辭之繹矣,民之莫矣。'其知之矣。"②此兩引《詩》,皆與《史記·魯周公世家》"諸侯畔周"事相合。故宋輔廣《詩童子問》卷十六指出:"用是而諫,則庶乎其知畏而能止也。"③可見,《板》之"是用大諫",所諫對象爲幽王,即詩人創作動機主要爲刺幽王。

要之,兩詩雖均有"是用大諫"之語,但從詩歌內容來看,詩人的創作動機却是相異的。

3.《民勞》與《板》兩詩的藝術風格不同

由於兩詩的創作動機相異,故其章法結構與藝術風格亦不盡相同。正如明姚舜牧《重訂詩經疑問》卷九所言:"上篇(指《民勞》)先致責辭,而以'是用大諫'終;此篇(指《板》)略提責詞,而以'是用大諫'始。各一體。"④此乃兩詩篇章結構之別。就兩詩的藝術風格而言,皆具有西周衰微之世淒苦憂愁的時代風格特徵;但就具體作品的風格而言,却有很大的差別:

明孫鑛《批評詩經》卷三評之曰:"(民勞)意最深婉,筆力最沉勁。……(《板》之首章)統説大概起,亦似冒頭一般。……(次章)四語特透快,喚得人醒。正應上章'上帝板板'句意。……此兩章(指次章、三章)通是刺,不見聽意。……(七章)'獨斯畏'語甚工陗,頂'城壞'來,尤有味。……(卒章)旦而天明,人乃出游。即借此著監臨之無不在意。固精妙。"⑤清朱鶴齡《詩經通義》卷九指出:"上篇(指《民勞》)責詞緩,以'是用大諫'終;此篇(指《板》)責詞深,以'是用大諫'起。各一體格。"⑥顧鎮《虞東學詩》卷十指出:"(《民勞》之)五章言:'王欲玉女,是用

---

① [漢] 劉向:《古列女傳》,四部叢刊初編影印明萬曆間(1573—1620)黃嘉育刊本,上海書店 1985 年版,卷 6,第 4 頁。
② 成八年《左傳》杜《注》:"(《詩》)言王者圖事不遠,故用大道諫之。"襄三十一年《左傳》杜《注》:"(《詩》)言辭輯睦,則民協同;辭説繹,則民安定。……謂詩人知辭之有益。"[晉] 杜預注,[唐] 孔穎達等正義:《春秋左傳正義》,第 4134、4375 頁。按:"協",今本《詩經》作"洽",《列女傳·辯通傳》引同襄三十一年《左傳》(文淵閣四庫全書本《古列女傳》引同今本《詩經》,乃四庫館臣改)。又,"繹",今本作"懌",[唐] 陸德明《經典釋文·春秋左氏音義四》、[南唐] 徐鍇《説文繫傳》卷三十五並引同襄三十一年《左傳》。則今本《詩經》蓋從別本。
③ [宋] 輔廣:《詩童子問》(第 5 册),第 338 頁。
④ [明] 姚舜牧:《重訂詩經疑問》,南京圖書館藏明萬曆三十八年(1610)六經堂刻五經疑問本。
⑤ [明] 孫鑛:《批評詩經》,第 118 - 119 頁。
⑥ [清] 朱鶴齡:《詩經通義》,第 93 頁。

大諫。'其人必王所親信用事者,故托言王欲玉成於汝。故不惜反覆詳委,大用規諫也。……(《板》之)一章言所以'大諫'之故,爲全詩綱領。下七章反覆申明此章也。"①

的確,《民勞》全篇重章迭唱,"式遏寇虐"皆以"無縱詭隨"冠之:首章開篇説"民亦勞止"喟然悽楚,繼而謂"無縱詭隨,以謹無良",據天下之大事發論;次章謂"無縱詭隨,以謹惛怓",專主修内治而言;三章謂"無縱詭隨,以謹罔極",言安四民當自恤京師始;四章謂"無縱詭隨,以謹醜厲",言安四民當自去小人始;卒章謂"無縱詭隨,以謹繾綣",點明創作緣由——"王欲玉女,是用大諫"。② 可見,全詩以"無縱詭隨"爲一篇之主,"夫詭隨情狀,不一而足,曰無良、曰惛怓、曰罔極、曰醜厲、曰繾綣,皆小人之變態而莫可以言窮者也"(清方玉潤《詩經原始》卷十四);③"蓋小人之媚君子,其始皆以詭隨入之,其終無所不至"(宋嚴粲《詩緝》卷二十八)。④ 要之,"大諫主旨不外恤民、保京、防奸、止亂"四者,"五章一意,每章言愈切而意愈深"(陳子展《詩經直解》),⑤章法於整齊中見變化,渲染出一派"國將亂矣"的嚴峻氣氛,充分表達了詩人言切意深的良苦用心。⑥

《板》首章"言王變反常道",繼而以"猶之未遠,是用大諫",開篇即點明創作緣由;次章"言國之變亂,由於政教皆不得民心"(陳子展《詩經直解》),⑦強調"辭"與"民"之間當以"民之洽"爲要;三章責同僚不聽善言以刺王,繼而力陳"聽我囂囂"之弊與"詢于芻蕘"之利;四章責同僚拒聽善言以刺王,繼而點明其嚴重程度——"多將熇熇,不可救藥";五章諷同僚奴顔媚骨以刺王,繼而戒其"喪亂蔑資,曾莫惠我師";六章言民質本善而易於教化,繼而戒其"民之多辟,無自立辟";七章刺王衆叛親離,必然導致嚴重後果——"俾城壞"而"獨斯畏";卒章戒王天監體物昭然若揭,自然要敬畏天命——"敬天之怒""敬天之渝"。⑧ 要之,詩人以"愛國憂君"之情統攝全篇,以"是用大諫"爲全詩綱領,後七章皆反覆申明首章主旨,構思十分精妙。特別是該詩在藝術上顯得更爲成熟,尤以比喻見長。比如,六章爲了形容"天之牖民",連用"如壎如篪,如璋如圭,如取如攜"6個明喻,⑨以壎篪異器而同樂相和、璋圭異體而同質相合、取攜異行而同旨相諧,來比況"天之導民"的和諧自然之法則,取喻奇特而喻意貼切。更爲高妙的是,前二句四

---

① [清]顧鎮:《虞東學詩》,卷10,第3—4頁。
② [漢]毛亨傳,[漢]鄭玄箋,[唐]孔穎達等正義:《毛詩正義》,第1180—1182頁。
③ [清]方玉潤撰,李先耕點校:《詩經原始》,第526頁。
④ [宋]嚴粲:《詩緝》,第494頁。
⑤ 陳子展:《詩經直解》,復旦大學出版社1983年版,第958頁。
⑥ 參見:程俊英、蔣見元《詩經注析》,第837頁。
⑦ 陳子展:《詩經直解》,第960頁。
⑧ [漢]毛亨傳,[漢]鄭玄箋,[唐]孔穎達等正義:《毛詩正義》,第1182—1186頁。
⑨ 毛《傳》:"牖,道也。如壎如篪,言相和也;如璋如圭,言相合也;如取如攜,言必從也。"[漢]毛亨傳,[漢]鄭玄箋,[唐]孔穎達等正義:《毛詩正義》,第1185頁。

個喻體皆爲事物,後一句兩個喻體則爲動作,轉實用虛,虛實相間,將本體形象刻畫得更加鮮明生動。再如,七章"价人維藩,大師維垣。大邦維屏,大宗維翰。懷德維寧,宗子維城。"①則在形容周代社會宗法制網絡關係的 6 個隱喻之中,空出"懷德維寧"一賦句,賦比相間,取譬至切,而行文不覺呆板;足見詩人用譬之法,已相當嫻熟了。② 正如宋王質《詩總聞》卷十七所評:詩人乃"善措意者"。③

誠然,就一個時代而言,作家創作風格的多樣化是一個時代文學創作繁榮的重要標誌之一;就具體作家而言,其作品風格的多樣化是一位作家文學創作成熟的重要標誌之一。儘管就整個詩歌創作及其作家群體而言,《詩經》時代是中國詩歌創作趨於成熟的時代,兩周之際是中國詩歌史上第一個作家作品的創作風格多樣化的時期;但是,從宣王以降至兩周之際所湧現出的召伯虎、尹吉甫、南仲、張仲、衛武公、家父、凡伯等詩人中,還沒有哪一位作者能達到作品風格多樣化的地步,更不要說像方氏所說的"借重"厲王時"勳舊"之臣召穆公與凡伯之"名"者了。

由此可見,方玉潤關於《民勞》與《板》兩詩出自一人之手的說法是不可信從的,而毛《序》所謂《民勞》爲召穆公所作、《板》爲凡伯所作之說是可信的。

第二節 《板》《召旻》《瞻卬》作者 凡伯之族屬、職掌發微

我們知道,西周初期,周公旦以太傅攝冢宰,召公奭以太保攝太史,呂公望以太師攝司馬,此所謂"三公"及其他貴族與周王共同執政,逐步建立起了以宗法制爲基礎的貴族宗君制——貴族與君主共政的政治體制。與政體直接相關的,就是屬於政治制度範疇的官制,即世族世官世卿制,並以此爲基礎建立起了一套適應貴族宗君制政體的內外服官制體系。屬於內服系統的王室政權結構,主要是建立了兩大輔政官署系統——卿士寮與太史寮,並制定了與此相適應的上大夫(卿)、中大夫、下大夫、上士、中士、下士等官職階級制度;這是對貴族宗君制政體的一種組織保證制度,也是我們討論凡公室之族屬與《板》《召旻》《瞻卬》作者凡伯之職掌的事理依據。

---

① [漢]毛亨傳,[漢]鄭玄箋,[唐]孔穎達等正義:《毛詩正義》,第 1185 頁。
② 參見:程俊英、蔣見元《詩經注析》,第 842 - 843 頁。
③ [宋]王質:《詩總聞》,第 289 頁。

一、凡公室之族屬、爵稱暨世系發微

1. 凡國始封君凡伯爲周公旦庶子

僖二十四年《左傳》載周富辰諫襄王曰：

> 昔周公弔二叔之不咸，故封建親戚，以蕃屏周。管、蔡、郕、霍、魯、衛、毛、聃、郜、雍、曹、滕、畢、原、酆、郇，文之昭也；邘、晉、應、韓，武之穆也；凡、蔣、邢、茅、胙、祭，周公之胤也。①

襄十二年《左傳》：

> 秋，吳子壽夢卒，臨於周廟，禮也。凡諸侯之喪，異姓臨於外，同姓於宗廟，同宗於祖廟，同族於禰廟。是故魯爲諸姬，臨於周廟；爲邢、凡、蔣、茅、胙、祭，臨於周公之廟。②

《漢書·王莽傳》載王莽《群臣奏》：

> 成王廣封周公庶子六人，皆有茅土。③

《詩·大雅·板》鄭《箋》：

> 凡伯，周同姓，周公之胤也，入爲王卿士。④

晉杜預《春秋釋例》卷八《世族譜上》：

> 凡氏，凡伯，周公之允（胤）也。⑤

宋王應麟《姓氏急就篇》卷下：

---

① 杜《注》："胤，嗣也。"[晉]杜預注，[唐]孔穎達等正義：《春秋左傳正義》，第3944頁。按：[漢]王符《潛夫論·志氏姓》全本《左傳》。
② 杜《注》："周廟，文王廟也。周公出文王，故魯立其廟。……（宗廟）所出王之廟。（祖廟）始封君之廟。（禰廟）父廟也。同族，謂高祖以下。……（周公之廟）即祖廟也。六國皆周公之支子，別封爲國，共祖周公。"[晉]杜預注，[唐]孔穎達等正義：《春秋左傳正義》，第4236頁。
③ [漢]班固撰，[唐]顏師古注，傅東華等點校：《漢書》，第4090頁。
④ [漢]毛亨傳，[漢]鄭玄箋，[唐]孔穎達等正義：《毛詩正義》，第1182頁。
⑤ [晉]杜預：《春秋釋例》，第354頁。

凡氏，周公子封凡，凡伯之後。《呂氏春秋》燕有凡縣。①

謹按：《漢書·古今人表》："魯公伯禽，周公子。凡伯，周公子。蔣侯，周公子。邢侯，周公子。茅侯，周公子。胙侯，周公子。祭侯，周公子。"②足見《漢書》《詩·大雅·板》鄭《箋》、《春秋釋例》《姓氏急就篇》之説，皆當本之於《左傳》。惟僖二十四年《左傳》謂凡國爲"周公之胤"者，言其所出；襄十二年《左傳》謂"臨於周公之廟"者，言其族屬；《漢書·王莽傳》謂"周公庶子六人，皆有茅土"者，言其分封別族。則凡公室爲帝嚳高辛氏元妃姜嫄子后稷棄之裔，始封君爲文王昌（西伯）之孫、周公旦（文公）庶子凡伯，姬姓，本氏周，其後以國别爲凡氏。

2. 凡氏始祖凡伯爲"周公第二子"説質疑

唐林寶《元和姓纂·下平聲·二十九凡》：

凡，周公第二子凡伯之後，爲周畿内諸侯。見《左傳》。③

宋鄭樵《通志·氏族略二》：

凡氏，周公第二子凡伯之後，爲周畿内諸侯。……皇甫謐謂，凡氏避秦亂，添'水'爲'汎氏'。臣謹按：凡者，周公之後爲凡國；汎者，周大夫采邑也，自是兩家。因知姓氏家有避地改姓之言，多無足取。④

謹按：《元和姓纂·下平聲·二十九凡》《通志·氏族略二》皆謂凡氏始祖凡伯爲"周公第二子"，蓋以僖二十四年《左傳》列舉周公旦六庶子封國時以"凡"爲首之故。然筆者以爲此説不確。

僖二十四年《左傳》所列周公旦六庶子依次爲"凡伯""蔣侯""邢侯""茅侯""胙侯""祭侯"，而襄十二年《左傳》所列周公旦五庶子依次爲"邢侯""凡伯""蔣侯""茅侯""胙侯""祭侯"，足見《左傳》所列未必以長幼爲序。又，《漢書·古今人表》所列周公旦七子依次爲"魯公伯禽""凡伯""蔣侯""邢侯""茅侯""胙侯""祭侯"，然此皆爲周公旦"有茅土"諸子，未必周公旦僅有此七子。

---

① ［宋］王應麟：《姓氏急就篇》，第 4688 頁。
② ［漢］班固撰，［唐］顏師古注，傅東華等點校：《漢書》，第 894–895 頁。
③ ［唐］林寶撰，［清］孫星衍校輯，郁賢皓等整理點校：《元和姓纂》，第 785 頁。
④ ［宋］鄭樵撰，王樹民點校：《通志二十略》，第 50 頁。按：晉皇甫謐之説，《資治通鑑·漢紀四十五》《漢紀五十三》引作："(汎)本姓凡氏，遭秦亂，避地于汎水，因氏焉。"［宋］司馬光撰，［宋］胡三省音注，標點《資治通鑑》小組據清胡克家翻刻元刊胡注本校點：《資治通鑑》，中華書局 1956 年版，第 1711 頁。

定四年《左傳》載衛子魚（祝佗）謂"（周公）命以伯禽，而封於少皞之虛"，①《史記·魯周公世家》謂"（武王卒，周公旦）於是卒相成王，而使其子伯禽代就封於魯"。② 二説雖略異，然魯之始封君本爲周公旦，而周公旦以世子伯禽代其就封則無疑。《詩·周頌·載芟》毛《傳》："主，家長也；伯，長子也；亞，仲叔也；旅，子弟也。"③《白虎通義》卷九《姓名》："法四時用事先後，長幼兄弟之象也，故以時長幼號曰伯、仲、叔、季也。伯者，長也，伯者子最長，迫近父也；仲者，中也；叔者，少也；季者，幼也。適（嫡）長稱伯，伯禽是也；庶長稱孟，魯大夫孟氏是也。"④可見，周人名前冠以伯、仲、叔、季行次乃其通例，皆以明長幼之序。則"魯公伯禽"者，"魯"其國名，"公"其爵稱，"伯"其行次，"禽"其名。足見伯禽爲周公旦嫡長子，亦即元子、世子。故伯禽代周公旦"就封於魯"，是與周人嫡長子繼承制相符合的。

那麽，周公旦次子爲"凡伯"抑或"邢侯"？筆者以爲皆非。儘管先秦傳世文獻没有明確記載，但我們可以從中發現一些綫索。《史記·魯周公世家》："周公卒，子伯禽固已前受封，是爲魯公。"司馬貞《索隱》："周公元子就封於魯，次子留相王室，代爲周公。其餘食小國者六人，凡、蔣、邢、茅、胙、祭也。"《燕召公世家》司馬貞《索隱》："後武王封之（召公奭）北燕，在今幽州薊縣故城是也。亦以元子就封，而次子留周室代爲召公。"⑤則周公旦元子伯禽代父就封於魯，召公奭元子匽（燕）侯代父就封於燕，⑥皆以其"次子留相王室"，世爲周公、召公。可見，周公旦、召公奭卒後，歷任王室卿士之"周公""召公"者，皆爲周公旦、召公奭次子之後。那麽，凡伯自然非"周公第二子"了。

而周公旦諸庶子仕於王室者，惟有僞《古文尚書·君陳》《畢命》《禮記·坊記》《緇衣》之"君陳"。《禮記·坊記》鄭《注》："君陳，蓋周公之子，伯禽弟也。名

---

① 杜《注》："伯禽，周公世子。時周公唯遣伯禽之國，故皆以付伯禽。少皞虛，曲阜也，在魯城内。"〔晉〕杜預注，〔唐〕孔穎達等正義：《春秋左傳正義》，第 4636 頁。
② 裴駰《集解》引《世本》："煬公徙魯。"〔漢〕司馬遷撰，〔南朝宋〕裴駰集解，〔唐〕司馬貞索隱，〔唐〕張守節正義，郭逸、郭曼標點：《史記》，第 1224 頁。按：則曲阜非伯禽始封時之都邑，到伯禽之子煬公時，纔遷都於曲阜。
③ 〔漢〕毛亨傳，〔漢〕鄭玄箋，〔唐〕孔穎達等正義：《毛詩正義》，第 1296 頁。
④ 〔漢〕班固撰，〔清〕陳立疏證，吳則虞點校：《白虎通疏證》，第 416 頁。
⑤ 〔漢〕司馬遷撰，〔南朝宋〕裴駰集解，〔唐〕司馬貞索隱，〔唐〕張守節正義，郭逸、郭曼標點：《史記》，第 1228、1245 頁。
⑥ 《燕召公世家》自召公奭以下至第九代惠侯之間諸君名號失載。1963 年，在今北京市房山區琉璃河鎮以北 5 里處的董家林村附近發現了一座西周城址，即爲西周初年燕國都城；黄土坡遺址發掘出包括西周初期燕侯在内的 200 餘座燕國貴族墓葬，出土了多件包括匽侯鼎、盉、罍等銅器，有一件記載"太保"活動情況。此"太保"即召公奭，"匽侯"當即召公之子，可能爲燕國第一代諸侯。參見：北京市文物工作隊《北京房山縣考古調查簡報》，《考古》1963 年 3 期，第 115–121、127 頁；琉璃河考古工作隊《北京附近發現的西周奴隸殉葬墓》，《考古》1974 年第 5 期，第 309–321 頁；北京市文物研究所《北京考古四十年》，北京燕山出版社 1990 年版，第 42–49 頁。

篇在《尚書》,今亡。"①《檀弓上》孔《疏》引鄭氏《詩譜》曰:"元子伯禽封魯,次子君陳世守采地。"②今本《竹書紀年》:"(周成王十一年)王命周平公治東都。"沈約《注》:"周平公即君陳,周公之子,伯禽之弟。"③

又,羅振玉《貞松堂集古遺文》卷四《夨彝考釋》著録1929年河南省洛陽市馬坡出土的周成王時器令方彝(又稱夨方彝、夨令彝、作册令彝)銘有"周公子明保",亦稱"明公";④郭沫若《中國古代社會研究》著録周成王時器明公尊(亦稱王令明公尊、魯侯尊)、作册䰧卣銘亦皆有"明公"。⑤此兩"明公",與令方彝"周公子明保""明公"爲同一人。⑥此三器銘之"周公子明保""明公",即僞《古文尚書·君陳》《畢命》《禮記·坊記》《緇衣》之"君陳"。⑦

據此可知,僞《古文尚書·君陳》《畢命》《禮記·坊記》《緇衣》之"君陳",即今本《竹書紀年》之"周平公",亦即令方彝之"明保""明公",周其氏姓,"明"其氏名,陳其名,保其職,君其尊稱,公其爵稱,平其諡號;周公旦次子,魯公伯禽之弟,凡伯、蔣侯柏齡、邢侯苴、茅侯、胙侯、祭侯庶兄。周公旦歸政三年老於豐次年,即成王十一年(約前1053),成王命其繼父職爲成周卿士寮之長,主持東都政務;二十一年(約前1043)周公旦薨於豐之後,⑧其位居"三公",爲成、康二王之輔弼大臣。其後世子孫世爲周公,繼祖職以天子三公兼冢宰掌卿士寮,如厲宣之世有周定公、桓莊之世有周公黑肩(周桓公)、僖惠之世有周公孔(周公忌父、宰周公、宰孔)、襄頃之世有周公閲(宰周公)、簡王之世有周公楚,等等。那麼,凡伯自然非周公旦次子,足見《元和姓纂》《通志》之説失考。

3. 凡氏始祖凡伯封國之爵稱

隱七年《春秋》杜《注》:"凡,國;伯,爵也。"⑨隱七年《穀梁傳》范《注》:"凡,氏;伯,字。"⑩《瞻卬》孔《疏》:"凡,國;伯,爵稱,世稱之。"⑪此"凡伯"之"伯",杜

---

① [漢]鄭玄注,[唐]孔穎達等正義:《禮記正義》,第3515頁。按:《古今人表》有"君陳"之名,次於"上下",列爲"智人"。
② [漢]鄭玄注,[唐]孔穎達等正義:《禮記正義》,第2774頁。按:今本《詩譜》無此文。
③ 王國維:《今本竹書紀年疏證》,第66頁。
④ 羅振玉:《貞松堂集古遺文》,第49頁。
⑤ 郭沫若:《中國古代社會研究》,河北教育出版社2000年版,第263、282頁。
⑥ 參見:[日]白川靜《金文通釋》第2輯,《白鶴美術館志》第2輯,白鶴美術館1962年版,第133-139頁。
⑦ 參見:譚戒甫《周初夨器銘文研究》,《武漢大學學報》1956年第1期,第163-211頁;許倬雲《西周史》,第120頁。
⑧ 關於周公旦薨之年份,此據今本《竹書紀年》説。[清]齊召南撰,[清]阮福續《歷代帝王年表》繫於成王十一年,即周公旦出居於豐之年。
⑨ [晉]杜預注,[唐]孔穎達等正義:《春秋左傳正義》,第3760頁。
⑩ [晉]范甯注,[唐]楊士勛疏:《春秋穀梁傳注疏》,清嘉慶二十至二十一年(1815—1816)江西南昌府學刊刻阮校十三經注疏本,中華書局2009年影印版,第5143頁。
⑪ [漢]毛亨傳,[漢]鄭玄箋,[唐]孔穎達等正義:《毛詩正義》,第1244頁。

《注》、孔《疏》以"伯"爲"爵稱",范《注》以"伯"爲"表字"。

今考:上引僖二十四年《左傳》所謂文王昌分封"有茅土"諸庶子中,先秦傳世文獻稱魯周公旦、衛康叔封、畢叔高、毛叔鄭、原叔、滕叔繡皆曰"公",鄷叔、郇叔皆曰"侯",曹叔振鐸、成叔武、霍叔處皆曰"伯",郜叔、雍叔、聃季載皆曰"子";①武王發分封"有茅土"諸庶子中,先秦傳世文獻稱邘(于)叔、晉唐叔虞、應叔、韓叔皆曰"侯";②文王昌分封"有茅土"諸庶子中,管叔鮮、蔡叔度皆無爵稱,蓋以其參與武庚叛亂故。③而《漢書·古今人表》所記周公旦分封"有茅土"諸子中,魯伯禽稱曰"公",凡叔(凡伯)稱曰"伯",蔣叔伯齡(蔣侯)、邢叔茸(邢侯)、茅叔(茅侯)、胙叔(胙侯)、祭叔(祭侯)皆稱曰"侯"。足見在《漢書·古今人表》中,以國爲氏而氏後稱"公""侯""伯""子"者,班氏皆以封國之"爵位"稱之。則"凡伯"非以字稱"伯",亦當以封國稱"伯"者。

那麼,按照分封制度下"伯""侯"名稱之義:"伯爲建宗有國之通稱,侯爲封藩守疆之殊爵"。④則"凡伯"乃屬封土授民以率領錫(賜)族群者而謂之曰"伯"。隱七年《春秋》《左傳》皆有受"天王"之命聘魯之"凡伯"。則凡國之君,自武王時初封,降及桓王之世,其爵稱皆曰"伯"。

4. 春秋時期凡氏之世系

隱七年《春秋》:

> 冬,天王使凡伯來聘。戎伐凡伯于楚丘以歸。⑤

隱七年《左傳》:

> 初,戎朝于周,發幣于公卿,凡伯弗賓。冬,王使凡伯來聘。還,戎伐之于楚丘以歸。⑥

---

① 魯周公旦、衛康叔封、畢叔高、毛叔鄭,事見:《逸周書·克殷解》《史記·周本紀》。滕叔繡,《春秋釋例·世族譜下》《水經·泗水註》皆作"錯叔繡",事見:《孟子·滕文公上》趙《注》及《元和姓纂·下平聲·十七登》。原叔、鄷叔、郇叔,事見:《尚史·周諸臣傳》《地理志下》。曹叔振鐸、成叔武、霍叔處,事見:僖二十八年、哀七年《左傳》《史記·管蔡世家》。又,或曰,據毛公鼎,毛叔鄭爲文王昌之孫、聃季載之子。筆者此不取。

② 邘(于)叔,事見:《元和姓纂·上平聲·十虞》。晉唐叔虞,事見:昭元年《左傳》《史記·晉世家》《鄭世家》。應叔、韓叔,事未詳。

③ 據《史記·管蔡世家》,管叔鮮作亂誅死,無後;蔡叔度既遷而死,其子蔡仲胡復封於蔡(即今河南省駐馬店市新蔡縣)以奉蔡叔之祀,至蔡仲胡之子蔡伯荒,始稱"伯"。

④ 傅斯年:《傅孟真先生集》,第97-129頁。

⑤ [晉]杜預注,[唐]孔穎達等正義:《春秋左傳正義》,第3760頁。

⑥ [晉]杜預注,[唐]孔穎達等正義:《春秋左傳正義》,第3761頁。

《瞻卬》鄭《箋》：

> 凡伯，天子大夫也。《春秋》：魯隱公七年冬，天王使凡伯來聘。①

謹按：隱七年《春秋》《左傳》所載聘魯之"凡伯"，乃凡國之君仕於王室爲卿士者。故此桓王卿士凡伯，當爲幽王、平王時期凡伯之後。大致在桓王四年（前716）頃，凡伯之國爲戎所滅。故春秋時期凡氏世系未詳。

二、《板》《召旻》《瞻卬》作者凡伯之職掌發微

按照周人世族世卿世官之制，要探究《板》《召旻》《瞻卬》作者凡伯之職掌，需從其後裔入手，即隱七年《春秋》《左傳》所載聘魯凡伯之職掌入手。

1. 隱七年《春秋》《左傳》聘魯之凡伯爲桓王卿士

關於隱七年《春秋》所載桓王時期聘魯凡伯之職掌，隱七年《左傳》謂"戎朝于周，發幣于公卿，凡伯弗賓"，則凡伯乃公卿之屬。然後世注家之說則異：一爲"大夫"說，隱七年《公羊傳》："凡伯者何？天子之大夫也。"②隱七年《穀梁傳》說同。二爲"卿士"說，隱七年《春秋》杜《注》："凡伯，周卿士。"③三爲"上大夫"說，隱七年《穀梁傳》范《注》："（凡伯）上大夫也。"④

今考：《儀禮·聘禮》："君與卿圖事，遂命使者，使者再拜稽首，辭；君不許，乃退。既圖事，戒上介，亦如之。""賓奉幣西面，大夫東面，賓致幣，大夫對。"⑤《詩·小雅·大東》鄭《箋》："言時財貨盡，雖公子衣屨，不能順時。乃夏之葛屨，今以履霜。送轉餫，因見使行周之列位者，而發幣焉。言雖困乏，猶不得止。"⑥可見，賓於朝君以後，又訪之於公卿，公卿在祖廟接待，復又私相見面，兩次皆有財禮。此所謂"發幣"者，亦即所謂"致幣""致命"者。⑦

《國語·周語中》："定王八年，使劉康公聘于魯，發幣于大夫。季文子、孟獻子皆儉，叔孫宣子、東門子家皆侈。"《周語下》："晉羊舌肸聘于周，發幣于大夫及單靖公。靖公享之，儉而敬；賓禮贈餞，視其上而從之；燕無私，送不過郊；語說

---

① ［漢］毛亨傳，［漢］鄭玄箋，［唐］孔穎達等正義：《毛詩正義》，第1244頁。
② ［漢］何休注，［唐］徐彥疏：《春秋公羊傳注疏》，第4795頁。
③ ［晉］杜預注，［唐］孔穎達等正義：《春秋左傳正義》，第3760頁。
④ ［晉］范甯注，［唐］楊士勛疏：《春秋穀梁傳注疏》，第5143頁。
⑤ 鄭《注》："不言致命，非君命也。"［漢］鄭玄注，［唐］賈公彥疏：《儀禮注疏》，第2261、2297頁。
⑥ ［漢］毛亨傳，［漢］鄭玄箋，［唐］孔穎達等正義：《毛詩正義》，第988頁。
⑦ ［清］王引之《經義述聞》卷17《春秋左傳上·發幣于公卿》："發幣，猶致幣也。《呂氏春秋·報更》篇：'因發酒于宣孟。'高誘注曰：'發，猶致也。'"［清］王引之撰，虞思徵等據王氏家刻本點校：《經義述聞》，上海古籍出版社2018年版，第970頁。

《昊天有成命》。"《魯語下》:"吳子使來好聘,且問之仲尼,曰:'無以吾命。'賓發幣于大夫,及仲尼,仲尼爵之。"①可見,定王卿士劉康公(王季子)聘於魯,發其禮幣於魯大夫時,季文子(季孫行父)、孟獻子(仲孫蔑)二卿士待賓之禮"皆儉",叔孫宣子(叔孫僑如)、東門子家(公孫歸父)二大夫待賓之禮"皆侈";晉大夫羊舌肸(叔向)聘於周,發其禮幣於周大夫及卿士單靖公時,靖公饗禮薄而身敬,以待賓之禮待叔向;吳子夫差使使聘魯以修舊好,使發所齎幣於魯大夫仲尼(孔丘),仲尼以待賓之禮使吳使飲酒。則戎朝周王時,對周室公卿,亦致送財幣;公卿受幣後,應設宴招待,並回致財幣。然凡伯作爲周室"公卿"之屬,戎致送禮物,竟不回報,是不以賓禮待戎,故曰"弗賓"。

隱七年《公羊傳》《穀梁傳》謂凡伯爲"天子之大夫"者,蓋統言之,以"公""卿""大夫"皆可泛言之曰"大夫";隱七年《穀梁傳》范《注》謂凡伯爲"上大夫"者,蓋析言之,以"上大夫"爲《詩·小雅·雨無正》之"正大夫""三事大夫",亦即《詩·小雅·十月之交》及毛公鼎、盠方彝、盠方尊、蓋方尊銘文之"三有事""三有司",亦即令方彝銘文之"三事",亦即卿士寮"司徒(土)""司馬""司空(工)"之屬;而隱七年《春秋》杜《注》謂凡伯爲"周卿士"者,蓋亦析言之。足見聘魯之凡伯,乃桓王公卿,屬外官系統卿事寮政務長官,爲卿事寮百官之首,位居"三公"。

2. 作《板》《召旻》《瞻卬》之凡伯爲幽王卿士

既然隱七年《春秋》《左傳》聘魯之凡伯爲桓王卿士,那麼《詩·大雅·板》《召旻》《瞻卬》三詩作者凡伯是否爲幽王、平王時王室卿士呢? 答案是肯定的。

《板》之三章曰:"我雖異事,及爾同寮。"毛《傳》:"寮,官也。"鄭《箋》:"我雖與爾職事異者,乃與女同官,俱爲卿士。"又,《板》毛《序》鄭《箋》:"凡伯……入爲王卿士。"孔《疏》:"知爲王卿士者,以《經》云:'我雖異事,及爾同寮。'是爲王官也。以其伯爵,故宜爲卿士。"又,《瞻卬》鄭《箋》:"凡伯,天子大夫也。"孔《疏》:"《禮》:侯伯之入王朝,則爲卿。故《板·箋》以凡伯爲卿士。此言大夫者,大夫,卿之總稱也。"②上文已提到,所謂"同寮",即同在卿士寮或太史寮官署系統任職之同事。凡伯以外官聘魯,其當在卿士寮任職。足見鄭《箋》、孔《疏》以凡伯爲"王卿士"之説甚是。

《史記·魯周公世家》:"(周武王)封周公旦於少昊之虛曲阜,是爲魯公。周公不就封,留佐武王。……(周武王崩,周公旦)卒相成王,而使其子伯禽代就封於魯。"③《詩譜·周南召南譜》:"其(周公、召公)次子亦世守采地,在王官。"④《潛

---

① [三國吴] 韋昭注,上海師範大學古籍整理研究所校點:《國語》,第 75、114、213 頁。
② [漢] 毛亨傳,[漢] 鄭玄箋,[唐] 孔穎達等正義:《毛詩正義》,第 1182 - 1183、1244 頁。
③ [漢] 司馬遷撰,[南朝宋] 裴駰集解,[唐] 司馬貞索隱,[唐] 張守節正義,郭逸、郭曼標點:《史記》,第 1221 - 1224 頁。
④ [漢] 毛亨傳,[漢] 鄭玄箋,[唐] 孔穎達等正義:《毛詩正義》,第 559 頁。

夫論·志氏姓》："（周公旦、召公奭卒後）周公、召公之庶子,食二公之采以爲王吏,故世有周公、召公不絶也。"①則周公旦庶子凡伯以凡國之君入仕王室後,其子孫繼祖職爲卿士,是合於周代世族世卿世官之制的。

我們知道,在分封"有茅土"的周公旦七子之中,伯禽代父就封於魯（即今山東省曲阜市）,侯封於茅（即今濟寧市金鄉縣西南之茅鄉）,凡伯封於凡（即今河南省衛輝市西南 20 里許之雲門鎮凡城村）,蔣侯伯齡封於蔣（即今信陽市固始縣東北之蔣集鎮）,茅胙侯封於胙（在今新鄉市延津縣北之古胙城東）,祭侯封於祭（在今鄭州市東北）,邢侯苴封於邢（即今河北省邢臺市之邢國古城）。可見,七子所封,凡伯與祭侯爲東都室畿內諸侯。又,宋鄭樵《通志·氏族略三》謂祭氏世爲周卿士;那麼,凡氏世爲周卿士,是合於王室卿士大多由畿內諸侯擔任這一地緣政治特點的。

從《板》詩作者自謂"老夫灌灌""匪我言耄"考索,凡伯在幽王時已是一位不避禍怨、憤激而言之老臣了;從《瞻卬》作於平王初年（詳下文）可知,凡伯亦爲平王卿士。

綜上考論可知,《板》詩作者既不是毛《序》所謂的周厲王時之"凡伯",更不是《詩古微》所謂的厲王流彘之後攝政稱王之"共伯和"（衛武公）,而是幽王之卿士"凡伯";則《板》《瞻卬》《召旻》三詩作者當爲同一凡伯。凡國始封君爲周公旦庶子凡伯,屬姬周同姓封國,其後以國爲凡氏;凡氏乃周氏之別,爲帝嚳高辛氏元妃姜嫄子后稷棄之裔,出於文王昌（西伯昌）之孫、周公旦（周文公）庶子凡伯,姬姓,以封國稱伯,其後世子孫相繼入爲王室卿士。可見,凡伯,姓姬,氏凡,爵伯,爲周公旦庶子凡伯之後,以東都畿內諸侯入仕王室,爲幽王、平王卿士,名字、生卒年皆未詳（前 781—前 770 在世）。其敢於直面現實、憤世嫉俗、憂國憂民、怨天尤王,爲兩周之際王室著名政治家與貴族詩人,屬王族作家群體,傳世有《板》《召旻》《瞻卬》（俱見《詩·大雅》）三詩。②

第三節　從詩文本看《瞻卬》《召旻》之作時

一、從詩人所描寫的社會現實看《瞻卬》之作時

關於《瞻卬》之創作年代,先哲時賢主要有三説:

一爲幽王之世（前 781—前 771）説。《瞻卬》毛《序》："《瞻卬》,凡伯刺幽王大

---

① ［漢］王符撰,［清］汪繼培箋,彭鐸校正:《潛夫論箋校正》,第 461 頁。
② 參見:邵炳軍《〈板〉〈召旻〉〈瞻卬〉三詩作者爲同一凡伯考論》,《中正大學學報》1999 年第 10 卷第 1 期,第 207 - 228 頁。

壞也。"①宋朱熹《詩集傳》卷十八、明季本《詩說解頤·正釋》卷二十五說大同,三家詩無異義,僞《申培詩說》同,僞《子貢詩傳》闕。

二爲闕疑說。宋王質《詩總聞》卷十八:"聰明才略之君,不以再傾爲懼,而以再得爲難,所謂'懿厥哲婦'也。"②

三爲平王之世(前770—前720)說。清范家相《詩瀋》卷十七:"此詩作於驪山亡國之後。……下三章皆歸本王身,自取亂亡之故。"③陸侃如、馮沅君《中國詩史》:"《瞻卬》詩中有'哲婦傾城'句,似指褒姒,或者是東遷後的作品。"④劉毓慶《雅頌新考》:"所謂大壞當指犬戎之亂。……故知'降此大厲'必指幽王寵褒姒而亡國之事。……因知此詩確作於東遷之後。"⑤

筆者以爲,朱《傳》疑此詩爲凡伯所作,《詩說解頤·正釋》認爲此詩當屬《小雅》,僞《詩說》認爲乃尹伯奇憂亂之作,其作世皆與毛《序》同;然毛《序》"幽王之世"說與詩歌內容所寫不合,惟范氏《詩瀋》"平王之世"說近是,陸氏《中國詩史》、劉氏《雅頌新考》之說更確,惜因體例所限,未及詳論之。我們認爲《瞻卬》一詩當作於驪山之難後,即平王元年(前770)頃。其證有四:

1. 詩人所寫爲驪山之難後的亡國之象

首章曰:"瞻卬昊天,則不我惠。孔填不寧,降此大厲。邦靡有定,士民其瘵。蟊賊蟊疾,靡有夷屆。罪罟不收,靡有夷瘳。"毛《傳》:"昊天,斥王也。填,久;厲,惡也。瘵,病;夷,常也。罟,設罪以爲罟。瘳,愈也。"鄭《箋》:"惠,愛也。仰,視。幽王爲政,則不愛我下民甚久矣。天下不安,王乃下此大惡,以敗亂之。屆,極也。天下騷擾,邦國無有安定者,士卒與民皆勞病。其爲殘酷痛病於民,如蟊賊之害禾稼然。爲之無常,亦無止息時。施刑罪以羅網天下而不收斂,爲之亦無常,無止息時。此自王所下大惡。"孔《疏》:"作者既假'昊天'以斥王,其言天事則單言'天'耳。……言幽王爲政,不惠愛我下民,正謂'降此大厲',即是不愛之驗。"⑥宋朱熹《詩集傳》卷十八:"此刺幽王嬖褒姒任奄人以致亂之詩。"⑦

謹按:毛《傳》未明言"昊天"喻指何王,鄭《箋》申毛《序》意以"昊天"爲喻指周幽王,其實不然。在宗周覆亡前後,周人的天道觀念已發生了根本轉變:由寅畏虔恭到怨天尤王。這一轉變反映在詩歌創作中,就是以呼告手法寫現實生活中的天怒人怨,逐漸形成了抒詩人怨天尤王這一時代風格。首章與七章兩"昊

---

① ⑥ [漢]毛亨傳,[漢]鄭玄箋,[唐]孔穎達等正義:《毛詩正義》,第1244頁。
② [宋]王質:《詩總聞》,第312頁。
③ [清]范家相:《詩瀋》,國家圖書館藏清乾隆三十九年(1774)古趣亭刻本。按:文淵閣四庫全書本"自取"前,有"親惡遠忠"四字。
④ 陸侃如,馮沅君:《中國詩史》,第38頁。
⑤ 劉毓慶:《雅頌新考》,第210-211頁。
⑦ [宋]朱熹撰,夏祖堯點校:《詩集傳》,第253頁。

天",三章、五章、六章三"天",皆爲此寫法,如今之"蒼天啊蒼天"之謂。《大雅·雲漢》四言"瞻卬昊天",①亦皆此寫法。故詩人所謂"瞻卬昊天,則不我惠",意即我仰望這蒼天啊,你爲什麽對我這樣不愛啊!故宋朱熹《詩集傳》卷十八論之曰:"首言昊天不惠而降亂,無所歸咎之詞也。"②的確,詩人以哀怨蒼天開篇,以難以抑制的強烈情感來狀寫亡國之象。《小雅·雨無正》《北山》諸篇,都充滿了呼天不應而怨恨人事之情緒。

又,"厲",《小雅·節南山》作"戾"。《小雅·小宛》首章之"宛彼鳴鳩,翰飛戾天",③《文選》卷一載班固《西都賦》李《注》:"《韓詩》曰:'翰飛厲天。'薛君曰:'厲,附也。'"④則《韓詩》"戾"正作"厲",蓋"厲"與"戾"古音義通。故毛《傳》訓"厲"爲"惡"者,意即指禍亂,亦即三章之"傾城"。則"孔填不寧"者,謂周幽王末世天災人禍,動亂日久;"降此大厲"者,謂驪山之難,西周覆滅。可見,上句"孔填不寧"言因,下句"降此大厲"言果,而歸之於"傾城"。

"邦",鄭《箋》訓爲"邦國",孔《疏》釋之曰"畿外之辭",則"邦"之本義指分封於王畿之外諸侯土地,此實指諸侯之國,與"方"同義。

"瘵",毛《傳》訓爲"病",鄭《箋》釋之曰"勞病"。此用法與《小雅·菀柳》次章"上帝甚蹈,無自瘵焉"之"瘵"同,⑤皆引申爲痛苦之意。

足見首章前四句怨天"降此大厲",後六句言"降此大厲"之必然結果:二王並立,兄弟爭國,政局動蕩,戰亂不息,致使民人痛苦不堪。故明孫鑛《批評詩經》卷三評之曰:"篇中語特多新陗,然又有率意處。此起章則極其雄肆,勃勃如吐不罄,語盡而意猶未止。"⑥

五章曰:"不弔不祥,威儀不類。人之云亡,邦國殄瘁。"毛《傳》:"類,善;殄,盡;瘁,病也。"鄭《箋》:"弔,至也。王之爲政,德不至於天矣,不能致徵祥於神矣,威儀又不善於朝廷矣。賢人皆言奔亡,則天下邦國將盡困窮。"⑦宋朱熹《詩集傳》卷十八:"夫天之降不祥,庶幾王懼而不修。今王遇災而不恤,又不謹其威儀,又無善人以輔之,則國之殄瘁宜矣。"⑧清姚際恒《詩經通論》卷十五:"'人之云亡',必有所指,謂賢臣或死或去者,今不可知矣。"⑨

---

① [漢]毛亨傳,[漢]鄭玄箋,[唐]孔穎達等正義:《毛詩正義》,第1209-1213頁。
② [宋]朱熹撰,夏祖堯點校:《詩集傳》,第253頁。
③ 毛《傳》:"宛,小貌。鳴鳩,鶻鵰。翰,高;戾,至也。行小人之道,責高明之功,終不可得。"[漢]毛亨傳,[漢]鄭玄箋,[唐]孔穎達等正義:《毛詩正義》,第969頁。
④ [南朝梁]蕭統編,[唐]李善注:《文選》,清嘉慶十四年(1809)胡克家重刻宋淳熙八年(1181)尤袤刊本,中華書局1977年影印版,第29頁。
⑤ 毛《傳》:"瘵,病也。"[漢]毛亨傳,[漢]鄭玄箋,[唐]孔穎達等正義:《毛詩正義》,第1056頁。
⑥ [明]孫鑛:《批評詩經》,第126頁。
⑦ [漢]毛亨傳,[漢]鄭玄箋,[唐]孔穎達等正義:《毛詩正義》,第1246頁。
⑧ [宋]朱熹撰,夏祖堯點校:《詩集傳》,第255頁。
⑨ [清]姚際恒撰,顧頡剛點校:《詩經通論》,第320頁。

謹按:"瘁",毛《傳》訓爲"病",《漢書・王莽傳上》引作"領"。則"瘁"作"領",亦《齊詩》異文。故清馬瑞辰《毛詩傳箋通釋》卷二十七曰:"'殄''瘁'二字平列,與盡瘁、憔悴之同爲勞病正同。'殄''盡'以疊韻爲義,'盡'亦'病'也。成十二年《左傳》'爭尋常以盡其民',盡其民即病其民也。"①

又,文六年《左傳》載魯君子曰:"《詩》曰:'人之云亡,邦國殄瘁。'無善人之謂。"襄二十六年《左傳》載蔡卿士公孫歸生曰:"無善人,則國從之。《詩》曰:'人之云亡,邦國殄瘁。'無善人之謂也。"②《漢書・王莽傳上》載張竦《爲陳崇稱安漢公功德奏》:"定陶太后欲立僭號,憚彼面刺幄坐之義……而公被胥、原之訴,遠去就國,朝政崩壞,綱紀廢弛,危亡之禍,不隊如髮。《詩》云'人之云亡,邦國殄領',公之謂矣。"③《後漢紀・孝靈皇帝紀上》:"三君、八雋之死,郭泰私爲之慟曰:'"人之云亡,邦國殄瘁",漢室滅矣。'"④《後漢書・郭太傳》大同。此四引《詩》,言爲政不善、賢人奔亡、天下邦國盡困病,皆取棄善人以致亡國之意。可見,此兩句言周幽王時,夷狄入侵,賢者離居,致使國家滅亡了。

六章曰:"天之降罔,維其優矣。人之云亡,心之憂矣。天之降罔,維其幾矣。人之云亡,心之悲矣。"毛《傳》:"優,渥也。幾,危矣。"鄭《箋》:"優,寬也。天下羅罔以取有罪,亦甚寬。……王爲惡之甚,賢者奔亡,則人心無不憂。幾,近也。言災異譴告,離人身近,愚者不能覺。"⑤

謹按:昭二十五年《左傳》載宋卿士樂祁曰:"《詩》曰:'人之云亡,心之憂矣。'魯君失民矣,焉得逞其志?"⑥此引《詩》,正取失民以致亡國之意。則六章承五章"人之云亡,邦國殄瘁"兩句,言詩人對幽王時天災人禍、離亂無居的憂國傷時之情。

卒章曰:"觱沸檻泉,維其深矣。心之憂矣,寧自今矣?不自我先,不自我後。"鄭《箋》:"喻己憂所從來久也。惡政不先己、不後己,怪何故正當之。"⑦清陳奐《毛詩傳疏》卷二十五:"言我心之憂,胡不自我之先後而自今也。"⑧

謹按:《小雅・正月》之次章曰:"父母生我,胡俾我瘉。不自我先,不自我

---

① 〔清〕馬瑞辰撰,陳金生點校:《毛詩傳箋通釋》,第1034頁。
② 文六年《左傳》杜《注》:"《詩》言善人亡,則國degene病。"襄二十六年《左傳》杜《注》:"殄,盡也;瘁,病也。"〔晉〕杜預注,〔唐〕孔穎達等正義:《春秋左傳正義》,第4003、4323頁。
③ 顏《注》:"'領'與'萃〔悴〕'同,音之醉反。"〔漢〕班固撰,〔唐〕顏師古注,傅東華等點校:《漢書》,第4055頁。
④ 〔晉〕袁宏撰,張烈點校《兩漢紀・後漢紀》,第499頁。
⑤ 〔漢〕毛亨傳,〔漢〕鄭玄箋,〔唐〕孔穎達等正義:《毛詩正義》,第1246頁。
⑥ 杜《注》:"《詩》言無人,則憂患至。"〔晉〕杜預注,〔唐〕孔穎達等正義:《春秋左傳正義》,第4576頁。
⑦ 〔漢〕毛亨傳,〔漢〕鄭玄箋,〔唐〕孔穎達等正義:《毛詩正義》,第1247頁。
⑧ 〔清〕陳奐:《毛詩傳疏》,第4120頁。

後。"《苕之華》之次章曰:"苕之華,其葉青青。知我如此,不如無生!"①此兩詩與本章文意正同。詩人感歎自己生不逢時,遭此離亂之苦。尤以"不自我先,不自我後"兩句,寫得更爲真切感人。國滅離亂流亡,終日不得一飽,自然會使人興起"生不如死"之感。② 西周之覆亡,時人之哀傷、不朽之詩句,長爲後人掩卷悲泣:"亂世之音怨而怒"而"亡國之音哀以思"(《詩大序》)。③

可見,首章所寫的社會現實,與驪山之難、西周覆滅、二王並立、兄弟爭國的史實相合。詩人以亡國之象開篇,然後寫亡國之因,抒憂傷之情。五章言幽王時夷狄入侵,賢者離居,致使國家滅亡;六章言詩人面對幽王時天災人禍、離亂無居的憂國傷時之情;卒章極言離亂之苦、亡國之憂,正是對首章亡國之象的回筆。

2. 詩人反映了西周末期土地關係的轉變——土地兼併現象

次章曰:"人有土田,女反有之;人有民人,女覆奪之。"鄭《箋》:"此言王削黜諸侯及卿大夫無罪者。"④

謹按:胡適《中國古代哲學史》指出:"那時的政治,除了幾國之外,大概都是很黑暗、很腐敗的王朝政治。我們讀《小雅》的《節南山》《正月》《十月之交》《雨無正》幾篇詩,也可以想見了。其他各國的政治內幕,我們也可想見一二。……寫得最明白的,莫如……(《大雅·瞻卬》次章)。"⑤翦伯贊《中國史綱要》認爲:"很多小領主和低級貴族也遭到大領主的劫奪,變爲瑣尾流離之子。《詩·大雅·瞻卬》:'人有土田,女反有之;人有民人,女覆奪之。'正是反映這一事實。這些破落的小領主對於無休止的'王事'和不公平的待遇,也表示不滿。"⑥筆者以爲,其實,這是詩人對西周末期宗族土地所有制向春秋戰國時期國家授田制和土地私有制轉變的真實寫照。

眾所周知,春秋戰國時代是社會大變革的時期,從經濟基礎到上層建築的各個方面都發生了巨大變化。這些變化是以土地關係的變動爲基礎的,即由宗族土地所有制過渡到國家授田制的普遍施行,以及向土地私有制發生的轉變。而這一根本轉變的濫觴,就是西周末期的王族、公族、私族之間發生的土地兼併。西周的宗族土地所有制的根本標誌是:宗族的土地各有封疆,封地內建立宗廟

---

① 《正月》毛《傳》:"父母,謂文武也。我,我天下。瘏,病也。"鄭《箋》:"天使父母生我,何故不長遂我,而使我遭此暴虐之政而病? 此何不出我之前,居我之後? 窮苦之情,苟欲免焉。"《苕之華》毛《傳》:"華落葉青青然。"鄭《箋》:"自傷逢今世之艱,憂閔之甚。"[漢]毛亨傳,[漢]鄭玄箋,[唐]孔穎達等正義:《毛詩正義》,第 947、1076 頁。
② 說詳:邵炳軍《春秋詩歌〈詩·小雅·正月〉〈雨無正〉〈都人士〉〈魚藻〉創作年代考論》,《廣東社會科學》2012 年第 1 期,第 187-194 頁。
③ [漢]毛亨傳,[漢]鄭玄箋,[唐]孔穎達等正義:《毛詩正義》,第 564 頁。
④ [漢]毛亨傳,[漢]鄭玄箋,[唐]孔穎達等正義:《毛詩正義》,第 1244 頁。
⑤ 胡適:《中國古代哲學史》,第 34 頁。
⑥ 翦伯贊:《中國史綱要》,人民出版社 1979 年版,第 2 冊,第 50 頁。

和社稷;宗族以宗主爲代表,宗族土地所有制以宗主來實現;宗族血緣關係賦予普通宗族成員擁有一份對土地的支配權。西周分封制以宗法制爲基礎,其實質是在裂土分茅別分疆土的同時,實現族群衍裂以組成新族群,其必然結果是賜田授民。① 周初大封建授土授民,土地臣民名義上仍屬於王土王臣,貴族只有世襲佔有權而無私有權,所謂"溥天之下,莫非王土;率土之濱,莫非王臣"(《詩·小雅·北山》);②但事實上在授土授民之後,就等於受土受民的貴族所私有了。故擁有賜授土地與族人,是宗族血緣關係所賦予的所有權,他人是無權剝奪的,甚至天子也是不能無故侵犯的;否則,即就是天子,亦當屬"有罪"。《潛夫論·述赦》:"天子在於奉天威命,共行賞罰。……(故)詩刺'彼宜有罪,汝反脫之。'"③此引《詩》正取天子不能奉天威命爲有罪之意。

然而客觀情況却是,受分封的王臣一代一代都勢必佔有土地,日積月累,王室直接掌握的土地越來越少。特別是西都宗周畿內,地域面積有限,情形更爲嚴重。《國語·周語上》謂厲王聽從榮夷公"專利"——"專百物"之策,其根本目的就是厲王使用土地王有權力奪取貴族所佔有的土地。故宣王大夫芮良夫(芮伯)刺之曰"匹夫專利,猶謂之盗"。④ 周之際,邊患日亟,許多新領主,原爲保衛京畿而駐防,後由駐防而變成割據,對於西周王室的實際力量,當然也構成嚴重的影響。特別是厲王之世,經過一番內亂,國力受損,王室權威更受打擊,宗周王畿內外斫傷,東方諸侯離心離德,西周王室真可謂是朝不保夕了。降及幽王之世,土地掠奪的情形愈益嚴重了。可見,大宗對小宗的土地掠奪,祇是詩歌所反映的一方面;另一方面,也有小宗對大宗的土地兼併。這種"爭田奪民"的出現,導源於階級關係的新變化。降及春秋時期,貴族"佔田逾制"現象日益嚴重。比如,景王元年(前 543),鄭執政卿子產(公孫僑)所推行的以"都鄙有章,上下有服,田有封洫,廬井有伍"(襄三十年《左傳》)爲主要內容的田制改革,其主要目的之一,就是限制貴族"佔田逾制"行爲,並不是要廢除井田制,亦非要實行土地私有制。然而,就在其田制改革剛剛推行初期,鄭輿人作誦刺之曰:"取我衣冠而褚之,取我田疇而伍之。孰殺子產,吾其與之?"(襄三十年《左傳》)⑤足見以限制貴族"佔田逾制"爲目的的田制改革,就連有少量土地的都鄙之人都強烈怨恨;至於那些"佔

---

① 參見:田昌五、臧知非《周秦社會結構研究》,第 73-74 頁。
② 毛《傳》:"溥,大;率,循;濱,涯也。"鄭《箋》:"此言王之土地廣矣,王之臣又衆矣,何求而不得? 何使而不行?"[漢] 毛亨傳,[漢] 鄭玄箋,[唐] 孔穎達等正義:《毛詩正義》,第 994 頁。
③ 汪《箋》:"《詩·瞻卬》。'反脫',今作'覆說'。彭鐸按:'鄭《箋》:'覆,反也。'《釋文》云:'説,一音他活反。'"[漢] 王符撰,[清] 汪繼培箋,彭鐸校正:《潛夫論箋校正》,第 181 頁。
④ [三國吴] 韋昭注,上海師範大學古籍整理研究所校點:《國語》,第 13 頁。
⑤ 杜《注》:"國都及邊鄙,車服尊卑各有分部。公卿大夫,服不相踰。封,疆也;洫,溝也。廬,舍也;九夫爲井,使五家相保。……褚,畜也。奢侈者畏法,故畜藏。并畔爲疇。"[晉] 杜預注,[唐] 孔穎達等正義:《春秋左傳正義》,第 4372 頁。

田逾制"的上層貴族,他們的反對自然會更加激烈。

　　實際上,以土地交換方式"奪田""佔田"的現象,至遲在共王時期就已出現了。比如,1975年在陝西省寶雞市岐山縣董家村出土的裘衛諸器銘文,記載了共王三年至九年(約前919—前913)期間,裘衛與矩伯之間的三次交易:或以土地交換土地,或以土地交換玉器毛裘皮革。① 裘衛本爲一個不足稱道的王室内朝中士階級,屬掌周王祀天裘服職事的小官司裘,却自西周中晚期起歷數代之後,竟然能與毛伯、成伯這些姬姓頭等公卿世族强宗聯姻通婚,而矩國之君矩伯却窮得必須向裘衛這個暴發户借貸。

　　與"爭田"現象伴隨而出者,就是各種類型的"奪民"現象的出現。我們知道,户口減少總不外兩端:或由天災,或由人禍;人口增殖趨於負值,或因逃亡,或因奪民。《國語·周語上》載宣王喪南國之師之後,遂推行"料民"之策,其根本目的就是宣王利用民人王有之權力,來奪取貴族原來所佔有的民人。故宣王卿士仲山父(樊穆仲、樊仲父、樊仲子、樊仲山父)刺之曰:"無故而料民,天之所惡也,害於政而妨於後嗣。"②

　　傳世文獻所載的這種"奪民"現象,在出土文獻中得以驗證。比如,清吳大澂《愙齋集古録》卷五著録孝王時器大克鼎(善夫克鼎一)記克氏受賜大批土地人民,其銘曰:"王在宗周,旦,王各穆廟。……錫女井家劇田于既,曰(以)萬(畢)臣妾。"《愙齋集古録》卷五著録孝王時器小克鼎(善夫克鼎二)記克氏受命遹正成周八師,其銘曰:"隹(惟)王廿又三年九月,王在宗周,王命善夫克舍命于成周遹(通)正(成)八師之年,克作朕皇祖釐季寶宗彝。"③中國社會科學院考古研究所編《殷周金文集成》(1.206)著録孝王時器克鎛記載克氏受命遹涇原至於京師,其銘曰:"唯十又六年,九月初吉庚寅,王在周康剌宫,王乎士留召克,王親令(命)克,遹涇東至于京師,賜克佃車、馬乘。"④可見,傳1890年陝西省寶雞市扶風縣法門寺任村出土的孝王時克氏諸器,記載了克氏由内朝膳夫這一小官,逐漸發展成爲岐山强族,一時具有拱衛京師之功。⑤ 然如此强族增加得越多,周王室權威也就會變得越小了。

　　而這其中的奥妙,自然是在"爭田"的同時,又以各種方式進行"奪民"。如大克鼎銘記王賞克田七區,其中一區注明"以乃臣妾"。⑥ 清吳大澂《愙齋集古録》

---

① 詳見:岐山縣文化館,陝西省文管會龐懷清等:《陝西省岐山縣董家村西周銅器窖穴發掘簡報》,《文物》1976年第5期,第26-44頁;周原考古隊《矩伯裘衛兩家族的消長與周禮的崩壞》,《文物》1976年第6期,第45-50頁。
② [三國吳]韋昭注,上海師範大學古籍整理研究所校點:《國語》,第24頁。
③ [清]吳大澂:《愙齋集古録》,第104-106、106頁。
④ 中國社會科學院考古研究所編:《殷周金文集成》,修訂增補本第1册,第227頁。
⑤ 參見:楊樹達《積微居金文説》(增訂本),第45-47頁。
⑥ [清]吳大澂:《愙齋集古録》,第106頁。

卷五著録成王時器令鼎（諆田鼎）銘曰："王曰：令衆奮乃克至，余其舍女臣卅家。"①《愙齋集古録》卷四著録共王時器曶鼎（舀鼎）銘文記小采邑主匡季與曶到東宮訴訟，匡季寧願再添二田、一臣給曶，曶減免匡季三十秭。②曶曾在其他一次訴訟獲勝時得"五夫"，曶拜稽首受這"五夫"，還送酒、羊、絲給"五夫"，以便使他們安心住在邑里種田。因爲田必須有人種，人又會逃走，由此可推知封建主爲何會拋棄"臣"而寧願使用"衆"的原因了。此所謂"臣妾""臣""鬲（隸）"等，實際上就是奴隸。"臣"與"衆（農奴）"比較，"臣"在農業生産上給主人的利益較小，其趨勢自然是"臣"逐漸減少、"衆"逐漸增加。也就是封建制因素逐漸在增加，奴隸制因素逐漸在縮小。

在西周初期，土地與勞動力皆屬王有，而財富的絶對權力是與神的絶對權力相適應。然而在西周末期，隨着生産力的不斷發展，對生産資料私有的慾望迅速增長起來；"佔田逾制"是其表現，進而對於土地和勞動力的爭奪，明知是不合法的，依然接連不斷地在貴族間進行着；特别是幽王時期，土地關係的變化更爲劇烈。儘管具體表現爲對於土地與勞動力的爭奪，其實質是在"公"與"私"問題上所反映的社會矛盾鬥爭現象。這種現象必然會引起階級關係的變化，因爲財富權力的變動，必然會導致階級分野的變化；而階級分野的變化，必然導致封建社會秩序的大變動、必然會加劇統治階級與被統治階級的階級矛盾、必然會加劇統治階級的内部矛盾，最終自然會加速西周王室的滅亡。正是由於幽王把貴族所佔有的土地與"民人"據爲王有，自然加劇了王與貴族之間的矛盾鬥爭，這正是幽王所以滅亡之重要原因之一。一方面新興貴族顯得"威儀不類"，另一方面舊貴族感到"人之云亡"。也正由於此，詩人表達出自己強烈的怨憤之情。故明孫鑛《批評詩經》卷三評之曰："指四事，太明白，經中鮮如此直遂者。"③

3. 詩人所刺之"哲夫"爲幽王，所刺之"哲婦"爲褒姒

三章曰："哲夫成城，哲婦傾城。"毛《傳》："哲，知也。"鄭《箋》："哲，謂多謀慮也。城，猶國也。"孔《疏》："若謂智多謀慮之丈夫，則興成人之城國；若爲智多謀慮之婦人，則傾敗人之城國。婦言是用，國必滅亡。……褒姒用事，干預朝政，其意言褒姒有智，惟欲身求代后、子圖奪宗，非有益國之謀。"④宋朱熹《詩集傳》卷十八："傾，覆。……言男子正位乎外，爲國家之主，故有知則能立國；婦人以無非無儀爲善，無所事哲，哲則適以覆國而已。"⑤清陳奂《毛詩傳疏》卷二十五："傾

---

① ［清］吴大澂：《愙齋集古録》，第110頁。
② ［清］吴大澂：《愙齋集古録》，第97—99頁。
③ ［明］孫鑛：《批評詩經》，第126頁。
④ ［漢］毛亨傳，［漢］鄭玄箋，［唐］孔穎達等正義：《毛詩正義》，第1244頁。
⑤ ［宋］朱熹撰，夏祖堯點校：《詩集傳》，第187頁。

城,喻亂國也。"①

謹按:三、四兩章,一言"哲夫",兩言"哲婦",四言"婦",則"婦"即"哲婦"。毛《傳》、鄭《箋》皆不言"夫""婦"所指爲誰,孔《疏》以"哲婦"爲指褒姒;此後治《詩》者,多從孔《疏》説。但各家皆釋"哲夫"泛指才能見識超越常人的男子。然而,詩中"哲夫成城,哲婦傾城"對舉而言,後者特指,前者必爲特指;既然"哲婦"特指褒姒,則"哲夫"必指幽王無疑。幽王昏庸無道、荒淫無度,何以爲"哲"呢?此當詩人"爲王者諱"與"女禍"觀念作祟所致。

又,《晏子春秋·內篇諫上》:"《詩》曰:'哲夫成城,哲婦傾城。'今君不免(一作'思')成城之求,而惟傾城之務,國之亡日至矣。"②《後漢書·孝安帝紀》:"然令自房帷,威不逮遠,始失根統,歸成陵敝。遂復計金授官,移民逃寇,推咎台衡,以荅天眚。既云'哲婦',亦'惟家之索'矣!"《楊震傳》載楊震《上疏》:"前後賞惠,過報勞苦,而無厭之心,不知紀極,外交屬託,擾亂天下,損辱清朝,塵點日月。《書》誡牝雞牡鳴,《詩》刺哲婦喪國。"③此三化用或引述《詩》,皆取哲婦亡國之意。則"哲夫成城"者,言周王立國;"哲婦傾城"者,"傾"爲不及物動詞的使動用法,即"哲婦"使"城"傾,亦即褒姒使西周皇祖基業傾覆了,亦即宗周已然覆滅了。特別需要注意的是,從上下文意看,"傾城"非"將傾城",而是"已傾城"了。故明孫鑛《批評詩經》卷三評之曰:"(三章)'豔妻'意淺,'哲婦'意精。説到'哲'處,可謂透入骨髓。"④

三章又曰:"懿厥哲婦,爲梟爲鴟。"鄭《箋》:"懿,有所痛傷之聲也。厥,其也;其,幽王也。梟鴟,(惡)聲之鳥。喻褒姒之言無善。"孔《疏》:"'懿'與'噫'字雖異,音義同。《金縢》云:'噫!公命我,勿敢言。'與此同也。噫者,心有不平而爲聲,故云'有所痛傷之聲',痛傷褒姒亂國政也。厥,其,《釋言》文。此刺幽王,而褒姒是其婦,故知其幽王也。"⑤

謹按:"懿",清馬瑞辰《毛詩傳箋通釋》卷二十七:"《金縢·釋文》:'噫,馬本作懿。'是'懿''噫'通用之證。《楚語》衛武公作《懿》戒以自儆,即《大雅·抑》之詩,是'懿'又通'抑'。《十月之交》詩'抑此皇父',《箋》:'抑之言噫。噫是皇父,疾而呼之。'義與'懿厥哲婦'同。'懿''噫''抑'三字並同聲,故《詩》以'懿''抑'

---

① [清]陳奐:《毛詩傳疏》,第 4120 頁。
② 舊題[周]晏嬰撰,吳則虞集釋:《晏子春秋集釋》,第 33 頁。按:《晏子春秋》引《詩》與《毛詩》多合。《魯詩》"哲"作"恝",《列女傳·孽嬖傳》《漢書·谷永傳》引《瞻卬》皆作"恝"。
③ 李《注》:"謂鄧后專制國柄也。《詩》曰:'哲夫成城,哲婦傾城。'"[南朝宋]范曄撰,[唐]李賢等注,宋雲彬等點校:《後漢書》,第 243、1761 頁。
④ [明]孫鑛:《批評詩經》,第 126 頁。
⑤ [漢]毛亨傳,[漢]鄭玄箋,[唐]孔穎達等正義:《毛詩正義》,第 1245 頁。按:"聲之鳥"前,當脫"惡"字。

爲'噫'之假借。"①則"懿"爲"噫"之同音假借字,表痛傷感歎之詞,非美好之意。

又,"梟鴟"爲何鳥? 梟是一種長大後食子之惡鳥;鴟,亦名鴟鵂,即今之貓頭鷹。梟、鴟皆叫聲怪異,爲"惡聲之鳥""不孝之鳥""惡靈之鳥"。由於它常常預示着不祥之兆,加之受動物圖騰崇拜文化的影響,逐漸被人們在心理上與言行上視作一種迷信禁忌。其在《詩經》中凡四見,除本篇之外,《陳風·墓門》之卒章有"墓門有梅,有鴞萃止",比喻弑陳太子免而自立爲君之陳佗;《豳風·鴟鴞》之首章有"鴟鴞鴟鴞,既取我子,無毀我室",象徵夥同管叔鮮、蔡叔度叛周的殷後武庚;《魯頌·泮水》之卒章有"翩彼飛鴞,集于泮林",②比喻被魯國所征服之淮夷。可見,"梟""鴟""鴞"在上述三詩中皆比喻或象徵奸邪之人。本詩中"梟""鴟"兩惡鳥名連文爲義,皆承上文比喻"哲婦",亦即褒姒。惡鳥惡聲,褒姒讒言;梟鴟食子,褒姒傾國,正是詩人隱喻之處。《漢書·谷永傳》載谷永對曰:"《易》曰:'在中饋,無攸遂。'言婦人不得與事也。《詩》曰:'懿厥哲婦,爲梟爲鴟';'匪降自天,生自婦人。'"③此引《詩》,言幽王以哲婦褒姒爲美,實乃惡聲之鳥梟鴟,謂禍亂非來自天,乃以幽王寵褒姒所致,正取婦人誤國之意。

三章又曰:"婦有長舌,維厲之階。亂匪降自天,生自婦人。匪教匪誨,時維婦寺。"毛《傳》:"寺,近也。"鄭《箋》:"長舌,喻多言語,是王降大厲之階。階,所由上下也。今王之有此亂政,非從天而下,但從婦人出耳! 又非有人教王爲亂,語王爲惡者,是惟近愛婦人,用其言故也。"④宋朱熹《詩集傳》卷十八:"階,梯也。寺,奄人也。……上文但言婦人之禍,末句兼以奄人爲言。蓋二者常相倚而爲奸,不可不並以爲戒也。歐陽公常言宦者之禍甚於女寵,其言尤爲深切。"⑤清姚際恒《詩經通論》卷十五:"'長舌',猶言長於舌,指其善爲譖言,故下曰'譖始竟背',非謂多言也。譖言豈必在多乎! 此正指譖申后、廢太子事,故曰'維厲之階'。'匪教匪誨',謂不待教誨而能爲譖亂者,惟婦與寺。"⑥

謹按:"亂",即"禍亂",與上文"厲"同。"寺""侍"爲同音假借,指親近之人;此與"婦"連用,當指侍御之臣。則朱《傳》訓"寺"爲"奄人",失之於偏狹;其餘所言極是。可見,"哲婦"何以"傾國"? "梟鴟"何以喻"哲婦"? 此六句詩正好回答

---

① 〔清〕馬瑞辰撰,陳金生點校:《毛詩傳箋通釋》,第1031-1032頁。
② 《墓門》毛《傳》:"梅,柟也。鴞,惡聲之鳥也。萃,集也。"《鴟鴞》毛《傳》:"鴟鴞,鸋鴂也。無能毀我室者,攻堅之故也。寧亡二子,不可以毁我周室。"《泮水》毛《傳》:"翩,飛貌。鴞,惡聲之鳥也。"〔漢〕毛亨傳,〔漢〕鄭玄箋,〔唐〕孔穎達等正義:《毛詩正義》,第804、841、1320頁。按:關於《墓門》之"鴞"比喻義,此從毛《序》説。陳佗本事,詳見桓五年《春秋》《左傳》。關於《鴟鴞》之"鴟鴞"比喻義,説詳:邵炳軍、田永濤《〈詩·豳風·鴟鴞〉"鴟鴞"意象的文化意藴探析》,長安文化與中國文學學術研討會交流論文,2008年11月。關於《泮水》"鴞"之比喻義,此從《泮水》孔《疏》説。
③ 〔漢〕班固撰,〔唐〕顔師古注,傅東華等點校:《漢書》,第3460頁。
④ 〔漢〕毛亨傳,〔漢〕鄭玄箋,〔唐〕孔穎達等正義:《毛詩正義》,第1245頁。
⑤ 〔宋〕朱熹撰,夏祖堯點校:《詩集傳》,第253-254頁。
⑥ 〔清〕姚際恒撰,顧頡剛點校:《詩經通論》,第320頁。

了這兩個問題。詩人在揭示禍亂產生的根源時,指出全在人為而非天命,可謂慧眼卓識,亦是兩周之際天道觀的具體表現;褒姒雖在黜申后、廢宜臼的王位繼承之爭中扮演了不光彩的角色,但必定主要責任仍應由幽王來承擔,而謂禍亂由褒姒所生,亦不免有偏頗之處。

特別應該注意的是,詩人用自己的藝術筆觸真實地再現了西周末期政府制度化過程中的一種變態:內朝人物的出頭。我們知道,在周武王開國之初,周公旦以太師攝冢宰,召公奭以太保攝太史,太公望以太師(父師)攝司馬,成康之世由明保(君陳)、師懋父、畢公高等任太保、太師等最重要職務,先後執掌宗周與成周卿士寮與太史寮兩大輔政官署系統,並逐漸開始制度化。世官制度給貴族以在王室卿士寮系統充分共用權力的機會,史官系統的聖職性質使其成為王室太史寮系統的專門人才。西周中期以後,制度化的趨勢日強,內朝(宮中)與外朝(府中)逐漸分野,世官制度漸起變化,內朝人物已有出頭的蹟象。① 比如,在《十月之交》中,幽王時期職掌大權的官員有"卿士""司徒""宰夫""膳夫""內史""趣馬""師氏",除"司徒"為卿士寮三有司(司徒、司馬、司空)系統官員外,其餘皆由宮中雜役、史官等內朝職官系統演變而來。

中國歷史上常常會出現內朝逐漸奪取外朝權力的現象。這種中國封建社會政府制度化過程中的變異行為,實肇始於西周中期,氾濫於西周晚期。幽王時期,女寵與內朝在幽王的支持、縱容下,結黨營私、相倚為奸,終致西周覆滅。揭露幽王時期世族世官制度的異化,正是詩人政治洞察力強的表現。詩人明確指出哲婦傾國的直接原因是:幽王聽信褒姒讒言而廢申后、黜太子。難怪朱熹在《詩集傳》中大聲疾呼:"有國家者可不戒哉!"②

4. 詩人指出幽王友戎狄、仇諸侯是"邦國殄瘁"的根本原因

五章曰:"天何以刺?何神不富?舍爾介狄,維予胥忌。"毛《傳》:"刺,責;富,福;狄,遠;忌,怨也。"鄭《箋》:"介,甲也。王之為政既無過惡,天何以責王見變異乎?神何以不福王而有災異也?王不念此而改修德,乃舍女被甲夷狄來侵犯中國者,反與我相怨?謂其疾怨群臣叛違也。"孔《疏》:"以辭有與奪,意為彼此,言'維予胥忌',是不當怨而怨;則'舍爾介狄'者,是當怨而舍之也。且幽王荒淫惑亂,將至滅亡,兵在其頸,尚不知悟,安能復知大道遠慮?又大道遠慮非幽王之所有,何云舍汝乎?"③清陳啓源《毛詩稽古編》卷二十二:"《小雅·漸漸之石》《苕之華》《何草不黃》三詩,《序》皆言四夷交侵,下篇亦言曰蹙國百里,此介狄之明證

---

① 參見:許倬雲《西周史》,第231頁。
② [宋]朱熹撰,夏祖堯點校:《詩集傳》,第254頁。
③ [漢]毛亨傳,[漢]鄭玄箋,[唐]孔穎達等正義:《毛詩正義》,第1246頁。

也。幽王不此之懼,而反仇視忠臣,可勝歎哉!"①

謹按:"介",同《板》"价人維藩"之"价";而"介""价""甲"三字同音假借,皆爲披甲武士之意。"狄",三家詩作"逖",意同《毛詩》。故訓"介狄"爲"夷狄",與詩文、史實皆相合。宋朱熹《詩集傳》卷十八引或曰:"介狄,即指婦寺,猶所謂女戎者也。"②此以"介狄"爲"婦寺""女戎",亦即驪戎之女褒姒與奄人,説失考。結合上下文意可知,詩人言上天有什麽可責備的呢?周之亡非上天神靈之過;有哪一位天神没有保佑國家呢?言乃王友戎狄、仇諸侯所致。驪山之難、宗周覆滅、二王並立、兄弟爭國,儘管係西申侯、繒、西夷犬戎所爲,但並非唯有西申侯才聯合戎狄,始作俑者當數周幽王。故詩人所刺之"王"非他,唯幽王而已;因爲正是幽王友戎狄而仇諸侯、不攘外而安内,終致自己身首異處而國家覆滅了。

我們知道,西周末期西北戎族一直爲威脅周王室安全之心腹大患,《左傳》《國語》《竹書紀年》《詩序》《史記》皆多有記載。據筆者在第一章中的考論可知,幽王時期,戎族方國部落勢力已經很強盛了。故西申侯和天王宜臼自然可以聯合戎族覆周,幽王和豐王伯服也不會將支持自已的戎族拒之門外。《漸漸之石》毛《序》謂"戎狄叛之,荆舒不至",《苕之華》毛《序》謂"西戎東夷,交侵中國",《何草不黄》毛《序》亦謂"四夷交侵,中國背叛",③難怪凡伯在《召旻》中發出"日蹙國百里"之無奈慨歎!

《史記·秦本紀》載周平王《襄公之命》曰:"戎無道,侵奪我岐、豐之地。"④岐邑爲周人的發祥地,豐京爲周人宗廟所在地,属其文化都邑,與其政治都邑鎬京一衣帶水。如此重要之地,在驪山之難後,仍爲戎族所侵奪。此侵奪岐豐之戎,即詩中之"介狄",亦即幽王與豐王伯服的支持者和同盟者;若是岐、豐爲西申侯與天王宜臼所聯合的戎族方國部落佔領,命辭不會用"無道""侵奪"之類含有貶義的字眼。幽王親近戎狄,討伐西申侯與天王宜臼,終致西周覆滅,正與本章詩意相合。故明孫鑛《批評詩經》卷三評之曰:"(四章)似是謂行譖,而又反背不肯認。此其用意豈不極惡!然又謂曾作何事,總是變幻莫測意。……(五章)'何以''何不'並下,煞是險勁。"⑤魯迅《漢文學史綱要·第二篇〈書〉與〈詩〉》亦論之曰:詩人在《瞻卬》中所表達的情感"甚激切",與《詩經》中其他"怨誹而不亂,溫柔敦厚"詩篇迥異。⑥

---

① [清]陳啓源:《毛詩稽古編》,第763頁。
② [宋]朱熹撰,夏祖堯點校:《詩集傳》,第128頁。
③ [漢]毛亨傳,[漢]鄭玄箋,[唐]孔穎達等正義:《毛詩正義》,第1073、1076、1077頁。
④ [漢]司馬遷撰,[南朝宋]裴駰集解,[唐]司馬貞索隱,[唐]張守節正義,郭逸、郭曼標點:《史記》,第121頁。
⑤ [明]孫鑛:《批評詩經》,第126-127頁。
⑥ 魯迅:《漢文學史綱要》,《魯迅全集》第10卷,人民文學出版社1980年版,第530頁。

二、從《召旻》與《瞻卬》內容之異看《瞻卬》之作時

《瞻卬》毛《序》與《召旻》毛《序》謂兩詩皆爲"凡伯刺幽王大壞"之作,三家詩無異議。但從詩文本分析中我們可以看出,儘管兩詩作者同爲凡伯,詩旨同爲"刺幽王大壞";然《瞻卬》爲驪山之難後的"追刺"之作,而《召旻》則爲驪山之難前的"刺時"之作。

1.《召旻》描寫了饑饉使民人流離失所之天災

詩之開篇"旻天疾威,天篤降喪"兩句,怨歎天道的暴虐無情,頻繁降下致民死亡的災難。詩人在這裏責難上帝神、懷疑祖先神,客觀上可以説是對周初敬天畏神思想的一種否定,表現出周人天道觀念的進步,也可以説是悲劇詩歌的實質。故詩人以開首兩句提領全篇。首章後三句"瘨我饑饉,民卒流亡,我居圉卒荒",則是對災難的具體描寫:自然災害使莊稼歉收,致民饑饉,使民流離失所,從豐鎬畿内至邊疆地區都空虛無人,顯得十分荒涼,自然更加速了西周的滅亡。四章開首"如彼歲旱,草不潰茂,如彼棲苴"三句,解釋饑饉之因:大旱使草木也長得不豐茂,到處都是乾枯的草木。六章開首"池之竭矣,不云自頻;泉之竭矣,不云自中"四句,①極狀旱災之重:池水枯竭,池堤露出水面;泉水枯竭,泉底露出水面,飲用水非常缺乏。描寫災荒,至爲痛切。上引三章詩句,前人多以比喻之法訓之。事實上,詩人非比而賦,描寫了旱災所造成的危害,此與攜王近侍之臣所作《小雅·雨無正》開篇所寫兩周之際"降喪饑饉,斬伐四國"情形相合,②亦正與幽王時期的史實相合。

《國語·周語上》:"幽王二年,西周三川皆震。……(伯陽父曰)'源塞,國必亡。夫水土演而民用也。水土無所演,民乏財用,不亡何待?'……是歲也,三川竭,岐山崩。"③可見,幽王二年(前780),西周都邑鎬京發生了一次巨大地震,導致王畿腹地的涇水、渭水、洛水皆因地震而涸竭,甚至位於鎬京以西近200里的周人發祥地岐山也崩塌地陷。故當時周太史伯陽父(伯陽甫)以這次重大天災爲由來預測周將亡。顯然意指因水源乾竭而造成旱災,妨礙了農業生產,使民陷於貧困。西周王畿之地,位於今陝西省黃土高原。地震導致三川塞竭、岐山崩坍、地層變動,使地下水分佈狀態受到極大干擾。若雨量稍不足,便造成旱災。④ 古

---

① 毛《傳》:"潰,遂也。苴,水中浮草也。……頻,厓也。泉水從中以益者也。"鄭《箋》:"天,斥王也。疾,猶急也。瘨,病也。"[漢]毛亨傳,[漢]鄭玄箋,[唐]孔穎達等正義:《毛詩正義》,第1247-1249頁。
② 毛《傳》:"穀不熟曰饑,蔬不熟曰饉。"[漢]毛亨傳,[漢]鄭玄箋,[唐]孔穎達等正義:《毛詩正義》,第959頁。
③ [三國吳]韋昭注,上海師範大學古籍整理研究所校點:《國語》,第26-27頁。
④ 參見:許倬雲:《西周史》(增訂本),第309頁。

人對於天災極爲畏懼,總認爲天災是上帝對下民的懲罰。天災在人們心理上所造成的打擊,往往比實際的經濟效果更爲沉重。民人的逃亡、生產資料的破壞,必然導致生產力的嚴重衰落,必然會加速國家的覆亡。正由於此,詩人開篇即言"旻天疾威,天篤降喪",哀怨天道的無情,把旱災、饑饉、流亡皆歸之於上天暴虐。甚至過了 261 年之後,東周王室大夫萇弘誠勉劉文公(劉蚠)時,依然爲之喟歎曰:"周之亡也,其三川震"(昭二十三年《左傳》)。① 足見這次天災不僅導致西周覆亡,而且給王室貴族造成了極大的心理震撼,影響極其深遠。

2.《召旻》指斥周幽王昏庸無道、重用小人、亂政誤國之人禍

詩人於首章怨天道無情而降下災禍,次章繼而怨天道無情而降下人禍:"天降罪罟,蟊賊內訌。昏椓靡共,潰潰回遹,實靖夷我邦。"鄭《箋》:"昏、椓,皆奄人也。昏,其官名也。椓,椓毁陰者也。王遠賢者而近刑奄之人,無肯共其職事者,皆潰潰然維邪是行,皆謀夷滅王之國。"②清姚際恆《詩經通論》卷十五:"'蟊賊內訌',指褒姒。……'昏椓',指內小臣、奄人因緣爲奸者。"③詩人在這裏極力鞭笞那些內朝與外朝的權貴們:他們像吃莊稼的害蟲一般作惡多端,熱心於在官僚系統內部自相爭權奪利,熱心於讒言傷害他人而無意於供職國事;他們一個個昏亂邪辟是行,只不過是在幹着使國家滅亡的罪惡勾當。

三章承上章以對比之法極言人禍之甚:"臬臬訿訿,曾不知其玷。兢兢業業,孔填不寧,我位孔貶。"④明孫鑛《批評詩經》卷三:"'曾不知',似亦只是曾不自知耳! 詩家語態多然。'我位',鄭《箋》謂是'王位',固有深致。"⑤詩人在這裏揭露了那些在朝中掌權的奸佞小人的官場醜態:他們互相欺騙、互相譭謗,而周王卻不知其缺;詩人又在這裏感慨那些兢兢業業供職國事君子的窘迫困境:他們很長時間不得安寧,其職位被一貶再貶。詩人寫小人在位、賢者離居之狀,對次章"靖夷我邦"之因,補寫了精彩的一筆。這與先秦其他文獻所載周幽王時期的社會狀況是相一致的:

比如,《國語·鄭語》載周太史伯陽父謂司徒鄭桓公曰:"夫虢石父讒諂巧從之人也,而立以爲卿士,與剸同也;棄聘后而立內妾,好窮固也;侏儒戚施,實御在

---

① 杜《注》:"謂幽王時也。三川,涇、渭、洛水也。地動,川岸崩。"[晉] 杜預注,[唐] 孔穎達等正義:《春秋左傳正義》,第 4566—4567 頁。
② [漢] 毛亨傳,[漢] 鄭玄箋,[唐] 孔穎達等正義:《毛詩正義》,第 1248 頁。
③ [清] 姚際恆撰,顧頡剛點校:《詩經通論》,第 321 頁。按:或曰"昏",即"閽",亦即看門奴隸。"靡共",謂王室所要求提供的刑奄之人過多以至無法供應了。筆者存疑待考。
④ 毛《傳》:"臬臬,頑不知道也;訿訿,窳不供事也。貶,隊也。"[漢] 毛亨傳,[漢] 鄭玄箋,[唐] 孔穎達等正義:《毛詩正義》,第 1248 頁。
⑤ [明] 孫鑛:《批評詩經》,第 127 頁。

側,近頑童也;周法不昭,而婦言是行,用讒慝也;不建立卿士,而妖試幸揩,行暗昧也。"①可見,幽王八年(前774),伯陽父在論及可能導致西周覆亡的四個原因時,其首推幽王近小人而遠賢臣。

再如,《國語·晉語一》載晉史蘇曰:"褒姒有寵,生伯服,於是乎與虢石甫比,逐太子宜臼,而立伯服。"②在周惠王五年(前672)時,史蘇追溯西周覆亡之因——女寵與內黨相互勾結,狼狽爲奸。

又如,昭二十六年《左傳》載周王子朝曰:"至于幽王,天不弔周,王昏不若,用愆厥位。"③在周敬王四年(前516),王子朝追述周幽王亡國之因時,將天災人禍並提,於人禍則首舉周幽王之昏庸無道。

不僅《國語》《左傳》有如此記載,而且《詩經》許多詩篇亦有大量的藝術再現,比如《小雅·十月之交》六章曰:"皇父孔聖,作都于向。擇三有事,亶侯多藏。不憖遺一老,俾守我王。擇有車馬,以居徂向。"④此詩爲平王三十六年(前735)王室大夫刺幽王寵信褒姒以致滅國之作,當時西周覆亡雖已過去36年了,但作者對西周覆亡前的史實依然記憶猶新。他指出太史尹氏皇父臨危離居、隱退自逸,其主要原因當是周幽王之世王室內部矛盾所致。太師尹氏皇父位居三公,爲六卿之長,難以駕馭內憂外患所形成的複雜的政治局面,只得"以居徂向",以免做亡國之臣,這正是其"孔聖"之處。

從文獻記載與詩歌描寫相互印證來看,幽王昏庸無道、重用小人、亂政誤國,這是西周覆滅的一個重要原因。足見凡伯《召旻》詩中所描寫的"蟊賊"得道、賢者"孔瘨"、將"靖夷我邦"的內容,與幽王末期的史實相合。

3.《召旻》所寫爲驪山之難前即將亡國之象

次章曰:"昏椓靡共,潰潰回遹,實靖夷我邦。"毛《傳》:"靖,謀;夷,平也。"鄭《箋》:"皆謀夷滅王之國。"⑤則詩之"實靖夷我邦"所言,乃指斥幽王重用潰亂邪僻之人,名曰治國,實爲致亂。詩人寫天災:地震引發乾旱,莊稼歉收,人民遭受饑荒,流離失所,國中一片荒涼;詩人又寫人禍:周幽王昏庸無道,重用奸佞小人,貶謫賢者,朝中人人自危。天災人禍,實爲"靖夷我邦"之象。

故四章又曰:"我相此邦,無不潰止。"鄭《箋》:"潰,亂也。無不亂者,言皆亂也。"孔《疏》:"言其必將亂也。後犬戎殺王,是此言之信。"⑥又,僖四年《公羊

---

① [三國吳]韋昭注,上海師範大學古籍整理研究所校點:《國語》,第518-519頁。
② [三國吳]韋昭注,上海師範大學古籍整理研究所校點:《國語》,第255頁。
③ 杜《注》:"若,順也;愆,失也。"[晉]杜預注,[唐]孔穎達等正義:《春秋左傳正義》,第4591頁。
④ 毛《傳》:"皇父甚自謂聖。向,邑也。擇三有事,有司國之三卿,信維貪淫多藏之人也。"[漢]毛亨傳,[漢]鄭玄箋,[唐]孔穎達等正義:《毛詩正義》,第958頁。
⑤⑥ [漢]毛亨傳,[漢]鄭玄箋,[唐]孔穎達等正義:《毛詩正義》,第1248頁。

傳》:"國曰潰,邑曰叛。"①文三年《左傳》:"春,莊叔會諸侯之師伐沈,以其服於楚也。沈潰。凡民逃其上曰潰,在上曰逃。"②則詩人所言"潰",鄭《箋》、孔《疏》所釋"亂",皆指"國亂"。可見,詩人以草木之不豐茂,比喻國家已到了行將崩潰的邊緣了。

詩人在前四章重點寫天災人禍之後,將筆鋒轉到內憂外患上來。五章曰:"維昔之富不如時,維今之疚不如兹。"③清王先謙《詩三家義集疏》卷二十三:"詩言昔日之富,家給人足,不如今時之困窮。今日之疚,仁賢疏退,不如此時之尤甚。"④王氏綜合前人之說爲訓,實非詩之本意。詩中言天災人禍,導致兩極分化日益嚴重:往日富足的人更爲富足,貧窮的人則更爲貧窮。這正是詩人用今昔縱向對比之法,寫周幽王時貧富兩極分化越來越嚴重的現狀。

故詩人又曰:"彼疏斯粺,胡不自替?職兄斯引。"毛《傳》:"彼宜食疏,今反食精粺。替,廢。"鄭《箋》:"疏,粗也,謂糲米也。……(小人)不自廢退,使賢者得進。"⑤可見,毛《傳》將"疏"與"精粺"對舉而言,即"粗糧"與"精米"相對;程瑤田《九穀考》以疏爲穄(高粱),即粗糧,正與毛《傳》説合。又,鄭《箋》改毛《傳》意,訓"替"爲"廢退",即今之引咎辭職,或爲三家詩說。舊說皆以此三句詩乃寫賢者離居、小人在位狀況之延續不斷,實非。我們結合上下文可知,正是由於土地和勞動力都可以私有了、可以掠奪了;這種"佔田奪民"現象雖然是部分的,但引發的問題却是相當嚴重的。因爲這必然導致富貴貧賤社會身份與社會關係的變動:"疏"爲"糲","粺"爲"精",二者大有區別;而今貴賤貧富之判並非如從前那樣以血緣關係爲標準了。在這樣的階級關係變化之下,貴族君子自然也要與民爭利了。故詩人前言周幽王時貧富兩極分化日熾,此以粗糧與細糧借代貧富兩種現象,言貧富差距爲什麼没有變化(縮小),反而延續至今而且愈演愈烈了(擴大)。

卒章曰:"昔先王受命,有如召公,日辟國百里;今也日蹙國百里。於乎哀哉!維今之人,不尚有舊。"毛《傳》:"辟,開;蹙,促也。"鄭《箋》:"先王受命,謂文王、武王時也。召公,召康公也;言'有如'者,時賢臣多,非獨召公也。今,今幽王臣。"⑥宋朱熹《詩集傳》卷十八:"文王之世,周公治内,召公治外,故周人之詩,謂之周南,諸侯之詩,謂之召南。所謂日辟國百里云者,言文王之化自北而南,至於江漢之間,服從之國日以益衆,及虞芮質成,而其旁諸侯聞之,相帥歸周者四十餘

---

① [漢]何休注,[唐]徐彦疏:《春秋公羊傳注疏》,第4882頁。
② 杜《注》:"潰,衆散流移,若積水之潰,自壞之象也。"[晉]杜預注,[唐]孔穎達等正義:《春秋左傳正義》,第3993頁。
③ 毛《傳》:"往者富仁賢,今也富讒佞。今則病賢也。"[漢]毛亨傳,[漢]鄭玄箋,[唐]孔穎達等正義:《毛詩正義》,第1249頁。
④ [清]王先謙撰,吴格點校:《詩三家義集疏》,第997頁。
⑤ [漢]毛亨傳,[漢]鄭玄箋,[唐]孔穎達等正義:《毛詩正義》,第1249頁。
⑥ [漢]毛亨傳,[漢]鄭玄箋,[唐]孔穎達等正義:《毛詩正義》,第1249-1250頁。

國焉。今,謂幽王之時。促國,蓋犬戎內侵、諸侯外畔也。"①

謹按:考之於《左傳》《國語》《史記》諸史籍,鄭玄、朱熹說是。此召公,即召公奭,亦稱召康公、召伯、君奭、公太保、皇天尹太保,爲姬周王族長老,以太保攝太史,掌管太史寮,歷仕文、武、成三王。特別是在成王七年(約前 1057)成王親政之後,召公奭復營東都雒邑,東伐淮夷,爲西周王室開拓疆域做出了突出貢獻。詩言幽王時,犬戎內侵,諸侯外叛,正反映了西周末年的歷史實際。有關史實前已詳述,此不贅。詩人將西周初期之盛世與末期之衰世作縱向對比,反襯幽王時即將亡國的時勢;言召公者,以反襯"維今之人,不尚有舊",此正爲詩人慨歎"於乎哀哉"之因。故明孫鑛《批評詩經》卷三評之曰:"'不尚有舊'一語,含無限意趣。"②

從天命方面講,往昔"降福穰穰",如今"天降喪亂"。這樣巨大的反差,促使傳統的"以德配天"之天道觀與"敬德保民"之政治觀都開始發生動搖了,"尊賢而孝親"的道德倫理觀自然要遭受現實的嚴酷打擊了。故詩人痛惜幽王重用小人,却無召公奭一樣的賢臣,終致"日蹙國百里",以揭示行將亡國之因,使全詩的主題得以昇華。《後漢紀》卷二十四《孝靈帝紀中》載蔡邕《難夏育擊鮮卑議》曰:"其外則分之夷狄,其內則任之良吏。後嗣遵業,順奉所守,苟無慼國之幾,豈與蟲螳之虜校往來之所傷哉!"③此化用《詩》,正取任賢禦戎以固國本之意。

故明孫鑛《批評詩經》卷三評之曰:"音調悽惻,語皆自哀苦衷中出。匆匆若不經意,而自有一種奇陗,與他篇風格又別。淡煙古樹,入畫固妙。却正于觸處收得,正不必具全景。"④孫氏說甚是。的確,《瞻卬》寫得直露,《板》與《召旻》寫得委婉,皆可證三詩不爲一時之作。至於《召旻》之具體創作年代,我們可從史料所載西周覆亡之前的重要事件發生之年代去考索。《國語·鄭語》:"幽王八年而桓公爲司徒,九年而王室始騷,十一年而斃。"韋《注》:"即位八年。騷,謂適庶交爭,亂虐滋甚。幽王伐申,申、繒召西戎以伐周,殺幽王於驪山戲下,桓公死之。"⑤則《板》《召旻》兩詩皆當作於周幽王八年(前 774)史伯陽論周將亡後、十一年(前 771)驪山之難前,大致在周幽王十年(772)頃。

綜上所論,《瞻卬》所寫爲周幽王驪山之難後的亡國之象,所總結的爲亡國之因,所抒發的爲亡國憂傷之情;詩人藝術地再現了西周末期土地關係的異化——土地兼併,這是西周宗族土地所有制向春秋戰國時期國家授田制及土地私有制轉變的濫觴;詩人所斥的"哲婦"即幽王寵妃褒姒,"哲夫"當爲幽王,言"傾城"者,即國家已經破滅了;女寵與內朝人物相勾結、亂政誤國,這是西周末期周王室二

---

① [宋]朱熹撰,夏祖堯點校:《詩集傳》,第 256 頁。
②④ [明]孫鑛:《批評詩經》,第 127 頁。
③ [晉]袁宏撰,張烈點校《兩漢紀·後漢紀》,第 465 頁。
⑤ [三國吳]韋昭注,上海師範大學古籍整理研究所校點:《國語》,第 524 頁。

寮制度的異化;詩人指出幽王友戎狄、仇諸侯是"邦國殄瘁"的直接原因。由此四點可證,《瞻卬》一詩必作於驪山之難後。另外,我們還可以從《板》《召旻》與《瞻卬》所寫社會現實不同中,找到《瞻卬》一詩創作時代的佐證:詩人描寫了幽王時饑饉使人民流離失所的悲慘現實,指斥了幽王昏庸無道、重用小人、亂政誤國;詩人寫天災人禍、內憂外患,均爲即將亡國之象。故我們認爲,《瞻卬》一詩作於平王元年(前770)頃,《板》與《召旻》兩詩皆作於幽王十年(前772)頃。①

---

① 參見:邵炳軍《周大夫凡伯〈瞻卬〉創作時世考論》,《第四屆〈詩經〉國際學術研討會論文集》,學苑出版社2000年版,第753-765頁;邵炳軍《〈詩·大雅·瞻卬〉〈抑〉繫年輯證》,《郁賢皓先生八十華誕紀念文集》,中華書局2011年版,第23-33頁。

國家出版基金資助項目
國家社科基金重大項目（16ZDA172）階段性研究成果

政治生態變革與詩禮文化演進
——兩周之際『二王並立』時期詩歌創作時世考論

邵炳軍 著

下

吳承學 題

上海大學出版社

第五章
秦襄公立國與《秦風》五篇的創作

平王宜臼與攜王余臣"二王並立"政治格局的形成,導致王室對諸侯國的實際控制力漸次減弱,諸侯之間兼併戰爭的帷幕已然拉開。期間,與諸侯國詩歌創作密切相關的重大政治事變有二:秦襄公立國與鄭武公滅檜。這一興一亡之個案,正好是春秋時期諸侯國發展演變歷史的縮影。平王封秦爲諸侯,是王室分封的最後一個異姓諸侯國。這是兩周之際"二王並立"特殊政治格局使然。此後,王室雖據有西都王畿豐鎬以東區域暨東都王畿大片國土,擁有相當數量民人,然再也無土可封、無民可授,王室漸次式微乃由此始。但是,對於秦人而言,平王分封,襄公受爵,秦人始國,霸業之基始定,實乃秦國發展史上具有里程碑意義的大事。秦國的詩人們在他們創作的詩篇裏,對秦襄公或讚頌之、或誡勉之。據筆者考證,在"二王並立"時期,反映這一時期現實生活的詩篇就有《終南》《車鄰》《駟驖》《小戎》《蒹葭》五篇,佔傳世《秦風》篇數的一半。其詩歌創作的藝術基調爲"盛世之聲"。

第一節　平王封秦與襄公始國史實概述

一、傳世文獻所載平王封秦與襄公始國史實辨證

《國語·鄭語》:

　　(史伯)對曰:"夫國大而有德者近興,秦仲、齊侯,姜、嬴之儁也,且大,其將興乎?"……及平王之末(立),而秦、晉、齊、楚代興,秦景襄於是乎取周土,晉文侯於是乎定天子,齊莊、僖於是乎小伯,楚蚠冒於是乎始

啓濮。①

《後漢書·西羌傳》引《竹書紀年》：

及宣王立，四年，使秦仲伐戎，爲戎所殺。王乃召秦仲子莊公，與兵七千人，伐戎破之，由是少卻。②

《史記·秦本紀》：

周宣王即位，乃以秦仲爲大夫，誅西戎。西戎殺秦仲。秦仲立二十三年，死於戎。……襄公元年，以女弟繆嬴爲豐王妻。……七年春，周幽王用褒姒，廢太子，立褒姒子爲適，數欺諸侯，諸侯叛之。西戎犬戎與申侯伐周，殺幽王酈山下。而秦襄公將兵救周，戰甚力，有功。周避犬戎難，東徙雒邑，襄公以兵送周平王。平王封襄公爲諸侯，賜之岐以西之地。曰："戎無道，侵奪我岐、豐之地，秦能攻逐戎，即有其地。"與誓，封爵之。襄公於是始國，與諸侯通使聘享之禮。乃用騮駒、黄牛、羝羊各三，祠上帝西畤。③

《十二諸侯年表》：

（周宣王七年）秦莊公元年。……（周幽王五年）秦襄公元年。……（周幽王十一年、秦襄公七年）始列爲諸侯。……（周平王元年、秦襄公八年）初

---

① 韋《注》："秦仲，嬴姓，附庸秦公伯之子，爲宣王大夫。《詩序》云：'秦仲始大。'齊侯，齊莊公，姜姓之有德者也。此二人爲姜、嬴之雋，且國大，故近興。……代，更也。平王即位五十一年。'景'，當爲'莊'。莊公，秦仲之子，襄公之父。取周土，謂莊公有功於周，周賜之土。及平王東遷，襄公佐之，故得西周鄜、鎬之地，始命爲諸侯。……文侯，仇也。定，謂迎平王，定之於雒邑。莊，齊太公後十二世莊公購。僖公，莊公之子禄父。小伯，小主諸侯盟會。卒胄，楚季紃之孫、若敖之子熊率。濮，南蠻之國，叔熊避難處也。"［三國吳］韋昭注，上海師範大學古籍整理研究所校點：《國語》，第 523 - 524 頁。按："末"，當爲"立"之訛。又，"景襄"或爲二字之譌，正如後世"秦昭襄王""秦莊襄王"之例。故"秦景襄公"，或即"秦襄公"之正稱。說參：王雷生《平王東遷年代新探：周平王東遷西元前 747 年説》，《人文雜誌》1997 年第 3 期，第 62 - 66 頁。

② ［南朝宋］范曄撰，［唐］李賢等注，宋雲彬等點校：《後漢書》，第 2871 頁。按：《廣弘明集》卷 11 釋法琳《對傅奕廢佛僧表》："《史記》《竹書》及陶公《年紀》皆云：秦無曆數，周世陪臣。""《竹書》云：自秦仲之前，本無年世之紀。"［唐］釋道宣：《廣弘明集》，四部叢刊初編影印明萬曆間（1573—1620）汪道昆刻本，上海書店 1985 年版，卷 11，第 15，17 頁。

③ 裴駰《集解》引［晉］徐廣《史記音義》："赤馬黑髦曰騮。"司馬貞《索隱》："襄公始列爲諸侯，自以居西（時），西（時），縣名，故作西畤，祠白帝。時，止也，言神靈之所依止也；亦音市，謂爲壇以祭天也。……（述贊）襄公救周，始命列國。"［漢］司馬遷撰，［南朝宋］裴駰集解，［唐］司馬貞索隱，［唐］張守節正義，郭逸、郭曼標點：《史記》，第 120 - 121，151 頁。按：《十二諸侯年表》《齊太公世家》《魯周公世家》《燕召公世家》《管蔡世家》《陳杞世家》《宋微子世家》並記此事而較略，不具引。

第五章 秦襄公立國與《秦風》五篇的創作

立西畤，祠白帝。……（周平王五年、秦襄公十二年）伐戎至岐而死。①

《六國年表》：

  太史公讀《秦記》，至犬戎敗幽王，周東徙洛邑，秦襄公始封爲諸侯，作西畤用事上帝，僭端見矣。②

《封禪書》：

  秦襄公既侯，居西垂。③

《匈奴列傳》：

  秦襄公救周，於是周平王去酆鄗而東徙雒邑。當是之時，秦襄公伐戎至岐，始列爲諸侯。④

《詩譜·秦譜》：

  秦者，隴西谷名，於《禹貢》近雍州鳥鼠之山。……至曾孫秦仲，宣王又命作大夫，始有車馬禮樂侍御之好，國人美之、翳之，變風始作。……秦仲之孫襄公，平王之初，興兵討西戎以救周。平王東遷王城，乃以岐、豐之地賜之，始列爲諸侯。⑤

今本《竹書紀年》：

---

① ［漢］司馬遷撰，［南朝宋］裴駰集解，［唐］司馬貞索隱，［唐］張守節正義，郭逸、郭曼標點：《史記》，第 366、378、380－382 頁。
② ［漢］司馬遷撰，［南朝宋］裴駰集解，［唐］司馬貞索隱，［唐］張守節正義，郭逸、郭曼標點：《史記》，第 526 頁。
③ 張守節《正義》："漢隴西郡西縣也。今在秦州上邽縣西南九十里也。"［漢］司馬遷撰，［南朝宋］裴駰集解，［唐］司馬貞索隱，［唐］張守節正義，郭逸、郭曼標點：《史記》，第 1113 頁。按：此"隴西郡西縣"，即《秦本紀》張守節《正義》之"上西縣"，亦即故西犬丘，在今甘肅省隴南市西和縣、禮縣一帶。襄公一直以東擴爲戰略目標，何以"既侯"之後，從秦邑（即今天水市清水縣西數里處之清水故城）南遷至"上西縣"呢？故筆者此不取張氏說。
④ ［漢］司馬遷撰，［南朝宋］裴駰集解，［唐］司馬貞索隱，［唐］張守節正義，郭逸、郭曼標點：《史記》，第 2184－2185 頁。
⑤ ［漢］毛亨傳，［漢］鄭玄箋，［唐］孔穎達等正義：《毛詩正義》，第 782 頁。

（周宣王）三年，王命大夫仲伐西戎……（六年）西戎殺秦仲。……（周幽王）四年，秦人伐西戎。……（周平王二年）賜秦、晉以邠、岐之田。……五年，秦襄公帥師伐戎，卒于師。①

謹按：關於宣王命秦仲爲大夫伐戎之年，古本《竹書紀年》謂在宣王四年，即秦仲二十一年（前824）；《史記·十二諸侯年表》《秦本紀》皆謂在宣王元年，即秦仲十七年（前827）；今本《竹書紀年》謂在宣王三年（前825），即秦仲二十年。筆者此從《史記》説。

又，關於秦仲之卒年，古本《竹書紀年》繫於宣王四年（前824），《史記·秦本紀》《十二諸侯年表》皆繫於宣王六年（前822），今本《竹書紀年》繫於宣王三年（前825）。筆者此從《史記》説。則秦仲伐戎而卒在宣王六年，即秦仲二十三年（前822）；秦仲元年，則即屬王十四年（前844）。

當然，對上引先秦兩漢文獻所載史實，尤其是《史記·秦本紀》之説，亦有學者提出質疑。如宋王應麟《困學紀聞》卷十一指出："而春秋之時，秦境東至於河，明襄公救周即得之矣。《本紀》之言不可信也。"②蒙文通《周秦少數民族研究》："《秦本紀》言，秦襄公將兵救周，平王封襄公爲諸侯，賜之岐以西之地，曰：'戎無道，侵奪我岐、豐之地，秦能攻逐之，即有其地。'與誓封爵之。襄公救周，則黨於幽而敵於平。犬戎党於平而奪平地，秦敵於平而襄公將兵送平，而平封爵之，皆事之必不然者。"③這些質疑並非毫無合理之處，《史記》之文有訛誤是肯定的。然對平王封秦與襄公始國這一重大史實，諸家基本上是持肯定觀點的。

二、從秦人聚集地變遷看襄公始國之前的周秦關係

據《秦本紀》記載，秦人是一個歷史悠久的古老民族。④ 其男系祖先可以追溯到大業、大費（伯益），正值我國古史傳説中的堯舜禹時代，亦即考古年代的金石並用時代。⑤ 在平王封襄公爲諸侯之前，其聚集地經歷了一個西遷又東遷的漫長過程。當然，秦人的遷徙過程，折射出嬴秦民族發展壯大的歷史進程。

---

① 王國維：《今本竹書紀年疏證》，《王國維遺書》第8册，第12、15-16頁。
② ［宋］王應麟撰，孫通海校點：《困學紀聞》，第239頁。
③ 蒙文通：《周秦少數民族研究》，第21頁。
④ 關於秦嬴的起源暨族屬問題，先哲時賢向有三説：一爲"源自西戎"説，以王國維、蒙文通、周谷城等爲代表；二爲"源自東夷"説，以傅斯年、衛聚賢、黄文弼、陳獨秀、郭沫若、范文瀾、丁山、徐旭生、馬非百、王玉哲等爲代表；三爲"源自夏族"説，以翦伯贊、吕振羽、吳澤等爲代表。詳見：雍際春《近百年來秦人族源問題研究綜述》，《社會科學戰綫》2011年第9期，第109-117頁。
⑤ 説參：段連勤《關於夷族的西遷和秦嬴的起源地族屬問題》，《先秦史論文集》，《人文雜志》1982年增刊，第166-214頁。

第五章　秦襄公立國與《秦風》五篇的創作　287

1. 中潏西遷於"西垂"

大約在殷商末期,大費一支的後裔子孫中潏,自中原邊地西遷於西戎聚居區,①以保"西垂"。據《漢書·地理志上》《史記·秦本紀》裴駰《集解》、張守節《正義》《明一統志·陝西布政司·西安府上》《讀史方輿紀要·陝西二》等考證,犬丘故城,即槐里城,在今陝西省咸陽市興平市東南 10 里。則"犬丘"有二:一爲今興平市之犬丘故城;一爲今甘肅省隴南市西和縣、禮縣一帶之犬丘故城。蓋以其東已有一"犬丘",故冠一"西"字。則所謂"西垂",即"西犬丘"。② 此地屬長江流域嘉陵江水系西漢水上游。西周初中期的 200 年間(約前 1066—前 873),秦人一直居住在長江流域西漢水與黃河流域渭河之間。該地現存的 10 多處周代遺址,也許就是"西犬丘"地區的秦文化遺存。③

我們知道,春秋時宋、衛二國各有一"犬丘"。隱八年《春秋》《左傳》之衛"犬丘",地即今山東省菏澤市曹縣之旬陽店,或以爲在今鄄城縣東南 15 里;襄元年《左傳》之宋"犬丘",其地在今河南省永城市西北 30 里。此二"犬丘",距夏禹之都"陽城"(今登封市告成鎮附近),夏啓之都"陽翟"(在今禹州市境内),夏太康、羿、桀之都"斟鄩"(在今鞏義市境内),帝杼之都"原"(在今濟源市境内)皆不遠,當爲夏代時東夷族中以犬爲圖騰的"畎夷"留下來的居住遺址。④ 大約在夏末商初,"畎夷"中的一支西遷"東犬丘",另一支西遷"西犬丘"。可見,此二"犬丘"之名,乃"畎夷"西遷時從東方帶來的。這種現象即歷史地理學所謂的地名遷移。⑤ 而秦人所居"西犬丘"之名,自然與夏末商初從關東之"畎夷"故居西遷之兩"犬丘"有關。此"西犬丘",即甲骨文所載殷商武丁時期活動在關中及其西部地區之夏末商初西遷的"畎夷"後裔"犬方"之故地。⑥

2. 非子北遷於"秦"

周孝王十三年(約前 872),孝王封大駱庶子非子爲附庸,⑦非子遂自"西犬

---

① 參見:王國維《觀堂集林》,中華書局 1959 年版,第 529－530 頁;郭沫若《兩周金文辭大系圖録考釋》(增訂本),第 520－524 頁。
② 關於歷代秦都邑之地望,參見:[明]董説《七國考》卷 3《秦都邑》,清錢熙祚編刻守山閣叢書本,中華書局 1956 年版,第 107－113 頁。
③ 詳見:黃灼耀《秦人早期史蹟初探》,《學術研究》1980 年第 6 期,第 69－76 頁。
④ "畎夷",《史記·齊太公世家》又作"犬夷",則"犬"與"畎"通。故"犬丘"即"畎丘",當爲"畎夷",即"犬夷"之故居。
⑤ 參見:段連勤《關於夷族的西遷和秦嬴的起源地族屬問題》,《先秦史論文集》,《人文雜志》1982 年增刊,第 166－214 頁。
⑥ 參見:段連勤《犬戎歷史始末述——論犬戎的族源、遷徙及同西周王朝的關係》,《民族研究》1989 年第 5 期,第 82－89 頁。
⑦ 《史記·三代世表》《秦本紀》皆未繫年。此從[清]齊召南撰,[清]阮福續《歷代帝王年表》説。[清]齊召南撰,[清]阮福續:《歷代帝王年表》,第 23 頁。

丘"北遷,"邑之秦"。關於此"秦邑"之地望,《詩譜·秦譜》:"秦者,隴西谷名,於《禹貢》近雍州鳥鼠之山。"①《史記·秦本紀》裴駰《集解》引晉徐廣《史記音義》:"(秦)今天水隴西縣秦亭也。"張守節《正義》引李泰《括地志》:"秦州清水縣本名秦,嬴姓邑。《十三州志》云秦亭,秦谷是也。周太史儋云'始周與秦國合而別',故天子邑之秦。"②清查朗阿等《甘肅通志》卷六《亭樂山》:"在(清水)縣東三十里。有秦亭遺蹟,即非子始封處。"③

今考:在今清水縣城東牛頭河(即古清水)上游20餘里確有亭樂山,山下有秦亭村;但這一帶地勢狹窄,考古調查亦未發現任何較早的陶片或文化堆積,顯然以此處作爲非子所封之秦邑當屬誤傳;當然,這一帶當屬於秦之地域範圍。據《水經·渭水注》,秦水出東北大隴山之秦谷而歷秦川,④川有育谷亭(疑即"秦亭"),爲秦仲所封。此秦水即今後川河,系清水支流,在今縣城西北。秦川地勢開闊,有發育較好的臺地,考古調查曾發現過周代遺址,從自然地理角度看作爲非子封邑似有可能。⑤則"秦邑"一名"秦亭",又名"秦谷亭",即今甘肅省天水市清水縣西數里處之清水故城。可見,自孝王時起,大駱之族的後裔便分爲兩個宗族:一爲嫡子成,依然居於"西犬丘",即宣王所賜秦莊公"其先大駱地犬丘",因爲成之後裔至厲王時爲西戎所滅,其地爲非子後裔莊公所有;一爲庶子非子,被孝王封爲周之附庸方國而"邑之秦",自"西犬丘"北遷於"秦邑",並以其初封地名別族爲"秦嬴",復續嬴姓祀,其族號曰"秦嬴",成爲後世秦國之始祖。

當然,在孝王時期,儘管非子始有世襲"分土",但秦人大約還處於狩獵與遊牧生活時代。⑥ 由於地處西陲,受到自然條件限制,生產力發展比較緩慢,比中原諸國起步遲了二三百年。故在宣王之前,周人依然視秦人爲"戎狄"之屬;比如,1959年在陝西省西安市藍田縣出土的周厲王時期器詢簋銘文,以"戍秦人"與各種夷人並列。⑦

---

① [漢]毛亨傳,[漢]鄭玄箋,[唐]孔穎達等正義:《毛詩正義》,第782頁。
② [漢]司馬遷撰,[南朝宋]裴駰集解,[唐]司馬貞索隱,[唐]張守節正義,郭逸、郭曼標點:《史記》,第120頁。
③ [清]許容監修,李迪等編纂,劉光華等據哈佛燕京圖書館藏鈔刻合一本點校整理:《甘肅通志》,蘭州大學出版社2018年版,第328頁。
④ 隴山,位於今寧夏回族自治區南部及寧、甘、陝交界地帶,平均海拔2500米,突起在陝北高原和隴中高原之上,顯得十分高峻。其主峰爲今寧夏回族自治區固原市西南70里之六盤山,海拔3500米,古稱大隴山,以別於小隴山。參見:《水經·渭水註》《元和郡縣志·關内道二》《隴右道上》《陝西通志·山川三》《甘肅通志·山川》。
⑤ 參見:趙化成《尋找秦文化淵源的新綫索》,《文博》1987年第1期,第1-7、17頁。
⑥ 說參:徐旭生《中國古史的傳說時代》(增訂本),第54頁。
⑦ 參見:李學勤《西周中期青銅器的重要標尺——周原莊白、强家兩處青銅器窖藏的綜合研究》,《中國國家博物館館刊》1979年第1期,第29-36頁。

3. 莊公世父南遷於"西犬丘"

周宣王六年(前 822),宣王以秦嬴曾孫、襄公祖父秦仲爲"大夫",誅西戎,爲西戎所殺。① 宣王乃召莊公昆弟 5 人,與兵 7 000 人,使伐西戎,破之。容庚《商周彝器通考》(341)著録的宣王時期器不嬰(其)簋銘所記,正是莊公破西戎之戰。② 此後,宣王乃復予秦仲之後,及其先大駱地"犬丘"並有之,命其長子莊公爲"西垂大夫",居其故地"西犬丘"。關於此"西垂"與"犬丘""西犬丘"之地望,郭沫若《兩周金文辭大系圖録考釋》認爲,"西垂"泛指宗周之西部邊陲;③何漢文《嬴秦人起源於東方和西遷情况初探》認爲,泛指殷商之西部邊疆;④王玉哲《秦人的族源及遷徙路綫》認爲,"西犬丘""西垂""秦"爲一地之異名。⑤ 三説皆不確。

今考:所謂"西垂"有兩層含義:一爲城邑名,隱八年《春秋》謂"遇于垂",而《左傳》則曰"遇于犬丘",故杜《注》曰:"犬丘,垂也。地有兩名。"⑥據《水經·漾水注》,楊廉川水(又名西谷水)之"犬丘"即"西垂",其地即位於今甘肅省隴南市禮縣鹽關堡東南 5 公里的西漢水南岸。⑦ 可見,此城邑名之"西垂"即"犬丘",亦即"西犬丘",它們爲一邑三名。一爲地域名,它既包括位於今隴南市西和縣、禮縣的西漢水上游兩岸流域的西犬丘地區,又包括位於今天水市清水縣渭河上游兩岸流域的秦邑地區,故位於今隴山以西的天水市中部、隴南市北部均可稱之曰"西垂"。可見,此地域名之"西垂",包括了"西犬丘"與"秦邑"在内的廣大地域。我們結合《史記》文義推知,太史公所謂"西垂"與"犬丘""西犬丘"爲一地,所謂"西垂"正爲城邑名。

值得注意的是,西周時期的"西犬丘""秦邑"均遠在雍、岐以西,即宗周王畿以西,屬於周王室直接控制範圍的西部邊陲,其固然皆可統稱之爲"西垂",但作爲地域名稱之"西垂",其所指範圍之廣狹因時代不同而有别:自殷商晚期的中滿時代至孝王封非子於秦邑之前,"西垂"指以西犬丘爲中心的地域;⑧自孝王封非子於秦邑之後至襄公陟都於汧邑之前,"西垂"指以"西犬丘"與"秦邑"爲中心的廣大地域。據此可以推知,在宣王封莊公爲"西垂大夫"之後,莊公將都邑從

---

① 據《史記·十二諸侯年表》,秦莊公元年,即周宣王七年(前 821),則秦仲卒在宣王六年(前 822)。
② 參見:李學勤《秦國文物的新認識》,《文物》1980 年第 9 期,第 25—31 頁。
③ 郭沫若:《兩周金文辭大系圖録考釋》,第 230 頁。
④ 何漢文:《嬴秦人起源於東方和西遷情况初探》,《求索》1981 年第 4 期,第 137—147 頁。
⑤ 王玉哲:《秦人的族源及遷徙路綫》,《歷史研究》1991 年第 3 期,第 32—39 頁。
⑥ [晉]杜預注,[唐]孔穎達等正義:《春秋左傳正義》,第 3761—3762 頁。
⑦ 參見:徐日輝《秦州史地》,陝西人民美術出版社 1994 年版,第 15—20 頁。
⑧ 《史記·秦本紀》:"其(中衍)玄孫曰中潏,在西戎,保西垂。"[漢]司馬遷撰,[南朝宋]裴駰集解,[唐]司馬貞索隱,[唐]張守節正義,郭逸、郭曼標點:《史記》,第 118 頁。按:從這一記載來看,嬴秦大約在殷商晚期的中潏時代已遷居於西犬丘,從西周初期開始即成爲周王室統治西部邊陲的重要力量。

"秦邑"南遷到"西犬丘",故"西犬丘"自然成爲當時秦人之政治中心。同時,莊公不僅僅是周之附庸國之君,而且又有了王室"西垂大夫"之名分,他自然以其雙重身份協助王室統治西部邊陲——隴山以西的"西垂"之地。故莊公時期(前822—前777),秦人居住在以秦邑和西犬丘爲中心的隴山以西地區。

可見,襄公祖父秦仲、父親莊公兩代,皆爲周王室策命之臣。則嬴秦之族,可以稱之爲周王室異姓世族世官之族。自孝王以降至宣王時期,秦人與周王室之間的關係愈加密切了。

4. 襄公東遷於"汧"

周幽王四年(秦莊公四十四年,前778),莊公卒,襄公以次子身份繼父職爲西垂大夫;六年(秦襄公二年,前776),戎圍"西犬丘"世父,世父擊之,爲戎人所虜,襄公自"西犬丘"東越隴山,由汧、渭之會溯水北上,在汧水上游之汧源,新建都於汧邑(即今陝西省寶雞市隴縣城關鎮東南3里之故汧城)。① 可見,嬴秦之族是在與西戎連年不斷的戰爭中求生存、求發展的。秦人所居之西犬丘爲殷之犬方故地,在襄公徙汧之前,秦國的統治區域依然是一個多民族雜居的地區。② 故襄公徙汧,將政治中心設置於位於周王畿西部的汧水上游以西地區,爲以後秦人在王畿之地建國奠定了基礎,也爲以後東擴創造了極爲有利的條件。③

三、"二王並立"期間襄公之政治策略與周秦關係

周幽王八年(秦襄公四年,前774),"桓公爲司徒"時的政治環境,是"申、繒、西戎方彊,王室方騷";"夫國大而有德者近興,秦仲、齊侯、姜、嬴之雋也"(《國語·鄭語》載周太史伯陽父語)。④ 足見西周王畿西部有兩支政治力量漸次強大:一是西戎,即伯陽父所謂"西戎方強"者,故在幽王率王師伐西申時,西戎不僅協助西申侯一舉滅掉了西周王室,⑤而且"侵奪我岐、豐之地"(《史記·秦本紀》);⑥一是嬴秦,即伯陽父所謂"國大而有德者"者,故在幽王驪山之難時,襄公

---

① 汧,即汧水,今名千水,爲渭水上游主要支流,發源於今陝西省寶雞市隴縣西40里之岍山(位於小隴山西南),東南流經今寶雞市陳倉區東70里陽平鎮,東注入渭水(今汧水在陽平鎮西入渭,蓋非北魏故道)。隴縣故稱"汧邑""汧縣""汧源""隴州"等,所謂"汧源",即汧水之源,位於隴山以東。參見:《水經·渭水註》《陝西通志·山川一》《山川三》。
② 參見:段連勤《犬戎歷史始末述》,《民族研究》1989年第5期,第82-89頁。
③ 參見:劉光華《秦襄公述論》,《蘭州大學學報》1982年第1期,第1-7頁。
④ 韋《注》:"桓公,鄭始封之君、周属王之少子、宣王之弟桓公友也。宣王封之於鄭。幽王八年爲司徒。……申,姜姓,幽王前后太子宜臼之舅也。繒,姒姓,申之與國也。西戎亦黨於申。周衰,故戎、狄強。騷,擾也。"[三國吳]韋昭注,上海師範大學古籍整理研究所校點:《國語》,第508、519、523頁。
⑤ 參見:孫重恩《申國辨》,《鄭州大學學報》1988年第5期,第81-86頁。
⑥ [漢]司馬遷撰,[南朝宋]裴駰集解,[唐]司馬貞索隱,[唐]張守節正義,郭逸、郭曼標點:《史記》,第121頁。

自秦邑經秦家原東出隴阪,至汧邑的"秦汧道",行程約230里,以將兵救周。①由於在"幽王舉烽火徵兵"的急迫時刻,襄公等諸侯之"兵"竟然"莫至"(《周本紀》),②表明襄公等諸侯坐等幽王身死國滅,實際上是支持了以西申侯爲首的軍事聯盟。故此後平王遂爲襄公賜土授民以封國,其便可以名正言順地打出"伐戎救周"的旗號。這的確是兩周之間的一個重要事件,而且顯示出襄公作爲一位成熟政治家的謀略與氣魄。

襄公在這次平定戎亂過程中,"戰甚力,有功"(《秦本紀》)。③ 足見在"二王並立"初期,襄公很明顯是站在幽王宫湦一方,而與"天王"宜臼處於敵對陣營。④儘管這種政治態度形成的原因是多方面的,但襄公祖父秦仲、父親莊公二世皆爲宣王功臣,襄公在幽王時必然紹述父業,仍效忠王室。這自然是形成其堅定支持王室政治態度的重要因素之一。

然襄公既在周王畿内協助幽王之師抗擊平王之黨,當申與犬戎破鎬京,"虜褒姒,盡取周賂而去"(《周本紀》)後,⑤宗周畿内之地必然成了襄公的勢力範圍,而平王又何以賜秦以"岐、豐之地"呢？襄公何以又以兵送平王東遷呢？這需要我們從兩周之際的周秦關係去考察。

初,莊公長男世父將擊戎,讓其弟襄公爲太子；故周幽王五年(秦襄公元年,前777)莊公卒後,襄公遂得以庶子身份作爲太子而繼立爲君,自然便可"以女弟繆嬴爲豐王妻"(《秦本紀》)。⑥此"豐王",三家皆無注。或謂"豐王"即"戎王"；然秦與戎世代爲仇,嫁女弟給"戎王",斷非秦襄公所能爲。另外,在《秦本紀》中,"戎王"與"豐王"並見,則"豐王"定非戎人之王。此所謂"豐王"之"豐",當與伯服稱王時所居地名有關。我們知道,文王由岐邑遷都於豐京(在今陝西省西安市長安區灃水西岸),武王滅商之後,又在距豐京20餘里的灃河東岸修建了鎬京。故自武王時起,周王室國都以鎬京爲主,而豐京則爲祖廟所在地。故儘管幽王昏庸,但不至於將跟鎬京一望之遥的豐京拱手送給戎人；况且豐京有周王祖廟在焉,自當不會有戎族之王。若果有"豐王",則必定是姬姓之王。羅振玉《三代吉金文存》卷二十著録傳世西周時期器有"豊(豐王)斧",⑦可證周代的確有"豐王"存在。然"豐王"何以前冠一"豐"字,顧頡剛《史林雜識初編》認爲"當以居豐京之

---

① 説參：徐日輝《秦襄公東進關中路綫考》,《中國歷史地理論叢》2005年第4期,第44-48頁。
②⑤ ［漢］司馬遷撰,［南朝宋］裴駰集解,［唐］司馬貞索隱,［唐］張守節正義,郭逸、郭曼標點：《史記》,第100頁。
③⑥ ［漢］司馬遷撰,［南朝宋］裴駰集解,［唐］司馬貞索隱,［唐］張守節正義,郭逸、郭曼標點：《史記》,第121頁。
④ 説詳：王雷生《平王東遷年代新探：周平王東遷西元前747年説》,《人文雜志》1997年第3期,第62-66頁。
⑦ 羅振玉：《三代吉金文存》,第2029頁。

故"。① 昭四年《左傳》謂周文王之宫爲"酆宫",那麽,伯服所稱"酆王"亦當以"酆宫"例之。則"酆王"之"酆",乃以伯服稱王時所居之地酆京名之。② 可見,此"酆王"即褒姒之子伯服;在幽王廢太子宜臼之後,伯服繼立爲太子。襄公將自己的妹妹繆(穆)嬴嫁給王室儲君,這有利於進一步鞏固周秦關係,是兩周之際秦國政治生活中的一件大事。

從西周中期以來,秦一直在周的卵翼下發展,然勢微力弱,常爲戎狄所敗。秦要立足西陲並謀求發展,首要之舉在於取得周的支持。襄公嫁妹繆嬴給褒姒之子酆王伯服,目的即在於此。繆嬴嫁於酆王伯服,使秦人與周王室的關係更加密切了。況且,如果其妹夫酆王伯服能够順利繼承王位的話,秦人便是王后母家,周秦之間便有了甥舅之親,秦人在周王室中的影響自然會極大增强。這樣,我們就不難理解襄公何以率師去援助受到平王之黨攻擊的幽王宫涅與酆王伯服了。

周王室太史伯陽父(史伯)謂"秦仲、齊侯,姜、嬴之㑺也,且大,其將興乎"(《國語·鄭語》)?③ 此所謂"秦仲",實指秦仲後嗣而言。可見,襄公繼位3年之後,亦即幽王八年(前774),在周王室史官眼裏,秦人已是一支不容忽視的政治軍事力量了。如《駟驖》寫"駟驖孔阜,六轡在手"這樣駕車狩獵的盛大場面,④《小戎》寫秦人準備車甲出兵征伐西戎,足見襄公時期秦國武功之盛前所未有。秦人既然有如此强盛的武力,在幽王之師受到平王之黨武力攻擊之時,幽王自然會命"秦襄公將兵救周",秦人自然會"戰甚力,有功"(《秦本紀》)。⑤

在幽王和伯服死於戲之後,幽王卿士虢公翰立王子余臣於攜,是爲攜王。攜王繼立之後,王畿酆鎬地區的政治形勢發生了一定變化,形成了四種政治勢力與軍事力量:一爲攜王余臣,其爲父死子繼,是名正言順的繼位者,控制着王畿中部地區;二爲天王宜臼,即平王,其雖爲廢太子,但爲申侯等所僭立,管轄王畿東部地區;三爲戎族勢力,屬平王之黨,盤踞在岐、酆地區;四爲秦人勢力,屬幽王之黨,控制着王畿西部地區。另外,還有一些異族小國雜廁其間。在這四種主要勢力中,攜王余臣與天王宜臼勢不兩立,秦人與西戎亦勢不兩立。⑥

那麽,面對如此複雜局面,襄公託庇於王室以打擊西戎,是其長期經營策略

---

① 顧頡剛:《史林雜識初編》,第57頁。
② 説詳:邵炳軍《兩周之際三次"二王並立"史實索隱》,《社會科學戰綫》2001年第2期,第134-140頁。
③ [三國吴]韋昭注,上海師範大學古籍整理研究所校點:《國語》,第523頁。
④ [漢]毛亨傳,[漢]鄭玄箋,[唐]孔穎達等正義:《毛詩正義》,第784頁。
⑤ [漢]司馬遷撰,[南朝宋]裴駰集解,[唐]司馬貞索隱,[唐]張守節正義,郭逸、郭曼標點:《史記》,第121頁。
⑥ 參見:晁福林《論平王東遷》,《歷史研究》1990年第2期,第8-23頁。

之出發點。秦之前之所以能夠以僻於一隅之附庸一躍而爲王室册封之諸侯,與襄公成功地執行尊王室以抗戎狄的既定國策有直接關係。那麼,在幽王與豐王伯服被殺之後,秦人面臨的抉擇是:或擁戴天王宜臼,或擁戴攜王余臣。襄公不僅是一個十分乖巧之人,更是一位具有政治眼光、善於審時度勢以制定正確策略的政治家。故他自然不會拘泥於秦人與幽王、伯服的舊有關係,自然會選擇具有比較强大實力的天王宜臼作爲王室正統代表,以便繼續利用王室的傳統王權抗擊西戎。

同樣,天王宜臼依靠秦人以孤立攜王余臣,亦爲其長期經營策略之出發點。天王宜臼雖然不是什麼中興之主,但從他能夠平穩在位 51 年之久來看,其並非一位過於平庸之王,亦當爲一位頗有政治胸懷的政治家。故在天王宜臼與攜王余臣之間所展開的承繼正統王位的鬥爭過程中,與西戎有世仇的秦人勢力自然是最理想的政治軍事同盟者。故平王除了封襄公爲諸侯以外,在"戎無道,侵奪我岐、豐之地"的時候,還"賜之岐以西之地"(《秦本紀》)。① 這份命辭,儘管頗有以空頭支票籠絡秦國之嫌,也不能排除可能是一種討價還價的政治鬥爭策略;然襄公樂得受到正式册封,可以名正言順地在西周王畿開拓疆土。平王東遷雒邑之後,秦人勢力逐漸東擴,至平王二十一年(秦文公十六年,前 750)時完全佔有岐西之地。可見,襄公"以兵送平王",顯示出一位成熟政治家的胸懷與遠見。

四、襄公封爵之後治國的主要功績與歷史地位

襄公從被封爲諸侯到病故,總共只有短短 5 年時間。他主要做了兩件大事:一是征伐西戎,一是吸收以周文化爲主的其他先進文化。

1. 征伐西戎

周平王元年(秦襄公八年,前 770),秦人始由附庸被分封爲諸侯,乃作西畤,其政治中心逐漸拓展到整個汧水流域。而這一地區依然是秦人與西戎及其他民族雜居之地,況且還要東進收復平王所賜而又爲西戎所佔的岐、豐之地。故秦人首先要面對的,就是與戎狄之間的一場長期而艱苦的軍事鬥爭。襄公時期,秦人可謂披堅執銳、兵强馬壯,武裝力量極大增長,但畢竟還是一個立國前偏居隴南一隅的小國,總人口也不過 3 萬人左右,②兵源自然十分有限,綜合國力依然不强。在短時間內,其武力不足以將西戎徹底擊敗。故經過整整 4 年的不懈努力,於周平王五年(秦襄公十二年,前 766)伐戎至岐。此役雖衝破了戎族的包圍圈,

---

① 〔漢〕司馬遷撰,〔南朝宋〕裴駰集解,〔唐〕司馬貞索隱,〔唐〕張守節正義,郭逸、郭曼標點:《史記》,第 121 頁。
② 參見:林劍鳴《秦史稿》,上海人民出版社 1981 年版,第 26、34 頁。

然其代價却十分巨大:襄公身死於伐岐之役。一直到周平王二十一年(秦文公十六年,前750),秦人始收周遺民,終於完全佔領了岐西之地,岐東之地則獻於周。① 隨着疆域的拓展、人口的繁衍,生産力要素逐漸增加,國力漸次强大。

2. 吸收以周文化爲主的其他先進文化

元馬端臨《文獻通考·經籍考一》曰:"秦雖出自於西戎,然自非子、秦仲以來,有國於豐、岐者數百年。春秋之時,盟會聘享,接於諸侯,《秦誓》紀於《書》,《車鄰》《小戎》之屬列於《詩》,其聲名文物,蓋藹然先王之遺風矣。"②這種秦文化中具有"先王之遺風"的情形,自然爲秦人在以嬴秦民族爲主體文化的前提下,吸收其他民族先進文化的必然結果。我們這裏所說的其他民族先進文化,主要是當時依然佔統治地位的周文化。當然,在襄公封爲諸侯之後,秦人的統治區域依然是一個多民族雜居的地區。③ 即使在襄公立國400多年之後,即孝公時期(前361—前338),還有"戎狄九十二國"(《後漢書·西羌傳》)。④ 其中,綿諸、緄戎、翟、豲、大荔、義渠、朐衍、烏氏等8族興盛時,其總人口比秦族還要多。所以,秦國把這些民族逐漸征服之後,長期實行"從其俗,以長之"(《漢書·西南夷傳》)的懷柔之策。⑤ 可見,與除周文化之外的其他多民族文化之間的碰撞與融合,既是一種客觀必然,更是一種現實需求。

司馬遷《史記·秦楚之際月表序》論之曰:"秦起襄公,章於文、繆、獻、孝之後,稍以蠶食六國,百有餘載,至始皇乃能并冠帶之倫。"⑥《漢書·異姓諸侯王表》:"秦起襄公,章文、繆、獻、孝、昭、嚴,稍蠶食六國,百有餘載,至始皇,乃并天下。以德若彼,用力如此,其艱難也。"⑦《王安石集》卷九十九《雜著·國風解》亦論之曰:"秦之《車鄰》美秦仲,《駟鐵》《小戎》美襄公。雖賢於唐,然本西垂,秦仲始大,至於襄公方列於諸侯,故次唐也。"⑧此皆中肯確實之論,絶非虚言。

---

① 王雷生認爲,文公與襄公爲同一人。筆者此不取。詳見:王雷生《秦文公即秦襄公考辨》,《三秦論壇》1997年第3期,第35-37頁。
② [元]馬瑞臨:《文獻通考》,第1502頁。
③ 參見:何清谷《嬴秦族西遷考》,《考古與文物》1991年第5期,第70-77頁。
④ [南朝宋]范曄撰,[唐]李賢等注,宋雲彬等點校:《後漢書》,第2876頁。
⑤ [漢]班固撰,[唐]顏師古注,傅東華等點校:《漢書》,第3838頁。
⑥ [漢]司馬遷撰,[南朝宋]裴駰集解,[唐]司馬貞索隱,[唐]張守節正義,郭逸、郭曼標點:《史記》,第596頁。按:《漢書·異姓諸侯王表》説全本《史記》。
⑦ 顏《注》:"言秦之初大,起於襄公始爲諸侯,至文公、繆公、獻公,更爲章著也。襄公,莊公之子;文公,襄公之子也。繆公,德公之少子。獻公,靈公之子也。孝謂孝公也,即獻公之子。昭謂昭襄王,即惠王之子,武王之弟也。嚴謂莊襄王,即昭襄王之孫,孝文王之子也。後漢時避明帝諱,以莊爲嚴,故《漢書》姓及謚本作莊者皆爲嚴也。它皆類此。"[漢]班固撰,[唐]顏師古注,傅東華等點校:《漢書》,第363頁。
⑧ [宋]王安石撰,馮惠民等據明嘉靖三十九年(1560)撫州刊本整理:《王安石集》,北京國際文化出版公司1996年版,第1125頁。

當然，《詩譜·秦譜》謂秦襄公時已"橫有周西都宗周畿内八百里之地"，乃漢儒誇大之辭；《秦譜》孔《疏》以爲襄公"亦得岐東，非唯自岐以西也"，①亦猜度之言。故宋王應麟《詩地理考》卷二《取周地》指出："平王封襄公爲諸侯，賜以岐西之地，子文公立，十六年以兵伐戎，戎敗走，遂收周餘民有之，地至岐。蓋自戎侵奪岐、豐，周遂東遷，雖以岐、豐賜秦，使自攻取，而終襄公之世，不能取之。"②黄焯《詩疏平議》認爲：秦取今關中地區，"是其累世蠶食，非一日之故，而謂東遷之初，一舉手而橫有西都八百里之地，此理勢所必無者。"③這些論證都説明終襄公之世，岐、豐之地並不爲秦有。當然，秦襄公是秦國的始封君（開國始祖），是秦國霸業乃至於嬴政統一六國的奠基者，這是毋庸置疑的。

五、春秋時期秦公室之族屬暨世系

爲了便於對襄公及其後世詩歌創作史實有更爲清晰的了解，我們在此簡要交代一下春秋時期秦公室之族屬暨世系問題。

據《史記·秦本紀》《潛夫論·志氏姓》《急就篇》卷一顔《注》及《元和姓纂·上平聲·十七真》《古今姓氏書辯證·上平聲·一東下》《通志·氏族略二》《氏族略六》《姓氏急就篇》卷下，秦公室爲帝顓頊高陽氏裔孫柏翳後裔，出於太几之孫、大駱之子非子。

據莊二十八年，僖十五年，襄二十五年、二十六年，昭元年、五年《春秋》《左傳》《史記·秦本紀》裴駰《集解》引《世本》《秦始皇本紀》司馬貞《索隱》引《世本》《太平御覽》卷三百九十五引《世本》《史記·秦本紀》《秦始皇本紀》及《春秋分記·世譜七》等，春秋時期秦公室世系爲：襄公→文公→竫公→寧公→出子（無後）、武公、德公，武公→公子白，德公→宣公、成公、穆公任好，穆公任好→康公罃、公子憖（無後）、公子弘（無後）→共公稻→桓公榮→景公伯車、公子鍼（別爲公車氏）→哀公→夷公→惠公→悼公。其中，有傳世作品者爲穆公任好、公子縶、康公罃、桓公榮、公子鍼、哀公，穆、康、桓、哀四君可稱之爲秦諸公作家群體，公子縶、公子鍼可稱之爲秦公族作家群體。

鑒於本書的研究對象是秦文化的重要載體——詩歌，故有必要在交代了歷史背景之後，談談我們對秦人早期文化特質的基本看法。④ 早期秦文化並非是一個封閉的文化，而是一個保守性與開放性有機統一的區域文化。其文化元素

---

① [漢]毛亨傳，[漢]鄭玄箋，[唐]孔穎達等正義：《毛詩正義》，第782－783頁。
② [宋]王應麟：《詩地理考》，第103－104頁。
③ 黄焯：《詩疏平議》，上海古籍出版社1985年版，第165頁。
④ 關於秦人早期文化的地域性特質與《詩·秦風》之地域風格，可參：王精明《龍馬精神，秋聲朝氣——〈詩·秦風〉地域風格研究》，上海大學碩士學位論文，2006年。

構成受到子商文化、姬周文化、西戎文化的深刻影響,①是華夏文化大家庭裏一支獨具特質的地域性文化。同時,早期秦文化創造出了豐富的精神文化與物質文化,依然保存着本民族原有的民族信仰,儘管其農業、畜牧業、手工業發展水準要比周人低得多,但依然是不可低估的。因此,其雖復興於西土邊鄙,表現出很多西戎文化元素,但絕不是説早期秦文化就等同於西戎文化,而是在多元文化的長期碰撞與融和過程中發展形成的一種獨特的文化形態。② 故清姚際恒《詩經通論》卷七論之曰:"《秦風》諸詩多慓悍自喜之意,洵乎言乃心之聲也。"③

當然,研究春秋時期的秦人詩歌,自然應包括出土材料中的詩歌。比如宋歐陽修《集古錄跋尾》卷一著録有唐代初年在岐陽(即今陝西省寶雞市鳳翔縣南三時原)孔子廟存10片《石鼓文》,④其"石鼓詩",與《秦風》在情調、風格、遣詞、造句等方面類似,表現出秦人接受周文化的明顯痕蹟;其作者當爲周王室東遷時遺留在秦地的太史之類。鑒於本書所設定的研究内容主要爲現存於今本《詩經》中的春秋時期詩歌作品,像"石鼓詩"之類,不在本書研究的範圍之列。

第二節 秦人對襄公立國的禮讚之歌

《終南》爲秦大夫誡勉襄公之作,《車鄰》爲秦宫女美襄公命爲諸侯之作,《駟驖》爲秦大夫美襄公命爲諸侯之作。這三首詩,都通過對襄公被封爲諸侯的讚美,表達出秦人立國後的喜慶氣氛與歡悦之情。

一、《終南》——秦大夫誡襄公之作

1.《終南》創作年代諸説辨證

關於《終南》之創作年代,先哲時賢主要有六説:

一爲"襄公八年(前770)"説。毛《序》:"《終南》,戒襄公也。能取周地,始爲諸侯受顯服,大夫美之,故作是詩以戒勸之。"⑤宋蘇轍《詩集傳》卷六及劉操南《詩三百篇的創作與累積考説》説大同,三家詩無異議。

---

① "戎"是由許多互不統轄的方國或氏族部落組成的。這些不同的方國或氏族部落,亦即"西戎"之别種。故"戎"有姜姓者,如僖三十三年《春秋》《左傳》之"姜戎",襄十四年《左傳》之"姜戎氏";有妘姓者,如僖二十二年、宣三年、昭十七年《春秋》《左傳》之"陸渾之戎";有姬姓者,如莊二十八年《左傳》之"大戎狐姬"。故其文化本身具有多元複合文化基因。
② 參見:黄永美《早期秦文化的新認識——華夏文化中的獨特地域性文化》,《秦漢研究》2000年第5輯,第166-177頁。
③ [清]姚際恒撰,顧頡剛點校:《詩經通論》,第139頁。
④ [宋]歐陽修:《集古録跋尾》,第18頁。
⑤ [漢]毛亨傳,[漢]鄭玄箋,[唐]孔穎達等正義:《毛詩正義》,第792頁。

二爲"秦仲十七年至二十三年(前 827—前 822)"説。《詩譜·秦譜》孔《疏》引漢服虔《春秋左氏傳解》:"秦仲始有車馬禮樂之好、侍御之臣、戎車四牡田狩之事;其孫襄公列爲秦伯,故'蒹葭蒼蒼'之歌、《終南》之詩,追録先人。《車鄰》《駟驖》《小戎》之歌,與諸夏同風。"①

三爲"闕疑"説。宋王質《詩總聞》卷六:"皆戒勸之辭也。……言自此以往,至老不可忘主恩也。"②朱熹《詩集傳》卷六、明季本《詩説解頤·正釋》卷十一、姚舜牧《重訂詩經疑問》卷三皆同。

四爲泛言"襄公之世(前 777—前 760)"説。元許謙《詩集傳名物鈔》卷四:"《車鄰》《駟驖》《小戎》《終南》《無衣》,右襄五詩。"③

五爲"文公十六年(前 750)"説。明何楷《詩經世本古義》卷十九:"《終南》,秦人美文公也。始得岐周之地,國人矜而祝之。……襄公雖受岐西之賜于周,而未能有其地;至文公始大,敗戎師而後取之。此詩以'終南'入詠,當在文公時。"④

六爲"文公六年(前 760)"説。晁福林《論平王東遷》:"(由於)岐以東的豐鎬之地爲戎及攜王所盤踞,所以襄公率兵送平王東遷和返歸要繞道而行,以免經過正當東西要衝的豐鎬之地……因此秦大夫隨襄公西歸時便途經終南而有是篇之作。"⑤

謹按:毛《序》之"戒襄公"説,蘇《傳》之"美襄公"説,⑥詩旨解説雖異,然其作世皆同;《詩三百篇的創作與累積考説》既從毛《序》"戒襄公"説,又將此詩"繫之宣王",⑦世次有誤。又,依服氏意,《小戎》本爲秦人在宣王命秦仲爲大夫後所作,至其孫襄公被平王命爲諸侯後,又追録其詩以紀念秦仲。然據《史記·秦本紀》《十二諸侯年表》,宣王命秦仲爲大夫伐戎,在元年(前 827),即秦仲十七年;秦仲伐戎而卒,在二十三年(前 822),即宣王六年。則服虔以爲《小戎》當作於宣王元年至六年(前 827—前 822)之間。《詩總聞》之"戒勸之辭"説,朱《傳》之"秦人美其君之詞",⑧《詩説解頤·正釋》之"賢者美國君親來見己"説,⑨《重訂詩經疑問》之"(美)秦君巡遊於終南"説,⑩詩旨解説雖異,然皆不著作世;《詩經世本

---

① [漢]毛亨傳,[漢]鄭玄箋,[唐]孔穎達等正義:《毛詩正義》,第 783 頁。按:"故'蒹葭蒼蒼'之歌",文淵閣四庫全書本作"故有'蒹葭蒼蒼'之歌"。
② [宋]王質:《詩總聞》,第 114-115 頁。
③ [元]許謙:《詩集傳名物鈔》,第 115-116 頁。
④ [明]何楷撰,李士彪、張丹丹校點:《詩經世本古義》,第 1097-1098 頁。
⑤ 晁福林:《論平王東遷》,《歷史研究》1990 年第 2 期,第 8-23 頁。
⑥ [宋]蘇轍:《詩集傳》,第 67 頁。
⑦ 劉操南:《詩三百篇的創作與累積考説》,《杭州大學學報》1988 年第 2 期,第 44-51、58 頁。
⑧ [宋]朱熹撰,夏祖堯點校:《詩集傳》,第 87 頁。按:《詩序辨説》無説。
⑨ [明]季本:《詩説解頤》,《正釋》卷 11,第 8 頁。
⑩ [明]姚舜牧:《重訂詩經疑問》,南京圖書館藏明萬曆三十八年(1610)六經堂刻五經疑問本。

古義》"秦文公十六年(前 750)"説,以"文"易"襄",雖與史有徵,然未必確當;晁福林《論平王東遷》"作於周平王東遷時"説是,然以爲平王東遷在文公六年(前 760),似不可從。故筆者以爲毛《序》"襄公八年"説近是。

2. 《終南》作於"襄公八年"説補證

首章曰:"終南何有? 有條有梅。君子至止,錦衣狐裘。顏如渥丹,其君也哉。"毛《傳》:"興也。終南,周之名山中南也。條,槄;梅,柟也。宜以戒不宜也。錦衣,采色也。狐裘,朝廷之服。"鄭《箋》:"興者,喻人君有盛德,乃宜有顯服,猶山之木有大小也。……'至止'者,受命服於天子而來也。諸侯狐裘錦衣以裼之。渥,厚漬也。顏色如厚漬之丹,言赤而澤也。其君也哉,儀貌尊嚴也。"①

謹按:《尚書·夏書·禹貢》:"荆、岐既旅,終南、惇物,至于鳥鼠。"②昭四年《左傳》載晉司馬侯(女齊)曰:"四嶽、三塗、陽城、大室、荆山、中南,九州之險也,是不一姓。"③關於此"終南"之具體地望,先哲歷來有二説:

一爲"太壹山"説,位於今陝西省咸陽市武功縣東南。《漢書·地理志上》"終南、惇物,至于鳥鼠。……(右扶風)武功,太壹山,古文以爲終南。垂山,古文以爲敦物。皆在縣東。"④《後漢書·郡國志一》:"(右扶風武功)有太一山,本終南。垂山,本敦物。"⑤《水經·渭水注》:"(太一山、終南、中南)亦曰:太白山,在武功縣南,去長安二百里,不知其高幾何。俗云:武功太白,去天三百。山下軍行,不得鼓角,鼓角則疾風雨至。杜彥達曰:太白山,南連武功山,于諸山最爲秀傑,冬夏積雪,望之皓然。"⑥《詩譜·秦譜》孔《疏》:"終南之山在岐之東南。大夫之戒襄公,已引終南爲喻。則襄公亦得岐東,非唯自岐以西也。"⑦《元和郡縣圖志·關內道一》:"終南山在(京兆府萬年)縣南五十里。"⑧《嘉慶重修一統志》卷二百三十五《鳳翔府一》:"終南山,在郿縣南,《元和志》:在縣南三十里。……西抵大

---

① [漢]毛亨傳,[漢]鄭玄箋,[唐]孔穎達等正義:《毛詩正義》,第 792 頁。
② 孔《傳》:"此荆在岐東,非荆州之荆。三山名,言相望。"《釋文》:"終南,山名;《漢書·地理志》一名'太一山',《秦紀》云:又名'地肺'。惇物,山名;《漢書》云:垂山也。"[漢]孔安國傳,[唐]孔穎達等正義:《尚書正義》,第 316 頁。
③ 杜《注》:"(四嶽)東嶽岱,西嶽華,南嶽衡,北嶽恒。(三塗)在河南陸渾縣南。(陽城)在陽城縣東北。(大室)在河南陽城縣西北。(荆山)在新城沶鄉縣南。(中南)在始平武功縣南。"[晉]杜預注,[唐]孔穎達等正義:《春秋左傳正義》,第 4415 頁。按:《史記·楚世家》《鄭世家》《新序·善謀》篇並敘此事而較略,皆不具引。
④ 顏《注》:"終南、惇物,二山皆在武功。鳥鼠山在隴西首陽西南。自終南西出至于鳥鼠也。"[漢]班固撰,[唐]顏師古注,傅東華等點校:《漢書》,第 1532、1547 頁。
⑤ [南朝宋]范曄撰,[唐]李賢等注,宋雲彬等點校:《後漢書》,第 3406 頁。
⑥ [北魏]酈道元撰,楊守敬、熊會貞注疏,段熙仲點校,陳橋驛復校:《水經注疏》,第 1525 頁。
⑦ [漢]毛亨傳,[漢]鄭玄箋,[唐]孔穎達等正義:《毛詩正義》,第 783 頁。
⑧ [唐]李吉甫撰,賀次君點校:《元和郡縣圖志》,第 3 頁。

散關。"①顧棟高《春秋大事表》卷六中:"今武功縣南有秦終南山。"②魏源《詩古微·秦風答問》:"岐山在渭北,太壹即太白山,在渭南,地相準直,並非指豐鎬之南山。"③

一爲"終南山"說,位於今陝西省西安市長安區南 50 里。《後漢書·班固傳》載班固《西都賦》:"漢之西都,在于雍州,寔曰長安。左據函谷、二崤之阻,表以泰[太]華、終南之山。"④《白氏六帖》卷二引晉潘岳《關中記》:"(終南山)一名中南,言在天中,居都之南,故曰中南。"⑤《史記·夏本紀》張守節《正義》引李泰《括地志》:"雍州鄠縣終南山,澧水出焉。……終南山,一名中南山,一名太一山,一名南山,一名橘山,一名楚山,一名(泰)[秦]山,一名周南山,一名地(脯)[肺]山,在雍州萬年縣南五十里。"⑥《元和郡縣圖志·關內道一》:"終南山在(京兆府萬年)縣南五十里。"⑦《大明一統志·陝西布政司》:"終南山,在(西安)府城南五十里,一名南山,東西連亘藍田、咸寧、長安、盩厔四縣之境。……太一山,在終南山南二十里。"⑧清洪亮吉《乾隆府廳州縣圖志》卷二十一《陝西布政使司·西安府》:"終南山,在府城南五十里,一名中南山,一名終隆山,一名太乙山,一名周南山,一名地肺山,一名秦山。……按舊圖經,西自鳳翔府郿縣入境,連亘盩厔、鄠縣及長安、咸寧四縣之南,又東抵藍田縣界。今考在盩厔、鄠縣者爲南山,其自長安以東者蓋秦嶺,《三秦記》所謂'長安正南,山名秦嶺'是也。"⑨顧棟高《春秋大事表》卷七之四:"終南山凡八百里,亘鳳翔、岐山、郿三縣及西安一府之境,是岐西亦有終南,不得援以爲據。"⑩《毛詩類釋》卷三《釋山》:"終南,一名太白山,在今陝西西安府長安縣南五十里,亘鳳翔、岐山、郿縣、武功、盩厔、鄠縣、長安、咸寧、藍田九縣之境。"⑪姜炳璋《詩序廣義》卷十一:"終南綿亘千里,自鎬以至豐、岐,莫不有終南。故李善註《西京賦》:終南,南山之總名。雍州之山多稱終南,固不獨長安之南山、武功縣南之一山也。"⑫陳奐《毛詩傳疏》卷十一:"《禹貢》:終

---

① [清]穆彰阿等纂修:《嘉慶重修一統志》,卷 235,第 8 頁。
② [清]顧棟高撰,吳樹平等據萬卷樓刻本點校:《春秋大事表》,中華書局 1993 年版,第 646 頁。
③ [清]魏源撰,何慎怡等點校:《詩古微》,第 536 頁。
④ [南朝宋]范曄撰,[唐]李賢等注,宋雲彬等點校:《後漢書》,第 1335 頁。
⑤ [唐]白居易原本,[宋]孔傳續撰:《白氏六帖》,"唐代四大類書"影印民國二十二年(1933)吳興張芹伯影南宋紹興間(1131—1162)明州刻本,清華大學出版社 2003 年版,第 1956 頁。
⑥ [漢]司馬遷撰,[南朝宋]裴駰集解,[唐]司馬貞索隱,[唐]張守節正義,郭逸、郭曼標點校:《史記》,第 44 頁。
⑦ [唐]李吉甫撰,賀次君點校:《元和郡縣圖志》,第 3 頁。
⑧ [明]李賢等編修:《大明一統志》,第 556 頁。
⑨ [清]洪亮吉:《乾隆府廳州縣圖志》,續修四庫全書影印清嘉慶八年(1803)刻本,上海古籍出版社 2002 年版,史部第 626 冊,第 246-247 頁。
⑩ [清]顧棟高撰,吳樹平等點校:《春秋大事表》,第 892 頁。
⑪ [清]顧棟高:《毛詩類釋》,文淵閣四庫全書本,上海古籍出版社 1987 年影印版,經部第 88 冊,第 27-28 頁。
⑫ [清]姜炳璋:《詩序廣義》,第 531 頁。按:文淵閣四庫全書本"千里"前,有"何止"二字。

南悖物,皆在雍州渭南;悖物,漢扶風武功縣之南山,而終南爲漢京兆長安縣之南山,今陝西西安府南五十里終南山即此。酆在長安西,鎬在長安東,則終南爲周酆鎬之南山矣。《古文尚書》……而以太一當終南,未是也。……《漢書·匈奴傳》亦云:'秦襄公伐戎至岐,始列爲諸侯。'據此,知襄公賜封僅有岐西,尚無岐東,至豐鎬之南山,必非秦履。"①

筆者以爲,上述二説可合而觀之。武功之太壹山(中南山、太白山)、長安之終南山(中南山、終隆山、太乙山、周南山、地肺山、秦山),皆爲具體山名之稱謂;而"終南"則爲西周王畿岐豐地區南山之總名。此所謂"終南",與當時秦人所居隴山(位於今陝甘交界)東西相望,屬於秦嶺東南部山脈,是秦嶺西自武功縣境、東至藍田縣境之總稱,爲流經西周豐鎬二京之灃水發源地,其北麓爲今陝西省關中平原腹地。終南山主峰太白山,海拔 2 604 米,在今長安區境內,位於豐、鎬之南,西周時爲王畿之地,乃周人之望山、九州之險要,春秋時屬秦,自周至今一直爲道教聖地。後世中華仕宦文化中所謂"終南捷徑"——以隱逸求宦途,蓋源於此。

若將史實與地理合而觀之,襄公以兵送平王東遷途中,必自秦邑(即今甘肅省天水市清水縣西數里處之清水故城,位於隴山西麓)出發,經關山北段汧水上游的秦家原,東出隴阪(隴山),至汧邑(即今陝西省寶雞市隴縣城關鎮東南 3 里之故汧城,位於隴山東麓)的"秦汧道",然後纔到鎬京(在今西安市長安區灃水東岸,距位於灃水西岸的豐京 20 餘里)。則其途經所謂"終南"當爲鎬京以南之"終南";而就《終南》之詩所選取之"終南"物象而言,當泛指岐、豐地區之南山,非僅指某一具體山名。

又,《禮記·玉藻》:"君衣狐白裘,錦衣以裼之。……錦衣狐裘,諸侯之服也。"②哀十七年《左傳》"紫衣狐裘"杜《注》:"紫衣,君服。"③宋蘇轍《詩集傳》卷七:"緇衣羔裘,諸侯之朝服也;錦衣狐裘,其所以朝天子之服也。"④朱熹《詩集傳》卷六曰:"君子,指其君也。至止,至終南之下也。錦衣狐裘,諸侯之服也。"⑤明馮復京《六家詩名物疏》卷十一:"狐裘有三:錦衣狐裘,天子之朝服,諸侯于天子之朝、天子卿大夫及諸侯卿大夫在天子之朝,亦得服之;黃衣狐裘,蜡祭後臘先祖之服。"⑥此"狐裘"爲"諸侯之朝服"説,在《詩經》其他詩篇中亦有佐證。如《檜

---

① 〔清〕陳奐:《毛詩傳疏》,第 4036 頁。
② 〔漢〕鄭玄注,〔唐〕孔穎達等正義:《禮記正義》,第 3206 頁。
③ 〔晉〕杜預注,〔唐〕孔穎達等正義:《春秋左傳正義》,第 4732 頁。
④ 〔宋〕蘇轍:《詩集傳》,第 73 頁。
⑤ 〔宋〕朱熹撰,夏祖堯點校:《詩集傳》,第 87 頁。
⑥ 〔明〕馮復京:《六家詩名物疏》,上海圖書館藏明萬曆間(1573—1620)刻本。

風・羔裘》之首章曰："羔裘逍遙，狐裘以朝。"次章曰："羔裘翱翔，狐裘在堂。"①可見，秦君服朝服——"錦衣狐裘"，行至位於豐鎬以南之終南山，自然非在本國公室之朝堂，當爲朝於王室之途中。而其所服朝服乃天子賜授之命服，則此"君子"，必爲詩人指稱其君。故詩人以"何"發問起語，點明"君子"之行止處所；以狀寫君子服飾落筆，點明"君子"之尊貴身份。足見其藝術構思，何其精妙！唐李拯《退朝望終南山》"紫宸朝罷綴鴛鸞，丹鳳樓前駐馬看。唯有終南山色在，晴明依舊滿長安。"②此"以樂景寫哀，以哀景寫樂"，情景交融，"一倍增其哀樂"（清王夫之《薑齋詩話》卷一《詩譯》），③乃有《終南》之遺風。

卒章曰："終南何有，有紀有堂。君子至止，黻衣繡裳。佩玉將將，壽考不亡。"毛《傳》："黑與青，謂之黻；五色備，謂之繡。"④

謹按："黻衣繡裳"，《詩經》其他作品中亦有類似用法。如《豳風·九罭》之首章曰："我覯之子，袞衣繡裳。"⑤詩人美周公旦之服，何以寫其"袞衣繡裳"呢？《禮記·王制》："天子之三公之田，視公、侯；天子之卿，視伯；天子之大夫，視子、男；天子之元士，視附庸。"⑥周公旦以太師攝冢宰，掌管卿士寮，位居三公之首，則其服制與具有"公""侯"爵位之諸侯相同。當然，儘管按照周代禮制，"君子"乃國君、卿士、大夫、士之統稱，而非專指國君；但"《書》曰：'黼黻衣黃朱紼。'亦謂諸侯也。並見衣服之制，故遠別之謂黃朱亦赤矣。"（漢班固《白虎通義》卷十《紼冕》）。⑦則"錦衣狐裘"者，乃"諸侯朝天子之服"；那麼，服"黻衣繡裳"之"君子"，自然非諸侯莫屬。因爲降及春秋中期，方有諸侯之子與卿大夫僭服"狐裘""紫衣狐裘""黃衣狐裘"現象。⑧

又，《禮記·曲禮下》："君無故玉不去身，大夫無故不徹縣，士無故不徹琴瑟。"⑨那麼，這位"顏如渥丹""佩玉將將"之"君子"，是否可能指稱文公呢？答案是否定的。《史記·秦本紀》："（文公）十六年，文公以兵伐戎，戎敗走。於是文公

---

① 毛《傳》："羔裘以遊燕，狐裘以適朝。……堂，公堂也。"［漢］毛亨傳，［漢］鄭玄箋，［唐］孔穎達等正義：《毛詩正義》，第812－813頁。
② ［清］彭定求等編纂：《全唐詩》，清曹寅刊印揚州詩局本，中華書局1960年影印版，第6945頁。
③ ［清］王夫之撰，胡漸逵等點校：《薑齋詩話》，第809頁。按：《薑齋詩話》乃後人據《詩譯》《夕堂永日緒論內編》合編而成。
④ ［漢］毛亨傳，［漢］鄭玄箋，［唐］孔穎達等正義：《毛詩正義》，第793頁。
⑤ 毛《序》："《九罭》，美周公也。"毛《傳》："所以見周公也。袞衣，卷龍也。"［漢］毛亨傳，［漢］鄭玄箋，［唐］孔穎達等正義：《毛詩正義》，第852頁。
⑥ ［漢］鄭玄注，［唐］孔穎達等正義：《禮記正義》，第2861－2862頁。
⑦ ［漢］班固撰，［清］陳立疏證，吳則虞點校：《白虎通疏證》，第494頁。
⑧ 事見，僖五年，襄四年、十四年，哀十七年《左傳》《論語·鄉黨》。
⑨ 鄭《注》："憂，樂不相干也。故，謂災、患、喪、病。"［漢］鄭玄注，［唐］孔穎達等正義：《禮記正義》，第2726頁。

遂收周餘民有之,地至岐,岐以東獻之周。"①此雖謂文公十六年(前750)時伐戎"地至岐",然岐山距離終南山西段亦有百餘里,文公未必至於終南山,且其他文獻無徵。

宋李樗、黄櫄《毛詩集解》卷十四指出:"錦衣狐裘,黼衣繡裳,是襄公受命服于天子而來也。"②筆者以爲李氏説可從。不過這裏需要强調的是,襄公已服命服,既非赴鎬京去受命服,又非自鎬京受命服以歸於秦,而是已服命服再赴鎬京以勤於王事。則此詩必爲襄公率師送平王東遷途中,經過終南山時,其隨行大夫面對周人之望山,感慨周之東遷,望山依舊、時世變遷,蒼涼感頓生,遂作詩以誡勉襄公。從詩句字面意思來看,詩人謂"壽考不亡"——告誡襄公"自此以往不可忘主恩"(宋王質《詩總聞》卷六),③實則冀望襄公封爲諸侯之後,不忘以修德稱高位,不忘以盛德配顯服,勵精圖治,治國安邦,振興秦族。

故筆者以爲《終南》當爲秦大夫之作,作於襄公以兵送平王東遷時,即周平王元年(秦襄公八年,前770)。④

二、《車鄰》——秦宫女美襄公命爲諸侯之作

1.《車鄰》創作年代諸説辨證

關於《車鄰》之創作年代,先哲時賢主要有五説:

一爲"秦仲十七年至二十三年(前827—前822)"。毛《序》:"《車鄰》,美秦仲也。秦仲始大,有車馬禮樂侍御之好焉。"⑤

二爲"闕疑"説。宋王質《詩總聞》卷六:"此謀臣策士以車馬招致而來,以寺人傳辭而見。當是秦已懷此意,求此人而共畫此事也。"⑥朱熹《詩序辨説》卷上:"未見其必爲秦仲之詩。大率《秦風》唯《黄鳥》《渭陽》爲有據,其他諸詩皆不可考。"⑦朱氏《詩集傳》卷六、楊簡《慈湖詩傳》卷九、戴溪《續吕氏家塾讀詩記》卷一、明季本《詩説解頤·正釋》卷十一及程俊英等《詩經注析》皆同。

三爲泛言"襄公之世(前777—前760)"説。元許謙《詩集傳名物鈔》卷四:

---

① [漢]司馬遷撰,[南朝宋]裴駰集解,[唐]司馬貞索隱,[唐]張守節正義,郭逸、郭曼標點:《史記》,第122頁。按:今本《竹書紀年》繫於平王十八年。王國維認爲:"文公十六年當平王二十一年。"則今本《竹書紀年》繫年訛誤。詳見:王國維《今本竹書紀年疏證》,《王國維遺書》第8册,上海書店出版社1983年版,第17頁。
② [宋]李樗、黄櫄:《毛詩集解》,第348頁。
③ [宋]王質:《詩總聞》,第115頁。
④ 説詳:邵炳軍《〈詩·秦風〉五篇詩旨與作時補證》,《中古詩學暨曹道衡先生學術思想研討會專輯》,安徽人民出版社2007年版,第25-36頁;邵炳軍《〈詩·秦風〉創作年代考論(上)》,《西北大學學報》2011年第6期,第50-56頁。
⑤ [漢]毛亨傳,[漢]鄭玄箋,[唐]孔穎達等正義:《毛詩正義》,第783頁。
⑥ [宋]王質:《詩總聞》,第111頁。
⑦ [宋]朱熹:《詩序辨説》,第377頁。

"《車鄰序》以爲秦仲。愚竊謂秦仲固嘗爲附庸之君,以西戎滅大駱之族,宣王命爲大夫。蓋日與戎戰,六年而死,非可樂時也。詩語不類。然則,《車鄰》實襄公詩爾。"①

四爲"襄公八年(前770)以後"説。元劉瑾《詩集傳通釋》卷六:"秦仲但爲宣王大夫,未必得備寺人之官。此詩疑作於平王命襄公爲侯之後。"②

五爲"襄公八年(前770)"説。明何楷《詩經世本古義》卷十九:"《車鄰》,秦臣美襄公也,平王初命襄公爲秦伯,其臣榮而樂之。……《史記》:襄公七年,'西戎、犬戎與申侯伐周,殺幽王驪山下。而襄公將兵救周,戰甚力,有功。周避犬戎難,東徙雒邑,襄公以兵送周平王,平王封襄公爲諸侯,賜之周以西之地。'玩此詩,乃秦臣所作。……篇中所云'今者不樂,逝者其耋''逝者其亡',似非過客之語;總因'並坐鼓瑟'一句不得其解,誤以爲君臣無並坐之理,遂別爲之辭耳,不足信也。"③

謹按:毛《序》、鄭《箋》、孔《疏》皆以爲"美秦仲"之作,説不確;《詩總聞》之"謀臣策士以車馬招致而來"説,朱《傳》之"國人創見而誇美其君"説,④《慈湖詩傳》之"士樂仕于秦而不去之"説,⑤《續吕氏家塾讀詩記》之"大夫美其君"説,⑥《詩説解頤·正釋》之"賢者晚年美時君能與己同樂"説,⑦《詩經注析》之"秦宮女美其君"説,⑧詩旨解説雖異,然皆不著作世。筆者此從何氏《詩經世本古義》"襄公八年"説。

2.《車鄰》作於"襄公八年"説補證

首章曰:"有車鄰鄰,有馬白顛。未見君子,寺人之令。"毛《傳》:"鄰鄰,衆車聲也。白顛,的顙也。寺人,内小臣也。"鄭《箋》:"欲見國君者,必先令寺人使傳告之。時秦仲又始有此臣。"⑨

謹按:《周禮·天官冢宰·敘官》:"内小臣,奄,上士四人,史二人,徒八人。……寺人,王之正内五人。"《内小臣》:"内小臣,掌王后之命,正其服位。……掌王之陰事、陰令。"《寺人》:"寺人,掌王之内人及女宫之戒令,相道其

---

① [元]許謙:《詩集傳名物鈔》,第116頁。
② [元]劉瑾:《詩集傳通釋》,卷6,第17頁。
③ [明]何楷撰,李士彪、張丹丹校點:《詩經世本古義》,第1044-1047頁。
④ [宋]朱熹撰,夏祖堯點校:《詩集傳》,第84頁。
⑤ [宋]楊簡:《慈湖詩傳》,第620頁。
⑥ [宋]戴溪:《續吕氏家塾讀詩記》,第30頁。
⑦ [明]季本:《詩説解頤》,《正釋》卷11,第2頁。
⑧ 程俊英、蔣見元:《詩經注析》,第334頁。
⑨ [漢]毛亨傳,[漢]鄭玄箋,[唐]孔穎達等正義:《毛詩正義》,第783頁。按:翟相君認爲:"未見君子"與"寺人之令"之間,當殘缺兩句。此説可從。詳見:翟相君《〈秦風·車鄰〉似殘篇》,《杭州師範學院學報》1987年第1期,第6頁。

出入之事而糾之。"①則"寺人"乃王室與公室之臣,屬於平民階層。如《詩·小雅·巷伯》幽王時之"寺人孟子"之類。既然寺人爲秦宮中執掌國君出入傳令之侍從,則寺人當爲秦君宮中之"內小臣"之類,但社會地位比"內小臣"中的上士(低級貴族)低,與其中的"史""徒"相當。當然,祇有秦封爲諸侯之後,方可有之;而秦仲作爲大夫,則無設小臣寺人之制。

即使降及春秋中期之世,"寺人",即"內小臣",亦爲諸侯公室所有。比如,周惠王十九年(齊桓公二十八年,前658)時,齊公室有"寺人貂";惠王二十二年至襄王十八年(晉獻公二十二年至文公二年,前655—前635)時,晉公室有"寺人披(寺人勃鞮)";襄王十年(齊桓公四十三年,前643)時,齊公室有"寺人貂";簡王十二年(晉厲公七年,前574)時,晉公室有"寺人孟張";靈王二十五年(宋平公二十九年,前547)時,宋公室有"寺人惠牆伊戾";景王八年(宋平公四十年,前537)時,宋公室有"寺人柳";敬王四十年(衛出公十三年,前480)時,衛公室有"寺人羅";②等等。

可見,秦仲作爲附庸之君,入仕爲宣王大夫,自然不可能"有車馬禮樂侍御之好",自然不可能"始有此臣",更不用說"秦之先君"了。故元劉瑾《詩集傳通釋》卷六曰:"秦仲但爲宣王大夫,未必得備寺人之官。"③明孫鑛《批評詩經》卷一亦曰:"陡出'寺人'字,絕有峭致,隱然微諷意。可見秦寺人重,後來趙高禍,已兆于此。"④其說甚是。

次章曰:"阪有漆,隰有栗。既見君子,並坐鼓瑟。今者不樂,逝者其耋。"毛《傳》:"興也。陂者曰阪,下濕曰隰。又見其禮樂焉。耋,老也,八十曰耋。"鄭《箋》:"云興者,喻秦仲之君臣所有,各得其宜。云既見,既見秦仲也。並坐鼓瑟,君臣以閒暇燕飲相安樂也。"⑤宋王質《詩總聞》卷六:"言土地饒衍如此,豈可虛度此生也。"⑥

謹按:"鼓瑟",除《車鄰》之外,《詩經》其他詩篇亦有所見。比如,《鄘風·定之方中》爲衛大夫美文公中興復國之作,其首章曰:"定之方中,作于楚宮。揆之以日,作于楚室。樹之榛栗,椅桐梓漆,爰伐琴瑟。"《唐風·山有樞》爲晉大夫刺昭公不能脩道以正其國之作,其卒章曰:"山有漆,隰有栗。子有酒食,何不日鼓

---

① 《敘官》鄭《注》:"奄稱士者,異其賢。……寺之言侍也。《詩》云:'寺人孟子。'正內,路寢。"《內小臣》鄭《注》:"陰事,羣妃御見之事。……陰令,王所求爲於北宮。"《寺人》鄭《注》:"內人,女御也。女宮,刑女之在宮中者。糾,猶割察也。"[漢]鄭玄注,[唐]賈公彥疏:《周禮注疏》,第1380-1381,1477-1478頁。
② 事見:僖二年、五年、十七年、二十四年、二十五年,成十七年,襄二十六年,昭六年,哀十五年《左傳》。
③ [元]劉瑾:《詩集傳通釋》,卷6,第17頁。
④ [明]孫鑛:《批評詩經》,第75頁。
⑤ [漢]毛亨傳,[漢]鄭玄箋,[唐]孔穎達等正義:《毛詩正義》,第784頁。
⑥ [宋]王質:《詩總聞》,第111頁。

瑟？且以喜樂，且以永日。宛其死矣，他人入室。"《小雅·鹿鳴》爲周王燕群臣嘉賓之樂歌，其首章曰："呦呦鹿鳴，食野之苹。我有嘉賓，鼓瑟吹笙。吹笙鼓簧，承筐是將。人之好我，示我周行。"卒章曰："呦呦鹿鳴，食野之芩。我有嘉賓，鼓瑟鼓琴。鼓瑟鼓琴，和樂且湛。我有旨酒，以燕樂嘉賓之心。"《棠棣》爲周公旦燕兄弟之樂歌，其六章曰："妻子好合，如鼓瑟琴。兄弟既翕，和樂且湛。"①足見《山有樞》《鹿鳴》《棠棣》所寫燕飲場面，正合天子諸侯與天子三公用"鼓瑟喜樂"之制；《定之方中》雖非直接寫燕飲場面，但寫樹榛、栗、椅、桐、梓、漆等六木於楚宮，待其成材可伐以爲琴瑟，言爲"鼓瑟喜樂"作預備，亦合諸侯燕飲禮樂之制。儘管《禮記·曲禮下》謂"君無故玉不去身，大夫無故不徹縣，士無故不徹琴瑟"，②但此"士"爲天子之士，自然要"無故不徹琴瑟"；而秦仲爲宣王鄙邑之大夫，甚至連"秦仲"之稱，亦爲"以字配國者，附庸未得爵命，無諡可稱"（《車鄰》孔《疏》），③自然不可有"並坐鼓瑟"之樂制；無"君"，安能有"臣"？

卒章曰："阪有桑，隰有楊。既見君子，並坐鼓簧。今者不樂，逝者其亡。"毛《傳》："簧，笙也。亡，喪棄也。"④

謹按：《周禮·春官宗伯·笙師》："笙師掌教歙竽、笙、塤、籥、簫、篪、篴、管、舂牘、應、雅，以教祴樂。"⑤《史記·樂書》張守節《正義》："簧，施於匏笙之管端者也。"⑥則所謂"簧"者，乃"笙"内之 13 個發聲器。故"笙"即"簧"，則"鼓笙"亦即"鼓簧"。

又，此所謂"鼓簧""鼓笙"者，除《車鄰》之外，《詩經》其他詩篇亦有所見。比如，《王風·君子陽陽》爲周王室樂工刺王子頹奸王位而遍舞樂之作，其首章曰："君子陽陽，左執簧，右招我由房，其樂只且。"《小雅·鹿鳴》爲周王燕群臣嘉賓之樂歌，其首章曰："呦呦鹿鳴，食野之苹。我有嘉賓，鼓瑟吹笙。吹笙鼓簧，承筐是將。人之好我，示我周行。"《鼓鍾》爲周大夫刺幽王鼓其淫樂以示諸侯之作，其卒

---

① 《定之方中》毛《傳》："定，營室也，方中，昏正四方。楚宮，楚丘之宮也。仲梁子曰：'初立楚宮也。'揆，度也，度日出、日入以知東、西、南，視定北準極，以正南北。室，猶宮也。椅，梓屬。"鄭《箋》："爰，曰也。樹此六木於宮者，曰其長大可伐以爲琴瑟，言豫備也。"《山有樞》毛《序》："《山有樞》，刺晉昭公也。"毛《傳》："君子無故，琴瑟不離於側。"《鹿鳴》毛《序》："《鹿鳴》，燕群臣嘉賓也。"毛《傳》："簧，笙也，吹笙而鼓簧矣。"《常棣》毛《序》："《常棣》，燕兄弟也。"鄭《箋》："好合，至意合也。合者，如鼓琴瑟之聲相應和也。王與族人燕，則宗婦、内宗之屬，亦從后於房中。"[漢] 毛亨傳，[漢] 鄭玄箋，[唐] 孔穎達等正義：《毛詩正義》，第 665、768、865－867、870－872 頁。按：仲梁子，戰國時期魯人，在毛公前，治魯《詩》。參見：[三國魏] 鄭小同《鄭志》卷上。説詳：邵炳軍《〈詩·鄘風〉創作年代考論》，《中州學刊》2011 年第 2 期，第 197－202 頁。
② [漢] 鄭玄注，[唐] 孔穎達等正義：《禮記正義》，第 2726 頁。
③ [漢] 毛亨傳，[漢] 鄭玄箋，[唐] 孔穎達等正義：《毛詩正義》，第 782 頁。
④ [漢] 毛亨傳，[漢] 鄭玄箋，[唐] 孔穎達等正義：《毛詩正義》，第 784 頁。
⑤ 鄭《注》引鄭衆《周禮解詁》曰："竽三十六簧，笙十三簧。"[漢] 鄭玄注，[唐] 賈公彥疏：《周禮注疏》，第 1729 頁。
⑥ [漢] 司馬遷撰，[南朝宋] 裴駰集解，[唐] 司馬貞索隱，[唐] 張守節正義，郭逸、郭曼標點：《史記》，第 1021 頁。按：此據《史記索隱》引文，其他諸家所引大同。

章曰:"鼓鍾欽欽,鼓瑟鼓琴。笙磬同音,以雅以南,以籥不僭。"《賓之初筵》爲衛武公美平王收復鎬京而由西申歸宗周之作,其次章曰:"籥舞笙鼓,樂既和奏。烝衎烈祖,以洽百禮。百禮既至,有壬有林。錫爾純嘏,子孫其湛。其湛曰樂,各奏爾能。賓載手仇,室人入又。酌彼康爵,以奏爾時。"①足見所謂"鼓簧"者,乃天子、諸侯燕飲之樂。故所謂"並坐鼓簧"者,必爲秦君無疑。

可見,詩中所謂"君子",必秦封爲諸侯之後某一國君。那麼,究竟爲何一秦君呢?元劉玉汝《詩纘緒》卷七指出:"此所謂秦君,未知爲何君。秦仲爲附庸之君,其詩未必見采。襄公爲諸侯之君,然後太師乃采其詩歟?"②劉氏謂此詩之"君子"特指"襄公",此説甚是;然其立論依據爲"采詩"之制使然,則不確。筆者以爲,實際上,"附庸之君"與"諸侯之君",在官署之制、車服之制、禮樂之制等方面截然不同,詩中所寫制度顯然爲"諸侯之制",而非"附庸之制"。

又,全詩共3章,次章6句以"阪有漆,隰有栗"起興,卒章6句以"阪有桑,隰有楊"起興,《國風》中此類民歌習語多用來表示男女之情。比如,《邶風·簡兮》爲衛伶官以男悦女之詞刺莊公廢教之作,其卒章以"山有榛,隰有苓",起興"云誰之思?西方美人。彼美人兮,西方之人兮"。《鄭風·山有扶蘇》鄭大夫以女悦男之詞刺太子忽之作,其首章以"山有扶蘇,隰有荷華",起興"不見子都,乃見狂且";次章以"山有喬松,隰有游龍",起興"不見子充,乃見狡童"。③故《車鄰》作者當爲一位女性。

綜上考論,全詩首章以賦體手法,寫秦君車盛馬壯、侍御傳令;二、三章用比興筆法,寫阪桑隰楊之好、鼓瑟鼓簧之樂、簡易相親之俗、逝者其亡之歎,又別是一種歡娛氣氛。當然,寫"閒暇燕飲相安樂",並非僅僅是擔心"虛度此生"而及時行樂,而是反映出秦君身上兼存"君"之威嚴與"人"之情感;詩人極力渲染燕飲時之歡娛氣氛,並非寫秦國君臣縱樂無度,而是通過場面描寫烘托出襄公封爲諸侯時秦國公室的喜慶氣氛與秦人的愉悦之情。故筆者以爲此詩當作於平王封襄公

---

① 《君子陽陽》毛《傳》:"陽陽,無所用其心也。簧,笙也。由,用也。國君有房中之樂。"《鼓鍾》毛《序》:"《鼓鍾》,刺幽王也。"毛《傳》:"欽欽,言使人樂進也。笙磬,東方之樂也。同音,四縣皆同也。爲雅爲南也,舞四夷之樂,大德廣所及也。東夷之樂曰昧,南夷之樂曰南,西夷之樂曰朱離,北夷之樂曰禁。以爲籥舞若是,爲和而不僭矣。"《賓之初筵》毛《傳》:"秉籥而舞,與笙鼓相應。"[漢]毛亨傳,[漢]鄭玄箋,[唐]孔穎達等正義:《毛詩正義》,第699、865、1002、1042-1043頁。説詳:邵炳軍《〈詩·王風〉創作年代考論》,《文衡》2010年卷,上海大學出版社2012年版,第63-81頁;邵炳軍《衛武公〈賓之初筵〉創作年代考》,《甘肅高師學報》2001年第6期,第11-17頁。

② [元]劉玉汝:《詩纘緒》,第642頁。

③ [漢]毛亨傳,[漢]鄭玄箋,[唐]孔穎達等正義:《毛詩正義》,第651、721-722頁。參見:聞一多《神話與詩》,《聞一多全集》第1卷,生活·讀書·新知三聯書店1982年版,第20頁。説詳:邵炳軍《〈詩·邶風〉繫年輯證》,《詩經研究叢刊》第20輯,學苑出版社2011年版,第81-133頁;邵炳軍《〈詩·鄭風〉繫年輯證(上)》,《上海大學學報》2011年第5期,第88-103頁。

爲諸侯之年,即周平王元年(秦襄公八年,前770)。①

三、《駟驖》——秦大夫美襄公命爲諸侯之作

1.《駟驖》創作年代諸説辨證

關於《駟驖》之創作年代,先哲時賢主要有五説:

一爲"襄公八年(前770)"説。毛《序》:"《駟驖》,美襄公也。始命,有田狩之事、園囿之樂焉。"②三家詩無異議,劉操南《詩三百篇的創作與累積考説》説大同。

二爲"秦仲十七年至二十三年(前827—前822)"説,見前引《詩譜·秦譜》孔《疏》引漢服虔《春秋左氏傳解》。

三爲"闕疑"説。宋朱熹《詩集傳》卷六:"此亦前篇(指《車鄰》)之意也。"③明梁寅《詩演義》卷六、季本《詩説解頤·正釋》卷十一皆同。

四爲"泛言襄公之世(前777—前760)"説,見前引元許謙《詩集傳名物鈔》卷四。

五爲"文公三年(前763)"説。僞《申培詩説》:"秦人從狩而作賦也。"④

謹按:《詩演義》之"美秦君田狩之辭"説、⑤《詩説解頤·正釋》之"刺秦君之用私人恣游獵"説,⑥詩旨解説雖異,然皆不著作世。又,《史記·秦本紀》:"(文公)三年,文公以兵七百人東獵。"⑦此即僞《申培詩説》所謂"秦人從狩"之事。又,《詩三百篇的創作與累積考説》既從毛《序》"美襄公"説,又將此詩"繫之宣王",⑧世次有誤。筆者此從毛《序》"襄公八年"説。

2.《駟驖》作於"秦襄公八年"説補證

首章曰:"駟驖孔阜,六轡在手。"毛《傳》:"驖,驪;阜,大也。"鄭《箋》:"四馬,六轡。六轡在手,言馬之良也。"孔《疏》:"驪,黑色;驖者,言其色黑如鐵,故爲驪也。"⑨

---

① 説詳:邵炳軍《〈詩·秦風〉五篇詩旨與作時補證》,《中古詩學暨曹道衡先生學術思想研討會專輯》,安徽人民出版社 2007 年版,第 25-36 頁。
② [漢]毛亨傳,[漢]鄭玄箋,[唐]孔穎達等正義:《毛詩正義》,第 784 頁。
③ [宋]朱熹撰,夏祖堯點校:《詩集傳》,第 84 頁。
④ [明]豐坊:《申培詩説》,第 42 頁。按:僞《子貢詩傳》"武公"下闕 5 字,後有"賦《懿戒》"3 字。
⑤ [明]梁寅:《詩演義》,第 78 頁。
⑥ [明]季本:《詩説解頤》,《正釋》卷 11,第 3 頁。
⑦ [漢]司馬遷撰,[南朝宋]裴駰集解,[唐]司馬貞索隱,[唐]張守節正義,郭逸、郭曼標點校:《史記》,第 121 頁。
⑧ 劉操南:《詩三百篇的創作與累積考説》,《杭州大學學報》1988 年第 2 期,第 44-51、58 頁。
⑨ [漢]毛亨傳,[漢]鄭玄箋,[唐]孔穎達等正義:《毛詩正義》,第 784-785 頁。

謹按：《禮記·檀弓上》："夏后氏尚黑，大事斂用昏，戎事乘驪，牲用玄。"①則秦人"戎事乘驪"者，乃尊崇"夏后氏尚黑"之俗，且與《秦本紀》謂秦人先祖中潏之後"以佐殷國"有關。足見嬴秦文化中融合有如夏文化與子商文化元素。另外，"驖"，亦寫作"鐵"。則所謂"駟驖"者，即鐵青色四匹駕車之馬。秦人以鐵色喻他物之色，説明秦人對鐵已不生疏；這已爲春秋時期秦地考古發掘所證實。

1977 年，在今陝西省寶雞市鳳翔縣南 7 里之故雍城附近發掘的一座春秋貴族大墓中，共計出土金、銅、鐵、玉、石等文物 1 000 多件，其中有鐵鎛（鐵鏟）。②據碳十四測定爲春秋早期遺址，1 號墓主可能是景公（前 577—前 537 在位）。③《史記·秦本紀》："德公元年，初居雍城大鄭宫。"④可見，周僖王五年（秦德公元年，前 677），秦國自平陽（即今陝西省寶雞市東陽平村）遷都邑於雍。自秦德公元年（前 677）始建，到秦獻公二年（前 383），春秋戰國時期秦 19 君在此經營了 294 年。可見，此考古發掘之古雍城，雖比襄公受封諸侯晚了近 200 年，依然可以證明秦人使用鐵是較早的。

又，1978 年在甘肅省平涼市靈臺縣城西北景家莊村發掘的春秋早期 M1 號秦墓中，出土銅、鐵、陶、石器 20 件，其中有一把銅柄鐵劍，反映了當時秦國鐵的冶煉與鑄造技術已達到相當高的水準。⑤這是截至目前我國出土最早的人工鑄鐵器件。靈臺縣位於隴山北麓，屬於秦國早期與周人接壤的地域，考古年代則與襄公時期更爲接近。這説明在秦國早期，鐵已成爲常見之物，秦國的經濟力量已相當雄厚。詩人以鐵色來形容四匹健碩的馬，是十分平常而自然的事情。⑥故宋蘇轍《詩集傳》卷六曰："襄公脩其車馬，乘四驖以出田，其馬碩大而馴服，御者以手執其轡而已，無所用巧也。"⑦元許謙《詩集傳名物鈔》卷四亦曰："此但以君所乘車而言，四馬一色，君車之選也。"⑧

首章又曰："公之媚子，從公于狩。"毛《傳》："能以道媚於上下者。冬獵曰

---

① 鄭《注》："昏時，亦黑。此'大事'，謂喪事也。戎，兵也。馬黄色曰驪。"［漢］鄭玄注，［唐］孔穎達等正義：《禮記正義》，第 2763 頁。
② 參見：陝西省文物管理委員會《建國以來陝西省文物考古的收穫》，見文物編輯委員會編《文物考古工作 30 年》，文物出版社 1979 年版，第 130 頁。
③ 參見：陝西省博物館雍城考古隊《鳳翔發現春秋最大的墓葬》，《文物通訊》1977 年第 4 期，第 5 頁；陝西省博物館雍城考古隊《鳳翔春秋秦公陵墓鑽探記》，《文物通訊》1977 年第 6 期，第 14 頁。
④ 裴駰《集解》引［晉］徐廣《史記音義》："今縣在扶風。"張守節《正義》引李泰《括地志》："岐州雍縣南七里故雍城，秦德公大鄭宮城也。"［漢］司馬遷撰，［南朝宋］裴駰集解，［唐］司馬貞索隱，［唐］張守節正義，郭逸、郭曼標點：《史記》，第 124 - 125 頁。
⑤ 參見：劉得禎、朱建唐《甘肅靈臺縣景家莊春秋墓》，《考古》1981 年第 4 期，第 298 - 301 頁，圖版五。
⑥ 參見：郭沫若《中國史稿》第 1 册，第 313 頁。
⑦ ［宋］蘇轍：《詩集傳》，第 65 頁。
⑧ ［元］許謙：《詩集傳名物鈔》，第 109 頁。

狩。"鄭《箋》:"媚於上下,謂使君臣和合也。此人從公往狩,言襄公親賢也。"①

謹按:《大雅·思齊》之首章曰:"思齊大任,文王之母。思媚周姜,京室之婦。大姒嗣徽音,則百斯男。"《下武》之四章曰:"媚兹一人,應侯順德。永言孝思,昭哉嗣服。"《假樂》之卒章曰:"百辟卿士,媚于天子。不解于位,民之攸墍。"《卷阿》之七章曰:"鳳皇于飛,翽翽其羽,亦集爰止。藹藹王多吉士,維君子使,媚于天子。"八章曰:"鳳皇于飛,翽翽其羽,亦傅于天。藹藹王多吉人,維君子命,媚于庶人。"②《周頌·載芟》曰:"侯主侯伯,侯亞侯旅,侯彊侯以。有嗿其饁,思媚其婦,有依其士。"③此 6"媚"字,毛《傳》、鄭《箋》皆訓爲相互親愛之意。足見"公之媚子"即"公媚子",意即襄公與其興者相互親愛、彼此敬重,以美襄公常與賢者共樂之德行。④

又,隱五年《左傳》載魯大夫臧僖伯(公子彄)諫隱公曰:"故春蒐、夏苗、秋獮、冬狩,皆於農隙以講事也。三年而治兵,入而振旅。"⑤《禮記·王制》:"天子、諸侯無事,則歲三田:一爲乾豆,二爲賓客,三爲充君之庖。無事而不田,曰不敬;田不以禮,曰暴天物。"⑥可見,"田狩"除了"乾豆""賓客""充君之庖"三個禮儀目的之外,還有"於農隙簡車徒以講武治兵"之軍事目的。因爲兩周時期,車乘(戰車)是一種重要的作戰工具,車戰是戰爭以戰車爲主要進攻武器的戰鬥類型,故以戰車爲核心的精良武備是決定戰爭勝負的重要因素,戰車品質和數量往往是國家強弱的重要標誌;⑦而戰車的主要牽引工具(動力系統)則是馬匹。那麼,馬匹是否"孔阜""孔碩",就至關重要。所以,詩人寫狩獵之黑色馬匹"孔阜"而"孔碩",正是從馬匹高大健碩角度,反映出一個國家軍事力量甚至國家實力的強勢。故清傅恒等《詩義折中》卷七評之曰:"讀《駟驖》《小戎》,庶幾哉有《車攻》《采芑》之遺風矣!"⑧此以宣王中興之作《采芑》《車攻》來比《駟驖》《小戎》,是頗爲恰

---

① [漢]毛亨傳,[漢]鄭玄箋,[唐]孔穎達等正義:《毛詩正義》,第 784—785 頁。
② 《思齊》毛《傳》:"齊,莊;媚,愛也。周姜,大姜也。京室,王室也。大姒,文王之妃也。大姒十子,衆妾則宜百子也。"《下武》毛《傳》:"一人,天子也。應,當;侯,維也。"鄭《箋》:"媚,愛;兹,此也。"《假樂》毛《傳》:"墍,息也。"鄭《箋》:"媚,愛也。"《卷阿》毛《傳》:"藹藹,猶濟濟也。"鄭《箋》:"媚,愛也。"[漢]毛亨傳,[漢]鄭玄箋,[唐]孔穎達等正義:《毛詩正義》,第 1111、1131、1166、1178 - 1179 頁。
③ 毛《傳》:"主,家長也。伯,長子也。亞,叔仲也。旅,子弟也。強,強力也。以,用也。嗿,衆貌。士,子弟也。"鄭《箋》:"饁,饟饟也。依之,言愛也。婦人來饟饟其農人於田野,乃逆而媚愛之。"[漢]毛亨傳,[漢]鄭玄箋,[唐]孔穎達等正義:《毛詩正義》,第 1296 - 1297 頁。
④ [元]許謙《詩集傳名物鈔》卷四:"媚子,公之興者也。六轡在手,在其手也。"[元]許謙:《詩集傳名物鈔》,第 109 頁。按:許氏以"媚子"爲一詞,説不確,故筆者此不取。
⑤ 杜《注》:"蒐,索擇取不孕者;苗,爲苗除害也;獮,殺也,以殺爲名順秋氣也;狩,圍守也,冬物畢成,獲則取之,無所擇也。各隨時事之間。"[晉]杜預注,[唐]孔穎達等正義:《春秋左傳正義》,第 3748 頁。
⑥ 鄭《注》:"三田者,夏不田。……乾豆,謂腊之以爲祭祀。豆,實也。庖,今之厨也。不敬者,簡祭祀、略賓客。"[漢]鄭玄注,[唐]孔穎達等正義:《禮記正義》,第 2886 頁。
⑦ 參見:趙媛媛《春秋以前和春秋時期的戰車與車戰略考》,《西安社會科學》2009 年第 3 期,第 55 - 57 頁。
⑧ [清]傅恒等:《御纂詩義折中》,第 15 頁。

當的。

次章曰:"奉時辰牡,辰牡孔碩。公曰左之,舍拔則獲。"毛《傳》:"時是辰時也。冬獻狼,夏獻麋,春、秋獻鹿豕群獸。拔,矢末也。"鄭《箋》:"奉是時牡者,謂虞人也。時牡甚肥大,言禽獸得其所。左之者,從禽之左射之也。拔,括也。舍拔則獲,言公善射。"①

謹按:《易·明夷》爻辭:"九三,明夷于南狩,得其大首;不可疾,貞。"②《後漢書·班固傳》載班固《東都賦》:"若乃順時節而蒐狩,簡車徒以講武。則必臨之以《王制》,考之以《風》《雅》。歷《騶虞》,覽《四駿》。嘉《車攻》,采《吉日》。禮官正儀,乘輿乃出。"③可見,"蒐狩"需"順時節",即因季節變化不同而爲之,故狩獵之前需占卜問時。此所謂"時"有二:一爲自然節氣,即臧僖伯所謂"故春蒐、夏苗、秋獮、冬狩"者,亦即毛《傳》所謂"冬獻狼,夏獻麋,春秋獻鹿豕群獸"者。二爲具體日期,如《春秋》所謂"甲辰""丙辰""戊辰""庚辰""壬辰"之類。

卒章曰:"遊于北園,四馬既閑。輶車鸞鑣,載獫歇驕。"毛《傳》:"閑,習也。輶,輕也。獫、歇驕,田犬也。長喙曰獫,短喙曰歇驕。"鄭《箋》:"公所以田則克獲者,乃遊于北園之時,時則已習其四種之馬。輕車,驅逆之車也。置鸞於鑣,異於乘車也。載,始也。始田犬者,謂達其搏噬始成之也。此皆遊於北園時所爲也。"孔《疏》:"有蕃曰園,有牆曰囿。園、囿大同,蕃、牆異耳。囿者,域養禽獸之處;其制,諸侯四十里,處在於郊。……園者,種菜殖果之處,因在其內調習車馬。言遊於北園,蓋近在國北地。"④

謹按:《詩·鄭風·將仲子》毛《傳》:"園,所以樹木也。"⑤《說文·口部》:"園,所吕樹果也。"《金部》:"鑾,人君棄(乘)車,四馬,(四)鑣,八鑾。鈴象鸞鳥之聲,聲龢則敬也。"⑥據筆者統計,《詩經》中寫及"園"者,除《駉駿》之外,尚有4篇,可分爲4種類型:

一爲以樹果木之園囿象徵公室。比如,《鄭風·將仲子》爲鄭大夫刺莊公之作,其卒章曰:"將仲子兮,無踰我園。無折我樹檀,豈敢愛之。"⑦此"園"與首章"無踰我里"之"里"、次章"無踰我牆"之"牆"並提,由居所之"里"到居所之"牆",再到居所之"園"(樹果木之園囿),由大到小、由遠及近,鄭大夫刺莊公寤生"不勝

---

① [漢]毛亨傳,[漢]鄭玄箋,[唐]孔穎達等正義:《毛詩正義》,第785頁。
② [魏]王弼注,[唐]孔穎達等正義:《周易正義》,第102頁。
③ [南朝宋]范曄撰,[唐]李賢等注,宋雲彬等點校:《後漢書》,第1363頁。
④ [漢]毛亨傳,[漢]鄭玄箋,[唐]孔穎達等正義:《毛詩正義》,第784-785頁。
⑤ [漢]毛亨傳,[漢]鄭玄箋,[唐]孔穎達等正義:《毛詩正義》,第712頁。
⑥ 段《注》:"'鑣'上當有'四'字。"[漢]許慎撰,[清]段玉裁注:《說文解字注》,第278、712頁。
⑦ 毛《序》:"《將仲子》,刺莊公也。不勝其母以害其弟,弟叔失道而公弗制,祭仲諫而公弗聽,小不忍以致大亂焉。"毛《傳》:"踰,越;里,居也。二十五家爲里。……牆,垣也。"[漢]毛亨傳,[漢]鄭玄箋,[唐]孔穎達等正義:《毛詩正義》,第711-712頁。說詳:邵炳軍《〈詩·鄭風〉繫年輯證(上)》,《上海大學學報》2011年第5期,第88-103頁。

其母以害其弟",終於導致公室之亂。足見此詩之"里""牆""園"這三個處所物象,皆象徵鄭公室;"里""牆""園"中之"杞""桑""檀"這三種樹木物象,皆象徵鄭公室之公子。

二是以樹果木之園囿作爲興象。比如,《魏風·園有桃》爲魏士人憂貧畏飢之作,其首章曰:"園有桃,其實之殽。心之憂矣,我歌且謠。不知我者,謂我士也驕。彼人是哉,子曰何其?心之憂矣,其誰知之?其誰知之,蓋亦勿思。"卒章曰:"園有棘,其實之食。心之憂矣,聊以行國。不我知者,謂我士也罔極。彼人是哉,子曰何其?心之憂矣,其誰知之?其誰知之,蓋亦勿思。"①詩人取"園"爲物象起興,以"憂"字通領全篇,一語三折,情感跌宕起伏,表達出自己憂貧畏飢、譏刺時政、不滿現實之情。可見,此"園"即樹果木之園囿。"桃""棘"(酸棗樹)皆園囿之果木。

三是以樹果木之園囿象徵王室。比如,《小雅·鶴鳴》爲周大夫諫宣王求賢人之未仕者之作,其首章曰:"鶴鳴于九皋,聲聞于野。魚潛在淵,或在于渚。樂彼之園,爰有樹檀,其下維蘀。它山之石,可以爲錯。"卒章曰:"鶴鳴于九皋,聲聞于天。魚在于渚,或潛在淵。樂彼之園,爰有樹檀,其下維穀。它山之石,可以攻玉。"②則作者正以"鶴"比興賢人,以"彼之園"象徵王室。

四是以樹果木之園囿作爲喻體。比如,《小雅·巷伯》爲寺人(內小臣)孟子刺幽王輕信讒人之作,其卒章曰:"楊園之道,猗于畝丘。寺人孟子,作爲此詩。凡百君子,敬而聽之。"③則此"楊園"爲"讒人"之喻體。

而《駟驖》三章皆用賦體,故"北園"在詩人筆下既無比喻義,又無象徵義,純屬寫作客體。故清陳奐《毛詩傳疏》卷十一曰:"《書·無逸》篇云:'于觀于逸,于遊于田。'渾言之,'遊'亦'田'也。古者田在園囿中,北園,當即所田之地。首章言'狩',此章言'北園',與《車攻》篇上言'狩'、言'苗'而下言'于敖'文義正相同也。……四馬,即四驖也。"④按照周制,天子之"囿方七十里",諸侯之"囿方四十里"(《孟子·梁惠王下》),⑤且園囿皆建在都邑之郊(《周禮·地官司徒·載

---

① 毛《序》:"《園有桃》,刺時也。大夫憂其君國小而迫,而儉以嗇,不能用其民而無德教,日以侵削。故作是詩也。"毛《傳》:"興也。……棘,棗也。"[漢]毛亨傳,[漢]鄭玄箋,[唐]孔穎達等正義:《毛詩正義》,第 758 - 759 頁。說詳:邵炳軍《〈詩·魏風〉創作年代考論》,《山西大學學報》2011 年第 3 期,第 32 - 43 頁。

② 毛《序》:"《鶴鳴》,誨宣王也。"毛《傳》:"興也。皋,澤也。言身隱而名著也。"[漢]毛亨傳,[漢]鄭玄箋,[唐]孔穎達等正義:《毛詩正義》,第 926 - 927 頁。參見:高玉海《〈小雅·鶴鳴〉是廋詞隱語嗎?——兼論山水詩的濫觴》,《瀋陽師範學院學報》1999 年第 6 期,第 48 - 50 頁。

③ 毛《序》:"《巷伯》,刺幽王也。寺人傷於讒,故作是詩也。"毛《傳》:"楊園,園名。猗,加也。畝丘,丘名。"鄭《箋》:"欲之楊園之道,當先歷畝丘。以言此讒人欲譖大臣,故從近小者始。"[漢]毛亨傳,[漢]鄭玄箋,[唐]孔穎達等正義:《毛詩正義》,第 978 - 979 頁。

④ [清]陳奐:《毛詩傳疏》,第 4035 頁。

⑤ [漢]趙岐注,[宋]孫奭疏:《孟子注疏》,第 5816 - 5617 頁。

師》）。故秦之"北園"必然位於秦都邑之北，爲供秦君狩獵之園囿。故北園不可能爲秦仲爲宣王大夫時所建，而爲平王命襄公爲諸侯時所建之園，即周平王元年（秦襄公七年，前771），或爲此年以後所建。

又，《史記·秦本紀》："文公元年，居西垂宮。三年，文公以兵七百人東獵。四年，至汧、渭之會。……乃卜居之，占曰吉，即營邑之。"①此所謂"汧、渭之會"，即汧水、渭水交匯之地，地在位於秦嶺北麓的今陝西省寶雞市眉縣東北郿縣故城，亦即位於今寶雞市隴縣、千陽縣汧水西南、渭濱區渭水以北的三角地帶。②據此可知，周平王元年（秦襄公八年，前770），襄公既侯所居之"西垂"，已非中潏所居之西垂，即"西犬丘"；而爲周平王六年（秦文公元年，前765）時，文公所居之"西垂宮"；亦即周幽王五年（秦襄公元年，前777）時，襄公自秦邑東徙都於汧邑。直至周平王九年（秦文公四年，前762），文公自汧源再東遷都邑於汧、渭之會的郿邑。則自周幽王五年（秦襄公元年，前777）到周平王九年（秦文公四年，前762）18年之間，秦人一直都於汧邑，其政治中心一直在汧水流域。故北園當爲周平王九年（秦文公四年，前762）自汧邑之"西垂宮"徙都於郿邑以前所建。

又，據《史記·十二諸侯年表》《秦本紀》，周平王元年（秦襄公八年，前770）"初立西畤，祠白帝"。③1976年，陝西省博物館雍城考古隊在今寶雞市鳳翔縣南古村發掘出秦公陵園，其地正好位於秦都雍城南15里之古三畤原上。據考證，此秦公陵園即秦國著名的風景區"北園"。④此雍邑（今鳳翔縣）之"北園"，位於汧邑（今隴縣）東南120里，位於郿邑（今眉縣）東北近百里，三邑自西北向東南一字排開。則秦之政治文化中心逐漸向故西周王畿腹地東移的意圖非常明顯。既然平王命襄公爲諸侯後所建狩獵之園囿北園，與爲壇以祭天之西畤在同一地域，⑤兩者自然爲襄公八年（前770）同時所建。

又，《駉驖》與"石鼓詩"爲同一時期的作品。關於"石鼓詩"之作時，自唐以降依次有文王、成王、宣王、西魏、北魏、平王諸說，晚清震鈞《石鼓文集注》與《天咫偶聞》卷四皆認爲作於文公三年（前763），近人馬敘倫《石鼓爲秦文公時物考》和

---

① 張守節《正義》引李泰《括地志》："郿縣故城在岐州郿縣東北十五里。毛萇云：郿，地名也。秦文公車獵汧、渭之會，卜居之，乃營邑焉，即此城也。"〔漢〕司馬遷撰，〔南朝宋〕裴駰集解，〔唐〕司馬貞索隱，〔唐〕張守節正義，郭逸、郭曼標點：《史記》，第121-122頁。
② 説參：楊守敬、熊會貞《水經注疏》卷17。
③ 〔漢〕司馬遷撰，〔南朝宋〕裴駰集解，〔唐〕司馬貞索隱，〔唐〕張守節正義，郭逸、郭曼標點：《史記》，第121、380頁。
④ 説詳：鄭重《秦公一號大墓將於近日揭槨開棺》，《光明日報》1986年4月28日，第1版；鄭重《古墓之謎——秦公一號墓挖掘現場散記》，《文匯報》1986年5月17日，第2版。
⑤ 王志友等認爲，2005年發掘甘肅省隴南市禮縣西山遺址發現了一組動物祭祀坑與夯土臺基，即"西畤"。筆者此不取。詳見：王志友、劉春華、趙叢蒼《西畤的發現及相關問題》，秦俑博物館開館三十周年國際學術研討會暨秦俑學第七屆年會會議交流論文，2009年10月。

《跋石鼓文研究》則泛言作於文公之世（前765—前716）；①馬衡《石鼓爲秦刻石考》認爲作於穆公三十七年（前623）；②郭沫若《石鼓文研究》《再論石鼓文之年代》認爲作於襄公八年（前770），裘錫圭《關於石鼓文的時代問題》力主此説；③唐蘭《石鼓年代考》認爲作於獻公十一年（前374）。④此後諸家，有補證舊説者，有自立新説者，此不具引。⑤

郭沫若《石鼓文研究》認爲："石鼓詩"的内容與襄公的事蹟相符，故它是襄公被册封爲諸侯後作西畤時所刻紀功碑；其又與《秦風》在情調風格、遣詞造句等方面類似，其作者當爲王室東遷時遺留的太史之類；故《駟驖》詩"與《石鼓詩》乃同時之作"，⑥即襄公八年（前770）。郭氏《再論石鼓文之年代》説同。又，馬叙倫《石鼓爲秦文公時物考》："《詩·四載》，美襄公始命，有田狩之事，園囿之樂。《詩》言'遊於北園'，《傳》《箋》不詳其地。""（《鼓辭·吴人□》）曰：'虖（中）囿（囿）孔□，□鹿□□。'則'囿'蓋即《四載》所謂'北園'者也。"⑦秦襄公八年"既侯"時其地仍在汧水上游，"石鼓詩"中有關汧水上下游風物的描寫可爲佐證。

可見，全詩首章言往狩之事，次章言方狩之事，卒章言畢狩而遊觀之事。⑧詩人以鋪陳筆法，極力渲染秦國武備之強大、國力之強盛，以美襄公被賜封爲諸侯。故元劉玉汝《詩纘緒》卷七曰："前篇（指《車鄰》）稱'君子'，此篇稱'公'。'公'非附庸之君，所得稱，秦其已爲諸侯乎？"⑨清姚際恒《詩經通論》卷七亦曰："《秦風》諸詩多慓悍自喜之意，洵乎言乃心之聲也。"⑩姚際恒《春秋通論》卷七亦曰："若秦，則《車鄰》《駟鐵》，多猛士之風者也。"⑪

---

① ［清］震鈞：《天咫偶聞》，清光緒三十三年（1907）甘棠轉舍刻本，北京古籍出版社1982年校點版，第74頁；馬叙倫：《石鼓爲秦文公時物考》，《北平圖書館刊》1933年第7卷第2號，第5215－5217頁；馬叙倫：《跋石鼓文研究》，《馬叙倫學術論文集》，科學出版社1958年版，第207－223頁。按：［清］震鈞《石鼓文集注》、郭沫若《石鼓文研究》謂原文在《十篆齋題跋》内，《天咫偶聞》只是概括其結論，惜未見《十篆齋題跋》原書。詳見：《郭沫若全集·考古編》第9卷，科學出版社1982年版，第32－33頁。

② 馬衡：《石鼓爲秦刻石考》，《國立北京大學國學季刊》1卷1期，北京大學出版部1923年版，第17－26頁。

③ 郭沫若：《石鼓文研究》《再論石鼓文之年代》，《郭沫若全集·考古編》第9卷，第21－98、99－134頁；裘錫圭：《關於石鼓文的時代問題》，《傳統文化與現代化》1995年第1期，第40－48頁。按：《石鼓研究》《再論石鼓文之年代》，最早收入《古代銘刻彙考四種》，上海圖書館藏日本昭和八年（1933）石印本。

④ 唐蘭：《石鼓年代考》，《故宫博物院院刊》1958年第1期，第4－19頁。按：唐氏原主張在靈公三年（前422），後修訂爲獻公十一年（前374）。詳見：唐蘭《石鼓文刻于秦靈公三年考》，《申報》1947年12月6日、13日。

⑤ 詳見：倪晉波《1923年以來"石鼓文"研究述要》，《寶雞文理學院學報》2006年第4期，第46－52頁。

⑥ 郭沫若：《石鼓文研究》，第40頁。

⑦ 馬叙倫：《石鼓爲秦文公時物考》，《北平圖書館刊》1933年第7卷第2號，第5216、5217頁。

⑧ 參見：［清］朱鶴齡《詩經通義》，第44頁。

⑨ ［元］劉玉汝：《詩纘緒》，第642頁。

⑩ ［清］姚際恒撰，顧頡剛點校：《詩經通論》，第139頁。

⑪ ［清］姚際恒：《春秋通論》，續修四庫全書影印清鈔本，上海古籍出版社2002年版，經部第139册，第357頁。

綜上所論，"北園"爲位於秦都邑汧源北郊的秦君狩獵苑林之名，它大致與西時同爲秦襄公八年(前770)平王命襄公爲諸侯後同時修建。《駟驖》與《石鼓詩》爲同一時期的作品，當作於周平王元年(秦襄公八年，前770)頃。①

第三節　秦人在襄公立國後的抒情之作

《小戎》爲秦女思念遠征西戎的丈夫之作，《蒹葭》爲秦人美襄公求賢尚德之作。這是兩首典型的政治抒情詩。

一、《小戎》——秦女思念遠征西戎的丈夫之作

1.《小戎》之作者諸説辨證

關於《小戎》之作者，先哲主要有三説：

一爲"國人"與"婦人"説。毛《序》："國人則矜其車甲，婦人能閔其君子焉。"鄭《箋》："國人誇大其車甲之盛，有樂之意也；婦人閔其君子，恩義之至也。作者敘外内之志，所以美君政教之功。"②

二爲"婦人"説。《漢書·地理志下》"故《秦詩》曰：'在其板屋'。"顔《注》："言襄公出征，則婦人居板屋之中而念其君子。"③宋王質《詩總聞》卷六："當是婦人之君子溫粹精肅，而從事於兵馬之間、戎狄之境，婦人所以動念也。"④朱熹《詩集傳》卷六："西戎者，秦之臣子所與不共戴天之讎也。襄公上承天子之命，率其國人往而征之，故其從役者之家人先誇車甲之盛如此，而後及其私情。蓋以義興師，則雖婦人亦知勇於赴敵而無所怨矣。……將以何時爲歸期乎？何爲使我思念之極也。……'載寢載興'，言思之深而起居不寧也。"⑤

三爲"襄公"説。明鄒忠胤《詩傳闡》卷十五："凡勞詩或代爲其人言，或代爲其室家言。而此詩'言念君子'，則襄公自念其臣子。"⑥

謹按：對於毛《序》、鄭《箋》之"國人"與"婦人"説，清方玉潤《詩經原始》卷七駁之曰："一詩兩義，中間並無遞换，上下語氣全不相貫，天下豈有此文義？"⑦方

---

① 説詳：邵炳軍《秦襄公都邑地望與〈詩·秦風·駟驖〉作時補證》，第五届先秦兩漢文學研討會交流論文，2006年4月；邵炳軍《〈詩·秦風〉創作年代考論(上)》，《西北大學學報》2011年第6期，第50－56頁。
② [漢]毛亨傳，[漢]鄭玄箋，[唐]孔穎達等正義：《毛詩正義》，第786頁。
③ [漢]班固撰，[唐]顔師古注，傅東華等點校：《漢書》，第1644頁。
④ [宋]王質：《詩總聞》，第113頁。
⑤ [宋]朱熹撰，夏祖堯點校：《詩集傳》，第85－86頁。
⑥ [明]鄒忠胤：《詩傳闡》，第647頁。
⑦ [清]方玉潤撰，李先耕點校：《詩經原始》，第270頁。

氏駁之甚得。鄒氏《詩傳闡》之"襄公"説，以詩人爲"秦襄公"，以詩人所"念"之"君子"爲襄公大夫，説亦不確。《漢書·地理志下》顔《注》、王氏《詩總聞》、朱氏《詩集傳》之"婦人"説，乃申《序》之"婦人能閔其君子"一語而來，明何楷《詩經世本古義》卷十八駁之曰："不審深居閨閣者，安能知軍容之盛若此？"[1]然何氏此説更不足信。故筆者以爲顔氏"婦人"説是，兹補證如下。

首章、次章"君子"與"我"對舉，卒章"君子"與"良人"並提。則"我"即作者，"君子"即"良人"，亦即"我"所"念"者。然"君子""良人"，毛《傳》、鄭《箋》皆無注。筆者以爲，要考訂"我"之身份，關鍵在於弄清楚"良人"之語義指向。而"良人"在先秦文獻中，其語義指稱有二：

一爲婦人稱夫曰"良人"，此爲"專稱"；則所謂"我"者，即爲"良人"之婦。比如，《儀禮·士昏禮》鄭《注》曰："婦人稱夫曰良。"[2]《詩·召南·鵲巢》孔《疏》曰："《小戎》曰：'厭厭良人'，皆婦人之稱夫也。"[3]《唐風·綢繆》孔《疏》説大同。

二爲君子曰"良人"，此爲"通稱"；則所謂"我"者，或男或女，性別不確定。比如，《吕氏春秋·序意》篇"良人請問《十二紀》"高《注》："良人，君子也。"[4]明何楷《詩經世本古義》卷十八曰："先秦之世，'良人'爲君子通稱。"[5]清姚際恒《詩經通論》卷七曰："予初亦疑'厭厭良人'爲婦目夫之詞；以《孟子》'其良人出'，《唐風》'如此良人何'證之，殆合。然《黃鳥》'哀三良'，亦曰'殲我良人'，《雅》之《桑柔》亦曰'維此良人，作爲式穀'，何也？若爲室家代述，則種種軍容固無煩如此覼縷耳。"[6]

據筆者所知，《詩經》中"良人"凡八見，其語義指稱有二：

一爲婦人。比如，《唐風·綢繆》爲晉人刺五世之亂時婚姻不得其時之作，其首章曰："今夕何夕？見此良人。子兮子兮，如此良人何？"此"良人"，與次章"今夕何夕，見此邂逅。子兮子兮，如此邂逅何"之"邂逅"並提，亦與卒章"今夕何夕，見此粲者？子兮子兮，如此粲者何"之"粲者"對舉，則此"良人"指稱新婚妻子。[7]

二爲男子。比如，《秦風·黃鳥》爲國人刺穆公以人從死之作，其三章皆曰："彼蒼者天，殲我良人。"此三"良人"，分别指稱"子車奄息""子車仲行""子車鍼虎"等所謂"三良"。《大雅·桑柔》爲芮良夫(芮伯)刺厲王之作，其十一章曰："維

---

[1][5] [明]何楷撰，李士彪、張丹丹校點：《詩經世本古義》，第930頁。
[2] [漢]鄭玄注，[唐]賈公彦疏：《儀禮注疏》，第2087頁。
[3] [漢]毛亨傳，[漢]鄭玄箋，[唐]孔穎達等正義：《毛詩正義》，第596頁。
[4] 許維遹撰，梁運華整理：《吕氏春秋集釋》，第273頁。
[6] [清]姚際恒撰，顧頡剛點校：《詩經通論》，第140頁。
[7] 毛《序》："《綢繆》，刺晉亂也。國亂則婚姻不得其時焉。"毛《傳》："良人，美室也。子兮者，嗟兹也。……邂逅，解説之貌。……三女爲粲。大夫一妻二妾。"[漢]毛亨傳，[漢]鄭玄箋，[唐]孔穎達等正義：《毛詩正義》，第772-773頁。説詳：邵炳軍、郝建傑：《〈詩·唐風·綢繆〉詩旨補證》，《河北師範大學學報》2007年第1期，第54-58頁。

此良人,弗求弗迪。"十二章曰:"維此良人,作爲式穀。"此二"良人",與十章"維此聖人,瞻言百里"之"聖人"並提,則"良人"即"聖人",與"亂人""小人"相對,與"君子"同義,皆指稱厲王時期之賢臣,疑指共伯和(即衛武公)。①

由此可見,所謂"良人"者,指有文化品格、有道德修養之人,本不分男女;後來詞義縮小,成爲男性之專稱。此如同"子",本泛指男孩子、女孩子,後來詞義縮小專指男子,再縮小到成爲有道德、有文化的貴族男子之尊稱了。可見,此詩作者爲"君子""良人"之婦人。正是她從一位女性的視角表現出了秦人的尚武品格,才能描寫得如此細膩而精緻。

2.《小戎》之作時諸說辨證

關於《小戎》之創作年代,先哲時賢主要有八說:

一爲"襄公八年(前 770)以後"說。毛《序》:"《小戎》,美襄公也,備其兵甲以討西戎。西戎方彊,而征伐不休。國人則矜其車甲,婦人能閔其君子焉。"②

二爲"秦仲十七年至二十三年(前 827—前 822)"說,見前引《詩譜·秦譜》孔《疏》引漢服虔《春秋左氏傳解》。

三爲"闕疑"說。宋王質《詩總聞》卷六:"此詩止是行邊講武,故止用小戎車。"③朱熹《詩序辨說》卷上:"此詩時世未必然,而義則得之。"④明季本《詩說解頤·正釋》卷十一同。

四爲泛言"襄公之世(前 777—前 760)"說,見前引元許謙《詩集傳名物鈔》卷四。

五爲"襄公十二年(前 766)"說。僞《子貢詩傳》:"襄公遣大夫征戎而勞之,賦《小戎》。"⑤僞《申培詩說》同。清陳啟源《毛詩稽古編》卷七申之曰:"戎世爲秦患,而襄公時,周有驪山之禍,戎患尤劇……幽王亡於襄公之七年,秦救周有功。十二年伐戎,至岐而卒。此數年中,皆征戎之時矣。襄公奉天子命,乘國人好義之鋭心,終身不能平戎方張之寇,信難以力碎也。子文公始敗戎,收周餘民而有之。至七世孫穆公用内史廖之計,取其謀臣由余,益國十二,遂霸西戎。自此戎弱而秦彊矣。然襄公以義興師,民心樂戰,故子孫得收其成功耳。《小戎》一詩,

---

① 《黄鳥》毛《序》:"《黄鳥》,哀三良也。國人刺穆公以人從死,而作是詩也。"毛《傳》:"良,善也。"鄭《箋》:"三良,三善臣也。"《桑柔》毛《序》:"《桑柔》,芮伯刺厲王也。"鄭《箋》:"良,善也。"[漢]毛亨傳,[漢]鄭玄箋,[唐]孔穎達等正義:《毛詩正義》,第 793-794、1203-1207 頁。説參:程俊英、蔣見元《詩經注析》,第 875 頁;趙逵夫《西周詩人芮良夫與他的〈桑柔〉》,《第三届詩經國際學術研討會集》,香港天馬圖書有限公司 1998 年版,第 692-702 頁;邵炳軍《春秋文學繫年輯證》,第 633-634 頁。
② [漢]毛亨傳,[漢]鄭玄箋,[唐]孔穎達等正義:《毛詩正義》,第 786 頁。
③ [宋]王質:《詩總聞》,第 113 頁。
④ [宋]朱熹撰,朱傑人等點校:《詩序辨說》,第 378 頁。
⑤ [明]豐坊:《子貢詩傳》,第 33 頁。

實秦業興盛之本。"①王先謙《詩三家義集疏》卷九亦申之曰:"幽王十一年庚午因戎亂被弒,當襄公七年。其襄公元年甲子,乃幽王五年,當四年時,襄公尚未即位,其時秦戎即有戰鬥,無與王事。《竹書》僞造,不足信也。襄公十二年乙亥,當平王五年,此有《史記》明文可據,以前戰事,書缺有間,不能確指其年矣。"②

六爲"莊公四十四年(前 778)"説。明何楷《詩經世本古義》十八:"《小戎》,美襄公也。備其甲兵,以討西戎。……《竹書》紀幽王四年,秦人伐西戎。意世父遇虜,即在是年。則此詩之所爲作,蓋因秦師車甲之盛,戎慮非敵,故復歸世父耳。終襄公之世,惟兩伐戎。是役之後,至平王五年之役,則卒于師矣。據《史記》稱襄公伐戎,至岐卒,詩不應有'在其板屋'之語,固知是役爲救世父也。"③

七爲"襄公元年至穆公三十九年(前 777—前 621)"説。王次梅《怨而不怒的思婦之歌——讀〈詩經·秦風·小戎〉》:"秦與西戎的鬥爭自襄公始,至穆公最爲激烈。所以我認爲,秦襄公時期是《小戎》一詩成詩年代的上限,其下限則是秦穆公時期。"④

八爲"襄公八年至穆公三十七年(前 770—前 723)"説。程俊英、蔣見元《詩經注析》:"可見《秦風》也是東周末至春秋時的作品。"⑤

謹按:《詩總聞》之"行邊講武"説、《詩説解頤·正釋》之"婦人思其君子"説,⑥詩旨解説雖異,然皆不著作世。又,朱《傳》全從毛《序》説,《詩序辨説》則疑其作世。又,《詩經注析》所謂"春秋"多指《春秋》所記年代,即魯隱公元年至哀公十六年(前 722—前 479)期間。所謂"東周末至春秋時",此將"東周"與"春秋"並列,指魯孝公三十七年(前 770)平王東遷之後至隱公元年《春秋》紀事之前,亦即平王元年至四十八年(前 770—前 723);有時則將"東周"與"春秋"並列,以魯閔公二年(前 660)亦爲東周至春秋之間。説皆不確。筆者此從毛《序》"襄公八年以後"説。

3.《小戎》作於"襄公八年以後"説補證

首章曰:"小戎俴收,五楘梁輈。游環脅驅,陰靷鋈續。文茵暢轂,駕我騏馵。言念君子,溫其如玉。在其板屋,亂我心曲。"毛《傳》:"小戎,兵車也。俴,淺;收,軫也。五,五束也。楘,歷錄也。梁輈,輈上句衡也。一輈五束,束有歷錄。游環,靷環也。游在背上,所以禦出也。脅驅,慎駕具所以止入也。陰,揜軌也。

---

① [清]陳啓源:《毛詩稽古編》,第 658 頁。
② [清]王先謙撰,吳格點校:《詩三家義集疏》,第 440 頁。
③ [明]何楷撰,李士彪、張丹丹校點:《詩經世本古義》,第 924-925 頁。
④ 王次梅:《怨而不怒的思婦之歌——讀〈詩經·秦風·小戎〉》,《吉林師範學院學報》1990 年第 3、4 期合刊,第 45-46 頁。
⑤ 程俊英、蔣見元:《詩經注析》,第 333 頁。
⑥ [明]季本:《詩説解頤》,《正釋》卷 11,第 5 頁。

靷,所以引也。鋈,白金也。續,續靷也。文茵,虎皮也。暢轂,長轂也。騏,騏文也。左足白曰騱。西戎板屋。"鄭《箋》:"此群臣之兵車,故云小戎。……此(指"駕我騏騱")上六句者,國人所矜。……念君子之性,溫然如玉,玉有五德。心曲,心之委曲也。則心亂也。此上四句者,婦人所用閔憂其君子。"①

謹按:宋范處義《詩補傳》卷十一曰:"竊意'小戎'名篇,摘取首章之語,蓋論車之大小耳。"②王質《詩總聞》卷六:"大率在中軍者,元戎;'元戎十乘,以先啟行'者,建元戎之表識者也。所謂'平旦建大將旗鼓,行出井陘口'是也。在左右前後者,小戎。"③揚之水《說〈秦風·小戎〉——〈詩經〉名物新證之一》:"小戎,謂兵車。曰小,有二意,一是對大戎即元戎而言。……小,又是指小車,此對專為載物的大車即牛車而言。"④則此"小戎",指兵車,與"在軍前啟突敵陣"(《釋名·釋車》)之"大戎""元戎"相對。⑤ 又,《國語·齊語》載齊卿士管子(管夷吾)諫桓公曰:"十軌為里,故五十人為小戎,里有司帥之。"⑥《管子·小匡》同。古制,戎車一乘,步卒72人;管仲進行兵制改革時,裁減了"師"級建制,形成了"軍""旅""卒""小戎""伍"5級。此"小戎",較"兩"的戰鬥人員增加了一倍,戎車一乘,步卒50人。則"小戎"本指小型兵車,春秋中期以後引申指兵制單位。可見,御"小戎"者,必為秦大夫而非國君。則前6句寫"小戎"之精緻奢華,國人引以為豪,實美其君所治之國軍力強盛。

又,《禮記·聘義》記孔子對其弟子子貢(端木賜)問曰:"圭璋特達,德也;天下莫不貴者,道也。《詩》云:'言念君子,溫其如玉。'故君子貴之也。"⑦《孔子家語·問玉》篇同。《荀子·法行篇》載孔子對子貢問曰:"夫玉者,君子比德焉。溫潤而澤,仁也;栗而理,知也;堅剛而不屈,義也;廉而不劌,行也;折而不橈,勇也;瑕適並見,情也;扣之,其聲清揚而遠聞,其止輟然,辭也。故雖有珉之雕雕,不若玉之章章。《詩》曰:'言念君子,溫其如玉。'此之謂也。"⑧則詩人所"念"之"君子",自然指具有"溫其如玉"品格之"君子",亦即御"小戎"以"討西戎"之秦大夫。

又,《史記·秦本紀》:"(秦武公)十年,伐邽、冀戎,初縣之。"⑨《漢書·地理志下》:"天水、隴西,山多林木,民以板為室屋。及安定、北地、上郡、西河,皆迫近

---

① [漢]毛亨傳,[漢]鄭玄箋,[唐]孔穎達等正義:《毛詩正義》,第786頁。
② [宋]范處義:《詩補傳》,第48頁。
③ [宋]王質:《詩總聞》,第113頁。
④ 揚之水:《說〈秦風·小戎〉》,《中國文化》1996年第1期(總第13期),第74-83頁。
⑤ [漢]劉熙撰,[清]畢沅疏證:《釋名疏證》,第638頁。
⑥ 韋《注》:"小戎,兵車也。此有司之所乘,故云小戎。《詩》云:'小戎俴收。'古者,戎車一乘,步卒七十二人,今齊五十人。"[三國吳]韋昭注,上海師範大學古籍整理研究所校點:《國語》,第232頁。
⑦ 鄭《注》:"特達,謂以朝聘也。"[漢]鄭玄注,[唐]孔穎達等正義:《禮記正義》,第3679頁。
⑧ [周]荀況撰,[清]王先謙集解、沈嘯寰、王星賢點校:《荀子集解》,第535-536頁。
⑨ 裴駰《集解》引[漢]應劭《漢書集解音義》:"即邽戎邑也。"[漢]司馬遷撰,[南朝宋]裴駰集解,[唐]司馬貞索隱,[唐]張守節正義,郭逸、郭曼標點:《史記》,第123-124頁。

戎狄，修習戰備，高上氣力，以射獵爲先。故《秦詩》曰：'在其板屋'；又曰'王于興師，修我甲兵，與子偕行'。及《車轔》《四載》《小戎》之篇，皆言車馬田狩之事。漢興，六郡良家子選給羽林、期門，以材力爲官，名將多出焉。……故此數郡，民俗質木，不恥寇盜。"①《水經·渭水注》："(濛)水出(上邽)縣西北封山。翼帶衆流，積以成溪，東流南屈，逕上封縣故城西，側城南出。上封(邽)，故封(邽)戎國也。……其鄉居悉以板蓋屋，毛公所謂'西戎板屋'也。"②據《史記·秦本紀》《周勃家世》張守節《正義》並引李泰《括地志》，中潏所居之西垂(又稱"西犬丘"，即今甘肅省隴南市西和縣、禮縣一帶)，位於秦州上邽縣(邽戎邑)西南90里；③據《水經注疏》卷十七引明胡纘宗《秦州志》，上邽故城在秦州南50里街子口，④又距非子所居之秦邑(一名秦亭，又名秦谷亭，即今天水市清水縣西數里處之清水故城)不足百里。足見自非子至襄公從秦邑徙汧邑之前，秦人所居住地域大致在今甘肅省東南部的天水市、隴南市一帶。這裏原本就是以犬方後裔爲主體的西戎氏族部落聚居區，春秋以降爲氏族聚居區。秦人的生活方式、生活方法、生活手段、生活習俗，必然要受到西戎文化的影響。那麽，嬴秦與西戎兩大族群在生活習慣方面，自然會有相近之處。

故嬴秦與西戎兩大族群自然皆會有詩所謂"在其板屋"者，即一種"以板爲室屋"的居住習俗。此即所謂"秦雜戎、翟之俗"（《史記·六國年表》）者，亦即所謂秦人有"戎翟之教，父子無別，同室而居"（《商君列傳》）者。⑤ 這種"民以板爲屋"的居住方式，爲古代西部漢族、氏族住宅建築的普遍形式，並且一直延續到當代。秦人故地今甘肅省天水市、隴南市一帶民間，至今遺留有用踏板覆屋頂之俗。故毛《傳》解爲"西戎板屋"者，甚是。

當然，我們不能據此認爲"板屋"僅爲西戎之俗。況且，就寫作手法而言，"在其板屋，亂我心曲"兩句，詩人是由近（秦女所居）及遠（西戎）、由實（板屋）到虛（心曲）來描寫秦女思夫之情的。故詩人寫這位居住在"西戎板屋"之中的婦人，竟然"亂我心曲"，思念其隨襄公在外征伐西戎之"君子"；除了普通怨婦思征夫之情之外，還在於其透露出了一種更爲重要的信息——在不同族群之間的衝突與融合過程中、在異族文化之間的碰撞與融合過程中，人們的生存狀態與心理體

---

① 顏《注》："六郡，謂隴西、天水、安定、北地、上郡、西河。"[漢] 班固撰，[唐] 顏師古注，傅東華等點校：《漢書》，第1644頁。
② [北魏] 酈道元撰，楊守敬、熊會貞注疏，段熙仲點校，陳橋驛復校：《水經注疏》，第1493 - 1494頁。按：據《漢書·地理志上》顏《注》引[漢] 應劭《漢書集解音義》，"封"，當爲"邽"之訛。
③ [漢] 司馬遷撰，[南朝宋] 裴駰集解，[唐] 司馬貞索隱，[唐] 張守節正義，郭逸、郭曼標點：《史記》，第121、1608頁。
④ [北魏] 酈道元撰，楊守敬、熊會貞注疏，段熙仲點校，陳橋驛復校：《水經注疏》，第1493頁。
⑤ [漢] 司馬遷撰，[南朝宋] 裴駰集解，[唐] 司馬貞索隱，[唐] 張守節正義，郭逸、郭曼標點：《史記》，第526、1725頁。

驗。如此解者,則所謂"亂我心曲",當別有一番情致。

次章曰:"四牡孔阜,六轡在手。騏駵是中,騧驪是驂。龍盾之合,鋈以觼軜。言念君子,溫其在邑。方何爲期,胡然我念之。"毛《傳》:"黃馬黑喙曰騧。龍盾,畫龍其盾也。合,合而載之。軜,驂内轡也。(在邑)在敵邑也。"鄭《箋》:"赤色黑鬣曰駵。中,中服也。驂,兩騑也。鋈以觼軜,軜之觼以白金爲飾也。軜繫於軾前。方今以何時爲還期乎?何以然了不來?言望之也。"①

謹按:《爾雅·釋畜》:"駵白,駁。"②明何楷《詩經世本古義》卷十八:"蓋馬有駵色、有白色者,名之曰'駁'。此本駁馬,特上章因其白之在足,而題之以騂;此章則因其駵之在體,而題之以駵耳。"③清姚際恒《詩經通論》卷七:"戎車爲駟馬,兩服、兩驂。上章言兩服曰'騏、騂',此章曰'騏、駵','駵'即'騂',特變字耳,故'騏'字不變也。"④則白色在足者曰"騂",白色在體者曰"駵",統稱之爲"駁"(雜色之馬)。可見,詩人筆下之"小戎",由各色駿馬駕引:青色似鐵之"騏"、赤色黑鬣之"駵",作爲中間的兩匹服馬;黃色黑唇之"騧",作爲兩邊的兩匹驂馬。同時,"小戎"之士卒,手持兩邊畫龍之盾,盾之舌環皆以白金爲飾。故宋王質《詩總聞》卷六曰:"此君子當爲士大夫也。再言溫其可見。"⑤

又,《漢書·趙充國辛慶忌傳》贊曰:"秦漢已來,山東出相,山西出將。……山西天水、隴西、安定、北地處勢迫近羌胡,民俗修習戰備,高上勇力鞍馬騎射。……其風聲氣俗自古而然,今之歌謠慷慨,風流猶存耳。"⑥實際上,自秦人始祖非子居於西犬丘(在今甘肅省隴南市西和縣、禮縣一帶)時,以"好馬及畜,善養息之",爲周孝王召之,"使主馬於汧、渭之間"而"馬大蕃息"(《史記·秦本紀》)。⑦可見,秦人是一個擅長養馬的民族,養馬業始終在秦人經濟、政治、軍事生活中佔據着重要地位。故襄公立國之後,詩人自然要極力渲染狀寫秦軍戰車之奢華,自然要極力渲染狀寫秦軍裝備之精良。詩人正是以秦軍戰車之奢華與裝備之精良,來極力誇飾秦人國力之強盛、將士之勇猛。

卒章曰:"俴駟孔羣,厹矛鋈錞。蒙伐有苑,虎韔鏤膺。交韔二弓,竹閉緄縢。言念君子,載寢載興。厭厭良人,秩秩德音。"毛《傳》:"俴駟,四介馬也。孔,甚也。厹,三隅矛也。錞,鐏也。蒙,討羽也。伐,中干也。苑,文貌。虎,虎皮也。韔,弓室也。膺,馬帶也。交韔,交二弓於韔中也。閉,紲;緄,繩;縢,約也。厭

---

① [漢] 毛亨傳,[漢] 鄭玄箋,[唐] 孔穎達等正義:《毛詩正義》,第787頁。
② [晉] 郭璞注,[宋] 邢昺疏:《爾雅注疏》,第5770頁。
③ [明] 何楷撰,李士彪、張丹丹校點:《詩經世本古義》,第928頁。
④ [清] 姚際恒撰,顧頡剛點校:《詩經通論》,第140頁。
⑤ [宋] 王質:《詩總聞》,第112頁。
⑥ [漢] 班固撰,[唐] 顏師古注,傅東華等點校:《漢書》,第2998-2999頁。
⑦ [漢] 司馬遷撰,[南朝宋] 裴駰集解,[唐] 司馬貞索隱,[唐] 張守節正義,郭逸、郭曼標點:《史記》,第120頁。

厭，安静也。秩秩，有知也。"鄭《箋》："俴，淺也，謂以薄金爲介之札。介，甲也。甚羣者，言和調也。蒙，厖也。討，雜也。畫雜羽之文於伐，故曰厖伐。鏤膺，有刻金飾也。此既閔其君子寢起之勞，又思其性與德。"①宋范處義《詩補傳》卷十一："韔，弓室也，以虎皮爲之，而以金鏤飾其膺也。……膺，胸也，謂弓室之胸也。"②嚴粲《詩緝》卷十二："此首言'虎韔'，繼言'鏤膺'，下文又言'交韔二弓，竹閉緄縢'，則皆言弓耳，不得以此'鏤膺'爲彼鉤膺也。《補傳》義長。"③

謹按：清姚際恒《詩經通論》卷七："寫軍容之盛，細述其車馬、器械制度，刻琢典奧，于斯極矣；漢賦迥不能及。"④的確，詩人以秦軍戰車之奢華與裝備之精良，來極力誇飾秦人國力之强盛；這自然與平王封襄公爲諸侯而賜土授民直接相關。上文已論及，西周覆亡之後，西戎與嬴秦勢必成爲填補宗周王畿之地權力真空的兩支重要政治力量。在這兩支政治力量之間，爲了各自的政治利益發生拼殺是自然而然的事。應該特別注意的是，儘管周平王爲秦封國賜土授民，但其命辭却要秦襄公"索疆於戎"(《史記·秦本紀》)。故秦襄公必然要"備其兵甲以討西戎"；而在"西戎方强"之時，秦人自然得"征戰不休"(《小戎》毛《序》)了。

又，襄二十九年《左傳》載吳公子札論秦樂時曰："此之謂夏聲。夫能夏則大，大之至也，其周之舊乎？"⑤《詩譜·秦譜》孔《疏》及其所引漢服虔《春秋左氏傳解》與杜《注》均誤釋"夏"爲"華夏"。《吕氏春秋·古樂》篇高《注》："大夏，西方之山。"⑥漢揚雄《方言》卷一："夏，大也。自關而西秦、晉之間，凡物之壯大而愛偉之謂之夏。"⑦考諸《左傳》，陳公子少西，字子夏，故其後夏徵舒爲少西氏，亦曰夏氏(宣十一年《左傳》並杜《注》)；鄭公孫夏，字子西(襄十年《左傳》並杜《注》)。足見春秋時期"西""夏"二字義同。則所謂"夏聲"者，即西方之聲。自春秋延及東晉時，赫連勃勃佔據内蒙鄂爾多斯及陝西等地，國號大夏，亦單稱夏，後魏以爲夏州，唐亦稱夏州。⑧ 至宋時，平西王趙元昊在夏州立國稱"大夏"，史稱"西夏"。西夏比較穩定地統治着靈、洪、宥、銀、夏、石、鹽、南威、會、興、定、懷、永、涼、甘、肅、瓜、沙、熙、秦、西寧、樂、廓、積石等22州，大體上包括今寧夏全部、甘肅大部、

---

① [漢]毛亨傳，[漢]鄭玄箋，[唐]孔穎達等正義：《毛詩正義》，第788頁。
② [宋]范處義：《詩補傳》，第49頁。
③ [宋]嚴粲：《詩緝》，第235頁。
④ [清]姚際恒撰，顧頡剛點校：《詩經通論》，第140頁。
⑤ 杜《注》："秦本在西戎汧隴之西，秦仲始有車馬禮樂，去戎狄之音，而有諸夏之聲，故謂之'夏聲'；及襄公佐周平王東遷，而受其地，故曰'周之舊'。"[晉]杜預注，[唐]孔穎達等正義：《春秋左傳正義》，第4357頁。
⑥ 許維遹撰，梁運華整理：《吕氏春秋集釋》，第120頁。
⑦ [漢]揚雄撰，[晉]郭璞注，[清]錢繹箋疏，李發舜等據清光緒十六年(1890)紅蝠山房本點校：《方言箋疏》，中華書局1991年版，第27頁。
⑧ 説參：[唐]房玄齡《晉書·赫連勃勃載記》、李吉甫《元和郡縣圖志·關内道五》。

陝西北部、青海東部及内蒙古部分地區。① 則西方爲"夏",西方之聲爲"夏聲"。故秦人居於周王畿之"西土",正可謂之曰"夏"。可見,季札此所謂"夏則大,大之至",與《國語·鄭語》所載太史伯所謂"秦仲、齊侯、姜、嬴之儁也,且大"意義相同,均指嬴秦之强大;所謂"其周之舊",與《鄭語》所載太史伯所謂"其將興"意義相同,②均指嬴秦因居有西周王畿故地而興盛。故此詩寫得"閎壯而精麗,氣骨特雄勁甚。第比之周雅,覺聲色太厲耳。漢魏樂府諸奇陗調,多本此。"(明孫鑛《批評詩經》卷一)。③ 據襄二十九年《左傳》意,則《秦風》大都爲平王分封襄公爲諸侯以後的作品。

就全篇内容而言,元劉玉汝《詩纘緒》卷七曰:"首章先言車而後及所駕之馬,言馬者一言而已;次章先言馬而後及所乘之車,言車者二言;末章兼言車馬矛盾,而于弓矢爲詳。秦人性强悍,尚勇敢,又值犬戎之變而事戰鬥。其平居暇日,所以修其車馬器械,以備戰伐之用者,無不整飾而精緻,故家人婦女亦皆習見而熟觀之。而襄公又能以王命命之大義,驅之其民,勇于赴鬥而甘于死敵,故其家人婦女亦深喜而樂道之。是以此詩之作,其於車馬器械之細微曲折,隨意形容,各盡其制;隨韻長短,各諧其聲;參差錯雜,各得其詞。而于君子之敵,王所愾者,又能極情思念,而皆合于義焉。"④劉氏從各章内容、章法技巧、創作緣由、文化習俗、現實環境諸方面,詳細論述本詩,可謂得其要旨。

的確,全詩三章皆用賦體,每章前六句通過秦軍出征後留居後方的婦女想象中的情景,極力狀寫御馬之良、戎車之盛、器械之精、國力之强,甚至連弓箭的花紋、厹矛之材質,也都作了細緻的描繪,反映了秦女對戰車、戰馬、鎧甲、裝備的喜愛;後四句寫妻子對遠征丈夫的思念之情,從妻子懷念征夫的角度,側面反映軍容之盛。詩中所描寫的婦人對戎車、戰馬的珍愛,對征夫的由衷讚美,突出地表現了她們對英雄的崇拜與敬慕,也表現了她們對戰爭的理解和支持,透露出秦人上下同仇敵愾、共赴國難之精神,表現出秦人以自己血肉之軀誓與西戎戰鬥到底之決心,彰顯出秦人率直張揚驕悍之地域特性與崇尚陽剛武德之文化品格。

宋朱熹《詩集傳》卷六曰:"秦人之俗,大抵尚氣概,先勇力,忘生輕死……本其初而論之,岐、豐之地,文王用之以興,《二南》之化,如彼其忠且厚也;秦人用之,未幾而一變其俗,至於如此,則已悍然有招八州而朝同列之氣矣。何哉?雍州土厚水深,其民厚重質直,無鄭、衛驕惰浮靡之習,以善導之,則易以興起而篤於仁義;以猛驅之,則其强毅果敢之資,亦足以强兵力農而成富强之業,非山東諸

---

① 說參:[元]脱脱等《宋史·仁宗本紀》、[清]查朗阿等《甘肅通志·寧夏府》。
② [三國吳]韋昭注,上海師範大學古籍整理研究所校點:《國語》,第 523 頁。
③ [明]孫鑛:《批評詩經》,第 76 頁。
④ [元]劉玉汝:《詩纘緒》,第 643 頁。

國所及也。"①此雖論《無衣》創作的歷史文化背景,實乃整個《秦風》創作的歷史文化背景。可見,秦人厚重質直之性情、强毅果敢之精神、强兵尚武之風氣,是形成《小戎》中秦女思夫而無怨之情調的重要原因。② 正因爲如此,《小戎》中所表現出的秦女思夫無怨之情調,自然與《鄭風》《衛風》中那些怨女思婦斷腸之曲大異其趣。③

綜上考論,筆者以爲《小戎》當作於周平王元年至六年(秦襄公八年至十二年,前770—前766)之間。④

二、《蒹葭》——秦人美襄公求賢尚德之作

1.《蒹葭》詩旨諸説辨證

關於《蒹葭》之詩旨,先哲時賢歷來衆説紛紜、最爲歧異;擇其要者,有以下十四説:

一爲"刺襄公"説。毛《序》:"《蒹葭》,刺襄公也。未能用周禮,將無以固其國焉。"⑤

二爲"美秦仲"説,見前引《詩譜·秦譜》孔《疏》引漢服虔《春秋左氏傳解》。

三爲"美穆公"説。宋王質《詩總聞》卷六:"秦興,其賢有二人焉:百里奚、蹇叔是也。秦穆初聞虞人百里奚之賢,自晉適楚,以五羖羊皮贖之。因百里奚而知蹇叔,曰蹇叔之賢而世莫知,使人厚幣逆之。'所謂伊人',豈此流也?"⑥

四爲"隱者之歌"説。宋朱熹《詩集傳》卷六:"言秋水方盛之時,所謂彼人者,乃在水之一方,上下求之而皆不可得。然不知其何所指也。"⑦明朱善《詩解頤》卷一申之曰:"所謂'伊人',雖不知其所指,然味其詞,有敬慕之意而無褻慢之情。則必指賢人之肥遯者,惜不知其何人耳。"⑧清姚際恒《詩經通論》卷七亦申之曰:"此自是賢人隱居水濱,而人慕而思見之詩。'在水之湄',此一句已了。重加'遡洄''遡游'兩番摹擬,所以寫其深企願見之狀,于是于'在'字上加一'宛'字,遂覺點睛欲飛,入神之筆。上曰'在水',下曰'宛在水',愚之以爲賢人隱居水濱,亦以

---

① 〔宋〕朱熹撰,夏祖堯點校:《詩集傳》,第89頁。
② 參見:郝桂敏《從〈詩經·秦風〉看秦人的尚武精神及其成因》,《瀋陽師範學院學報》1999年第4期,第41-43頁。
③ 參見:李旦初《〈國風〉的地域性流派》,《山西大學學報》1994年第3期,第22-28頁。
④ 説詳:邵炳軍《〈詩·秦風·小戎〉之作者、詩旨、作時探微》,《中國古代文學與文獻學研究》第3輯,學苑出版社2004年版,第283-298頁;邵炳軍《〈詩·秦風〉創作年代考論(上)》,《西北大學學報》2011年第6期,第50-56頁。
⑤ 〔漢〕毛亨傳,〔漢〕鄭玄箋,〔唐〕孔穎達等正義:《毛詩正義》,第791頁。
⑥ 〔宋〕王質:《詩總聞》,第114頁。按:關於百里奚入秦之年代,參見:《史記·秦本紀》《晉世家》。
⑦ 〔宋〕朱熹撰,夏祖堯點校:《詩集傳》,第86頁。
⑧ 〔明〕朱善:《詩解頤》,清康熙十九年(1680)納蘭性德刻通志堂經解本,江蘇廣陵書社2007年影印版,第256頁。

此知之也。"①

五爲"刺文公"説。明何楷《詩經世本古義》卷十九："《蒹葭》,刺秦也,未能用周禮,將無以固其國焉。……秦至襄公子文公始有岐、豐之地,則此詩當屬之文公。……則此詩乃刺文非刺襄也。"②

六爲"秦人思周"説。明郝敬《毛詩原解》卷十二："平王東遷,秦襄公據有其地,始以攻戰爲事、刑殺爲威,其民愁居懾處,思昔太和景象不復可見。東望河洛,有游從宛在之思;西視秦邦,有艱難牽率之苦。文武成康之澤維係民心,而秦人慘礉之法束縛其手足,自立國之初已然矣!"③

七爲"情人相思"説。清黃中松《詩疑辨證》卷三："細玩'所謂'二字,意中之人難向人説;而'在水一方',亦想像之詞。若有一定之方,即是人迹可到,何以上下求之而不得哉？詩人之旨甚遠,固執以求之抑又遠矣。"④陳子展《詩經直解》申之曰："《蒹葭》,詩人自道思見秋水伊人,而終不得見之詩。"⑤程俊英、蔣見元《詩經注析》申之曰："這是一首抒寫思慕、追求意中人而不得的詩。"⑥

八爲"懷人"説。清汪梧鳳《詩學女爲》卷十一："《蒹葭》,懷人之作也。秦之賢者抱道而隱,詩人知其地而莫定其所,欲從靡由,故以《蒹葭》起興而懷之,遡洄遡游,往復其間,庶幾一遇之也。自毛、鄭迄蘇、吕,無不泥《序》説秦棄周禮。黃茅白葦,朱《傳》一掃空之,特未定其所指耳。然謂'秋水方盛之時,所謂彼人者,乃在水之一方,上下求之而皆不可得',則已明以爲懷人之作矣。"⑦

九爲"朋友相念之吟"説。清方玉潤《詩經原始》卷七："此詩在《秦風》中,氣味絶不相類,以好戰樂鬥之邦,忽遇高超遠舉之作,可謂鶴立雞羣,翛然自異者矣……三章只一意,特換韻耳。其實首章已成絶唱。古人作詩多一意化爲三疊,所謂一唱三歎,佳者多有餘音。此則興盡首章,不可不知也。"⑧

十爲"以女祭祀河神"説。龔維英《〈詩・秦風・蒹葭〉内涵新探》："《蒹葭》是一首寫實的詩篇,寫的是一種古老的陋俗——以女祭河。"⑨

十一爲"朦朧詩"説。蔡厚示《一首古老的朦朧詩——説〈秦風・蒹葭〉》："注

---

① [清]姚際恒撰,顧頡剛點校:《詩經通論》,第141頁。按:"于在字上",原作"于上在字",點校者按語氣改之。
② 秦文公伐戎而地至岐、豐,在十六年(前750)。事見:《史記・秦本紀》。
③ [明]郝敬:《毛詩原解》,四庫全書存目叢書影印明萬曆四十三年至四十七年(1615—1619)郝千秋郝千石刻郝氏九經解本,齊魯書社1997年版,經部第62册,第243頁。
④ [清]黃中松撰,陳丕武、劉海珊點校:《詩疑辨證》,第145頁。
⑤ 陳子展:《詩經直解》,第387頁。
⑥ 程俊英、蔣見元:《詩經注析》,第344頁。
⑦ [清]汪梧鳳:《詩學女爲》,續修四庫全書影印清乾隆間(1711—1799)不疏園刻本,上海古籍出版社2002年版,第63册,第677頁。
⑧ [清]方玉潤撰,李先耕點校:《詩經原始》,第273頁。
⑨ 龔維英:《〈詩・秦風・蒹葭〉内涵新探》,《福建論壇》1986年第3期,第27頁。

家既各執一詞,讀者自莫衷一是。從這種意義上説,稱它爲一首古老的朦朧詩,我以爲是很恰當的。其實,詩的主題和形象都很清晰。它敘寫一方對所鍾情(毋論是愛情還是友情)的另一方的熱烈懷念。"①

十二爲"追求美好理想"説。晁毓紅《秋水伊人,永恒之追求——讀〈詩經·秦風·蒹葭〉》:"(伊人)實際上早已超越了詩歌本身的具體意象,而成爲美的化身、美的象徵。從這個意義上講,詩中抒情主人公對'伊人'的追求,便象喻着古老華夏民族自強不息對美好理想的追求。"②

十三爲"記夢"説。張保寧《〈詩經〉沒有記夢詩嗎?——從心理學層面解析〈蒹葭〉的主題》:"從心理學層面來看,《蒹葭》實際上是一首記夢詩,一首完整的記夢詩。"③

十四爲"少男少女愛情的白日夢"説。高志明《愛情的白日夢:〈蒹葭〉主題辨析》:"《蒹葭》是一首反映情竇初開的少男少女朦朧情思的戀歌,是一首沒有具體戀慕對象的戀歌。"④

謹按:上引十四説,大致可以分爲兩個大類:

一是政治抒情詩,包括毛《序》之"刺襄公"説、《春秋左氏傳解》之"美秦仲"説、《詩總聞》之"美穆公"説、《詩經世本古義》之"刺文公"説。

二是普通抒情詩,包括朱《傳》之"隱者之歌"説、《詩問略》之"秦人思周"説、⑤《詩疑辨證》之"情人相思"説、《詩學女爲》之"懷人"説、《詩經原始》之"朋友相念之吟"説、《〈詩·秦風·蒹葭〉內涵新探》之"以女祭祀河神"説、《一首古老的朦朧詩——説〈秦風·蒹葭〉》之"朦朧詩"説、《秋水伊人,永恒之追求——讀〈詩經·秦風·蒹葭〉》之"追求美好理想"説、《〈詩經〉沒有記夢詩嗎?——從心理學層面解析〈蒹葭〉的主題》之"記夢"説、《愛情的白日夢:〈蒹葭〉主題辨析》之"少男少女愛情的白日夢"説。

可見,自南宋朱熹以降,在否定《蒹葭》爲政治抒情詩的前提下,無論是就抒情主體而言,還是就抒情對象而論,對詩旨的理解呈多元化趨勢。此正可謂"出于四情之外,以生起四情;遊於四情之中,情無所室。作者用一致之思,讀者各以其情而自得"(清王夫之《薑齋詩話》卷一《詩譯》)。⑥

---

① 蔡厚示:《一首古老的朦朧詩——説〈秦風·蒹葭〉》,《藝譚》1987年第6期,第114-115頁。
② 晁毓紅:《秋水伊人,永恒之追求——讀〈詩經·秦風·蒹葭〉》,《山東教育學院學報》1995年第1期,第41頁。
③ 張保寧:《〈詩經〉沒有記夢詩嗎?——從心理學層面解析〈蒹葭〉的主題》,《人文雜志》2000年第3期,第90頁。
④ 高志明:《愛情的白日夢:〈蒹葭〉主題辨析》,《雲南電大學報》2005年第4期,第50頁。
⑤ [明]陳子龍:《詩問略》,四庫全書存目叢書影印清道光十一年(1831)六安晁氏木活字學海類編本,齊魯書社1997年版,經部第72冊,第172頁。
⑥ [清]王夫之撰,胡漸逵等點校:《薑齋詩話》,第808頁。

的確，《蒹葭》在《秦風》10篇中，是一篇風格獨特之作。其他諸篇"尚武"特色十分濃烈，此詩則"崇文"特點非常明顯。尤其是在興象選取獨特、意象經營巧妙、意境清新雋永、表意委婉曲折方面，達到了很高的水準，是《詩經》中其他詩篇所不多見的。正因爲如此，自漢以降諸家解説此詩詩旨，可謂歧説紛呈。當代的讀者對此詩十分喜愛，皆可吟而唱之；學者對此詩亦非常偏愛，進行專門研究者甚多。據筆者不完全的統計，僅以此篇爲專門研究對象的學術論文多達133篇，且論題大多集中在其藝術特色方面。

正因爲其"婉約"藝術風格，爲受衆創造了十分廣闊的想象空間，對詩旨的理解自然就會各言其説了。若我們對上述兩大類14種詩旨進行仔細分析，便會發現對詩旨解説的歧異之關鍵所在，是對"伊人"一詞的語義指向理解之異。10多年來，筆者一直在思考一個問題：《蒹葭》與《離騷》比較，兩者篇幅長短不一、創作年代不同，除此之外，皆可謂是地地道道的浪漫主義手法，皆採用了大膽的藝術想象手法。儘管《離騷》中有許多寫"香草""美人"的筆墨，但很少有人懷疑《史記·屈原列傳》關於其爲"離憂"之作的論斷；而多數人何以却要否定毛《序》謂《蒹葭》爲"刺襄公"之作呢？其主要原因恐怕是朱熹以降對毛《序》的懷疑甚至否定使然。可惜，無論懷疑毛《序》之説者，甚至否定毛《序》之説者，没有人能够拿出證據以辨毛《序》説確有訛誤，大多爲猜度之辭。故筆者以爲，毛《序》固然不是十全十美的，但畢竟作《序》之年代距離作品創作年代更近，且師承相傳、口耳相授，是目前我們研究《詩經》最古老、最珍貴的文獻。由於像當年孔子研究"夏禮"與"殷禮"時"文獻不足故"（《論語·八佾》）一樣，①我們暫時還無法確證其合理性，但若無確證而輕易否定它，並不是科學嚴謹的治學態度。此即爲筆者從毛《序》之説的學理依據。因此，我們認爲《蒹葭》與《離騷》一樣，都是政治抒情詩。

《蒹葭》與《離騷》同爲政治抒情詩，兩者之藝術構思與表現手法也有極其相似之處。

《蒹葭》"蒹葭蒼蒼，白露爲霜""蒹葭萋萋，白露未晞""蒹葭采采，白露未已"，這種朦朧的畫面、清涼的景色，使"我"與"伊人"之間形成了有形阻隔；"在水一方""在水之湄""在水之涘"，這種天然屏障使"我"與"伊人"之間產生了地域空間距離；"我"所思念的"伊人"，由於空間距離的阻隔，"宛在水中央""宛在水中坻""宛在水中沚"，②其形象儘管是存在的，但更是模糊朦朧的，與"我"刻意保持着無形的心理距離。③ 這種對有形距離與無形距離的突出與強化，使距離產生

---

① ［魏］何晏等注，［宋］邢昺疏：《論語注疏》，第5357頁。
② ［漢］毛亨傳，［漢］鄭玄箋，［唐］孔穎達等正義：《毛詩正義》，第791－792頁。
③ 參見：郭紅雅《〈蒹葭〉中的阻隔之美》，《開封教育學院學報》2013年第2期，第21－22頁。

美——詩歌的形象美更加濃厚、情感美更加深刻。①

與"阻隔"模式相反的是，詩人將時間——深秋清晨，與空間——秋水兩相結合，達到了情景交融、物我和諧的藝術效果。這種審美方式，來源於"時空合一"思維模式。詩人選取"蒹葭""白露""伊人""水"這些物象，充分利用這些客觀物象的物理特性，將自己的主觀理念巧妙地融入其中，將現實生活中真實的人生與理想世界的悲劇性追求完美結合，爲我們特意經營出一組象徵意義相互關聯的意象群。②《蒹葭》所表現出的詩人對真、善、美的執著追求，具有強烈的生命主體意識。這種"追尋"模式，富有深厚的文化内涵，具有豐富的文化原型意義。③

可見，《蒹葭》之所以具有豐富意藴與藝術魅力，從某種程度而言，來自詩人獨特的阻隔藝術應用與巧妙的朦朧意象經營。而《離騷》"天上"與"人間"結合的藝術構思，就是一種"阻隔"模式；將"今昔"與"天地"融合，即爲"時空合一"思維模式；其"香草""美人"意象群，與《蒹葭》中的"蒹葭""白露""伊人""水"意象群，在意象經營方面極其相似；屈原對美政理想的追求，與《蒹葭》詩人對真、善、美的追求，皆表現出強烈的生命主體意識。足見《蒹葭》在藝術構思與表現手法方面，與《秦風》其他詩篇不同，並不能證明其非政治抒情詩。

另外，我們還可以看看與《蒹葭》藝術手法類似的《小雅·白駒》。此詩爲大夫刺宣王不能留賢而任之作，其首章曰："皎皎白駒，食我場苗。縶之維之，以永今朝。所謂伊人，於焉逍遥。"次章曰："皎皎白駒，食我場藿。縶之維之，以永今夕。所謂伊人，於焉嘉客。"④足見此二"伊人"，皆指稱"賢者"。可見，《蒹葭》與《白駒》一樣，同爲政治抒情詩。

2.《蒹葭》創作年代諸説辨證

關於《蒹葭》之創作年代，先哲時賢主要有六説：

一爲"襄公八年（前770）以後"説，見前引毛《序》。

二爲"秦仲十七年至二十三年（前827—前822）"説，見前引《詩譜·秦譜》孔《疏》引漢服虔《春秋左氏傳解》。

三爲"穆公五年（前655）"説，見前引宋王質《詩總聞》卷六。

---

① 參見：李濤《距離産生美——〈詩經·秦風·蒹葭〉的審美生成》，《河北旅遊職業學院學報》2010年第2期，第90-92頁。
② 參見：張家波《〈詩經·國風·秦風·蒹葭〉的"蒹葭"意象新論》，《銅仁學院學報》2013年第2期，第30-33頁。
③ 參見：吴偉明《〈詩經·蒹葭〉中"追尋"模式的文化内涵探析》，《内蒙古農業大學學報》2011年第4期，第371-373頁。
④ 毛《序》："《白駒》，大夫刺宣王也。"毛《傳》："宣王之末，不能用賢，賢者有乘白駒而去者。縶，絆；維，繫也。"鄭《箋》："伊，當作'繄'。繄，猶是也。所謂是乘白駒之賢人，今於何遊息乎？思之甚也。"〔漢〕毛亨傳，〔漢〕鄭玄箋，〔唐〕孔穎達等正義：《毛詩正義》，第928-929頁。

四爲"闕疑"説。宋朱熹《詩序辨説》卷上:"此詩未詳所謂。然《序》説之鑿,則必不然矣。"①《詩集傳》卷六同,明陳子龍《詩問略》、清黄中松《詩疑辨證》卷三、汪梧鳳《詩學女爲》卷十一、方玉潤《詩經原始》卷七及龔維英《〈詩‧秦風‧蒹葭〉内涵新探》、蔡厚示《一首古老的朦朧詩——説〈秦風‧蒹葭〉》、晁毓紅《秋水伊人,永恒之追求——讀〈詩經‧秦風‧蒹葭〉》、張保寧《〈詩經〉没有記夢詩嗎?——從心理學層面解析〈蒹葭〉的主題》、高志明《愛情的白日夢:〈蒹葭〉主題辨析》皆同。

五爲"文公元年至十六年(前 765—前 750)"説,見前引明何楷《詩經世本古義》卷十九。

六爲"襄公八年至穆公三十七年(前 770—前 723)"説,見前引程俊英、蔣見元《詩經注析》。

謹按:朱《傳》之"隱者之歌"説、《詩問略》之"秦人思周"説、②《詩疑辨證》之"情人相思"説、《詩學女爲》之"懷人"説、《詩經原始》之"朋友相念之吟"説、《〈詩‧秦風‧蒹葭〉内涵新探》之"祭祀"説、《一首古老的朦朧詩——説〈秦風‧蒹葭〉》之"朦朧詩"説、《秋水伊人,永恒之追求——讀〈詩經‧秦風‧蒹葭〉》之"追求美好理想"説、《〈詩經〉没有記夢詩嗎?——從心理學層面解析〈蒹葭〉的主題》之"記夢詩"説、《愛情的白日夢:〈蒹葭〉主題辨析》之"少男少女愛情的白日夢"説,詩旨解説雖異,然皆不著作世。筆者此從毛《序》"襄公八年以後"説。

3.《蒹葭》作於"襄公八年以後"説補證

首章曰:"蒹葭蒼蒼,白露爲霜。所謂伊人,在水一方。遡洄從之,道阻且長。遡游從之,宛在水中央。"毛《傳》:"興也。蒹,薕;葭,蘆也。蒼蒼,盛也。白露凝戾爲霜,然後歲事成;國家待禮,然後興。伊,維也。一方,難至矣。"鄭《箋》:"興者,喻衆民之不從襄公政令者,得周禮以教之,則服。伊,當作'繄',繄猶是也。所謂是知周禮之賢人,乃在大水之一邊。假喻以言遠。"

次章曰:"蒹葭萋萋,白露未晞。所謂伊人,在水之湄。遡洄從之,道阻且躋。遡游從之,宛在水中坻。"毛《傳》:"萋萋,猶蒼蒼也。晞,乾也。"鄭《箋》:"未晞,未爲霜。"

卒章曰:"蒹葭采采,白露未已。所謂伊人,在水之涘。遡洄從之,道阻且右。遡游從之,宛在水中沚。"毛《傳》:"采采,猶萋萋也。未已,猶未止也。涘,厓也。

---

① [宋]朱熹撰,朱傑人等點校:《詩序辨説》,第 378 頁。
② [明]陳子龍:《詩問略》,第 172 頁。

右,出其右也。小渚曰沚。"鄭《箋》:"右者,言其迂迴也。"①

謹按:《爾雅·釋草》:"蒹,薕。葭,蘆。"②《史記·司馬相如列傳》載其《子虛賦》:"其卑溼則生藏、莨、蒹、葭……衆物居之,不可勝圖。"③《漢書·司馬相如傳》同。吴陸璣《毛詩草木鳥獸蟲魚疏》卷上:"蒹,水草也,堅實,牛食之,令牛肥强。青、徐州人謂之蒹,兗州、遼東通語也。葭,一名蘆菼,一名薍薍,或謂之荻,至秋堅成,則謂之萑。其初生三月中,其心挺出,其下本大如箸,上鋭而細。揚州人謂之'馬尾'。以今語驗之,則蘆、薍别草也。"④宋朱熹《詩集傳》卷六:"賦也。蒹,似萑而細,高數尺,又謂之薕。葭,蘆也。……伊人,猶言彼人也。"⑤明毛晉《毛詩草木鳥獸蟲魚疏廣要》卷上之上:"蒹、葭二物相類,而異種者也。蒹小而中實,凡曰萑、曰蘧、曰菼、曰雚、曰薍、曰薕、曰荻、曰烏蓲,一物九名,皆蒹也。葭,大而中空,凡曰葦、曰蘆、曰華、曰芍、曰馬尾,一物六名,皆葭也。蓋因其萌也同時,其秀也同時,其堅成也亦同時,又同産河洲、江渚間,故詩人往往並詠。"⑥則"蒹"一名"薕",又稱"萑""蘧""菼""雚""薍""薕""荻""烏蓲",俗稱"蒹蒿";"葭",一名"蘆",又稱"葦""華""芍""馬尾",俗稱"烏蕪"。"蒹""葭"二者,皆爲禾本科蘆葦屬多年水生或溼生的高大禾草植物,生長於灌溉溝渠旁、河堤沼澤等卑溼之地,蘆葉、蘆花、蘆莖、蘆根、蘆筍皆可入藥。

除本詩之外,《詩經》中言及蒹葭者還有兩處。比如,《召南·騶虞》爲召南人美行春蒐之禮時虞人的仁德和英武之作,其首章曰:"彼茁者葭,壹發五豝,于嗟乎騶虞。"詩人以蘆始出景象,點明春天狩獵之時間。又如,《衛風·碩人》爲衛大夫美莊姜之作,其卒章曰:"河水洋洋,北流活活,施罛濊濊,鱣鮪發發。葭菼揭揭,庶姜孽孽,庶士有朅。"⑦詩人以賦筆手法,鋪排描寫出一系列景象:洋洋盛大之黄河自西向北流入大海,魚罟施於河水之中,衆多的鱣鮪在河水中嬉游,修長的葭菼生長在洲渚之上——由此引出莊姜出嫁西渡黄河時一批陪嫁的姜姓女子

---

① [漢]毛亨傳,[漢]鄭玄箋,[唐]孔穎達等正義:《毛詩正義》,第791—792頁。
② 郭《注》:"(蒹)似萑而細,高數尺,江東呼爲蒹蘧。……(葭)葦也。"[晉]郭璞注,[宋]邢昺疏:《爾雅注疏》,第5720頁。
③ 裴駰《集解》引《漢書音義》曰:"藏,似薍而葉大。莨,莨尾草也。蒹,薕也。葭,蘆也。"[漢]司馬遷撰,[南朝宋]裴駰集解,[唐]司馬貞索隱,[唐]張守節正義,郭逸、郭曼標點:《史記》,第2274—2275頁。
④ [吴]陸璣:《毛詩草木鳥獸蟲魚疏》,叢書集成初編影印清光緒十五年(1888)鍾謙鈞輯古經解彙函本,中華書局1985年版,第1346册,第7—8頁。
⑤ [宋]朱熹撰,夏祖堯點校:《詩集傳》,第86頁。
⑥ [明]毛晉:《毛詩草木鳥獸蟲魚疏廣要》,叢書集成初編影印明毛晉刻津逮秘書本,中華書局1985年版,第1346册,第15頁。
⑦ 《騶虞》毛《傳》:"茁,出也。葭,蘆也。豕牝曰豝。虞人翼五豝,以待公之發。騶虞,義獸也。"《碩人》毛《傳》:"葭,蘆;菼,薍也。揭揭,長也。"[漢]毛亨傳,[漢]鄭玄箋,[唐]孔穎達等正義:《毛詩正義》,第618、680頁。說詳:邵炳軍《〈詩·衛風〉創作年代考論(上)》,《上海交通大學學報》2011年第2期,第74—81頁;邵炳軍《春秋文學繫年輯證》,第181頁。

與隨從莊姜至衛的齊臣。

　　與《騶虞》《碩人》採用賦體不同，《蒹葭》則採用興體。仲秋之季，當詩人站在水邊時，"伊人"却"在水一方"，不免感物而思，自然就近取身邊眼前之客體以爲興象，如"蒹葭""白露"之類。"蒹葭""白露"不僅點明仲秋時節，更爲寄託秋思之載體。詩人正是以"蒹葭蒼蒼，白露爲霜"起興，來渲染氣氛、襯托幽思之情；取物譬興，瀟灑脱俗。詩人何所興又何所思？"蒹葭蒼蒼"，以水草之方盛，比秦人之正强；"白露爲霜"，以水凝爲霜露，比行禮儀以變戎俗。① 蒹葭春發秋實，因白露凝戾爲霜而後堅；秦雖强盛勁健，必行禮儀而後固。② 此乃詩人興意之關鍵所在。《顔氏家訓·兄弟》："娣姒者，多爭之地也，使骨肉居之，亦不若各歸四海，感霜露而相思，佇日月之相望也。"③此化用《詩》，正取"感物而思"之意。則毛《傳》曰"興"者是，而朱《傳》謂"賦"者非。

　　又按：上文我們已經談到，《蒹葭》與《小雅·白駒》《離騷》一樣皆爲政治抒情詩。既然同爲政治抒情詩，《白駒》中"伊人"指"賢者"，《離騷》中"伊人"指"美政理想"，那麽，《蒹葭》中"伊人"所指爲何呢？筆者以爲，在上引諸説之中，乃以《詩解頤》"美襄公求賢尚德之作"説爲長，兹補證於後。

　　（1）詩人以"蒹葭""霜露"和"秋水"三元素構成一幅清秋蕭瑟晨圖

　　首章以"蒹葭蒼蒼，白露爲霜"起興，在一個深秋的早晨，作者看見水濱蘆葦上的露水凝結爲霜，更顯出斑白蒼涼之狀。次章以"蒹葭萋萋，白露未晞"起興，作者看見旭日初昇照在蘆葦上後霜露漸漸融化霑濕之態，表現自己追求"伊人"從清早到日出。卒章以"蒹葭采采，白露未已"起興，作者看見陽光普照，白露尚未退盡，蘆葦之上已不被霜露所掩蓋，顯出衆多的形態。秋天往往給人以凄涼蕭瑟之感，再加上又在銀霜滿地的早晨，就更多了一層涼意。用這種蕭瑟凄涼的環境來烘托、渲染詩人那失戀惆悵的心情，使詩歌形成了一種蒼涼悽愴的意境。④ 故清沈德潛《説詩晬語》卷上評之曰："蒼涼瀰渺，欲即轉離，名人畫本，不能到也。"⑤

　　（2）詩人在勾畫清秋蕭瑟晨圖時更顯時空變化之美

　　首章以"蒹葭蒼蒼，白露爲霜"，狀寫深秋清晨之景；次章以"蒹葭萋萋，白露未晞"，狀寫旭日初昇之景；卒章以"蒹葭采采，白露未已"，狀寫陽光普照之景。可見，在詩之三章之中，詩人完全通過景色中"蒹葭""白露"之變，來暗示物以時變而情以物遷。又，從空間的角度看，首章謂"宛在水中央"，次章謂"宛在水中

---

① 説參：[宋]李樗、黄櫄《毛詩集解》，第347－348頁。
② 説參：[宋]嚴粲《詩緝》，第236頁。
③ [北齊]顔之推撰，王利器集解：《顔氏家訓集解》（增補本），第28頁。
④ 參見：王開元《"十五國風"的美學價值》，《新疆大學學報》1992年第4期，第101－105、100頁。
⑤ [清]沈德潛撰，霍松林據清詩話本校注：《説詩晬語》，人民文學出版社1979年版，第193頁。

坻",卒章謂"宛在水中沚",則主人公追尋"伊人"的情思興發於岸邊蕭瑟的近景,圍繞着河流洄游尋求之後,最終祗能悵然眺望着縹緲迷離的水中央遠景。可見,在詩之三章之中,詩人通過視角之變,由近及遠,暗示着物以地變、情以地遷。其追慕"伊人"之情思在時空之變中,迂曲迴旋,流轉彌漫,情景相興、圓融渾化,構成一個淒清迷離而又極富象徵意味的藝術境界;時空之變,使其追慕"伊人"之情思益顯迫切,隔水"伊人"近在咫尺却渺茫難及,依稀之中仿佛隱現在霧氣朦朧的秋水中央,此更顯以景寫情、以物寫人的藝術效果。①

(3) 詩人將清秋蕭瑟之象與空虛惆悵之情巧妙結合

詩人所表現的是一種渴望、企盼、追求、失落、感傷、迷惘、痛苦等漸次推進式的情感波瀾。在這裏,主體經比興手法處理的主觀情感已完全客體化,讀者可以從露濃霜重、葦叢蒼茫和淒情迷離的圖畫中把握詩歌的情感基調,具體、感性地體驗詩作者的情感世界。由於心靈世界的客觀變化,"秋水伊人"便具有了更爲寬泛的情感意蘊空間,它爲讀者提供了多維的情感導向,人類現實生活中一切可望而不可及的矛盾衝突的心態運動似乎都能從中得到藝術的反映。詩人以虛擬之辭,狀寫神遇之景,最大限度地調動讀者的記憶、想象和聯想,使讀者能夠虛設出一個與有關情意緊密關聯的嶄新藝術景象。② 故明鍾惺《評點詩經》卷一曰:"異人異境,使人欲仙!"③

(4) 詩人以象徵主義手法創造的優美意境並非無具體所指

詩人所"思"之"伊人",撲朔迷離,可望而不可及;意境綿邈,神韻縹緲,可感而不可捉摸。因此,我們可以説,《蒹葭》是一篇具有暗示性、多義性、神秘性和朦朧美的象徵主義傑作,是後世朦朧詩、象徵詩的鼻祖。④ 此詩所創造的優美意境,純係詩人想象中的虛擬境界,這自然會給讀者留下無限聯想的空間;它是詩人對於理想境界執着追求的一種曲折反映,其意蘊的涵蓋力遠遠超越原詩本身,具有一種跨越時空疆界的情感震撼力。從這個角度講,上述兩大類 14 種詩旨之説都未嘗不可;但我們不能脱離詩歌創作的社會背景和《秦風》總的創作基調來解讀此詩。據筆者考證,《秦風》10 篇都爲平王封襄公爲諸侯以後的作品,大致歷襄、文、寧、出子、武、德、宣、穆、康等 9 公。在此 9 公之中,襄公具有立國開創之功。因此,在現存《秦風》10 篇中,又以襄公之世作品爲多。故筆者以爲以事理詩意考之,"伊人"語義指向爲"襄公";詩人誠勉襄公,實則冀望襄公。

---

① 參見:王力堅《〈詩經〉賦比興原論》,《社會科學戰綫》1998 年第 1 期,第 148－155 頁。
② 參見:牛曉露《〈詩經〉"風"詩抒情方式論》,《雲南師範大學學報》1992 年第 5 期,第 54－60 頁。
③ [明] 鍾惺:《評點詩經》,明昌泰元年(1620)吳興凌杜若刊朱墨黛三色套印本,中華書局 2017 年影印版,第 113 頁。
④ 參見:李旦初《〈國風〉的地域性流派》,《山西大學學報》1994 年第 3 期,第 22－28 頁。

況且,今本《詩經》將《蒹葭》次於美襄公之《小戎》之後、《終南》之前,必有所本。故筆者認爲,《蒹葭》與《小戎》《終南》一樣,當作於周平王元年至六年(秦襄公八年至十二年,前770—前766)之間。①

---

①　説詳:邵炳軍《〈詩·秦風〉五篇詩旨與作時補證》,《中古詩學暨曹道衡先生學術思想研討會專輯》,安徽人民出版社2007年版,第25-36頁;邵炳軍《〈詩·秦風〉創作年代考論(上)——春秋詩歌創作年代考論之十一》,《西北大學學報》2011年第6期,第50-56頁。

第六章
鄭武公滅檜與《檜風》四篇的創作

　　檜國與周平王初年始分封立國的秦國不同，它是一個夏代就已經存在的古老方國，具有悠久的歷史積澱與文化傳統。① 鄭國是周王室分封的最後一個同姓諸侯國；鄭武公滅檜，自始封地鄭東遷至號檜之地新鄭；②東遷之後，拉開了在中原立國創業的歷史序幕。檜國被滅，表明祝融八姓支族後裔之國，在其發祥地中原一帶徹底消亡了。在"二王並立"時期，與武公滅檜政治事變題材相關的詩作，有《檜風·羔裘》《素冠》《隰有萇楚》《匪風》4篇；其詩歌創作的藝術基調都爲"亡國之音"，與《秦風》"盛世之聲"形成鮮明對照。

第一節　鄭武公滅檜年代補證

　　《檜風》4篇的創作背景，皆與檜國滅國直接相關。故考訂檜國滅國的具體年代，是考訂《檜風》詩篇創作年代的重要前提。

---

① 檜，僖三十三年、襄二十九年《左傳》《國語·鄭語》《水經·洧水注》引《竹書紀年》、桓十年《公羊傳》《大戴禮記·帝系》《史記·吳太伯世家》《鄭世家》《詩譜·檜譜》皆作"鄶"，《詩經》作"檜"，《漢書·地理志下》《地理志上》顏[注]引[晉]傅瓚《漢書集注》皆作"會"，《路史·國名紀四》作"儈"，西周晚期器會妘鼎、會妃鬲皆作"會"，東周時期陶器作"䢼"。則"會"爲古字，"鄶"爲今字，"檜""儈""䢼"皆爲"鄶"之借字。關於檜人早期文化的地域性特質與《詩·檜風》之地域風格，可參：劉挺頌《〈王風〉〈檜風〉〈鄭風〉與河洛文化考論》，上海大學博士學位論文 2013 年。

② "鄭"，即"棫林""咸林"，又稱"西鄭"，後遷至"拾"，皆在陝西省渭南市華縣東北。"新鄭"，即"鄭父之丘"，又稱"南鄭"，即今河南省新鄭市。參見：《戰國策·秦策一》《詩譜·鄭譜》《水經·渭水註》《春秋地名考略·秦》《春秋地理考實·襄公》《陝西通志·建制二》。

一、檜國滅亡年代諸説辨證

關於檜國滅亡之年代,先哲有七説:

一爲"幽王三年(前779)"説。《水經·洧水注》引《竹書紀年》:"晉文侯二年,周宣(厲)王子多父伐鄶,克之,乃居鄭父之丘,名之曰鄭,是曰桓公。"①王雷生《鄭桓公生平事蹟考實》從之。②

二爲泛言"宣王二十二年至幽王十一年(前806—前771)"説。《韓非子·内儲説下》:"鄭桓公將欲襲鄶……桓公襲鄶,遂取之。"③《説苑·權謀》篇同。宋朱熹《詩集傳》卷七申之曰:"周衰,爲鄭桓公所滅而遷國焉。"④

三爲"闕疑"説。桓十一年《公羊傳》:"古者,鄭國處于留。先,鄭伯有善于鄶公者,通乎夫人,以取其國而遷鄭焉。"⑤

四爲"平王元年(前770)以後"説。《漢書·地理志下》:"後三年,幽王敗,桓公死,其子武公與平王東遷,卒定虢、會之地,右雒左泲,食溱、洧焉。"⑥

五爲泛言"平王元年至二十七年(前770—前744)"説。《國語·周語中》韋《注》引唐尚書曰:"亦鄭武公滅之,不由女亡也。"⑦《漢書·地理志上》顏《注》引漢應劭《漢書集解音義》:"宣王母弟友所封也。其子與平王東遷,更稱新鄭。"⑧

六爲"平王二年(前769)"説。《水經·渭水注》引晉薛瓚(傅瓚)《漢書集注》:"周自穆王已下,都于西鄭,不得以封桓公也。幽王既敗,虢、會又滅,遷居其地,國于鄭父之邱,是爲鄭桓公。"⑨《漢書·地理志上》顏《注》引晉臣瓚(傅瓚)《漢書集注》:"周自穆王以下都于西鄭,不得以封桓公也。初,桓公爲周司徒,王室將亂,故謀於史伯而寄帑與賄於虢、會之間。幽王既敗,二年而滅會,四年而滅虢,居於鄭父之丘,是以爲鄭桓公。"⑩許廷桂《〈詩經〉結集平王初年考》認

---

① [北魏]酈道元撰,楊守敬、熊會貞注疏,段熙仲點校,陳橋驛復校:《水經注疏》,第1842-1843頁。按:據《史記·鄭世家》,"宣"爲"厲"之訛。
② 王雷生:《鄭桓公生平事蹟考實》,《人文雜志》1995年增刊第2期,第213-217頁。
③ [周]韓非撰,[清]王先慎集解,鍾哲據四部叢刊初編影宋乾道間(1165—1173)刻本點校:《韓非子集解》,新編諸子集成本,中華書局1998年版,第259頁。按:鄭桓公,名友,鄭之始封君,宣王二十二年至幽王十一年(前806—前771)在位。
④ [宋]朱熹撰,夏祖堯點校:《詩集傳》,第96頁。
⑤ 何《注》:"遷鄭都于鄶也。"[漢]何休注,[唐]徐彥疏:《春秋公羊傳注疏》,第4819頁。
⑥ [漢]班固撰,[唐]顏師古注,傅東華等點校:《漢書》,第1652頁。
⑦ [三國吳]韋昭注,上海師範大學古籍整理研究所點校:《國語》,第49頁。按:唐尚書,名字、著述皆未詳。其生活年代,當在賈逵(30—101)之後,韋昭(204—273)之前。
⑧⑩ [漢]班固撰,[唐]顏師古注,傅東華等點校:《漢書》,第1544頁。
⑨ [北魏]酈道元撰,楊守敬、熊會貞注疏,段熙仲點校,陳橋驛復校:《水經注疏》,第1651頁。按:《水經註》之"薛瓚",即《史記集解序》《漢書敘例》之"臣瓚",亦即《史記集解序》司馬貞《索隱》之"傅瓚",西晉(265—316)初年人,職典祕書,著有《漢書集註》等,今亡佚。參見:《太平御覽》卷249引《後秦記》、[明]陳士元《名疑》卷3、[清]徐文靖《管城碩記》卷29。

爲："檜在平王二年即爲鄭武公和王子多父滅掉。"①程俊英、蔣見元《詩經注析》則認爲："檜國在東周初年（公元前769）爲鄭桓公所滅。"②馬世之《虢國史蹟初探》從之。③

七爲泛言"幽王末年"説。清魏源《詩古微·檜鄭答問》："滅虢者，東周初鄭武公也。若檜，則實西周末鄭桓公所滅。"④孫作雲《從讀史的方面談談〈詩經〉中的時代和地域性》從之。⑤

謹按："周宣"，《水經注》永樂大典本、朱謀㙔本皆作"同惠"，戴震校本改"同"爲"周"，楊守敬《水經注疏》卷二十二據清雷學淇《竹書紀年考訂》改作"周宣"，⑥方詩銘、王修齡《古本竹書紀年輯證》從之；清朱右曾《汲冢紀年存真》改作"周厲"，王國維《古本竹書紀年輯校》從之。《史記·鄭世家》謂"鄭桓公友者，周厲王少子而宣王庶弟也"，⑦則"同惠""周惠""周宣"，皆爲"周厲"之訛。故朱氏《汲冢紀年存真》説是。

又，《漢書集注》文，《漢書·地理志上》顏《注》所引爲詳，當係傅瓚原文，則《水經·渭水注》爲約舉之辭。晉傅瓚親校《竹書》，其言又與《洧水注》所引《竹書紀年》略同，蓋其説亦本《竹書紀年》。既然《漢書集注》謂"幽王既敗，二年而滅鄶"，則滅檜在平王二年，亦即晉文侯十二年，則《洧水注》所引或本爲"十二年"，脱一"十"字。故《古本竹書紀年輯證·晉紀》改列於十二年。筆者以爲傅瓚説近是。

又，《水經·洧水注》引《竹書紀年》《韓非子·内儲説下》《説苑·權謀》《水經·渭水注》引《漢書集注》《漢書·地理志上》顏《注》引《漢書集注》皆謂滅檜者爲"鄭桓公"，朱氏《詩集傳》、魏氏《詩古微》及孫氏《從讀史的方面談談〈詩經〉中的時代和地域性》皆因之；⑧《漢書·地理志下》《國語·周語中》韋《注》引唐尚書語皆謂乃"鄭武公"。

又，許氏《〈詩經〉結集平王初年考》以檜爲"鄭武公和王子多父"所滅，顯然是將《水經·洧水注》引《竹書紀年》"周厲王子多父"，即鄭桓公，誤作周王室另一"王子"了。程氏《詩經注析》以《韓非子》《説苑》《史記》爲據，説檜國爲鄭桓公所滅亦誤。然二者關於滅檜之年代，皆從《漢書集注》説。

---

① 許廷桂：《〈詩經〉結集平王初年考》，《西南師範學院學報》1979年第4期，第91—96頁。
② 程俊英、蔣見元：《詩經注析》，第385—392頁。
③ 馬世之：《虢國史蹟初探》，《中州學刊》1994年第6期，第103—107頁。
④ [清]魏源撰，何慎怡等點校：《詩古微》，第494頁。
⑤⑧ 孫作雲：《從讀史的方面談談〈詩經〉中的時代和地域性》，《歷史教學》1957年第3期，第38—44頁。
⑥ [北魏]酈道元撰，楊守敬、熊會貞注疏，段熙仲點校，陳橋驛復校：《水經注疏》，第1842頁。按：雷學淇《竹書紀年考訂》，一名《考訂竹書紀年》。
⑦ 裴駰《集解》引《世本》："會人者，鄭是也。"[漢]司馬遷撰，[南朝宋]裴駰集解，[唐]司馬貞索隱，[唐]張守節正義，郭逸、郭曼標點：《史記》，第1389頁。

又，徐揚傑《關於曾國問題的一點看法》認爲：見於襄元年《左傳》所謂"晉師自鄭以鄫之師侵楚焦、夷及陳"之"鄫國不是曾國，而是鄶國"，因爲其"有自己的軍隊，無疑是一個獨立或半獨立的國家"。① 據徐氏說，則簡王十四年（前572）時鄶國依然爲晉之附庸國，但此說是難以成立的。因爲在春秋時期一個國家被滅爲邑之後，佔領國常常要派遣卿大夫去治理，並在被佔領國重新建立自己的軍隊，或守衛疆土，或侵伐別國。

比如，周襄王十八年（前635），"秦、晉伐鄀，楚鬭克、屈禦寇以申、息之師戍商密"（僖二十五年《左傳》）；簡王元年（前585），"晉師遂侵蔡，楚公子申、公子成以申、息之師救蔡"（成六年《左傳》）；靈王二十五年（前547），"晉遂侵蔡襲沈，獲其君，敗申、息之師於桑隧，獲申麗而還"（襄二十六年《左傳》）。② 此所謂"申、息之師"，即楚滅南申與息國後所建立的地方武裝。③

再如，周景王二十五年（前520），"晉籍談、荀躒帥九州之戎及焦、瑕、溫、原之師，以納王于王城"（昭二十二年《左傳》）；敬王二十九年（前491），"蠻子赤奔晉陰地……士蔑乃致九州之戎，將裂田以與蠻子而城之"（哀四年《左傳》）。④ 此所謂"九州之戎"與"焦、瑕、溫、原之師"，即晉滅陸渾之戎及溫、原諸國後所建立的地方武裝。⑤

可見，楚所滅申、息諸國，與晉所滅陸渾、焦、瑕、溫、原諸國，的確原本皆應該"有自己的軍隊"，但它們被楚、晉所滅之後，無疑不再是"一個獨立或半獨立的國家"。況且，據襄元年《春秋》杜《注》，"鄫"爲鄭地，在今河南省商丘市睢縣東南40里，位於鄶都邑鄶城以東約250里；而鄶人爲晉所滅後在此地重新立國，既無文獻記載，又無考古發現。

又，《逸周書·史記解》："昔有鄶君嗇儉，滅爵損禄，羣臣卑讓，上下不臨。後□小弱，禁罰不行，重氏伐之，鄶君以亡。"⑥《潛夫論·志氏姓》："其（指"會"）君驕貪嗇儉，滅爵損禄，群臣卑讓，上下不臨。……會仲不悟，重氏伐之，上下不能

---

① 徐揚傑：《關於曾國問題的一點看法》，《江漢論壇》1979年第3期，第77頁。
② 僖二十五年《左傳》杜《注》："鄀，本在商密，秦、楚界上小國，其後遷於南郡鄀縣。鬭克，申公子儀。屈禦寇，息公子邊。商密，鄀別邑，今南鄉丹水縣。"成六年《左傳》杜《注》："申、息，楚二縣。"［晉］杜預注，［唐］孔穎達等正義：《春秋左傳正義》，第3952、4131、4324頁。
③ 詳見：邵炳軍《兩周之際諸申地望及其稱謂辨析》，《社會科學戰綫》2002年第3期，第138－143頁。
④ 昭二十二年《左傳》杜《注》："九州戎，陸渾戎，十七年滅，屬晉。……焦、瑕、溫、原，晉四邑。"哀四年《左傳》杜注："陰地，河南山北，自上雒以東至陸渾。……九州戎，在晉陰地陸渾者。"［晉］杜預注，［唐］孔穎達等正義：《春秋左傳正義》，第4562、4687－4688頁。
⑤ 詳見：邵炳軍《晉獻公滅國奪邑繫年輯證》，《甘肅高師學報》2006年第4期，第26－33頁；邵炳軍《晉文公滅國奪邑繫年輯證》，《山西大學學報》2002年第5期，第77－83頁。
⑥ ［晉］孔晁注，黃懷信、張懋鎔、田旭東集注，黃懷信修訂：《逸周書彙校集注》（修訂本），第957－958頁。

相使，禁罰不行，遂以見亡。"①今本《竹書紀年》："（帝嚳高辛氏）十六年，帝使重帥師滅有鄶。"②對於《逸周書·史記解》《潛夫論·志氏姓》、今本《竹書紀年》所記重氏伐滅鄶國之事，後人多疑之。如明何楷《詩經世本古義》卷十八曰："然《史記解》乃周穆王所作，以命左史戎夫者，其非詩之鄶國明甚。及考《竹書》，載帝嚳十六年，'使重帥師滅有鄶。'則《史記》所述鄶亡，政帝嚳時事；而王符乃取以解此詩，何其罔也！"③《潛夫論·志氏姓》汪《箋》亦非之。王國維《今本竹書紀年疏證》認爲："重氏，蓋國名，作僞者删'氏'字，以爲重黎之'重'，遂繫之帝嚳時。"④《潛夫論·志氏姓》篇彭鐸《校正》："又鄶國爲鄭武公所滅，見鄭康成《詩譜》，自與重氏滅鄶無涉。"⑤筆者以爲，儘管《逸周書》《潛夫論》、今本《竹書紀年》所載重氏滅鄶史實，其具體年代尚不可確考，自當爲穆王時期或之前。則西周中期重氏所滅之鄶，與春秋初期武公所滅之鄶，或即二國，或被滅後又曾復國，不可妄論；但這與我們所討論的鄭武公滅鄶年代無涉。

故我們認爲，伐鄶者爲"桓公"，滅鄶者爲"武公"，則"桓"當爲"武"傳寫之訛。

二、鄶國之族屬暨譜系

《國語·周語中》載周大夫富辰諫襄王曰：

> 昔摯之亡也由仲任，密須由伯姞，鄶由叔妘，聃由鄭姬，息由陳媯，鄧由楚曼，羅由季姬，盧由荆媯，是皆外利離親者也。⑥

《國語·鄭語》載周太史伯（伯陽父）對鄭桓公問曰：

> 夫黎爲高辛氏火正，以淳燿敦大，天明地德，光照四海，故命之曰"祝融"，其功大矣。……祝融亦能昭顯天地之光明，以生柔嘉材者也，其後八姓於周未有侯伯。佐制物於前代者，昆吾爲夏伯矣，大彭、豕韋爲商伯矣，當周

---

① ［漢］王符撰，［清］汪繼培箋，彭鐸校正：《潛夫論箋校正》，第414頁。
②④ 王國維：《今本竹書紀年疏證》，第3頁。
③ ［明］何楷撰，李士彪、張丹丹校點：《詩經世本古義》，第1020頁。
⑤ ［漢］王符撰，［清］汪繼培箋，彭鐸校正：《潛夫論箋校正》，第415頁。
⑥ 韋《注》："摯，妘姓之國，取仲任氏之女爲摯夫人。……伯姞，密須之女也。……鄶，妘姓之國。叔妘，同姓之女爲鄶夫人。……聃，姬姓，文王之子聃季之國。鄭姬，鄭女，爲聃夫人。同姓相娶，猶魯昭公娶於吳，亦其孽姓，所以亡也。息，姬姓之國。陳媯，陳女，爲息侯夫人。蔡哀侯亦娶於陳，息媯將歸，過蔡，蔡哀侯止而見之，弗賓。媯以告息侯，導楚伐蔡。蔡侯怨，因稱息媯之美於楚子，楚子遂滅息，以息媯歸。鄧，曼姓。楚曼，鄧女，爲楚武王夫人，生文王。文王過鄧而利其國，遂滅鄧而兼之也。羅，熊姓之國。季姬，姬氏女，爲羅夫人而亡其國也。盧，媯姓之國。荆媯，盧女，爲荆夫人。荆，楚也。外利，行淫僻，求利於外，不能親親，以亡其國也。"［三國吳］韋昭注，上海師範大學古籍整理研究所校點：《國語》，第48-50頁。按：《史記·周本紀》全本《國語》。

未有。己姓昆吾、蘇、顧、溫、董,董姓鬷夷、豢龍,則夏滅之矣。彭姓彭祖、豕韋、諸稽,則商滅之矣。禿姓舟人,則周滅之矣。妘姓鄔、鄶、路、偪陽,曹姓鄒、莒,皆為采衛,或在王室,或在夷、狄,莫之數也。而又無令聞,必不興矣。斟姓無後。融之興者,其在羋姓乎?羋姓夔(夒)越,不足命也。蠻羋蠻矣,唯荊實有昭德,若周衰,其必興矣。①

僖二十六年《左傳》:

　　夔子不祀祝融與鬻熊,楚人讓之。②

《水經·洧水注》引《世本》:

　　陸終娶于鬼方氏之妹,謂之女隤,是生六子,孕三年,啓其左脅,三人出焉;破其右脅,三人出焉。其四曰求言,是為鄶人。鄶人者,鄭是也。③

《史記·楚世家》司馬貞《索隱》引《系本》:

　　四曰求言,是為鄶人。④

《詩譜·檜譜》孔《疏》引《世本》:

　　會人,即檜之祖也。⑤

《大戴禮記·帝繫》:

　　顓頊娶于滕氏,滕氏奔之子,謂之女祿氏,產老童。老童娶于竭水氏,竭水氏之子,謂之高緺氏,產重黎及吳回。吳回氏產陸終。陸終氏娶于鬼方

---

① 韋《注》:"高辛,帝嚳。黎,顓頊之後也。……言黎為火正,能理其職,以大明厚大天明地德,故命之為'祝融'。……陸終第四子曰求言,為妘姓,封於鄶。……鄔、路、偪陽,其後別封也。"[三國吳]韋昭注,上海師範大學古籍整理研究所校點:《國語》,第510-513頁。按:"夔",文淵閣四庫全書本作"夒"。又,《史記·鄭世家》全本《國語》。
② 杜《注》:"祝融,高辛氏之火正,楚之遠祖也。鬻熊,祝融之十二世孫。夔,楚之別封,故亦世紹其祀。"[晉]杜預注,[唐]孔穎達等正義:《春秋左傳正義》,第3954頁。
③ [北魏]酈道元撰,楊守敬、熊會貞注疏,段熙仲點校,陳橋驛復校:《水經注疏》,第1839頁。
④ 司馬貞《索隱》引[漢]宋忠《世本注》:"求言,名也。妘姓所出,鄶國也。"[漢]司馬遷撰,[南朝宋]裴駰集解,[唐]司馬貞索隱,[唐]張守節正義,郭逸、郭曼標點:《史記》,第1342頁。
⑤ [漢]毛亨傳,[漢]鄭玄箋,[唐]孔穎達等正義:《毛詩正義》,第811頁。

氏,鬼方氏之妹,謂之女嬇氏,産六子,孕而不粥,三年,啓其左脅,六人出焉。其一曰樊,是爲昆吾;其二曰惠連,是爲參胡;其三曰籛,是爲彭祖;其四曰萊言,是爲云鄶人;其五曰安,是爲曹姓;其六曰季連,是爲羋姓。①

《史記·楚世家》:

高陽者,黄帝之孫,昌意之子也。高陽生稱,稱生卷章,卷章生重黎。重黎爲帝嚳高辛居火正,甚有功,能光融天下,帝嚳命曰祝融。共工氏作亂,帝嚳使重黎誅之而不盡。帝乃以庚寅日誅重黎,而以其弟吴回爲重黎後,復居火正,爲祝融。吴回生陸終。陸終生子六人,坼剖而産焉。其長一曰昆吾;二曰參胡;三曰彭祖;四曰會人;五曰曹姓;六曰季連,羋姓,楚其後也。②

《詩譜·檜譜》:

祝融氏名黎,其後八姓,唯妘姓檜者處其地焉。周夷王、厲王之時,檜公不務政事,而好絜衣服,大夫去之,於是檜之變風始作。其國北鄰於虢。③

謹按:《鄭語》《世本》《楚世家》皆不言黎(祝融)之族源,《大戴禮記》所列陸終族系爲"顓頊——老童——重黎、吴回——陸終",以陸終爲重黎之侄、吴回之子;《楚世家》所列陸終族系在顓頊之後增"稱"一代,又以"老童"誤作"卷章",④餘皆與《大戴禮記》同,其所本當爲《大戴禮記》與《世本》。《鄭語》謂祝融之後有己、董、彭、秃、妘、曹、斟、羋八姓,《大戴禮記》謂陸終之後有樊(昆吾)、惠連(參胡)、籛(彭祖)、萊言(鄶人)、安(曹姓)、季連(羋姓)六子,《楚世家》則謂陸終之後有昆吾、參胡、彭祖、會人、曹姓、季連(羋姓)六子,三説有別。胡厚宣《楚民族源於東方考》認爲,祝融即陸終,則祝融即黎,陸終即重黎。⑤ 此説可從。

事實上,所謂祝融八姓之"姓"與陸終六子之"子",通言之,則爲氏族部落之

---

① [漢]戴德撰,[清]王聘珍解詁,王文錦點校:《大戴禮記解詁》,第127-128頁。
② [漢]司馬遷撰,[南朝宋]裴駰集解,[唐]司馬貞索隱,[唐]張守節正義,郭逸、郭曼標點:《史記》,第1341頁。
③ [漢]毛亨傳,[漢]鄭玄箋,[唐]孔穎達等正義:《毛詩正義》,第811頁。按:《楚世家》張守節《正義》引李泰《括地志》引《毛詩譜》作:"昔高辛之土,祝融之墟,歷唐至周,重黎之後妘姓處其地,是爲鄶國,爲鄭武公所滅也。"[漢]司馬遷撰,[南朝宋]裴駰集解,[唐]司馬貞索隱,[唐]張守節正義,郭逸、郭曼標點:《史記》,第1342頁。
④ "老童",包山楚簡第217號簡作"老僮"。按:"童"爲男性奴隸之專稱,"僮"爲男性貴族未行冠禮者之專稱,皆徒紅切。蓋"童"與"僮"音同義近,故可通假。參見:《説文解字·辛部》"童"字解、《人部》"僮"字解。
⑤ 胡厚宣:《楚民族源於東方考》,《北京大學潛社史學論叢》1934年第1册,第27頁。

名號;析言之,己、董、彭、禿、妘、曹、斟、羋等均爲祝融(陸終)氏族部落集團聯盟各氏族部落之族姓,昆吾、蘇、顧、溫、董、豢夷、豢龍、彭祖、豕韋、諸稽、舟人、鄔、鄶(檜)、路、偪陽、鄒、莒、夔、越、蠻、荆等均爲祝融(陸終)氏族部落集團聯盟各氏族部落之族號。比如,《楚世家》謂陸終幼子季連爲羋姓,楚爲其後,意味着"羋"爲族姓而"楚"爲族號;《鄭語》載史伯稱祝融八姓中羋姓的楚人爲"荆羋""蠻羋",亦意味着"羋"爲族姓而"荆""蠻"皆爲族號。《竹書紀年》述商代之事時所記族號有"荆"無"楚",在周代甲骨文中則已經出現了作爲族號的"楚"字。所以,作爲族號的"荆""蠻""楚"三字有源流之別、早晚之差。後來,周人或以"荆"代"楚"而"荆""楚"混稱、"荆楚"連稱;或以"蠻"代"楚"而"蠻""楚"混稱、"蠻楚"連稱。

可見,所謂"祝融八姓"是唐虞之際從祝融氏族中派生出來的8個支族,組成了強大的祝融氏族部落集團聯盟,標誌着祝融氏族進入了興旺時期。第一代祝融當在高辛氏時期,而祝融八姓支族之國則形成於唐、虞之際。① 此後,董姓滅於夏,彭姓滅於商,禿姓舟人滅於周,斟姓自行絕滅無後,故到西周末年時祇剩下己、妘、曹、羋四姓,②妘姓鄶仲之國即其一。

中國青銅器全集編輯委員會編《中國青銅器全集》(111)著録宋徽宗政和三年(1113)在今湖北省咸寧市嘉魚縣出土的宣王時器楚公逆鐘銘曰:"隹(惟)八月甲申,楚公逆(即熊咢)自乍(作)𠂤(吳)雨(雷,即回)𤔲鎛,秝(厥)格(名)曰:'𤔲𣝈',命𠂤𤔲𣝈,逆其萬年,壽𠂤匕羊,孫子其永寶。"③則楚以吳回爲先祖,蓋楚始祖季連爲陸終之子、吳回之孫。又,郭沫若《兩周金文辭大系圖録考釋》著録邾公鈊鐘銘曰:"陸終之孫邾公鈊作厥和鐘。"④則邾以陸終爲先祖,蓋曹姓邾國始祖安爲陸終之子。又,包山楚簡第217號簡文:"舉禱楚先老僮、祝融、鬻熊各一牂。"⑤則羋姓熊氏之楚人,以老僮、祝融、鬻熊爲先祖。河南省三門峽上村嶺春秋虢國墓出土的蘇氏媵女之器銘文可證蘇確爲己"妃"姓,傳世的兩周金文亦證檜爲妘姓、邾爲曹姓、楚爲羋姓。⑥

---

① 參見:李學勤《談祝融八姓》,《江漢論壇》1980年第2期,第74-77頁。
② 妘,從女云聲;亦作"邧",從邑云聲;金文"云"作"員",故又作"鄖""娟",從邑、從女而員聲。説參:《説文解字・女部》"妘"字解、《邑部》"鄖"字解。
③ 中國青銅器全集編輯委員會編:《中國青銅器全集》第6卷,第108頁。按:關於此器之年代,主要有四説:一爲"夷王之世(前869—前858)"説,見王國維《觀堂集林》卷十八《夜雨楚公鐘跋》,第890-891頁;二爲"宣王二十九年(前799)以後"説,見郭沫若《兩周金文辭大系圖録考釋》(增訂本),第354頁;三爲"宣王時期(前827—前782)"説,見:李零《楚公逆鎛》,《江漢考古》1983年第2期,第94頁;四爲"夷厲之世(前869—前844)"説,見:張亞初《論楚公豪鐘與楚公逆鎛的年代》,《江漢考古》1984年第4期,第95-96頁。
④ 郭沫若:《兩周金文辭大系圖録考釋》(增訂本),第408頁。
⑤ 湖北省荆沙鐵路考古隊:《包山楚墓》,文物出版社1991年版,第366頁。
⑥ 參見:吳其昌《金文世族譜》(下册),商務印書館1936年版,第15、23頁;徐敏《從祝融之興到熊繹建國的再考察》,《中國社會科學院研究生院學報》1986年第3期,第33-46頁;李零《楚國族源、世系的文字學證明》,《文物》1991年第2期,第47-54、90頁。

特別值得注意的是，1972 年在陝西省寶雞市扶風縣法門鎮康家村西南出土的西周晚期檜器會妘鼎、會姒鬲二器，其中會妘鼎銘曰："會妘作寶鼎，其萬年子子孫，永寶用享。"①按照兩周金文婦名稱國的慣例，此二器之"會妘"者，"會"其國，"妘"其姓；《國語·周語中》之"叔妘"者，"叔"其行次，"妘"其姓。可見，檜國乃同姓相婚。則此鼎應爲嫁於檜國之妘姓國公族之女，亦即檜君夫人所作器。其形制與 1933 年在今陝西省寶雞市扶風縣上康村出土的宣王末年至幽王初年銅器窖藏 27 件"函皇父"器群相似，作器年代當大致同時，可能爲"函皇父"器群中下落不明的 18 件之一。②

可見，傳世文獻關於"祝融八姓"與"陸終六子"之說是正確的，則檜國爲祝融八姓中妘姓支族後裔所建之國的記載自然無誤。故傳世文獻關於"祝融八姓"（陸終六子）及其族屬、譜系的記載，反映了一定的歷史事實；則檜國爲祝融八姓中妘姓支族後裔所建之夏時古國。③

三、檜國之疆域暨都邑之地望

昭十七年《左傳》載魯大夫梓慎曰："宋，大辰之虛也；陳，大皞之虛也；鄭，祝融之虛也，皆火房也。"④《國語·鄭語》載周太史伯（伯陽父）對鄭桓公問曰："其濟、洛、河、潁之間乎！……若前華（潁）後河，右洛左濟，主芣、騩而食溱、洧，修典刑以守之，是可以少固。"⑤《說文·邑部》："鄶，祝融之後，妘姓所封，潧、洧之間，鄭滅之。"⑥《詩譜·檜譜》："檜者，古高辛氏火正祝融之墟。檜國在《禹貢》豫州外方之北，滎波之南，居溱、洧之間。"⑦《潛夫論·志氏姓》："妘姓之後封於鄔、會、路、偪陽。……會在河、伊之間。"⑧《水經·洧水注》："洧水又東南逕鄶城南。"《潧水注》："潧水出鄶城西北雞絡塢下，東南流逕賈復城西……潧水又東南流，歷下田川，逕鄶城西，謂之爲抑泉水也。故史伯答桓公曰：君以成周之衆，奉

---

① 參見：羅西章《扶風新徵集了一批西周青銅器》，《文物》1973 年第 11 期，第 78 - 79 頁。
② 詳見：陝西省博物館、陝西省文物管理委員會《青銅器圖釋》，第 7 - 10 頁，圖 61 - 66。按：關於函皇父諸器的製作年代，王國維、郭沫若皆定爲厲王時期，唐蘭則認爲是宣王末年到幽王初年，此從唐蘭說。
③ 說詳：邵炳軍、楊秀禮《祝融、蚩尤、三苗種族概念關係發微》，《西南民族大學學報》2008 年第 9 期，第 36 - 48 頁。
④ 杜《注》："大辰，大火，宋分野；大皞，居陳，木火所自出；祝融，高辛氏之火正，居鄭。房，舍也。"［晉］杜預注，［唐］孔穎達等正義：《春秋左傳正義》，第 4526 - 4527 頁。
⑤ 韋《注》："言此四水之間可逃，謂左濟右洛前潁後河。……芣、騩，山名。主，爲之神主。……食，謂居其土，食其水。"［三國吳］韋昭注，上海師範大學古籍整理研究所校點：《國語》，第 507 - 509 頁。按："華"，據上文韋《注》，當爲"潁"之訛。"潁"，即潁水，亦即今之潁河，屬淮河最大支流，源出今河南省登封市西境之潁谷，東南流經周口市、安徽省阜陽市，至淮南市壽縣正陽關鎮入淮河。其正好位於檜都邑鄶城（在新密市東南 70 里，位於新鄭市西北 30 里）之"前"，即南部。參見：宣十年《左傳》杜《注》《水經·潁水注》《後漢書·郡國志二》《河南通志·山川上》。
⑥ ［漢］許慎撰，［清］段玉裁注：《說文解字注》，第 295 頁。
⑦ ［漢］毛亨傳，［漢］鄭玄箋，［唐］孔穎達等正義：《毛詩正義》，第 811 頁。
⑧ ［漢］王符撰，［清］汪繼培箋，彭鐸校正：《潛夫論箋校正》，第 414 頁。

辭伐罪,若克虢、鄶,君之土也,如前華後河,右洛左濟,主芣騩而食溱洧,脩典刑以守之,可以少固,即謂此矣。"①

上引文獻所謂檜國都邑,或曰在"祝融之虛"(昭十七年《左傳》),或曰在"鄭父之丘"(《水經・洧水注》引《竹書紀年》),或曰在"鄶城"(《水經・洧水注》《溱水注》),其具體地理位置必定在"溱水""洧水"流域。"洧水",源出河南省登封市東之陽城山,向東流經新密市會溱水;"溱水",亦稱"潧水",其源有二:一源出今南陽市桐柏縣之桐柏山,一源出今新密市東北聖水峪,與洧水合流。② 故楊樹達《積微居小學金石論叢・說檜》認爲:檜之所以稱"鄶"或"會"者,蓋"此言潧(溱)、洧二水所會流也"。③ 可見,檜國位於"前華(潁)後河,右洛左濟",居於溱、洧流域,南臨潁水,北接黃河,東近濟水,西近洛河,以芣、騩爲望山,④其統治區域大致包括今河南省新密市、新鄭市、鄭州市、禹州市一帶。

根據地下考古發現,這一帶檜國物質文化遺存主要有三處:1968 年,在新鄭市城東關後小高莊"鄭韓故城"遺址區域内的端灣村出土了一對檜器蛟龍紋銅方壺,其器形與紋飾與周共王時頌壺極爲相似,大概爲同一時期器;⑤1972 年,在位於新密市東南 70 里之曲梁鎮大樊莊古城角寨村(古城寨)發掘出土了西周時期檜城遺址,正好位於溱水下游東岸,此地於 1997 年又發掘出土有新石器時代龍山文化(前 2600—前 2000)城址,正是古史傳說中的帝堯時代,比第一代祝融所生活的黃帝時代稍晚;⑥1976 年,在新鄭市西 24 里唐户村南臺地上發現了一批西周晚期檜墓及車馬坑。⑦

以上三處檜國物質文化遺址,皆屬黃河流域的中原文化系統,自然包含有"祝融八姓"("陸終六子")的早期文化元素,故昭十七年《左傳》謂"鄭,祝融之虛也"。特別是 2007 年,對新鄭市唐户村遺址進行發掘,發現了新石器時代早期的裴李崗文化(前 6200—前 5500)遺存,⑧其年代大致與古史傳說時代的神農氏年

---

① [北魏]酈道元撰,楊守敬、熊會貞注疏,段熙仲點校,陳橋驛復校:《水經注疏》,第 1839、1867 - 1869 頁。
② 説參:[清]顧祖禹《讀史方輿紀要》卷五十;何光岳《嬴姓諸國的源流與分佈》,《信陽師範學院學報》1984 年第 3 期,第 23 - 33 頁。
③ 楊樹達:《積微居小學金石論叢》(增訂本),科學出版社 1955 年版,第 79 頁。
④ "芣山",今地闕;"騩山",即《山海經・中山經》之"騩山",亦即《中次七經》之"大騩之山",亦即清華簡《楚居》之"騩山",今名"具茨山",在今河南省禹州市萇莊鎮、淺井鎮至新密市、新鄭市交界處。説參:《漢書・地理志上》《後漢書・郡國志一》《讀史方輿紀要》卷 47;李學勤《論清華簡〈楚居〉中的古史傳説》,《史學史研究》2011 年第 1 期,第 53 - 58 頁。
⑤ 參見:楊寶順《新鄭出土西周銅方壺》,《文物》1972 年第 10 期,第 66 頁。
⑥ 參見:河南省文物考古研究所、新密市炎黄歷史文化研究會《河南新密市古城寨龍山文化城址發掘簡報》,《華夏考古》2002 年第 2 期,第 53 - 82 頁。
⑦ 參見:開封地區文管會等《河南省新鄭縣唐户兩周墓葬發掘簡報》,《文物資料叢刊》1978 年第 2 期,第 45 - 65 頁。
⑧ 鄭州市文物考古研究院、河南省文物管理局南水北調文物保護辦公室《河南新鄭市唐户遺址裴李崗文化遺存 2007 年發掘簡報》,《考古》2010 年第 5 期,第 3 - 23 頁。

代相當,比第一代祝融所生活的黄帝時代早得多。這説明"祝融之虚"的文化歷史是十分悠久的,其文明進程早在祝融時代之前,已經非常發達。

關於檜國都邑之具體位址,前人向有二説:

一爲"新鄭"説。《漢書·地理志下》:"鄭國,今河南之新鄭,本高辛氏火正祝融之虚也。"①《國語·鄭語》韋《注》:"鄶,今新鄭也。"②《史記·楚世家》張守節《正義》引李泰《括地志》:"故鄶城在鄭州新鄭縣東北二十二里。"《鄭世家》張守節《正義》引《括地志》:"故鄶城在鄭州新鄭縣東北三十二里。"③李吉甫《元和郡縣圖志·河南道四》:"鄶(鄶)城,(新鄭)縣東北三十二里。"④

二爲"密縣"説。《史記·鄭世家》裴駰《集解》引徐廣《史記音義》:"虢在成皋,鄶在密縣。"⑤僖三十三年《左傳》杜《注》:"鄶城,故鄶國,在滎陽密縣東北。"⑥《春秋釋例·土地名一》《土地名三》説皆同。《嘉慶重修一統志》卷一百八十七《開封府二》:"鄶城,在密縣東北五十里,接新鄭縣界。"⑦

謹按:以考古發現證之,二説皆不確。其實檜國都邑"鄶城"遺址,即僖三十三年《左傳》"文夫人斂而葬之鄶城之下"之"鄶城",⑧亦即1972年在新密市東南70里之曲梁鎮大樊莊古城角村(古城寨)發掘出土的西周時期檜城遺址。其地位於新鄭市西北30里,在兩市交界處。⑨可見,《史記·楚世家》張守節《正義》引《括地志》所謂"鄭州新鄭縣東北二十二里",《鄭世家》張守節《正義》引《括地志》所謂"鄭州新鄭縣東北三十二里",《元和郡縣圖志·河南道四》所謂"(新鄭)縣東北三十二里",諸説中之"東北"疑即"西北"之訛。

四、鄭武公滅檜之年代

清馬驌《繹史》卷二十九《鄭取虢鄶》:"驪山之敗,桓公死之。其子武公掘突從平王東遷,遂滅虢、鄶,以爲己國。"⑩説與上引《漢書·地理志下》大同。筆者

---

① [漢]班固撰,[唐]顔師古注,傅東華等點校:《漢書》,第1651頁。
② [三國吴]韋昭注,上海師範大學古籍整理研究所點校:《國語》,第513頁。
③ [漢]司馬遷撰,[南朝宋]裴駰集解,[唐]司馬貞索隱,[唐]張守節正義,郭逸、郭曼標點:《史記》,第1342、1390頁。
④ [唐]李吉甫撰,賀次君點校:《元和郡縣圖志》,第206頁。按:文淵閣四庫全書本作"鄶",《太平寰宇記·河南道九》亦作"古鄶城",是。蓋"鄶"與"鄶"形近而訛。
⑤ [漢]司馬遷撰,[南朝宋]裴駰集解,[唐]司馬貞索隱,[唐]張守節正義,郭逸、郭曼標點:《史記》,第1390頁。
⑥ [晉]杜預注,[唐]孔穎達等正義:《春秋左傳正義》,第3980頁。
⑦ [清]穆彰阿等纂修:《嘉慶重修一統志》,卷187,第12頁。
⑧ [晉]杜預注,[唐]孔穎達等正義:《春秋左傳正義》,第3980頁。
⑨ 參見:鄒衡《夏商周考古學論文集》,文物出版社1980年版,第223頁;馬世之《鄶國史蹟初探》,《史學月刊》1984年第5期,第30—34頁;周書燦《春秋姬密地望考——兼論姬姓密國存亡年代及莒國姓氏問題》,《史學月刊》1994年第4期,第11—15頁。
⑩ [清]馬驌撰,王利器據清康熙九年(1670)刻本整理:《繹史》,中華書局2002年版,第864頁。

以爲伐檜者爲"桓公",滅檜者爲"武公",其理由有四:

1. 桓公謀東遷虢、檜之地事在幽王九年

《國語·鄭語》載周太史伯(伯陽父)對鄭桓公問曰:"其濟、洛、河、潁之間乎!……虢叔恃勢,鄶仲恃險,是皆有驕侈怠慢之心,而加之以貪冒。君若以周難之故,寄孥與賄焉,不敢不許。周亂而弊,是驕而貪,必將背君,君若以成周之衆,奉辭伐罪,無不克矣。若克二邑,鄔、弊、補、舟、依、䣖、歷、華,君之土也。"①《史記·鄭世家》:"幽王以爲司徒。和集周民,周民皆説,河、雒之間,人便思之。爲司徒一歲,幽王以褒后故,王室治多邪,諸侯或畔之。於是桓公問太史伯曰:'王室多故,予安逃死乎?'太史伯對曰:'獨雒之東土,河、濟之南可居。'"②

謹按:《鄭語》韋《注》:"幽王八年爲司徒。"③《鄭世家》裴駰《集解》引韋《注》同。而《鄭世家》謂太史伯替桓公策劃東遷之謀,是在桓公"爲司徒一歲"之時,即幽王九年(前773)。那麽,在此年之前,桓公不可能"以成周之衆,奉辭伐罪",亦即不可能率王師去伐滅檜國。

2. 桓公東寄帑賄於虢、檜十邑亦爲幽王九年時事

《鄭語》:"(鄭桓公)乃東寄帑與賄,虢、鄶受之,十邑皆有寄地。"④《鄭世家》:"(太史伯)對曰:'地近虢、鄶,虢、鄶之君貪而好利,百姓不附。今公爲司徒,民皆愛公,公誠請居之,虢、鄶之君見公方用事,輕分公地。公誠居之,虢、鄶之民皆公之民也。'……於是,(鄭桓公)卒言王,東徙其民雒東,而虢、鄶果獻十邑,竟國之。二歲,犬戎殺幽王於驪山下,並殺桓公。"⑤

謹按:今本《竹書紀年》將桓公東寄帑賄於虢、檜十邑,繫於幽王七年(前775);然《鄭世家》謂在"犬戎殺幽王"前"二歲",而十一年(前771)幽王被殺,則"二歲"之前即九年。可見,虢、檜之君以周王室司徒鄭桓公"方用事"而同意其在虢、檜等十邑"有寄地",以使其"東寄帑與賄"。實際上,就是桓公先派遣自己的家室及部族在上述十邑邊鄙之地開墾荒地以建立自己的殖民新邑,爲東遷其國作準備;這樣,就使自己有了立國之基,既爲其攻陷虢國都邑積蓄了經濟與軍事

---

① 韋《注》:"此虢叔,虢仲之後。叔、仲皆當時二國君之字。勢,阻國也;險,陒也。皆恃之而不修德。……妻子曰孥。賄,財也。桓公甚得周衆,奉直辭,伐有罪,故必勝也。二邑,虢、鄶。……言克虢、鄶,此八邑皆可得也。"[三國吳]韋昭注,上海師範大學古籍整理研究所校點:《國語》,第507頁。

②⑤ [漢]司馬遷撰,[南朝宋]裴駰集解,[唐]司馬貞索隱,[唐]張守節正義,郭逸、郭曼標點:《史記》,第1389頁。

③ [三國吳]韋昭注,上海師範大學古籍整理研究所校點:《國語》,第508頁。

④ 韋《注》:"十邑,謂虢、鄶、鄔、蔽、補、舟、依、柔、歷、華也。後桓公之子武公,竟取十邑之地而居之,今河南新鄭是也。"[三國吳]韋昭注,上海師範大學古籍整理研究所校點:《國語》,第523頁。

實力,又爲其攻陷虢國都邑創造了地域之便。

3. 桓公襲檜而取之事當在幽王十年

《韓非子·內儲説下》:"鄭桓公將欲襲鄶……桓公襲鄶,遂取之。"①《説苑·權謀》篇説同。論者多以《韓非子》與《説苑》作爲《洧水注》引《竹書紀年》所謂桓公滅檜國之佐證,恐非。筆者以爲,在桓公建立殖民新邑 2 年後,即幽王十一年(前 771),他與幽王一起死於驪山之難,故桓公"襲鄶"而"取之",自然不當在此年,而應在幽王十年(前 772)諸侯太室之盟以伐西申(在今陝西省寶雞市眉縣附近)之前。② 特別應該強調指出的是,最早襲檜而取之者確爲桓公,但所襲而取之者爲檜之都邑還是他邑,《韓非子》未載;即使桓公所襲而取之者爲檜之都邑,但一個國家都邑的陷落並不必然意味着該國的滅亡。況且,桓公首先在虢、檜 10 邑邊鄙之地建立了自己的殖民新邑,他在建立殖民新邑之初,不會貿然進攻一個讓自己寄居之國的都邑。以當時形勢推斷,桓公所襲而取之者爲檜之他邑而非其都邑,故才有驪山之難後武公伐滅檜事。桓公先伐檜而取其邑,武公後伐檜而滅其國,此正與晉滅西虢之事相類:周惠王十九年(晉獻公十九年,前 658),晉師會虞師取西虢都下陽(亦稱"北虢",在今山西省平陸縣東北 35 里),西虢遂將都邑南遷於上陽(亦稱"南虢",在今河南省三門峽市陝縣南);二十二年(前 655),晉師假道於虞而滅上陽之虢,虢遂爲晉所滅。③

就現有文獻而言,《水經·洧水注》引《竹書紀年》《韓非子·內儲説下》《説苑·權謀》《水經·渭水注》引《漢書集注》《漢書·地理志上》顔《注》引《漢書集注》皆謂滅檜者爲"鄭桓公",《漢書·地理志下》《國語·周語中》韋《注》引唐尚書語皆謂乃"鄭武公"。滅檜者爲"鄭桓公"説無其他文獻可爲佐證,而滅檜者爲"鄭武公"説則有以下 4 條佐證:

一爲《國語·鄭語》載太史伯論東遷之謀時曰:"是其子男之國,虢、鄶爲大。"④《漢書·地理志》説同。則幽王九年(前 773)之前檜國不可能被滅。

二爲《詩譜·鄭譜》:"後三年,幽王爲犬戎所殺,桓公死之。其子武公與晉文侯定平王於東都王城,卒取史伯所云十邑之地。"⑤此所謂"後三年",即三年之後,亦即幽王十一年(前 770)之後。

三爲《國語·鄭語》韋《注》:"後桓公之子武公,竟取十邑之地而居之,今河南

---

① [周]韓非撰,[清]王先慎集解,鍾哲點校:《韓非子集解》,第 259 頁。
② 詳見:邵炳軍《論周平王所奔西申之地望》,《南京師大學報》2001 年第 4 期,第 138—144 頁。按:馬世之認定鄶城陷落在幽王三年(前 779),説失考。詳見:馬世之《鄶國史蹟初探》,《史學月刊》1984 年第 5 期,第 30—34 頁。
③ 詳見:邵炳軍《晉獻公滅國奪邑繫年輯證》,《甘肅高師學報》2006 年第 4 期,第 26—33 頁。
④ [三國吳]韋昭注,上海師範大學古籍整理研究所校點:《國語》,第 507 頁。
⑤ [漢]毛亨傳,[漢]鄭玄箋,[唐]孔穎達等正義:《毛詩正義》,第 709 頁。

新鄭是也。"①《鄭世家》裴駰《集解》引韋《注》同。此明謂取虢、檜等地而居之者爲武公。

四爲《漢書·地理志》顔師古《注》引《春秋外傳》:"幽王既敗,鄭桓公死之,其子武公與平王東遷。"②此明謂桓公死於驪山之難,説與《史記·周本紀》《鄭世家》皆同。則幽王十一年之後滅檜者,肯定非桓公。

據此4條佐證推測,在幽王十一年(前771)桓公死於驪山之難後,其子武公繼續伐檜,鄢(鄔)、弊、補、舟、依、𪓰、歷、莘(華)諸邑相繼失守,檜國遂亡,時當平王二年(前769)。此後,武公遂將其國從鄭(一名留,又名咸林,在今陝西省華縣市)東遷於檜國故地;按照古人遷國遷名的通例,遂將檜都邑更名曰新鄭(在今河南省新鄭市西北,位於新密市東南),故檜國都邑遂有"新鄭"之謂(《鄭世家》裴駰《集解》引韋《注》),又有"鄭伯遷鄭野留"(桓十一年《公羊傳》)之説,此皆即所謂從位於西周王畿的"咸林之鄭",東"遷乎虢、鄶"。③由此觀之,《水經·洧水注》引《竹書紀年》"晉文侯二年"當脱一"十"字。可見,襲檜而取其邑者爲桓公,滅檜而東遷鄭者爲武公。

五、鄭武公滅檜之原因

關於武公滅檜之原因,先秦文獻多論及,概括起來主要有四:

1. "二王並立"政治格局的大環境是外在原因

兩周之際王室衰微,天子自己也要依靠晉、鄭、衛、秦諸侯之力維持殘局,自然無力統御全域。故《鄭語》載周太史伯(伯陽父)對鄭桓公問曰:"周亂而弊,是驕而貪,必將背君,君若以成周之衆,奉辭伐罪,無不克矣。"④與"周亂而弊"情形相反的是:桓公任幽王司徒之後,"和集周民,周民皆説,河、雒之間,人便思之";而桓公當時也看到王室的衰勢,與太史伯謀求應變之術,遂採納了太史伯的建議,故桓公能夠"卒言王"而"東徙其民雒東"(《史記·鄭世家》),⑤在檜國邊鄙之地建立自己的殖民地。此地處"天下之中",地勢極爲有利,自然爲武公滅檜建立了橋頭堡。

2. 檜君荒淫無道而寵倖叔妘是導火綫

《國語·周語中》載周大夫富辰諫襄王曰:"夫婚姻,禍福之階也。由之利内

---

① [三國吳]韋昭注,上海師範大學古籍整理研究所校點:《國語》,第524頁。
② [漢]班固撰,[唐]顔師古注,傅東華等點校:《漢書》,第1544頁。
③ 參見:張友椿《唐叔虞始封地所在》,《晉陽學刊》1983年第2期,第78—79頁。
④ [三國吳]韋昭注,上海師範大學古籍整理研究所校點:《國語》,第507頁。
⑤ [漢]司馬遷撰,[南朝宋]裴駰集解,[唐]司馬貞索隱,[唐]張守節正義,郭逸、郭曼標點:《史記》,第1389—1390頁。

則福,利外則取禍。……昔隗之亡也由仲任,密須由伯姞,鄶由叔妘,聃由鄭姬,息由陳嬀,鄧由楚曼,羅由季姬,盧由荊嬀,是皆外利離親者也。"①桓十一年《公羊傳》:"古者鄭國處于留,先鄭伯有善于鄶公者,通乎夫人以取其國而遷鄭焉,而野留。"②由於鄭武公"通乎夫人以取其國",故周大夫富辰將鄶之叔妘與鄢之仲任、密須之伯姞、聃之鄭姬、息之陳嬀、鄧之楚曼、羅之季姬、盧之荊嬀相提並論,③此亦與所謂"赫赫宗周,褒姒滅之"(《詩·小雅·正月》),④指斥幽王以"女禍"而亡宗周事相類。⑤

3. 鄶君驕侈怠慢、貪而好利、輕分鄭地是催化劑

《鄭語》載周太史伯(伯陽父)對鄭桓公問:"虢叔恃勢,鄶仲恃險,是皆有驕侈怠慢之心,而加之以貪冒。"⑥《鄭世家》:"虢、鄶之君見公方用事,輕分公地。"⑦可見,鄶君出於討好王室司徒鄭桓公之目的,允許鄭在自己的國土上建立殖民地,反而加速了鄶國的滅亡,使桓公成了自己的掘墓人。這正是身爲區區小國之君却有驕侈怠慢、麻痺輕敵、貪而好利之弊所致。

4. 鄶君政治腐敗、盡殺良臣、百姓不附是根本原因

《韓非子·内儲説下》:"鄭桓公將欲襲鄶,先問鄶之豪傑、良臣、辯智、果敢之士,盡與姓名,擇鄶之良田賂之,爲官爵之名而書之。因爲設壇場郭門之外而埋之,釁之以雞豭,若盟狀。鄶君以爲内難也,而盡殺其良臣。"⑧《説苑·權謀》説同。《鄭世家》:"虢、鄶之君貪而好利,百姓不附。"⑨這種情況在《詩·鄶風》諸篇中都有不同程度的反映。

綜上考論,鄶國爲祝融八姓中妘姓支族後裔所建之夏時古國,其都邑"鄶城",即今河南省新密市城東南70里曲梁鎮大樊莊古城角村(古城寨),兩周之際統治區域大致包括今新密市、新鄭市、鄭州市、禹州市一帶。幽王九年(前773),鄭桓公東寄帑賄於虢、鄶,爲武公滅鄶建立了橋頭堡;大致在次年(前772),桓公襲鄶而取其地;十一年(前771),桓公死於驪山之難後,其子武公繼

---

① 韋《注》引唐尚書曰:"(鄶)亦鄭武公滅之,不由女亡也。"[三國吳]韋昭注,上海師範大學古籍整理研究所校點:《國語》,第48頁。
② [漢]何休注,[唐]徐彦疏:《春秋公羊傳注疏》,第4819頁。
③ "女禍"爲鄶滅國之導火綫,而非根本原因,故韋《注》引唐尚書之説非之。
④ [漢]毛亨傳,[漢]鄭玄箋,[唐]孔穎達等正義:《毛詩正義》,第950頁。
⑤ 説詳:邵炳軍《春秋詩歌〈詩·小雅·正月〉〈雨無正〉〈都人士〉〈魚藻〉創作年代考論》,《廣東社會科學》2012年第1期,第187-194頁。
⑥ [三國吳]韋昭注,上海師範大學古籍整理研究所校點:《國語》,第507頁。
⑦⑨ [漢]司馬遷撰,[南朝宋]裴駰集解,[唐]司馬貞索隱,[唐]張守節正義,郭逸、郭曼標點:《史記》,第1389頁。
⑧ [周]韓非撰,[清]王先慎集解,鍾哲點校:《韓非子集解》,第259頁。

續伐檜，鄢（鄔）、弊、補、舟、依、𪐞、歷、莘（華）諸邑相繼失守；平王二年（前769），武公滅檜，遂東遷其國於檜。可見，襲檜而取其邑者爲桓公，滅檜而遷鄭者爲武公。①

第二節　亡國之象的藝術寫照

《羔裘》爲檜大夫刺檜君"逍遙遊燕"之作，《隰有萇楚》爲檜人嗟歎國破家亡而民逃之作。這兩首詩作，前者寫未然之狀，後者寫已然之態，從不同時段、不同側面藝術地再現了亡國之象。

一、《羔裘》——檜大夫述檜仲失道亡國之作

1. 《羔裘》創作年代諸說辨證

關於《羔裘》之創作年代，先哲時賢主要有十說：

一爲"幽王之世（前781—前771）"說。毛《序》："《羔裘》，大夫以道去其君也。國小而迫，君不用道。好絜其衣服，逍遙遊燕，而不能自強於政治，故作是詩也。"②明何楷《詩經世本古義》卷十八、清姜炳璋《詩序廣義》卷十二等皆從之。

二爲"夷厲之世（約前869—前844）"說。《詩譜·檜譜》："周夷王、厲王之時，檜公不務政事，而好絜衣服，大夫去之，於是檜之'變風'始作。"③《羔裘》鄭《箋》說同。

三爲"闕疑"說。宋蘇轍《詩集傳》卷七："檜，高辛氏火正祝融之墟，在《禹貢》豫州外方之北、滎波之南，居溱、洧之間。祝融氏八姓，唯妘姓檜實處其地。周衰，爲鄭桓公所滅。其世次微滅不傳，故其作詩之世不可得而推也。《羔裘》，大夫以道去其君也。"④王質《詩總聞》卷七、元劉瑾《詩傳通釋》卷七、朱公遷《詩經疏義會通》卷七、劉玉汝《詩纘緒》卷八、明胡廣等《詩傳大全》卷七、季本《詩說解頤·正釋》卷十三及近人聞一多《風詩類鈔》皆同。

四爲"平王二年（前769）之前"說。宋范處義《詩補傳·篇目》："檜無《世家》，先儒謂詩在周夷厲之際。觀《匪風》之思周，辭意迫切，亦將亡之詩也。"⑤清

---

① 詳見：邵炳軍《鄭武公滅檜年代補證》，《上海大學學報》2005年第1期，第31-35頁。
② ［漢］毛亨傳，［漢］鄭玄箋，［唐］孔穎達等正義：《毛詩正義》，第811頁。按：［宋］朱熹《詩序辨說》無說。
③ ［漢］毛亨傳，［漢］鄭玄箋，［唐］孔穎達等正義：《毛詩正義》，第811頁。
④ ［宋］蘇轍：《詩集傳》，第73頁。按：［宋］朱熹《詩集傳》卷7："蘇氏以爲《檜》詩皆爲鄭作，如《邶》《鄘》之於《衛》也。未知是否。"［宋］朱熹撰，夏祖堯點校：《詩集傳》，第96頁。筆者以爲，此乃朱氏櫽括蘇氏之言，而蘇氏明謂"其作詩之世不可得而推"，實則"闕疑"。
⑤ ［宋］范處義：《詩補傳》，第4頁。

李光地《詩所》卷二:"檜滅於東遷之初,則其詩皆出於西周可知矣。"①

五爲"平王二年(前769)之後"說。孫作雲《從讀史的方面談談〈詩經〉中的時代和地域性》曰:"檜風最末一篇爲《匪風》,爲西方武士在東方久役不歸思鄉之作,這個武士必是西人,然後纔能談到'誰將西歸,懷之好音'。若是檜國之詩,則軍人爲自國之人,就談不到西歸的問題。又此詩言'周道'即周人專用的軍用公路,亦可知必爲鄭桓公已滅檜國以後之作。如此說來,全部《檜風》四篇當爲西周末年鄭桓公滅檜以後之詩。"②王建國《論〈詩經·檜風〉的創作時代》申之曰:"《檜風》四篇就應當是東周初年檜國遺民創作的一組亡國詩。……這(指《羔裘》)應是一首檜國滅亡後,大夫悼念國君的詩。"③

六爲"西周初年(約前1066—前999)"說。林深《從國風看形象化的藝術概括方法的形成》:"國風中的民歌民謠,是《詩經》的精華。從時間上看,最早的豳風和檜風產生於西周初年(公元前十一世紀),其餘大部分產生於東周中期(約公元前七世紀),前後共延續了五百年。"④

七爲"宣王之世(前827—前782)"說。許廷桂《〈詩經〉結集平王初年考》:"關於當時《詩經》的體制,除《周頌》、大小《雅》外,也許已有了二《南》及一部分較古老的《國風》。如豳地東周時已歸秦國,檜在平王二年即爲鄭武公和王子多父滅掉,這些國家的《風》詩是在宣王時代被搜集起來獻諸王廷並一併編入《詩經》最有可能,因其時'諸侯復宗周'嘛。"⑤

八爲"平王元年(前770)東遷前後"說。劉心予《關於〈詩經〉各篇的年代問題》:"《檜風》的年代,據《國語·鄭語》說:'桓公爲司徒……乃東寄帑與賄,虢鄶受之,十邑皆有寄地。'桓公爲司徒約爲公元前774年左右,檜在東周初年爲鄭所滅,《檜風》可能是東遷前後的作品。"⑥

九爲"宣王二十二年至幽王十一年(前806—前771)之間"說。劉操南《詩三百篇的創作與累積考說》:"詩作於鄭桓公時,當繫宣王、幽王之世。"⑦

十爲泛言"西周時期(約前1066—前771)"說。程俊英、蔣見元《詩經注析》:"據《史記》記載,檜國在東周初年(公元前七六九年)爲鄭桓公所滅。《韓非子》和

---

① [清]李光地:《詩所》,第41頁。按:"西周",文淵閣四庫全書本作"東周"。從李氏上下文所論觀之,"西周"是。
② 孫作雲:《從讀史的方面談談〈詩經〉中的時代和地域性》,《歷史教學》,1957年第3期,第42頁。按:孫氏以檜爲桓公所滅,此說失考。
③ 王建國:《論〈詩經·檜風〉的創作時代》,《古籍整理研究學刊》2004年第3期,第15、16頁。
④ 林深:《從國風看形象化的藝術概括方法的形成》,《文學評論》1978年第4期,第65頁。
⑤ 許廷桂:《〈詩經〉結集平王初年考》,《西南師範學院學報》1979年第4期,第95頁。按:許氏以檜爲武公與王子多父(桓公)共同所滅,此說不確。詳見上文。
⑥ 劉心予:《關於〈詩經〉各篇的年代問題》,《廣州師院學報》1987年第2期,第48頁。
⑦ 劉操南:《詩三百篇的創作與累積考說》,《杭州大學學報》1988年第2期,第51頁。

劉向《說苑》都有記述鄭桓公伐檜的事。可見《檜風》全爲西周時作品。"①

謹按：《羔裘》，《詩經世本古義》卷十八作《逍遙》，其自注曰："本名《羔裘》，嫌與《鄭風》《唐風》篇同，摘用首句二字爲別。"②又，毛《序》未明言作於何時，但暗示詩人所刺爲失道衰亡之檜君，故何氏《詩經世本古義》繫於幽王之世，姜氏《詩序廣義》亦認爲詩人所刺爲檜國亡國之君檜仲；③而幽王之世說立論的時間坐標爲桓公滅檜，然滅檜者爲武公非桓公，說亦有誤。

又，蘇《傳》之"檜大夫以道去其君"說，《詩總聞》之賢者"憂勞傷悼而不能已"說，④《詩集傳通釋》之"但言其不爾思"說，⑤《詩經疏義會通》之"抒憂念之情"說，⑥《詩纘緒》之"美孝子敬養哀喪之情"說，⑦《詩傳大全》之"賢者憂勞傷悼其君"說，⑧《詩說解頤·正釋》之"大夫憂國者之所作"說，⑨《風詩類鈔》之"女欲奔男之辭"說，⑩詩旨解說雖異，然皆不著作世。

又，孫氏《從讀史的方面談談〈詩經〉中的時代和地域性》認爲鄭滅檜在西周末年，說本《水經·洧水注》引《竹書紀年》，不確；但其認爲《檜風》4篇皆作於鄭滅檜之後，說是。又，《詩譜》"夷厲之世"說、林氏《從國風看形象化的藝術概括方法的形成》"西周初年"說、許氏《〈詩經〉結集平王初年考》"宣王之世"說、劉氏《詩三百篇的創作與累積考說》"宣幽之世"說，皆於史無徵，似不可信；惟平王之世諸說是。而在平王之世諸說中，又以李氏《詩所》"平王二年（前769）之後"說更確，故筆者此從之。

2.《羔裘》作於"平王二年之後"說補證

（1）《檜風》在風詩中屬十二"變風"之列

《詩大序》："至於王道衰，禮義廢，政教失，國異政，家殊俗，而'變風''變雅'作矣。"⑪《詩譜·周南召南譜》孔《疏》引《詩譜》："天子納'變雅'，諸侯納'變風'，其禮同。"⑫諸侯所納之"變風"何以結集在今本《詩經》中，其主要途徑有二：或由

---

① 程俊英、蔣見元：《詩經注析》，第385頁。
② ［明］何楷撰，李士彪、張丹丹校點：《詩經世本古義》，第1019頁。
③ ［清］姜炳璋：《詩序廣義》，第544頁。
④ ［宋］王質：《詩總聞》，第129頁。
⑤ ［元］劉瑾：《詩集傳通釋》，卷7，第10頁。
⑥ ［元］朱公遷撰，［明］王逢輯，何英增釋：《詩經疏義會通》，四部叢刊四編影印明嘉靖二年（1523）書林劉氏安正書堂刻本，中國書店2016年版，第11頁。
⑦ ［元］劉玉汝：《詩纘緒》，第649頁。
⑧ ［明］胡廣等：《詩傳大全》，國家圖書館藏明永樂十三年（1415）內府刻本。
⑨ ［明］季本：《詩說解頤》，《正釋》卷13，第1頁。
⑩ 聞一多：《風詩類鈔》，《聞一多全集》第4卷，生活·讀書·新知三聯書店1982年版，第16頁。
⑪ ［漢］毛亨傳，［漢］鄭玄箋，［唐］孔穎達等正義：《毛詩正義》，第566頁。
⑫ ［漢］毛亨傳，［漢］鄭玄箋，［唐］孔穎達等正義：《毛詩正義》，第558頁。按：今本《詩譜》無此文。或今本乃傳抄之訛，或孔氏櫽括其義，不敢妄斷。

"采詩"者獻於王室,"以聞於天子"(《漢書·食貨志》)者;①或在天子巡守時,"命大師陳詩,以觀民風"(《禮記·王制》),②而後存於王室者。目前的研究成果表明,在十五國風中,只有《豳風》等少數詩篇爲西周時期的作品,多數詩篇則爲東周時期的作品,而十二"變風"的創作年代大致在懿王至定王之世(約前909—前586)。那麽,在風詩中屬於"變風"之列的《檜風》,自然不會是西周初期或中期的作品,最早也只能是周懿王以後的作品。

(2)《檜風》大致的創作年代要早於《鄭風》

清馬瑞辰《毛詩傳箋通釋·十五國風次序論》:"於檜、鄭、齊、魏、唐、秦,可以覘春秋之國勢焉。春秋之初,鄭最稱強,檜則滅於鄭者也,故檜、鄭爲先……大抵十五國之《風》,其先後皆以國論,不得以一詩之先後爲定也。"③《檜風》在今本《國風》中順序爲第十二,在景王元年(前544)吳公子季札至魯所觀《國風》順序爲第十四(襄二十九年《左傳》),兩者皆列在《鄭風》之後;然在鄭玄《詩譜》中順序爲第七,《王風》以下依次爲《檜》《鄭》二風(馬驌《繹史》輯本)。對於這三種不同的排列順序,固然有種種說法,但我們可以看出以研究《詩經》創作年代與地域文化特色爲主要目的的《詩譜》,其大致是按照時間順序——特別是按照春秋時代列國興衰順序排列的。鄭玄《詩譜》置《檜風》於《王風》之後、《鄭風》之前,蓋因檜爲鄭所滅,猶魏爲唐(晉)所滅,故《魏風》與《唐風》相連,《檜風》與《鄭風》相接。因此,鄭氏以爲《檜風》大致的創作年代要早於《鄭風》,而《鄭風》皆爲平王二年(前769)東遷新鄭後之作。④

平王二年(前769),武公滅檜以後,檜國成爲鄭地,故《檜風》4篇爲鄭滅檜後的作品,則《檜風》4篇自然就是鄭詩了。其作者當然屬檜國遺民,其詩旨自然以"亡國之音"爲主調。故《檜風》的創作年代當在平王二年(前769)頃。

(3)服"羔裘""狐裘"者爲周道衰微後之檜君

首章曰:"羔裘逍遙,狐裘以朝。"次章曰:"羔裘翱翔,狐裘在堂。"卒章曰:"羔裘如膏,日出有曜。"毛《傳》:"羔裘以遊燕,狐裘以適朝。……堂,公堂也。……日出照耀,然後見其如膏。"鄭《箋》:"諸侯之朝服,緇衣羔裘,大蜡而息;民則有黃衣狐裘。今以朝服燕,祭服朝,是其好絜衣服也。先言燕,後言朝,見君之志不能自強於政治。……翱翔,猶逍遙也。"⑤

謹按:《論語·鄉黨》:"緇衣,羔裘;素衣,麑裘;黃衣,狐裘。"⑥《禮記·玉

---

① [漢]班固撰,[唐]顏師古注,傅東華等點校:《漢書》,第1123頁。
② 鄭《注》:"陳詩,謂采其詩而視之。"[漢]鄭玄注,[唐]孔穎達等正義:《禮記正義》,第2875頁。
③ [清]馬瑞辰撰,陳金生點校:《毛詩傳箋通釋》,第9頁。
④ 說詳:邵炳軍《〈詩·鄭風〉繫年輯證(上)》,《上海大學學報》2011年第5期,第88-103頁。
⑤ [漢]毛亨傳,[漢]鄭玄箋,[唐]孔穎達等正義:《毛詩正義》,第812-813頁。
⑥ [魏]何晏等注,[宋]邢昺疏:《論語注疏》,第5418頁。

藻》:"君衣狐白裘,錦衣以裼之。……士不衣狐白。……羔裘豹飾,緇衣以裼之;狐裘,黃衣以裼之。錦衣狐裘,諸侯之服也。"①《白虎通義》卷九《衣裳》:"故天子狐白,諸侯狐黃,大夫狐蒼,士羔裘,亦因別尊卑也。"②《越絕書》卷三《吳內傳》:"蔡昭公南朝楚,被羔裘,囊瓦求之,昭公不與。即拘昭公南郢,三年然後歸之。"③宋蘇轍《詩集傳》卷七曰:"緇衣羔裘,諸侯之朝服也;錦衣狐裘,其所以朝天子之服也。檜君好盛服,故以其朝服燕,而以其朝天子之服朝。夫君之為是也,則過矣。"④清錢澄之《田間詩學》卷五:"逍遙而以羔裘,是法服為嬉遊之具矣。視朝而以狐裘,是臨御為褻媟之場。"⑤馬瑞辰《毛詩傳箋通釋》卷十四:"古者狐裘之用不一。《玉藻》'君衣狐白裘,錦衣以裼之',諸侯朝天子之服也。'狐裘,黃衣以裼之',大蜡而息民之服也。《論語》'狐貉之厚以居',則燕居亦得服狐裘矣。《詩》言'羔裘逍遙'者,謂其以朝服燕,是好絜其衣服,逍遙遊燕也。言'狐裘以朝'者,謂其以燕服朝,以見不能自強於政治也。……古者人君日出視朝。此詩'羔裘'承上'逍遙''翱翔'言,則日出視朝之時已服羔裘遊燕。詩但言羔裘之鮮美,而君之不能自強於政治,正可於言外得之。"⑥的確,西周至春秋初期服飾形制本有嚴格的等級規定,在《詩經》裏有所表現。比如,《豳風·七月》為描寫豳地農民一年四季勞動過程和生活情狀之作(清方玉潤《詩經原始》卷八),其四章曰:"一之日于貉,取彼狐貍,為公子裘。"⑦此言提前取狐貍皮製作狐裘,作為豳公(古公亶父)之子禦寒之裘。再如,《小雅·都人士》為周大夫美平王自西申歸鎬京之作,⑧其首章中所謂"狐裘黃黃"者,即為"其容不改,出言有章。行歸于周,萬民所望"之"彼都人士",⑨亦即剛從西申歸於宗周之平王宜臼。

又,關於本詩中"羔裘"與"狐裘"之語義指向,先哲時賢主要有三說:一是"羔裘"與"狐裘"皆指稱"檜君"說,見前引鄭《箋》。二是"羔裘"指稱"檜君","狐裘"指稱"檜大夫",清俞正燮《癸巳類稿》卷二《檜羔裘義》:"其謂'羔裘'者,檜君也;'狐裘'者,大夫自言也。"⑩三是"羔裘"與"狐裘"皆指稱"檜大夫"說,聞一多

---

① [漢]鄭玄注,[唐]孔穎達等正義:《禮記正義》,第3206頁。
② [漢]班固撰,[清]陳立疏證,吳則虞點校:《白虎通疏證》,第434頁。
③ [漢]袁康撰,[漢]吳平輯錄,樂祖謀據明嘉靖三十三年(1554)張佳胤雙柏棠刊本點校:《越絕書》,上海古籍出版社1985年版,第23頁。
④ [宋]蘇轍:《詩集傳》,第73頁。
⑤ [清]錢澄之撰,朱一清校點:《田間詩學》,第336頁。
⑥ [清]馬瑞辰撰,陳金生點校:《毛詩傳箋通釋》,第427頁。
⑦ 毛《傳》:"于貉,謂取狐狸皮也。狐貉之厚,以居孟冬,天子始裘。"[漢]毛亨傳,[漢]鄭玄箋,[唐]孔穎達等正義:《毛詩正義》,第833頁。
⑧ 說詳:邵炳軍《春秋詩歌〈詩·小雅·正月〉〈雨無正〉〈都人士〉〈魚藻〉創作年代考論》,《廣東社會科學》2012年第1期,第187-194頁。
⑨ [漢]毛亨傳,[漢]鄭玄箋,[唐]孔穎達等正義:《毛詩正義》,第1060頁。
⑩ [清]俞正燮:《癸巳類稿》,王先謙編刻清經解續編本,鳳凰出版社2005年影印版,第4257頁。

《風詩類鈔》："大夫平時穿羔裘，入朝穿狐裘。"①

今考：自春秋初期開始，隨着周天子、諸侯及卿大夫政治地位的變遷，服制自然就發生了變化，如天子服狐裘之制即隨之而變：平王元年（前770），秦襄公始爲諸侯，受顯服，服"錦衣狐裘"（《詩·秦風·終南》）；②惠王二十年（前657），晉大夫士蒍賦《狐裘歌》，謂獻公與重耳、夷吾爲"狐裘尨茸，一國三公"（僖五年《左傳》）；③定王十三年（前594）頃，狄人迫逐黎侯而寓於衛，黎之臣子作《邶風·旄丘》責服"狐裘"之衛成公（或曰衛穆公）不能修方伯連率之職；④至靈王十三年（前559）時，"狐裘"不僅成爲諸侯之朝服，甚至已成爲諸侯卿大夫之常服了。比如，襄十四年《左傳》載衛大夫右宰穀辭（替自己辯護）衛人曰："余不説初矣。余狐裘而羔袖。"⑤則"狐貴羔賤"已爲當時諺語。這表明，由於生産力的發展，促使生産關係發生變化，屬於上層建築範疇的服制自然要隨之而變。當然，即使到了春秋時期諸侯及卿大夫僭禮而服，但至少在春秋中期穿狐裘的起碼爲卿大夫。⑥

可見，諸侯服狐裘當始於兩周之際王室衰微之後，故詩人所寫這位僭越先王服制，服"羔裘"而"逍遥"、服"狐裘以朝"者，當爲周道衰微後之檜君。故清姚際恒《詩經通論》卷七曰："《鄭語》史伯謂鄭桓公曰：'鄶仲恃險，有驕侈怠慢之心，而加之以貪冒'，此詩云'逍遥''翱翔'，意近之矣。"⑦

(4)《羔裘》爲檜大夫刺檜國之君檜仲失道之作

首章曰："豈不爾思，勞心忉忉。"次章曰："豈不爾思，我心憂傷。"卒章曰："豈不爾思。中心是悼。"毛《傳》："國無政令，使我心勞。……悼，動也。"鄭《箋》："爾，女也。三諫不從，待放而去，思君如是，心忉忉然。……悼，猶哀傷也。"⑧清陳奂《毛詩傳疏》卷十三："動與傷義相近，'鼓鐘之妯''菀柳之蹈'，《傳》皆訓爲'動'。'悼'與'妯''蹈'，亦聲近而訓同。'動'，古'慟'字。"⑨

謹按：毛《序》認爲《羔裘》爲檜大夫刺君失道之作，而現代學者則多否定毛

---

① 聞一多《風詩類鈔》，第16頁。
② [漢]毛亨傳，[漢]鄭玄箋，[唐]孔穎達等正義：《毛詩正義》，第792頁。説詳：邵炳軍《〈詩·秦風〉五篇詩旨與作時補證》，《中古詩學暨曹道衡先生學術思想研討會專輯》，安徽人民出版社2007年版，第25-36頁；邵炳軍《〈詩·秦風〉創作年代考論（上）》，《西北大學學報》2011年第6期，第50-56頁。
③ 杜《注》："尨茸，亂貌。公與二公子爲三。"[晉]杜預注，[唐]孔穎達等正義：《春秋左傳正義》，第3895頁。按："三公"，或以爲指申生與重耳、夷吾。説詳：邵炳軍《春秋文學繫年輯證》，第454頁。
④ 黎國，本在今山西省長治市上黨區西南30里黎侯嶺下，後晉立黎侯，或徙其於今黎城縣。又，衛成公，或曰衛穆公。説詳：邵炳軍《〈詩·邶風〉繫年輯證》，《詩經研究叢刊》第20輯，學苑出版社2011年版，第81-133頁。
⑤ 杜《注》："言一身盡善，唯少有惡；喻己雖從君出，其罪不多。"孔《疏》："據《禮記·玉藻》是裘之用皮，狐貴於羔也。"[晉]杜預注，[唐]孔穎達等正義：《春秋左傳正義》，第4250頁。
⑥ 説參：徐中舒、常正光《論〈豳風〉應爲魯詩——兼論〈七月〉詩中所見的生産關係》，《歷史教學》1980年第4期，第14-18頁。
⑦ [清]姚際恒撰，顧頡剛點校：《詩經通論》，第151頁。
⑧ [漢]毛亨傳，[漢]鄭玄箋，[唐]孔穎達等正義：《毛詩正義》，第812-813頁。
⑨ [清]陳奂：《毛詩傳疏》，第4041頁。

《序》説，尤以聞一多《風詩類鈔》"女欲奔男之辭"説影響最大。① 筆者以爲，毛《序》自有附會之辭，但在無確鑿證據判定其的確訛誤的情況下就貿然疑古，甚至貿然判定其有訛誤，這種治學方法是絕對不可取的。

我們知道《詩經》中有三《羔裘》，一在《唐風》，一在《鄭風》，一在《檜風》。《唐風·羔裘》爲晉大夫刺昭公（前745—前740在位）不恤其民之作，平王三十一年（前740）昭公爲其大夫潘父所弑，故詩人刺其"自我人居居""自我人究究"，足見此詩"羔裘"爲晉昭公之服，借指其人，亦非情人遺愛之詩篇。《鄭風·羔裘》爲鄭大夫美叔詹之作。叔詹爲僖王五年至襄王二十三年（鄭厲公二十四年至文公四十三年，前677—前630）期間，鄭國執政"三良"之一，故詩人美其"舍命不渝"，爲"邦之司直""邦之彦兮"。② 足見此詩"羔裘"爲鄭大夫叔詹之服，亦借指其人，並非僅僅爲女子所傾慕之物。可見，這兩首詩正好從一個層面藝術地展示出"羔裘"服制演變的軌迹——隨着政治中心的漸次下移，由春秋前期諸侯國君之朝服，逐漸成爲諸侯卿大夫之朝服。此《檜風·羔裘》凡三章，每章固然皆有一個"思"字，但"思"作爲人類的一種思維活動是無男女老幼之別的；同樣，"勞心忉忉""我心憂傷""中心是悼"所表現的是作者的一種傷感情懷，何以見其必有男女之別呢？何以見其必爲"女欲奔男之辭"呢？

又，《潛夫論·志氏姓》："（檜將亡）詩人憂之，故作《羔裘》，閔其痛悼也。"③ 清王先謙《詩三家義集疏》卷十一："符用《魯詩》，此魯説也。齊、韓無異義。"④ 筆者以爲《魯詩》認爲詩人所寫爲亡國之象、所刺爲亡國之君，可補《毛詩》之失。則我們可據此推斷，服"羔裘"而"逍遥"、服"狐裘以朝"者，即《鄭語》所謂"恃險"而"驕侈怠慢""貪冒"之檜仲。故明何楷《詩經世本古義》卷十八曰："《鄭語》史伯謂鄭桓公曰：'鄶仲恃險，有驕侈怠慢之心，而加之以貪冒。'今按：《序》所云'潔其衣服，逍遥遊燕'，近于'驕侈怠慢'，非其有恃，必不至此，大夫知其國之將亡而諫，必不聽，故去之。"⑤ 可見，服"羔裘""狐裘"者，即檜國失道衰亡之君檜仲。而詩雖作於檜亡國之後，所刺檜君"逍遥遊燕"之事則在亡國之前。

又，宋王質《詩總聞》卷七論之曰："或其君不可服事，或其徒不可同處，不去則有不測之憂，雖去亦終有不免之患。不然，何國人忉忉勞心，增而爲憂傷，又增

---

① 聞一多《風詩類鈔》，第16頁。
② 《唐風·羔裘》毛《傳》："本末不同，在位與民異心。自，用也。居居，懷惡不相親比之貌。……究究，猶居居也。"《鄭風·羔裘》毛《傳》："渝，變也。……司，主也。……彦，士之美稱。"[漢]毛亨傳，[漢]鄭玄箋，[唐]孔穎達等正義：《毛詩正義》，第774、718頁。詳見：邵炳軍《春秋文學繫年輯證》，第111頁；邵炳軍《〈詩·鄭風〉繫年證（上）》，《上海大學學報》2011年第5期，第88—103頁。
③ 汪《箋》："蓋本之三家《詩》序。"彭鐸《校正》："陳氏《魯詩遺説考》七以此本《魯詩》説。"[漢]王符撰，[清]汪繼培箋，彭鐸校正：《潛夫論箋校正》，第414頁。
④ [清]王先謙：《詩三家義集疏》，第484頁。
⑤ [明]何楷撰，李士彪、張丹丹校點：《詩經世本古義》，第1019頁。

而爲悼也?"①的確,全詩三章章四句,前兩句皆描寫檜君逍遙遊燕之生活狀態,反映出檜君失道的亡國之象;後兩句皆抒發詩人對這種亡國之象的傷感情懷,反映出詩人強烈的憂患意識。而最讓詩人"勞心""憂傷""哀傷"者,亦即極度悲傷而欲慟哭者,莫過於國家興亡之事。故詩人所寫自然爲亡國之象,所發自然爲亡國之音。南唐後主李煜的《虞美人·感舊》"雕欄玉砌依然在,只是朱顏改",②撫今追昔,痛定思痛,高妙超脱,一往情深,大有《羔裘》之遺風!

我們將武公滅檜史實與詩文本結合考察,認爲《羔裘》係武公滅檜後所作。惜其具體創作年代不可詳考,姑繫於鄭滅檜之年,即平王二年(前769)。③

二、《隰有萇楚》——檜人嗟歎國破家亡而民逃之作

1. 《隰有萇楚》創作年代諸説辨證

關於《隰有萇楚》之創作年代,先哲時賢主要有八説:

一爲"闕疑"説。上博簡《詩論》第二十六簡:"《陸(隰)又長楚》,䙴(得)而㥄(悔)之也。"④毛《序》:"《隰有萇楚》,疾恣也。國人疾其君之淫恣,而思無情慾者也。"⑤宋朱熹《詩序辨説》卷上:"此《序》之誤,説見本篇。"⑥宋王質《詩總聞》卷七、朱氏《詩集傳》卷七、戴溪《續吕氏家塾讀詩記》卷一、元許謙《詩集傳名物鈔》卷四、清傅恒等《御纂詩義折中》卷八、龔橙《詩本誼》、姚際恒《詩經通論》卷七及胡適《中國古代哲學史》、朱東潤《詩三百篇探故》、毛忠賢《高禖崇拜與〈詩經〉的男女聚會及其淵源》、宋保惠《〈隰有萇楚〉試解》、朱湘蓉《〈詩經·檜風·隰有萇楚〉詩旨之又一解》皆同,僞《子貢詩傳》、僞《申培詩説》亦同。

二爲"夷厲之世(約前869—前844)"説,見前引漢鄭玄《詩譜·檜譜》,《隰有萇楚》鄭《箋》説同。

三爲"平王二年(前769)之前"説,見前引宋范處義《詩補傳·篇目》。清劉聲木《萇楚齋五筆》卷一申之曰:"檜爲鄭武公所滅,已在東周之初,距春秋時甚近。詩人因政煩賦重,人不堪其苦,歎其不如草木之無知而無憂也,……則詩人

---

① [宋]王質:《詩總聞》,第130頁。
② 張璋、黃畬編《全唐五代詞》,上海古籍出版社1986年版,第444頁。按:"依然",《花菴詞選》卷1、《草堂詩餘》卷1、《花草粹編》卷12、《詞綜》卷2、《詞苑叢談》卷6、《欽定全唐詩》卷889、《御選歷代詩餘》卷30等皆作"應猶"。
③ 説詳:邵炳軍、張静《〈詩·檜風·羔裘〉〈素冠〉作時補證》,《上海大學學報》2007年第3期,第29-33頁。
④ 馬承源主編:《上海博物館藏戰國楚竹書》第1册,第38頁。按:"㥄",亦有釋爲"悔""無""謀"者。參見:賀福凌《釋上博楚簡〈孔子詩論〉中的"㥄"字——兼辨〈檜風·隰有萇楚〉詩義》,《古漢語研究》2004年第1期,第101-102頁。
⑤ [漢]毛亨傳,[漢]鄭玄箋,[唐]孔穎達等正義:《毛詩正義》,第814頁。
⑥ [宋]朱熹:《詩序辨説》,第380頁。

詠詩之時,距檜亡必更甚近。"①

四爲"幽王之世(前781—前771)"説。明何楷《詩經世本古義》卷十八:"《隰有萇楚》,疾恣也。鄶君之夫人與鄭伯通,鄶君弗禁,國人疾之。鄶,《詩》作'檜'。鄶君,字仲。《序》云:'國人疾檜君之淫恣,而思無情慾者也。'愚按:詩言樂'無家''無室',是兼刺夫人,不專刺鄶君也。夫人名叔妘,通于鄭伯,事見《丘中有麻》篇。韋昭云:'鄶,妘姓之國。叔妘,同姓之女,爲鄶夫人。'"②

五爲"平王二年(前769)之後"説,見前引清李光地《詩所》卷二。王建國《論〈詩經·檜風〉的創作時代》申之曰:"這(指《隰有萇楚》)是一首寫没落貴族悲觀厭世的詩。"③

六爲"西周初年(約前1066—前999)"説,見前引林深《從國風看形象化的藝術概括方法的形成》。

七爲"宣王之世(前827—前782)"説,見前引許廷桂《〈詩經〉結集平王初年考》。

八爲泛言"西周時期(約前1066—前771)"説,見前引程俊英、蔣見元《詩經注析》。

謹按:《隰有萇楚》,僞《子貢詩傳》、僞《申培詩説》、豐本皆作《萇楚》。又,《詩論》之"得而悔之"説,毛《序》之"國人刺其君淫恣"説,《詩總聞》之"以無知、無家、無室爲樂"説,④朱《傳》之"歎政煩賦重"説,⑤《續吕氏家塾讀詩記》之"疾其君恣慾"説,⑥《詩集傳名物鈔》之"民苦政賦不如草木"説,⑦僞《子貢詩傳》、僞《申培詩説》之"鄶人困於賦役而作賦"説,⑧《御纂詩義折中》之"民不樂生"説,⑨《詩本誼》之"男女之思"説,⑩《詩經通論》之"遭亂而貧窶,不能贍其妻子"説,⑪《中國古代哲學史》之"厭世"説,⑫《詩三百篇探故》之"統治階級内部利害衝突"説,⑬《高

---

① [清]劉聲木撰,劉篤齡據民國十八年(1929)廬江劉氏直介堂叢刻初編排印本點校:《萇楚齋五筆》,清代史料筆記叢刊本,中華書局1998年版,第895頁。
② [明]何楷撰,李士彪、張丹丹校點:《詩經世本古義》,第1023頁。
③ 王建國:《論〈詩經·檜風〉的創作時代》,《古籍整理研究學刊》2004年第3期,第17頁。
④ [宋]王質:《詩總聞》,第131頁。
⑤ [宋]朱熹撰,夏祖堯點校:《詩集傳》,第97頁。
⑥ [宋]戴溪:《續吕氏家塾讀詩記》,第36頁。
⑦ [元]許謙:《詩集傳名物鈔》,第123頁。
⑧ [明]豐坊:《申培詩説》,第41頁。
⑨ [清]傅恒等:《御纂詩義折中》,第10頁。
⑩ [清]龔橙:《詩本誼》,續修四庫全書影印清光緒十五年(1889)刻本,上海古籍出版社2002年版,經部第73册,第289頁。
⑪ [清]姚際恒撰,顧頡剛點校:《詩經通論》,第154頁。
⑫ 胡適:《中國古代哲學史》,第37頁。
⑬ 朱東潤:《詩三百篇探故》,上海古籍出版社1981年版,第31頁。

禖崇拜與〈詩經〉的男女聚會及其淵源》之"愛情"説,①《〈隰有萇楚〉試解》之"男女對唱之戀歌"説,②《〈詩經·檜風·隰有萇楚〉詩旨之又一解》之"得而媒之"説,③詩旨解説雖異,然皆不著作世。筆者此從李氏《詩所》"平王二年之後"説。

2.《隰有萇楚》作於"平王二年之後"説補證
(1)作者爲檜之國人

關於《隰有萇楚》之作者,先哲時賢主要有五説:一爲檜之"國人"説,見毛《序》;二爲"鄶人"説,見僞《申培詩説》;三爲檜之"公族子姓"説,見清方玉潤《詩經原始》卷八;四爲"没落貴族"説,見郭沫若《中國古代社會研究》、④朱東潤《詩三百篇探故》;⑤五爲"檜國百姓"説,見馬世之《鄶國史蹟初探》。⑥

今考:在傳世先秦文獻中,西周春秋時期,"人""國人""公族""百姓"四詞的含義各不相同。

"人":據統計,《春秋》書盟會中稱"人"者絶大多數所指爲周王室卿大夫、諸侯及其卿大夫。⑦ 可見,僞《申培詩説》所謂"鄶人",包括檜之國君及其卿大夫。

"國人":《春秋》無"國人"一詞,在《左傳》中"國人"凡36見,則"國人"一詞當比"人"出現得晚。《國語·齊語》韋《注》:"國,郊以内也。……鄙,郊以外也。"⑧清焦循《群經宮室圖》卷上:"蓋合天下言之,則每一封爲一國;而就一國言之,則郊以内爲國,外爲野;就郊以内言之,則城内爲國,城外爲郊。"⑨焦氏《孟子正義·梁惠王章句下》説同。則毛《序》所謂"國人"一詞更有表明政治身份之作用。我們知道,西周春秋時期的"國人"主要由居於國都城内的士大夫、工商和居於國都城外的農民等三個階層構成,他們既是一個包含一部分大夫在内的以士、農、兵、工商爲主體的特定的職業階層,又是一個隨着歷史發展逐漸形成的政治色彩較濃的特定利益階層,因此自然爲一支能够干預王權與君權的重要政治

---

① 毛忠賢:《高禖崇拜與〈詩經〉的男女聚會及其淵源》,《江西師範大學學報》1988年第4期,第16-23頁。
② 宋保惠:《〈隰有萇楚〉試解》,《聊城師範學院學報》1993年第2期,第98-101頁。
③ 朱湘蓉:《〈詩經·檜風·隰有萇楚〉詩旨之又一解》,《柳州職業技術學院學報》2004年第2期,第73頁。
④ 郭沫若:《中國古代社會研究》,第142頁。
⑤ 朱東潤:《詩三百篇探故》,第31頁。
⑥ 馬世之:《鄶國史蹟初探》,《史學月刊》1984年第5期,第30-34頁。
⑦ 參見:吕紹綱《中國古代不存在城邦制度——兼與日知同志商榷》,《中國史研究》1983年第4期,第91-105頁。
⑧ [三國吴]韋昭注,上海師範大學古籍整理研究所校點:《國語》,第225頁。
⑨ [清]焦循:《群經宮室圖》,王先謙刻清經解續編本,鳳凰出版社2005年影印版,第10册,第1890頁。

勢力。①

"公族"有二義：一爲狹義之公族，即"公族大夫"之簡稱，如宣二年《左傳》"及成公即位，乃宦卿之適子，而爲之田，以爲公族。……趙盾請以括爲公族"之"公族"；②二爲廣義之公族，即凡諸侯同姓昭穆子弟（不包括異姓）之族，亦即方氏《詩經原始》所謂"公族子姓"，如《詩・周南・麟之趾》卒章"麟之角，振振公族"之"公族"。③

"百姓"：即百官族姓，與平民族姓相對。其主要指周天子、諸侯、周王室和諸侯國卿大夫（包括異姓）之族，④與現代意義的"百姓"所指截然不同，如《詩・小雅・天保》五章"群黎百姓，徧爲爾德"之"百姓"。⑤

"貴族"：先秦文獻未見，西漢以降文獻中出現的"貴族"一詞，包括"卿""大夫""士"之族，與"庶人""工商"相對，如《史記・高祖本紀》"徙貴族楚昭、屈、景、懷、齊田氏關中"之"貴族"。⑥ 春秋時期的"貴族"是指剛從氏族貴族演化出來的、以強大的血族集體爲基礎的、以世襲制爲主要形式而形成的社會階層，其主要包括周天子、諸侯、周王室和諸侯國卿大夫。⑦ 現代意義的"貴族"則是一個外來詞，它與氏族內部已有了階級分化的"平民"相對。

因此，儘管"國人"均爲"百姓"後裔，但其中只有極少數大夫屬於"人"與"貴族"之屬，"士""農""工""商"則不屬於"人"與"貴族"之列。

故筆者以爲，從詩文本所寫內容可以看出，毛《序》認爲《隰有萇楚》作者是"國人"之說爲長。

(2) 詩旨爲檜之國人歎國破家亡

關於《隰有萇楚》之詩旨，前哲時賢向有九說：一爲"國人刺檜君淫恣"說，見毛《序》；二爲"國人刺檜君兼刺夫人"說，見明何楷《詩經世本古義》卷十八；三爲"檜人歎困於賦役"說，見僞《子貢詩傳》、僞《申培詩說》；四爲"遭亂而貧窶，不能贍其妻子"說，見清姚際恒《詩經通論》卷七；五爲"國人歎國破家亡"說，見清方玉潤《詩經原始》卷十三；六爲"男女之思"說，見清龔橙《詩本誼》；七爲"厭世"說，見

---

① 參見：任常泰、石光明《西周春秋時期的"國人"》，《中國歷史博物館館刊》1982年第4期，第19-28頁。
② 杜《注》："宦，仕也。爲置田邑，以爲公族大夫。……括，趙盾異母弟，趙姬之中子屏季也。"［晉］杜預注，［唐］孔穎達等正義：《春秋左傳正義》，第4055頁。
③ 毛《傳》："公族，公同祖也。"［漢］毛亨傳，［漢］鄭玄箋，［唐］孔穎達等正義：《毛詩正義》，第595頁。
④ 參見：《尚書・虞書・堯典》；襄十三年、十四年，昭三十二年，哀二年《左傳》。
⑤ 毛《傳》："百姓，百官族姓也。"［漢］毛亨傳，［漢］鄭玄箋，［唐］孔穎達等正義：《毛詩正義》，第881頁。
⑥ ［漢］司馬遷撰，［南朝宋］裴駰集解，［唐］司馬貞索隱，［唐］張守節正義，郭逸、郭曼標點：《史記》，第266頁。
⑦ 參見：何茲全《西周春秋時期的貴族和國人》，《煙臺大學學報》1990年第4期，第1-9頁。

胡適《中國古代哲學史》;八爲"表現檜國統治階級内部利害衝突"説,見朱東潤《詩三百篇探故》;九爲"表達抒情主人公的愛情"説,見毛忠賢《高禖崇拜與〈詩經〉的男女聚會及其淵源》。

今考:愛情説似無據,而其餘各説或分析詩歌創作的社會背景,或分析詩歌所描寫的思想内容,説雖相異但皆可通,尤以方氏《詩經原始》"歎國破家亡"説爲長。

首章曰:"隰有萇楚,猗儺其枝。"次章曰:"隰有萇楚,猗儺其華。"卒章曰:"隰有萇楚,猗儺其實。"毛《傳》:"興也。萇楚,銚弋也。猗儺,柔順也。鄭《箋》:"銚弋之性,始生正直,及其長大,則其枝猗儺而柔順不妄,尋蔓草木。興者,喻人少而端愨,則長大無情慾。"①

謹按:《爾雅·釋草》:"長楚,銚芅。"②三國吴陸璣《毛詩草木鳥獸蟲魚疏》卷上:"萇楚,今羊桃是也。葉長而狹,華紫赤色,其枝莖弱,過一尺,引蔓於草上。今人以爲汲灌,重而善没,不如楊柳也。"③明李時珍《本草綱目·草部》卷十八《草之七·蔓草類》:"羊桃莖大如指,似樹而弱如蔓,春長嫩條柔軟。葉大如掌,上緑下白,有毛,狀似苧麻而團。其條浸水有涎滑。"④清王引之《經義述聞·毛詩上》卷五《猗儺其枝》:"猗儺,乃美盛之貌矣。"⑤馬瑞辰《毛詩傳箋通釋》卷十四:"'那'與'儺',古亦同聲。草之美盛曰'猗儺',樂之美盛曰'猗那',其義正同。"⑥則所謂"萇楚"者,又稱"銚芅""羊桃""鬼桃""細子",即今之"中華獼猴桃",屬古老野生藤本植物,甚似家桃,又非山桃,至今遍及河南、陝西、浙江、湖南、湖北、福建、四川、廣東、廣西等地,生山林川谷及田野之間。其基本特性爲葉長而狹,華紫赤色似桃,子細小如棗核,苦不堪食,枝莖柔弱,茂密美盛,長約尺許,尋蔓草木。故詩人取其"枝猗儺而柔順"之特點,作爲興象與喻體。

首章又曰:"夭之沃沃,樂子之無知。"毛《傳》:"夭,少也。沃沃,壯佼也。"鄭《箋》:"知,匹也。疾君之恣,故於人年少沃沃之時,樂其無妃匹之意。"⑦

謹按:"無知",鄭《箋》訓"知"爲"匹";朱《傳》謂"歎其不如草木之無知而無憂"者,則訓"知"爲"知道""知覺"。⑧《爾雅·釋詁上》:"敵、郃、盍、翕、仇、偶、

---

① [漢]毛亨傳,[漢]鄭玄箋,[唐]孔穎達等正義:《毛詩正義》,第814-815頁。
② 郭《注》:"今羊桃也。或曰鬼桃。葉似桃,華白,子如小麥,亦似桃。"[晉]郭璞注,[宋]邢昺疏:《爾雅注疏》,第5720頁。
③ [吴]陸璣:《毛詩草木鳥獸蟲魚疏》,第21頁。
④ [明]李時珍:《本草綱目》,明萬曆三十一年(1603)夏良心、張鼎思序刊江西初刻本,人民衛生出版社1977年校點版,第1328頁。
⑤ [清]王引之:《經義述聞》,第326頁。
⑥ [清]馬瑞辰撰,陳金生點校:《毛詩傳箋通釋》,第429頁。
⑦ [漢]毛亨傳,[漢]鄭玄箋,[唐]孔穎達等正義:《毛詩正義》,第814頁。
⑧ [宋]朱熹撰,夏祖堯點校:《詩集傳》,第97頁。

妃、匹、會,合也。仇、讎、敵、妃、知、儀,匹也。"①則鄭《箋》據《爾雅》爲説。故馬瑞辰《毛詩傳箋通釋》卷十四曰:"《箋》訓'知'爲'匹',與下章'無室''無家'同義,此古訓之最善者。……'知'訓'接'、訓'合',即得訓'匹'矣。"②筆者亦以爲鄭《箋》説比朱《傳》説義長。

我們知道,《詩經》中的"風詩",其在篇章結構方面最爲突出的特點就是"重章疊句",即以重章易字之法,反復詠歎,渲染感情。

比如,《周南·芣苢》之首章曰:"采采芣苢,薄言采之。采采芣苢,薄言有之。"次章曰:"采采芣苢,薄言掇之。采采芣苢,薄言捋之。"卒章曰:"采采芣苢,薄言袺之。采采芣苢,薄言襭之。"③此所謂"采"者,即"採摘";所謂"有"者,即"收取";所謂"掇"者,即"拾取";所謂"捋"者,即"抹取";所謂"袺"者,即"以衣襟裝取";所謂"襭"者,即"以衣襟插於腰帶裝取"。足見此 6 個動詞(包括"袺""襭"兩個名詞動用者),皆含有"採摘"之義,以強化"我"採摘芣苢時的繁忙景象,以凸顯勞動場面的動態感。

再如,《秦風·蒹葭》之首章曰:"遡洄從之,道阻且長。"次章曰:"遡洄從之,道阻且躋。"卒章曰:"遡洄從之,道阻且右。"④此所謂"長"者,即"漫長";所謂"躋"者,即"高遠";所謂"右"者,即"曲折"。足見此 3 個形容詞,皆含有"遠"義,以喻"我"與"伊人"看似隔水相望,實則遥遠渺茫。

又如,《秦風·黄鳥》之首章曰:"維此奄息,百夫之特。"次章曰:"維此仲行,百夫之防。"卒章曰:"維此鍼虎,百夫之禦。"⑤此所謂"特",即"匹敵";所謂"防",即"抵擋";所謂"禦",即"抵禦"。此 3 個形容詞,皆含有"美"義,以突顯"三良"爲"百夫"之中最爲優秀者。

可見,"采""有""掇""捋""袺""襭"6 個動詞,"長""躋""右"3 個形容詞,"特""防""禦"3 個形容詞,皆爲同義詞連用,蓋詩人爲避免文字重複而易字而已。⑥故《隰有萇楚》中"無知""無家""無室"3 個片語,在"知""家""室"前皆着一"無"字,此"無"爲表示存現狀態之動詞,其後附着之詞必然爲名詞,亦即"知""家"

---

① 郭《注》:"皆謂對合也。"[晉]郭璞注,[宋]邢昺疏:《爾雅注疏》,第 5586 頁。
② [清]馬瑞辰撰,陳金生點校:《毛詩傳箋通釋》,第 429 頁。
③ 毛《傳》:"采采,非一辭也。芣苢,馬舃;馬舃,車前也,宜懷任焉。薄,辭也。采,取也。有,藏之也。掇,拾也。捋,取也。袺,執衽也。扱衽曰襭。"[漢]毛亨傳,[漢]鄭玄箋,[唐]孔穎達等正義:《毛詩正義》,第 591 頁。
④ 毛《傳》:"逆流而上曰遡洄。逆禮則莫能以至也。……躋,升也。……右,出其右也。"鄭《箋》:"升,言其難至如升阪。……右者,言其迂迴也。"[漢]毛亨傳,[漢]鄭玄箋,[唐]孔穎達等正義:《毛詩正義》,第 791—792 頁。
⑤ 毛《傳》:"(特)乃特百夫之德。……防,比也。……禦,當也。"鄭《箋》:"百夫之中,最雄俊者。……防,猶當也,言此一人當百夫。"[漢]毛亨傳,[漢]鄭玄箋,[唐]孔穎達等正義:《毛詩正義》,第 793 – 794 頁。
⑥ 參見:鄧勁夫《〈詩經·檜風·隰有萇楚〉是一首情歌》,《廣西大學學報》1994 年第 2 期,第 85 – 87 頁。

"室"3字不僅皆爲名詞,且語義相同或相近。然則"知"即"匹偶"之義,若訓其爲"知道""知覺",則爲表感知之動詞,這樣不僅不合乎上古漢語語法規範,亦與"風詩"章法結構不合。

又,宋范處義《詩補傳》卷十三:"是詩三章,皆比而賦之也。"①王質《詩總聞》卷七:"'無家''無室',人道之大關;'無知',人生之大患。細推'無家''無室',雖此欲不遂,而此念不斷;不若'無知'之爲安樂長久也。……故有知不若無知者也。"②朱熹《詩集傳》卷七:"政煩賦重,人不堪其苦,歎其不如草木之'無知'而無憂也。"③明孫鑛《批評詩經》卷一:"無知,意絶妙。"④胡適《中國古代哲學史》:"憂時愛國,却又無可如何,便有些人變成了厭世派。""老子的意思,正與此相同。知識愈高,欲望愈難滿足,又眼見許多不合意的事,心生無限煩惱,倒不如無知的草木,無思慮的初民,反可以混混沌沌,自尋樂趣。老子常勸人知足。"⑤郭沫若《中國古代社會研究》:"自己這樣有知識罣慮,倒不如無知無識的草木!"⑥可見,詩人選取"萇楚"這一客體作爲意象,置於首句起興;又以賦體之法狀寫"萇楚"之基本特徵——"猗儺其枝,夭之沃沃";又以"萇楚"作爲明喻喻體,"賦比興"三體兼用,寫人生幸其有知,然人之所樂却在萇楚之"無知",反興人以"有知"而不樂。

次章曰:"隰有萇楚,猗儺其華,夭之沃沃。樂子之無家。"鄭《箋》:"無家,謂無夫婦室家之道。"⑦明孫鑛《批評詩經》卷一:"'無家''無室',便微有跡。"⑧郭沫若《中國古代社會研究》:"自己這樣有妻兒牽連,倒不如無家無室的草木!作人的羡慕起草木的自由來,這懷疑厭世的程度真有點樣子了。"⑨錢鍾書《管錐編》:"室家之累,於身最切,舉示以概憂生之嗟耳。"⑩可見,詩人以"比興"之體,寫人生幸其有家,然人之所樂却在萇楚之"無家",反興人以"有家"而不樂。

卒章曰:"隰有萇楚,猗儺其實,夭之沃沃。樂子之無室。"⑪宋朱熹《詩集傳》卷七:"政煩賦重,民不堪其苦。"⑫明鍾惺《評點詩經》卷一:"亡國之音讀不得。此詩更不必説自家苦,只羡萇楚之樂,而意自深矣。凡苦之可言者,非其

---

① [宋]范處義:《詩補傳》,第54頁。
② [宋]王質:《詩總聞》,第131頁。按:"關",文淵閣四庫全書本作"闗",是;"故有知不若無知者也",見文淵閣四庫全書本,叢書集成初編本無此句。
③⑫ [宋]朱熹撰,夏祖堯點校:《詩集傳》,第97頁。
④ [明]孫鑛:《批評詩經》,第79頁。
⑤ 胡適:《中國古代哲學史》,第37、58頁。
⑥⑨ 郭沫若:《中國古代社會研究》,第142頁。
⑦ [漢]毛亨傳,[漢]鄭玄箋,[唐]孔穎達等正義:《毛詩正義》,第814頁。
⑧ [明]孫鑛:《批評詩經》,第79頁。
⑩ 錢鍾書:《管錐編》第1册,中華書局1979年版,第128頁。
⑪ [漢]毛亨傳,[漢]鄭玄箋,[唐]孔穎達等正義:《毛詩正義》,第815頁。

至也。"①

　　謹按：清沈德潛《説詩晬語》卷上："《萇楚》一詩，唯羨草木之樂，詩意不在文辭中也。至《苕之華》，明明説出。要之並爲亡國之音。"②姚際恒《詩經通論》卷七："'家''室'明是指妻，乃以無家爲無累，豈非飾辭乎！……指萇楚而比之，不能如彼之'無知''無家、室'之累也。以正意論，'無知'是'無家、室'前一層意，正意在'無家、室'上。以比意論，'無知'指萇楚，又爲正意，而'無家、室'則寓言耳。"③劉聲木《萇楚齋五筆》卷一："竊意詩人詠詩，言'無知'，統長幼男女言之；言'無家'，言女不可有男；言'無室'，更言男不可有女。男女皆不可有，國焉有不亡者乎！"④可見，詩人以"比興"之體，寫人生幸其有室，然人之所樂却在萇楚之"無室"，反興人以"有室"而不樂。梁簡文帝《和蕭侍中子顯春别》："别觀葡萄帶實垂，江南豆蔻生連枝。無情無意猶如此，有心有恨徒别離。"⑤此乃《隰有萇楚》一詩之遺響——"此詩祖其意"（明楊慎《升庵詩話》卷一）。⑥

　　總之，我們將鄭滅檜前後的歷史事實與詩文本所寫内容相合分析，檜破民逃，國人莫不飽受顛沛流離之苦，他們自然會發出有家難歸之嗟；國破家亡，國人莫不飽受妻離子散之痛，他們自然會發出"有知"不如"無知"之歎。而導致國破、家亡、民逃之禍者，當然爲檜國之統治者。因此，詩人在將"憂念之情，反覆道之"（元朱公遷《詩經疏義會通》卷七）時，⑦自然要發洩對統治者的强烈不滿，自然要在作品中狀寫出淒慘的"亡國之象"，必然要借助作品表現出悲哀的"亡國之音"。正如清方玉潤《詩經原始》卷十三所説："此必檜破民逃，自公族子姓以及小民之有室有家者，莫不扶老攜幼，挈妻抱子，相與號泣路歧，故有家不如無家之好，有知不如無知之安也。而公族子姓之爲室家累者則尤甚。"⑧故我們認爲《隰有萇楚》爲鄭武公滅檜之後所作。

　　惜其具體創作年代不可詳考，姑繫於鄭武公滅檜之年，即平王二年（前769），並從《毛詩》序次繫於《素冠》之後。⑨

---

①　[明]鍾惺：《評點詩經》，第125-126頁。
②　[清]沈德潛撰，霍松林校注：《説詩晬語》，第192頁。
③　[清]姚際恒撰，顧頡剛點校：《詩經通論》，第153-154頁。
④　[清]劉聲木撰，劉篤齡點校：《萇楚齋五筆》，第895頁。
⑤　[南朝陳]徐陵撰，[清]吳兆宜箋注，程琰删補，穆克宏據清乾隆三十九年（1774）刻本校點：《玉臺新詠箋注》，中華書局1985年版，第429頁。按："葡萄"，文淵閣四庫全書本作"蒲桃"；"别離"，文淵閣四庫全書本作"自知"。
⑥　[明]楊慎撰，豐家驊據清乾隆間（1711—1799）李調元編刻函海本校點：《升庵詩話》，明詩話全編本，鳳凰出版社1998年版，第3册，第2708頁。
⑦　[元]朱公遷撰，[明]王逢據，何英增釋：《詩經疏義會通》，第11頁。按："憂念之情"，文淵閣四庫全書本作"憂傷之意"。據詩意，庫本是。
⑧　[清]方玉潤撰，李先耕點校：《詩經原始》，第295頁。
⑨　說詳：邵炳軍、路豔豔《〈詩·檜風·隰有萇楚〉〈匪風〉作時補證》，《中國文化研究》2006年第3期，第38-44頁。

第三節　亂世之人的情感抒懷

《素冠》爲檜女爲其死於鄭滅檜戰爭的丈夫舉行"大祥"喪禮之作,《匪風》爲助鄭滅檜的成周八師軍人自傷之作。這兩首詩之作者,前者爲檜人,後者爲周人;雖非一國一地之人,然皆生於亂世,身受鄭滅檜之害,自然抒發戰爭禍亂給自己造成的痛苦情感。

一、《素冠》——檜女爲其夫舉行"大祥"喪禮之作

1.《素冠》創作年代諸説辨證

關於《素冠》之創作年代,先哲時賢主要有八説:

一爲"闕疑"説。毛《序》:"《素冠》,刺不能三年也。"①宋王質《詩總聞》卷七、朱熹《詩集傳》卷七、戴溪《續吕氏家塾讀詩記》卷一、元許謙《詩集傳名物鈔》卷四、明季本《詩説解頤·正釋》卷十三、清范家相《詩瀋》卷九、姚際恒《詩經通論》卷七及高亨《詩經今注》、林維民《〈素冠〉新解》、劉士林《〈檜風·素冠〉新解》皆同。

二爲"夷厲之世(約前869—前844)"説,見前引漢鄭玄《詩譜·檜譜》,《素冠》鄭《箋》説同。

三爲"平王二年(前769)之前"説,見前引宋范處義《詩補傳·篇目》。

四爲"幽王之世(前781—前771)"説。明何楷《詩經世本古義》卷十八:"此詩在《鄶風》中,愚意當爲刺鄶君而作。鄶君在位,好潔衣服,計其居先君之喪,服制必不能如禮,故詩以爲刺。"②

五爲"平王二年(前769)之後"説,見前引清李光地《詩所》卷二。王建國《論〈詩經·檜風〉的創作時代》申之曰:"這(指《素冠》)應是當時的一首'哭喪詞',是《詩經》中的一部'杞梁妻曲'。"③

六爲"西周初年(約前1066—前999)"説,見前引林深《從國風看形象化的藝術概括方法的形成》。

七爲"宣王之世(前827—前782)"説,見前引許廷桂《〈詩經〉結集平王初年考》。

八爲泛言"西周時期(約前1066—前771)"説,見前引程俊英、蔣見元《詩經

---

① [漢]毛亨傳,[漢]鄭玄箋,[唐]孔穎達等正義:《毛詩正義》,第813頁。
② [明]何楷撰,李士彪、張丹丹校點:《詩經世本古義》,第1017頁。
③ 王建國:《論〈詩經·檜風〉的創作時代》,《古籍整理研究學刊》2004年第3期,第17頁。

注析》。

謹按：毛《序》之"刺不能三年"說，《詩總聞》之"挽留賢者"說，①朱《傳》之"賢者憂勞國是"說，②《續呂氏家塾讀詩記》之"國人欲爲三年之服而無其助"說，③《詩集傳名物鈔》之"賢者思見三年之喪"說，④《詩說解頤·正釋》之"賢者幸見終喪之人"說，⑤《詩瀋》之"刺禮有餘而哀不足"說，⑥《詩經通論》之"思君子或婦人思男"說，⑦《詩經今注》之"讚美孝子"說，⑧《〈素冠〉新解》之"妻子爲送別離境去國的丈夫而唱之歌"說，⑨《〈檜風·素冠〉新解》之"周代哭喪儀式之歌"說，⑩詩旨解說雖異，然皆不著作世。筆者此從李氏《詩所》"平王二年(前769)武公滅檜之後"說。

2.《素冠》作於"平王二年武公滅檜而東遷新鄭以後"說補證
(1) "素冠""素衣""素韠"爲舉行喪禮時所穿之喪服

首章曰："庶見素冠兮。"次章曰："庶見素衣兮。"卒章曰："庶見素韠兮。"毛《傳》："庶，幸也。素冠，練冠也。……素冠，故素衣。"鄭《箋》："喪禮既祥祭，而縞冠素紕。……除成喪者，其祭也朝服縞冠，朝服緇衣素裳；然則此言素衣者，謂素裳也。……祥祭朝服素韠者，韠從裳色。"孔《疏》："鄭以練冠者練布爲之，而經傳之言素者皆謂白絹，未有以布爲素者，則知素冠非練也。"⑪

謹按：清姚際恒《詩經通論》卷七據此認爲："而素冠等之爲常服，又皆有可證者。……古人多素冠、素衣，不似今人以白爲喪服而忌之也。古人喪服唯以麻之升數爲重輕，不關于色也。"⑫程俊英、蔣見元《詩經注析》亦認爲："素衣是當時人的常服。"⑬說不確。今考：

我們知道，"立權度量，考文章，改正朔，易服色，殊徽號，異器械，別衣服"(《禮記·大傳》)爲周代禮儀制度之重要內容。其中，就"別衣服"而言，"正色"與"間色"之別，尤其重要。《禮記·玉藻》："衣正色，裳間色，非列采不入公門。……(諸侯)而素帶，終辟；大夫素帶，辟垂；士練帶，率下辟；居士錦帶，弟子

---

① [宋]王質：《詩總聞》，第130頁。
② [宋]朱熹撰，夏祖堯點校：《詩集傳》，第96—97頁。按：《詩序辨說》無說。
③ [宋]戴溪：《續呂氏家塾讀詩記》，第35頁。
④ [元]許謙：《詩集傳名物鈔》，第122頁。
⑤ [明]季本：《詩說解頤》，《正釋》卷13，第2頁。
⑥ [清]范家相：《詩瀋》，國家圖書館藏清乾隆三十九年(1774)古趣亭刻本。
⑦ [清]姚際恒撰，顧頡剛點校：《詩經通論》，第153頁。
⑧ 高亨：《詩經今注》，上海古籍出版社1980年版，第189頁。
⑨ 林維民：《〈素冠〉新解》，《溫州師範學院學報》1999年第1期，第5頁。
⑩ 劉士林：《〈檜風·素冠〉新解》，《湛江師範學院學報》，2001年第1期，第36頁。
⑪ [漢]毛亨傳，[漢]鄭玄箋，[唐]孔穎達等正義：《毛詩正義》，第813—814頁。
⑫ [清]姚際恒撰，顧頡剛點校：《詩經通論》，第152—153頁。
⑬ 程俊英、蔣見元：《詩經注析》，第387頁。

縞帶,並紐約用組。韠,君朱,大夫素,士爵韋。"①此以正色爲貴,而以間色爲卑,且作爲標誌"吉凶"之禮儀制度。可見,"素"自然屬正色。考諸傳世文獻,春秋時期"素"服之用主要有三:

一爲"常服"。

比如,《鄭風·出其東門》爲鄭人閔公子五爭之亂時民人思保其室家之作,其首章曰:"縞衣綦巾,聊樂我員。"卒章曰:"縞衣茹藘,聊可與娛。"②《說文·糸部》:"縞,鮮卮也。"③《禮記·雜記下》鄭《注》:"素,生帛也。"④《漢書·韓安國傳》顔《注》:"縞,素也。"⑤則"縞"即生帛,亦即未經染色的絹,此以"縞衣綦巾"指代五爭之亂時服飾簡樸之妻。

再如,《曹風·蜉蝣》爲曹大夫刺昭公好奢而任小人之作,其首章曰:"蜉蝣之羽,衣裳楚楚。"卒章曰:"蜉蝣掘閱,麻衣如雪。"⑥此"麻衣如雪"與首章"衣裳楚楚"相對,"麻衣""衣裳"皆指蜉蝣(渠略)之羽翼,"如雪""楚楚"皆比喻其羽翼鮮潔明亮之貌。此詩以人之"常服"比喻蜉蝣之羽翼,進而以朝生暮死之蜉蝣比喻國人在政局動亂中無所依靠的窘迫狀態。

又如,《孟子·滕文公上》:"'許子冠乎?'曰:'冠。'曰:'奚冠?'曰:'冠素。'"⑦許行屬農家者流,尊崇炎帝神農氏之言,自然不受儒家禮儀之束縛,況且其爲戰國中期之人,此不足以否定春秋時期"素冠"爲喪服之證。

二爲"冠禮之服"。

男子至20歲時,須行冠禮,即成年禮:"筮于廟門,主人玄冠、朝服、緇帶、素韠,即位于門東,西面。……皮弁,服素積、緇帶、素韠",即筮者以蓍草筮於禰廟(父廟)之門以問吉凶時,主人服正色"素韠",以重成人之禮。通過舉行隆重的士冠禮儀式,既寄託了長輩對他的美好祝願:"壽考惟祺,介爾景福",更表示他已能

---

① 《大傳》鄭《注》:"權,稱也。度,丈、尺也。量,斗、斛也。文章,禮法也。服色,車馬也。徽號,旌旗之名也。器械,禮樂之器及兵甲也。衣服,吉凶之制也。"《玉藻》鄭《注》:"謂冕服玄上纁下。間,間厠之'間'。列采,正服。……而素帶、終辟,謂諸侯也。"孔《疏》引[梁]皇侃《禮記義疏》曰:"正謂青、赤、黃、白、黑,五方正色也;不正謂五方間色也,綠、紅、碧、紫、駵黃是也。"[漢]鄭玄注,[唐]孔穎達等正義:《禮記正義》,第3265、3200-3208頁。

② 毛《傳》:"縞衣,白色男服也。綦巾,蒼艾色女服也。……茹藘,茅蒐之染女服也。"鄭《箋》:"縞衣綦巾,所爲作者之妻服也。"[漢]毛亨傳,[漢]鄭玄箋,[唐]孔穎達等正義:《毛詩正義》,第731頁。按:"員",《韓詩》作"魂"。說詳:邵炳軍《春秋文學繫年輯證》,第349頁。

③ 段《注》:"任氏大椿釋'繒'曰:'孰帛曰練,生帛曰縞。'"[漢]許慎撰,[清]段玉裁注:《說文解字注》,第648頁。按:"卮",一本作"色"。

④ [漢]鄭玄注,[唐]孔穎達等正義:《禮記正義》,第3404頁。按:"主",文淵閣四庫全書本作"生",是。

⑤ [漢]班固撰,[唐]顔師古注,傅東華等點校:《漢書》,第2403頁。

⑥ 毛《傳》:"興也。蜉蝣,渠略也。……楚楚,鮮明貌。……如雪,言鮮潔。"鄭《箋》:"麻衣,深衣。諸侯之朝朝服,朝夕則深衣。"[漢]毛亨傳,[漢]鄭玄箋,[唐]孔穎達等正義:《毛詩正義》,第818-819頁。說詳:邵炳軍《春秋文學繫年輯證》,第483頁。

⑦ [漢]趙岐注,[宋]孫奭疏:《孟子注疏》,第5883頁。

肩負成人的責任,以達到"棄爾幼志,順爾成德"(《儀禮·士冠禮》)之教化功能。①

三爲"喪禮之服"。

《論語·鄉黨》:"緇衣,羔裘;素衣,麑裘;黃衣,狐裘。……去喪,無所不佩。"②《禮記·喪服四制》:"喪不過三年,苴衰不補,墳墓不培;祥之日,鼓素琴……父母之喪,衰冠、繩纓、菅屨,三日而食粥,三月而沐,期十三月而練冠,三年而祥。"③《逸周書·器服解》《禮記·文王世子》《郊特牲》《周禮·春官宗伯·司几筵》《巾車》《説苑·修文》説大同。此所謂"祥"爲祭祀名,以"小"與"大"別之:"小祥"爲古代父母喪後第兩年(第十三個月)的祭祀名,即《儀禮·士虞禮》所謂"朞而小祥";"大祥"爲古代父母喪後第三年(第二十五個月)的祭祀名,即《士虞禮》所謂"又朞而大祥"。可見,先秦舉行"小祥""大祥"等喪葬禮儀式時,不僅穿素服,而且用素器,以表達"生者有哀素之心"(《禮記·檀弓下》)。④

喪禮之服包括"素冠""素衣"與"素韠";其中,"冠"與"韠"最爲重要。

冠爲有身份的人共用的首服。平時冠用玄黑色,有喪則用"素冠"。《禮記·玉藻》:"始冠,緇布冠。自諸侯下達,冠而敝之可也。……縞冠玄武,子姓之冠也;縞冠素紕,既祥之冠也。"《喪服小記》:"除殤之喪者,其祭也,必玄;除成喪者,其祭也,朝服縞冠。"《雜記上》:"有三年之練冠,則以大功之麻易之,唯杖屨不易。"《間傳》:"期而小祥,練冠縓緣,要絰不除。……又期而大祥,素縞麻衣。"⑤《説文·糸部》:"縞,鮮卮也。從糸高聲。"段《注》:"毛曰:'縞衣,白色男服也。'王逸曰:'縞,素也。'任氏大椿釋'繒'曰:'熟帛曰練,生帛曰縞。'"⑥足見所謂"縞冠""練冠"者,乃因製冠材質不同而名之;所謂"縞""練"者,皆白色,而"素冠"乃以色名之。則"素冠"即"縞冠",又名"練冠",即白帽子,亦即祥祭之冠。

---

① 鄭《注》:"筮者,以蓍問日吉凶於《易》也。冠必筮日於廟門者,重以成人之禮成子孫也。廟爲禰廟。不於堂者,嫌蓍之靈由廟神。主人,將冠者之父兄也。玄冠,委貌也。朝服者,十五升布衣而素裳也。衣不言色者,衣與冠同也。筮必朝服者,尊蓍龜之道。緇帶,黑繒帶,士帶博二寸,再繚四寸,屈垂三尺。素韠,白韋韠,長三尺,上廣一尺,下廣二尺,其頸五寸,肩革帶博二寸。……皮弁者,以白鹿皮爲冠,象上古也。""祺,祥也。介、景,皆大也。""既冠爲成德。""因冠而戒,且勸之。"[漢]鄭玄注,[唐]賈公彥疏:《儀禮注疏》,第2038、2051、2066頁。

② 皇《疏》:"謂國有凶荒,君素服,則群臣從之;故孔子魯臣,亦服之也。"[三國魏]何晏集解,[南朝梁]皇侃義疏:《論語集解義疏》,叢書集成初編排印清乾隆四十一年(1776)鮑廷博刻知不足齋叢書本,中華書局1985年版,第482册,第135頁。

③ [漢]鄭玄注,[唐]孔穎達等正義:《禮記正義》,第3681-3682頁。

④ 《士虞禮》鄭《注》:"小祥,祭名。祥,吉也。《檀弓》曰:'歸祥肉。'古文'朞'皆作'基'。"《釋文》:"自衽以後至十三月小祥。"[漢]鄭玄注,[唐]孔穎達等正義:《禮記正義》,第2548、2818頁。

⑤ 《玉藻》鄭《注》:"本太古耳,非時王之法服也。……謂父有喪服,子爲之不純吉也。武,冠卷也。古者冠卷殊。紕,緣邊也。……既祥之冠也,已祥祭而服之也。"孔《疏》:"姓,生也。孫是子之所生,故云子姓。"《喪服小記》鄭《注》:"成,成人也。縞冠未純,吉祭服也。既祥祭,乃素縞麻衣。"[漢]鄭玄注,[唐]孔穎達等正義:《禮記正義》,第3199、3257、3368、3604頁。

⑥ [漢]許慎撰,[清]段玉裁注:《説文解字注》,第648頁。

"素韠",《釋名·釋衣服》:"韠,蔽膝也,所以蔽膝前也。婦人蔽膝亦如之。齊人謂之巨巾,田家婦女出至田野,以覆其頭,故因以爲名也。"①宋朱熹《詩集傳》卷七:"'韠',蔽膝也,以韋爲之。冕服謂之'韍',其餘曰'韠'。韠從裳色,素衣素裳則素韠也。"②韠,一作"縪",又名"韍""韍""韍""紱""祓""巿""芾""鈑",古字皆通。韠用皮革製,長方形,上窄下寬,似今之圍裙,縫在腹下膝上。高官用紅色,賤吏用黑色,居喪者用白色。則"素韠",即白色蔽膝,爲貴族大祥祭服。

儘管服制總會因地方習尚與個人喜好而有不同的樣式,服式也未必處處時時完全相同,但以"素"爲喪服之正色,王室及各個諸侯國大體如此。按照"五色"與"五方"相配原則,"白"爲西方之正色,故後世將人卒稱爲"歸西",即"命歸西天"之意。故明何楷《詩經世本古義》卷十八曰:"'素冠',明是大祥之冠;'素韠',明是大祥祭服;'棘人欒欒',明是孝子毀瘠之狀,則舊説固未可廢。"③孫鑛《批評詩經》卷一亦曰:"本刺短喪,却乃從輕服起想望來,用意何其婉妙。"④清姚際恒《詩經通論》卷七亦曰:"'素冠'者,指所見其人而言;因素冠而及衣、韠,即承上'素'字,以'衣''韠'爲換韻:不必泥也。"⑤王先謙《詩三家義集疏》卷十一亦曰:"素冠,三年之喪,初喪喪冠,小祥練冠,大祥縞冠,中月而禫綏冠,踰月吉祭乃玄冠,復平常。……然則小祥、大祥皆用麻衣,大祥之麻衣配縞冠,小祥之麻衣配練冠。"⑥

(2) 素服爲春秋時期各種祭祀活動中所穿之喪服

僖三十三年《左傳》:"子墨衰絰……遂墨以葬文公,晉於是始墨。"⑦則在周襄王二十六年(晉襄公元年,前627)以前,晉人父死君薨,喪禮所服喪服爲素非墨甚明。《韓詩外傳》卷八:"梁山崩……君素服率群臣而哭之。"⑧此"素服",成

---

① [漢]劉熙撰,[清]畢沅疏證:《釋名疏證》,第620頁。
② [宋]朱熹撰,夏祖堯點校:《詩集傳》,第96頁。
③ [明]何楷撰,李士彪、張丹丹校點:《詩經世本古義》,第1019頁。
④ [明]孫鑛:《批評詩經》,第79頁。
⑤ [清]姚際恒撰,顧頡剛點校:《詩經通論》,第153頁。
⑥ [清]王先謙撰,吳格點校:《詩三家義集疏》,第487-488頁。按:《鄭風·出其東門》爲鄭人閔公子五争之亂時人民思保其室家之作,其首章結句曰:"縞衣綦巾,聊樂我員。"卒章結句曰:"縞衣茹藘,聊可與娱。"[漢]毛亨傳、[漢]鄭玄箋、[唐]孔穎達等正義:《毛詩正義》,第731頁。《詩三家義集疏》卷五則曰:"詩言'茹藘',不言'巾'者,省文以成句,故騫言之即佩巾也。"[清]王先謙撰,吳格點校:《詩三家義集疏》,第369頁。可見,男服之常服,亦服"縞衣";女服之常服,則服"綦巾(蒼艾色佩巾)""茹藘(絳色佩巾)"。説詳:邵炳軍《春秋文學繋年輯證》,第349頁。
⑦ 杜《注》:"晉文公未喪,故襄公稱'子';以凶服從戎,故墨之。……後遂常以爲俗。記禮所由變。"[晉]杜預注,[唐]孔穎達等正義:《春秋左傳正義》,第3979頁。
⑧ [漢]韓嬰撰,屈守元箋疏:《韓詩外傳箋疏》,第708-709頁。按:先秦時期梁山有二:一在今陝西省韓城市西北,位於黄河西岸不遠處。此梁山本爲古梁國名山,周襄王十二年(秦穆公十九年,前641)秦滅梁,頃王二年(晉靈公四年,前617)晉又伐秦而取之,故《爾雅·釋山》謂之"晉望"。參見:《尚書·夏書·禹貢》,僖十九年、文十年、成五年《春秋》《左傳》。一在今河北省廊坊市固安縣東北,位於北燕(姬姓國,召公奭之後,都邑在今北京市房山區琉璃河鎮)境内。參見:《詩·大雅·韓奕》《春秋釋例·土地名二》。

五年《左傳》作"降服",即不着平常華麗衣服,故在周定王二十一年(晉景公十四年,前586)時,晉人祭祀天帝之神依然爲"素服"。又,僖三十三年《左傳》:"秦伯素服郊次,鄉師而哭"。①則在周襄王二十六年(前627)以前,秦君祭祀陣亡將士時所穿喪服爲"素服"。又,《管子·輕重甲》:"桓公欲賞死事之後,……管子對曰:'……故君請縞素而就士室,朝功臣世家,遷封食邑,積餘藏羨跱蓄之家。……'"②則在周莊王十二年至襄王十年(齊桓公元年至四十三年,前685—前643)期間,齊君遇凶事則服"素服"。《説苑·君道》:"齊景公遊於葘,聞晏子卒,公乘輿素服……行哭而往矣,至,伏屍而號。"③故在周敬王二十年(齊景公四十八年,前500)以前,齊君爲卿大夫所服喪服爲"素服"。④《韓詩外傳》卷九載子貢(端木賜)對孔子問曰:"得素衣縞冠,使於兩國之間,不持尺寸之兵,升斗之糧,使兩國相親如弟兄。"⑤《説苑·指武》《孔子家語·致思》同。《孔子家語·致思》王肅《注》:"兵,凶事,故白冠服也。"⑥則兵戎之事爲凶非吉,故服亦如喪而尚素。可見,春秋中晚期以前姬周同姓諸侯及嬴秦、姜齊等異姓諸侯國喪服肯定爲"素",則春秋時期在各種祭祀活動中"素衣"爲正色之服。事實上,周人服素當源於夏、商,故《論語·爲政》載孔丘曰:"殷因於夏禮,所損益,可知也;周因於殷禮,所損益,可知也;其或繼周者,雖百世可知也。"⑦《禮記·禮器》亦曰:"三代之禮一也,民共由之。或素或青,夏造殷因。"⑧

(3)詩作者當爲一位喪夫之貴族婦女

首章曰:"棘人欒欒兮。"次章曰:"我心傷悲兮。"卒章曰:"我心藴結兮。"毛《傳》:"棘,急也。欒欒,瘠貌。"鄭《箋》:"時人皆解緩,無三年之恩於其父母,而廢其喪禮。故覬幸一見素冠急於哀慼之人,形貌欒欒然腹瘠也。"⑨

謹按:"棘人",《爾雅》《説文》皆有"棘"字,而無"瘠"字。"瘠"字在襄十四年、昭十三年《左傳》凡五見:一爲人名,即魯大夫后瘠(厚成叔);一爲"肥"之反義詞,即羸瘠、瘦弱、瘦削。又,《吕氏春秋·任地》:"凡耕之大方,力者欲柔,柔者欲

---

① [晉]杜預注,[唐]孔穎達等正義:《春秋左傳正義》,第3979頁。
② [漢]劉向校,黎翔鳳校注,梁運華整理:《管子校注》,新編諸子集成本,中華書局2004年版,第1404頁。
③ [漢]劉向撰,向宗魯校證:《説苑校證》,第28—29頁。
④ 關於齊晏嬰之卒年,説詳:邵炳軍《春秋文學繫年輯證》,第1281頁。
⑤ [漢]韓嬰撰,屈守元箋疏:《韓詩外傳箋疏》,第785頁。
⑥ [三國魏]王肅注:《孔子家語》,四部備要本,中華書局、中國書店1989年影印版,第52册,第13頁。
⑦ [魏]何晏等注,[宋]邢昺疏:《論語注疏》,第5349頁。
⑧ 鄭《注》:"素尚白、黑尚青者也。言所尚雖異,禮則相因耳。"[漢]鄭玄注,[唐]孔穎達等正義:《禮記正義》,第3109頁。
⑨ [漢]毛亨傳,[漢]鄭玄箋,[唐]孔穎達等正義:《毛詩正義》,第813-814頁。

力;息者欲勞,勞者欲息;棘者欲肥,肥者欲棘。"①《説文·肉部》:"腊,䐛,瘠也。從肉𦝫聲。䐛,古文腊,從卄束,束亦聲。"《束部》:"棘,小棗叢生者,從並束。"②宋吕祖謙《吕氏家塾讀詩記》卷十四引南朝梁崔靈恩《毛詩集注》:"(棘人)作'忣人'。"③清惠棟《九經古義》卷五:"棘,古瘠字。"④馬瑞辰《毛詩傳箋通釋》卷十四:"蓋以'棘''忣'雙聲,《爾雅》'棘''忣'同訓'急',故轉爲'忣人'耳。……'欒欒'既爲'瘠貌',則'棘'即爲'瘠'可知。"⑤則"棘"爲"瘠"之古字,"腊"與"腹"皆"瘠"之異體字,即羸瘠、瘦弱、瘦削,毛《傳》釋"急"乃其引申義。⑥

又,"欒欒",《説文·肉部》:"臞,少肉也,從肉瞿聲。……臠,臞也。從肉䜌聲。一曰切肉也。"《木部》:"欒,欒木,似欄。……《禮》:天子樹松,諸侯柏,大夫欒,士楊。"⑦清姚際恒《詩經通論》卷七:"欒欒,拘攣之意。"⑧則《魯詩》作"臠臠"者,"臠臠"爲"欒欒"之正字,"欒欒"爲"臠臠"之借字,即拘攣羸瘠貌。

又,"藴結",《説文·艸部》:"薀,積也,從艸溫聲。《春秋傳》曰:'薀利生孽。'"⑨清陳奂《釋毛詩音》卷一:"'藴結',雙聲。'藴',《唐石經》初刻作'薀'。《都人士》'菀結''溫''宛'聲相近。"⑩其《毛詩傳疏》卷十三説大同。則"藴"爲"薀"之俗字,"菀"爲"薀"之借字,"藴結"即鬱結,亦即憂思不解。

又,《禮記·曲禮下》:"祭王父曰'皇祖考',王母曰'皇祖妣';父曰'皇考',母曰'皇妣';夫曰'皇辟'。"《曾子問》載孔丘曰:"(女死)墇齊衰而弔,既葬而除之。夫死,亦如之。"⑪可見,儘管"大祥"爲父母喪後第二年之祭禮,古人又有"父不祭子,夫不祭妻"(《曲禮上》)之制,⑫但妻可祭夫,其禮當如父母。《素冠》全詩"我"與"子"對稱,顯然爲女子口吻。那麽,此詩之"子",即所喪死者,身份爲貴族男子;"我",即詩作者,自然爲貴族婦女。

---

① 高《注》:"棘,羸瘠也。《詩》云:棘人之欒欒,言羸瘠也。土亦有瘠土。"許維遹撰,梁運華整理:《吕氏春秋集釋》,第 688 頁。
② 《肉部》"腊"字段《注》:"'腊',亦作'瘠'。'瘦',亦作'腹'。凡人少肉則脊呂歷歷然。故其字從脊。……束,木芒也。木芒是老瘠之狀,故從束。"《束部》"棘"字段《注》:"古多假棘爲亟字。"[漢]許慎撰,[清]段玉裁注:《説文解字注》,第 171、318 頁。
③ [宋]吕祖謙:《吕氏家塾讀詩記》,卷 14,第 3 頁。
④ [清]惠棟:《九經古義》,阮元刻清經解本,鳳凰出版社 2005 年影印版,第 3 册,第 2829 頁。
⑤ [清]馬瑞辰撰,陳金生點校:《毛詩傳箋通釋》,第 427 頁。
⑥ [清]姚際恒《詩經通論》卷七:"若如舊解,以'棘'訓'急',孔氏謂'急于哀戚',甚牽強。至以'欒欒'爲瘠貌,尤不切合。"[清]姚際恒撰,顧頡剛點校:《詩經通論》,第 153 頁。按:姚氏謂舊解"甚牽強""尤不切合",乃推斷之論,並無實證。故筆者此不取。
⑦ [漢]許慎撰,[清]段玉裁注:《説文解字注》,第 171、245 頁。
⑧ [清]姚際恒撰,顧頡剛點校:《詩經通論》,第 153 頁。
⑨ [漢]許慎撰,[清]段玉裁注:《説文解字注》,第 40 頁。
⑩ [清]陳奂:《釋毛詩音》,王先謙刻清經解續編本,鳳凰出版社 2005 年影印版,第 11 册,第 4146 頁。
⑪ 鄭《注》:"未有期三年之恩也。女服斬衰。"[漢]鄭玄注,[唐]孔穎達等正義:《禮記正義》,第 2748、3015 頁。
⑫ [漢]鄭玄注,[唐]孔穎達等正義:《禮記正義》,第 2691 頁。

(4)《素冠》爲檜女爲其夫舉行"大祥"喪禮之作

關於《素冠》之詩旨,先哲時賢主要有十三説:一爲毛《序》之"刺不能三年"説,二爲《詩總聞》之"挽留賢者"説,三爲朱《傳》之"賢者憂勞國是"説,四爲《續吕氏家塾讀詩記》之"國人欲行三年之服而無其助"説,五爲《詩集傳名物鈔》之"賢者思見三年之喪"説,六爲《詩説解頤·正釋》之"賢者幸見終喪之人"説,七爲《詩經世本古義》之"刺檜君"説,八爲《詩瀋》之"刺禮有餘而哀不足"説,① 九爲《詩經通論》之"思君子或婦人思男"説,十爲《詩經今注》之"讚美孝子"説,十一爲《詩經注析》之"檜女悼亡夫"説,② 十二爲《〈素冠〉新解》之"妻子爲送别離境去國丈夫而唱之歌"説,十三爲《〈檜風·素冠〉新解》之"周代哭喪儀式之歌"説,等等。

謹按:自毛《序》之"刺不能三年"説之後,先儒多從其説。對於毛《序》"刺不能三年"説,清姚際恒《詩經通論》卷七駁之有十:

> 時人不行三年喪,皆然也,非一人事;何必作詩以刺凡衆之人?于情理不近。一也。思行三年喪之人何至于"勞心慱慱"以及"傷悲""藴結"之如是?此人無乃近于杞人耶?二也。玩"勞心"諸句,"與子同歸"諸句,必實有其人,非虚想之辭。三也。舊訓"庶"爲"幸",是思見而不可得,設想幸見之也。既幸見之,下當接以"我心喜悦"之句方合;今乃云"傷悲",何耶?四也。喪禮從無"素冠"之文。毛《傳》云,"素冠,練冠也"。鄭氏不以爲"練冠"而以爲"縞冠",……據《玉藻》"縞冠、素紕,既祥之冠也"爲説。觀此,則毛、鄭已自齟齬。然鄭爲縞冠,亦非也。《玉藻》"縞冠、素紕",《間傳》鄭《註》云,"黑絲白緯曰縞",此何得以"素冠"爲"縞冠"乎!《玉藻》鄭《註》云,"紕,緣邊也",此何得以"素紕"爲"素冠"乎!五也。喪禮從無"素衣"之文。毛《傳》曰,"素冠,故素衣",混甚。鄭氏據《喪服小記》"除成喪者,其祭也朝服、縞冠"爲説,曰,"朝服緇衣、素裳。然則此言'素衣'者,謂素裳也。"按朝服緇衣、素裳,禮無其文,乃鄭自撰,以《士冠禮》云,"主人玄冠、朝服、緇帶、素韠",以爲韠從裳色,故知素裳。然則《士冠禮》止言"素韠",非言素裳也。即使爲素裳,非言素衣也。何得明改《詩》之"素衣"以爲"素裳"乎!六也。喪禮從無"素韠"之文。孔氏曰,"喪服斬衰,有衰裳、絰帶而已,不言有韠。《檀弓》説既練之服,云'練衣黄裏、縓緣、要絰、繩屨、角瑱、鹿裘',亦不言有韠。則喪服始終皆無韠",可爲明證。七也。且鄭之解"素衣""素韠",唯據《小記》"除成喪者,其祭也朝服、縞冠"之"朝服"爲説,其于"素衣""素韠"既已毫不相涉;且朝服,吉服也,《小記》不過言祥祭之日得以借用其服,非朝服爲祥

---

① [清]范家相:《詩瀋》,國家圖書館藏清朝乾隆三十九年(1774)古趣亭刻本。
② 程俊英、蔣見元:《詩經注析》,第389頁。

祭之服也,安得以朝服惟爲祥祭之服而言此詩爲祥祭服耶!可笑也。八也。且《小記》之説本以"成喪"對"殤喪"言,此期、功之喪皆是,非言三年也。誤而又誤。九也。不特此也,詩思行三年之人,何不直言"齊衰"等項而必言祥後之祭服,如是之迂曲乎?則以上亦皆不必辯也。十也。①

上引姚氏《詩經通論》駁毛《序》"刺不能三年"説 10 條,雖有可商之處,但大旨得之。朱《傳》一方面申毛《序》"刺時人禮廢"之説,但又曰:"'與子同歸',愛慕之詞也""'蘊結',思之不解也。"②可見,朱《傳》以爲毛《序》忽略了每章後兩句中詩人所表達的感情成分。自朱《傳》一出,解《詩》者歧説紛呈。然"刺時人禮廢"説過於道德化,"刺檜國之君"説過於附會,"怨女思夫"説不合古人禮制,"讚美孝子"説與作者身份不符;而程氏《詩經注析》在朱《傳》基礎上,認爲該詩爲一首檜女悼亡夫之詩,説近是。

既然妻可祭夫,其禮當如父母:"父母之喪,衰冠、繩纓、菅履,三日而食粥,三月而沐,期十三月而練冠,三年而祥"(《禮記·喪服四制》)。③ 就詩歌内容而言,首章言幸見期而小祥、服"素冠"的羸瘦之人。此言喪主"素冠"而不言"斬衰""齊衰"者,蓋喪主雖不是終喪之人,亦服之;寫喪夫之貴族婦女頭戴素冠,身體瘦瘠羸弱,憂心忡忡,真可謂"顔色憔悴,形容枯槁"(屈原《漁夫》)。④ 詩人由外在形貌而及內心活動,將人物形象逐漸展現出來,帶有濃郁的悲劇氣氛。次章言願與期而小祥、服"素衣"之人同歸於禮。此言喪主"素衣"者,蓋喪主在小祥之後、大祥之前,皆練(白色熟絹)冠麻衣。寫喪夫之貴族婦女身着素衣,由"素冠"到"素衣",從上而下地描繪出"棘人"服飾;"我心傷悲"直抒詩人情愫,"與子同歸"表明詩人的意願,思想情感較之"傷悲"又進一層。卒章言幸見再期而大祥、服"素韠"之人。寫喪夫之貴族婦女身着素韠,由"素冠""素衣"到"素韠",由上而下地描繪出"棘人"全身服飾;"我心蘊結"直抒詩人情愫,"與子如一"表明詩人的意願,思想情感較之"蘊結"又進一層。總之,全詩每句皆以語氣詞"兮"字煞尾,悲音繚繞,不絕於耳,將檜女爲其夫舉行"大祥"喪禮時的懷人之思、悲傷之感,表現得淋漓盡致,刻畫出一位形象鮮明、情感深厚、恪守禮儀的居喪貴族婦女形象,顯然所寫爲一位妻子在爲丈夫舉行"大祥"喪禮時的情景。⑤ 故我們認爲,此詩爲檜女爲其夫舉行"大祥"喪禮之作。

---

① [清]姚際恒撰,顧頡剛點校:《詩經通論》,第 151－152 頁。按:"《間傳》鄭《注》云'黑絲白緯曰縞'",此處引文出自《羔裘》孔《疏》,今本《間傳》鄭《注》無此文,《服問》鄭《注》本作"黑經白緯曰纖"。則孔《疏》引文或誤,姚氏因之。"不言有韠",今本《羔裘》孔《疏》作"其韠"。
② [宋]朱熹撰,夏祖堯點校:《詩集傳》,第 96 頁。
③ [漢]鄭玄注,[唐]孔穎達等正義:《禮記正義》,第 3682 頁。
④ [漢]王逸撰,夏祖堯點校:《楚辭章句》,第 173 頁。
⑤ 參見:陳子展《詩經直解》,第 443－445 頁。

(5) 檜女之夫爲在鄭滅檜戰争中所亡者

首章曰："勞心慱慱兮。"次章曰："聊與子同歸兮。"卒章曰："聊與子如一兮。"毛《傳》："慱慱，憂勞也。……願見有禮之人，與之同歸。……夫三年之喪，賢者之所輕，不肖者之所勉。"鄭《箋》："勞心者，猶不得見。……聊，猶且也。且與子同歸，欲之其家，觀其居處。……聊與子如一，且欲與之居處觀其行也。"①

謹按："聊"，《説文·亻部》："僇，一曰且也。"《心部》："憀，憀然也。從心翏聲。"《耳部》："聊，耳鳴也。從耳卯聲。"②清馬瑞辰《毛詩傳箋通釋》卷十四："此'聊'字本義。至訓'且'者，乃'僇'字之假借。"③則"聊"爲"僇"之借字，"僇"與"憀"爲異體字，而"憀"爲"聊"之本字，意即"願"。

又，"同歸""如一"，宋朱熹《詩集傳》卷七："與子如一，甚於'同歸'也。"④清馬瑞辰《毛詩傳箋通釋》卷十四："'同歸'，猶下章言'如一'，皆謂一致，非謂歸其家也。"⑤則"同歸""如一"者，即同生同死。

又，毛《傳》、鄭《箋》謂詩人之所以"勞心慱慱"者，乃勞心不得見"有禮之人"；詩人謂"聊與子同歸""聊與子如一"，乃希望見到"有禮之人"，與其同歸居處以"觀其行"。實際上就是説詩人所寫乃冀望"天下歸於禮儀"之願。但毛《傳》依然注意到了詩歌所寫"三年之喪"問題，却以孔子論"子夏三年之喪"與"閔子騫三年之喪"引出"賢者之所輕，不肖者之所勉"二語釋之；足見毛公釋詩時因主張以"詩教"爲先，致其出現自相矛盾之處。

針對毛《傳》、鄭《箋》釋詩的糾結之處，清方玉潤《詩經原始》卷八提出："《素冠》，傷檜君被執，願與同歸就戮也。"⑥此所謂"檜君被執"，的確令國人勞心憂傷；國人"願與同歸就戮"，亦在情理之中，但方氏依然没有解決人未喪而服喪以行"大祥"喪禮這一重要問題。程俊英、蔣見元《詩經注析》看出了方氏説的不足，儘管他們認爲"素冠""素衣""素韠"爲常服而非喪服，却提出一個全新的推斷："這是一首悼亡詩。一位婦女見到丈夫遺容憔悴，心爲之碎，表示寧可伴着他一起死。"⑦當然，按照周人喪禮之制的具體儀節，這位婦女能够"見到丈夫遺容"，爲"大殮禮"之時，而非"大祥"喪禮之時。

我們知道，按照周代喪禮制度程式，從初喪到終喪依時間順序主要有以下儀節：屬纊禮(查驗臨終者是否死亡儀式)、復禮(爲死者招魂儀式)、殯殮禮(停尸儀式)、命赴禮(派人報喪儀式)、弔唁禮(弔喪儀式)、致襚禮(弔喪者贈送死者衣

---

① [漢]毛亨傳，[漢]鄭玄箋，[唐]孔穎達等正義：《毛詩正義》，第813-814頁。
② 《耳部》"聊"字段《注》："若《詩·泉水傳》云：'聊，願也。'……皆假'聊'爲'憀'也。憀者，憀賴也。"[漢]許慎撰，[清]段玉裁注：《説文解字注》，第382、505、591-592頁。
③⑤ [清]馬瑞辰撰，陳金生點校：《毛詩傳箋通釋》，第428頁。
④ [宋]朱熹撰，夏祖堯點校：《詩集傳》，第96頁。
⑥ [清]方玉潤撰，李先耕點校：《詩經原始》，第294頁。
⑦ 程俊英、蔣見元：《詩經注析》，第387頁。

被儀式)、銘旌禮(在堂前西階用竹竿挑起明旌儀式)、沐浴禮(爲死者沐浴潔身修容儀式)、飯含禮(將珠寶糧食放入死者口中儀式)、襲禮(爲死者穿新衣儀式)、設冒禮(用衾覆蓋屍身儀式)、設重禮(在堂前庭中置重儀式)、設燎禮(晚上在庭中和堂上燃燭儀式)、小殮禮(喪後第二天爲死者穿着入棺壽衣儀式)、大殮禮(喪後第三天爲死者所舉行入棺儀式)、成服禮(死者親屬穿喪服之制)、朝夕哭奠禮(喪者親屬在殯所哭奠儀式)、筮宅卜日禮(卜筮選擇墓地葬所與下葬日期儀式)、遷柩禮(將靈柩用靈車遷入祖廟停放儀式)、發引禮(下葬之日柩車啓行前往墓地儀式)、下葬禮(下喪儀式)、反哭禮(葬畢奉重回到殯所升堂而哭儀式)、虞祭禮(反哭後進行虞祭儀式)、卒哭禮(虞後卒哭祭儀式)、祔禮(把死者的神主敬奉祖廟與祖先一起合祭),等等。據《儀禮·既夕禮》《禮記·檀弓上》《王制》,小殮禮過後一天,即喪後第三天,舉行入棺儀式,稱"大殮禮"。"大殮"時,在執事人的幫助下,在棺內鋪席置衾,主人奉屍入棺,蓋棺"舉哀";已盛殮屍體之棺稱"柩",停柩稱"殯",大殮禮畢稱"既殯"。"大殮禮"之後,生者與死者隔開,主人不再見屍。而在爲喪者第三年(第二十五月)祭日所行之祭禮,即"大祥禮"之時,這位婦女何以能够"見到丈夫遺容"呢?顯然是忽略了周代喪禮之制的具體儀節使然。

這位拘攣羸瘠的婦女,何以"大祥禮"時哭喪依然極度悲慟,以至於要跟丈夫一同去死呢?我們猜想,其丈夫死亡肯定爲戰死或餓死之類的非正常死亡。若將鄭武公滅檜史實與詩文本結合考察,《素冠》當爲武公滅檜後所作,詩人的丈夫必定死於鄭滅檜戰爭之中,故其以"亡國之音"爲主調。《素冠》大致與《羔裘》爲同一時期的作品,故《毛詩》將其繫於《羔裘》之後。就今本《毛詩》的編排體例而言,一般是按照各篇創作的時間先後爲序編次的;而毛《序》對各篇詩旨的闡釋又往往與其創作年代相關。故我們將檜國滅亡的史實與詩文本結合來分析《素冠》之詩旨,對確定《素冠》一詩的創作年代具有直接關係。惜其具體創作年代不可詳考,姑繫於鄭滅檜之年,即平王二年(前769),並從《毛詩》序次繫於《羔裘》之後。①

二、《匪風》——助鄭滅檜成周八師軍人自傷之作

1. 《匪風》詩旨諸説辨證

關於《匪風》之詩旨,先哲時賢主要有九説:

一爲"思周道"説。毛《序》:"《匪風》,思周道也。國小政亂,憂及禍難,而思

---

① 説詳:邵炳軍、張静《〈詩·檜風·羔裘〉〈素冠〉作時補證》,《上海大學學報》2007年第3期,第29-33頁。

周道焉。"①鄭《箋》、孔《疏》、僞《子貢詩傳》、僞《申培詩説》、明何楷《詩經世本古義》卷十八、清魏源《詩古微·詩序集義》等皆從之。

二爲"冀君先教"説。《潛夫論·志氏姓》："《匪風》,冀君先教也。會仲不悟,重氏伐之,上下不能相使,禁罰不行,遂以見亡。"②

三爲"寄懷輸情殆賢者"説。宋王質《詩總聞》卷七："當是關中之人爲山東之客者,其知友送歸,以此寄懷輸情,殆賢者也。"③

四爲"賢人憂歎周室衰微"説。宋朱熹《詩集傳》卷七："周室衰微,賢人憂歎而作此詩。"④

五爲"見君臣之彝"説。宋輔廣《詩童子問》卷七："熟讀而詳玩之,則足以見夫君臣之彝矣。"⑤

六爲"成周八師軍人自傷之詞"説。孫作雲《從讀史的方面談談〈詩經〉的時代和地域性》："《匪風》爲西方武士在東方久役不歸思鄉之作。"⑥《説鄶在西周時代爲北方軍事重鎮——兼論軍監》："這是軍人自傷之詞。"⑦

七爲表現"窮途末路思想感情"説。胡義成《〈詩經〉中"勞者"之歌產生及被編纂成集時的社會》："《匪風》是)'窮人'歎息自己困頓生活境遇的,這也是一種'飢者'之歌。……在我看,這些'窮人'並非'勞者',而是没落下去窮困潦倒的奴隸主。……(是作者)窮途末路思想感情的藝術表現。"⑧

八爲"男女愛情"説。鍾來因《論〈詩經〉中禮教盛行前後的愛情詩》："魚的繁殖力極强,這是極吸引古代男女的現象;魚類生活於水中,便於人們觀察;而捕魚、烹魚、食魚之事又極平凡,因而不少詩都以魚來言情。魚就隱比情人,吃魚隱比情欲之滿足,反之則指欲望之未遂。魚指男性的,如《齊風·敝笱》《曹風·候人》《檜風·匪風》《周南·汝墳》《邶風·新臺》《豳風·九罭》;魚指女性的如《衡門》。"⑨

九爲"遊子思鄉"説。程俊英、蔣見元《詩經注析》："這是一首遊子思鄉的詩。"⑩

---

① [漢] 毛亨傳,[漢] 鄭玄箋,[唐] 孔穎達等正義:《毛詩正義》,第 815 頁。
② [漢] 王符撰,[清] 汪繼培箋,彭鐸校正:《潛夫論箋校正》,第 414 頁。
③ [宋] 王質:《詩總聞》,第 132 頁。
④ [宋] 朱熹撰,夏祖堯點校:《詩集傳》,第 97 頁。
⑤ [宋] 輔廣:《詩童子問》,卷 7,第 8 頁。
⑥ 孫作雲:《從讀史的方面談談〈詩經〉的時代和地域性》,《歷史教學》1957 年第 3 期,第 42 頁。
⑦ 孫作雲:《説鄶在西周時代爲北方軍事重鎮——兼論軍監》,《河南師大學報》1983 年第 1 期,第 44 頁。
⑧ 胡義成:《〈詩經〉中"勞者"之歌產生及被編纂成集時的社會》,《貴陽師院學報》1982 年第 3 期,第 70–71 頁。
⑨ 鍾來因:《論〈詩經〉中禮教盛行前後的愛情詩》,《青海社會科學》1986 年第 3 期,第 79–80 頁。
⑩ 程俊英、蔣見元:《詩經注析》,第 391 頁。

謹按：宋朱熹《詩序辨説》卷上駁毛《序》曰：："《序》言'思周道'者，蓋不達此意也。"①説是。筆者此從孫氏《從讀史的方面談談〈詩經〉的時代和地域性》《説鄘在西周時代爲北方軍事重鎮——兼論軍監》成周八師"軍人自傷之詞"説。

2.《匪風》創作年代諸説辨證

關於《匪風》之創作年代，先哲時賢主要有八説：

一爲"闕疑"説，見前引毛《序》，宋王質《詩總聞》卷七、朱熹《詩集傳》卷七、輔廣《詩童子問》卷三及鍾來因《論〈詩經〉中禮教盛行前後的愛情詩》亦皆同，僞《子貢詩傳》闕文。

二爲"夷厲之世（約前869—前844）"説，見前引漢鄭玄《詩譜·檜譜》，《匪風》鄭《箋》説同。

三爲"平王元年（前770）之前"説。宋吕祖謙《吕氏家塾讀詩記》卷十五："《匪風》《下泉》雖皆思周道之詩，然《匪風》作於東遷之前，此一時也；《下泉》作於齊桓之後，此又一時也。"②

四爲"平王二年（前769）之前"説，見前引宋范處義《詩補傳·篇目》。

五爲"宣王之世（前827—前782）"説。宋嚴粲《詩緝》卷十五："《匪風》思周，而宣王中興；《下泉》思周，而周不復興，無其人也。"③

六爲"平王二年（前769）之後"説，見前引清李光地《詩所》卷二。王建國《論〈詩經·檜風〉的創作時代》申之曰："《匪風》應當是檜國動亂時流亡他鄉的檜國遊子思鄉之詩。"④

七爲"西周初年（約前1066—前999）"説，見前引林深《從國風看形象化的藝術概括方法的形成》。

八爲泛言"西周時期（約前1066—前771）"説，見前引程俊英、蔣見元《詩經注析》。⑤

謹按：毛《序》之"思周道"説、《詩總聞》之"寄懷輸情殆賢者"説、朱《傳》之"賢人憂歎周室衰微"説、《詩童子問》之"見君臣之彝"説、《論〈詩經〉中禮教盛行前後的愛情詩》之"愛情"説，詩旨解説雖異，然皆不著作世。筆者此從李氏《詩所》"平王二年（前769）之後"説。

---

① ［宋］朱熹：《詩序辨説》，第380頁。
② ［宋］吕祖謙：《吕氏家塾讀詩記》，卷15，第7-8頁。
③ ［宋］嚴粲：《詩緝》，第269頁。
④ 王建國：《論〈詩經·檜風〉的創作時代》，《古籍整理研究學刊》2004年第3期，第17頁。
⑤ 程俊英、蔣見元：《詩經注析》，第385頁。

3. 《匪風》作於"平王二年之後"説補正

筆者以爲,《匪風》當作於平王二年(前769)鄭武公會成周八師滅檜國之時。爲了便於了解詩歌内容,這裏先簡要介紹一下所謂"成周八師"相關情況。

所謂"成周八師",見西周金文師旅鼎、禹鼎、小克鼎、曶壺、録卣、競卣諸器銘文,即《尚書・周書・洛誥》所謂"洛師",又稱"東八師"。其由成周地區的周人(包括殷遺民)所組成,因位於殷商王畿之地,亦稱"殷八師"。①

據《尚書・周書・召誥》《逸周書・作雒解》及1965年在今陝西省寶雞市陳倉區賈村鎮出土的成王時期器何尊銘文記載,在"武王既克大邑商"之後,爲便於統治全國、鎮守東土,遂命周公旦"宅兹中國",即修建東都雒邑(在今河南省洛陽市附近);自雒邑建成後,成王五年(約前1059)四月(一説成王七年三月)"惟王初遷,宅于成周,復稟武王禮"(何尊銘文),②周王室於此駐屯重兵,此即所謂"成周八師"。③此"成周八師",與駐紮在西都鎬京的"西六師",亦稱"宗周六師",共計14個師,35 000人,爲西周王室直接指揮的主力部隊。④凡西方有事,以西都鎬京"西六師"征之;東方有事,則以東都雒邑"成周八師"討之。遇到重大戰事,則"西六師"與"成周八師"同時出動。西周又有師氏虎臣(一種虎賁),則由國中貴族子弟中精選的勇士組成,屬王室之常備軍,主要職責爲侍衛國王,護守王宫。

我們認爲《匪風》當作於平王二年(前769)鄭武公會成周八師滅檜國之時,主要理由有四:

(1)《匪風》作者爲"西土之人"而非"檜人"

關於《匪風》之作者,毛《序》未言,孔《疏》及僞《子貢詩傳》、僞《申培詩説》、明何楷《詩經世本古義》卷十八、清魏源《詩古微・詩序集義》皆以爲是"檜國君子賢人",説不確。兹考證如下:

卒章曰:"誰能亨魚?溉之釜鬵。誰將西歸?懷之好音。"毛《傳》:"溉,滌也。鬵,釜屬。亨魚煩則碎,治民煩則散,知亨魚則知治民矣。周道在乎西,懷歸也。"鄭《箋》:"檜在周之東,故言'西歸'。"⑤宋范處義《詩補傳》卷十三:"是時周未東

---

① 參見:徐中舒《禹鼎的年代及其相關問題》,《考古學報》1959年第3期,第53-66頁;于省吾《略論西周金文中的"六自"和"八自"及其屯田》,《考古》1964年第3期,第152-155頁。
② 參見:馬承源《何尊銘文初釋》,《文物》1976年第1期,第64頁;張政烺《何尊銘文解釋補遺》,《文物》1976年第1期,第66頁。
③ 參見:李學勤《成周建設論》,載《中國的古代都市》,汲古書院1995年版,第210-212頁。
④ 《周禮・夏官司馬・敘官》:"凡制軍,萬有二千五百人爲軍。王六軍,大國三軍,次國二軍,小國一軍。軍將皆命卿。二千有五百人爲師,師帥皆中大夫。"[漢]鄭玄注,[唐]賈公彥疏:《周禮注疏》,第1792頁。按:如果以此爲準,1軍爲5師,王室6軍應爲30師,75 000人。此當爲各種類型軍隊的總人數,未必都是常備軍。
⑤ [漢]毛亨傳,[漢]鄭玄箋,[唐]孔穎達等正義:《毛詩正義》,第815頁。

遷，故曰'西歸'。周亦在檜西也。"①朱熹《詩集傳》卷七："西歸，歸於周也。"②

謹按：諸家皆以"西"指周西都王畿本土之地，説不確。除本詩"西歸"之外，《詩經》中常有"西顧""西方""西悲""西方之人"等用法。

比如，《邶風·簡兮》爲衛伶官刺莊公廢教之作，其卒章曰："云誰之思？西方美人。彼美人兮，西方之人兮。"③其中，"西方"指周武王以後都邑鎬京，周在衛之西，故詩人以"西方美人""西方之人"指稱來自宗周的舞師，以表達詩人對來自宗周舞師的愛慕之情。

再如，《豳風·東山》寫一位隨從周公旦伐奄（在今山東省曲阜市舊城東）武士的家室離合之情，其首章曰："我徂東山，慆慆不歸。我來自東，零雨其濛。我東曰歸，我心西悲。"④其中，"東""西"並提，"東"，即"東山"，此指"奄"；"西"，亦指成王時都邑宗周，此代指位於王畿西土之家鄉。

又如，《小雅·大東》爲譚大夫刺東國困於役而傷於財之作，其四章曰："東人之子，職勞不來。西人之子，粲粲衣服。"⑤清陳奂《毛詩傳疏》卷二十："譚國在東，故'東人'爲譚人。……周在西，故以'西人'爲京師人。"⑥則此"西人之子"，指居於東方諸侯國中那些來自成周的姬姓貴族後裔。故譚大夫以此來發洩周王室對東方諸侯國剝削壓迫的怨憤之情。譚國在今山東省濟南市歷城區東南，僖王二年（前680）爲齊所滅（莊十年《左傳》），則詩爲春秋前期之作。故此"西"當爲成周，則在春秋時期居於東方諸侯國的成周人，亦可稱爲"西人"。

又如，《大雅·皇矣》爲周人美其先祖太王、太伯、王季及文王創業開國之作，其首章曰："乃眷西顧，此維與宅。"⑦《漢書·郊祀志》載匡衡奏疏曰："言天以文王之都爲居也。"⑧清陳奂《毛詩傳疏》卷二十三："眷，顧貌。"⑨此詩美天意在周，上帝福佑，文王修德，文王取得伐密伐崇之捷。此"密"即密須氏之國，在今甘肅省平涼市靈臺縣西，位於周之西北；"崇"，即崇侯虎之國，在今陝西省西安市長安

---

① ［宋］范處義：《詩補傳》，第54頁。
② ［宋］朱熹撰，夏祖堯點校：《詩集傳》，第98頁。
③ 毛《傳》："乃宜在王室。"［漢］毛亨傳，［漢］鄭玄箋，［唐］孔穎達等正義：《毛詩正義》，第651頁。參見：聞一多《神話與詩》，第113頁；程俊英、蔣見元《詩經注析》，第102頁。說詳：邵炳軍《〈詩·邶風〉繫年輯證》，《詩經研究叢刊》（第20輯），學苑出版社2011年版，第81-133頁。
④ 鄭《箋》："此四句者，序歸士之情也。……我在東山，常曰歸也，我心念西而悲。"［漢］毛亨傳，［漢］鄭玄箋，［唐］孔穎達等正義：《毛詩正義》，第845頁。參見：［清］馬瑞辰《毛詩傳箋通釋》，第475頁。
⑤ 毛《序》："《大東》，刺亂也。東國困於役而傷於財，譚大夫作是詩以告病焉。"毛《傳》："東人，譚人也。……西人，京師人也。"［漢］毛亨傳，［漢］鄭玄箋，［唐］孔穎達等正義：《毛詩正義》，第987-989頁。
⑥ ［清］陳奂：《毛詩傳疏》，第4076頁。
⑦ 毛《序》："《皇矣》，美周也。天監代殷，莫若周；周世世脩德，莫若文王。"毛《傳》："（西）顧，顧西土也。"［漢］毛亨傳，［漢］鄭玄箋，［唐］孔穎達等正義：《毛詩正義》，第1117頁。詳見：邵炳軍《春秋文學繫年輯證》，第499頁。
⑧ ［漢］班固撰，［唐］顏師古注，傅東華等點校：《漢書》，第1255頁。
⑨ ［清］陳奂：《毛詩傳疏》，第4098頁。

區西北,位於周之東。故詩人以"西"指稱周文王時都邑豐京。

可見,《邶風·簡兮》《豳風·東山》《小雅·大東》《大雅·皇矣》諸篇之"西",或特指宗周(豐京與鎬京),或特指西周王畿西土之地。這是因爲周人崛起於西方,故每以"西土""西土之人"自稱;而"西土""西土之人",亦成爲東方諸侯國人們對宗周王畿之人的別稱。降及平王東遷雒邑,相沿成習,周人依然以"西土""西人""西土之人"自稱,東方諸侯國人們依然以"西土""西人""西土之人"爲成周王畿之人的別稱。由此可見,詩人顯然爲西土之人,若是檜國之人,就談不到"西歸"的問題。故清魏源《詩古微·檜鄭答問》曰:"滅虢者,東周初鄭武公也。若檜,則實西周末鄭桓公所滅。……檜既滅於西周之末,而《檜風》與《王風》互易,則《匪風》傷周道思西歸,其爲東周《王風》末篇何疑乎?……且不曰西徂,而曰'西歸',明爲平王自棄舊都、大去其國之後。"《詩序集義》亦曰:"東遷之初,士大夫各以車馬載其孥賄,疾驅而至,小國實偪處此,何以安存?故詩人憂之。"①當然,詩人可能爲居於檜地的成周人,未必一定爲檜大夫。

我們知道,夏、商、周時期的遺址尤其是都城聚落,都是瀕河修建或分佈的。比如,河南省洛陽市偃師縣二里頭遺址南臨古洛河,安陽市殷都區小屯村殷墟遺址位於洹河北岸,陝西省咸陽市豐鎬都城遺址位於灃水東西兩岸,等等。在二里頭、二里崗、殷墟、周原、豐鎬等遺址及同類的文化遺址,有關魚骨殘骸、捕魚的生產工具等都有不同程度的發現,表明食魚之俗在夏商周三代是流行的。鄭州二里崗時期商文化遺址、殷墟文化遺址,陝西寶雞茹家莊西周墓等,均發現不少玉魚雕塑品;②商代遺址發現的魚骨,經鑒定有鯽魚、黃顙魚、鯉魚、草魚、青魚和赤眼鱒魚等;殷代甲骨文,有殷王以魚爲祭品來祭祀的記錄。③ 以上情況已足以表明商、周時代人們嗜魚食魚的習俗十分盛行。魚類以其鮮美之味成爲佳餚名品,吃魚顯然是一種食欲的滿足與享受,是一種非常時尚的社會生活方式。其中,《詩經》一書中提及的魚類品種至少有19種之多,如《陳風·衡門》《小雅·六月》《大雅·韓奕》等。這些魚類在詩人筆下,或爲賦陳之客體,或爲比喻之喻體,或爲起興之物象。故在《匪風》卒章中,詩人順手拈來烹魚器皿釜鬵作爲喻體與興象,以比興之法起句,發出了急於"西歸"之歎。

(2)《匪風》作者爲居於檜地的成周八師軍人

孫作雲《說豳在西周時代爲北方軍事重鎮——兼論軍監》:"《檜風·匪風》講

---

① [清]魏源撰,何慎怡等點校:《詩古微》,第494-497、772頁。
② 參見:河南省文化局文物工作隊《鄭州二里崗》,科學出版社1959年版,第16-38頁;陳志達《殷代王室玉器與玉石人物雕像》,《文物》1982年12期,第84-86頁;盧連成、胡智生《寶雞強國墓地》(上册),文物出版社1988年版,第71-73頁。
③ 參見:《甲骨文合集》(29700):"壬子卜,其竂司魚、茲用。"郭沫若主編:《甲骨文合集》,中華書局1978—1982年版,第 册,第3631頁。

檜地駐軍爲西土人,亦即周本土人……鄶在今河南密縣,去洛陽不遠,應隸屬於成周八師,因此,可以認爲:這首歌是成周八師軍人之歌,而採集之者,應爲成周八師中的屬吏,而由軍監獻給周朝廷,藏之太師、太史手中,因而流傳到現在。"①其《從讀史的方面談談〈詩經〉的時代和地域性》說同。② 筆者以爲孫氏說是。兹補證如下:

首章曰:"匪風發兮,匪車偈兮。"次章曰:"匪風飄兮,匪車嘌兮。"毛《傳》:"發發飄風,非有道之風;偈偈疾驅,非有道之車。……廻風爲飄,嘌嘌無節度也。"孔《疏》:"周道既滅,風爲之變,俗爲之改。……李巡曰:廻風,旋風也。一曰飄風,別二名。……由疾故無節。"③

謹按:《爾雅·釋天》:"迴風爲飄。"④《說文·口部》:"嘌,疾也。"⑤宋朱熹《詩集傳》卷七:"發,飄揚貌。偈,疾驅貌。……嘌,飄搖不安之貌。"⑥清馬瑞辰《毛詩傳箋通釋》卷十四:"'彼''匪'古通用。《廣雅》:'匪,彼也。'《疏證》引此詩:'匪當爲彼。匪風發兮,匪車偈兮。猶言彼風之動發發然,彼車之驅偈偈然。'今按:王說是也。'彼'古通作'佊'。……是'佊'有'邪'義。'匪'亦'邪'也。古'匪'字蓋借爲'邪佊'之'佊',又借爲'彼我'之'彼'。"⑦則"匪"爲"彼"之借字,此爲第三人稱指示代詞,當今之"那"。

又,《詩·秦風·渭陽》爲秦穆公太子罃(康公)送別其舅父晉公子重耳(文公)返晉爲君之作,其首章曰:"我送舅氏,曰至渭陽。何以贈之? 路車乘黃。"⑧《小雅·車攻》爲周大夫美宣王復古之作,其次章曰:"田車既好,四牡孔阜。東有甫草,駕言行狩。"⑨莊十二年《左傳》:"南宮萬奔陳,以乘車輦其母,一日而至。"宣二年《左傳》:"宋人以兵車百乘,文馬百駟,以贖華元于鄭。"⑩《周禮·冬官考工記》:"故兵車之輪,六尺有六寸;田車之輪,六尺有三寸;乘車之輪,六尺有六

---

① 孫作雲:《說鄶在西周時代爲北方軍事重鎮——兼論軍監》,《河南師大學報》1983年第1期,第44頁。
② 孫作雲:《從讀史的方面談談〈詩經〉的時代和地域性》,《歷史教學》1957年第3期,第38—44頁。
③ [漢]毛亨傳,[漢]鄭玄箋,[唐]孔穎達等正義:《毛詩正義》,第815頁。
④ 郭《注》:"旋風也。飄音飄。"[晉]郭璞注,[宋]邢昺疏:《爾雅注疏》,第5673頁。
⑤ [漢]許慎撰,[清]段玉裁注:《說文解字注》,第58頁。
⑥ [宋]朱熹撰,夏祖堯點校:《詩集傳》,第97頁。
⑦ [清]馬瑞辰撰,陳金生點校:《毛詩傳箋通釋》,第430頁。
⑧ 毛《傳》:"母之昆弟曰舅。贈,送也。乘黃,四馬也。"[漢]毛亨傳,[漢]鄭玄箋,[唐]孔穎達等正義:《毛詩正義》,第796頁。說詳:邵炳軍《春秋文學繫年輯證》,第548頁。
⑨ 毛《序》:"《車攻》,宣王復古也。宣王能内脩政事,外攘夷狄,復文武之境土,脩車馬,備器械,復會諸侯於東都,因田獵而選車徒焉。"[漢]毛亨傳,[漢]鄭玄箋,[唐]孔穎達等正義:《毛詩正義》,第916頁。
⑩ 莊十二年《左傳》杜《注》:"乘車,非兵車。駕人曰輦。"[晉]杜預注,[唐]孔穎達等正義:《春秋左傳正義》,第3843、4052頁。按:"兵車",又曰"戎車",泛言"乘車",亦即乘人之車;天子諸侯之"乘車",又曰"乘輿"。詳見:僖二年、哀元年《左傳》《孟子·梁惠王下》《離婁下》《禮記·經解》。

寸。"①足見車有"兵車(革路)""田車(木路)""乘車(玉路、金路、象路)"之別。此《匪風》之"車",當爲戎車(兵車),則詩人爲駕戎車像旋風一般急馳在大道上的武士。可見,《匪風》中這位駕戎車像旋風一般急馳在大道上的西土成周武士,當爲成周八師軍人。

(3)《匪風》爲居於檜地的成周八師軍人的嗟歎之辭

首章曰:"顧瞻周道,中心怛兮。"次章曰:"顧瞻周道,中心弔兮。"毛《傳》:"怛,傷也。下國之亂,周道滅也。……弔,傷也。"鄭《箋》:"周道,周之政令也。迴首曰顧。"②

謹按:毛、鄭皆以"周之政令"釋"周道",而宋朱熹《詩集傳》卷七則曰:"周道,適周之路也。"③清馬瑞辰《毛詩傳箋通釋》卷十四亦曰:"'周道'猶'周行'。……周之言猶。《廣雅》:'猶,大也。'周道又爲通道,亦大道也。凡《詩》'道'皆謂大路,即《孟子》云'夫道若大路然'也。謂《詩》以大路之坦平喻王道之正直則可,若遂以爲'周之政令',則非。"④孫作雲《從讀史的方面談談〈詩經〉的時代和地域性》認爲:"此詩言'周道'即周人專用的軍用公路。"⑤《小雅大東篇釋義》說大同。可見,自朱熹以降認爲"道"即"路",而非"政令"。那麽,"周道"何以可訓爲"適周之路""大道""周人專用的軍用公路"呢?郭晉稀《詩經蠡測》從訓詁學聲訓方法入手爲我們回答了這一多年難解之謎。他認爲:"'周'是'中'字的假借。周在古韻'幽'部,中在'夅'部(或稱冬部),兩部對轉通用。中,陟弓切;周,職流切;前者在知母,後者在照三,兩字古聲同在端母,同紐雙聲。……所以總結起來說,周行就是中道。中道就是道中,即道路之中。……我說'周行''周道',也就是'中道''道中',把它移置《詩經》的全書,解釋是處處妥當的。"⑥

的確,在《詩經》中,除本篇之外,"周道"又見於以下4篇之中:《小雅·四牡》爲周王室使臣思歸之作,其首章曰:"四牡騑騑,周道倭遲。豈不懷歸?王事靡盬,我心傷悲。"《小弁》爲太子宜臼之傅刺幽王之作,其次章曰:"踧踧周道,鞫爲茂草。我心憂傷,惄焉如擣。假寐永歎,維憂用老。心之憂矣,疢如疾首。"《大東》爲譚大夫刺東國困於役而傷於財之作,其首章曰:"有饛簋飧,有捄棘匕。周道如砥,其直如矢。君子所履,小人所視。睠言顧之,潸焉出涕。"《何草不黄》爲

---

① 鄭《注》:"此以馬大小爲節也。兵車,革路也。田車,木路也。乘車,玉路、金路、象路也。兵車、乘車駕國馬,田車駕田馬。"[漢]鄭玄注,[唐]賈公彦疏:《周禮注疏》,第1961頁。
② [漢]毛亨傳,[漢]鄭玄箋,[唐]孔穎達等正義:《毛詩正義》,第815頁。
③ [宋]朱熹撰,夏祖堯點校:《詩集傳》,第97頁。
④ [清]馬瑞辰撰,陳金生點校:《毛詩傳箋通釋》,第430頁。
⑤ 孫作雲:《從讀史的方面談談〈詩經〉的時代和地域性》,《歷史教學》1957年第3期,第42頁。
⑥ 郭晉稀:《詩經蠡測》(修訂本),巴蜀書社2006年版,第20-22頁。

周大夫憂時刺平王之作,其卒章曰:"有芃者狐,率彼幽草。有棧之車,行彼周道。"①可見,此所謂"道"者,毛《傳》與鄭《箋》除《檜風·匪風》與《小雅·大東》二篇釋爲"周之政令"外,餘皆釋爲"道路"。足見《檜風·匪風》毛《傳》與鄭《箋》皆乃附會之說,朱《傳》《毛詩傳箋通釋》說是,《從讀史的方面談談〈詩經〉的時代和地域性》說更確。

此詩一、二章上兩句寫這位成周八師軍人駕戎車像旋風一般急馳在大道上,頗與《小雅·四牡》《何草不黃》二篇所寫情景相似:《四牡》寫大夫行役在外,執御四匹公馬所駕車乘賓士在迂迴遙遠的大道上,思歸故鄉,却因王事在身而無法回歸;《何草不黃》寫大夫行役在外,執御高大的役車賓士在大道上,惟見狐狸在深草之中奔走,狐毛蓬鬆、輕鬆自如,而自己却經營四方、朝夕不暇,難歸故里。②故《匪風》朱《傳》曰:詩人"特顧瞻周道而思王室之陵遲,故中心爲之怛然耳。"③詩人寫自己驅車疾馳在檜國的大道上,因征戰不休而飄摇不安聯想到周之王道衰微,由此發遊子思鄉之歎而有王道衰微之嗟。

又,《韓詩外傳》卷二:"《傳》曰:國無道則飄風厲疾,暴雨折木,陰陽錯氛,夏寒冬溫,春熱秋榮,日月無光,星辰錯行,民多疾病,國多不祥,羣生不壽,而五穀不登。當成周之時,陰陽調,寒暑平,羣生遂,萬物寧,故曰:其風治,其樂連,其驅馬舒,其民依依,其行遲遲,其意好好。《詩》曰:'匪風發兮,匪車偈兮。顧瞻周道,中心怛兮。'"④《漢書·王吉傳》載吉上疏諫曰:"《詩》云:'匪風發兮,匪車揭兮。顧瞻周道,中心懍兮。'說曰:是非古之風也,發發者;是非古之車也,揭揭者。蓋傷之也。"⑤《宋書·武帝本紀中》載《宋公九錫策文》曰:"永嘉不競,四夷擅華,五都幅裂,山陵幽辱,祖宗懷没世之憤,遺氓有匪風之思。"⑥此三引述或化用此詩,正取駕車在旋風中疾驅而顧念亡國哀傷之義。

(4)《匪風》爲助鄭武公滅檜的成周八師軍人的嗟歎之辭

居於檜國的成周八師軍人何故有如此嗟歎呢?這大概與成周八師助武公滅檜有關。

據隱六年、宣十二年《左傳》《國語·鄭語》《詩·鄭風·緇衣》毛《序》《史記·

---

① 《四牡》毛《傳》:"騑騑,行不止之貌。周道,岐周之道也。倭遲,歷遠之貌。"《小弁》毛《序》:"《小弁》,刺幽王也。大子之傅作焉。"毛《傳》:"踧踧,平易也。周道,周室之通道。鞠,窮也。"《大東》毛《序》:"《大東》,刺亂也。東國困於役而傷於財,譚大夫作是詩以告病焉。"毛《傳》:"如砥,貢賦平均也。如矢,賞罰不偏也。"《何草不黃》毛《傳》:"棧車,役車也。"[漢]毛亨傳,[漢]鄭玄箋,[唐]孔穎達等正義:《毛詩正義》,第867、971、987—988、1078頁。說詳:邵炳軍《春秋文學繫年輯證》,第137—139、965頁。
② 說詳:邵炳軍《春秋文學繫年輯證》,第137頁。
③ [宋]朱熹撰,夏祖堯點校:《詩集傳》,第97頁。
④ [漢]韓嬰撰,屈守元箋疏:《韓詩外傳箋疏》,第215頁。
⑤ [漢]班固撰,[唐]顏師古注,傅東華等點校:《漢書》,第3058頁。
⑥ [南朝梁]沈約編修,王仲犖據宋元明三朝遞修本、明北監本、毛氏汲古閣本、清乾隆四年武英殿本、金陵書局本、百衲本互校本點校:《宋書》,中華書局1974年版,第39頁。

《周本紀》《秦本紀》《晉世家》《鄭世家》《今本竹書紀年》,幽王八年(前774),鄭桓公爲王室司徒;十一年(前771),桓公死於幽王驪山之難。可見,在平王宜臼與攜王余臣"二王並立"之初,桓公顯然爲攜王黨羽。但在平王東徙雒邑時,晉文侯會衛武公、鄭武公、秦襄公以師從王入於成周。鄭武公作爲王室的庇護者,平王自然要借重鄭國的力量,故周平王三年(前768)命鄭武公掘突繼其父職爲周司徒。

又,《國語·鄭語》載周太史伯(伯陽父)對鄭桓公問曰:"周亂而弊,是驕而貪,必將背君,君若以成周之眾,奉辭伐罪,無不克矣。"①此"成周之眾",即"成周八師";"奉辭伐罪"之"罪",即檜仲"驕侈怠慢"而"貪冒"。則武公伐檜時假王室之力,其自然從太史伯之謀而動用了成周八師。

又,宣十二年《左傳》載晉卿士隨季(士會)對楚少宰曰:"昔平王命我先君文侯曰:'與鄭夾輔周室,毋廢王命。'今鄭不率,寡君使群臣問諸鄭,豈敢辱候人?敢拜君命之辱。"②則在護送平王東徙雒邑時的晉文侯、衛武公、鄭武公、秦襄公四君中,以晉、鄭爲成周南北門户,故平王作命辭使晉文侯與鄭武公作爲王室的庇護者,則平王初年武公已成爲"夾輔周室"的股肱之臣,故在鄭滅檜次年(前768)即命武公繼其父職爲王室司徒。儘管我們目前還難以找到武公依靠成周八師力量滅檜的材料,但平王給予武公成周八師助鄭滅檜,使武公自西畿舊鄭東遷至新鄭以拱衛王室,不是不可能的。

我們將武公滅檜史實與詩文本結合考察,《匪風》當作於武公會成周八師滅檜國之時,即平王二年(前769),並從《毛詩》篇次繫於《隰有萇楚》之後。③

綜上所考,幽王九年(前773),鄭桓公東寄帑賄於虢、檜十邑,爲滅檜東遷鄭國建立了橋頭堡;十年(前772),鄭桓公襲檜而取其地但未滅其國;十一年(前771),桓公死於驪山之難後,其子武公繼續伐檜,鄔(鄢)、弊、補、舟、依、𪓅、歷、莘(華)諸邑相繼失守,檜國遂亡,時當爲平王二年(前769)。此年,武公遂從鄭東遷其國於檜國故地新鄭。可見,襲檜而取其邑者爲桓公,滅檜而遷鄭者爲武公。我們將武公滅檜史實與詩文本結合考察,《檜風·羔裘》《素冠》《隰有萇楚》《匪風》均爲武公滅檜後所作,故其以"亡國之音"爲主調。

---

① [三國吳]韋昭注,上海師範大學古籍整理研究所校點:《國語》,第507頁。
② [晉]杜預注,[唐]孔穎達等正義:《春秋左傳正義》,第4083頁。
③ 説詳:邵炳軍、路豔豔《〈詩·檜風·隰有萇楚〉〈匪風〉作時補證》,《中國文化研究》2006年第3期,第38-44頁。

第七章
平王東遷雒邑與其大夫詩作六篇

在平王宜臼與攜王余臣"二王並立"期間,周王室發生了兩大重要事變:平王東遷雒邑與晉文侯弑攜王。平王東遷雒邑,在晉、鄭、衛等東方諸侯的協助下,鞏固了自己的王權地位,拉開了東周——春秋時期的歷史帷幕。與這一重大事變題材相關的詩篇,有《王風·葛藟》《小雅·彤弓》《沔水》《瞻彼洛矣》《綿蠻》《漸漸之石》等6篇。

第一節 平王東遷雒邑史實考述

一、平王東遷雒邑之具體年代

1. 平王東遷雒邑年代諸說辨證

隱六年《左傳》載周卿士周桓公(周公黑肩)言於桓王曰:"我周之東遷,晉鄭焉依。"僖二十二年《左傳》:"初,平王之東遷也,辛有適伊川,見被髮而祭於野者。"襄十年《左傳》載周卿士伯輿之屬大夫瑕禽曰:"昔平王東遷,吾七姓從王,牲用備具,王賴之,而賜之騂旄之盟。"[①]《國語·周語上》:"十一年,幽王乃滅,周乃東遷。"《周語中》載周大夫富辰諫襄王曰:"鄭武、莊有大勳力于平、桓;我周之東遷,晉、鄭是依;子頹之亂,又鄭之繇定。"[②]足見《左傳》《國語》這些早期傳世文

---

① 隱六年《左傳》杜《注》:"幽王爲犬戎所殺,平王東徙,晉文侯、鄭武公左右王室,故曰:'晉鄭焉依。'"僖二十二年《左傳》杜《注》:"辛有,周大夫;伊川,周地,伊水也。被髮而祭,有象夷狄。"襄十年《左傳》杜《注》:"平王徙時,大臣從者有七姓,伯輿之祖,皆在其中。主爲王備犧牲,共祭祀,王恃其用。故與之盟,使世守其職。"[晉]杜預注,[唐]孔穎達等正義:《春秋左傳正義》,第3760、3936、4230頁。

② 韋《注》:"東遷,謂平王遷於雒邑也。"[三國吴]韋昭注,上海師範大學古籍整理研究所校點:《國語》,第27、45頁。

獻,雖皆提及西周覆亡後"平王東遷",然未明具體年代。關於平王東遷雒邑之具體年代,先哲時賢主要有七説:

一爲"平王元年(前770)"説。《史記·周本紀》:"平王立,東遷于雒邑,辟戎寇。"《十二諸侯年表》:"平王元年,東徙雒邑。"①今本《竹書紀年》説同。

二爲"幽王十一年(前771)"説。《史記·齊太公世家》:"莊公二十四年,犬戎殺幽王,周東徙雒,秦始列爲諸侯。"②《管蔡世家》《陳杞世家》《晉世家》《楚世家》皆同。

三爲"平王五年(前766)"説。唐陸淳《春秋啖趙集傳纂例》卷二:"惠公三年,平王東遷。"③宋沈括《夢溪筆談》卷十四説大同,清梁玉繩《史記志疑》卷八從之。

四爲"平王十一年(前760)"説。晁福林《論平王東遷》:"據古本《紀年》載,晉文侯二十一年(前760)殺攜王,若定是年平王正式東遷雒邑以定鼎郟鄏,應當是比較恰當的。"④

五爲"平王二十四年(前747)"説。王雷生《平王東遷年代新探:周平王東遷公元前747年説》:"則這兩件祖傳寶物(引者按:指石鼓文與襄公鼎銘),一個象徵着秦'霸'業初成的寶瑞,一個以記述慶功活動藴涵着文(襄)公以兵送平王,平王賜之'岐豐之地'的豐功偉績。它們共處同一宗教聖地,像兩座並立的里程碑,向後人宣告,秦文公十九年,亦即公元前747年,是秦受命獲'岐豐'王霸業基之年,也是周平王東遷,'定鼎郟鄏'之年。"⑤

六爲"平王四年(前737)"説。劉國忠《從清華簡〈繫年〉看周平王東遷的相關史實》認爲:《繫年》"周亡王九年"是指晉文侯殺攜惠王之後,周曾出現了長達9年的"亡王"狀況,則幽王被殺(前771)以後,出現了攜惠王政權(前770—前750),然後是"周亡王九年"(前749—前741),平王被立,其元年在前740年,東遷在四年(前737)。⑥

七爲"平王三年(前770)"説。王紅亮《清華簡〈繫年〉中周平王東遷的相關

---

① 《周本紀》張守節《正義》:"(雒邑)即王城也。平王以前號東都,至敬王以後及戰國爲西周也。"[漢]司馬遷撰,[南朝宋]裴駰集解,[唐]司馬貞索隱,[唐]張守節正義,郭逸、郭曼標點:《史記》,第101、380頁。

② [漢]司馬遷撰,[南朝宋]裴駰集解,[唐]司馬貞索隱,[唐]張守節正義,郭逸、郭曼標點:《史記》,第1200頁。按:據《十二諸侯年表》,齊莊公二十四年,即周幽王十一年。

③ [唐]陸淳:《春秋啖趙集傳纂例》,第17頁。按:《春秋啖趙集傳纂例》,文淵閣四庫全書本題做《春秋集傳纂例》。又,據《十二諸侯年表》,魯惠公三年,即平王五年。

④ 晁福林:《論平王東遷》,《歷史研究》1991年第6期,第20頁。按:據《十二諸侯年表》,晉文侯二十一年,即平王十一年。

⑤ 王雷生:《平王東遷年代新探:周平王東遷西元前747年説》,《人文雜誌》1997年第3期,第66頁。按:據《十二諸侯年表》,秦文公十九年,即周平王二十四年。

⑥ 劉國忠:《從清華簡〈繫年〉看周平王東遷的相關史實》,"簡帛·經典·古史"國際論壇交流論文,香港浸會大學2011年11月。

年代考》:"平王之立是在周幽王九年,公元前 773 年,先是在西申被申侯等立爲天王,由於遭到周幽王與伯盤圍西申,於是平王離開西申到少鄂,晉文公將其迎接到京師後重新立爲王。如此,則周平王元年應該是周幽王九年,公元前 773 年。而東遷實際上在平王三年,即公元前 770 年。"①

謹按:《史記》有"平王元年"與"幽王十一年"二説,當爲太史公自存異説。這説明在武帝太初元年(前 104)司馬遷初著《史記》時,距平王東遷已去 660 多年,其所看到的史官記載已多有歧異。晁氏《論平王東遷》之"平王十一年(前 760)"説、王氏《平王東遷年代新探:周平王東遷公元前 747 年説》之"平王二十四年(前 747)"説,②其立論的前提皆爲"平王東遷必在攜王被殺以後";然"平王東遷"與"攜王被殺"雖有一定關係,但"攜王被殺"不是"平王東遷"的充分必要條件。故筆者此從《史記·周本紀》之"平王元年(前 770)"説。

2. "平王元年"東遷雒邑説補證

《國語·周語上》:"十一年,幽王乃滅,周乃東遷。"僖二十二年《左傳》:"初,平王之東遷也,辛有適伊川,見被髮而祭於野者,曰:'不及百年,此其戎乎?其禮先亡矣。'秋,秦晉遷陸渾之戎于伊川。"③《史記·周本紀》張守節《正義》:"至僖公二十二年秋,秦、晉遷陸渾之戎於伊川,計至辛有言,適百年也。"④的確,秦晉遷陸渾之戎於伊川事,在襄王十五年(前 638)秋,辛有言"不及百年"者,則平王東遷當在平王三十三年(前 738)以後。但值得注意的是,《周語中》載周大夫富辰諫襄王曰:"鄭武、莊有大勳力于平、桓;我周之東遷,晉、鄭是依;子頹之亂,又鄭之繇定。"⑤隱六年《左傳》載王室卿士周桓公(周公黑肩)言於桓王亦曰:"我周之東遷,晉、鄭焉依。"⑥然晉文侯卒於平王二十三年(前 746),鄭武公卒於平王二十七年(前 744),若果"不及百年",要麽,《史記·十二諸侯年表》《晉世家》《鄭世家》所記文侯、武公年世有誤,要麽,《國語》《左傳》《史記》關於文侯、武公送平王東遷記載有誤。可見,僖二十二年《左傳》杜《注》"《傳》舉其事驗,不必其年信"之説可從。則我們不能以辛有"不及百年"一語,來判定平王東遷的具體年代。

另外,宋金履祥《資治通鑒前編》卷九、釋文瑩《玉壺清話》卷一、江少虞《宋朝

---

① 王紅亮:《清華簡〈繫年〉中周平王東遷的相關年代考》,《史學史研究》2012 年第 4 期,第 108 頁。按:據襄二十九年《左傳》孔《疏》引《竹書紀年》,"晉文公",當爲"晉文侯"之訛。
② 《竹書紀年》謂攜王被殺在"二十一年",晁氏認爲乃晉文侯二十一年,則爲平王十一年;王氏認爲乃平王二十一年。儘管諸家年代有異,而立論前提則同。
③ 杜《注》:"……計此去辛有過百年,而云'不及百年',《傳》舉其事驗,不必其年信。"[晉]杜預注,[唐]孔穎達等正義:《春秋左傳正義》,第 3936 頁。
④ [漢]司馬遷撰,[南朝宋]裴駰集解,[唐]司馬貞索隱,[唐]張守節正義,郭逸、郭曼標點:《史記》,第 105 頁。
⑤ [三國吳]韋昭注,上海師範大學古籍整理研究所校點:《國語》,第 45 頁。
⑥ [晉]杜預注,[唐]孔穎達等正義:《春秋左傳正義》,第 3760 頁。

事實類苑》卷六十一俱載宋太公時出土秦襄公冢中鼎銘曰："大（天）王遷雒，岐豐錫公。秦之幽宮，鼎藏於中。"①而《史記·十二諸侯年表》《秦本紀》皆謂平王五年（前766）秦襄公率師伐戎而卒於師，則平王自鎬京（在今陝西省咸陽市附近）東遷至雒邑（即王城，平王以前號東都，至敬王以後及戰國爲西周，地在今河南省洛陽市王城公園一帶）當在平王五年秦襄公卒以前；故平王東遷當在元年（前770）至五年（前766）之間。故筆者以爲《史記》説近是。惜其具體年代難以詳考，姑繫於平王元年（前770）。

二、平王東遷雒邑之主要原因

1. 平王東遷雒邑原因諸説辨證

關於平王東遷之原因，先哲時賢主要有八説：

一爲"辟戎寇"説，見前引《史記·周本紀》。

二爲"以期王室長治久安"説。《國語·周語下》韋《注》："巧變者，見周滅於西都，平王東遷以獲久長，故今欲復遷也。"②

三爲"投戎"説。于逢春《周平王東遷非避戎乃投戎辯——兼論平王東遷的原因》認爲平王東遷非"避戎"乃"投戎"，其具體原因是多方面的，主要有五：一"是爲了擺脱連續近百年的天災所造成的困境"；二"是爲了就近控制諸侯，並藉以東討南征"；三是"爲了解除他人覬覦王位，也得東遷"；四是"秦人步步進逼，威脅宗周，迫周東遷"；五是"有利於推卸殺父之責"。③

四爲"避秦"説。王玉哲《周平王東遷乃避秦非避犬戎説》："平王東遷，明爲避秦，而史稱避犬戎；平王即位，明賴晉、鄭二國，而史曰秦襄公以兵送之；平王既東，宗周之地明爲秦襄所取，而史曰平王封襄公爲諸侯，賜岐以西之地。余疑史公記述犬戎敗幽王及周東遷雒邑事，或本之於秦人所作之史書，其侵周之真相，已爲其所隱諱，而僞飾之如此耳。"④

五爲"尋求東方諸侯保護"説。董惠民《略談平王東遷的主要原因——兼與于逢春同志商榷》："可見，平王在考慮遷都時，鑒於自身力量的衰弱，當選擇有實力、可信任的諸侯國，來作爲自己的依靠對象及後盾，雒邑地近晉、鄭，這兩國同爲姬姓之國，有一定的軍事力量，在平戎勤王中又表現出對周王室的忠誠。周平王正是出於這種考慮，才最後決定遷都雒邑，想依賴晉、鄭的支持來維持其搖搖

---

① ［宋］金履祥：《資治通鑒綱目前編》，國家圖書館藏清康熙四十六年（1707）內府本。按：諸家引文大同，此據金氏《資治通鑒綱目前編》引文。
② ［三國吴］韋昭注，上海師範大學古籍整理研究所校點：《國語》，第148頁。
③ 于逢春：《周平王東遷非避戎乃投戎辯——兼論平王東遷的原因》，《西北史地》1983年第4期，第54-60頁。
④ 王玉哲：《周平王東遷乃避秦非避犬戎説》，《天津社會科學》1986年第3期，第52頁。

欲墜的統治。"①晁福林《論平王東遷》："在平王東遷的原因中，尋求晉、鄭、衛、魯等諸侯國的保護是很重要的一項。……晉文侯、鄭武公實是周王室的庇護者。"②

六爲"避戎、災害、蕃屛三者綜合"說。宋新潮《驪山之役及平王東遷歷史考述》："平王東遷完全是由戎人所迫，……宗周和岐周被戎狄燒掠破壞以及關中經濟的蕭條，這是迫使平王東遷的第二個原因。平王東遷雒邑的第三個原因是：當時支援平王的主要姬姓諸侯如鄭、晉、衛等國都在雒邑周圍，可以起到'蕃屛周室'的作用。"③

七爲"受逼於秦、晉、鄭諸侯"說。王雷生《平王東遷原因新論——周平王東遷受逼於秦、晉、鄭諸侯說》："平王東遷既不是爲了'避戎'，也不是爲了'避秦'，而是受逼於晉、秦、鄭等諸侯，也就是說強迫平王東遷的正是歷史上以護送平王東遷之功自伐的，享有'夾輔''股肱'(《晉語四》)美譽的晉文、秦襄、鄭武等'賢''卓'之君。"④

八爲"氣候惡化"說。李喜峰《論周平王的東遷》："我認爲西周後期氣候惡化所造成的環境惡化和水土資源的嚴重不足是平王東遷的主要原因。其最主要的目的是爲了躲避百年天災的困境，尋求適合農業經濟發展的生存空間。"⑤

謹按：錢穆《國史大綱》早就對《史記》"避戎"說提出質疑："《史記》不知其間曲折，謂平王避犬戎東遷。犬戎助平王殺父，乃友非敵，不必避也。"⑥的確，犬戎在幽王崩於驪山戲水之前，屬平王之黨。但西戎畢竟爲遊牧民族，若"終歲不遷"，則"牛馬半死"(《韓非子·十過》)。⑦故"戎狄荐處，貴貨而易土"(《國語·晉語七》載晉卿士魏絳語)，⑧其攻城掠地的目的僅僅是爲了生計而掠奪財物，對土地、都邑則視若敝屣。故其雖進入鎬京，但不會長期居住，不久便"虜褒姒，盡取周賂而去"(《史記·周本紀》)。⑨故若謂平王東遷僅僅是因爲"避戎"，未免過於單純。筆者以爲，上引諸說可合而觀之。

---

① 董惠民：《略談平王東遷的主要原因——兼與于逢春同志商榷》，《湖州師專學報》1987年第2期，第116頁。
② 晁福林：《論平王東遷》，《歷史研究》1991年第6期，第22頁。
③ 宋新潮：《驪山之役及平王東遷歷史考述》，《人文雜誌》1989年第4期，第79頁。
④ 王雷生：《平王東遷原因新論——周平王東遷受逼於秦、晉、鄭諸侯說》，《人文雜誌》1998年第1期，第90頁。
⑤ 李喜峰：《論周平王的東遷》，《安康師專學報》2005年第1期，第80頁。
⑥ 錢穆：《國史大綱》(修訂本)，商務印書館1996年版，第48頁。
⑦ [周]韓非撰，[清]王先慎集解，鍾哲點校：《韓非子集解》，第72頁。
⑧ 韋《注》："荐，聚也。貴，重也。易，輕也。"[三國吳]韋昭注，上海師範大學古籍整理研究所校點：《國語》，第441頁。
⑨ [漢]司馬遷撰，[南朝宋]裴駰集解，[唐]司馬貞索隱，[唐]張守節正義，郭逸、郭曼標點：《史記》，第100頁。

2. 平王東遷雒邑乃天災與人禍綜合因素使然

我們認爲,平王東遷雒邑的主要原因,不外乎客觀與主觀兩方面,即天災與人禍。

(1)"天災"——客觀因素

據《太平御覽》引《史記》(《竹書紀年》)、《隨巢子》《春秋繁露·郊祀》《帝王世紀》《通鑒外紀》記載,厲王十四年(約前844)、共和十四年(前828)、宣王元年至五年(前827—前823),西周王畿連續發生了3次大旱,持續時間長達22年,甚至乾燥到火焚其屋的程度;這必然導致五穀絕收、民人饑饉。上述記載已爲科學史研究所證明,宣王時代的確屬於氣候乾燥期。① 這些自然災害所造成的嚴重危害,在詩人筆下都得以再現。

周宣王時期(前827—前782)已然是"天降喪亂,饑饉薦臻""旱既大甚,蘊隆蟲蟲""旱既太甚,則不可推""旱既太甚,則不可沮。赫赫炎炎,云我無所""旱既太甚,滌滌山川。旱魃爲虐,如惔如焚"(《大雅·雲漢》)。② 至幽王時期(前781—前771),這種天災就更加嚴重了:"降喪饑饉,斬伐四國"(《小雅·雨無正》);"瘨我饑饉,民卒流亡,我居圉卒荒"(《大雅·召旻》)。③

可見,在厲王至幽王的100多年間,黃河中游氣候嚴重乾旱寒冷,連年發生大旱,河流池沼乾涸,土地荒蕪,森林草木枯死,氣候和環境資源狀況是歷史上最爲惡劣的時期。氣候環境的不斷惡化,必然導致土地資源嚴重退化、各種天災流行、民人流離失所,甚至貴族也開始不斷東遷;同時,必然導致北方草原的沙漠化,遊牧民族自然南下與周人爭奪適合遊牧經濟的生存空間。

在持續發生大旱的同時,又發生大地震。如幽王二年(前780),西都鎬京"山川皆震",致使出現了"三川竭,岐山崩"(《國語·周語上》)這樣的嚴重後果。④ 這次地震所造成的嚴重危害,在詩人筆下亦以藝術形式再現:"百川沸騰,

---

① 參見:竺可楨《中國歷史上之旱災》,《史地學報》1925年第3卷第6期,第47-52頁。
② 毛《序》:"《雲漢》,仍叔美宣王也。宣王承厲王之烈,內有撥亂之志,遇裁而懼,側身脩行,欲銷去之,天下喜於王化復行,百姓見憂,故作是詩也。"毛《傳》:"薦,重;臻,至也。……蘊蘊而暑,隆隆而雷,蟲蟲而熱。……推,去也。……沮,止也。赫赫,旱氣也。炎炎,熱氣也。……滌滌,旱氣也。山無木,川無水。魃,旱神也。惔,燎之也。"[漢]毛亨傳,[漢]鄭玄箋,[唐]孔穎達等正義:《毛詩正義》,第1208-1211頁。
③ 《雨無正》毛《傳》:"穀不熟曰饑,蔬不熟曰饉。"《召旻》毛《傳》:"圉,垂也。"[漢]毛亨傳,[漢]鄭玄箋,[唐]孔穎達等正義:《毛詩正義》,第959、1247頁。
④ 韋《注》:"三川,涇、渭、洛,出於岐山也。"[三國吳]韋昭注,上海師範大學古籍整理研究所校點:《國語》,第27頁。按:《史記·周本紀》《漢書·五行志下》並載此事,全本《國語》。又,洛水有二:一爲今陝西省境之北洛河,渭河支流,發源於定邊縣南白於山南麓的草梁山,流經志丹、甘泉、富縣、洛川、黃陵、宜君、澄城、白水、蒲城、大荔,至三河口合入渭河;一爲今河南省境之南洛河,一名伊洛河,黃河支流,發源於陝西省洛南縣洛源鄉的木岔溝,東流入河南境,經盧氏縣、洛寧縣、宜陽縣、洛陽市,至偃師縣楊村附近納伊河後稱伊洛河,至鞏義市洛口以北入黃河。此即南洛河,原本作"雒",後訛作"洛"。

山冢崒崩。高岸爲谷,深谷爲陵"(《小雅·十月之交》)。①

當時,人們無法興建大型水利工程以禦天災,不能掘深井取水以解天旱;更不可能具有地震災情預報技術,亦没有能够有效實施的災後賑救措施。在他們的精神世界裏,自然感到無比困惑與恐懼:"兢兢業業,如霆如雷""我心憚暑,憂心如薰""胡寧瘨我以旱? 憯不知其故"(《大雅·雲漢》)。② 在當時,人們還没有能力對天旱、地震做出科學正確的解釋,只能認爲這是"陰氣"與"陽氣"二原質不和諧使然:"陽伏而不能出,陰迫而不能烝"(《周語上》載周太史伯陽父語),③只能認爲乃天神所爲:"浩浩昊天,不駿其德""旻天疾威,弗慮弗圖""如何昊天? 辟言不信"(《小雅·雨無正》);"旻天疾威,敷于下土"(《小旻》);"倬彼雲漢,昭回于天。王曰於乎! 何辜今之人"(《大雅·雲漢》);"旻天疾威,天篤降喪"(《召旻》)。④ 而人們當時唯一可取的救助方式就是祭天,只能是"靡神不舉,靡愛斯牲""不殄禋祀,自郊徂宫。上下奠瘞,靡神不宗"(《雲漢》)。⑤

可見,厲王以降近百年的連續自然災害,天旱地坼,民人流離失所,宗周逐漸衰敗。與西都宗周逐漸衰敗的狀況相比,東都雒邑受到的影響相對較小。這就使得雒邑作爲當時天下經濟中心與文化中心,具備了客觀條件。

(2)"人禍"——主觀因素

面對如此嚴重的自然災害,宣王畢竟爲一代中興之王,故其"内有撥亂之志,遇災而懼,側身脩行,欲銷去之,天下喜於王化復行"(《雲漢》毛《序》);而幽王則與宣王截然不同,其對外暴戾無親,侮慢諸侯,刑罰不中,諸侯不朝;在内嬖近小人,寵倖褒姒,廢后立庶,骨肉相怨,根本"不能脩成王之業,疆理天下,以奉禹功"(《小雅·信南山》毛《序》)。⑥

故這些自然災害所形成的必然結果是:"田萊多荒,饑饉降喪,民卒流亡,祭祀不饗"(《小雅·楚茨》毛《序》)。所以,儘管人們依然感到"旱既太甚,黽勉畏去"(《雲漢》),⑦然而在幽王大夫民人看來,這是亡國之象,故天意明示他們應該離去了。

---

① 毛《傳》:"沸,出;騰,乘也。山頂曰冢。言易位也。"[漢]毛亨傳,[漢]鄭玄箋,[唐]孔穎達等正義:《毛詩正義》,第957頁。
② 毛《傳》:"兢兢,恐也。業業,危也。……憚,勞;薰,灼也。"[漢]毛亨傳,[漢]鄭玄箋,[唐]孔穎達等正義:《毛詩正義》,第1210-1212頁。
③ [三國吴]韋昭注,上海師範大學古籍整理研究所校點:《國語》,第26頁。
④ 《雨無正》毛《傳》:"駿,長也。……辟,法也。"《小旻》毛《傳》:"敷,布也。"《雲漢》毛《傳》:"回,轉也。"[漢]毛亨傳,[漢]鄭玄箋,[唐]孔穎達等正義:《毛詩正義》,第959-960、962、1209、1247頁。
⑤ 毛《傳》:"上祭天,下祭地。奠其禮,瘞其物。宗,尊也。國有凶荒,則索鬼神而祭之。"[漢]毛亨傳,[漢]鄭玄箋,[唐]孔穎達等正義:《毛詩正義》,第1209-1210頁。
⑥ [漢]毛亨傳,[漢]鄭玄箋,[唐]孔穎達等正義:《毛詩正義》,第1209、1009頁。
⑦ 《楚茨》鄭《箋》:"田萊多荒,茨棘不除也;饑饉,倉庾不盈也;降喪,神不與福助也。"[漢]毛亨傳,[漢]鄭玄箋,[唐]孔穎達等正義:《毛詩正義》,第1003、1212頁。

可見,儘管"人禍"加劇了"天災"的危害,但這種嚴重危害的起因依然爲"天災"。也就是説,東遷雒邑乃主客觀兩方面的情勢使然。

3. 平王東遷經營東都雒邑之利

與平王繼續經營西都豐鎬之弊而論,東遷以經營東都雒邑之利有四:
(1) 有利於更好地發揮以雒邑次中心統御全國之功能

晉佚名《三輔故事》:"武帝初穿(昆明)池得黑土,帝問東方朔。朔曰:'西域胡人知之。'乃問胡人,胡人曰:'劫燒之餘灰也。'"①宋宋敏求《長安志》卷四《昆明池》條引晉曹毗《志怪》:"漢武鑿昆明池極深,悉是灰墨,無復土,舉朝不解,以問東方朔。曰:'臣愚不足以知之,可試問西域胡。'帝以朔不知,難以核問。至後漢明帝外國道人入來洛陽時,有憶方朔言者,乃試以武帝時灰墨問之。胡人曰:'經云:天地大劫將盡則劫燒,此劫燒之餘。'乃知朔言有自。"②可見,驪山之難,西戎進入豐鎬,豐鎬的部分或大部分宫室建築,可能被戎火焚毀。1976 年在陝西省臨潼市零口鎮西段村出土的兩周之交銅器王盉、陳侯簋等,此地正爲殷周時期驪戎故地,③可佐證這一猜測。

正是由於"人禍"加劇了"天災"加速了西都宗周之衰落,鎬京非常破敗,變得十分蕭條。而雒邑不僅地理位置位於"天下之中",更是當時的經濟、政治、軍事、文化次中心,故平王東遷,重點經營雒邑,將次中心變爲中心,成爲一種唯一選擇。

武王四年(約前 1066),武王克殷滅商後,一方面定都鎬京,一方面爲了便於安撫殷民、控制東方諸侯並進而統治全國,遂命周公營雒,以"遷九鼎於雒邑"(桓二年《左傳》);④成王七年(約前 1057),周公"作新大邑于東國洛,四方民大和會"(《尚書·周書·康誥》),⑤建成周於瀍水東岸,建王城於瀍水西岸,總稱雒邑,是爲東都。其"城方千七百二十丈,郛方七百里。南繫于洛水,地因于郟山,以爲天下之大湊"(《逸周書·作雒解》)。⑥

東都雒邑作爲鎬京之外的陪都,在西周時期爲經濟、政治、軍事、文化次中

---

① [晉]佚名:《三輔故事》,叢書集成初編影印清道光元年(1821)張澍輯二酉堂叢書本,中華書局 1985 年版,第 3205 册,第 10 頁。
② [宋]宋敏求撰,辛德勇、郎洁點校:《長安志》,第 196 頁。
③ 參見:臨潼縣文化館《陝西臨潼發現武王征商簋》,《文物》1977 年第 8 期,第 1-7、73 頁,圖版叁。
④ 杜《注》:"九鼎,殷所受夏九鼎也。武王克商,乃營雒邑,而後去之,又遷九鼎焉。時但營雒邑,未有都城。至周公乃卒營雒邑,謂之王城,即今河南城也。故《傳》曰:'成王定鼎于郟鄏。'"[晉]杜預注,[唐]孔穎達等正義:《春秋左傳正義》,第 3784 頁。
⑤ 孔《傳》:"初造基建,作王城大都邑於東國洛汭,居天下土中,四方之民大和悦而集會。"[漢]孔安國傳,[唐]孔穎達等正義:《尚書正義》,第 430 頁。
⑥ [晉]孔晁注,黄懷信、張懋鎔、田旭東集注,黄懷信修訂:《逸周書彙校集注》(修訂本),第 526、529 頁。

心。周平王東遷後，沿襲西周舊稱，有時把雒邑稱作"宗周"。如《禮記·祭統》載衛大夫孔悝（孔叔）之鼎銘曰："叔舅：乃祖莊叔，左右成公，成公乃命莊叔，隨難于漢陽，即宫于宗周，奔走無射。"①《穆天子傳》亦將雒邑稱作"宗周"。西周營建雒邑作爲輔京、陪都，成爲以後歷代王朝繼踵相襲的陪都制度。

又，清顧棟高《春秋大事表》卷四："西有虢，據桃林之險，通西京之道；南有申、吕，扼天下之脊，屏東南之固；而南陽肩背澤潞，富甲天下；輾轅伊闕，披山帶河，地方雖小，亦足王也。"②可見，在以雒邑爲中心的東周王畿地區尚有 600 里之地，主要集中在今河南省洛陽市及其周圍的汝陽縣、宜陽縣、新安縣、濟源市、登封市、新鄉市、焦作市修武縣、平頂山市魯山縣等處，居天下之中，八方輻湊，地理形勢優越。③ 特別是雒邑位於海拔 140—160 米的黄河下游岸邊，南望龍門，北倚邙山，群山環抱，伊、洛、瀍、澗四水匯流其間，水土資源極爲豐富，經濟相對比較發達，完全符合"國必依山川"（《國語·周語上》載周大夫伯陽父語）的都邑選擇標準。④ 可見，無論武、成二王營雒邑爲陪都，還是平王選擇雒邑爲國都，其優越的自然環境是重要因素。且當時雒邑駐有成周八師，可爲王室所倚重之師；貯藏着天下大半賦税，可供王室養兵畜民之需。

可見，平王東遷雒邑，立國於此，無論是在歷史文化淵源方面，還是在方輿地理位置方面，都是較其他諸侯國爲優的。

（2）有利於更好地駕馭東方諸侯

天子爲天下宗主，負有統治天下的"責任"。可在幽王十一年（前 771），虢公翰立王子余臣於攜之後，攜王余臣控制着王畿中部地區，天王宜臼管轄王畿東部地區，戎族勢力盤踞在岐、豐地區，秦人勢力控制着王畿西部地區。在這四種政治勢力與軍事力量中，王子余臣以正統繼立自居，時時覬覦天王宜臼之王位；秦襄公原本屬幽王之黨，後轉而投靠平王，自然不可倚重；戎族勢力雖屬平王之黨，然"非我族類，其心必異"（成四年《左傳》載《史佚之志》文）。⑤ 特別是秦人立國之後，憑藉王室分封的正式招牌，不斷逐戎拓地、向東拓展，其必然結果是直接蠶食西周王畿之地，削弱王室實力，威脅宗周安全。

除了上述四種政治勢力與軍事力量之外，西申、繒二國，自然是平王的堅定支持者與同盟者，他們居於豐鎬以西地區，雖可與天王宜臼形成東西呼應之勢，然畢竟勢單力薄，難以改變當時的政治格局。他們雖然有殺幽王而立平王的力

---

① 鄭《注》："莊叔，悝七世之祖衛大夫孔達也。……周既去鎬京，猶名王城爲宗周也。"[漢]鄭玄注，[唐]孔穎達等正義：《禮記正義》，第 3487 頁。
② [清]顧棟高撰，吴樹平等點校：《春秋大事表》，第 501 - 502 頁。
③ 參見：晁福林《試論東遷以後的周王朝》《寶雞文理學院學報》1990 年第 1 期，第 29 - 31 頁。
④ 韋《注》："依其精氣利澤也。"[三國吴]韋昭注，上海師範大學古籍整理研究所校點：《國語》，第 27 - 28 頁。
⑤ 杜《注》："（史佚）周文王大史。"[晉]杜預注，孔穎達等正義：《春秋左傳正義》，第 4128 頁。

量,想必在與幽王之師的廝殺過程中元氣大傷,依靠他們輔佐平王在西都豐鎬建立政治中心,幾乎不大可能。

與上述情勢所不同的是,在周季王室衰微之際,正是晉、鄭、衛、魯、齊等東方諸侯勃興之時。特別是在天王與攜王"二王並立"政治格局中,支持天王的晉、鄭、衛等諸侯大都在雒邑周圍;若東遷雒邑,自然會受到他們更爲有效的護衛與支持,王室與他們患難與共更具有地緣政治客觀條件;尤其是從王室的長遠政治利益而言,這樣不僅可以尋求他們的護衛,而且可以就近控制東方諸侯,消除在統馭他們方面的鞭長莫及之弊。

可見,幽王死後,社會嚴重動盪不安。在這一激烈變動的歷史時期,各類社會矛盾錯綜複雜,各種社會勢力都在不斷地分化和重新組合,不同時期按照各自的利益尋求新的夥伴關係,影響着對攜王余臣與天王宜臼兩個對立王室的政治態度,當然也就決定着平王王室的生存和去向。① 當時支持平王的鄭、晉、衛等東方諸侯,是平王的政治基礎;而東遷雒邑,不僅可以受到東方諸侯的護衛,更便於控馭天下諸侯。

(3) 有利於更有效地實施"北守南拓東定"的既定國策

據僖四年、昭四年《左傳》《竹書紀年》《史記·周本紀》《三代世表》《後漢書·東夷傳》等傳世文獻及出土文獻,②成王時期(約前1063—前1027),管、蔡畔周,乃招誘夷狄,周公征之,遂定東夷;康王之時(約前1026—前1002),肅慎復至,徐夷僭號,率九夷以伐宗周,西至河上;昭王時期(約前1001—前977),昭王南征,涉漢水,伐荆楚,溺水而亡;穆王時期(約前976—前922),分東方諸侯,命徐偃王主之;厲王時期(約前857—前842),淮夷入寇,王命虢仲征之而不剋;宣王時期(前827—前782),復命召公伐淮夷而平之;幽王時期(前781—前771),四夷交侵,中國背叛,用兵不息,王室不振。③ 可見,"北守南拓東定",爲西周王室的既定國策。

上述傳世文獻的記載,在詩人筆下亦有體現,如宣王時,戎狄勢力發展很快:"靡室靡家,玁狁之故。不遑啓居,玁狁之故""豈不日戒,玁狁孔棘"(《小雅·采薇》);戎狄的騷擾給西周王室造成很大威脅,宣王使卿士南仲將兵出征:"王命南仲,往城于方。出車彭彭,旂旐央央。天子命我,城彼朔方。赫赫南仲,玁狁于襄"(《出車》);戰爭激烈時,宣王還得親自出征:"玁狁孔熾,我是用急。王于出

---

① 王雷生:《平王東遷原因新論——周平王東遷受逼於秦、晉、鄭諸侯説》,《人文雜誌》1998年第1期,第86-90頁。
② 記載周伐淮夷之彝器 ……記載周伐荆楚之彝器,有過伯簋、宗周鐘、南宮鼎等20多器。詳見:楊……沫若《兩周金文辭大系圖錄考釋(增訂本)》,第54頁。
③ 詳見:僖四年《……及《後漢書·東夷傳》。

征,以匡王國""我服既成,于三十里。王于出征,以佐天子"(《六月》)。①

亦有金文資料可爲佐證。如中國社會科學院考古研究所編《殷周金文集成》(2.2839)著録傳陝西省寶雞市岐山縣禮村出土的康王時器小盂鼎銘文,記載了康王二十五年(約前 1002)王室與犬戎所發生的一場戰爭:"唯八月既望,辰在甲申,昧喪(爽),三左三右多君入服酉(酒),明,王各周廟,□□□邦賓,征(延)邦賓尊其旅服,東鄉(嚮),盂以多旂佩,威(鬼)方子□□入三門,告曰:王令盂以□□伐威(鬼)方,□□□馘□,執嘼(酋)三人,俘馘四千八百又二馘,俘人萬三千八十一人,俘馬□□匹,俘車卅兩(輛),俘牛三百五十五牛,羊卅八羊,……王各廟,祝征(延)□邦賓,不(丕)祼,□□用牲啻(禘)周王、武王、成王,……唯王廿又五祀。"②由此銘所載可知,一次戰役竟然俘獲鬼方首領 3 人,斬首 4 800 多人,俘獲 13 000 餘人,戰爭規模之大、兩方戰事之激烈,可見一斑。

總之,在西周一代,東夷、淮夷興起於東南,荆楚蠻夷崛起於南方。西周王室與諸夷之間雖有和平共處、關係比較緩和的時候,但時常爆發激烈戰爭,雙方戰爭互有勝負;隨着雙方勢力的消長,諸夷攻入中原,肆虐於伊洛流域,竟然到了"僭號"稱王而分周天下的地步。而這些戰爭的頻度,又隨着西周王室的實力逐步削弱而加劇。當然,在宣王之世,王室尚能控制住局勢;但到了幽王時,民族矛盾、階級矛盾、統治集團内部矛盾相互交織在一起,大大削弱了西周王室的實力,終於導致了犬戎殺幽王的悲劇性結局。可見,戎狄勢力的强弱變化是西周王室國力盛衰的一面鏡子。故平王初立之際,周王室到了山窮水盡的地步,面對時時覬覦中原的蠻夷,王室再也無力號令諸侯征伐、千里派兵赴討了;祇有平王親臨雒邑,才能依山傍水以守、速合諸侯以擊,伺機伐夷征楚,南向開拓。

(4) 有利於化解各種複雜的社會矛盾

西周王室之衰微,非一朝一夕之事。這種衰微在西周中期已露端倪:"昭王南征而不復"(僖四年《左傳》);③穆王西征犬戎,"暴兵露師,傷威毁信"(《國語·周語上》韋《注》),而終於導致"自是荒服者不至"(《周語上》)。④ 特別是穆王經

---

① 《采薇》毛《傳》:"玁狁,北狄也。"鄭《箋》:"北狄,今匈奴也。靡,無;遑,暇;啓,跪也。……戒,警勅軍事也。孔,甚;棘,急也。"《出車》毛《傳》:"方,朔方,近玁狁之國也。彭彭,四馬貌。交龍爲旂。央央,鮮明也。朔方,北方也。赫赫,盛貌。襄,除也。"《六月》毛《傳》:"熾,盛也。……師行三十里。出征以佐其爲天子也。"[漢] 毛亨傳,[漢] 鄭玄箋,[唐] 孔穎達等正義:《毛詩正義》,第 882—884,889、907—908 頁。
② 中國社會科學院考古研究所編:《殷周金文集成》,修訂增補本第 2 册,第 1523—1524 頁。
③ 杜《注》:"昭王,成王之孫,南巡守,涉漢,船壞而溺。"[晉] 杜預注,[唐] 孔穎達等正義:《春秋左傳正義》,第 3891 頁。按:《吕氏春秋·季夏紀·音初》:"周昭王親將征荆,辛餘靡長且多力,爲王右。還反涉漢,梁敗,王及蔡公扱於漢中。辛餘靡振王北濟,又反振蔡公。"高《注》:"扱,墜。……振,救也。……由此《傳》言之,昭王爲没於漢,辛餘靡焉得振王北濟哉?"許維遹撰,梁運華整理:《吕氏春秋集釋》,第 140 頁。
④ 韋《注》:"穆王責犬戎以非禮,暴兵露師,傷威毁信,故荒服者不至。"[三國吳] 韋昭注,上海師範大學古籍整理研究所校點:《國語》,第 8 頁。

常外出巡遊、征戰，賦斂想必不輕，導致階級矛盾開始激化。其所定的"墨罰之屬千，劓罰之屬千，剕罰之屬五百，宮罰之屬三百，大辟之罰其屬二百：五刑之屬三千"(《書·周書·呂刑》)等刑法，①自然是針對被統治者的反抗的。由於穆王時期國力進一步衰弱，因而面臨南方少數民族的進攻，王師只能採取守勢：所謂"呂(與)成周師氏，戍于葉自(次)"(彔䜌卣銘)，②即將防綫佈置在今河南省平頂山市葉縣一帶。此地位於東都雒邑東南約 300 里，足見西周陪都亦受到嚴重威脅。

同時，天子與諸侯的關係，也發生了微妙的變化，天子已無法有效地控制諸侯。如衛國，始封君康叔封爵稱"侯"，自二世康伯(伯旄父)以下六世皆爵稱"伯"，至七世頃侯之世，據地坐大，不甘心稱"伯"，乃"厚賂周夷王，夷王命衛為侯"(《史記·衛世家》)。③ 此所謂"厚賂"而命"侯"者，實際上是夷王迫於既成事實的無奈之舉。天子與諸侯關係的微妙變化，也表現在天子與諸侯相見之禮上。如夷王時，天子已被迫"下堂而見諸侯"(《禮記·郊特牲》)。④

到周厲王時期，階級鬥爭已到了白熱化的程度："如蜩如螗，如沸如羹，小大近喪，人尚乎由行。内奰于中國，覃及鬼方"(《詩·大雅·蕩》)。⑤ 由於厲王採取高壓政策，結果是"萬民弗忍，居王于彘"(昭二十六年《左傳》載周王子朝語)。⑥ 堂堂天子被趕出鎬京，太子靜也差點被殺，足見此時天子的權威一落千丈。宣王即位，號稱"中興"，確實也挽回一些頹勢；但面對時局，宣王也發出"䬃(司)四方，大從不靜(靖)。烏虖！趯(懼)余小子家湛于囏"(毛公鼎銘文)之無限感慨！⑦ 幽王時，局勢急下，"虢石父讒諂巧從之人也，而立以為卿士"，弄得國人皆怨；"棄聘后而立内妾"(《國語·鄭語》載周史伯語)，⑧引起王庭動亂。幽王這些激化社會矛盾的行為，終於導致西周覆亡。

當然，西周覆亡看似"人禍"所致，實則"天災"使然。因為天災導致生產力發展嚴重滯後，但隨着人口的急劇增加，物質財富難以滿足社會需求，必然會引起

---

① 孔《傳》："刻其顙而涅之曰墨；……截鼻曰劓；……刖足曰剕；……宮，淫刑也，男子割勢，婦人幽閉；……(大辟)死刑也。"孔《疏》："婦人幽閉，閉於宮，使不得出也。"[漢]孔安國傳，[唐]孔穎達等正義：《尚書正義》，第 530－532 頁。
② 郭沫若：《兩周金文辭大系圖録考釋》(增訂本)，釋文第 61 頁。
③ [漢]司馬遷撰，[南朝宋]裴駰集解，[唐]司馬貞索隱，[唐]張守節正義，郭逸、郭曼標點：《史記》，第 1274 頁。
④ [漢]鄭玄注，[唐]孔穎達等正義：《禮記正義》，第 3136 頁。
⑤ 毛《傳》："蜩，蟬也。螗，蝘也。言居人上，欲用行是道也。奰，怒也，不醉而怒曰奰。鬼方，遠方也。"[漢]毛亨傳，[漢]鄭玄箋，[唐]孔穎達等正義：《毛詩正義》，第 1193 頁。
⑥ 杜《注》："不忍害王也。厲王之末，周人流王于彘。"[晉]杜預注，[唐]孔穎達等正義：《春秋左傳正義》，第 4591 頁。
⑦ [清]吳大澂：《愙齋集古録》，第 92 頁。
⑧ 韋《注》："石父，虢君之名。巧從，巧於媚從。聘后，申后。内妾，褒姒。"[三國吳]韋昭注，上海師範大學古籍整理研究所校點：《國語》，第 518 頁。

社會各個階層的利益衝突,必然會激化各類社會矛盾。因此,王室衰微,是國力日見衰微的必然結果。

故平王初立之時,國力日見衰微,鎬京殘破不堪,犬戎又"盡取周賂而去"(《史記·周本紀》),①王室財力自然捉襟見肘;西周覆亡時,幽王親領的"西六師"主力,大多被西申侯所統領的軍事聯盟之師擊潰,平王能直接掌控的西都王畿軍事力量自然不會很多。作爲一位新即位之王,況且還有僭立之嫌,面臨社會矛盾之日益激化,面臨經濟上、政治上、軍事上、民族關係上一大堆難題,自然會陷入困境,更會擔心王父被殺事件在自己身上重演。在這樣的情況下,有必要選擇幾個政治上比較可靠、有一定經濟與軍事實力的諸侯國作爲依託力量,以便把衰弱的王室統治維持下去。② 故平王選擇晉、鄭、衛三國,並依託他們遷都雒邑,實爲逐步化解各類社會矛盾的上上之策。

三、平王東遷雒邑之影響

平王東遷是兩周之際的一個重要事件,是周代王權觀念發生變化的一個重要標識,也是先秦時期歷史轉型期——春秋時期開始的標誌。從此,中國奴隸制度逐漸解體,進入了封建制社會漸次代替奴隸制社會的歷史新時期。

然平王東遷雒邑之後,王室在諸侯國中的政治地位如何呢?《史記·周本紀》載:"平王之時,周室衰微,諸侯强並弱,齊、楚、秦、晉始大,政由方伯。"③唐劉知幾《史通·內篇·世家》指出:"周之東遷,王室大壞,於是禮樂征伐自諸侯出。迄乎秦世,分爲七雄。"④就東周王室總體發展趨勢而言,基本如此。

但自平王東遷至桓王十三年(前 707)鄭莊公伐王師之前的情形,並非如此。正如晁福林《試論東遷以後的周王朝》所説:"平王東遷雒邑以後,雖然周王朝發生了巨大變化,但它仍是天下諸侯的共主,對社會發揮着不小的影響。"⑤

的確,春秋初期(前 770—前 707),儘管周王行使王權已需依賴諸侯國之力,然諸侯依然要朝覲天子,周王依然可命諸侯討伐不臣,王室依然維持着相對安定之政治格局,諸侯國之間依然保持着暫時之力量平衡,社會經濟、政治、文化生活進入了一個長達 60 餘年之穩定期。⑥ 即使是桓王以降至莊王、僖王二世期間

---

① [漢]司馬遷撰,[南朝宋]裴駰集解,[唐]司馬貞索隱,[唐]張守節正義,郭逸、郭曼標點:《史記》,第 100 頁。
② 參見:董惠民《略談平王東遷的主要原因——兼與于逢春同志商榷》,《湖州師專學報》1987 年第 2 期,第 115 - 116 頁。
③ [漢]司馬遷撰,[南朝宋]裴駰集解,[唐]司馬貞索隱,[唐]張守節正義,郭逸、郭曼標點:《史記》,第 101 頁。
④ [唐]劉知幾撰,[清]浦起龍通釋,王煦華校點:《史通通釋》,第 41 頁。
⑤ 晁福林:《試論東遷以後的周王朝》,《寶雞師院學報》1990 年第 1 期,第 29 頁。
⑥ 參見:顧德融、朱順龍《春秋史》,上海人民出版社 2001 年版,第 42 - 43 頁。

(前696—前677),東周王室依然爲天下諸侯的共主。這個時期,晉、齊、楚諸國尚未勃興,西戎被秦遏制,北狄被晉、虢牽制,他們並未對東周王室構成威脅。因此,在諸侯國之中,王室不僅有"共主"之名,而且尚有其實。其主要表現有:

1. 王室尚有一支以"成周八師"爲主力的王師

比如,周平王三十二年(前739),平王派王師遠戍申(南申,即周宣王陟封姜姓申伯之國,地在今河南省南陽市唐河縣以南)、甫(即吕,姜姓國,在今南陽市西)、許(姜姓國,時都邑即今許昌市東36里之許城)三國,以遏制楚武王北進以問鼎中原戰略。①

再如,周平王四十九年(前722),鄭人以王師、虢(即虢仲之西虢,姬姓國,都邑即三門峽市陝縣東南之故虢城)師伐衛(姬姓國,都邑在今鶴壁市淇縣朝歌鎮)南鄙;桓王二年(前718),鄭人以王師會之,伐宋,入其郛;十一年(前709),王師、秦師圍魏(姬姓國,都邑即今山西省運城市芮城縣東北7里之故河北城,一名故魏城),執芮(姬姓國,都邑即今陝西省渭南市大荔縣治東南50里朝邑鎮南之故芮城)伯(芮伯萬)以歸;十八年(前702),周卿士虢仲屬大夫詹父以王師伐虢,虢公出奔虞(姬姓國,都邑即今運城市平陸縣東北60里之故虞城);僖王元年(前681),周卿士單伯會齊人、陳人、曹人伐宋。②

可見,周王室直屬的"成周八師",依然是一支不可忽視的軍事力量。

2. 王室有比較固定的賦役來源

《詩·王風·葛藟》毛《序》:"《葛藟》,王族刺平王也。周室道衰,棄其九族焉。"③則在平王東遷雒邑時有"棄其九族"之事,故周王族大夫作詩以刺之。儘管平王東遷時曾經有"棄其九族"之事發生,然畢竟有許多同姓貴族或異姓貴族之家隨其東遷了。

比如,襄十年《左傳》載周卿士伯輿屬大夫瑕禽曰:"昔平王東遷,吾七姓從

---

① 事見:《詩·王風·揚之水》及毛《序》。
② 事見:隱元年、五年,桓四年、十年,莊十三年《春秋》《左傳》。説詳:邵炳軍《〈詩·王風〉創作年代考論(上)》,《河北師大學報》2011年第6期,第65-71頁。
③ [漢]毛亨傳,[漢]鄭玄箋,[唐]孔穎達等正義:《毛詩正義》,第702頁。按:據《詩·王風·葛藟》鄭《箋》及孔《疏》引[漢]許慎《五經異義》及班固《白虎通義·宗族》,周代"九族"含義有二説:一爲《古文尚書》説,即具有直接血緣關係的父系九族,指"據己上至高祖,下及玄孫之親"(鄭《箋》),包括高祖、曾祖父、祖父、父、己、子、孫、曾孫、玄孫等九族。二爲《今文尚書》説,即具有直接血緣關係同姓與無血緣的異姓九族,包括父族四:父姓五服以内,姑母與其兒子、姊妹與其兒子、女兒與其兒子;母族三:母之父姓(即今所謂外家)、母之母姓(即母親之外家)、母之姊妹與其兒子;妻族二:妻之父姓、妻之母姓。此詩所謂"九族",屬前者。説詳:邵炳軍《〈詩·王風〉創作年代考論(上)》,《河北師大學報》2011年第6期,第65-71頁。

王,牲用備具,王賴之,而賜之騂旄之盟。"① 這些像瑕禽先祖一樣隨遷的貴族,是王室賦役的一個重要來源。

3. 王室內部比較穩固,匹嫡兩政之亂尚不太嚴重

比如,平王東遷雒邑之後,周、鄭之間長期處於相互依靠與相互利用的關係。鄭自始封君桓公友開始,至武公滑突、莊公寤生,子孫三代一直爲王室卿士。從平王晚年開始,"王貳于虢,鄭伯(莊公)怨王",於是,"周鄭交質"平息之;五十一年(前 720),平王崩,"周人將畀虢公政",致使"周鄭交惡"(隱三年《左傳》)。② 五年之後,即桓王五年(前 715),桓王毅然命虢公忌父爲右卿士,以鄭莊公爲左卿士,莊公權衡利弊,做出了退讓,以與齊僖公一起朝見桓王表示服從。③ 因爲鄭可以繼續"以王命討不庭,不貪其土,以勞王爵"(隱十年《左傳》),④依然保持其在中原諸侯國之間的影響。十三年(前 707)夏,桓王奪鄭伯政,以周公黑肩代之,鄭伯不朝;秋,桓王以蔡人、衛人、陳人從王伐鄭,戰於鄭邑繻葛(在今河南省長葛市治東北 20 餘里),王卒大敗,鄭大夫祝聃射王中肩。繻葛之戰,鄭莊公不僅不讓追逐敗軍,而且派人前去慰勞桓王及左右。⑤ 此戰雖以一箭射盡天子威風,但也表明了王室敢於討伐不臣,可見其依然具有較強軍事實力。

再如,莊王三年(前 694),周公黑肩(周桓公)欲弒桓王太子莊王而立其弟王子克(子儀),被周大夫辛伯告密,莊王遂殺周公,王子克出奔於南燕。⑥ 可見,周王尚能左右王室卿士,能夠遏制匹嫡庶孽之亂。

又如,僖王四年(前 678),周公黑肩之子周公忌父(周公孔、宰孔、宰周公)出奔虢;惠王元年(前 676),惠王立而復之。⑦ 可見,周公旦後裔世爲王室執政卿士,但此時尚不能專權,兩政之亂勢力尚未崛起。

當然,自惠王以降,王室勢力急遽下跌。其內部原因主要是庶孽之亂與卿士

---

① 杜《注》:"平王徙時,大臣從者有七姓,瑕禽之祖,皆在其中,主爲王備犧牲,供祭祀;王恃其用,故與之盟,使世守其職。騂旄,赤牛也。舉騂旄者,言得重盟,不以犬雞。"[晉]杜預注,[唐]孔穎達等正義:《春秋左傳正義》,第 4230 頁。
② 杜《注》:"虢,西虢公,亦仕王朝。王欲分政於虢,不復專任鄭伯。"[晉]杜預注,[唐]孔穎達等正義:《春秋左傳正義》,第 3740 頁。
③ 事見:隱八年《左傳》。
④ 杜《注》:"下之事上,皆成禮於庭中。勞者,敘其勤以答之。諸侯相朝,逆之以饗飲,謂之郊勞。魯侯爵尊,鄭伯爵卑,故言'以勞王爵'。"[晉]杜預注,[唐]孔穎達等正義:《春秋左傳正義》,第 3767 頁。
⑤ 事見:桓五年《春秋》《左傳》。
⑥ 事見:桓十八年《左傳》。按:春秋時期燕有二:一爲隱五年、桓十八年《左傳》之"燕",即南燕,姞姓國,伯爵,周初封黃帝之後伯儵之國,地在鄭、衛之間,都邑即今河南省新鄉市延津縣東北約 45 里之廢胙城縣(一名"城上");一爲《史記·燕世家》之"燕",即昭三年、五年、十二年、哀十五年《春秋》,襄二十八年、昭三年、五年、十二年《左傳》之"北燕",姬姓國,周初封召公奭於此,初都燕(即今北京市房山區琉璃河鎮一帶董家林西周古城遺址),後徙都薊(在今北京市城西南)。說參:[清]顧祖禹《讀史方輿紀要》卷 10《直隸一》。
⑦ 事見:莊十七年《左傳》。

擅權,外在原因主要是"霸權"逐漸替代了"王權"。

4. 王室之命對諸侯内政外交皆具有很大影響

隱四年《左傳》:"州吁未能和其民,(石)厚問定君於石子。石子曰:'王覲爲可。'曰:'何以得覲?'曰:'陳桓公方有寵於王。陳、衛方睦,若朝陳使請,必可得也。'厚從州吁如陳。"①則桓王元年(前719)三月,衛莊公庶子公子州吁弑其君桓公完而自立;秋,州吁未能和其民,君位不能穩定,州吁之黨石厚向其父石碏(石子,衛大夫)詢問"定君"之策,石碏提出"王覲爲可",即其"定君"之策爲"覲王",並讓州吁請陳桓公引薦以朝覲桓王。這雖爲石碏誘殺州吁之計謀,然足見州吁弑君僭立,爲了取得合法君位,首先必須取得天子認可。

桓六年《春秋》:"冬,紀侯來朝。"《左傳》:"冬,紀侯來朝,請王命以求成于齊。公告不能。"桓八年《春秋》:"(冬)祭公來,遂逆王后于紀。"《左傳》:"祭公來。遂逆王后于紀,禮也。"桓九年《春秋》:"春,紀季姜歸于京師。"《左傳》:"春,紀季姜歸于京師。凡諸侯之女行,唯王后書。"②則桓王十四年(前706)冬,姜姓紀國與姬姓魯國爲婚姻之國,③故紀侯想靠魯桓公引薦請桓王之命,以與齊和解,被桓公拒絶;十六年(前704),紀侯又謀納王后以自固。

隱五年《左傳》:"(春)曲沃莊伯以鄭人、邢人伐翼,王使尹氏、武氏助之。翼侯奔隨。……曲沃叛王。秋,王命虢公伐曲沃,而立哀侯于翼。"莊十六年《左傳》:"(冬)王使虢公命曲沃伯以一軍爲晉侯。"④自平王二十六年(前745)文侯仇之子昭侯伯封文侯之弟成師(桓叔)於曲沃(即今臨汾市曲沃縣)開始,晉國實際上形同兩國,大宗昭侯都於翼(亦曰絳,亦曰故絳,在今山西省臨汾市翼城縣東南),小宗桓叔都於曲沃。翼自五世穆侯以降一直爲晉都邑,曲沃在穆侯之前爲都邑,時爲宗廟所在地。翼與曲沃兩地相距約50里,匹嫡耦國,内亂不止。桓王二年(前718),王室先派尹氏、武氏助曲沃莊伯伐翼,後又命虢公伐曲沃而立哀侯於翼;僖王四年(前678),曲沃武公以寶器賂獻於周,僖王便使虢公命曲沃武公爲晉君,列爲諸侯。

---

① 杜《注》:"石子,石碏也。以州吁不安,諮其父。"[晉]杜預注,[唐]孔穎達等正義:《春秋左傳正義》,第3746頁。

② 杜《注》:"紀微弱,不能自通於天子,欲因公以請王命。公無寵於王,故告不能。……祭公,諸侯爲天子三公者。王使魯主昏,故祭公來受命而迎也。……季姜,桓王后也。"[晉]杜預注,[唐]孔穎達等正義:《春秋左傳正義》,第3798-3803、3807-3808、3808-3809頁。按:"紀",文淵閣四庫全書本皆作"紀",而古器銘作"己"。此紀,姜姓國,地在今山東省壽光市南。

③ 平王五十年(前721),紀卿士裂繻逆隱公之女伯姬歸於紀,即紀伯姬;桓王四年(前716),伯姬之妹叔姬歸於紀;莊公七年(前690),紀伯姬卒。事見:隱二年、七年,莊四年《春秋》《左傳》。

④ 杜《注》:"曲沃,晉别封成師之邑,在河東聞喜縣。莊伯,成師子也。翼,晉舊都,在平陽絳邑縣東。……尹氏、武氏,皆周世族大夫也。……隨,晉地。……曲沃武公遂并晉國,僖王因就命爲晉侯。小國,故一軍。"[晉]杜預注,[唐]孔穎達等正義:《春秋左傳正義》,第3749-3750、3846頁。

可見，不論是庶子僭立爲君，還是小宗兼併大宗，此類諸侯内政依然需取得王命，才能具有合法性；諸侯之間協調關係，依然需要"請王命以求成"。所以，向王室"獻賂"、爲天子"納王后"，依然照常進行。甚至在齊桓公"北杏之會"稱霸諸侯4年之後，①天子依然具有策命以立諸侯之權力。

可見，自平王東遷雒邑以後，歷桓、莊、僖三王（前770—前677）的120多年間，雖然王室發生了巨大變化，但它仍然爲天下諸侯的共主，對社會發揮着不小的影響。期間，儘管經歷了"東周小伯"鄭武公（前743—前701在位）對王權的挑戰，也開啓了春秋霸權政治格局；但這種對王權的挑戰，隨着莊公薨後的昭公忽、厲公突、公子亹、公子嬰"四公子争立"之亂（前701—前680），被鄭國自己内部化解了。② 真正以"霸權"——"禮樂征伐自諸侯出"替代"王權"——"禮樂征伐自天子出"（《論語·季氏》載魯大夫孔丘語）政治生態環境的出現，③是在僖王元年（前681）齊桓公"北杏之會"之後。

第二節　平王東遷雒邑歷程的藝術再現

《綿蠻》爲平王大夫寫國人隨平王東遷情狀之作，《漸漸之石》爲平王大夫寫武士送平王東遷之作。此二詩皆藝術再現了平王東遷雒邑的艱辛歷程。

一、《綿蠻》——周大夫寫國人隨平王東遷情狀之作

1. 《綿蠻》創作年代諸説辨證

關於《綿蠻》之創作年代，先哲主要有五説：

一爲"闕疑"説。毛《序》："《綿蠻》，微臣刺亂也。大臣不用仁心，遺忘微賤，不肯飲食教載之，故作是詩也。"④宋朱熹《詩序辨説》卷下："此詩未有刺大臣之意，蓋方道其心之所欲耳。若如《序》者之言，則褊狹之甚，無復温柔敦厚之意。"⑤《詩集傳》卷十五同，楊簡《慈湖詩傳》卷十五、元劉瑾《詩傳通釋》卷十五皆同。

二爲"幽王之世（前781—前771）"説。《綿蠻》鄭《箋》："幽王之時，國亂，禮廢恩薄，大不念小，尊不恤賤，故本其亂而刺之。"⑥清嚴虞惇《讀詩質疑》卷二十

---

① 北杏，齊邑，在今山東省聊城市東阿縣境。事見：莊十三年《春秋》《左傳》。
② 參見：邵炳軍《春秋文學繫年輯證·緒論》，第5頁。
③ ［魏］何晏等注，［宋］邢昺疏：《論語注疏》，第5477頁。
④ 鄭《箋》："微臣，謂士也。古者卿大夫出行，士爲末介。士之禄薄，或困乏於資財，則當賙贍之。"［漢］毛亨傳，［漢］鄭玄箋，［唐］孔穎達等正義：《毛詩正義》，第1071頁。
⑤ ［宋］朱熹：《詩序辨説》，第390頁。
⑥ ［漢］毛亨傳，［漢］鄭玄箋，［唐］孔穎達等正義：《毛詩正義》，第1071頁。

三說大同。

三爲"宣王之世(前827—前782)"說。宋王質《詩總聞》卷十五:"當是重臣出行,而下士冗役告勞者也。聞其告勞而旋生憫心,亦必賢者。當是營謝之流也。……恐即召伯'黍苗''陰雨',正是此時。所以重使人意及此也。"①

四爲"成王之世(約前1063—前1027)"說。明何楷《詩經世本古義》卷十:"《綿蠻》,諸侯貢士也。疑即《崇丘》。……此詩又爲諸侯貢士於天子之詩,當作於成王之世。"②

五爲"平王東遷(前770)以後"說。清魏源《詩古微·詩序集義》:"《彼都人士》,平王東遷,周人思西都之盛也。自此以下八詩(指《都人士》《采綠》《黍苗》《隰桑》《綿蠻》《漸漸之石》《苕之華》《何草不黃》)雖作于王朝大夫,而純乎風體,置之《王風》,不復可辯。視西周厲、幽之世,升降又不可同日語矣。舊以爲刺幽王者,誤。"③李山《詩經的文化精神》申之曰:"詩以黄鳥依山爲喻,表現出東遷之衆對君王的依從,而以'後車'載人,則顯係平王樹立仁君形象的舉措。"④

謹按:毛《序》之"微臣刺亂"說,《詩序辨說》之"其心之所欲"說,朱《傳》之"微賤勞苦而思有所託者,爲鳥言以自比"說,⑤《慈湖詩傳》之"微臣感其大臣"說,⑥詩旨解說雖異,然皆不著作世。又,嚴氏《讀詩質疑》既從毛《序》"闕疑"說,又從鄭《箋》"幽王之世"說,⑦則其持兩可之說。筆者此從魏氏《詩古微·詩序集義》"平王元年以後"說。

2.《綿蠻》作於"平王元年以後"說補證

魏氏《詩古微·詩序集義》釋《綿蠻》詩旨全本毛《序》,但其說給我們的啓發有三:一爲《綿蠻》與《都人士》《采綠》《黍苗》《隰桑》《漸漸之石》《苕之華》《何草不黃》等8詩同爲周王室大夫所作;二爲此8詩同爲風體而入《小雅》;三爲此8詩均爲平王東遷後所作。茲補正如下:

(1)以"黄鳥"比興,言人行道甚遠卻無所止息

首章曰:"綿蠻黄鳥,止於丘阿。道之云遠,我勞如何。"次章曰:"綿蠻黄鳥,止于丘隅。豈敢憚行,畏不能趨。"卒章曰:"綿蠻黄鳥,止于丘側。豈敢憚行,畏不能極。"毛《傳》:"興也。綿蠻,小鳥貌。丘阿,曲阿也。鳥止於阿,人止於仁

---

① [宋]王質:《詩總聞》,第251頁。
② [明]何楷撰,李士彪、張丹丹校點:《詩經世本古義》,第555頁。
③ [清]魏源撰,何慎怡等點校:《詩古微》,第801頁。
④ 李山:《詩經的文化精神》,第231頁。
⑤ [宋]朱熹撰,夏祖堯點校:《詩集傳》,第198頁。
⑥ [宋]楊簡:《慈湖詩傳》,第825頁。
⑦ [清]嚴虞惇:《讀詩質疑》,國家圖書館藏清康熙間(1662—1722)嚴有禧刻本。

義。"鄭《箋》:"止,謂飛行所止託也。興者,小鳥知止於丘之曲阿静安之處而託息焉,喻小臣擇卿大夫有仁厚之德者而依屬焉。丘隅,丘角也。……憚,難也。我罷勞,車又敗,豈敢難徒行乎?畏不能及時疾至也。……丘側,丘旁也。極,至也。"①

謹按:關於此詩所有藝術手法,先哲主要有三説:

一爲"興"體説,見上引毛《傳》、鄭《箋》,明姚舜牧《重訂詩經疑問》卷七申之:"黄鳥尚有止息之處,而我勞于遠,莫有肯相恤者。故□(取)以起興。"②清錢澄之《田間詩學》卷八亦申之曰:"《月令》:'季春,勉諸侯,聘名士,禮賢者。'黄鳥善鳴,正在斯時,因以起興。"③

二爲"比"體説,宋朱熹《詩集傳》卷十五:"比也。……此微賤勞苦而思有所託者,爲鳥言以自比也。蓋曰綿蠻之黄鳥,自言止于丘阿而不能前,蓋道遠而勞甚矣。"④

三爲"比而賦"體兼用説,宋范處義《詩補傳》卷二十一:"是詩三章皆比而賦者也。"⑤

筆者以爲,本詩 3 章,章 8 句,每章前 4 句爲兼用"比興"之法,後四句皆爲賦體。兹論證如下:

"黄鳥",亦稱"離黄""鵹黄""倉庚""青鳥""黄伯勞""搏黍""楚雀""黄鶯""黄鸝鶹""金衣公子""黄袍"等,大於鷦鴝,雌雄雙飛,體毛黄色,羽及尾有黑色相間,黑眉尖嘴,青腳,善鳴,其音圓滑,如織機聲,即今之"黄雀"。⑥除本詩之外,見於今本《詩經》者另有 4 篇:

一是《周南·葛覃》,爲周南地區貴族婦女思歸寧父母之作,其首章曰:"葛之覃兮,施于中谷,維葉萋萋。黄鳥于飛,集于灌木,其鳴喈喈。"⑦詩人連續用"葛覃""黄鳥"二興象,寫婚時葛藤蔓延、葉子萋萋、黄鳥聚鳴、一片生機,映襯出這位貴婦思"歸寧父母"之心境。

二是《邶風·凱風》,爲衛人自責不能盡孝道以慰母心之作,其卒章曰:"睍睆

---

① [漢]毛亨傳,[漢]鄭玄箋,[唐]孔穎達等正義:《毛詩正義》,第 1071 - 1072 頁。
② [明]姚舜牧:《重訂詩經疑問》,南京圖書館藏明萬曆三十八年(1610)六經堂刻五經疑問本。按:五經疑問本"故"後空白,文淵閣四庫全書本"故"後有"取"字。四庫本是。
③ [清]錢澄之撰,朱一清校點:《田間詩學》,第 655 頁。
④ [宋]朱熹撰,夏祖堯點校:《詩集傳》,第 198 頁。
⑤ [宋]范處義:《詩補傳》,第 96 頁。
⑥ 説參:[三國吴]陸璣《毛詩草木鳥獸蟲魚疏》卷下、[宋]蔡卞《毛詩名物解》卷 6《釋鳥》、[明]毛晉《陸氏詩疏廣要》卷下之上、[明]李時珍《本草綱目·禽部》卷 49《禽之三·林禽類·鶯》、[清]姚炳《詩識名解》卷 1《鳥部》。
⑦ 毛《傳》:"興也。覃,延也。葛所以爲絺綌,女功之事煩辱者。施,移也。中谷,谷中也。萋萋,茂盛貌。黄鳥,搏黍也。灌木,叢木也。喈喈,和聲之遠聞也。"[漢]毛亨傳,[漢]鄭玄箋,[唐]孔穎達等正義:《毛詩正義》第 580 頁。説詳:邵炳軍《春秋文學繫年輯證》,第 146 頁。

黄鳥，載好其音。有子七人，莫慰母心。"①詩人以"睍睆黄鳥，載好其音"，引出"有子七人，莫慰母心"，以"黄鳥"爲喻體，反比"七子"不能盡孝道以慰母心。

三是《秦風・黄鳥》，爲國人刺穆公以人從死之作，其首章曰："交交黄鳥，止于棘。誰從穆公？子車奄息。維此奄息，百夫之特。臨其穴，惴惴其慄。彼蒼者天，殲我良人！如可贖兮，人百其身！"次章曰："交交黄鳥，止于桑。誰從穆公？子車仲行。維此仲行，百夫之防。臨其穴，惴惴其慄。彼蒼者天，殲我良人！如可贖兮，人百其身！"卒章曰："交交黄鳥，止于楚。誰從穆公？子車鍼虎。維此鍼虎，百夫之禦。臨其穴，惴惴其慄。彼蒼者天，殲我良人！如可贖兮，人百其身！"②詩人在三章之首連續以"黄鳥"起興，依次引出爲穆公殉葬之"子車奄息""子車仲行"與"子車鍼虎"，反襯詩人"哀三良"之悲傷心情。

四是《小雅・黄鳥》，爲周大夫刺宣王之作，其首章曰："黄鳥黄鳥，無集于穀，無啄我粟。此邦之人，不我肯穀。言旋言歸，復我邦族。"次章曰："黄鳥黄鳥，無集于桑，無啄我粱。此邦之人，不可與明。言旋言歸，復我諸兄。"卒章曰："黄鳥黄鳥，無集于栩，無啄我黍。此邦之人，不可與處。言旋言歸，復我諸父。"③詩人在三章之首連續將"黄鳥"重疊使用，強化了"黄鳥"作爲興象兼喻體之"比興"功能，更爲強烈地表達出天下家室離散而流亡異國他鄉者的思歸之情。

與上述四詩相比，《綿蠻》三章開首皆以"黄鳥"起興而兼爲喻體，唯變換止息之所：丘阿→丘隅→丘側，使興象充滿了動感，烘托出"我"之動態——路途遥遠，行無止境；以"黄鳥"尚有止息之所，反襯"我"道遠勞甚而無所止息。

《禮記・大學》："《詩》云：'緡蠻黄鳥，止于丘隅。'子曰：'於止，知其所止。可以人而不如鳥乎！'"④《潛夫論・班禄》："其後忽養賢而《鹿鳴》思，背宗族而《采蘩》怨，履畝税而《碩鼠》作，賦斂重而譚告通，班禄頗而傾（頗）甫刺，行人定（乏）而《綿蠻》諷，故遂耗亂衰弱。"⑤此二引《詩》，正取"亂世之中人不如鳥"之意。

可見，"我"行道甚遠而異常勞苦，然"豈敢憚行，畏不能趨""豈敢憚行，畏不

---

① 毛《傳》："睍睆，好貌。慰，安也。"[漢]毛亨傳，[漢]鄭玄箋，[唐]孔穎達等正義：《毛詩正義》，第635頁。説詳：邵炳軍《〈詩・邶風〉繫年輯證》，《詩經研究叢刊》第20輯，學苑出版社2011年版，第81-133頁。

② 毛《傳》："興也。交交，小貌。黄鳥以時往來得其所，人以壽命終亦得其所。子車，氏；奄息，名。乃特百夫之德。慄慄，懼也。殲，盡；良，善也。防，比也。禦，當也。"[漢]毛亨傳，[漢]鄭玄箋，[唐]孔穎達等正義：《毛詩正義》第793-794頁。説詳：邵炳軍《〈詩・秦風〉五篇詩旨與作時補證》，《中古詩學暨曹道衡先生學術思想研討會專輯》，安徽人民出版社2007年版，第25-36頁。

③ 毛《序》："《黄鳥》，刺宣王也。"毛《傳》："興也。黄鳥宜集木啄粟者，喻天下室家不以其道而相去，是失其性。穀，善也。宣王之末，天下室家離散，妃匹相去，有不以禮者。不可與明夫婦之道。婦人有歸宗之義。處，居也。諸父，猶諸兄也。"[漢]毛亨傳，[漢]鄭玄箋，[唐]孔穎達等正義：《毛詩正義》，第929-930頁。

④ [漢]鄭玄注，[唐]孔穎達等正義：《禮記正義》，第3632頁。

⑤ [漢]王符撰，[清]汪繼培箋，彭鐸校正：《潛夫論箋校正》，第168頁。按："傾"，當作"頗"，"頗甫"，即《詩・小雅・祈父》之司馬"祈父"；"定"，當作"乏"，言行而無資。

第七章　平王東遷雒邑與其大夫詩作六篇

能極"者,則"我"此役不僅僅"道之云遠",而且肩負着重大使命,故"我"方不敢"憚行"而"畏不能"疾至目的地。

（2）"命彼後車"者爲天子,"我"爲大夫

首章曰:"飲之食之,教之誨之。命彼後車,謂之載之。"鄭《箋》:"云在國依屬於卿大夫之仁者,至於爲末介,從而行,道路遠矣。我罷勞,則卿大夫之恩宜如何乎？渴則予之飲,飢則予之食,事未至則豫教之,臨事則誨之,車敗則命後車載之。後車,倅車也。"①

謹按:次章、卒章後4句與首章文同。"我"與5"之"字,毛《序》以爲指代"微臣",鄭《箋》以爲指稱"末介之士",朱《傳》以爲指代"微賤勞苦者",《詩經世本古義》以爲指稱"諸侯貢士"。"我"所刺者,毛《序》以爲乃"大臣",鄭《箋》以爲指稱"卿大夫",《詩總聞》以爲指稱"重臣",則爲"我"而"飲之食之,教之誨之。命彼後車,謂之載之"者,自然爲"大臣"。説皆不確。我們可以先從"命彼後車"之"命"與"後車"語義入手,來探討他們的身份。

"命",《説文·口部》:"命,使也。從口令。"段《注》:"令者,發號也,君事也;非君而口使之,是亦令也。故曰:命者,天之令也。"②則"發命""發號""發令"者,必爲天子。在《尚書》中,凡"命者＋命＋受命者＋命辭"句式,"命者"皆爲君王,"受命者"皆其臣;在《詩經》中亦然。

比如,《鄘風·定之方中》爲衛大夫美文公復國之作,其卒章曰:"靈雨既零,命彼倌人:星言夙駕,説于桑田。"③此命者省略,實際上爲衛文公;受命者爲"倌人",即主駕車之官;命辭爲"星言夙駕,説于桑田",意謂衛文公命主駕車之官待天晴以後駕車出發,到桑田休息。

再如,《小雅·出車》爲周大夫美宣王之作,其三章曰:"王命南仲:往城于方。……天子命我:城彼朔方。"④此命者爲"王",即下文之"天子",具體指周宣王;受命者爲"南仲",即下文之"我",具體指周宣王之統兵大臣南仲;命辭爲"往城于方",即下文之"城彼朔方",意謂周宣王讓統兵大臣南仲去朔方（北方）築城,以平定獫狁西戎。

又如,《大雅·崧高》爲尹吉甫美宣王能建國親諸侯以褒賞其元舅申伯之作,其次章曰:"王命召伯:定申伯之宅。"三章曰:"王命申伯:式是南邦,因是謝人,以作爾庸;王命召伯:徹申伯土田;王命傅御:遷其私人。"六章曰:"王命召伯:

---

① 〔漢〕毛亨傳,〔漢〕鄭玄箋,〔唐〕孔穎達等正義:《毛詩正義》,第1071頁。
② 〔漢〕許慎撰,〔清〕段玉裁注:《説文解字注》,第57頁。
③ 毛《傳》:"零,落也。倌人,主駕者。"〔漢〕毛亨傳,〔漢〕鄭玄箋,〔唐〕孔穎達等正義:《毛詩正義》,第667頁。説詳:邵炳軍《〈詩·鄘風〉創作年代考論》,《中州學刊》2011年第2期,第197-202頁。
④ 毛《序》:"《出車》,勞還率也。"鄭《箋》:"遣將率及戍役,同歌、同時,欲其同心也;反而勞之,異歌、異日,殊尊卑也。"〔漢〕毛亨傳,〔漢〕鄭玄箋,〔唐〕孔穎達等正義:《毛詩正義》,第889頁。

徹申伯土疆,以峙其粻,式遄其行。"①此命者爲"王",即下文之"天子",具體亦指周宣王;受命者爲"召伯",即周武王太保召公奭後裔、宣王大臣召伯虎;命辭爲"定申伯之宅""式是南邦,因是謝人,以作爾庸;王命召伯:徹申伯土田;王命傅御:遷其私人""徹申伯土疆,以峙其粻,式遄其行",意謂周宣王讓其卿士尹吉甫代其爲申伯封土授民,並協助申伯在謝邑(即今河南省南陽市唐河縣湖陽鎮北之故謝城)建國。

另外,《小雅·采芑》三章之"樂只君子,天子命之";《大雅·烝民》三章之"王命仲山甫:式是百辟,纘戎祖考,王躬是保",七章之"王命仲山甫:城彼東方";《韓奕》首章之"韓侯受命,王親命之:纘戎祖考,無廢朕命,夙夜匪解,虔共爾位,朕命不易;榦不庭方,以佐戎辟";《江漢》三章之"江漢之滸,王命召虎:式辟四方,徹我疆土;匪疚匪棘,王國來極;于疆于理,至于南海",四章之"王命召虎:來旬來宣。文武受命,召公維翰。無曰予小子,召公是似,肇敏戎公,用錫爾祉";《常武》首章之"赫赫明明,王命卿士,南仲大祖,大師皇父:整我六師,以脩我戎。既敬既戒,惠此南國",次章之"王謂尹氏,命程伯休父:左右陳行,戒我師旅;率彼淮浦,省此徐土";②等等,皆此類用法。

由此可見,所謂"命彼後車"之"命者",肯定爲周天子或諸侯國君無疑。

又,"後車",鄭《箋》釋爲"倅車"。今考《周禮·春官宗伯·小宗伯》:"若大師,則帥有司而立軍社,奉主車。"《肆師》:"凡師不功,則助牽主車。"《夏官司馬·大司馬》:"若師不功,則厭而奉主車。"③《孟子·滕文公下》:"彭更問曰:'後車數十乘,從者數百人,以傳食於諸侯,不以泰乎?'"《盡心下》:"孟子曰:'……般樂飲酒,驅騁田獵,後車千乘,我得志弗爲也。……'"④《大戴禮記·保傅》:"鄙語

---

① 毛《序》:"《崧高》,尹吉甫美宣王也。天下復平,能建國親諸侯,褒賞申伯焉。"鄭《箋》:"尹吉甫、申伯,皆周之卿士也。"毛《傳》:"召伯,召公也。……庸,城也。徹,治也。御,治事之官也。私人,家臣也。"〔漢〕毛亨傳,〔漢〕鄭玄箋,〔唐〕孔穎達等正義:《毛詩正義》,第1219-1222頁。

② 《采芑》毛《序》:"《采芑》,刺幽王也。侮慢諸侯,諸侯來朝,不能錫命,以禮數徵會之,而無信義,君子見微而思古焉。"《烝民》毛《序》:"《烝民》,尹吉甫美宣王也。任賢使能,周室中興焉。"毛《傳》:"戎,大也。……東方,齊也。古者諸侯之居逼隘,則王者遷其邑而定其居,蓋去薄姑而遷於臨淄也。"《韓奕》毛《序》:"《韓奕》,尹吉甫美宣王也。能錫命諸侯。"鄭《箋》:"梁山於韓國之山最高大,爲國之鎮所望祀焉,故美大其貌奕奕然,謂之《韓奕》也。"毛《傳》:"戎,大;虔,固;共,執也。庭,直也。"《江漢》毛《序》:"《江漢》,尹吉甫美宣王也。能興衰撥亂,命召公平淮夷。"鄭《箋》:"召公,召穆公,名虎。"毛《傳》:"召虎,召穆公也。……旬,徧也。召公,召康公也。似,嗣;肇,謀;敏,疾;戎,大;公,事也。"《常武》毛《序》:"《常武》,召穆公美宣王也。有常德以立武事,因以爲戒然。"毛《傳》:"王命南仲於大祖,皇父爲大師。尹氏掌命卿士,程伯休父始命爲大司馬。"〔漢〕毛亨傳,〔漢〕鄭玄箋,〔唐〕孔穎達等正義:《毛詩正義》,第1049-1051、1224-1226、1229、1234-1236、1241-1242頁。

③ 《小宗伯》鄭《注》:"有司,大祝也。王出軍,必先有事於社;及遷廟,而以其主行。社主曰軍社,遷主曰祖。"《肆師》鄭《注》:"助,助大司馬也。"《大司馬》鄭《注》引鄭衆《周禮解詁》:"厭謂厭冠,喪服也。軍敗,則以喪禮。"〔漢〕鄭玄注,〔唐〕賈公彥疏:《周禮注疏》,第1656、1661、1812頁。

④ 〔漢〕趙岐注,〔宋〕孫奭疏:《孟子注疏》,第5896、6047頁。

曰：……'前車覆,後車誡。'"①《韓詩外傳》卷五："或曰：'前車覆,而後車不誡,是以後車覆也。'"②《史記·吕太后本紀》裴駰《集解》引漢蔡邕曰："天子有大駕、小駕、法駕。法駕上所乘,曰金根車,駕六馬;有五時副車,皆駕四馬;侍中參乘,屬車三十六乘。《梁孝王世家》裴駰《集解》引傅瓚《漢書集注》："稱乘輿駟馬,則車馬皆往,言不駕六馬耳。天子副車駕駟馬。"③可見,"前車"與"後車"相對,"主車"與"副車"相對,則"前車"即"主車",天子主車駕六馬;"後車"即副車,天子副車駕駟馬。此謂"後車數十乘,從者數百人"者,謂"後車千乘"者,則"後車"爲"前車"（主車）之輔助性車輛,亦即隨行車輛。那麽,乘"前車"者,其身份肯定要比乘"後車"者尊貴。故明朱朝瑛《讀詩略記》卷四曰："後車,重車也,重車以載器物;而人之不能行者,亦使載之,以甦其困也。"④

又,《周禮·夏官司馬·射人》："大師令有爵者,乘王之倅車。"《司戈盾》："軍旅、會同,授貳車戈盾,建乘車之戈盾,授旅賁及虎士戈盾。"《戎僕》："掌王倅車之政,正其服。"《道僕》："掌貳車之政令。"《田僕》："掌佐車之政。"《馭夫》："掌馭貳車、從車、使車。"《秋官司寇·大行人》："上公之禮,……貳車九乘,介九人……;諸侯之禮,……貳車七乘,介七人……;諸子（之禮）,……貳車五乘,介五人……"⑤故明張次仲《待軒詩記》卷五引鄭端簡曰："副車,朝祭者曰貳車,兵戎者曰倅車,田獵者曰佐車,皆謂之後車。"⑥那麽,此"後車"爲"倅車"者,説明詩人所寫既非朝祭之事,亦非田獵之事,而爲兵戎之事。"乘王之倅車"者,乃"有爵者",即卿大夫;則乘"前車"者必爲周王,"我"必從周王行役之大夫。可見,詩首章所謂"道遠"者,説明此次兵戎之事路途異常遥遠,故致使"我勞";由於周王親自參與此次兵戎之事十分急迫而緊要,故我"畏不能趨""畏不能極"。

《潛夫論·浮侈》："是故明王之養民也,憂之勞之,教之誨之,慎微防萌,以斷其邪。"⑦此引《詩》,亦以"教之誨之"者,爲"明王之養民"。故清姚際恒《詩經通論》卷十二曰："此疑王命大夫求賢,大夫爲咏此詩。五'之'字,自我而言。'飲、食、教、誨',言平日教養之事。先言'飲、食',後言'教、誨'者,先養後教也。'命

---

① ［漢］戴德撰,［清］王聘珍解詁,王文錦點校：《大戴禮記解詁》,第55頁。
② ［漢］韓嬰撰,屈守元箋疏：《韓詩外傳箋疏》,第481頁。
③ ［漢］司馬遷撰,［南朝宋］裴駰集解,［唐］司馬貞索隱,［唐］張守節正義,郭逸、郭曼標點：《史記》,第284、1620頁。
④ ［明］朱朝瑛：《讀詩略記》,故宫博物院藏四庫全書珍本初集,第254册,第63頁。
⑤《射人》鄭《注》："倅車,戎車之副。"《司戈盾》鄭《注》："乘車,王所乘車也。"《道僕》鄭《注》："貳,亦副。"《田僕》鄭《注》："佐,亦副。"《馭夫》鄭《注》："貳車,象路之副也;從車,戎路、田路之副也;使車,驅逆之車。"［漢］鄭玄注,［唐］賈公彦疏：《周禮注疏》,第1827、1847、1852－1853、1925頁。
⑥ ［明］張次仲：《待軒詩記》,第234頁。按：鄭端簡,即鄭曉,名曉,隆慶初贈太子少保,謚端簡。事詳《明史》本傳。又,《明史·藝文志一·經類》著録鄭曉《尚書考》2卷《禹貢圖説》1卷,《藝文志二·史類》著録其《吾學編》69卷、《今言》4卷、《徵吾録》2卷、《吾學編餘》1卷、《删改史論》10卷、《直文淵閣表》1卷、《典銓表》1卷,《藝文志四·集類》著録其《奏疏》14卷、《文集》12卷。張氏所引未詳出於何書,俟考。
⑦ ［漢］王符撰,［清］汪繼培箋,彭鐸校正：《潛夫論箋校正》,第122頁。

後車載之'者,稱王之命也。"①當然此詩非"求賢"之作,然姚氏以命者爲"王"、受命者爲"大夫",其説甚是。詩歌所寫内容與平王東遷長途跋涉史實相合,則此"王"即周平王。

又,《逸周書·時訓解》:"雨水之日,……桃始華;又五日,倉庚鳴;又五日,鷹化爲鳩。"②《禮記·月令》:"仲春之月,……始雨水,桃始華,倉庚鳴,鷹化爲鳩。"③《説文·隹部》:"離黄,倉庚也,鳴則蠶生。"④明李時珍《本草綱目·禽部》卷四十九《禽之三·林禽類·鶯》:"(黄鳥)立春後即鳴,麥黄椹熟時尤甚,……乃應節趨時之鳥也。"⑤則黄鳥自仲春二月雨水之節始鳴,六月麥熟之時尤甚。那麽,詩人選取"黄鳥"作爲興象,自然是在其鳴叫聲音最爲響亮的時節。也就是説,詩人所寫的此次兵戎之事正好發生在仲夏季節;這個季節,烈日炎炎,行路漫漫,役人自然勞苦不堪。

可見,全詩"一章言道之云遠,無如勞何;二章言非敢憚行也,恐遲緩不能疾走耳;三章言非敢憚行,恐困躓不能至耳"(宋范處義《詩補傳》卷二十一),⑥以賦、比、興手法結合方式,藝術地再現了平王大夫隨平王東遷時路途勞頓辛苦之情狀。故結合平王東遷的史實考察,《綿蠻》當作於平王東遷時,即平王元年(前770)。

二、《漸漸之石》——周大夫寫武士送平王東遷情形之作

1.《漸漸之石》創作年代諸説辨證

關於《漸漸之石》之創作年代,先哲時賢主要有七説:

一爲"幽王之世(前781—前771)"説。毛《序》:"《漸漸之石》,下國刺幽王也。戎狄叛之,荆舒不至,乃命將率東征,役久病於外,故作是詩。"⑦

二爲"闕疑"説。宋朱熹《詩序辨説》卷下:"《序》得詩意,但不知果爲何時耳。"⑧朱熹《詩集傳》卷十五:"將帥出征,經歷險遠,不堪勞苦,而作此詩也。"⑨楊

---

① [清]姚際恒撰,顧頡剛點校:《詩經通論》,第254頁。
② [晉]孔晁注,黄懷信、張懋鎔、田旭東集注,黄懷信修訂:《逸周書彙校集注》(修訂本),第584-585頁。
③ 鄭《注》:"皆説時候也。倉庚,驪黄也;鳩,搏穀也。漢始以雨水爲二月節。"[漢]鄭玄注,[唐]孔穎達等正義:《禮記正義》,第2947頁。
④ [漢]許慎撰,[清]段玉裁注:《説文解字注》,第142頁。按:[明]李時珍《本草綱目·禽部》卷49《禽之三·林禽類·鶯》引《説文》曰:"倉庚鳴則蠶生,冬月則藏蟄,入田塘中,以泥自裹如卵,至春始出。"[明]李時珍:《本草綱目》,第2658頁。
⑤ [明]李時珍:《本草綱目》,第2658頁。
⑥ [宋]范處義:《詩補傳》,第96頁。
⑦ 鄭《箋》:"荆,謂楚也。舒,舒鳩、舒鄝、舒庸之屬。役,謂士卒也。"[漢]毛亨傳,[漢]鄭玄箋,[唐]孔穎達等正義:《毛詩正義》,第1073頁。
⑧ [宋]朱熹:《詩序辨説》,第390頁。
⑨ [宋]朱熹撰,夏祖堯點校:《詩集傳》,第199頁。

簡《慈湖詩傳》卷十五,元許謙《詩集傳名物鈔》卷六、劉玉汝《詩纘緒》卷十二,清李光地《詩所》卷五皆同,僞《子貢詩傳》亦同。

三爲"桓王之世(前719—前697)"説。僞《申培詩説》:"桓王伐鄭,將帥不堪勞苦而作是詩。"①

四爲"厲王三年(約前855)"説。明何楷《詩經世本古義》卷十六:"《漸漸之石》,將士苦東征也。《竹書》紀厲王三年,'淮夷侵雒,王命虢公長父伐之,不克。'是詩之作,疑在此時也。"②

五爲"平王元年(前770)以後"説。清陳啓源《毛詩稽古編》卷十三:"《周語》言'幽王九年,王室始騷。'與《大雅·瞻卬》《召旻》二詩所云及《小雅·漸漸之石》以下三詩《序》可見,必以爲東遷後作,不已固乎?"③

六爲"靈王九年(前563)"説。夏宗禹《小雅·漸漸之石》:"'春秋'時期的晉國,在今山西省南部;偪陽在今山東省滕縣以南嶧城一帶。從晉向東抵達偪陽,綿延一千餘里,越高山,渡深水,橫跨河南省全境,幾度跋涉,這就是《詩》中'武人東征'和'山川悠遠'。……本詩作於公(元)之前564年。"④

七爲"平王元年(前770)"説。李山《詩經的文化精神》:"與東遷相關,《漸漸之石》可能也是此期詩篇。不過旅行者不是一般民衆,而是軍隊。詩共三章,舉其首章可概全詩大意。曰:'漸漸之石,維其高矣。山川悠遠,維其勞矣。武人東征,不皇朝矣。''不皇朝'即無暇休息之意,'山川悠遠'句意又與《綿蠻》'道之云遠'句略同,而'東征'一詞,又明言向東方遠行。這些都是詩篇與東遷有關的跡象。"⑤

謹按:《漸漸之石》,唐陸德明《經典釋文·毛詩音義下》、僞《子貢詩傳》、僞《申培詩説》皆作《漸漸》。

又,朱《傳》之"將帥出征不堪勞苦之詩"説,《慈湖詩傳》之"東征之士不忘君之情"説,⑥《詩集傳名物鈔》之"出征勞苦"説,⑦《詩纘緒》之"東征武夫不勝其怨"説,⑧僞《子貢詩傳》之"周人從征"説,⑨《詩所》之"苦於征役者之作"説,⑩作者、詩

---

① [明]豐坊:《申培詩説》,第39頁。
② [明]何楷撰,李士彪、張丹丹校點:《詩經世本古義》,第684頁。
③ [清]陳啓源:《毛詩稽古編》,第697頁。
④ 夏宗禹:《小雅·漸漸之石》,《西北大學學報》1989年第2期,第124頁。按:據襄十年《春秋》《左傳》,周靈王九年(晉悼公十一年,前563),晉荀偃、士匄帥師滅偪陽。則夏氏謂此事在"前564年"者,説失考。
⑤ 李山:《詩經的文化精神》,第232頁。
⑥ [宋]楊簡:《慈湖詩傳》,第828頁。
⑦ [元]許謙:《詩集傳名物鈔》,第221頁。
⑧ [元]劉玉汝:《詩纘緒》,第712頁。
⑨ [明]豐坊:《子貢詩傳》,第24頁。
⑩ [清]李光地:《詩所》,第7頁。

旨解説雖異,然皆不著作世。筆者此從李氏《詩經的文化精神》"平王元年"説。

2.《漸漸之石》作於"平王元年"説補證
(1)"東征"即"東行"
首章曰:"武人東征,不皇朝矣。"次章曰:"武人東征,不皇出矣。"卒章曰:"武人東征,不皇他矣。"鄭《箋》:"武人,謂將率也。皇,王也。將率受王命東行而征伐,役人罷病,必不能正荆舒,使之朝於王。……不能正之,令出使聘問於王。……不能正之,令其守職不干王命。"①

謹按:《説文·正部》:"正,是也。從一,一曰止。……𤴓,古文正,從二;二,古文上字。𤴓,古文正,從一足;足亦止也。"《足部》:"足,人之足也。在體下,從口止。"《疋部》:"疋,足也。"②金韓道昭《五音集韻·四勁》"正"字注:"𤴓、疋、𤴓,並古文。"③清王筠《説文釋例》卷二:"足下曰從止口,此文似有改易;足而從口,豈復成義!小徐以爲象股脛之形,是也。"④上引諸説可從甲骨文與金文中找到佐證。"正"字在殷商一期、四期甲骨文與西周中期金文中,即從"口"從"止"(亦省寫爲"一"),與甲骨文和金文中"足""疋"字形相似。則"正"與"疋"二字爲"足"之變體,"征"爲"正"之後起字。可見,"正""足""疋"本爲一字,後來纔分化成爲三個字義不同的形體。⑤故"正"字本義當爲"人之足",後來引申爲人向都邑行進,再引申爲軍隊征伐都邑,許氏之説即爲其引申義。故"東征"一詞,明言"武人"向遠方東行,並非一定如毛《序》、鄭《箋》所説爲討伐"戎狄"或"荆舒"。

(2)"武人東行"時夾雜着舉家"東行"之民人
卒章曰:"有豕白蹢,烝涉波矣。"毛《傳》:"豕,豬也。蹢,蹄也。將久雨,則豕進涉水波。"鄭《箋》:"烝,衆也。豕之性能水,又唐突難禁制。四蹄皆白曰駁,則白蹢其尤躁疾者。今離其繒牧之處,與衆豕涉入水之波渾矣。喻荆舒之人勇悍捷敏,其君猶白蹢之豕也。乃率民去禮義之安而居,亂亡之、危賤之,故比方於豕。"⑥宋朱熹《詩集傳》卷十五:"賦也。……豕涉波,……將雨之驗也。"⑦

謹按:毛《傳》、朱《傳》皆以"豕白蹢,烝涉波"爲天象,説不確;鄭《箋》以"豕白蹢,烝涉波"爲荆舒之君,則更迂曲。今考:

---

① [漢]毛亨傳,[漢]鄭玄箋,[唐]孔穎達等正義:《毛詩正義》,第1074-1075頁。
② [漢]許慎撰,[清]段玉裁注:《説文解字注》,第69、81、84頁。
③ [金]韓道昭撰,寧忌浮校訂:《校訂五音集韻》,明成化六年至七年(1470—1471)重刊本,中華書局1992年影印版,第180頁。
④ [清]王筠:《説文釋例》,續修四庫全書影印清道光間(1821—1850)刻本,上海古籍出版社2002年版,經部第215册,第603頁。
⑤ 參見:鄒曉麗《基礎漢字形義釋源》,第84-85頁。
⑥ [漢]毛亨傳,[漢]鄭玄箋,[唐]孔穎達等正義:《毛詩正義》,第1075頁。
⑦ [宋]朱熹撰,夏祖堯點校:《詩集傳》,第199頁。

《山海經·海外東經》:"雨師妾在其北,其爲人黑,兩手各操一蛇,左耳有青蛇,右耳有赤蛇。一曰在十日北,爲人黑身人面,各操一龜。"①《白氏六帖》卷二引《述異記》:"夜半天漢中有黑氣相逐,俗謂黑豬渡河,雨候也。"②可見,"雨師"尚黑,如黑雲之色;《述異記》謂"黑氣""黑豬""黑"乃"雨候"。而此詩謂"白蹢"之"豕",顯然與《山海經》《述異記》所述天象徵兆不合。故宋張載《張載集·正蒙·樂器篇》曰:"豕之負塗曳泥,其常性也;今豕足皆白,衆與涉波而去,水患之多爲可知也。"③可見,詩人"有豕白蹢,烝涉波矣"兩句寫地上景象,而非寫天象徵兆。

這裏需要注意的是,何以有衆多白色蹄子的豬"涉波"呢?"武人東征"何以有衆多白色蹄子的豬從行呢?因爲在"武人"之中,夾雜着舉家"東行"之民人,自然會有衆多白色蹄子的豬群與"武人"一起跋山涉水。故此所謂"東征",乃族群向東遷徙,非一般征伐可知。

(3)"武人東行"之時間在孟冬雨季

卒章曰:"月離于畢,俾滂沱矣。"毛《傳》:"畢,噣也。月離陰星則雨。"鄭《箋》:"將有大雨,徵氣先見於天。以言荆舒之叛,萌漸亦由王出也。豕既涉波,今又雨,使之滂沱,疾王甚也。"④宋朱熹《詩集傳》卷十五:"離,月所宿也。畢,星名。……月離畢,將雨之驗也。"⑤

筆者以爲,此所謂"畢",即"畢星""畢辰""畢宿",亦即《天問》之"萍"(萍翳),亦即《山海經·海外東經》《周禮·春官大宗》《韓非子·十過》《淮南子·原道訓》之"雨師",亦即《山海經·海外東經》郭《注》之"屏翳",亦即《風俗通義》卷三《祀典·雨師》之"玄冥"。其爲先民心目中崇拜的氣象神,亦即雨神。實際上,就現代天文學知識而言,畢宿五(Aldebaran,金牛座α星,1.06 等),即畢星團,呈火紅色,在黃道帶内,是距地球最近的御夫星區中的疏散星團,星團内有極豐富的雲氣。農業比較發達的地區,人們正是據這些自然物候現象以預測天氣。⑥故《論衡·説日》引此兩句詩而釋之曰:"夫雨從山發,月經星麗畢之時,麗畢之時當雨也。時不雨,月不麗,山不雲,天地上下自相應也。月麗於上,山烝於下,氣體偶合,自然道也。雲霧,雨之徵也,夏則爲露,冬則爲霜,温則爲雨,寒則爲雪。雨露凍凝者,皆由地發,不從天降也。"《明雩》引此兩句詩而釋之曰:"然則風雨隨月所

---

① [晉]郭璞注,袁珂校注:《山海經校注》(增訂本),第 311 頁。
② [唐]白居易原本,[宋]孔傳續撰:《白氏六帖》,第 1956 頁。按:《白氏六帖》原本引爲張鷟《朝野僉載》,然今本《朝野僉載》無此文;而[宋]佚名撰《錦繡萬花谷前集》卷 1 引以爲乃[南朝梁]任昉《述異志》(即《述異記》)之文。故筆者此從之。
③ [宋]張載撰,章錫琛據明萬曆四十八年(1620)沈自彰鳳翔府《張子全書》官刻本點校:《張載集》,理學叢書本,中華書局 1978 年版,第 57 頁。
④ [漢]毛亨傳,[漢]鄭玄箋,[唐]孔穎達等正義:《毛詩正義》,第 1075 頁。
⑤ [宋]朱熹撰,夏祖堯點校:《詩集傳》,第 199 頁。
⑥ 參見:金祖孟、陳自悟:《地球概論》,高等教育出版社 1997 年版,第 1991-199 頁。

離從也。房（畢）星四表三道，日月之行，出入三道。出北則湛，出南則旱。或言出北則旱，南則湛。"①《風俗通義》卷八《祀典·雨師》引此兩句詩而釋之曰："土中之眾者莫若水，雷震百里，風亦如之。至於太山，不崇朝而徧雨天下，異於雷風，其德散大，故雨獨稱師也。丑之神爲雨師，故以己丑日祀雨師於東北，土勝水爲火相也。"②

實際上，此詩所謂"月離于畢，俾滂沱矣"，正與晉荀偃、士匄所謂"水潦將降，懼不能歸"（襄十年《左傳》）之言合，亦與晉荀寅所謂"水潦方降，疾瘧方起"（定四年《左傳》）之語合。③ 晉會諸侯伐偪陽（即今山東省棗莊市嶧城區南 50 里之偪陽故城）在夏正四月戊午（初一）至五月甲午（八日）孟夏與仲夏相交之間，晉會諸侯於召陵（在今河南省郾城縣東 35 里）在夏正三月季春之時。則所謂"水潦將降"者，正當中原之地春夏雨水泛濫季節。而此詩所謂"月離于畢，俾滂沱矣"，是説看見滿月進入畢宿，就到了滂沱大雨的季節。《禮記·月令》："孟冬之月，日在尾，昏危中，旦七星中。其日壬癸，其帝顓頊，其神玄冥。"④既然雨神"玄冥"爲"孟冬"之神，則將要下滂沱大雨的時節，即孟冬季節。那麼，在中原之地入冬以後即將要下滂沱大雨的季節，雖天上有"將雨"之兆，"武人"將會在寒冷的雨雪之中"東征"而"不皇他矣"，肯定有重大事件發生，或有重要使命必須如期完成。因爲"古者五侯九伯（霸），二伯專征，而諸侯皆共四方之事，畿兵不輕出也"（宋陳傅良《歷代兵制》卷一《周》），⑤故清姚炳《詩識名解》卷六曰："蓋二者，以不得其所爲興：豕性負塗而今涉波，月行中道而今離畢；武人有家室而今東征，是以行役久病，不遑他事。兩兩相況，意直捷而味深雋。"⑥姚際恒《詩經通論》卷十二從之。

（4）"武人東行"即"武人東遷"

詩之三章反覆歌詠"武人東征"，則向遠方東行者爲將帥士卒而非一般民眾。首章言由於山高路遠而疆域廣闊，向遠方東行的將帥士卒無暇休息；次章言儘管山高路遠而無有盡頭，但向遠方東行的將帥士卒一往無前；卒章言儘管久行逢雨而勞苦甚矣，但將帥士卒義無反顧地向遠方東行。既然"武人東征"並非去討伐"戎狄"或"荆舒"，那麼他們爲什麼甘願忍受如此勞苦呢？旅途如此勞苦，是什麼

---

① ［漢］王充撰，黃暉校釋：《論衡校釋》，第 516、665 - 666 頁。
② ［漢］應劭撰，王利器校注：《風俗通義校注》，第 366 頁。
③ 襄十年《左傳》杜《注》："向夏，恐有久雨。"［晉］杜預注，［唐］孔穎達等正義：《春秋左傳正義》，第 4226、4633 頁。
④ 鄭《注》："玄冥，少暐氏之子，曰脩、曰熙，爲水官。"［漢］鄭玄注，［唐］孔穎達等正義：《禮記正義》，第 2989 頁。
⑤ ［宋］陳傅良著，史麗君據清嘉慶十七年（1812）張海鵬編刻墨海金壺叢書本譯注：《歷代兵制》，中國兵書經典叢書本，中華書局 2017 年版，第 9 頁。按："九霸"，文淵閣四庫全書本作"九伯"。
⑥ ［清］姚炳：《詩識名解》，國家圖書館藏清康熙四十七年（1708）刻本。按：文淵閣四庫全書本"二者"後，有"皆"字。

力量支撑着"武人"執意"東征"呢？這恐怕與周平王東遷雒邑有關。我們將本詩與《綿蠻》比較可知，《漸漸之石》"山川悠遠，維其勞矣"，即《綿蠻》"道之云遠，我勞如何"之意；《漸漸之石》"山川悠遠，曷其没矣"，即《綿蠻》"豈敢憚行，畏不能趨""豈敢憚行，畏不能極"之意。① 因此，《漸漸之石》與《綿蠻》二詩，皆透露出與周平王東遷有關的跡象。只不過《綿蠻》側重寫民衆從平王遷徙，時間在仲夏季節；而《漸漸之石》則着筆於軍隊爲遷徙隊伍殿後，時間在孟冬季節。可見，平王東遷從仲夏至孟冬一直延續了半年之久，足見其遷徙隊伍分期分批、綿延不絶。故二詩皆當作於平王東遷時，即平王元年（前770），且據今本《毛詩》篇次繫於《綿蠻》之後。

總之，《綿蠻》爲平王大夫寫國人隨平王東遷情狀之作，詩人以賦、比、興手法結合方式，藝術再現了平王大夫隨平王東遷時路途勞頓辛苦之情狀；《漸漸之石》爲平王大夫寫武士送平王東遷之作，主要以賦體手法，藝術再現了遷徙隊伍分期分批而綿延不絶之情形。這兩首詩篇實爲平王東遷雒邑史實的真實寫照，皆作於平王東遷之時，即平王元年（前770）。

第三節　東遷雒邑初期情態的藝術表現

《彤弓》爲周大夫美平王東遷雒邑後賜有功諸侯彤弓之作，《沔水》爲周大夫憂平王東遷雒邑後王室衰微之作，《瞻彼洛矣》爲周大夫祈平王遷雒作六師修禦備之作，《葛藟》爲周王族大夫刺平王東遷雒邑時棄其九族之作。這4首詩篇，從不同角度展示了周大夫的異樣心態。

一、《彤弓》——周大夫美平王在雒邑賜有功諸侯之作

1.《彤弓》創作年代諸説辨證

關於《彤弓》之創作年代，先哲時賢主要有六説：

一爲"闕疑"説。毛《序》："《彤弓》，天子錫有功諸侯也。"②三家詩無異義。《孔叢子·記義》載孔子曰："於《彤弓》，見有功之必報也。"③宋朱熹《詩集傳》卷十："此天子燕有功諸侯，而錫以弓矢之樂歌也。"④《詩序辨説》無説。

二爲"成王之世（約前1063—前1027）"説。宋歐陽修《詩本義·鄭氏詩譜》

---

① ［漢］毛亨傳，［漢］鄭玄箋，［唐］孔穎達等正義：《毛詩正義》，第1074、1071－1072頁。
② 鄭《箋》："諸侯敵王所愾而獻其功，王饗禮之，於是賜彤弓一，彤矢百，旅弓矢千。凡諸侯賜弓矢，然後專征伐。"［漢］毛亨傳，［漢］鄭玄箋，［唐］孔穎達等正義：《毛詩正義》，第901頁。
③ 舊題［周］孔鮒撰：《孔叢子》，第710頁。
④ ［宋］朱熹撰，夏祖堯點校：《詩集傳》，第129頁。

繫於周成王之世。

三爲"武王四年(約前1066)以後"說。宋王質《詩總聞》卷十："諸侯賜弓矢，然後得專征伐。此詩當是太公，或是其倫。"①

四爲"武王、成王之世(約前1069—前1027)"說。元許謙《詩集傳名物鈔》卷六："右《天保》諸侯群臣報上，餘三首(指《蓼蕭》《湛露》《彤弓》)皆天子燕諸侯之詩。蓋武王、成王時詩也。"②

五爲"文王之世(約前1099—前1070)"說。清錢澄之《田間詩學》卷七："獵狁之伐，本承商王之命。至于伐崇、伐密，《詩》但稱文王之赫怒，未曾言請命于天子也。豈非文王方伯得以專征耶？"③

六爲"平王元年(前770)"說。劉毓慶《雅頌新考》："我認爲此篇乃諸侯保定平王於都東都之後，平王賜於有功諸侯彤弓之詩。"④筆者此從劉氏《雅頌新考》"周平王元年"說。

2.《彤弓》作於"平王元年"說補證

首章曰："彤弓弨兮，受言藏之。我有嘉賓，中心貺之。鐘鼓既設，一朝饗之。"毛《傳》："彤弓，朱弓也，以講德習射。弨，弛貌。言，我也。貺，賜也。"鄭《箋》："言者，謂王策命也。王賜朱弓，必策其功以命之。受出藏之，乃反入也。貺者，欲加恩惠也。王意殷勤於賓，故歌序之。大飲賓曰饗。朝，猶早朝。"⑤

謹按：《尚書·周書·文侯之命》："王曰：'父義和！其歸視爾師，寧爾邦，用賚爾秬鬯一卣，彤弓一、彤矢百、盧弓一、盧矢百，馬四匹。……'"⑥僖二十八年《左傳》："(五月)已酉(十二日)，(襄)王享醴，命晉侯(文公)宥。王命尹氏及王子虎、內史叔興父策命晉侯爲侯伯，賜之大輅之服、戎輅之服，彤弓一、彤矢百，玈弓矢千，秬鬯一卣，虎賁三百人。……晉侯三辭，從命，……受策以出。出入三覲。"昭十五年《左傳》載周景王誡晉大夫籍談曰："其後襄之二路，鍼鉞、秬鬯、彤弓、虎

---

① [宋]王質：《詩總聞》，第172頁。按：王氏《詩總聞》所本，當爲《史記·周本紀》："武王即位，太公望爲師，周公旦爲輔，召公、畢公之徒左右王，師修文王緒業。……(十二年)二月甲子昧爽，武王朝至於商郊牧野，乃誓。……誓已，諸侯兵會者車四千乘，陳師牧野。帝紂聞武王來，亦發兵七十萬人距武王。武王使師尚父與百夫致師，以大卒馳帝紂師。"[漢]司馬遷撰，[南朝宋]裴駰集解，[唐]司馬貞索隱，[唐]張守節正義，郭逸、郭曼標點：《史記》，第81-84頁。
② [元]許謙：《詩集傳名物鈔》，第223頁。
③ [清]錢澄之撰，朱一清校點：《田間詩學》，第444頁。
④ 劉毓慶：《雅頌新考》，第212頁。按："諸侯"，當爲"諸侯"之訛；"於都"，當爲"遷都"之訛。
⑤ [漢]毛亨傳，[漢]鄭玄箋，[唐]孔穎達等正義：《毛詩正義》，第902頁。
⑥ 孔《傳》："彤，赤，盧，黑也。諸侯有大功，賜弓矢，然後專征伐。彤弓以講德習射，藏示子孫。"[漢]孔安國傳，[唐]孔穎達等正義：《尚書正義》，第540頁。

貢,文公受之,以有南陽之田,撫征東夏,非分而何?"①《山海經·海内經》:"帝俊賜羿彤弓素矰,以扶下國,羿是始去恤下地之百艱。"②《荀子·大略篇》:"天子彤弓,諸侯彤弓,大夫黑弓,禮也。"③《史記·齊太公世家》:"(桓公)三十五年夏,會諸侯于葵丘。周襄王使宰孔賜桓公文武胙、彤弓矢、大路,命無拜。桓公欲許之,管仲曰'不可',乃下拜受賜。"④定四年《公羊傳》何《注》:"禮,天子雕弓,諸侯彤弓,大夫嬰弓,士盧弓。"⑤此皆以彤弓爲天子策命賞賜有功諸侯之禮物。況且周人的這種禮儀制度,至少從西周一直延續到了襄王二十一年(前 632)。可見,即使在"禮樂征代自諸侯出"的春秋中期,即使齊桓公、晉文公這些霸主們,他們依然需要周王賜彤弓以策命自己爲"侯伯",方能名正言順地以霸主身份履行自己"專征伐"的權力。當然,神話中所謂"帝俊賜羿彤弓素矰",無疑是彩虹白暈,並非彤弓實物。足見毛《序》、毛《傳》、鄭《箋》説不誤。

又,文四年《左傳》:"(秋)衛甯武子(甯俞)來聘,公與之宴,爲賦《湛露》及《彤弓》。(武子)不辭,又不答賦。使行人私焉。對曰:'臣以爲肄業及之也。……諸侯敵王所愾,而獻其功,王於是乎賜之彤弓一、彤矢百、旅弓矢千,以覺報宴。今陪臣來繼舊好,君辱貺之,其敢干大禮以自取戾?"襄八年《左傳》:"(冬)晉范宣子(士匄)來聘,且拜公之辱,告將用師于鄭。公享之。……賓將出,武子(季孫宿,魯正卿)賦《彤弓》。宣子曰:'城濮之役,我先君文公獻功于衡雍,受彤弓于襄王,以爲子孫藏。匄也,先君守官之嗣也,敢不承命?'"⑥衛卿士甯武子(甯俞)、晉卿士范宣子(士匄)釋此詩,皆以爲天子策命燕樂諸侯之作。

次章曰:"彤弓弨兮,受言載之。我有嘉賓,中心喜之。鐘鼓既設,一朝右之。"毛《傳》:"載以歸也。喜,樂也。右,勸也。"鄭《箋》:"出,載之車也。右之者,主人獻之,賓受爵,奠于薦右,既祭俎,乃席末坐,卒爵之謂也。"⑦

謹按:鐘鼓之樂,即編鐘懸鼓之樂,亦即《周禮·春官宗伯·鎛師》所謂"金奏之樂",成十二年、襄四年《左傳》省稱"金奏"。見於《詩經》者,除本篇之外,尚有《周南·關雎》《小雅·楚茨》《賓之初筵》《周頌·執競》4 篇,大致可分爲兩類:

---

① 僖二十八年《左傳》杜《注》:"既饗又命,晉侯助以束帛,以將厚意。以策書命晉侯爲伯也。《周禮》:'九命作伯。'尹氏、王子虎,皆王卿士也;叔興父,大夫也。三官命之,以寵晉。……彤,赤弓;旅,黑弓。弓一矢百,則矢千弓十矣。"昭十五年《左傳》杜《注》:"(襄之二路)周襄王所賜晉文公大路、戎路。"〔晉〕杜預注,〔唐〕孔穎達等正義:《春秋左傳正義》,第 3962-3963、4512 頁。
② 〔晉〕郭璞注,袁珂校注:《山海經校注》(增訂本),第 530 頁。
③ 〔周〕荀況撰,〔清〕王先謙集解,沈嘯寰、王星賢點校:《荀子集解》,第 487 頁。
④ 〔漢〕司馬遷撰,〔南朝宋〕裴駰集解,〔唐〕司馬貞索隱,〔唐〕張守節正義,郭逸、郭曼標點:《史記》,第 1206 頁。
⑤ 〔漢〕何休注,〔唐〕徐彥疏:《春秋公羊傳注疏》,第 5078 頁。
⑥ 文四年《左傳》杜《注》:"謂諸侯有四夷之功,王賜之弓、矢;又爲歌《彤弓》,以明報功宴樂。"襄八年《左傳》杜《注》:"《彤弓》,天子賜有功諸侯之詩。欲使晉君繼文之業,復受彤弓於王。"〔晉〕杜預注,〔唐〕孔穎達等正義:《春秋左傳正義》,第 3995-3996、4211 頁。
⑦ 〔漢〕毛亨傳,〔漢〕鄭玄箋,〔唐〕孔穎達等正義:《毛詩正義》,第 902 頁。

一是祭祀祖先之樂。比如,《關雎》爲周南地區貴族青年舉行成婦禮儀時之祭歌,其卒章曰:"參差荇菜,左右芼之。窈窕淑女,鍾鼓樂之。"此詩中以鍾鼓之樂,表現出周人在親迎成婚後滿三個月時,到宗廟祭祖行成婦之禮的婚姻禮俗。《楚茨》爲周大夫刺幽王祭祀不饗之作,其五章曰:"禮儀既備,鍾鼓既戒。孝孫徂位,工祝致告。神具醉止,皇尸載起。鼓鍾送尸,神保聿歸。諸宰君婦,廢徹不遲。諸父兄弟,備言燕私。"此詩中以鍾鼓之樂,描寫了往昔周王率子孫在宗廟祭祀祖先之莊重場面。《執競》爲周王祭祀武王之作,其詩曰:"鍾鼓喤喤,磬筦將將。降福穰穰,降福簡簡。威儀反反,既醉既飽,福祿來反。"①此詩中以鍾鼓之樂,描寫出周王率子孫在宗廟祭祀武王之肅穆場景。

二爲周王燕享諸侯之樂。比如,《賓之初筵》爲衛武公任周平王司寇時所作歌頌周平王由西申歸宗周、收復鎬京重大勝利之讚美詩,其首章曰:"鍾鼓既設,舉醻逸逸。大侯既抗,弓矢斯張。射夫既同,獻爾發功。發彼有的,以祈爾爵。"②此詩中以鍾鼓之樂,描寫出燕享諸侯時之歡樂情景。

又,從周代金文可知,銘文所記鍾鼓之樂,大致上亦有上述兩類:

其一爲樂神降福之用。比如,清吳式芬《攈古錄金文》卷三著錄傳世昭王時器宗周鐘(周寶鐘、周王獸鐘)銘:"其嚴在上,……降余多福。"《攈古錄金文》卷三著錄傳世西周晚期器虢叔旅鐘(虢大林鐘、虢叔鐘)銘:"用乍(作)朕皇考惠叔大蕭龢鐘,……降旅多福。"③清吳大澂《愙齋集古錄》卷二著錄傳世西周中晚期器猶鐘(一題牧狄鐘)銘:"先王其在帝左右,……降福無疆。"④郭沫若《兩周金文辭大系圖錄考釋》著錄傳世共王時器走鐘銘:"走乍(作)皇且(祖)文考寶鯀鐘,走其萬年,子子孫孫,永寶用享。"⑤中國社會科學院考古研究所編《殷周金文集成》(1.246)著錄1976年陝西省寶雞市扶風縣莊白1號青銅器窖藏出土西周中期器㝬鐘(一)銘:"㝬趯趯,夙夕聖趣(爽),追孝于高祖辛公、文祖乙公、皇

---

① 《關雎》毛《傳》:"芼,擇也。德盛者,宜有鍾鼓之樂。"鄭《箋》:"琴瑟在堂,鍾鼓在庭,言共荇菜之時,上下之樂皆作,盛其禮也。"《楚茨》毛《序》:"《楚茨》,刺幽王也。政煩賦重,田萊多荒,饑饉降喪,民卒流亡,祭祀不饗,故君子思古焉。"毛《傳》:"致告,告利成也。皇,大也。燕而盡其私恩。"鄭《箋》:"鍾鼓既戒,戒諸在廟中者,以祭禮畢,孝孫往位堂下西面位也,祝於是致孝孫之意,告尸以利成。"《執競》毛《序》:"《執競》,祀武王也。"毛《傳》:"喤喤,和也。將將,集也。穰穰,衆也。簡簡,大也。反反,難也。反,復也。"[漢]毛亨傳,[漢]鄭玄箋,[唐]孔穎達等正義:《毛詩正義》,第572、1003-1008、1270頁。說詳:邵炳軍、賴旭輝《"雎鳩"意象考論》,《儒學與二十一世紀文化建設:首善文化的價值闡釋與世界傳播》,學苑出版社2010年版,第408-417頁;邵炳軍《春秋文學繫年輯證》,第139-146頁。

② 毛《傳》:"逸逸,往來次序也。大侯,君侯也;抗,舉也;有燕射之禮。的,質也。祈,求也。"[漢]毛亨傳,[漢]鄭玄箋,[唐]孔穎達等正義:《毛詩正義》,第1040頁。說詳:邵炳軍《衛武公〈賓之初筵〉創作年代考》,《甘肅高師學報》2001年第6期,第11-17頁。

③ [清]吳式芬:《攈古錄金文》,第713、687頁。按:關於宗周鐘作器之年代,主要有二說:一爲昭王時說,一爲厲王時說。參見:郭沫若《兩周金文辭大系圖錄考釋》(增訂本),釋文第51頁。

④ [清]吳大澂:《愙齋集古錄》,第77頁。

⑤ 郭沫若:《兩周金文辭大系圖錄考釋》(增訂本),第175頁。

考丁公,龢劋(林)鐘,用邵各,喜侃樂,……義(宜)文神,無疆覭(景)福,……"《殷周金文集成》(1.204—205)著錄傳1890年扶風縣法門寺鎮任村出土厲王前後器克鐘銘:"唯十又六年,九月初吉庚寅,王在周康剌宮,……用乍(作)朕皇祖考伯寶劋(林)鐘,用匄屯(純)叚(嘏)、永令(命)。"《殷周金文集成》(1.105)著錄西周晚期器吳生殘鐘銘:"用喜沘(侃)前文人。"①郭沫若《兩周金文辭大系圖錄考釋》著錄傳世厲王時器單伯鐘銘:"余小子肇帥井(型),朕皇且(祖)考懿德,用保奠。"《兩周金文辭大系圖錄考釋》著錄傳世厲王時器士父鐘銘:"用喜侃(衎)皇考,……降余魯(旅)多福亡(無)疆。"《兩周金文辭大系圖錄考釋》著錄傳世宣王時器井(邢)人妄鐘銘:"用追孝侃(衎)前文人,……降余厚多福無疆。"②等等。

其二爲燕享賓客之樂。比如,《攈古錄金文》卷三著錄傳世春秋中期郑國器朱(邾)公牼鐘銘:"台(以)樂其身,台(以)䢦(燕)大夫,台(以)喜者(諸)士。"③《兩周金文辭大系圖錄考釋》著錄傳湖北省荆州市宜都山出土春秋晚期器王孫遺者鐘(一題王孫鐘)銘:"自乍(作)龢(和)鐘,……用亯(享)台(以)孝,于我皇且(祖)文考,……用匽(燕)台(以)喜,用樂嘉賓父曻(兄),及我倗(朋)友。"《兩周金文辭大系圖錄考釋》著錄傳世春秋末期徐國器儗兒鐘銘:"台(以)鎬(鑄)龢(和)鐘,台(以)追孝洗(先)且(祖),樂我父兄。"《兩周金文辭大系圖錄考釋》著錄傳世春秋時期許國器許子鐘銘:"穆穆龢(和)鐘,用匽(燕)目(以)喜,用樂嘉賓大夫,及我倗(朋)友。"《兩周金文辭大系圖錄考釋》著錄傳世春秋時期許國器子璋鐘銘:"自乍(作)龢(和)鐘,用匽(燕)目(以)喜,用樂父曻(兄)者(諸)士。"《兩周金文辭大系圖錄考釋》著錄傳世春秋後期郑國器郑公華鐘銘:"台(以)卹其祭祀盟祀,台(以)樂大夫,台(以)宴士庶子。"④等等。

上述第一類爲西周時期器,第二類爲春秋時期器。則鐘鼓之樂,西周時期主要功用爲娛神,春秋時期主要功用爲娛人。可見,《彤弓》詩中鐘鼓之樂,與《賓之初筵》功用相同,皆以娛人爲主。

卒章曰:"彤弓弨兮,受言櫜之。我有嘉賓,中心好之。鐘鼓既設,一朝醻之。"毛《傳》:"櫜,韜也。好,說也。醻,報也。"鄭《箋》:"飲酒之禮,主人獻賓,賓酢主人,主人又飲而酌賓,謂之醻。醻,猶厚也、勸也。"⑤

謹按:《詩經》中宴飲詩,或寫酒肴豐盛,或寫款待盛情,其意皆不在酒肴與酬之本身,而在表現賓主關係和諧氣氛的融洽,其根本着眼點還在於寓德於禮,

---

① 中國社會科學院考古研究所編:《殷周金文集成》,修訂增補本第1冊,第292、222-223、98頁。
② 郭沫若:《兩周金文辭大系圖錄考釋》(增訂本),釋文第254、273、317頁。
③ [清] 吳式芬:《攈古錄金文》,第661頁。
④ 郭沫若:《兩周金文辭大系圖錄考釋》(增訂本),釋文第346、351、382、384、407-408頁。
⑤ [漢] 毛亨傳,[漢] 鄭玄箋,[唐] 孔穎達等正義:《毛詩正義》,第903頁。

表現出一種禮樂文化精神。① 而周天子賜有功諸侯以彤弓,並舉行盛大的宴享典禮,正是這種禮樂文化精神的具體表現形式,正是對周人"其次有立功"(襄二十四年《左傳》載魯叔孫豹語)——強烈的建功立業意識的一種宣揚與展示。② 當然,自平王東遷起,王室漸次衰微,更需要借助諸侯之力,方能保持太平。故周王自然需要以賞賜彤弓與鐘鼓之樂,奬勵諸侯"敵王所愾",爲之征伐。③ 平王東遷之初,更是如此。則《彤弓》與《賓之初筵》一樣,皆爲平王東遷初期燕享有功諸侯之作,故將本詩繋於平王元年(前770)。

二、《沔水》——周大夫憂平王遷雒後王室衰微之作

1.《沔水》創作年代諸説辨證

關於《沔水》之創作年代,先哲時賢主要有七説:

一爲泛言"宣王之世(前827—前782)"説。毛《序》:"《沔水》,規宣王也。"④三家詩無異義,清王照圓《詩問·小雅卷上》説大同。

二爲"闕疑"説。漢王符《潛夫論·釋難》:"且夫一國盡亂,無有安身。《詩》云:'莫肯念亂,誰無父母?'言將皆爲害,然有親者憂將深也。"⑤宋王質《詩總聞》卷十一、朱熹《詩集傳》卷十、清姚際恒《詩經通論》卷十及程俊英、蔣見元《詩經注析》皆同。

三爲"宣王三十二年(前796)以後"説。宋嚴粲《詩緝》卷十九:"規其聽讒而諸侯攜貳也。……宣王不可不察也,諸侯之叛在讒言耳。"⑥

四爲"宣王四十四年(前784)"説。宋王應麟《困學紀聞》卷三:"(宣王)殺其臣杜伯而非其罪,則《沔水》之規,讒言其興可見矣。"⑦明何楷《詩經世本古義》卷十七説大同。

五爲"厲王之世(約前857—前842)以後"説。元朱公遷《詩經疏義會通·圖説下》:"厲王以後'變小雅'十篇:《鴻雁》《庭燎》《沔水》《鶴鳴》《祈父》《白駒》《黄鳥》《我行其野》《斯干》《無羊》。"⑧

六爲"泛言西周時期(約前1066—前770)"説。清楊名時《詩經劄記》:"《沔

---

① 參見:趙沛霖《〈詩經〉宴飲詩與禮樂文化精神》,《天津師大學報》1989年第6期,第60-65頁。
② [晉]杜預注,[唐]孔穎達等正義:《春秋左傳正義》,第4297頁。
③ 參見:劉毓慶《雅頌新考》,第211-212頁。
④ [漢]毛亨傳,[漢]鄭玄箋,[唐]孔穎達等正義:《毛詩正義》,第925頁。
⑤ [漢]王符撰,[清]汪繼培箋,彭鐸校正:《潛夫論箋校正》,第330頁。按:此二句《潛夫論·愛日》篇亦引。又,[清]陳奂《毛詩傳疏》(第4063頁)卷18:"不以父母爲京師,本三家《詩》"。陳喬樅《三家詩遺説考·魯詩遺説考十》(第5560頁)則以爲此乃《魯詩》義。
⑥ [宋]嚴粲:《詩緝》,第248頁。按:綫裝書局2003年影印元余志安勤有堂刻本,自《吉日》以下殘闕。
⑦ [宋]王應麟撰,孫通海校點:《困學紀聞》,第66頁。
⑧ [元]朱公遷撰,[明]王逢輯,何英增釋:《詩經疏義會通》,第25頁。

水》至《無羊》,西周時西都畿内之風也;《綿蠻》以下,西周時東都畿内之風也。並皆附於《小雅》之末。""《沔水》以下至《無羊》,大抵係周道既衰西周畿内風謠,或爲夷厲以前,或在夷厲以後,難強分也;又或俱爲宣王時,亦未可知。以其音節近《小雅》,故附于宣王'變小雅'之後。"①

七爲"平王元年(前770)東遷之後"説。高亨《詩經今注》:"這首詩似作於東周初年。平王東遷以後,王朝衰弱,諸侯不再擁護。鎬京一帶,危機四伏。作者憂之,因作此詩。"②

謹按:王氏《詩問》據宋道書《文昌化書》以爲《沔水》乃張仲所作,③清李超孫《詩氏族考》卷四及陳子展《詩經直解》皆辨其失,④可參。

又,《潛夫論》之"親者憂亂"説、《詩總聞》之"其友愬讒者"説、⑤《詩集傳》之"憂亂之詩"説、⑥《詩經注析》之"憂亂畏讒而誡友"説、⑦詩旨解説雖異,然皆不著作世;而《詩經通論》詩旨、作世皆闕疑。

又,《國語·周語上》:"三十二年春,宣王伐魯,立孝公,諸侯從是而不睦。"⑧此乃嚴氏《詩緝》所本。

又,《墨子·明鬼下》:"周宣王殺其臣杜伯而不辜。杜伯曰:'吾君殺我而不辜,若以死者爲無知,則止矣;若死而有知,不出三年,必使吾君知之。'其三年,周宣王合諸侯而田於圃,田車數百乘,從數千,人滿野。日中,杜伯乘白馬素車,朱衣冠,執朱弓,挾朱矢,追周宣王,射之車上,中心折脊,殪車中,伏弢而死。當是之時,周人從者莫不見,遠者莫不聞,著在周之《春秋》。"⑨《國語·周語上》韋《注》引《周春秋》:"宣王殺杜伯而不辜,後三年,宣王會諸侯田于圃,日中,杜伯起于道左,衣朱衣,冠朱冠,操朱弓、朱矢射宣王,中心折脊而死也。"⑩今本《竹書紀

---

① [清]楊名時:《詩經劄記》,文淵閣四庫全書本,臺灣商務印書館1986年影印版,經部第81册,第35、39頁。按:《沔水》至《無羊》,指《沔水》《鶴鳴》《祈父》《白駒》《黃鳥》《我行其野》《斯干》《無羊》等8篇;《綿蠻》以下,指《綿蠻》《瓠葉》《漸漸之石》《苕之華》《何草不黃》等5篇。楊説乃後世變雅兼有風體説之濫觴。

② 高亨:《詩經今注》,第256頁。

③ [清]郝懿行、王照圓:《詩問》,見安作璋主編《郝懿行集》,清光緒八年(1882)東路廳署刻郝氏遺書本,齊魯書社2010年點校版,第1册,第733頁。按:《文昌化書》所記張仲事,詳見:[明]曹學佺《蜀中廣記》卷79、何楷《詩經世本古義》卷17並引。何氏以爲"事尚在杳茫間耳",故疑之。

④ 陳子展:《詩經直解》,第614—615頁。

⑤ [宋]王質:《詩總聞》,第181頁。

⑥ [宋]朱熹撰,夏祖堯點校:《詩集傳》,第137頁。按:《詩序辨説》無説。

⑦ 程俊英、蔣見元:《詩經注析》,第525—526頁。

⑧ 韋《注》:"孝公,懿公之弟稱也。從是而不相親睦於王也。"[三國吳]韋昭注,上海師範大學古籍整理研究所校點:《國語》,第23頁。

⑨ [清]孫詒讓撰,孫以楷點校:《墨子閒詁》,第202—204頁。

⑩ [三國吳]韋昭注,上海師範大學古籍整理研究所校點:《國語》,第32頁。

年》:"(周宣王)四十三年,王殺大夫杜伯。其子隰叔出奔晉。"①此乃王氏《困學紀聞》所本。然王氏《困學紀聞》作者闕疑,何氏《詩經世本古義》年世從王氏《困學紀聞》說,然"疑隰叔所作",②亦爲測度之辭。

故筆者此從高亨《詩經今注》"平王元年東遷之後"說。

2.《沔水》作於"平王元年東遷之後"說補證

首章曰:"沔彼流水,朝宗于海。鴥彼飛隼,載飛載止。嗟我兄弟,邦人諸友。莫肯念亂,誰無父母?"毛《傳》:"興也。沔,水流滿也。水猶有所朝宗。邦人諸友,謂諸侯也;兄弟,同姓臣也;京師者,諸侯之父母也。"鄭《箋》:"興者,水流而入海,小就大也,喻諸侯朝天子亦猶是也。諸侯春見天子曰朝,夏見曰宗。載之言則也。言隼欲飛則飛,欲止則止,喻諸侯之自驕恣,欲朝不朝,自由無所在心也。我,我王也。莫,無也。我同姓異姓之諸侯,女自恣聽不朝,無肯念此於禮法爲亂者,女誰無父母乎?言皆生於父母也。臣之道,資於事父以事君。"③

謹按:"沔",毛《傳》訓爲"水流滿",意未盡。今考:

《方言》卷四:"南楚江、沔之間,總謂之麤。"郭《注》:"沔水,今在襄陽。"④《說文·水部》:"沔,沔水,出武都沮縣東狼谷,東南入江。從水丏聲。或曰入夏水。"段《注》:"《詩》之'沔',爲'瀰'之假借。"⑤清陳奂《毛詩傳疏》卷十八:"《匏有苦葉傳》:'瀰,深水也。''沔''瀰'聲義相近。"⑥馬瑞辰《毛詩傳箋通釋》卷十九:"'沔''衍'聲相近。……'沔'蓋'衍'字之假借。"⑦則"沔"本爲水名,一名"粗水"(即"沮水"),又稱"襄河""夏水",即今之"漢水""漢江",源自陝西省西南部漢中市勉縣茶樓鎮米倉山西麓東狼谷中,幹流經陝、鄂兩省,於武漢匯入長江,全長1 577公里,爲長江最長支流。⑧ 此爲"瀰"("衍")之借字,"瀰"爲"沔"之本字,與"衍"字同義,本指江河之水朝宗於大海而水滿之貌,此借以起興,喻諸侯朝天子。

又,"朝宗",毛《傳》訓爲"水猶有所朝宗",鄭《箋》訓爲"諸侯春見天子曰朝,夏見曰宗",二說實同。《尚書·夏書·禹貢》:"江、漢朝宗于海,九江孔殷,沱潛

---

① 王國維:《今本竹書紀年疏證》,第85頁。按:宋明道本《國語·周語上》韋《注》《史記·周本紀》張守節《正義》並引《周春秋》皆作"後三年",《太平御覽》卷85引《墨子》作"三年",《太平御覽》卷371引《墨子》亦作"後三年",則本作"其後三年"。據《周本紀》,宣王四十六年崩,則殺杜伯當在四十四年。今本《竹書紀年》謂在"宣王四十三年",則不計所殺之年,亦通。[宋]劉恕《資治通鑒外紀》卷3將宣王殺杜伯繫於宣王四十六年(前782),此說非。參見:[清]孫詒讓撰,孫以楷點校:《墨子閒詁》卷8。
② [明]何楷撰,李士彪、張丹丹校點:《詩經世本古義》,第866頁。
③ [漢]毛亨傳,[漢]鄭玄箋,[唐]孔穎達等正義:《毛詩正義》,第925頁。
④ [漢]揚雄撰,[晉]郭璞注,[清]錢繹箋疏:《方言箋疏》,第166頁。
⑤ [漢]許慎撰,[清]段玉裁注:《說文解字注》,第522-523頁。
⑥ [清]陳奂:《毛詩傳疏》,第4063頁。
⑦ [清]馬瑞辰撰,陳金生點校:《毛詩傳箋通釋》,第569頁。
⑧ 說詳:《水經·沔水注》。

既道,雲土夢作乂。"①《周禮·春官宗伯·大宗伯》:"春見曰朝,夏見曰宗,秋見曰覲,冬見曰遇。時見曰會,殷見曰同。"②清馬瑞辰《毛詩傳箋通釋》卷十九:"'淖'即'潮'字。是古説'朝宗于海',謂海潮上迎,來受尊禮。不言'海水朝宗'而言'朝宗于海'者,倒文也。"③則"朝宗"即"潮宗",本指百川入海,此借指諸侯朝見天子。足見毛《傳》之説,本於《尚書》,爲本義;鄭《箋》之説,本於《周禮》,爲引申義。

又,"念",毛《傳》未釋,鄭《箋》訓爲"無肯念此於禮法爲亂者",説不確。清馬瑞辰《毛詩傳箋通釋》卷十九則曰:"'念'與'尼'雙聲;'尼',止也;故'念'亦有止意。'莫肯念亂',猶言莫肯止亂也。"④可見,"念",即"止";所謂"念亂"者,即"止亂"。

又,"父母",毛《傳》訓爲"諸侯之父母",即"京師",此專言之;漢王符《潛夫論·愛日》篇引"莫肯念亂,誰無父母"兩句,釋爲"今民力不暇,穀何以生?百姓不足,君孰與足",謂公卿不肯憂國事;《釋難》篇引"莫肯念亂,誰無父母"兩句,釋爲"一國盡亂"則"有親者憂將深也"⑤,謂臣憂君當如憂父母;此皆泛言之。《吕氏春秋·諭大》:"天下大亂,無有安國;一國盡亂,無有安家;一家皆亂,無有安身。"⑥此與《沔水》卒章文異義同。

又,明鍾惺《評點詩經》卷二:"'誰無父母'四字,詞微意苦,可思可涕。"⑦清馬瑞辰《毛詩傳箋通釋》卷十九:"昊天子天子,天子子天下,故《傳》以'父母'爲喻'京師',……詩蓋以海水來朝喻王之以信服諸侯,因以'誰無父母'喻諸侯之以信接天子。"⑧可見,詩人在首章前四句選取了兩個客觀物象:"海之朝宗"——流水尚可朝宗於海,"隼之飛止"——飛隼尚且有所止息,以興己之處境不如水與隼,借喻諸侯朝天子。

次章曰:"沔彼流水,其流湯湯。鴥彼飛隼,載飛載揚。念彼不蹟,載起載行。心之憂矣,不可弭忘。"毛《傳》:"言放縱無所入也。言無所定止也。不蹟,不循道也。弭,止也。"鄭《箋》:"湯湯,波流盛貌。喻諸侯奢僭,既不朝天子,復不事侯伯。則飛則揚,喻諸侯出兵,妄相侵伐。彼,彼諸侯也。諸侯不循法度,妄興師出

---

① 孔《傳》:"(江、漢)二水經此州(荆州)而入海,有似於朝百川以海爲宗。宗,尊也。"孔《疏》:"朝宗是人事之名,水無性識,非有此義;以海水大而江、漢小,以小就大,似諸侯歸於天子,假人事而言之也。"[漢]孔安國傳,[唐]孔穎達等正義:《尚書正義》,第 313-314 頁。按:此孔《疏》之文,即本《沔水》鄭《箋》爲説。此所謂"以小就大"者,猶《新語·道基》篇言"大小相引"之義。
② 鄭《注》:"此六禮者,以諸侯見王爲文。"[漢]鄭玄注,[唐]賈公彦疏:《周禮注疏》,第 1638 頁。
③ [清]馬瑞辰撰,陳金生點校:《毛詩傳箋通釋》,第 569 頁。
④ [清]馬瑞辰撰,陳金生點校:《毛詩傳箋通釋》,第 569-570 頁。
⑤ [漢]王符撰,[清]汪繼培箋,彭鐸校正:《潛夫論箋校正》,第 222、330 頁。
⑥ 許維遹撰,梁運華整理:《吕氏春秋集釋》,第 305 頁。
⑦ [明]鍾惺:《評點詩經》,第 165 頁。
⑧ [清]馬瑞辰撰,陳金生點校:《毛詩傳箋通釋》,第 570 頁。

兵。我念之憂不能忘也。"①

謹按："湯湯",毛《傳》訓爲"放縱無所入也",意未盡;清陳奂《毛詩傳疏》卷十八:"'湯湯',即'蕩蕩'之假借。《宛丘傳》:'湯,蕩也。'司馬相如《上林賦》:'蕩蕩乎入川分流,相背而異態。'與《傳》言'放縱無所入'義合。"②陳氏以"湯湯"爲"蕩蕩"之借字,以"蕩蕩"爲"湯湯"之本字,説亦不確。今考:

《尚書·虞書·堯典》載帝堯曰:"湯湯洪水方割,蕩蕩懷山襄陵,浩浩滔天。"③此"湯湯"與"蕩蕩"前後並出,"湯湯"與"浩浩"前後並提,"湯湯"顯然非"蕩蕩"之借字。《詩·衛風·氓》爲衛棄婦追悔之作,其四章曰:"淇水湯湯,漸車帷裳。"《齊風·載驅》爲齊大夫刺襄公與文姜淫亂之作,其卒章曰:"汶水湯湯,行人彭彭。魯道有蕩,齊子翱翔。汶水滔滔,行人儦儦。魯道有蕩,齊子遊敖。"《小雅·鼓鍾》爲周大夫刺幽王之作,其首章曰:"鼓鍾將將,淮水湯湯,憂心且傷。"次章曰:"鼓鍾喈喈,淮水湝湝,憂心且悲。"《大雅·江漢》爲尹吉甫美宣王能興衰撥亂、命召公平淮夷之作,其首章起句曰:"江漢浮浮,武夫滔滔。"次章之起句曰:"江漢湯湯,武夫洸洸。"④上引《詩》《書》中有5處使用"湯湯"一詞,孔《傳》訓爲"流貌",毛《傳》或訓爲"水盛貌"、或訓爲"大貌"。足見"湯湯"與"浩浩""滔滔""湝湝""浮浮"爲同義詞,皆形容流水盛大之形態。又,"湯湯",《經典釋文》謂"書羊反""音傷";而"蕩蕩",《經典釋文·論語音義》曰:"徒黨反,魯讀'坦蕩'爲'坦湯',今從古。"《爾雅音義上》曰:"本或作盪,徒朗反。"⑤則"盪"爲"蕩"之古字,"蕩"爲"盪"之今字。足見陳氏蓋因"湯湯"與"蕩蕩"音近而誤。

又,"揚",毛《傳》訓爲"言無所定止也",意未盡;《淮南子·精神訓》:"趣舍滑心,使行飛揚。"高《注》:"飛揚,不從軌度也。"⑥則毛《傳》、高《注》皆訓"揚"爲高飛貌。"不蹟",毛《傳》訓爲"不循道也";《爾雅·釋訓》:"不遹,不蹟也。"⑦此"蹟"爲"跡"之正字,本義爲"步處",引申義爲"循",則毛《傳》之説本於《爾雅》。"載起載行",宋朱熹《詩集傳》卷十:"言憂念之深,不遑寧處也。"⑧

---

① [漢]毛亨傳,[漢]鄭玄箋,[唐]孔穎達等正義:《毛詩正義》,第926頁。
② [清]陳奂:《毛詩傳疏》,第4063頁。
③ 孔《傳》:"湯湯,流貌。洪,大;割,害也。言大水方方爲害。蕩蕩,言之奔突有所滌除。懷,包;襄,上也。包山上陵,浩浩盛大,若漫天。"《釋文》:"湯,音傷。"[漢]孔安國傳,[唐]孔穎達等正義:《尚書正義》,第256頁。
④ 《氓》毛《傳》:"湯湯,水盛貌。帷裳,婦人之車也。"《釋文》:"湯,音傷。"《載驅》毛《傳》:"湯湯,大貌。……滔滔,流貌。"《鼓鍾》毛《序》:"《鼓鍾》,刺幽王也。"毛《傳》:"湝湝,猶湯湯。"《釋文》:"湯,音傷。"《江漢》毛《傳》:"浮浮,衆强貌。"《釋文》:"湯,書羊反。"[漢]毛亨傳,[漢]鄭玄箋,[唐]孔穎達等正義:《毛詩正義》,第685、751、1002、1235頁。説詳:邵炳軍《〈詩·衛風〉創作年代考論(上)》,《上海交通大學學報》2011年第2期,第74-81頁;邵炳軍《春秋文學繫年輯證》,第324-325頁。
⑤ [唐]陸德明:《經典釋文》,第1364、1620頁。
⑥ [漢]劉安撰,[漢]高誘注,劉文典集解,馮逸等點校:《淮南鴻烈集解》,第223頁。
⑦ 郭《注》:"言不循軌跡也。"[晉]郭璞注,[宋]邢昺疏:《爾雅注疏》,第5636頁。
⑧ [宋]朱熹撰,夏祖堯點校:《詩集傳》,第137-138頁。

又,"弭忘",毛《傳》訓"弭"爲"止";《國語·周語下》載周太子晉諫靈王曰:"自我先王厲、宣、幽、平而貪天禍,至于今未弭。"韋《注》:"弭,止也。"①《文選》卷三十一載潘岳《述哀》李《注》引漢賈逵《國語注》:"弭,忘也。"②清陳奂《毛詩傳疏》卷十八:"弭者所以解紛,亦所以止亂。……是'忘'亦'弭'也。"③則"弭""忘"同義,"忘"借爲"亡",即"已",亦即"止"。可見,"弭忘"實爲一同義複合詞;那麽,"不可弭忘"者,意即憂愁難以抑制。

又,宋朱熹《詩集傳》卷十:"水盛隼揚,以興憂念之不能忘。"④可見,詩人在次章前四句選取"流水動盪"與"隼飛無止"兩個客觀物象,以興己憂愁禍亂而坐立不安之心境,借喻諸侯不朝天子。

卒章曰:"鴥彼飛隼,率彼中陵。民之訛言,寧莫之懲。我友敬矣,讒言其興。"毛《傳》:"懲,止也。疾王不能察讒也。"鄭《箋》:"率,循也。隼之性,待鳥雀而食;飛循陵阜者,是其常也。喻諸侯之守職順法度者,亦是其常也。訛,偽也。言時不令,小人好詐偽爲交易之言,使見怨咎,安然無禁止。我,我天子也。友,謂諸侯也。言諸侯有敬其職順法度者,讒人猶興其言以毀惡之,王與侯伯不當察之。"⑤

謹按:宋朱熹《詩集傳》卷十:"卒章脱前兩句耳。"⑥此説或是。"懲",毛《傳》訓爲"止",鄭《箋》訓爲"禁止",皆失之。清陳奂《毛詩傳疏》卷十八辨之曰:"懲,艾也。艾,亦止也。'懲''艾'同義。"⑦馬瑞辰《毛詩傳箋通釋》卷十九亦辨之曰:"'懲'古通作'徵'。……'徵'又通'證'。……此詩前兩章皆言憂諸侯之不共職,三章乃言諸侯本循其職,而以爲不率職者,實王誤聽讒言之故。故言飛隼猶率其常,而民之譌言乃莫之審,疾王不能察讒也。"則"懲"爲"徵"之借字,"徵"爲"懲"之本字,"徵"與"證""艾"義通,皆有"察"義。"我友敬矣",鄭《箋》訓爲"言諸侯有敬其職順法度者",失其義。故馬氏《毛詩傳箋通釋》卷十九曰:"'敬'從'苟',故有'戒'義。'讒言其興',言苟不知戒則讒言之興無已。"⑧此説甚是。

又,清陳奂《毛詩傳疏》卷十八:"隼之飛循陵中而至止。《箋》云:'喻諸侯之守職順法度。'《漢書·賈誼傳》云:'諸侯軌道。'"⑨

綜上考論可知,詩人先寫因亂不止而憂父母,以"言人皆不知憂亂";次寫國事不安而憂不止,以"言己獨憂人之造亂";卒寫以憂讒畏譏而告諸友,以"言在位

---

① [三國吳]韋昭注,上海師範大學古籍整理研究所校點:《國語》,第110頁。
② [南朝梁]蕭統編,[唐]李善注:《文選》,第447、785頁。
③⑦⑨ [清]陳奂:《毛詩傳疏》,第4063頁。
④⑥ [宋]朱熹撰,夏祖堯點校:《詩集傳》,第138頁。
⑤ [漢]毛亨傳,[漢]鄭玄箋,[唐]孔穎達等正義:《毛詩正義》,第926頁。
⑧ [清]馬瑞辰撰,陳金生點校:《毛詩傳箋通釋》,第570-571頁。

者敬以自持,則可止讒而息亂"(元朱公遷《詩經疏義會通》卷十)。① 詩人筆端靈動、思緒無跡,反映出因禍亂而心緒不寧的複雜心理狀態,②真可謂"其哀心感者,其聲噍以殺;……其怒心感者,其聲粗以厲;……感於物而後動"(《禮記·樂記》)者;③詩人見微而知著,先事以獻規,思患以預防,表現出一位士大夫高尚的政治情懷與高度的社會責任感。故我們認爲,《沔水》爲周大夫憂平王東遷雒邑後王室衰微而諸侯不朝之作。惜其具體年代不可詳考,姑繫於平王東遷之年,即平王元年(前770),且依今本《毛詩》篇次繫於《彤弓》之後。

三、《瞻彼洛矣》——周大夫祈平王遷雒後修禦備之作

1. 《瞻彼洛矣》創作年代諸説辨證

關於《瞻彼洛矣》之創作年代,先哲時賢主要有十説:

一爲泛言"幽王之世(前781—前771)"説。毛《序》:"《瞻彼洛矣》,刺幽王也。思古明王能爵命諸侯,賞善罰惡焉。"④

二爲"幽王三年(前779)"説。宋胡宏《皇王大紀·三王紀》:"(幽王)三年,……《瞻彼洛矣》,三章,章六句,刺幽王也。思古明王能爵命諸侯,賞善罰惡焉。"⑤

三爲"宣王之世(前827—前782)"説。宋王質《詩總聞》卷十四:"此必宣王會諸侯東都之時也。'君子',指宣王也。古之明王,莫如文、武、成、康,是時亦未宅洛。"⑥

四爲闕疑説。宋朱熹《詩集傳》卷十三:"此天子會諸侯於東都以講武事,而諸侯美天子之詩。"⑦《詩傳遺説》卷五、《朱子語類》卷八十一説大同,僞《子貢詩傳》及陳子展《詩經直解》皆同。

五爲"平王元年(前770)"説。宋楊簡《慈湖詩傳》卷十四:"然'君子至止',有平王遷洛之義;'以作六師',有平王避難遷洛作六師修禦備之意;'君子萬年,保其家邦',以新遷,詩人祈祝之辭也。"⑧

六爲泛言"武王、成王之世(約前1069—前1027)"説。元許謙《詩集傳名物鈔》卷六:"《楚茨》《信南山》《甫田》《大田》《瞻彼洛矣》《裳裳者華》《桑扈》《鴛鴦》《頍弁》《車舝》《魚藻》《采菽》,右十二詩列於變雅。朱子以爲自《楚茨》至《車舝》

---

① [元] 朱公遷撰,[明] 王逢輯,何英增釋:《詩經疏義會通》,第22頁。
② 參見: 程俊英、蔣見元《詩經注析》,第526頁。
③ [漢] 鄭玄注,[唐] 孔穎達等正義:《禮記正義》,第3311頁。
④ [漢] 毛亨傳,[漢] 鄭玄箋,[唐] 孔穎達等正義:《毛詩正義》,第1028頁。
⑤ [宋] 胡宏:《皇王大紀》,上海圖書館藏明萬曆三十九年(1611)刻本。
⑥ [宋] 王質:《詩總聞》,第233頁。
⑦ [宋] 朱熹撰,夏祖堯點校:《詩集傳》,第182頁。
⑧ [宋] 楊簡:《慈湖詩傳》,第796頁。按:"修禦備",文淵閣四庫全書本作"脩禦備"。

十篇乃正雅之錯脱,又以《魚藻》《采菽》與《楚茨》諸篇相類。然則亦皆武王、成王時之詩也。"①

七爲泛言"成王、康王之世(約前1063—前1001)"説。明朱謀㙔《詩故》卷八:"《瞻彼洛矣》,……蓋成、康之世巡於東都之詩也。"②

八爲"成王七年(約前1057)"説。清李光地《詩所》卷五:"《瞻彼洛矣》,……東都既成,朝會諸侯,因而講武事之詩也。蓋自文、武既没,周、召輔政,皆不敢忘武事。"③

九爲"康王、昭王、穆王之世(約前1026—前922)"説。清魏源《詩古微·變小雅幽王詩發微中》:"今《瞻洛》《裳華》《桑扈》《鴛鴦》《瓠葉》五篇,皆成周盛事,當爲成、康、昭、穆東都朝會政教之詩。"④《小雅答問下》《詩序集義》説同。

十爲泛言"東周時代(前770之後)"説。程俊英、蔣見元《詩經注析》:"按詩中敘洛水,作六師,穿韎韐軍服,掛鞞琫佩刀,他可能是東周時代的周王。"⑤

謹按:對於毛《序》之"幽王之世"説,宋朱熹《詩序辨説》卷下評之曰:"此《序》以'命服'爲賞善,以'六師'爲罰惡,然非詩之本義也。"⑥清朱鶴齡《詩經通義》卷八詳辨朱熹説之失,可參。

又,朱熹《詩集傳》《朱子語類》、朱鑑《詩傳遺説》之"諸侯美天子"説,⑦僞《子貢詩傳》之"諸侯報天子"説,⑧《詩經直解》之"周王會諸侯洛水之上檢閲六軍"説,⑨詩旨解説雖異,然皆不著作世。

又,《尚書·周書·召誥》:"越若來,三月,惟丙午朏,越三日戊申,太保朝至于洛,卜宅,厥既得卜,則經營。"《多士》:"惟三月,周公初于新邑洛,用告商王士。"⑩《史記·周本紀》:"成王在豐,使召公復營洛邑,如武王之意。周公復卜申視,卒營築,居九鼎焉。"《魯周公世家》:"其(周成王七年)三月,周公往營成周雒邑,卜居焉,曰吉,遂國之。"⑪此即爲李氏《詩所》"成王七年"説所本。

筆者此從楊氏《慈湖詩傳》"平王元年"説。

---

① [元]許謙:《詩集傳名物鈔》,第224頁。
② [明]朱謀㙔:《詩故》,第930頁。
③ [清]李光地:《詩所》,第7頁。
④ [清]魏源撰,何慎怡等點校:《詩古微》,第350頁。
⑤ 程俊英、蔣見元:《詩經注析》,第676頁。
⑥ [宋]朱熹:《詩序辨説》,第388頁。
⑦ [宋]朱鑑:《詩傳遺説》,第583頁;[宋]黎靖德編撰,王星賢據清光緒六年(1880)賀麟瑞校刻本點校:《朱子語類》,中華書局1986年版,第2125頁。
⑧ [明]豐坊:《子貢詩傳》,第22頁。
⑨ 陳子展:《詩經直解》,第778頁。
⑩ [漢]孔安國傳,[唐]孔穎達等正義:《尚書正義》,第448、466頁。
⑪ [漢]司馬遷撰,[南朝宋]裴駰集解,[唐]司馬貞索隱,[唐]張守節正義,郭逸、郭曼標點:《史記》,第90、1225頁。

2.《瞻彼洛矣》作於"平王元年"説補證

首章曰:"瞻彼洛矣,維水泱泱。君子至止,福禄如茨。韎韐有奭,以作六師。"毛《傳》:"興也。洛,宗周溉浸水也。泱泱,深廣貌。韎韐者,茅蒐染草也。一曰韎韐,所以代韠也。天子六軍。"鄭《箋》:"瞻,視也。我視彼洛水,灌溉以時,其澤浸潤,以成嘉穀。興者,喻古明王恩澤加於天下,爵命賞賜,以成賢者。君子至止者,謂來受爵命者也。爵命爲福,賞賜爲禄。茨,屋蓋也。如屋蓋,喻多也。此諸侯世子也。除三年之喪,服士服而來,未遇爵命之時,時有征伐之事,天子以其賢,任爲軍將,使代卿士將六軍。而出韎韐者,茅蒐染也。茅蒐韎韐,聲也。韎韐,祭服之韠,合韋爲之。其服爵弁服,紂衣纁裳也。"①

謹按:"洛",毛《傳》訓爲"宗周溉浸水也",清段玉裁《毛詩故訓傳》卷二十一申之曰:"自魏黄初以前,雍州'渭洛'字作'洛',豫州'伊雒'字作'雒',絶無混淆。至黄初以後,乃亂矣。其云至漢改'伊洛'作'伊雒'者,僞也。"②鈕樹玉《匪石日記鈔》從之。鄭《箋》訓爲"洛水",宋朱熹《詩集傳》卷十三申之曰:"洛,水名,在東都,會諸侯之處也。……言天子至此洛水之上,御戎服而起六師也。"③則毛《傳》訓"洛"爲"渭洛"之"洛",鄭《箋》訓"洛"爲"伊雒"之"雒"。今考:

《周禮·夏官司馬·職方氏》:"正西曰雍州,其山鎮曰嶽山,其澤藪曰弦蒲,其川涇、汭,其浸渭、洛,其利玉石,其民三男二女,其畜宜牛馬,其穀宜黍稷。"④則"洛水"有二:一即古之"北洛水",亦即今之"北洛河",發源於陝西省榆林市定邊縣白於山郝莊梁,流經吴旗、志丹、甘泉、富縣、洛川、黄陵等縣,在大荔縣東南匯入渭河左岸,爲渭河北岸重要支流、黄河中游的二級支流;一即古之"雒水",亦即今之"洛河",發源於今陝西省商洛市洛南縣洛源鄉木岔溝,流經今河南省三門峽市盧氏縣、洛陽市洛甯縣、宜陽縣、洛龍區,於鞏義市入黄河,爲黄河下游南岸重要支流之一。從《瞻彼洛矣》三言"維水泱泱"可知,"瞻彼洛矣"之"洛"爲水名而非地名。其本作"雒水"之"雒",則所謂"雒邑"者,乃以水名之;後訛作"洛",作"洛水""洛邑"。故筆者以爲此"洛"乃"伊洛"之"洛",而非"渭洛"之"洛",足見鄭《箋》説是。

又,"君子",毛《傳》訓爲"天子",鄭《箋》訓爲"諸侯世子"。陳子展《詩經直解》申毛《傳》説曰:"《篤公劉篇》云:'何以舟之?維玉及瑶,鞞琫容刀。'據此而

---

① 〔漢〕毛亨傳,〔漢〕鄭玄箋,〔唐〕孔穎達等正義:《毛詩正義》,第1028頁。
② 〔清〕段玉裁:《毛詩故訓傳》,阮元刻清經解本,鳳凰出版社2005年影印版,第4册,第4930頁。
③ 〔宋〕朱熹撰,夏祖堯點校:《詩集傳》,第182頁。
④ 鄭《注》:"嶽,吴嶽也。及弦蒲,在汧。涇出涇陽,汭在豳地。《詩·大雅·公劉》曰:'汭坘之即。'洛出懷德。"賈《疏》:"'洛出懷德'者,此'洛'即《詩》云'瞻彼洛矣'一也,與《禹貢》'導洛自熊耳'者别也。"〔漢〕鄭玄注,〔唐〕賈公彦疏:《周禮注疏》,第1863頁。按:鄭《注》引《公劉》之"汭坘之即",今本《詩經》作"芮鞫之即"。

言,周自夏末,先公公劉,崛起驕貴,已佩寶劍,作爲容刀,如今之所謂佩刀或禮刀也。是則《瞻彼洛矣篇》統率六師之君子必爲周有天下以後之天子可知。"①今考:

《儀禮·士冠禮》:"爵弁服,纁裳,純衣,緇帶,韎韐。……賓降三等,受爵弁,加之,服纁裳韎韐,其他如加皮弁之儀。"《士喪禮》:"爵弁服、純衣、皮弁服、褖衣、緇帶、韎韐、竹笏。"②《白虎通義·爵》篇引《韓詩内傳》:"諸侯世子三年喪畢,上受爵命于天子。"《爵》篇:"世子上受爵命,衣士服何?謙不敢自專也。故《詩》曰:'韎韐有奭。'謂世子始行也。"《紼冕》篇:"天子大夫赤紱葱衡,士韎韐。"③元馬端臨《文獻通考》卷一百十一《王禮考六》:"考之《士冠禮》於皮弁元端皆言韠,特於爵弁言韎韐,《詩》於素韠於朱芾、赤芾乃書芾。是韠者芾之通稱,而芾與韎韐異其名,所以尊祭服也。君韠雖以朱,而諸侯朝王亦赤芾,'在股、赤芾金舃'是也。士雖以爵,凡君子之齋服皆爵韠,《記》曰'齋則綪結佩而爵韠'是也。《采芑》言方叔之將兵韎亦以朱、《瞻彼洛矣》言'作六師'而韎以'韎韐'者,蓋兵事韋弁服、纁裳,故貴者以朱芾,卑者以韎韐。韎韐,即所謂縕韍。"④可見,"韎韐"本士之服,諸侯世子上受爵命時服之,絶非天子之服。故筆者以爲鄭《箋》訓"君子"爲"諸侯世子"說是。

又,此"諸侯世子"爲何人?先哲時賢主要有二說:

一爲"桓公友世子武公掘突"說。明何楷《詩經世本古義》卷十九:"篇中有'韎韐'一語,知爲指鄭武公。……武公新喪父,故服韎韐。《竹書》稱武公爲'鄭子',而《緇衣》之詩亦呼武公爲'子',則以諸侯即位,未踰年改元,猶稱'子'也。《左傳》謂'周之東遷,晉、鄭焉依。'故《書》有《文侯之命》,而《詩》如《瞻雒》《裳華》《緇衣》諸篇,凡爲鄭武公詠者,不一而足。則以申爲平王母家,而武公亦娶于申,有昏姻之誼,深爲平王所倚重故也。""然究之'韎韐有奭',非天子服也。故斷謂非東周鄭武,不足以當之。"⑤

二爲"穆侯世子文侯仇"說。清李黼平《毛詩紬義》卷十五:"然嘗考《史記·年表》:晉穆侯二十七年卒,弟殤叔自立;四年,穆侯太子仇攻殺殤叔而自立,當幽王之元年。《紀年》云:幽王元年,晉世子仇歸于晉,殺殤叔,晉人立仇,是爲文侯;二年,晉文侯同王子多父伐鄶,克之。是文侯初除喪而即位,未受爵命,來朝京師,幽王命之伐鄶。于時將兵而行,猶未得命,故詩人援古以刺之。"⑥陳子展

---

① 陳子展:《詩經直解》,第778頁。
② [漢]鄭玄注,[唐]賈公彦疏:《儀禮注疏》,第2050-2055、2449頁。
③ [漢]班固撰,[清]陳立疏證,吳則虞點校:《白虎通疏證》,第29、32、494頁。
④ [元]馬端臨:《文獻通考》,第1004頁。
⑤ [明]何楷撰,李士彪、張丹丹校點:《詩經世本古義》,第1040-1042頁。
⑥ [清]李黼平:《毛詩紬義》,第10447頁。

《詩經直解》疑之曰:"皆未必然也。愚謂詩之君子倘爲諸侯世子,則以作六師之事豈彼所能當? 君子萬年之祝,豈彼所能受? 韠琫有珌之玉具劍,豈彼所能佩者乎?"①今考:

"六師",在《詩經》中除本篇之外,《大雅》尚有二:一爲文王親率六師出兵征伐。比如,《棫樸》爲周大夫美文王能官人之作,其三章曰:"淠彼涇舟,烝徒楫之。周王于邁,六師及之。"一爲宣王命太師皇父整治六師。比如,《常武》爲周召穆公美宣王有常德以立武事之作,其首章曰:"赫赫明明,王命卿士,南仲大祖,大師皇父。整我六師,以脩我戎。既敬既戒,惠此南國。"②可見,"六師"雖爲"天子六軍",然未必皆由天子所親率,公卿亦可受王命率而治之。故"以作六師"之事,若諸侯世子代公卿爲天子六師將帥,自然亦可當之。

"萬年",在《詩經》中除本篇之外,尚有11見,可分爲三類:

一爲國人祝福國君之言。比如,《曹風·鳲鳩》爲曹大夫美晉文公復曹共公之作,其卒章曰:"鳲鳩在桑,其子在榛。淑人君子,正是國人。正是國人,胡不萬年?"③

二爲周王祭祖祈福之言。比如,《小雅·信南山》爲周大夫刺幽王不能脩成王之業之作,其三章曰:"疆場翼翼,黍稷彧彧。曾孫之穡,以爲酒食。畀我尸賓,壽考萬年。"《鴛鴦》爲周大夫刺幽王而思古明王之作,其首章曰:"君子萬年,福禄宜之。"次章曰:"君子萬年,宜其遐福。"三章曰:"君子萬年,福禄艾之。"卒章曰:"君子萬年,福禄綏之。"《大雅·既醉》爲周人祭祀祖先時工祝代表神尸對主祭之周王所致之祝辭,其首章曰:"君子萬年,介爾景福。"次章曰:"君子萬年,介爾昭明。"五章曰:"君子萬年,永錫祚胤。"六章曰:"君子萬年,景命有僕。"④

三爲公卿祝福周王之言。比如,《大雅·江漢》爲尹吉甫美宣王能興衰撥亂、命召公平淮夷之作,其五章曰:"虎拜稽首,天子萬年。"卒章曰:"虎拜稽首,對揚

---

① 陳子展:《詩經直解》,第778頁。
② 《棫樸》毛《序》:"《棫樸》,文王能官人也。"毛《傳》:"淠,舟行貌。楫,櫂也。天子六軍。"《常武》毛《傳》:"赫赫然,盛也。明明然,察也。"鄭《箋》:"使之整齊六軍之衆,治其兵甲之事。"[漢]毛亨傳,[漢]鄭玄箋,[唐]孔穎達等正義:《毛詩正義》,第1107、1241頁。
③ 鄭《箋》:"正,長也。能長人,則人欲其壽考。"[漢]毛亨傳,[漢]鄭玄箋,[唐]孔穎達等正義:《毛詩正義》,第822頁。詳見:邵炳軍《春秋文學繫年輯證》,第582-584頁。
④ 《信南山》毛《序》:"《信南山》,刺幽王也。不能脩成王之業,疆理天下,以奉禹功,故君子思古焉。"毛《傳》:"場,畔也。翼翼,讓畔也。彧彧,茂盛貌。"鄭《箋》:"斂稅曰穡。畀,予也。成王以黍稷之稅爲酒食,至祭祀齋戒,則以賜尸與賓。尊尸與賓,所以敬神也;敬神則得壽考萬年。"《鴛鴦》毛《序》:"《鴛鴦》,刺幽王也。思古明王,交於萬物有道,自奉養有節焉。"毛《傳》:"艾,養也。"鄭《箋》:"交於萬物,其德如是,則宜壽考受福禄也。……遐,遠也。遠,猶久也。……綏,安也。"《既醉》毛《序》:"《既醉》,大平也。醉酒飽德,人有士君子之行焉。"鄭《箋》:"成王祭宗廟,旅醻下徧羣臣,至于無筭爵,故云醉焉。乃見十倫之義,在意云滿,是謂之飽德。"毛《傳》:"胤,嗣也。……僕,附也。"[漢]毛亨傳,[漢]鄭玄箋,[唐]孔穎達等正義:《毛詩正義》,第1009-1011、1031-1032、1153-1156頁。詳見:邵炳軍《春秋文學繫年輯證》,第126頁。

王休。作召公考,天子萬壽。明明天子,令聞不已。矢其文德,洽此四國。"①則"萬年""萬壽"之祝,並非周王所專用之語,諸侯亦可用之。況且,在傳世或出土銅器銘文中,諸侯大夫亦可有"萬年"之祝。如宋王俅輯《嘯堂集古錄》著錄共和元年(前841)器師毇簋(周毇敦)銘曰:"毇其萬年,子子孫孫,永寶用享。"②1974年,河南省南陽市古宛城西關煤場春秋早期墓葬出土的申公彭宇簠銘曰:"萬年無疆,子子孫孫,永寶用享。"③1981年,古宛城東北角磚瓦廠申國貴族墓出土的西周晚期到春秋早期申國器仲禹父簠2件銘皆曰:"萬年無疆,子子孫孫,永寶用享。"④故"君子萬年"之祝,未除喪之諸侯世子自然可以受之。

當然,據《史記·十二諸侯年表》,晉穆侯二十七年(前785)卒,弟殤叔自立,穆侯世子仇出奔;晉殤叔四年(前781),仇攻殺殤叔,立爲文侯。至幽王二年,即晉文侯元年(前780)時,穆侯卒已6年,文侯早已除3年之喪。足見李氏《毛詩紬義》"文侯初除喪而即位"說不確。既然"韎韐"爲"祭服之韠",此"君子萬年"之"君子"肯定爲未除喪而已即位之諸侯世子。故何氏《詩經世本古義》謂此"君子"爲"桓公友世子武公掘突",說是。

又,此詩毛《傳》、鄭《箋》皆以爲"興"體,朱《傳》以爲三章皆"賦"體。筆者以爲朱《傳》說是。則此詩爲周王在東都會諸侯於洛水之上,檢閱六軍之作。故詩人在首章先點明處所,重在美周王軍帥之戎服。

次章曰:"瞻彼洛矣,維水泱泱。君子至止,鞞琫有珌。君子萬年,保其家室。"毛《傳》:"鞞,容刀鞞也。琫上飾,珌下飾。珌,下飾也。天子玉琫而珧珌,諸侯璗琫而璆珌,大夫鐐琫而鏐珌,士珕琫而珕珌。"鄭《箋》:"此人,世子之賢者也。既受爵命賞賜,而加賜容刀有飾,顯其能制斷。德如是,則能長安其家室。親家室,親安之,尤難。安則無篡殺之禍也。"⑤

謹按:明孫鑛《批評詩經》卷二:"姿態乃在韎韐、琫珌兩語上。"⑥則次章先點明處所,重在美周王軍帥之佩刀。

卒章曰:"瞻彼洛矣,維水泱泱。君子至止,福祿既同。君子萬年,保其家邦。"鄭《箋》:"此人,世子之能繼世位者也。其爵命賞賜,盡與其先君受命者同而已,無所加也。"⑦

謹按:《潛夫論·實邊》:"夫制國者,必照察遠近之情僞,預禍福之所從來,

---

① 毛《傳》:"對,遂;考,成;矢,施也。"[漢]毛亨傳,[漢]鄭玄箋,[唐]孔穎達等正義:《毛詩正義》,第1237頁。
② [宋]王俅輯:《嘯堂集古錄》,第53頁。
③ 參見:王儒林、崔慶明《南陽市西關出土一批春秋青銅器》,《中原文物》1982年第1期,第40頁;尹俊敏《南陽市西關出土一批春秋青銅器)補記》,《華夏考古》1999年第3期,第43—45、58頁。
④ 崔慶明:《南陽市北郊出土一批申國青銅器》,《中原文物》1984年第4期,第15頁。
⑤⑦ [漢]毛亨傳,[漢]鄭玄箋,[唐]孔穎達等正義:《毛詩正義》,第1029頁。
⑥ [明]孫鑛:《批評詩經》,第102頁。

乃能盡群臣之筋力,而保興其邦家。"①此化用本章,即取君子"保其家邦"之義。則卒章先點明處所,重在美周王軍帥之福祿。

又,明何楷《詩經世本古義》卷十九:"《瞻彼洛矣》,紀東遷也。按《史》:周幽王十有一年,申侯與犬戎入寇,戎弒王于驪山之下,鄭桓公友死之。鄭人共立其子掘突,是爲武公。時晉、衛、秦皆以兵來救,平戎,武公收父散兵,從諸侯東迎故太子宜臼于申,立之,是爲平王。王以豐、鎬逼近戎狄,不可居,乃遷都于洛。此詩所詠,正其事也。"②則此詩作於武公掘突未除喪之前,即幽王十一年至平王二年(前771—前769)之間;詩歌所寫處所在東都成周以南之洛水,則爲平王東遷以後會諸侯之事。則此詩作於平王元年至二年(前770—前769)之間。

四、《葛藟》——周大夫刺平王遷雒時棄其九族之作

1.《葛藟》創作年代諸説辨證

關於《葛藟》之創作年代,先哲時賢主要有五説:

一爲泛言"平王之世(前770—前720)"説。毛《序》:"《葛藟》,王族刺平王也。周室道衰,棄其九族焉。"③

二爲"平王元年(前770)以後"説。《詩譜·王城譜》:"(周平王)以亂故,徙居東都王城。於是,王室之尊與諸侯無異,其詩不能復雅,故貶之,謂之王國之變風。"④

三爲"桓王之世(前719—前697)"説。《經典釋文·毛詩音義上》:"《葛藟》,刺桓王。本亦作刺平王。案:《詩譜》是平王詩,皇甫士安(皇甫謐)以爲桓王之詩,崔(靈恩)《集注》本亦作桓王。"⑤《詩譜·王城譜》孔《疏》:"《兔爰序》云'桓王',則本在《葛藟》之下,但簡札換處失其次耳。"《葛藟》孔《疏》:"定本云:刺桓王。義雖通,不合《鄭譜》。"⑥

四爲"闕疑"説。宋王質《詩總聞》卷四:"此人當是居河之湄者也。感葛藟而思身世,謂葛藟尚不斷,我與本宗絶所生,稱他人作所生,不如葛藟也。"⑦宋朱熹《詩集傳》卷四:"世衰民散,有去其鄉里家族而流離失所者,作此詩以自歎。"⑧《詩序辨説》卷上:"《序》説未有據,詩意亦不類。"⑨戴溪《續呂氏家塾讀詩記》卷

---

① [漢]王符撰,[清]汪繼培箋,彭鐸校正:《潛夫論箋校正》,第278頁。
② [明]何楷撰,李士彪、張丹丹點校:《詩經世本古義》,第1040頁。
③ 鄭《箋》:"九族者,據己上至高祖,下及玄孫之親。"[漢]毛亨傳,[漢]鄭玄箋,[唐]孔穎達等正義:《毛詩正義》,第702頁。
④ [漢]毛亨傳,[漢]鄭玄箋,[唐]孔穎達等正義:《毛詩正義》,第696-697頁。
⑤ [唐]陸德明:《經典釋文》,第245頁。
⑥ [漢]毛亨傳,[漢]鄭玄箋,[唐]孔穎達等正義:《毛詩正義》,第697、702頁。
⑦ [宋]王質:《詩總聞》,第67頁。
⑧ [宋]朱熹撰,夏祖堯點校:《詩集傳》,第53頁。
⑨ [宋]朱熹:《詩序辨説》,第369頁。

一、清郝懿行《詩問》卷一及高亨《詩經今注》、袁愈荌等《詩經全譯》、吳從松《〈葛藟〉新解》、黃新榮《中國最早的"哭嫁歌"——〈詩經·王風·葛藟〉》皆同。

五爲"平王元年至定王七年(前770—前600)之間"説。翟相君《〈詩經·葛藟〉新解》:"《詩·王風》是春秋時代東周王室的詩,產生於公元前770—前600年之間。其地域在今河南洛陽市。王風存詩十篇,《葛藟》是其中的第七篇。……詩人模擬即將出嫁的女子作詩《葛藟》,藉以表達女子與父母兄長的惜別之情。"①

謹按:對《經典釋文·毛詩音義上》所載晉皇甫謐、梁崔靈恩之"桓王之世"説,清胡承珙《毛詩後箋》卷六辨之曰:"皇甫不過因其次《兔爰》後而改之,別無他據。然自秦火之後,篇帙散亡,傳者失次,先後之序固有難以過執者矣。"②

又,《詩總聞》之"感葛藟而思身世"説,《詩集傳》之"流離失所者自歎"説,《續吕氏家塾讀詩記》之"述王族兄弟所作"説,③《詩問》之"兒童閔亂離"説,④《詩經今注》之"流浪他鄉的乞人歌"説,⑤《詩經全譯》之"青年痛苦的呼聲"説,⑥《〈葛藟〉新解》之"男子嫁到女家而遭冷遇"説,⑦《中國最早的"哭嫁歌"——〈詩經·王風·葛藟〉》之"哭嫁歌"説,⑧詩旨解説雖異,然皆不著作世。

筆者以爲此詩乃平王東遷雒邑初期作品,故此從毛《序》之"平王之世"説。

2.《葛藟》作於"平王之世"説補證

首章曰:"緜緜葛藟,在河之滸。終遠兄弟,謂他人父。謂他人父,亦莫我顧。"毛《傳》:"興也。綿綿,長不絕之貌。水厓曰滸。兄弟之道,已相遠矣。"鄭《箋》:"葛也、藟也,生於河之厓,得其澤潤,以長大而不絕。興者喻王之同姓,得王之恩施,以生長其子孫。兄弟,猶言族親也。王寡於恩施,今已遠棄族親矣。是我謂他人爲己父,族人尚親親之辭。謂他人爲己父,無恩於我,亦無顧眷我之意。"⑨

謹按:《爾雅·釋木》:"諸慮,山櫐。"⑩吳陸璣《毛詩草木鳥獸蟲魚疏》卷上:

---

① 翟相君:《〈詩經·葛藟〉新解》,《廣州師院學報》1984年第3、4期,第53—54、57頁。
② [清]胡承珙撰,[清]陳奐補,[清]王先謙輯,郭全芝點校:《毛詩後箋》,第353頁。
③ [宋]戴溪:《續吕氏家塾讀詩記》,第18頁。
④ [清]郝懿行、王照圓:《詩問》,第613頁。
⑤ 高亨:《詩經今注》,第102頁。
⑥ 袁愈荌、唐莫堯:《詩經全譯》,貴州人民出版社1981年版,第103頁。
⑦ 吳從松:《〈葛藟〉新解》,《貴州文史叢刊》1992年第1期,第61—63頁。
⑧ 黃新榮:《中國最早的"哭嫁歌"——〈詩經·王風·葛藟〉》,《華南農業大學學報》2007年第2期,第105—111頁。
⑨ [漢]毛亨傳,[漢]鄭玄箋,[唐]孔穎達等正義:《毛詩正義》,第702頁。
⑩ 郭《注》:"(山櫐)今江東呼櫐爲藤,似葛而麄大。"[晉]郭璞注,[宋]邢昺疏:《爾雅注疏》,第5735頁。

"藟,一名巨苽,似燕薁,亦延蔓;生葉如艾,白色;其子赤,可食,酢而不美。幽州謂之蓷藟。"①《太平御覽》卷九百七十四引《毛詩題綱》:"葛藟,一名燕薁藤,好生河滸邊,得水潤而長。喻王九族,蒙王恩惠,以育子孫。今王無澤於族人,不如葛藟生河滸邊也。"②《本草綱目》卷三十三《果部·葡萄》引宋劉翰等《開寶本草注》:"蘡薁即山葡萄,苗、葉相似,亦堪作酒。"③鄭樵《爾雅注》卷下《釋木》:"諸慮、山櫐,山藤也。《詩》稱'葛藟',《本草》'千歲櫐',櫐皆謂藤。"④唐慎微《證類本草》卷七引陶隱居曰:"(千歲櫐)藤生,樹如葡萄,葉如鬼桃,蔓延木上,汁白。"⑤明馮復京《六家詩名物疏》卷二:"《本草》'千歲藥',一名蘡薁。……此即《詩》云'葛藟'者也。"⑥清姚炳《詩識名解》卷七《草部·藟》:"按:蘇頌云:藟蔓延木上,葉如葡萄而小,冬惟凋葉。即《詩》云'葛藟'者也。此藤大者盤薄,又名千歲櫐。而《韻會注》謂千歲櫐即今言萬歲藤,大者如盌,冬夏不凋,故從木。其形蔓似草,故從草。蓋在草木之間。則'藟''櫐'固是一物無疑耳。今《詩》字從草,又文與'葛'連言,故釋見'葛'後,列草部中。……河滸、河涘、河漘,乃近水高出之地,並非水中,正葛之所託以生者。而曰必生於山谷丘野,而不生於水厓,吾不信也。"⑦馬瑞辰《毛詩傳箋通釋》卷二:"藟與櫐同。……竊疑葛藟爲藟之别名,以其似葛,故稱葛藟。猶拔之似葛,因呼龍葛。鄭分葛藟爲二,戴震謂葛藟猶言葛藤,皆非也。……則葛藟蓋亦野葡萄之類。"⑧孫秀華、廖群《〈詩經〉"葛藟"考辨》:"從語法上分析,'葛藟'爲偏義複合詞,語義重心是'藟',其'葛'字爲類詞。"⑨則"葛藟"(vitis flexuosa thunb)一名"巨苽",又稱"諸慮""山櫐""虎櫐""蓷藟""蘡薁""燕薁藤""千歲櫐""萬歲藤",今俗稱"野葡萄""山葡萄",屬多年生落葉木質藤本葡萄科葡萄屬蔓生植物,生長於近水之地,枝蔓常攀援於樹叢之上,葉廣卵形,夏季開淡紫紅色小花,圓錐花序,果實黑色味酸,不能生食,根莖、果實皆可入藥。

又,《詩經》中除本篇之外,"葛藟"尚有二見:

一是《周南·樛木》,爲周南貴族舉行迎親儀式時祝賀新郎之樂歌,其首章

---

① [吳]陸璣:《毛詩草木鳥獸蟲魚疏》,第16頁。
② [宋]李昉等:《太平御覽》,第4319頁。按:《毛詩題綱》,《通志·藝文略》著録1卷,《太平御覽》多引述之,當爲唐人著作,著者姓氏無考。
③ [明]李時珍:《本草綱目》,第1885頁。
④ [宋]鄭樵:《爾雅注》,清嘉慶十年(1805)張氏曠照樓原刻學津討原本,中華書局1991年影印版,第7頁。
⑤ [宋]唐慎微撰,[明]曹孝忠校,[宋]寇宗奭衍義:《證類本草》,四庫醫學叢書影印明成化四年(1468)刻本,上海古籍出版社1991年版,第740册,第324頁。
⑥ [明]馮復京:《六家詩名物疏》,上海圖書館藏明萬曆間(1573—1620)刻本。
⑦ [清]姚炳:《詩識名解》,國家圖書館藏清康熙四十七年(1708)刻本。
⑧ [清]馬瑞辰撰,陳金生點校:《毛詩傳箋通釋》,第48-49頁。
⑨ 孫秀華、廖群:《〈詩經〉"葛藟"考辨》,《船山學刊》2011年第3期,第76頁。

曰:"南有樛木,葛藟纍之。樂只君子,福履綏之。"次章曰:"南有樛木,葛藟荒之。樂只君子,福履將之。"卒章曰:"南有樛木,葛藟縈之。樂只君子,福履成之。"①此分別以"葛藟纍樛木""葛藟荒樛木""葛藟縈樛木"事象作爲興象,來象徵婚姻之"貞淑"。

二是《大雅·旱麓》,爲歌頌周文王祭祀祖先而得福之作,其卒章曰:"莫莫葛藟,施于條枚。豈弟君子,求福不回。"②此以"葛藟施于條枚"事象作爲興象,來象徵子孫依緣先人功德福佑而繁衍興盛。

漢劉向《九歎·憂苦》:"葛藟藁于桂樹兮,鴟鴞集於木蘭。"③此以"葛藟"爲"惡草",與"貪鳥鴟鴞"並提,比喻"小人"。故清馬瑞辰《毛詩傳箋通釋》卷七曰:"詩蓋以葛藟之能庇本根,興王宜推恩親族,非專以河水潤澤取興。"④的確,在《葛藟》一詩中,詩人見葛藟尚能蔓生於河邊樹上,自然聯想到自己却依附於他人,遂選擇"葛藟"這一客觀物象,取其蔓攀援樹叢之特性,以興周王與王族之間的互相依附關係,謂周王本應庇護王族;今則王道衰微,離棄族親,致使族人"謂他人父"。自漢魏以降,"葛藟"成爲遊仙詩中攀援仙境之重要工具,並逐漸轉化爲一種神仙世界裏的"藤"意象,寄寓了人們嚮往長生不老的美好願望。⑤

又,"兄弟",鄭《箋》訓爲"族親",意未盡。《葛藟序》鄭《箋》:"九族者,據己上至高祖,下及玄孫之親。"孔《疏》:"此古《尚書》說,鄭取用之。《異義》:'今戴《禮》《尚書》歐陽説云:九族,乃異姓有親屬者。父族四:五屬之内爲一族,父女昆弟適人者與其子爲一族,己女昆弟適人者與其子爲一族,己之子適人者與其子爲一族;母族三:母之父姓爲一族,母之母姓爲一族,母女昆弟適人者爲一族;妻族二:妻之父姓爲一族,妻之母姓爲一族。"⑥《顏氏家訓》卷一《兄弟》:"夫有人民而後有夫婦,有夫婦而後有父子,有父子而後有兄弟:一家之親,此三而已矣。自兹以往,至於九族,皆本於三親焉,故於人倫爲重者也,不可不篤。"⑦此化用《葛藟》,正取"人倫篤重九族"之義。從詩中"謂他人父"可知,此"族親",皆指父系九

---

① 毛《傳》:"興也。南,南土也。木下曲曰樛。南土之葛藟茂盛。履,禄;綏,安也。荒,奄;將,大也。縈,旋也。成,就也。"[漢]毛亨傳,[漢]鄭玄箋,[唐]孔穎達等正義:《毛詩正義》,第585頁。詳見:邵炳軍《春秋文學繫年輯證》,第156-159頁。

② 毛《序》:"《旱麓》,受祖也。周之先祖,世脩后稷公劉之業;大王王季,申以百福干禄焉。"毛《傳》:"莫莫,施貌。鄭《箋》:"葛也,藟也,延蔓於木之枚本而茂盛,喻子孫依緣先人之功力而起。"[漢]毛亨傳,[漢]鄭玄箋,[唐]孔穎達等正義:《毛詩正義》,第1108-1110頁。詳見:邵炳軍《春秋文學繫年輯證》,第508頁。

③ 王《注》:"藟,葛荒也。藁,緣也。……言葛藟惡草,乃緣於桂樹;鴟鴞貪鳥,而集於木蘭。以言小人進在顯位,貪佞升爲公卿者也。"[漢]王逸撰,夏祖堯點校:《楚辭章句》,第294頁。

④ [清]馬瑞辰撰,陳金生點校:《毛詩傳箋通釋》,第241頁。

⑤ 説詳:[日]矢嶋美都子《關於庾信"遊仙詩"中表現的"藤"——從葛藟到紫藤》,《北京大學學報》1995年第5期,第112-116頁。

⑥ [漢]毛亨傳,[漢]鄭玄箋,[唐]孔穎達等正義:《毛詩正義》,第702頁。

⑦ [北齊]顏之推撰,王利器集解:《顏氏家訓集解》(增補本),第23頁。

族;則"兄弟",乃同姓兄弟,即王族,亦即王室同宗族人。故清段玉裁《毛詩故訓傳》卷六曰:"《禮·喪服》曰:'小功以下爲兄弟。'篇中言'兄弟'者,自其親疏言之,謂於王疏也。《喪服》曰'昆弟'、曰'從父昆弟'、曰'從祖昆弟'、曰'族昆弟',雖疏,必曰'昆弟',親親之辭也。此詩自稱曰'兄弟',謂王曰'昆',不敢以其戚戚君而循九族之稱也。"①

又,"終遠兄弟,謂他人父",毛《傳》訓爲"兄弟之道,已相遠矣";鄭《箋》訓爲"王寡於恩施,今已遠棄族親矣。是我謂他人爲己父,族人尚親親之辭"。後世解詩者,異於《傳》《箋》者有二:

一爲斥王不愛其親而愛他人,是謂他人爲父。比如,宋蘇轍《詩集傳》卷四曰:"王謂同姓曰叔父。葛藟生於河上,得河之潤以爲長;猶王族之託王以爲盛也。王今棄遠兄弟,而謂他人父;彼非王族,亦安肯顧王哉?"②李樗《毛詩集解》卷九、范處義《詩補傳》卷六、吕祖謙《吕氏家塾讀詩記》卷七等説大同。然果若此,則斥王過甚,恐無是理。

一爲諷王以一本之義。比如,宋嚴粲《詩緝》卷七:"此詩刺王不親九族,而舉親兄弟之辭以責之。親兄弟,則同父。故言王終遠我兄弟者,謂父是他人之父乎?不然,何爲不顧我也?知有父,則知有兄弟矣。今人兄弟之相責望者,猶言汝豈不念父之故。"③明郝敬《毛詩原解》卷七、張彩《詩原·國風上》等皆大同。此則謂王不顧兄弟,即是不顧父母,直自視如他人之父母,亦於理不順。

清段玉裁《毛詩故訓傳》卷六辨之曰:"謂王曰'父母'者,九族中從祖父母、族父母、從祖祖父母、族祖父母是也。"④胡承珙《毛詩後箋》卷六亦辨之曰:"'父''母''昆'皆指王言,蓋九族之戴王,本所謂天地父母者,乃王已遠棄親族,則雖戴王爲父,而不異謂他人爲父矣。夫謂他人爲父,尚安肯顧我乎?……言王已遠我,雖謂爲父,而亦如他人之莫我顧矣。"⑤段氏、胡氏之説甚精。

可見,周王爲王族之大宗,亦爲王族之根本;王族爲王室之小宗,亦爲王室之枝葉。周王以王族爲兄弟,以庇蔭王室;王族以周王爲父母,以王室爲依託。足見周王與王族之間是一種互爲依託的關係。若周王與王族和諧相處,王族同力於鎮撫王室,則王事無曠而王室蕃盛;若周王棄九族之親,則王族不安而王室卑亂;若王族"謂他人父",不同恤王室,甚至觊覦王室,王室自然弱寡,周道安能不衰?故宋嚴粲《詩緝》卷七曰:"親親,周道也。棄其九族,則周道衰矣。"⑥明孫鑛

---

① [清]段玉裁:《毛詩故訓傳》,第4894頁。
② [宋]蘇轍:《詩集傳》,第43頁。
③ [宋]嚴粲:《詩緝》,第147頁。
④ [清]段玉裁:《毛詩故訓傳》,第4894頁。
⑤ [清]胡承珙撰,[清]陳奂補,[清]王先謙輯,郭全芝點校:《毛詩後箋》,第354頁。
⑥ [宋]嚴粲:《詩緝》,第149頁。

《批評詩經》卷一亦曰:"'謂他人父'一語,下得特險絶。"①

又,文七年《左傳》載宋卿士樂豫曰:"公族,公室之枝葉也;若去之,則本根無所庇陰矣。葛藟猶能庇其本根,故君子以爲比,況國君乎?"②此化用《葛藟》,取公族爲公室枝葉之義。故宋范處義《詩補傳》卷六曰:"蓋此物當依木以生,今乃在河之滸、之涘、之漘,則非其地,失其所矣。詩人自喻王不能親睦,是失所依也。……詩人三言'終遠兄弟',必王之兄弟中尊者所作也。……竊意詩人正謂王宜親兄弟,今乃終遠我兄弟,則是王不念我兄弟。本是同父母所生,我且爲王之昆,既終遠之,全無親睦之意。王之視父母兄,與他人之父母兄等爾。猶言視如路人,責王之意深矣。……是詩三章,皆比而賦之也。"③清陳奐《毛詩傳疏》卷六曰:"此詩因葛藟而興,又以葛藟爲比;故毛《傳》以爲興,《左傳》則以爲比。凡全詩通例,《關雎》若雎鳩之有別,《旄丘》如葛之蔓延相連……《葛生》喻婦人外成于他家……《卷阿》猶飄風之入曲阿。曰若、曰如、曰喻、曰猶,皆比也。《傳》則皆曰興。比者,比方於物;興者,託事於物。作詩者之意,先以託事於物,繼乃比方於物,蓋言興而比已寓焉矣。"④可見,此詩"賦""比""興"三體兼用。

次章曰:"緜緜葛藟,在河之涘。終遠兄弟,謂他人母。謂他人母,亦莫我有。"毛《傳》:"涘,厓也。王又無母恩。"鄭《箋》:"有,識有也。"⑤

謹按:"涘",毛《傳》訓爲"厓",《爾雅‧釋丘》:"涘爲厓。"⑥則毛《傳》說本《爾雅》,然意未盡。今考:

《說文‧水部》:"涘,水厓也。從水矣聲。《周書》曰:'王出涘。'"⑦清陳奐《毛詩傳疏》卷六:"僖元年《公羊傳》:'自南涘。'何《注》云:'涘,水涯。'涯者,厓之俗。"⑧則"涘"與"厓"爲同義詞,"厓"爲"涯"之本字,"涯"爲"厓"之俗字,皆指水邊。

又,"有",鄭《箋》訓爲"識有",不確。今考:

昭六年《左傳》載宋左師(向戌)戒華亥曰:"女夫也人(必)亡。女喪而宗室,於人何有?人亦於女何有?"昭二十年《左傳》載賓(齊公孫青)對衛靈公曰:"寡君之下臣,君之牧圉也。若不獲扞外役,是不有寡君。"⑨《爾雅‧釋訓》:"張仲孝

---

① [明]孫鑛:《批評詩經》,第65頁。
② 杜《注》:"葛之能藟蔓繁滋者,以本、枝膚麻之多。謂詩人取以喻九族兄弟。"[晉]杜預注,[唐]孔穎達等正義:《春秋左傳正義》,第4005頁。按:"陰",唐石經及各本皆作"蔭",金澤文庫本亦作"蔭"。
③ [宋]范處義:《詩補傳》,第33頁。
④⑧ [清]陳奐:《毛詩傳疏》,第4017頁。
⑤ [漢]毛亨傳,[漢]鄭玄箋,[唐]孔穎達等正義:《毛詩正義》,第703頁。
⑥ 郭《注》:"謂水邊。"邢《疏》引[漢]李巡《爾雅注》:"涘,一名厓,謂水邊也。《詩‧秦風》'所謂伊人,在水之涘'也。"[晉]郭璞注,[宋]邢昺疏:《爾雅注疏》,第5693頁。
⑦ [漢]許慎撰,[清]段玉裁注:《說文解字注》,第552頁。
⑨ 杜《注》:"言人亦不能愛女。""有,相親有。"[晉]杜預注,[唐]孔穎達等正義:《春秋左傳正義》,第4440、4543頁。按:人,文淵閣四庫全書本作"必"。

友。善父母爲孝，善兄弟爲友。"①《荀子·大略篇》："友者，所以相有也。"②《釋名》卷四《釋言語》："友，有也，相保有也。"③《白虎通義》卷八《三綱六紀》："朋友者，何謂也？朋者，黨也；友者，有也。"④清朱駿聲《說文通訓定聲·頤部》："有，……假借爲友、爲右。《詩·葛藟》'亦莫我有'，《傳》：'有，識有也。'按：親愛俌助也。"⑤陳奐《毛詩傳疏》卷六："有，猶友也。……（相有）亦謂相親有也。……則此詩'有'，自當作相親有解。"⑥馬瑞辰《毛詩傳箋通釋》卷七："'有'，當讀爲'親有'之'有'。……'有'與'友'同義。"⑦則"有"爲"友"之借字，表兄弟之間相親近、相親愛、相友愛之意。

卒章曰："緜緜葛藟，在河之漘。終遠兄弟，謂他人昆。謂他人昆，亦莫我聞。"毛《傳》："漘，水漘也。昆，兄也。"鄭《箋》："不與我相聞命也。"⑧

謹按："漘"，毛《傳》訓爲"水漘"，意未盡。今考：

《爾雅·釋丘》："夷上洒下，不漘。"⑨《說文·水部》："漘，水厓也。從水脣聲。"⑩清馬瑞辰《毛詩傳箋通釋》卷七："水邊謂之漘，與堂邊謂之廉，取義正同。"⑪則"漘"亦作"脣"，指深水邊。

又，"聞"，鄭《箋》訓爲"相聞命"，意不確。今考：

清王引之《經義述聞》卷五《毛詩上·亦莫我聞》："家大人曰：《葛藟》篇：'謂他人昆，亦莫我聞。'聞，猶問也，謂相恤問也。古字'聞'與'問'通。……顧也、有也、聞也，皆親愛之義也。"⑫馬瑞辰《毛詩傳箋通釋》卷七："'聞''問'古通用，'聞'當讀如'恤問'之'問'。……'亦莫我聞'猶云'亦莫我顧''亦莫我有'也。"⑬則"聞"與"問"同義，皆有體恤慰問之義。

就全篇運思與結構安排而言，宋蔡卞《毛詩名物解》卷十七曰："葛也、藟也，漘瀿潤之而後蕃也；漘也，滸也，葛藟纏而後固者也；王室艱難，不可以相無者也。始河之滸、中河之涘、卒河之漘，地之愈危，彌不可無葛藟之纏固也。"⑭呂祖謙

---

① ［晉］郭璞注，［宋］邢昺疏：《爾雅注疏》，第 5637 頁。
② ［周］荀況撰，［清］王先謙集解，沈嘯寰、王星賢點校：《荀子集解》，第 514 頁。
③ ［漢］劉熙撰，［清］畢沅疏證：《釋名疏證》，第 607 頁。
④ ［漢］班固撰，［清］陳立疏證，吳則虞點校：《白虎通疏證》，第 376 頁。
⑤ ［清］朱駿聲：《說文通訓定聲》，續修四庫全書影印清道光二十八年（1847）刻本，上海古籍出版社 2002 年版，經部第 220 册，第 286 頁。
⑥ ［清］陳奐：《毛詩傳疏》，第 4017 頁。
⑦⑪ ［清］馬瑞辰撰，陳金生點校：《毛詩傳箋通釋》，第 241 頁。
⑧ ［漢］毛亨傳，［漢］鄭玄箋，［唐］孔穎達等正義：《毛詩正義》，第 703 頁。
⑨ 郭《注》："厓上平坦而下水深者爲漘。不，發聲。"邢《疏》引［漢］李巡《爾雅注》："夷上，平上；洒下，陗下。故名曰漘。"［晉］郭璞注，［宋］邢昺疏：《爾雅注疏》，第 5693 頁。
⑩ ［漢］許慎撰，［清］段玉裁注：《說文解字注》，第 552－553 頁。
⑫ ［清］王引之：《經義述聞》，第 302 頁。
⑬ ［清］馬瑞辰撰，陳金生點校：《毛詩傳箋通釋》，第 242 頁。
⑭ ［宋］蔡卞：《毛詩名物解》，清康熙十九年（1680）納蘭性德刻通志堂經解本，廣陵書社 2007 年影印版，第 7 册，第 543 頁。

《吕氏家塾讀詩記》卷七曰:"葛藟生非其地,猶宗族失所依也。"①《欽定詩經傳說彙纂》卷五引明鄒泉《詩經約說》:"此詩三章一意。但始言父,次言母,次言兄,有次序耳。"②清姚際恒《詩經通論》卷五曰:"以三章之義例之,則由'父'而'母',由'母'而'昆'也。以三章皆有'終遠兄弟'一語例之,則末章乃直敘,一章、二章因'昆'而先及'父''母'也。"③可見,詩人寫水由淺入深:滸(水岸邊)→涘(水邊)→漘(深水邊),寫人由近及遠:父→母→昆(兄),以"終遠兄弟"貫穿全詩,從平王東遷時棄其九族之親這一側面,揭示出王室艱難而周道衰微之兆。

故本詩當作於東遷平王雒邑之後。惜其具體年代不可詳考,姑繫於平王東遷雒邑之年,即平王元年(前770)。④

可見,《彤弓》《沔水》《瞻彼洛矣》屬"東都之雅",《葛藟》屬"東都之風",皆爲平王東遷雒邑之後不久之作。其具體創作年代大致在平王元年至二年(前770—前769)之間。

---

① [宋]吕祖謙:《吕氏家塾讀詩記》,第12頁。
② [清]王鴻緒等:《欽定詩經傳說彙纂》,國家圖書館藏清雍正五年(1727)武英殿刻本。按:[明]鄒泉《詩經約說》,見《江南通志·藝文志》著録,今佚。
③ [清]姚際恒撰,顧頡剛點校:《詩經通論》,第97頁。
④ 說詳:邵炳軍《〈詩·王風〉創作年代考論(上)》,《河北師範大學學報》2011年第6期,第65-71頁。

第八章
晉文侯弑攜王及其詩作四篇

周幽王十一年(前771),幽王崩於驪戎戲水之後,幽王卿士虢公翰擁立王子余臣爲"攜王",亦即清華簡《繫年》第二章之"攜惠王"。① 這實爲西都豐鎬舊臣對早已僭立於西申的"天王"——平王宜臼的一種抵制行爲。② 一直到平王十一年(前760)"攜王"爲晉文侯所弑之後,宣告了"二王並立"政治格局的終結。從此,周王室又定於一尊,依然維繫了以"王權"爲中心的政治生態,發揮着其天下諸侯共主的社會功能。期間,攜王大夫以詩歌形式直接或間接地再現了這一重要歷史事件,包括《小雅·雨無正》《小旻》《角弓》《菀柳》等4篇。

第一節 晉文侯本事暨滅攜王史實考述

在攜王余臣與天王宜臼"二王並立"期間,晉文侯與衛武公、鄭武公、秦襄公一樣,可謂歷史風雲人物。尤其是晉文侯弑攜王,使長達11年之久的"二王並立"政治格局得以終結。可以說,在兩周之際,晉文侯不僅是晉國歷史一位承前啓後之君,更是諸侯夾輔王室的一位有功之臣,故《國語·鄭語》謂"晉文侯於是乎定天子"。③

一、穆侯費生伐條戎與文侯仇之生

桓二年《左傳》:

---

① 參見:魏棟《清華簡〈繫年〉與攜王之謎》,《文史知識》2013年第6期,第31-35頁。
② 徐中舒:《先秦史論稿》,第184頁。
③ 韋《注》:"文侯,仇也。定,謂迎平王,定之於洛邑。"[三國吳]韋昭注,上海師範大學古籍整理研究所校點:《國語》,第524-525頁。

初，晉穆侯之夫人姜氏，以條之役生太子，命之曰仇。其弟以千畝之戰生，命之曰成師。師服曰："異哉！君之名子也！夫名以制義，義以出禮，禮以體政，政以正民，是以政成而民聽，易則生亂。嘉耦曰妃，怨耦曰仇，古之命也。今君命大子曰仇，弟曰成師，始兆亂矣。兄其替乎！"①

《後漢書·西羌傳》引《竹書紀年》：

後五年，王伐條戎、奔戎，王師敗績。②

《史記·晉世家》：

獻侯十一年卒，子穆侯費王立。穆侯四年，取齊女姜氏爲夫人。七年，伐條，生太子仇。十年，伐千畝，有功，生少子，名曰成師。③

謹按：關於晉穆侯所伐條戎之地望，桓二年《左傳》杜《注》僅謂"條"爲"晉地"，今地闕。山西省廢安邑縣治，即今運城市鹽湖區安邑鎮，其北30里有鳴條岡，當即古條戎之地。④ 關於晉穆侯所伐千畝之地望，桓二年《左傳》杜《注》謂"千畝"在"界休縣南"，即今山西省介休市南；然穆侯時晉境不得至於此，則杜《注》說不確。據《史記·晉世家》張守節《正義》引李泰《括地志》，千畝在今臨汾市安澤縣北90里。⑤

又，關於晉穆侯伐條戎之年代，今本《竹書紀年》繫於宣王三十八年（前790）；《史記·十二諸侯年表》繫於二十二年（前806），正《晉世家》所謂"穆侯七年"。故今從《史記》說。則文侯仇生於穆侯七年（前806），卒於文侯三十五年（前746），享年60歲。

又，關於穆侯命太子文侯之名曰仇，命庶子之名曰成師，《左傳》《史記》載晉大夫師服認爲"始兆亂"，杜《注》認爲命之曰"仇"乃"意取於戰相仇怨"，皆謂穆侯命名不合古制。楊伯峻《春秋左傳注》認爲："王師敗逃，晉師亦必敗逃，故穆侯不悅，因名其子爲仇。"⑥阮明套《晉文侯名仇之研究》則認爲："由於仇有匹配、幫

---

① 杜《注》："條，晉地。大子，文侯也。（仇）意取於戰相仇怨。（成師）桓叔也。西河界休縣南有地名千畝。（成師）意取能成其衆。"［晉］杜預注，［唐］孔穎達等正義：《春秋左傳正義》，第 3785－3786 頁。
② ［南朝宋］范曄撰，［唐］李賢等注，宋雲彬等點校：《後漢書》，第 2871－2872 頁。
③ 司馬貞《索隱》："鄒誕本作'弗生'，或作'潰王'，並音秘。"［漢］司馬遷撰，［南朝宋］裴駰集解，［唐］司馬貞索隱，［唐］張守節正義，郭逸、郭曼標點：《史記》，第 1304 頁。
④ 參見：楊伯峻《春秋左傳注》（修訂本），第 92 頁。
⑤ 説參：［清］顧炎武撰，［清］黃汝成集釋，秦克誠點校：《日知錄集釋》，第 936 頁。
⑥ 楊伯峻：《春秋左傳注》（修訂本），第 92 頁。

手、助手之義,所以處於從屬的、次要的地位,與太子身份不相適應。……晉文侯之名是次號,其弟之名是大號。……適(嫡)庶名正好相反,這在周代命名原則深爲普遍和完備的情況下,是絕對不允許的,……在某種程度上也昭示着晉國將要生亂。"①要之,先哲時賢多以爲穆侯違背命名之制,乃導致晉亂之源。

  筆者以爲,自文侯仇子昭侯伯封成師於曲沃之後,曲沃始大於翼,晉公室歷昭侯伯、孝侯平、鄂侯郤、哀侯光、小子侯、晉侯緡 6 世之亂,凡 67 年(前 745—前 679)。至周僖王三年(晉侯緡二十六年,曲沃武公三十七年,前 679),曲沃武公伐晉侯緡,入晉都邑翼,殺晉侯緡,盡有晉地;次年(前 678),僖王使王室卿士虢公命曲沃伯(武公)以一軍爲晉侯。自文侯仇卒後 66 年間,晉國完成了師服所謂的"兄其替",即庶系小宗吞併嫡系大宗的歷史演變。穆侯爲太子仇、庶子成師命名,的確不合命名古制;然以爲如此巨大的歷史變革僅僅乃有違命名古制使然,未免將複雜的政治變革過於簡單化了。

  事實上,早在曲沃併晉歷史事件發生 15 年之前,即周莊王三年(晉侯緡十一年,前 694),周大夫辛伯諫卿士周公黑肩(周桓公)時,已指出王室、公室、家族嫡庶之爭致亂的根源是:"並后、匹嫡、兩政、耦國,亂之本也"(桓十八年《左傳》載周大夫辛伯諫卿士周公黑肩語);亦即"内寵並后,外寵二政,嬖子配適(嫡),大都耦國,亂之本也"(閔二年《左傳》載晉大夫狐突諫太子申生語)。② 文侯卒後,在辛伯所謂致亂的四條根本原因之中,晉國就有"匹嫡"與"耦國"兩條,何以不亂呢? 當然,從社會制度變革角度看,晉國庶系小宗吞併嫡系大宗,是社會制度由奴隸制向封建制演變的歷史必然。

  況且,兄終弟及而庶系小宗取代嫡系大宗之先河,不自穆侯庶子成師始,實乃穆侯之弟殤叔肇其端:穆侯二十七年(前 785),穆侯費生卒,弟殤叔自立,太子仇出奔;殤叔四年(前 781),穆侯太子仇率其徒襲殺殤叔而立,是爲文侯。可見,連文侯也差一點成爲庶系小宗取代嫡系大宗的犧牲品,更不要說其後世子孫了。

二、曲沃縣羊舌村 M1 墓主爲晉文侯

  2005 年 8 月至 2006 年 10 月,山西省考古研究所羊舌考古隊在臨汾市曲沃縣史村鎮羊舌村滏河南岸山嶺上一處兩周之際公墓區與邦墓區發掘出晉國國君墓地,也是目前山西境内發現的兩周時期最大的墓葬。該墓地位於曲沃縣城東

---

  ① 阮明套:《晉文侯名仇之研究》,《管子學刊》2001 年第 2 期,第 102-103 頁。
  ② 桓十八年《左傳》杜《注》:"妾如后,庶如嫡,臣擅命,都如國。"[晉]杜預注,[唐]孔穎達等正義:《春秋左傳正義》,第 3819、3882 頁。按:晉大夫狐突(伯行)諫太子申生之語,乃在曲沃併晉 19 年之後,即周惠王十七年(晉獻公十七年,前 660)時,復述辛伯諗周桓公之言。

北 30 里,與天馬-曲村遺址内的北趙晉侯墓地隔河相望。①

羊舌墓地中的 M1、M2,爲一組兩座異穴並列帶南北墓道的"中"字形土壙豎穴積石積炭大墓。根據墓葬形制、出土器物等特徵,經與北趙晉侯墓地 9 組 19 座晉侯夫妻合葬墓做比對研究,②初步判定 M1 墓主爲晉文侯,M2 墓主爲文侯夫人,屬異穴並列合葬墓。此文侯夫人,或即宋吕大臨《考古圖》卷一著録北宋於今陝西省韓城市出土的周平王三十一年(晉昭公六年,前 740)器晉姜鼎(韓城鼎)銘之文侯夫人"晉姜",③亦即"晉穆侯之夫人姜氏"(桓二年《左傳》)之侄女,④與穆侯夫人姜氏同爲齊公室之女。其中,M1 墓儘管被嚴重盜擾,隨葬器物所剩不多,依然出土了一些銅器、石器、陶器、玉器、金器,如殘銅鼎足、石磬、陶鬲、玉龍、玉虎、玉兔、玉蟠龍堵頭、大玉戈、玉璜、玉璜組佩、玉神人面像、玉堵頭、玉扳指、金帶飾、金鋪首銜環等。墓室南部與南墓道上有多次大規模祭祀遺址,祭祀坑多達 227 處,犧牲有人、牛、馬、羊、狗等。在位於 M1、M2 墓葬 15 米處,有一處陪葬車馬坑。在 M1、M2 南部與西南側,有 15 座中小型陪葬墓,並附有車馬坑。⑤

晉文侯墓葬規格比北趙晉侯墓地 9 組其他墓葬要高,這正好説明了他内有武功文治以强邦國之德、外有夾輔王室以定天子之賢。⑥

---

① 參見:吉琨璋等《山西曲沃羊舌村發掘又一處晉侯墓地》,《中國文物報》2006 年 2 月 29 日第 2 版;鮑丹《山西境内兩周時期最大墓葬晉文侯墓"浮"出地面》,《人民日報》2006 年 10 月 17 日第 11 版。
② 北趙晉侯墓地 9 組墓葬墓主分别爲唐叔虞子晉侯燮父(二世)、武侯寧族(三世)、成侯服人(四世)、厲侯福(五世)、靖侯宜臼(六世)、僖侯司徒(七世)、獻侯籍(八世)、穆侯費王(九世)、殤叔(穆侯弟)。參見:孫華、張奎、張崇寧、張慶偉《天馬——曲村遺址北趙晉侯墓地第二次發掘》,《文物》1994 年第 1 期,第 2-29 頁;張崇寧、孫慶偉、張奎《天馬——曲村遺址北趙晉侯墓地第三次發掘》,《文物》1994 年第 8 期,第 22-33、68 頁;李夏廷、張奎《天馬——曲村遺址北趙晉侯墓地第四次發掘》,《文物》1994 年第 8 期,第 4-21 頁;徐天進、孟躍虎、李夏廷、張奎《天馬——曲村遺址北趙晉侯墓地第五次發掘》,《文物》1995 年第 7 期,第 4-39 頁;商彤流、孫慶偉、李夏廷、馬教河《天馬——曲村遺址北趙晉侯墓地第六次發掘》,《文物》2001 年第 8 期,第 4-21、55 頁;李伯謙《晉侯墓地發掘與研究》,晉侯墓地出土青銅器國際學術研討會交流論文,上海博物館,2002 年。
③ [宋]吕大臨:《考古圖》,四庫存目叢書影印明初刻本,齊魯書社 1997 年版,子部第 77 册,第 621 頁。按:關於此器之年代,時賢主要有文侯二十一年(前 760)之後、三十五年(前 746)、昭侯二年(前 744)、六年(前 740)、平公三年(前 555)諸説。説詳:吴毅强《晉姜鼎補論》,《中國歷史文物》2009 年第 9 期,第 79-83 頁。
④ [晉]杜預注,[唐]孔穎達等正義:《春秋左傳正義》,第 3785 頁。
⑤ 參見:吉琨璋《曲沃羊舌晉侯墓地 1 號墓主初論——兼論北趙晉侯墓 93 號墓主》,《中國文物報》2006 年 9 月 29 日第 7 版;吉琨璋等《山西曲沃羊舌晉侯墓地發掘報告》,《文物》2009 年第 1 期,第 4-14、26 頁。
⑥ 當然,也有學者認爲羊舌墓地並非晉侯墓地;也有學者認爲 M1 墓主爲文侯之弟成師,或文侯仇之子昭侯伯。參見:王恩田《西周制度與晉侯墓地復原——兼論曲沃羊舌墓地族屬》,《中國歷史文物》2007 年第 4 期,第 26-35 頁;田建文《也論曲沃羊舌 1 號墓墓主》,《中國文物報》2007 年 3 月 30 日第 7 版;李建生《曲沃羊舌墓地幾個問題的思考》,《文物世界》2008 年第 3 期,第 60-65 頁;馬冰《也談曲沃羊舌 M1 和北趙晉侯墓地 M93 的墓主》,《中國文物報》2007 年 2 月 2 日第 7 版;孫慶偉《試論曲沃羊舌墓地的歸屬問題》,《南方文物》2012 年第 2 期,第 74-76 頁。

三、對外兼併戰争爲晉文侯强國之策

據昭元年《左傳》《史記·晉世家》、今本《竹書紀年》，周成王十年（約前1054），周公旦滅唐（陶唐氏後裔劉累子孫之故國，其都邑即今臨汾市翼城縣西20里故唐城），①封武王子叔虞（字子于）於唐，爲唐侯，是謂唐叔虞，都於鄂（即"翼"，又稱"絳"，遷都新田後改稱"故絳"，即今翼城縣東南故城村，後遷於故唐城）；唐叔之子晉侯燮父改唐爲晉，四世至成侯南徙曲沃（即今臨汾市曲沃縣），又五世至穆侯自曲沃復遷於絳。自穆侯復遷於絳之後，曲沃爲晉宗廟所在地。此後，晉國行政都邑爲絳，祭祀都邑爲曲沃，兩地成爲晉國政治文化兩大都邑。②

晉國"封於夏虛"（定四年《左傳》）之地，③位於"河、汾之東，方百里"（《史記·晉世家》）。④這裏是華夏民族的重要發祥地之一，也是黄河文明的摇籃，具有悠久的歷史文化傳統。

1953—1954年，在襄汾縣城南丁村發掘出人類化石與舊石器，表明大約10萬年以前的舊石器時代，這裏就有早期智人"丁村人"繁衍、生息，足蹟遍及整個汾河流域。⑤大約7000年以前的新石器時代，從歷山（即今山西省永濟市南20里之雷首山，位於晉南翼城、垣曲、陽城、沁水4縣交界處）輾轉而來的一支群體，落腳在翼城縣隆化鎮棗園村，産生了原始種植業，發明了半地穴窩棚式房子。大約4500年之前的銅石並用時代晚期，臨汾盆地分佈着一支獨立的古代居民，即在中原地區確立了統領諸方國特殊地位的帝堯後裔陶唐氏民族。

近年來的考古發現和發掘表明，在太嶽以南，黄河以西、以北的臨汾盆地與運城盆地，分佈着衆多的銅石並用時代晚期龍山文化遺蹟。該區域龍山文化可以峨嵋嶺-絳山一綫爲界，分爲南北兩個類型。北部以陶寺類型（前2500—前1900）爲代表，南部以東下馮類型爲代表；後者年代比前者晚，吸收了前者的部分文化因素。⑥

1978—1980年，在臨汾市襄汾縣陶寺發掘的墓地表明，這裏一直是堯、

---

① 《史記·晉世家》張守節《正義》引李泰《括地志》關於故唐城地望有二説：一説在"絳州翼城縣西二十里，即堯裔子所封"；一説在"并州晉陽縣北二里"，即山西省太原市北。筆者此取前一説。
② 景公十五年（前585），自絳北遷都於新田（即今山西省侯馬市）；静公二年（前453），韓、趙、魏三家分晉，遷静公爲庶民，晉乃亡。參見：邵炳軍《春秋文學繫年輯證》，第85頁。
③ 杜《注》："夏虛，大夏，今太原晉陽也。"[晉]杜預注，[唐]孔穎達等正義：《春秋左傳正義》，第4637頁。按：據《史記·晉世家》張守節《正義》引李泰《括地志》，禹居大夏（汾、澮流域），都安邑，即春秋時期之苦城，故城在今運城市鹽湖區東北15里。則杜氏説不確。
④ [漢]司馬遷撰，[南朝宋]裴駰集解，[唐]司馬貞索隱，[唐]張守節正義，郭逸、郭曼標點：《史記》，第1303頁。
⑤ 參見：賈蘭坡《山西襄汾縣丁村人類化石及舊石器發掘報告》，《科學通報》1955年第1期，第46-51頁。
⑥ 參見：吉琨璋《晉南龍山期文化同東下馮類型的關係》，《中原文物》1995年第2期，第28-30、6頁。

舜、禹活動的中心區域，逐漸興起成中原龍山文化陶寺類型，有較發達的彩繪，反映當時已出現了等級分化與禮制萌芽，已達到王朝前期古國文明相當高的發展水準。陶寺類型晚期在夏紀年範疇之内，亦屬探索夏文化的標誌性考古遺址。①

1974—1979 年，在運城市夏縣埝掌鄉東下馮村青龍河南北兩岸，先後進行了兩次大面積發掘夏商之際文化遺存（前 1900—前 1600），其上層爲二里崗類型早期商文化層，下層爲夏代末期文化層，屬二里頭文化東下馮類型的典型遺址。該遺址發現了年代相當於夏朝晚期與商朝前期的城堡遺蹟，其中有冶銅作坊遺蹟，正是夏代已進入青銅時代的重要標誌；溝壁上的窰洞式房子，爲舊石器時代洞穴式居住方式的直接翻版，與龍山文化陶寺類型窰洞居房子有一定淵源關係。② 該文化類型大致分佈於晉南地區的汾水、澮水、涑水流域，與"夏虚（墟）"地望相符。這表明，隨着夏族勢力的擴展，姒夏文化越河北發展到晉南地區，與當地土著文化融合，形成了一定地域特定的東下馮類型文化，並與霍山以北的光社文化發生了密切關係，亦與黄河以南的二里頭文化類型相毗鄰。隨着先商文化逐步向南發展，姒夏文化最終被子商文化所代替。③

叔虞封唐之後，"啓以夏政，疆以戎索"（定四年《左傳》），④即對舊唐遺民採取懷柔政策，沿用舊唐制度，尊重舊唐習俗。故將姬周文化與姒夏文化融和，成爲晉國歷代國君的文化傳統。比如，2006 年，在羊舌村 M1 晉文侯大墓出土了一件玉神面，青白色，玉質瑩潤，扁平狀，通高約 7 釐米，寬 4.8 釐米，厚 0.8 釐米。全器由上下兩部分構成，上部爲冠飾，飾兩隊，有相向的簡化鷹紋。從整體造型來看，四隻鷹紋又爲一正面伸展雙翼之神鷹；神鷹之下，爲淺浮雕玉神面。羊舌村玉神面，是史前時期由江漢平原石家河文化（距今約 4 000 年）傳播而來，屬於姒夏文化遺存。⑤ 石家河文化，屬三苗族系的文化類型，其考古年代爲新石器時代晚期，相當於中原龍山文化早期階段⑥ 可見，在晉文侯墓葬中出土石家河文化玉神面，正好說明了晉人在姬周文化基礎之上對姒夏文化的吸收與發展。

---

① 參見：高煒、李建民《1978—1980 山西襄汾陶寺墓地發掘簡報》，《考古》1983 年第 1 期，第 30-46 頁。
② 參見：徐殿魁、王曉田、戴尊德《山西夏縣東下馮遺址東區、中區發掘簡報》，《考古》1980 年第 2 期，第 97-107 頁。
③ 參見：李伯謙《東下馮類型的初步分析》，《中原文物》1981 年第 1 期，第 25-29 頁。
④ 杜《注》："亦因夏風俗，開用其政。大原近戎而寒，不與中國同，故自以戎法。"[晉] 杜預注，[唐] 孔穎達等正義：《春秋左傳正義》，第 4637 頁。
⑤ 參見：林繼來、馬金華《論晉南曲沃羊舌村出土的史前玉神面》，《考古與文物》2009 年第 2 期，第 56-65 頁。
⑥ 參見：張雲鵬、王勁《湖北石家河羅家柏嶺新石器時代遺址》，《考古學報》1994 年第 2 期，第 191-229 頁。

就地形條件而論,晉國位於臨汾盆地,四周環山,中間平川,"東臨雷霍,西控河汾,南通秦蜀,北達幽并",①地理位置重要,自古爲兵家必爭之地。正由於其"距險而鄰於小",故"若加之以德,可以大啓"(《國語·鄭語》載周太史伯謂鄭桓公語)。② 此所謂"距險"者,即距守之地險固;所謂"鄰於小"者,即四鄰皆西周分封的古帝王與姬姓小國及許多戎狄部落,古帝王後裔小國主要包括沈、姒、蓐、黄(四國皆臺駘後裔之封國,居於汾水發源地晉陽,即今太原市晉源區一帶)殷商古諸侯,③姬姓小國主要包括霍(都邑即今霍州市西南 16 里之霍城)、楊(都邑即今臨汾市洪洞縣東南 18 里之故楊城)、虞(都邑即今運城市平陸縣東北 60 里之故虞城)、虢(都邑在今平陸縣東北 35 里)、魏(都邑即今芮城縣東北 7 里之河北城,一名魏城)、韓(地在今陝西省韓城市南 18 里)、芮(姬姓國,都邑即今渭南市大荔縣治東南 50 里朝邑鎮南之芮城)等。故有利於對外擴張,具有有發展壯大的餘地。同時,晉國地處半乾旱、半濕潤的季風氣候區,屬溫帶大陸性氣候,四季分明,雨、熱同期,十分利於農業經濟發展。故其國經濟發展比較早,綜合國力一直比較強盛。故周宣王二十二年(晉穆侯七年,前 806),伐條戎;二十五年(晉穆侯十年,前 803),伐千畝之戎,有功。④ 可見,在文侯之父穆侯在位期間,晉國已有相當強的軍事實力。

文侯即位以後,繼其父穆侯之志,繼續進行兼併戰爭。周幽王八年(晉文侯七年,前 774)之前,相繼滅居於汾水流域的金天氏(少昊)之孫臺駘後裔沈、姒、蓐、黄四國以爲邑;⑤滅狄人氏族部落方國蒲(在今臨汾市隰縣西北)、屈(在今臨汾市吉縣東北)以爲西北邊邑;⑥周平王十四年(晉文侯二十四年,前 757),滅西周成王時期所封武王庶子姬姓韓國以爲邑。⑦

可見,在文侯之世,利用兩周之際王室衰微的有利形勢,將對外兼併戰爭作爲強國之策,使晉國地域已從臨汾盆地拓展到了整個汾河中下游地區,其疆域遂

---

① 今臨汾市城區中心平陽鼓樓,四面門洞上方各嵌有依明萬曆三十一年(1603)原刻複製的巨形石雕匾額題字,分別爲"東臨雷霍""西控河汾""南通秦蜀""北達幽并"。
② 韋《注》:"距,距守之地險也。小,小國,謂虞、虢、霍、楊、韓、魏、芮之屬。國已險固,若增之以德,可以大開土宇。後魯閔元年,晉滅魏、霍;僖五年,滅虞、虢也。"[三國吴]韋昭注,上海師範大學古籍整理研究所校點:《國語》,第 523 頁。
③ 關於沈、姒、蓐、黄四國之族源、居住地及爲晉滅國事,參見:昭元年《左傳》載鄭卿士子産(公孫僑)對晉大夫叔向(羊舌肸)問語。説詳:邵炳軍《晉獻公滅國奪邑繫年輯證》,《甘肅高師學報》2006 年第 4 期,第 26-33 頁。
④ 事見:《史記·晉世家》。
⑤ 事見:昭元年《左傳》。
⑥ 事見:莊二十八年、僖五年《左傳》《晉語一》。按:此"蒲",即春秋時期公子重耳(文公)所封食邑蒲邑;一説乃西周初期所分封的同姓諸侯國。又,屈,春秋時期分爲北屈、南屈,爲公子夷吾(惠公)食邑。
⑦ 事見:襄二十九年《左傳》、今本《竹書紀年》。按:晉所滅韓國之地望,歷來有三說:一爲河北説,謂即今河北省廊坊市固安縣東南 18 里之韓寨營,見《潛夫論·志氏姓》;二爲河東説,謂在今山西省運城市河津市,見《後漢書·郡國志》;三爲河西説,謂在今陝西省韓城市南 18 里,見《史記·韓世家》張守節《正義》引李泰《括地志》

南臨黄河,地近東周王畿;西越黄河,與平王新封之秦爲鄰。從而爲晉獻公繼續開拓疆土、晉文侯繼齊桓公稱霸諸侯,奠定了良好基礎。當然,在平王東遷雒邑之後,文侯依然敢於滅同姓之國,當與其夾輔王室而弑攜王余臣以定天子之功相關。

四、文侯股肱周室而夾輔平王之功

《國語·晉語四》載鄭大夫叔詹諫文公曰:"晉、鄭兄弟也,吾先君武公與晉文侯戮力一心,股肱周室,夾輔平王,平王勞而德之,而賜之盟質,曰:'世相起也。'"①則在天王宜臼與攜王余臣"二王並立"時期,晉文侯爲天王宜臼的堅定支持者。其股肱周室而夾輔平王之功,主要有三:

1. 會諸侯護送平王東遷雒邑以定天子

《國語·周語中》載周大夫富辰諫襄王曰:"我周之東遷,晉、鄭是依。"《晉語四》載晉卿士子犯(狐偃)諫文公曰:"繼文之業,定武之功,啓土安疆,於此乎在矣,君其務之。"《鄭語》:"晉文侯於是乎定天子。"②《吕氏春秋·疑似》:"而平王所以東徙也,秦襄、晉文之所以勞王勞而賜地也。"③可見,文侯十一年(前770)平王東遷時,晉文侯會衛武公、鄭武公、秦襄公以師護送,共定周室。故平王爲嘉獎其功,作《文侯之命》。其命辭曰:"與鄭夾輔周室,毋廢王命!"(宣十二年《左傳》)④足見文侯以"定天子"之功,既受到策命之嘉獎,又得到了土地之賞賜,充分體現出平王對文侯的極大信任。

2. 率蔡侯擊破群蠻

《後漢書·南蠻傳》:"平王東遷,蠻遂侵暴上國。晉文侯輔政,乃率蔡共侯擊破之。"⑤此所謂"蠻",指長江中游地區的群蠻。晉文侯"擊破之",從而解除了群蠻對雒邑的軍事威脅,使東周王室南鄙具有一個相對穩定的外部環境。

---

① 韋《注》:"武公,鄭桓公子滑突。文侯,晉穆侯之子仇。"[三國吴]韋昭注,上海師範大學古籍整理研究所校點:《國語》,第350頁。
② 《周語中》韋《注》:"東遷,謂平王也。"《晉語四》韋《注》:"文,晉文侯仇。……武,重耳祖武公稱也,始并晉國也。"《鄭語》韋《注》:"定,謂迎平王,定之於雒邑。"[三國吴]韋昭注,上海師範大學古籍整理研究所校點:《國語》,第45、373、524頁。
③ 許維遹撰,梁運華整理:《吕氏春秋集釋》,第608頁。
④ [晉]杜預注,[唐]孔穎達等正義:《春秋左傳正義》,第4083頁。
⑤ 李《注》:"晉文侯仇也。"[南朝宋]范曄撰,[唐]李賢等注,宋雲彬等點校:《後漢書》,第2831頁。

3. 弑攜王余臣以平王室

昭二十六年《左傳》孔《疏》引《竹書紀年》:"二十一年,攜王爲晉文公(侯)所殺。"①《資治通鑑外紀》卷三《周紀一》引《竹書紀年》:"(王子)余爲晉文侯所殺,是爲攜王。"②可見,周平王十一年(晉文侯二十一年,前760),③文侯弑攜王余臣,使長達11年的"二王並立"政治格局得以終結,平王方成一統。正由於晉文侯弑攜王余臣,對王室有如此大功,平王乃賜其秬鬯、圭瓚,並作《文侯之命》,策命其爲方伯,令其不僅作爲國君要"歸視爾師,寧爾邦",而且作爲方伯更要"柔遠能邇,惠康小民"(《尚書·周書·文侯之命》)。④ 足見平王作《文侯之命》,乃"報其立己之功,而望之以殺攜王之效也"(清顧炎武《日知録》卷二)。⑤

當然,攜王的失敗乃歷史的必然:西都豐鎬爲犬戎攻佔,王畿大片土地又爲戎人侵佔,城池殘破,經濟凋敝;"攜王"雖有西都王畿少數舊貴族的支持,但力量不大,而諸侯國中除西申、魯、許等直接擁立平王者之外,秦、晉、鄭、衛等大國亦支持平王,甚至西都王室的一些貴族亦支持平王:"昔平王東遷,吾七姓從王,牲用備具,王賴之,而賜之騂旄之盟"(襄十年《左傳》載周瑕禽語)。⑥ 當然,晉文侯畢竟不是一位新興封建制度的開創者,而是一位舊奴隸制度的堅定維護者。⑦ 故我們對晉文侯的文治武功應有一個正確評價,不宜過分拔高。

第二節 憂慮攜王朝前途命運之作

《雨無正》爲攜王侍臣表達怨憂情緒之作,《小旻》爲攜王大夫刺攜王鬥筲用事、治亂乏策之作。此二詩或怨或刺,從不同角度表現了詩人對攜王前途命運之

---

① [晉] 杜預注,[唐] 孔穎達等正義:《春秋左傳正義》,第4592頁。按:此"二十一年",今本《竹書紀年》繫於周平王二十一年(前750),非;當爲晉文侯二十一年(前760)。說參:王國維《古本竹書紀年輯校》,第593頁。

② [宋] 劉恕:《資治通鑑外紀》,四部叢刊初編影印宋刻本,上海書店1985年版,卷3,第32頁。

③ 有學者認爲,"二十一年",非文侯二十一年(前760),而爲"周平王二十一年(前750)",説見:王雷生《平王東遷年代新探——周平王東遷西元前747年説》,《人文雜誌》1997年第3期,第62-66頁;亦有學者認爲,"二十一年",應是攜王余臣的在位年,即攜王二十一年(前750),故《尚書·周書·文侯之命》作於文侯三十一年(前750),説見:李學勤《清華簡〈繫年〉及有關古史問題》,《文物》2011年第3期,第70-74頁;李學勤《由清華簡〈繫年〉論〈文侯之命〉》,《揚州大學學報》2013年第2期,第49-51頁。

④ [漢] 孔安國傳,[唐] 孔穎達等正義:《尚書正義》,第540頁。按:關於《尚書·周書·文侯之命》所命者何,先哲時賢有"晉文侯"與"晉文公"二説,筆者此從晉文侯説。詳見:邵炳軍《春秋文學繫年輯證》,第68頁。

⑤ [清] 顧炎武撰,[清] 黄汝成集釋,秦克誠點校:《日知録集釋》,第66頁。

⑥ [晉] 杜預注,[唐] 孔穎達等正義:《春秋左傳正義》,第4230頁。

⑦ 參見:陳隆予《〈尚書·文侯之命〉的寫作年代與晉文侯評價探索》,《鄭州大學學報》2009年第1期,第152-155頁。

憂慮。

一、《雨無正》——攜王侍臣表達怨憂情緒之作

1.《雨無正》名篇方式諸説辨證

關於《雨無正》之名篇方式,先哲時賢主要有五説:

一爲《毛詩》之"比喻"説。毛《序》:"《雨無正》,大夫刺幽王也,雨自上下者也,衆多如雨而非所以爲政也。"①宋蘇轍《詩集傳》卷十一申之曰:"此其所以爲《雨無正》也,雨之至也,不擇善惡而雨焉。幽王之世,民之受禍者如受雨之無不被也,夫雨豈嘗有所正雨哉?此所以爲《雨無正》也。"②

二爲《韓詩》之"比喻"説。宋朱熹《詩集傳》卷十一引元城劉氏曰:"嘗讀《韓詩》有《雨無極》篇,《序》云:'《雨無極》,正大夫刺幽王也。'至其詩之文,則比《毛詩》篇首多'雨無其極,傷我稼穡'八字。"③吕祖謙《吕氏家塾讀詩記》卷二十引董氏曰:"《韓詩》作'《雨無政》,正大夫刺幽王也。'《(韓詩)章句》曰:'無,衆也。'《書》曰:'庶草繁蕪。'《説文》曰:'蕪,豐也。'則雨衆多者,其爲政令不得一也。故爲正大夫之刺。"④

三爲"闕疑"説。宋歐陽修《詩本義》卷七:"其曰《雨無正》,則吾不得不疑而闕。古之人於詩多不命題篇,而篇名往往無義例。其或有命名者,則必述詩之意,如《巷伯》《常武》之類是也。今《雨無正》之名,據《序》曰:雨自上下者也,言衆多如雨而非政也。此述篇中所刺厲王下教令繁多如雨而非正爾。今考詩七章,都無此義,與《序》絶異……是以闕其所疑焉。"⑤清姚際恒《詩經通論》卷十:"此篇名《雨無正》,不可考;或誤,不必強論。"⑥

四爲"隱喻"説。明何楷《詩經世本古義》卷十八引馮時可説曰:"《雨無正》之篇,不敢刺王而言天,不敢指天而言雨,其稱名也隱,其慮患也深。"何氏申之曰:"以詩意玩之,所謂'雨',即'戎成不退,饑成不遂',禍亂之來,其多如雨也;所謂'無正',即'正大夫離居',無助勸國事也。"⑦

謹按:《毛詩》之"比喻"説過於牽強,且年代久遠,於史無徵,故後人多非之。

---

① [漢]毛亨傳,[漢]鄭玄箋,[唐]孔穎達等正義:《毛詩正義》,第959頁。
② [宋]蘇轍:《詩集傳》,第108頁。
③ [宋]朱熹撰,夏傳堯點校:《詩集傳》,第155頁。按:所謂"元城劉氏"者,即北宋後期大臣劉安世(1048—1125),名安世,字器之,號元城、讀易老人,大名府人,傳世有《盡言集》三十卷。説詳:《宋史·劉安世傳》。
④ [宋]吕祖謙:《吕氏家塾讀詩記》,卷20,第48頁。按:此所引"董氏",未詳何時何人,引自何書。
⑤ [宋]歐陽修:《詩本義》,卷7,第14-15頁。
⑥ [清]姚際恒撰,顧頡剛點校:《詩經通論》,第211頁。
⑦ [明]何楷撰,李士彪、張丹丹校點:《詩經世本古義》,第1003頁。按:明馮時可《詩》之論,見《詩臆》(一作《詩億》),國家圖書館藏有明萬曆間(1573—1620)刻《馮元成雜著九種》本,但此書未見所引之文。何氏所引或據其他版本,或引自馮氏他書。

《韓詩》文本已亡佚,所謂《韓詩》之"比喻"説,殆後人取元城劉氏之説附會爲之,似未足信,故朱熹《詩集傳》卷十一疑之曰:"愚按劉説似有理,然第一、二章本皆十句,今遽增之,則長短不齊,非詩之例。"①歐陽氏《詩本義》之"闕疑"説,治學態度之審慎固然可嘉,然無益於解決問題。故筆者以爲,馮氏《詩臆》之"隱喻"説倒是值得我們重視。

在《雨無正》中,詩人隱喻戎成不退、饑成不遂、禍亂之來其多如雨,正與"二王並立"時期統治階級的内部矛盾、階級矛盾和民族矛盾達到了白熱化程度的實際狀況相符;詩人喟歎正大夫離居而無助勸國事,正與"二王並立"時期"皇父卿士""孔聖"而"作都于向"以"以居徂向"(《詩·小雅·十月之交》)的實際狀況相符;②詩人刺王而言天、指天而言雨,隱其稱名以寄託其深深慮患,正與"二王並立"時期周人天道觀從"敬神畏天"向"怨天尤王"轉變的實際狀況相符。③

我們知道,自西周初期至末期(約前1066—前771)近300年間,周人的宗教情感思維逐漸發生深刻的變遷,即由"敬神畏天"向"怨天尤王"的巨大轉變。《雨無正》的作者在一開篇所寫的"浩浩昊天,不駿其德。降喪饑饉,斬伐四國。旻天疾威,弗慮弗圖。舍彼有罪,既伏其辜。若此無罪,淪胥以鋪"10句詩,④就展現出天命觀念從周初之興到周末之衰的演變軌跡。《雨無正》屬前人所謂"變雅"之列,而"變雅"的作者多爲貴族階級中的忠貞之臣、明智之士,他們對周王朝日漸衰亡的命運痛心疾首,因此這些作品針砭時弊、痛斥佞昏,具有鮮明的政治傾向和強烈的怨刺精神。正是在這些作品中,原來至高無上的天命觀念,遭遇到痛切的失望、深刻的懷疑和激烈的否定。不過我們還應看到,在"怨天尤人"的主題中,前者爲次,後者爲主,"怨天"只是激烈的宣洩,"尤人"才是根本的目的。所以,詩人在作品中所"尤"之"人",不僅包括權勢顯赫的公卿貴族,甚至還有人間獨尊的周天子;而其所"怨"之"天",衹不過成了這些昏君佞臣的隱喻或代稱。⑤

故詩人以《雨無正》名篇,隱喻戎成不退、饑成不遂、禍亂之來其多如雨。其名篇方式自然屬隱喻法。

2.《雨無正》作者諸説辨證

關於《雨無正》之作者,先哲時賢主要有三説:

---

① [宋]朱熹撰,夏祖堯點校:《詩集傳》,第155頁。
② [漢]毛亨傳,[漢]鄭玄箋,[唐]孔穎達等正義:《毛詩正義》,第958頁。
③ 詳見:邵炳軍《兩周之際諸申地望及其稱謂辨析》,《社會科學戰線》2002年第3期,第138-143頁。
④ 毛《傳》:"駿,長也。穀不熟曰饑,蔬不熟曰饉。舍,除;淪,率也。"[漢]毛亨傳,[漢]鄭玄箋,[唐]孔穎達等正義:《毛詩正義》,第959頁。
⑤ 參見:郭傑《從〈詩經〉看周代天命觀念之興衰》,《江海學刊》1999年第2期,第161-166頁;羅新慧《周代天命觀念的發展與興變》,《歷史研究》2012年第5期,第4-18頁。

一爲泛言"周王室大夫"説,見前引《雨無正》毛《序》。

二爲"周王室正大夫"説,見前引宋朱熹《詩集傳》卷十一引元城劉氏語。

三爲"周王室蓺御之臣"説。宋朱熹《詩集傳》十一:"此詩實正大夫離居之後,蓺御之臣所作。"①明鄒忠胤《詩傳闡》卷十八申之曰:"詩人方慨'正大夫離居,莫知我勩',反謂正大夫作乎?曰'曾我蓺御,憯憯日瘁。'其爲蓺御所賦無疑。惜乎不著其名,如家父、孟子之類也。"②

謹按:筆者此從朱《傳》之"周王室蓺御之臣"説。兹補證如下:

次章曰:"正大夫離居,莫知我勩;三事大夫,莫肯夙夜;邦君諸侯,莫肯朝夕。"毛《傳》:"勩,勞也。"鄭《箋》:"正,長也。長官之大夫於王流于彘而皆散處,無復知我民之見罷勞也。王流在外,三公及諸侯隨王而行者,皆無君臣之禮,不肯晨夜朝暮省王也。"③足見鄭《箋》訓"正"爲"長",訓"三事大夫"爲"三公"。清馬瑞辰《毛詩傳箋通釋》卷二十辨之曰:"《周官大宰》'建其正',鄭《注》:'正,謂冢宰、司徒、宗伯、司馬、司寇、司空也。'……左氏襄二十五年《傳》'自六正五吏',杜《注》:'六正,三軍之六卿。'晉時僭立六卿爲六正,則天子六卿本名'六正'可知。……古以三公司天、地、人,爲三事。《白虎通》引《別名記》曰'司徒典民,司空主地,司馬順天'是也。此《箋》以'三事'爲'三公'之義。"④則鄭《箋》以"正大夫"爲"三公",馬氏《毛詩傳箋通釋》以"正大夫"爲"三事大夫"。今考:

據《周禮》記載,周王室有冢宰、司徒、宗伯、司馬、司寇、司空等"天子六卿";又據《禮記·王制》記載,有"天子三公九卿""大國三卿""次國三卿""小國二卿"之説。但西周諸侯設卿,先秦的其他文獻資料均無旁證;降及春秋,諸侯之國始設卿士,如晉、宋、鄭等國有"六卿",當承自西周,僭襲王制。隱二年《春秋》:"(夏五月)無駭帥師入極。……九月,紀裂繻來逆女。"《左傳》:"司空無駭入極,費庈父勝之。……九月,紀裂繻來逆女,卿爲君逆也。"襄二十五年《左傳》:"(夏五月)晉侯(平公)濟自泮,會于夷儀。……齊人以莊公説,使隰鉏請成,慶封如師。男女以班。賂晉侯以宗器、樂器。自六正、五吏、三十帥、三軍之大夫、百官之正長、師旅及處守者皆有賂。"⑤可見,平王時諸侯方國已有卿士之職,但僭立六卿之制,則是後事:晉僭立六卿爲"六正",則天子六卿本名"六正"可知。當然,從周王朝的官制可知,"公卿"爲爵稱而非官名,祇有那些在"卿士寮"與"太史寮"供職

---

① [宋]朱熹撰,夏祖堯點校:《詩集傳》,第155頁。
② [明]鄒忠胤:《詩傳闡》,第726頁。
③ [漢]毛亨傳,[漢]鄭玄箋,[唐]孔穎達等正義:《毛詩正義》,第960頁。
④ [清]馬瑞辰撰,陳金生點校:《毛詩傳箋通釋》,第624-625頁。
⑤ 隱二年《春秋》杜《注》:"無駭,魯卿;極,附庸小國。……裂繻,紀大夫。《傳》曰:'卿爲君逆也。'以别卿自逆也。"《左傳》杜《注》:"魯司徒、司馬、司空,皆卿也。庈父,費伯也。"襄二十五年《左傳》杜《注》:"(六正),三軍之六卿。五吏,文職;三十帥,武職;皆軍卿之屬官。百官正長,群有司也。師旅,小將帥。……處守,守國者。"[晉]杜預注,[唐]孔穎達正義:《春秋左傳正義》,第3730-3731、4308頁。

者方爲官職。① 西周時代建立在宗法制基礎上的貴族宗君制（貴族與君主共政）這一政體，是以其世族世官制及世卿制這一官制爲組織保證來實現的；其中的執政卿士，即所謂三公六卿，則往往是由周王室的幾個强宗大族世襲。② 因此，"正大夫"與"三事大夫"雖然同爲"卿士寮"之臣，均可位居三公；然"正大夫"爲"卿士寮"之執政卿士，官爵比"三事大夫"高，則馬氏說不確。故明何楷《詩經世本古義》卷十八認爲："然謂此詩爲正大夫所作，則詩中明有正大夫'莫知我勩'之語，對彼言'我'，其不作於正大夫明矣。"③

又，關於周王室暬御之臣的身份，《雨無正》毛《傳》："暬御，侍御也。"鄭《箋》："侍御，左右小臣。"④宋王應麟《困學紀聞》卷三申鄭《箋》之説曰："《大雅》之變作於大臣，召穆公、衛武公之類是也；《小雅》之變作於群臣，家父、孟子之類是也；《風》之變也，匹夫匹婦皆得以風刺。"⑤明何楷《詩經世本古義》卷十八亦曰："（王氏說）雖未必盡然，意亦近似。"⑥可見，鄭《箋》泥於"暬"字之解，⑦以爲其爲周王左右之小臣，後人多從之。然朱《傳》以爲毛《序》之"大夫"即周王室"暬御之臣"，清胡承珙《毛詩後箋》卷十九申之曰："此詩自是暬御之臣所作，而《序》云大夫刺幽王，則暬御未必是小臣之稱。……後世侍中、常侍，何嘗非尊官乎？"⑧筆者以爲胡氏《毛詩後箋》説近是。今考：

僞《古文尚書·胤征》："遒人以木鐸徇于路，官師相規，工執藝事以諫。"⑨《國語·周語上》載周卿士邵公（召伯虎、穆公虎）諫厲王曰："故天子聽政，使公卿至於列士獻詩，瞽獻曲，史獻書。"《楚語上》載楚左史倚相謂申公子亹（申公史老）曰："（衛武公）在輿有旅賁之規，位宁有官師之典，倚几有誦訓之諫，居寢有褻御之箴，臨事有瞽史之導，宴居有師工之誦。"⑩《周禮·地官司徒·誦訓》："誦訓，

---

① 詳見：邵炳軍《〈青蠅〉〈賓之初筵〉〈抑〉作者衛武公生平事蹟考論》，《文史》2000年第2輯，第155－164頁。
② 詳見：邵炳軍《周大夫家父〈節南山〉創作時世考論》，《文獻》1999年第2期，第23－41、169頁。
③ [明]何楷撰，李士彪、張丹丹校點：《詩經世本古義》，第1003頁。
④ [漢]毛亨傳，[漢]鄭玄箋，[唐]孔穎達等正義：《毛詩正義》，第960頁。
⑤ [宋]王應麟撰，孫通海校點：《困學紀聞》，第58頁。
⑥ [明]何楷撰，李士彪、張丹丹校點：《詩經世本古義》，第997頁。
⑦ 《説文·日部》："暬，日狎習相嫚也。"段《注》："嫚者，侮易也。……暬與褻音同義異，今則褻行而暬廢矣。"[漢]許慎撰，[清]段玉裁注：《説文解字注》，第308頁。
⑧ [清]胡承珙撰，[清]陳奂補，[清]王先謙輯，郭全芝點校：《毛詩後箋》，第982頁。
⑨ 孔《傳》："官，眾。眾官更相規闕，百工各執其所治技藝以諫，諫失常。"[漢]孔安國傳，[唐]孔穎達等正義：《尚書正義》，第332頁。按：襄十四年《左傳》以"官師"爲大夫，《國語·楚語上》韋《注》以"官師"爲百官之長。
⑩ 《周語上》韋《注》："無目曰瞽。瞽，樂師。曲，樂曲也。史，外史也。《周禮》：'外史掌三皇、五帝之書。'"《楚語上》韋《注》："規，規諫也。旅賁，勇力之士，掌執戈盾，夾車而趨，車止則持輪。中庭之左右謂之位，門屏之間謂之宁。師，長也。典，常也。誦訓，工師所誦之諫，書之於几也。褻，近也。事，戎祀也。瞽，樂太師，掌詔吉凶。史，太史也，掌詔禮事。師，樂師也。工，瞽矇也。誦，謂箴諫時世也。"[三國吳]韋昭注，上海師範大學古籍整理研究所校點：《國語》，第9－10、551頁。

掌道方志，以詔觀事；掌道方慝，以詔辟忌，以知地俗；王巡守，則夾王車。"《夏官司馬·旅賁氏》："旅賁氏，掌執戈盾，夾王車而趨，左八人，右八人，車止則持輪。凡祭祀會同賓客，則服而趨；喪紀，則衰葛執戈盾；軍旅，則介而趨。"①可見，"蓺御"（褻御）與"宮師""蓺""史""誦訓""旅賁"一樣，皆爲周王室之官名；亦可見周王室的蓺御之臣爲周王的親近侍御之臣，其肯定屬於在"太史寮"系統供職的官吏，自然與在"卿士寮"供職的"正大夫""三事大夫"不爲同僚；儘管其未必爲小臣，然絕不可能與"正大夫""三事大夫"爲相同官爵。故朱《傳》認爲《雨無正》作者爲周王室"蓺御之臣"而非"正大夫"，説是。這裏需要强調指出的是，此供職於"太史寮"系統的"蓺御之臣"，當爲攜王余臣的部屬（詳下）。

3.《雨無正》創作年代諸説辨證

關於《雨無正》之創作年代，先哲時賢主要有五説：

一爲"闕疑"説。上博簡《詩論》第八簡："《雨亡（無）政（正）》《卽（節）南山》，……皆言上之衰也，王公恥之。"②宋朱熹《詩集傳》卷十一、戴溪《續吕氏家塾讀詩記》卷二、元許謙《詩集傳名物鈔》卷五、李先芳《讀詩私記》卷四及季旭昇《〈雨無正〉解題》皆同。③

二爲"幽王之世（前781—前771）"説，見前引《雨無正》毛《序》。

三爲"厲王十六年（約前842）之後"説。《詩譜·小大雅譜》："又問曰：《小雅》之臣何也（以）獨無刺厲王？曰：有焉，《十月之交》《雨無正》《小旻》《小宛》之詩是也。漢興之初，師移其第耳。"《雨無正》鄭《箋》："亦當爲刺厲王，王之所下教令甚多而無正也……是時諸侯不朝王，民不堪命，王流于彘，無所安定也……長官之大夫於王流于彘而皆散處，無復知我民之見罷勞也。……王流在外，三公及諸侯隨王而行者皆無君臣之禮，不肯晨夜朝暮省王也。……人見王之失所，庶幾其自改悔而用善人，反出教令復爲惡也。"④三家《詩》義同。

四爲"平王元年（前770）以後"説。宋朱熹《詩集傳》卷十一引或曰："疑此亦東遷後詩也。"⑤

五爲"平王與攜王二王並立時期（前771—前760）"説。李山《詩經的文化精神》："《雨無正》有'曾我蓺御，憯憯日瘁'，可知詩篇作者爲攜王近侍小臣。攜王朝之立，並没有得到社會的支持，詩云：'正大夫離居，莫知我勩（憂勞）。三事大夫（即三公之臣），莫肯夙夜；邦君諸侯，莫肯朝夕。'又云：'維曰予仕，孔棘（危急）

---

① ［漢］鄭玄注，［唐］賈公彦疏：《周禮注疏》，第1610、1837-1838頁。
② 馬承源主編：《上海博物館藏戰國楚竹書》，第1冊，第136頁。
③ 季旭昇：《〈雨無正〉解題》，《古籍整理研究學刊》2002年第3期，第8-15頁。
④ ［漢］毛亨傳，［漢］鄭玄箋，［唐］孔穎達等正義：《毛詩正義》，第863、959-960頁。
⑤ ［宋］朱熹撰，夏祖堯點校：《詩集傳》，第153頁。

且殆(危殆)。云不可使,得罪于天子;亦(如)云可使,怨及朋友。'可見諸侯及王公大臣們對這個小朝廷採取觀望甚至不合作態度。察其原因,恐怕與在西申稱'天王'的平王有關。此詩當與《正月》爲同期作品。"①

謹按:《雨無正》,上博簡《詩論》第八簡作"《雨亡政》",朱《傳》卷十一引劉安世説謂《韓詩》作《雨無極》,僞《子貢詩傳》、僞《申培詩説》並作《雨無其極》。宋范處義《詩補傳》篇目及卷十八詳辨《韓詩》之失,清毛奇齡《詩傳詩説駁義》卷四詳辨僞《子貢詩傳》、僞《申培詩説》之失,皆可參。

又,《詩論》之"王公恥上之衰"説,朱《傳》之"贄御之臣刺正大夫離居"説,②《續吕氏家塾讀詩記》之"刺朝廷之士緘口結舌,引身而去"説,③《詩集傳名物鈔》之"饑饉臣散,不去者責去者"説,④《讀詩私記》之"朋友相責之詞"説,⑤《〈雨無正〉解題》之"老百姓以天下雨不適暗諷君王施政不當"説,詩旨解説雖異,然皆不著作世。對於毛《序》之説,宋朱熹《詩序辨説》卷下駁之曰:"此《序》尤無義理。"⑥

筆者以爲,李氏《詩經的文化精神》"平王與攜王二王並立時期"説近是。

4.《雨無正》創作年代考論

我們認爲,《雨無正》爲平王時所作西都之雅,即平王東遷雒邑以前之作。其理由有三:

(1)該詩作於周幽王驪山之難以後

次章曰:"周宗既滅,靡所止戾。"毛《傳》:"戾,定也。"鄭《箋》:"周宗,鎬京也。是時諸侯不朝王,民不堪命,王流于彘,無所安定也。"⑦

謹按:"周宗",鄭《箋》訓爲"鎬京"。後世訓之者,主要有以下五説:

一爲"姬姓之宗"説,即指代周王室之大宗——周天子。比如,宋蘇轍《詩集傳》卷十一:"周宗,姬姓之宗也。"⑧吕祖謙《吕氏家塾讀詩記》卷二十引范氏曰:"周宗者,周爲天下之宗也。"⑨

二爲"族姓"説,即指代姬姓。比如,宋朱熹《詩集傳》卷十一曰:"宗,族姓也。……言將有易姓之禍。"⑩

---

① 李山:《詩經的文化精神》,第226頁。
② [宋]朱熹撰,夏祖堯點校:《詩集傳》,第153-155頁。
③ [宋]戴溪:《續吕氏家塾讀詩記》,第55頁。
④ [元]許謙:《詩集傳名物鈔》,第186頁。
⑤ [明]李先芳:《讀詩私記》,第873頁。
⑥ [宋]朱熹:《詩序辨説》,第386頁。
⑦ [漢]毛亨傳,[漢]鄭玄箋,[唐]孔穎達等正義:《毛詩正義》,第960頁。
⑧ [宋]蘇轍:《詩集傳》,第108頁。
⑨ [宋]吕祖謙:《吕氏家塾讀詩記》,第49頁。
⑩ [宋]朱熹撰,夏祖堯點校:《詩集傳》,第153頁。

三爲"宗周"説,即指代西周都邑丰京與鎬京。比如,明季本《詩説解頤·正釋》卷十八:"周宗,宗周也。"①

四爲"太子"説,即指代周幽王太子宜臼(周平王)。比如,明朱朝瑛《讀詩略記》卷三:"'周宗既滅',謂廢太子也。"②

五爲"周之宗社"説,即宗廟和社稷,此指代周王室。比如,清傅恒等《詩義折中》卷十二:"周宗,周之宗社也。"③

清馬瑞辰《毛詩傳箋通釋》卷二十辨之曰:"'周宗'與'宗周'有別。……洛邑亦名'宗周'。……'宗周'皆指王室言之。'宗周'亦曰'宗國',……是'周宗'皆謂與周同姓者耳,《詩》不得言周之同姓既滅。……《詩》'周宗'當爲'宗周'傳寫誤倒。"④王先謙《詩三家義集疏》卷十七申之曰:"'周宗'當爲'宗周',傳寫誤倒。《左昭十六年傳》引《詩》正作'宗周既滅',是詩本作'宗周'之證。鄭箋《詩》時所見《毛詩》尚作'宗周',故解作'鎬京',與'赫赫宗周'同;今《箋》作'周宗'者,後人因經誤作'周宗'而併改之也。"⑤

又,"既",毛《傳》、鄭《箋》未釋,孔《疏》引三國魏王肅《毛詩注》:"其道已滅,將無所止定。"⑥説近是。《説文·皂部》:"即,即食也。從皂卪聲。……既,小食也。從皂旡聲。"段《注》:"引伸之義爲盡也、已也。"⑦據甲文、金文字形觀之,其所象爲人已吃飽而掉頭離去之形,故其引申義爲"已經",其義正與"即"相反。⑧則"既"爲表示已然狀態時間副詞。

由此可見,所謂"周宗既滅"者,意即都邑在鎬京之西周王室已然覆亡。而毛《序》所謂"幽王"説則認爲:"周宗既滅",即宗周爲天下所宗,有可宗之道;幽王昏亂,棄其可宗之道,諸侯不朝,謂之既滅,非謂周已滅亡。足見其説之非。

又,宋范處義《詩補傳》卷十八:"'周宗既滅,靡所止戾'者,謂幽王既死於犬戎之禍,宗姓皆流離無有定止。曰'既滅',猶言靡有孑遺,甚之之辭也。"⑨戴溪《續吕氏家塾讀詩記》卷二:"'周宗既滅',言翦除宗室,存者無幾,似爲己言也。"⑩嚴粲《詩緝》卷二十:"周之宗族既滅,將有易姓之禍,天下未有安定也。"⑪

---

① [明]季本:《詩説解頤》,《正釋》卷18,第28頁。
② [明]朱朝瑛:《讀詩略記》,故宮博物院藏四庫全書珍本初集,第253册,第62頁。
③ [清]傅恒等:《御纂詩義折中》,第20頁。按:"宗社",《周禮·春官宗伯·肆師》稱"社宗",《大雅·鳧鷖》鄭《箋》亦同。
④ [清]馬瑞辰撰,陳金生點校:《毛詩傳箋通釋》,第623-624頁。
⑤ [清]王先謙撰,吴格點校:《詩三家義集疏》,第684頁。
⑥ [漢]毛亨傳,[漢]鄭玄箋,[唐]孔穎達等正義:《毛詩正義》,第960頁。
⑦ [漢]許慎撰,[清]段玉裁注:《説文解字注》,第216頁。
⑧ 參見:鄒曉麗《基礎漢字形義釋源》,第131頁。
⑨ [宋]范處義:《詩補傳》,第77頁。
⑩ [宋]戴溪:《續吕氏家塾讀詩記》,第55頁。
⑪ [宋]嚴粲:《詩緝》,第358頁。

范氏、戴氏、嚴氏之説近是。

我們知道,《詩經》的二《雅》、三《頌》作品中,的確表現出強烈的宗天思想。當然,《雅》《頌》作品中的天神稱號還没有定於一尊,如《小雅·雨無正》稱"昊天""旻天",《大雅·雲漢》稱"昊天上帝",《周頌·雝》稱"皇天",《商頌·玄鳥》稱"天""帝"等;但其所表現出的宗教情感思維自然具有一定的現實指向,即周人的宗天思想體現出宗周傾向,在《周頌·時邁》《思文》《魯頌·閟宫》《大雅·文王》《蕩》《大明》《思齊》《小雅·巧言》《雨無正》等作品中便是如此。① 隨着生産力的發展、社會的進步自然會引起人們政治思想的變化,周人的宗天思想、宗周傾向自然會使其將周王室都邑豐鎬乃至西周王室之名以"宗周"代稱之。

可見,持"幽王"説者釋"周宗既滅"爲周道滅而非國滅之説,是牽强附會之論。這一點,連力主《雨無正》作於幽王六年的戴震亦不得不承認:"《雨無正》……其辭有似西周已亡者"(陳子展《詩經直解》引)。② 故該詩必定作於幽王十一年(前771)驪山之難以後。

(2) 該詩作於王子余臣立於攜之後

次章曰:"正大夫離居,莫知我勚。三事大夫,莫肯夙夜。邦君諸侯,莫肯朝夕。庶曰式臧,覆出爲惡。"毛《傳》:"勚,勞也。"鄭《箋》:"正,長也。長官之大夫,於王流于彘而皆散處,無復知我民之見罷勞也。王流在外,三公及諸侯隨王而行者皆無君臣之禮,不肯晨夜朝暮省王也。"③

謹按:次章在總敘"周宗既滅"政治背景之後,便開始分敘"靡所止戾"的具體表現。持"幽王"説者認爲,此爲詩人寫幽王時期的官吏爲自己打算,紛紛逃離宗周,如皇父出居於向等。其説亦非。明季本《詩説解頤·正釋》卷十八辨之曰:"此平王時詩也。周室東遷,平王不能自强於政治,賴衛武公、鄭武公相之,而得以立國。及二公去位既久,王至晚年,失道滋甚。正大夫離居,群臣莫肯供職,其蟄御之臣獨以爲憂,故作此詩以責留者之怠事、去者之棄君。蓋朋友規誨之辭。其憂幽深,其言切直,可以爲忠矣。……此言周既東遷,群臣解體,而王心猶不知用善自懲,乃反出而爲惡,威虐愈甚也。"④筆者以爲季氏以此詩爲平王時詩,説極是;以爲作於東遷之後,且以衛武公、鄭武公爲"正大夫",以群臣爲"三事大夫",説不確。今考:

周幽王八年(前774),鄭桓公爲王室司徒,遂聽從太史伯東遷之謀,寄孥於虢、檜之間(《國語·鄭語》及韋《注》);《十月之交》所述"皇父孔聖,作都于向。擇

---

① 參見:周小兵、王志忠《〈詩經〉宗教現象原論》,《湘潭大學學報》1999年第2期,第63-66頁。
② 陳子展:《詩經直解》,第661頁。
③ [漢]毛亨傳,[漢]鄭玄箋,[唐]孔穎達等正義:《毛詩正義》,第960頁。
④ [明]季本:《詩説解頤》,《正釋》卷18,第27-28頁。

三有事,亶侯多藏。不慭遺一老,俾守我王。擇有車馬,以居徂向"之事,① 其情景、時間與鄭桓公寄帑於虢、檜大致相同。但持幽王説者却忽視了一個重要的歷史事實:據昭二十六年《左傳》載王子朝誥辭、《國語·鄭語》、昭二十六年《左傳》孔《疏》引《竹書紀年》《國語·鄭語》韋《注》、昭二十六年《左傳》杜《注》《史記·周本紀》司馬貞《索隱》,幽王太子宜臼被廢黜後,至遲於幽王八年(前 774)時,已逃離宗周去投靠勢力正强的母舅西申侯;又至遲在幽王九年(前 773)幽王盟諸侯於太室之前,宜臼已被西申侯等諸侯擁立爲天王。② 故幽王十一年(前 771)幽王死於戲之後,王子余臣被虢公翰立於攜,與三年前已在西申國稱"天王"的宜臼成爲兩個針鋒相對的政治集團,形成了兩周之際第三次"二王並立"政治格局。在這次"二王並立"的初期,兩個王權對立的政治集團涇渭分明:站在平王一方的爲申、吕、許等姜姓國及依附申國的繒國和西夷犬戎,僅僅佔有從酈至宗周的渭河以北狹小地帶;而站在攜王一方的有以虢、芮、虞、晉、魯、衛爲首的姬姓諸侯和嬴姓秦國,③他們佔據着華山以北河南、河東及河西部分土地,完全控制了宗周、驪戎通往東都雒邑的交通要道。後來,由於平王改變了對敵對勢力的態度,封秦襄公爲諸侯並賜以岐、豐之地,又與東方的姬姓諸侯實現和解,使晉文侯、衛武公、秦襄公、鄭武公轉而支持平王,使雙方的力量對比發生了根本的變化——平王一方的實力增强,而攜王一方的力量減弱。一直到平王十一年(前 760 年),攜王被晉文侯仇所殺,"二王並立"政治局面終告結束,平王方成一統。④ 可見,正是這一特殊政治環境,才使得"正大夫離居""三事大夫,莫肯夙夜。邦君諸侯,莫肯朝夕"。

特别值得注意的是,詩人對"正大夫""三事大夫""邦君諸侯"等"靡所止戾"之怨憂情緒,就是周人天命觀念由尊天敬神向怨天尤人巨變的具體表現,而導致這一巨變的直接動因便是兩周之際"二王並立"政治格局的出現。因此,這一時期的詩人們在《雨無正》《節南山》《正月》《十月之交》《四月》《小宛》《巧言》《巷伯》《小明》《鼓鍾》《小旻》諸篇中,或反映勞動人民所遭受的痛苦,或揭示貴族階級内部的矛盾,或抒發横遭迫害的下層統治階級的悲憤,從而揭露與抨擊西周末期社會政治的黑暗。故在這一時期詩人們的作品中,表現出了士大夫强烈的憂怨情

---

① 毛《傳》:"皇父甚自謂聖。向,邑也。擇三有事,有司國之三卿,信維貪淫多藏之人也。"[漢]毛亨傳,[漢]鄭玄箋,[唐]孔穎達等正義:《毛詩正義》,第 958 頁。
② 説詳:邵炳軍《周平王奔西申與擁立周平王之申侯》,《貴州文史叢刊》2001 年第 1 期,第 11-19 頁。
③ 吕,在今陝西省渭南市大荔縣羌白鎮、吕曲一帶,東及蒲阪,非位於今河南省南陽市西 30 里吕城之吕國。許,在今渭南市大荔縣東北許原一帶,非位於今許昌市東 30 里許城之許國。酈,在今寶雞市眉縣境内,爲周宣王遷申伯餞行處。事見:《詩·大雅·崧高》。芮,在今渭南市大荔縣東南。虞,在今山西省運城市平陸縣内。參見:《春秋地名考略》卷 9、卷 12、卷 13,《春秋地理考實》卷 1、卷 2。
④ 參見:王雷生《論驪山之役與西周的滅亡》,《人文雜誌》1995 年第 4 期,第 92-97 頁。

緒與犀利的批判精神。儘管有對個人勞苦福祿的不平之怨,而更多的則是對國家的政治衰敗之怨和對統治者的無德之怨。因爲詩人們主要憂患的是民族的命運與國家的興亡,所以他們自然要抒寫自己心中對國破家亡的悲憤之情。① 則該詩作於王子余臣立於攜之後,即幽王十一年(前771)之後。

(3)該詩作於天王宜臼自西申東遷宗周之前

卒章曰:"謂爾遷于王都,曰予未有室家,鼠思泣血,無言不疾。昔爾出居,誰從作爾室?"毛《傳》:"賢者不肯遷于王都也。"鄭《箋》:"王流于彘,正大夫離居,同姓之臣從王,思其友而呼之,謂曰女今可遷居王都,謂彘也。"②

謹按:"爾",毛《傳》訓爲"賢者",《箋》訓爲"厲王",不確。清王先謙《詩三家義集疏》卷十七:"爾何不遷於王之新都……其友,蓋正大夫之等。"③則此訓"爾"爲"正大夫",亦不確。"王都",毛《傳》未釋,鄭《箋》訓爲"彘",《集疏》訓爲"新都",皆失之。今考:

宋范處義《詩補傳》卷十八:"此章言遷于王都,蓋勉其復歸于王所也。"④王質《詩總聞》卷十二:"責不赴王之辭也。曰予未有室家,以室家爲拒人之辭也;無言不稱疾,以疾爲欺人之辭也,言必得妻奉疾而後可行也。勸者不堪其意,而詰之爾。"⑤元劉瑾《詩集傳通釋》卷十一:"詩文四章言:'曾我暬御,憯憯日瘁',固可見其作於暬御之臣矣。但二章首言'周宗既滅',繼言'正大夫離居',卒章又言'謂爾遷于王都,曰予未有室家',似是東遷之際,群臣懼禍者,因以離居,不復隨王同遷于東都,故見於詩詞如此。而《文侯之命》亦曰:'即我御事,罔或耆壽,俊在厥服。'則其驗也。參考《正月》所謂'赫赫宗周,褒姒滅之',及《節南山》'國既卒斬,何用不監'等語,疑此三詩猶皆爲東周之變雅。"⑥宋氏、王氏、劉氏說近是。不過,筆者以爲,此"爾"爲周平王,此"王都"即宗周(鎬京);那麼,詩中所寫供職於"卿士寮"系統的"正大夫""三事大夫"與供職於"太史寮"系統的暬御之臣,均當爲攜王余臣的部屬。

我們知道,在攜王余臣與天王宜臼"二王並立"初期,攜王余臣居於豐鎬以東王畿之攜地(即今陝西省渭南市大荔縣朝邑鎮),天王宜臼居於豐鎬以西之西申國(在今寶雞市眉縣附近),⑦宗周豐鎬之地則爲戎狄所佔(《周本紀》)。戎狄撤

---

① 參見:江逢僧《〈詩經〉大小雅所反映出的社會現實》,《文史哲》1957年第10期,第26-34頁;趙光賢《〈詩經·小雅·十月之交〉作于平王時代說》,《齊魯學刊》1984年第1期,第93-96頁;邊家珍《論"二雅"刺詩對黑暗政治的批判》,《學術交流》1998年第5期,第112-115頁;趙輝《〈雅〉〈頌〉的價值取向與英雄神話》,《中南民族學院學報》1999年第3期,第99-101頁。
② [漢]毛亨傳,[漢]鄭玄箋,[唐]孔穎達等正義:《毛詩正義》,第961頁。
③ [清]王先謙撰,吳格點校:《詩三家義集疏》,第687頁。
④ [宋]范處義:《詩補傳》,第77頁。
⑤ [宋]王質:《詩總聞》,第200頁。
⑥ [元]劉瑾:《詩集傳通釋》,卷11,第32頁。
⑦ 參見:邵炳軍《論周平王所奔西申之地望》,《南京師大學報》2001年第4期,第138-144頁。

出宗周（鎬京）以後，攜王余臣與天王宜臼爲了爭奪周王室王位繼承之正統，自然以奪取西周王都宗周爲首要任務；詩人出於對周幽王立讒人而廢卿士、棄聘后而立内妾、御侏儒而法不昭、幸嬖女而以爲后、立伯服而黜太子以致西周滅亡的積怨（《國語·鄭語》），自然希望居於西申的周平王能够儘快自西申東遷宗周以繼大統。故將文本與時世結合證之，該詩作於幽王十一年（前771）攜王余臣與天王宜臼"二王並立"政治格局形成之後、天王宜臼自西申東遷宗周之前。這裏我們假力主《雨無正》作於"幽王之世"說的兩位學者的觀點來考證。

明何楷《詩經世本古義》卷十八："此與《十月之交》篇同爲一人之作。今以二詩語意參考之，'皇父徂向'，即所謂'正大夫離居'也；'黽勉從事，不敢告勞'，即所謂'莫知我勩'也；'我獨居憂''我獨不敢休'，即所謂'憯憯日瘁'也；'噂沓背憎'，即所謂'巧言如流'也；'四方有羨，我友自逸'，即所謂'俾躬處休'也；'無罪無辜，讒口囂囂'，即所謂'若此無罪，淪胥以鋪'也；至云'謂爾遷于王都''昔爾出居，誰從作爾室'，則其爲刺徹牆屋、擇車馬之事，更復瞭然。蓋是時散處四方、經營私邑者，不獨皇父一人。如番維司徒、家伯冢宰，皆正大夫也；若仲允棸子、蹶楀之流，則所謂三事之大夫'莫肯夙夜'者也；特彼因災異頻仍而作，此因戎饑荐而作，命旨不同耳。凡禍患之來，其徵必先見，則此詩實作于《十月》之後，《毛詩》次第是也。"①何氏關於"此與《十月之交》篇同爲一人之作""此詩實作于《十月》之後"的推斷未必有據，然他從詩文本的分析入手而得出《雨無正》與《十月之交》爲同一時期作品的論斷是可信的。據筆者考證，《十月之交》作於平王三十六年（前735）；②那麽，《雨無正》自然亦爲平王時代的作品無疑。

又，清魏源《詩古微·詩序集義》認爲《雨無正》"爲西都之雅"，其說甚是。我們知道，"二王並立"政治格局的形成，既是西周歷史上前所未有的事情，又是引發驪山之難、導致西周覆滅的導火綫。它不僅説明兩周之際的王權觀念已經發生了重大變化，更重要的是它反映了統治階級的内部矛盾、階級矛盾和民族矛盾達到了白熱化程度。因此，平王自西申東遷宗周以繼大統之後，"外迫戎翟之禍，内畏攜王之逼"（《詩古微·幽王答問》），③其東遷雒邑（地在今河南省洛陽市王城公園一帶）是大勢所趨。

故筆者以爲，《雨無正》的確爲"西都之雅"而非"東都之雅"，當作於平王自鎬京東遷雒邑之前，即平王元年（前770）。④

---

① ［明］何楷撰，李士彪、張丹丹校點：《詩經世本古義》，第997頁。
② 説詳：邵炳軍《春秋文學繫年輯證》，第118頁。
③ ［清］魏源撰，何慎怡等點校：《詩古微》，第797、564頁。
④ 説詳：邵炳軍《〈詩·小雅·雨無正〉篇名、作者、作時探微》，《上海大學學報》2003年第2期，第9-13頁。

二、《小旻》——攜王大夫刺攜王斗筲用事之作

1. 《小旻》創作年代諸説辨證

關於《小旻》之創作年代,先哲時賢主要有五説:

一爲"闕疑"説。上博簡《詩論》第八簡:"《少(小)旻》多疑＝(疑矣),言不中志者也。"①漢桓寬《鹽鐵論·復古》,宋王質《詩總聞》卷十二、朱熹《詩集傳》卷十二,明季本《詩説解頤·正釋》卷十九,清傅恒等《御纂詩義折中》卷十三、范家相《詩瀋》卷十三皆同,僞《子貢詩傳》闕文。

二爲泛言"幽王之世(前781—前771)"説。毛《序》:"《小旻》,大夫刺幽王也。"②

三爲"厲王之世(約前857—前842)"説。《小旻》鄭《箋》:"所刺列於《十月之交》《雨無正》爲小,故曰《小旻》,亦當爲刺厲王。"③

四爲"平王元年至十一年(前770—前760)之間"説。李山《詩經的文化精神》:"《小旻》着重描述了攜王朝斗筲用事、治亂乏策的現實。"④

五爲"幽王元年(前781)"説。晁福林《上博簡〈詩論〉"〈小旻〉多疑"釋義》:"愚以爲此詩應當產生於幽王繼位初年,此時王朝矛盾集中於立太子的問題上。"⑤

謹按:《詩論》之"多疑心"説,《鹽鐵論》之"詩人刺不通於王道而善爲權利者"説,⑥《詩總聞》之"詩人親歷危事"説,⑦朱《傳》之"大夫刺王惑邪謀不能從善"説,⑧《詩説解頤·正釋》之"在位大夫之不得行其志者憂而作此詩"説,⑨《御纂詩義折中》之"詩人憂世"説,⑩《詩瀋》之"惡小人邪謀亂國將以致難"説,⑪詩旨解説雖異,然皆不著作世。

筆者此從李氏《詩經的文化精神》"平王元年至十一年之間"説。

---

① 馬承源主編:《上海博物館藏戰國楚竹書》,第1册,第136頁。
② [漢]毛亨傳,[漢]鄭玄箋,[唐]孔穎達等正義:《毛詩正義》,第962頁。按:[宋]朱熹《詩序辨説》無説。
③ [漢]毛亨傳,[漢]鄭玄箋,[唐]孔穎達等正義:《毛詩正義》,第962頁。
④ 李山:《詩經的文化精神》,第226頁。
⑤ 晁福林:《上博簡〈詩論〉"〈小旻〉多疑"釋義》,《鄭州大學學報》2002年第5期,第56頁。按:晁氏《論平王東遷》認爲,《小旻》作於幽王在位的後期,與本文觀點略異。
⑥ [漢]桓寬撰,王利器校注:《鹽鐵論校注》,第79頁。
⑦ [宋]王質:《詩總聞》,第203頁。
⑧ [宋]朱熹撰,夏祖堯點校:《詩集傳》,第156-157頁。
⑨ [明]季本:《詩説解頤》,《正釋》卷19,第1頁。
⑩ [清]傅恒等:《御纂詩義折中》,第12頁。
⑪ [清]范家相:《詩瀋》,國家圖書館藏清乾隆三十九年(1774)古趣亭刻本。

2.《小旻》作於"平王元年至十一年之間"説補證

(1)《小旻》與《正月》《十月之交》《雨無正》《小宛》當爲一人一時之作

《小旻》孔《疏》:"《十月之交》言日月告凶、權臣亂政,《雨無正》言宗周壞滅、君臣散離,皆是事之大者。此篇(《小旻》)唯刺謀事邪僻、不任賢者,是其事小於上篇(《雨無正》),與上别篇,所以得相比者。此四篇(包括《小宛》)文體相類,是一人之作。故得自相比校,爲之立名也。毛氏雖幽、厲不同,其名篇之意或亦然之。"①孔氏從内容相關、文體相類、篇名相對三方面看到了《十月之交》《雨無正》《小旻》《小宛》4篇皆爲一人一時所作,真可謂眼光敏鋭。繼孔《疏》以後,清阮元《揅經室集·詩十月之交四篇屬幽王説》進一步考證出《正月》《十月之交》《雨無正》《小旻》4篇皆爲蟄御大夫一人所作。②

(2)《小旻》爲"二王並立"時期社會現實之作

首章曰:"旻天疾威,敷于下土。謀猶回遹,何日斯沮?謀臧不從,不臧覆用。我視謀猶,亦孔之邛。"毛《傳》:"敷,布也。回,邪;遹,辟;沮,壞也。邛,病也。"鄭《箋》:"旻天之德,疾王者以刑罰威恐萬民,其政教乃布於下土。言天下徧知。猶,道;沮,止也。今王謀爲政之道,回辟不循旻天之德已甚矣,心猶不悛,何日此惡將止。臧,善也。謀之善者不從,其不善者反用之。我視王謀爲政之道,亦甚病天下。"③

謹按:宋王質《詩總聞》卷十二:"此詩多及'謀',猶當是與圖事者,君子之言不用,小人之言是從。故君子爲憂。"④明鄒忠胤《詩傳闡》卷十八:"《小旻》作於幽王之世,與《召旻》相表裏。彼云'潰潰回遹,靖夷我邦',此'謀猶回遹'所自來也。《國語》史伯策周之必弊,謂其棄和而與剸同,猶之聲一無聽、色一無文、味一無果、物一不講,此正所謂舍'臧'而用'不臧'者。"⑤則首章總言當時國策之非。⑥

次章曰:"潝潝訿訿,亦孔之哀。謀之其臧,則具是違。謀之不臧,則具是依。我視謀猶,伊于胡厎。"毛《傳》:"潝潝然患其上,訿訿然思不稱乎上。"鄭《箋》:"臣不事君,亂之階也,甚可哀也。于,往;厎,至也。謀之善者,俱背違之;其不善者,依就之。我視今君臣之謀道,往行之,將何所至乎?言必至於亂。"⑦

---

① [漢]毛亨傳,[漢]鄭玄箋,[唐]孔穎達等正義:《毛詩正義》,第962頁。按:毛《序》:"《小宛》,大夫刺宣王也。"鄭《箋》:"亦當爲刺厲王。"孔《疏》:"毛以作《小宛》詩者,大夫刺幽王也。"[清]阮元《毛詩注疏校勘記》卷12:"閩本、明監本、毛本同,唐石經、小字本、相臺本'宣'作'幽',考文古本同。案:'宣'字誤也。"[漢]毛亨傳,[漢]鄭玄箋,[唐]孔穎達等正義:《毛詩正義》,第969、980頁。
② [清]阮元:《揅經室集》,第8164頁。
③⑦ [漢]毛亨傳,[漢]鄭玄箋,[唐]孔穎達等正義:《毛詩正義》,第962頁。
④ [宋]王質:《詩總聞》,第201頁。
⑤ [明]鄒忠胤:《詩傳闡》,第714頁。
⑥ 參見:陳子展《詩經直解》,第676-680頁。

謹按:《漢書·楚元王傳》載劉向《條災異封事》:"衆小在位而從邪議,歙歙相是而背君子。故其《詩》曰:'歙歙訛訛,亦孔之哀! 謀之其臧,則具是違;謀之不臧,則具是依!'"①宋嚴粲《詩緝》卷二十一:"首章、次章言謀而不能擇也。"②清錢澄之《田間詩學》卷七:"上章指王言,此章指小人言。"③則次章言無正確國策之危害:事前不能辨別國策之善惡,臨事不能決斷國策之依違。

三章曰:"我龜既厭,不我告猶。謀夫孔多,是用不集。發言盈庭,誰敢執其咎? 如匪行邁謀,是用不得于道。"毛《傳》:"猶,道也。集,就也。謀人之國,國危則死之,古之道也。"鄭《箋》:"猶,圖也。卜筮數而瀆龜,龜靈厭之,不復告其所圖之吉凶。言雖得兆占,繇不中。謀事者衆,而非賢者,是非相奪,莫適可從,故所爲不成。謀事者衆,訩訩滿庭,而無敢決、當是非;事若不成,誰云已當其咎責者? 言小人爭知而讓過。匪,非也。君臣之謀事如此,與不行而坐圖遠近,是於道路無進於跬步,何以異乎?"④

謹按:宋嚴粲《詩緝》卷二十一:"三章言謀之非其人也。"⑤清魏源《詩古微·詩序集義》:"'謀夫孔多',莫決國是也。"⑥則三章言國策不定而無人敢於負責之危害。此正反映了攜王朝斗筲用事、治亂乏策的現實。

四章曰:"哀哉爲猶,匪先民是程,匪大猶是經;維邇言是聽,維邇言是争。如彼築室于道謀,是用不潰于成!"毛《傳》:"古曰在昔,昔曰先民。程,法;經,常;猶,道;邇,近也。争爲近言。潰,遂也。"鄭《箋》:"哀哉! 今之君臣謀事不用古人之法、不猶大道之常,而徒聽順近言之同者、争言之異者。言見動輒則泥陷不至於遠也。如當路築室,得人而與之謀,所爲路人之意不同,故不得遂成也。"⑦

謹按:宋范處義《詩補傳》卷十八:"詩人言不甚之之辭也。語曰:'作室道旁,三年不成。'蓋本諸此。"⑧嚴粲《詩緝》卷二十一:"四章言謀而不能斷也。"⑨則四章言決定國策無遠見,但憑淺近之言,必無成功之望。可見,"國雖靡至"的原因正是朝中無能臣,纔致使攜王斗筲用事、治亂乏策,則此詩所寫當爲扶持攜王余臣的虢公翰死去後的情景。

五章曰:"國雖靡止,或聖或否。民雖靡膴,或哲或謀,或肅或艾。如彼泉流,無淪胥以敗!"毛《傳》:"靡止,言小也。人有通聖者、有不能者;亦有明哲者、有聰

---

① [漢]班固撰,[唐]顔師古注,傅東華等點校:《漢書》,第1934-1935頁。
② [宋]嚴粲:《詩緝》,第361頁。
③ [清]錢澄之撰,朱一清校點:《田間詩學》,第524頁。
④ [漢]毛亨傳,[漢]鄭玄箋,[唐]孔穎達等正義:《毛詩正義》,第962-963頁。
⑤ [宋]嚴粲:《詩緝》,第362頁。
⑥ [清]魏源撰,何慎怡等點校:《詩古微》,第797頁。
⑦ [漢]毛亨傳,[漢]鄭玄箋,[唐]孔穎達等正義:《毛詩正義》,第963頁。
⑧ [宋]范處義:《詩補傳》,第78頁。
⑨ [宋]嚴粲:《詩緝》,第363頁。

謀者。艾,治也。有恭肅者,有治理者。"鄭《箋》:"靡,無;止,禮;膴,法也。言天下諸侯今雖無禮,其心性猶有通聖者、有賢者;民雖無法,其心性猶有智者、有謀者、有肅者、有艾者。王何不擇焉,置之於位而任之爲治乎?《書》曰:'睿作聖,明作哲,聰作謀,恭作肅,從作乂。'詩人之意,欲王敬用五事,以明天道,故云然。"①

謹按:宋嚴粲《詩緝》卷二十一:"五章言賢愚將同受其禍也。"②明季本《詩說解頤·正釋》卷十九:"皆以喪亂之餘言。"③則五章言治國之賢臣難以受到重用。設言即使國小民寡者,亦有才智之士,王可與之決策圖功,莫使共同失敗,暗含何況我王有如此廣土衆民之泱泱大國者。

卒章曰:"不敢暴虎,不敢馮河。人知其一,莫知其他。戰戰兢兢,如臨深淵,如履薄冰。"毛《傳》:"馮,陵也。徒涉曰馮河,徒搏曰暴虎。一,非也。他,不敬小人之危殆也。戰戰,恐也。兢兢,戒也。(如臨深淵)恐墜也。(如履薄冰)恐陷也。"鄭《箋》:"人皆知暴虎、馮河立至之害,而無知當畏慎小人能危亡也。"④

謹按:宋嚴粲《詩緝》卷二十一:"末章言懼禍也。"⑤明孫鑛《批評詩經》卷二:"以上通論謀,皆是實說;惟此章寓言微婉,蓋歎息省戒,以申其惓惓未盡之意。"⑥則卒章以"暴虎""馮河""臨淵""履冰"反復設喻,比喻王或執政無國策,或有國策而不能掌控,暗示攜王終將覆亡之結局。

惜其具體作時不可詳考,姑繫於攜王朝覆亡之年,即周平王十一年(前760)。

可見,《雨無正》屬"西都之雅",當作於攜王初立不久、平王東遷雒邑之前,即平王元年(前770);《小旻》亦屬"西都之雅",當作於攜王初立之後至被弑之前,即平王元年至十一年(前770—前760)之間。

第三節　怨刺平王宜臼與攜王余臣之作

《角弓》爲周大夫刺平王宜臼與攜王余臣兄弟互相殘殺之作,《菀柳》爲攜王近侍之臣中有功者獲罪後所作怨刺詩。此二詩或刺或怨,從不同角度表現出對造成兩周之際第三次"二王並立"政治格局始作俑者的不滿情緒。

---

① ［漢］毛亨傳,［漢］鄭玄箋,［唐］孔穎達等正義:《毛詩正義》,第963頁。
② ［宋］嚴粲:《詩緝》,第363頁。
③ ［明］季本:《詩說解頤》,《正釋》卷19,第2頁。
④ ［漢］毛亨傳,［漢］鄭玄箋,［唐］孔穎達等正義:《毛詩正義》,第964頁。
⑤ ［宋］嚴粲:《詩緝》,第364頁。
⑥ ［明］孫鑛:《批評詩經》,第95頁。

一、《角弓》——周大夫刺攜王與平王兄弟相殘之作

1. 《角弓》創作年代諸說辨證

關於《角弓》之創作年代，先哲時賢主要有五說：

一爲"幽王之世（前 781—前 771）"說。毛《序》："《角弓》，父兄刺幽王也。不親九族而好讒佞，骨肉相怨，故作是詩也。"①

二爲"厲王、幽王之世（約前 857—前 771）"說。《漢書·劉向傳》載劉向《上封事》："幽、厲之際，朝廷不和，轉相非怨。詩人疾而憂之曰：'民之無良，相怨一方。'"②

三爲"闕疑"說。《後漢書·肅宗孝章帝紀》李《注》引《韓詩》："言王者所爲無有善者，各相與於一方而怨之。"③《漢書·杜鄴傳》顏《注》、宋王質《詩總聞》卷十五、戴溪《續吕氏家塾讀詩記》卷二、明季本《詩說解頤·正釋》卷二十一、清傅恒等《御纂詩義折中》卷十五、李光地《詩所》卷五皆同。

四爲"厲王之世（約前 857—前 842）"說。元劉玉汝《詩纘緒》卷十二："此數篇（指《青蠅》《賓之初筵》《抑》《角弓》《菀柳》）固當爲變雅始，而皆厲王時詩矣。""今《大雅》之《抑》既在厲王詩列，而《小雅·賓筵》以下歷《角弓》《菀柳》《都人士》《采綠》四篇而後至《黍苗》爲宣王時美召公之詩，則自《青蠅》《賓筵》至《采綠》皆當爲宣王以前詩矣。"④

五爲"平王元年至十一年（前 770—前 760）之間"說。李山《詩經的文化精神》："《小雅·角弓》和《菀柳》二詩，從其内容上推斷，極有可能作於攜王時期。"⑤

謹按：《韓詩》之"王者無善而相怨"說，劉向《上封事》之"詩人疾而憂之"說，《漢書·杜鄴傳》顏《注》之"刺不親九族"說，⑥《詩總聞》之"勸君子慮後患"說，⑦《續吕氏家塾讀詩記》之"託言百姓而歸過於其君"說，⑧《詩說解頤·正釋》之"君子憂周王不能以身教兄弟而惟驕傲以致其疎遠"說，⑨《御纂詩義折中》之"刺兄

---

① ［漢］毛亨傳，［漢］鄭玄箋，［唐］孔穎達等正義：《毛詩正義》，第 1053 頁。按：［宋］朱熹《詩序辨説》無説。
② ［漢］班固撰，［唐］顏師古注，傅東華等點校：《漢書》，第 1934 頁。
③ ［南朝宋］范曄撰，［唐］李賢等注，宋雲彬等點校：《後漢書》，第 144 頁。
④ ［元］劉玉汝：《詩纘緒》，第 704、706 頁。
⑤ 李山：《詩經的文化精神》，第 226 頁。
⑥ ［漢］班固撰，［唐］顏師古注，傅東華等點校：《漢書》，第 1934、3474 頁。
⑦ ［宋］王質：《詩總聞》，第 245 頁。
⑧ ［宋］戴溪：《續吕氏家塾讀詩記》，第 70 頁。
⑨ ［明］季本：《詩說解頤》，《正釋》卷 21，第 15 頁。

弟不睦"說,①《詩所》之"賢者憂王朝不能敦本厲俗"說,②詩旨解說雖異,然皆不著作世。

又,《杜鄴傳》顏《注》以下諸家,詩旨皆截取毛《序》立說,唯不取其作於周幽王之世說。

筆者此從李氏《詩經的文化精神》"平王元年至十一年"說。

2.《角弓》作於"平王元年至十一年"說補證

首章曰:"騂騂角弓,翩其反矣。兄弟昏姻,無胥遠矣。"毛《傳》:"興也。騂騂,調利也。不善緎檠巧用,則翩然而反。"鄭《箋》:"興者,喻王與九族不以恩禮御待之,則使之多怨也。胥,相也。骨肉之親當相親信,無相疏遠;相疏遠,則以親親之望易以。"③

謹按:宋歐陽修《詩本義》卷九:"其一章言雖骨肉之親,若遇之失其道,則亦怨叛而乖離。"④范處義《詩補傳》卷二十一:"此章言兄弟親族不可相遠也。"⑤嚴粲《詩緝》卷二十四:"王於兄弟同姓之親、昏姻異姓之親,不宜相疏遠如是也。"⑥清方玉潤《詩經原始》卷十二:"詩中無刺讒語,唯疏遠兄弟而親近小人,是此詩大旨。"⑦則同姓爲兄弟,異姓爲昏姻,此連類相及,皆謂兄弟。可見,首章以"騂騂角弓,翩其反矣"這一客觀事象起興,以角弓不可鬆弛,喻兄弟不可疏遠。⑧

次章曰:"爾之遠矣,民胥然矣。爾之教矣,民胥傚矣。"鄭《箋》:"爾,女;女,幽王也。胥,皆也。言王女不親骨肉,則天下之人皆如之。見女之教令無善無惡所尚者,天下之人皆學之。言上之化下,不可不慎。"⑨

謹按:宋范處義《詩補傳》卷二十一:"此章言上不能親睦,則下必化之也。……謂王與兄弟親族相遠,則民必皆然矣。"⑩嚴粲《詩緝》卷二十四:"疏遠親族之人不以骨肉爲念,則親族之人亦皆自相疏遠矣。"⑪明孫鑛《批評詩經》卷二:"少微婉,多切直。然新意新語競出,風骨自高奇。"⑫則次章言王之疏遠兄弟,民亦相互仿效。

又,昭六年《左傳》載晉大夫叔向(羊舌肸)諫晉侯(平公)曰:"楚辟我衷,若何

---

① [清]傅恒等:《御纂詩義折中》,第13頁。
② [清]李光地:《詩所》,第13頁。
③⑨ [漢]毛亨傳,[漢]鄭玄箋,[唐]孔穎達等正義:《毛詩正義》,第1053頁。
④ [宋]歐陽修:《詩本義》,第4頁。
⑤⑩ [宋]范處義:《詩補傳》,第93頁。
⑥⑪ [宋]嚴粲:《詩緝》,第438頁。
⑦ [清]方玉潤撰,李先耕點校:《詩經原始》,第457頁。
⑧ 參見:陳子展《詩經直解》,第816-821頁。
⑫ [明]孫鑛:《批評詩經》,第105頁。

效辟?《詩》曰:'爾之教矣,民胥效矣。'從我而已,焉用效人之辟?"①在"二王並立"時期,幽王之子宜臼與余臣兄弟互相殘殺,不僅爲萬民所知曉,而且亦爲萬民所效仿,諸侯乃至國人自然形成了水火不容的兩大政治營壘。

三章曰:"此令兄弟,綽綽有裕。不令兄弟,交相爲瘉。"毛《傳》:"綽,寬也。裕,饒;瘉,病也。"鄭《箋》:"令,善也。"②

謹按:宋范處義《詩補傳》卷二十一:"此章言民之化上,惟不善者易動;若其善者,固不肯變也。"③明朱朝瑛《讀詩略記》卷四引張元岵(次仲)曰:"民間家和則衣食自足,兄弟操戈未有不至於同盡者。"④則三章言兄弟有心地善良與歹毒之别,或寬宏大量以誠相待,或小肚雞腸而互相嫉恨,然絶不可同室操戈而同歸於盡。

四章曰:"民之無良,相怨一方。受爵不讓,至於巳(已)斯亡。"毛《傳》:"爵禄不以相讓,故怨禍及之。比周而黨愈少,鄙争而名愈辱。"鄭《箋》:"良,善也。民之意不獲,當反責之於身,思彼所以然者而怨之。無善心之人,則徙居一處怨恚之。"⑤

謹按:宋范處義《詩補傳》卷二十一:"此章言不善者之化上,殆有甚焉。"⑥朱熹《詩集傳》卷十四:"相怨者各據其一方耳。若以責人之心責己、愛己之心愛人,使彼己之間交見而無蔽,則豈有相怨者哉?況兄弟相怨相讒、以取爵位而不知遜讓,終亦必亡而已矣。"⑦明鍾惺《評點詩經》卷二:"'相怨'一句,説盡千古人情。'受爵不讓',是'相怨'之根,故'老馬'以下皆承此意。'受爵不讓',不讓則争,争則怨,怨則讒乘之。"⑧清姚際恒《詩經通論》卷十二:"'民之無良,相怨一方','一方'字不必泥。'民'通貴、賤而言,即不令之兄弟也;以疏遠之故,相怨于一處而已。"⑨則四章言心地不善良之兄弟,失意於杯酒之間,責人而不責己。

又,宣二年《左傳》載魯君子曰:"羊斟非人也!以其私憾,敗國殄民,於是刑孰大焉。《詩》所謂'人之無良'者,其羊斟之謂乎?殘民以逞。"⑩《韓詩外傳》卷四載齊卿士管仲(管夷吾)對桓公曰:"《詩》曰:'民之無良,相怨一方。'民皆居一

---

① 杜《注》:"辟,邪也;衷,正也。……《詩》言上教下效。"[晉]杜預注,[唐]孔穎達等正義:《春秋左傳正義》,第 4440 頁。
②⑤ [漢]毛亨傳,[漢]鄭玄箋,[唐]孔穎達等正義:《毛詩正義》,第 1054 頁。
③⑥ [宋]范處義:《詩補傳》,第 93 頁。
④ [明]朱朝瑛:《讀詩略記》,故宫博物院藏四庫全書珍本初集,第 254 册,第 53 頁。按:張次仲,字元岵,著有《待軒詩記》《周易玩辭困學記》《一經堂集》等。此所引《待軒詩記》未見,出處未詳。
⑦ [宋]朱熹撰,夏祖堯點校:《詩集傳》,第 191 頁。
⑧ [明]鍾惺:《評點詩經》,第 223 頁。
⑨ [清]姚際恒撰,顧頡剛點校:《詩經通論》,第 247 頁。
⑩ 杜《注》:"義取不良之人,相怨以亡。"[晉]杜預注,[唐]孔穎達等正義:《春秋左傳正義》,第 4052 頁。

方,而怨其上,不亡者未之有也。"①《説苑·建本》大同。《漢書·杜鄴傳》載鄴説王音曰:"鄴聞人情,恩深者其養謹,愛至者其求詳。夫戚而不見殊,孰能無怨?此《棠棣》《角弓》之詩所爲作也。"②《後漢書·肅宗孝章帝紀》載章帝曰:"上無明天子,下無賢方伯。'人之無良,相怨一方'。斯器亦曷爲來哉?"《桓榮傳》論曰:"若夫一言納賞,志士爲之懷恥;'受爵不讓',風人所以興歌。"③此五引詩皆取"上殘民而民怨上則亡"之義。

又,《焦氏易林·升之需》:"商子無良,相怨一方。引剛交争,咎自以當。"④據《史記·周本紀》,周王室在恭王之後只有懿、孝二王爲兄弟相及,但與此詩無關。故《升之需》引詩以"商子"代"民",則詩所謂"商子"者,當爲"二王並立"時幽王之子宜臼與余臣。故"受爵不讓"之"爵",指代王位。

五章曰:"老馬反爲駒,不顧其後。如食宜饇,如酌孔取。"毛《傳》:"己老矣,而孩童慢之。饇,飽也。"鄭《箋》:"此喻幽王見老人,反侮慢之,遇之如幼稚,不自顧念後至年老,人之遇己亦將然。王如食老者,則宜令之飽;如飲老者,則當孔取。孔取,謂度其所勝多少。凡器之孔,其量大小不同。老者氣力弱,故取義焉。王有族食、族燕之禮。"⑤

謹按:宋范處義《詩補傳》卷二十一:"此章言民既不知相遜,則無復長幼之節。"⑥清姚際恒《詩經通論》卷十二:"取喻多奇。……比也。……此言王寵任小人也。寵任小人,自然疏遠骨肉。'老馬'二句,喻其不勝任也。'如食'二句,喻其貪殘也。"⑦則五章以"老馬反爲駒"爲喻體,取喻多奇,喻義兩用:一喻小人不知優老,將老臣當幼稚使用,讓其挑重擔;二喻小人須知養老,對宗族老者要以禮相待,不宜怠慢。

六章曰:"毋教猱升木,如塗塗附。君子有徽猷,小人與屬。"毛《傳》:"猱,猨屬。塗,泥;附,著也。徽,美也。"鄭《箋》:"毋,禁辭。猱之性善登木,若教使其爲之,必也。附,木桴也。塗之性善著,若以塗附,其著亦必也。以喻人之心,皆有仁義,教之則進。猷,道也。君子有美道,以得聲譽,則小人亦樂與之而自連屬焉。今無良之人相怨,王不教之。"⑧

謹按:宋范處義《詩補傳》卷二十一:"此章言民既不遜矣,王宜改過,親親以

---

① [漢]韓嬰撰,屈守元箋疏:《韓詩外傳箋疏》,第399頁。
② [漢]班固撰,[唐]顔師古注,傅東華等點校:《漢書》,第3473頁。
③ [南朝宋]范曄撰,[唐]李賢等注,宋雲彬等點校:《後漢書》,第144、1254頁。
④ [漢]焦贛:《焦氏易林》,四部叢刊初編影印元刻殘本、烏程蔣氏密韻樓藏元寫本,上海書店1985年版,卷12,第21頁。
⑤ [漢]毛亨傳,[漢]鄭玄箋,[唐]孔穎達等正義:《毛詩正義》,第1054頁。
⑥ [宋]范處義:《詩補傳》,第93頁。
⑦ [清]姚際恒撰,顧頡剛點校:《詩經通論》,第246-247頁。
⑧ [漢]毛亨傳,[漢]鄭玄箋,[唐]孔穎達等正義:《毛詩正義》,第1054-1055頁。

化其薄俗。"①清姚際恒《詩經通論》卷十二："此承第二章'爾教''民傚'而言,謂小人如猱,本善升木,又反教之;塗已污矣,又塗附之,是益增其惡矣。故正言君子若有徽猷,則小人並屬之而爲善矣。"②則六章以"毋教猱升木,如塗塗附"爲喻體,正喻小人之道不可長,宜以善道教人相親爲善;君子切不可既欲人向善,又自壞規矩。言周王應以善行善策教人。

七章曰："雨雪瀌瀌,見晛曰消。莫肯下遺,式居婁驕。"毛《傳》："晛,日氣也。"鄭《箋》："雨雪之盛瀌瀌然,至日將出,其氣始見。人則皆稱曰雪,今消釋矣。喻小人雖多,王若欲興善政,則天下聞之,莫不曰小人今誅滅矣。其所以然者,人心皆樂善,王不啓教之。莫,無也。遺,讀曰隨。式,用也。婁,斂也。今王不以善政啓小人之心,則無肯謙虛以禮相卑下、先人而後己,用此自居處,斂其驕慢之過者。"③

謹按:宋王質《詩總聞》卷十五："言君子亦不善待小人,咎之辭也。"④嚴粲《詩緝》卷二十四："王既信讒,則兄弟之間遂成疑怨。"⑤清馬瑞辰《毛詩傳箋通釋》卷二十三："古者以雪喻小人,以雪之遇日氣而消,喻小人之遇王政之清明而將敗也。"⑥姚際恒《詩經通論》卷十二："雨雪陰凝,喻兄弟疑怨。王若加以恩澤,則疑怨可釋,如雨雪見日而消也。今乃莫肯以恩澤下遺,其居處猶數數驕慢,何哉?"⑦則七章以"雨雪瀌瀌,見晛曰消"爲喻體,反喻小人之驕橫莫制。

卒章曰："雨雪浮浮,見晛曰流。如蠻如髦,我是用憂。"毛《傳》："蠻,南蠻也。髦,夷髦也。"鄭《箋》："今小人之行如夷狄,而王不能變化之,我用是爲大憂也。髦,西夷別名,武王伐紂,其等有八國從焉。"⑧

謹按:宋蘇轍《詩集傳》卷十四："王之視王族,如蠻髦之不相及也。"⑨范處義《詩補傳》卷二十一："此二章以雨雪喻人之讒佞,以見晛喻王之明察。"⑩清胡承珙《毛詩後箋》卷二十二："謂王視骨肉如夷狄然,是詩人之所憂也。"⑪王先謙《詩三家義集疏》卷二十："此詩所陳,皆重在禮義教化,是'如蠻如髦',斥當時國無禮義相維,有如夷狄,通上下言之也。"⑫則卒章以憂傷作結。筆者以爲,詩人所謂"如蠻如髦"者,正與"二王並立"時事相合:宜臼借助西申侯之力,依靠西戎之師,弒父而滅宗周,兄弟相及,互相殘殺,故詩人憂之。

---

①⑩ [宋]范處義:《詩補傳》,第 93 頁。
②⑦ [清]姚際恒撰,顧頡剛點校:《詩經通論》,第 247 頁。
③⑧ [漢]毛亨傳,[漢]鄭玄箋,[唐]孔穎達等正義:《毛詩正義》,第 1055 頁。
④ [宋]王質:《詩總聞》,第 245 頁。
⑤ [宋]嚴粲:《詩緝》,第 439 頁。
⑥ [清]馬瑞辰撰,陳金生點校:《毛詩傳箋通釋》,第 768 頁。
⑨ [宋]蘇轍:《詩集傳》,第 131 頁。
⑪ [清]胡承珙撰,[清]陳奐補,[清]王先謙輯,郭全芝點校:《毛詩後箋》,第 1180 頁。
⑫ [清]王先謙撰,吳格點校:《詩三家義集疏》,第 798 頁。

可見,在詩人筆下,萬民所"胥效"的兄弟,"相怨一方""如蠻如髦",勢不兩立。則《角弓》當作於"二王並立"時期。惜其具體作時不可詳考,姑繫於晉文侯弑攜王之年,即平王十一年(前760)。

二、《菀柳》——攜王侍臣怨己有功却獲罪之作

1. 《菀柳》創作年代諸説辨證

關於《菀柳》之創作年代,先哲時賢主要有五説:

一爲泛言"幽王之世(前781—前771)"説。毛《序》:"《菀柳》,刺幽王也。暴虐無親,而刑罰不中,諸侯皆不欲朝。言王者之不可朝事也。"①

二爲"闕疑"説。宋王質《詩總聞》卷十五:"此當危疑自寬解以待者也。"②朱熹《詩集傳》卷十四、明季本《詩説解頤·正釋》卷二十一、清范家相《詩瀋》卷十四及陳子展《詩經直解》皆同。

三爲"厲王之世(前857—前842)"説,見前引元劉玉汝《詩纘緒》卷十二,僞《子貢詩傳》、僞《申培詩説》皆同。

四爲"幽王八年至十一年(前774—前771)之間"説。清傅恒等《詩義折中》卷十五:"《菀柳》,傷時也。史伯謂鄭伯友曰:'王欲殺太子以成伯服,必求之申,申人不與,必伐之。若伐申,而繒與西戎會以伐周,周不守矣!'是周之將亡,人皆知之。乃避之而不與其謀者,深知其謀之不可與也。君安褒姒,不可去也;太子國本,不可搖也。逆君則亡身,從君則亡國。故忠臣義士,皆束手而莫敢誰何!居以凶矜,亦不獨詩人爲然也。"③

五爲"平王元年至十一年(前770—前760)之間"説。李山《詩經的文化精神》:"《小雅·角弓》和《菀柳》二詩,從其内容上推斷,極有可能作於攜王時期。"④

謹按:《詩總聞》之"危疑自寬解以待者"説,朱《傳》之"刺王者暴虐,諸侯不朝"説,⑤《詩説解頤·正釋》之"養晦以待時"説,⑥《詩瀋》之"刺人主不庇下民"説,⑦《詩經直解》之"諸侯皆不敢朝王"説,⑧詩旨解説雖異,然皆不著其世。

筆者以爲,傅氏等《御纂詩義折中》已注意到此詩與周幽王及天王宜臼"二王並立"之事相關;李氏《詩經的文化精神》則進一步指出此詩作於天王宜臼與攜王

---

① [漢]毛亨傳,[漢]鄭玄箋,[唐]孔穎達等正義:《毛詩正義》,第1056頁。
② [宋]王質:《詩總聞》,第247頁。
③ [清]傅恒等:《御纂詩義折中》,第15頁。
④ 李山:《詩經的文化精神》,第226-227頁。
⑤ [宋]朱熹撰,夏祖堯點校:《詩集傳》,第192-193頁。案:《詩序辨説》無説。
⑥ [明]季本:《詩説解頤》,《正釋》卷21,第17-18頁。
⑦ [清]范家相:《詩瀋》,國家圖書館藏清乾隆三十九年(1774)古趣亭刻本。
⑧ 陳子展:《詩經直解》,第821頁。

余臣"二王並立"之時,即平王元年至十一年之間,其説更確。

2.《菀柳》作於"平王元年至十一年之間"説補證

首章曰:"有菀者柳,不尚息焉。上帝甚蹈,無自暱焉。俾予靖之,後予極焉。"毛《傳》:"興也。菀,茂木也。蹈,動;暱,近也。靖,治;極,至也。"鄭《箋》:"尚,庶幾也。有菀然枝葉茂盛之柳,行路之人豈有不庶幾欲就之止息乎?興者,喻王有盛德,則天下皆庶幾願往朝焉,憂今不然。蹈,讀曰悼。上帝乎者,愬之也。今幽王暴虐,不可以朝事,甚使我心中悼病,是以不從而近之。釋己所以不朝之意。靖,謀;俾,使;極,誅也。假使我朝王,王留我,使我謀政事;王信讒,不察功考績,後反誅放我。是言王刑罰不中,不可朝事也。"①

謹按:"上帝",毛《傳》未釋,鄭《箋》訓爲"幽王",宋朱熹《詩集傳》卷十四:"上帝,指王也。蹈,當作神,言威靈可畏也。"②清姚際恒《詩經通論》卷十二:"'上帝甚蹈',《戰國策》《荀子》作'上天甚神'。古人引《詩》類多字句錯互,學者宜從本書,不必言矣;然其解釋則可以依之。如以'上帝'爲'上天',則上帝指天也。"③筆者以爲,"上帝"本指至高無上之神明,而此則以"上帝"之地位、權勢來影射周王。④

又,"蹈",毛《傳》訓爲"動",鄭《箋》訓爲"悼病",不確。今考:

《韓詩外傳》卷四引《菀柳》"上帝甚蹈"之"蹈"作"慆"。⑤《説文·水部》:"滔,水漫漫大皃。"⑥《廣雅·釋言》:"滔,漫也。"⑦則"蹈""慆"皆爲"滔"之同紐借字,古時通用。昭二十六年《左傳》載齊大夫晏子(晏嬰)所謂"天道不謟"之"謟",昭二十七年《左傳》魯大夫子家子(子家羈)所謂"天命不慆久矣"之"慆",⑧《國語·周語中》載周卿士單子(單超)所謂"無即慆淫"之"慆",⑨《逸周書·鄷謀解》載周武王所謂"帝念不謟"之"謟",⑩皆以"謟""慆"爲"滔"。水大溢出河道曰

---

① [漢]毛亨傳,[漢]鄭玄箋,[唐]孔穎達等正義:《毛詩正義》,第1056頁。
② [宋]朱熹撰,夏祖堯點校:《詩集傳》,第192頁。
③ [清]姚際恒撰,顧頡剛點校:《詩經通論》,第248頁。
④ 參見:蔣立甫《〈詩經〉中"天""帝"名義述考》,《安徽師大學報》1995年第4期,第434-440、474頁。
⑤ [漢]韓嬰撰,屈守元箋疏:《韓詩外傳箋疏》,第414頁。
⑥ [漢]許慎撰,[清]段玉裁注:《説文解字注》,第546頁。
⑦ [三國魏]張揖撰,[清]王念孫疏證,鍾宇訊據嘉慶間(1760—1820)王氏家刻本點校:《廣雅疏證》,中華書局2004年版,第155頁。
⑧ 杜《注》:"謟,疑也。""慆,疑也。"《釋文》:"謟,本又作'慆',他刀反。""慆,他刀反。"[晉]杜預注,[唐]孔穎達等正義:《春秋左傳正義》,第4593、4597頁。
⑨ 韋《注》:"慆,慢也。"[三國吳]韋昭注,上海師範大學古籍整理研究所校點:《國語》,第74頁。
⑩ 孔《注》:"謟,僭也。"[晉]孔晁注,黃懷信、張懋鎔、田旭東集注,黃懷信修訂:《逸周書彙校集注》(修訂本),第301頁。按:"念",盧校作"命",諸家從。

"滔",以此引申出人濫作妄爲亦曰"滔"。①

可見,不論詩人爲"自言"還是"代言",毛《序》所謂"諸侯皆不欲朝"之論並非臆説。

又,宋蘇轍《詩集傳》卷十四:"君子之願庇於王,譬如行道之人無不庶幾息於茂柳者。"②王質《詩總聞》卷十五:"言俟其惡稍息。"③明梁寅《詩演義》卷十四:"言使我安靖王室而往朝之,後必反責備於我矣。"④清錢澄之《田間詩學》卷八:"言此菀然森茂之柳,雖枝葉低垂,行路之人不可尚就以休息乎?喻王室雖卑,天下未嘗不欲宗周,而王自獲怒於上帝也。"⑤魏源《詩古微·小雅答問》:"厲王暴虐剛惡,乃宋康、武乙之流;幽王童昏柔惡,特後漢桓、靈之比。故刺厲之詩,皆欲其收輯人心;刺幽之詩,皆欲其辨佞遠色……徵以厲王諸詩。……一則曰'上帝板板',再則曰'蕩蕩上帝',與此《菀柳》篇'上帝甚神',皆監謗時不敢斥言而託諷之同文也。"⑥胡承珙《毛詩後箋》卷二十二:"其曰'予'者,蓋代諸侯自予。詩中言'我'言'予',多代述之辭。《疏》泥於'予'爲自言。"⑦馬瑞辰《毛詩傳箋通釋》卷二十三:"詩蓋以枯柳之不可止息,興王朝之不可依倚也。"⑧則首章以"有菀者柳,不尚息焉"這一客觀物象起興,反喻朝王將有不測之禍。⑨

次章曰:"有菀者柳,不尚愒焉?上帝甚蹈,無自瘵焉。俾予靖之,後予邁焉。"毛《傳》:"愒,息也。瘵,病也。"鄭《箋》:"瘵,接也。邁,行也,行亦放也。《春秋傳》曰:'予將行之。'"⑩

謹按:明梁寅《詩演義》卷十四:"言朝王則反爲病邁者過也。求之太過,而責之深也。"⑪清錢澄之《田間詩學》卷八:"言使我征伐有功後,將益用之以勤遠也。"⑫姚際恒《詩經通論》卷十二:"興也。"⑬則次章以"有菀者柳,不尚愒焉"這一客觀物象起興,亦反喻朝王將有不測之禍。

卒章曰:"有鳥高飛,亦傅于天。彼人之心,于何其臻?曷予靖之,居以凶矜!"毛《傳》:"曷,害;矜,危也。"鄭《箋》:"傅、臻,皆至也。彼人,斥幽王也。鳥之高飛極至於天耳,幽王之心於何所至乎?言其轉側無常,人不知其所屆。王何爲

---

① 參見:高亨《〈詩經〉續考》,《文史哲》1980 年第 1 期,第 26 - 31 頁。
② [宋]蘇轍:《詩集傳》,第 131 頁。
③ [宋]王質:《詩總聞》,第 246 頁。
④⑪ [明]梁寅:《詩演義》,第 183 頁。
⑤ [清]錢澄之撰,朱一清校點:《田間詩學》,第 636 頁。
⑥ [清]魏源撰,何慎怡等點校:《詩古微》,第 628 - 629 頁。
⑦ [清]胡承珙撰,[清]陳奂補,[清]王先謙輯,郭全芝點校:《毛詩後箋》,第 1180 頁。
⑧ [清]馬瑞辰撰,陳金生點校:《毛詩傳箋通釋》,第 770 頁。
⑨ 參見:陳子展《詩經直解》,第 820 - 821 頁。
⑩ [漢]毛亨傳,[漢]鄭玄箋,[唐]孔穎達等正義:《毛詩正義》,第 1056 頁。
⑫ [清]錢澄之撰,朱一清校點:《田間詩學》,第 637 頁。
⑬ [清]姚際恒撰,顧頡剛點校:《詩經通論》,第 247 頁。

使我謀之,隨而罪我,居我以凶危之地,謂四裔也。"①

謹按:宋蘇轍《詩集傳》卷十四:"鳥之高飛,亦傅于天則止;今王之心,不知其所至,曾飛鳥之不若也。曷爲使我治之,而居我以凶危之地哉?"②王質《詩總聞》卷十五:"言不若高飛而避害也。"③明梁寅《詩演義》卷十四:"言彼人者,不敢斥王,故爲隱辭。"④清錢澄之《田間詩學》卷八:"言王之心無有極也。"⑤姚際恒《詩經通論》卷十二:"喻得淡,妙。……興而比也。"⑥則卒章以"有鳥高飛,亦傅于天"這一客觀物象起興,喻不朝王亦將有不測之禍,暗示既讓我治理政事,又將我置於凶險之地。

又,《雨無正》之次章曰:"三事大夫,莫肯夙夜;邦君諸侯,莫肯朝夕。"《菀柳》之首章則曰:"上帝甚蹈,無自暱焉。俾予靖之,後予極焉。"⑦兩詩所言之情景相類。《雨無正》爲攜王近侍之臣所作,詩人言在攜王與平王"二王並立"之時,攜王之"三事大夫"存有貳心而不肯效命,"邦君諸侯"首鼠兩端亦不來朝;《菀柳》所寫亦爲諸侯、王公大臣不敢、不欲、不願朝王之事,兩詩所寫内容大致相似,祇不過前者寫得更加直白而後者寫得委婉含蓄而已。故明孫鑛《批評詩經》卷二認爲:"語意多峻勁,視他篇,音調又稍别。"⑧吴闓生《詩義會通》認爲:"此乃有功獲罪之臣,作此以自傷悼。"⑨則《菀柳》亦當爲攜王近侍之臣所作;攜王的這位近侍之臣爲有功之臣,因故獲罪後作了這首怨刺詩。⑩

惜其具體作時不可詳考,姑繫於晉文侯弒攜王之年,即平王十一年(前760)。

可見,《小雅·角弓》《菀柳》二詩皆爲"西都之雅",當作於攜王初立之後至被弒之前,即平王元年至十一年(前770—前760)之間。

---

① [漢]毛亨傳,[漢]鄭玄箋,[唐]孔穎達等正義:《毛詩正義》,第 1056 頁。
② [宋]蘇轍:《詩集傳》,第 131 頁。
③ [宋]王質:《詩總聞》,第 246 頁。
④ [明]梁寅:《詩演義》,第 183 頁。
⑤ [清]錢澄之撰,朱一清校點:《田間詩學》,第 637 頁。
⑥ [清]姚際恒撰,顧頡剛點校:《詩經通論》,第 248 頁。
⑦ [漢]毛亨傳,[漢]鄭玄箋,[唐]孔穎達等正義:《毛詩正義》,第 960、1056 頁。
⑧ [明]孫鑛:《批評詩經》,第 105 頁。
⑨ 吴闓生撰,蔣天樞、章培恒校點:《詩義會通》,中西書局 2012 年,第 211 頁。
⑩ 陳子展認爲:"愚謂此詩風格近似歌謠,其亦出自民間歌手。"亦可備一説。詳見:陳子展《詩經直解》,第 821 頁。

第九章
"二王並立"時期其他詩作五篇

在平王宜臼與攜王余臣"二王並立"時期,除上述詩篇之外,尚有平王及王室大夫所作《小雅·正月》《都人士》《魚藻》《四月》《裳裳者華》等 5 篇。

第一節 哀傷西周覆亡之怨刺詩

《正月》爲周大夫刺幽王致使宗周滅亡之作,《四月》爲周大夫哀傷驪山之難之作。此二詩皆以哀傷西周覆亡爲主旨,屬周大夫之怨刺詩。

一、《正月》——周大夫刺幽王使宗周覆亡之作

1.《正月》創作年代諸説辨證

關於《正月》之創作年代,先哲時賢主要有八説:

一爲泛言"幽王之世(前 781—前 771)"説。毛《序》:"《正月》,大夫刺幽王也。"①清魏源《詩古微》卷十七《詩序集義》申之曰:"《正月》,大夫刺幽王也。怨申后之廢,因代爲申后之詞。"②《通論二雅》説大同。

二爲"平王之世(前 770—前 720)"説。宋朱熹《詩經集傳》卷五引或曰:"此東遷後詩也,時宗周已滅矣,其言褒姒滅之,有監戒之意而無憂懼之情,似亦道已

---

① [漢]毛亨傳,[漢]鄭玄箋,[唐]孔穎達等正義:《毛詩正義》,第 947 頁。按:[宋]朱熹《詩序辨説》無説。
② [清]魏源撰,何慎怡等點校:《詩古微》,第 797 頁。

三爲"闕疑"説。宋王質《詩總聞》卷十二："當是賢者避患去國,具見所懷,與所遇所見者。"②朱熹《詩集傳》卷十一同,僞《子貢詩傳》、僞《申培詩説》亦同。

　　四爲"幽王四年(前 767)"説。明何楷《詩經世本古義》卷十八:"《正月》,大夫刺幽王也。……按:《竹書》紀幽王四年夏六月隕霜,即此詩所謂'正月繁霜'者也。篇中有'不自我先'二語,與《瞻卬》篇同,疑亦爲凡伯所作。"③

　　五爲"幽王八年(前 773)"説。清陳啓源《毛詩稽古編》卷十三:"《國語》:幽王三年,三川震,伯陽父料周之亡不過十年。又,鄭桓公爲周司徒,謀逃死之所,史伯引麜弧之謡、龍漦之讖,決周之必弊,其期不及三稔。然則,周之必亡,而亡周之必爲褒姒,當時有識之士固已明知之,且明言之矣。安在'褒姒滅周'之語,獨不可著之於《詩》乎?況篇中所云'具曰予聖',及旨酒、嘉肴、有屋、有穀等語,顯是荒君亂臣奢縱淫泆、燕雀處堂之態。若犬戎一亂,玉石俱焚,此輩已血化青燐、身膏白刃,尚得以富貴驕人哉?"④

　　六爲"幽王六年(前 775)"説。陳子展《詩經直解》引清戴震曰:"《節南山》《正月》《十月之交》《雨無正》,《序》皆以爲刺幽。據日食爲幽王六年。而其辭有似西周已亡者,蓋猶祖伊之言'天既訖我殷命',殷之即喪云爾。"⑤

　　七爲"幽王六年至八年(前 775—前 773)之間"説。清陳奂《毛詩傳疏》卷十九:"褒姒滅周,莫詳於史伯告鄭桓公語。……考《史記·周本紀》言:幽王三年,王之後宫見褒姒而愛之,生子伯服。是立后當在四、五年間。六年而遭日食之變,大夫作《十月之交》以刺之。至王欲放殺大子,而其傅作《小弁》之詩,自在九年中事。此《傳》但云幽王惑於褒姒,立以爲后,不及放殺大子,則此篇與《十月之交》篇先後同作,總在史伯告桓公八年之前。據傳證史,可以得其歲次矣。然而嬖褒滅周,其兆既成,賢者爲之憂傷而作是詩,其即伯陽父流亞與?"⑥

　　八爲"兩周之際(前 770 前後)"説。翟相君《〈詩經·正月〉的曆法及錯簡》:"據《正月》詩意可知,這是西周王室末年或東周王室初年的詩,當產生於鎬京或洛邑,即今的西安市或洛陽市附近。"⑦

---

①　[宋]朱熹撰:《詩經集傳》,文淵閣四庫全書本,上海古籍出版社 1987 年影印版,經部第 72 册,第 831 頁。按:朱《傳》所引此語,見文淵閣四庫全書本,四部叢刊本略,[元]劉瑾《詩傳通釋》卷 11、[明]何楷《詩經世本古義》卷 18、[清]錢澄之《田間詩學》卷 7 並引,與朱《傳》同。
②　[宋]王質:《詩總聞》,第 193 頁。按:"具見所懷",文淵閣四庫全書本作"其道所懷"。
③　[明]何楷撰,李士彪、張丹丹校點:《詩經世本古義》,第 931 頁。
④　[清]陳啓源:《毛詩稽古編》,第 699 頁。按:"幽王三年",《國語·周語上》原作"幽王二年"。
⑤　陳子展《詩經直解》,第 661 頁。按:戴震著有《毛鄭詩考證》《詩經補注》,然此二書皆無此文,未詳陳氏引自戴氏何書,待查。
⑥　[清]陳奂:《毛詩傳疏》,第 4068 頁。
⑦　翟相君:《〈詩經·正月〉的曆法及錯簡》,《漢中師院學報》1986 年第 3 期,第 15 頁。按:翟氏認爲,今本《正月》全詩 13 章,前 8 章爲原詩,後 5 章爲錯簡。可參。

謹按：《詩總聞》之"賢者避患"説，朱《傳》之"大夫傷時"説，①僞《子貢詩傳》之"大夫傷西周喪道"説，②僞《申培詩説》之"大夫傷周室喪亂"説，③詩旨解説略異，然皆不著作世。

又，桓公爲周司徒，據《國語·鄭語》韋《注》，當在幽王八年（前 744）。《國語·鄭語》所載伯陽"凡周存亡，不三稔矣"，④則鄭桓公與周太史伯陽所論正在幽王八年時。此即陳氏《毛詩稽古編》"幽王八年"説之所據。

筆者此從朱《傳》引或曰"平王之世"説。

2.《正月》作於"平王之世"説補證

首章曰："正月繁霜，我心憂傷。民之訛言，亦孔之將。念我獨兮，憂心京京。哀我小心，癙憂以痒。"毛《傳》："正月，夏之四月。繁，多也。將，大也。京京，憂不去也。癙、痒，皆病也。"鄭《箋》："夏之四月，建巳之月。純陽用事而霜多，急恒寒若之異，傷害萬物，故心爲之憂傷。訛，僞也。人以僞言相陷入，使王行酷暴之刑，致此災異。故言亦甚大也。念我獨兮者，言我獨憂此政也。"⑤

謹按："正月繁霜"，周正之正月，即夏正之十一月，此時降霜乃屬正常。毛《傳》、鄭《箋》訓周正之"正月"爲夏正之"四月"者，乃陰陽家言，不足據；古書無以周正之"正月"爲夏正之"四月"者。高亨《詩經今注》："經文與傳文之正均當作四，形似而誤。"⑥則"正"爲"四（三）"之形訛。故"正月繁霜"則當爲周正之"四月繁霜"，亦即夏正之"二月繁霜"。仲春之季多霜，足見天時之反常。

又，"訛言"，《説文·言部》引作"譌言"。"訛"爲"譌"之俗字。

又，"癙""痒"，毛《傳》皆訓爲"病"，説本《爾雅·釋詁》，然意未盡。今考：

《經典釋文·爾雅音義上》引漢犍爲舍人《爾雅注》："癙、癵、瘒、癢，皆心憂懆之病也。"⑦《説文·疒部》："瘍，頭創也。……痒，瘍也。"⑧清馬瑞辰《毛詩傳箋通釋》卷二十："憂與病義本相成，然詩言'癙憂以痒'，痒即爲病，則'癙憂'連言，癙亦當訓憂，不得言癙痒皆病也。"⑨此"癙憂"者，若《小雅·雨無正》卒章"鼠思泣血，無言不疾"之"鼠思"。⑩則"癙"與"鼠"同，"癙憂"即"鼠思"，即今之鬱悶。則"癙憂以痒"者，心靈因鬱悶而受到創傷。

---

① [宋]朱熹撰，夏祖堯點校：《詩集傳》，第 147－150 頁。按：《詩序辨説》無説。
② [明]豐坊：《子貢詩傳》，第 34 頁。
③ [明]豐坊：《申培詩説》，第 44 頁。按：僞《子貢詩傳》"武公"下闕 5 字，後有"賦《懿戒》"3 字。
④ 韋《注》："稔，年也。"[三國吳]韋昭注，上海師範大學古籍整理研究所校點：《國語》，第 519 頁。
⑤ [漢]毛亨傳，[漢]鄭玄箋，[唐]孔穎達等正義：《毛詩正義》，第 947 頁。
⑥ 高亨：《詩經今注》，第 277 頁。
⑦ [唐]陸德明：《經典釋文》，第 1601 頁。
⑧ [漢]許慎撰，[清]段玉裁注：《説文解字注》，第 349 頁。
⑨ [清]馬瑞辰撰，陳金生點校：《毛詩傳箋通釋》，第 600 頁。
⑩ [漢]毛亨傳，[漢]鄭玄箋，[唐]孔穎達等正義：《毛詩正義》，第 961 頁。

又,宋朱熹《詩集傳》卷十一:"賦也。……此詩亦大夫所作。言霜降失節,不以其時,既使我心憂傷矣,而造爲姦僞之言、以惑羣聽者,又方甚大。然衆人莫以爲憂,故我獨憂之,以至於病也。"①明鍾惺《評點詩經》卷二:"念我獨兮,古今亂亡通患。若憂之者衆,則亦不至亂亡矣。"②清惠周惕《詩説》卷下:"訛言興則是非眩,是非眩則邪正淆,邪正淆則讒譖行,讒譖行則禍亂及,必至之勢也。"③則首章言天時不正,人多訛言,觸動詩人深憂孤憤,作爲總冒。④

次章曰:"父母生我,胡俾我瘉?不自我先,不自我後。好言自口,莠言自口。憂心愈愈,是以有侮。"毛《傳》:"父母,謂文武也。我,我天下。瘉,病也。莠,醜也。愈愈,憂懼也。"鄭《箋》:"自,從也。天使父母生我,何故不長遂我,而使我遭此暴虐之政而病?此何不出我之前、居我之後?窮苦之情,苟欲免身。自,從也。此疾訛言之人,善言從女口出,惡言亦從女口出;女口一爾,善也、惡也同出其中,謂其可賤。我心憂政如是,是與訛言者殊塗,故用是見侵侮也。"⑤

謹按:"莠",毛《傳》訓爲"醜",鄭《箋》訓爲"惡",意未盡。今考:

《説文·艸部》:"莠,禾粟下揚生莠也。從艸秀聲,讀若酉。"⑥清馬瑞辰《毛詩傳箋通釋》卷二十:"醜從酉聲,故通借作莠。"⑦則"莠"爲"醜"之借字。

又,宋朱熹《詩集傳》卷十一:"賦也。……疾痛故呼父母,而傷己適丁是時也。訛言之人,虚僞反覆,言之好醜,皆不出於心而但出於口,是以我之憂心益甚,而反見侵侮也。"⑧清姚際恒《詩經通論》卷十:"'好言''莠言',承上'訛言'言之。"⑨則次章自言生不逢時,讒言可懼。

三章曰:"憂心惸惸,念我無祿。民之無辜,并其臣僕。哀我人斯,于何從禄?瞻烏爰止,于誰之屋?"毛《傳》:"惸惸,憂意也。古者有罪不入於刑,則役之圜土以爲臣僕。富人之屋,烏所集也。"鄭《箋》:"無祿者,言不得天祿,自傷值今生也。辜,罪也。人之尊卑有十等,僕第九,臺第十。言王既刑殺無罪,并及其家之賤者,不止於所罪而已。《書》曰:越兹麗刑并制。斯,此;于,於也。哀乎今我民人見遇如此,當於何從得天禄免於是難?視烏集於富人之室,以言今民亦當求明君而歸之。"⑩

----

① [宋]朱熹撰,夏祖堯點校:《詩集傳》,第147頁。
② [明]鍾惺:《評點詩經》,第176頁。
③ [清]惠周惕:《詩説》,叢書集成初編排印清道光間(1821—1850)李錫齡編刻惜陰軒叢書本,中華書局1985年版,第1740册,第22頁。
④ 參見:陳子展《詩經直解》,第654-660頁。
⑤ [漢]毛亨傳,[漢]鄭玄箋,[唐]孔穎達等正義:《毛詩正義》,第947頁。
⑥ 段《注》:"莠,今之狗尾艸。"[漢]許慎撰,[清]段玉裁注:《説文解字注》,第23頁。
⑦ [清]馬瑞辰撰,陳金生點校:《毛詩傳箋通釋》,第601頁。
⑧ [宋]朱熹撰,夏祖堯點校:《詩集傳》,第147-148頁。
⑨ [清]姚際恒撰,顧頡剛點校:《詩經通論》,第207頁。
⑩ [漢]毛亨傳,[漢]鄭玄箋,[唐]孔穎達等正義:《毛詩正義》,第947-948頁。

第九章　"二王並立"時期其他詩作五篇　473

　　謹按："臣僕",毛《傳》訓爲"罪人役之圜土"者,鄭《箋》訓爲"罪人家之賤者",意未盡。今考:
　　清馬瑞辰《毛詩傳箋通釋》卷二十:"古以罪人爲臣僕,《詩》云'并其臣僕',謂使無罪者并爲臣僕,在罪人之列,非謂已爲臣僕又從而罪及之也。"①則"臣僕"即以罪罰没財産之王室奴隸。
　　又,"烏",毛《傳》、鄭《箋》皆以之爲比喻"民人",不確。清張穆《月齋文集》卷一《經説·〈正月〉瞻烏義》:"而《正月》'瞻烏爰止,于誰之屋'二語,尤深切著明。……蓋烏者,周家受命之祥也。……至於幽王之時天變疊見,讒言朋興,大命將墜,故詩人憂之曰:昔我先王受命之赤烏,我瞻四方,不知將復止於誰之屋? 以著天心不饗,周宗將滅也。"②此以"烏"象徵"王室"或"國運",説更勝,故錢鍾書《管錐編》從之。③
　　又,宋朱熹《詩集傳》卷十一:"賦也。……言不幸而遭國之將亡,與此無罪之民,將俱被囚虜而同爲臣僕。未知將復從何人而受禄,如視烏之飛,不知其將止於誰之屋?"④清姚際恒《詩經通論》卷十:"'瞻烏'二句,即前篇'我瞻四方,蹙蹙靡所騁'意。'于何從禄''于誰之屋'相應,猶之興意而倒于下也。"⑤則三章自傷無福,無辜受罪,而王室後患莫測。至此,詩人的憂國憂民之情溢於言表。
　　四章曰:"瞻彼中林,侯薪侯蒸。民今方殆,視天夢夢。既克有定,靡人弗勝。有皇上帝,伊誰云憎?"毛《傳》:"中林,林中也。薪、蒸,言似而非。王者爲亂夢夢然。勝,乘也。皇,君也。"鄭《箋》:"侯,維也。林中大木之處,而維有薪蒸爾。喻朝廷宜有賢者,而但聚小人。方,且也。民今且危亡,視王者所爲反夢夢然,而亂無統理安人之意。王既能有所定,尚復事之小者爾,無人而不勝。言凡人所定,皆勝王也。'伊'讀當爲'繄','繄'猶'是'也。有君上帝者,以情告天也。使王暴虐如是,是憎惡誰乎? 欲天指害其所憎而已。"⑥
　　謹按:"夢夢",《齊詩》《魯詩》皆作"芒芒",毛《傳》、鄭《箋》皆未釋。今考:
　　《爾雅·釋訓》:"夢夢、訰訰,亂也。"⑦《説文·艸部》:"夢,不明也。"⑧《經典釋文·毛詩音義中》引《韓詩》:"夢夢,惡貌也。"⑨清馬瑞辰《毛詩傳箋通釋》卷二十:"不明即亂,義亦相成。'夢'與'芒'一聲之轉。……此詩人念天之降亂,反復

---
① [清]馬瑞辰撰,陳金生點校:《毛詩傳箋通釋》,第601頁。
② [清]張穆《月齋文集》,清代詩文集彙編影印清咸豐八年(1858)祈寯藻刻本,上海古籍出版社2010年版,第616册,第328頁。
③ 錢鍾書:《管錐編》第1册,第139頁。
④ [宋]朱熹撰,夏祖堯點校:《詩集傳》,第148頁。
⑤ [清]姚際恒撰,顧頡剛點校:《詩經通論》,第207頁。
⑥ [漢]毛亨傳,[漢]鄭玄箋,[唐]孔穎達等正義:《毛詩正義》,第948頁。
⑦ 郭《注》:"皆闇亂。"[晉]郭璞注,[宋]邢昺疏:《爾雅注疏》,第5633頁。
⑧ [漢]許慎撰,[清]段玉裁注:《説文解字注》,第315頁。
⑨ [唐]陸德明:《經典釋文》,第309頁。

推測而故作不解之詞。"①則"天夢夢"即"天芒芒",喻天昏暗不明貌。此喻周王昏聵糊塗而不明事理。

又,宋朱熹《詩集傳》卷十一:"興也。……言瞻彼中林,則維薪維蒸,分明可見也。民今方危殆,疾痛號訴於天,而視天反夢夢然,若無意於分別善惡者。然此特值其未定之時耳,及其既定,則未有不爲天所勝者也。夫天豈有所憎而禍之乎? 福善禍淫,亦自然之理而已。"②清姚際恒《詩經通論》卷十:"大議論。興而比也。"③則四章以"瞻彼中林,侯薪侯蒸"這一客觀事象起興,喻禍由天定,不敢怨憎;災由人生,皆王使然。

五章曰:"謂山蓋卑,爲岡爲陵。民之訛言,寧莫之懲。召彼故老,訊之占夢。具曰予聖,誰知烏之雌雄!"毛《傳》:"在位非君子,乃小人也。故老召之訊問也。君臣俱自謂聖也。"鄭《箋》:"此喻爲君子賢者之道,人尚謂之卑,況爲凡庸小人之行。小人在位,曾無欲止,衆民之爲僞言相陷害也。君臣在朝,侮慢元老,召之不問政事,但問占夢。不尚道德,而信徵祥之甚。時君臣賢愚適同,如烏雌雄相似,誰能別異之乎?"④

謹按:"蓋",毛《傳》、鄭《箋》皆未釋。今考:

《爾雅·釋言》:"曷,盍也。"⑤《禮記·檀弓上》鄭《注》:"蓋,皆當爲'盍'。盍,何不也。"⑥清陳奐《毛詩傳疏》卷十九"蓋讀同盍。……'謂山蓋卑',言山何卑也;'謂天蓋高''謂地蓋厚',言天何高、地何厚也。三'蓋'字並與'何'字同義。"⑦馬瑞辰《毛詩傳箋通釋》卷二十:"詩意蓋謂訛言以山爲卑,而其實乃爲高岡、爲高陵,以證其言不實。"⑧則"蓋"即"盍"之借字,與"曷""何"同義,皆爲疑問代詞。

又,宋歐陽修《詩本義》卷七:"此驕昏之主,侮慢老臣之辭也。"⑨朱熹《詩集傳》卷十一:"賦也。……謂山蓋卑,而其實則岡陵之崇也。今民之訛言如此矣,而王猶安然莫之止也。及其詢之故老、訊之占夢,則又皆自以爲聖人,亦誰能別其言之是非乎?"⑩明鍾惺《評點詩經》卷二:"'具曰予聖'二句,直是怕耳。處亂世自應如此。然使人至此,已是亡國之象矣。"⑪則五章言西周初亡,二王並立,

---

① [清]馬瑞辰撰,陳金生點校:《毛詩傳箋通釋》,第602-603頁。
② [宋]朱熹撰,夏祖堯點校:《詩集傳》,第148頁。
③ [清]姚際恒撰,顧頡剛點校:《詩經通論》,第205頁。
④ [漢]毛亨傳,[漢]鄭玄箋,[唐]孔穎達等正義:《毛詩正義》,第949頁。
⑤ [晉]郭璞注,[宋]邢昺疏:《爾雅注疏》,第5620頁。
⑥ [漢]鄭玄注,[唐]孔穎達等正義:《禮記正義》,第2764頁。
⑦ [清]陳奐:《毛詩傳疏》,第4068頁。
⑧ [清]馬瑞辰撰,陳金生點校:《毛詩傳箋通釋》,第603頁。
⑨ [宋]歐陽修:《詩本義》,卷7,第9頁。
⑩ [宋]朱熹撰,夏祖堯點校:《詩集傳》,第148頁。
⑪ [明]鍾惺:《評點詩經》,第177頁。

致使謠言不止、是非不辨,故詩人召集元老與占夢之官詢問之。

六章曰:"謂天蓋高?不敢不局;謂地蓋厚?不敢不蹐。維號斯言,有倫有脊。哀今之人,胡爲虺蜴?"毛《傳》:"局,曲也。蹐,累足也。倫,道;脊,理也。蜴,螈也。"鄭《箋》:"局蹐者,天高而有雷霆,地厚而有陷淪也。此民疾苦王政,上下皆可畏怖之言也。維民號呼而發此言,皆有道理,所以至然者,非徒苟妄爲誣辭。虺蜴之性,見人則走。哀哉今之人,何爲如是?傷時政也。"①

謹按:"蹐",三家詩作"趚",毛《傳》訓爲"累足",意未盡。今考:

《説文·走部》:"趚,側行也。"段《注》:"側行者,謹畏也。"《足部》:"蹐,小步也。"段《注》:"毛《傳》:蹐,絫足也。按:絫、蹐疊韻。絫足者,小步之至也。"②清馬瑞辰《毛詩傳箋通釋》卷二十:"側行亦謹畏貌也。……是趚、蹐二字音義同。……屋卑者宜曲身,今天雖高而不敢不曲者,以言敬也;履薄者宜絫足,今地雖厚而不敢不蹐者,以言慎也。"③則"蹐""趚"音義同,皆指輕腳小步地側身走路,以示小心謹慎而謙恭。

又,"蜴",毛《傳》訓爲"螈";《爾雅·釋魚》:"蠑螈,蜥蜴;蜥蜴,蝘蜓;蝘蜓,守宮也。"④則毛《傳》説本《爾雅》。今考:

漢揚雄《方言》卷八:"守宮,秦晉西夏謂之守宮,或謂之蠦䗁,或謂之蜥易。其在澤中者謂之易蜴。南楚謂之蛇醫,或謂之蠑螈。東齊海岱謂之蛦蝓。北燕謂之祝蜒。桂林之中,守宮大者而能鳴謂之蛤解。"⑤吳陸璣《毛詩草木鳥獸蟲魚疏》卷下曰:"虺蜴,一名蠑螈,蜴也,或謂之蛦蝓,或謂之蛇醫,如蜥蜴,青綠色,大如指,形狀可惡。"⑥則"虺蜴",又作"蜥蜴""蜥易""易蜴",一名"蠑螈",又名"蝘蜓""守宮""蠦䗁""蛇醫""蛦蝓""祝蜒""蛤蚧""蛤解",又稱"火蜥蜴""大鯢",俗稱"娃娃魚",兩棲動物,形狀像蜥蜴,頭扁,表皮粗糙,背面有黑色斑點,腹面紅黃色,四肢短,尾側扁,卵生,有毒,吃小動物。此借指爲非作歹之權臣顯貴。

又,宋朱熹《詩集傳》卷十一:"賦也。……言遭世之亂,天雖高而不敢不局,地雖厚而不敢不蹐。其所號呼而爲此言者,又皆有倫理而可考也。哀今之人,胡爲肆毒以害人,而使之至此乎?"⑦清姚際恒《詩經通論》卷十:"'謂天蓋高'四句,即唐人(孟郊)詩曰'出門即有礙,誰云天地寬'也。此必古語,故承之曰'維號斯

---

① [漢]毛亨傳,[漢]鄭玄箋,[唐]孔穎達等正義:《毛詩正義》,第949頁。
② [漢]許慎撰,[清]段玉裁注:《説文解字注》,第66、83頁。
③ [清]馬瑞辰撰,陳金生點校:《毛詩傳箋通釋》,第604頁。
④ 郭《注》:"轉相解,博異語,別四名也。"[晉]郭璞注,[宋]邢昺疏:《爾雅注疏》,第5744頁。
⑤ 郭《注》:"(蜥易)南陽人又呼蝘蜓。……(蛦蝓)似蜥易而大,有鱗,今所在通言蛇醫耳。……(蛤解)似蛇醫而短,身有鱗采,江東人呼蛤蚧,音領領;汝潁人直名爲蛤。解音懈,誤聲也。"[漢]揚雄撰,[晉]郭璞注,[清]錢繹箋疏,李發舜等點校:《方言箋疏》,第295頁。
⑥ [吳]陸璣:《毛詩草木鳥獸蟲魚疏》,第63頁。
⑦ [宋]朱熹撰,夏祖堯點校:《詩集傳》,第149頁。

言'。'號',去聲,猶名號之號。"①則六章亦言謠言不止、是非莫辨。

七章曰:"瞻彼阪田,有菀其特。天之扤我,如不我克。彼求我則,如不我得。執我仇仇,亦不我力。"毛《傳》:"言朝廷曾無桀臣。扤,動也。仇仇,猶警警也。"鄭《箋》:"阪,田崎嶇墝埆之處,而有菀然茂特之苗。喻賢者在間辟隱居之時。我,我特苗也。天以風雨動搖我,如將不勝我,謂其迅疾也。彼,彼王也。王之始徵求我,如恐不得我,言其禮命之繁多。王既得我執留我,其禮待我警警然,亦不問我在位之功力。言其有貪賢之名,無用賢之實。"②

謹按:"扤",毛《傳》訓爲"動",鄭《箋》訓爲"動搖"。《說文·手部》:"扤,動也。……捖,掔也。"③清馬瑞辰《毛詩傳箋通釋》卷二十:"刐從舟,刐省聲,與兀同音,故扤又借作捖,……又借作刐。"④則"扤"爲"捖"之借字,本義折斷,此引申爲挫折。

又,宋朱熹《詩集傳》卷十一:"興也。……瞻彼阪田,猶有菀然之特,而天之扤我,如恐其不我克,何哉?亦無所歸咎之詞也。夫始而求之以爲法則,惟恐不我得也。及其得之,則又執我堅固如仇讎然,然終亦莫能用也。求之甚艱,而棄之甚易,其無常如此。"⑤清姚際恒《詩經通論》卷十:"六句中用'我'字弄姿。興而比也。"⑥則七章以"瞻彼阪田,有菀其特"這一客觀事象起興,喻己孤特無力而用捨由人。

又,《禮記·緇衣》載孔丘曰::"大人不親其所賢而信其所賤,民是以親失而教是以煩。'《詩》云:'彼求我則,如不我得。執我仇仇,亦不我力。'"⑦此引詩即取"君子懷才不遇"之義。

八章曰:"心之憂矣,如或結之。今茲之正,胡然厲矣。燎之方揚,寧或滅之?赫赫宗周,褒姒威之!"毛《傳》:"厲,惡也。滅之以水也。宗周,鎬京也。褒,國也。姒,姓也。威,滅也。有褒國之女,幽王惑焉,而以爲后,詩人知其必滅周也。"鄭《箋》:"茲,此;正,長也。心憂如有結之者,憂今此之君臣何一然爲惡如是。火田爲燎,燎之方盛之時,炎熾燻怒,寧有能滅息之者?言無有也。以無有喻有之者爲甚也。"⑧

謹按:"寧或滅之"之"寧",毛《傳》、鄭《箋》皆未釋;"褒姒威之"之"威",毛

---

① [清]姚際恒撰,顧頡剛點校:《詩經通論》,第 207 頁。
② [漢]毛亨傳,[漢]鄭玄箋,[唐]孔穎達等正義:《毛詩正義》,第 949 頁。
③ [漢]許慎撰,[清]段玉裁注:《說文解字注》,第 608 頁。
④ [清]馬瑞辰撰,陳金生點校:《毛詩傳箋通釋》,第 606 頁。
⑤ [宋]朱熹撰,夏祖堯點校:《詩集傳》,第 149 頁。
⑥ [清]姚際恒撰,顧頡剛點校:《詩經通論》,第 206 頁。
⑦ 鄭《注》:"《詩》言君始求我,如恐不得我;既得我,持我仇仇然不堅固,亦不力用我,是不親信我也。"[漢]鄭玄注,[唐]孔穎達等正義:《禮記正義》,第 3579 頁。
⑧ [漢]毛亨傳,[漢]鄭玄箋,[唐]孔穎達等正義:《毛詩正義》,第 949-950 頁。

《傳》、鄭《箋》皆訓爲"滅"。清馬瑞辰《毛詩傳箋通釋》卷二十:"寧猶乃也。寧、乃聲之轉,能、乃亦聲之轉,故寧通作能,'能或滅之'猶言'乃或滅之'也,故《傳》曰'滅之以水'。詩意蓋謂燎之方揚,似無有滅之者,而乃或以水滅之,以喻赫赫宗周,似無有滅之者,而一褒姒竟滅之也。"①

又,宋朱熹《詩集傳》卷十一:"賦也。……言我心之憂如結者,爲國政之暴惡故也。燎之方盛之時,則寧有能撲而滅之者乎?然赫赫然之宗周,而一褒姒足以滅之,蓋傷之也。時宗周未滅,以褒姒淫妒讒諂而王惑之,知其必滅周也。"②明孫鑛《批評詩經》卷二:"是深悲極怨之調,新意層出,愈說愈不能盡。"③可見,朱氏、孫氏敏銳地注意到了詩人所寫西周亡國之象,只不過是出於維護毛《傳》、鄭《箋》之説而強爲"未然"之論。《漢書・谷永傳》載谷永《黑龍見對》:"臣聞三代所以隕社稷喪宗廟者,皆由婦人與群惡沉湎於酒。……《詩》云:'燎之方陽,寧或滅之?赫赫宗周,褒姒威之!'"④此引詩正取"褒姒隕社稷喪宗廟"之義。可見,漢儒以爲"褒姒滅之"乃"已滅"之事,實"已然"之態。則八章言幽王寵倖褒姒,終致西周覆亡。

又,昭元年《左傳》載晉大夫叔向(羊舌肸)曰:"彊以克弱而安之,彊不義也。不義而彊,其斃必速。《詩》曰:'赫赫宗周,褒姒滅之。'彊不義也。"⑤此引詩正取"不義而強,其斃必速"之義。

九章曰:"終其永懷,又窘陰雨。其車既載,乃棄爾輔。載輸爾載,將伯助予!"毛《傳》:"窘,困也。大車重載,又棄其輔。將,請;伯,長也。"鄭《箋》:"窘,仍也。終王之所行,其長可憂傷矣,又將仍憂於陰雨。陰雨,喻君有泥陷之難。以車之載物,喻王之任國事也。棄輔,喻遠賢也。輸,墮也。棄女車輔,則墮女之載,乃請長者見助,以言國危而求賢者,已晚矣。"⑥

謹按:"陰雨",鄭《箋》訓爲"喻君有泥陷之難",清陳奐《毛詩傳疏》卷十九訓爲"喻所遭多難"。⑦詩人前謂既已憂傷,此謂又困於陰雨,是爲多難。則《毛詩傳疏》説勝。

又,"輔",毛《傳》、鄭《箋》皆未釋。今考:

《爾雅・釋詁下》:"弼、棐、輔、比,俌也。"⑧《詩・小雅・大東》之六章曰:"雖

---

① [清]馬瑞辰撰,陳金生點校:《毛詩傳箋通釋》,第607頁。
② [宋]朱熹撰,夏祖堯點校:《詩集傳》,第149頁。
③ [明]孫鑛:《批評詩經》,第93頁。
④ 顏《注》:"《小雅・正月》之詩。'威'亦'滅'也,言火燎方熾,寧有能滅之者乎?而宗周之盛,乃爲褒姒所滅,怨其甚也。"[漢]班固撰,[唐]顏師古注,傅東華等點校:《漢書》,第3459頁。
⑤ 杜《注》:"《(詩)》言雖赫赫盛彊,不義,足以滅之。"[晉]杜預注,[唐]孔穎達等正義:《春秋左傳正義》,第4389頁。
⑥ [漢]毛亨傳,[漢]鄭玄箋,[唐]孔穎達等正義:《毛詩正義》,第950頁。
⑦ [清]陳奐:《毛詩傳疏》,第4068頁。
⑧ 郭《注》:"俌,猶'輔'也。"[晉]郭璞注,[宋]邢昺疏:《爾雅注疏》,第5602頁。

則七襄,不成報章。睆彼牽牛,不以服箱。"毛《傳》:"箱,大車之箱也。"鄭《箋》:"牽牛不可用於牝服之箱。"①《方言》卷九:"箱謂之䩝。"②《説文·面部》:"䩱,頰也。"《車部》:"輹,車伏兔也。"③《釋名·釋形體》:"或曰輔車,言其骨强,所以輔持口也;或曰牙車,牙所載也;或曰頷車,頷,含也,口含物之車也;或曰頰車,亦所以載物也;或曰鼸車,鼸鼠之食積於頰,人食似之,故取名也。"④清陳奂《毛詩傳疏》卷十九:"輔者,掩輿之版。……棐與䩝通……大車掩版置諸兩旁,可以任載。今大車既重載矣,而又棄其兩旁之版,則所載必墮。此其顯喻也。……車之有輔,興國之有輔臣。"⑤馬瑞辰《毛詩傳箋通釋》卷二十:"古人言車制者皆不言輔。……惟曾釗云:'輔蓋伏兔別名,輔與兔聲近,故伏兔謂之輔。伏兔,車輹也,形如屐,所以夾持車軸,故輔引申之義亦爲夾持。……蓋夾牙車則從面爲䩱,夾車軸則從車爲輔,義本相近。此詩取喻於輔者,輔爲持軸之物,與賢者佐理同。古擬輔臣於秉軸,即其義矣。'……輹之言僕也;僕,附也。輹、輔、附,聲義正相近耳。"⑥則"輔"與"棐""箱""䩝""䩱""輹"同義,俗稱"伏兔",本指掩車輿之版,此喻國之輔臣。

又,宋朱熹《詩集傳》卷十一:"比也。……君子永思其終,知其必有大難,故曰'終其永懷,又窘陰雨'。王又不虞難之將至,而棄賢臣焉,故曰'乃棄爾輔'。君子求助於未危,故難不至。苟其載之既墮,而後號伯以助予,則無及矣。"⑦清姚際恒《詩經通論》卷十:"'終其永懷',此一句承上起下,謂當深思遠慮也。'又窘陰雨',義連下,謂其車方載,又窘于陰雨之時。'雨'在上,取協韻也。'輔',《左傳》云'輔車相依'是也。'伯',長稱也。"⑧則九章以行車之安危,喻政治之成敗。

十章曰:"無棄爾輔,貟于爾輻。屢顧爾僕,不輸爾載。終踰絶險,曾是不意?"毛《傳》:"貟,益也。"鄭《箋》:"屢,數也。僕,將車者也。顧,猶視也、念也。女不棄車之輔,數顧女僕,終是用踰度陷絶之險,女不曾以是爲意乎?以商事喻治國也。"⑨

謹按:"意",毛《傳》、鄭《箋》皆未釋。清馬瑞辰《毛詩傳箋通釋》卷二十:"意與隱一聲之轉,古通用。……亦揣度之詞。……此詩'曾是不意',謂曾是不測度

---

① [漢]毛亨傳,[漢]鄭玄箋,[唐]孔穎達等正義:《毛詩正義》,第990頁。
② [漢]揚雄撰,[清]錢繹箋疏,李發舜等點校:《方言箋疏》,第314頁。
③ 段《注》:"古多借'輔'爲'䩱'。"[漢]許慎撰,[清]段玉裁注:《説文解字注》,第422、724頁。
④ [漢]劉熙撰,[清]畢沅疏證:《釋名疏證》,第596頁。
⑤ [清]陳奂:《毛詩傳疏》,第4068頁。
⑥ [清]馬瑞辰撰,陳金生點校:《毛詩傳箋通釋》,第607-608頁。
⑦ [宋]朱熹撰,夏祖堯點校:《詩集傳》,第149頁。
⑧ [清]姚際恒撰,顧頡剛點校:《詩經通論》,第207頁。
⑨ [漢]毛亨傳,[漢]鄭玄箋,[唐]孔穎達等正義:《毛詩正義》,第950頁。

之也。……億亦測度之也。"①則"意"與"隱""億"義同，測度之詞。

又，宋朱熹《詩集傳》卷十一："比也。……此承上章，言若能無棄爾輔，以益其輻，而又數數顧視其僕，則不墮爾所載，而踰於絶險，若初不以爲意者。蓋能謹其初，則厥終無難也。"②清姚際恒《詩經通論》卷十："承上純作比意，妙。一往摹神。……'無棄爾輔'，承上'乃棄爾輔'，言有輔既員輻矣。'屢顧'至末一氣讀，皆言其行之迅速而無難也。北人言車，猶南人言舟，大有'風利不得泊'，及'青惜峰、戀，黃知橘、柚'之意，妙絶，妙絶！"③則十章繼九章亦以行車之安危，喻政治之成敗。

十一章曰："魚在于沼，亦匪克樂。潛雖伏矣，亦孔之炤。憂心慘慘，念國之爲虐！"毛《傳》："沼，池也。慘慘，猶戚戚也。"鄭《箋》："池，魚之所樂，而非能樂。其潛伏於淵，又不足以逃，甚炤炤易見。以喻時賢者在朝廷，道不行，無所樂，退而窮處，又無所止也。"④

謹按："潛"，毛《傳》未釋；鄭《箋》訓爲"潛伏"，則"潛""伏"同義動詞相訓，意未明。清陳奐《毛詩傳疏》卷十九曰："潛，深也。伏，伏於淵也。"⑤則"潛"即"深"，乃狀態形容詞，比況"伏"之情狀。

又，"炤"，毛《傳》未釋，鄭《箋》訓爲"炤炤"，意未明。今考：

除本篇之外，《詩經》中與"亦孔之炤"句法類似者，還有《豳風·破斧》《小雅·天保》《十月之交》《小旻》《大雅·卷阿》《桑柔》6篇，凡11例：

《破斧》爲周大夫美周公而惡流言之作，其首章曰："哀我人斯，亦孔之將。"次章曰："哀我人斯，亦孔之嘉。"卒章曰："哀我人斯，亦孔之休。"⑥

《天保》爲周大夫美君能下下以成其政而臣能歸美以報其上之作，其首章曰："天保定爾，亦孔之固。"⑦

《十月之交》爲周大夫刺幽王寵信褒姒以致滅國之作，其首章曰："日有食之，亦孔之醜。……今此下民，亦孔之哀。"卒章曰："悠悠我里，亦孔之痗。"⑧

《小旻》爲攜王大夫刺攜王斗筲用事、治亂乏策之作，其首章曰："我視謀猶，

---

① [清] 馬瑞辰撰，陳金生點校：《毛詩傳箋通釋》，第609頁。
② [宋] 朱熹撰，夏祖堯點校：《詩集傳》，第149－150頁。
③ [清] 姚際恒撰，顧頡剛點校：《詩經通論》，第206－207頁。
④ [漢] 毛亨傳，[漢] 鄭玄箋，[唐] 孔穎達等正義：《毛詩正義》，第950頁。
⑤ [清] 陳奐：《毛詩傳疏》，第4068頁。
⑥ 毛《序》："《破斧》，美周公也。周大夫以惡四國焉。"毛《傳》："將，大也。休，美也。"鄭《箋》："嘉，善也。"[漢] 毛亨傳，[漢] 鄭玄箋，[唐] 孔穎達等正義：《毛詩正義》，第850頁。
⑦ 毛《序》："《天保》，下報上也。君能下下以成其政，臣能歸美以報其上焉。"毛《傳》："固，堅也。"[漢] 毛亨傳，[漢] 鄭玄箋，[唐] 孔穎達等正義：《毛詩正義》，第880頁。
⑧ 毛《傳》："醜，惡也。……痗，病也。"[漢] 毛亨傳，[漢] 鄭玄箋，[唐] 孔穎達等正義：《毛詩正義》，第955－959頁。說詳：邵炳軍《春秋文學繫年輯證》，第118－121頁。

亦孔之邛。"次章曰："讝讝訿訿,亦孔之哀。"①

《卷阿》爲周太保召公奭(康公)戒成王求賢用吉士之作,其三章曰："爾土宇昄章,亦孔之厚矣。"②

《桑柔》爲芮良夫(芮伯)刺厲王之作,其六章曰："如彼遡風,亦孔之僾。"③

在上述六詩中,《破斧》之"將""嘉""休",皆訓爲"美",此指"幸運";《天保》之"固",訓爲"穩定";《十月之交》之"醜"訓爲"不祥","哀"訓爲"可憐","痻"訓爲"憂傷";《小旻》之"邛"訓爲"差","哀"訓爲"可悲";《卷阿》之"厚",訓爲"牢固";《桑柔》之"僾",訓爲"呼吸不順暢"。足見在"亦孔之"之後所附着之詞,皆爲形容詞,由此構成了"亦孔之+形容詞"的固定句式。

由此可見,"亦孔之炤"之"炤",亦當爲形容詞。"炤",《禮記·中庸》引作"昭",則"炤炤"即"昭昭",亦即"明明";"孔之炤",即十分明顯之意。《禮記·中庸》："《詩》云:'潛雖伏矣,亦孔之昭。'故君子内省不疚,無惡於志。"④此引詩正取"明白可見"之義。

又,宋朱熹《詩集傳》卷十一："比也。……魚在于沼,其爲生已蹙矣。其潛雖深,然亦炤然而易見。言禍亂之及,無所逃也。"⑤清姚際恒《詩經通論》卷十："比而賦也。"⑥則十一章以魚潛池沼亦爲人見,暗喻畏禍亦無藏身之所。

十二章曰："彼有旨酒,又有嘉殽。洽比其鄰,昏姻孔云。念我獨兮,憂心慇慇。"毛《傳》："言禮物備也。洽,合;鄰,近;云,旋也。是言王者不能親親以及遠。慇慇然痛也。"鄭《箋》："彼,彼尹氏大師也。云,猶友也。言尹氏富與兄弟相親友爲朋黨也。此賢者孤特自傷也。"⑦

謹按："洽",毛《傳》訓爲"合",僖二十二年、襄二十九年《左傳》引此《詩》皆作"協"。《爾雅·釋詁上》："敆、郃、盍、翕、仇、偶、妃、匹、會,合也。"⑧則毛《傳》説本《爾雅》。《説文·亼部》："合,亼口也。從亼口。"《人部》："佮,合也。"《水部》："洽,霑也。"《劦部》："協,同衆之龢也。"⑨清馬瑞辰《毛詩傳箋通釋》卷二十:

---

① 毛《傳》："邛,病也。"[漢]毛亨傳,[漢]鄭玄箋,[唐]孔穎達等正義:《毛詩正義》,第962頁。説詳:邵炳軍《春秋文學繫年輯證》,第69-70頁。
② 毛《序》:"《卷阿》,召康公戒成王也。言求賢用吉士也。"[漢]毛亨傳,[漢]鄭玄箋,[唐]孔穎達等正義:《毛詩正義》,第1177頁。
③ 毛《傳》:"僾,唈。"[漢]毛亨傳,[漢]鄭玄箋,[唐]孔穎達等正義:《毛詩正義》,第1205頁。
④ 鄭《注》:"昭,明也。言聖人雖隱居,其德亦甚明矣。"[漢]鄭玄注,[唐]孔穎達等正義:《禮記正義》,第3548頁。參見:趙逵夫《西周詩人芮良夫與他的〈桑柔〉》,《第三屆國際詩經研討會論文集》,香港天馬圖書有限公司1998年版,第692-702頁。
⑤ [宋]朱熹撰,夏祖堯點校:《詩集傳》,第150頁。
⑥ [清]姚際恒撰,顧頡剛點校:《詩經通論》,第206頁。
⑦ [漢]毛亨傳,[漢]鄭玄箋,[唐]孔穎達等正義:《毛詩正義》,第950-951頁。
⑧ [晉]郭璞注,[宋]邢昺疏:《爾雅注疏》,第5586頁。
⑨ 《亼部》"合"字段《注》:"各本亼作合,誤。以其形釋其義也。三口相同是爲合,十口相傳是爲古,引伸爲凡回合之偁。"[漢]許慎撰,[清]段玉裁注:《説文解字注》,第222、374、559、701頁。

"《傳》訓'洽'爲'合',蓋以'洽'爲'俖'之假借。……'郃'亦'俖'之借字。"①則"洽"爲"俖"之借字,與"協"義通,皆合力協作之義。

又,宋朱熹《詩集傳》卷十一:"賦也。……言小人得志,有旨酒嘉肴以合比其鄰里、怡懌其婚姻,而我獨憂心至於疾痛也。"②則十二章以小人得志與己之失意對比。

又,僖二十二年《左傳》載周大夫富辰曰:"請召大叔。《詩》曰:'協比其鄰,昏姻孔云。'吾兄弟之不協,焉能怨諸侯之不睦?"襄二十九年《左傳》載鄭卿士子大叔(游吉)曰:"若之何哉!晉國不恤周宗之闕,而夏肄是屏,其棄諸姬,亦可知也已。諸姬是棄,其誰歸是? 吉也聞之:'棄同即異,是謂離德。'《詩》曰:'協比其鄰,昏姻孔云。'晉不鄰矣,其誰云之?"③此二引詩正取"兄弟和協而諸侯和睦"之義。

卒章曰:"佌佌彼有屋,蔌蔌方有穀。民今之無祿,天夭是椓。哿矣富人,哀此惸獨!"毛《傳》:"佌佌,小也。蔌蔌,陋也。君夭之,在位椓之。哿,可;獨,單也。"鄭《箋》:"穀,祿也。此言小人富而寠陋將貴也。民於今而無祿者,天以薦瘥夭殺之,是王者之政又復椓破之。言遇害甚也。此言王政如是,富人已可,惸獨將困也。"④

謹按:"蔌蔌方有穀",《後漢書·蔡邕傳》李《注》:"《詩·小雅》曰:'速速方穀''夭夭是椓'。……言鄙陋小人,將貴而得祿也。夭,殺也。椓,破之也。《韓詩》亦同。"⑤則《毛詩》《韓詩》皆無"有"字。《經典釋文·毛詩音義中》:"蔌蔌,音速,陋也。方穀,本或作'方有穀',非也。"⑥清戴震《毛鄭詩考正》卷二:"蔌蔌方穀。震按:《釋文》云:'本或作方有穀,非也。'考今本並誤增'有'字。當從《釋文》爲正。"⑦陳奐《毛詩傳疏》卷十九:"'方穀'與上'有屋'對文,'方'亦'有'也。"⑧馬瑞辰《毛詩傳箋通釋》卷二十:"詩蓋以'佌佌彼有屋'與'民今之無祿'相對,以'蔌蔌方穀'與'夭夭是椓'相對。"⑨則"蔌蔌方有穀"之"有"爲衍文。

又,宋朱熹《詩集傳》卷十一:"賦也。……佌佌然之小人既已有屋矣,蔌蔌寠陋者又將有穀矣,而民今獨無祿者,是天禍椓喪之爾。亦無所歸怨之詞也。亂至

---

① ⑨ [清]馬瑞辰撰,陳金生點校:《毛詩傳箋通釋》,第610頁。
② [宋]朱熹撰,夏祖堯點校:《詩集傳》,第150頁。
③ 僖二十二年《左傳》杜《注》:"大叔,王子帶。……《詩》言王者爲政,先和協近親,則昏姻甚相歸附也。"[晉]杜預注,[唐]孔穎達等正義:《春秋左傳正義》,第3936、4354—4355頁。
④ [漢]毛亨傳,[漢]鄭玄箋,[唐]孔穎達等正義:《毛詩正義》,第951頁。
⑤ [南朝宋]范曄撰,[唐]李賢等注,宋雲彬等點校:《後漢書》,第1983頁。
⑥ [唐]陸德明:《經典釋文》,第310頁。
⑦ [清]戴震:《毛鄭詩考正》,王先謙刻清經解本,鳳凰出版社2005年影印版,第4冊,第4598頁。
⑧ [清]陳奐:《毛詩傳疏》,第4068頁。

於此,富人猶或可勝,惸獨其矣。"①嚴粲《詩緝》卷二十:"厲王之亂,民之室廬蓄積蕩然矣。宣王勞來還定,於是彼有佌佌然之小屋,方有蔌蔌然之少穀。正望繼其後者愛養培植之,今乃不幸,又逢幽王之亂,是天爲夭蘖以椓害之也。"②明孫鑛《批評詩經》卷二:"前面俱述怨恨,至此乃指出事來。'滅之'二字,點得煞然險峻。此必作未然説,方有味。"③則卒章繼續以他人與自己對比方法抒寫怨憤之情,愈見憂憤之深。

要之,作者在《正月》前8章中皆以"赫赫宗周"覆亡的荒亂景象爲歷史背景,緊緊圍繞"民之訛言"這一主綫來述説個人之憂傷,詩風壓抑,詩情鬱結。④ 詩人作爲一位亡國大夫,飽嘗了國破家亡顛沛流離之苦,真實地再現了"二王並立"、諸侯相伐、犬戎侵淩、社會喪亂、民生凋敝之現實,抒寫了幽王因寵倖褒姒、荒淫無度、小人居位而致使國破家亡之悲情,抒發了自己憂國憂民、自傷孤立無援之哀情,透露出自己憂心如焚、左右爲難之感受。故筆者將此《正月》詩繫於平王宜臼與攜王余臣"二王並立"初年,即平王元年(前770)。⑤

二、《四月》——周大夫哀傷幽王驪山之難之作

1. 《四月》創作年代諸説辨證

關於《四月》之創作年代,先哲時賢主要有七説:

一爲"闕疑"説。《孔叢子·記義》篇載孔子曰:"於《四月》,見孝子之思祭也。"⑥宋吕祖謙《吕氏家塾讀詩記》卷二十一引《韓詩》、王質《詩總聞》卷十三、朱熹《詩集傳》卷十二、戴溪《續吕氏家塾讀詩記》卷二,明李先芳《讀詩私記》卷四,清顧鎮《虞東學詩》卷七、姚際恒《詩經通論》卷十一皆同,僞《申培詩説》亦同,僞《子貢詩傳》闕文。

二爲"幽王之世(前781—前771)"説。毛《序》:"《四月》,大夫刺幽王也。在位貪殘,下國構禍,怨亂並興焉。"⑦

三爲"平王元年(前770)"説。宋葉適《習學記言序目》卷六:"《雨無正》《四

---

① [宋]朱熹撰,夏祖堯點校:《詩集傳》,第150頁。
② [宋]嚴粲:《詩緝》,第352頁。
③ [明]孫鑛:《批評詩經》,第93頁。
④ 參見:趙雨、盧雪松《〈小雅·正月〉疾病名義考》,《詩經研究叢刊》第21輯,學苑出版社2010年版,第55-92頁。
⑤ 説詳:邵炳軍《春秋詩歌〈詩·小雅·正月〉〈雨無正〉〈都人士〉〈魚藻〉創作年代考論》,《廣東社會科學》2012年第1期,第187-194頁。
⑥ 舊題[周]孔鮒:《孔叢子》,第710頁。按:《四月》,上海古籍出版社諸子百家叢書1990年影印杭州葉氏藏明翻宋本作《楚茨》。
⑦ [漢]毛亨傳,[漢]鄭玄箋,[唐]孔穎達等正義:《毛詩正義》,第991頁。按:[宋]朱熹《詩序辨説》無説。

月》二篇,西周既滅、東周未遷以前詩也。"①

四爲"厲王之世(約前857—前842)"說。明何楷《詩經世本古義》卷十六:"《四月》,孝子歎征役而思祭也。《孔叢子》載孔子曰:'於《四月》,見孝子之思祭也。'《韓詩》以爲歎征役也。愚定屬此詩於厲王之世。"②

五爲泛言"西周(約前1066—前771)中葉"說。清趙翼《陔餘叢考》卷二:"'四月維夏,六月徂暑',非周中葉之詩乎?"③

六爲"宣王之世(前827—前782)"說。孫作雲《說〈詩經·大小雅〉同爲西周末年詩》:"《大東》詩若爲周宣王時代的詩,則與《大東》相聯次、內容相近、造句相似的《四月》《北山》《小明》也應該是周宣王時代的詩;而《小明》一詩,措詞又與《采薇》《出車》極相類。"④

七爲"夷王至幽王之世(約前869—前771)"說。劉心予《關於〈詩經〉各篇的年代問題》:"《小旻》《巧言》《北山》《四月》等可能是夷、厲至幽王時的作品。"⑤

謹按:《孔叢子》之"孝子思祭"說,《韓詩》之"歎征役"說,⑥《詩總聞》之"君子爲小人所不容"說,⑦朱《傳》之"遭亂自傷"說,⑧《續呂氏家塾讀詩記》之"大夫遭亂欲遯世"說,⑨僞《申培詩說》之"大夫遭讒流離南國"說,⑩《讀詩私記》之"告哀於先祖以求福"說,⑪《虞東學詩》之"告哀禍"說,⑫《詩經通論》之"歎其無所容身"說,⑬詩旨解說雖異,然皆不著作世。

筆者此從葉氏《習學記言序目》"平王元年"說。

2.《四月》作於"平王元年"說補證

(1)詩歌反映了由敬天畏神向怨天尤人這一天道觀念之重大變革

首章曰:"四月維夏,六月徂暑。先祖匪人,胡寧忍予?"毛《傳》:"徂,往也。六月,火星中暑盛而往矣。"鄭《箋》:"徂,猶始也。四月立夏矣,至六月乃始盛暑。

---

① [宋]葉適:《習學記言序目》,中華書局1977年據清光緒十一年(1885)瑞安黃體芳刻本點校版,第75頁。
② [明]何楷撰,李士彪、張丹丹校點:《詩經世本古義》,第702頁。
③ [清]趙翼:《陔餘叢考》,中華書局1963年據清乾隆五十五年(1790)湛貽堂刊本標點版,第38頁。
④ 孫作雲:《說〈詩經·大小雅〉同爲西周末年詩》,《文史哲》1957年第8期,第12頁。
⑤ 劉心予:《關於〈詩經〉各篇的年代問題》,《廣州師院學報》1987年第2期,第21-28、54頁。
⑥ [宋]呂祖謙:《呂氏家塾讀詩記》,第432頁。
⑦ [宋]王質:《詩總聞》,第218頁。
⑧ [宋]朱熹撰,夏祖堯點校:《詩集傳》,第170頁。
⑨ [宋]戴溪:《續呂氏家塾讀詩記》,第61頁。
⑩ [明]豐坊:《申培詩說》,第45頁。
⑪ [明]李先芳:《讀詩私記》,第875頁。
⑫ [清]顧鎮:《虞東學詩》,國家圖書館藏清光緒十八年(1892)誦芬堂刻本。
⑬ [清]姚際恒撰,顧頡剛點校:《詩經通論》,第224頁。

興人爲惡亦有漸,非一朝一夕。匪,非也。寧,猶曾也。我先祖非人乎?人則當知患難,何爲曾使我當此難世乎?"①

謹按:宋朱熹《詩集傳》卷十二:"言四月維夏,則六月徂暑矣。我先祖豈非人乎?何忍使我遭此禍也。無所歸咎之詞也。"②清王夫之《詩經稗疏》卷二:"其云'匪人'者,猶非他人也。《頍弁》之詩曰:'兄弟匪他',義同此。自我而外,不與己親者,或謂之他,或謂之人,皆疏遠不相及之詞,猶言'父母生我,胡俾我瘉'也。"③姚際恒《詩經通論》卷十一:"'先祖'必先朝之大夫有功于國者,故曰:'先祖非人乎?胡不念之,而忍其子孫如此也!'指王而言。"④清陳奐《毛詩傳疏》卷二十曰:"興者,以喻我周列祖盛德,而至幽王之身,其德就衰矣。"⑤王先謙《詩三家義集疏》卷十八:"此篇爲大夫行役過時,不得歸祭,怨思而作。……蓋四月不反,已爲過時,又歷秋至冬,故作詩以刺。"⑥

又,文十三年《左傳》:"(冬)鄭伯(穆公)與公宴于棐,子家(公子歸生)賦《鴻鴈》。季文子(季孫行父)曰:'寡君未免於此。'文子賦《四月》。"⑦三國魏徐幹《中論·譴交》:"古者行役,過時不反,猶作詩刺怨。故《四月》之篇,稱'先祖匪人,胡寧忍予'?又況無君命而自爲之者乎!"⑧此二引詩皆取"怨刺"之義。

可見,詩人開篇"先祖匪人"一語落地有聲,在世俗中受苦受難的子孫由祀祖、思祖到怨祖,再由怨祖發展到咒祖,表現出反對祖先崇拜的堅定態度。這正是西周末期至春秋初期占卜迷信、敬畏鬼神、祖先崇拜等思想意識開始破裂之重要標誌。而反對祖先崇拜的後果,必然是整個人鬼世界的動搖。

比如,僖十五年《左傳》載晉大夫韓簡(定伯簡)謂惠公曰:"龜,象也;筮,數也。物生而後有象,象而後有滋,滋而後有數。先君之敗德,及可數乎?史蘇是占,勿從何益?《詩》曰:'下民之孽,匪降自天。僔沓背憎,職競由人。'"⑨由此文可知,周襄王八年(前645),秦、晉韓原之戰,晉惠公被俘,而惠公歸咎於其父獻

---

① [漢]毛亨傳,[漢]鄭玄箋,[唐]孔穎達等正義:《毛詩正義》,第992頁。
② [宋]朱熹撰,夏祖堯點校:《詩集傳》,第170頁。
③ [清]王夫之:《詩經稗疏》,船山遺書本,見《船山全書》第3冊,嶽麓書社1988年點校版,第131頁。
④ [清]姚際恒撰,顧頡剛點校:《詩經通論》,第225頁。
⑤ [清]陳奐:《毛詩傳疏》,第4077頁。
⑥ [清]王先謙撰,吳格點校:《詩三家義集疏》,第735頁。
⑦ 杜《注》:"子家,鄭大夫公子歸生也。《鴻鴈》,《詩·小雅》。義取侯伯哀恤鰥寡有征行之勞,言鄭國寡弱,欲使魯侯還晉恤之。……《四月》,《詩·小雅》。義取行役過時,思歸祭祀,不欲復還晉。"孔《疏》:"《四月》,大夫行役之怨詩也。"[晉]杜預注,[唐]孔穎達等正義:《春秋左傳正義》,第4022頁。
⑧ [三國魏]徐幹撰,龔祖培點校:《中論》,第32頁。
⑨ 杜《注》:"言龜以象示,筮以數告,象數相因而生,然後有占。占所以知吉凶,不能變吉凶。故先君敗德,非筮數所生;雖復不從,史蘇不能益禍。《詩·小雅》,言民之有邪惡,非天所降;僔沓面語,背相憎疾,皆人競所主作。因以諷諫惠公有以召此禍也。"[晉]杜預注,[唐]孔穎達等正義:《春秋左傳正義》,第3923頁。

公未聽從史蘇占卜之言所致；但韓簡却以客觀唯物論觀點與無神論思想闡釋此事，其否認龜筮迷信、注重現實人事，並得出人事主要決定於人爲而非神意的結論。

再如，僖二十一年《左傳》載魯大夫臧文仲（臧孫辰）諫僖公曰："非旱備也。脩城郭、貶食、省用、務穡、勸分，此其務也。巫、尫何爲？天欲殺之，則如勿生；若能爲旱，焚之滋甚。"①由此文可知，周襄王十四年（前639）夏，魯大旱，僖公欲焚巫、尫，臧文仲却不信焚巫、尫（女巫）可以致雨的迷信觀念，認爲面對大旱要採取切實的措施以防旱，天旱不雨跟巫、尫不相干，表現出其輕鬼神而重人事的早期樸素無神論思想。

實際上，這些出現在春秋中期滲透着無神論思想的主張，正好發軔於"二王並立"時期天道觀念由敬天畏神向怨天尤人的重大變革階段。

（2）詩歌所反映的思想内容與"二王並立"時期的其他詩篇相一致

我們知道，"二王並立"時期天命思想的變革主要表現在兩方面：

一爲懷疑天、昊天、上帝。

比如，《詩·小雅·節南山》爲周大夫家伯父刺古以鑒今之作，其次章曰："天方薦瘥，喪亂弘多。"三章曰："不吊昊天，不宜空我師。"五章曰："昊天不傭，降此鞠訩。昊天不惠，降此大戾。"六章曰："不吊昊天，亂靡有定。"九章曰："昊天不平，我王不寧。"②詩人在這裏把"天""昊天"看作一個有意志、有知識、能喜能怒、能作威作福的主宰。

再如，《正月》爲周大夫刺幽王使宗周覆亡之作，其四章曰："瞻彼中林，侯薪侯蒸。民今方殆，視天夢夢。既克有定，靡人弗勝。有皇上帝，伊誰云憎？"③詩人在這裏將"民""人""皇（君）"與"天""上帝"對舉而出，同樣賦予"天""上帝"人格神屬性，以"瞻彼中林，侯薪侯蒸"這一客觀事象起興，喻禍由天定，不敢怨憎；災由人生，皆王使然。

又如，《大雅·瞻卬》爲周大夫凡伯刺幽王聽信讒言以滅國之作，其首章曰："瞻卬昊天，則不我惠。孔塡不寧，降此大厲。"卒章曰："藐藐昊天，無不克鞏。無忝皇祖，式救爾後。"④詩人以對蒼天的哀怨開篇，又以對蒼天的哀怨煞尾，來寫

---

① ［晋］杜預注，［唐］孔穎達等正義：《春秋左傳正義》，第3931頁。
② ［漢］毛亨傳，［漢］鄭玄箋，［唐］孔穎達等正義：《毛詩正義》，第944-946頁。説詳：邵炳軍《周大夫家父〈節南山〉創作時世考論》，《文獻》1999年第2期，第23-41、169頁。
③ 毛《傳》："中林，林中也。薪、蒸，言似而非。王者爲亂夢夢然。勝，乘也。皇，君也。"［漢］毛亨傳，［漢］鄭玄箋，［唐］孔穎達等正義：《毛詩正義》，第948頁。説詳：邵炳軍《春秋詩歌〈詩·小雅·正月〉〈雨無正〉〈都人士〉〈魚藻〉創作年代考論》，《廣東社會科學》2012年第1期，第187-194頁。
④ 毛《傳》："昊天，斥王也。塡，久；厲，惡也。"［漢］毛亨傳，［漢］鄭玄箋，［唐］孔穎達等正義：《毛詩正義》，第1244頁。説詳：邵炳軍《周大夫凡伯〈瞻卬〉創作時世考論》，《西北師大學報》2002年第1期，第48-52頁。

亡國之象。

可見，像家伯父和凡伯這樣的王室卿大夫，都敢於公開埋怨"天"之喜怒無常、"天"之作威作福，是西周早中期的作品中所沒有的。

一爲懷疑先王與時王。

比如，《詩·小雅·正月》爲周大夫刺幽王使宗周覆亡之作，其次章曰："父母生我，胡俾我瘉？不自我先，不自我後。……憂心愈愈，是以有侮！"①作者真實地再現了二王並立、諸侯相伐、犬戎侵淩、社會喪亂、民生凋敝的嚴峻現實，抒發了自己憂國憂民、自傷孤立無援的哀矜之情，透露了作者在東遷之後的憂心如焚、左右爲難之感。

再如，《小雅·沔水》爲周大夫憂平王遷雒後王室衰微之作，其首章曰："沔彼流水，朝宗于海。鴥彼飛隼，載飛載止。嗟我兄弟，邦人諸友。莫肯念亂，誰無父母？"②可見，詩人在首章前四句選取了兩個客觀物象："海之朝宗"——流水尚可朝宗於海，"隼之飛止"——飛隼尚且有所止息，以興己之處境不如水與隼，借喻諸侯朝天子；後四句以"邦人諸友"謂諸侯，以"兄弟"謂同姓之臣，以"父母"謂京師——位於王室之天子乃諸侯之父母，言諸侯與同姓卿大夫都懷疑時王而可能不去朝天子了。

又如，《大雅·抑》爲衛武公獻給周平王之誡勉詩，其首章曰："抑抑威儀，維德之隅。人亦有言，靡哲不愚。庶人之愚，亦職維疾；哲人之愚，亦維斯戾。"三章曰："其在于今，興迷亂于政；顛覆厥德，荒湛于酒。"③可見，詩人從敬慎威儀是潛心修德的具體表現角度，強調敬慎威儀的重要性；言周王"荒湛于酒"爲因，而"迷亂于政"爲果，進而抒發"怨天尤人（王）"之情。

可見，詩人們在這一時期創作的詩篇裏，當天降災禍之時，后稷、先祖、皇祖、父母都不能賜子孫以福祿了，祖先神對子孫沒有一點援救。天道觀之變革，自然要動搖傳統的倫理觀念，敬德與孝思的倫理自然要遭受現實的打擊，敬德自然離貴族君子愈遠了。④

由此可知，以懷疑天、昊天、上帝與懷疑先王、時王爲主要內容的天命思想變革，便成爲"二王並立"時期詩歌創作時代風格的重要特徵之一。而《四月》一詩

---

① 毛《傳》："瘉，病也。……愈愈，憂懼也。"［漢］毛亨傳，［漢］鄭玄箋，［唐］孔穎達等正義：《毛詩正義》，第947頁。說詳：邵炳軍《春秋詩歌〈詩·小雅·正月〉〈雨無正〉〈都人士〉〈魚藻〉創作年代考論》，《廣東社會科學》2012年第1期，第187-194頁。

② 毛《傳》："興也。沔，水流滿也。水猶有所朝宗。邦人諸友，謂諸侯也；兄弟，同姓臣也；京師者，諸侯之父母也。"［漢］毛亨傳，［漢］鄭玄箋，［唐］孔穎達等正義：《毛詩正義》，第925頁。說詳：邵炳軍《春秋文學繋年輯證》，第36-37頁。

③ 毛《傳》："抑抑，密也。隅，廉也。靡哲不愚，國有道則知，國無道則愚。職，主；戾，罪也。"［漢］毛亨傳，［漢］鄭玄箋，［唐］孔穎達等正義：《毛詩正義》，第1194-1195頁。說詳：邵炳軍、趙逵夫《衛武公〈抑〉創作時世考論》，《河北師大學報》2000年第1期，第64-67頁。

④ 參見：侯外廬主編《中國思想通史》第1卷，人民出版社1962年版，第119頁。

所反映的天命思想,與這一時期所創作的《節南山》《正月》《瞻卬》《沔水》《抑》等詩篇基本上是相一致的。

(3)"君子作歌,維以告哀",即周大夫哀傷驪山之難

次章曰:"秋日淒淒,百卉具腓。亂離瘼矣,爰其適歸。"毛《傳》:"淒淒,涼風也。卉,草也。腓,病也。離,憂;瘼,病;適,之也。"鄭《箋》:"具,猶皆也。涼風用事而衆草皆病,興貪殘之政行而萬民困病。爰,曰也。今政亂國將有憂病者矣,曰此禍其所之歸乎?言憂病之禍,必自之歸爲亂。"①宋朱熹《詩集傳》卷十二:"秋日淒淒,則百卉具腓矣。亂離瘼矣,則我將何所適歸乎哉?"②宣十二年《左傳》載魯君子曰:"史佚所謂'毋怙亂'者,謂是類也。《詩》曰:'亂離瘼矣,爰其適歸。'歸於怙亂者也夫!"③此正取"歸於怙亂者"之義。則此謂秋日途中,觸景傷時,感歎喪亂離散使萬民無所歸依、困病痛苦。

三章曰:"冬日烈烈,飄風發發。民莫不穀,我獨何害。"鄭《箋》:"烈烈,猶栗烈也。發發,疾貌。言王爲酷虐慘毒之政,如冬日之烈烈矣;其亟急行於天下,如飄風之疾也。穀,養也。民莫不得養其父母者,我獨何故覯此寒苦之害。"④宋朱熹《詩集傳》卷十二:"夏則暑,秋則病,冬則烈,言禍亂日進,無時而息也。"⑤則此謂冬日途中,觸景自傷,感歎酷虐之政使萬民不穀。

四章曰:"山有嘉卉,侯栗侯梅。廢爲殘賊,莫知其尤。"毛《傳》:"廢,忕也。"鄭《箋》:"嘉,善;侯,維也。山有美善之草,生於梅栗之下,人取其實,蹂踐而害之,令不得蕃茂。喻上多賦斂,富人財盡,而弱民興受困窮。尤,過也。言在位者貪殘,爲民之害,無自知其行之過者。言大於惡。"⑥《爾雅·釋詁上》:"……廢、壯、冡、簡、箌、昄、晊、將、業、席,大也。"⑦《文選》卷十五張衡《思玄賦》李《注》:"卉,草木凡名也。"⑧宋朱熹《詩集傳》卷十二:"山有嘉卉,則維栗與梅矣。在位者變爲殘賊,則誰之過哉?"⑨清馬瑞辰《毛詩傳箋通釋》卷二十一:"'獘'與'瘺'同字,……'瘺'與'廢'一聲之轉,毛《傳》訓'廢'爲大,知'廢'即'瘺'之假借也。"⑩則此謂見善草嘉樹被人大爲殘賊,感憤殘毒之政侵暴萬民。

五章曰:"相彼泉水,載清載濁。我日構禍,曷云能穀。"毛《傳》:"構,成;曷,逮也。"鄭《箋》:"相,視也。伐(我)視彼泉水之流,一則清,一則濁。刺諸侯並爲

---

① [漢]毛亨傳,[漢]鄭玄箋,[唐]孔穎達等正義:《毛詩正義》,第992頁。
② [宋]朱熹撰,夏祖堯點校:《詩集傳》,第170頁。
③ 杜《注》:"(史佚)言恃人之亂以要利。……《詩》言禍亂憂病,於何所歸乎?歎之。恃禍,則禍歸之。"[晉]杜預注,[唐]孔穎達等正義:《春秋左傳正義》,第4087-4088頁。
④ [漢]毛亨傳,[漢]鄭玄箋,[唐]孔穎達等正義:《毛詩正義》,第992頁。
⑤⑨ [宋]朱熹撰,夏祖堯點校:《詩集傳》,第170頁。
⑥ [漢]毛亨傳,[漢]鄭玄箋,[唐]孔穎達等正義:《毛詩正義》,第992-993頁。
⑦ [晉]郭璞注,[宋]邢昺疏:《爾雅注疏》,第5584頁。
⑧ [南朝梁]蕭統編,[唐]李善注:《文選》,第218頁。
⑩ [清]馬瑞辰撰,陳金生點校:《毛詩傳箋通釋》,第685頁。

惡,曾無一善。構,猶合集也。曷之言何也。穀,善也。言諸侯日作禍亂之行,何者可謂能善。"①宋朱熹《詩集傳》卷十二:"相彼泉水,猶有時而清、有時而濁;而我乃日日遭害,則曷云能善乎?"②清馬瑞辰《毛詩傳箋通釋》卷二十一:"構者,遘之假借。構禍猶云遇禍也。"③王先謙《詩三家義集疏》卷十八:"泉水本清,受染則濁。喻行役構禍,不能自絜也。"④則此謂泉水自有清濁,感念己行役遭遇此災禍而不能自保。

六章曰:"滔滔江漢,南國之紀。盡瘁以仕,寧莫我有。"毛《傳》:"滔滔,大水貌。其神足以綱紀一方。"鄭《箋》:"江也、漢也,南國之大水,紀理衆川,使不壅滯。喻吳楚之君能長理旁側小國,使得其所。瘁,病;仕,事也。今王盡病其封畿之內,以兵役之事使群臣有土地,曾無自保有者,皆懼於危亡也。吳楚舊名貪殘,今周之政乃反不如。"⑤宋朱熹《詩集傳》卷十二:"滔滔江漢,猶爲南國之紀。今也盡瘁以仕,而王何其不我有哉?"⑥清王先謙《詩三家義集疏》卷十八:"詩人行役至江漢合流之地,即水興懷,言江漢爲南國之綱紀,王朝反不能爲天下之綱紀也。"⑦則此謂己行役於南國,勞苦於國事,而未得認可。

七章曰:"匪鶉匪鳶,翰飛戾天。匪鱣匪鮪,潛逃于淵。"毛《傳》:"鶉,鵰也,鵰、鳶,貪殘之鳥也。大魚能逃處淵。"鄭《箋》:"翰,高;戾,至;鱣,鯉也。言鵰鳶之高飛、鯉鮪之處淵,性自然也。非鵰鳶能高飛,非鯉鮪能處淵,皆驚駭辟害爾。喻民性安土重遷,今而逃走,亦畏亂政故。"⑧宋朱熹《詩集傳》卷十二:"鶉、鳶則能翰飛戾天,鱣、鮪則能潛逃于淵,我非是四者,則亦無所逃矣。"⑨清陳奐《毛詩傳疏》卷二十:"《傳》云'鵰鳶,貪殘之鳥也'者,以喻貪殘之人處於高位。……鱣鮪'大魚能逃處淵'者,以喻今民不能逃避禍害,是大魚之不如矣。"⑩則此謂見鳥飛魚躍,反興己無容身之地。

卒章曰:"山有蕨薇,隰有杞桋。君子作歌,維以告哀。"毛《傳》:"杞,枸檵也。桋,亦棣也。"鄭《箋》:"此言草木尚各得其所,人反不得其所,傷之也。告哀,言勞病而慇之。"⑪《爾雅·釋木》:"桋,赤楝,白者楝。"⑫宋朱熹《詩集傳》卷十二:"山則有蕨薇,隰則有杞桋,君子作歌,則維以告哀而已。"⑬清陳奐《毛詩傳疏》卷二十:"蕨薇之菜,杞桋之木,山隰足以覆養而有之。以喻在位之人不能恩育,萬民

---

① ⑤ ⑧ [漢]毛亨傳,[漢]鄭玄箋,[唐]孔穎達等正義:《毛詩正義》,第993頁。
② ⑥ ⑨ [宋]朱熹撰,夏祖堯點校:《詩集傳》,第170頁。
③ [清]馬瑞辰撰,陳金生點校:《毛詩傳箋通釋》,第686頁。
④ ⑦ [清]王先謙撰,吳格點校:《詩三家義集疏》,第737頁。
⑩ [清]陳奐:《毛詩傳疏》,第4073頁。
⑪ [漢]毛亨傳,[漢]鄭玄箋,[唐]孔穎達等正義:《毛詩正義》,第993-994頁。
⑫ 郭《注》:"赤楝樹葉細而岐銳,皮理錯戾,好叢生山中。"[晉]郭璞注,[宋]邢昺疏:《爾雅注疏》,第5736頁。
⑬ [宋]朱熹撰,夏祖堯點校:《詩集傳》,第171頁。

病困,草木之不如。"①此述作詩緣由,維以訴説行役之苦、憂亂之哀。

明朱善《詩解頤》卷二評之曰:"或以爲行役,或以爲憂亂。以詩考之,由夏而秋,由秋而冬,則見其經歷之久;由西周而南國,由豐鎬而江漢,則見其跋涉之遠。此行役之證也。'父母先祖,胡寧忍予'?則無所歸咎之辭;'亂離瘼矣,奚其適歸',則無所逃避之辭。此憂亂之證也。……然則是詩也,蓋大夫行役而憂時之亂,懼及其禍之辭也。"②朱氏説近是。的確,詩人長期行役,飽受寒氣暴雨之侵襲,加之江漢泉水等景物之觸動,促使他不免起了傷時傷己之感。當然,朱氏謂"由西周而南國,由豐鎬而江漢",然詩中未見詩人就是來自西周豐鎬之地者,此乃囿於"刺幽王"舊説所致。詩人的確爲王室大夫,但未必爲西周王室大夫;其身份,我們可從詩中諸文意綜合考求之。詩人在首章言盛夏酷暑時節行役之苦,抱怨先祖不能默佑之後,以時序變遷爲綫索,依次具體描述行役之苦,抒發憂亂之思。

清陳奐《毛詩傳疏》卷二十亦評之曰:"詩凡八章,各自爲興。《傳》不言興者,略也。"③的確,詩中有"賦""興"二體兼用者,如"秋日淒淒,百卉具腓",寫秋景蕭瑟,興亂離之中的悲涼心境,情景頗爲融合;亦有"比""興"二體兼用者,如"滔滔江漢,南國之紀",以滔滔長江、漢水尚且能够統領制約衆多河流,反興王室却聽任天下混亂,比喻王室倒不如江漢!可見,詩人自述行役,自夏歷秋至冬,一年間途中見聞,觸景生情、感物傷時,抒發了自己憂亂、構禍、盡瘁、思隱等一系列複雜情感。當然,此時"亂離"已然發生,"民人"已然困窮,"賊禍"已然"構成"。那麽,詩人所憂思而哀傷者,當爲驪山之難、西周覆亡之事。而西周覆亡,正爲其行役期間所發生之事,故詩人有"構禍"之歎。則詩人當爲"二王並立"時期王室至南國行役之大夫。

故本詩當作於天王宜臼與攜王余臣"二王並立"初期,即平王元年(前770)。

可見,《正月》《四月》皆以"赫赫宗周"覆亡的荒亂景象爲歷史背景,或抒發國破家亡之悲情,或自述個人行役之痛苦,表達了複雜的情感。

第二節　冀望王室復興之讚美詩

《都人士》爲周大夫美平王自西申東歸鎬京之作,《魚藻》爲平王大夫美平王自西申歸鎬京後宴享群臣之作,《裳裳者華》——周平王美同姓諸侯鄭武公之作。

---

①③　[清]陳奐:《毛詩傳疏》,第 4077 頁。
②　[明]朱善:《詩解頤》,第 266 頁。按:"父母先祖",爲"先祖匪人"之訛;"奚其適歸",爲"爰其適歸"之訛。

此 3 首詩篇，無論是臣美王之作還是王美臣之作，皆寄寓了冀望王室復興的美好願望。

一、《都人士》——周大夫美平王自西申歸鎬京之作

1.《都人士》詩旨諸説辨證

關於《都人士》之詩旨，先哲時賢主要有六説：

一爲"刺詩"説。毛《序》："《都人士》，周人刺衣服無常也。古者長民，衣服不貳，從容有常，以齊其民，則民德歸壹。傷今不復見古人也。"①

二爲"餞別詩"説。宋王質《詩總聞》卷十五："當是都人之賢士、君子之賢女，相爲夫婦而去都，都人思之者也。此似餞送之辭。"②

三爲"懷舊詩"説。宋朱熹《詩集傳》卷十五："亂離之後，人不復見昔日都邑之盛、人物儀容之美，而作此詩以歎息之也。"③

四爲"没落階級之悲哀"説。陳子展《詩經直解》："此屬於亂世之音、亡國之音一類作品。《序》止'傷今不復見古人'一句已道破詩旨。此西周舊人物幻想復辟之悲哀，實爲没落階級之悲哀，決非止'周人刺衣服無常'也。"④

五爲"情詩"説。程俊英、蔣見元《詩經注析》："這是一首憶念意中人的詩……（寫）詩人（都人士）不見尹吉的苦悶悲傷情懷。他確是一位鍾情的詩人。"⑤

六爲"美平王詩"説。李山《詩經的文化精神》："'狐裘黄黄'的'都人士'就是周平王宜臼。當年宜臼逃奔西申之時，當是一個半大成人的青少年，所以十餘年後再見面時，西周故老仍覺其容貌未改。'出言有章'則顯露了周人對這位曾經受過委曲的平王的傾心。姞姓的'君子女'一定是宜臼在避難、稱王時娶的王后。娶的是周室世婚的舊親之女，這本身就會讓重姻親關係的宗周人對'君子女'憐愛三分，在令人振奮的日子裏又隨平王一齊返周，自然會受到詩人的加倍讚美了。"⑥

謹按：毛《序》以此爲"刺詩"，然這位"萬民所望"之士即將"歸周"，而"綢直"之句爲讚美"君子女"天生麗質，"尹吉"爲姓氏，顯然皆與"刺衣服無常"無涉，足見《序》說之失。故宋朱熹《詩序辨説》卷下評之曰："此《序》蓋用《緇衣》之誤。"⑦

---

① ［漢］毛亨傳，［漢］鄭玄箋，［唐］孔穎達等正義：《毛詩正義》，第 1060 頁。
② ［宋］王質：《詩總聞》，第 247 頁。
③ ［宋］朱熹撰，夏祖堯點校：《詩集傳》，第 194 頁。
④ 陳子展：《詩經直解》，第 825 頁。
⑤ 程俊英、蔣見元：《詩經注析》，第 716－717 頁。
⑥ 李山：《詩經的文化精神》，第 229 頁。
⑦ ［宋］朱熹撰，朱傑人等點校：《詩序辨説》，第 389 頁。

又,"没落階級之悲哀""情詩"説,皆以詩中表現出詩人悲情爲前提,然詩中充滿着歡樂氣氛,絶無悲情,其説自然無據。故筆者以爲"餞别詩"説與"懷舊"説近是,"美平王詩"説更確。故我們認爲,此詩的確爲讚美平王自西申歸宗周的盛大場面之作。

又,《都人士》孔《疏》:"襄十四年《左傳》引此二句(指"行歸于周,萬民所望"),服虔曰:逸詩也。《都人士》首章有之。《禮記注》(指《禮記·緇衣》鄭《注》)亦言:毛氏有之,三家則亡。今《韓詩》實無此首章。時三家列於學官,《毛詩》不得立。故服以爲逸。"①清王先謙《詩三家義集疏》卷二十申服氏《春秋左氏傳解》"逸詩"説曰:"此詩毛氏五章,三家皆止四章。……細味全詩,二、三、四、五章'士''女'對文,此章單言'士',並不及'女',其詞不類。且首章言'出言有章',言'行歸于周,萬民所望',後四章無一語照應,其義亦不類。是明明逸詩孤章,毛以首二句相類,强裝篇首。觀其取《緇衣》文作《序》,亦無謂甚矣。……《毛詩》自有,三家自無,今述三家,此章仍當棄而不取。"②孫作雲《詩經與周代社會研究·詩經的錯簡》亦申之曰:"細味以上這五章詩,前一章美諸侯朝周,後四章美士、女容飾;前一章是典禮歌,後四章似乎是戀歌,二者内容絶不相同,顯然是兩首詩。《毛詩》只因爲第一句相同,遂誤合二者爲一首詩。"③程俊英、蔣見元《詩經注析》亦申之曰:"《熹平石經·魯詩》殘石《都人士》篇亦無首章,王説可信。"④可見,服氏《春秋左氏傳解》、王氏《詩三家義集疏》及孫氏《詩經與周代社會研究》、程氏等《詩經注析》皆以此詩首章爲"逸詩"。我們認爲,《熹平石經·魯詩》殘石《都人士》篇確無此首章,然《熹平石經·魯詩》畢竟爲殘石,以此證今本《毛詩》首章爲"逸詩",自不可靠。⑤ 故筆者此不取。

2.《都人士》創作年代諸説辨證

關於《詩·小雅·都人士》之創作年代,先哲時賢主要有八説:

一爲"闕疑"説,見前引《都人士》毛《序》,宋王質《詩總聞》卷十五、朱熹《詩集傳》卷十五及程俊英、蔣見元《詩經注析》皆同。

二爲"幽王之世(前781—前771)"説。《詩譜·小大雅譜》孔《疏》:"《何人斯》《大東》《無將大車》《小明》《都人士》《綿蠻》六篇,(《序》)不言幽王,在幽王詩中,皆幽王詩也。"⑥

---

① [漢]毛亨傳,[漢]鄭玄箋,[唐]孔穎達等正義:《毛詩正義》,第1061頁。
② [清]王先謙撰,吳格點校:《詩三家義集疏》,第801-802頁。
③ 孫作雲:《詩經與周代社會研究》,中華書局1966年版,第413頁。
④ 程俊英、蔣見元:《詩經注析》,第717頁。
⑤ 參見:楊唯偉《〈小雅·都人士〉兩詩綴合説質疑》,《河西學院學報》2009年第9期,第51-55頁。
⑥ [漢]毛亨傳,[漢]鄭玄箋,[唐]孔穎達等正義:《毛詩正義》,第861頁。

三爲"厲王之世(前857—前842)"説,見前引元劉玉汝《詩纘緒》卷十二。

四爲"平王東遷(前770)之後"説。明季本《詩説解頤·正釋》卷二十二:"《都人士》,經旨曰:此必東遷之後東都之士思西周之盛而爲此詩也,有似於《王風》耳。"①清魏源《詩古微·詩序集義》申之曰:"《彼都人士》,平王東遷,周人思西都之盛也。"②《通論二雅》説大同。陳子展《詩經直解》亦申之曰:"平王東遷,周人思西周之盛,不勝今昔盛衰之感而作。"③

五爲"共和十四年(前828)"説。明朱謀㙔《詩故》卷八:"《都人士》,周人刺衣服無常也。非刺衣服無常也,蓋厲王暴虐而流死于彘,周室無王,禮樂崩壞,文物墜失,君子傷焉,因思昔日都邑之盛也。"④

六爲"宣王之世(前827—前782)"説。明何楷《詩經世本古義》卷十七:"《都人士》,周人思共伯和也。……此詩之作,當在其逍遥共山時,故有'行歸于周,萬民所望'之語。"⑤

七爲"宣幽之世(前827—前771)"説。劉操南《詩三百篇的創作與累積考説》:"《無將大車》《小明》《都人士》繫年未定。……這一組'變小雅'詩,則大抵作於宣王、幽王之世。"⑥

八爲"平王十一年(前760)"説。李山《詩經的文化精神》:"表現着'二王並立'局面結束的詩篇是《小雅·都人士》。……詩篇中的確反復表達'我不見兮,我心不悦'的情緒,但'不見'要之是没有親眼看一看'歸周'的天子、王后的意思,於此可以想見平王東歸時萬民麇集、觀者如堵的情狀,亦可以想見周人對平王東歸,情緒熱烈。"⑦

謹按:毛《序》之"刺詩"説、《詩總聞》之"餞別詩"説、朱《傳》之"懷舊詩"説、《詩經注析》之"情詩"説,詩旨解説雖異,然皆不著作世。

又,《史記·周本紀》:"共和十四年,厲王死於彘。太子静長於召公家,二相乃共立之爲王,是爲宣王。"此乃朱氏《詩故》"共和十四年(前828)"説所據。

又,據筆者考證,何氏《詩經世本古義》所謂"干王位"之"共伯和",即"衛武公";其於共和十四年(前828)的確還政宣王而歸衛,但詩中看不出有周人思衛武公的痕蹟。

故筆者以爲季氏《詩説解頤·正釋》"周平王之世"説及李氏《詩經的文化精

---

① [明]季本:《詩説解頤》,《正釋》卷22,第1頁。
② [清]魏源撰,何慎怡等點校:《詩古微》,第801頁。
③ 陳子展:《詩經直解》,第825頁。
④ [明]朱謀㙔:《詩故》,第932頁。
⑤ [明]何楷撰,李士彪、張丹丹點校:《詩經世本古義》,第745頁。
⑥ 劉操南:《詩三百篇的創作與累積考説》,《杭州大學學報》1988年第2期,第46頁。
⑦ 李山:《詩經的文化精神》,第228-229頁。

神》"平王十一年"説近是。當然,平王自西申歸宗周不是在平王十一年,而是平王元年。

3.《都人士》作於"平王元年"説考論

(1)詩中"都人士"爲平王

首章曰:"彼都人士,狐裘黄黄。"毛《傳》:"彼,彼明王也。"鄭《箋》:"城郭之域曰都。古明王時,都人之有士行者,冬則衣狐裘黄黄然,取温裕而已。"

次章曰:"彼都人士,臺笠緇撮。"毛《傳》:"臺所以禦暑,笠所以禦雨也。緇撮,緇布冠也。"鄭《箋》:"臺,夫須也。都人之士以臺皮爲笠,緇布爲冠。古明王之時,儉且節也。"

三章曰:"彼都人士,充耳琇實。"毛《傳》:"琇,美石也。"鄭《箋》:"言以美石爲瑱。瑱,塞耳。"

四章曰:"彼都人士,垂帶而厲。"毛《傳》:"厲,帶之垂者。"鄭《箋》:"'厲'字當作'裂'。"①《説文·衣部》:"裂,繒餘也。"②

謹按:清胡承珙《毛詩後箋》卷二十二:"《箋》謂'都人有士行者',本不專指庶民。觀下《箋》云:'其餘萬民寡識者,咸瞻望而法效之。'是明以'士'與'民'對。《正義》曰:'舉都邑者,以都邑之士近政化。'此本鄭注《喪服》傳云'都邑之士,則知尊禰近政化也。'賈《疏》云:'士下對野人,上對大夫,則此士,所謂在朝之士,並在城郭士民知義禮者,總謂之爲士也。'此解甚是。"③胡氏《毛詩後箋》之説近是。今考:

《墨子·辭過》:"古之民未知爲衣服時,衣皮帶茭。"④可見,在未有絲麻之前,古人不過獸皮爲衣、草索爲帶。但西周春秋時期的封建等級制度,不但表現在依附關係上,而且也表現在服飾制度上,春秋時期依然强調恪守服制。比如,《詩·曹風·候人》之次章曰:"維鵜在梁,不濡其翼。彼其之子,不稱其服。"⑤僖二十四年《左傳》載魯君子曰:"服之不衷,身之災也。"⑥《國語·晉語八》載晉大夫叔向(羊舌肸)曰:"夫絳之富商,韋藩木楗以過於朝。"⑦《周禮·地官司徒·大司徒》:"以本俗六安萬民:一曰媺宮室,二曰族墳墓,三曰聯兄弟,四

---

① [漢]毛亨傳,[漢]鄭玄箋,[唐]孔穎達等正義:《毛詩正義》,第1060－1062頁。
② [漢]許慎撰,[清]段玉裁注:《説文解字注》,第395頁。
③ [清]胡承珙撰,[清]陳奂補,[清]王先謙輯,郭全芝點校:《毛詩後箋》,第1183頁。
④ [清]孫詒讓撰,孫以楷點校:《墨子閒詁》,第31頁。
⑤ 毛《傳》:"鵜,洿澤鳥也。梁,水中之梁。鵜在梁,可謂不濡其翼乎?"鄭《箋》:"不稱者,言德薄而服尊。"[漢]毛亨傳,[漢]鄭玄箋,[唐]孔穎達等正義:《毛詩正義》,第820頁。
⑥ 杜《注》:"衷,猶適也。"[晉]杜預注,[唐]孔穎達等正義:《春秋左傳正義》,第3947頁。
⑦ 韋《注》:"韋藩,蔽前後。木楗,木檐也。"[三國吴]韋昭注,上海師範大學古籍整理研究所校點:《國語》,第476頁。

曰聯師儒,五曰聯朋友,六曰同衣服。"《春官宗伯·巾車》賈《疏》引漢伏生《尚書大傳·唐傳》:"古之帝王必有命,民於其君得命,然後得乘飾車駢馬,衣文駢錦。"①《春秋繁露·服制》:"散民不敢服雜采,百工商賈不敢服狐貉,刑餘戮民不敢服絲玄纁乘馬,謂之服制。"②可見,服制爲西周春秋時期等級制度之重要内容,是周代禮制的重要載體,也是考量周人道德修養的重要標準。

這一點,在《詩經》中表現得十分明顯。以裘衣而言,在《詩經》中凡8見,有羔裘、熊羆之裘與狐裘3種。其中:

一是羔裘,爲卿大夫之服。比如,《召南·羔羊》爲召南大夫妻美其夫燕食時從容款曲風度之作,其首章曰:"羔羊之皮,素絲五紽。退食自公,委蛇委蛇。"《鄭風·羔裘》爲鄭大夫美叔詹之作,其首章曰:"羔裘如濡,洵直且侯。彼其之子,舍命不渝。"次章曰:"羔裘豹飾,孔武有力。彼其之子,邦之司直。"卒章曰:"羔裘晏兮,三英粲兮。彼其之子,邦之彥兮。"《唐風·羔裘》爲晉大夫刺昭公之作,其首章曰"羔裘豹袪,自我人居居。豈無他人?維子之故。"卒章曰:"羔裘豹襃,自我人究究。豈無他人?維子之好。"③

二是熊羆之裘,爲貴族子孫之服。比如,《小雅·大東》爲譚大夫刺東國困於役而傷於財之作,其四章曰:"西人之子,粲粲衣服。舟人之子,熊羆是裘。"④

三是狐裘,本爲周天子之服,後逐漸成爲諸侯、卿大夫之服。比如,《豳風·七月》爲描寫豳地農民一年四季勞動過程和生活情狀之作,其四章曰:"一之日于貉,取彼狐狸,爲公子裘。"此"狐裘",爲周天子之服。《秦風·終南》爲秦大夫戒襄公之作,其首章曰:"君子至止,錦衣狐裘。顏如渥丹,其君也哉。"《檜風·羔裘》爲檜大夫刺檜國之君檜仲失道之作,其首章曰:"羔裘逍遥,狐裘以朝。豈不爾思,勞心忉忉。"次章曰:"羔裘翱翔,狐裘在堂。豈不爾思,我心憂傷。"此"狐裘",皆爲諸侯國君僭越禮制而服周天子之服。《邶風·旄丘》爲黎大夫責衛伯之

---

① 賈《疏》:"民雖有富者,衣服不得獨異者,士已上衣服皆有采章,庶人皆同深衣而已。"[漢]鄭玄注,[唐]賈公彦疏:《周禮注疏》,第 1521–1522、1781 頁。
② [漢]董仲舒撰,[清]蘇輿義證,鍾哲點校:《春秋繁露義證》,第 224–225 頁。
③ 《羔羊》毛《傳》:"小曰羔,大曰羊。素,白也。紽,數也。古者素絲以英裘,不失其制,大夫羔裘以居。公,公門也。委蛇,行可從迹也。"《鄭風·羔裘》毛《傳》:"洵,均也。侯,君也。……彦,士之美稱。"《唐風·羔裘》鄭《箋》:"羔裘豹袪,在位大夫之服也。"[漢]毛亨傳,[漢]鄭玄箋,[唐]孔穎達等正義:《毛詩正義》,第 607、718、774 頁。説詳:邵炳軍:《〈詩·鄭風〉十二篇繫年輯證》,中國古典文獻學與贛學國際學術研討會交流論文,2006 年 8 月;邵炳軍《春秋文學繫年輯證》,第 111、176 頁。
④ 毛《序》:"《大東》,刺亂也。東國困於役而傷於財,譚大夫作是詩以告病焉。"毛《傳》:"熊羆是裘,言富也。"鄭《箋》:"'舟'當作'周'……周人之子,謂周世臣之子孫。"[漢]毛亨傳,[漢]鄭玄箋,[唐]孔穎達等正義:《毛詩正義》,第 989 頁。

作,其三章曰:"狐裘蒙戎,匪車不東。叔兮伯兮,靡所與同。"①此"狐裘",爲衛大夫僭越禮制而服周天子之服。

又,《禮記·郊特牲》:"大羅氏,天子之掌鳥獸者也。諸侯貢屬焉。草笠而至,尊野服也。"②《儀禮·士冠禮》:"緇布冠缺項青組,纓屬于缺。緇纚廣終,幅長六尺。"③清王先謙《詩三家義集疏》卷二十:"《儀禮》'缺項'之'缺',當讀如'緇撮'之'撮'。緇布冠爲三加之始冠,諸侯有繢緌,諸侯以下無繢緌,以緇布冠爲常服,其猶大古冠布之遺與?"④則按照周人服制,詩人筆下的這位"狐裘黄黄""充耳琇實"之"都人士",自然爲周天子或諸侯,非一般士大夫甚明。

《詩·大雅·韓奕》爲尹吉甫美宣王能錫命諸侯之作,其次章曰:"四牡奕奕,孔脩且張。韓侯入覲,以其介圭,入覲于王。王錫韓侯,淑旂綏章,簟茀錯衡,玄袞赤舄,鉤膺鏤鍚,鞹鞃淺幭,鞗革金厄。"⑤清陳奂《毛詩傳疏》卷二十五:"韓,韓侯。奕,猶奕奕也。宣王命韓侯爲侯伯,奕奕然大,故詩以《韓奕》名篇。"⑥儘管詩人以賦筆極力鋪陳狀寫周宣王賜命韓侯時韓侯朝周的場面,但絕無《都人士》"萬民所望"的氣魄。可見,詩人是從服飾入手描寫人物儀容以揭示人物身份,詩人筆下這位"狐裘黄黄""臺笠緇撮""充耳琇實""垂帶而厲"之"都人士",能在"行歸于周"時爲"萬民所望",非周王莫屬。此言都邑之盛、人物之懿。然其"臺笠緇撮""垂帶而厲"者,又似異族服飾打扮。則這位周王必定在外族部落生活了比較長時間。在兩周諸王中,唯有平王有此經歷:自幽王八年(前 774)出奔西申國,至平王元年(前 771)自西申歸宗周,在姜姓之國生活了 3 年之久,則平王有異族服飾打扮是十分正常的。

---

① 《七月》毛《傳》:"于貉,謂取狐狸皮也。狐貉之厚,以居孟冬,天子始裘。"《終南》毛《傳》:"錦衣,采色也。狐裘,朝廷之服。"《檜風·羔裘》毛《傳》:"羔裘以遊燕,狐裘以適朝。……堂,公堂也。"《旄丘》毛《傳》:"大夫狐蒼蒙戎,以言亂也。"鄭《箋》:"先叔後伯,臣之命不以齒。"[漢]毛亨傳,[漢]鄭玄箋,[唐]孔穎達等正義:《毛詩正義》,第 833、792、812-813、644 頁。說詳:邵炳軍《〈詩·秦風〉五篇詩旨與作時補證》,《中古詩學暨曹道衡先生學術思想研討會專輯》,安徽人民出版社 2007 年版,第 25-36 頁;邵炳軍、張静《〈詩·檜風·羔裘〉〈素冠〉作時補證》,《上海大學學報》2007 年第 3 期,第 29-33 頁;邵炳軍《〈詩·邶風〉繫年輯證》,《詩經研究叢刊》第 20 輯,學苑出版社 2011 年版,第 81-133 頁;邵炳軍《春秋文學繫年輯證》,第 1029 頁。

② 鄭《注》:"諸侯於蜡,使使者戴草笠貢鳥獸也。《詩》云:'彼都人士,臺笠緇撮。'……皆言野人之服也。"[漢]鄭玄注,[唐]孔穎達等正義:《禮記正義》,第 3150 頁。

③ 鄭《注》:"缺,讀如'有頍者弁'之'頍',緇布冠無笄者著頍,圍髮際,結項中,隅爲四綴,以固冠也。項中有𦁐,亦由固頍爲之耳。今未冠笄者著卷幘,頍象之所生也。滕、薛名'𦁐'爲'頍'。屬,猶著。纚,今之幘梁也。終,充也。纚一幅長六尺,足以韜髮而結之矣。"[漢]鄭玄注,[唐]賈公彥疏:《儀禮注疏》,第 2051-2052 頁。

④ [清]王先謙撰,吴格點校:《詩三家義集疏》,第 803 頁。

⑤ 毛《序》:"《韓奕》,尹吉甫美宣王也。能錫命諸侯。"毛《傳》:"脩,長。張,大。覲,見也。淑,善也。交龍爲旂。綏,大綏也。錯衡,文衡也。鏤鍚,有金鏤其鍚也。鞹,革也。鞃,軾中也。淺,虎皮淺毛也。幭,覆式也。厄,烏蠋也。"[漢]毛亨傳,[漢]鄭玄箋,[唐]孔穎達等正義:《毛詩正義》,第 1230 頁。

⑥ [清]陳奂:《毛詩傳疏》,第 4117 頁。

(2) 詩中"君子女"爲平王之后

次章曰:"彼君子女,綢直如髮。"毛《傳》:"密直如髮也。"鄭《箋》:"'彼君子女'者,謂都人之家女也。其性情密緻,操行正直,如髮之本末無隆殺也。"①《説文·髟部》:"鬵,髮多也。從髟周聲,直由切。"②朱《傳》:"'君子女',都人貴家之女也。"③明孫鑛《批評詩經》卷二:"綢直如髮,若是言髮美,則當是故倒説耳。……觀直、卷兩語,當是直處如絲、卷處如蠆耳。彼時髮容亦既媚巧如此。"④陳子展《詩經直解》:"綢稠古通,而如古通。孫氏蓋訓綢爲絲,正言當爲髮如束絲之直耳。"⑤

三章曰:"彼君子女,謂之尹吉。"毛《傳》:"尹,正也。"鄭《箋》:"'吉'讀爲'姞'。尹氏、姞氏,周室昏姻之舊姓也。人見都人之家女,咸謂之尹氏、姞氏之女。言有禮法。"

四章曰:"彼君子女,卷髮如蠆。"鄭《箋》:"蠆,螫蟲也。尾末揵然,似婦人髮末曲上卷然。"⑥《經典釋文·毛詩音義中》引漢服虔《通俗文》:"長尾爲蠆,短尾爲蠍。"⑦

謹按:"彼君子女",鄭《箋》訓爲"都人之家女",朱《傳》訓爲"都人貴家之女",説皆不確。今考:

《列女傳》卷四《貞順傳·齊孝孟姬》:"禮,婦人出必輜軿,衣服綢繆。既嫁,歸問女昆弟,不問男昆弟。所以遠別也。詩曰:'彼君子女,綢直如髮。'此之謂也。"⑧此正取"婚嫁"之義。事實上,詩人在第三章中已經揭示了其身份:"彼君子女,謂之尹吉。"故宋李樗、黄櫄《毛詩集解》卷二十九李氏解曰:"周之所謂'尹吉',如晉之所謂'王謝'也。"⑨明孫鑛《批評詩經》卷二曰:"(三章)'謂之尹吉',語絶有致,正可與'必姜''必子'相證。"⑩清馬瑞辰《毛詩傳箋通釋》卷二十三曰:"《國語》晉胥臣曰:'黄帝之子得姓者十四人,爲十二姓。'姞其一也。王符《潛夫論·志氏姓》曰:'姞氏之别,有闞、尹、蔡、光、魯、雍、斷、密須氏。'是尹即姞氏之别,尹、吉並稱,猶申吕、齊許並言也。《説文》:'姞,黄帝之後伯鯈(儵)姓也。后稷妃家。'吉即姞之省。《左傳》石癸曰:'姞,吉人也。'《漢書·古今人表》云'姞人,棄妃',直以'姞人'爲姓名。《唐宰相世系表》云:'吉氏出自姞姓。'皆'吉'即

---

① [漢]毛亨傳,[漢]鄭玄箋,[唐]孔穎達等正義:《毛詩正義》,第1061頁。
② [漢]許慎撰,[清]段玉裁注:《説文解字注》,第426頁。
③ [宋]朱熹撰,夏祖堯點校:《詩集傳》,第194頁。
④⑩ [明]孫鑛:《批評詩經》,第106頁。
⑤ 陳子展:《詩經直解》,第823頁。
⑥ [漢]毛亨傳,[漢]鄭玄箋,[唐]孔穎達等正義:《毛詩正義》,第1061-1062頁。
⑦ [唐]陸德明:《經典釋文》,第340頁。
⑧ [漢]劉向:《古列女傳》,四部叢刊初編影印明萬曆間(1573—1620)黄嘉育刊本,上海書店1985年版,卷4,第10頁。
⑨ [宋]李樗、黄櫄:《毛詩集解》,第430頁。

爲'姞'之證。"①可見,"尹""吉"皆爲貴族婦女姓氏。

又,毛《傳》訓"尹"爲"正","吉"字未釋;鄭《箋》訓"吉"爲"姞",且謂"尹氏、姞氏,周室昏姻之舊姓也"。鄭氏説是。兹補注如下:

《國語·周語中》韋《注》引《世本》:"密須,姞姓。"②隱五年《左傳》孔《疏》引《世本》:"燕國,姞姓。"③《詩·大雅·韓奕》毛《傳》:"姞,蹶父姓也。"④《漢書·地理志上》"東郡南燕"班氏自注:"南燕國,姞姓,黃帝後。"⑤《潛夫論·志氏姓》:"姞氏封於燕,有賤妾燕姞,夢神與之蘭曰:'余爲伯鯈,余爾祖也。是以有國香,人服媚。'及文公見姞,賜蘭而御之。姞言其夢,且曰:'妾不才,幸而有子,將不信,敢徵蘭乎?'公曰:'諾。'遂生穆公。姞氏之别,有闞、尹、蔡、光、魯、雍、斷、密須氏。"⑥唐林寶《元和姓纂·入聲·五質》:"吉,黃帝之允,伯鯈之後。一云尹吉甫之後,以王父字爲氏。"⑦宋鄧名世《古今姓氏書辯證·入聲·五質》:"吉,出自姞姓,黃帝裔孫伯鯈封於南燕,賜姓曰姞,其地東都(郡)燕縣是也。後改爲吉。"⑧鄭樵《通志·氏族略三》:"姞氏,《史記》:姞氏爲后稷元妃。南燕、密須,皆姞姓之國,後改爲吉氏。"⑨此所謂"南燕",位於"北燕"之南,其地在今河南省新鄉市延津縣東北,位於鄭衛之間,平王奔西申期間不可能遠娶"尹吉"於此,故其所娶者必密須國之"尹吉"。

《詩·大雅·皇矣》五章"密人不恭,敢距大邦,侵阮徂共"之"密",⑩即昭十五年《左傳》載周景王所謂"密須之鼓與其大路,文所以大蒐也"之"密須",亦即定四年《左傳》載衛子魚(祝佗)所謂"分唐叔以大路、密須之鼓"之"密須",⑪亦即《詩·大雅·文王》孔《疏》《周頌·維清》孔《疏》《尚書·商書·西伯戡黎》孔《疏》並引漢伏生《尚書大傳》"文王受命,……三年伐密須"之"密須",⑫皆足證"密"與

---

① [清]馬瑞辰撰,陳金生點校:《毛詩傳箋通釋》,第774頁。按:馬氏所引《潛夫論·志氏姓》,"蔡",當爲"燕"之誤;"光",當作"先",與"侁""姺"同;"魯",當爲"偪";"斷",當爲"蹶"。説參:[漢]王符撰,[清]汪繼培箋,彭鐸校正:《潛夫論箋校正》,第409-411頁。
② [三國吳]韋昭注,上海師範大學古籍整理研究所校點:《國語》,第49頁。
③ [晉]杜預注,[唐]孔穎達等正義:《春秋左傳正義》,第3750頁。
④ [漢]毛亨傳,[漢]鄭玄箋,[唐]孔穎達等正義:《毛詩正義》,第1233頁。
⑤ [漢]班固撰,[唐]顏師古注,傅東華等點校:《漢書》,第1557頁。
⑥ [漢]王符撰,[清]汪繼培箋,彭鐸校正:《潛夫論箋校正》,第409頁。
⑦ [唐]林寶撰,[清]孫星衍校輯,郁賢皓、陶敏整理點校:《元和姓纂》,第1497頁。
⑧ [宋]鄧名世撰,王力平點校:《古今姓氏書辯證》,第566頁。
⑨ [宋]鄭樵撰,王樹民點校:《通志二十略》,第106頁。
⑩ 毛《傳》:"國有密須氏侵阮,遂往侵共。"[漢]毛亨傳,[漢]鄭玄箋,[唐]孔穎達等正義:《毛詩正義》,第1121頁。
⑪ 昭十五年《左傳》杜《注》:"密須,姞姓國也,在安定陰密縣。文王伐之,得其鼓、路以蒐。"[晉]杜預注,[唐]孔穎達等正義:《春秋左傳正義》,第4512、4637頁。
⑫ [漢]毛亨傳,[漢]鄭玄箋,[唐]孔穎達等正義:《毛詩正義》,第1081頁。按:《詩·大雅·文王》孔《疏》《周頌·維清》孔《疏》《尚書·商書·西伯戡黎》孔《疏》引文略異,此據《文王》孔《疏》引文。又,《文王》孔《疏》稱爲"尚書周傳",《維清》孔《疏》稱爲"尚書傳",《西伯戡黎》孔《疏》稱爲"伏生書傳"。

"密須"爲一國,爲商時古國,地即今甘肅省平涼市靈臺縣西50里之廢陰密縣故城。①《國語·周語中》載周大夫富辰謂"密須由伯姞",②則密須爲姞姓國,當爲姓譜"姞姓之國"説所本。姞姓密須故國爲周文王所滅,又封其同姓於此,亦即《周語上》"恭王遊於涇上,密康公從,……一年,王滅密"之"密"。③

僖十七年《左傳》有齊桓公内嬖如夫人者"密姬",④生懿公。《史記·齊世家》謂"密姬"子懿公名"商人"。宋羅泌《路史·國名記》引《史索》:"密須,今河南密須,與安定姬姓密别。"⑤然不知其所據。清梁玉繩《左通補釋》卷八以爲此"密"爲周王室族卿之采邑,即僖六年《左傳》之"新密",地即今河南省新密市;⑥然此時新密早已屬鄭,故清沈欽韓《左傳地名補注》卷三曰:"未審密姬所來國。"⑦筆者以爲,按照周人夫人稱謂之制,"密姬"之"密"爲其母國,"姬"爲其母國之姓。則"密姬"必爲姬姓密國之女,即西周時期密康公後裔。可見,商周之際的姞姓密須國改封姬姓後仍以"密須"稱之,故其女曰"密姬",其子曰"商人"。

"姞",一作"吉",又作"佶",與"姬""酉""祁""己""滕""箴""任""荀""儇""儠""依"皆爲黃帝後裔十二姓之族。那麽,"尹吉"自然爲貴族婦女之姓氏。如,《詩·大雅·韓奕》之"韓姞",汾王(周厲王)之甥,周宣王重臣蹶父之子,韓侯之妻;文六年《左傳》有"偪姞",姞姓之女,晉文公夫人,晉襄公之母;宣四年《左傳》有"燕姞",南燕國之女,鄭文公之妾,鄭穆公之母;哀十一年《左傳》有"孔姞",衛執政卿孔文子之女,大叔疾之妻。陳夢家《美國所藏中國銅器集錄》(A127)著録傳世西周中期器尹姞鬲、羅振玉《三代吉金文存》(6.53)著録傳世西周中期器蔡姞簋、中國青銅器全集編輯委員會編《中國青銅器全集》(5.43)著録傳世西周中期器公姞鬲及《中國青銅器全集》(6.51)著録1993年山西省曲沃縣晉侯墓地M63出土西周晚期器楊姞壺等銘文,⑧足以爲佐證。

---

① 參見:昭十五年《左傳》杜《注》、定四年《左傳》杜《注》及[清]顧祖禹《讀史方輿紀要·陝西七》。又,1967—1973年,先後在甘肅省平涼市靈臺縣西屯鎮白草坡村,百里鎮古城村洞山、西嶺,什字鎮飲馬咀村姚家河等地發掘的西周墓葬中,出土有涇伯和佋伯所做的青銅器。詳參:甘肅省博物館文物隊《甘肅靈臺縣兩周墓葬》,《考古》1976年第1期,第39-48頁;甘肅省博物館文物隊《甘肅靈臺白草坡西周墓》,《考古學報》1977年第2期,第99-130頁。
② 韋《注》:"伯姞,密須之女也。"[三國吳]韋昭注,上海師範大學古籍整理研究所校點:《國語》,第48-49頁。
③ 韋《注》:"恭王,穆王之子恭王伊扈也。涇,水名。康公,密國之君,姬姓也。……密,今安定陰密縣是也,近涇。"[三國吳]韋昭注,上海師範大學古籍整理研究所校點:《國語》,第8-9頁。
④ 此"密姬",杜氏無注。
⑤ [宋]羅泌:《路史》,第325頁。
⑥ [清]梁玉繩:《左通補釋》,第1425頁。
⑦ [清]沈欽韓:《左傳地名補注》,王先謙刻清經解續編本,鳳凰出版社2005年影印版,第11册,第3004頁。
⑧ 陳夢家:《美國所藏中國銅器集錄》,中華書局2019年版,第175-176頁;羅振玉:《三代吉金文存》,第621頁;中國青銅器全集編輯委員會編:《中國青銅器全集》,第5册,第40頁;中國青銅器全集編輯委員會編:《中國青銅器全集》,第6册,第50頁。

姞姓支族尹氏與"周氏""邵氏""畢氏""榮氏""鎦氏""富氏""鞏氏""蔑氏"一樣,同爲周王室公卿之族:周桓王二年(前718),王使尹氏助晉庶支曲沃莊伯(名鱓,公子成師之子)伐翼(晉都,即今山西省臨汾市翼城縣);周頃王六年(前613),王使尹氏訟周公閱於晉;周簡王十一年(前575),尹子(武公)會魯公、晉侯、齊國佐、邾人伐鄭;十二年(前576),尹子(武公)會魯公(成公)、晉侯(厲公)、齊侯(靈公)、宋公(平公)、衛侯(獻公)、曹伯(成公)、邾人伐鄭;周敬王元年(前519),尹氏(文公固)立王子朝(周景王長庶子)於王城(在今河南省洛陽市王城公園一帶),僭稱"西王",與居於狄泉(即今洛陽市城內大倉西南池水,位於王城之東)之敬王(東王)形成"二王並立"政治格局;四年(前516),尹氏(文公固)以王子朝奔楚;七年(前513),京師殺尹氏(文公固)之子(名佚);十七年(前503),單武公(單穆公子)、劉桓公(劉文公子)敗尹氏於窮谷(周地,今地闕)。① 至此,尹氏之族方退出周王室的政治舞臺。春秋時期尹氏采邑在東周王畿之尹邑,② 當在平王東遷時改封於此,仍然保留其原封邑名。

　　同時,詩人除了説明其姓氏乃與姬周世爲婚姻之貴族身份之外,還從髮飾入手描寫人物儀容以揭示人物身份。《後漢書·班固傳》載漢班固《西都賦》:"都人士女,殊異乎五方,游士擬於公侯,列肆侈於姬、姜。"③則班氏此"士""女"並舉,蓋用《齊詩》經文。又,《文選》卷四載晉左思《蜀都賦》:"都人士女,袨服靚妝。"《文選》卷四十載魏吳質《在元城與魏太子牋》:"都人士女,服習禮教。"④用法皆與班氏同。故《都人士》作者將"都人士"與"都人女"男女人物形象並提,此"士""女"明爲夫妻。那麼,此謂之"尹姞"之"都人女"當姞姓之女,亦即"都人士"之妻。先周時期陸國諸器有一件出土於今陝西省寶雞市岐山縣,陸與姞爲婚姻關係;而姞則爲后稷元妃之姓,則姬周與姞之婚姻關係很早。⑤ 既然姞姓爲"周室昏姻之舊姓",詩人筆下這位"綢直如髮""卷髮如蠆"之"都人女"自然當爲周王之後,其髮式變化,也不輸於今日。

(3) 此詩爲周大夫於平王自西申歸宗周時所作

其一,"都人士"爲從外地歸西都鎬京之"士"。

詩之前四章皆以"彼都人士"起句,首章則謂其"行歸于周"。

---

① 事見:隱五年,文十四年,成十六年、十七年,昭二十三年、二十六年、二十九年,定七年《春秋》《左傳》。
② 尹,周地,杜《注》今地闕。[清]高士奇《春秋地名考略》卷1謂在今山西省晉中市平遥縣故尹城,江永《春秋地理考實》卷3謂在今河南省洛陽市宜陽縣故城南。以情勢度之,江氏説近是。
③ 李《注》:"《詩·小雅》曰:'彼都人士。'毛萇云:'城郭之域曰都。'五方謂四方及中央也。《前書》曰:'秦地五方雜錯。'鄭玄《周禮》曰:'肆,市中陳物處也。'杜元凱注《左傳》云:'姬、姜大國之女'也。"[南朝宋]范曄撰、[唐]李賢等注,宋雲彬等點校:《後漢書》,第1336頁。
④ [梁]蕭統編、[唐]李善注:《文選》,第79、567頁。
⑤ 參見:許倬雲《西周史》,第40頁。

此所謂"都人士"者,毛《傳》未訓釋,鄭《箋》:"城郭之域曰都。"①宋蘇轍《詩集傳》卷十四:"都,美也。都人士,士之有美人之行者也。"②朱熹《詩集傳》卷十五:"都,王都也。"③明季本《詩說解頤·正釋》卷二十二:"彼都,自東都言,故以西都爲彼都也。士,謂男子也,貴賤之通稱。"④清馬瑞辰《毛詩傳箋通釋》卷二十三:"《逸周書·大匡解》云:'士惟都人,孝悌子孫。'是都人乃美士之稱。《鄭風》'洵美且都''不見子都',都皆訓美。美色謂之都,美德亦謂之都,都人猶言美人也。"⑤則鄭《箋》訓爲"城郭之人",其說過於寬泛;蘇《傳》與馬氏《通釋》皆訓爲"美士""美人",其說失之;朱《傳》訓爲"王都之士",其說近是,季氏《正釋》訓爲"西都之士",其說更確。

此所謂"周"者,毛《傳》:"周,忠信也。"⑥宋范處義《詩補傳》卷二十一:"言其服與言既相稱,故其行歸于京周,萬民皆望其容服,不生慢易而爲法也。"⑦朱熹《詩集傳》卷十五:"周,鎬京也。"⑧清范家相《詩瀋》卷十四:"狐裘黃黃,士大夫之盛服;行歸于周,歸周京也。"⑨則毛《傳》訓爲"忠信",意謂"都人士"爲"忠信之士",其說失之;范氏《詩補傳》、范氏《詩瀋》皆訓爲"周京",朱《傳》訓爲"鎬京",皆意謂"都人士"爲"西周王都鎬京(周京)之士",其說近是。茲補證如下:

漢蔡邕《蔡中郎集·述行賦》:"甘《衡門》以寧神兮,詠《都人》而思歸。"⑩此即以《都人士》爲思歸彼都人之詩,不解"周"爲"忠信"。則"周"即"鎬京""京周",與"都"同義。故"都人士"爲西周王都鎬京之人士,即楊簡《慈湖詩傳》卷十五所謂"西周"之人士,⑪亦即魏源《詩古微·詩序集義》所謂"西都"之人士。⑫可見,朱《傳》說爲長。

宋王質《詩總聞》卷十五:"此必在東都而歸西周者也。雖在東,必以西爲宗,故言'周道''周京',皆指故都爲宗周。"⑬王氏敏銳地看到"都人士"確爲從外地歸西都鎬京之士。特別是首章單提男性人物而歎"彼都",知其爲由外地歸西都,故詩人追憶之、讚美之。

其二,"都人士"爲自西申歸宗周之平王。

首章曰:"其容不改,出言有章。"鄭《箋》:"其動作容貌既有常,吐口言語又有

---

① ⑥ [漢]毛亨傳,[漢]鄭玄箋,[唐]孔穎達等正義:《毛詩正義》,第1060頁。
② [宋]蘇轍:《詩集傳》,第132頁。
③ ⑧ [宋]朱熹撰,夏祖堯點校:《詩集傳》,第194頁。
④ [明]季本:《詩說解頤》,《正釋》卷22,第1頁。
⑤ [清]馬瑞辰撰,陳金生點校:《毛詩傳箋通釋》,第772頁。
⑦ [宋]范處義:《詩補傳》,第94頁。
⑨ [清]范家相:《詩瀋》,國家圖書館藏清乾隆三十九年(1774)古趣亭刻本。
⑩ [漢]蔡邕:《蔡中郎集》,第110頁。
⑪ [宋]楊簡:《慈湖詩傳》,第818頁。
⑫ [清]魏源撰,何慎怡等點校:《詩古微》,第801頁。
⑬ [宋]王質:《詩總聞》,第247頁。

法度文章。"①説非。宋朱熹《詩集傳》卷十五敏鋭地指出:"亂離之後,人不復見昔日都邑之盛、人物儀容之美,而作此詩以歎惜之也。"②的確,此所謂"其容不改"者,暗示這位"都人士"由於經歷了某種社會動亂,離開西都鎬京已有相當長時間了,但人們依稀記得他"行歸于周"前之面容;所謂"出言有章"者,即"都人士"在"行歸于周"時已有王者風範。同時,詩人詳言"都人女"的姓氏、美髮,又表明西都鎬京之人首次見到這位女子。所以,這位在"行歸于周"時爲"萬民所望"的"都人士",就不是一般性的外出而後歸鎬京者,而是有着某種特殊原因。

如果聯繫兩周之際"二王並立"史實,即可斷定"都人士"的具體身份。據昭二十六年《左傳》載王子朝誥辭、《國語·鄭語》、昭二十六年《左傳》孔《疏》引《竹書紀年》《國語·鄭語》韋《注》、昭二十六年《左傳》杜《注》、《史記·周本紀》司馬貞《索隱》,幽王太子宜臼被廢黜後,至遲於幽王八年(前 774)時,宜臼已經逃離宗周,投靠勢力正强的西申侯;至遲在幽王九年(前 773)盟諸侯於太室之前,宜臼已經被擁立爲天王。當年幽王太子宜臼被廢後逃奔西申時,是一個半大成人的青少年;歷三載之後,幽王卒於戲,他纔自西申返回西都鎬京,故西周故老仍覺得其容貌未改。那麽,"綢直如髮""卷髮如蠆"之姞姓"都人女",自然當爲平王避難西申稱王時所娶的王后了;其又爲周王室婚姻之舊姓,親上加親,故在其隨周平王一起歸西都鎬京時,西周王都之人自然會對她憐愛三分,她也自然會受到詩人的加倍讚美:"我不見兮,我心不説""我不見兮,我心苑結""我不見兮,言從之邁""我不見兮,云何盱矣"。③

故《都人士》當作於平王自西申東歸鎬京時,在東遷雒邑之前,即平王元年(前 770)頃。④

二、《魚藻》——周大夫美平王在鎬京宴享群臣之作

1. 《魚藻》創作年代諸説辨證

關於《魚藻》之創作年代,先哲時賢主要有六説:

一爲"幽王之世(前 781—前 771)"説。毛《序》:"《魚藻》,刺幽王也。言萬物失其性,王居鎬京,將不能以自樂,故君子思古之武王焉。"⑤

二爲"闕疑"説。宋王質《詩總聞》卷十五:"治亂之世,辭意氣象自可見無疑。

---

① [漢]毛亨傳,[漢]鄭玄箋,[唐]孔穎達等正義:《毛詩正義》,第 1060 頁。
② [宋]朱熹撰,夏祖堯點校:《詩集傳》,第 194 頁。
③ 鄭《箋》:"疾時皆奢淫,我不復見今士女之然者,心思之而憂也。"[漢]毛亨傳,[漢]鄭玄箋,[唐]孔穎達等正義:《毛詩正義》,第 1061-1062 頁。按:鄭氏説非,故筆者此不取。
④ 説詳:邵炳軍《春秋詩歌〈詩·小雅·正月〉〈雨無正〉〈都人士〉〈魚藻〉創作年代考論》,《廣東社會科學》2012 年第 1 期,第 187-194 頁。
⑤ [漢]毛亨傳,[漢]鄭玄箋,[唐]孔穎達等正義:《毛詩正義》,第 1049 頁。

似可推演得以委屈扳援者,皆盛世之詩。"①朱熹《詩集傳》卷十四、《詩傳遺説》卷二及陳子展《詩經直解》皆同。

三爲"武王之世(約前1069—前1064)"説。元許謙《詩集傳名物鈔·詩總圖》繫於周武王之世。②

四爲"厲王之世(約前857—前842)"説。清李光地《詩所》卷五:"自此(指《青蠅》)至《魚藻》,皆當爲厲王時詩。""此(指《魚藻》)詩繫於《賓筵》,而皆言飲酒之事,豈亦衛武公所作以諷王與?"③

五爲"宣王之世(前827—前782)"説。清魏源《詩古微·詩序集義》:"《魚藻》,美宣王朝會燕享復盛也。在鎬者,東諸侯望幸之詞。"④

六爲"平王十一年(前760)"説。李山《詩經的文化精神》:"(《魚藻》)是平王'歸周'之後,曾在鎬京舉行過盛大的酒會。詩人反覆强調'豈樂飲酒'是'王在在鎬',表示這是一次值得紀念的典禮。"⑤

謹按:《魚藻》毛《序》之"幽王之世"説,宋朱熹《詩序辨説》卷下評之曰:"自此篇(指《楚茨》)至《車舝》,凡十篇(即《楚茨》、《信南山》《甫田》《大田》《瞻彼洛矣》《裳裳者華》《桑扈》《鴛鴦》《頍弁》《車舝》),似出一手,詞氣和平,稱述詳雅,無風刺之意。《序》以其在變雅中,故皆以爲傷今思古之作。詩固有如此者,然不應十篇相屬,而絶無一言以見其爲衰世之意也。竊恐正雅之篇有錯脱在此者耳,《序》皆失之。""此(指《魚藻》)詩序與《楚茨》等篇相類。"⑥

又,《詩總聞》之"美盛時之詩"説,朱熹《詩集傳》、朱鑑《詩傳遺説》之"諸侯美天子之詩"説,⑦《詩經直解》之"刺詩"説,⑧詩旨解説雖異,然皆不著作世。

筆者以爲李氏《詩經的文化精神》"平王十一年"説近是。我們認爲,該詩作於平王元年(前770)平王自西申歸宗周而未東遷之前。

2.《魚藻》作於"平王元年"説考論

(1)《魚藻》爲頌詩而非刺詩

首章曰:"魚在在藻,有頒其首。王在在鎬,豈樂飲酒。"毛《傳》:"頒,大首貌。魚以依蒲藻爲得其性。"鄭《箋》:"藻,水草也。魚之依水草,猶人之依明王也。明

---

① [宋]王質:《詩總聞》,第243頁。
② [元]許謙:《詩集傳名物鈔》,第216頁。
③ [清]李光地:《詩所》,第13、16頁。
④ [清]魏源撰,何慎怡等點校:《詩古微》,第801頁。
⑤ 李山:《詩經的文化精神》,第229-230頁。
⑥ [宋]朱熹:《詩序辨説》,第387、389頁。按:[清]朱鶴齡《詩經通義》卷8詳辨朱氏説之失,可參。
⑦ [宋]朱熹撰,夏祖堯點校:《詩集傳》,第189頁;[宋]朱鑑:《詩傳遺説》,第568頁。
⑧ 陳子展:《詩經直解》,第810頁。

王之時,魚何所處乎？處於藻,既得其性,則肥充,其首頒然。此時人物皆得其所,正言魚者以潛逃之類,信其著見。豈,亦樂也。天下平安,萬物得其性,武王何所處乎？處於鎬京,樂八音之樂,與群臣飲酒而已。今幽王惑於褒姒,萬物失其性,方有危亡之禍,而亦豈樂飲酒於鎬京而無悛心。故以此刺焉。"

次章曰:"魚在在藻,有莘其尾。王在在鎬,飲酒樂豈。"毛《傳》:"莘,長貌。"①

謹按:唐白居易《白氏六帖》卷十一:"周文有'在鎬'之樂,周穆舉觴爲瑤池之宴,漢高擊筑爲沛人之歌。"②宋朱熹《詩集傳》卷十四:"言魚何在乎？在乎藻也,則有頒其首矣。王何在乎？在乎鎬京也,則豈樂飲酒矣。"③明何楷《詩經世本古義》卷九:"以'魚在在藻''王在在鎬',兩句炤映甚明。魚興王,藻興鎬。"④清陳奐《毛詩傳疏》卷二十二:"豈與樂無二義,故一章豈樂,二章樂豈,義並同也。"⑤姚際恒《詩經通論》卷十二:"二'在'字見姿。"⑥王先謙《詩三家義集疏》卷二十:"魯(《詩》)'豈'作'愷'……'豈''愷'古今字之異。"⑦《毛詩》與《韓詩》《魯詩》均訓"豈"爲"樂",則首章、次章皆寫周王在鎬京飲酒作樂。

又,詩中"魚在在藻""王在在鎬",屬於上古漢語中的緊縮複句,即在一句之中,由設問句和答問句兩部分構成一個複句。像"魚在""王在",爲"名詞＋存現動詞"所構成的設問句式;"在藻""在鎬",爲"存現動詞＋處所名詞"構成的答問句式。這種既有設問又有答問的設問形式,在《詩經》設問修辭格中,實屬首創。簡短的四字句,便將"魚"和"王"之處所——水藻、鎬京速寫出來,描繪出一幅魚游水底、王樂鎬京的歡樂景象,音節響亮,抑揚頓挫,有繞梁三日之迴響⑧。

又,《文選》卷四載漢張衡《南都賦》:"接歡宴於日夜,終愷樂之令儀。"《文選》卷四十六載齊王融《三月三日曲水詩序》:"信凱讌之在藻,知和樂於食苹。"⑨《隋書·薛道衡傳》載隋煬帝見薛道衡《高祖文皇帝頌》:"帝覽之不悦,顧謂蘇威曰:'道衡致美先朝,此《魚藻》之義也'。"⑩此皆取其頌詩之意。

---

① 〔漢〕毛亨傳,〔漢〕鄭玄箋,〔唐〕孔穎達等正義:《毛詩正義》,第1049頁。
② 〔唐〕白居易原本,〔宋〕孔傳續撰:《白氏六帖》,第2050頁。按:〔清〕魏源《詩古微·詩序集義》引此以爲《韓詩》説。
③ 〔宋〕朱熹撰,夏祖堯點校:《詩集傳》,第189頁。
④ 〔明〕何楷撰,李士彪、張丹丹校點:《詩經世本古義》,第266頁。
⑤ 〔清〕陳奐:《毛詩傳疏》,第4086頁。
⑥ 〔清〕姚際恒撰,顧頡剛點校:《詩經通論》,第244頁。
⑦ 〔清〕王先謙撰,吳格點校:《詩三家義集疏》,第790頁。
⑧ 參見:程俊英、蔣見元:《詩經注析》,第703頁。
⑨ 李《注》:"毛《詩》曰:'愷樂飲酒。'又曰:'莫不令儀。'"〔南朝梁〕蕭統編,〔唐〕李善注:《文選》,第71、652頁。
⑩ 〔唐〕魏征等編修,汪紹楹等點校:《隋書》,第1413頁。

(2)《魚藻》爲頌平王凱旋歸於鎬京後飲燕群臣之樂

卒章曰:"魚在在藻,依于其蒲。王在在鎬,有那其居。"鄭《箋》:"那,安貌。天下平安,王無四方之虞,故其居處那然安矣。"①

謹按:"那",《魚藻》毛《傳》未訓釋,但《小雅·桑扈》毛《傳》則曰:"那,多也。"②《商頌·那》毛《傳》說同。清姚際恒《詩經通論》卷十二:"味二'在'字及'有那其居'句,似有祝其永遠在是而奠安之意;然未敢以爲必然也。"③方玉潤《詩經原始》卷十二:"此鎬民私幸周王都鎬,而祝其永遠在兹之詞也。"④陳廷傑《詩序解》:"是篇寫魚之樂,蒲藻相依,悠然自得。蓋興王之在鎬,頗安所處。其體近乎風。"⑤可見,詩所謂"豈樂飲酒""飲酒樂豈"者,即爲周王在鎬京飲燕群臣、飲酒作樂以助興。只有周王長期在外而凱旋歸於鎬京,方以凱旋之樂來飲燕群臣,群臣在飲酒作樂之時纔祝福周王在鎬京長居久安。

又,從武王始都鎬京到平王東遷雒邑,在西畿鎬京爲王者凡14王(包括攝政稱王之共伯和),只有平王事與詩義最切:當年幽王太子宜臼被廢後逃奔西申時,是一個半大成人的青少年;歷三載之後,幽王卒於戲,他纔能自西申返回西都鎬京。故王室群臣在飲酒作樂之時纔祝福平王能在鎬京長居久安。

故《魚藻》當作於平王自西申東歸鎬京時,在東遷雒邑之前,當平王元年(前770)頃,且次於《都人士》之後。⑥

三、《裳裳者華》——周平王美同姓諸侯鄭武公之作

1.《裳裳者華》創作年代諸說辨證

關於《裳裳者華》之創作年代,先哲時賢主要有九說:

一爲"闕疑"說。《孔叢子·記義》篇載孔子曰:"于《裳裳者華》,見古之賢者世保其禄也。"⑦《荀子·不苟篇》《說苑·修文》,宋朱熹《詩集傳》卷十二、《朱子語類》卷八十一、朱鑑《詩傳遺說》卷五,明朱善《詩解頤》卷二、季本《詩說解頤·正釋》卷二十,清李光地《詩所》卷五、范家相《詩瀋》卷十三及現代陳子展《詩經直解》皆同。

二爲泛言"幽王之世(前781—前771)"說。毛《序》:"《裳裳者華》,刺幽王

---

① [漢]毛亨傳,[漢]鄭玄箋,[唐]孔穎達等正義:《毛詩正義》,第1049頁。
② [漢]毛亨傳,[漢]鄭玄箋,[唐]孔穎達等正義:《毛詩正義》,第1031頁。
③ [清]姚際恒撰,顧頡剛點校:《詩經通論》,第245頁。
④ [清]方玉潤撰,李先耕點校:《詩經原始》,第454頁。
⑤ 陳延傑:《詩序解》,上海開明書局民國十九年(1930)鉛印本,第76頁。
⑥ 說詳:邵炳軍《春秋詩歌〈詩·小雅·正月〉〈雨無正〉〈都人士〉〈魚藻〉創作年代考論》,《廣東社會科學》2012年第1期,第187—194頁。
⑦ 舊題[周]孔鮒撰:《孔叢子》,第710頁。

也。古之仕者,世禄小人在位,則讒諂並進,棄賢者之類,絶功臣之世焉。"①

三爲"宣王之世(前827—前782)"説。宋王質《詩總聞》卷十四:"《江漢》:'無曰予小子,召公是似。'此當是召公之流,其先有令名,而其後能繼世象賢者也。"②清龔橙《詩本誼》:"《裳裳者華》,宣王朝有功也。……此説即文武吉甫之謂也。左吉右凶,戎事尚右,惟其有之,美吉甫也。"③

四爲"幽王四年(前778)"説。宋胡宏《皇王大紀·三王紀》:"(幽王)四年,……《小雅》六十篇曰《裳裳者華》,四章,章六句,刺幽王也。古之仕者世禄,小人在位,則讒諂並進,棄賢者之類,絶功臣之世焉。"④

五爲"武成之世(約前1069—前1027)"説,見前引元許謙《詩集傳名物鈔》卷六。

六爲"平王三年(前768)"説。明何楷《詩經世本古義》卷十九:"《裳裳者華》,美同姓諸侯也。繼世象賢,天子美之,意必爲鄭武公而作。……愚按:此詩以'常華'起詠,知其興同姓也;以'常常者華'聯言,知其興繼世也。既曰'維其有章''是以有慶',又曰'維其有之,是以似之',知其賦象賢也。終周之世,惟周公之後有魯公,鄭桓之後有鄭武,足以當之。然魯公出就侯封,未嘗踵周公冢宰之位;而鄭桓公以宣王母弟始封于鄭,及子武公,皆相繼入爲周司徒,善于其職,則濟美之最著者。且據毛《傳》系此詩篇次于《瞻彼洛矣》之後,彼'鞹鞃有瑲'既指武公,則此詩之斷爲武公詠無疑也。又按:《竹書》載平王三年,'錫司徒鄭伯命'。是詩之作,當在此時。"⑤

七爲"幽王八年至十一年(前774—前771)"説。清錢澄之《田間詩學》卷八:"史:幽王初,任皇父爲司徒;五年,作都于向;八年,以鄭桓公爲司徒。當是皇父謝事,而桓公代之。桓公善于其職,故詩人慶親賢進用而周室有復興之望也。如何(楷)説詩其爲桓公作乎?"⑥

八爲"幽王元年(前781)"説。清姜炳璋《詩序廣義》卷十八:"幽王初政,即有厭棄舊臣、任用新進之心,萌芽已動,未敢猝發。詩人逆探其旨,以力制於微。故詳述勳賢之在位者有是才德,宜有爵禄;當始終任用,不可萌棄絶之意也。"⑦

九爲"康昭穆之世(約前1026—前922)"説,見前引清魏源《詩古微·變小雅幽王詩發微中》,《小雅答問下》《詩序集義》説大同。

---

① [漢]毛亨傳,[漢]鄭玄箋,[唐]孔穎達等正義:《毛詩正義》,第1029頁。
② [宋]王質:《詩總聞》,第234頁。
③ [清]龔橙:《詩本誼》,第292頁。
④ [宋]胡宏:《皇王大紀》,上海圖書館藏明萬曆三十九年(1611)刻本。
⑤ [明]何楷撰,李士彪、張丹丹校點:《詩經世本古義》,第1047頁。
⑥ [清]錢澄之撰,朱一清校點:《田間詩學》,第602頁。
⑦ [清]姜炳璋:《詩序廣義》,第641頁。

謹按：《孔叢子》之"賢者世保其禄"説，《荀子》之"君子以義屈信變應故"説，①劉向《説苑》之"君子者無所不宜"説（《魯詩》），②朱熹《詩集傳》《朱子語類》、朱鑑《詩傳遺説》之"天子美諸侯"③説，朱善《詩解頤》之"天子燕諸侯"説，④季本《詩説解頤・正釋》之"天子美賢者"説，⑤李光地《詩所》之"朝會畢而天子見諸侯"説，⑥范家相《詩瀋》之"天子燕嗣位之諸侯"説，⑦陳子展《詩經直解》之"周王進用世禄子孫"説，⑧詩旨解説雖異，然皆不著作世。

又，關於毛《序》之"幽王之世"説，宋朱熹《詩序辨説》卷下："此《序》只用'似之'二字生説。"⑨清顧炎武《日知録》卷三《詩序》："序者不得其説，遂並《楚茨》《信南山》《甫田》《大田》《瞻彼洛矣》《裳裳者華》《桑扈》《鴛鴦》《魚藻》《采菽》十詩，皆爲刺幽王之作。恐不然也。"⑩朱氏、顧氏説皆是。

又，《詩・大雅・江漢》毛《序》："《江漢》，尹吉甫美宣王也。能興衰撥亂，命召公平淮夷。"⑪此乃王氏《詩總聞》"宣王之世（前827—前782）"説所本。

筆者此從何氏《詩經世本古義》"平王三年"説。

2. 《裳裳者華》作於"平王三年"説補證

首章曰："裳裳者華，其葉湑兮。我覯之子，我心寫兮。我心寫兮，是以有譽處兮。"毛《傳》："興也。裳裳，猶堂堂也。湑，盛貌。"鄭《箋》："興者，華堂堂於上，喻君也；葉湑然於下，喻臣也。明王賢臣以德相承而治道興，則讒諂遠矣。覯，見也。之子，是子也，謂古之明王也。言我得見古之明王，則我心所憂寫而去矣。我心所憂既寫，是則君臣相與，聲譽常處也。憂者，憂讒諂。"孔《疏》："言彼堂堂然光明者華也。"⑫

謹按："裳裳"，《魯詩》《韓詩》作"常常"。則"裳裳"乃"常常"之假借，花鮮明貌。"我"，鄭《箋》訓爲"詩人"，《詩總聞》訓爲"召伯虎"，朱《傳》訓爲"天子"，《詩經世本古義》訓爲"平王"，《詩本誼》訓爲"宣王"，《詩經直解》訓爲"我周王"。"之子"，鄭《箋》訓爲"古之明王"，朱《傳》訓爲"諸侯"，《詩經世本古義》訓爲"鄭武

---

① ［周］荀況撰，［清］王先謙集解，沈嘯寰、王星賢點校：《荀子集解》，第42頁。
② ［漢］劉向撰，向宗魯校證：《説苑校證》，第480頁。
③ ［宋］朱熹撰，夏祖堯點校：《詩集傳》，第182頁；［宋］朱鑑：《詩傳遺説》，第583頁；［宋］黎靖德編撰，王星賢點校：《朱子語類》，第2125頁。
④ ［明］朱善：《詩解頤》，第268頁。
⑤ ［明］季本：《詩説解頤》，《正釋》卷20，第22頁。
⑥ ［清］李光地：《詩所》，第8頁。
⑦ ［清］范家相：《詩瀋》，國家圖書館藏清乾隆三十九年(1774)古趣亭刻本。
⑧ 陳子展：《詩經直解》，第781頁。
⑨ ［宋］朱熹：《詩序辨説》，第388頁。
⑩ ［清］顧炎武撰，［清］黄汝成集釋，秦克誠點校：《日知録集釋》，第107頁。
⑪ ［漢］毛亨傳，［漢］鄭玄箋，［唐］孔穎達等正義：《毛詩正義》，第1234-1235頁。
⑫ ［漢］毛亨傳，［漢］鄭玄箋，［唐］孔穎達等正義：《毛詩正義》，第1029頁。

公",《田間詩學》訓爲"鄭桓公",《詩本誼》訓爲"尹吉甫",《詩經直解》訓爲"世禄子孫"。① 今考：

《豳風·伐柯》爲美周公之作，其卒章曰："伐柯伐柯，其則不遠。我覯之子，籩豆有踐。"《九罭》亦爲美周公之作，其首章曰："九罭之魚，鱒魴。我覯之子，衮衣繡裳。"②此二詩中，所謂"我"者，即"我文王"之子"，此指"周公旦"。《裳裳者華》與《伐柯》《九罭》義例相同。故筆者以爲何氏《詩經世本古義》説是。則"我"即詩人自稱，當爲周平王；"之子"，即他稱周平王所美之賢者，當爲夾輔王室之鄭武公。

又，宋歐陽修《詩本義》卷八："'裳裳者華，其葉湑兮'者，言其葉華並茂，喻賢材美衆盛也。我見是人而傾心用之，則君臣有榮譽也。"③朱熹《詩集傳》卷十三："此天子美諸侯之辭，蓋以答《瞻彼洛矣》也。"④清陳奂《毛詩傳疏》卷二十一："興者，以華葉之盛，喻賢者功臣其世澤之茂盛，亦如華葉之裳裳湑湑然。"⑤的確，在平王東遷前後，正是鄭武公會諸侯夾輔平王東遷，王室方得以安。故平王"傾心用之"，命其爲卿，方使"君臣有榮譽"。則首章以華葉之盛比興，喻"之子"世澤之茂盛；言待以誠，表達出"我"見到"之子"時的愉悦心情。

次章曰："裳裳者華，芸其黄矣。我覯之子，維其有章矣。維其有章矣，是以有慶矣。"毛《傳》："芸，黄盛也。"鄭《箋》："華芸然而黄，興明王德之盛也。不言葉，微見無賢臣也。章，禮文也。言我得見古之明王，雖無賢臣，猶能使其政有禮文法度；政有禮文法度，是則我有慶賜之榮也。"⑥

謹按：宋歐陽修《詩本義》卷八："'裳裳者華，芸其黄矣'，言其華色光耀，喻有功之臣功烈顯赫也。我見是人作事皆可法，故得慶於後而世禄不絶也。章，法也，陳二章刺王不能也。"⑦清陳奂《毛詩傳疏》卷二十一："首章言華又言葉，下章不言葉，略也。"⑧則次章以華之黄盛比興，言遇於禮，讚美"之子"富有才華。

三章曰："裳裳者華，或黄或白。我覯之子，乘其四駱。乘其四駱，六轡沃若。"毛《傳》："言世禄也。"鄭《箋》："華或有黄者，或有白者，興明王之德時有駁而不純。我得見明王德之駁者，雖無慶譽，猶能免於讒謟之害，守我先人之禄位，乘

---

① 陳子展：《詩經直解》，第781頁。
② 《伐柯》毛《序》："《伐柯》，美周公也。周大夫刺朝廷之不知也。"毛《傳》："柯，斧柄也。禮義者，亦治國之柄。……以其所願乎上交乎下，以其所願乎下事乎上，不遠求也。踐，行列貌。"鄭《箋》："覯，見也。之子，是子也。"《九罭》毛《序》："《九罭》，美周公也。周大夫刺朝廷之不知也。"毛《傳》："興也。九罭，緵罟小魚之網也。鱒、魴，大魚也。所以見周公也。衮衣，卷龍也。"[漢]毛亨傳，[漢]鄭玄箋，[唐]孔穎達等正義：《毛詩正義》，第851－852頁。
③⑦ [宋]歐陽修：《詩本義》，卷8，第12頁。
④ [宋]朱熹撰，夏祖堯點校：《詩集傳》，第182頁。
⑤⑧ [清]陳奂：《毛詩傳疏》，第4083頁。
⑥ [漢]毛亨傳，[漢]鄭玄箋，[唐]孔穎達等正義：《毛詩正義》，第1030頁。

其四駱之馬,六轡沃若然。"①

謹按:宋歐陽修《詩本義》卷八:"'裳裳者華,或黄或白',刺王朝君子小人雜處也,而讒諂得進;因戒王以馭臣之道當如馭馬,使駕良並駕,而進退遲速如一者,在調和其轡,緩急以節之爾。謂善馭臣下者,君子小人各適其用,而節制在己也。"②朱熹《詩集傳》卷十三:"言其車馬威儀之盛。"③筆者以爲,此非他人"戒王",而爲平王自省"馭臣之道當如馭馬"。因爲,平王初遷雒邑,王室難免"君子小人雜處",故平王意欲重用像鄭武公一樣的賢臣,使其能够"免於讒諂之害"、能够"守我先人之禄位",具有"車馬威儀之盛"。此當爲天子"馭臣之道"。則三章以華之黄白比興,言賜以車馬,表示對"之子"的慶祝。

卒章曰:"左之左之,君子宜之。右之右之,君子有之。維其有之,是以似之。"毛《傳》:"左,陽道,朝祀之事;右,陰道,喪戎之事。似,嗣也。"鄭《箋》:"君子,斥其先人也。多才多藝,有禮於朝,有功於國。維我先人有是二德,故先王使之世禄,子孫嗣之;今遇讒諂並進,而見絶也。"④

謹按:宋歐陽修《詩本義》卷八:"又言左右,常當親近君子而慎其所習。左右有小人則似小人,有君子則似君子也。"⑤朱熹《詩集傳》卷十三:"賦也。言其才全德備,以左之,則無所不宜;以右之,則無所不有。維其有之於内、是以形之於外者,無不似其所有也。"⑥此"君子",鄭《箋》訓爲詩人之"先人",朱《傳》訓爲"諸侯",《詩經世本古義》訓爲"鄭武公",《詩經直解》訓爲"世禄子孫之先人"。⑦筆者以爲何氏《詩經世本古義》説是。該詩前三章"比""興"二體兼用,卒章純用"賦"體,言賞以世禄,以美鄭武公"左""右"皆"宜"之,即"陽道朝祀之事"與"陰道喪戎之事"二者得兼,亦即文治武功皆堪大任。故祝願並鼓勵"之子"將其"世禄",讓其後世子孫世代"嗣之"。⑧

又,襄三年《左傳》載魯君子曰:"(祁奚)於是能舉善矣。稱其讎,不爲諂;立其子,不爲比;舉其偏,不爲黨。……解狐得舉,祁午得位,伯華得官,建一官而三物成,能舉善也。夫唯善,故能舉其類。《詩》云:'惟其有之,是以似之。'祁奚有焉。"⑨《荀子·不苟篇》:"《詩》曰:'左之左之,君子宜之;右之右之,君子有之。'此言君子能以義屈信變應故也。"⑩《韓詩外傳》卷七:"孔子曰:'……成王壯,周

---

① ④ [漢]毛亨傳,[漢]鄭玄箋,[唐]孔穎達等正義:《毛詩正義》,第1030頁。
② ⑤ [宋]歐陽修:《詩本義》,卷8,第12頁。
③ [宋]朱熹撰,夏祖堯點校:《詩集傳》,第182頁。
⑥ [宋]朱熹撰,夏祖堯點校:《詩集傳》,第183頁。
⑦ 陳子展:《詩經直解》,第781頁。
⑧ 參見:陳子展《詩經直解》,第779-781頁;程俊英、蔣見元《詩經注析》,第678頁。
⑨ 杜《注》:"《詩》言唯有德之人,能舉似己者也。"[晉]杜預注,[唐]孔穎達等正義:《春秋左傳正義》,第4190頁。
⑩ [周]荀況撰,[清]王先謙集解,沈嘯寰、王星賢點校:《荀子集解》,第42頁。

公致政,北面而事之。請然後行,無伐矜之色,可謂臣矣!故一人之身,能三變者,所以應時也。'《詩》曰:'左之左之,君子宜之。右之右之,君子有之。'"①《説苑·修文》:"《詩》曰:'左之左之,君子宜之。右之右之,君子有之。'《傳》曰:'君子者,無所不宜也。'……故仁足以懷百姓,勇足以安危國,信足以結諸侯,強足以拒患難,威足以率三軍。故曰:爲左亦宜,爲右亦宜,爲君子無不宜者。此之謂也。"②《列女傳》卷一《母儀傳·衛姑定姜》:"君子謂定姜達於事情。《詩》云:'左之左之,君子宜之。'此之謂也。"③《潛夫論·邊議》:"且夫議者,明之所見也;辭者,心之所表也。'維其有之,是以似之'。"④此五引《詩》,皆取"君子賢善而能"之義。則《左傳》《荀子》《韓詩外傳》《説苑》《列女傳》《潛夫論》皆以此詩爲"美"詩,而非"刺"詩。

要之,全詩主旨鮮明,主題突出,情感誠摯,疊詞疊句,長聲慢詠,一唱三歎,"似歌非歌,似謡非謡,理瑩筆妙,自是名言,足垂不朽"。⑤故《裳裳者華》爲周平王美同姓諸侯鄭武公夾輔周室功勳之作,而《瞻彼洛矣》爲周大夫祈平王遷雒作六師修禦備之作;可見,此詩與《瞻彼洛矣》爲一時之作。

又,《詩·鄭風·緇衣》毛《序》:"《緇衣》,美武公也。父子並爲周司徒,善於其職,國人宜之,故美其德,以明有國善善之功焉。"⑥今本《竹書紀年》:"(周平王三年)王錫司徒鄭伯命。"⑦則平王三年(前768),平王命鄭武公掘突繼父職入仕爲王室司徒,位居三公。故繫《緇衣》於平王命鄭武公爲公之年,即平王三年(前768)。

可見,《都人士》《魚藻》二詩皆作於"二王並立"初年,即平王元年(前770);《裳裳者華》當作於武公護送平王東遷至平王命武公爲公期間,即平王元年至三年(前770—前768)之間。

---

① [漢]韓嬰撰,屈守元箋疏:《韓詩外傳箋疏》,第596頁。
② [漢]劉向撰,向宗魯校證:《説苑校證》,第479-480頁。
③ [漢]劉向:《古列女傳》,四部叢刊初編影印明萬曆間(1573—1620)黃嘉育刊本,上海書店1985年版,卷1,第12頁。
④ [漢]王符撰,[清]汪繼培箋,彭鐸校正:《潛夫論箋校正》,第278頁。
⑤ [清]方玉潤撰,李先耕點校:《詩經原始》,第441頁。
⑥ [漢]毛亨傳,[漢]鄭玄箋,[唐]孔穎達等正義:《毛詩正義》,第710頁。
⑦ 王國維:《今本竹書紀年疏證》,第90頁。

附錄

主要參考文獻

一、古籍（404種，按朝代先後排列）

〔周〕老聃撰，朱謙之校釋《老子校釋》，北京：中華書局新編諸子集成本，1984年。

〔周〕莊周撰，〔清〕王先謙集解，沈嘯寰據清宣統元年（1909）思賢書局刻本點校《莊子集解》，北京：中華書局新編諸子集成本，1987年。

〔周〕莊周撰，〔清〕王先謙集解，劉武補正，沈嘯寰據中華書局1958年排印本點校《莊子集解內篇補正》，北京：中華書局新編諸子集成本，1987年。

〔周〕莊周撰，〔清〕郭慶藩集釋，王孝魚據清同治間（1862—1875）長沙思賢講舍刊本點校《莊子集釋》，北京：中華書局新編諸子集成本，2004年，第2版。

〔周〕荀況撰，〔清〕王先謙集解，沈嘯寰、王星賢據清光緒十七年（1891）刻本點校《荀子集解》，北京：中華書局新編諸子集成本，1988年。

〔周〕韓非撰，〔清〕王先慎集解，鍾哲據四部叢刊初編影宋乾道間（1165—1173）刻本點校《韓非子集解》，北京：中華書局新編諸子集成本，1998年。

舊題〔周〕晏嬰撰，吳則虞集釋《晏子春秋集釋》，北京：中華書局，1962年。

舊題〔周〕列禦寇撰，〔晉〕張湛注，楊伯峻集釋《列子集釋》，北京：中華書局新編諸子集成本，1990年。

舊題〔周〕孔鮒撰《孔叢子》，上海：上海古籍出版社續修四庫全書影印宋刻本，子部第932冊，2002年。

舊題〔周〕孔鮒撰《孔叢子》，上海：上海古籍出版社諸子百家叢書影印杭州葉氏藏明翻宋本，1990年。

〔漢〕鄭玄注，〔唐〕賈公彥疏《周禮注疏》，北京：中華書局影印清嘉慶二十至二十一年（1815—1816）江西南昌府學刊刻阮元校勘十三經注疏本，2009年。

〔漢〕鄭玄注，〔唐〕賈公彥疏《儀禮注疏》，北京：中華書局影印清嘉慶二十至二十一年（1815—1816）江西南昌府學刊刻阮元校勘十三經注疏本，2009年。

〔漢〕鄭玄注,〔唐〕孔穎達等正義《禮記正義》,北京:中華書局影印清嘉慶二十至二十一年(1815—1816)江西南昌府學刊刻阮元校勘十三經注疏本,2009年。

〔漢〕鄭玄注,〔清〕陳壽祺輯校《尚書大傳輯校》,南京:鳳凰出版社影印清光緒十四年(1888)王先謙編刻清經解續編本,第10册,2005年。

〔漢〕戴德撰,〔清〕孔廣森補注《大戴禮記補注》,北京:中華書局點校十三經清人注疏本,1983年。

〔漢〕戴德撰,〔清〕王聘珍解詁,王文錦點校《大戴禮記解詁》,北京:中華書局點校十三經清人注疏本,1983年。

〔漢〕韓嬰撰,屈守元箋疏《韓詩外傳箋疏》,成都:巴蜀書社,1996年。

〔漢〕董仲舒撰,陳蒲清據清乾隆間(1736—1795)盧文弨刻抱經堂叢書本點校《春秋繁露》,長沙:嶽麓書社,1997年。

〔漢〕董仲舒撰,〔清〕蘇輿義證,鍾哲點校《春秋繁露義證》,北京:中華書局新編諸子集成本,1992年。

〔漢〕毛亨傳,〔漢〕鄭玄箋、〔唐〕孔穎達等正義《毛詩正義》,北京:中華書局影印清嘉慶二十至二十一年(1815—1816)江西南昌府學刊刻阮元校勘十三經注疏本,2009年。

〔漢〕司馬遷撰,郭逸、郭曼據宋慶元二年(1196)建陽黄善夫刊刻三家注本點校《史記》,上海:上海古籍出版社,1997年。

〔漢〕何休注,〔唐〕徐彦疏《春秋公羊傳注疏》,北京:中華書局影印清嘉慶二十至二十一年(1815—1816)江西南昌府學刊刻阮元校勘十三經注疏本,2009年。

〔漢〕焦贛撰《焦氏易林》,上海:上海書店四部叢刊初編影印元刻殘本、烏程蔣氏密韻樓藏元寫本,1985年。

〔漢〕孔安國傳,〔唐〕孔穎達等正義《尚書正義》,北京:中華書局影印清嘉慶二十至二十一年(1815—1816)江西南昌府學刊刻阮元校勘十三經注疏本,2009年。

〔漢〕劉安撰,〔漢〕高誘注,劉文典集解,馮逸、喬華點校《淮南鴻烈集解》,北京:中華書局新編諸子集成本,1989年。

〔漢〕劉向集録,范祥雍箋證,范邦瑾協校《戰國策箋證》,上海:上海古籍出版社,2006年。

〔漢〕劉向《古列女傳》,上海:上海書店四部叢刊初編影印明萬曆間(1573—1620)黄嘉育刊本,1985年。

〔漢〕劉向撰,向宗魯校證《説苑校證》,北京:中華書局,1987年。

〔漢〕劉向撰,石光瑛校釋《新序校釋》,北京:中華書局,2001年。

[漢]劉向校,黎翔鳳校注,梁運華整理《管子校注》,北京:中華書局新編諸子集成本,2004年。

[漢]陸賈撰,王利器校注《新語校注》,北京:中華書局新編諸子集成本,1986年。

[漢]桓寬撰,王利器校注《鹽鐵論校注》,北京:中華書局新編諸子集成本,1992年。

[漢]宋衷注,[清]秦嘉謨等輯《世本八種》,上海:商務印書館排印本,1957年。

[漢]班固撰,[清]陳立疏證,吳則虞據清光緒元年(1875)淮南書局刊本點校《白虎通疏證》,北京:中華書局新編諸子集成本,1994年。

[漢]班固撰,[唐]顏師古注,傅東華等據清光緒二十六年(1900)王先謙補注本點校《漢書》,北京:中華書局,1962年。

[漢]王逸撰,夏祖堯據四部叢刊初編明覆宋刻本點校《楚辭章句》,長沙:嶽麓書社,1989年。

[漢]王充撰,黃暉校釋《論衡校釋》,北京:中華書局新編諸子集成本,1990年。

[漢]王符撰,[清]汪繼培箋,彭鐸校正《潛夫論箋校正》,北京:中華書局新編諸子集成本,1985年。

[漢]王隆撰,[漢]胡廣注,[清]孫星衍輯《漢官解詁》,北京:中華書局叢書集成初編排印清嘉慶間(1796—1820)孫星衍編刻平津館叢書本,第874冊,1985年。

[漢]許慎撰,[南唐]徐鍇傳《説文繫傳》,北京:中華書局説文解字四種影印清道光十九年(1839)祁寯藻重刊景宋本,1998年。

[漢]許慎撰,[清]段玉裁注《説文解字注》,上海:上海古籍出版社影印清乾隆道光間(1736—1850)段氏經韻樓叢書自刻本,1981年。

[漢]荀悦撰,[明]吳道傳校《申鑒》,上海:上海書店諸子集成本,1986年。

[漢]揚雄撰,[晉]李軌、[唐]柳宗元注,[宋]司馬光重添注,汪榮寶義疏,陳仲夫據民國二十三年(1934)刊本點校《法言義疏》,北京:中華書局新編諸子集成本,1987年。

[漢]趙岐注,[宋]孫奭疏《孟子注疏》,北京:中華書局影印清嘉慶二十至二十一年(1815—1816)江西南昌府學刊刻阮元校勘十三經注疏本,2009年。

[漢]史游撰,[唐]顏師古注《急就篇》,北京:中華書局叢書集成初編排印清光緒間(1871—1908)福山王懿榮刻天壤閣叢書本,第1052冊,1985年。

[漢]應劭撰,王利器校注《風俗通義校注》,北京:中華書局,1981年。

[漢]劉熙撰,[清]畢沅疏證《釋名疏證》,上海:上海古籍出版社續修四庫

全書影印清乾隆五十四年(1789)畢氏靈巖山館刻經訓堂叢書本,經部第 189 册,2002 年。

［漢］揚雄撰,［清］錢繹箋疏,李發舜、黄建中據清光緒十六年(1890)紅蝠山房本點校《方言箋疏》,北京:中華書局,1991 年。

［漢］袁康撰,［漢］吴平輯録,樂祖謀據明嘉靖三十三年(1554)張佳胤雙柏棠刊本點校《越絶書》,上海:上海古籍出版社,1985 年。

［漢］蔡邕《蔡中郎集》,北京:中華書局影印四部備要排印清光緒十六年(1890)聊城楊以增海源閣校刊覆宋本,1989 年。

［漢］蔡邕撰,鄧安生編年校註《蔡邕集編年校註》,石家莊:河北教育出版社,2010 年。

［三國魏］王弼注,［唐］孔穎達等正義《周易正義》,北京:中華書局影印清嘉慶二十至二十一年(1815—1816)江西南昌府學刊刻阮元校勘十三經注疏本,2009 年。

［三國魏］徐幹撰,龔祖培據清咸豐間(1851—1861)錢培名精校本點校:《中論》,瀋陽:遼寧教育出版社,2001 年。

［三國魏］何晏等注,［宋］邢昺疏《論語注疏》,北京:中華書局影印清嘉慶二十至二十一年(1815—1816)江西南昌府學刊刻阮元校勘十三經注疏本,2009 年。

［三國魏］何晏集解,［南朝梁］皇侃義疏《論語集解義疏》,北京:中華書局叢書集成初編排印清乾隆四十一年(1776)鮑廷博刻知不足齋叢書本,第 481—484 册,1985 年。

［三國吴］陸璣《毛詩草木鳥獸蟲魚疏》,北京:中華書局叢書集成初編排印清光緒十五年(1888)鍾謙鈞輯古經解彙函本,第 1346—1347 册,1985 年。

［三國吴］韋昭注,上海師範大學古籍整理研究所據清嘉慶二十三年(1818)黄丕烈編刻士禮居影宋天聖明道本校點《國語》,上海:上海古籍出版社,1998 年。

［三國蜀］諸葛亮撰,張連科、管淑珍校注《諸葛亮集校注》,天津:天津古籍出版社,2008 年。

［晉］杜預《春秋釋例》,上海:商務印書館叢書集成初編排印清嘉慶十二年(1807)孫星衍刊刻岱南閣叢書校本,1936 年。

［晉］杜預《春秋釋例》,北京:中華書局叢書集成初編排印清嘉慶十二年(1807)孫星衍刊刻岱南閣叢書校本,第 3628—3633 册,1985 年。

［晉］杜預注,［唐］孔穎達等正義《春秋左傳正義》,北京:中華書局影印清嘉慶二十至二十一年(1815—1816)江西南昌府學刊刻阮元校勘十三經注疏本,2009 年。

［晉］范甯注，［唐］楊士勳疏《春秋穀梁傳注疏》，北京：中華書局影印清嘉慶二十至二十一年（1815—1816）江西南昌府學刊刻阮元校勘十三經注疏本，2009年。

　　［晉］郭璞注，［宋］邢昺疏《爾雅注疏》，北京：中華書局影印清嘉慶二十至二十一年（1815—1816）江西南昌府學刊刻阮元校勘十三經注疏本，2009年。

　　［晉］孔晁注《汲冢周書》，上海：上海書店四部叢刊初編影印明嘉靖二十二年（1543）章檗校刻本，1985年。

　　［晉］孔晁注，［清］陳逢衡補注《逸周書補注》，北京：中國書店影印清道光五年（1825）修梅山館刊本，1982年。

　　［晉］孔晁注，黃懷信、張懋鎔、田旭東集注，黃懷信修訂《逸周書彙校集注》（修訂本），上海：上海古籍出版社，2007年。

　　［晉］郭璞注，袁珂校注《山海經校注》（增訂本），成都：巴蜀書社，1993年。

　　［晉］皇甫謐撰，［清］宋翔鳳集校《帝王世紀》，上海：上海古籍出版社續修四庫全書影印清光緒間（1875—1908）貴筑楊調元訓纂堂叢書刻宋輯本，史部第301冊，2002年。

　　［晉］袁宏撰，張烈據上海涵芬樓影明嘉靖間（1521—1566）蘇州黃姬水刊本點校《兩漢紀・後漢紀》，北京：中華書局，2002年。

　　［晉］葛洪撰，楊明照校箋《抱朴子外篇校箋》，北京：中華書局新編諸子集成本，1991年。

　　［晉］常璩撰，劉曉東等點校《華陽國志》，濟南：齊魯書社二十五別史本，2000年。

　　［晉］佚名《三輔故事》，北京：中華書局叢書集成初編排印清道光元年（1821）張澍輯二酉堂叢書本，第3205冊，1985年。

　　［北魏］酈道元撰，楊守敬、熊會貞注疏，段熙仲據1957年北京科技出版社影印鈔本點校，陳橋驛復校《水經注疏》，南京：江蘇古籍出版社，1989年。

　　［北齊］劉晝撰，［唐］袁孝政注，傅亞庶校釋《劉子校釋》，北京：中華書局新編諸子集成本，1998年。

　　［北齊］顏之推撰，王利器集解《顏氏家訓集解》（增補本），北京：中華書局新編諸子集成本，1993年。

　　［南朝宋］劉義慶撰，［梁］劉孝標注，蔣凡、李笑野、白振奎據日本金澤文庫藏宋刊本整理評注《全評新注世說新語》，北京：人民文學出版社，2009年。

　　［南朝宋］范曄撰，［唐］李賢等注，宋雲彬等據宋紹興間（1131—1162）刻本點校《後漢書》，北京：中華書局，1965年。

　　［南朝梁］沈約注，［清］徐文靖統箋，［清］馬陽、崔萬烜校訂《竹書紀年統箋》，國家圖書館藏清光緒三年（1877）浙江書局刻本。

［南朝梁］沈約注，［清］徐文靖統箋，［清］馬陽、崔萬烜校訂《竹書紀年統箋》，上海集成圖書公司影印清宣統三年(1911)浙江書局刻本。

［南朝梁］沈約注，［清］徐文靖統箋，［清］馬陽、崔萬烜校訂《竹書紀年統箋》，宋志英輯《竹書紀年》研究文獻輯刊，第 2 册，北京：國家圖書館出版社，2016 年。

［南朝梁］沈約撰，王仲犖據宋元明三朝遞修本、明北監本、毛氏汲古閣本、清乾隆四年(1739)武英殿本、金陵書局本、百衲本互校本點校《宋書》，北京：中華書局，1974 年。

［南朝梁］陶弘景《古今刀劍録》，揚州：江蘇廣陵古籍刻印社影印道藏本，1992 年。

［南朝梁］蕭統編、［唐］李善注《文選》，北京：中華書局影印清嘉慶十四年(1809)胡克家重刻宋淳熙八年(1181)尤袤刊本，1977 年。

［南朝梁］顧野王撰，［唐］孫强增字，［宋］陳彭年等重修《玉篇》，北京：中華書局影印康熙間(1654—1722)張世俊澤存堂本，1987 年。

［南朝梁］任昉撰《述異記》，上海：商務印書館叢書集成初編影印明萬曆間(1573—1620)程榮刊刻漢魏叢書本，1925 年。

［南朝陳］徐陵撰，［清］吴兆宜箋注，程琰删補，穆克宏據清乾隆三十九年(1774)刻本校點：《玉臺新詠箋疏》，北京：中華書局，1985 年。

［唐］杜佑撰，顔品忠等據清光緒八年至二十二年(1882—1896)浙江書局九通合刻本點校《通典》，長沙：嶽麓書社，1995 年。

［唐］李吉甫撰，賀次君據清光緒六年(1880)金陵書局初刊本點校《元和郡縣圖志》，北京：中華書局，1983 年。

［唐］林寶撰，［清］孫星衍校輯，郁賢皓、陶敏據清光緒六年(1880)江寧書局翻刻嘉慶七年(1802)刊本整理點校《元和姓纂》，北京：中華書局，1994 年。

［唐］陸淳《春秋啖趙集傳纂例》，北京：中華書局叢書集成初編排印清光緒十五年(1888)鍾謙鈞輯古經解彙函重刻錢儀吉刊經苑本，第 3636—3638 册，1985 年。

［唐］陸德明《經典釋文》，上海：上海古籍出版社影印宋刻本，1985 年。

［唐］馬總《意林》，上海：上海古籍出版社續修四庫全書影印清鈔本，子部第 1188 册，2002 年。

［唐］虞世南《北堂書鈔》，北京：清華大學出版社唐代四大類書影印清光緒十四年(1888)南海孔廣陶三十有三萬卷堂校注重刻陶宗義鈔宋本，2003 年。

［唐］徐堅《初學記》，北京：清華大學出版社唐代四大類書影印清光緒九年(1883)南海孔廣陶刻本，2003 年。

［唐］李隆基御注，［宋］邢昺疏《孝經注疏》，北京：中華書局影印清嘉慶二

十至二十一年（1815—1816）江西南昌府學刊刻阮元校勘十三經注疏本，2009年。

［唐］房喬編修，吳則虞等據清金陵書局本點校《晉書》，北京：中華書局，1974年。

［唐］魏徵等編修，汪紹楹等據宋小字本、中字本、元大德十行本（百衲本）、至順九行本、明南京國子監本、汲古閣本、清武英殿本、淮南書局本互校本點校《隋書》，北京：中華書局，1973年。

［唐］歐陽詢《藝文類聚》，北京：清華大學出版社唐代四大類書影印宋紹興間（1131—1162）刻本，2003年。

［唐］佚名《原本廣韻》，揚州：江蘇廣陵古籍刻印社影印清光緒七年（1881）黎庶昌輯刻古逸叢書本（町田久成藏南宋寧宗年間杭州重刊本），1997年。

［唐］釋道宣《廣弘明集》，上海：上海書店四部叢刊初編影印明萬曆間（1573—1620）汪道昆刻本，1985年。

［唐］劉知幾撰，［清］浦起龍通釋，王煦華據清乾隆十七年（1752）求放心齋初刊本點校《史通通釋》，上海：上海古籍出版社，1978年。

［唐］白居易原本，［宋］孔傳續撰《白氏六帖》，北京：清華大學出版社唐代四大類書影印民國二十二年（1933）吳興張芹伯影宋紹興間（1131—1162）明州刻本，2003年。

［後晉］劉昫編修，朱東潤等據清道光間（1821—1850）揚州岑氏懼盈齋刻本點校《舊唐書》，北京：中華書局，1975年。

［宋］陳暘《樂書》，北京：北京圖書館出版社中華再造善本影印元至正七年（1347）福州路儒學趙宗吉刻明修本，2004年。

［宋］蔡卞《毛詩名物解》，揚州：江蘇廣陵古籍刻印社影印清康熙十九年（1680）納蘭性德刻通志堂經解本，第7冊，1996年。

［宋］陳傅良《歷代兵制》，國家圖書館藏清嘉慶十七年（1812）張海鵬編刻墨海金壺叢書本。

［宋］陳彭年等重修《鉅宋廣韻》，上海：上海古籍出版社影印宋乾道五年（1169）閩中建寧府黃三八郎書鋪刊本，1983年。

［宋］程公說《春秋分記》，上海圖書館藏清鈔本。

［宋］程公說《春秋分記》，上海：上海古籍出版社影印文淵閣四庫全書本，經部154冊，1987年。

［宋］戴溪《續呂氏家塾讀詩記》，北京：中華書局叢書集成初編排印清乾隆三十八年（1773）武英殿聚珍版叢書本，第1724冊，1985年。

［宋］鄧名世撰，王力平據四庫全書本點校《古今姓氏書辯證》，南昌：江西人民出版社，2006年。

〔宋〕段昌武《毛詩集解》，國家圖書館藏清鈔本。

〔宋〕董逌《廣川書跋》，北京：中華書局叢書集成初編排印明崇禎間(1628—1644)毛晉刻津逮秘書本，第1511—1512冊，1985年。

〔宋〕范處義《詩補傳》，揚州：江蘇廣陵古籍刻印社影印清康熙十九年(1680)納蘭性德刻通志堂經解本，第8冊，1996年。

〔宋〕輔廣《詩童子問》，北京：綫裝書局影印日本宮内廳書陵部藏宋元版漢籍叢書本，2001年。

〔宋〕胡宏《皇王大紀》，上海圖書館藏明萬曆三十九年(1611)刻本。

〔宋〕家鉉翁《則堂先生春秋集傳詳説》，揚州：江蘇廣陵古籍刻印社影印清康熙十九年(1680)納蘭性德刻通志堂經解本，第10冊，1996年。

〔宋〕金履祥《尚書表注》，北京：中華書局影印叢書集成初編排印清同治光緒間(1862—1908)胡鳳丹編刻金華叢書本，第3597冊，1985年。

〔宋〕金履祥《資治通鑑綱目前編》，國家圖書館藏清康熙四十六年(1707)内府刊本。

〔宋〕樂史撰，王文楚等據清光緒八年(1882)金陵書局刊本點校《太平寰宇記》，北京：中華書局中國古代地理總志叢刊本，2007年。

〔宋〕王存等撰，王文楚、魏嵩山據清光緒八年(1882)金陵書局刊本點校《元豐九域志》，北京：中華書局中國古代地理總志叢刊本，1984年。

〔宋〕李樗、黄櫄《毛詩集解》，揚州：江蘇廣陵古籍刻印社影印清康熙十九年(1680)納蘭性德刻通志堂經解本，第7冊，1996年。

〔宋〕李昉等《太平御覽》，北京：中華書局影印宋刻本，1960年。

〔宋〕李琪《春秋王霸列國世紀編》，揚州：江蘇廣陵古籍刻印社影印清康熙十九年(1680)納蘭性德刻通志堂經解本，第9冊，1996年。

〔宋〕劉恕《資治通鑑外紀》，上海：上海書店四部叢刊初編影宋本，1985年。

〔宋〕吕祖謙《大事記解題》，國家圖書館藏清鈔本。

〔宋〕吕祖謙《吕氏家塾讀詩記》，上海：上海書店四部叢刊續編影印宋刊本，1985年。

〔宋〕羅泌撰，〔宋〕羅苹注《路史》，上海：中華書局四部備要據原刻本校刊本，1920—1936年。

〔宋〕林之奇《三山拙齋林先生尚書全解》，揚州：江蘇廣陵古籍刻印社影印清康熙十九年(1680)納蘭性德刻通志堂經解本，第5冊，1996年。

〔宋〕歐陽修《集古錄跋尾》，南京：江蘇古籍出版社歷代碑誌叢書影印清光緒十三年(1887)朱記榮輯刊槐廬叢書本，第1冊，1998年。

〔宋〕歐陽修《詩本義》，上海：上海書店四部叢刊三編影印宋刻本，1985年。

〔宋〕歐陽修、〔宋〕宋祁撰修，石淑儀等據宋嘉祐間(1056—1063)十四行本點校《新唐書》，北京：中華書局，1975年。

〔宋〕歐陽修《歐陽文忠公集》，上海：上海書店四部叢刊初編影印元刻本，1985年。

〔宋〕史昭《通鑒釋文》，上海：上海書店四部叢刊初編影印宋刻本，1985年。

〔宋〕司馬光撰，(美)王亦令點校《稽古錄》，北京：中國友誼出版公司，1987年。

〔宋〕司馬光撰，〔宋〕胡三省音注，標點《資治通鑒》小組據清胡克家翻刻元刊胡注本校點《資治通鑒》，北京：中華書局，1956年。

〔宋〕司馬光《類篇》，上海：上海古籍出版社影印汲古閣影宋鈔本，1988年。

〔宋〕宋敏求《長安志》，國家圖書館藏清乾隆元年(1736)畢沅校刊經訓堂叢書本。

〔宋〕王柏《詩疑》，上海：上海古籍出版社續修四庫全書影印清康熙十九年(1680)納蘭性德刻通志堂經解本，經部第57冊，2002年。

〔宋〕王當《春秋臣傳》，揚州：江蘇廣陵古籍刻印社影印清康熙十九年(1680)納蘭性德刻通志堂經解本，第8冊，1996年。

〔宋〕王應麟撰，孫通海據四部叢刊三編影印元刊本校點《困學紀聞》，瀋陽：遼寧教育出版社，1998年。

〔宋〕王應麟《詩地理考》，北京：中華書局叢書集成初編排印明崇禎間(1628—1644)毛晉編輯津逮秘書本，第3046冊，1985年。

〔宋〕王應麟《詩考》，北京：北京圖書館出版社中華再造善本影印元至元六年(1340)慶元路儒學刻本，2006年。

〔宋〕王應麟《通鑒地理通釋》，南京：江蘇古籍出版社影印清光緒九年(1883)浙江書局刊本，1987年。

〔宋〕王應麟《周書王會補注》，北京：北京圖書館出版社中華再造善本影印國家圖書館藏元至元六年(1340)慶元路儒學刻明初修本，2005年。

〔宋〕王應麟《玉海》，南京：江蘇古籍出版社影印清光緒九年(1883)浙江書局刊本，1987年。

〔宋〕王應麟《姓氏急就篇》(附《玉海》後)，南京：江蘇古籍出版社影印清光緒九年(1883)浙江書局刊本，1987年。

〔宋〕蘇洵《謚法》，北京：中華書局叢書集成初編排印清嘉慶十七年(1812)張海鵬編刻墨海金壺叢書本，第898冊，1985年。

〔宋〕蘇轍《詩集傳》，上海：上海古籍出版社續修四庫全書影印宋淳熙七年(1180)蘇詡筠州公使庫刻本，經部56冊，2002年。

〔宋〕王質《詩總聞》，北京：中華書局叢書集成初編排印清咸豐元年(1851)錢儀吉刻經苑本，第1712—1715冊，1985年。

［宋］夏僎《尚書詳解》，北京：中華書局叢書集成初編排印本，第 3584—3591 册，1985 年。

［宋］嚴粲《詩緝》，北京：綫裝書局影印元余志安勤有堂刻本，2003 年。

［宋］楊簡撰，董平據民國二十年至三十四年(1931—1945)鄞縣張壽鏞編纂四明叢書本校點《慈湖詩傳》，《楊簡全集》第 2 册，杭州：浙江大學出版社，2016 年。

［宋］鄭樵撰，王樹民據清乾隆間(1711—1799)汪啓淑重刻正德陳宗夔刊本點校《通志二十略》，北京：中華書局，1995 年。

［宋］鄭樵《爾雅注》，揚州：江蘇廣陵古籍刻印社影印清嘉慶十年(1805)張氏曠照樓原刻學津討原本，1991 年。

［宋］朱鑒《詩傳遺説》，揚州：江蘇廣陵古籍刻印社影印清康熙十九年(1680)納蘭性德刻通志堂經解本，第 7 册，1996 年。

［宋］朱熹撰，夏祖堯據四部叢刊三編影印日本東京岩崎氏静嘉文庫藏宋本點校《詩集傳》，長沙：嶽麓書社，1989 年。

［宋］朱熹《詩序辨説》，［清］李光地等編，朱傑人等據四部叢刊三編影印日本東京岩崎氏静嘉文庫藏宋本點校《朱子全書》第 1 册，上海：上海古籍出版社、合肥：安徽教育出版社，2002 年。

［宋］朱熹《四書章句集注》，北京：中華書局新編諸子集成本，1983 年。

［宋］黎靖德編，王星賢據清光緒六年(1880)賀麟瑞校刻本點校《朱子語類》，北京：中華書局，1986 年。

［宋］黄倫《尚書精義》，北京：中華書局叢書集成初編排印本，第 3598—3605 册，1985 年。

［宋］晁公武《郡齋讀書志》，國家圖書館藏清光緒十年(1884)長沙思賢精舍刻王先謙校嘉慶二十四年(1819)汪士鐘重刻宋淳祐九年(1249)游鈞重刊本(衢本)。

［宋］晁公武撰，孫猛據清嘉慶二十四年(1819)汪士鐘重刻衢本校證《郡齋讀書志校證》，上海古籍出版社，1990 年。

［宋］陳振孫撰，徐小蠻等據清乾隆三十八年(1773)武英殿聚珍版叢書本點校《直齋書録解題》，上海：上海古籍出版社，1987 年。

［宋］張君房撰，李永晟據道藏本點校《雲笈七籤》，北京：中華書局道教典籍選刊本，2003 年。

［宋］薛尚功《歷代鐘鼎彝器款識法帖》，北京：中華書局宋人著録金文叢刊初編影印明崇禎六年(1633)朱謀垔刻本，1986 年。

［宋］吕大臨《考古圖》，濟南：齊魯書社四庫全書存目叢書影印明初刻本，子部第 77 册，1997 年。

〔宋〕洪適《隸釋》,北京:中華書局影印清同治十年(1872)江寧洪氏晦木齋附正誤刻本,1986年。

〔宋〕王俅輯《嘯堂集古錄》,北京:中華書局影印宋淳熙三年(1176)刻本,1985年。

〔宋〕黃伯思《宋本東觀餘論》,北京:中華書局古逸叢書三編影印宋嘉定三年(1210)刻本,1988年。

〔宋〕羅願撰,石雲孫據叢書集成初編本校點《爾雅翼》,合肥:黃山書社,2013年。

〔宋〕宋庠《國語補音》,上海:上海書店叢書集成續編影印民國十二年(1923)盧靖輯刊湖北先正遺書本,第23冊,1994年。

〔宋〕戴埴《鼠璞》,北京:中華書局叢書集成初編排印宋咸淳九年(1273)左圭輯刊百川學海本,第319冊,1985年。

〔宋〕林岊《毛詩講義》,國家圖書館藏清長洲顧氏藝海樓鈔本。

〔宋〕王欽若等撰,周勛初等據明刻本校訂《册府元龜》,南京:鳳凰出版社,2006年。

〔宋〕王安石撰,馮惠民等據明嘉靖三十九年(1560)撫州刊本整理《王安石集》,北京:國際文化出版公司,1996年。

〔宋〕沈括撰,胡道静校證《夢溪筆談校證》,上海:上海古籍出版社,1987年。

〔宋〕唐慎微撰,〔宋〕曹孝忠校,〔宋〕寇宗奭衍義《證類本草》,上海:上海古籍出版社四庫醫學叢書影印明成化四年(1468)刻本,第740冊,1991年。

〔宋〕葉適《習學記言序目》,北京:中華書局點校清光緒九年(1883)瑞安黃體芳刻本,1977年。

〔宋〕佚名《春秋年表》,國家圖書館藏清道光二十年(1840)江都汪紹成編刻正誼齋叢書本。

〔元〕察罕撰,〔明〕黃諫訂《帝王紀年纂要》,濟南:齊魯書社四庫全書存目叢書影印明嘉靖間(1521—1567)吳郡袁氏嘉趣堂刻金聲玉振集本,史部第6冊,1997年。

〔元〕劉瑾《詩集傳通釋》,北京:北京圖書館出版社中華再造善本影印元至正十二年(1352)建安劉氏日新書堂刻本,2006年。

〔元〕駱天驤纂編,〔元〕薛延年校正,黃永年據明鈔本點校《類編長安志》,北京:中華書局中國古代都城資料選刊本,1990年。

〔元〕許謙《詩集傳名物鈔》,北京:中華書局叢書集成初編排印清同治光緒間(1862—1908)胡鳳丹編刻金華叢書本,第1728—1731冊,1985年。

〔元〕許謙《讀書叢說》,北京:中華書局叢書集成初編排印清同治光緒間

(1862—1908)胡鳳丹編刻金華叢書本,第 3611 册,1985 年。

［元］朱公遷《詩經疏義會通》,上海圖書館藏明嘉靖二年(1523)書林劉宗器安正堂刻本。

［元］朱公遷撰,［明］王逢輯,何英增釋《詩經疏義會通》,北京:中國書店四部叢刊四編影印明嘉靖二年(1523)書林劉氏安正堂刻本,2016 年。

［元］朱倬《詩經疑問》,北京:北京圖書館出版社中華再造善本影印元至正七年(1347)建安書林劉錦文刻本,2004 年。

［元］陳師凱《書蔡氏傳旁通》,揚州:江蘇廣陵古籍刻印社影印清康熙十九年(1680)納蘭性德刻通志堂經解本,第 6 册,1996 年。

［元］劉玉汝《詩纘緒》,上海:上海古籍出版社影印文淵閣四庫全書本,經部第 77 册,1987 年。

［元］馬端臨《文獻通考》,北京:中華書局影印民國十八年至二十六年(1929—1937)商務印書館萬有文庫十通本,1986 年。

［明］馮時可《詩臆》,國家圖書館藏明萬曆間(1573—1620)刻"馮元成雜著九種"本。

［明］張彩《詩原》,國家圖書館藏明天啓元年(1621)陳此心刻本。

［明］毛晉《毛詩草木鳥獸蟲魚疏廣要》,北京:中華書局叢書集成新編排印明崇禎間(1628—1644)毛晉刻津逮秘書本,第 43 册,1985 年。

［明］程元初輯《歷年二十一傳》,濟南:齊魯書社四庫全書存目叢書影印明萬曆間(1573—1620)刻本,史部第 18 册,1997 年。

［明］豐坊《申培詩説》,［明］鍾惺《古名儒毛詩解》,濟南:齊魯書社四庫全書存目叢書影印明萬曆間(1573—1620)金閶擁萬堂刻本,經部第 65 册,1997 年。

［明］豐坊《子貢詩傳》,［明］鍾惺《古名儒毛詩解》,濟南:齊魯書社四庫全書存目叢書影印明萬曆間(1573—1620)金閶擁萬堂刻本,經部第 65 册,1997 年。

［明］顧應祥《人代紀要》,濟南:齊魯書社四庫全書存目叢書影印明嘉靖三十七年(1547)黃扆刻本,史部第 6 册,1997 年。

［明］歸有光撰,周本淳據四部叢刊初編影印清康熙間(1662—1722)常熟刊本點校《震川先生集》,上海:上海古籍出版社中國古典文學叢書本,1981 年。

［明］郝敬《毛詩原解》,濟南:齊魯書社四庫全書存目叢書影印明萬曆四十三年至四十七年(1615—1619)郝千秋郝千石刻郝氏九經解本,經部第 62 册,1997 年。

［明］何楷《詩經世本古義》,國家圖書館藏清嘉慶二十四年(1819)溪邑謝氏文林堂刊本。

［明］何楷撰，李士彪、張丹丹據北京大學圖書館藏明崇禎十四年(1641)刻本校點《詩經世本古義》，北京：北京大學出版社儒藏精華編本，第 27—28 册，2019 年。

［明］胡廣等《詩傳大全》，國家圖書館藏明永樂十三年(1415)内府刻本。

［明］季本《詩説解頤》，北京：國家圖書館出版社中華再造善本影印明嘉靖四十一年(1562)胡宗憲刻本，2012 年。

［明］李先芳《讀詩私記》，上海：上海書店叢書集成續編影印民國十二年(1923)盧靖慎始基齋輯刊湖北先正遺書本，第 5 册，1994 年。

［明］李賢等《大明一統志》，西安：三秦出版社影印明天順五年(1461)司禮監原刻本，1990 年。

［明］梁寅《詩演義》，上海：上海古籍出版社影印文淵閣四庫全書本，經部第 78 册，1987 年。

［明］劉城《春秋左傳地名録》，濟南：齊魯書社四庫全書存目叢書影印明崇禎間(1628—1644)刻本，經部第 128 册，1997 年。

［明］劉城《春秋外傳國語地名録》，濟南：齊魯書社四庫全書存目叢書影印明崇禎間(1628—1644)刻本，經部第 128 册，1997 年。

［明］陸時雍《古詩鏡》，上海圖書館藏明刻本。

［明］梅鷟《尚書考異》，北京：中華書局叢書集成初編排印清嘉慶間(1796—1820)孫星衍刻平津館叢書本，第 3614—3615 册，1985 年。

［明］南軒《資治通鑑綱目前編》，濟南：齊魯書社四庫全書存目叢書影印明崇禎三年(1631)刻本，史部第 9 册，1997 年。

［明］許誥《通鑑綱目前編》，濟南：齊魯書社四庫全書存目叢書影印明嘉靖五年(1526)刻本，史部第 6 册，1997 年。

［明］楊慎《升庵集》，國家圖書館藏明嘉靖隆慶間(1522—1566)刻本。

［明］楊慎撰，豐家驊據清乾隆間(1711—1799)李調元編刻函海本校點《楊慎詩話》，吴文治主編《明詩話全編》第 3 册，南京：江蘇古籍出版社，1997 年。

［明］鍾惺《古名儒毛詩解》，濟南：齊魯書社四庫全書存目叢書影印明萬曆間(1573—1620)金閶擁萬堂刻本，經部第 65 册，1997 年。

［明］鍾惺《詩經圖史合考》，濟南：齊魯書社四庫全書存目叢書影印明末刻本，經部第 64 册，1997 年。

［明］鍾惺《評點詩經》，復旦大學圖書館藏明昌泰元年(1620)吴興凌杜若刊朱墨黛三色套印本。

［明］鍾惺《評點詩經》，北京：中華書局影印明昌泰元年(1620)吴興凌杜若刊朱墨黛三色套印本，2017 年。

［明］朱朝瑛《讀詩略記》，國家圖書館藏清七經略記鈔本。

〔明〕朱朝瑛《讀詩略記》,上海:商務印書館影印故宮博物院藏四庫全書珍本初集,第251—256册,1934—1935年。

〔明〕朱謀㙔《詩故》,上海:上海書店叢書集成續編影印民國四年(1915)胡思敬編刻豫章叢書本,第5册,1994年。

〔明〕鄒忠胤《詩傳闡》,濟南:齊魯書社四庫全書存目叢書影印明崇禎間(1628—1644)刻本,經部第65册,1997年。

〔明〕陳泰交《尚書注考》,北京:中華書局叢書集成初編排印清道光二十七年(1847)潘仕成編刻海山仙館叢書本,第3614—3615册,1985年。

〔明〕陳子龍《詩問略》,濟南:齊魯書社四庫全書存目叢書影印清道光十一年(1831)六安晁氏木活字學海類編本,經部第72册,1997年。

〔明〕顧錫疇《綱鑒正史》,濟南:齊魯書社四庫全書存目叢書影印明崇禎間(1628—1644)刻本,史部第17册,1997年。

〔明〕吕柟《涇野先生毛詩說序》,濟南:齊魯書社四庫全書存目叢書影印明嘉靖三十二年(1553)謝少南刻涇野先生五經說本,經部第60册,1997年。

〔明〕吴琯編著,温顯貴點注《楚史檮杌》,武漢:湖北教育出版社湖北地方古籍文獻叢書本,2002年。

〔明〕袁仁《毛詩或問》,濟南:齊魯書社四庫全書存目叢書影印清道光十一年(1831)六安晁氏木活字學海類編本,經部第60册,1997年。

〔明〕姚舜牧《重訂詩經疑問》,南京圖書館藏明萬曆三十八年(1610)六經堂刻五經疑問本。

〔明〕張次仲《待軒詩記》,上海:上海古籍出版社影印文淵閣四庫全書本,經部第82册,1987年。

〔明〕鄭瑗《井觀瑣言》,北京:中華書局叢書集成初編排印明萬曆間(1573—1620)陳繼儒編刻寶顔堂秘笈本,第330册,1985年。

〔明〕朱善《詩解頤》,揚州:江蘇廣陵古籍刻印社影印清康熙十九年(1680)納蘭性德刻通志堂經解本,第8册,1996年。

〔明〕黄榆撰,魏連科據清道光間(1821—1850)伍崇曜編嶺南遺書本點校《雙槐歲鈔》,中華書局歷代史料筆記叢書本,1999年。

〔明〕孫鑛《孫月峰先生批評詩經》,濟南:齊魯書社四庫全書存目叢書影印明末天益山刻本,經部第150册,1997年。

〔明〕錢天錫《詩牖》,濟南:齊魯書社四庫全書存目叢書影印明天啓五年(1625)刻本,經部第67册,1997年。

〔明〕凌濛初《孔門兩弟子言詩翼》,濟南:齊魯書社四庫全書存目叢書影印明崇禎間(1628—1644)刻本,經部第66册,1997年。

〔明〕馮復京《六家詩名物疏》,上海圖書館藏明萬曆間(1573—1620)刻本。

［明］李時珍《本草綱目》，北京：人民衛生出版社校點明萬曆三十一年(1603)夏良心、張鼎思序刊江西初刻本，1977年。

［明］佚名《春秋年考》，濟南：齊魯書社四庫全書存目叢書影印明末鈔本，經部第130冊，1997年。

［清］戴震《毛鄭詩考正》，南京：鳳凰出版社影印阮元刻清經解本，第4冊，2005年。

［清］戴震《詩經補注》，南京：鳳凰出版社影印阮元刻清經解本，第4冊，2005年。

［清］震鈞《天咫偶聞》，北京：北京古籍出版社校點清光緒三十三年(1907)甘棠轉舍刻本，1982年。

［清］馬驌撰，王利器據清康熙九年(1670)刻本整理《繹史》，北京：中華書局，2002年。

［清］錢澄之撰，朱一清據孫鳳城批點清光緒十六年(1890)紅蝠山房本校點《田間詩學》，合肥：黃山書社安徽古籍叢書本，2005年。

［清］張鉞纂修，萬侯等編輯《信陽州志》，漢口大新印刷公司排印清乾隆十四年(1749)刻本，1925年。

［清］張鉞纂修，萬侯等編輯《信陽州志》，臺北：成文出版社中國方志叢書影印民國十四年(1925)漢口大新印刷公司排印清乾隆十四年(1749)刻本，1966—1989年。

［清］張穆《𠐺齋文集》，山西省圖書館藏清咸豐八年(1858)祁寯藻刻本。

［清］張穆《𠐺齋文集》，上海：上海古籍出版社清代詩文集彙編影印清咸豐八年(1858)祁寯藻刻本，第616冊，2010年。

［清］陳厚耀《春秋世族譜》，上海：上海書店叢書集成續編影印清光緒至民國間(1875—1949)徐乃昌輯刻隨盦徐氏叢書本，1994年。

［清］陳奐《毛詩傳疏》，南京：鳳凰出版社影印清光緒十四年(1888)王先謙刻清經解續編本，第11冊，2005年。

［清］陳奐《釋毛詩音》，南京：鳳凰出版社影印清光緒十四年(1888)王先謙刻清經解續編本，第11冊，2005年。

［清］陳啟源《毛詩稽古編》，南京：鳳凰出版社影印阮元編刻清經解本，第1冊，2005年。

［清］陳壽祺撰，［清］陳喬樅敘錄《三家詩遺說考》，南京：鳳凰出版社影印清光緒十四年(1888)王先謙編刻清經解續編本，第12冊，2005年。

［清］陳喬樅《詩經四家異文考》，南京：鳳凰出版社影印清光緒十四年(1888)王先謙編刻清經解續編本，第13冊，2005年。

［清］程廷祚《春秋地名辨異》，北京：中華書局叢書集成初編排印清吳省蘭

編刻藝海珠塵本,第 3047 册,1985 年。

　　[清]崔述撰,顧頡剛據清道光四年(1824)陳履和刻崔東壁遺書本編訂《豐鎬考信録》,上海:上海古籍出版社,1983 年。

　　[清]崔述撰,顧頡剛據清道光四年(1824)陳履和刻崔東壁遺書本編訂《豐鎬考信别録》,上海:上海古籍出版社,1983 年。

　　[清]范家相撰,[清]錢熙祚校《三家詩拾遺》,北京:中華書局叢書集成初編排印清道光十一年(1831)南海伍崇曜粤雅堂文字歡娛室刻嶺南遺書本,第 1744—1745 册,1985 年。

　　[清]范家相《詩瀋》,國家圖書館藏清乾隆三十九年(1774)古趣亭刻本。

　　[清]范家相《詩瀋》,國家圖書館藏清光緒十三年(1887)墨潤堂刻本。

　　[清]方玉潤撰,李先耕據清同治十三年(1874)方氏鴻蒙室叢書本點校《詩經原始》,北京:中華書局,1986 年。

　　[清]王鴻緒等《欽定詩經傳説彙纂》,國家圖書館藏清雍正五年(1727)武英殿刻本。

　　[清]王鴻緒等《欽定詩經傳説彙纂》,長春:吉林出版集團有限責任公司影印欽定四庫全書薈要本,2005 年。

　　[清]傅恒等《御纂詩義折中》,國家圖書館藏清乾隆二十年(1755)武英殿刻本。

　　[清]傅恒等:《御纂詩義折中》,臺北:世界書局影印摛藻堂四庫全書薈要本,1988 年。

　　[清]高士奇《春秋地名考略》,上海圖書館藏清康熙二十六年(1687)刻本。

　　[清]顧棟高撰,吴樹平、李解民據清乾隆十四年(1749)萬卷樓刻本點校《春秋大事表》,北京:中華書局,1993 年。

　　[清]顧棟高《毛詩類釋》,上海:上海古籍出版社影印文淵閣四庫全書本,經部第 88 册,1987 年。

　　[清]顧棟高《毛詩類釋》,臺北:藝文出版社影印四庫善本叢書初編本,1976 年。

　　[清]顧炎武撰,[清]黄汝成集釋,秦克誠據道光十四年(1834)嘉定黄氏西溪草廬重刊本點校《日知録集釋》,長沙:嶽麓書社,1994 年。

　　[清]顧炎武《左傳杜解補正》,南京:鳳凰出版社影印阮元刻清經解本,第 1 册,2005 年。

　　[清]顧宗瑋《春秋左傳事類年表》,濟南:齊魯書社四庫全書存目叢書影印稿本,經部第 141 册,1997 年。

　　[清]顧祖禹《讀史方輿紀要》,上海:上海書店出版社影印清江寧何瑞瀛校刊本,1998 年。

〔清〕顧鎮《虞東學詩》，國家圖書館藏清光緒十八年(1892)誦芬堂刻本。

〔清〕洪亮吉撰，李解民點校《春秋左傳詁》，北京：中華書局十三經清人注疏本，1987年。

〔清〕洪亮吉《乾隆府廳州縣圖志》，上海：上海古籍出版社續修四庫全書影印清嘉慶八年(1803)刻本，2002年。

〔清〕胡承珙撰，〔清〕陳奐補，〔清〕王先謙輯，郭全芝據清道光間(1821—1850)求是堂刻本點校《毛詩後箋》，合肥：黃山書社，1999年。

〔清〕黃以周撰，王文錦點校《禮書通故》，北京：中華書局十三經清人注疏本，2007年。

〔清〕江永《春秋地理考實》，南京：鳳凰出版社影印阮元刻清經解本，第2冊，2005年。

〔清〕江永《群經補義》，南京：鳳凰出版社影印阮元刻清經解本，第2冊，2005年。

〔清〕姜炳璋《詩序廣義》，國家圖書館藏清嘉慶二十年(1815)四明姜氏尊行堂刻本。

〔清〕姜炳璋《詩序廣義》，田國福主編歷代詩經版本叢刊影印清嘉慶二十年(1816)四明姜氏尊行堂刻本，濟南：齊魯書社，2008年。

〔清〕姜文燦《詩經正解》，濟南：齊魯書社四庫全書存目叢書影印清康熙二十三年(1684)深柳堂刻本，經部第80冊，1997年。

〔清〕焦循撰，沈文倬點校《孟子正義》，北京：中華書局十三經清人注疏本，1990年。

〔清〕覺羅石麟等編修，山西省史志研究院據清雍正十二年(1734)刻本點校整理《山西通志》，北京：中華書局，2006年。

〔清〕雷學淇《竹書紀年義證》，臺北：藝文印書館影印清濬上草堂刻本，1977年。

〔清〕李光地《詩所》，國家圖書館藏清道光九年(1821)李維迪刻榕村全書本。

〔清〕李光地《詩所》，《榕村全書》第5冊，福州：福建人民出版社影印清道光九年(1821)李維迪刻榕村全書本，2013年。

〔清〕李學孔《皇王史訂》，濟南：齊魯書社四庫全書存目叢書影印清順治間(1638—1661)思補堂刻本，史部第18冊，1997年。

〔清〕廖平撰，郜積意整理《穀梁古義疏》，北京：中華書局十三經清人注疏本，2011年。

〔清〕劉寶楠撰，高流水點校《論語正義》，北京：中華書局十三經清人注疏本，1990年。

〔清〕劉文淇撰,中國科學院歷史研究所第一、二所資料室據原稿本與清鈔本整理《春秋左氏傳舊注疏證》,北京:科學出版社,1959 年。

〔清〕陸奎勳《陸堂詩學》,濟南:齊魯書社四庫全書存目叢書影印清康熙五十三年(1714)陸氏小瀛山閣刻本,經部第 77 册,1997 年。

〔清〕劉於義等撰《陝西通志》,國家圖書館藏清雍正十三年(1735)刻本。

〔清〕馬瑞辰撰,陳金生點校《毛詩傳箋通釋》,北京:中華書局十三經清人注疏本,1989 年。

〔清〕毛奇齡《白鷺洲主客説詩》,南京:鳳凰出版社影印阮元刻清經解本,第 9 册,2005 年。

〔清〕毛奇齡《詩傳詩説駁義》,國家圖書館藏清康熙間(1662—1722)蕭山陸氏西河合集刻本。

〔清〕毛奇齡《經問》《經問補》,南京:鳳凰出版社影印阮元刻清經解本,第 1 册,2005 年。

〔清〕皮錫瑞撰,盛冬鈴、陳抗點校《今文尚書考證》,北京:中華書局十三經清人注疏本,1989 年。

〔清〕齊召南撰,〔清〕阮福續《歷代帝王年表》,北京:中華書局叢書集成初編排印清嘉慶至道光間(1796—1850)阮亨編刻文選樓叢書本,第 3498—3499 册,1985 年。

〔清〕穆彰阿等纂修《嘉慶重修一統志》,四部叢刊續編影印清史館藏進呈寫本,上海:商務印書館,1934 年。

〔清〕秦蕙田《五禮通考》,國家圖書館藏清光緒六年(1880)江蘇書局重刊本。

〔清〕秦蕙田撰,方向東、王鍔據文淵閣四庫全書本點校《五禮通考》,北京:中華書局,2020 年。

〔清〕全祖望《經史問答》,南京:鳳凰出版社影印阮元刻清經解本,第 2 册,2005 年。

〔清〕阮元《揅經室集》,南京:鳳凰出版社影印阮元刻清經解本,第 6 册,2005 年。

〔清〕阮元《積古齋鐘鼎彝器款識》,南京:鳳凰出版社影印阮元刻清經解本,第 6 册,2005 年。

〔清〕邵晉涵《爾雅正義》,南京:鳳凰出版社影印阮元刻清經解本,第 4 册,2005 年。

〔清〕沈欽韓《左傳地名補注》,南京:鳳凰出版社影印清光緒十四年(1888)王先謙刻清經解續編本,第 11 册,2005 年。

〔清〕沈淑《春秋左傳分國土地名》,國家圖書館藏清光緒間(1871—1908)鮑廷爵編刻後知不足齋叢書本。

［清］沈淑撰，宋志英輯《春秋左傳分國土地名》，北京：國家圖書館出版社《左傳》研究文獻輯刊影印清文萃堂刻藝海珠塵本，第 14 册，2011 年。

［清］沈淑《左傳職官》，北京：中華書局叢書集成初編排印清嘉慶間（1796—1820）吳省蘭輯刊藝海珠塵本，第 874 册，1985 年。

［清］孫希旦撰，沈嘯寰、王星賢點校《禮記集解》，北京：中華書局十三經清人注疏本，1989 年。

［清］孫詒讓撰，孫以楷據清宣統二年（1910）重定本點校《墨子閒詁》，北京：中華書局新編諸子集成本，2001 年。

［清］孫詒讓《周書斠補》，上海：上海古籍出版社續修四庫全書影印清光緒二十年（1894）刻本，史部第 301 册，2002 年。

［清］孫之騄《考定竹書》，濟南：齊魯書社四庫全書存目叢書影印清雍正間（1722—1735）刻本，史部第 2 册，1997 年。

［清］汪遠孫《國語發正》，南京：鳳凰出版社影印清光緒十四年（1888）王先謙刻清經解續編本，第 11 册，2005 年。

［清］王夫之撰，胡漸逵據清道光二十二年（1842）王世全編刻船山遺書本等點校《尚書稗疏》，《船山全書》第 3 册，長沙：嶽麓書社，1988 年。

［清］王夫之撰，胡漸逵等據清道光二十二年（1842）王世全編刻船山遺書本點校《詩經稗疏》，《船山全書》第 3 册，長沙：嶽麓書社，1988 年。

［清］王夫之撰，胡漸逵等據清道光二十二年（1842）王世全編刻船山遺書本點校《薑齋詩話》，《船山全書》第 15 册，長沙：嶽麓書社，1988 年。

［清］王念孫撰，虞萬里主編，徐煒君等據王氏家刻本校點《讀書雜志》，上海：上海古籍出版社，2017 年。

［清］王先謙撰，吳格點校《詩三家義集疏》，北京：中華書局十三經清人注疏本，1987 年。

［清］王先謙撰，何晉點校《尚書孔傳参正》，北京：中華書局十三經清人注疏本，2011 年。

［清］魏源撰，何慎怡等據清道光間（1821—1850）修吉堂、古微堂刻本點校《詩古微》，長沙：嶽麓書社，1989 年。

［清］吳大澂《愙齋集古錄》，上海：上海古籍出版社續修四庫全書影印民國六年（1917）上海涵芬樓影原拓本，史部第 903 册，2002 年。

［清］吳式芬《攗古錄金文》，上海：上海古籍出版社續修四庫全書影印清光緒二十一年（1895）吳重熹刻本，史部第 902 册，2002 年。

［清］許伯政《詩深》，濟南：齊魯書社四庫全書存目叢書影印清乾隆間（1711—1799）刻本，經部第 79 册，1997 年。

［清］閻若璩《潛邱劄記》，國家圖書館藏清乾隆十年（1745）閻學林眷西堂刻本。

［清］閻若璩撰，黄懷信、吕翊欣據清乾隆十年（1745）閻學林眷西堂刻本校點：《古文尚書疏證》，上海：上海古籍出版社，2013年。

［清］閻若璩《四書釋地》《續》《又續》《三續》，南京：鳳凰出版社影印阮元刻清經解本，第1册，2005年。

［清］閻若璩《毛朱詩説》，濟南：齊魯書社四庫全書存目叢書影印清康熙間（1662—1722）沈梃德續輯昭代叢書本，經部第77册，1997年。

［清］姚際恒撰，顧頡剛據清道光十七年（1837）韓城王篤鐵琴山館刊本點校《詩經通論》，北京：中華書局，1958年。

［清］姚際恒撰，邵傑據清道光十七年（1837）韓城王篤鐵琴山館刊本點校，趙敏俐審訂《詩經通論》，北京：語文出版社，2020年。

［清］姚際恒《春秋通論》，上海：上海古籍出版社續修四庫全書影印清鈔本，經部第139册，2002年。

［清］姚際恒《古今僞書考》，北京：中華書局叢書集成初編排印清乾嘉間（1736—1820）鮑廷博父子刊刻知不足齋叢書本，第4册，1985年。

［清］岳濬等《山東通志》，上海：上海古籍出版社影印文淵閣四庫全書本，史部第539—541册，1987年。

［清］臧庸《韓詩遺説》，北京：中華書局叢書集成初編排印清光緒間（1875—1908）元和江標刻靈鶼閣叢書本，第1746册，1985年。

［清］翟云升撰，吴樹平等據清道光二十二年（1842）翟氏五經歲徧齋本點校《校正古今人表》，見《史記漢書諸表訂補十種》，北京：中華書局二十四史研究資料叢刊本，1982年。

［清］張澍《姓氏辯誤》，蘇州圖書館藏清道光十八年（1838）張氏棗花書屋自刻本。

［清］張澍《姓氏辯誤》，見翟奎鳳編《張澍文獻輯刊》第5册，北京：北京燕山出版社影印清道光十八年（1838）張氏棗花書屋自刻本，2019年。

［清］張澍撰，趙振興據清道光十八年（1838）張氏棗花書屋自刻本校點《姓氏尋源》，長沙：嶽麓書社，1992年。

［清］張澍《姓氏尋源》，見翟奎鳳編《張澍文獻輯刊》第6册，北京：北京燕山出版社影印清道光十八年（1838）張氏棗花書屋自刻本，2019年。

［清］鍾文烝撰，駢宇騫、郝淑惠點校《春秋穀梁經傳補注》，北京：中華書局十三經清人注疏本，1996年。

［清］朱彬撰，饒欽農點校《禮記訓纂》，北京：中華書局十三經清人注疏本，1996年。

〔清〕朱鶴齡《詩經通義》,臺北:新文豐出版公司叢書集成續編影印清光緒間(1875—1908)方功惠編刻碧琳琅館叢書本,1989年。

〔清〕朱鶴齡《愚庵小集》,上海:上海古籍出版社清人別集叢刊影印清康熙間(1662—1722)刻本,1979年。

〔清〕朱鶴齡《尚書埤傳》,國家圖書館藏清康熙間(1662—1722)鈔本。

〔清〕朱鶴齡《讀左日鈔》,上海圖書館藏清康熙二十年(1681)刻本。

〔清〕朱彝尊《經義考》,北京:中華書局影印四部備要排印清康熙間(1662—1722)揚州馬氏叢書樓刊本,1998年。

〔清〕朱右曾輯《汲冢紀年存真》,上海:上海古籍出版社續修四庫全書影印清道光二十六年(1846)歸硯齋刻本,史部第336冊,2002年。

〔清〕朱右曾《周書集訓校釋》,上海:上海古籍出版社續修四庫全書影印清光緒三年(1877)湖北崇文書局刻本,史部第301冊,2002年。

〔清〕朱右曾《詩地理徵》,南京:鳳凰出版社影印清光緒十四年(1888)王先謙刻清經解續編本,第12冊,2005年。

〔清〕陳厚耀《春秋長曆》,南京:鳳凰出版社影印阮元刻清經解本,第9冊,2005年。

〔清〕陳厚耀《春秋世族譜》,上海:上海書店叢書集成續編影印清光緒至民國間(1875—1949)徐乃昌輯刻隨盦徐氏叢書本,1994年。

〔清〕蔣廷錫《尚書地理今釋》,南京:鳳凰出版社影印阮元刻清經解本,第2冊,2005年。

〔清〕李調元《左傳官名考》,上海:上海古籍出版社續修四庫全書影印清乾隆三十五年(1770)李調元編刻函海本,經部第123冊,2002年。

〔清〕林伯桐《毛詩通考》,上海:上海古籍出版社續修四庫全書影印清道光十一年(1831)伍崇曜刻嶺南遺書本,經部第68冊,2002年。

〔清〕翁方綱《詩附記》,北京:中華書局叢書集成初編排印清光緒五年(1879)王灝編刻畿輔叢書本,第1742冊,1985年。

〔清〕胡玉縉撰,〔清〕王欣夫輯《許廎學林》,上海:中華書局上海編輯所排印許廎遺書本,1958年。

〔清〕潘振《周書解義》,上海圖書館藏清嘉靖十年(1805)月林堂刻本。

〔清〕唐大沛《逸周書分編句釋》,臺北:學生書局影印清道光十六年(1836)著者手定底稿本,1969年。

〔清〕唐大沛《逸周書分編句釋》,見宋志英、晁岳佩選編《〈逸周書〉研究文獻輯刊》第7冊,北京:國家圖書館出版社影印清道光十六年(1836)著者手定底稿本,2015年。

〔清〕何秋濤《王會篇箋釋》,上海:上海古籍出版社續修四庫全書影印清光緒十七年(1891)江蘇書局刻本,史部第 301 册,2002 年。

[清]丁宗洛《逸周書管箋》,國家圖書館藏清道光十年(1830)海康丁氏迂園刻本。

[清]紀昀、陸錫熊、孫士毅等撰,盧光明等整理《欽定四庫全書總目》,北京:中華書局,1997 年。

[清]吴承志《山海經地理今釋》,北京:文物出版社重印民國四年(1915)吴興劉承幹刻求恕齋叢書本,1984 年。

[清]鄒安《周金文存》,上海圖書館藏民國五年(1916)上海倉聖明智大學廣倉學宭藝術叢編玻璃版影印本。

[清]梁履繩《左通補釋》,南京:鳳凰出版社影印清光緒十四年(1888)王先謙刻清經解續編本,第 10 册,2005 年。

[清]惠棟《春秋左傳補注》,南京:鳳凰出版社影印阮元刻清經解本,第 3 册,2005 年。

[清]惠棟《九經古義》,南京:鳳凰出版社影印阮元刻清經解本,第 3 册,2005 年。

[清]惠周惕《詩説》,北京:中華書局叢書集成初編排印清道光間(1821—1850)李錫齡編刻惜陰軒叢書本,第 1740 册,1985 年。

[清]錢大昕《十駕齋養新録》,南京:鳳凰出版社影印阮元刻清經解本,第 3 册,2005 年。

[清]劉心源《奇觚室吉金文述》,上海:上海古籍出版社續修四庫全書影印清光緒間(1871—1908)石印本,史部第 903 册,2002 年。

[清]朱善旂《敬吾心室彝器款識》,天津圖書館藏清光緒三十四年(1908)朱之榛石印本。

[清]吴榮光《筠清館金石文字》,上海:上海古籍出版社續修四庫全書影印清道光二十二年(1842)吴氏自刻本,史部第 902 册,2002 年。

[清]趙翼《陔餘叢考》,北京:中華書局據清乾隆五十五年(1790)湛貽堂刊本斷句,1963 年。

[清]趙翼撰,曹光甫據清嘉慶十七年(1812)湛貽堂刊甌北全集本校點《廿二史劄記》,南京:鳳凰出版社,2008 年。

[清]莊述祖《尚書記》,上海:上海書店叢書集成續編影印清光緒間(1871—1908)江陰繆荃孫編刻雲自在龕叢書本,第 5 册,1994 年。

[清]曹載奎《懷米山房吉金圖》,吉林省圖書館藏民國十一年(1922)海寧陳氏百一廬影印清道光十九年(1839)曹氏繪刻本。

[清]錢塘《周公攝政稱王考》,見《溉亭述古録》,南京:鳳凰出版社影印阮元刻清經解本,第 5 册,2005 年。

［清］廖平《經話甲編》，見楊世文輯《六譯先生選集》（上册），成都：巴蜀書社，2019年。

［清］梁玉繩撰，吴樹平等據清嘉慶間（1760—1820）梁氏自編白士集本點校《人表考》，見《史記漢書諸表訂補十種》，北京：中華書局二十四史研究資料叢刊本，1982年。

［清］梁玉繩撰，賀次君據清嘉慶間（1760—1820）梁氏自編白士集本點校《史記志疑》，北京：中華書局二十四史研究資料叢刊本，1981年。

［清］黄中松撰，陳丕武、劉海珊據四庫全書本點校《詩疑辨證》，桂林：廣西師範大學出版社，2018年。

［清］黄中松《詩疑辨證》，復旦大學圖書館藏清鈔本。

［清］嚴虞惇《讀詩質疑》，國家圖書館藏清康熙間（1662—1722）嚴有禧刻本。

［清］李黼平《毛詩紬義》，南京：鳳凰出版社影印阮元刻清經解本，第8册，2005年。

［清］李光庭《鄉言解頤》，上海：上海古籍出版社續修四庫全書影印清道光間（1821—1850）刻本，經部第1272册，2002年。

［清］俞正燮《癸巳類稿》，南京：鳳凰出版社影印清光緒十四年（1888）王先謙編刻清經解續編本，2005年。

［清］王引之撰，虞思徵等據王氏家刻本點校《經義述聞》，上海：上海古籍出版社，2018年。

［清］龔橙《詩本誼》，上海：上海古籍出版社續修四庫全書影印清光緒十五年（1889）刻本，經部第73册，2002年。

［清］劉聲木撰，劉篤齡據民國十八年（1929）廬江劉氏直介堂叢刻初編排印本點校《萇楚齋隨筆》《續筆》《三筆》《四筆》《五筆》，北京：中華書局清代史料筆記叢刊本，1998年。

［清］彭定求等編纂《全唐詩》，北京：中華書局影印清康熙四十四年（1705）曹寅奉旨刊印揚州詩局刻本，1960年。

［清］許容監修，李迪等編纂，劉光華等據哈佛燕京圖書館藏鈔刻合一本點校整理《甘肅通志》，蘭州：蘭州大學出版社，2018年。

［清］沈德潛撰，霍松林據清詩話本校注《説詩晬語》，北京：人民文學出版社，1979年。

［清］段玉裁《毛詩故訓傳》，南京：鳳凰出版社影印阮元刻清經解本，第4册，2005年。

［清］鈕樹玉《匪石日記鈔》，北京：中華書局叢書集成初編排印清光緒三年（1877）吴縣潘祖蔭編刻滂喜齋叢書本，第57册，1985年。

［清］郝懿行、王照圓撰，趙立綱、陳乃華據清光緒八年(1882)東路廳署刻郝氏遺書本點校《詩問》，見安作璋主編《郝懿行集》第 1 册，濟南：齊魯書社，2010 年。

［清］郝懿行、王照圓撰，張述錚、趙海菱據清光緒八年(1882)東路廳署刻郝氏遺書本點校《詩説》，見安作璋主編《郝懿行集》第 1 册，濟南：齊魯書社，2010 年。

［清］姚炳《詩識名解》，國家圖書館藏清康熙四十七年(1708)刻本。

［清］朱駿聲《説文通訓定聲》，上海：上海古籍出版社續修四庫全書影印清道光二十八年(1847)刻本，經部第 220 册，2002 年。

［清］汪遠孫《國語明道本考異》，上海師範大學圖書館藏清道光二十六年(1846)錢塘汪氏振綺堂刻本。

［清］汪遠孫《國語明道本考異》，武漢：崇文書局影印宋仁宗明道二年(1033)重刊本，2016 年。

［清］楊名時《詩經劄記》，臺北：臺灣商務印書館影印文淵閣四庫全書本，1986 年。

二、現當代著作(196 種,按音序排列)

安金槐.中國考古[M].上海：上海古籍出版社,1992.

巴納(Noel. Barnard),張光裕.中日歐美澳紐所見所拓所摹金文彙編[M].臺北：藝文印書館,1978.

白壽彝.中國通史：第 3 卷[M].上海：上海人民出版社,1994.

北京市文物研究所.北京考古四十年[M].北京：燕山出版社,1990.

陳鼓應.莊子今注今譯[M].北京：中華書局,1983.

陳鼓應.老子注譯及評價[M].北京：中華書局,1984.

陳鼓應.老莊新論[M].上海：上海古籍出版社,1992.

陳鼓應.易傳與道家思想[M].北京：生活·讀書·新知三聯書店,1996.

陳漢章.周書後案[M].北京：中華書局,1960.

陳漢章.周書後案[M]//宋志英,晁岳佩選編.《逸周書》研究文獻輯刊：第 9 册.北京：國家圖書館出版社影印民國二十五年(1936)鉛印本,2015.

陳夢家.殷墟卜辭綜述[M].北京：科學出版社,1956.

陳夢家.美國所藏中國銅器集録[M].北京：中華書局,2009.

陳夢家.尚書通論：增訂本[M].北京：中華書局,1985.

陳夢家.西周銅器斷代[M].北京：中華書局,1999.

陳槃.春秋大事表列國爵姓及存滅表撰異[M].上海：上海古籍出版社,2009.

陳全方.周原與周文化[M].上海：上海人民出版社,1988.

方廷漢等修,陳善同等纂.重修信陽縣志[M].台北：成文出版社中國方志叢書影印民國二十五年(1936)漢口洪興印書館排印本,1966—1989.

陳子展.詩經直解[M].上海：復旦大學出版社,1983.

陳延傑.詩序解[M].上海：開明書局,1930.

陳文新.中國文學編年史[M].長沙：湖南人民出版社,2006.

程俊英,蔣見元.詩經注析[M].北京：中華書局,1991.

程樹德撰,程俊英、蔣見元點校.論語集釋[M].北京：中華書局新編諸子集成本,1990.

丁山.中國古代宗教與神話考[M].北京：龍門聯合書局,1961.

丁山.甲骨文所見氏族及其制度[M].北京：中華書局,1988.

董立章.國語譯注辨析[M].廣州：暨南大學出版社,1993.

范文瀾.中國通史：第1册[M].北京：人民出版社,1979.

范文瀾.中國通史簡編：第1編[M].石家莊：河北教育出版社,2000.

范祥雍.古本竹書紀年輯校訂補[M].上海：上海古籍出版社,2018.

方詩銘,王修齡.古本竹書紀年輯證[M].上海：上海古籍出版社,1981.

復旦大學歷史地理研究所.中國歷史地名辭典[M].南京：江蘇教育出版社,1986.

傅斯年.傅孟真先生集[M].臺北：臺灣大學出版社,1952.

高亨.詩經今注[M].上海：上海古籍出版社,1980.

顧德融,朱順龍.春秋史[M].上海：上海人民出版社,2001.

顧頡剛.史林雜識初編[M].北京：中華書局,1963.

顧頡剛.顧頡剛古史論文集：第2册[M].北京：中華書局,1988.

顧頡剛.秦漢的方士與儒生[M].上海：上海古籍出版社,1998.

顧頡剛等.禹貢半月刊[M].北京：中華書局影印本,2010.

顧易生,蔣凡.中國文學批評史：先秦兩漢卷[M].上海古籍出版社,1996.

郭晉稀.剪韭軒述學[M].蘭州：甘肅人民出版社,1993.

郭晉稀.詩經蠡測：修訂本[M].成都：巴蜀書社,2006.

郭晉稀.聲類疏證：整理重印本[M].上海：上海古籍出版社,2019.

郭沫若.兩周金文辭大系圖錄考釋：增訂本[M].北京：科學出版社,2002.

郭沫若.殷周青銅器銘文研究[M].北京：科學出版社,1961.

郭沫若.中國史稿：第1册[M].北京：人民出版社,1976.

郭沫若.中國史稿地圖集[M].北京：地圖出版社,1979.

郭沫若.石鼓文研究[M]//郭沫若全集：考古編,北京：科學出版社,1987.

郭沫若.再論石鼓文之年代[M]//郭沫若全集：考古編,北京：科學出版社,1987.

郭沫若.中國古代社會研究[M].石家莊：河北教育出版社,2000.

郝志達.國風詩旨纂解[M].天津：南開大學出版社,1990.

何光嶽.周源流史[M].南昌：江西教育出版社,1997.

河南省文化廳文物志編輯室.河南文物志選稿：第4輯[M].鄭州：河南省文化廳文物志編輯室,1984.

河南省文物研究所.淅川下寺春秋楚墓[M].北京：文物出版社,1991.

胡適.中國古代哲學史[M].合肥：安徽教育出版社,2006.

湖北省荊門博物館.江陵馬山一號楚墓[M].北京：文物出版社,1985.

湖北省荊沙鐵路考古隊.包山楚墓[M].北京：文物出版社,1991.

黃焯.詩疏平議[M].上海：上海古籍出版社,1985.

季旭昇.詩經古義新證[M].臺北：文史哲出版社,1994.

翦伯贊.先秦史[M].北京：北京大學出版社,1990.

姜義華,張榮華,吳根梁.孔子——周秦漢晉文獻集[M].上海：復旦大學出版社,1970.

金景芳.中國奴隸社會史[M].上海：上海人民出版社,1983.

金啓華.詩經全譯[M].南京：江蘇古籍出版社,1984.

荊門市博物館,編著.郭店楚墓竹簡[M].北京：文物出版社,1998.

李民,等.古本竹書紀年譯注[M].鄭州：中州古籍出版社,1990.

李山.詩經的文化精神[M].北京：東方出版社,1997.

李實.甲骨文字考釋[M].蘭州：甘肅人民出版社,1990.

李玄伯.中國古代社會新研[M].上海：開明書店,1948.

李學勤.殷周地理簡論[M].北京：科學出版社,1959.

李學勤.新出青銅器研究[M].北京：文物出版社,1990.

李學勤.四海尋珍——流散文物的鑒定與研究[M].北京：清華大學出版社,1998.

李孟存,李尚師.晉國史[M].太原：山西古籍出版社,1999.

李澤厚,劉綱紀.中國美學史：先秦兩漢卷[M].合肥：安徽文藝出版社,1999.

梁啓超.管子評傳[M].上海：上海書店諸子集成本,1986.

林幹.匈奴通史[M].上海：上海人民出版社,1986.

林惠祥.文化人類學[M].北京：商務印書館,1991.

林劍鳴.秦史稿[M].上海：上海人民出版社,1981.

劉節.古史考存[M].北京：人民出版社,1958.

劉起釪.尚書學史[M].北京：中華書局,1989.

劉起釪.古史續辨[M].北京：中國社會科學出版社,1991.
劉師培.周書補正[M].南京：江蘇古籍出版社影印甯武南氏民國二十五年(1934)校印本,1997.
劉體智《小校經閣金石文字》,臺北：大通書局影印民國二十四年(1935)廬江劉氏石印本,1979.
劉緯毅.山西歷史地名錄[M].太原：山西省圖書館,1977.
劉緯毅.山西歷史地名詞典[M].太原：山西古籍出版社,2004.
劉毓慶.雅頌新考[M].太原：山西高校聯合出版社,1996.
劉澤華.中國政治思想史：先秦卷[M].杭州：浙江人民出版社,1996.
柳詒徵.中國文化史[M].上海：東方出版中心,1988.
盧連成,胡智生.寶雞強國墓地：上冊[M].北京：文物出版社,1988.
魯迅.漢文學史綱要[M]//魯迅.魯迅全集：第10卷.北京：人民文學出版社,1980.
陸侃如.中古文學繫年[M].人民文學出版社,1985.
陸侃如,馮沅君.中國詩史[M].濟南：山東大學出版社,1996.
逯欽立.先秦漢魏晉南北朝詩[M].中華書局,1983.
呂思勉.呂思勉讀史劄記[M].上海：上海古籍出版社,1982.
呂思勉.先秦學術概論[M].上海：東方出版中心,1985.
呂思勉.先秦史[M].上海：上海古籍出版社,2005.
呂振羽.簡明中國通史：第2版[M].北京：人民出版社,1959.
羅家湘.《逸周書》研究[M].上海：上海古籍出版社,2006.
羅焌.諸子學述[M].長沙：嶽麓書社,1995.
貞松堂集古遺文[M]//羅振玉.羅雪堂先生全集：初編.臺北：大通書局影印民國十九年(1930)上虞羅氏石印本,1973.
殷墟書契前編[M]//羅振玉.羅雪堂先生全集：第7編.臺北：大通書局影印民國元年(1912)上虞羅氏影印本,1973.
羅振玉.三代吉金文存[M].北京：中華書局影印羅氏原印本,1983.
羅振玉.石鼓文考釋[M].臺北：藝文印書館叢書集成三編影印民國五年(1916)上虞羅氏石印本,1997.
石鼓文考釋[M]//羅振玉.羅振玉學術論著集：第1集.上海：上海古籍出版社,2010.
雒江生.詩經通詁[M].西安：三秦出版社,1998.
馬承源,主編.商周青銅器銘文選[M].北京：文物出版社,1986.
馬承源,主編.上海博物館藏戰國楚竹書：第1冊[M].上海：上海古籍出版社,2001.

馬衡.凡將齋金石存稿[M].北京：中華書局,1977.
馬敘倫.石鼓文匯考[M].臺北：文亭閣圖書有限公司,2009.
馬敘倫.石鼓文疏記[M].臺北：文亭閣圖書有限公司,2009.
蒙文通.周秦少數民族研究[M].北京：龍門聯合書局,1958.
裴文中,等.山西襄汾丁村舊石器時代遺址發掘報告[M].北京：科學出版社,1958.
錢穆.中國文化史導論：修訂本[M].北京：商務印書館,1994.
錢穆.國史大綱：修訂本[M].北京：商務印書館,1996.
錢穆.國學概論[M].北京：商務印書館,1997.
錢遜.先秦儒學[M].瀋陽：遼寧教育出版社,1991.
錢鍾書.管錐編：第1冊[M].北京：中華書局,1979.
秋浦.鄂倫春社會的發展[M].上海：上海人民出版社,1980.
饒宗頤,曾憲通.隨縣曾侯乙墓鐘磬銘辭研究[M].香港：香港中文大學,1985.
容庚.商周彝器通考[M].上海：上海人民出版社,2008.
陝西省博物館,等.青銅器圖釋[M].北京：文物出版社,1960.
尚秉和.周易尚氏學[M].北京：中華書局,1980.
邵炳軍.周"二王並立"時期詩歌創作時世考論[D].西北師範大學博士學位論文,2000.
邵炳軍.春秋政治與詩歌——以兩周之際"二王並立"政治格局爲研究起點[R].南京師範大學博士後出站報告,2002.
邵炳軍主編,侯文冉,楊延編撰.詩經文獻研讀[M].桂林：廣西師範大學出版社,2010.
邵炳軍.春秋文學繫年輯證[M].北京：高等教育出版社,2013.
邵炳軍.德音齋文集：詩經卷[M].上海：上海大學出版社,2017.
邵炳軍.詩禮文化研究：第1輯[M].上海：中西書局,2019.
邵炳軍.詩經與禮制研究：第1輯[M].上海：上海大學出版社,2019.
邵東方.崔述與中國學術史研究[M].北京：人民出版社,1998.
斯維至.陝西通史[M].西安：陝西師範大學出版社,1997.
孫以楷,甄長松.莊子通論[M].北京：東方出版社,1995.
孫作雲.詩經與周代社會研究[M].北京：中華書局,1966.
孫作雲.孫作雲文集·《詩經》研究[M].開封：河南大學出版社,2003.
宋鎮豪主編,馬季凡編纂.殷墟書契四編[M]//中國社會科學院歷史研究所藏甲骨墨拓珍本叢編：第1輯,上海：上海古籍出版社,2019.
譚其驤.中國歷史地圖集：第1冊[M].北京：地圖出版社,1982.

譚維四.曾侯乙墓[M].北京：文物出版社,1989.
唐蘭.西周青銅器銘文分代史徵[M].北京：中華書局,1986.
唐祈.中華民族風俗辭典[M].南昌：江西教育出版社,1988.
田昌五,臧知非.周秦社會結構研究[M].西安：西北大學出版社,1996.
童書業.春秋左傳研究[M].上海：上海人民出版社,1980.
童書業著,童教英校訂.春秋史：校訂本[M].北京：中華書局,2006.
汪受寬.諡法研究[M].上海：上海古籍出版社,1995.
王國維.觀堂集林[M].北京：中華書局,1959.
古本竹書紀年輯校[M]//王國維.王國維遺書：第7冊.上海：上海書店出版社,1983.
今本竹書紀年疏證[M]//王國維.王國維遺書：第8冊.上海：上海書店出版社,1983.
清代古音學[M]//王力.王力文集.濟南：山東教育出版社,1990.
炎黄氏族文化考[M]//王獻唐遺書.濟南：齊魯書社,1983.
王貽樑,陳建敏.穆天子傳匯校集釋[M].上海：華東師範大學出版社,1994.
王玉哲.中華遠古史[M].上海：上海人民出版社,2000.
王鐘翰,主編.中國民族史：增訂本[M].北京：中國社會科學出版社,1994.
神話與詩[M]//聞一多.聞一多全集：第1卷.北京：生活·讀書·新知三聯書店,1982.
詩經通義[M]//聞一多.聞一多全集：第2卷.北京：生活·讀書·新知三聯書店,1982.
詩經新義[M]//聞一多.聞一多全集：第2卷.北京：生活·讀書·新知三聯書店,1982.
風詩類鈔[M]//聞一多.聞一多全集：第4卷.北京：生活·讀書·新知三聯書店,1982.
吳其昌.金文曆朔疏證[M].北京：北京圖書館出版社影印民國二十三年(1934)刻本,2004.
吳闓生撰,蔣天樞,章培恒點校.詩義會通[M].上海：中西書局,2012.
吳文治.中國文學大事年表[M].合肥：黃山書社,1987.
武斯.中原城市史略[M].武漢：湖北人民出版社,1980.
向熹編,郭錫良校.詩經詞典[M].成都：四川人民出版社,1986.
徐日輝.秦州史地[M].西安：陝西人民美術出版社,1994.
徐旭生.中國古史的傳說時代：增訂本[M].北京：文物出版社,1985.
徐中舒.先秦史論稿[M].成都：巴蜀書社,1992.
許維遹,梁運華.呂氏春秋集釋[M].北京：中華書局,2009.

許倬雲.西周史：增訂本[M].北京：生活·讀書·新知三聯書店,1994.
楊伯峻.春秋左傳注：修訂本[M].北京：中華書局,1990.
楊寬.戰國史[M].上海：上海人民出版社,1980.
楊寬.西周史[M].上海：上海人民出版社,1999.
楊樹達.積微居小學金石論叢：增訂本[M].北京：科學出版社,1955.
楊樹達.積微居金文說：增訂本[M].北京：中華書局,1997.
楊樹達.積微居金文餘說：增訂本[M].北京：中華書局,1997.
陰法魯,許樹安,主編.中國古代文化史[M].北京：北京大學出版社,1991.
于省吾.澤螺居詩經新證[M].北京：中華書局,1982.
于省吾.雙劍誃殷契駢枝三編[M].北京：中華書局,2009.
袁行霈,孟二冬,丁放.中國詩學通論[M].合肥：安徽教育出版社,1994.
袁行霈.中國詩歌藝術研究：增訂本[M].北京：北京大學出版社,1996.
袁愈荌,唐莫堯.詩經全譯[M].貴陽：貴州人民出版社中國歷代名著全譯叢書本,1981.
雲夢睡虎地秦墓編寫組.雲夢睡虎地秦墓[M].北京：文物出版社,1981.
臧勵龢,等.中國古今地名大辭典[M].香港：商務印書館,1982.
詹子慶.先秦史[M].瀋陽：遼寧人民出版社,1984.
張長壽,陳公柔,王世民.西周青銅器分期斷代研究[M].北京：文物出版社,1999.
張文軒,張淵量,主編.經學討究：第1輯[M].蘭州：蘭州大學出版社,1997.
張習孔,田珏,主編.中國歷史大事編年：第1冊[M].北京：北京出版社,1986.
張亞初,劉雨.西周金文官制研究[M].北京：中華書局,1986.
張有雋.瑤族原始宗教探源·中國少數民族宗教[M].昆明：雲南人民出版社,1985.
張璋,黃畬,編.全唐五代詞[M].上海：上海古籍出版社,1986.
張正明.楚文化史[M].上海：上海人民出版社,1987.
趙超.新唐書宰相世系表集校[M].北京：中華書局,1998.
趙逵夫.先秦文學編年史[M].北京：商務印書館,2007.
中國科學院考古研究所.廟底溝與三里橋——黃河水庫考古報告之二[M].北京：科學出版社,1959.
中國科學院考古研究所,編.上村嶺虢國墓地[M].北京：科學出版社,1959.
中國科學院民族研究所廣東少數民族社會歷史調查組.黎族簡史簡志合編：初稿[M].北京：中國科學院民族研究所,1963.
中國歷史大辭典編纂委員會,編.中國歷史大辭典：上卷[M].上海：上海辭書出版社,2000.

中國青銅器全集編輯委員會,編.中國青銅器全集[M].北京:文物出版社,1996—1998.

中國社會科學院考古研究所,編.殷周金文集成:修訂增補本[M].北京:中華書局,2007.

中國社會科學院考古研究所,編.殷周金文集成釋文[M].香港:香港中文大學出版社,2001.

中央研究院歷史語言研究所,集刊編輯委員會.歷史語言研究所集刊[M].南京:江蘇古籍出版社,1999.

周法高.金文零釋[M]//"國立中央"研究院歷史語言研究所專刊之三十四."中央"研究院歷史語言研究所,1951.

周法高.金文零釋[M]//"國立中央"研究院歷史語言研究所專刊之三十四.臺北:台聯國風出版社重刊本,1972.

周谷城.中國通史:上冊[M].上海:上海人民出版社,1957.

朱東潤.詩三百篇探故[M].上海:上海古籍出版社,1981.

朱紹侯,張海鵬,齊濤.中國古代史:上冊[M].福州:福建人民出版社,1981.

鄒衡.夏商周考古學論文集[M].北京:文物出版社,1980.

鄒曉麗.基礎漢字形義釋源[M].北京:北京出版社,1990.

三、外文論著與譯著(5種,按音序排列)

[日本]白川静.金文通釋:第2輯[M]//白鶴美術館志:第2輯,神户:白鶴美術館,1962:133-139.

[日本]島邦男.殷墟卜辭研究[M].溫天河,李壽林,譯.臺北:鼎文書局,1975.

[日本]島邦男.殷墟卜辭研究[M].濮茅左,顧偉良,譯.上海:上海古籍出版社,2006.

[日本]矢嶋美都子.關於庾信"遊仙詩"中表現的"藤"——從葛藟到紫藤[J].北京大學學報,1995(5):112-116.

[日本]新城新藏.東洋天文學史研究[M].沈璇,譯.上海:中華學藝社,1933.

四、中文論文(465種,按音序排列)

艾延丁.申國之謎之我見[J].中原文物,1987(3):107-111.

北京市文物工作隊.北京房山縣考古調查簡報[J].考古,1963(3):115-121,127.

鮑丹.山西境內兩周時期最大墓葬晉文侯墓"浮"出地面[J].人民日報,2006-10-17(11).

邊家珍.論"二雅"刺詩對黑暗政治的批判[J].學術交流,1998(5):112-115.

蔡厚示.一首古老的朦朧詩——説《秦風·蒹葭》[J].藝譚,1987(6):114-115.

蔡運章.論虢仲其人——三門峽虢國墓地研究之一[J].中原文物,1994(2):86-89,100.

蔡運章.虢文公墓考——三門峽虢國墓地研究之二[J].中原文物,1994(3):42-45,94.

蔡運章.虢國的分封與五個虢國的歷史糾葛——三門峽虢國墓地研究之三[J].中原文物,1996(2):69-76.

蔡運章.虢碩父其人考辨[N].中國文物報,2007-03-23(7).

曹發展,陳國英.咸陽地區出土西周青銅器[J].考古與文物,1981(1):8.

常金倉.周公制諡公案及文獻與考古發現的契合[J].陝西師範大學繼續教育學院學報,2000(2):42-45.

晁福林.試論東遷以後的周王朝[J].寶雞文理學院學報,1990(1):29-31.

晁福林.論平王東遷[J].歷史研究,1990(2):8-23.

晁福林.試論"共和行政"及其相關問題[J].中國史研究,1992(2):45-54.

晁福林."共和行政"與西周後期社會觀念的變遷[J].北京師範大學學報,1992(3):53-63.

晁福林.論周代卿權[J].中國社會科學,1993(6):201-219.

晁福林.先秦時期爵制的起源與發展[J].河北學刊,1997(3):73-81.

晁福林.上博簡《詩論》"《小旻》多疑"釋義[J].鄭州大學學報,2002(5):55-58.

晁福林.上博簡孔子《詩論》"仲氏"與《詩·仲氏》篇探論——兼論"共和行政"的若干問題[J].孔子研究,2003(3):16-23.

晁福林.試論上博簡《詩論》第23簡對《詩·桑柔》的評析——附論"共和行政"的若干問題[J].史學月刊,2006(10):5-24.

晁毓紅.秋水伊人,永恒之追求——讀《詩·秦風·蒹葭》[J].山東教育學院學報,1995(1):28-30,41.

陳迪.關於"南申"立國時的幾個問題[J].中州學刊,2004(5):70-71.

陳恩林.先秦兩漢文獻中所見周代諸侯五等爵[J].歷史研究,1994(6):59-72.

陳抗行."共和行政"之後的陰謀角力[J].小康,2009(4):90.

陳隆予.《尚書·文侯之命》的寫作年代與晉文侯評價探索[J].鄭州大學學報,2009(1):152-155.

陳隆文.古謝邑地望考[J].中國歷史地理論叢,2005(1):49-52.

陳夢家.令彝新釋[J].考古,1936(1):27-39.

陳平.從"丁公陶文"談古東夷族的西遷[J].中國史研究,1998(1):39-49.

陳志達.殷代王室玉器與玉石人物雕像[J].文物,1982(12):84-86.

陳志信,靳無爲.《詩經》中天(帝)的探討[J].台州師專學報,1990(2):43-47.

程濤平.春秋時期楚國的平民階層[J].歷史研究,1983(6):22-36.

程濤平.楚國野地居民社會形態研究[J].歷史研究,1990(1):33-50.

程欣人.隨縣溳陽出土楚、曾、息青銅[J].江漢考古,1980(1):76.

崔慶明.南陽市北郊出土一批申國青銅器[J].中原文物,1984(4):13-16.

鄧勁夫.《詩·檜風·隰有萇楚》是一首情歌[J].廣西大學學報,1994(2):85-87.

丁山.由三代都邑論其民族文化[J]//歷史語言研究所集刊,1935(5-1):87-130.

董惠民.略談平王東遷的主要原因——兼與于逢春同志商榷[J].湖州師專學報,1987(2):112-116.

董作賓.五等爵在殷商[J].歷史語言研究所集刊,1936,6(3):413-430.

杜棣生,杜漢華.曾侯乙身世考略(上)[J].襄樊職業技術學院學報,2002(1):47-51.

杜棣生,杜漢華.曾侯乙身世考略(下)[J].襄樊職業技術學院學報,2002(3):46-51.

杜乃松,單國強.記各省市自治區徵集文物彙報展覽[J].文物,1978(6):31.

杜勇.金文"生稱謚"新解[J].歷史研究,2002(3):3-12.

段連勤.關於夷族的西遷和秦嬴的起源地族屬問題[C]//先秦史論文集.人文雜誌,1982(增刊):166-214.

段連勤.犬戎歷史始末述——論犬戎的族源、遷徙及同西周王朝的關係[J].民族研究,1989(5):82-89.

段士樸.古晉都考[J].山西師院學報,1983(1):53-57.

鄂兵.湖北隨縣發現曾國銅器[J].文物,1973(5):21-25.

方繼成.關於宗周鐘[J].人文雜誌,1957(2):46-48.

扶風縣文化館.陝西扶風縣北橋出土一批西周青銅器[J].文物,1974(11):85-89.

傅熹年.陝西岐山鳳雛西周建築遺址初探[J].文物,1981(1):65-74.

傅熹年.陝西扶風召陳西周建築遺址初探[J].文物,1981(3):34-45.

傅義.說《詩經》的賦(中)[J].宜春師專學報,1982(1):11-18.

甘肅省博物館.甘肅西漢水流域考古調查簡報[J].考古,1959(3):138-142,146.

甘肅省博物館.甘肅靈臺縣兩周墓葬[J].考古,1976(1):39-48.

高亨.《詩經》續考[J].文史哲,1980(1):26-31.

高煒,李建民.1978—1980 山西襄汾陶寺墓地發掘簡報[J].考古,1983(1):30-46.

高玉海.《小雅·鶴鳴》是廋詞隱語嗎?——兼論山水詩的濫觴[J].瀋陽師範學院學報,1999(6):48-50.

高志明.愛情的白日夢:《蒹葭》主題辨析[J].雲南電大學報,2005(4):50-52.

葛生華.春秋戰國時期官制初探[J].蘭州學刊,1994(3):49-55.

葛志毅.周公攝政史實再考[J].求是學刊,1999(6):103-110.

龔維英.周族先民圖騰崇拜考辨——兼説黃帝族、夏族的圖騰信仰[J].人文雜誌,1983(1):79-84.

龔維英.《詩·秦風·蒹葭》内涵新探[J].福建論壇,1986(3):26-28.

顧頡剛.《逸周書·世俘篇》校注、寫定與評論[J].文史,1963(2):1-42.

顧頡剛.九州之戎與戎禹[G]//吕思勉,童書業.古史辨:第7册下編.上海:上海古籍出版社,1982:117-138.

顧頡剛.周公執政稱王——周公東征史事考證之二[J].文史,1984(23):1-30.

顧鐵符.信陽一號楚墓的地望與人物[J].故宫博物院院刊,1979(2):76-80.

顧鐵符.隨國、曾國的秘奥[G]//湖北社會科學院歷史研究所.楚文化新探.武漢:湖北人民出版社,1981:68-90.

郭發明.從民族學資料看"諱""謚""字"的起源[J].文史雜誌,1988(2):30-31.

郭紅雅.《蒹葭》中的阻隔之美[J].開封教育學院學報,2013(2):21-22.

郭沫若.謚法之起源[G]//金文叢考.北京:人民出版社,1954:89-101.

郭沫若.三門峽出土銅器二三事[J].文物,1959(11):13-15.

郭守信.西周王年無周公紀年辨——兼釋"周公誕保文武受命惟七年"[J].遼寧教育學院學報,1997(6):21-22.

郭霞.西周共和行政新探[J].鄭州大學學報,2009(2):146-149.

郭傑.從《詩經》看周代天命觀念之興衰[J].江海學刊,1999(2):161-166.

韓國磐.關於卿事寮[J].歷史研究,1990(4):141-144.

韓連琪.西周土地所有制和剥削形態[J].中華文史論叢,1979(1):81-102.

韓連琪.春秋戰國時代的中央官制及其演變[J].文史哲,1985(1):3-12.

韓連琪.春秋戰國時代的郡縣制及其演變[J].文史哲,1986(5):38-47.

郝桂敏.從《詩·秦風》看秦人的尚武精神及其成因[J].瀋陽師範學院學報,1999(4):41-43.

郝鐵川.論西周春秋的國家政體[J].史學月刊,1986(6):7-12.

郝鐵川.論春秋官制的演變[J].中國史研究,1987(1):29-38.

何光嶽.申國史考——申國的遷徙與楚的關係[J].信陽師範學院學報,1983(2):74-80.

何光嶽.嬴姓諸國的源流與分佈[J].信陽師範學院學報,1984(3):23-33.

何光嶽.曾國考[J].長沙水電師院學報,1988(1):154-160.

何漢文.嬴秦人起源於東方和西遷情況初探[J].求索,1981(4):137-147.

何浩,殷崇浩.春秋時楚對江南的開發[J].江漢論壇,1981(1):81-89.

何浩.春秋時楚滅國新探[J].江漢論壇,1982(4):55-63.

何浩.西申、東申與南申[J].史學月刊,1988(5):5-8.

何清谷.嬴秦族西遷考[J].考古與文物,1991(5):70-77.

何茲全.西周春秋時期的貴族和國人[J].煙臺大學學報,1990(4):1-9.

河北省文物管理委員會.邢臺曹演莊遺址發掘報告[J].考古學報,1958(4):43-50.

河南省文物考古研究所,新密市炎黃歷史文化研究會.河南新密市古城寨龍山文化城址發掘簡報[J].華夏考古,2002(2):53-82.

河南省文物研究所,三門峽市文物工作隊.三門峽上村嶺虢國墓地 M2001發掘簡報[J].華夏考古,1992(3):104-113.

賀福凌.釋上博楚簡《孔子詩論》中的"愳"字——兼辨《檜風·隰有萇楚》詩義[J].古漢語研究,2004(1):101-102.

賀金峰."方城"是中國歷史上最早修築的長城[J].開封大學學報,2002(3):1-7.

侯紹莊.怎樣理解郭沫若同志的古代史分期學說——兼評金景芳先生的《中國古代史分期商榷》[J].歷史研究,1979(8):42-55.

徐殿魁,王曉田,戴尊德.山西夏縣東下馮遺址東區、中區發掘簡報[J].考古,1980(2):97-107.

胡厚宣.楚民族源於東方考[J].北京大學潛社史學論叢,1934(1):27.

胡念貽.《逸周書》中的三篇小說[J].文學遺產,1981(2):19-29.

胡謙盈.豐鎬地區諸水道的踏察——兼論周都豐鎬位置[J].考古,1963(4):188-198.

胡新生.西周春秋時期的國野與部族國家形態[J].文史哲,1985(3):57-65.

胡義成.《詩經》中"勞者"之歌產生及被編纂成集時的社會[J].貴陽師院學

報,1982(3):65-71.

湖北省博物館.湖北京山發現曾國銅器[J].文物,1972(2):47-53.

湖北省博物館.隨縣曾侯乙墓鐘磬銘文釋文[J].音樂研究,1981(1):3-16.

湖北省隨縣擂鼓墩一號墓考古發掘隊.我國文物考古工作的又一重大收穫[J].光明日報,1979-09-03.

湖北省文物考古研究所,隨州市博物館.湖北隨州葉家山西周墓地發掘簡報[J].文物,2011(11):4-60.

湖北省文物考古研究所,隨州市博物館.湖北隨州市葉家山西周墓地[J].考古,2012(7):31-52.

黃鳳春,陳樹祥,黃玉洪,陳曉坤.湖北隨州葉家山M65發掘簡報[J].江漢考古,2011(3):3-40.

黃河水庫考古隊華縣隊.陝西華縣柳子鎮第二次發掘的主要收穫[J].考古,1959(11):585-587,591-592.

黃奇逸.甲金文中王號生稱與諡法問題研究[J].中華文史論叢,1983(1):27-44.

黃瑞雲.《節南山之什》詩義管窺[J].武漢師範學院學報,1983(6):85-92.

黃瑞雲.《節南山之什》詩義管窺(二)[J].黃石師院學報,1984(2):26-29.

黃有漢.范蠡所居陶地考[J].河南大學學報,1999(6):14-15.

黃灼耀.秦人早期史蹟初探[J].學術研究,1980(6):69-76.

黃新榮.中國最早的"哭嫁歌"——《詩·王風·葛藟》[J].華南農業大學學報,2007(2):105-111.

黃永美.早期秦文化的新認識——華夏文化中的獨特地域性文化[J].秦漢研究,2000(5):166-177.

吉琨璋.晉南龍山期文化與東下馮類型的關係[J].中原文物,1995(2):28-30,6.

吉琨璋等.山西曲沃羊舌村發掘又一處晉侯墓地[J].中國文物報,2006(2-29):2.

吉琨璋.曲沃羊舌晉侯墓地1號墓墓主初論——兼論北趙晉侯墓地93號墓主[J].中國文物報,2006(9-27):7.

吉琨璋等.山西曲沃羊舌晉侯墓地發掘報告[J].文物,2009(1):4-14,26.

賈君宜.論晉和戎狄[J].南充師院學報,1984(4):8-18.

賈蘭坡.山西襄汾縣丁村人類化石及舊石器發掘報告[J].科學通報,1955(1):46-51.

江鴻.盤龍城與商朝的南土[J].文物,1976(2):44.

江林昌.夏商周斷代工程金文曆譜研討會紀要[J].文物,1999(6):94-

96,62.

蔣立甫.《詩經》中"天""帝"名義述考[J].安徽師大學報,1995(4):434-440,474.

瞿林東.春秋時期各族的融合[J].學習與探索,1981(1):126-137.

開封地區文管會等.河南省新鄭縣唐户兩周墓發掘簡報[J].文物資料叢刊,1978(2):45-65.

李伯謙.東下馮類型的初步分析[J].中原文物,1981(1):25-29.

李伯謙.晉侯墓地發掘與研究[C].晉侯墓地出土青銅器國際學術研討會交流論文,上海博物館,2002.

李純一.曾侯乙編鐘銘文考索[J].音樂研究,1981(1):54-67.

李旦初.《國風》的地域性流派[J].山西大學學報,1994(3):22-28.

李富成.楚國破滅中國的時間路綫初探[J].信陽師範學院學報,1998(1):50-54.

李加浩.伯陽父哲學思想試評[J].天津師院學報,1980(4):16-19.

李江浙.秦人起源范縣説[J].民族研究,1988(4):78-86.

李零.楚公逆鎛[J].江漢考古,1983(2):94.

李零.楚國族源、世系的文字學證明[J].文物,1991(2):47-54,90.

李濤.距離産生美——《詩·秦風·蒹葭》的審美生成[J].河北旅遊職業學院學報,2010(2):90-92.

李西興.卿事(士)考——兼論西周政體的演變[J].人文雜誌,1987(3):68-75.

李喜峰.論周平王的東遷[J].安康師專學報,2005(1):76-80.

李修松.徐夷遷徙考[J].歷史研究,1996(4):5-13.

李學勤.曾國之謎[J].光明日報,1978-10-04.

李學勤,唐雲明.元氏銅器與西周的邢國[J].考古,1979(1):56-59.

李學勤.西周中期青銅器的重要標尺——周原莊白、強家兩處青銅器窖藏的綜合研究[J].中國國家博物館館刊,1979(1):29-36.

李學勤.論漢淮間的春秋青銅器[J].文物,1980(1):54-58.

李學勤.談祝融八姓[J].江漢論壇,1980(2):74-77.

李學勤.秦國文物的新認識[J].文物,1980(9):25-31.

李學勤.論仲再父簋與申國[J].中原文物,1984(4):31-32,39.

李學勤.曾侯戈小考[J].江漢考古,1984(4):65-66.

李學勤.師虎鼎剩義[G]//新出青銅器研究,北京:文物出版社,1990:96-97.

李學勤.成周建設論[G]//中國的古代都市,汲古書院,1995:210-212.

李學勤.一九九七年"夏商周斷代工程"研究[J].光明日報,1998-03-20(7).

李學勤.夏商周斷代工程的新進展[J].人民政協報,1998-07-03(4).

李學勤.多學科相結合的"夏商周斷代工程"及其新進展[J].中國史研究,1998(4):3-7.

李學勤.膳夫山鼎年世的確定[J].文物,1999(6):54-56.

李學勤.論清華簡《楚居》中的古史傳說[J].史學史研究,2011(1):53-58.

李學勤.清華簡《繫年》及有關古史問題[J].文物,2011(3):70-74.

李學勤.由清華簡《繫年》論《文侯之命》[J].揚州大學學報,2013(2):49-51.

李義海.曾姬無卹壺銘文補[J].考古與文物,2009(2):66-70.

李祚唐.論中國古代的服喪期限——"三年之喪"期限的演變[J].學術月刊,1994(12):55-60.

李建生.曲沃羊舌墓地幾個問題的思考[J].文物世界,2008(3):60-65.

林深.從國風看形象化的藝術概括方法的形成[J].文學評論,1978(4):65-69.

林維民.《素冠》新解[J].溫州師範學院學報,1999(1):1-5.

林繼來,馬金華.論晉南曲沃羊舌村出土的史前玉神面[J].考古與文物,2009(2):56-65.

臨潼縣文化館.陝西臨潼發現武王征商簋[J].文物,1977(8):1-7,73.

劉操南.詩三百篇的創作與累積考說[J].杭州大學學報,1988(2):44-51,58.

劉得禎,朱建唐.甘肅靈臺縣景家莊春秋墓[J].考古,1981(4):298-301.

劉德岑.黎氏族之遷徙[J].禹貢半月刊,1933(3-8):7-9.

劉德岑.申氏族之遷徙[J].禹貢半月刊,1935(6-1):31-33.

劉光華.秦襄公述論[J].蘭州大學學報,1982(1):1-7.

劉國忠.從清華簡《繫年》看周平王東遷的相關史實[C]//"簡帛·經典·古史"國際論壇交流論文.香港浸會大學,2011.

劉啟益.西周紀年銅器與武王至厲王的在位年數[J].文史,1982(13):1-24.

劉起釪.由周初諸《誥》作者論"周公稱王"的問題[J].殷都學刊,1988(4):66-74.

劉士林.《檜風·素冠》新解[J].湛江師範學院學報,2001(1):33-36.

劉仕平.諡法的起源、種類及研究諡法的意義[J].武警工程學院學報,2001(1):23-27.

劉隨盛,楊國忠,梁星彭.一九七七年寶雞北首嶺遺址發掘簡報[J].考古,1979(2):97-106,118-123.

劉曉明.古申匯考[J].江西師範大學學報,1991(3):116-126.

劉心予.關於《詩經》各篇的年代問題[J].廣州師範學院學報,1987(2):45-53.

琉璃河考古工作隊.北京附近發現的西周奴隸殉葬墓[J].考古,1974(5):309-321.

路洪昌.鮮虞中山國疆域變遷考[J].河北學刊,1983(3):60-65.

吕紹綱.中國古代不存在城邦制度——兼與日知同志商榷[J].中國史研究,1983(4):91-105.

吕文郁.春秋時期晉國的采邑制度[J].山西師大學報,1991(2):15-20.

吕文郁.春秋時代采邑的變革[J].學術月刊,1993(9):27-32.

羅西章.扶風新徵集了一批西周青銅器[J].文物,1973(11):78-79.

羅新慧.周代天命觀念的發展與興變[J].歷史研究,2012(5):4-18.

馬承源.記上海博物館新收集的青銅器[J].文物,1964(7):10.

馬承源.何尊銘文初釋[J].文物,1976(1):64-65,93.

馬承源.虢國大墓參觀記[J].中國文物報,1991-03-03(3).

馬衡.石鼓爲秦刻石考[J].國立北京大學國學季刊,1923(1):17-26.

馬世之.虢國史蹟初探[J].中州學刊,1994(6):103-107.

馬敘倫.石鼓爲秦文公時物考[J].國立北平圖書館館刊,1933(7-2):5215-5217.

馬敘倫.跋石鼓文研究[G]//馬敘倫學術論文集,科學出版社,1958:207-223.

馬執斌.一件有助理解"共和行政"的青銅器[M].中學歷史教學,2002(10):2.

馬冰.也談曲沃羊舌M1和北趙晉侯墓地M93的墓主[J].中國文物報,2007-02-02(7).

毛忠賢.高禖崇拜與《詩經》的男女聚會及其淵源[J].江西師範大學學報,1988(4):16-23.

蒙文通.古代民族移徙考[J].禹貢半月刊,1937,7(6-7):13-36.

孟天運.遠古到周初齊魯兩地文化發展比較[J].史學集刊,1999(2):7-11.

繆文遠.周史遺珍須細讀——《逸周書》簡介[J].文史知識,1988(7):23-28.

倪晉波.1923年以來的"石鼓文"研究述要[J].寶雞文理學院學報,2006(4):46-52.

牛曉露.《〈詩經〉"風"詩抒情方式論》[J].雲南師範大學學報,1992(5):54-60.

歐譚生,邵金寶,劉開國.河南信陽發現兩批春秋銅器[J].文物,1980(1):42-45.

潘敏,孫全滿.商王廟號及商代謚法的推測[J].河北學刊,1995(1):85-91.
龐懷靖.岐邑(周城)之發現[J].寶雞師院學報,1990(1):36-38.
彭裕商.周公攝政考[J].文史,1998(45):37-48.
彭裕商.謚法探源[J].中國史研究,1999(1):3-11.
齊思和.西周地理考[J].燕京學報,1946(30):63-106.
齊文濤(王恩田).概述近年來山東出土的商周青銅器[J].文物,1972(5):3-18.
岐山縣文化館,陝西省文管會龐懷清等.陝西省岐山縣董家村西周銅器窖穴發掘簡報[J].文物,1976(5):26-44.
錢宗範.西周春秋時代的世祿世官制度及其破壞[J].中國史研究,1989(3):20-30.
裘錫圭.史牆盤銘解釋[J].文物,1978(3):25-32.
裘錫圭.談談隨縣曾侯乙墓的文字資料[J].文物,1979(7):25-32.
裘錫圭.關於石鼓文的時代問題[J].傳統文化與現代化,1995(1):40-48.
屈萬里.謚法濫觴於殷代論[J].歷史語言研究所集刊,1948(13):219-226.
屈萬里.西周史事概述[G]//屈萬里先生文存:第2冊.臺北:聯經出版事業公司,1985:581-620.
江逢僧.《詩經》大小雅所反映出的社會現實[J].文史哲,1957(10):26-34.
任常泰,石光明.西周春秋時期的"國人"[J].中國歷史博物館館刊,1982(4):19-28.
任乃強,任新建.三苗、三危、賜支考辨[J].西北史地,1988(1):1-5.
榮孟源.試談西周紀年[J].中華文史論叢,1980(1):1-21.
阮明套.晉文侯名仇之研究[J].管子學刊,2001(2):100-103.
陝西省博物館雍城考古隊.鳳翔發現春秋最大的墓葬[J].文物通訊,1977(4):5.
陝西省博物館雍城考古隊.鳳翔春秋秦公陵墓鑽探記[J].文物通訊,1977(6):14.
邵炳軍.周大夫家父《節南山》創作時世考論[J].文獻,1999(2):23-41,169.
邵炳軍.關於《春秋文學編年史》研究的思考[J].西北民族學院學報,1999(4):59-63.
邵炳軍.《板》《召旻》《瞻卬》三詩作者爲同一凡伯考論——周"二王並立"時期《詩經》創作時代研究之二[J].中正大學學報,1999,10(1):207-228.
邵炳軍.衛武公《抑》創作時世考論——周"二王並立"時期《詩經》創作年代研究之七[J].中國古典研究(日本),1999(46):1-16.
邵炳軍,趙逵夫.衛武公《抑》創作時世考論——周"二王並立"時期《詩經》創作年代研究之七[J].河北師範大學學報,2000(1):64-67.

邵炳軍.《青蠅》《賓之初筵》《抑》作者衛武公生平事蹟考論[J].文史,2000(2):155-164.

邵炳軍.衛武公《青蠅》創作時世考論——周"二王並立"時期《詩經》創作年代研究之五[J].西北師大學報,2000(3):25-29.

邵炳軍.衛武公《賓之初筵》《青蠅》創作時世考論[J].詩經研究(韓國),2000(2):136-142.

邵炳軍.周平王奔西申與擁立周平王之申侯——周"二王並立"時期詩歌創作歷史文化背景研究之三[J].貴州文史叢刊,2001(1):11-19.

邵炳軍.兩周之際三次"二王並立"史實索隱——周"二王並立"時期詩歌創作歷史文化背景研究之一[J].社會科學戰綫,2001(2):134-140.

邵炳軍.論周平王所奔西申之地望——周"二王並立"時期詩歌創作歷史文化背景研究之二[J].南京師大學報,2001(4):138-144.

邵炳軍.衛武公《賓之初筵》創作時世考論——周"二王並立"時期《詩經》創作年代研究之六[J].甘肅高師學報,2001(6):11-17.

邵炳軍.周大夫凡伯《瞻卬》創作時世考論——周"二王並立"時期《詩經》創作年代研究之三[J].西北師大學報,2002(1):48-52.

邵炳軍.兩周之際諸申地望及其稱謂辨析——周"二王並立"時期詩歌創作歷史文化背景研究之四[J].社會科學戰綫,2002(3):138-143.

邵炳軍.晉文公滅國奪邑繫年輯證——西周末年至春秋時期晉滅國奪邑繫年輯證之四[J].山西大學學報,2002(5):77-83.

邵炳軍.《詩·小雅·雨無正》篇名、作者、作時探微[J].上海大學學報,2003(2):9-13.

邵炳軍.《板》《召旻》《瞻卬》三詩作者爲同一凡伯考論[J].文學遺產,2004(5):115-118.

邵炳軍.《詩·秦風·小戎》之作者、詩旨、作時探微[G]//中國古代文學與文獻學研究:第3輯.北京:學苑出版社,2004:283-298.

邵炳軍.鄭武公滅檜年代補證[J].上海大學學報,2005(1):31-35.

邵炳軍.《詩·魯頌·閟宮》之作者、詩旨、作時補證[C]//第六屆詩經國際學術研討會論文集.北京:學苑出版社,2005:127-153.

邵炳軍,路艷艷.《詩·檜風·隰有萇楚》《匪風》作時補證[J].中國文化研究,2006(3):38-44.

邵炳軍.晉獻公滅國奪邑繫年輯證——西周末年至春秋時期晉滅國奪邑繫年輯證之三[J].甘肅高師學報,2006(4):26-33.

邵炳軍.秦襄公都邑地望與《詩·秦風·駟驖》作時補證[C]//第五屆先秦兩

漢文學研討會交流論文,2006(4).

邵炳軍.《詩·鄭風》十二篇繫年輯證[C]//中國古典文獻學與贛學國際學術研討會交流論文,2006(8).

邵炳軍,郝建傑.《詩·唐風·綢繆》詩旨補證[J].河北師範大學學報,2007(1):54-58.

邵炳軍,張静.《詩·檜風·羔裘》《素冠》作時補證[J].上海大學學報,2007(3):29-33.

邵炳軍.老子先祖宋戴公暨老子宋相人説發微[G]//諸子學刊:第1輯,上海:上海古籍出版社,2007:37-47.

邵炳軍,孫文芳.《詩·召南》三篇作者、詩旨與作時補證[G]//行止同探集——張志烈教授古稀紀念.成都:四川辭書出版社,2007:1-8.

邵炳軍.《詩·秦風》五篇詩旨與作時補證[C]//中古詩學暨曹道衡先生學術思想研討會專輯.合肥:安徽人民出版社,2007:25-36.

邵炳軍,楊秀禮.祝融、蚩尤、三苗種族概念關係發微[J].西南民族大學學報,2008(9):36-48.

邵炳軍,田永濤.《詩·豳風·鴟鴞》"鴟鴞"意象的文化意藴探析——《詩·豳風》意象及其意象經營藝術研究之一[C].長安文化與中國文學學術研討會交流論文,2008(11).

邵炳軍,楊延.從反對淫詩説看《吕氏家塾讀詩記》的宗毛傾向[C]//王兆鵬,潘碧華編.跨越時空:中國文學的傳播與接受.吉隆坡:馬來亞大學中文系、馬大中文系畢業生協會,2009:240-247.

邵炳軍,郝建傑.《詩·唐風·蟋蟀》中的"蟋蟀"意象及其文化内涵探幽[J].勵耘學刊,2010(1):164-176.

邵炳軍.《詩·檜風》繫年輯證——春秋詩歌繫年輯證之十三[G]//文衡:2009年卷,上海:上海大學出版社,2010:184-194.

邵炳軍,賴旭輝."雎鳩"意象考論——《詩·周南》意象群及其意象經營藝術研究之一[G]//儒學與二十一世紀文化建設:首善文化的價值闡釋與世界傳播.北京:學苑出版社,2010:408-417.

邵炳軍.《詩·鄘風》創作年代考論[J].中州學刊,2011(2):197-202.

邵炳軍.《詩·衛風》創作年代考論(上)——春秋詩歌創作年代考論之五[J].上海交通大學學報,2011(2):74-81.

邵炳軍.《詩·魏風》創作年代考論——春秋詩歌創作年代考論之九[J].山西大學學報,2011(3):32-43.

邵炳軍.《詩·鄭風》繫年輯證(上)——春秋詩歌繫年輯證之七[J].上海大學學報,2011(5):88-103.

邵炳軍.《詩·王風》創作年代考論(上)——春秋詩歌創作年代考論之六[J].河北師範大學學報,2011(6):65-71.

邵炳軍.《詩·秦風》創作年代考論(上)——春秋詩歌創作年代考論之十一[J].西北大學學報,2011(6):50-56.

邵炳軍.《詩·大雅·瞻卬》《抑》繫年輯證——春秋詩歌繫年輯證之十六[G]//郁賢皓先生八十華誕紀念文集.北京:中華書局,2011:23-33.

邵炳軍.《詩·邶風》繫年輯證——春秋詩歌繫年輯證之三[G]//詩經研究叢刊:第20輯.北京:學苑出版社,2011:81-133.

邵炳軍.春秋詩歌《詩·小雅·正月》《雨無正》《都人士》《魚藻》創作年代考論——春秋詩歌創作年代考論之十五[J].廣東社會科學,2012(1):187-194.

邵炳軍.《詩·衛風》創作年代考論(下)——春秋詩歌創作年代考論之五[G]//古文獻研究集刊:第4輯.南京:鳳凰出版社,2012:267-280.

邵炳軍.《詩·齊風》創作年代考論——春秋詩歌創作年代考論之八[C]//泮池集——首屆中國古代文學與地域文化學術研討會論文集.上海:上海大學出版社,2012:91-115.

邵炳軍.《詩·王風》創作年代考論——春秋詩歌創作年代考論之六[G]//文衡:2010年卷.上海:上海大學出版社,2012:63-81.

申亞光.古謝邑今址考[J].中州古今,1988(4):54-56.

師寧.論生稱諡及諡法起源問題[J].首都師範大學學報,1994(6):41-48.

石泉.古代曾國——隨國地望初探[J].武漢大學學報,1979(1):79-89.

史念海.論《禹貢》的著作年代[G]//河山集.北京:生活·讀書·新知三聯書店,1963:391-415.

史樹青.信陽長臺關出土竹書考[J].北京師範大學學報,1963(4):89-92.

舒之梅,吳永章.從楚的歷史發展看楚與中原地區的關係[J].江漢論壇,1980(1):65-70.

舒之梅,劉彬徽.論漢東曾國為土著姬姓隨國[J].江漢論壇,1982(1):72-77.

宋保惠.《隰有萇楚》試解[J].聊城師範學院學報,1993(2):98-101.

宋傑.春秋戰爭之地域分析與列國的爭霸方略(上)[J].首都師範大學學報,1999(2):1-6.

宋傑.春秋戰爭之地域分析與列國的爭霸方略(下)[J].首都師範大學學報,1999(3):14-17.

宋新潮.驪山之役及平王東遷歷史考述[J].人文雜誌,1989(4):75-79.

宋兆麟.原始的生育信仰——兼論圖騰和石祖崇拜[J].史前研究,1983(1):131-139.

宋慶偉.試論曲沃羊舌墓地的歸屬問題[J].南方文物,2012(2):74-76.
隨縣博物館.湖北隨縣城郊發掘春秋墓葬和銅器[J].文物,1980(1):34-38.
隨縣擂鼓墩一號墓考古發掘隊.隨北隨縣曾侯乙墓發掘簡報[J].文物,1979(7):1-24.
孫博,孫敬明.山東臨朐發現齊、郱、曾諸國銅器[J].文物,1983(12):1-6.
孫敬明.兩周金文與鼂史新徵[J].齊魯學刊,1999(3):86-90.
孫重恩.申國辨[J].鄭州大學學報,1988(4):81-86.
孫作雲.小雅大東篇釋義[J].文史哲,1956(11):18-25.
孫作雲.從讀史的方面談談《詩經》的時代和地域性[J].歷史教學,1957(3):38-44.
孫作雲.說豳在西周時爲北方軍事重鎮——兼論軍監[J].河南師大學報,1983(1):31-49.
孫作雲.我國歷史上第一次農奴大起義——公元前842—前828年周京附近農奴反周厲王的戰争及其影響[G]//孫作雲文集·《詩經》研究.開封:河南大學出版社,2003:224-252.
孫秀華,廖群.《詩經》"葛藟"考辨[J].船山學刊,2011(3):76-78.
孫慶偉.試論曲沃羊舌墓地的歸屬問題[J].南方文物,2012(2):74-76.
魏棟.清華簡《繫年》與攜王之謎[J].文史知識,2013(6):31-35.
譚戒甫.周初矢器銘文研究[J].武漢大學學報,1956(1):163-211.
譚家健.先秦史傳散文中的小説成分[J].衡陽師專學報,1993(3):24-28.
譚其驤.古謝邑故址應在今南陽縣境[J].南都學壇,1992(1):14.
譚維四,舒之梅.隨縣擂鼓墩一號墓發掘的重要收穫[J].湖北日報,1978-10-03(3).
唐蘭.石鼓文刻於秦靈公三年考[J].申報,1947-12-06(8).
唐蘭.宜侯矢簋考釋[J].考古學報,1956(2):79-83.
唐蘭.石鼓年代考[J].故宮博物院院刊,1958(1):4-19.
唐蘭.西周銅器斷代中的"康宮"問題[J].考古學報,1962(1):15-48.
唐蘭.陝西省岐山縣董家村新出西周重要銅器銘辭的譯文和注釋[J].文物,1976(5):55-59,63.
唐蘭.周王䵼鐘考[G]//故宮博物院編.唐蘭先生金文論文集.北京:紫禁城出版社,1995:34-42.
唐蘭.論周昭王時代的青銅器銘刻[G]//故宮博物院編.唐蘭先生金文論文集.北京:紫禁城出版社,1995:236-333.
陶興華."共伯和"與"共和行政"考[J].西北師大學報,2007(3):115-120.
陶興華.西周厲、宣之際的"共和"與"共和行政"[C].第八屆北京大學史學論壇文集,2012:1-14.

田桂萍,段煉,熊學斌.湖北京山蘇家壠墓地 M2 發掘簡報[J].江漢考古,2011(2):34-38.

田海峰.湖北棗陽縣又發現曾國銅器[J].江漢考古,1983(3):101-105.

甘肅省博物館文物隊.甘肅靈臺白草坡西周墓[J].考古學報,1977(2):99-130.

田建文.也論曲沃羊舌墓地1號墓墓主[J].中國文物報,2007-03-30(7).

童教英."共和行政"考索[J].浙江大學學報,1991(2):113-118.

童書業.夷蠻戎狄與東南西北[G]//童書業著作集:第2卷.北京:中華書局,2008:514-519.

王次梅.怨而不怒的思婦之歌——讀《詩·秦風·小戎》[J].吉林師範學院學報,1990(3-4):45-46.

王恩田.岐山鳳雛村西周建築群基址的有關問題[J].文物,1981(1):75-79.

王恩田.西周制度與晉侯墓地復原——兼論曲沃羊舌墓地族屬[J].中國歷史文物,2007(4):26-35.

王冠英.周初的王位紛爭和周公制禮[J].北京師範大學學報,1987(1):75-83.

王光永.介紹新出土的兩件虢器[G]//古文字研究:第7輯.中華書局,1982:185-186.

王紅亮.清華簡《繫年》中周平王東遷的相關年代考[J].史學史研究,2012(4):101-109.

王建國.論《詩·檜風》的創作年代[J].古籍整理研究學刊,2004(3):15-18.

王開元."十五國風"的美學價值[J].新疆大學學報,1992(4):101-105,100.

王康.試談古羌作者駒支及其詩作《青蠅》[J].民族文學研究,1988(1):78-81.

王雷生.鄭桓公生平事蹟考實[J].人文雜誌,1995 增刊(2):213-217.

王雷生.論驪山之役與西周的滅亡[J].人文雜誌,1995(4):92-97.

王雷生.秦文公即秦襄公考辨[J].三秦論壇,1997(3):35-37.

王雷生.平王東遷年代新探:周平王東遷公元前747年說[J].人文雜誌,1997(3):62-66.

王雷生.平王東遷原因新論——周平王東遷受逼於秦、晉、鄭諸侯說[J].人文雜誌,1998(1):86-90.

王雷生.關於"共和行政"若干歷史問題的再考察[J].人文雜誌,1999(6):132-139.

王力堅.《詩經》賦比興原論[J].社會科學戰線,1998(1):148-155.

王茂福.蒲松齡的《討青蠅文》與賦史上的詠蠅賦[J].蒲松齡研究,2005(4):144-154.

王全營.謝氏故里謝邑考[J].尋根,2007(5):116-121.

王仁湘,袁靖.河姆渡文化"蝶形器"的用途和名稱[J].考古與文物,1984(5):64-69.

王儒林,崔慶明.南陽市西關出土一批春秋青銅器[J].中原文物,1982(1):39-41.

王世民,陳公柔,張長壽.關於夏商周斷代工程中的西周青銅器分期斷代研究[J].文物,1999(6):48-53.

王世振.湖北隨縣發現商周青銅器[J].考古,1984(6):510-514.

王玉哲.先周族最早來源於山西[J].中華文史論叢,1982(3):1-24.

王玉哲.周平王東遷乃避秦非避犬戎說[J].天津社會科學,1986(3):49-52.

王玉哲.秦人的族源及遷徙路綫[J].歷史研究,1991(3):32-39.

王志軒.上博楚竹書《詩論》第八簡"即"字考辨[J].古籍整理研究學刊,2006(5):85-87.

王志友,劉春華,趙叢蒼.西畤的發現及相關問題[C].秦俑博物館開館三十周年國際學術研討會暨秦俑學第七屆年會會議論文,2009(10).

王子超.河南出土商周金銘研究[J].河南大學學報,1990(4):74-79.

衛文選.晉國滅國略考[J].晉陽學刊,1982(6):97-101.

溫廷敬.沈子簋訂釋[J].中山大學文史研究所月刊,1935,3(3):32-34.

文物編輯委員會.建國以來陝西省文物考古的收穫[M]//文物考古工作30年.文物出版社,1979:130.

吳從松.《葛藟》新解[J].貴州文史叢刊,1992(1):61-63.

吳浩坤.西周和春秋時代宗法制度的幾個問題[J].復旦學報,1984(1):87-92.

吳晉生,吳薇薇.西周紀年再探析[J].貴州文史叢刊,1997(2):22-25.

吳晉生,吳薇薇.夏、商、周三代紀年考辨——兼評《竹書紀年》研究的失誤[J].天津師大學報,1998(1):8-18.

吳靜淵.諡法探源[J].中華文史論叢,1979(3):79-94.

吳偉明.《詩·蒹葭》中"追尋"模式的文化內涵探析[J].內蒙古農業大學學報,2011(4):371-373.

吳郁芳."曾侯乙"與"隨國"考[J].江漢考古,1996(4):51-55,65.

吳澤·兩周時代的社神崇拜和社祀制度研究——讀王國維《殷卜辭中所見先公先王考》[J].華東師範大學學報,1986(4):1-11.

吳鎮烽,雒忠如.陝西省扶風縣強家村出土的西周銅器[J].文物,1975(8):

57-62.

吳毅强.晉姜鼎補論[J].中國歷史文物,2009(9):79-83.

夏子賢.略論商周天人觀[J].松遼學刊,1992(4):40-46.

夏宗禹.小雅·漸漸之石[J].西北大學學報,1989(2):124.

謝德勝.《詩》敘事變化管窺——以《氓》《節南山》《生民》爲研究中心[G].詩經研究叢刊:第17輯,學苑出版社,1908:169-182.

謝端琚.齊家文化是馬家窯文化的繼續和發展[J].考古,1976(6):352-355.

謝維揚.周代的世系問題及其在中國歷史上的影響[J].吉林大學社會科學學報,1985(4):83-90.

謝應舉,謝祥熹,謝紅偉,謝曉峰.古謝國故址應在今湖南江永[J].中南大學學報,2010(4):84-89.

謝增寅.古謝邑今址考[J].南都學壇,1989(1):85-88.

信陽地區文管會,等.信陽發現兩批春秋早期呂國銅器[J].河南文博通訊,1979(4):10-11,6-7.

徐敏.從祝融之興到熊繹建國的再考察[J].中國社會科學院研究生院學報,1986(3):33-46.

徐日輝.秦襄公東進關中路綫考[J].中國歷史地理論叢,2005(4):44-48.

徐少華.曾即隨及其歷史淵源[J].江漢論壇,1986(4):71-75.

徐少華.鄳國歷史地理探疑——兼論包山、望山楚墓的年代和史實[J].華夏考古,1991(3):89-95,78.

徐少華.祝融八姓之妘姓、曹姓諸族歷史地理分析[J].湖北大學學報,1996(2):15-20.

徐少華.從叔姜簠析古申國歷史與文化的有關問題[J].文物,2005(3):66-68,80.

徐錫台.陝西長安鄠縣調查與試掘簡報[J].考古,1962(6):305-311.

徐揚傑.關於曾國問題的一點看法[J].江漢論壇,1979(3):74-79.

徐亦亭.漢族族源淺析[J].雲南社會科學,1987(6):49-50.

徐中舒.禹鼎的年代及其相關問題[J].考古學報,1959(3):53-66.

徐中舒.殷商史中的幾個問題[J].四川大學學報,1979(2):108-112.

徐中舒.西周史論述(上)[J].四川大學學報,1979(3):89-98.

徐中舒.西周史論述(下)[J].四川大學學報,1979(4):92-100.

徐中舒,常正光.論《豳風》應爲魯詩——兼論《七月》詩中所見的生產關係[J].歷史教學,1980(4),14-18.

許廷桂.《詩經》結集平王初年考[J].西南師範學院學報,1979(4):91-96.

薛金玲.諡法起源淺析[J].西北大學學報,2000(1):67-71.

揚之水.說《秦風・小戎》——《詩經》名物新證之一[J].中國文化,1996(1):74-83.

楊寶順.新鄭出土西周銅方壺[J].文物,1972(10):66.

楊朝明.《今本竹書紀年》中的魯國紀年[J].齊魯學刊,1999(3):82-85.

楊東晨.先秦時期安徽地區的民族和文化考察[J].安徽師範大學學報,1998(1):45-52.

楊海儒.聊齋遺文《教書詞》《詞館歌》《先生論》《討青蠅文》[J].文獻,1987(1):81-87.

楊寬,錢林書.曾國之謎試探[J].復旦學報,1980(3):84-88.

楊寬.西周春秋時代對東方和北方的開發[J].中華文史論叢,1982(4):109-132.

楊寬.釋何尊銘文兼論周開國年代[J].文物,1983(6):53-57.

楊寬.西周中央政權機構剖析[J].歷史研究,1984(1):78-91.

楊寬.論《逸周書》——讀唐大沛《逸周書分編句釋》(手稿本)[J].中華文史論叢,1989(1):1-15.

楊權喜.湖北棗陽縣發現曾國墓葬[J].考古,1975(4):222-225.

楊善群.西周選卿制度探討[J].寶雞師院學報,1987(3):54-58,27.

楊善群.周族的起源地及其遷徙路綫[J].史林,1991(3):39-45.

楊紹萱.宗周鐘、散氏盤與毛公鼎所記載的西周歷史[J].北京師範大學學報,1961(4):25-36.

楊升南.卜辭所見諸侯對商王室的臣屬關係[G]//甲骨文與殷商史.上海:上海古籍出版社,1983:128-171.

楊希枚.論周初諸王之生稱謚[J].殷都學刊,1988(3):10-13.

楊唯偉.《小雅・都人士》兩詩綴合說質疑[J].河西學院學報,2009(9):51-55.

尹盛平.獫狁、鬼方的族屬及其與周族的關係[J].人文雜誌,1985(1):67-74.

雍際春.近百年來秦人族源問題研究綜述[J].社會科學戰綫,2011(9):109-117.

于逢春.周平王東遷非避戎乃投戎辯——兼論平王東遷的原因[J].西北史地,1983(4):54-60.

于省吾.略論西周金文中的"六㠱"和"八㠱"及其屯田制[J].考古,1964(3):152-155.

于省吾.讀金文劄記五則[J].考古,1966(2):100-104.

余世存.伯陽父的和同論[J].新世紀週刊,2007(22):159.

俞偉超.先楚與三苗文化的考古學推測[J].文物,1980(10):1-11.
袁純富.春秋時楚滅南陽申國年代考[J].中州今古,1985(1):3.
袁謇正.論《詩經》"以意勝"傾向[J].西北大學學報,1984(3):57-64.
鄖陽地區博物館.湖北鄖縣肖家河春秋楚墓[J].考古,1998(4):42-46.
曾昭岷,李瑾.曾國和曾國銅器綜考[J].江漢考古,1980(1):69-84.
曾振宇.論春秋政體[J].上饒師專學報,1986(2):40-44.
翟相君.《詩·葛藟》新解[J].廣州師範學院學報,1984(3,4):53-54,57.
翟相君.《詩·正月》的曆法及錯簡[J].漢中師範學院學報,1986(3):14-18.
翟相君.《秦風·車鄰》似殘篇[J].杭州師範學院學報,1987(1):6.
張雲鵬,王勁.湖北石家河羅家柏嶺新石器時代遺址[J].考古學報,1994(2):191-229.
張保寧.《詩經》沒有記夢詩嗎?——從心理學層面解析《蒹葭》的主題[J].人文雜誌,2000(3):89-91.
張家波.《詩·國風·秦風·蒹葭》的"蒹葭"意象新論[J].銅仁學院學報,2013(2):30-33.
張家琦.試論西周胡國的族源[J].安徽史學,1992(4):1-7.
張家琦.試論西周胡國的族源(續)[J].安徽史學,1993(3):15-19.
張南,周伊.春秋戰國城市發展論[J].安徽史學,1988(3):9-14.
張平轍.西周共和行政真相揭秘——以共和行政時期的兩具標準青銅器爲中心[J].西北師大學報,1992(4):51-54.
張人元.尋訪古謝邑[J].尋根,2004(4):128-133.
張遂青.共和行政,有周召共和與共伯和干王位兩種說法,那一種是實際情況?——河大史地專修科提[J].新史學通訊,1951(2):20-21.
張新智,閆金鑄.嘉父山墓地發掘收穫[J].文物世界,2009(6):3-9.
張學正,張朋川,郭德勇.談談馬家窯、半山、馬廠類型的分期和相互關係[C]//中國考古學會第一次年會論文集.北京:文物出版社,1979:50-71.
張亞初.論楚公㝬鐘與楚公逆鎛的年代[J].江漢考古,1984(4):95-96.
張彥修.河南三門峽市虢國墓地M2001墓主考[J].考古,2004(2):76-78.
張友椿.唐叔虞始封地所在[J].晉陽學刊,1983(2):78-79.
張正明.論楚文化的淵源[J].湖北大學學報,1985(5):92-97.
張政烺.何尊銘文解釋補遺[J].文物,1976(1):66-67.
張志康,謝介民."卿事寮"析論[J].學術月刊,1988(2):44-50.
趙東.20年來謚法研究綜述[J].綏化學院學報,2007(2):126-128.
趙光賢.《詩·小雅·十月之交》作於平王時代說[J].齊魯學刊,1984(1):99-101.

趙光賢.説《逸周書·世俘》篇並擬武王伐紂日程表[J].歷史研究,1986(6):92-101.

趙光賢.武王克商及西周諸王年代考[J].北京圖書館館刊,1992(1):41-50.

趙輝.《雅》《頌》的價值取向與英雄神話[J].中南民族學院學報,1999(3):93-96.

趙化成.尋找秦文化淵源的新綫索[J].文博,1987(1):1-7,17.

趙逵夫.論《詩經》的編集與《雅》詩的分爲"小""大"兩部分[J].河北師院學報,1996(1):74-84,90.

趙逵夫.周宣王中興功臣詩考論[G]//中華文史論叢:第55輯.上海:上海古籍出版社,1996:127-155.

趙逵夫.西周詩人芮良夫與他的《桑柔》[C]//第三屆詩經國際學術研討會文集.香港:天馬圖書有限公司,1998:692-702.

趙逵夫.《逸周書》研究序[G]//羅家湘.《逸周書》研究.上海:上海古籍出版社,2006:1-16.

趙世超.巡守制度試探[J].歷史研究,1995(3):3-15.

趙信,葉茂林,田富强.甘肅天水師趙村史前文化遺址的發掘[J].考古,1990(7):577-586.

趙學謙,關甲堃,白蘋,張長源.寶雞新石器時代遺址第二、三次發掘的主要收穫[J].考古,1960(2):4-7.

趙燕姣,謝偉峰.仲爯父簋銘與申國遷徙[J].中國歷史地理論叢,2012(3):42-46.

趙媛媛.春秋以前和春秋時期的戰車與車戰略考[J].西安社會科學,2009(3):55-57.

趙沛霖.《詩經》宴飲詩與禮樂文化精神[J].天津師大學報,1989(6):60-65.

趙雨,盧雪松.《小雅·正月》疾病名義考[G]//詩經研究叢刊:第21輯.學苑出版社,2010:55-92.

浙江省文管會,浙江省博物館.河姆渡遺址第一期發掘報告[J].考古學報,1978(1):39-94.

振亞."謚""謚法"探源[J].辭書研究,1998(5):145-146.

鄭崇鼎.謝邑考[J].南都學壇,1989(1):80-84.

鄭傑祥.河南新野發現的曾國銅器[J].文物,1973(5):14-18.

鄭傑祥.試論夏代歷史地理[G]//中國先秦史學會.夏史論叢.濟南:齊魯書社,1985:275-276.

鄭重.秦公一號大墓將於近日揭槨開棺[J].光明日報,1986-04-28(1).

鄭重.古墓之謎——秦公一號墓挖掘現場散記[J].文匯報,1986-05-17(2).

鄭州市文物考古研究院,河南省文物管理局南水北調文物保護辦公室.河南新鄭市唐户遺址裴李崗文化遺存 2007 年發掘簡報[J].考古,2010(5):3-23.

中國科學院考古研究所資料室,編.1959—1964 年考古書刊目録[J].考古,1964(10):539-542.

鍾來因.論《詩經》中禮教盛行前後的愛情詩[J].青海社會科學,1986(3):73-81.

周東暉.二雅刺詩再探[J].新疆師範大學學報,1994(1):10-16.

周法高.金文零釋・康侯簋考釋[G]//"國立中央"研究院歷史語言研究所專刊之三十四."中央"研究院歷史語言研究所,1951:1-37.

周流溪.西周年代考辨[J].史學史研究,1997(2):51-65.

周流溪.《西周年代考辨》訂補[J].史學史研究,2003(2):71-73.

周書燦.春秋姬密地望考——兼論姬姓密國存亡年代及莒國姓氏問題[J].史學月刊,1994(4):11-15.

周同.令彝考釋中的幾個問題[J].歷史研究,1959(4):61-66.

周原考古隊.矩伯裘衛兩家族的消長與周禮的崩壞[J].文物,1976(6):45-50.

周原考古隊.陝西省扶風縣莊白一號西周青銅器窖藏發掘簡報[J].文物,1978(3):1-18.

周原考古隊.陝西岐山鳳雛村西周建築基地發掘簡報[J].文物,1979(10):27-34.

周原考古隊.扶風召陳西周建築群基址發掘簡報[J].文物,1981(3):10-22.

周原考古隊.扶風劉家姜戎墓葬發掘簡報[J].文物,1984(7):16-29.

周小兵,王志忠.《詩經》宗教現象原論[J].湘潭大學學報,1999(2):63-66.

朱湘蓉.《詩・檜風・隰有萇楚》詩旨之又一解[J].柳州職業技術學院學報,2004(2):72-74.

竺可楨.中國歷史上之旱災[J].史地學報,1925,3-6:47-52.

祝注先.關於詩《青蠅》的作者[J].民族文學研究,1988(6):92.

左益寰.陰陽五行家的先驅者伯陽父——伯陽父、史伯是一人而不是兩人[J].復旦學報,1980(1):97-100.

後記

我在42歲生日時,曾寫過一首類似打油詩的《自壽詠懷》:"四十二年風滿樓,二十四載宦海流。而今書香飄如故,功名未就何堪愁。草堂高朋多舊遊,陋室鴻儒早白首。莫道紅顏無知己,天涯處處覓芳洲。"這幾行小詩,既是對過去坎坷人生、蹉跎歲月的回顧,又是對當時酸楚而喜悦心境的寫照。

自己的前半生,幾乎是伴隨着共和國的腳步走過來的:"大躍進""四清運動""文化大革命""上山下鄉"……肉體的飢餓空乏和心靈的恐懼壓抑,是我最好的朋友。然而,在同齡人中,我畢竟還算得上是這個偉大而又充滿荆棘時代的幸運兒:18歲入黨、19歲提幹、23歲上大學——粉碎"四人幫"後西北師範大學中文系的第一屆本科生,即"77級",有幸從鄭文、匡扶、彭鐸、郭晉稀、唐祈、李鼎文、張文熊、支克堅、孫克恒、王培青、葉萌、吳福熙、藍開祥、鈕國平、霍旭東、王福成、萬嵩、喬先之、李樹凱、季成家、胡大浚、甄繼祥、張明廉、牟豪戎、吳春卓、吳又熊等先生受業;1989年4月,我考取了北京師範大學中文系古代漢語專業碩士學位班,有幸聆聽了王寧、鄒曉麗、謝紀鋒、林銀生、秦永龍、陳紱、周之朗等先生的教誨。

1982年1月大學畢業時,我告别了青年時代所熱衷的行政管理工作,到甘肅農業大學從事教學工作,並先後在附屬中學、職業技術教育師範部、職業技術教育部等兼任黨政領導職務。1993年3月,因爲某種特殊的原因,我突然間離開了領導崗位。正是這種變故,促使我驀然回首,發現自己身後是一片空白:學業上一事無成,只有無盡的煩勞與困惑——自己年輕無知,誤落塵網,受制於人,碌碌無爲,虚度半生!而我的許多同學却事業一路順風,學業如日中天,使我自愧不如;他們爲我樹立了精神的楷模、行動的榜樣和理想的豐碑!正是由於有他們的鼓勵與支持,我開始萌生了對第三次求學深造的强烈渴望和不懈追求。

1994年5月,我放棄了年薪數萬元的社會兼職,擠上了南行的列車,奔赴武昌,去參加武漢大學中文系漢語史專業語法修辭學方向的博士研究生入學考試。當時,該博士點的創始人黃焯先生已病故,李格非、鄭遠漢、楊合鳴諸先生均爲副導師,聘請的客座導師爲北京大學中文系的郭錫良先生;後不知何故,却暫停招生,我們6位考生均名落孫山。我四處寫信請求轉錄,但均無結果。那時,我以一種沮喪的心情,在珞珈山上俯瞰武漢三鎮的美麗景色,在東湖堤岸觀賞蒼茫浩瀚的無際碧波。大自然的美好景致,滌蕩着我的心靈,更加激發了我大膽追求人世間一切美好事物的信心,更加鼓蕩起我爲自己美好理想去奮鬥、去拼搏的勇氣。

1995年,經向楊合鳴先生咨詢,武漢大學中文系漢語史專業博士點依然暫停招生。於是,我便報考了杭州大學中文系漢語史專業訓詁學方向的博士研究生,選擇的導師爲已是耄耋之年的蔣禮鴻先生;遂又擠上了東去的列車,赴杭州參加入學考試。但是,天公似乎故意與我作對——5月9日考試,蔣先生却突然病故;同專業的祝鴻熹與黃金貴先生名下的幾位考生,成績均考得不錯,無法調劑,我又一次名落孫山。當時,我已不再是一種沮喪的心情,而是以一種超然的心態,在白堤信步,吟詠《琵琶》《長恨》之曲;在蘇堤觀景,唱和大江明月之歌;在岳廟朝聖,追思怒髮衝冠之樂。故雖無功而返,却更加堅定了我不懈努力的信心和勇氣。

1996年春天,西北師範大學中文系趙逵夫師牽頭申報的中國古代文學專業二級學科博士學位點獲准設立。經郭晉稀、吳福熙、王福成、甄繼祥諸師的推薦,我擬報考,因當年未招生而只好作罷。1997年4月,承蒙趙逵夫師擡愛,終於使我如願以償。如果不是趙逵夫師賜予我一次深造的機會,就没有我的今天。19年前,我作爲一名本科生走進母校求學;19年後,我作爲一名博士生回到母校深造。人生似乎就在這不斷的重複中螺旋式地上升,歷史似乎就在這永恒的運動中滚動式地發展!

從趙逵夫師攻讀博士學位的三年中,我仍然在甘肅農業大學社會科學部承擔着繁重的教學任務,並兼任黨政管理職務。由於没有條件脱産學習,只能邊工作、邊學習,我自然要投入比别人更多的時間和精力。

三年來,趙逵夫師爲我付出了極大的心血,使我悟到了許多做人與治學的真諦。我自進校以後,就參加了由趙逵夫師主持的國家社會科學基金"九五"規劃項目——"先秦文學編年史",承擔了《春秋文學編年史》的研究任務。本課題工程浩大、難度極高,加之本人生性愚鈍、學識淺薄,深感力不能及。所幸的是趙逵夫師時常耳提面命、諄諄教誨,使我時有茅塞頓開之感。其中,博士學位論文的撰寫始於1998年4月,從論證選題、擬訂提綱到修改定稿,先生淵博的國學根底、嚴謹的治學方法、獨特的思維方式和高潔的人格精神,都對我産生了極爲深刻的影響。這一切是我在先生門下求學三載的最大收穫,也是我受益終身的寶貴財富。

從推薦我報考趙逵夫師的博士研究生，到三年博士研究生學習過程中，郭晉稀、吳福熙、藍開祥、鈕國平、霍旭東、王福成、胡大浚、甄繼祥諸師，均給予我許多關心、指導與幫助，在此深表謝忱！

我是家中的長子，多年來養成了一種強烈的責任感；我在學校裏又有幸成爲趙逵夫師所招收的博士研究生中的開門弟子，因年齡最長而同門皆以師兄相稱，使我誠惶誠恐：常常擔心學業不精而有辱師門，時刻誡己勿荒於嬉而影響同門。所幸的是，同門博士研究生裴登峰、賈海生、伏俊璉、張侃、韓高年、饒恆久、劉志偉、俞志慧、羅家湘諸兄，均能夠在做人治學方面予以無私的幫助；訪問學者張劍和聶大受兄，在本論文的撰寫過程中，也提出了許多寶貴意見。對以上諸君的關愛，在此深表謝意！

我生性愚鈍，又忙於瑣事、疏於讀書，治學先天不足；加之不夠勤奮，治學粗疏，常深感學無所成，竊告誡自己求學之心不可已。正因爲如此，我在不惑之年，仍然有着強烈的求知欲，仍感到自己還很年青，體內仍跳躍着青春的活力。也正因爲如此，我才能夠比較順利地完成自己的學業。當然，從古代漢語學科轉到古代文學學科，從治學理念到治學路徑，都有一個轉換與適應的過程。期間的酸甜苦辣，只有自知而已。

隴右之苦，甲於天下。生活在這片貧瘠土地上的人們，之所以能夠祖祖輩輩蕃衍生息，靠的就是他們的一種精神——勤勞勇敢、吃苦耐勞、堅韌不拔。這種精神，流淌在每一個隴右學人的血管裏，體現在每一個隴右學人的行動上。特別是，像我們這些生活在一個多事之秋、動亂年代的中年人，靠的就是這種精神，不懈努力，才有了我們的今天。

正是因爲深受隴右精神的鼓舞，有趙逵夫師的精心指導，有各位師長、同學、同事、朋友以及所有關愛我的人們的幫助，我在攻讀博士學位的三年中，結合博士學位課程的研習，利用撰寫博士論文的閒暇時間，主持完成了兩項甘肅省教委社科基金資助項目，參加了國家與教育部社科基金資助項目各一項，出版了兩部專著，並在《文史》《文獻》《社會科學戰綫》《西北師大學報》《寧夏大學學報》《河北師大學報》《甘肅高師學報》《社科縱橫》《貴州文史叢刊》及《中正大學學報》《中國古典研究》（日本）、《詩經研究》（韓國）等海內外刊物上發表了15篇學術論文，出版的學術專著與發表的學術論文，累計達80萬字。

三年來，對我所取得的一點小小的成績，黨和政府給予了極大的榮譽：曾獲中共甘肅省委、甘肅省人民政府頒發的"甘肅省第六次社會科學興隴獎三等獎"和甘肅省教委頒發的"甘肅省高等學校1996—1997年度社會科學優秀成果獎三等獎"各一次，並曾獲甘肅省教委授予的"甘肅省高等學校青年教師成才獎"榮譽稱號。

三年來,我因爲時常熬夜、過度勞累,曾三次暈倒在衛生間裏。但我始終無怨無悔,靠的就是隴右精神的支撐。我即將畢業,要走向新的工作與學習崗位,作爲一個從小就生活在這片黃土地上的學子,不論走到天涯海角,應該不忘其根——勤勞勇敢、吃苦耐勞、堅韌不拔的隴右精神。因爲:"路漫漫其修遠兮,吾將上下而求索"!

邵炳軍謹記
庚辰孟夏望日子夜於金城德音齋

附記:

本書是以我的博士學位論文《周"二王並立"時期詩經創作時世考論》爲基礎增補修改而成的。從 2000 年 6 月通過答辯,到現在即將出版,已歷時 20 餘年了。

記得舉行博士學位論文答辯時,論文評閱人和答辯委員會成員曹道衡、崔富章、鍾振振、張崇琛、王福成、郭外岑、劉躍進等先生,多有溢美之詞。他們認爲,該論文"嚴守論世知人之方法程式,材料豐富而持之有故,立論確當而論證有力,新見迭出而結論可信",是"近年來先秦文學研究暨詩經研究的一部力作"。可爲何一直拖延到現在才得以出版呢? 主要原因有二:

一是原來設計的 9 部分內容,只完成了 4 個部分,即本書的第一、二、三、四章,其餘部分都未及完稿,故需要進行補寫。

二是原來完成的 4 個部分,僅僅 15 萬字,內容依然非常單薄,故需要進行完善。

但是,自 2002 年 6 月博士畢業後,我便由鍾振振先生引薦,於同年 9 月去南京師範大學文學院博士後流動站工作,在郁賢皓先生指導下,於 2002 年 6 月完成了博士後出站報告《春秋政治與詩歌研究——以兩周之際"二王並立"政治格局爲研究起點》(30 萬字),爲第 29 批中國博士後科研基金資助項目。故博士學位論文的補充與完善工作,自然就停止了。

2007 年 7 月,經鄧喬彬、董乃斌先生引薦,郁賢皓、鍾振振先生推薦,我加盟了上海大學文學院中文系。期間,在學術界各位同仁的熱情幫助下、在各級領導的大力支持下,我與諸位同事一道努力,先後獲得中國古代文學學科二級學科博士學位點(2005)、中國語言文學博士後流動站(2007)、中國語言文學一級學科博士點(2010)和教育部首批中華優秀傳統文化傳承基地(2018),搭建了比較好的教學與科研平臺。同時,除了進行正常的教學工作之外,主持完成了多項國家級、省部級重大、重點和一般項目,爲本書的補充與修訂,打下了良好的學術基礎。

就本成果而言，先後作爲上海市哲學社會科學規劃一般課題（2007）、國家社科基金一般項目（2016）、國家出版基金項目（2021）獲得立項資助。尤其是該書能夠獲准2021年底國家出版基金項目資助，並能夠順利出版，是與上海大學出版社有限公司及其副總編輯鄒西禮編審大力支持密切相關的。是上海大學出版社有限公司作爲申報單位，使該書獲得立項資助。特別是鄒西禮編審從著作題目的重新擬定，到具體内容的仔細打磨，都給予了許多幫助。故借本成果即將出版的機會，謹對參與這些項目評審的各位匿名專家、對參與出版工作的各位編輯，深表衷心感謝！

該成果由復旦大學蔣凡先生與教育部長江學者特聘教授、華東師範大學方勇先生擔任推薦專家，由教育部長江學者特聘教授、中山大學吴承學先生題簽；湖南師範大學趙炎秋教授、中國人民大學袁濟喜教授、中國社會科學院陳众議研究員、南京師範大學譚桂林教授、曲阜師範大學夏静教授、北京語言大學段江麗教授、浙江師範大學王洪嶽教授、南京師範大學駱冬青教授、山西大學王春林教授等，亦給予了很大幫助。在此對諸位先生深表謝忱！

在這些課題進行期間，先後有楊秀禮、梁奇、陳詠紅、邱奎、胡曉紅、張憲華、黄剛、劉加鋒、谷文虎等多位學術助手、博士生和碩士生參與其中，特別是谷文虎、劉加鋒在定稿過程中，出力尤多。

進入高校從事科研工作近40年的經歷，使我深深感到：無論是一篇萬把字的學術論文，還是一部數十萬乃至數百萬字的學術著作，都好像是作者自己所深愛的兒女。本成果自1997年9月博士研究生入學算起，至今歷時整整24年了，算是一個"難產兒"，故我又更加"疼愛"它。説"難產"，是因爲希望它出生的時候，能夠把缺憾降到最低點；説"疼愛"，並非"溺愛"，而是希望同道能夠提出批評意見，在修訂出版的時候，使它能夠更加完美一些。

春秋時期晉國著名音樂家師曠對晉平公問曰："少而好學，如日出之陽；壯而好學，如日中之光；老而好學，如秉燭之明。"（《説苑·建本》）鄙人在少年好學的時代，正逢動蕩歲月，失於盛年，缺少成爲"日出之陽"之機會；在中年好學的時代，雖獲得了博士學位，但資質欠佳，依然沒有達到"日中之光"之境界；如今，雖然已步入耳順之年，但是依然一點都沒有那種"老冉冉其將至兮"（《楚辭·離騷》）之感覺，依然冀望自己能夠繼續好學，能夠有達到"秉燭之明"的可能。如今，我們遇到了一個好時代，儘管鄙人沒有"曾子七十乃學，名聞天下"之天賦，但依然有着"早迷而晚寤"（《顔氏家訓·勉學》）之信心。

邵炳軍謹記
辛丑仲春望日午時於申城德音齋